D1828210

JONATHAN STRANGE

&

Mr. NORRELL

JONATHAN STRANGE & Mr. NORRELL

Susanna Clarke

Vertaald door Susan Swaan, Xavier Bot en Sandra van de Ven

Vassallucci Amsterdam 2004

Oorspronkelijke titel: *Jonathan Strange & Mr Norrell*
Oorspronkelijke uitgave: Bloomsbury
© Susanna Clarke 2004
© Vertaling uit het Engels: Susan Swaan, Xavier Bot en Sandra van de Ven
© Nederlandse uitgave: Vassallucci, Amsterdam 2004
Omslagontwerp: William Webb
Illustraties: Portia Rosenberg
Foto achterzijde: Miriam Berkley
ISBN 90 5000 575 6
NUR 302
www.vassallucci.nl
www.jonathanstrange.nl

Ter herinnering aan mijn broer,
Paul Frederick Gunn Clarke, 1961-2000

Inhoud

DEEL I

Mr. Norrell

Hij sprak bijna nooit over magie en als hij dat wel deed, dan klonk het als een geschiedenisles, en niemand kon het opbrengen naar hem te luisteren.

I

De bibliotheek in Hurtfew

najaar 1806 – januari 1807

Een aantal jaren geleden had York een genootschap van tovenaars. Iedere derde woensdag van de maand kwamen de leden bijeen om elkaar lange, saaie documenten voor te lezen over de geschiedenis van de Engelse magie.

Zij waren keurige tovenaars, wat wil zeggen dat ze met hun magie nooit iemand kwaad hadden gedaan, maar net zo min hadden ze iemand veel goeds gebracht. Eerlijk gezegd had geen van de tovenaars ooit ook maar de kleinste toverspreuk uitgesproken, door middel van magie een blaadje aan een boom doen trillen, de koers van een stofdeeltje gewijzigd of een haartje op iemands hoofd veranderd. Maar op dit kleinigheidje na, hadden ze de reputatie tot de meest wijze en magische heren van Yorkshire te behoren.

Een groot tovenaar zei eens over zijn vak dat de beoefenaars ervan '...hun hersenen moeten pijnigen om het kleinste beetje kennis binnen te laten, maar dat overgaan tot ruziemaken hen gemakkelijk afgaat,'[1] en de tovenaars van York hadden de waarheid daarvan al een aantal jaren bekrachtigd.

In het voorjaar van 1806 verwelkomden zij John Segundus, een nieuwe aanwinst. Tijdens de eerste bijeenkomst die hij bijwoonde, stond hij op en sprak het genootschap toe. Allereerst complimenteerde hij de heren met hun beroemde geschiedenis. Hij roemde de vele

[1] Jonathan Strange, *The History and Practice of English Magic*, deel 1, hoofdstuk 2. Uitg. John Murray, Londen 1816.

beroemde tovenaars en geschiedkundigen die vroeger tot de hogere kringen van York hadden behoord. Hij liet doorschemeren dat hij weinig aansporing nodig had gehad om naar York te komen, daar het hem bekend was dat dit genootschap bestond. Hij herinnerde zijn toehoorders eraan dat de tovenaars uit het noorden altijd al meer gerespecteerd werden dan die uit het zuiden. Hij vertelde dat hij gedurende vele jaren magie had bestudeerd en de geschiedenissen van alle grote tovenaars uit het verleden kende. Dat hij de nieuwe publicaties over het onderwerp aandachtig las en er zelfs een bescheiden bijdrage aan had geleverd, maar dat hij zich de laatste tijd afvroeg waarom de grote magische heldendaden waarover hij had gelezen tot de pagina's van zijn boek beperkt bleven en niet langer op straat gezien werden, en waarom er niet meer over werd geschreven in de nieuwsbladen. Meneer Segundus zei graag te willen weten waarom moderne tovenaars niet in staat waren de magie waarover ze hadden geschreven in praktijk te brengen. Samengevat wilde hij weten waarom er niet meer werd getoverd in Engeland.

Het was de meest clichématige vraag ter wereld. Het was de vraag die ieder kind in het koninkrijk wel een keer aan zijn gouvernante, leraar of ouder stelde. Toch vonden de geleerde leden van het genootschap van York het helemaal geen plezierige vraag, aangezien ze die net zo min konden beantwoorden als wie dan ook.

De voorzitter van het genootschap van York, dr Foxcastle, richtte zich tot John Segundus en zei dat het een slechte vraag was. 'Het suggereert dat tovenaars op een bepaalde manier een verplichting hebben magie te gebruiken, hetgeen natuurlijk onzin is. Ik kan me voorstellen dat het niet uw bedoeling is te opperen dat de taak van een botanicus inhoudt meer bloemen te bedenken? Of dat sterrenkundigen zich zouden moeten inspannen om de sterren te herordenen? Tovenaars, meneer Segundus, bestuderen de magie van het verleden. Waarom zou iemand meer verwachten?'

Een oudere man met waterige blauwe ogen en kleurloze kleding, die Hart of Hunt heette – meneer Segundus had zijn naam niet goed verstaan – merkte zwak op dat het er helemaal niet toe deed of iemand dat verwachtte of niet. Een heer kon geen magie bedrijven. Magie was iets wat straattovenaars voorwendden om kinderen van hun geld te beroven. Magie in praktiserende zin bestond bijna niet meer. Magie had geen goede reputatie. Het was de boezemvriend van ongeschoren gezichten, zigeuners, inbrekers, de regelmatige bezoeker van smoezelige kamers met smerige gele gordijnen. O nee! Een heer mocht niet toveren. Een heer kon de geschiedenis van de magie bestuderen – er bestond immers niets nobelers – maar het zelf toepassen was er niet bij. De oudere man keek met een soort vaderlijke blik naar meneer Segundus en zei dat hij hoopte dat meneer Segundus geen toverspreuken had uitgeprobeerd.

Meneer Segundus bloosde.

Maar de beroemde tovenaarsgrondregel hield stand. Twee tovenaars, in dit geval dr Foxcastle en meneer Hunt of Hart, konden het niet eens worden met twee anderen die het tegenovergestelde dachten. Een aantal mannen begon in te zien dat zij de mening van meneer Segundus deelden en dat geen enkele vraag in de magische wetenschap zo belangrijk was als deze. Aanvoerder onder meneer Segundus' aanhangers was een man die Honeyfoot heette, een plezierige, vriendelijke man van vijfenvijftig met een rood gezicht en grijs haar. Toen de woordenwisseling heftiger werd en dr Foxcastle steeds venijniger deed tegen meneer Segundus, richtte meneer Honeyfoot zich een paar keer tot meneer Segundus om bemoedigende opmerkingen te fluisteren. 'Let u maar niet op hen, meneer. Ik ben het helemaal met u eens,' en: 'U heeft helemaal gelijk, meneer, laat u niet door hen beïnvloeden,' en: 'U slaat de spijker op zijn kop! En zo is dat, meneer! Deze vraag was noodzakelijk, voorheen aarzelden wij steeds. Nu u er bent, gaan we grote dingen doen.'

Dat soort vriendelijke woorden misten hun doel niet bij een dankbare luisteraar als John Segundus, bij wie de schrik er goed in zat. 'Ik ben bang dat ik mezelf onmogelijk heb gemaakt,' fluisterde hij terug. 'Dat was niet mijn bedoeling. Ik had gehoopt op een positieve reactie van deze heren.'

In eerste instantie leek meneer Segundus aangeslagen, maar een bijzonder hatelijke uitval van dr Foxcastle riep een lichte verontwaardiging in hem op. 'Die meneer,' zei dr Foxcastle, meneer Segundus strak aankijkend, 'lijkt ervan overtuigd te zijn dat wij zouden moeten deelnemen in de ongelukkige bestemming van het Genootschap van de Tovenaars van Manchester!'

Meneer Segundus boog naar meneer Honeyfoot toe en zei: 'Ik had niet verwacht dat de tovenaars van Yorkshire zo obstinaat zouden zijn. Als magie geen vrienden in Yorkshire heeft, waar vinden we ze dan?'

Meneer Honeyfoot's vriendelijkheid jegens meneer Segundus beperkte zich niet tot die avond. Hij nodigde meneer Segundus uit bij hem thuis in High-Petergate voor een uitgebreid diner in het gezelschap van mevrouw Honeyfoot en haar drie mooie dochters, een uitnodiging die meneer Segundus, die alleenstaand was en het niet al te breed had, graag aannam. Na het diner speelde mevrouw Honeyfoot piano en zong juffrouw Jane in het Italiaans. De volgende dag zei mevrouw Honeyfoot tegen haar echtgenoot dat John Segundus een echte heer was, maar dat ze bang was dat hij er nooit profijt van zou hebben, omdat bescheiden, rustig en vriendelijk zijn niet in de mode was.

In korte tijd ontstond er een hechte band tussen de twee heren. Al snel bracht meneer Segundus twee of drie avonden per week door in het huis in High-Petergate. Eén keer was er een clubje jongeren aanwezig, wat natuurlijk uitdraaide op dansen. Het was allemaal erg leuk, maar meneer Honeyfoot en meneer Segundus glipten weg om te praten over het enige onderwerp dat hen echt interesseerde – waarom werd er niet meer getoverd in Engeland? Maar ze konden er nog zo veel over praten, vaak tot twee, drie uur 's nachts, een antwoord vonden ze niet. Wellicht was dit niet zo opmerkelijk, want allerlei tovenaars, oudheidkundigen en geleerden hadden al meer dan tweehonderd jaar dezelfde vraag gesteld.

Meneer Honeyfoot was een lange, opgewekte, glimlachende man met een hoop energie, die het altijd leuk vond iets te doen of plannen te maken, waarbij hij er zelden aan dacht te onderzoeken of het nuttig was. Bij de huidige taak had hij de grote middeleeuwse tovenaars in gedachten,[2] die, wanneer zij een gelijksoortig onmogelijk probleem op te lossen hadden, zich een jaar en een dag terugtrokken met slechts een of twee elfenbedienden om hen te begeleiden en die tegen het eind altijd het antwoord hadden. Meneer Honeyfoot zei tegen meneer Segundus dat ze naar zijn mening het best konden proberen deze grootse mannen te evenaren, van wie sommigen naar de meest afgelegen delen van Engeland, Schotland en Ierland waren afgereisd, waar de magie het sterkst was. Anderen hadden deze wereld helemaal verlaten en tot op de dag van vandaag wist niemand precies waar ze naar toe waren gegaan en wat ze bij aankomst hadden gedaan. Meneer Honeyfoot was niet van plan zo ver te gaan – hij wilde zeker niet ver gaan, want het was winter en de wegen waren nogal slecht. Toch was

---

[2] Eigenlijk Gulden Tovenaars genoemd, of tovenaars van de Gouden Eeuw.

hij er sterk van overtuigd dat ze ergens naar toe moesten en met iemand moesten overleggen. Hij zei tegen meneer Segundus dat hij dacht dat zij er samen niet uit zouden komen en dat een ander inzicht van grote waarde zou kunnen zijn. Maar er deed zich noch een plaats van bestemming, noch een doel voor. Meneer Honeyfoot was wanhopig. En toen dacht hij aan de andere tovenaar.

Een paar jaar eerder hadden de leden van het genootschap van York geruchten gehoord dat er nog een tovenaar in Yorkshire was. Deze man woonde in een zeer afgelegen deel van het land, waar hij, zo werd gezegd, zijn dagen en nachten in zijn prachtige bibliotheek doorbracht met het bestuderen van zeldzame teksten. Dr Foxcastle was achter de naam van die andere tovenaar gekomen en hij wist waar hij te vinden was. Hij had hem een beleefde brief geschreven waarin hij hem uitnodigde lid te worden van het genootschap van York. De andere tovenaar had teruggeschreven dat hij zich vereerd voelde en dat het hem erg speet, maar dat hij niet kon komen vanwege de lange afstand tussen York en Hurtfew Abbey, de matige wegen, het werk dat hij onder geen voorwaarde mocht verwaarlozen, et cetera, et cetera.

Alle tovenaars van York hadden de brief gelezen en ze betwijfelden of iemand met zo'n klein handschrift ooit een redelijke tovenaar kon worden. Daarna, met een beetje spijt dat ze de prachtige bibliotheek nooit zouden zien, hadden ze de andere tovenaar uit hun gedachten gebannen. Maar meneer Honeyfoot zei tegen meneer Segundus dat de vraag waarom er niet meer werd getoverd in Engeland dusdanig belangrijk was, dat het niet goed zou zijn ook maar één gelegenheid voorbij te laten gaan. Wie zou het zeggen? De mening van de andere tovenaar zou de moeite waard kunnen zijn. En dus schreef hij een brief waarin hij meldde dat hij en meneer Segundus zeer vereerd zouden zijn als ze op de derde dinsdag na Kerstmis om half drie hun opwachting zouden mogen maken bij de andere tovenaar. Er kwam vrijwel onmiddellijk antwoord. Met zijn gebruikelijke goedaardigheid en kameraadschap liet meneer Honeyfoot onmiddellijk meneer Segundus halen en toonde hem de brief. De andere tovenaar schreef in zijn kleine handschrift dat hij heel blij zou zijn met de kennismaking. Dit was genoeg. Meneer Honeyfoot was bijzonder tevreden en ging meteen aan Waters, de koetsier, vertellen wanneer hij hem nodig had.

Meneer Segundus bleef met de brief in zijn hand alleen achter in de kamer. Hij las: '...ik moet toegeven dat ik enigszins van mijn stuk ben gebracht door dit plotselinge eerbetoon. Het is nauwelijks voor te stellen dat de tovenaars van York, met de rijkdom van hun genootschap en het onnoemelijke profijt van elkanders wijsheid, zich genoodzaakt zien een eenzame geleerde zoals ik te consulteren...'

De brief was enigszins sarcastisch van toon. De schrijver leek meneer Honeyfoot met ieder woord te bespotten. Meneer Segundus was blij dat meneer Honeyfoot dit niet had opgemerkt, anders was hij niet zo optimistisch naar Waters gegaan. Het was zelfs zo'n onaardige brief, dat meneer Segundus' hoogachting voor de andere tovenaar nogal was afgenomen. Nou ja, het maakt niet uit, dacht hij, ik moet gaan omdat meneer Honeyfoot het graag wil – en wat zou er nou helemaal kunnen gebeuren? We zullen hem ontmoeten en teleurgesteld zijn, en dat is het dan.

De dag van het bezoek werd voorafgegaan door stormachtig weer, en de regen had langwerpige plassen in de kale bruine velden achtergelaten. Natte daken zagen eruit als koude stenen spiegels, en meneer Honeyfoot's postkoets reed door een wereld die meer uit kille grijze lucht en minder uit solide, aangename aarde leek te bestaan dan normaal het geval was.

Al vanaf de eerste avond was meneer Segundus van plan geweest meneer Honeyfoot te vragen naar het Geleerde Genootschap van de Tovenaars van Manchester, waar dr Foxcastle het over had gehad. Dus dat deed hij nu.

'Dat genootschap werd nog niet zo lang geleden opgericht,' zei meneer Honeyfoot. 'De leden waren geestelijken van het meer onbeduidende soort, gerespecteerde ex-winkeliers, apothekers, juristen, gepensioneerde molenaars die een beetje Latijn kenden, enzovoorts. Middenstanders zou je ze kunnen noemen. Ik geloof dat dr Foxcastle blij was toen het genootschap uiteenviel – hij vindt dat dat soort mensen niet het recht heeft tovenaar te worden. Maar toch moet u weten dat er een paar slimme lieden tussen zaten. Zij richtten zich, net als u, op het doen herleven van de praktische magie. Zij waren verstandige mannen die de principes van logisch denken en wetenschap wensten toe te passen op magie, zoals ze dat hadden gedaan met de scheppende kunst. Zij noemden het Rationele Wonderkunde. Toen het niet bleek te werken werden ze moedeloos. Nou ja, er valt hun niets te verwijten. Maar ze lieten zich door hun desillusie in moeilijkheden brengen. Ze kregen het idee dat er nooit magie in de wereld was geweest. Ze zeiden dat de Gulden Tovenaars verraders waren, of zelf bedrogen werden. En dat de Ravenkoning een bedenksel was van de Engelsen uit het noorden, om zich te beschermen tegen de tirannie van het zuiden. En omdat ze zelf uit het noorden kwamen, hadden ze daar enigszins begrip voor. O, hun argumenten waren behoorlijk vindingrijk – ik ben vergeten hoe zij het bestaan van elfen verklaarden en wat hun definitie van elfen was. Ze gingen uiteen, zoals ik u vertelde, en een van hen, ik geloof dat hij Aubrey heette, was van plan alles op te schrijven en te publiceren. Maar toen het zover was, had hij het gevoel dat er een soort zwartgalligheid over hem was neergedaald en was hij niet in staat zichzelf te motiveren eraan te beginnen.'

'Arme man,' zei meneer Segundus. 'Misschien ligt het aan het tijdperk. Het is niet de juiste tijd voor magie of wetenschap, of wel, meneer? Zakenlieden hebben succes, net als zeelui en politici, maar tovenaars niet. Onze tijd is voorbij.' Hij dacht even na. 'Drie jaar geleden,' zei hij, 'was ik in Londen, waar ik een rondzwervende straattovenaar tegen het lijf liep, een vreemdsoortige kerel met een rare verminking. Deze man haalde me over een behoorlijk hoog bedrag te betalen voor de onthulling van een groot geheim. Toen ik hem had betaald, vertelde hij me dat er op een dag twee tovenaars zouden komen die de magie in Engeland zouden doen herleven. Nu geloof ik absoluut niet in voorspellingen, maar de gedachte aan wat hij zei heeft mij doen besluiten de waarheid boven water te krijgen. Is dat niet vreemd?'

'U heeft helemaal gelijk, voorspellingen zijn grote onzin,' zei meneer Honeyfoot lachend. En toen, als door een gedachte overvallen, zei hij: 'Wij zijn twee tovenaars. Honeyfoot en Segundus.' Hij zei het op een manier alsof hij zich probeerde voor te stellen hoe het eruit zou zien in de nieuwsbladen en geschiedenisboeken: 'Honeyfoot en Segundus. Dat klinkt heel goed.'

Meneer Segundus schudde zijn hoofd. 'Die kerel wist wat mijn beroep was en het was te verwachten dat hij zou doen alsof ik een van de twee mannen was. Maar aan het eind zei hij nogal duidelijk dat ik het niet was. Eerst leek hij er niet zeker van. Er was iets met me... Ik moest mijn naam opschrijven en hij keek er lang naar.'

'Ik vermoed dat hij kon zien dat er niet nog meer geld te halen viel,' zei meneer Honeyfoot.

Hurtfew Abbey lag zo'n tweeëntwintig kilometer ten noordwesten van York. De antiquiteit zat hem uitsluitend in de naam. Er was wel een abdij geweest, maar dat was lang geleden. Het huidige huis was gebouwd tijdens de regering van koningin Anne. Het was heel mooi en hoekig, en het zag er solide uit. Het stond in een fraai park, dat nu vol stond met spookachtige, natte bomen, want het was mistig geworden. Een rivier, de Hurt, stroomde door het park en een mooie, klassiek uitziende brug leidde naar de overkant.

De andere tovenaar, Norrell, stond in de vestibule om zijn gasten te ontvangen. Hij was klein, net als zijn handschrift, en verwelkomde hen in Hurtfew met zachte stem, alsof hij niet gewend was zijn gedachten hardop uit te spreken. Meneer Honeyfoot, die een beetje doof was, verstond niet wat hij zei. 'Ik word oud, meneer. Dat is een algemeen verschijnsel. Ik hoop dat u geduld met me heeft.'

Meneer Norrell leidde zijn gasten naar een prachtige salon waar een groot haardvuur brandde. Er brandden geen kaarsen. Door twee mooie ramen kwam voldoende licht, hoewel het een grijs soort licht was en allesbehalve vrolijk. Toch bleef het idee dat er ergens een tweede vuur of brandende kaarsen waren meneer Segundus bezighouden, waardoor hij zich constant in zijn stoel omdraaide en rondkeek om te zien waar ze stonden. Maar steeds was er niets te zien, behalve misschien een spiegel of een antieke klok.

Meneer Norrell zei dat hij meneer Segundus' verslag over de geschiedenis van de elfenbedienden van Martin Pale had gelezen.[3] 'Een prijzenswaardig staaltje werk, meneer, maar u heeft meester Fallowthought er niet in opgenomen. Beslist een heel kleine geest, wiens nut voor de grote dr Pale te betwijfelen viel.[4] Desondanks was uw kleine geschiedenis incompleet zonder hem.'

Even was het stil. 'Een elfengeest die Fallowthought heette, meneer?' vroeg meneer Segundus. 'Ik... dat wil... dat wil zeggen... Ik heb nog nooit van zo'n wezen gehoord, noch in deze wereld, noch in een andere.'

Meneer Norrell glimlachte voor de eerste keer, maar het was een

---

[3] John Segundus, *A Complete Description of Dr Pale's Fairy-servants, their Names, Histories, Characters and the Services they Performed for him.* Uitg. Thomas Burnham, boekverkoper, Northampton 1799.

[4] Dr Martin Pale (1485-1567) was de zoon van een Warwickse leerlooier. Hij was de laatste der Gulden Tovenaars, of tovenaars van de Gouden Eeuw. Andere tovenaars volgden hem (cf. Gregory Absalom) maar hun reputatie is omstreden. Pale was ongetwijfeld de laatste Engelse tovenaar die zich aan een verbond met elfen waagde.

naar binnen gekeerde glimlach. 'Natuurlijk,' zei hij, 'dat was ik vergeten. Het staat allemaal in het verslag van Holgarth en Pickle, dat over hun eigen betrekkingen met meester Fallowthought gaat, en dat u vast niet heeft gelezen. Mijn gelukwensen. Zij waren een onsmakelijk stel, meer crimineel dan magisch en hoe minder men over hen weet, des te beter.'

'Ah, meneer!' riep meneer Honeyfoot, die vermoedde dat meneer Norrell het over zijn eigen boeken had. 'Wij horen fantastische verhalen over uw bibliotheek. Alle tovenaars in Yorkshire vielen achterover van jaloezie toen ze hoorden hoeveel boeken u heeft!'

'Werkelijk?' zei meneer Norrell koel. 'U verbaast me. Ik had geen idee dat mijn zaken zo algemeen bekend waren... Ik denk dat het Thoroughgood was,' zei hij bedachtzaam, doelend op een man die in de Koffietuin in York boeken en curiositeiten verkocht. 'Childermass heeft me verschillende keren gewaarschuwd dat Thoroughgood een kletskous is.'

Meneer Honeyfoot begreep het niet helemaal. Als hij zelf zo veel toverboeken had gehad, zou hij het geweldig hebben gevonden erover te praten, er complimenten over te krijgen en te weten dat ze bewonderd werden. En hij kon zich niet voorstellen dat meneer Norrell niet zo was. Om die reden bleef hij vriendelijk en wilde hij meneer Norrell op zijn gemak stellen, want hij ging ervan uit dat de man verlegen was. 'Mag ik vragen of wij misschien uw prachtige bibliotheek mogen zien?' vroeg hij volhardend.

Meneer Segundus was ervan overtuigd dat meneer Norrell zou weigeren, maar in plaats daarvan keek hij hen een tijdje strak aan – hij had kleine blauwe ogen en leek hen te begluren vanuit een geheime plek in zijn binnenste. Toen, bijna hoffelijk, willigde hij het verzoek van meneer Honeyfoot in. Meneer Honeyfoot was een en al dankbaarheid en verkeerde in de gelukkige overtuiging dat hij meneer Norrell net zo'n groot plezier deed als zichzelf.

Meneer Norrell ging de twee heren voor door een gang – een heel gewone gang, dacht meneer Segundus, gelambriseerd en met een vloer van goed opgepoetst eikenhout. Het rook naar bijenwas. Verder was er een trap, of misschien slechts drie of vier treden, en dan nog een gang waar het wat koeler was, met een vloer van degelijk Yorks steen: stuk voor stuk volkomen onopvallend. Tenzij de tweede gang voor de trap of treden lag. Was er eigenlijk wel een trap geweest? Meneer Segundus was een van die begaafde lieden die altijd wist in welke richting hij keek: noord, zuid, oost of west. Het was geen talent waar hij bijzonder trots op was. Voor hem was het net zo vanzelfsprekend als weten dat zijn hoofd nog steeds op zijn romp stond. In het huis van meneer Norrell liet zijn gave hem echter in de steek. Naderhand kon hij zich niet meer voor de geest halen wat de volgorde was geweest van de gangen en kamers waar ze doorheen waren gelopen. En hij wist ook niet meer hoe lang het had geduurd voordat ze de bibliotheek hadden bereikt, of welke kant het op was. Hij had de indruk dat meneer Norrell een vijfde windrichting had ontdekt – niet oost, niet zuid, niet west, niet noord, maar iets heel anders – en dat dat de richting was waarin hij hen leidde. Meneer Honeyfoot leek echter niets vreemds op te merken.

De bibliotheek was misschien net iets kleiner dan de salon die ze zojuist hadden verlaten. Er brandde een enorm vuur in de haard en het leek er comfortabel en rustig. Toch scheen het licht in de kamer ook hier niet te corresponderen met de drie grote ramen bestaande uit twaalf ruiten, waardoor meneer Segundus zich alweer niet op zijn gemak voelde. Opnieuw had hij het hardnekkige idee dat er eigenlijk kaarsen in de kamer zouden moeten branden, of dat er meer ramen of een extra haardvuur zouden moeten zijn die het licht verklaarden. De ramen keken uit over een uitgestrekte vlakte en druilerige Engelse regen, dus meneer Segundus kon niet vaststellen waar hij naar keek en in welk deel van het huis hij zich bevond.

De kamer was niet verlaten. Aan tafel zat een man, die opstond toen zij binnenkwamen. Meneer Norrell legde kort uit dat dat Childermass was, zijn zaakgelastigde.

Meneer Honeyfoot en meneer Segundus, zelf tovenaars, konden wel zien dat de bibliotheek van Hurtfew Abbey de eigenaar dierbaarder was dan welke rijkdom ook, en ze waren niet verbaasd om te zien dat meneer Norrell een prachtige schatkamer had gebouwd om zijn mooiste schat in te bewaren. De boekenkasten langs de muren van de kamer waren gemaakt van Engels hout en leken op gotische gewelven vol houtsneden. Er waren gravures van bladeren, gedroogde en gedraaide bladeren, alsof de kunstenaar de herfst had willen afbeelden, houtsneden van ineengestrengelde wortelen en takken, gravures van bessen en klimop. Het zag er allemaal prachtig uit. Maar de schitterende boekenkasten waren niets vergeleken bij de prachtige boeken.

Het eerste wat een student magie leert, is dat er boeken zijn die óver magie gaan en boeken die magie bevátten. Het tweede wat hij leert, is dat een volledig respectabel exemplaar van het eerstgenoemde voor een paar gienjes te koop is bij een goede boekwinkel, en dat de prijs van het laatstgenoemde hoger ligt dan de prijs van robijnen[5]. De collectie van het genootschap van York werd beschouwd als vooraanstaand, bijna buitengewoon. Onder de vele boekdelen waren vijf werken die tussen 1550 en 1700 geschreven waren en waarvan redelijkerwijs aangenomen mocht worden dat het toverboeken waren, hoewel er van één boek niet veel méér over was dan een paar gescheurde bladzijden. Toverboeken waren zeldzaam en noch meneer Segundus, noch meneer Honeyfoot had er ooit meer dan twee of drie gezien in een privé-bibliotheek. In Hurtfew hingen alle muren vol met boekenplanken die uitpuilden met boeken. En de boeken waren allemaal, bijna allemaal, oude boeken, toverboeken. O! Natuurlijk hadden er

---

[5] Tovenaars, zoals we weten uit de grondregel van Jonathan Strange, konden over van alles jarenlang bekvechten, en ze staken veel tijd in het bestuderen van de heikele vraag of een bepaald boek een toverboek genoemd mocht worden. Maar de meeste amateurs vonden dat ze voldoende hadden aan deze ene regel: boeken die werden geschreven voordat er een eind kwam aan de magie in Engeland zijn toverboeken, boeken die later werden geschreven zijn boeken over magie. Het uitgangspunt waar de vuistregel van de amateurs uit voorkomt, is dat een toverboek geschreven zou moeten zijn door een praktiserend tovenaar, en niet door een theoretisch tovenaar of een historicus die over magie schrijft. Dat was heel redelijk. En toch doen zich hier meteen al problemen voor. De grootmeesters van magie, diegenen die we aanduiden als tovenaars van de Gouden Eeuw, of Gulden Tovenaars (Thomas Godbless, Ralph Stokesey, Catherine van Winchester, de Ravenkoning), schreven weinig, of er is weinig bewaard gebleven. Het is waarschijnlijk dat Thomas Godbless niet kón schrijven. Stokesey leerde Latijn op een klein gymnasium in Devonshire, de streek waar hij geboren was, maar alles wat we over hem weten komt van andere schrijvers.

Tovenaars legden zich pas toe op het schrijven van boeken toen de magie al achteruitging. De duisternis, die een eind zou maken aan de glorie van Engelse magie, naderde. De mannen die we de tovenaars van de Zilveren Eeuw of de Zilveren Tovenaars noemen, waren de flakkerende kaarsen in de schemering (Thomas Lanchester, 1518-1590; Jacques Belasis, 1526-1604; Nicholas Goubert, 1535-1578; Gregory Absalom, 1507-1599). Zij waren in de eerste plaats geleerden en in de tweede plaats tovenaars. Natuurlijk beweerden zij dat ze toverden – sommigen hadden zelfs een of twee elfenbedienden – maar ze schijnen heel weinig tot stand te hebben gebracht en een paar moderne geleerden betwijfelen of ze überhaupt wel konden toveren.

veel een sierlijke, moderne band, maar ongetwijfeld waren dit bundels die meneer Norrell opnieuw had laten inbinden. Hij leek de voorkeur te geven aan effen kalfsleer met de titel in kleine zilveren kapitalen gedrukt. Maar veel boeken hadden oude, oude, oude banden, met afbrokkelende ruggen en hoeken.

Meneer Segundus staarde naar de ruggen van de boeken op een plank vlak naast hem. De eerste titel die hij las was *How to putte Questiones to the Dark and understand its Answeres.*

'Een dwaas werk,' zei meneer Norrell. Meneer Segundus schrok. Hij wist niet dat zijn gastheer zo dichtbij stond. 'Ik adviseer u daar geen tijd aan te verspillen.'

Dus keek meneer Segundus naar het volgende boek, *The Instructions* van Belasis.

'Ik neem aan dat u Belasis kent?' vroeg meneer Norrell.

'Alleen van reputatie, meneer,' zei Segundus. 'Ik heb vaak gehoord dat hij het antwoord had op velerhande zaken, maar ik heb ook gehoord, en uiteraard zijn alle autoriteiten het met mij eens, dat alle exemplaren van *The Instructions* lang geleden werden vernietigd. En nu staat het hier voor mijn neus! Wel allemachtig, meneer, dit is buitengewoon! Het is fantastisch!'

'U verwacht veel van Belasis,' merkte Norrell op, 'en er was een tijd dat ik precies hetzelfde dacht. Ik herinner me dat ik vele maanden acht uur per etmaal besteedde aan het bestuderen van zijn werk. Een compliment dat ik een andere auteur nooit heb gegeven. Maar uiteindelijk is hij teleurstellend. Hij is symbolisch waar hij begrijpelijk zou moeten zijn en begrijpelijk waar hij cryptisch zou moeten zijn. Er staan bepaalde zaken in die absoluut niet voor iedereen in boeken te lezen zouden moeten zijn. Wat mijzelf betreft heb ik niet meer zo'n hoge dunk van Belasis.'

'Hier staat een boek waarvan ik zelfs nog nooit gehoord heb, meneer,' zei meneer Segundus. '*The Excellences of Christo-Judaic Magick*. Kunt u me er iets over vertellen?'

'Ha!' riep meneer Norrell. 'Dat dateert uit de zeventiende eeuw, maar ik heb er niet veel waardering voor. De auteur was een leugenaar, een dronkaard, een overspelige man en een schurk. Ik ben blij dat men hem helemaal vergeten is.'

Meneer Norrell leek niet alleen levende tovenaars te verachten, hij had ook allerlei dode gewogen en te licht bevonden.

Intussen liep meneer Honeyfoot van de ene boekenkast naar de

andere, met zijn handen in de lucht als een prediker. Hij had nauwelijks de titel van het ene boek gelezen of zijn oog viel alweer op een ander boek aan de andere kant van de kamer. 'O, meneer Norrell!' riep hij. 'Zo veel boeken! We zullen hier zeker antwoord op onze vragen vinden!'

'Ik betwijfel het, meneer,' was meneer Norrell's droge antwoord.

De zaakgelastigde lachte kort. Het lachen was duidelijk voor meneer Honeyfoot bedoeld. Toch berispte meneer Norrell hem niet. Noch met een woord, noch met een blik, en meneer Segundus vroeg zich af wat voor zaken meneer Norrell aan deze persoon toevertrouwde. Met zijn onverzorgde, pikzwarte lange haar leek hij meer op zijn plaats op de winderige heide, of in een of ander duister steegje om zich schuil te houden, of wellicht in een roman van mevrouw Radcliffe.

Meneer Segundus pakte *The Instructions* van Jacques Belasis, en ondanks meneer Norrell's lage dunk stootte hij onmiddellijk op twee uitzonderlijke passages.[6] Toen, zich bewust van de verstrijkende tijd en

---

[6] De eerste passage die meneer Segundus las betrof Engeland, het Elfenrijk, dat door tovenaars soms 'de Andere Landen' wordt genoemd, en een vreemd land waarvan wordt gezegd dat het aan de rand van de hel ligt. Meneer Segundus had iets gehoord over de symbolische en magische band die deze drie landen met elkaar hadden. Tot op heden had hij hierover echter nooit zo'n heldere verklaring gelezen als hier werd gegeven.

De tweede passage betrof een van de grootste tovenaars van Engeland, Martin Pale. In Gregory Absalom's *The Tree of Learning* staat een beroemde passage over hoe de laatste der grote Gulden Tovenaars, Martin Pale, op zijn reis door het Elfenrijk een bezoek bracht aan een elfenprins. Net als de meesten van zijn ras had de elf vele namen, eretitels en pseudoniemen, maar hij stond bekend als Cold Henry. Cold Henry hield een lange en eerbiedige toespraak voor zijn gast. De toespraak zat vol metaforen en cryptische toespelingen, maar wat Cold Henry leek te zeggen, was dat elfen van nature kwaadaardige wezens waren, die niet altijd wisten wanneer ze een fout maakten. Hierop merkte Martin Pale kort en enigszins raadselachtig op dat niet alle Engelsen dezelfde maat schoenen hebben.

Een aantal eeuwen lang had niemand enig idee wat dit allemaal zou kunnen betekenen, hoewel er verschillende theorieën te berde waren gebracht – en John Segundus kende ze allemaal. De populairste was de theorie die in het begin van de achttiende eeuw werd opgesteld door William Pantler. Pantler zei dat Cold Henry en Pale over theologie spraken. Elfen vallen, zoals iedereen weet, buiten het bereik van de kerk. Geen Christus is naar hen gekomen, van het vreemde, donkere oog van de zakenman dat op hem rustte, sloeg hij *The Excellences of Christo-Judaic Magick* open. Dit was geen gedrukt boek, zoals hij verwacht had, maar een manuscript dat haastig was neergekrabbeld op de achterkant van allerlei stukjes papier, met name oude rekeningen van een herberg. Meneer Segundus las over fantastische avonturen. De zeventiende-eeuwse tovenaar had zijn schaarse toverkunsten gebruikt om tegen grote en machtige vijanden te strijden, gevechten waaraan een tovenaar zich niet zou moeten wagen. Hij had de geschiedenis van zijn kleurrijke overwinningen neergekrabbeld op het moment dat vijanden hem omringden. De auteur was zich er tijdens het schrijven volledig van bewust dat de tijd begon te dringen en dat de dood het beste was waarop hij kon hopen.

Het werd donkerder in de kamer. De oude hanenpoten op de pagina begonnen te vervagen. Twee lakeien kwamen de kamer in om de kaarsen aan te steken, de gordijnen dicht te trekken en nieuwe kolen op het vuur te gooien, onder het waakzame oog van de weinig zakelijk ogende

---

geen Christus zal ooit komen, en wat er van hen worden moet op de Dag des Oordeels weet niemand. Wat Cold Henry van Pale wilde weten, was of er enige hoop bestond dat elfen, net als mensen, eeuwige zielenheil konden krijgen. Pale's antwoord, dat Engelsen verschillende schoenmaten hebben, was zijn manier om te zeggen dat niet alle Engelsen gered zullen worden. Gebaseerd hierop schrijft Pantler de nogal vreemde overtuiging aan Pale toe dat de hemel groot genoeg is voor een beperkt aantal gezegenden. In ruil voor iedere Engelsman die verdoemd is, komt er in de hemel een plek vrij voor een elf. Pantler's reputatie als theoretisch tovenaar berust geheel op het boek dat hij over dit onderwerp schreef.

In Jacques Belasis' *The Instructions* las meneer Segundus een heel andere verklaring. Drie eeuwen voordat Martin Pale op het kasteel van Cold Henry kwam, had Cold Henry een andere menselijke bezoeker ontvangen, een Engelse tovenaar nog grootser dan Pale. Zijn naam was Ralph Stokesey en hij had een paar laarzen achtergelaten. Die laarzen, zei Belasis, waren oud, wat waarschijnlijk de reden was dat Stokesey ze niet had meegenomen, maar de aanwezigheid van de laarzen in het kasteel veroorzaakte grote consternatie onder alle elfenbewoners, die de Engelse tovenaar enorm aanbaden. Met name Cold Henry bevond zich in een lastig parket, omdat hij vreesde dat de christelijke moraal hem op de een of andere slinkse, ondoorgrondelijke manier misschien verantwoordelijk zou houden voor het verlies van de laarzen. Dus hij probeerde van de vreselijke objecten af te komen door ze aan Pale te geven, maar die wilde ze niet.

zaakgelastigde. Meneer Segundus dacht dat hij er goed aan zou doen meneer Honeyfoot eraan te herinneren dat ze nog niet aan meneer Norrell hadden uitgelegd waarvoor ze gekomen waren.

Terwijl ze de bibliotheek verlieten, zag meneer Segundus iets wat hij vreemd vond. Er was een stoel bij het vuur geschoven en naast de stoel stond een kleine tafel. Op de tafel lagen de kaft en de lederen banden van een heel oud boek, een schaar en een groot, gevaarlijk uitziend mes. Zo'n mes dat een tuinman gebruikt om te snoeien. Maar de pagina's van het boek lagen nergens. Wellicht heeft hij ze opgestuurd zodat ze opnieuw ingebonden kunnen worden, dacht meneer Segundus. Toch zag de oude band er nog stevig uit. Waarom zou meneer Norrell de moeite nemen de pagina's te verwijderen en zo het risico lopen ze te beschadigen? Voor een dergelijke taak was een geschoolde boekbinder de aangewezen persoon.

Toen ze weer in de salon zaten, richtte meneer Honeyfoot zich tot meneer Norrell. 'Door wat ik vandaag heb gezien, meneer, ben ik ervan overtuigd dat u de juiste persoon bent om ons te helpen. Meneer Segundus en ik zijn van mening dat de moderne tovenaars de verkeerde weg zijn ingeslagen. Zij verspillen hun energie aan wissewasjes. Vindt u ook niet, meneer?'

'O, zeker!' zei meneer Norrell.

'Onze vraag,' ging meneer Honeyfoot verder, 'is hoe het komt dat magie haar hoge aanzien in ons grote land heeft verloren. Onze vraag is, meneer, waarom er niet meer wordt getoverd in Engeland.'

Meneer Norrell's kleine blauwe ogen werden harder en helderder en zijn lippen verstrakten, alsof hij een groot en geheim innerlijk genoegen wilde onderdrukken. Het lijkt wel alsof hij heel lang heeft gewacht tot iemand hem deze vraag zou stellen, en zijn antwoord al jaren klaar heeft, dacht meneer Segundus. Meneer Norrell zei: 'Ik kan u niet helpen met uw vraag, meneer, want ik begrijp hem niet. Het is geen goede vraag, meneer. Er is nog steeds magie in Engeland. Ik ben zelf een redelijk praktiserend tovenaar.'

2

De Old Starre Inn

januari – februari 1807

Terwijl de koets het hek van meneer Norrell passeerde, riep meneer Honeyfoot: 'Een praktiserend tovenaar in Engeland! En nog wel in Yorkshire! We hebben buitengewoon veel geluk gehad! Ach, meneer Segundus, dit hebben we aan u te danken. U was wakker toen de rest in slaap was gevallen. Zonder uw stimulans hadden we meneer Norrell waarschijnlijk nooit ontdekt. En ik ben er vrij zeker van dat hij nooit naar ons toe zou zijn gekomen, want hij is nogal gereserveerd. Hij gaf ons geen details over zijn prestaties in de praktische magie, slechts het simpele feit dat hij er succes in had gehad. Dat geeft, mijns inziens, blijk van een bescheiden karakter. Meneer Segundus, ik denk dat u het met me eens zult zijn dat onze opdracht duidelijk is. Het is aan ons, meneer, om meneer Norrell te genezen van zijn aangeboren bedeesdheid en afkeer van loftuitingen, en hem triomfantelijk aan een groter publiek voor te stellen!'

'Misschien,' zei meneer Segundus twijfelend.

'Ik zeg niet dat het gemakkelijk zal zijn,' zei meneer Honeyfoot. 'Hij is nogal terughoudend en niet gesteld op gezelschap. Maar hij moet inzien dat de informatie waarover hij beschikt in naam van ons land met anderen gedeeld moet worden. Hij is een heer: hij kent zijn plicht en zal eraan gehoor geven, ik weet het zeker. O, meneer Segundus! Hiervoor verdient u de grenzeloze dankbaarheid van iedere tovenaar in het land.'

Maar wat meneer Segundus ook verdiende, het blijft een droevig feit dat de tovenaars in Engeland zeer ondankbare heerschappen zijn. Meneer Honeyfoot en meneer Segundus hadden waarschijnlijk de belangrijkste ontdekking in de wetenschap der magie van de afgelopen drie eeuwen gedaan – en wat zou dat? Er was bijna geen enkel lid van het genootschap van York dat, toen hij het hoorde, er niet volkomen van overtuigd was dat hij het veel beter zou hebben gedaan.

Op de volgende dinsdag, toen er een speciale bijeenkomst was van het Geleerde Genootschap van de Tovenaars van York, waren er dan ook maar weinig leden die niet stonden te popelen om dat te zeggen. Die dinsdag, om zeven uur 's avonds, was het druk in de ruimte boven de Old Starre Inn in Stonegate. Het nieuws van meneer Honeyfoot en meneer Segundus leek alle mannen in de stad te hebben aangetrokken die ooit in een toverboek hadden gekeken, en op zijn eigen manier was York nog steeds een van de meest magische steden van Engeland. Alleen Newcastle, de hofstad, kon bogen op meer tovenaars.

Hoewel kelners voortdurend meer stoelen naar boven brachten, waren er zo veel tovenaars in de zaal dat een groot aantal voorlopig gedwongen was te staan. Dr Foxcastle had voor zichzelf een geschikte stoel gepakt – groot, zwart en vreemd bewerkt – en de combinatie van die stoel, die nog het meest op een troon leek, de strook van de roodfluwelen gordijnen achter hem en de manier waarop hij zat, met zijn handen gevouwen over zijn grote ronde buik, gaf hem een indrukwekkend gezaghebbend voorkomen.

De kelners van de Old Starre Inn hadden een voortreffelijk vuur aangelegd om de kilte van de januariavond te verdrijven en eromheen zaten een paar oude tovenaars – gewikkeld in omslagdoeken met Schotse ruiten, met vergeelde gezichten met een web van rimpels, en vergezeld van eveneens oude lakeien met potten vol pillen in hun zakken. Meneer Honeyfoot begroette hen met: 'Hoe gaat het met u, meneer Aptree? Hoe gaat het met u, meneer Greyshippe? Ik hoop dat u zich goed voelt, meneer Tunstall? Ik ben blij u hier te zien, heren! Ik hoop dat u allen bent gekomen om dit heuglijke feit te vieren! De jaren in de stoffige wildernis zijn voorbij. Ach! Wat een jaren dat geweest zijn, weet niemand beter dan u, meneer Aptree, en u, meneer Greyshippe, want u heeft heel wat jaren meegemaakt. Maar nu zullen we getuige zijn van de terugkeer van de magie als leidraad en beschermer van het Engelse volk! En de Fransen, meneer Tunstall! Wat zullen de Fransen denken als ze ervan horen? Mijn hemel! Het zou me niet verbazen als dit leidde tot een onmiddellijke capitulatie.'

Meneer Honeyfoot had nog meer van hetzelfde te melden. Hij had een toespraak voorbereid waarin hij van plan was te zeggen dat alle geweldige voordelen van deze ontdekking zouden toekomen aan Engeland. Maar verder dan de eerste paar regels zou hij nooit komen, want het leek wel of iedere heer in de kamer barstensvol eigen ideeën zat over het onderwerp, en die allemaal dringend kwijt moest. Dr Foxcastle was de eerste die meneer Honeyfoot interrumpeerde. Vanaf zijn grote zwarte troon sprak hij meneer Honeyfoot als volgt toe: 'Ik vind het heel jammer, meneer, dat u de magie, waarvan ik weet dat u er oprecht respect voor heeft, in diskrediet brengt met onmogelijke verhaaltjes en dolle verzinsels. Meneer Segundus,' zei hij, terwijl hij zich tot de man wendde die hij beschouwde als de bron van alle problemen, 'ik weet niet wat gebruikelijk is waar u vandaan komt, maar in Yorkshire hebben we niet zo veel op met heren die hun reputatie opbouwen ten koste van de gemoedsrust van anderen.'

Tot zo ver kwam dr Foxcastle, vóór hij overstemd werd door de luide en boze kreten van de aanhangers van meneer Honeyfoot en meneer Segundus. De volgende spreker verbaasde zich erover dat meneer Segundus en meneer Honeyfoot zo onvriendelijk werden bejegend. Meneer Norrell was duidelijk gek en geen haar beter dan welke dolleman ook die op de hoek van de straat stond te schreeuwen dat hij de Ravenkoning was.

Een blonde man, die in grote staat van opwinding verkeerde, vond dat meneer Honeyfoot en meneer Segundus erop hadden moeten staan dat meneer Norrell onmiddellijk zijn huis zou verlaten en, hoewel het januari was, direct zegevierend in een open rijtuig naar York zou komen, zodat de rossige man klimopblaadjes op zijn pad kon strooien.[1] En een van de zeer oude mannen bij het vuur was erg enthousiast over het een of ander, maar omdat hij zo oud was, was zijn stem nogal zwak en niemand was op dat moment in de gelegenheid naar hem te luisteren.

Er bevond zich in de zaal een lange, verstandige man die Thorpe heette, een man die weinig wist van magie, maar beschikte over een gezond verstand dat zeldzaam was onder tovenaars. Hij had van begin af aan gevonden dat meneer Segundus aanmoediging verdiende in zijn

---

[1] De overwinnaars van het Romeinse rijk werden geëerd met kransen van laurierblad. Geliefden en door fortuin begunstigden, zo wordt ons verteld, kregen rozen op hun pad gestrooid. Engelse tovenaars kregen slechts ordinaire klimop.

zoektocht naar de verdwijning van praktische Engelse magie, maar net als ieder ander had meneer Thorpe niet verwacht dat meneer Segundus het antwoord zo snel zou vinden. Nu ze echter een antwoord hadden, was meneer Thorpe van mening dat ze het niet zo maar moesten verwerpen. 'Heren, meneer Norrell heeft gezegd dat hij kan toveren. Prima. We weten het een en ander over meneer Norrell, we hebben gehoord van de zeldzame geschriften die hij zou bezitten en alleen daarom al zouden we er verkeerd aan doen zijn beweringen zonder zorgvuldige overweging te verwerpen. Maar het meer steekhoudende argument dat voor meneer Norrell pleit, is dat twee van ons – beiden nuchtere geleerden – meneer Norrell hebben gezien en overtuigd zijn van zijn kunnen.' Hij richtte zich tot meneer Honeyfoot. 'U gelooft in deze man, dat kan iedereen van uw gezicht aflezen. U heeft iets gezien wat u overtuigd heeft. Kunt u ons vertellen wat het was?'

Meneer Honeyfoot's reactie op deze vraag was wellicht wat merkwaardig. Eerst glimlachte hij dankbaar naar meneer Thorpe, alsof dit precies hetgeen was waarop hij had gehoopt: een gelegenheid om met goede argumenten toe te lichten waarom hij zou geloven dat meneer Norrell kon toveren. Hij opende zijn mond om te beginnen, maar bedacht zich toen en keek om zich heen, alsof die goede argumenten, die zojuist nog zo substantieel hadden geleken, in zijn mond waren veranderd in mist en onbenulligheden. Zijn tong en tanden kregen het niet eens voor elkaar om ook maar de kleinste rationele Engelse zin te vormen. Hij mompelde iets over meneer Norrell's eerlijke voorkomen.

De leden van het genootschap van York vonden dit niet erg bevredigend. (En als ze het voorrecht hadden mogen smaken om meneer Norrell's gelaat met eigen ogen te aanschouwen, zouden ze wellicht nog minder overtuigd zijn geweest.) Thorpe richtte zich daarom tot meneer Segundus en zei: 'Meneer Segundus, u heeft meneer Norrell ook ontmoet. Wat is uw mening?'

Voor het eerst viel het de leden van het genootschap van York op hoe bleek meneer Segundus zag, en het schoot een aantal van hen te binnen dat hij niet had gereageerd toen zij hem begroetten, alsof hij zijn gedachten niet helemaal op een rijtje had.

'Voelt u zich niet goed, meneer?' vroeg meneer Thorpe vriendelijk.

'Jawel, jawel,' mompelde meneer Segundus. 'Er is niets aan de hand. Dank u voor uw bezorgdheid.' Maar hij zag er zo verloren uit dat een heer hem zijn stoel aanbood, en een ander een glas zoete Spaanse wijn voor hem ging halen. En de geagiteerde blonde heer, die klimopblaadjes op het pad van meneer Norrell wilde strooien, koesterde de stille hoop dat meneer Segundus wellicht was betoverd en dat ze iets spectaculairs te zien zouden krijgen!

Meneer Segundus zuchtte en zei: 'Dank u. Ik ben niet ziek, maar de afgelopen week heb ik me erg loom en verdwaasd gevoeld. Mevrouw Pleasance heeft me pijlwortel en een heet brouwsel van zoethoutwortel gegeven, maar dat heeft niet geholpen, wat me niet verbaast, want ik denk dat de verwarring tussen mijn oren zit. Het gaat al beter. Als u me nu zou vragen, heren, waarom ik denk dat de magie terug is in Engeland, dan zou ik moeten antwoorden: omdat ik het heb gezien. Magie bedreven zien worden raakt je hier en hier het sterkst...' meneer Segundus wees naar zijn voorhoofd en zijn borst, '...maar tegelijkertijd weet ik dat ik niets heb gezien. Norrell deed niets toen wij bij hem waren. En dus ga ik ervan uit dat ik het gedroomd heb.'

Een nieuwe uitbarsting van de heren van het genootschap van York. De fletse heer glimlachte flauwtjes en informeerde of iemand hier iets van begreep. Toen riep meneer Thorpe uit: 'Goeie genade! Het is werkelijk absurd dat wij hier maar stug blijven volhouden dat meneer Norrell dit of dat niet kan. Wij zijn toch allemaal redelijke wezens, neem ik aan, en het antwoord lijkt mij heel eenvoudig: we vragen hem zijn beweringen te bewijzen door voor ons te toveren.'

Dit was zo'n verstandige opmerking dat de tovenaars er even stil van waren, wat niet wil zeggen dat het voorstel bij iedereen in goede aarde viel – integendeel. Een aantal tovenaars, onder wie dr Foxcastle, wilde er niets van weten. Als ze meneer Norrell zouden vragen te toveren, bestond altijd het gevaar dat hij dat inderdaad zou doen. Ze wilden helemaal geen magie zien, ze wilden er alleen maar over lezen. Anderen waren van mening dat het genootschap van York zich belachelijk maakte door zelfs dat weinige te doen. Uiteindelijk waren de meeste tovenaars het echter met meneer Thorpe eens: 'Als geleerden, heren, zijn wij het aan onze stand verplicht meneer Norrell de mogelijkheid te bieden ons te overtuigen.' En aldus werd er besloten meneer Norrell nogmaals een brief te schrijven.

Het was alle tovenaars volkomen duidelijk dat meneer Honeyfoot en meneer Segundus de zaak erg slecht hadden aangepakt. Vooral waar het meneer Norrell's geweldige bibliotheek betrof, waren ze opmerkelijk dom te werk gegaan, want ze waren niet eens in staat er een behoorlijke beschrijving van te geven. Wat hadden ze gezien? O, boeken, veel boeken. Een opvallend aantal boeken? Ja, zijzelf hadden het op dat moment opvallend gevonden. Zeldzame boeken? Hm, waarschijnlijk wel. Hadden ze toestemming gekregen de boeken uit de kast te halen en in te zien? O, nee! Meneer Norrell was niet zo ver gegaan hun daartoe uit te nodigen. Maar hadden ze de titels gelezen? Jazeker. Goed dan, wat waren de titels van de boeken die ze hadden gezien? Ze wisten het niet meer, ze konden het zich niet herinneren. Meneer Segundus zei dat een van de boeken een titel had die begon met een 'r', maar dat was alles wat hij kon vertellen. Het was allemaal erg vreemd.

Al die tijd had meneer Thorpe de intentie gehad zelf de brief aan meneer Norrell te schrijven, maar er was een groot aantal tovenaars in de zaal dat voornamelijk voornemens was meneer Norrell te beledigen in antwoord op diens schaamteloosheid. Die heren waren zeer terecht van mening dat dr Foxcastle de brief maar moest schrijven, omdat dat de beste manier zou zijn om meneer Norrell te krenken. Aldus werd besloten.

Enige tijd later kwam er een boos antwoord terug.

Hurtfew Abbey, Yorkshire
1 februari 1807

Meneer,

De afgelopen jaren ben ik twee keer vereerd met een brief van de heren van het Geleerde Genootschap van de Tovenaars van York, met het verzoek mijn kennis met hen te delen. Zojuist ontving ik een derde brief, waarin de afkeuring van het genootschap jegens mij wordt uitgesproken.

De hoogachting van het genootschap blijkt men net zo gemakkelijk te kunnen verliezen als winnen, en men komt er waarschijnlijk nooit achter hoe dat kon gebeuren. Op de specifieke aanklacht in uw brief, dat ik mijn bekwaamheden heb overdreven en aanspraak maak op krachten die ik onmogelijk kan bezitten, heb ik slechts het volgende te zeggen: anderen schrijven hun gebrek aan succes wellicht liever toe aan een fout van de wereld om hen heen dan aan hun eigen schamele kennis, maar de waarheid is dat magie even goed tot stand te brengen is in deze eeuw als in iedere andere, zoals ik de afgelopen twintig jaar tot mijn eigen voldoening meerdere malen heb bewezen. Maar, heren, wat is dan mijn beloning voor het feit dat ik méér dan anderen van mijn vaardigheid houd? Voor mijn vlijtige streven naar perfectie? Nu gaat wijd en zijd het verhaal dat ik een fantast ben, mijn professionele bekwaamheden worden gebagatelliseerd en er wordt aan mijn woord getwijfeld. U zult onder dit soort omstandigheden niet verbaasd zijn dat ik me niet genegen voel het genootschap ook maar het minste genoegen te doen, laat staan dat ik u mijn magie wil tonen. Het Geleerde Genootschap van de Tovenaars van York komt aankomende woensdag bijeen, en op die dag zal ik u informeren omtrent mijn voornemens.

Uw dienaar,
Gilbert Norrell

Dit was allemaal nogal onaangenaam en mysterieus. De theoretische tovenaars wachtten ietwat nerveus af wat de praktiserend tovenaar hun zou sturen. Dat bleek uiteindelijk niets verontrustends te zijn. Het was slechts een advocaat, een glimlachende, hoofdknikkende, buigende advocaat, een volkomen alledaagse advocaat die Robinson heette. Hij droeg keurige zwarte kledij met keurige geitenleren schoenen en een document van het soort dat de heren van het genootschap van York nooit eerder hadden gezien: een concept van een contract, opgemaakt in overeenstemming met de lang vergeten Engelse richtlijnen van het magische recht.

Meneer Robinson kwam om klokslag acht uur de ruimte boven de Old Starre Inn binnenlopen en leek ervan uit te gaan dat hij verwacht werd. Meneer Robinson had in Coney-street een kantoor met twee klerken. Bij de meeste heren was hij heel bekend.

'Ik moet u opbiechten, heren,' zei meneer Robinson glimlachend, 'dat dit document hoofdzakelijk het werk is van mijn opdrachtgever, de heer Norrell. Ik ben geen expert op het gebied van thaumatologisch recht. Wie wel, vandaag de dag? Niettemin neem ik aan dat u zo vriendelijk zult zijn mij te corrigeren als ik een vergissing bega.'

Een aantal tovenaars knikte wijs.

Meneer Robinson was een zeer beschaafd mens. Hij was zo verzorgd, zo blakend gezond en zo blij met alles om zich heen, dat hij letterlijk straalde. Dat was iets wat je eigenlijk alleen zou verwachten bij een elf of een engel, en in het geval van een advocaat is het ietwat verontrustend. Hij behandelde de heren van het genootschap van York met de grootste eerbied, want hoewel hij niets wist van magie, nam hij aan dat het erg moeilijk was en enorme concentratie vereiste. Meneer Robinson's professionele bescheidenheid en oprechte bewondering voor het genootschap van York gingen echter gepaard met de prettige gedachte dat deze monumentale knappe koppen nu hun gepieker over esoterische zaken even moesten staken om naar hem te luisteren. Hij zette een bril met een goudkleurig montuur op zijn neus, waarmee hij nog meer glans toevoegde aan zijn stralende persoonlijkheid.

Meneer Robinson zei dat meneer Norrell op een vastgestelde plaats en op een vastgesteld tijdstip enige magie zou verrichten. 'Ik hoop, heren, dat u er geen bezwaar tegen heeft als mijn opdrachtgever de tijd en plaats vaststelt?'

Dat hadden de heren niet.

'In dat geval zal het vrijdag over twee weken plaatsvinden in de kathedraal.'[2]

Meneer Robinson zei dat meneer Norrell zijn bewering dat hij een praktiserend tovenaar was publiekelijk zou intrekken als hij faalde – sterker nog, hij gaf zijn erewoord in dat geval nooit meer op enige magische titel aanspraak te maken.

'Zo ver hoeft hij niet te gaan,' zei meneer Thorpe. 'Wij koesteren niet het verlangen hem te straffen. Wij wensten slechts zijn beweringen op de proef te stellen.'

Meneer Robinson's stralende glimlach vervaagde een beetje, alsof hij iets tamelijk onaangenaams te melden had en niet goed wist waar hij moest beginnen.

'Wacht,' zei meneer Segundus, 'we hebben het andere deel van de afspraak nog niet vernomen. We hebben nog niet gehoord wat hij van óns verwacht.'

Meneer Robinson knikte. Het bleek dat meneer Norrell van zins was iedere tovenaar van het genootschap van York precies hetzelfde te

[2] De grote kerk van York is zowel een kathedraal (de kerk waar de troon van de bisschop of aartsbisschop staat) als een kloosterkerk (een kerk die in vroeger tijden door een missionaris is gesticht). In de loop van de tijd heeft hij afwisselend beide namen gedragen. In het verre verleden werd hij gewoonlijk kloosterkerk genoemd, maar tegenwoordig prefereren de inwoners van York de term kathedraal, want daarmee is hun kerk verheven boven die van de naburige steden Ripon en Beverly. Ripon en Beverly hebben wel kloosterkerken, maar geen kathedralen.

doen beloven als hij. Met andere woorden: als hij slaagde in zijn opzet, moesten zij onmiddellijk het Genootschap van de Tovenaars van York ontbinden en mocht geen van hen ooit nog de titel van tovenaar voeren. Uiteindelijk, zei meneer Robinson, zou dit niet meer dan redelijk zijn, daar meneer Norrell dan zou hebben bewezen dat hij de enige echte tovenaar in Yorkshire was.

'En zal er een derde persoon, een onafhankelijke partij worden ingeschakeld, die beslist of de toverkunst tot stand is gebracht?' vroeg meneer Thorpe.

Die vraag leek meneer Robinson in verwarring te brengen. Hij hoopte dat ze het hem wilden vergeven als hij het verkeerd begrepen had, zei hij, want hen beledigen was wel het laatste wat hij wilde, maar hij dacht dat alle aanwezigen tovenaars waren.

O, jazeker, knikten de leden van het genootschap van York, ze waren allemaal tovenaar.

Dan zouden ze magie ongetwijfeld herkennen als ze die zagen, zei meneer Robinson. Niemand was daar toch beter toe in staat dan zij?

Een andere heer vroeg wat voor soort magie meneer Norrell van plan was uit te voeren. Meneer Robinson putte zich uit in beleefde verontschuldigingen en uitvoerige verklaringen: hij kon het hun niet zeggen, hij wist het niet.

Het zou het geduld van mijn lezers te zeer op de proef stellen als ik alle omslachtige redenen zou opnoemen die de heren van het genootschap van York ertoe brachten om meneer Norrell's overeenkomst te ondertekenen. Velen werden gedreven door ijdelheid. Ze hadden immers openlijk de stelling ingenomen dat ze niet geloofden dat meneer Norrell kon toveren, en ze hadden Norrell openlijk uitgedaagd het te bewijzen. Onder dergelijke omstandigheden zou het een bijzonder dwaze indruk wekken als ze van gedachten veranderden. Dat geloofden ze althans.

Meneer Honeyfoot, daarentegen, tekende juist omdat hij geloofde in Norrell's toverkunst. Meneer Honeyfoot hoopte dat meneer Norrell door deze demonstratie van zijn krachten algemene bekendheid zou krijgen en ter meerdere eer en glorie van zijn vaderland zijn toverkunsten zou voortzetten.

Sommige heren lieten zich verleiden door de gedachte, hun aangedragen door Norrell en overgebracht door Robinson, dat zij zichzelf geen echte tovenaars mochten noemen als ze niet tekenden.

Dus tekenden de tovenaars van York ter plekke en een voor een het document dat meneer Robinson had meegebracht. De laatste tovenaar die zijn handtekening moest zetten, was meneer Segundus.

'Ik teken niet,' zei hij, 'want magie is mijn leven. Meneer Norrell mag dan gelijk hebben als hij mij een matig geleerde noemt, maar wat blijft er over als ook dat me wordt afgenomen?'

Stilte.

'O!' zei meneer Robinson. 'Nou, dat is... Bent u er zeker van, meneer, dat u het document niet wilt tekenen? U ziet dat al uw vrienden hebben getekend. U zult de enige zijn die het niet doet.'

'Ik ben er zeker van,' zei meneer Segundus. 'Dank u.'

'O!' zei meneer Robinson. 'Goed, in dat geval moet ik toegeven dat ik niet precies weet hoe ik te werk moet gaan. Mijn opdrachtgever heeft me niet gezegd wat te doen indien slechts enkele heren zouden tekenen. Ik zal morgenochtend met mijn opdrachtgever overleggen.'

Iedereen kon dr Foxcastle horen, toen hij tegen meneer Hart of Hunt opmerkte dat het alweer die nieuwkomer was die problemen voor iedereen veroorzaakte.

Twee dagen later echter bracht meneer Robinson dr Foxcastle het bericht dat meneer Norrell in dit specifieke geval graag bereid was meneer Segundus' weigering te tekenen door de vingers te zien. Hij zou het document beschouwen als een overeenkomst met alle leden van het genootschap van York, meneer Segundus uitgezonderd.

De nacht voordat meneer Norrell zijn toverkunst zou laten zien, sneeuwde het in York. 's Ochtends waren het vuil en de modder van de stad dan ook vervangen door smetteloos wit. Het geluid van paardenhoeven en voetstappen werd gedempt en de stemmen van de inwoners van York verstomden in de witte stilte, die ieder geluid opslokte. Meneer Norrell had een tijdstip heel vroeg in de ochtend vastgesteld. Iedere tovenaar van York ontbeet in zijn eigen huis. Ze keken in stilte toe hoe een bediende koffie inschonk, een warm wit broodje voor hen brak en de boter aangaf. De vrouw, de zuster, de dochter, de schoondochter of de nicht die gewoonlijk deze kleine diensten uitvoerde, lag nog in bed en ze moesten het stellen zonder het plezierige huishoudelijke vrouwenpraatje, waarover de heren van het genootschap van York zeer minachtend deden, maar dat in werkelijkheid het zoete en zachte refrein was in de muziek van hun dagelijks bestaan. De ontbijtkamers waar deze heren zaten, waren bovendien anders dan de dag ervoor. De winterse duisternis was verdwenen en er was een afschuwelijk licht voor in de plaats gekomen. De winterzon werd vele malen gereflecteerd door de sneeuw. Er scheen een verblindend licht op het witlinnen tafelkleed. De rozenknopjes, die een patroon vormden op de mooie koffiekopjes van de dochter, leken er bijna in te dansen. Zonnestralen weerkaatsten op de zilveren koffiepot van de nicht, en de glimlachende porseleinen herderinnetjes van de schoondochter werden glanzende engelen. Het leek alsof de tafel was gedekt met elfenzilver en kristal.

Meneer Segundus, die in Lady-Peckitt's-yard op de derde verdieping zijn hoofd naar buiten stak, dacht dat meneer Norrell zijn toverkunst misschien al had uitgevoerd en dat dit het resultaat was. Boven hem klonk een dreigend gerommel en hij trok snel zijn hoofd terug, om het pak sneeuw te ontwijken dat onverwacht uit de dakgoot viel.

Meneer Segundus had net zo min een bediende als een vrouw, zuster, dochter, schoondochter, of nicht, maar mevrouw Pleasance, zijn hospita, was een vroege vogel. In de afgelopen twee weken had ze hem veelvuldig horen zuchten boven zijn boeken en ze hoopte dat ze hem kon opvrolijken met een ontbijt van twee vers gegrilde haringen, thee met verse melk, en witbrood met boter op een blauwwit porseleinen bord. Met hetzelfde edelmoedige doel was ze bij hem gaan zitten om met hem te praten. Toen ze zag hoe wanhopig hij keek, riep ze uit: 'O! Ik zou niets met die oude man te maken willen hebben!'

Meneer Segundus had mevrouw Pleasance niet verteld dat meneer Norrell oud was en toch dacht ze dat hij dat moest zijn. Door de verhalen van meneer Segundus had ze zich een beeld van hem gevormd als een vrek, die magie hamsterde in plaats van goud. Ik laat het aan de lezer over om naarmate het verhaal vordert te oordelen over de juistheid van deze karakterschets van meneer Norrell. Net als mevrouw Pleasance stel ik me altijd voor dat vrekken oud zijn. Ik kan niet precies zeggen waarom, want ik weet zeker dat er evenveel jonge als oude vrekken zijn. En of meneer Norrell nu daadwerkelijk oud was of niet, hij was het type man dat op zijn zeventiende al oud leek.

Mevrouw Pleasance ging verder: 'Toen meneer Pleasance nog leefde, zei hij altijd dat er in York geen enkele man of vrouw was die een beter brood kon bakken dan ik, en ook andere mensen waren zo vriendelijk te zeggen dat ze nooit van hun leven zulk lekker brood hadden geproefd. Ik heb altijd lekker eten gemaakt, want wat ik doe, doe ik graag goed, en als er nu zo'n rare geest uit een Arabisch sprookje uit deze theepot kwam en ik drie wensen mocht doen, hoop ik dat ik niet zo onvriendelijk zou zijn te proberen anderen te laten ophouden met brood bakken. En als hun brood even lekker is als dat van mij, dan zie ik niet in waarom mij dat zou kwetsen, want het is juist fijn voor hen. Kom, meneer, proeft u eens een stukje,' zei ze, terwijl ze haar huurder een bordvol met het bejubelde brood toeschoof. 'Het staat me niet aan dat u zo mager wordt. Straks zeggen de mensen nog dat Hettie Pleasance haar huishoudelijke vaardigheden is verleerd. Was u maar niet zo somber, meneer. U heeft dat verraderlijke document niet getekend, dus als de andere heren gedwongen worden op te geven, dan kunt u nog steeds doorgaan. En ik hoop van harte, meneer Segundus, dat u grote ontdekkingen zult doen en dan zal meneer Norrell, die zo'n hoge dunk van zichzelf heeft, graag een partnerschap met u aangaan. Dan zal hij zijn dwaze hoogmoed wel betreuren.'

Meneer Segundus glimlachte en bedankte haar. 'Maar ik denk niet dat dat gaat gebeuren. Mijn voornaamste probleem zal een gebrek aan materialen zijn. Ik heb zelf heel weinig, en als het genootschap uiteenvalt... Tja, ik kan niet voorspellen wat er dan met de boeken zal gebeuren, maar ik betwijfel of ik ze zal krijgen.'

Meneer Segundus at zijn haringen en zijn brood, dat inderdaad zo smakelijk was als wijlen meneer Pleasance en zijn vrienden hadden beweerd, en dronk wat thee. Hun vermogen om een gekweld hart te sussen moet groter zijn geweest dan hij had verwacht, want hij merkte dat hij zich een beetje beter voelde. Nu hij zich wat verkwikt voelde, trok hij zijn overjas aan, zette zijn hoed op, knoopte zijn sjaal om, trok zijn handschoenen aan en stampte over de besneeuwde straten naar de plek die meneer Norrell had aangewezen voor de wonderen die deze dag zouden plaatsvinden: de kathedraal van York.

Ik hoop dat mijn lezers bekend zijn met een oude Engelse stad met een kathedraal, want anders ben ik bang dat de betekenis aan hen voorbijgaat van het feit dat meneer Norrell juist voor een dergelijke lokatie had gekozen. U moet begrijpen dat in een oude kathedraalstad de grote oude kerk niet zo maar een gebouw is: het is hét gebouw, verheven boven alle anderen qua grootte, schoonheid en plechtstatigheid. Zelfs wanneer in deze moderne tijden een oude kathedraalstad is toegerust met verfijnde zaken als bestuursgebouwen, balzalen en vergaderruimtes – en York was in dezen goed voorzien – zal de kathedraal, die getuigt van de toewijding van onze voorvaderen, daar ver boven uitstijgen. Het is alsof de stad in zijn binnenste iets herbergt wat groter is dan hijzelf. Als je in de wirwar van smalle straatjes met je dagelijks werk bezig bent, zul je de kathedraal zeker uit het oog verliezen, maar dan lijken de gebouwen uiteen te wijken en staat hij daar plotseling, vele malen hoger en vele malen groter dan welk ander gebouw ook. Op dat moment realiseer je je dat je het hart van de stad hebt bereikt en dat alle straten en lanen er uiteindelijk naar toe leiden: naar dat oord vol mysteries, die ondoorgrondelijker waren dan die waar meneer Norrell weet van had. Dergelijke gedachten speelden door meneer Segundus' hoofd, terwijl hij de binnenplaats opliep en voor de grote, sombere blauwe schaduw aan de westkant van de kathedraal bleef staan. Daar kwam dr Foxcastle als een breed zwart schip magistraal de hoek om zeilen. Toen hij meneer Segundus in het oog kreeg, paste hij zijn koers aan om dat heerschap goedemorgen te wensen.

'Meneer,' zei dr Foxcastle, 'zou u zo vriendelijk willen zijn mij aan meneer Norrell voor te stellen? Met hem zou ik graag kennismaken.'

'Met alle genoegen, meneer,' zei meneer Segundus en hij keek om zich heen. Vanwege het weer waren de meeste mensen thuisgebleven, en er waren slechts een paar donkere gestalten die zich over het witte veld haastten dat zich voor de grote grijze kerk uitstrekte. Als je ze nauwkeuriger bekeek, bleken het heren van het genootschap van York, predikanten of bedienden van de kathedraal te zijn – kosters en ordebewaarders, hulpdirigenten van het koor, proosten, vegers van het dwarsschip en dergelijke – die er ondanks de sneeuw door hun meerderen op uit waren gestuurd om toe te zien op de kerkelijke beslommeringen.

'Ik zou u dat genoegen graag doen, meneer,' zei meneer Segundus, 'maar ik zie meneer Norrell nergens.'

Toch was er iemand.

Vlak voor de kathedraal stond iemand in zijn eentje in de sneeuw. Het was een donkerharig iemand, die niet bepaald een achtenswaardige indruk wekte en die meneer Segundus en dr Foxcastle met grote belangstelling opnam. Zijn slordige haar hing als een zwarte waterval over zijn schouders. Hij had een krachtig, smal gezicht dat er ietwat knoestig uitzag, als de wortel van een boom, met een lange, smalle neus. En hoewel zijn huid erg bleek was, leek zijn gezicht duister. Misschien kwam dat door zijn donkere ogen, of door het lange, vette zwarte haar. Even later liep deze persoon op de twee tovenaars af, en zei met een lichte buiging dat hij hoopte dat zij hem wilden verontschuldigen dat hij hun tijd in beslag nam, maar dat hij erop was geattendeerd dat zij voor dezelfde zaak waren gekomen als hij. Hij zei dat hij John Childermass heette en dat hij, voor bepaalde aangelegenheden, de zaakgelastigde was van meneer Norrell. Hij vertelde echter niet om welke aangelegenheden het precies ging.

'U komt mij bekend voor,' zei meneer Segundus bedachtzaam. 'Volgens mij heb ik u eerder gezien. Klopt dat?'

Er veranderde iets in het duistere gezicht van Childermass, maar het was ogenblikkelijk weer verdwenen en het was onmogelijk te zeggen of het een frons of een lach was geweest. 'Ik ben vaak uit naam van meneer Norrell voor zaken in York, meneer. Misschien heeft u mij in een van de boekwinkels in de stad gezien?'

'Nee,' zei meneer Segundus. 'Ik heb u ergens anders gezien... Ik zie u voor me... Maar waar...? O! Het schiet mij dadelijk wel te binnen!'

Childermass trok een wenkbrauw op, alsof hij wilde zeggen dat hij dat betwijfelde.

'Maar meneer Norrell komt zelf toch ook?' vroeg dr Foxcastle.

Childermass vroeg dr Foxcastle het hem niet kwalijk te nemen, maar hij dacht niet dat meneer Norrell zou komen. Hij dacht niet dat meneer Norrell reden had om te komen.

'O!' riep dr Foxcastle. 'Dus hij geeft zich gewonnen? Wel heb ik ooit. De arme man. Ik neem aan dat hij zich erg dwaas voelt. En terecht. Het was in ieder geval een nobele poging. We zullen het hem niet aanrekenen dat hij het probeerde.' Dr Foxcastle was behoorlijk opgelucht dat hij geen magie te zien zou krijgen, en dat stemde hem grootmoedig.

Childermass vroeg dr Foxcastle nogmaals het hem niet kwalijk te nemen, maar hij was bang dat dr Foxcastle zijn bedoeling verkeerd had begrepen. Meneer Norrell zou wel degelijk magie verrichten. Dat zou hij echter doen vanuit Hurtfew Abbey, en de resultaten zouden in York te zien zijn. 'Een heer,' zei Childermass tegen dr Foxcastle, 'verlaat zijn hoekje bij de haard niet graag, tenzij hij geen keus heeft. Ik durf te wedden dat u hier ook niet in de kou en nattigheid zou staan als u de zaak vanuit uw eigen zitkamer had kunnen bekijken.'

Dr Foxcastle ademde scherp in en wierp een blik op John Childermass die duidelijk aangaf dat hij de zaakgelastigde behoorlijk brutaal vond.

Childermass leek niet erg onder de indruk van de mening die dr Foxcastle over hem had. Sterker nog, hij leek er zelfs door geamuseerd. Hij zei: 'Het is tijd, heren. Ik raad u aan uw plaats in de kerk in te nemen. Ik ben ervan overtuigd dat u het zou betreuren als u dit moest missen, terwijl er zo veel op het spel staat.'

Het was twintig minuten over het hele uur, en andere heren van het genootschap van York liepen al via de deur in het zuidelijke transept achter elkaar de kathedraal in. Enkelen van hen keken om zich heen voordat ze naar binnen gingen, alsof ze nog één keer innig afscheid wilden nemen van de wereld, waarvan ze niet zeker wisten of ze die ooit zouden weerzien.

3

De stenen van York

februari 1807

Een grote oude kerk is niet alleen in hartje winter een ontmoedigende plaats, maar ook in aangenamere jaargetijden. Het lijkt alsof de kou van honderden winters in zijn stenen besloten ligt en er langzaam weer uitsijpelt. De heren van het genootschap van York waren gedwongen in het koude, dampige, schemerige interieur van de kathedraal te wachten op de verrassing, zonder te weten of het een plezierige verrassing zou zijn.

Meneer Honeyfoot deed zijn best om opgewekt te glimlachen naar zijn metgezellen, maar het was een weinig geslaagde poging van de man die normaal gesproken zo vaardig was in het vriendelijk glimlachen.

Op dat moment begonnen de klokken te luiden. Het waren slechts de klokken van St Michael-le-Belfrey, die het halve uur aangaven, maar binnen in de kathedraal klonken ze vreemd ver weg, alsof ze in een ander land hingen. Het was geen vrolijk geluid, integendeel. De heren van het genootschap van York wisten heel goed dat klokgelui vaak samenging met magie en met name met de magie van die onaardse wezens: elfen. Ze wisten dat er in vroeger tijden vaak zilveren klokken luidden op het moment dat een uitzonderlijk deugdzame of bekoorlijke Engelsman of -vrouw op het punt stond voorgoed te worden meegevoerd door elfen naar een vreemd en spookachtig land. Zelfs de Ravenkoning, die niet eens een elf was maar een Engelsman, had de ietwat betreurenswaardige gewoonte mannen en vrouwen mee te voeren naar zijn kasteel in de Andere Landen[1]. Welnu, als u of ik de macht had om door middel van magie iemand van onze voorkeur mee te nemen en voor eeuwig bij ons te houden, en we de hele wereld hadden om uit te kiezen, dan durf ik te beweren dat onze keus zou vallen op een boeiender persoon dan een lid van het Geleerde Genootschap van de Tovenaars van York. Deze geruststellende gedachte kwam echter niet op bij de heren in de kathedraal, en sommigen vroegen zich af hoe boos meneer Norrell was geworden over de brief van dr Foxcastle. Ze begonnen echt bang te worden.

Toen het gelui van de klokken wegstierf, sprak er een stem ergens in de donkere schaduwen hoog boven hun hoofd. De tovenaars spitsten hun oren. De meesten waren nu zo gespannen en nerveus dat ze zich inbeeldden dat zij instructies kregen, net als in een sprookje. Ze dachten dat ze wellicht mysterieuze verboden opgelegd kregen. Zoals de tovenaars wisten uit die sprookjes, zijn dat soort instructies en verbo-

---

[1] In de bekende ballade 'De Ravenkoning' wordt zo'n ontvoering beschreven.

Mijn vader zei: niet lang, niet lang
zul jij nog bij ons zijn
De Ravenkoning neemt en heeft
geen weet van mijn en dijn

De priester was te wereldlijk
al bad hij voor mijn ziel
De Ravenkoning nam mijn hand,
de priester, ach hij viel

Haar hart kon mij niet redden,
ze zei: ik houd van jou
Maar toen de Ravenkoning kwam
verliet ze mij algauw

Ons land lijkt nu geschilderd
als een tekening, niet meer
En alle lijnen buigen
want daar is de koning weer

Nu en dan en voor altijd,
bid ik je: denk aan mij,
op de moer, onder de sterren
aan des Konings zij.

den vaak een beetje vreemd, maar niet moeilijk om je aan te houden – althans, zo lijkt het op het eerste gezicht. In de regel zijn het dingen als: eet niet de laatste gesuikerde pruim uit de blauwe pot in het hoekkastje, of: sla je vrouw niet met een stok van alsem. En toch wordt in alle sprookjes verteld dat de omstandigheden altijd samenspannen tegen de persoon die de instructies ontvangt, waardoor die uiteindelijk precies datgene doet wat hem verboden is, met als gevolg dat hij een afschuwelijk noodlot over zichzelf afroept.

In het beste geval dachten de tovenaars dat hun noodlot langzaam voor hen werd opgelezen. Het was echter niet duidelijk in welke taal de stem sprak. Eén keer dacht meneer Segundus een woord te horen dat klonk als ‘boosaardig’, en een andere keer verstond hij *interficere*, een Oud-Latijns woord dat ‘vermoorden’ betekent. De stem zelf was moeilijk te verstaan. Hij leek in niets op een menselijke stem, wat de angst van de heren dat er ieder moment elfen konden verschijnen alleen maar aanwakkerde. Het geluid was bijzonder krassend, diep en krakerig, alsof er twee stenen tegen elkaar geschuurd werden. En toch waren de geluiden die geproduceerd werden duidelijk bedoeld als spraak. Sterker nog, het wás spraak. De heren tuurden vol angstige verwachting omhoog naar de duisternis, maar er was niets te zien, behalve de vage vorm van een stenen figuurtje, dat ontsproot uit een van de vlakken van een grote zuil en uitstak in de duistere ruimte. Naarmate ze gewend raakten aan het vreemde geluid, herkenden ze steeds meer woorden: Oud-Engelse en Oud-Latijnse woorden, die door elkaar heen werden gebruikt, alsof de spreker niet besefte dat het twee verschillende talen waren. Gelukkig leverde deze abominabele mengeling weinig problemen op voor de tovenaars, van wie de meesten gewend waren het gewauwel en de geschriften van oude geleerden te ontrafelen. In begrijpelijke taal luidde het ongeveer als volgt: *Lang, lang geleden*, zei de stem, *meer dan vijfhonderd jaar geleden, kwam er op een dag in de winter tegen schemertijd een jongeman de kerk binnen, samen met een jong meisje met klimopblaadjes in haar haar. Behalve de stenen was er niemand die zag hoe hij haar wurgde. Hij liet haar dood neervallen op de stenen en niemand zag het, behalve de stenen. Hij werd nooit gestraft voor zijn zonde, omdat er geen andere getuigen waren dan de stenen. De jaren verstreken en iedere keer dat de man de kerk binnenkwam en zich bij de menigte voegde, schreeuwden de stenen dat dit de man was die het meisje met de klimopblaadjes in haar haar had vermoord, maar niemand hoorde ons. Maar het is nog niet te laat! We weten waar hij begraven ligt! In de hoek van het zuidelijke dwarsschip! Snel! Snel! Pak de pikhouwelen! Pak de spades! Til het stenen plaveisel op! Graaf zijn botten op! Sla ze stuk met een spade! Smijt zijn schedel tegen de pilaren stuk! Laat ook de stenen wraak nemen! Het is nog niet te laat! Het is nog niet te laat!*

De tovenaars kregen nauwelijks de kans om dit op zich in te laten werken en zich af te vragen wie er sprak, want bijna meteen begon een andere stenen stem te spreken. Deze keer leek de stem uit het koor te komen en hij sprak alleen Engels, maar het was een vreemd soort Engels, vol klassieke, vergeten woorden. De stem klaagde over soldaten die de kerk waren binnengekomen en enkele ramen hadden gebroken. Honderd jaar later waren ze teruggekomen en hadden ze een koorhek vernield, de aangezichten van de heiligenbeelden geschonden en het zilver meegenomen. Eén keer hadden ze hun pijlpunten geslepen aan de rand van het doopvont. Driehonderd jaar later hadden ze pistoolschoten gelost in de kapittelzaal. De tweede stem leek niet te begrijpen dat een grote kerk wellicht duizenden jaren kon blijven bestaan, maar dat mensen niet zo lang bleven leven. 'Zij scheppen genoegen in vernietiging!' schreeuwde de stem. 'Ze verdienen het zelf vernietigd te worden!' Net als de eerste scheen deze spreker ontelbare jaren in de kerk te hebben gestaan. Waarschijnlijk had hij vele lange preken en gebeden aangehoord. Toch waren de zachtaardige, christelijke deugden – barmhartigheid, liefde en deemoed – hem onbekend. En al die tijd treurde de eerste stem over het dode meisje met de klimopblaadjes in haar haar. De twee korrelige stemmen botsten erg onaangenaam met elkaar.

Meneer Thorpe, een moedig man, liep in zijn eentje naar het koor en gluurde naar binnen om te zien wie er sprak. 'Het is een standbeeld,' zei hij.

Opnieuw tuurden de heren van het genootschap van York omhoog naar het duister boven hun hoofd, in de richting van de eerste onaardse stem. En deze keer waren er maar weinigen die eraan twijfelden dat het het stenen figuurtje was dat sprak, want toen zij goed keken zagen ze hoe hij vol smart met zijn dikke, stompe armpjes zwaaide.

Toen begonnen alle beelden en monumenten in de kathedraal te spreken, en met hun stenen stemmen vertelden ze wat ze in hun stenen leven hadden gezien. De herrie was onbeschrijflijk, vertelde meneer Segundus later aan mevrouw Pleasance. De kathedraal van York stond namelijk vol met gebeeldhouwde figuurtjes en vreemde dieren die met hun vleugels klapperden.

Vele klaagden over hun buren, en misschien is dat niet zo verrassend, aangezien ze al honderden jaren bij elkaar stonden. Er waren vijftien stenen koningen, die allemaal op een stenen sokkel in een groot stenen koorhek stonden. Hun haar was sterk gekruld, alsof het in papillotten was gedraaid en nooit uitgekamd. Als ze naar hen keek, kon mevrouw Honeyfoot het nooit laten om te zeggen dat ze het liefst hun koninklijke haar zou uitborstelen. Zodra de koningen hun stem hadden gevonden, maakten ze ruzie met elkaar en scholden elkaar uit. De sokkels waren namelijk allemaal even hoog, en koningen, zelfs stenen koningen, kunnen het werkelijk niet uitstaan wanneer ze allemaal op gelijke hoogte staan. Daarnaast was er een kleine groep vreemde figuren, die met hun armen aan elkaar vastzaten en vanaf een oude zuil met hun stenen ogen omlaag keken. Vanaf het moment dat de betovering in werking trad, probeerden ze elkaar van zich af te duwen, alsof zelfs stenen armen na ongeveer een eeuw pijn beginnen te doen en ook stenen mensen er genoeg van krijgen om aan elkaar gekluisterd te zijn.

Eén standbeeld sprak in een taal die op Italiaans leek. Niemand wist waarom, maar meneer Segundus ontdekte later dat het een kopie was van een werk van Michael Angelo. Het standbeeld leek een totaal andere kerk te beschrijven, één waar de sterke donkere kleuren in scherp contrast stonden met het stralende licht. Met andere woorden, het beschreef wat het origineel in Rome kon zien.

Meneer Segundus was vergenoegd te zien dat de tovenaars ondanks hun angst in de kerk bleven. Sommigen waren zo verbaasd door wat ze zagen dat ze algauw hun angst vergeten waren, en heen en weer renden om steeds meer wonderen te ontdekken en te observeren. Met potlood maakten ze aantekeningen in notitieboekjes, alsof ze het verraderlijke document waren vergeten dat hen met ingang van die dag verbood magie te bestuderen. De tovenaars van York – die binnenkort helaas geen tovenaars meer zouden zijn – dwaalden door de zijbeuken en waren getuige van wonderen. En al die tijd werden hun oren bestookt met een afschuwelijke kakofonie van duizend stenen stemmen, die allemaal door elkaar praatten.

In de kapittelzaal waren stenen gewelven met allerlei stenen hoofdjes, met daarop vreemde hoofddeksels, die allemaal tegelijk kletsten en kwebbelden. Hier waren prachtige stenen gravures van wel honderd inheemse bomen: de meidoorn, de eik, de sleedoorn, de alsem, de kersenboom en wijnranken. Meneer Segundus vond twee stenen draken, niet groter dan zijn onderarm, die tussen, over en onder stenen meidoorntakken, stenen meidoornbladeren, stenen meidoornwortels en stenen meidoornranken achter elkaar aan slopen. Ze leken zich net zo gemakkelijk te kunnen bewegen als ieder ander wezen, maar toch was het een zeer ergerlijk geluid: dat van al die stenen spieren, die onder een huid van steen bewogen en langs stenen ribben schuurden, die weer tegen een hart van steen botsten – en dat van stenen klauwen die over stenen takken kletterden. Meneer Segundus vroeg zich af hoe ze het konden verdragen. Hij zag dat er een kleine wolk zanderig stof opsteeg, zoals bij een steenhouwer die aan het werk is, en dat die hen omringde. Hij dacht dat ze zouden verslijten tot een dun plakje kalksteen, als de betovering hun zou toestaan tot in lengte der dagen te blijven bewegen.

Stenen bladeren en kruiden trilden en beefden alsof ze door de wind werden beroerd, en enkele imiteerden zelfs hun plantaardige tegenhangers door te groeien. Later, toen de betovering was verbroken, werden er rond de zetels, de katheders en gebedenboeken stenen klimopranken en rozenloten aangetroffen die er voorheen niet waren geweest.

Maar niet alleen de tovenaars van het genootschap van York zagen die dag wonderen gebeuren. Misschien was het zijn bedoeling geweest en misschien ook niet, maar meneer Norrell's magie had zich voorbij het terrein van de kathedraal uitgestrekt tot in de stad. Drie beelden aan de westkant van de kathedraal waren voor reparatie naar de werkplaats van meneer Taylor gebracht. Na vele eeuwen in de regen van York waren de beelden versleten, en niemand wist nog welke luisterrijke personages zij moesten voorstellen. Om half elf hief een van meneer Taylor's steenhouwers zijn beitel om het gezicht van een van de standbeelden om te vormen tot dat van een knappe vrouwelijke heilige. Op dat moment hief het beeld onder luid geschreeuw een arm om de beitel af te weren, waarop de arme ambachtsman flauwviel. De standbeelden werden later onaangeroerd teruggebracht naar de kathedraal, met versleten gezichten zo glad als zandkoekjes en zo nietszeggend als boter.

Toen leek het geluid opeens te veranderen, en een voor een verstomden de stemmen. Kort daarop hoorden de tovenaars de klokken van St Michael-le-Belfrey weer het halve uur slaan. De eerste stem, de stem van het figuurtje in de duisternis boven hen, ging zelfs toen de andere beelden al zwegen nog even door met zijn jammerklacht over de nooit ontdekte moord – *Het is nog niet te laat! Het is nog niet te laat!* – maar uiteindelijk viel ook hij stil.

De wereld was veranderd terwijl de tovenaars in de kathedraal waren. De magie was terug in Engeland, of de tovenaars dat nu leuk vonden of niet. Er deden zich ook andere, meer prozaïsche veranderingen voor. Zware sneeuwwolken hadden zich samengepakt aan de hemel. Ze waren niet echt grijs, eerder een vreemde mengeling van grijsblauw en zeegroen. Die vreemde tinten zorgden voor een soort schemering zoals men die zou verwachten in fabelachtige koninkrijken onder de zeespiegel.

Meneer Segundus was erg moe geworden van dit avontuur. Andere heren waren banger geweest dan hij: hij had magie gezien en hij vond het nog mooier dan hij had verwacht. Desondanks was hij zeer verontrust nu het voorbij was, en hij hoopte vurig dat hij stilletjes naar huis zou kunnen gaan zonder dat iemand hem zou aanspreken. Hij voelde zich nog steeds erg wankel, toen de zaakgelastigde van meneer Norrell hem staande hield en aansprak.

'Ik geloof, meneer,' zei meneer Childermass, 'dat het genootschap nu ontbonden moet worden. Het spijt me.'

Het was misschien helemaal te wijten aan meneer Segundus' neerslachtigheid, maar hij vermoedde dat Childermass, ondanks zijn eerbiedige houding, de tovenaars van York stiekem uitlachte. Childermass behoorde tot die moeilijk in te schatten klasse van mannen van eenvoudige afkomst, die voorbeschikt waren hun hele leven lang hun meerdere te dienen, maar wier intelligentie en bekwaamheden hen deed verlangen naar erkenning en complimenten die ver buiten hun bereik lagen. Soms vinden dergelijke mannen door een vreemde samenloop van gelukkige omstandigheden hun eigen pad naar de roem, maar veel vaker raken ze verbitterd bij de gedachte aan wat had kunnen zijn. Dan worden ze weerspannige bedienden en doen ze hun werk niet beter – maar ook niet slechter – dan hun minder bekwame collega's. Ze worden brutaal, raken hun betrekking kwijt en eindigen in de goot.

'Neemt u me niet kwalijk, meneer,' zei Childermass, 'maar ik moet u iets vragen. Ik hoop dat u mij niet onbeschaamd vindt, maar ik zou graag willen weten of u wel eens een Londense krant leest.'

Meneer Segundus antwoordde bevestigend.

'Werkelijk? Dat is heel interessant. Ik ben dol op kranten. Ik heb echter weinig tijd om te lezen, behalve dan de boeken waar ik bij mijn werkzaamheden voor meneer Norrell op stuit. En wat voor nieuws treft men vandaag de dag aan in een Londense krant? Neemt u me niet kwalijk dat ik het u vraag, meneer, maar meneer Norrell, die zelf nooit kranten leest, stelde mij gisteren die vraag, en ik achtte mijzelf niet bevoegd er antwoord op te geven.'

'Tja,' zei meneer Segundus een beetje verbaasd, 'van alles. Wat wilt u weten? Er staan verslagen in van de militaire acties van de koninklijke marine tegen de Fransen, toespraken van de regering, berichten over schandalen en echtscheidingen. Bedoelt u dat?'

'O, ja!' zei Childermass. 'U verwoordt het heel duidelijk, meneer. Ik vraag me af,' ging hij nadenkend verder, 'of er ook wel eens plaatselijk nieuws in de Londense kranten staat? Of er bij voorbeeld een paragraaf zou worden besteed aan de opmerkelijke gebeurtenissen van vandaag?'

'Dat weet ik niet,' zei meneer Segundus. 'Het lijkt mij heel goed mogelijk, maar aan de andere kant ligt Yorkshire zo ver van Londen dat de Londense redacteuren wellicht nooit zullen vernemen wat er is gebeurd.'

'Ah,' zei meneer Childermass, en hij deed er het zwijgen toe.

Het begon te sneeuwen, eerst een paar vlokjes, daarna veel meer, totdat er een miljoen uit de zachte, zware grijsgroene lucht vielen. De gebouwen van York werden wat vager, wat grijzer door de sneeuw; de mensen leken een beetje kleiner; de uitroepen en kreten, de voetstappen en het geluid van paardenhoeven, het geknars van rijtuigen en deuren die dichtgeslagen werden, alles klonk verder weg. Ook leek alles minder belangrijk te worden, totdat de wereld nog slechts bestond uit vallende sneeuw, zeegroene lucht, de schemerige grijze geest van de kathedraal van York – en Childermass.

En al die tijd zei Childermass niets. Meneer Segundus vroeg zich af wat hij nog meer verwachtte. Al zijn vragen waren immers beantwoord. Maar Childermass wachtte en keek met zijn vreemde, donkere ogen naar meneer Segundus, alsof hij wachtte totdat meneer Segundus nog iets zou zeggen, alsof hij er voetstoots van uitging dat meneer Segundus nog meer te vertellen had – sterker nog: alsof het de zekerste zaak van de wereld was.

'Als u wilt,' zei meneer Segundus, terwijl hij de sneeuw van zijn mantel schudde, 'dan kan ik alle twijfel wegnemen. Ik kan een brief schrijven naar de redacteur van *The Times* en hem op de hoogte stellen van de buitengewone verrichtingen van meneer Norrell.'

'Ah! Dat is werkelijk zeer genereus van u!' zei meneer Childermass. 'Gelooft u me, meneer, ik besef terdege dat niet iedere heer na een nederlaag zo edelmoedig zou zijn. Ik verwachtte echter niet minder. Want zoals ik ook tegen meneer Norrell heb gezegd: volgens mij bestaat er geen attenter heer dan meneer Segundus.'

'U vleit mij,' zei meneer Segundus. 'Het is me een genoegen.'

Het Geleerde Genootschap van de Tovenaars van York werd ontbonden en de leden waren verplicht de magie op te geven – allemaal, behalve meneer Segundus – en hoewel er onder hen enkele dwazen waren en niet iedereen even beminnelijk was, geloof ik niet dat zij een dergelijk lot verdienden. Want wat moet een tovenaar doen, als het hem volgens de bepalingen in een verderfelijk contract niet is toegestaan magie te bestuderen? Hij zal slechts dag in, dag uit rondhangen in zijn huis, zijn nicht, vrouw of dochter storen bij haar naaiwerk en de bedienden lastig vallen met vragen over zaken waarvoor hij zich voorheen nooit interesseerde – al was het maar om met iemand te kunnen praten – totdat de bedienden zich bij hun bazin over hem beklagen. Hij zal een boek oppakken en gaan lezen, maar hij zal zijn aandacht er niet bij kunnen houden en er op pagina tweeëntwintig pas achterkomen dat het een novelle is, het soort literatuur dat hij het meest veracht, om hem vervolgens vol afschuw weg te leggen. Hij zal zijn nicht, vrouw of dochter tien keer per dag vragen hoe laat het is, want hij zal niet kunnen geloven dat de tijd zo traag verstrijkt, en om dezelfde reden zal hij een hekel krijgen aan zijn zakhorloge.

Het doet me deugd te kunnen zeggen dat het meneer Honeyfoot een beetje beter verging dan de anderen. Die goedaardige ziel was zeer getroffen door het verhaal dat het stenen figuurtje hoog in de duisternis had verteld. Eeuwenlang had het de informatie over die vreselijke moord in zijn stenen hartje met zich meegedragen. Hij was de enige die zich het dode meisje met de klimopblaadjes in haar haar nog herinnerde, en meneer Honeyfoot vond dat zijn trouw beloond behoorde te worden. En dus schreef hij brieven aan de deken, de kanunniken en de aartsbisschop. Hij legde die vooraanstaande personen het vuur na aan de schenen, totdat zij gezamenlijk besloten meneer Honeyfoot toestemming te geven om het stenen plaveisel uit het zuidelijke dwarsschip te lichten. Zo kwam het dat meneer Honeyfoot en de mannen die hij in dienst had genomen een paar botten in een loden doodskist ontdekten, precies zoals het stenen figuurtje had gezegd. Toen zei de deken echter dat hij meneer Honeyfoot's wens om de beenderen mee te nemen uit de kathedraal niet kon inwilligen zolang ze alleen konden afgaan op de getuigenverklaring van een stenen figuurtje. Daar bestond geen precedent voor. Ah, zei meneer Honeyfoot, maar daar is wel degelijk een precedent voor. De onenigheid woedde een aantal jaren voort, en als gevolg daarvan had meneer Honeyfoot geen gelegenheid om te betreuren dat hij het document had ondertekend.[2]

De bibliotheek van het Geleerde Genootschap van de Tovenaars van York was verkocht aan meneer Thoroughgood van de Koffietuin. Om een of andere reden dacht niemand er echter aan dit aan meneer Segundus te melden, en hij moest het via via horen: meneer Thoroughgood's winkelbediende vertelde het aan een vriend – die klerk was bij de linnenweverij van Priestley – de vriend liet zich er iets over ontvallen tegen mevrouw Cockcroft van de George Inn, en zij

---

[2] Het voorbeeld dat meneer Honeyfoot aanhaalde, was dat van een moord die in 1279 werd gepleegd in de stad Alston op de woeste hoogvlakten. Daar werd op de begraafplaats het lichaam van een jonge knaap gevonden, dat aan een doornboom voor de kerkdeur hing. Boven de deur hing een beeld van de Heilige Maagd Maria met het kindeke Jezus. Daarom stuurden de inwoners van Alston een bericht naar het kasteel van de Ravenkoning in Newcastle, en de Ravenkoning stuurde twee tovenaars. Zo konden de madonna en het kindje Jezus vertellen wat ze hadden gezien: dat een vreemde de jongen vermoord had. Ze wisten echter niet waarom. Vanaf die tijd sleurden de inwoners van Alston elke vreemde die in de stad aankwam mee naar de deur van de kerk en vroegen: 'Is dit hem?' Maar iedere keer antwoordden de madonna en het kind ontkennend. De voeten van de madonna rustten op een leeuw en een draak, die op bizarre wijze met elkaar waren verstrengeld en in elkaars nek beten. Deze wezens waren gegraveerd door iemand die nooit een leeuw of draak had gezien, maar wel veel honden en schapen, en iets van de kenmerken van honden en schapen waren in zijn gravure geslopen. Telkens als er weer een onfortuinlijke kerel naar de madonna met het kind werd gebracht, hielden de leeuw en de draak op met bijten en keken ze als vreemde waakhonden op naar de madonna, en dan blafte de leeuw en blaatte de draak dreigend.

Vele jaren verstreken en de stedelingen die zich de jongen herinnerden waren allemaal overleden. De moordenaar naar alle waarschijnlijkheid ook. De madonna en het kind waren er echter geleidelijk aan gewend te spreken, en telkens als er een ongelukkige vreemdeling binnen het bereik van hun starende blik kwam, draaiden zij hun stenen hoofden om en zeiden: 'Hij is het niet.' En Alston kreeg de naam een griezelig oord te zijn, en als men het enigszins kon vermijden, ging men er liever niet naar toe.

vertelde het door aan mevrouw Pleasance, de hospita van meneer Segundus. Zodra meneer Segundus het hoorde, rende hij door de besneeuwde straten naar de winkel van meneer Thoroughgood, zonder zelfs maar de moeite te nemen zijn hoed op te zetten en zijn jas of laarzen aan te trekken. De boeken waren echter al weg. Hij vroeg aan meneer Thoroughgood wie ze had gekocht. Meneer Thoroughgood zei dat het hem speet, maar dat hij de naam van de heer helaas niet bekend kon maken. Hij dacht niet dat de heer zou willen dat iedereen wist wie hij was. Meneer Segundus, die geen jas en geen hoed droeg, buiten adem was, wiens schoenen drijfnat waren, wiens kousen onder de modderspatten zaten en die de blik van iedereen in de winkel op hem gericht wist, schepte er enig genoegen in om tegen meneer Thoroughgood te zeggen dat het er niet toe deed of die het hem zou vertellen of niet, daar hij al meende te weten wie de heer in kwestie was.

Meneer Segundus was uiterst nieuwsgierig over meneer Norrell. Hij dacht veel aan hem en praatte vaak over hem met meneer Honeyfoot.[3] Meneer Honeyfoot was ervan overtuigd dat alles wat er was gebeurd verklaard kon worden uit de oprechte wens van meneer Norrell om de magie in Engeland te doen herleven. Meneer Segundus was daar niet zo zeker van, en hij keek gespannen uit naar een bekende van meneer Norrell, die hem misschien meer zou kunnen vertellen.

Een heer van stand zoals meneer Norrell, met een mooi huis en een groot landgoed, is in de ogen van zijn buren altijd interessant, en tenzij ze erg dom zijn zullen ze altijd kans zien het een en ander te weten te komen over zijn doen en laten. In Stonegate stuitte meneer

[3] Om een beter inzicht te krijgen in meneer Norrell's karakter en magische krachten, stelde meneer Segundus een nauwkeurig verslag op van zijn bezoek aan Hurtfew Abbey. Helaas bleek zijn geheugen hem op dit punt ernstig in de steek te laten. Telkens als hij nalas wat hij had geschreven, kwam hij tot de ontdekking hij dat hij zich de dingen toch weer anders herinnerde. Keer op keer streepte hij woorden en zinnen door en voegde hij nieuwe toe, om uiteindelijk weer helemaal opnieuw te beginnen. Na vier of vijf maanden moest hij noodgedwongen toegeven dat hij niet meer wist wat meneer Honeyfoot tegen meneer Norrell had gezegd, of wat meneer Norrell had geantwoord, of wat hijzelf, meneer Segundus, in het huis had gezien. Ten slotte besloot hij dat iedere poging om over het onderwerp te schrijven vergeefs was, en gooide hij wat hij geschreven had in het vuur.

Segundus op een familie met een neef die in een boerderij op acht kilometer van Hurtfew Abbey woonde. Hij knoopte een vriendschap aan met de familie uit Stonegate en haalde hen ertoe over een diner te organiseren en hun neef uit te nodigen. (Meneer Segundus was behoorlijk gechoqueerd over zijn eigen vaardigheid in het bedenken van dit soort listen.) De neef en zijn familie arriveerden stipt op tijd, en ze waren allemaal zeer bereid om te praten over hun rijke en eigenaardige buurman, die de kathedraal van York had behekst. De enige informatie die ze echter konden geven, was dat meneer Norrell op het punt stond Yorkshire te verlaten en naar Londen te gaan.

Meneer Segundus was verbaasd over het effect dat dit nieuws op hem had. Het frustreerde hem enigszins, wat volslagen belachelijk was, zo hield hij zichzelf voor. Hij hielp zichzelf herinneren dat Norrell nooit enige interesse in hem had getoond en nooit iets voor hem had gedaan. Maar toch: Norrell was nu meneer Segundus' enige collega. Als hij wegging, zou meneer Segundus de enige tovenaar, de laatste tovenaar in Yorkshire zijn.

4

De vrienden van de Engelse magie

het vroege voorjaar van 1807

Stelt u zich, zo u wilt, eens een man voor die dag in, dag uit in zijn bibliotheek zit, een kleine man zonder bijzonder aantrekkelijke kenmerken. Voor hem op tafel ligt een boek. Een nieuwe voorraad pennen, een mes om de pennetjes bij te snijden, inkt, papier, notitieboeken – alles ligt binnen handbereik. Er brandt altijd een vuur in de kamer. Hij kan niet zonder vuur, want hij heeft het snel koud. De kamer verandert met de seizoenen mee, maar hij niet. Drie grote ramen kijken uit op het Engelse platteland, dat in het voorjaar rustig, in de zomer vrolijk, in de herfst melancholiek en in de winter mistroostig is, precies zoals een Engels landschap hoort te zijn. Maar de veranderende seizoenen interesseren hem niet. Hij kijkt nauwelijks op van zijn boek. Hij neemt wel lichaamsbeweging, zoals alle heren. Bij droog weer voert zijn lange wandeling hem door het park en langs een klein bos, bij regen heeft hij zijn korte wandeling door het heesterperk. Hij weet echter maar weinig over heesters, parken en bossen. Op de bibliotheektafel ligt immers een boek op hem te wachten. Hij ziet de regels nog steeds voor zich. Hij is met zijn gedachten nog steeds bij de uiteenzetting in het boek, zijn vingers jeuken om het weer op te pakken. Hij ziet zijn buren twee, drie keer per kwartaal, want hij woont immers in Engeland, waar je buren nooit zullen toestaan dat je je volkomen afzondert, hoe saai en zuur je ook bent. Ze komen bij hem langs, laten hun kaartje achter bij zijn bedienden en nodigen hem uit voor een diner of voor een bal. Hun bedoelingen zijn grotendeels onzelfzuchtig – ze vinden namelijk dat het niet goed is voor een man om altijd alleen te zijn – maar ze zijn ook wel nieuwsgierig of hij veranderd is sinds de laatste keer dat ze hem zagen. Dat is niet zo. Hij heeft hun niets te melden en wordt beschouwd als de saaiste man in Yorkshire.

Maar in het verdroogde hartje van meneer Norrell leefde de vurige ambitie zulke krachtige magie te doen herleven in Engeland, dat het zelfs meneer Honeyfoot tevreden zou hebben gestemd, en het was met de intentie eindelijk die langgekoesterde ambitie in vervulling te laten gaan dat meneer Norrell nu voornemens was naar Londen te gaan.

Childermass verzekerde hem dat het een goed moment was, en Childermass was bekend met de wereld. Childermass wist welke spelletjes de kinderen op de hoek van de straten speelden, spelletjes die volwassenen al lang waren vergeten. Childermass wist waaraan oude mensen bij het haardvuur dachten, hoewel niemand al jarenlang iets aan hen had gevraagd. Childermass wist wat jongelui hoorden in het roffelen van de trommels en het toeteren van de doedelzakken, waardoor ze het thuisfront verlieten en soldaat werden. En hij wist dat hun slechts een half eierdopje vol eer en een ton vol ellende te wachten stond. Childermass kon naar een slimme advocaat op straat kijken en je vertellen wat hij in zijn jaszak had. En alles wat Childermass wist, deed hem glimlachen. Over sommige dingen moest hij zelfs hardop lachen, en er was niets wat bij hem ook maar een greintje medelijden afdwong.

Dus toen Childermass tegen zijn meester zei: ‘Ga naar Londen. Ga nu,’ geloofde meneer Norrell hem.

‘Het enige waar ik niet zo gelukkig mee ben,’ zei meneer Norrell, ‘is uw plan om meneer Segundus namens ons naar een van de Londense kranten te laten schrijven. Hij zal ongetwijfeld fouten maken. Heeft u daar al bij stilgestaan? Ik durf te wedden dat hij een poging zal doen de gebeurtenissen te interpreteren. Dat soort derderangs geleerden kan het niet nalaten er iets van zichzelf aan toe te voegen. Hij zal gissen naar het soort magie dat ik in York heb toegepast, en hij zal het mis hebben. Er bestaat al genoeg verwarring omtrent magie, dat zouden wij niet erger moeten maken. Moeten we echt Segundus gebruiken?’

Childermass schonk zijn meester zijn duistere, starende blik en zijn nog duisterder glimlach en antwoordde dat hij vond van wel. ‘Ik vraag me af, meneer,’ zei hij, ‘of u onlangs heeft gehoord van die marineman, Baines genaamd?’

‘Ik denk dat ik weet wie u bedoelt,’ zei meneer Norrell.

'Ah!' zei Childermass. 'En hoe weet u dat?'

Een korte stilte.

'Goed dan,' zei meneer Norrell met tegenzin. 'Ik geloof dat ik kapitein Baines' naam in een van de dagbladen heb gezien.'

'Luitenant Hector Baines diende op *The King of the North*, een fregat,' zei Childermass. 'Op zijn eenentwintigste verloor hij een been en een paar vingers tijdens een slag in India. Bij diezelfde slag kwamen de kapitein van *The King of the North* en vele zeemannen om het leven. Het verhaal wil dat luitenant Baines daarna het gezag over het schip overnam en zijn bemanning bevelen gaf, letterlijk terwijl de scheepsarts nog aan zijn been stond te zagen. Ik neem aan dat het meeste overdreven is, maar hij kwam in elk geval wel met een zwaar beschadigd fregat terug uit India, overviel een Spaans schip met volle ruimen, vergaarde een fortuin en keerde als held terug naar huis. Hij wees de jongedame met wie hij verloofd was af en trouwde met een ander. Dat, meneer, is de geschiedenis van de kapitein zoals die in *The Morning Post* verscheen. En nu zal ik u vertellen wat daarna gebeurde. Baines is een noorderling, net als u, meneer, een man van schimmige afkomst zonder invloedrijke vrienden die hem op zijn levenspad vooruit konden helpen. Kort na zijn huwelijk vertrokken hij en zijn bruid naar Londen, waar ze logeerden in het huis van vrienden in Seacoal-lane, en tijdens hun verblijf kregen ze bezoek van mensen van alle rangen en standen. Ze tafelden bij burggravinnen, er werd op hen gedronken door leden van het parlement en alle invloed en steun die kapitein Baines nodig had werd hem beloofd. Dit succes, meneer, schrijf ik toe aan het verslag in de krant, waardoor hij algemene goedkeuring en respect vergaarde. Maar wellicht heeft u vrienden in Londen die hetzelfde voor u doen, zonder de redacteuren van de nieuwsbladen lastig te vallen?'

'U weet heel goed dat ik die niet heb,' zei meneer Norrell ongeduldig.

Intussen werkte meneer Segundus heel lang aan zijn brief, en hij betreurde het dat hij niet wat enthousiaster kon zijn in zijn loftuitingen over meneer Norrell. Het scheen hem toe dat de lezers van de Londense krant van hem zouden verwachten dat hij iets zou zeggen over meneer Norrell's goede karakter, en ze zouden zich vast afvragen waarom hij dat niet deed.

Te zijner tijd verscheen de brief in *The Times*, onder de titel 'Uitzonderlijke gebeurtenissen in York: een smeekbede aan de vrienden van de Engelse magie'. Meneer Segundus sloot zijn beschrijving van de magie in York af met de opmerking dat de vrienden van de Engelse magie juist blij moesten zijn met de voorkeur voor volkomen afzondering die het karakter van meneer Norrell zo kenmerkte. Die had immers zijn studies gecultiveerd, en dat had uiteindelijk zijn vruchten afgeworpen in de vorm van de prachtige magie in de kathedraal van York. Maar, zei meneer Segundus, hij deed een beroep op de vrienden van de Engelse magie hem te helpen meneer Norrell ervan te overtuigen dat hij zijn leven van eenzame studie de rug moest toekeren en in plaats daarvan zijn plaats moest innemen op een breder toneel: dat van nationale aangelegenheden. Op die manier zou hij een nieuw hoofdstuk kunnen beginnen in de geschiedenis van de Engelse magie.

'Een smeekbede aan de vrienden van de Engelse magie' had met name in Londen een opzienbarend effect. De lezers van *The Times* waren als door de bliksem getroffen door meneer Norrell's prestaties. Iedereen wilde meneer Norrell ontmoeten. Jongedames hadden medelijden met de arme oude heren uit York die hij zulke angst had aangejaagd, en zij wilden zelf ook dolgraag zo bang zijn. Het was duidelijk dat meneer Norrell nooit meer zo'n kans zou krijgen. Daarom besloot hij zich zo snel mogelijk in Londen te vestigen. 'U moet een huis voor me regelen, Childermass,' zei hij. 'Zorg voor een huis dat aan iedereen die op bezoek komt duidelijk maakt dat magie een achtenswaardig beroep is – dat het niet onderdoet voor rechten en ver uitstijgt boven geneeskunde.'

Childermass informeerde droog of meneer Norrell soms wilde dat hij een huis zocht met een bouwstijl die uitdroeg dat magie minstens zo respectabel was als de kerk.

Meneer Norrell – die wist dat er zo iets bestond als een grap, omdat men er anders in boeken niet over zou schrijven, maar die nooit echt begrepen had wat het inhield, laat staan dat hij er een gemaakt had – dacht een tijdje na voor hij uiteindelijk antwoordde. Nee, hij dacht niet dat ze zó ver konden gaan in hun beweringen.

Aldus stuurde Childermass – die wellicht van mening was dat niets ter wereld zo respectabel was als geld – zijn meester naar een huis aan Hanover-square, te midden van de rijken en welvarenden. Nu weet ik niet wat u vindt, maar eerlijk gezegd ben ik niet zo dol op de zuidkant van Hanover-square. De huizen zijn er zo hoog en smal, met minstens vier verdiepingen, en de hoge, somber uitziende ramen zijn zo gelijkmatig van vorm, de huizen lijken allemaal zo veel op elkaar, dat ze een hoge muur lijken te vormen die het licht tegenhoudt. Hoe dan ook was meneer Norrell – die minder fantasie heeft dan ik – tevreden met zijn nieuwe huis, of in ieder geval zo tevreden als een heer kan zijn die meer dan dertig jaar heeft gewoond in een groot landhuis, omringd door een park vol oude bomen, met daar omheen weer een aanzienlijk landgoed met boerderijen en bossen. Met andere woorden, een heer die, als hij uit het raam keek, nooit tegen de woning van een ander heeft moeten aankijken.

'Het is beslist een klein huis, Childermass,' zei hij, 'maar u zult mij niet horen klagen. Mijn persoonlijk gerief vind ik van geen belang, zoals je weet.'

Childermass antwoordde dat het huis groter was dan de meeste huizen.

'Werkelijk?' zei meneer Norrell hogelijk verbaasd. Meneer Norrell was met name gechoqueerd over de kleine bibliotheek, waarin nog geen derde deel van de boeken die hij als essentieel beschouwde ondergebracht kon worden. Hij vroeg aan Childermass wat mensen in Londen deden met hun boeken. Of lazen ze soms niet?

Meneer Norrell was nog geen drie weken in Londen, toen hij een brief kreeg van ene mevrouw Godesdone, een dame van wie hij nog nooit had gehoord.

'...Ik weet dat het heel erg freemd is dat ik u schrijf, terwijl u mij helemaal niet kent & zonder twijfel zegt u bij zichzelf wie is dit brutale weesen? Ik wist niet dat er zulke mensen bestonden! En beschouwt u mij als vrezelijk vrijpostig et cetera, et cetera, maar Drawlight is een goede vreind van mijn en heeft mij verzekert dat u de zachtmoedigste man ter wereld bent en het niet erg zult vinden. Ik zou dolgraag met u kennismaken en zou me ongelovelijk vereerd voelen als u zo vriendeleik zou willen zijn ons volgende week donderdag te verbleiden met uw gezelschap op een feestje. Laat u niet weerhouden door de vrees geconfreteerd te worden met drukte, want ik heb zelf een ongelovelijke hekel aan drukte, en alleen mijn beste vreinden zullen uitgenodigd worden om met u kennis te maken...'

Het was niet het soort brief dat op meneer Norrell's goedkeuring kon rekenen. Hij las hem heel snel door, legde hem met een kreet van afkeer naast zich neer en pakte zijn boek weer op. Even later kwam Childermass binnen om zijn werkzaamheden van die ochtend af te handelen. Hij las de brief van mevrouw Godesdone en informeerde of meneer Norrell al wist wat hij erop wilde antwoorden.

'Ik wil de uitnodiging afslaan,' zei meneer Norrell.

'Werkelijk? Zal ik dan zeggen dat u al een afspraak heeft?' vroeg Childermass.

'Zeker, als u dat wilt,' zei meneer Norrell.

'En hééft u een andere afspraak?' vroeg Childermass.

'Nee,' zei meneer Norrell.

'Ah!' zei Childermass. 'Komt het dan misschien door uw grote aantal afspraken op andere dagen dat u deze afslaat? Bent u bang dat u te moe zult zijn?'

'Ik heb geen afspraken, zoals u heel goed weet.' Meneer Norrell las een aantal minuten door, waarna hij opmerkte (ogenschijnlijk tegen zijn boek): 'U bent er nog.'

'Inderdaad,' zei meneer Childermass.

'Goed dan,' zei meneer Norrell. 'Wat is er? Is er iets aan de hand?'

'Ik dacht dat u naar Londen was gekomen om mensen te laten zien hoe een moderne tovenaar eruitziet. Dat wordt moeilijk als u de hele tijd thuis wilt blijven.'

Meneer Norrell zei niets. Hij pakte de brief en keek ernaar. 'Drawlight,' zei hij ten slotte. 'Wat bedoelt ze daarmee? Ik ken niemand die zo heet.'

'Ik weet ook niet wat ze bedoelt,' zei Childermass, 'maar ik weet wel dat u op dit moment beter niet al te kieskeurig kunt zijn.'

Om acht uur op de avond van het feestje van mevrouw Godesdone zat meneer Norrell in zijn beste grijze overjas in zijn rijtuig na te denken over de goede vriend van mevrouw Godesdone, Drawlight, toen hij zich plotseling realiseerde dat het rijtuig niet langer bewoog. Toen hij uit het raam keek, zag hij een grote, door lampen verlichte chaos van mensen, rijtuigen en paarden. Denkend dat iedereen de straten van Londen even verwarrend vond als hijzelf, veronderstelde hij natuurlijk onmiddellijk dat zijn koetsier en lakei de weg kwijt waren. Met zijn stok tegen het dak van het rijtuig bonzend, riep hij dan ook: 'Davey! Lucas! Ik heb toch gezegd Manchester-street? Waarom hebben jullie niet voordat we weggingen nagekeken hoe we moesten rijden?'

Lucas, die op de bok stond, riep naar beneden dat ze al in Manchester-street waren, maar dat ze op hun beurt moesten wachten. Er stond een lange rij koetsen die eerst langs het huis moesten.

'Welk huis?' riep meneer Norrell.

Het huis waar ze naar toe gingen, zei Lucas.

'Nee, nee! Je vergist je,' zei meneer Norrell. 'Het zou een kleine bijeenkomst zijn.'

Eenmaal in het huis van mevrouw Godesdone, was meneer Norrell echter onmiddellijk omringd door zo'n honderd beste vrienden van mevrouw Godesdone. De vestibule en ontvangstkamers waren overvol en er kwamen er met de minuut meer bij. Meneer Norrell stond versteld, maar wat was er nu zo verwonderlijk aan? Het was een modieus Londens feest, en niet anders dan de andere feesten die op iedere dag van de week in een stuk of zes huizen verspreid over de stad gegeven konden worden.

Hoe kun je een Londens feest het best beschrijven? Overal in huis staan indrukwekkend veel kaarsen in kandelaren van geslepen glas. Sierlijke spiegels verdrievoudigen en verviervoudigen het licht, totdat de nacht plaats lijkt te maken voor de dag. In broeikassen gekweekt fruit in een veelheid van kleuren ligt in statige piramides op tafels met witte tafelkleden. Goddelijke schepsels, fonkelend van de sieraden, lopen in tweetallen arm in arm door de vertrekken om door iedereen te worden bewonderd. De hitte is echter overweldigend, en de drukte en herrie is al bijna even erg. Je kunt nergens zitten en er is nauwelijks ruimte om te staan. Misschien zie je je beste vriend aan de andere kant van de kamer, en misschien heb je hem wel van alles te vertellen, maar hoe zul je hem ooit kunnen bereiken? Als je geluk hebt, kom je hem later misschien nog ergens in de mensenmassa tegen en kun je hem een hand geven terwijl jullie haastig langs elkaar heen worden geleid. Te midden van vreemdelingen die chagrijnig zijn geworden door de warmte, is de kans op een beschaafd gesprek ongeveer net zo groot als in een woestijn in Afrika. Het enige wat je wilt is je favoriete japon beschermen tegen de verwoestende menigte. Iedereen klaagt over de hitte en de benauwdheid. Iedereen verklaart dat ze volkomen ondraaglijk zijn. Maar als het voor de gasten al pure ellende is, hoe beklagenswaardig zijn dan diegenen die niet eens uitgenodigd zijn? Ons lijden is niets vergeleken bij dat van hen! En we kunnen elkaar morgen vertellen wat een zalig feestje het was.

Toevallig arriveerde meneer Norrell tegelijk met een zeer oude dame. Hoewel ze klein was en er onvriendelijk uitzag, was ze duidelijk een voornaam iemand – ze ging bijna schuil onder de diamanten. De bedienden verdrongen zich om haar heen, maar meneer Norrell ging onopgemerkt naar binnen. Hij liep een kamer binnen, alwaar hij op een tafeltje een schaaltje bowl aantrof. Terwijl hij de bowl opdronk, besefte hij dat hij zich aan niemand had voorgesteld, met als gevolg dat niemand wist dat hij er was. Hij wist niet zo goed wat hij nu moest doen. Zijn medegasten waren druk bezig met het begroeten van vrienden. Hij kon natuurlijk een van de bedienden aanspreken en zichzelf voorstellen, maar tegen die taak voelde meneer Norrell zich niet opgewassen. Hun trotse gezicht en onbeschrijfelijk superieure houding brachten hem van zijn stuk. Het was bijzonder spijtig dat er niet een paar voormalige leden van het Geleerde Genootschap van de Tovenaars van York aanwezig waren, die konden zien hoe volslagen verloren en ongemakkelijk hij zich voelde. Dat zou hen namelijk geweldig veel deugd hebben gedaan. Het overkomt ons echter allemaal. In een vertrouwde omgeving gedragen we ons vrolijk en ongedwongen, maar breng ons naar een plek waar niemand ons kent en vice versa, en hemeltjelief, wat voelen we ons dan slecht op ons gemak!

Meneer Norrell zwierf van het ene vertrek naar het andere, wensend dat hij weer kon vertrekken, toen hij midden in zijn omzwervingen bleef staan. Hij hoorde iemand zijn naam noemen, gevolgd door de raadselachtige woorden: '...heeft mij verzekerd dat hij zich nooit vertoont zonder zijn mystieke, middernachtblauwe gewaad versierd met Anderlandse symbolen! Maar Drawlight, die die Norrell heel goed kent, zegt dat...'

Er was zo veel lawaai in het vertrek dat het een wonder was dat meneer Norrell er ook maar iets van kon verstaan. De woorden waren uitgesproken door een jongedame, en meneer Norrell keek verwoed om zich heen in de hoop haar te kunnen ontdekken, maar zonder succes. Hij vroeg zich af wat er nog meer over hem werd gezegd.

Hij stond vlak naast een dame en een heer. Zij – een verstandig uitziende vrouw van een jaar of veertig, vijftig – was niet zo'n opmerkelijke verschijning. Hij daarentegen was een man zoals je die in Yorkshire niet vaak tegenkwam. Hij was wat klein, maar ging zeer zorgvuldig gekleed in een zwart jasje van goede kwaliteit en een stralend wit hemd van linnen. Aan een zwart fluwelen lint om zijn nek hing een zilveren brilletje. Hij had regelmatige gelaatstrekken en een vrij knap gezicht. Zijn haar was kort en donker en zijn huid was smetteloos blank, op het kleine beetje rouge op zijn wangen na. Zijn ogen waren echter het meest opvallend: groot, mooi gevormd, donker en zó helder dat ze wel vloeibaar leken. Ze waren omzoomd met zeer lange, donkere wimpers. Hij had veel vrouwelijke kenmerken, die hij zelf had gecultiveerd. Zijn ogen en wimpers waren de enige die de natuur hem geschonken had.

Meneer Norrell luisterde aandachtig naar hun conversatie om te horen of ze het over hem hadden.

'...het advies dat ik lady Duncombe over haar eigen dochter gaf,' zei de kleine man. 'Lady Duncombe had een onberispelijke man voor haar dochter gevonden, een heer met een inkomen van negenhonderd pond per jaar! Het dwaze meisje had echter haar zinnen gezet op een arme kapitein van de dragonders, en de ongelukkige lady Duncombe was bijna buiten zinnen. "Ach, milady!" riep ik toen ik het hoorde. "Wees gerust! Laat alles maar aan mij over. Ik wil niet beweren dat ik een groot genie ben, zoals u weet, maar mijn verschillende vaardigheden maken mij uitermate geschikt om dit soort kwesties op te lossen." Ach, mevrouw, u zult lachen als u hoort hoe ik het heb aangepakt! Ik durf te beweren dat niemand ter wereld zo'n belachelijk plan zou hebben kunnen bedenken! Ik nam juffrouw Susan mee naar Gray's in Bond-street, waar we samen een zeer aangename ochtend doorbrachten met het bewonderen van halskettingen en oorbellen. Ze heeft het grootste deel van haar leven in Derbyshire doorgebracht en had nog nooit echt opmerkelijke sieraden gezien. Ik geloof niet dat ze tot op dat moment ooit serieus over dat soort dingen had nagedacht. Vervolgens lieten lady Duncombe en ik ons enkele keren ontvallen dat ze niet meer bij machte zou zijn zulke voortreffelijke artikelen te kopen als ze met kapitein Hurst zou trouwen, maar dat ze haar oog op het mooiste van het mooiste zou kunnen laten vallen als ze met meneer Watts in het huwelijk zou treden. Vervolgens heb ik mij grote inspanningen getroost om kapitein Hurst te leren kennen, en heb ik hem overgehaald met mij mee te gaan naar Boodle's, waar – enfin, ik zal u niet om de tuin leiden, mevrouw – waar er gegokt wordt!' De kleine man giechelde. 'Ik leende hem wat geld, zodat hij zijn geluk kon beproeven. Het was niet mijn eigen geld, dat begrijpt u. Lady Duncombe had het mij voor dat doel gegeven. We zijn drie of vier keer gegaan en binnen de kortst mogelijke tijd waren zijn schulden – enfin, mevrouw, *ík* zie niet in hoe hij die ooit nog zal kunnen inlossen! Lady Duncombe en ik hielden hem voor dat het nog tot daar aan toe was te verwachten dat een jonge vrouw ondanks zijn kleine inkomen met hem zou trouwen, maar dat hij niet van haar kon verlangen dat ze een man zou accepteren die gebukt ging onder schulden. Aanvankelijk was hij niet genegen naar ons te luisteren. Eerst bezigde hij – hoe zal ik het beschrijven? – enkele tamelijk "militaire" uitdrukkingen. Maar uiteindelijk was hij gedwongen toe te geven dat er waarheid school in wat wij zeiden.'

Meneer Norrell zag hoe de verstandig uitziende vrouw van veertig of vijftig met een blik vol afkeer naar de man keek. Toen maakte ze heel koeltjes een minieme buiging en liep zonder een woord te zeggen de menigte in. De kleine man draaide zich om en zag meteen een vriend, die hij hartelijk begroette.

Daarna werd meneer Norrell's aandacht getrokken door een zeer aantrekkelijke jongedame in een witzilveren avondjapon. Een lange knappe man stond met haar te praten, en zij lachte zeer hartelijk om alles wat hij zei.

'...en stel dat hij onder de fundering van het huis twee draken zou ontdekken – een rode en een witte – die in een eeuwig gevecht waren verwikkeld en de ophanden zijnde ondergang van meneer Godesdone symboliseerden? Ik durf te wedden,' zei de man plagerig, 'dat u dat niet erg zou vinden.'

Ze lachte weer, zelfs vrolijker dan eerst. Meneer Norrell was hoogst verbaasd toen hij het volgende moment iemand 'mevrouw Godesdone' tegen haar hoorde zeggen.

Achteraf vond meneer Norrell dat hij haar had moeten aanspreken, maar tegen die tijd was ze nergens meer te bekennen. Hij had schoon genoeg van de herrie en al die mensen, en hij was vastbesloten stilletjes te vertrekken, maar juist op dat moment was de mensenmenigte bij de deur bijzonder ondoordringbaar. Hij werd opgeslokt door de stroom mensen en meegesleurd naar een ander deel van het vertrek. Hij ging in een kringetje rond, als een droog blaadje dat wegspoelde door een afvoerputje. Tijdens een van zijn rondgangen door de kamer ontdekte hij een stil hoekje bij het raam. Achter een groot scherm van bewerkt ebbenhout ingelegd met paarlemoer ging – hemel, wat een gelukzaligheid! – een boekenkast schuil. Meneer Norrell glipte achter het scherm, pakte *A Plaine Discouverie of the Whole Revelation of St John* van John Napier en begon te lezen.

Hij stond daar nog niet zo lang toen hij even opkeek en de lange knappe man zag, die met mevrouw Godesdone had staan praten, vergezeld door de kleine donkerharige man die zich zo veel moeite had getroost de huwelijksdroom van kapitein Hurst te vernietigen. Ze waren in een energiek gesprek verwikkeld, maar het gedrang om hen heen en de mensenstroom waren te krachtig, dus greep de lange man de kleine man zonder omhaal bij de mouw en trok hem achter het scherm, naar het hoekje waar meneer Norrell zat.

'Hij is er niet,' zei de lange man, en hij zette elk woord kracht bij door met zijn vinger in de schouder van de ander te prikken. 'Waar zijn die felle, brandende ogen die je ons hebt beloofd? Waar zijn de trances die wij geen van allen kunnen verklaren? Is er al iemand vervloekt? Ik denk het niet. U heeft hem opgeroepen als een geest uit de onmetelijke diepte, en hij is niet gekomen.'

'Ik ben vanochtend nog bij hem geweest,' zei de kleine man uitdagend, 'om iets te vernemen over de geweldige toverkunsten die hij onlangs heeft uitgevoerd, en toen zei hij dat hij zou komen.'

'Het is na middernacht. Hij zal nu niet meer komen.' De lange man glimlachte neerbuigend. 'Geef het toe. Je kent hem niet eens.'

De kleine man beantwoordde de glimlach van de ander – er was een waar steekspel van glimlachjes gaande tussen de twee heren – en zei: 'Niemand in Londen kent hem beter. Ik moet wel bekennen dat ik een beetje, een heel klein beetje teleurgesteld ben.'

'Ha!' riep de lange man. 'Iedereen in dit vertrek is het erover eens dat wij zeer ontriefd zijn. We kwamen hier in de verwachting iets buitengewoons te zien te krijgen, maar in plaats daarvan zijn wij verplicht geweest onszelf te vermaken.' Toen zijn oog toevallig op meneer Norrell viel, zei hij: 'Díe meneer staat zelfs een boek te lezen.'

De kleine man keek vluchtig achterom, waarbij hij per ongeluk met zijn elleboog tegen *A Plaine Discouverie of the Whole Revelation of St John* stootte. Hij wierp meneer Norrell een kille blik toe omdat hij het waagde zo'n kleine ruimte bijna geheel in beslag te nemen met zo'n groot boek.

'Ik heb al gezegd dat ik teleurgesteld ben,' ging de kleine man verder, 'maar ik ben in het geheel niet verbaasd. U kent hem niet zoals ik hem ken. O! Ik kan u verzekeren dat hij heel goed weet wat hij waard is. Beter dan wie ook. Een man die een huis aan Hanover-square koopt, weet hoe het hoort. Jazeker! Hij heeft een huis aan Hanover-square gekocht! Dat wist u nog niet, neem ik aan? Hij is zo rijk als een jood. Hij had een oude oom, Haythornthwaite, die is overleden en hem veel geld heeft nagelaten. Hij heeft – naast andere kleinigheden – een prachtig huis met een groot landgoed: Hurtfew Abbey in Yorkshire.'

'Ha!' zei de lange man droog. 'Dan heeft hij veel geluk gehad. Rijke, oude ooms die overlijden zijn schrikbarend zeldzaam.'

'Nou en of!' riep de kleine man. 'Vrienden van mij, de Griffins, hebben een ongelooflijk rijke, oude oom aan wie zij al jarenlang veel aandacht schenken, maar hij is nog steeds niet dood, en het ziet ernaar uit dat hij van plan is eeuwig te leven, al was het maar om hen te treiteren. De Griffins beginnen zelf inmiddels ook oud te worden, en de een na de ander sterft, vervuld van bittere teleurstelling. Toch ben ik ervan overtuigd dat ú, mijn beste Lascelles, zich niet druk hoeft te maken over ergerlijke oude mensen als hij. Uw fortuin is groot genoeg, nietwaar?'

De lange man verkoos geen acht te slaan op die onbeschaamde opmerking. In plaats daarvan merkte hij koeltjes op: 'Ik geloof dat die heer u wenst te spreken.'

De heer in kwestie was meneer Norrell die, tamelijk verbaasd te horen dat zijn fortuin en bezit zo openlijk werden besproken, al enige minuten wachtte op een kans om iets te zeggen. 'Neemt u mij niet kwalijk,' zei hij.

'Ja?' zei de kleine man scherp.

'Ik ben meneer Norrell.'

De lange man en de kleine man staarden meneer Norrell allebei lange tijd aan.

Na een lange stilte vroeg de kleine man, die in eerste instantie zeer beledigd was geweest, vervolgens een tijdje niet-begrijpend had staan kijken en er nu vooral verbluft uitzag, meneer Norrell zijn naam te herhalen.

Dat deed meneer Norrell, waarop de kleine heer zei: 'Neemt u mij vooral niet kwalijk, maar... Dat is te zeggen... Ik hoop dat u het niet erg vindt dat ik zo'n onbeschaamde vraag stel, maar is er in uw huis aan Hanover-square iemand die geheel in het zwart gekleed gaat, met een smal gezicht, zo knoestig als de wortel van een haag?'

Meneer Norrell dacht even na en zei toen: 'Childermass. U doelt op Childermass.'

'O, Childermass!' riep de kleine man, of het hem nu volkomen duidelijk was. 'Ja, natuurlijk! Wat dom van me! Dat is Childermass! O, meneer Norrell! Ik kan u niet vertellen hoe blij ik ben u te ontmoeten. Mijn naam, meneer, is Drawlight.'

'Kent u Childermass?' vroeg meneer Norrell verwonderd.

'Ik...' meneer Drawlight pauzeerde. 'Ik heb degene die ik zojuist beschreef uit uw huis zien komen, en ik... O, meneer Norrell! Wat ben ik soms toch ook een sufferd! Ik zag hem voor u aan! Weest u alstublieft niet beledigd, meneer! Want nu ik u aanschouw, zie ik direct dat híj weliswaar het woeste, romantische voorkomen heeft dat men verwacht van een tovenaar, maar dat ú het beschouwende air van een geleerde heeft. Lascelles, vind je niet dat meneer Norrell het ernstige, sobere voorkomen van een geleerde heeft?'

De lange man zei zonder veel enthousiasme dat hij dat ook wel vond.

'Meneer Norrell, mijn vriend, meneer Lascelles,' zei Drawlight.

Meneer Lascelles maakte een minuscule buiging.

'O, meneer Norrell!' riep meneer Drawlight. 'U kunt zich niet voorstellen hoezeer ik vanavond ben geplaagd door twijfel of u wel zou komen! Tegen zeven uur was mijn angst zó groot, dat ik niet meer wist waar ik het zoeken moest! Ik ben zelfs naar het proeflokaal in Glasshouse-street gegaan, louter en alleen om Davey en Lucas om hun mening te vragen! Davey was ervan overtuigd dat u niet zou komen, hetgeen me, zoals u zich kunt indenken, met de diepste wanhoop sloeg!'

'Davey en Lucas!' zei meneer Norrell met een stem die grote verbijstering verried. (Dat waren, zo zult u zich wellicht herinneren, de namen van meneer Norrell's koetsier en lakei.)

'Jazeker!' zei meneer Drawlight. 'Het proeflokaal in Glasshouse-street is de plek waar Davey en Lucas af en toe een hapje gaan eten, zoals u ongetwijfeld weet.' Meneer Drawlight staakte zijn woordenvloed even, net lang genoeg om meneer Norrell de gelegenheid te geven te mompelen dat hij dat niet wist.

'Ik heb overal in mijn brede kennissenkring uitvoerig de loftrompet gestoken over uw uitzonderlijke talenten,' vervolgde meneer Drawlight. 'Ik ben uw Johannes de Doper geweest, meneer, ik heb de weg voor u vrijgemaakt! En ik deinsde er niet voor terug te verklaren dat u en ik goede vrienden waren, aangezien ik vanaf het begin heb voorvoeld, mijn beste meneer Norrell, dat we dat zouden worden. En zoals u ziet had ik het bij het rechte eind, want zie eens hoe ongedwongen wij hier met elkander staan te babbelen!'

5

Drawlight

voorjaar tot herfst 1807

De volgende ochtend vroeg gaf Childermass, de zaakgelastigde van meneer Norrell, gehoor aan het verzoek zich in de ontbijtkamer bij zijn meester te voegen. Hij trof meneer Norrell bleek en bijzonder nerveus aan.

'Wat is er aan de hand?' vroeg Childermass.

'O!' riep meneer Norrell terwijl hij opkeek. 'Dat u me dat durft te vragen! U, die zo zijn zaken heeft verwaarloosd dat iedere willekeurige schurk ongestoord mijn huis in het oog kan houden en mijn bedienden kan uithoren! En nog antwoorden krijgt ook! Vertelt u eens, als u mij niet tegen dergelijke onbeschaamdheden kunt beschermen, waarvoor betaal ik u dan?'

Childermass haalde zijn schouders op. 'Ik neem aan dat u op Drawlight doelt.'

Een korte, verbijsterde stilte.

'U wist ervan?' riep meneer Norrell. 'Mijn hemel, man! Waar was u mee bezig? Heeft u me niet honderd keer verteld dat mijn bedienden niet mochten roddelen, om mijn privacy te beschermen?'

'O! Zeker!' zei Childermass. 'Maar ik ben bang dat u iets van uw privacy zult moeten opgeven, meneer. Afzondering en eenzaamheid zijn in Yorkshire geen probleem, maar we zijn nu niet in Yorkshire.'

'Ja, ja!' zei meneer Norrell geïrriteerd. 'Dat weet ik best. Maar dat is niet de vraag. De vraag is: wat wil die Drawlight?'

'Hij wil de eerste heer in Londen zijn die kennismaakt met een tovenaar. Meer niet.'

Maar meneer Norrell was niet van zijn angsten af te brengen. Hij wreef nerveus in zijn geelwitte handen en wierp angstige blikken op de schaduwrijke hoeken van de kamer, alsof hij verwachtte dat daar nog meer Drawlights zaten, die hem bespioneerden. 'In die kleren zag hij er niet uit als een geleerde,' zei hij, 'maar dat bewijst niets. Hij droeg geen ringen van macht of verbond, maar toch...'

'Ik begrijp u niet helemaal,' zei Childermass. 'Zeg gewoon wat u bedoelt.'

'Wat denkt u, zou hij zelf enige bekwáámheid hebben?' vroeg meneer Norrell. 'Of misschien heeft hij vrienden die jaloers zijn op mijn succes! Met wie gaat hij om? Wat voor opleiding heeft hij genoten?'

Childermass vertrok langzaam zijn lippen in een scheve glimlach. 'O! U heeft zichzelf dus aangepraat dat hij de tussenpersoon is van een of andere tovenaar. Welnu, meneer, dat is hij niet. Dat kunt u van mij aannemen. Ik heb uw belangen niet verwaarloosd. Integendeel. Meteen nadat u de brief van mevrouw Godesdone had ontvangen, heb ik waarschijnlijk evenveel navraag gedaan naar hem als hij naar u. Alleen een heel vreemde tovenaar zou, denk ik, een dergelijk schepsel in dienst hebben. En daarbij, als er zo'n tovenaar bestond, dan zou u hem al lang hebben ontdekt, nietwaar? En zou u reeds een manier hebben bedacht om hem van zijn boeken te scheiden en een eind te maken aan zijn studie. Dat heeft u immers al eens gedaan.'

'Dus voor zover u weet steekt er geen kwaad in die Drawlight?'

Childermass trok een wenkbrauw op en glimlachte scheef. 'Wel degelijk,' zei hij.

'Ah!' riep meneer Norrell. 'Ik wist het! Goed, ik zal zijn gezelschap zorgvuldig mijden.'

'Waarom?' vroeg Childermass. 'Dat heb ik niet gezegd. Heb ik u zojuist niet verteld dat hij geen bedreiging voor u vormt? Wat maakt het u uit dat hij een slecht mens is? Volgt u mijn advies op, meneer, en maak gebruik van het instrument dat u voorhanden heeft.'

Toen vertelde Childermass meneer Norrell wat hij over Drawlight ontdekt had: dat hij behoorde tot een bepaald slag heren dat je alleen in Londen tegenkwam, heren die zich voornamelijk bezighielden met dure en modieuze kleding. Gokkend en drinkend lieten zij hun leven in praalzieke luiheid voorbijgaan, en zij brachten maanden door in Brighton en andere populaire badplaatsen. In Christopher Drawlight had dat slag mensen perfectie bereikt. Zelfs zijn beste vrienden zouden moeten erkennen dat hij geen enkele goede eigenschap bezat.[1]

Ondanks meneer Norrell's afkeurende geluidjes en gezucht bij iedere nieuwe onthulling, deed dit gesprek hem ongetwijfeld goed. Toen Lucas tien minuten later met een kan chocolademelk de kamer binnenkwam, zat hij rustig zijn geroosterde boterham met jam te eten en hij leek hij in niets meer op de bezorgde, kribbige stakker die hij eerder die ochtend was geweest.

Er werd hard aan de deur geklopt en Lucas deed open. Er klonk een lichte tred op de trap. Lucas kwam binnen en verkondigde: 'Meneer Drawlight!'

'Ah, meneer Norrell! Hoe maakt u het?' Meneer Drawlight kwam de kamer in. Hij droeg een donkerblauwe jas en een stok van ebbenhout met een zilveren knop. Hij was kennelijk erg opgewekt. Hij boog, glimlachte, en liep zo vaak heen en weer dat er vijf minuten later geen stukje tapijt was waar hij niet op had gestaan, geen tafel of stoel die hij niet licht en liefdevol had aangeraakt, geen spiegel waar hij niet langs was gedanst en geen schilderij waar hij niet even naar had geglimlacht.

Hoewel meneer Norrell nu wist dat zijn gast geen groot tovenaar was, en zelfs geen bediende van een groot tovenaar, volgde hij Childermass' advies nog niet op. Hij nodigde meneer Drawlight weliswaar uit aan de ontbijttafel aan te schuiven en een kop koffie te nemen, maar dat deed hij op zeer koele toon. Sombere stiltes en duistere blikken hadden echter geen enkel effect op meneer Drawlight. De stiltes vulde hij met zijn eigen gepraat, en hij was zo gewend aan duistere blikken dat ze hem niet stoorden.

'Vond u het feest van gisteravond ook niet het verrukkelijkste ter wereld, meneer? Maar ik vind dat u volkomen gelijk had dat u wegging. Daarna kon ik iedereen vertellen dat de heer die zij zojuist de kamer hadden zien verlaten niemand minder dan meneer Norrell was!

---

[1] Op een keer zat hij in een kamer met lady Bessborough's langharige witte kat. Hij droeg die dag een onberispelijk zwart jasje met bijpassende broek, en om die reden werd hij erg onrustig van de kat, die om hem heen sloop en bewegingen maakte alsof hij van plan was op zijn schoot te gaan zitten. Hij wachtte totdat hij dacht dat er niemand keek, pakte de kat op, opende een raam en gooide het dier naar buiten. De kat overleefde zijn val van de derde verdieping, maar een van zijn poten is nooit helemaal genezen, en vanaf dat moment had hij de grootste afkeer van mannen in zwarte kleding.

O! Gelooft u me, meneer. Uw vertrek bleef niet onopgemerkt. De waarde heer Masham wist bijna zeker dat hij een deel van uw voortreffelijke schouder zag, lady Barclay dacht dat ze een sierlijke grijze krul van uw eerbiedwaardige pruik had gezien en juffrouw Fiskerton verkeerde in extase bij de gedachte dat haar blik heel even op het puntje van uw neus had gerust! En het beetje dat ze van u gezien hebben, meneer, doet hen verlangen naar meer. Ze willen u helemaal ontmoeten!'

'O!' zei meneer Norrell met een zweem van tevredenheid.

Doordat meneer Drawlight maar bleef zeggen dat de dames en heren op het feest van mevrouw Godesdone in de wolken waren over meneer Norrell, verdwenen meneer Norrell's vooroordelen over zijn gast als sneeuw voor de zon. Volgens meneer Drawlight was meneer Norrell's gezelschap als een specerij – het kleinste snufje kon een heel gerecht op smaak brengen. Meneer Drawlight was zo vriendelijk dat meneer Norrell steeds toeschietelijker werd.

'En aan welke gelukkige omstandigheden, meneer,' vroeg meneer Drawlight, 'hebben wij uw gezelschap te danken? Wat brengt u naar Londen?'

'Ik ben naar Londen gekomen om de moderne magie te bevorderen. Het is mijn bedoeling de magie in Engeland te doen herleven, meneer,' antwoordde meneer Norrell gewichtig. 'Er is heel veel wat ik de voorname lieden van onze eeuw wil mededelen. Ik kan hen op vele manieren van dienst zijn.'

Meneer Drawlight mompelde beleefd dat hij daarvan overtuigd was.

'Ik kan u vertellen, meneer,' zei meneer Norrell, 'dat ik oprecht wenste dat deze taak een andere tovenaar ten deel was gevallen.' Meneer Norrell zuchtte en probeerde zo nobel mogelijk te kijken, wat niet meeviel met zijn smalle bleke gelaat. Het is verbazingwekkend dat een man als meneer Norrell – een man die de carrière van zo veel collega-tovenaars had geruïneerd – zichzelf ervan kon overtuigen dat hij liever zou willen dat alle eer van zijn beroep een ander te beurt zou vallen, maar het lijdt geen twijfel dat meneer Norrell het geloofde toen hij het zei.

Meneer Drawlight mompelde iets meelevends. Meneer Drawlight was ervan overtuigd dat meneer Norrell te bescheiden was. Meneer Drawlight kon zich gewoonweg niet voorstellen dat er iemand bestond die meer geschikt was dan meneer Norrell voor de taak om de magie in Groot-Brittannië te doen herleven.

'Maar ik word in mijn werk door iets gehinderd, meneer,' zei meneer Norrell.

Meneer Drawlight was verbaasd dat te horen.

'Ik weet niets over de wereld, meneer. Dat weet ik over mezelf. Als een echte geleerde hou ik van stilte en eenzaamheid. In een kamer vol onbekenden urenlang vruchteloos zitten babbelen is voor mij een marteling, maar ik ga ervan uit dat dat vaak zal gebeuren. Dat heeft Childermass me verzekerd.' Meneer Norrell keek smekend naar Drawlight, alsof hij hoopte dat die hem zou tegenspreken.

'O!' Meneer Drawlight dacht even na. 'En dat is nu juist de reden dat ik zo blij ben dat u en ik vrienden zijn geworden! Ik wil niet beweren dat ik een geleerde ben, meneer. Ik weet bijna niets over tovenaars of over de geschiedenis van magie, en ik verwacht dat u mijn gezelschap van tijd tot tijd hinderlijk zult vinden, maar dergelijke kleine ergernissen moet u afwegen tegen wat ik voor u kan betekenen. Ik kan u rondleiden en aan mensen voorstellen. O, meneer Norrell! U kunt zich niet voorstellen wat een diensten ik u zou kunnen bewijzen!'

Meneer Norrell weigerde te beloven dat hij meneer Drawlight zou vergezellen naar al die plaatsen waarvan meneer Drawlight zei dat ze zo plezierig waren, noch om al die mensen te ontmoeten wier vriendschap een nieuwe dimensie aan meneer Norrell's bestaan zou geven. Hij stemde er echter wel mee in om die avond met meneer Drawlight mee te gaan naar het diner van lady Rawtenstall aan Bedford-square.

Meneer Norrell was aan het eind van dat diner minder vermoeid dan hij had verwacht, dus sprak hij voor de volgende ochtend met meneer Drawlight af bij het huis van meneer Plumtree. Met meneer Drawlight als zijn gids begaf meneer Norrell zich met veel meer zelfvertrouwen dan voorheen in de sociale kringen. Hij kreeg steeds meer afspraken. Van elf uur 's ochtends tot na middernacht had hij het druk. Hij legde ochtendbezoeken af, dineerde in de eetkamers van huizen verspreid over de hele stad, en verscheen op feestjes, bals en Italiaanse concerten. Hij ontmoette baronets, burggraven, burggravinnen, en waarde zus en zo's. Men trof hem aan in Bond-street, waar hij arm in arm wandelde met meneer Drawlight. Hij werd gezien in Hyde-park, waar hij samen met meneer Drawlight en diens goede vriend meneer Lascelles in een rijtuig reed.

Op dagen dat meneer Norrell niet buiten de deur at, schoof meneer Drawlight bij meneer Norrell aan in het huis aan Hanover-square. Meneer Norrell stelde zich voor dat meneer Drawlight dat graag deed, want Childermass had hem verteld dat meneer Drawlight zelf bijna geen geld had. Childermass zei dat Drawlight geen regelmatig inkomen had, maar wel veel schulden. Nog nooit had hij zijn goede vrienden bij hem thuis uitgenodigd, want zijn thuis was een kamer boven de schoenmakerswinkel in Little Ryder-street.

Zoals in alle nieuwe huizen bleken er in het huis aan Hanover-square, dat in eerste instantie volmaakt had geleken, allerlei verbeteringen noodzakelijk te zijn. Natuurlijk wilde meneer Norrell alles zo snel mogelijk afhandelen, maar toen hij meneer Drawlight vroeg of Londense werklieden altijd zo buitengewoon traag waren, greep Drawlight de gelegenheid aan om meneer Norrell te vragen naar al zijn plannen betreffende kleuren, behang, vloerkleden, meubilair en decoratie, en op alles had hij wel iets aan te merken. Een kwartier lang kibbelden ze over de kwestie. Toen gaf meneer Drawlight het bevel meneer Norrell's rijtuig klaar te maken, en droeg Davey op hem en meneer Norrell meteen naar de winkel van meneer Ackermann in de Strand te brengen. Daar liet meneer Drawlight meneer Norrell een boek zien met daarin een door meneer Repton getekende afbeelding van een lege, ouderwetse salon, waar een oud iemand uit de tijd van koningin Elizabeth je met een stalen gezicht vanuit een schilderij aan de muur aan leek te staren, en waar lege stoelen stonden die elkaar leken aan te gapen als gasten op een feestje, die tot de ontdekking zijn gekomen dat ze elkaar niets te vertellen hebben. Maar op de volgende pagina... ach! Wat zag het er daar anders uit met dat prachtige, fijne timmerwerk, het behang en de stoffering! Het was een afbeelding van dezelfde salon, maar dan opnieuw gemeubileerd en onherkenbaar mooi! Zo'n twaalf modieus geklede dames en heren hadden zich naar het mooie, nieuwe appartement laten lokken door het vooruitzicht zich te kunnen vermaken door bevallige houdingen aan te nemen op de stoelen of te wandelen in de met wingerd omsluierde oranjerie, die op mysterieuze wijze aan de andere kant van de openslaande deuren was verschenen. De moraal, zo legde meneer Drawlight uit, was dat meneer Norrell veel meer openslaande deuren in zijn huis moest laten maken, wilde hij medestanders kunnen vergaren voor zijn voornemen de moderne magie te stimuleren.

Onder begeleiding van meneer Drawlight leerde meneer Norrell de rode kleuren van het schilderijenkabinet waarderen in plaats van de fatsoenlijke, maar saaie groene kleuren uit zijn jeugd. In het belang van de moderne magie werden de eenvoudige materialen in meneer

Norrell's huis opgedoft met verf en vernis, zodat ze anders leken dan ze in werkelijkheid waren, net als acteurs op het toneel. Pleisterkalk werd beschilderd zodat het op hout leek, en hout werd beschilderd zodat het op andere houtsoorten leek. Toen het tijd werd om de eetkamer onder handen te gaan nemen, had meneer Norrell inmiddels zo veel vertrouwen in Drawlight's smaak dat Drawlight helemaal zelf het servies mocht uitkiezen.

'U zult er geen spijt van krijgen, mijn beste man!' riep Drawlight. 'Drie weken geleden heb ik een servies uitgekozen voor de hertogin van B—, en zodra ze het zag, riep ze uit dat ze nog nooit van haar leven zo iets moois had gezien!'

Op een stralende ochtend in mei zat meneer Norrell in de salon van een zekere mevrouw Littleworth in Wimpole-street. Onder de aanwezigen waren ook meneer Drawlight en meneer Lascelles. Meneer Lascelles was buitengewoon gesteld op het gezelschap van meneer Norrell. Sterker nog, in dat opzicht kwam meneer Norrell na meneer Drawlight op de tweede plaats. Hij had echter zo zijn eigen redenen om meneer Norrell's aandacht te trekken. Meneer Lascelles was een slimme, cynische man, die niets zo belachelijk vond als een geleerde oude heer die zichzelf had aangepraat dat hij kon toveren. Daarom schepte meneer Lascelles er veel genoegen in om meneer Norrell bij elke gelegenheid vragen te stellen over magie, zodat hij zich kon verkneukelen over de antwoorden.

'En, vermaakt u zich in Londen, meneer?' vroeg hij.

'Helemaal niet,' zei meneer Norrell.

'Dat is jammer,' zei meneer Lascelles. 'Heeft u al collega-tovenaars gevonden om mee te praten?'

Meneer Norrell fronste zijn voorhoofd en zei dat er volgens hem in Londen geen tovenaars waren, en als ze er wel waren, had hij ze niet kunnen ontdekken.

'Ach, meneer!' riep meneer Drawlight. 'Maar u heeft het mis! U bent werkelijk helemaal verkeerd ingelicht! We hebben wel degelijk tovenaars in Londen. O! Minstens veertig. Lascelles, je bent het toch met me eens dat we honderden tovenaars in Londen hebben? Je ziet ze op praktisch iedere hoek van de straat. Meneer Lascelles en ik zijn meer dan bereid hen aan u voor te stellen. Ze hebben een soort koning, die ze Vinculus noemen: een lange, onverzorgde man die eruitziet als een vogelverschrikker. Hij heeft even buiten St Christopher Le Stocks een klein hok met een smerig geel gordijn, dat onder de modderspatten zit. Als je hem twee penny's geeft, doet hij een voorspelling.'

'Vinculus ziet in ieders toekomst alleen maar rampspoed!' zei meneer Lascelles lachend. 'Tot dusver heeft hij mij voorspeld dat ik zou verdrinken, dat ik krankzinnig zou worden, dat mijn bezittingen zullen verbranden en dat een dochter mij op mijn oude dag vreselijk zal kwetsen met haar hatelijkheid.'

'Ik breng u er graag naar toe, meneer,' zei Drawlight tegen meneer Norrell. 'Ik ben erg gesteld op Vinculus.'

'Wees voorzichtig als u ernaar toe gaat, meneer,' adviseerde mevrouw Littleworth. 'Er zijn daar mannen die een mens behoorlijk de stuipen op het lijf kunnen jagen. De Cruickshanks hebben eens een tovenaar, een heel vieze kerel, mee naar huis genomen. Ze wilden dat hij hun vrienden een paar trucs zou vertonen, maar hij bleek er niet één te kennen, dus weigerden ze hem te betalen. Woedend zwoer de man dat hij de baby zou veranderen in een kolenkit. Toen de baby nergens te vinden was raakten ze in verwarring, hoewel er geen nieuwe kolenkitten bij waren gekomen – alleen de oude waren er nog. Ze doorzochten het hele huis en mevrouw Cruickshank bestierf het bijna van bezorgdheid. De dokter werd erbij gehaald. Toen stond opeens het kindermeisje aan de deur, met de baby in haar armen, en algauw bleek dat ze de baby had meegenomen om hem aan haar moeder in James-street te laten zien.'

Ondanks al die verlokkingen wees meneer Norrell meneer Drawlight's vriendelijke aanbod een bezoek te brengen aan Vinculus in zijn gele hokje af.

'En wat is uw mening over de Ravenkoning, meneer Norrell?' vroeg mevrouw Littleworth gretig.

'Die heb ik niet. Ik denk nooit over hem na.'

'Werkelijk?' zei meneer Lascelles. 'Neemt u me niet kwalijk, meneer Norrell, maar dat is een nogal opmerkelijke bewering. Ik ben tot op heden nog geen tovenaar tegengekomen die niet van mening was dat de Zwarte Koning de allerbeste was, dé tovenaar bij uitstek! Een man die, als hij gewild had, Merlijn uit zijn boom had kunnen sleuren, op zijn hoofd had kunnen laten rondtollen om hem ten slotte terug in de boom te stoppen.'[2]

---

[2] Er wordt algemeen aangenomen dat Merlijn door de tovenares Nimue in een meidoorn werd opgesloten.

Meneer Norrell zei niets.

'Maar,' ging meneer Lascelles verder, 'er was toch zeker geen enkele andere Gulden Tovenaar die zijn prestaties kon evenaren? Koninkrijken in alle werelden die ooit hebben bestaan.[3] Hordes mensen- en elfenridders die al zijn bevelen uitvoerden. Magische bossen die vrij rondliepen. Om nog maar te zwijgen over zijn lange leven – driehonderd jaar heeft hij geregeerd – en zelfs na al die tijd zag hij er nog steeds jong uit, zo gaat het verhaal.'

Meneer Norrell zei niets.

'Of denkt u soms dat de historische verhalen niet kloppen? Ik heb regelmatig horen suggereren dat de Ravenkoning nooit heeft bestaan, dat het helemaal niet om één tovenaar ging, maar om een lange reeks tovenaars die allemaal op elkaar leken. Denkt u dat wellicht ook?'

Meneer Norrell keek of hij er liever het zwijgen toe deed, maar de vraag van meneer Lascelles was zo direct, dat hij wel moest antwoorden. 'Nee,' zei hij ten slotte, 'ik ben er zeker van dat hij heeft bestaan. Ik beschouw zijn invloed op de Engelse magie echter als ronduit betreurenswaardig. Zijn soort magie was bijzonder schadelijk en ik zou wensen dat hij vergeten zou worden, zoals hij verdient. Niets zou mij meer verheugen.'

'En hoe zit het met uw elfenbedienden, meneer?' vroeg meneer Lascelles. 'Bent u de enige die ze kan zien? Of kunnen andere mensen hen ook waarnemen?'

Meneer Norrell snoof en zei dat hij er geen had.

'Hoezo geen?' riep een dame in een anjerroze avondjurk verbaasd uit.

'U bent wijs, meneer Norrell,' zei Lascelles. 'Tubbs versus Starhouse zou voor alle tovenaars een waarschuwing moeten zijn.'[4]

---

[3] Meneer Lascelles overdrijft. De Ravenkoning had nooit meer dan drie koninkrijken.

[4] Tubbs versus Starhouse: een beroemde zaak die een aantal jaar geleden werd voorgelegd aan Quarter Sessions in Nottingham.

Een man uit Nottinghamshire, die Tubbs heette, wilde ontzettend graag een elf zien. Doordat hij dag en nacht aan elfen dacht en allerlei vreemde boeken over elfen las, had hij het in zijn hoofd gehaald dat zijn koetsier een elf was.

De koetsier – die Jack Starhouse heette – was donker en lang en zei bijna nooit iets. Dat verontrustte zijn collega-bedienden, die hem arrogant vonden.

Hij was pas kort bij meneer Tubbs in dienst en had gezegd dat hij vroeger de koetsier was geweest van een oude man die Browne heette, in Coldmicklehill, een plaatsje in het noorden. Hij had één groot talent: hij kon ieder wezen van hem laten houden. Als hij de teugels vasthield, waren de paarden altijd erg gewillig, en nooit humeurig of onrustig. Bovendien kon hij katten zijn wil opleggen, op een manier die de mensen in Nottinghamshire nooit eerder hadden gezien. Hij praatte fluisterend tegen ze, en iedere kat waartegen hij sprak, stond dan doodstil en kreeg een enigszins verraste uitdrukking op zijn snoet, alsof hij nooit van zijn leven zo iets zinnigs had gehoord, en dat ook nooit meer verwachtte. Hij kon ze ook laten dansen. De katten van meneer Tubbs waren even ernstig en waardig als andere katten, maar Jack Starhouse kon ze wild laten dansen, waarbij ze rondsprongen op hun achterpoten en van links naar rechts hupten. Dit deed hij door middel van vreemd gezucht, gefluit en gesis.

Een van de andere bedienden merkte op dat het nog tot daar aan toe zou zijn als katten ook maar ergens goed voor waren – wat niet zo was. Maar Starhouse' geweldige talent was niet nuttig, en evenmin vonden zijn collegabedienden het vermakelijk. Ze voelden zich er alleen maar ongemakkelijk bij.

Ik weet niet of het nu hierdoor kwam, of door zijn knappe gezicht met de wijd uiteenstaande ogen, dat meneer Tubbs er zo van overtuigd was dat hij een elf was, maar meneer Tubbs won stiekem inlichtingen in over de koetsier.

Op een dag ontbood meneer Tubbs meneer Starhouse in zijn studeerkamer. Meneer Tubbs zei dat hij had gehoord dat meneer Browne heel ziek was. Dat hij al ziek was geweest in de periode waarin meneer Starhouse naar eigen zeggen voor hem had gewerkt, en al jarenlang niet meer de deur uitging. Daarom vroeg meneer Tubbs zich af waar hij een koetsier voor nodig had gehad.

Jack Starhouse zei even niets. Toen gaf hij toe dat hij niet voor meneer Browne had gewerkt. Hij zei dat hij voor een andere familie in die buurt had gewerkt. Hij had hard gewerkt, het was een goede positie geweest, hij was er gelukkig geweest. Maar de andere bedienden mochten hem niet, en hij wist niet waarom. Het was hem echter al eerder overkomen. Een van de bedienden, een vrouw, had leugens over hem verteld en hij werd ontslagen. Hij had meneer Browne jaren geleden een keer gezien. Hij zei dat het hem heel erg speet dat hij tegen meneer Tubbs had gelogen, maar dat hij niets anders had kunnen verzinnen.

Meneer Tubbs zei dat het niet nodig was nog meer verhalen te verzinnen. Hij wist dat Starhouse een elf was, zei hij, en Starhouse hoefde niet bang te zijn, want hij zou hem niet verraden. Hij wilde alleen maar met hem praten over zijn thuisland en zijn volk.

In eerste instantie begreep Starhouse niet wat meneer Tubbs bedoelde, maar toen het eindelijk tot hem doordrong, hield hij vol hij dat hij een mens was, een Engelsman. Tevergeefs, want meneer Tubbs geloofde hem niet.

Wat Starhouse hierna ook deed, of waar hij ook naar toe ging, steeds wachtte meneer Tubbs hem op met honderd vragen over elfen en het

'Meneer Tubbs was geen tovenaar,' zei meneer Norrell. 'Ik heb ook nooit gehoord dat hij beweerde er een te zijn. Maar al was hij de grootste tovenaar in de christelijke wereld geweest, dan nog deed hij er verkeerd aan zich het gezelschap van elfen te wensen. Nooit heeft er zo'n vals volk bestaan, dat zo schadelijk was voor Engeland. Er zijn veel te veel tovenaars geweest die te lui of te dom waren om zich met een degelijke studie bezig te houden, en die in plaats daarvan al hun energie besteedden aan het verkrijgen van een elfenbediende. Als ze dan eindelijk zo'n bediende hadden, vertrouwden ze hem al hun zaken toe. In de geschiedenis van Engeland wemelt het van dat soort mannen, en het verheugt me te kunnen zeggen dat sommigen hun verdiende loon kregen. Kijk maar naar Bloodworth.'[5]

Elfenrijk. Hoewel meneer Tubbs altijd vriendelijk en beleefd was, werd Starhouse zo ongelukkig van deze behandeling dat hij genoodzaakt was zijn baan op te zeggen. Toen hij net werkloos was, ontmoette hij een man in een café in Southwell, die hem overhaalde zijn voormalige baas aan te klagen wegens laster. In een beroemde uitspraak werd Jack Starhouse de eerste man die volgens de Engelse wet tot mens werd verklaard.

Deze vreemde episode eindigde echter ongelukkig voor zowel Tubbs als Starhouse. Tubbs' straf voor zijn onschuldige wens een elf te zien was dat hij overal het mikpunt van hoon werd. Weinig vleiende karikaturen van hem werden gepubliceerd in de kranten van Londen, Nottingham, Derby en Sheffield, en buren met wie hij altijd op zeer goede en intieme voet had gestaan wilden hem niet meer kennen. Starhouse kwam er al snel achter dat niemand een koetsier in dienst wilde nemen die zijn baas voor het gerecht had gesleept. Hij was gedwongen ver onder zijn kunnen te gaan werken en verviel al snel in grote armoede.

De zaak Tubbs versus Starhouse is vooral interessant omdat het dient ter illustratie van het wijdverbreide geloof dat nog niet alle elfen Engeland verlaten hebben. Veel Engelse heren en dames geloven dat we in het dagelijks leven omringd worden door elfen. Sommige zijn onzichtbaar, maar andere hebben zich vermomd als christenen, mensen die we kennen wellicht. Geleerden hebben eeuwen over de zaak gedebatteerd, maar zijn nooit tot een conclusie gekomen.

[5] Simon Bloodworth's elf kwam uit het niets om zijn diensten aan te bieden, en zei dat hij Buckler genoemd wenste te worden. Zoals ieder schoolkind u kan vertellen, zou Bloodworth er goed aan hebben gedaan om nadere informatie in te winnen en na te vragen wie Buckler eigenlijk was, en waarom hij precies uit het Elfenrijk was weggegaan met als enig doel de bediende te worden van een derderangs Engelse tovenaar.

Buckler was bedreven in allerlei soorten magie, en Bloodworth's bedrijf in het wolstadje Bradford on Avon groeide en bloeide. Slechts één keer veroorzaakte Buckler problemen, toen hij in een plotselinge vlaag van woede een boekje van de huispredikant van lord Lovel vernietigde.

Hoe langer Buckler bij Bloodworth verbleef, des te sterker hij werd. Het eerste dat Buckler deed met zijn nieuwe kracht was zijn uiterlijk veranderen. Zijn stoffige vodden veranderden in een degelijk kostuum. Een roestige schaar, die hij had gestolen van een slotenmaker in de stad, werd een zwaard. Zijn magere, gevlekte vossenkop werd een bleek, knap gelaat, en opeens was hij een halve meter tot een meter langer. Dit was zijn ware voorkomen, zo verzekerde hij mevrouw Bloodworth en haar dochters snel. Het vorige was slechts een betovering geweest.

Op een mooie ochtend in mei in 1310, toen Bloodworth van huis was, ontdekte mevrouw Bloodworth een grote kast in de hoek van haar keuken, waar voorheen geen kast had gestaan. Toen ze Buckler ernaar vroeg, zei hij onmiddellijk dat het een toverkast was en dat hij hem daar had neergezet. Hij zei dat hij het jammer vond dat er in Engeland niet meer zo vaak gebruik werd gemaakt van magie. Hij zei dat het zijn hart brak te moeten zien hoe mevrouw Bloodworth en haar dochters van 's ochtends vroeg tot 's avonds laat moesten wassen, vegen, koken en schoonmaken, terwijl ze naar zijn mening gekleed in avondjurken met juwelen lovertjes op zachte kussens zouden moeten zitten om konfijt te eten. Dat was een zeer verstandige opmerking, vond mevrouw Bloodworth. Buckler zei dat hij haar echtgenoot vaak terecht had gewezen omdat hij er niet in was geslaagd mevrouw Bloodworth een plezierig en gemakkelijk leven te schenken, maar Bloodworth had niet naar hem willen luisteren. Mevrouw Bloodworth zei dat dat haar niet in het minst verbaasde.

Buckler zei dat ze, als ze in de kast stapte, in een magisch oord terecht zou komen, waar ze toverformules kon leren. Daarmee kon ze elk klusje onmiddellijk klaren, zou ze er in de ogen van eenieder die naar haar keek beeldschoon uitzien, zouden er grote bergen goud verschijnen als zij het wenste, zou ze haar echtgenoot alles voor haar kunnen laten doen, et cetera, et cetera.

Hoeveel toverformules waren er, vroeg mevrouw Bloodworth.

Een stuk of drie, dacht Buckler.

Waren ze moeilijk te leren?

O, nee! Heel gemakkelijk.

Zou het lang duren?

Nee, niet lang, ze zou op tijd terug zijn voor de mis.

Zeventien mensen gingen die ochtend de kast van Buckler binnen, om nooit meer terug te keren naar Engeland. Onder hen waren mevrouw Bloodworth, haar twee jongste dochters, haar twee dienstmeisjes en twee bedienden, de oom van mevrouw Bloodworth en zes buren. Alleen Margaret Bloodworth, de oudste dochter, weigerde mee te gaan.

De Ravenkoning stuurde twee tovenaars uit Newcastle om de zaak te onderzoeken, en dank zij hun geschreven verslagen is deze legende bewaard

Meneer Norrell leerde veel nieuwe mensen kennen, maar bij niemand laaide het vuurtje van pure vriendschap op. In het algemeen vond men hem in Londen een grote teleurstelling. Hij verrichtte geen magie, vervloekte niemand en voorspelde niets. Eén keer hoorde men hem bij mevrouw Godesdone thuis opmerken dat hij dacht dat er regen op komst was, maar als dat een voorspelling was, dan was het een teleurstellende, want het bleef droog. Sterker nog, het begon pas de volgende zaterdag te regenen. Hij sprak bijna nooit over magie en als hij dat wel deed, dan klonk het als een geschiedenisles, en niemand kon het opbrengen naar hem te luisteren. Hij had zelden een goed woord over voor andere tovenaars, behalve die keer toen hij Francis

---

gebleven. De belangrijkste getuige was Margaret, die het volgende vertelde: 'Mijn arme vader ging de kast in met als doel hen te redden, hoewel ik hem smeekte het niet te doen. Hij is nooit meer teruggekomen.'

Tweehonderd jaar later reisde dr Martin Pale door het Elfenrijk. In het kasteel van John Hollyshoes – een oeroude, machtige elfenprins – trof hij een lijkbleek, uitgehongerd kind van een jaar of zeven aan. Ze zei dat ze Anne Bloodworth heette en ze dacht dat ze nu ongeveer twee weken in het Elfenrijk was. Ze moest een grote stapel vuile pannen afwassen. Ze zei dat ze sinds haar aankomst aan één stuk door had afgewassen, en dat ze, zodra ze klaar was, naar huis zou gaan om haar ouders en zusters te zien. Ze dacht dat ze met een dag of twee wel klaar zou zijn.

[6] Francis Sutton-Grove (1682-1765) was een theoretisch tovenaar. Hij schreef twee boeken: *De Generibus Artium Magicarum Anglorum*, 1741, en *Prescriptions and Descriptions*, 1749. Zelfs meneer Norrell, Sutton-Grove's grootste – en enige – bewonderaar, vond *Prescriptions and Descriptions* – waarin hij regels voor praktische magie vastlegde – een walgelijk slecht boek. Meneer Norrell's leerling, Jonathan Strange, vond het zelfs zo afschuwelijk dat hij zijn exemplaar in stukken scheurde en aan de ezel van een zwerver voerde (zie John Segundus, *Life of Jonathan Strange*. Uitg. John Murray, 1820).

De Generibus Artium Magicarum Anglorum werd beschouwd als het saaiste boek in het canon van de Engelse magie – dat overigens veel saaie boeken bevat. Het was de eerste poging van een Engelsman om magische onderzoeksgebieden voor de moderne tovenaar te definiëren. Volgens Sutton-Grove waren het er achtendertigduizendnegenhonderdvijfenveertig, en hij maakte een onderverdeling in verschillende categorieën. Sutton-Grove is in één belangrijk opzicht de voorloper van de grote meneer Norrell te noemen: in niet één van zijn lijsten wordt melding gemaakt van de magie die traditioneel wordt toegeschreven aan vogels en wilde dieren, en Sutton-Grove sluit opzettelijk die vormen van magie uit waarvoor men gewoonlijk de hulp van elfen inroept, bij voorbeeld het tot leven wekken van de doden.

Sutton-Grove prees, een tovenaar uit de vorige eeuw.[6]

'Maar ik dacht dat de werken van Sutton-Grove onleesbaar waren, meneer,' zei meneer Lascelles. 'Ik heb me altijd laten vertellen dat *De Generibus Artium Magicarum Anglorum* volkomen onleesbaar was.'

'O!' zei meneer Norrell. 'Wellicht is het niet geschikt als vermaak voor dames en heren, maar een serieuze student magie kan Sutton-Grove mijns inziens niet hoog genoeg inschatten. In Sutton-Grove vindt men een eerste poging magische onderzoeksgebieden voor de moderne tovenaar te definiëren, en alle onderwerpen zijn gerangschikt in lijsten en tabellen. Natuurlijk is Sutton-Grove's onderverdeling vaak onjuist. Bedoelt u dat wellicht met "onleesbaar"? Desondanks is naar mijn mening niets in de wereld zo oogstrelend als een tiental lijsten van Sutton-Grove. Als student kan men zo'n lijst doorlopen en denken: dit weet ik al, of dit moet ik nog doen, en altijd ziet hij nog genoeg werk voor vier, misschien zelfs vijf jaar voor zich.'

De legende van de standbeelden in de kathedraal van York was al zo vaak aangehaald dat hij afgezaagd begon te worden, en men begon zich af te vragen of meneer Norrell eigenlijk wel eens iets anders had gedaan. Meneer Drawlight voelde zich dan ook verplicht nieuwe voorbeelden te bedenken.

'Maar wat kan die tovenaar dan allemaal, Drawlight?' vroeg mevrouw Godesdone op een avond, toen meneer Norrell niet aanwezig was.

'O, mevrouw!' riep meneer Drawlight uit. 'Wat kan hij niet? De afgelopen winter nog stak er in York – de geboortestad van meneer Norrell, zoals u wellicht weet, mevrouw – een flinke noorderstorm op, waardoor ieders was in de modder en de sneeuw belandde. Daarom wendden de schepenen, die de dames in de stad graag al die extra was wilden besparen, zich tot meneer Norrell. Hij stuurde een troep elfen om alles opnieuw te wassen, en alle gaten in de overhemden, slaapmutsen en onderrokken werden gerepareerd en alle versleten randjes werden hersteld, en iedereen zei dat ze nooit van hun leven zo'n oogverblindend witte was hadden gezien!'

Met name dat verhaal werd heel populair en deed meneer Norrell gedurende een paar weken die zomer in ieders achting stijgen. Wanneer meneer Norrell over moderne magie sprak, wat hij soms deed, nam het grootste deel van zijn publiek dan ook aan dat hij op dat soort zaken doelde.

De dames en heren die meneer Norrell in de salons en eerkamers van Londen ontmoetten mochten dan over het algemeen in hém teleurgesteld zijn, meneer Norrell op zijn beurt was al even ontevreden over hén. Hij beklaagde zich voortdurend bij meneer Drawlight over de onnozele vragen die ze hem stelden en zei dat al die uren die hij in hun gezelschap had doorgebracht de Engelse magie geen enkele impuls hadden gegeven.

Op een saaie woensdagochtend eind september zaten meneer Norrell en meneer Drawlight samen in de bibliotheek aan Hanoversquare. Meneer Drawlight was bezig met een lange verhandeling over iets wat meneer F. had gezegd om lord S. te beledigen, en wat lady D. ervan vond, toen meneer Norrell plotseling zei: 'Meneer Drawlight, ik zou heel dankbaar zijn als u mij van advies zou kunnen dienen bij de volgende belangrijke kwestie: heeft iemand de hertog van Portland op de hoogte gesteld van mijn aankomst in Londen?'[7]

'Ach, meneer!' riep Drawlight. 'Alleen een bescheiden man als u zou zo iets kunnen denken. Ik verzeker u dat álle ministers inmiddels wel van de buitengewone meneer Norrell hebben gehoord.'

'Maar als dat zo is,' vroeg meneer Norrell, 'waarom heeft zijne excellentie me dan geen bericht gestuurd? Nee, ik vermoed dat ze niet eens van mijn bestaan op de hoogte zijn. En dus, meneer Drawlight, zou ik u dankbaar zijn als u mij kon informeren over uw eventuele connecties binnen het kabinet. Tot wie zou ik mij kunnen richten?'

'Het kabinet, meneer?' vroeg Drawlight.

'Ik ben naar Londen gekomen om iets nuttigs te doen,' zei meneer Norrell klaaglijk. 'Ik had gehoopt intussen een belangrijke rol te kunnen spelen in de strijd tegen de Fransen.'

'Als u zich verwaarloosd voelt, meneer, dan spijt mij dat heel erg!' riep meneer Drawlight. 'Maar dat is niet nodig, dat verzeker ik u. In de stad zijn genoeg dames en heren die dolgraag enkele trucjes of illusies zouden willen zien. Misschien kunt u ons die op een avond na het diner een keer demonstreren. U hoeft niet bang te zijn dat u ons overweldigt, want we hebben stalen zenuwen.'

Meneer Norrell zei niets.

'Ach, meneer,' zei Drawlight, die zijn witte tanden bloot lachte in een toegeeflijke glimlach en meneer Norrell met een verzoenende blik

---

7 Hertog van Portland: premier en beheerder van de staatskas van 1807-1809.

in zijn donkere, glanzende ogen aankeek. 'Laat ons hier niet over redetwisten. Kon ik u maar helpen, maar dat ligt helaas niet binnen mijn vermogen. Het kabinet begeeft zich in geheel andere kringen dan ik.'

In werkelijkheid kende meneer Drawlight verschillende heren die allerlei posities binnen de regering bekleedden, en die meer dan bereid zouden zijn om de vriend van meneer Drawlight te ontvangen en naar diens verhaal te luisteren, als meneer Drawlight in ruil daarvoor zou beloven dat hij enkele merkwaardige feiten die hij over hen wist nooit zou onthullen. De waarheid was echter dat meneer Drawlight er voor zichzelf geen profijt in zag om meneer Norrell aan die heren voor te stellen. Hij wilde meneer Norrell liever in de salons en eetkamers van Londen houden, in de hoop dat hij er mettertijd in zou slagen hem ertoe over te halen een paar trucjes en dergelijke te vertonen, die de bekenden van meneer Drawlight dolgraag zouden willen zien.

Meneer Norrell schreef dringende brieven aan de heren van de regering, die hij eerst aan meneer Drawlight liet zien voor hij ze aan Childermass gaf om ze af te leveren. Maar de heren van het kabinet antwoordden niet. Daar had meneer Drawlight meneer Norrell al voor gewaarschuwd. De heren van de regering hadden het over het algemeen erg druk.

Ongeveer een week later werd meneer Drawlight uitgenodigd in een huis aan Soho-square voor een optreden van een beroemde Italiaanse sopraan, die pas uit Rome was overgekomen. Natuurlijk was ook meneer Norrell uitgenodigd. Toen hij echter in het huis arriveerde, kon meneer Drawlight de tovenaar in de menigte niet ontdekken. Lascelles stond geleund tegen de schoorsteenmantel te praten met een andere heer. Drawlight liep naar hem toe en vroeg of hij wist waar meneer Norrell was.

'O!' zei meneer Lascelles. 'Hij is op bezoek bij sir Walter Pole. Meneer Norrell heeft belangrijke informatie, en hij wil dat de hertog van Portland er zo snel mogelijk van op de hoogte wordt gesteld. Meneer Norrell heeft dan ook besloten sir Walter Pole te vereren met dat bericht.'

'Portland?' riep een andere heer. 'Wat, zijn de ministers al zo wanhopig? Winnen ze nu ook al het advies van tovenaars in?'

'U begrijpt mij verkeerd,' zei meneer Lascelles glimlachend. 'Het initiatief gaat uit van meneer Norrell zelf. Hij wil de regering zijn diensten aanbieden. Hij schijnt een plan te hebben om de Fransen met magie te verslaan. Maar ik acht het hoogst onwaarschijnlijk dat hij erin zal slagen de ministers naar hem te laten luisteren. Nu ze op het continent de hete adem van de Fransen in hun nek voelen, en in het kabinet die van alle anderen, waag ik het te betwijfelen of er ergens ter wereld een stel heren is dat zwaarder onder vuur ligt, of minder genegen is aandacht te schenken aan de buitenissigheden van een heer uit Yorkshire.'

Als een held uit een sprookje was meneer Norrell tot het besef gekomen dat het al die tijd aan hemzelf was geweest om te bereiken wat hij wilde. Zelfs een tovenaar heeft ergens familie, en toevallig had meneer Norrell een ver familielid – van moederskant – dat zichzelf ooit onmogelijk had gemaakt bij meneer Norrell door hem een brief te schrijven. Om te voorkomen dat zo iets nog eens zou gebeuren, had meneer Norrell de man achthonderd pond geschonken – zoals de man wilde – maar het spijt me te moeten melden dat dit niet voldoende was geweest om de volslagen doortrapte bloedverwant van zijn moeder een halt toe te roepen. De man schreef meneer Norrell nóg een brief, vol bedankjes en loftuitingen over zijn weldoener, en hij verklaarde: '...voortaan zal ik mijzelf en mijn vrienden beschouwen als uw belangengroep, en wij zijn dan ook bereid bij de volgende verkiezingen onze stem uit te brengen in overeenstemming met uw nobele wensen. Indien in de komende tijd mocht blijken dat mijn diensten voor u van enig nut zouden kunnen zijn, dan zou ik mij vereerd voelen mij te voegen naar uw wensen, die mij slechts zouden doen stijgen in de achting van de wereld. Uw nederige en toegewijde dienaar, Wendell Markworthy.'

Tot dusver had meneer Norrell het nooit noodzakelijk gevonden om meneer Markworthy in de achting van de wereld te doen stijgen door hem zijn wensen mede te delen, maar nu bleek – zoals Childermass had ontdekt – dat meneer Markworthy het geld had gebruikt om het zichzelf en zijn broer mogelijk te maken als klerk te gaan werken voor de Oost-Indische Compagnie. Ze waren naar India gegaan en tien jaar later als zeer rijke mannen teruggekeerd. Omdat meneer Norrell, zijn eerste beschermheer, hem nooit had voorgeschreven hoe hij moest stemmen, had hij zich gevoegd naar de wensen van meneer Bonnell, zijn chef bij de Oost-Indische Compagnie, en zijn vrienden aangemoedigd hetzelfde te doen. Hij had meneer Bonnell, een goede vriend van de politicus sir Walter Pole, grote diensten bewezen. In een drukke wereld als die van de handel of de regering is de ene heer een ander iets verschuldigd, die op zijn beurt bij weer iemand anders in het krijt staat, enzovoorts, totdat er een ketting van beloften en verplichtingen ontstaat. In dit geval reikte de ketting van meneer Norrell tot aan tot sir Walter Pole, en sir Walter Pole was inmiddels minister geworden.

6

'Magie is niet respectabel, meneer'

oktober 1807

Het was een moeilijke tijd om minister te zijn.

Met de oorlog ging het van kwaad tot erger en de regering werd door iedereen verafschuwd. Bij iedere nieuwe catastrofe die onder de aandacht van het publiek kwam, kwam er misschien een klein deel van de schuld bij deze of gene te liggen, maar over het algemeen hield iedereen alle ministers verantwoordelijk. Die arme lieden op hun beurt konden enkel met een beschuldigende vinger naar elkaar wijzen, wat ze dan ook steeds vaker deden.

Het was niet zo dat de ministers dom waren. Integendeel, er zaten enkele briljante lieden tussen. Door de bank genomen waren het ook geen slechte mannen. De meesten leidden een onberispelijk privéleven, en waren zeer gesteld op kinderen, muziek, honden en het schilderen van landschappen. Toch was de regering zo impopulair dat het bijna onmogelijk zou zijn geweest ook maar één wetsvoorstel door het Lagerhuis te krijgen, ware het niet dat de minister van Buitenlandse Zaken zulke zorgvuldige toespraken hield.

De minister van Buitenlandse Zaken was een weergaloos redenaar. Hoe diep de regering ook was gezonken in ieders achting, als de minister van Buitenlandse Zaken opstond om te spreken... ach! Wat leek alles dan anders! Wat werden de ontdekte fouten dan snel de vorige regering aangerekend – een kwaadwillend stel mannen die algehele stommiteiten koppelden aan kwade bedoelingen. Over het huidige kabinet zei de minister van Buitenlandse Zaken dat de wereld sinds de Oudheid niet meer zulke rechtschapen doch onbegrepen heren had gekend, die zo onrechtvaardig negatief waren afgeschilderd door hun vijanden. Ze waren allemaal zo wijs als Solomon, zo nobel als Caesar en zo moedig als Marcus Antonius, en in de hele wereld was er niemand die qua eerlijkheid zo veel op Socrates leek als de minister van Financiën. Ondanks deze goede eigenschappen en talenten leken alle plannen die de ministers maakten om de Fransen te verslaan echter nooit ergens toe te leiden, en men klaagde zelfs over hun intelligentie. Landjonkers die in de dagbladen de toespraken van deze of gene minister lazen, mompelden bij zichzelf dat hij ongetwijfeld een slimme vent was. Maar voor de landjonkers was dat geenszins een geruststellende gedachte. De landjonkers hadden het sterke vermoeden dat intelligentie zelfs on-Brits was. Dat soort rusteloze, onvoorspelbare genialiteit paste meer bij de aartsvijand van Groot-Brittannië, keizer Napoleon Bonaparte. De landjonkers konden dat niet goedkeuren.

Sir Walter Pole was tweeënveertig en deed helaas qua slimheid onder voor niemand in het kabinet. Met de meeste grote politici van dat tijdperk had hij wel eens ruzie gehad, en één keer, toen ze allebei erg dronken waren, had Richard Brinsley Sheridan hem een klap tegen zijn hoofd gegeven met een fles madeira. Naderhand merkte Sheridan op tegen de hertog van York: 'Pole aanvaardde mijn excuses minzaam, zoals het een heer betaamt. Gelukkig is hij zo lelijk dat één litteken meer of minder niet veel verschil maakt.'

Persoonlijk vond ik hem niet zo onknap, hoewel hij inderdaad op zeer weinig aantrekkelijke uiterlijke kenmerken kon bogen. Hij had een lang gezicht, bijna anderhalf keer zo lang als dat van anderen, met een grote neus – die uitliep in een zeer scherpe punt – een intelligent paar ogen zo donker als kooltjes en twee stoppelige wenkbrauwtjes, als kleine vissen die moedig standhielden in zijn gezicht zo groot als een oceaan. Toch bood het geheel geen onaangename aanblik. Als u zijn gezicht in ontspannen staat had kunnen aanschouwen – hooghartig en uitgesproken melancholisch – dan zou u ervan overtuigd zijn dat het er vast altijd zo uitzag, dat er in de hele wereld geen gezicht bestond dat zo slecht was toegerust op het uitdrukken van emotie. Dan zou u zich echter danig vergissen.

Niets was zo kenmerkend voor sir Walter Pole als Verbazing. Dan werden zijn ogen groot, gingen zijn wenkbrauwen zeker een centimeter omhoog en leunde hij plotseling achterover. Alles bij elkaar genomen leek hij sprekend op een figuur uit de gravures van meneer Rowlandson of meneer Gillray. Bij zijn werk voor de regering kwam die Verbazing hem goed van pas. 'Maar meneer,' riep hij dan uit, 'u bedoelt toch niet te zeggen...!' Ervan uitgaand dat u niet erg gesteld was op de heer die zo dom was... te suggereren waar sir Walter bij was, of als u iets schalks in uw karakter had waardoor u ervan genoot te zien hoe domheid verslagen werd door scherp verstand, zou u zich kostelijk vermaakt hebben. Op dagen waarop hij in de greep verkeerde van vrolijke plaagzucht, was sir Walter beter dan een toneelstuk in Drurylane. Saaie heren in zowel het Lager- als het Hogerhuis wisten niet hoe ze zich moesten verweren, en ontliepen hem zo veel mogelijk. (De oude lord Zus-en-zo zwaait met zijn stok naar sir Walter, terwijl hij door het stenen gangetje loopt dat van het Lagerhuis naar de Horse-Guards loopt, en roept hem over zijn schouder toe: 'Ik weiger met u te praten, meneer! U verdraait alles wat ik zeg! U legt me woorden in de mond die ik nooit heb uitgesproken!')

Bij één gedenkwaardige gelegenheid, toen hij voor het gepeupel in de stad een toespraak hield, had sir Walter Engeland en haar politici vergeleken met een weesmeisje dat toevertrouwd werd aan de zorg van een paar wellustige, hebzuchtige oude mannen. In plaats van de jongedame te beschermen tegen de boze buitenwereld stalen de schoften haar erfenis en plunderden haar huis. En ook al begreep sir Walter's publiek niet alle woorden die hij gebruikte – wat te wijten was aan zijn uitstekende klassieke opleiding – dat maakte niet zo veel uit. Iedereen kon zich voorstellen hoe de arme jongedame in haar onderrok op haar bed stond, terwijl de vooraanstaande liberale politici van die tijd haar kasten leegroofden en haar spulletjes aan de voddenman verkochten. En alle jongemannen waren aangenaam gechoqueerd over dat beeld.

Sir Walter had een grootmoedig karakter en was vaak vriendelijk. Hij had ooit tegen iemand gezegd dat hij hoopte dat zijn vijanden reden hadden bang voor hem te zijn, en zijn vrienden reden om van hem te houden. Ik denk dat dat doorgaans inderdaad het geval was. Zijn vrolijke houding, zijn vriendelijkheid, zijn intelligentie en de hoge post die hij bekleedde sierden hem des te meer, daar hij dat alles wist te behouden ondanks problemen waaraan mindere goden bijna zeker ten onder zouden zijn gegaan. Sir Walter had geldproblemen. En daarmee bedoel ik niet dat hij weinig geld tot zijn beschikking had. Armoede is nog tot daar aan toe, maar de schulden van sir Walter waren een heel ander verhaal. Wat had hij het zwaar! En het was des te treuriger, omdat hij er zelf absoluut geen schuld aan had. Zelf was hij nooit kwistig geweest met geld, en hij was zeker geen dwaas, maar hij was de zoon van een onnadenkend man en de kleinzoon van nog zo'n man. Sir Walter was geboren met schulden. Als hij een ander soort man was geweest, was het allemaal misschien wel weer goed gekomen. Als hij geïnteresseerd zou zijn geweest in de marine, dan zou hij inmiddels misschien een fortuin hebben vergaard met premies. Had hij van het boerenleven gehouden, dan had hij misschien het land kunnen bewerken en zijn geld kunnen verdienen met graan. En als hij slechts vijftig jaar eerder minister was geworden, had hij misschien geld uit de schatkist kunnen uitlenen tegen twintig procent rente en de opbrengst in zijn zak kunnen steken. Maar wat kan een modern politicus nog doen? Hij zal eerder geld uitgeven dan geld verdienen.

Een paar jaar geleden hadden bevriende regeringsfunctionarissen een baan als nominaal minister van Rekest voor hem geregeld, wat hem een speciale hoed, een stukje ivoor en zevenhonderd pond per jaar opleverde. Hij hoefde niets te doen, want niemand kon zich nog herinneren waar het ministerie van Rekest voor diende of wat de functie van het stukje ivoor was. Toen moesten de vrienden van sir Walter echter plaatsmaken voor nieuwe ministers, die aankondigden dat zij alles wat overbodig was gingen afschaffen, en een van de vele diensten en functies die zij uit de regeringsboom snoeiden was het ministerie van Rekest.

Tegen het voorjaar van 1807 leek het erop dat sir Walter's politieke carrière op zijn eind liep – de laatste verkiezing had hem bijna tweeduizend pond gekost. Zijn vrienden wisten werkelijk niet meer wat ze moesten doen. Een van hen, lady Winsell, ging naar Bath waar ze tijdens een Italiaans concert kennismaakte met een weduwe en haar dochter, die luisterden naar de naam Wintertowne. Een week later schreef lady Winsell aan sir Walter: 'Dit is precies wat ik altijd al voor u heb gewenst. De moeder wil graag dat haar dochter een goede partij trouwt en zal u geen strobreed in de weg leggen. En als ze dat tóch doet, dan vertrouw ik erop dat u haar met uw charme zult kunnen overhalen. En dan het geld! Geloof me, mijn dierbare vriend, toen zij het bedrag noemde dat haar dochter ten deel zou vallen, sprongen de tranen me in de ogen! Wat zou u zeggen van duizend pond per jaar? Ik zal niets zeggen over de jongedame zelf. Als u haar met eigen ogen heeft gezien, zult u veel beter in staat zijn de loftrompet over haar te steken dan ik ooit zou kunnen.'

Op de dag dat meneer Drawlight het recital van de Italiaanse sopraan bijwoonde, klopte meneer Norrell's lakei Lucas om een uur of drie aan bij een huis aan Brunswick-square, waar meneer Norrell door sir Walter ontvangen zou worden. Meneer Norrell werd binnengelaten en naar een zeer mooie kamer op de eerste verdieping gebracht.

Aan de muren hing een verzameling gigantische schilderijen met rijkelijk bewerkte vergulde lijsten, stuk voor stuk taferelen uit de stad Venetië. Die dag was het echter bewolkt – het was koud en stormachtig, en het regende – en Venetië, de stad die bestond uit gelijke delen zonovergoten marmer en zonovergoten zee, was gehuld in een sombere Londense duisternis. De aquamarijnblauwe, wolkenwitte en fonkelend gouden tinten waren afgezwakt tot het grijs en groen van verdronken zaken. Van tijd tot tijd sloeg de regen door een windvlaag tegen de ruit – een melancholisch geluid – en in het grauwe licht waren de blinkend gepoetste oppervlakken van tulpenhouten chiffonnières en notenhouten schrijftafels veranderd in zwarte spiegels die elkaars duistere spiegelbeeld toonden. Ondanks alle pracht en praal was de kamer vreemd genoeg verstoken van gerief. Er brandden geen kaarsen om licht te brengen in de sombere duisternis, en er was geen vuur om de kilte te verdrijven. Het leek alsof de huishouding werd bestuurd door iemand met een uitstekend gezichtsvermogen, die ongevoelig was voor de kou.

Sir Walter Pole stond op om meneer Norrell te verwelkomen en mevrouw Wintertowne en haar dochter juffrouw Wintertowne aan hem voor te stellen. Hoewel sir Walter over twee dames sprak, kon meneer Norrell er slechts één ontwaren: een waardig uitziende, statige oudere dame. Meneer Norrell begreep er niets van. Sir Walter had zich vast vergist, maar het zou zeer onbeleefd zijn om hem zo vroeg in het gesprek al tegen te spreken. Een beetje verward maakte meneer Norrell een buiging voor de statige dame.

'Het verheugt me zeer u te ontmoeten, meneer,' zei sir Walter. 'Ik heb veel over u gehoord. Het lijkt wel alsof men in Londen over niemand anders spreekt dan over de buitengewone meneer Norrell.' Sir Walter wendde zich tot de statige dame en zei: 'Meneer Norrell is tovenaar, mevrouw, iemand met een uitstekende reputatie in zijn geboortestreek Yorkshire.'

De statige dame keek meneer Norrell strak aan.

'U bent heel anders dan ik verwachtte, meneer Norrell,' merkte sir Walter op. 'Ik heb mij laten vertellen dat u praktiserend tovenaar bent. Ik hoop dat ik u niet heb beledigd, meneer, maar dat heb ik gehoord, en ik moet zeggen dat ik opgelucht ben te zien dat u dat niet bent.

Londen wordt geplaagd door een groot aantal zogenaamde tovenaars, dat de mensen geld afhandig maakt door hun allerlei onwaarschijnlijke dingen te beloven. Mag ik u vragen, heeft u Vinculus wel eens gezien, die een hokje bij St Christopher Le Stocks heeft? Hij is de ergste van allemaal. U bent toch wel een theoretisch tovenaar, mag ik aannemen?' Sir Walter glimlachte bemoedigend. 'Maar ik heb vernomen dat u mij iets wilt vragen, meneer.'

Meneer Norrell hoopte dat sir Walter het hem niet kwalijk zou nemen, zei hij, maar hij was wel degelijk een praktiserend tovenaar. Sir Walter keek verrast. Meneer Norrell voegde eraan toe dat hij oprecht hoopte dat hij met deze bekentenis sir Walter's waardering niet had verspeeld.

'Nee, nee. Helemaal niet,' mompelde sir Walter beleefd.

'Uw misvatting,' zei meneer Norrell, 'waarmee ik uiteraard doel op de veronderstelling dat alle praktiserende tovenaars charlatans zijn, komt voort uit de verbijsterende luiheid die Engelse tovenaars de afgelopen tweehonderd jaar hebben tentoongespreid. Ik heb één keer kort mijn magische kunnen getoond – en de mensen in York zijn zo vriendelijk geweest te zeggen dat zij het verbazingwekkend vonden – maar gelooft u me, sir Walter, iedere tovenaar met enig talent had dat kunnen doen. Door die algehele lethargie is onze grootse natie beroofd van zijn sterkste steunpilaar, waardoor wij nu weerloos zijn. Dat gebrek hoop ik te kunnen verhelpen. Andere tovenaars mogen dan in staat zijn hun plicht te negeren, ik kan dat niet. Ik ben hier, sir Walter, om u mijn hulp aan te bieden bij onze huidige moeilijkheden.'

'Onze huidige moeilijkheden?' herhaalde sir Walter. 'De oorlog, bedoelt u?' Hij sperde zijn kleine zwarte ogen open. 'Mijn beste meneer Norrell! Wat heeft de oorlog met toveren te maken? Of toveren met de oorlog? Ik geloof dat ik wel eens heb gehoord wat u in York gedaan heeft, en ik hoop dat de huisvrouwen u dankbaar waren, maar ik zie niet in hoe dergelijke magie ons van nut kan zijn bij de oorlog! Natuurlijk worden de soldaten erg vies, maar ja,' hij begon hard te lachen, 'ze hebben natuurlijk wel belangrijkere dingen aan hun hoofd.'

Arme meneer Norrell! Hij had Drawlight's verhaal over de elfen die de kleren van de mensen hadden gewassen niet gehoord, en het kwam voor hem dan ook als een onaangename verrassing. Hij verzekerde sir Walter dat hij nooit van zijn leven de was had gedaan, noch op magische, noch op enige andere wijze. Toen vertelde hij sir Walter wat hij wél had gedaan. Maar vreemd genoeg kon meneer Norrell, die adembenemende wonderen kon verrichten, ze slechts op zijn gebruikelijke droge manier beschrijven. Daardoor kreeg sir Walter de indruk dat het schouwspel van vijfhonderd stenen figuren in de kathedraal van York, die allemaal door elkaar heen praatten een tamelijk saaie aangelegenheid was geweest, en dat hij zich gelukkig mocht prijzen dat hij het niet had meegemaakt. 'Werkelijk?' zei hij. 'Nou, dat is heel interessant. Maar ik begrijp nog steeds niet helemaal hoe...'

Juist op dat moment hoestte er iemand, en zodra sir Walter dat hoorde, hield hij op met praten, alsof hij ernaar wilde luisteren.

Meneer Norrell keek om zich heen. Op een sofa in de verste, donkerste hoek van de kamer lag een jongedame in een witte avondjurk, met een witte schouderdoek strak om zich heen gewikkeld. Ze lag doodstil. Met één hand hield ze een zakdoek tegen haar mond gedrukt. Haar houding, haar onbeweeglijkheid, alles aan haar wekte sterk de indruk dat ze pijn leed en in slechte gezondheid verkeerde.

Meneer Norrell was er zó zeker van geweest dat zich niemand in die hoek bevond, dat hij schrok van haar plotselinge verschijning, alsof de magie van een ander haar daarnaar toe had gebracht. Terwijl hij naar haar keek, werd ze overvallen door een hoestbui die enkele ogenblikken duurde, en gedurende die tijd leek sir Walter erg slecht op zijn gemak. Hij keek niet naar de jongedame – hoewel hij verder de hele kamer bekeek. Hij pakte een gouden siervoorwerp van een tafeltje naast hem, draaide het om, bekeek de onderkant en zette het weer terug. Ten slotte hoestte hij, alsof hij even zijn keel wilde schrapen, alsof hij wilde suggereren dat iedereen wel eens hoestte. Hoesten was volkomen natuurlijk. Hoesten kon nooit reden zijn tot ongerustheid, ongeacht de omstandigheden. Eindelijk hield de jongedame op de sofa op met hoesten en ze bleef rustig en roerloos liggen, hoewel ze moeilijk leek te ademen.

Meneer Norrell's blik gleed van de jongedame naar het grote mistroostige schilderij dat boven haar hing, terwijl hij zich probeerde te herinneren waar ze het over hadden toen ze onderbroken werden.

'Het is een huwelijk,' zei de statige dame.

'Wat zegt u, mevrouw?' zei meneer Norrell.

Maar de dame knikte slechts in de richting van het schilderij en schonk meneer Norrell een verheven glimlach.

Het schilderij dat boven de jongedame hing verbeeldde Venetië, evenals alle andere schilderijen in de kamer. Engelse steden zijn veelal op heuvels gebouwd. De straten gaan meestal omhoog en weer omlaag, en meneer Norrell vond Venetië, dat op het zeewater was gebouwd, de platste en vreemdste stad ter wereld. Juist door die platheid leek het schilderij zo sterk op een oefening in perspectief: beelden, zuilen, gewelven, paleizen en kathedralen strekten zich uit tot aan de horizon, waar ze stuitten op een onmetelijke, naargeestige hemel, terwijl de zee, bezaaid met sierlijk bewerkte en vergulde schuiten en die vreemde zwarte Venetiaanse gondels die sprekend op de schoentjes van rouwende dames leken, tegen de muren van gebouwen klotste.

'Het verbeeldt het symbolische huwelijk tussen Venetië en de Adriatische Zee,' zei de dame – van wie we nu moeten aannemen dat het mevrouw Wintertowne was. 'Een merkwaardige Italiaanse ceremonie is dat. De schilderijen die u in deze kamer ziet, zijn allemaal gekocht door wijlen meneer Wintertowne tijdens zijn reizen op het vasteland. Toen ik met hem trouwde, gaf hij ze aan mij als huwelijksgeschenk. De schilder, een Italiaan, was toen in Engeland nog nauwelijks bekend. Later kwam hij, aangemoedigd door de steun die hij van meneer Wintertowne kreeg, naar Londen.'

Haar manier van spreken was net zo statig als haar voorkomen. Na iedere zin pauzeerde ze om meneer Norrell de gelegenheid te bieden onder de indruk te raken van wat ze hem vertelde.

'En als mijn lieve Emma gaat trouwen,' ging ze verder, 'zullen deze schilderijen mijn huwelijksgeschenk aan haar en sir Walter zijn.'

Meneer Norrell informeerde of juffrouw Wintertowne en sir Walter al op korte termijn zouden gaan trouwen.

'Over tien dagen!' antwoordde mevrouw Wintertowne triomfantelijk.

Meneer Norrell feliciteerde hen.

'Dus u bent tovenaar, meneer?' vroeg mevrouw Wintertowne. 'Het spijt me dat te horen. Het is een beroep waartegen ik een bijzondere afkeer koester.' Terwijl ze dat zei, keek ze hem scherp aan, alsof haar afkeer voor hem wellicht al voldoende zou zijn om onmiddellijk de magie de rug toe te keren en een ander beroep te kiezen.

Toen hij dat niet deed, wendde ze zich tot haar toekomstige schoonzoon. 'Mijn eigen stiefmoeder, sir Walter, had veel vertrouwen in een tovenaar. Na het overlijden van mijn vader was hij altijd in ons huis. Soms liep je een kamer in waarvan je zeker wist dat er niemand was, en dan trof je hem aan in een hoek, half verscholen achter een gordijn. Of slapend op de sofa met zijn vieze schoenen nog aan. Hij was de zoon van een leerlooier, en zijn lage afkomst was overduidelijk uit alles wat hij deed. Hij had lang vies haar en een hondengezicht, maar hij zat als een heer bij ons aan tafel. Mijn stiefmoeder liet zich in alles wat zij deed door hem leiden, en zeven jaar lang bepaalde hij volledig ons leven.'

'En op uw eigen mening werd geen acht geslagen, mevrouw?' vroeg sir Walter. 'Dat verbaast mij!'

Mevrouw Wintertowne lachte. 'Ik was pas acht of negen jaar toen het begon, sir Walter. Zijn naam was Dreamditch en hij zei steeds tegen ons hoe blij hij was dat wij zijn vrienden waren, hoewel mijn broer en ik hem voortdurend verzekerden dat wij hem niet als onze vriend beschouwden. Dan lachte hij alleen maar naar ons, als een hond die geleerd heeft te glimlachen en niet meer kan stoppen. Begrijp me niet verkeerd, sir Walter. Mijn stiefmoeder was in veel opzichten een geweldige vrouw. Mijn vader had zo veel vertrouwen in haar dat hij haar zeshonderd pond per jaar naliet en haar de zorg over zijn drie kinderen toevertrouwde. Haar enige zwakte was dat ze dwaas genoeg twijfelde aan haar eigen kunnen. Mijn vader geloofde dat mannen en vrouwen in veel opzichten – qua intelligentie, in het kunnen onderscheiden van goed en kwaad en op talrijke andere gebieden – elkanders gelijken zijn, en ik ben het volkomen met hem eens. Mijn stiefmoeder had niet moeten terugschrikken voor haar verantwoordelijkheid. Toen meneer Wintertowne overleed, deed ík dat immers ook niet.'

'Nee, zeker niet, mevrouw,' mompelde sir Walter.

'Helaas,' ging mevrouw Wintertowne verder, 'verkoos ze al haar vertrouwen te stellen in de tovenaar, Dreamditch. Hij had geen greintje magisch talent, dus was hij gedwongen iets anders te verzinnen. Hij stelde regels op voor mijn broer, mijn zus en mij, en hij verzekerde mijn stiefmoeder dat die ons zouden beschermen. We droegen een strak paars lint om onze borstkas. In onze kamer was de tafel voor zes personen gedekt, niet alleen voor ons, maar ook voor de geesten die volgens Dreamditch voor ons zorgden. Hij vertelde ons zelfs hoe ze heetten. En hoe denkt u dat ze heetten, sir Walter?'

'Ik heb geen flauw idee, mevrouw.'

Mevrouw Wintertowne lachte. 'Meadowlace, Robin Summerfly en Buttercup. Mijn broer, sir Walter, die net als ik erg onafhankelijk was, zei vaak waar mijn stiefmoeder bij was: "Stomme Meadowlace! Stomme Robin Summerfly! Stomme Buttercup!" En dan smeekte die arme, dwaze vrouw hem met tranen in haar ogen ermee op te houden. Ze brachten ons niet veel goeds, die elfengeesten. Mijn zus werd ziek.

Vaak ging ik naar haar kamer en dan zat Dreamditch daar met zijn lange gele, onreine nagels over haar bleke wangen en over haar slappe hand te strijken. Hij begon bijna te huilen, de dwaas. Hij zou haar gered hebben als hij het had gekund. Hij bedacht allerlei toverspreuken, maar ze stierf. Een prachtig kind, sir Walter. Jarenlang heb ik de tovenaar van mijn stiefmoeder gehaat. Jarenlang heb ik gedacht dat hij slecht was, maar uiteindelijk, sir Walter, begreep ik dat hij slechts een zielige, beklagenswaardige dwaas was.'

Sir Walter draaide zich om op zijn stoel. 'Juffrouw Wintertowne!' zei hij. 'U zei iets, maar ik kon u niet verstaan.'

'Emma! Wat is er?' riep mevrouw Wintertowne uit.

Vanaf de sofa klonk een lichte zucht. Toen zei de jongedame met heldere stem: 'Ik zei dat u het mis had, mama.'

'Is dat zo, liefje?' Mevrouw Wintertowne, die zo'n dwingend karakter had en die haar mening verkondigde op de manier waarop Mozes de geboden predikte, leek niet in het minst beledigd toen haar dochter haar tegensprak. Ze leek er zelfs bijna blij om.

'Natuurlijk,' zei juffrouw Wintertowne, 'hebben we tovenaars nodig. Wie anders zouden de Engelse geschiedenis voor ons kunnen interpreteren, met name de geschiedenis van het noorden en haar zwarte noordelijke koning? Onze gewone historici kunnen dat niet.' Even was het stil. 'Ik ben verzot op geschiedenis,' zei ze.

'Dat wist ik niet,' zei sir Walter.

'Ach, sir Walter!' riep mevrouw Wintertowne. 'Emma verdoet haar energie niet met het lezen van romans, zoals andere jonge vrouwen. Ze heeft van alles gelezen, en ze weet meer van biografieën en poëzie dan iedere andere jongedame die ik ken.'

'Toch hoop ik dat u ook van romans houdt,' zei sir Walter gretig, terwijl hij over de rugleuning van zijn stoel heen boog om tegen zijn verloofde te praten. 'Dan kunnen we elkaar misschien verhalen voorlezen. Wat vindt u van mevrouw Radcliffe? Of van Madame d'Arblay?'

Maar sir Walter kwam niet te weten wat juffrouw Wintertowne van deze voorname dames vond, want ze werd overvallen door een tweede hoestbui, waardoor ze genoodzaakt was rechtop te gaan zitten, wat haar veel moeite scheen te kosten. Hij wachtte even op haar antwoord, maar toen ze was opgehouden met hoesten, ging ze met een gezicht dat vertrokken was van pijn en uitputting weer op haar rug op de sofa liggen, evenals voorheen, en sloot haar ogen.

Meneer Norrell vroeg zich af waarom niemand haar te hulp schoot.

Het leek alsof de andere aanwezigen stiekem hadden afgesproken dat ze zouden doen alsof de jonge vrouw niets mankeerde. Ze vroegen niet of ze iets voor haar konden halen. Ze stelden niet voor dat ze naar bed zou gaan. Meneer Norrell, die zelf vaak ziek was, vond dat dat verreweg het beste voor haar zou zijn.

'Meneer Norrell,' zei sir Walter, 'ik kan niet beweren dat ik begrijp wat voor een soort hulp u ons kunt bieden...'

'O! Wat de details betreft,' zei meneer Norrell, 'weet ik net zo weinig van oorlog als de generaals en admiraals van magie, en toch...'

'...maar wat het ook is,' ging sir Walter verder, 'het spijt me te moeten zeggen dat we er geen gebruik van kunnen maken. Magie is niet respectabel, meneer. Het is niet...' sir Walter zocht naarstig naar het juiste woord, '...serieus. De regering kan zich niet inlaten met dat soort zaken. Zelfs het onschuldige babbeltje dat u en ik vandaag maken, zal ons waarschijnlijk enigszins in verlegenheid brengen als mensen erover horen. Eerlijk gezegd, meneer Norrell, zou ik u niet eens hebben ontvangen als ik had geweten wat u vandaag wilde voorstellen.'

Sir Walter zei dat alles op verre van onvriendelijke toon, maar ach, die arme meneer Norrell! Het was een zware klap voor hem te moeten horen dat magie niet serieus werd genomen. Dat hij over één kam werd geschoren met sujetten als Dreamditch en Vinculus, was ronduit verpletterend. Vruchteloos wierp hij tegen dat hij lang en diep had nagedacht over de vraag hoe hij ervoor kon zorgen dat magie weer gerespecteerd zou worden. Tevergeefs bood hij sir Walter aan hem de lange lijst aanbevelingen te laten zien die hij had opgesteld met betrekking tot de regels waaraan de magie in Engeland zou worden onderworpen. Sir Walter wilde die niet zien. Hij schudde glimlachend zijn hoofd en zei alleen: 'Ik ben bang dat ik niets voor u kan doen, meneer Norrell.'

Toen meneer Drawlight die avond arriveerde in het huis aan Hanover-square, moest hij eerst de klaagzang van meneer Norrell aanhoren, die jammerde dat al zijn hoop dat hij bij sir Walter Pole succes zou boeken in de grond was geboord.

'Wat heb ik u gezegd, meneer?' riep Drawlight. 'Maar ach, arme meneer Norrell! Wat zijn ze onaardig tegen u geweest! Dat spijt me zeer. Maar het verbaast me geenszins! Ik heb vaak gehoord hoe hoogmoedig die Wintertownes waren!'

Ik moet tot mijn spijt echter zeggen dat meneer Drawlight een ietwat bedrieglijk karakter had, en eigenlijk had hij niet zo veel medelijden met meneer Norrell als hij deed voorkomen. Diens vertoon van onafhankelijkheid had hem getergd, en hij was vastbesloten meneer Norrell ervoor te straffen. De daaropvolgende week gingen meneer Norrell en meneer Drawlight alleen maar naar heel rustige dineetjes. Hij regelde nog net niet dat meneer Norrell moest aanschuiven bij de schoenmaker van meneer Drawlight of de oude dame die de monumenten in Westminster Abbey afstoft, maar zorgde er wel voor dat ze slechts te gast waren bij de minst voorname, invloedrijke en populaire mensen die hij maar vinden kon. Op die manier hoopte Drawlight bij meneer Norrell de indruk te wekken dat niet alleen de Poles en de Wintertownes hem met de nek aankeken, maar alle andere mensen ook. Zo zou meneer Norrell misschien gaan begrijpen wie zijn echte vriend was, en zou hij misschien eindelijk bereid zijn een paar tovertrucjes te vertonen, zoals Drawlight al maandenlang aan zijn kennissen had beloofd.

Dat waren de hoopvolle verwachtingen en snode plannen die leefden in het hart van meneer Norrell's beste vriend. Helaas voor meneer Drawlight was meneer Norrell echter zo terneergeslagen door sir Walter's afwijzing, dat hij de veranderingen in het vermaak nauwelijks had opgemerkt. Uiteindelijk strafte Drawlight dus eigenlijk alleen zichzelf.

Nu sir Walter buiten zijn bereik was, raakte meneer Norrell er steeds meer van overtuigd dat juist sir Walter de ideale beschermheer voor hem zou zijn: een opgewekte, energieke man, plezierig en ongedwongen in de omgang. Sir Walter Pole, de volmaakte tegenpool van meneer Norrell. Daarom zou sir Walter Pole alles hebben bereikt wat hij níet kon bereiken, zo redeneerde meneer Norrell. De invloedrijke lieden van die eeuw zouden wél naar sir Walter hebben geluisterd.

'Had hij nu maar naar me geluisterd,' verzuchtte meneer Norrell op een avond, toen hij en Drawlight alleen dineerden. 'Maar ik kon niet de juiste woorden vinden om hem te overtuigen. Natuurlijk wenste ik nu dat ik u of meneer Lascelles had gevraagd mee te gaan. Mannen van de wereld praten het liefst met andere mannen van de wereld. Dat besef ik nu. Misschien had ik wat moeten toveren om hem te overtuigen. Misschien had ik theekopjes in konijnen moeten veranderen, of theelepeltjes in goudvissen. Dan zou hij me tenminste hebben geloofd. Maar ik geloof niet dat de oude dame dat op prijs zou hebben gesteld. Ik weet het niet. Wat vindt u ervan?'

Maar Drawlight, die begon te geloven dat hij waarschijnlijk binnen een kwartier zou doodgaan van verveling als dat ook maar enigszins mogelijk was, had geen zin meer om iets te zeggen, en het beste waartoe hij nog in staat was, was een vernietigende glimlach.

7

Waarschijnlijk een unieke kans
oktober 1807

'Nou, meneer! Uw wraak is zoet!' riep Drawlight, die plotseling opdook in de bibliotheek aan Hanover-square.

'Mijn wraak!' zei meneer Norrell. 'Hoe bedoelt u?'

'O!' zei meneer Drawlight. 'Sir Walter's bruid, juffrouw Wintertowne, is overleden. Vanmiddag is ze gestorven. Ze zouden over twee dagen gaan trouwen, maar ze is morsdood, het arme kind. Duizend pond per jaar! U kunt zich wel voorstellen hoe wanhopig hij is! Wat zou het een verschil hebben gemaakt als ze tot het einde van de week in leven had weten te blijven! Hij heeft het geld heel hard nodig. Hij is in alle staten. Het zou me niet verbazen als we morgen te horen zouden krijgen dat hij zich de keel heeft doorgesneden.'

Meneer Drawlight leunde even op de rugleuning van een mooie, comfortabele stoel bij het vuur, keek omlaag en ontdekte een vriend. 'Ah, Lascelles, nu nog mooier! Dus daar zit u, verscholen achter de krant nog wel. Hoe is het met u?'

Intussen keek meneer Norrell Drawlight verbijsterd aan. 'De jongedame is overleden, zegt u?' vroeg hij verbaasd. 'De jongedame die ik in die kamer heb gezien? Ik kan het bijna niet geloven. Dat is wel heel onverwacht.'

'O! Integendeel,' zei Drawlight. 'Het was alleszins te verwachten.'

'Maar het huwelijk!' zei meneer Norrell. 'Alle noodzakelijke voorbereidingen! Ze kunnen niet geweten hebben hoe ziek zij was.'

'Ik verzeker u,' zei Drawlight, 'dat ze dat wel degelijk wisten. Iedereen wist het. Ik weet nog dat een man, Drummond genaamd, haar met Kerstmis op een besloten dansfeest in Leamington Spa zag en er met lord Carlisle om vijftig pond om wedde dat ze binnen een maand dood zou zijn.'

Meneer Lascelles maakte een geërgerd geluidje en legde zijn krant neer. 'Nee, nee,' zei hij, 'dat was niet juffrouw Wintertowne. U doelt op juffrouw Hookham-Nix, wier broer dreigde haar dood te schieten als ze haar familie tot schande zou maken. Iedereen verwacht dat ze dat vroeg of laat zal doen. Maar dat was in Worthing, en het was niet lord Carlisle die de weddenschap aannam, maar de hertog van Exmoor.'

Daar dacht Drawlight even over na. 'Ik geloof dat u gelijk heeft,' zei hij uiteindelijk. 'Maar het doet er niet toe, want iedereen wist wel degelijk dat juffrouw Wintertowne ziek was. Behalve natuurlijk de oude dame. Zij vond haar dochter de perfectie zelve. En wat heeft Perfectie uit te staan met slechte gezondheid? Perfectie hoort slechts bewonderd te worden, Perfectie hoort slechts een geweldig huwelijk aan te gaan. Maar de oude dame weigerde toe te geven dat Perfectie misschien wel ziek was. Ze kon het nooit verdragen als het onderwerp ter sprake kwam. Ondanks al het gehoest van juffrouw Wintertowne, haar flauwtes en haar gehang op de sofa, is er naar mijn weten nooit een arts bijgehaald.'

'Sir Walter zou beter voor haar hebben gezorgd,' zei Lascelles, die zijn krant uitschudde voor hij weer verderlas. 'Iedereen mag zeggen wat hij wil over zijn politieke denkbeelden, maar hij is een verstandig man. Het is jammer dat ze het niet tot donderdag heeft kunnen volhouden.'

'Maar, meneer Norrell,' zei Drawlight, die zich omdraaide naar hun vriend. 'U ziet lijkbleek. U lijkt wel ziek! Ongetwijfeld bent u geschrokken door het feit dat zo'n jong en onschuldig leven plotseling ten einde is gekomen. Uw warme hart siert u, zoals altijd, meneer. En ik ben het helemaal met u eens. De gedachte aan die arme jongedame, die uit het leven is weggerukt als een bloem die wordt verpletterd onder iemands laars... Meneer, het is als een messteek in mijn hart. Ik kan de gedachte bijna niet verdragen. Maar ze was dan ook erg ziek, weet u, en er moest een moment komen waarop ze zou sterven. En naar uw eigen zeggen was zij niet al te aardig tegen u. Ik weet dat het ongebruikelijk is om het te zeggen, maar ik ben er een strikte voorstander van dat jonge mensen eerbiedig luisteren naar geleerde oude mensen als u. Ik verafschuw schaamteloosheid, brutaliteit en dergelijke.'

Maar meneer Norrell leek de troostende woorden van zijn vriend niet te horen, en toen hij eindelijk iets zei, leek hij het vooral tegen zichzelf te hebben, want hij zuchtte diep en mompelde: 'Ik had nooit gedacht dat magie hier zo weinig aanzien zou hebben.' Even pauzeerde hij, waarna hij snel en op gedempte toon zei: 'Het is heel gevaarlijk iemand weer tot leven te wekken. Dat is al driehonderd jaar niet meer gedaan. Ik kan het risico niet nemen!'

Dat was een nogal ongewone opmerking, en meneer Drawlight en meneer Lascelles keken hun vriend verbaasd aan.

'Nee, meneer,' zei meneer Drawlight, 'en dat zal ook niemand van u verlangen.'

'Natuurlijk weet ik wel hoe het moet,' praatte meneer Norrell verder, alsof Drawlight niets had gezegd, 'maar dat is nu juist het soort magie waar ik zo fel tegen gekant ben! Het is zo afhankelijk van... Het is zo afhankelijk... Dat is te zeggen, het resultaat is ongetwijfeld volkomen onvoorspelbaar. Daar heeft de tovenaar eigenlijk niets over te zeggen. Nee! Ik zal het niet proberen. Ik zal er niet eens meer aan denken.'

Er viel een korte stilte. Maar hoezeer de tovenaar zich ook had voorgenomen om niet meer aan de gevaarlijke magie te denken, hij kon niet stilzitten in zijn stoel. Hij beet op zijn vingertoppen, ademde jachtig en vertoonde nog veel meer tekenen van nerveuze spanning.

'Mijn beste meneer Norrell,' zei Drawlight zacht, 'ik geloof dat ik begin te begrijpen waar u op doelt. En ik moet toegeven dat ik het een geweldig idee vind! U heeft een grootse bezwering in gedachten, een bewijs van uw buitengewone krachten! Mijn hemel, meneer! Als u erin slaagt, zullen alle Wintertownes en Poles van Engeland voor uw deur staan te trappelen om kennis te maken met de wonderbaarlijke meneer Norrell!'

'En als hij faalt,' merkte meneer Lascelles droog op, 'dan zal heel Engeland zijn deur voor de beruchte meneer Norrell sluiten.'

'Mijn beste Lascelles,' riep Drawlight, 'wat praat je toch een onzin! Niets is zo gemakkelijk te verklaren als een mislukking. Dat doet iedereen immers zo vaak.'

Meneer Lascelles zei dat dat nergens op sloeg, en het dreigde uit te draaien op ruzie, maar toen kwam er een gekwelde kreet over de lippen van hun vriend, meneer Norrell.

'O, god! Wat moet ik doen? Wat moet ik doen? Maandenlang heb ik mijn best gedaan om mijn beroep een respectabel aanzien te geven, maar nog steeds veracht men mij! Meneer Lascelles, u bent een man van de wereld, vertelt u me...'

'Het spijt me, meneer,' onderbrak Lascelles hem snel. 'Ik geef nooit advies.' En hij ging verder met lezen.

'Mijn beste meneer Norrell!' zei Drawlight – die niet wilde wachten totdat er om zíjn mening zou worden gevraagd. 'Dit is waarschijnlijk een unieke kans...' (Dat was een sterk argument, dat aan meneer Norrell een zeer diepe zucht ontlokte.) '...en ik moet zeggen dat ik het mijzelf niet zou vergeven als ik u toestond die voorbij te laten gaan. Met één handeling kunt u die lieve jongedame bij ons terugbrengen, wier overlijden iedereen die ervan heeft gehoord diep heeft bedroefd. U geeft een waardige heer zijn fortuin terug, en tegelijkertijd kunt u ervoor zorgen dat de magie in dit koninkrijk herleeft en generaties lang zal blijven bestaan! Als u eenmaal de goede kanten van uw vaardigheden heeft bewezen – het nut ervan, enzovoorts – wie zal dan de tovenaars nog hun rechten op aanbidding en glorie kunnen onthouden? Zij zullen minstens zo gerespecteerd worden als admiraals, veel meer dan generaals, en waarschijnlijk zelfs zo veel als de aartsbisschop en de leiders van het Hogerhuis! Het zou me hogelijk verbazen als de koning niet onmiddellijk een passende hiërarchie van academische titels zou opstellen: hoftovenaars, priester-tovenaars, onbezoldigde tovenaars, enzovoorts. En met u bovenaan, meneer Norrell, als aartstovenaar! En dat allemaal met één handeling, meneer! Eén handeling!'

Drawlight was tevreden over zijn toespraak. Lascelles, die geïrriteerd met zijn krant ritselde, had duidelijk van alles tegen Drawlight in te brengen, maar hij kon niets zeggen, omdat hij al had gezegd dat hij nooit advies gaf.

'Er is bijna geen enkele vorm van magie die gevaarlijker is dan deze!' fluisterde meneer Norrell ontzet. 'Het is gevaarlijk voor de tovenaar en gevaarlijk voor de begunstigde.'

'Ach, meneer,' zei Drawlight nuchter, 'ik neem aan dat u het best kunt beoordelen hoe gevaarlijk het voor uzelf is, maar de begunstigde, zoals u haar noemt, is dood. Wat kan haar nog overkomen?'

Drawlight wachtte even op een reactie op die interessante vraag, maar meneer Norrell zei niets.

'Ik ga nu bellen om het rijtuig,' kondigde Drawlight aan, en hij voegde de daad bij het woord. 'Ik ga onmiddellijk naar Brunswicksquare. Wees niet bang, meneer Norrell. Ik verwacht alleszins dat onze voorstellen door alle partijen positief zullen worden ontvangen. Ik ben over een uur terug!'

Na het haastige vertrek van Drawlight bleef meneer Norrell nog een kwartier voor zich uit zitten staren. Hoewel Lascelles niet geloofde in de betovering die meneer Norrell zei te zullen uitvoeren – en daarmee evenmin in het gevaar dat meneer Norrell volgens eigen zeggen zou moeten trotseren – was hij blij dat hij niet kon zien wat meneer Norrell kennelijk zag.

Toen kwam meneer Norrell opeens in beweging. Haastig pakte hij vijf of zes boeken en sloeg ze open, vermoedelijk op zoek naar passages vol adviezen aan tovenaars die dode jongedames tot leven wilden wekken. Dat hield hem zo'n drie kwartier bezig. Toen klonk er buiten de bibliotheek enige commotie, en hij hoorde de stem van meneer Drawlight, vlak voordat die de kamer binnenkwam.

'...zo'n grote dienst bewezen! We zijn u zó dankbaar...' Meneer Drawlight kwam dansend de bibliotheek binnen, glimlachend van oor tot oor. 'Alles is in orde, meneer! Sir Walter aarzelde in eerste instantie nog, maar alles is in orde! Hij vroeg me u zijn dankbaarheid over te brengen voor uw vriendelijke aanbod, maar hij dacht dat hij er niet veel aan zou hebben. Vervolgens zei ik: als u bang bent dat het naderhand bekend wordt en besproken zal worden, is dat nergens voor nodig. We willen hem immers niet in verlegenheid brengen. Ik zei ook dat meneer Norrell hem alleen maar wilde helpen, en dat Lascelles en ik heel discreet zijn. Maar daarover maakte hij zich geen zorgen, zei hij, want men zou altijd wel de draak steken met een minister. Alleen wilde hij liever niet dat de sluimering van juffrouw Wintertowne zou worden verstoord, want dat zou van weinig respect getuigen voor haar huidige toestand. Mijn beste sir Walter, riep ik. Hoe kunt u zo iets zeggen? U denkt toch niet werkelijk dat een rijke, mooie jongedame vrijwillig het leven zou willen laten op de vooravond van haar huwelijk, met u als haar aanstaande echtgenoot? O, sir Walter, zei ik. Misschien gelooft ú niet in de magie van meneer Norrell, maar wat heeft u te verliezen? De oude dame begreep het onmiddellijk en deed er nog een schepje bovenop. Ze vertelde me over een tovenaar die ze als kind had gekend, een zeer getalenteerd persoon en een toegewijde vriend van de hele familie, die boven alle verwachting het leven van haar zuster met een paar jaar had verlengd. Wis en waarachtig, meneer Norrell, de dankbaarheid van mevrouw Wintertowne is niet in woorden uit te drukken. Ze heeft me gesmeekt u te vragen onmiddellijk te komen. En sir Walter heeft zelf gezegd dat hij geen reden ziet om het uit te stellen. Daarom heb ik tegen Davey gezegd dat hij bij de deur moest wachten, en dat hij absoluut nergens anders heen mocht. O! Meneer Norrell, dit wordt een avond van verzoeningen! Alle misverstanden, alle ongelukkige interpretaties die het gevolg zijn geweest van een of twee slecht gekozen woorden, alles, alles zal teniet worden gedaan! Een toneelstuk van Shakespeare is er niets bij!'

Meneer Norrell's overjas werd gebracht en hij stapte in het rijtuig. Te oordelen naar de verraste uitdrukking op zijn gezicht toen de deuren opengingen en meneer Drawlight aan de ene kant en meneer Lascelles aan de andere kant haastig instapten, ben ik geneigd te denken dat hij eigenlijk niet van plan was geweest zich door de twee heren naar Brunswick-square te laten vergezellen.

Lascelles dook proestend van het lachen het rijtuig in en zei dat hij nooit van zijn leven zo iets belachelijks had gehoord. Hij vergeleek hun gerieflijke ritje in meneer Norrell's rijtuig over de straten van Londen met oude Franse en Italiaanse sprookjes, waarin dwazen in melkemmers gingen zitten en de zeilen hesen in een poging de weerspiegeling van de maan op te duiken van de bodem van een vijver. Als hij in staat was geweest naar hem te luisteren, zou meneer Norrell wellicht beledigd zijn geweest.

Toen ze op Brunswick-square aankwamen, zagen ze dat een groepje mensen zich op de trap had verzameld. Twee mannen kwamen aangerend om de paarden bij het hoofdstel te nemen, en in het licht van de olielamp boven de trap kon meneer Norrell zien dat het ging om een stuk of twaalf bedienden van mevrouw Wintertowne, die allemaal stonden te wachten op de tovenaar die de jongedame zou doen herrijzen. Mensen kennende ga ik ervan uit dat er ook een paar tussen stonden die alleen maar graag wilden weten hoe zo'n man eruit zou zien. De meesten hadden echter een bleek gezicht en hadden duidelijk verdriet, en ik geloof dat zij nobelere redenen hadden om midden in de koude nacht op straat hun stille wake te houden.

Een van hen pakte een kaars en liep voor meneer Norrell en zijn vrienden uit, want het was erg donker en koud in huis. Ze waren halverwege de trap toen zij mevrouw Wintertowne van boven hoorden roepen: 'Robert! Robert! Is dat meneer Norrell? O! Goddank, meneer!' Plotseling stond ze voor hen in de deuropening. 'Ik dacht dat u nooit zou komen!' En toen, tot meneer Norrell's grote ontsteltenis, pakte ze zijn handen stevig vast, kneep erin en smeekte hem zijn krachtigste toverspreuken te gebruiken om juffrouw Wintertowne weer tot leven te roepen. Geld was geen bezwaar. Hij mocht zelf zijn prijs noemen! Hij hoefde alleen maar te zeggen dat hij haar haar lieve kind zou teruggeven. Dat moest hij haar beloven!

Meneer Norrell schraapte zijn keel en stond wellicht op het punt aan een van zijn lange, oninteressante toespraken over de filosofie van de moderne magie te beginnen, toen meneer Drawlight soepel een stap naar voren kwam, mevrouw Wintertowne's handen pakte en hen allebei redde.

'Ik smeek u, mijn lieve mevrouw,' zei Drawlight, 'kalmeert u toch! Meneer Norrell is gekomen, zoals u ziet, en hij zal alles doen wat in zijn macht ligt. Hij verzoekt u niet meer over geld te praten. Wat hij vanavond doet, doet hij uit vriendschap...' Meneer Drawlight ging op zijn tenen staan en hief zijn kin om over mevrouw Wintertowne's schouder te kijken naar sir Walter Pole, die in de kamer zelf stond. Sir Walter was zojuist van zijn stoel opgestaan en keek de nieuwkomers aan. In het kaarslicht zag zijn gezicht er bleek en ingevallen uit. De beleefdheid vereiste dat hij naar hen toe zou komen om met hen te praten, maar dat deed hij niet.

Het was vreemd te zien dat meneer Norrell in de deurpost bleef treuzelen en er blijk van gaf niet verder te willen gaan voordat hij sir Walter had gesproken. 'Maar ik moet even met sir Walter praten! Een paar woorden wisselen met sir Walter! Ik zal mijn uiterste best voor u doen, sir Walter!' riep hij vanuit de deuropening. 'Aangezien de jongedame – ahum! – ons nog niet zo lang geleden heeft verlaten, denk ik dat de situatie veelbelovend is. Ik ga nu aan het werk, sir Walter. Ik hoop u te zijner tijd zelf het goede nieuws te kunnen vertellen!'

Alle beloften waarom mevrouw Wintertowne had gevraagd, maar die ze niet had gekregen, deed meneer Norrell nu met alle liefde aan sir Walter, die er duidelijk geen prijs op stelde. Vanuit zijn veilige ontvangstkamer knikte sir Walter, en toen meneer Norrell bleef dralen, riep hij met hese stem: 'Dank u, meneer. Dank u!' Hij trok een vreemd gezicht, misschien met de bedoeling te glimlachen.

'Ik zou u heel graag uitnodigen met mij mee te komen, zodat u kunt zien wat ik doe, sir Walter,' riep meneer Norrell, 'maar het merkwaardige karakter van deze specifieke betovering vereist eenzaamheid. Ik hoop een andere keer de eer te mogen smaken u wat magie te laten zien.'

Sir Walter maakte een lichte buiging en draaide zich om.

Mevrouw Wintertowne stond op dat moment met haar bediende Robert te praten, en Drawlight maakte van de gelegenheid gebruik om meneer Norrell terzijde te nemen en verwoed in zijn oor te fluisteren: 'Nee, nee, meneer! Stuur hen niet weg! Ik adviseer u zo veel mogelijk mensen ertoe te bewegen zich rond het bed te verzamelen. Dan worden onze prestaties van deze avond morgen gegarandeerd rondgebazuind, dat verzeker ik u. En u mag best een beetje drukte maken om de bedienden te imponeren, en gebruik vooral uw beste spreuken! O, wat een sufferd ben ik! Had ik er nu maar aan gedacht om wat Chinees poeder mee te nemen om op het vuur te gooien! U heeft zeker ook niets bij zich?'

Meneer Norrell gaf geen antwoord, maar vroeg of hij onmiddellijk naar juffrouw Wintertowne kon worden gebracht.

Hoewel de tovenaar zojuist had gezegd dat hij alleen zou gaan, waren zijn dierbare vrienden, meneer Drawlight en meneer Lascelles, niet van plan hem in de steek te laten nu zijn carrière op een cruciaal punt was beland, en zo kwam het dat ze met zijn drieën door Robert naar een kamer op de tweede verdieping werden gebracht.

8

Een heer met pluishaar
oktober 1807

Er was niemand.

Nu ja, er was natuurlijk wel iemand. Juffrouw Wintertowne lag op het bed, maar filosofen zouden eindeloos kunnen discussiëren over de vraag of ze iemand, of helemaal niemand was.

Ze hadden haar een witte avondjurk aangetrokken en een zilveren ketting om haar hals gehangen. Haar prachtige haar hadden ze gekamd en opgestoken, en aan haar oorlelletjes hingen oorbellen van parels en granaat. Het viel echter te betwijfelen of juffrouw Wintertowne nog iets om dergelijke zaken gaf. Ze hadden kaarsen aangestoken en een flink haardvuur gemaakt. Ze hadden rozen in de kamer gezet, waardoor er een zoete geur hing. Maar juffrouw Wintertowne zou er even rustig uit hebben gezien als ze in het meest smerige, stinkende zolderkamertje in de stad had gelegen.

'En ze was leuk om te zien, zei u?' vroeg meneer Lascelles.

'Heeft u haar dan nooit gezien?' vroeg Drawlight. 'O! Ze was een hemels schepsel. Goddelijk. Een engel.'

'Werkelijk? En nu is ze zo'n magere, ingevallen verschijning! Ik zal alle mooie vrouwen die ik ken adviseren niet dood te gaan,' zei meneer Lascelles. Hij ging dichterbij staan. 'Ze hebben haar ogen gesloten,' zei hij.

'Haar ogen waren volmaakt,' zei Drawlight. 'Helder donkergrijs met lange donkere wimpers en donkere wenkbrauwen. Wat jammer dat u haar nooit heeft gezien. Ze was precies het type vrouw waartoe u zich altijd aangetrokken voelt.' Drawlight draaide zich om naar meneer Norrell. 'Welnu, meneer, bent u er klaar voor?'

Meneer Norrell was in een stoel bij het vuur gaan zitten. De resolute, zakelijke houding die hij zich vanaf het moment dat ze bij het huis aankwamen had aangemeten, was verdwenen. In plaats daarvan zat hij met gebogen hoofd en zwaar ademend naar het tapijt te staren. Meneer Lascelles en meneer Drawlight bekeken hem met zo veel interesse als op grond van hun karakter te verwachten was. Dat wil zeggen dat meneer Drawlight één en al nervositeit en ademloze verwachting was, en meneer Lascelles één en al koelheid en milde scepsis. Meneer Drawlight, die nog bij het bed stond, deed eerbiedig een paar passen achteruit, zodat meneer Norrell er beter bij kon. Meneer Lascelles ging met zijn armen tegenover elkaar tegen een muur staan – een houding die hij in het theater ook vaak aannam.

Meneer Norrell zuchtte nogmaals. 'Meneer Drawlight, ik heb al gezegd dat dit soort magie volledige afzondering vereist. Ik moet u vragen beneden te wachten.'

'O, maar meneer!' protesteerde Drawlight. 'Intieme vrienden als Lascelles en ik bezorgen u toch geen overlast? We zullen heel stil zijn! Binnen twee minuten zult u niet eens meer beseffen dat we er zijn. En ik moet zeggen dat ik onze aanwezigheid absoluut noodzakelijk acht! Als Lascelles en ik morgen niet het nieuws over uw verrichtingen kunnen verspreiden, wie dan wel? Wie zal dan het onuitsprekelijk triomfantelijke moment beschrijven waarop uw tovenaarsschap zegeviert en de jongedame uit de dood opstaat? Of het ondraaglijke pathos van het moment waarop u uw nederlaag moet toegeven? Dat kunt u niet half zo goed als wij, meneer. Dat weet u best.'

'Misschien,' zei meneer Norrell. 'Maar wat u voorstelt is onmogelijk. Ik zal niet, ik kán niet beginnen voor u de kamer heeft verlaten.'

Arme Drawlight! Hij kon de tovenaar niet dwingen tegen zijn wil met de bezwering te beginnen. Hij had zo lang moeten wachten om wat magie te zien, en nu werd hij alsnog buitengesloten! Het was bijna ondraaglijk. Zelfs meneer Lascelles was teleurgesteld, want hij had gehoopt getuige te zijn van iets zeer belachelijks waar hij om zou kunnen lachen.

Toen ze vertrokken waren, stond meneer Norrell vermoeid op en pakte zijn boek. Hij sloeg het open op de plek waar hij de bladzijde had omgevouwen en legde het op een tafeltje, zodat hij het bij de hand kon houden voor het geval hij iets moest nakijken. Toen reciteerde hij een spreuk.

Het had bijna onmiddellijk effect, want plotseling was er iets groens dat er eerst niet was geweest, en verspreidde de frisse, zoete geur van bomen en velden zich door de kamer. Meneer Norrell zweeg.

Er stond iemand in het midden van de kamer: een lange, knappe man met een bleke volmaakte huid en een enorme bos haar, dat zo licht en glanzend was als distelpluis. Zijn kille blauwe ogen glansden en hij had lange donkere wenkbrauwen, die eindigden in een opwaartse krul. Hij was gekleed als iedere andere heer, alleen was zijn jas van het helderste groen dat u zich kunt voorstellen, de kleur van bladeren aan het begin van de zomer.

'*O Lar!*' zei meneer Norrell met trillende stem. '*O Lar! Magnum opus est mihi tuo auxilio. Haec virgo mortua est et familia eius eam vitae instauratam vult.*'[1] Meneer Norrell wees naar de gestalte op het bed.

Toen de heer met het pluishaar juffrouw Wintertowne zag, werd hij opeens erg opgewonden. In een gebaar van verraste vreugde spreidde hij zijn armen en zei heel snel iets in het Latijn. Meneer Norrell, die vooral gewend was aan het geschreven Latijn uit boeken, merkte dat hij de taal niet kon volgen als er zo snel werd gesproken, hoewel hij hier en daar enkele woorden herkende, zoals *formosa* en *venusta*, die gebruikt worden in verband met vrouwelijke schoonheid.

Meneer Norrell wachtte tot de opgetogenheid van de heer weggeëbd was, en vestigde vervolgens diens aandacht op de spiegel boven de open haard. Er verscheen een visioen van juffrouw Wintertowne, die over een smal, stenen pad door een mistroostig berglandschap liep. '*Ecce mortua inter terram et caelum!*' sprak meneer Norrell. '*Scito igitur, O Lar, me ad hanc magnam operam te vocare voluisse quia...*'[2]

'Ja, ja!' riep de heer, die plotseling overschakelde op Engels. 'U koos ervoor mij te ontbieden omdat mijn genialiteit op het gebied van magie die van de rest van mijn volk overtreft. Omdat ik de bediende en de vertrouwenspersoon ben geweest van Thomas Godbless, Ralph Stokesey, Martin Pale én de Ravenkoning. Omdat ik moedig, galant, gul en ongelooflijk knap ben! Dat is allemaal volkomen duidelijk! Het zou dwaas zijn geweest om iemand anders te ontbieden! We weten allebei wie ík ben. De vraag is: wie bent ú in vredesnaam?'

---

[1] 'O elf. Ik heb dringend behoefte aan uw hulp. Deze maagd is dood en haar familie wil dat ze weer tot leven wordt gewekt.'

[2] 'Hier is de dode vrouw, tussen hemel en aarde! Weet dan, o elf, dat ik u heb uitverkoren voor deze belangrijke taak omdat...'

'Ik?' zei meneer Norrell geschrokken. 'Ik ben de beste tovenaar van deze eeuw!'

De heer trok een perfect gevormde wenkbrauw op, alsof hij wilde zeggen dat hij verbaasd was dat te horen. Hij liep langzaam om meneer Norrell heen en bekeek hem van alle kanten. Toen – en dat was wel het meest verontrustende – plukte hij meneer Norrell's pruik van diens hoofd en keek eronder, alsof meneer Norrell een pan op het vuur was en hij wilde weten wat hij voorgeschoteld zou krijgen.

'Ik... ik ben de man die voorbeschikt is de magie in Engeland te doen herleven!' stamelde meneer Norrell, terwijl hij zijn pruik greep en hem ietwat scheef terug op zijn hoofd zette.

'Ja, natuurlijk, dát is wel duidelijk!' zei de heer. 'Anders zou ik hier immers niet zijn! U denkt toch niet dat ik mijn tijd zou verspillen aan een derderangs goochelaar? Maar wíe bent u? Dat wil ik graag weten. Wat voor magie heeft u allemaal bedreven? Wie was uw leermeester? Welke magische landen heeft u bezocht? Welke vijanden heeft u verslagen? Wie zijn uw bondgenoten?'

Meneer Norrell was volkomen van zijn stuk gebracht door al die vragen, en hij wist even niet wat hij erop moest antwoorden. Hij weifelde en aarzelde en koos er toen een uit waarop hij een zinnig antwoord kon geven. 'Ik had geen leermeester. Ik heb alles geleerd door middel van zelfstudie.'

'Hoe dan?'

'Uit boeken.'

'Boeken!' (Dit op een toon van opperste minachting.)

'Ja, inderdaad. Er staat tegenwoordig heel veel over magie in boeken. Natuurlijk is het voor het grootste deel onzin. Maar er is ook veel nuttige informatie en als je eenmaal een begin hebt gemaakt, merk je tot je verbazing al snel dat—'

Meneer Norrell begon juist warm te lopen voor het onderwerp, maar de heer met het pluishaar had geen geduld om naar andere mensen te luisteren, dus viel hij meneer Norrell in de rede.

'Ben ik de eerste van mijn volk die u heeft gezien?'

'O, ja!'

Dat antwoord leek de heer met het pluishaar tevreden te stellen en hij glimlachte. 'Goed! Als ik erin toestem deze vrouw tot leven te wekken, wat is dan mijn beloning?'

Meneer Norrell schraapte zijn keel. 'Wat voor een soort...?' zei hij een beetje hees.

'O! Dat is niet zo moeilijk!' riep de man met het pluishaar. 'Ik heb zeer bescheiden wensen. Gelukkig ben ik geheel gespeend van hebzucht en ordinaire ambities. Sterker nog, u zult merken dat mijn voorstel u meer zal opleveren dan mij. Zo onbaatzuchtig ben ik! Ik wil alleen maar dat u mij toestaat u te helpen bij alles wat u doet, te adviseren bij alles wat u beslist en te begeleiden bij uw studie. O! En u moet iedereen vertellen dat u uw grootste prestaties grotendeels aan mij te danken heeft!'

Meneer Norrell zag eruit alsof hij een beetje onwel werd. Hij kuchte en mompelde iets over de vrijgevigheid van de heer. 'Als ik het soort tovenaar was die graag al zijn zaken aan een ander toevertrouwde, dan zou uw aanbod zeer welkom zijn. Maar helaas... ik ben bang dat... Kort en goed ben ik er niet in geïnteresseerd om ooit nog gebruik te maken van uw diensten of die van enig ander lid van uw volk.'

Een lange stilte.

'Wel, is me dat ondankbaar!' zei de heer koel. 'Ik heb de moeite genomen dit bezoek bij u af te leggen. Ik heb welwillend naar uw saaie gepraat geluisterd. Ik heb uw onwetendheid met betrekking tot de juiste omgangsvormen en magische etiquette geduldig verdragen. En nu verwerpt u mijn aanbod. Andere tovenaars hebben allerlei martelingen moeten doorstaan om mijn hulp te verkrijgen, wist u dat? Misschien kan ik beter met de ander praten. Misschien zal hij beter begrijpen hoe men iemand van hogere rang en stand behoort aan te spreken.' De heer keek vluchtig om zich heen. 'Ik zie hem niet. Waar is hij?'

'Waar is wie?'

'De andere.'

'De andere wat?'

'Tovenaar!'

'Tove...' Het woord stierf op meneer Norrell's lippen. 'Nee, nee! Er is geen andere tovenaar! Ik ben de enige. Dat verzeker ik u. Waarom denkt u...?'

'Natúúrlijk is er een andere tovenaar!' zei de heer, op een toon alsof het volkomen belachelijk was zo iets voor de hand liggends te ontkennen. 'Hij is uw allerbeste vriend!'

'Ik heb geen vrienden,' zei meneer Norrell.

Hij stond perplex. Wie zou de elf bedoelen? Childermass? Lascelles? Toch niet Drawlight?

'Hij heeft rood haar en een lange neus. En hij is heel verwaand, zoals alle Engelsen!' verklaarde de heer met het pluishaar.

Daar schoot meneer Norrell niets mee op. Childermass, Lascelles en Drawlight waren inderdaad allemaal op hun eigen manier verwaand. Childermass en Lascelles hadden allebei een lange neus, maar geen rood haar. Meneer Norrell kwam er niet uit en dus kwam hij met een diepe zucht terug op de kwestie waar het om ging. 'Dus u helpt me niet?' vroeg hij. 'U wekt de jongedame niet tot leven?'

'Dat heb ik niet gezegd!' zei de heer met het pluishaar op een toon die aangaf dat hij zich afvroeg waarom meneer Norrell dat dacht. 'Ik moet toegeven,' ging hij verder, 'dat het gezelschap van mijn familie en bedienden mij de afgelopen eeuwen is gaan vervelen. Mijn zusters, neven en nichten beschikken over veel prijzenswaardige eigenschappen, maar ze hebben ook zo hun gebreken. Het spijt me het te moeten zeggen, maar ze zijn een beetje opschepperig, verwaand en trots. Deze jongedame,' zei hij, wijzend op juffrouw Wintertowne, 'beschikte naar ik aanneem over alle gebruikelijke vaardigheden en goede eigenschappen. Was ze elegant? Ad rem? Levendig? Wispelturig? Danste ze als het zonlicht? Kon ze goed paardrijden? Zong ze als een engel? Kon ze borduren als Penelope? Sprak ze Frans, Italiaans, Duits, Bretons, Welsh en talloze andere talen?'

Meneer Norrell zei dat hij vermoedde van wel. Hij dacht dat jongedames tegenwoordig inderdaad dat soort dingen deden.

'Dan zal ze een charmante gezelschapsdame voor mij zijn!' zei de heer met het pluishaar, terwijl hij opgetogen in zijn handen klapte.

Meneer Norrell likte nerveus aan zijn lippen. 'Wat stelt u precies voor?'

'Schenk mij de helft van haar leven en ik doe het.'

'De helft van haar leven?' herhaalde meneer Norrell.

'De helft,' zei de heer met het pluishaar.

'Maar wat zullen haar vrienden zeggen als ze horen dat ik haar halve leven heb versjacherd?' vroeg meneer Norrell.

'O, maar dat zullen ze nooit weten. Daar kunt u van opaan,' zei de heer. 'Bovendien heeft ze nu geen leven. Een half leven is beter dan niets.'

Een half leven leek inderdaad een stuk beter dan niets. Met een half leven kon juffrouw Wintertowne met sir Walter trouwen en hem behoeden voor faillissement. Dan kon sir Walter minister blijven en zou hij meneer Norrell wellicht op alle mogelijke manieren steunen in zijn plannen om de Engelse magie te doen herleven. Meneer Norrell had echter veel boeken gelezen waarin de ervaringen van andere tovenaars met dit volk werden beschreven, en hij was zich er terdege van bewust dat ze zeer onbetrouwbaar konden zijn. Hij had het gevoel dat hij wist op welke wijze deze heer hem wilde bedriegen.

'Hoelang duurt een mensenleven?' vroeg hij.

De heer met het pluishaar spreidde zijn handen in een gebaar van opperste openhartigheid. 'Hoelang zou u willen dat het duurde?'

Meneer Norrell dacht even na. 'Laten we aannemen dat ze vierennegentig zou worden. Vierennegentig zou een mooie leeftijd zijn. Ze is nu negentien. Dan zou er nog vijfenzeventig jaar bijkomen. Als u haar er vijfenzeventig jaar bijgeeft, dan zie ik geen reden om u niet de helft ervan te schenken.'

'Dan wordt het vijfenzeventig jaar,' zei de heer met het pluishaar instemmend. 'En daarvan krijg ik precies de helft.'

Meneer Norrell keek hem nerveus aan. 'Moeten we nog iets doen?' vroeg hij. 'Moeten we iets ondertekenen?'

'Nee, maar ik moet wel iets van de dame hebben wat bewijst dat ik aanspraak op haar kan maken.'

'Neem een van deze ringen,' stelde meneer Norrell voor, 'of de ketting om haar hals. Een ontbrekende ring of ketting kan ik best verklaren.'

'Nee,' zei de heer met het pluishaar. 'Het moet iets zijn... Ah! Ik weet het al!'

Drawlight en Lascelles zaten in de salon waar meneer Norrell en sir Walter Pole elkaar hadden ontmoet. Het was een mistroostige plek. Het vuur in de haard was bijna gedoofd en ook de kaarsen konden elk moment uitgaan. De gordijnen waren niet dichtgetrokken en niemand had de luiken gesloten. Het gekletter van de regen tegen de ramen klonk erg melancholisch.

'Het is echt een nacht om de doden weer tot leven te wekken,' merkte meneer Lascelles op. 'Regen en boomtakken geselen de ramen en de wind huilt in de schoorsteen. Precies de juiste toneeleffecten, feitelijk. Ik word vaak getroffen door de aandrang een toneelstuk te schrijven, en wellicht word ik door de gebeurtenissen van vanavond wel geïnspireerd om het nog een keer te proberen. Een tragikomedie zal het worden, over de wanhopige pogingen van een verpauperde minister om op enigerlei wijze geld te bemachtigen. Het zal beginnen met een huwelijk om het geld en eindigen met het gebruik van toverij.

Ik denk dat het heel goed ontvangen zou worden. Ik heb ook al een mogelijke titel bedacht: *Jammer dat ze een lijk is.*'

Lascelles zweeg even, zodat Drawlight kon lachen om zijn geestige opmerking, maar Drawlight was uit zijn humeur omdat hij van de tovenaar niet aanwezig mocht zijn terwijl hij toverde, en het enige wat hij zei was: 'Waar zijn ze allemaal naar toe gegaan, denkt u?'

'Dat weet ik niet.'

'Na alles wat u en ik voor hen hebben gedaan, vind ik dat we beter verdienen! Nog geen half uur geleden waren ze één en al dankbaarheid. Dat ze ons zo snel zijn vergeten is zeer ongunstig! En al die tijd dat we hier zitten, hebben ze ons niet eens een stukje cake aangeboden. Ik durf te wedden dat het al lang etenstijd is geweest, en dat terwijl ik rammel van de honger!' Hij was even stil. 'Het vuur dooft ook al,' merkte hij op.

'Gooi er dan wat kolen op,' zei Lascelles.

'Wat! En mijn handen vuilmaken?'

Een voor een doofden de kaarsen. Ook het licht van het vuur stierf weg, totdat de Venetiaanse schilderijen aan de donkere muren op grote pikzwarte vierkanten leken. Lange tijd bleven ze zwijgend zitten.

'Dat was de klok die half twee sloeg!' zei Drawlight opeens. 'Wat een eenzaam geluid! Bah! Alle verschrikkelijke dingen die in romans voorkomen, gebeuren altijd precies op het moment dat de kerkklokken luiden, of als een klok in een donker huis begint te slaan!'

'Ik kan me niet herinneren dat er ooit om half twee iets vreselijks is voorgevallen,' zei Lascelles.

Op dat moment hoorden ze voetstappen op de trap en daarna in de gang. De deur van de salon werd opengeduwd en daar stond iemand met een kaars in de hand.

Drawlight greep naar de pook.

Maar het was meneer Norrell.

'Niets aan de hand, meneer Drawlight. Er is geen reden om bang te zijn.'

Maar toen meneer Norrell de kandelaar omhooghield, zagen ze dat zijn gezicht een ander verhaal vertelde. Hij was lijkbleek en in zijn opengesperde ogen was nog een restje angst te bespeuren. 'Waar is sir Walter?' vroeg hij. 'Waar zijn de anderen? Juffrouw Wintertowne vraagt naar haar moeder.'

Meneer Norrell moest die laatste zin twee keer herhalen, voordat de twee heren hem begrepen.

Lascelles knipperde twee, drie keer met zijn ogen en zijn mond viel open van verbazing, maar toen herstelde hij zich, deed zijn mond dicht en trok een hooghartig gezicht. Dat hield hij de hele nacht vol, alsof hij met grote regelmaat in huizen kwam waar jongedames uit de dood herrezen en het in dit geval zijns inziens maar een saaie aangelegenheid was geweest. Intussen had Drawlight wel duizend dingen te zeggen, en waarschijnlijk sprak hij ze ook allemaal uit, maar helaas schonk niemand aandacht aan wat hij zei.

Drawlight en Lascelles werden erop uitgestuurd om sir Walter zoeken. Vervolgens haalde sir Walter mevrouw Wintertowne, waarna meneer Norrell de huilende, bevende dame naar de kamer van haar dochter bracht. In de tussentijd drong het nieuws van juffrouw Wintertowne's wederopstanding ook door tot andere delen van het huis. Het personeel kreeg het te horen, en ze waren in de wolken en liepen over van dankbaarheid jegens meneer Norrell, meneer Drawlight en meneer Lascelles. Een butler en twee bedienden spraken meneer Drawlight en meneer Lascelles aan en vroegen nederig of zij even mochten zeggen dat meneer Drawlight en meneer Lascelles het maar hoefden te vragen als zij iets voor hen konden doen.

Meneer Lascelles fluisterde tegen meneer Drawlight dat hij zich niet had gerealiseerd dat het verrichten van goede daden ertoe zou leiden dat hij door zo veel eenvoudige lieden zo vertrouwelijk zou worden toegesproken. Hij vond het erg onprettig en zou goed oppassen dat hij niets vriendelijks meer deed. Gelukkig waren de eenvoudige lieden in kwestie zo opgetogen dat ze niet beseften dat ze hem hadden beledigd.

Men vernam al spoedig dat juffrouw Wintertowne niet meer in haar bed lag, maar steunend op de arm van meneer Norrell naar haar eigen zitkamer was gelopen, waar ze nu in een stoel bij het vuur zat, en dat ze om een kop thee had gevraagd.

Drawlight en Lascelles werden boven ontboden in een mooi ingericht zitkamertje, waar ze juffrouw Wintertowne, haar moeder, sir Walter, meneer Norrell en een aantal bedienden aantroffen.

Als u hun gezicht had gezien, zou u gedacht hebben dat mevrouw Wintertowne en sir Walter degenen waren die die nacht door verschillende bovennatuurlijke werelden waren gereisd, zo grauw en afgetobd zagen ze eruit. Mevrouw Wintertowne huilde en sir Walter streek af en toe met een hand over zijn voorhoofd, alsof hij afschuwelijke dingen had gezien.

Juffrouw Wintertowne, echter, was uiterst kalm en bedaard, als een jongedame die een rustige, onbewogen avond thuis had doorgebracht. Ze zat in een stoel, gekleed in dezelfde elegante avondjurk die ze had aangehad toen Drawlight en Lascelles haar voor het laatst hadden gezien. Ze stond op en glimlachte naar Drawlight. 'Ik geloof dat u en ik elkaar niet eens hebben ontmoet, heer, maar ik heb vernomen hoeveel ik aan u te danken heb. Ik ben bang dat ik de schuld nooit zal kunnen vereffenen. Dat ik hier ben is grotendeels te danken aan uw energie en vasthoudendheid. Dank u, meneer. Duizendmaal dank.'

Ze stak haar handen naar hem uit en hij pakte ze vast.

'O, mevrouw!' riep hij, al buigend en glimlachend. 'Ik verzeker u dat het de grootste eer—'

Toen onderbrak hij zichzelf en zweeg even. 'Mevrouw?' vroeg hij. Hij lachte kort en verlegen – wat op zich al vreemd was, want Drawlight liet zich niet snel in verlegenheid brengen. Hij liet haar handen niet los, maar keek de kamer rond alsof hij op zoek was naar iemand die hem met zijn probleem kon helpen. Toen tilde hij haar ene hand op en liet haar ernaar kijken. Ze leek helemaal niet gealarmeerd door wat ze zag, maar ze keek wel verbaasd. Ze hield haar hand zó dat haar moeder hem kon zien.

De pink van haar linkerhand was verdwenen.

9

Lady Pole
oktober 1807

Een dame die oneindig veel slimmer is dan de huidige auteur heeft eens opgemerkt dat mensen op hun aardigst zijn als jonge mensen sterven of gaan trouwen. U kunt zich dus wel voorstellen met welk een belangstelling juffrouw Wintertowne werd omringd! Nog nooit was het een jongedame zo voor de wind gegaan, want ze stierf op dinsdag, werd in de vroege uurtjes van woensdag weer tot leven gewekt en trouwde op donderdag. Sommigen vonden dat te veel opwinding voor één week.

Iedereen wilde haar dolgraag zien. De meeste mensen wisten alleen dat ze ergens tussen haar overgang van de ene wereld naar de andere en haar terugkeer een vinger was kwijtgeraakt. Dat wekte veel verwachtingen. Was ze ook in andere opzichten veranderd? Niemand wist het.

Op woensdagochtend – de ochtend na haar wederopstanding – leken de hoofdpersonen in dit fantastische avontuur samen te spannen tegen de stad, want men bleef verstoken van nieuws. De mensen die 's ochtends op bezoek kwamen aan Brunswick-square kregen enkel te horen dat juffrouw Wintertowne en haar moeder rustten. Aan Hanover-square kreeg men hetzelfde te horen. Meneer Norrell was erg moe en niet in staat om bezoek te ontvangen. En niemand wist precies waar sir Walter Pole uithing – hoewel men sterk vermoedde dat hij in het huis van mevrouw Wintertowne aan Brunswick-square was. Als meneer Drawlight en meneer Lascelles – de welwillende zielen! – er niet waren geweest, dan zou niemand iets hebben geweten. Zij reden echter vol toewijding door Londen om hun opwachting te maken in onwaarschijnlijk veel salons, ontbijtkamers, eetkamers en kaartkamers. De diners waarvoor Drawlight die dag werd uitgenodigd waren ontelbaar, en het is maar goed dat hij nooit veel at, anders zou hij zijn ingewanden wellicht onherstelbare schade hebben toegebracht. Wel vijftig keer beschreef hij hoe hij en mevrouw Wintertowne na het herstel van juffrouw Wintertowne samen hadden staan huilen; hoe sir Walter Pole en hij elkanders hand hadden vastgegrepen; hoe sir Walter hem vanuit de grond van zijn hart had bedankt en dat hij sir Walter had gezegd dat het hem een genoegen was geweest; en hoe mevrouw Wintertowne erop had gestaan hem en meneer Lascelles in haar rijtuig naar huis te laten brengen.

Rond zeven uur was sir Walter Pole weggegaan uit het huis van mevrouw Wintertowne en naar zijn eigen huis getogen om een paar uur te slapen, maar tegen de middag ging hij, zoals iedereen in de stad al verwachtte, terug naar Brunswick-square. (Wat kennen onze buren ons toch goed!) Inmiddels was het mevrouw Wintertowne duidelijk geworden dat haar dochter nu een soort beroemdheid was, dat ze als het ware van de ene op de andere dag een voorname publieke figuur was geworden. Niet alleen kwamen allerlei mensen hun kaartje bij de deur afgeven, maar ieder uur werden er bovendien talloze brieven en felicitaties voor juffrouw Wintertowne bezorgd, vaak van mensen van wie mevrouw Wintertowne nog nooit had gehoord. 'Sta mij toe, mevrouw,' schreef er een, 'u te bidden de neerslachtigheid van die schimmige vallei die u heeft gezien, van u af te schudden.'

Dat volslagen onbekenden kennelijk vonden dat ze het recht hadden opmerkingen te plaatsen over zo iets persoonlijks als overlijden en herrijzenis, en dat zij in brieven aan haar dochter blijk gaven van hun nieuwsgierigheid, was een bron van grote ergernis voor mevrouw Wintertowne. Ze maakte doorlopend afkeurende opmerkingen over al die ordinaire, ongemanierde mensen en toen sir Walter op Brunswick-square aankwam, moest hij eerst haar klachten aanhoren.

'Ik raad u aan er niet meer bij stil te staan, mevrouw,' zei hij. 'Waardigheid en zwijgzaamheid zijn de beste verdediging tegen dit soort onbeschaamdheid, zoals wij politici terdege beseffen.'

'Ach, sir Walter!' riep zijn aanstaande schoonmoeder. 'Ik vind het erg prettig dat u en ik het zo vaak met elkaar eens zijn! Waardigheid en zwijgzaamheid. Absoluut. Volgens mij kunnen we niet discreet genoeg zijn over het lijden van mijn arme, lieve Emma. Na morgen zal ik er in ieder geval beslist nooit meer over praten.'

‘Misschien,’ zei sir Walter. ‘Zo ver zou ik niet willen gaan. We mogen meneer Norrell immers niet vergeten. Meneer Norrell zal altijd een blijvende herinnering zijn aan wat er is gebeurd. Ik ben bang dat wij hem vaak zullen moeten uitnodigen, want na wat hij voor ons heeft betekend, kunnen we hem niet genoeg bedanken.’ Hij wachtte even en voegde er toen met een grimmige uitdrukking op zijn lelijke gezicht aan toe: ‘Gelukkig is meneer Norrell zo vriendelijk geweest zelf aan te geven hoe ik mij van die taak zou kunnen kwijten.’ Dat was een verwijzing naar een gesprek dat sir Walter en meneer Norrell die nacht om vier uur hadden gevoerd, toen meneer Norrell sir Walter op de trap had opgewacht en hem uitgebreid had toegesproken over zijn plannen om de Fransen middels magie te verslaan.

Mevrouw Wintertowne zei dat ze meneer Norrell uiteraard graag haar respect en dankbaarheid wilde tonen. Iedereen mocht weten hoe hoog ze hem in het vaandel had. Nog afgezien van zijn grootse tovenaarsschap – mevrouw Wintertowne vond overigens dat daarover niet gesproken hoefde te worden als hij op bezoek kwam – leek hij haar een zeer vriendelijke oude heer.

‘Inderdaad,’ zei sir Walter, ‘maar op het moment vraagt een dringender kwestie onze aandacht. We moeten er zorg voor dragen dat juffrouw Wintertowne niet meer doet dan ze aankan. Daarom wilde ik u graag even spreken. Ik weet niet wat u vindt, maar mij lijkt het het best om het huwelijk een week of twee uit te stellen.’

Met dat plan kon mevrouw Wintertowne niet akkoord gaan. Alle afspraken waren gemaakt en het diner was al grotendeels voorbereid. De soep, de gelatinepudding, de gepekelde steur enzovoorts, stonden reeds klaar. Wat had het voor nut om dat allemaal te laten bederven als ze het over een week weer opnieuw moesten maken? Sir Walter had geen weerwoord op dergelijke, op zuinigheid gestoelde argumenten, en daarom stelde hij voor juffrouw Wintertowne te vragen of ze zich sterk genoeg voelde.

Ze stonden op van hun stoelen in de koude salon – waar het gesprek had plaatsgevonden – en begaven zich naar de zitkamer van juffrouw Wintertowne op de tweede verdieping om het haar te vragen.

‘O,’ zei ze, ‘ik heb mij nog nooit zo goed gevoeld! Ik voel me heel sterk en gezond, dank u. Ik ben er vanochtend al opuit geweest. Ik wandel niet vaak. Ik voel me zelden sterk genoeg om lichaamsbeweging te nemen, maar vanochtend had ik het gevoel dat ik in dit huis gevangenzat. Ik verlangde naar de buitenlucht.’

Sir Walter keek erg bezorgd. 'Was dat wel wijs?' Hij draaide zich om naar mevrouw Wintertowne. 'Was dat wel zo verstandig?'

Mevrouw Wintertowne deed haar mond open om tegenwerpingen te maken, maar haar dochter lachte slechts en riep uit: 'O, maar mama wist er niets van, dat kan ik u verzekeren. Ik ben naar buiten gegaan toen zij nog in haar eigen kamer lag te slapen. Barnard is met me meegegaan. En ik heb twintig keer om Brunswick-square heen gelopen. Twintig keer! Is dat niet het belachelijkste wat u ooit heeft gehoord? Maar ik had zo'n sterk verlangen om te wandelen! Sterker nog, ik denk dat ik zou hebben gerend als dat ook maar enigszins mogelijk was geweest. Maar ja, in Londen...' Ze lachte weer. 'Ik wilde nog verderlopen, maar dat mocht niet van Barnard. Barnard wond zich erg op en was bang dat ik op straat flauw zou vallen. Ik moest van haar in de buurt van het huis blijven.'

Ze staarden haar aan. Nog afgezien van al het andere had sir Walter haar nog nooit zo lang achter elkaar horen praten. Ze zat kaarsrecht, haar ogen straalden en er lag een blos op haar wangen. Ze was het toonbeeld van gezondheid en schoonheid. Ze sprak snel en met veel gevoel. Ze was zó opgewekt, zó levendig. Het leek wel of meneer Norrell haar niet zomaar nieuw leven had geschonken, maar twee of drie keer zo veel leven als voorheen.

Het was heel vreemd.

'Maar als u zich goed genoeg voelt om lichaamsbeweging te nemen,' zei sir Walter, 'dan hoeft u zich natuurlijk door niemand tegen te laten houden. Van regelmatig bewegen wordt u alleen maar sterker en gezonder. Misschien is het voorlopig echter beter om niet de deur uit te gaan zonder het iemand te vertellen. Barnard alleen is eigenlijk niet genoeg om u te beschermen. Maar vanaf morgen kan ik die eer natuurlijk voor mezelf opeisen.'

'Maar u heeft het zo druk, sir Walter,' hielp zij hem herinneren. 'U heeft een heleboel regeringszaken waar u zich mee bezig moet houden.'

'Dat is zo, maar—'

'O! Ik weet dat u bijna altijd met zaken bezig zult zijn. Ik weet dat ik niets anders moet verwachten.'

Ze leek zó onbekommerd over het feit dat hij haar zou verwaarlozen, dat hij onwillekeurig zijn mond opendeed om te protesteren, maar wat ze zei was zo terecht dat hij er niets tegen in kon brengen. Toen hij haar in het huis van lady Winsell in Bath voor het eerst had gezien, was hij meteen getroffen door haar schoonheid en elegantie, en hij was al snel tot de conclusie gekomen dat het wijs zou zijn om niet alleen zo snel mogelijk met haar te trouwen, maar haar bovendien beter te leren kennen, want hij had het vermoeden dat ze, nog afgezien van het geld, een volmaakte echtgenote voor hem zou zijn. Een gesprek van een uurtje zou zijns inziens een goede basis leggen voor de openhartigheid en het vertrouwen die zo belangrijk waren in een huwelijk. Hij verwachtte alleszins dat in zo'n tête-à-tête al snel zou blijken dat ze qua smaak en opvattingen veel gemeen zouden hebben. Enkele dingen die ze had gezegd hadden hem de hoop gegeven dat dat inderdaad het geval zou zijn. En aangezien hij een man – en een intelligente bovendien – van tweeënveertig was, had hij natuurlijk een brede kennis, en over bijna ieder onderwerp had hij wel een mening die hij graag wilde delen met een aantrekkelijke vrouw van negentien – en dat alles, zo dacht hij, zou ze ongetwijfeld zeer boeiend vinden. Maar doordat hij zo door zijn zaken in beslag was genomen en zij in zulke slechte gezondheid had verkeerd, was dat interessante gesprek er nog niet van gekomen. En nu zei ze opeens dat ze verwachtte dat na hun huwelijk alles min of meer hetzelfde zou blijven. Ze leek zich er niet aan te storen. Sterker nog, met haar nieuwe, levendige karakter leek ze het vooral erg amusant te vinden dat hij zichzelf had wijsgemaakt dat het anders kon.

Helaas was hij al aan de late kant voor een afspraak met de minister van Buitenlandse Zaken, dus hij pakte de hand van juffrouw Wintertowne – haar gezonde rechterhand – en kuste die galant, en hij zei dat hij heel erg uitkeek naar de volgende dag, als hij de gelukkigste man van de wereld zou worden. Met zijn hoed in zijn hand luisterde hij aandachtig naar mevrouw Wintertowne's korte toespraak over het onderwerp. Daarna verliet hij het huis met het voornemen verder over het probleem na te denken zodra hij er tijd voor kon vrijmaken.

De volgende morgen werd het huwelijk inderdaad voltrokken in de St George-kapel aan Hanover-square. Bijna alle ministers waren aanwezig, alsmede twee of drie hertogen van het koninklijk huis, zes admiraals, een bisschop en enkele generaals. Tot mijn spijt moet ik echter melden dat niemand die dag, waarop juffrouw Wintertowne en sir Walter Pole in het huwelijk traden, ook maar enige aandacht schonk aan die voorname lieden, hoe onmisbaar ze ook mogen zijn voor het bewaren van de vrede en de welvaart in het land. De man die aller ogen op zich wist gericht, de man over wie iedereen het had en naar wie iedereen wees, was de tovenaar, meneer Norrell.

10

Het probleem werk voor een tovenaar te vinden

oktober 1807

Het was sir Walter's bedoeling om het onderwerp 'magie' geleidelijk te introduceren bij de ministers, zodat ze langzamerhand aan het idee konden wennen voordat hij zou voorstellen om meneer Norrell een kans te geven zijn bijdrage te leveren aan de oorlog. Hij vreesde dat ze hem zouden tegenwerken. Hij wist zeker dat meneer Canning sarcastisch, lord Castlereagh onbehulpzaam, en de graaf van Chatham gewoon verward zou zijn.

Die angst was echter volkomen ongegrond. Al snel kreeg hij door dat de ministers, zoals iedereen in Londen, wel oor hadden naar deze nieuwe ontwikkeling. De eerstvolgende keer dat de leden van het kabinet in Burlington House bijeenkwamen[1], verklaarden ze de enige tovenaar in Engeland graag in dienst te willen nemen. Het was echter

[1] Burlington House in Piccadilly was het Londense verblijf van de hertog van Portland, de eerste minister van de staatskas – in de volksmond wordt deze persoon tegenwoordig premier genoemd, naar Frans voorbeeld. Het was gebouwd in de tijd dat de Engelse adel er geen been in zag de concurrentie met hun vorst aan te gaan op het gebied van macht en rijkdom, en er was in de gehele hoofdstad geen mooier gebouw te vinden. Wat de hertog betrof, hij was een zeer respectabele oude heer, maar helaas voldeed de arme man niet aan het beeld dat mensen hadden van een premier. Hij was erg oud en erg ziek. Ten tijde van deze bijeenkomst lag hij in een geblindeerde kamer ergens in een achteraf gelegen deel van het huis versuft door laudanum geleidelijk dood te gaan. Hij was van geen enkel nut meer voor zijn land en ook collega-

geenszins duidelijk wat ze met hem aan moesten. Het was al tweehonderd jaar geleden dat de Engelse regering voor het laatst een tovenaar in dienst had gehad, en men was het niet meer gewend.

'Mijn voornaamste probleem,' legde lord Castlereagh uit, 'is mannen te vinden voor het leger – een welhaast onmogelijke taak, dat kan ik u verzekeren, want de Britten zijn een zeer onmilitaristisch volk. Ik heb mijn oog echter laten vallen op Lincolnshire, want ik heb me laten vertellen dat de varkens in Lincolnshire van zeer goede kwaliteit zijn, en dat de inwoners door het eten van hun vlees zeer moedig en sterk worden. Welnu, het liefst zou ik willen dat er een algemene bezwering zou worden uitgesproken over Lincolnshire, zodat drie- à vierduizend jongemannen vervuld zouden worden met een vurig verlangen om soldaat te worden en tegen de Fransen te vechten.' Hij keek sir Walter smekend aan. 'Weet u of uw vriend misschien zo'n bezwering kent?'

Dat wist sir Walter niet, maar hij zei dat hij het meneer Norrell zou vragen.

Later die dag ging sir Walter langs bij meneer Norrell om hem de vraag voor te leggen. Meneer Norrell was blij verrast. Hij kon zich niet herinneren dat iemand ooit eerder zo'n indrukwekkend staaltje magie had voorgesteld, en hij verzocht sir Walter lord Castlereagh te complimenteren met zijn zeer originele idee. Wat betreft de vraag of het al dan niet mogelijk zou zijn: 'De moeilijkheid schuilt hem in het beperken van de bezwering tot Lincolnshire – en jongemannen. Als we erin zouden slagen – en die kans is groot, al zeg ik het zelf – bestaat het gevaar dat Lincolnshire, alsmede een aantal omliggende graafschappen, volledig ontvolkt zou raken.'

Sir Walter ging terug naar lord Castlereagh en zei nee.

Over de magische handeling die de ministers daarop voorstelden, was meneer Norrell veel minder enthousiast. De herrijzenis van lady Pole hield de gemoederen in Londen danig bezig, en ook de ministers waren geenszins immuun voor de wijdverbreide fascinatie. Lord Castlereagh begon erover, toen hij de andere ministers vroeg wie

---

ministers hadden niet veel aan hem. Zijn leiderschap had wat hen betrof slechts één voordeel, namelijk dat ze zijn magnifieke huis konden gebruiken als ontmoetingsplaats, en zijn uitstekende bedienden konden opdragen om uit zijn kelder elke kleinigheid te halen waar zij behoefte aan hadden. (Ze waren het erover eens dat je dorst kreeg van het regeren over Groot-Brittannië.)

Napoleon Bonaparte het meest angst had aangejaagd. Wie leek altijd te weten wat de kwaadaardige Franse keizer van plan was? Wie had de Fransen zo'n verpletterende slag toegebracht dat ze hun Franse neus niet meer buiten hun havens durfden te vertonen? Wie was de optelsom van alle eigenschappen die iemand tot een Engelsman maken? Wie anders, zei lord Castlereagh, dan lord Nelson? Het was wel duidelijk. Het eerste wat ze moesten doen, was lord Nelson weer tot leven wekken. Lord Castlereagh verontschuldigde zich – misschien had hij iets niet helemaal begrepen – maar waarom verdeden zij hun tijd nog door erover te praten?

Daarop zei meneer Canning, een energieke en twistzieke man, dat lord Nelson natuurlijk node werd gemist, dat Nelson een nationale held was geweest, en dat alles wat lord Castlereagh over hem zei waar was. Het was niet meneer Canning's bedoeling om zich op enigerlei wijze negatief uit te laten over de marine, die immers het meest glorierijke instituut van Groot-Brittannië was, maar al met al was Nelson slechts een zeeman geweest. Wijlen meneer Pitt, daarentegen, was alles.[2] Als er dan toch doden tot leven gewekt moesten worden, dan was Pitt de enige logische keuze.

Lord Chatham – tevens de broer van wijlen meneer Pitt – was het natuurlijk met dit voorstel eens, maar hij vroeg zich af waarom ze een keuze moesten maken. Waarom brachten ze niet zowel Pitt als Nelson weer tot leven? Ze hoefden meneer Norrell enkel het dubbele te betalen, en dat mocht toch geen bezwaar zijn.

Daarop stelden andere ministers zo veel andere kandidaten voor om tot leven te wekken, dat het erop begon te lijken dat de helft van alle graven in Engeland leeg achter zou blijven. Algauw hadden ze een behoorlijk lange lijst, waar ze zoals gewoonlijk ruzie over maakten.

'Zo gaat het niet,' zei sir Walter. 'We moeten ergens beginnen en ik geloof dat wij allen onze huidige regeringspost aan de vriendschap van meneer Pitt te danken hebben. Het zou dan ook erg verkeerd zijn om een andere heer boven hem te verkiezen.'

Er werd een boodschapper gestuurd om meneer Norrell thuis aan

---

[2] William Pitt de Jongere (1759-1806). Het valt te betwijfelen of we ooit nog een dergelijk iemand zullen mogen aanschouwen, want al op vierentwintigjarige leeftijd werd hij premier, waarna hij met slechts één korte onderbreking van drie jaar het land tot aan zijn dood regeerde.

Hanover-square op te halen en naar Burlington House te brengen. Meneer Norrell werd naar de schitterend geschilderde salon geleid waar de ministers zaten. Sir Walter vertelde hem dat ze nog een andere herrijzenis overwogen.

Meneer Norrell werd lijkbleek en mompelde iets over zijn bijzondere achting voor sir Walter, die hem uiteindelijk had doen besluiten een vorm van magie te bedrijven waaraan hij zich anders nooit gewaagd zou hebben. Hij was echter niet van zins een tweede poging te wagen. De ministers beseften niet wat ze van hem vroegen.

Toen meneer Norrell echter te horen kreeg wie de voorgestelde kandidaat was, was hij zichtbaar opgelucht, en men hoorde hem iets zeggen over de toestand van het lichaam.

Toen realiseerden de ministers zich dat de heer Pitt al meer dan twee jaar dood was, en dat zij er, ondanks hun toewijding aan Pitt bij leven, weinig behoefte aan hadden hem in zijn huidige toestand te zien. Lord Chatham – de broer van meneer Pitt – merkte treurig op dat die arme William hoogstwaarschijnlijk al in verregaande staat van ontbinding zou verkeren.

Het onderwerp werd niet meer ter sprake gebracht.

Ongeveer een week later stelde lord Castlereagh voor om meneer Norrell naar Nederland of eventueel naar Portugal te sturen – landen waarvan de ministers voorzichtig hoopten dat ze Engeland zouden steunen in de strijd tegen Bonaparte – en waar meneer Norrell magie kon bedrijven onder de supervisie van de generaals en admiraals. Dus werden admiraal Paycocke, een oude zeeman met een rood gezicht, en kapitein Harbourt-Bruce van het 20ste regiment lichte dragonders er als vertegenwoordigers van de landmacht en de marine op uitgestuurd naar Hanover-square te gaan om meneer Norrell te observeren.

Kapitein Harcourt-Bruce was niet alleen een elegante, knappe en moedige man, hij was bovendien een romanticus in hart en nieren. Hij vond het prachtig dat de magie was teruggekeerd in Engeland. Hij was een fervent lezer van boeken over spannende momenten uit de geschiedenis, en zijn hoofd zat vol met verhalen over historische veldslagen waarbij de Engelsen het moesten opnemen tegen een Franse overmacht en gedoemd waren te sterven. Dan klonk plotseling een vreemde, onaardse muziek en verscheen op de top van een heuvel de Ravenkoning met zijn grote zwarte helm, bedekt met ravenveren die wapperden in de wind. Dan galoppeerde hij op zijn grote zwarte paard de heuvel af met achter zich honderd mensenridders en honderd elfenridders achter hem, en versloeg hij de Fransen met magie.

Dát stelde kapitein Harcourt-Bruce zich voor bij een tovenaar. Dát was het schouwspel dat hij op ieder slagveld op het continent verwachtte. Dus toen hij meneer Norrell een tijdje in zijn woonkamer op Hanover-square had gadegeslagen en had gezien hoe meneer Norrell slechtgeluimd klaagde tegen zijn lakei – eerst dat de melk in zijn thee te romig was en vervolgens dat die te waterig was – zal het u niet verbazen dat hij enigszins teleurgesteld was. Sterker nog, hij was zo terneergeslagen over de hele onderneming dat admiraal Paycocke, een nogal bruuske oude heer, medelijden met hem kreeg en het nauwelijks over zijn hart kon verkrijgen om hem echt uit te lachen of de draak met hem steken.

Admiraal Paycocke en kapitein Harbourt-Bruce gingen terug naar de ministers en zeiden dat er geen sprake van kon zijn dat meneer Norrell ergens naar toe gestuurd zou worden. De admiraals en generaals zouden het de regering nooit vergeven. Die herfst leek het er enkele weken lang op dat de ministers nooit werk zouden vinden voor hun enige tovenaar.

11

Brest
november 1807

In de eerste week van september werd een vloot Franse schepen gereedgemaakt voor vertrek uit de haven van Brest. Brest ligt in Frankrijk, op het meest westelijke puntje van Bretagne. De Fransen hadden het plan om over de Golf van Biskaje heen en weer te varen, op zoek naar Britse schepen die ze konden overvallen. Als dat niet lukte, zouden ze zich tevreden stellen met voorkomen dat de Britten hun voorgenomen plannen konden uitvoeren.

Er stond een aanhoudend aflandige wind. De Franse zeelieden troffen snel en efficiënt hun voorbereidingen, en de schepen waren bijna gereed toen zich plotseling grote donkere wolken samenpakten en het begon te regenen.

Nu was het niet meer dan natuurlijk dat er in een belangrijke haven zoals Brest veel mensen rondliepen die studie maakten van het weer, en met name van de wind. Juist toen de schepen op het punt stonden te vertrekken, rende een aantal van deze lieden opgewonden naar de kade om de zeelieden te waarschuwen dat er iets niet klopte aan de regenbui. De wolken waren uit het noorden komen aandrijven, zeiden ze, en dat terwijl de wind uit het oosten kwam. Het was onmogelijk, maar toch was het zo. De kapiteins van de schepen waren nog maar nauwelijks bekomen van hun verbazing, ongeloof of angst – afhankelijk van hun karakter – of ze kregen nog meer nieuws te horen.

De haven van Brest bestaat uit een binnen- en een buitenbaai. De binnenbaai wordt van de open zee gescheiden door een lang, smal schiereiland. Terwijl het harder begon te regenen, vernamen de Franse officieren dat er in de buitenbaai een grote vloot Britse schepen was verschenen.

Hoeveel schepen het waren? Dat wisten de informanten van de officieren niet. Meer dan je zo even kon tellen, misschien wel honderd. Het leek alsof de schepen, evenals de regen, van het ene op het andere moment uit het niets waren komen opdoemen. Wat voor schepen het waren? O, maar dat was nog het meest opmerkelijke! Het waren stuk voor stuk linieschepen – zwaar bewapende twee- en driedeks oorlogsschepen.

Dat was verbijsterend nieuws. Het grote aantal gigantische schepen zorgde feitelijk voor meer verwarring dan hun plotselinge verschijning. De Britse marine blokkeerde de haven van Brest wel vaker, maar nooit met meer dan vijfentwintig schepen per keer, waaronder slechts vier of vijf linieschepen. De overige schepen waren wendbare kleine fregatten en oorlogsschepen.

Het verhaal over de honderd schepen was zo vreemd dat de Franse kapiteins het niet geloofden, totdat ze zelf naar Lochrist, Camaret Saint-Julien of een andere plek waren geroeid of gereden, zodat ze vanaf de top van de klippen de schepen konden zien liggen.

Dagen verstreken. De lucht was loodgrijs en het regende aan één stuk door. De Britse schepen bleven koppig waar ze waren. De inwoners van Brest waren doodsbang dat enkele schepen zouden proberen de stad te naderen en onder vuur te nemen. Maar de Britse schepen deden niets.

Nog vreemder was het nieuws dat uit andere havens in het Franse keizerrijk kwam: uit Rochefort, Toulon, Marseille, Genua, Venetië, Vlissingen en tientallen andere, minder belangrijke steden. Ook die werden geblokkeerd door vloten bestaande uit zo'n honderd oorlogsschepen. Niemand begreep er iets van. Als je ze bij elkaar optelde, dan kwam je uit op meer oorlogsschepen dan de Britten ooit konden hebben. Sterker nog, dan kwam je uit op meer oorlogsschepen dan er in de hele wereld konden zijn.

De oudste officier van Brest was destijds admiraal Desmoulins. Hij had een bediende die heel klein was, niet groter dan een kind van acht, en zo donker als een Europeaan maar kan zijn. Hij zag eruit alsof hij in een oven was gestopt en veel te lang was gebakken. Zijn huid was zo bruin als een koffieboon en zo ruw als een uitgedroogde rijstpudding. Zijn haar bestond uit vette zwarte lokken die leken op de pennen en uitsteeksels die je wel eens aantreft op de minder sappige delen van een gegrilde kip. Hij heette Perroquet, wat papegaai betekent. Admiraal Desmoulins was heel trots op Perroquet: op zijn lengte, zijn intelligentie, zijn lenigheid, maar vooral zijn kleur. Admiraal Desmoulins zei vaak opschepperig dat hij wel eens zwarten had gezien die bij Perroquet bleek afstaken.

Het was Perroquet die vier dagen achtereen in de regen met zijn verrekijker de schepen bestudeerde. De regen stroomde uit de omgeslagen randen van zijn kinderhoed alsof het twee regenpijpjes waren. Het liep in de kraag van zijn kinderjas, waardoor die gevaarlijk zwaar werd en de wol wel vilt leek. En de regen liep in stroompjes over zijn doorbakken, vette huid, maar daaraan besteedde hij geen aandacht.

Na vier dagen slaakte Perroquet een zucht, sprong op, rekte zich uit, nam zijn hoed af om zich eens flink op zijn hoofd te krabben, gaapte en zei: 'Nou, admiraal, dit zijn de meest zonderlinge schepen die ik ooit heb gezien, en ik begrijp er niets van.'

'Hoe bedoel je, Perroquet?' vroeg de admiraal.

Op de klippen bij van Camaret Saint-Julien zaten admiraal Desmoulins en kapitein Jumeau bij Perroquet, en ook uit de omgevouwen randen van hún hoeden stroomde de regen, en ook de wol van hún jassen leek wel vilt. Bovendien stond er inmiddels een centimeter water in hun laarzen.

'Nou,' zei Perroquet, 'de schepen liggen daar alsof ze door windstilte zijn overvallen, maar dat zijn ze niet. Er staat een sterke westenwind die ze zó op deze rotsen zou moeten blazen, maar gebeurt dat? Nee. Vallen de schepen af? Nee. Strijken ze de zeilen? Nee. Ik kan het aantal keren dat de wind is gedraaid sinds ik hier ben gaan zitten niet tellen, maar wat hebben de mannen op de schepen gedaan? Niets.'

Kapitein Jumeau, die een hekel had aan Perroquet en jaloers was op diens invloed op de admiraal, lachte. 'Hij is gek, admiraal. Als de Britten echt zo lui en dom waren als hij zegt, dan was er van hun schepen nu nog slechts een stapel kapotte palen over.'

'Ze lijken meer plaatjes van schepen dan op echte schepen,' mijmerde Perroquet, die geen aandacht aan de kapitein besteedde. 'Maar het allervreemdste is dát schip, admiraal, die driedekker aan het noordelijke uiteinde van de linie. Maandag zag het er net zo uit als de andere schepen, maar nu zijn de zeilen aan flarden, de kruismast is verdwenen en er zit een gat in de zijkant.'

'Hoezee!' riep kapitein Jumeau. 'De moedige Franse bemanning van een of ander schip heeft die schade veroorzaakt, terwijl wij hier stonden te praten!'

Perroquet grijnsde. 'Een Frans schip, dat naar hun vloot van honderd schepen vaart en een schip aan splinters knalt, om vervolgens rustig weg te zeilen? Denkt u nu echt dat de Britten dat zouden laten gebeuren, kapitein? Ha! Dat zou ik u wel eens willen zien proberen met uw bootje. Nee, admiraal, ik ben van mening dat dat Britse schip langzaam smelt.'

'Langzaam smelt!' riep de admiraal verbaasd uit.

'De romp dijt uit als de breitas van een oude dame,' zei Perroquet. 'En de boegspriet en de blinde ra hangen in het water.'

'Wat een klinkklare onzin!' zei kapitein Jumeau. 'Hoe kan een schip nu smelten?'

'Dat weet ik niet,' zei Perroquet bedachtzaam. 'Het hangt ervan af waar het schip van is gemaakt.'

'Jumeau, Perroquet,' zei admiraal Desmoulins, 'ik geloof dat we het best kunnen uitvaren om die schepen te onderzoeken. Als we de indruk krijgen dat de Britse vloot wil aanvallen, keren we om, maar in de tussentijd komen we misschien meer te weten.'

En zo voeren Perroquet, de admiraal en kapitein Jumeau door de regen, vergezeld door enkele moedige manschappen – want hoewel zeelieden geen moeite hebben met ontberingen, ze zijn erg bijgelovig, en Perroquet was niet de enige in Brest die iets vreemds had opgemerkt aan de Britse schepen.

Toen ze dichterbij kwamen, zagen onze avonturiers dat de vreemde schepen helemaal grijs waren en dat ze glinsterden. Zelfs nu de hemel zo donker was, zelfs in die zware regen blonken ze. Een keer kwam heel even de zon door, en een zonnestraal beroerde de zee. De schepen verdwenen. Toen sloot het wolkendek zich en kwamen de schepen terug.

'Lieve god!' riep de admiraal. 'Wat heeft dit te betekenen?'

'Misschien,' zei Perroquet bezorgd, 'zijn alle Britse schepen gezonken en zijn dit hun geesten.'

Nog steeds glinsterden en glansden de vreemde schepen, en dit leidde tot enige discussie over de vraag van welk materiaal ze waren gemaakt. De admiraal dacht dat ze misschien van ijzer of staal waren. (Metalen schepen, belachelijk! Ik dacht al dat het Franse volk nogal eigenaardig was, en dit bewijst het.)

Kapitein Jumeau vroeg zich af of ze misschien van zilverfolie waren gemaakt.

'Zilverfolie!' riep de admiraal.

'Jazeker!' zei kapitein Jumeau. 'Vrouwen gebruiken immers zilverfolie om kokertjes van te rollen, en ze maken er mandjes van die ze versieren met bloemen en vullen met gesuikerde pruimen.'

De admiraal en Perroquet waren verbaasd dit te horen, maar kapitein Jumeau was een knappe man en hij wist duidelijk meer over de gewoonten van dames dan zij.

Maar als een vrouw een hele avond bezig was met het maken van een mandje, hoeveel dames zouden er dan nodig zijn voor een hele vloot? De admiraal zei dat hij hoofdpijn kreeg als hij daarover nadacht.

De zon kwam weer door. Deze keer zagen ze dat het zonlicht dwars door de schepen heen scheen, waardoor ze kleurloos werden. Uiteindelijk was er nog slechts een vage fonkeling op het water van over.

'Glas,' zei de admiraal, en hij zat in de buurt, maar het was de slimme Perroquet die uiteindelijk de spijker op zijn kop sloeg.

'Nee, admiraal, het is de regen. Ze zijn van regen gemaakt.'

De regen daalde neer uit de hemel, en ergens onderweg kwamen de druppels samen en namen vaste vorm aan: ze vormden balken, dwarshouten en zeilen, waarmee de indruk werd gewekt dat er honderd schepen lagen.

Perroquet, de admiraal en kapitein Jumeau werden verteerd door nieuwsgierigheid naar de man die zo iets kon maken, en ze waren het erover eens dat hij een meesterlijke regensmid moest zijn.

'Maar niet alleen een meesterlijke regensmid!' riep de admiraal uit. 'Ook een meesterlijke poppenspeler! Kijk eens hoe ze op het water dobberen! Kijk eens hoe de zeilen bol komen te staan en dan weer slap hangen!'

'Ik heb inderdaad nog nooit zo iets moois gezien, admiraal,' zei Perroquet, 'maar ik herhaal wat ik al eerder heb gezegd: wie het ook is, hij weet niets over zeilen of scheepvaartkunde.'

Twee uur lang zeilde het houten schip van de admiraal tussen de regenschepen door. Omdat de schepen van regen waren, maakten ze geen enkel geluid. Er kraakte geen hout, er klapperden geen zeilen in de wind, er waren geen zeelui die naar de stuurman riepen. Een paar keer kwam er een groep regenmannen met gladde gezichten naar de reling van het schip om naar het houten schip met zijn bemanning van vlees en bloed te kijken, maar wat de regenmatrozen dachten wist niemand. Toch voelden de admiraal, de kapitein en Perroquet zich volkomen veilig, want, zoals Perroquet opmerkte: 'Stel dat de regenmatrozen op ons zouden schieten, dan kunnen ze daarvoor alleen maar

kanonskogels van regen gebruiken, dus kunnen we hooguit nat worden.'

Perroquet, de admiraal en kapitein Jumeau raakten in de greep van bewondering. Ze vergaten dat ze waren beetgenomen, dat ze een week hadden verspild en dat de Britten al een week ongezien waren binnengeglipt in de havens aan de Baltische kust, de havens aan de Portugese kust en allerlei andere havens waar keizer Napoleon Bonaparte hen niet wilde hebben. De toverspreuk die de schepen op hun plek hield, leek echter zwakker te worden – wat vermoedelijk het smeltende schip aan het noordelijke uiteinde van de linie verklaarde. Na twee uur hield het op met regenen, en op hetzelfde moment werd de betovering verbroken. Perroquet, de admiraal en kapitein Jumeau voelden het als een merkwaardige verstoring van hun zintuigen, alsof ze een strijkkwartet hadden geproefd, of heel even doof waren geworden bij het zien van de kleur blauw. Heel even veranderden de regenschepen in mistschepen, die vervolgens zachtjes door de wind uiteen werden geblazen.

De Fransen waren alleen op de verlaten Atlantische Oceaan.

12

De geest van de Engelse magie spoort meneer Norrell aan Groot-Brittannië de helpende hand te bieden

december 1807

Op een dag in december vond er in Cheapside een botsing plaats tussen twee vrachtrijtuigen. Een ervan, die was volgeladen met sherryvaten, ging over de kop. Terwijl de koetsiers ruzieden over wie de schuldige was, zagen enkele voorbijgangers dat er uit een van de vaten sherry lekte. Algauw kwam een groep drinkers met glazen en bierpullen om de sherry in op te vangen, en met haken en staven om gaten te maken in de onbeschadigde vaten. De rijtuigen veroorzaakten in korte tijd een opstopping bij Cheapside, waar zich rijen vormden in alle omliggende straten: in Poultry, Threadneedle-street en Bartholomew-lane, en aan de andere kant in Aldersgate, Newgate and Paternoster-row. Je kon je bijna niet voorstellen dat die chaos van rijtuigen, paarden en mensen ooit zou verdwijnen.

De ene koetsier was knap en de andere dik, en zodra ze klaar waren met ruziemaken, begonnen ze als een soort Bacchus en Silenus aan een drankfestijn. Ze besloten zichzelf en metgezellen te vermaken door alle rijtuigdeuren open te maken, zodat ze konden zien wat de rijke mensen daarbinnen deden. Koetsiers en lakeien deden hun best om dat soort onbeschoftheden te voorkomen, maar de menigte was te groot om tegen te houden en te dronken om zich iets aan te trekken van de zweepslagen die werden uitgedeeld door het chagrijniger slag koetsiers. In een van de rijtuigen ontdekte de dikke koetsier meneer Norrell, en hij riep: 'Wat krijgen we nou, het is die oude Norrell!' De twee koetsiers klommen in het rijtuig om meneer Norrell een hand te geven. Ze bedwelmden hem bijna met hun sherryadem toen ze hem verzekerden dat ze zo snel mogelijk de weg vrij zouden maken zodat hij, de held van de Franse blokkade, er weer langs kon. Ze hielden zich aan die belofte, en voorname lieden moesten toezien hoe hun paarden werden losgemaakt, hoe hun koets naar de binnenplaats van een leerlooier of een andere afschuwelijke plek werd geduwd, of achteruit een smal, bestraat laantje in werd gereden, waar hij vast kwam te zitten en de lak eraf werd geschraapt. Toen de koetsiers triomfantelijk de weg hadden vrijgemaakt voor meneer Norrell, vergezelden ze hem en zijn koets tot aan Hanover-square, en de hele weg juichten ze, wierpen hun hoeden in de lucht en verzonnen liedjes over hem.

Iedereen was kennelijk erg verguld met wat meneer Norrell had gedaan. Een groot deel van de Franse marine had zich laten misleiden, waardoor hun schepen elf dagen lang in hun havens waren blijven liggen. In de tussentijd waren de Britten in de gelegenheid geweest om zo veel als ze wilden rond te varen over de Golf van Biskaje, het Britse kanaal en de Duitse zee, en er was veel bereikt. Spionnen waren gestationeerd in verschillende gebieden van het Franse keizerrijk en andere spionnen keerden terug naar Engeland met nieuws over de bezigheden van Bonaparte. Britse handelsschepen waren erin geslaagd ongehinderd hun ladingen koffie, katoen en specerijen af te leveren in de Nederlandse en Baltische havens.

Napoleon Bonaparte, zo werd beweerd, speurde heel Frankrijk af op zoek naar een eigen tovenaar, maar zonder succes. In Londen waren de ministers verbijsterd te ontdekken dat ze eindelijk iets hadden gedaan dat de goedkeuring van de natie kon wegdragen.

Meneer Norrell werd uitgenodigd door de admiraliteit, waar hij in de bestuurszaal madeirawijn dronk. Hij zat in een stoel vlak bij de open haard en voerde een lang, prettig gesprek met lord Mulgrave, de voorzitter van de admiraliteit, en meneer Horrocks, de secretaris-generaal. Boven de open haard hingen gravures van zee-instrumenten en bloemenkransen, die meneer Norrell erg mooi vond. Hij beschreef het prachtige houtsnijwerk in de bibliotheek van Hurtfew Abbey. 'En toch,' zei meneer Norrell, 'benijd ik u, mijn heer. Nou en of. Zo'n prachtige weergave van de instrumenten die bij uw beroep horen! Ik zou willen dat ik hetzelfde had gedaan. Wat ziet dat er voortreffelijk uit. Ik geloof dat niets een man zo kan inspireren om vol overgave aan zijn werkdag te beginnen als de aanblik van zijn keurig uitgestalde instrumenten, of in dit geval een afbeelding ervan in eersteklas Engels eikenhout. Maar ja, een tovenaar heeft eigenlijk maar weinig hulpmiddelen nodig. Ik zal u een geheimpje verklappen, mijn heer: hoe meer hulpmiddelen een tovenaar bij zich draagt – gekleurd poeder, opgezette katten, toverhoeden, enzovoorts – hoe groter de kans dat u uiteindelijk zult ontdekken dat hij een charlatan is!'

En wat, vroeg meneer Horrocks beleefd, waren die paar hulpmiddelen die een tovenaar wél nodig had?

'Tja, niets eigenlijk,' zei meneer Norrell. 'Hooguit een zilveren schaal om visioenen in te kunnen zien.'

'O!' riep meneer Horrocks. 'Ik geloof dat ik er bijna alles voor over zou hebben om dat soort magie te zien, u niet, mijn heer? O, meneer Norrell, mag ik zo brutaal zijn u te vragen ons een visioen te laten zien in een zilveren schaal?'

Normaal gesproken was meneer Norrell er absoluut de man niet naar om aan zulke loze nieuwsgierigheid tegemoet te komen, maar hij was zo vereerd door de manier waarop hij was ontvangen door de admiraliteit – de twee heren hadden hem namelijk overladen met complimenten – dat hij bijna meteen akkoord ging. Er werd dan ook een bediende op uitgestuurd om een zilveren schaal te zoeken. 'Een zilveren schaal met een diameter van ongeveer dertig centimeter, gevuld met schoon water,' zei meneer Norrell.

De admiraliteit had onlangs drie schepen het bevel gegeven ten zuiden van Gibraltar bij elkaar te komen, en lord Mulgrave was erg benieuwd of dat inderdaad was gebeurd. Zou meneer Norrell dat kunnen zien? Meneer Norrell wist het niet, maar hij beloofde zijn best te doen. Toen de kom werd gebracht en meneer Norrell zich eroverheen boog, hadden lord Mulgrave en meneer Horrocks het gevoel dat niets de oude glorie van de Engelse magie zo sterk had kunnen doen herleven als dit. Ze waanden zich bijna in het tijdperk van Stokesey, Godbless en de Ravenkoning.

Er verscheen een beeld op het wateroppervlak in de zilveren schaal, een beeld van drie schepen die over de golven van een blauwe zee voeren. Het krachtige, heldere licht van de Middellandse Zee verlichtte de duistere, winterse kamer en de gezichten van de drie heren die in de kom zaten te turen.

'Het beweegt!' riep lord Mulgrave vol verbazing.

En dat deed het inderdaad. De mooiste witte wolken die je je maar kon voorstellen dreven door de blauwe lucht, de schepen voeren over de golven en je kon piepkleine mensen over het dek zien lopen. Lord Mulgrave en meneer Horrocks konden moeiteloos de HMS *Catherine of Winchester*, de HMS *Laurel* en de HMS *Centaur* herkennen.

'O, meneer Norrell!' riep meneer Horrocks. 'De Centaur is het schip van mijn neef. Kunt u mij kapitein Barry laten zien?'

Meneer Norrell bewoog rusteloos heen en weer, ademde sissend diep in en staarde geconcentreerd naar de zilveren schaal. Langzaam maar zeker verscheen het beeld van een man met een blozend gezicht en blond haar, als een uit de kluiten gewassen engeltje, die over het halfdek liep. Dat was zijn neef, kapitein Barry, verzekerde meneer Horrocks hem.

'Hij ziet er goed uit, vindt u niet?' riep meneer Horrocks enthousiast. 'Ik ben blij te zien dat hij in zulke blakende gezondheid verkeert.'

'Kunt u ook zien waar ze zijn?' vroeg lord Mulgrave meneer Norrell.

'Helaas,' zei meneer Norrell, 'deze kunst, het creëren van beelden, is de meest onnauwkeurige ter wereld.[1] Ik ben al blij dat ik u de schepen van Zijne Majesteit kan laten zien. En nog blijer ben ik dat dit de schepen zijn waar het u om ging, maar verder kan ik u helaas niets vertellen.'

De admiraliteit was zo opgetogen over wat meneer Norrell had bereikt, dat lord Mulgrave en meneer Horrocks snel om zich heen keken in een poging nog een taak voor deze tovenaar te bedenken. De Koninklijke Marine had zojuist een Frans linieschip in beslag genomen met een schitterend boegbeeld in de vorm van een zeemeermin met helderblauwe ogen, koraalrode lippen, een grote bos weelderige gouden krullen verfraaid met houten afbeeldingen van zeesterren en krabben, en een verzilverde staart, die de indruk wekte dat hij vanbinnen wellicht van peperkoek was gemaakt. Het was bekend dat het schip voordat het in beslag was genomen in Toulon, Cherbourg, Antwerpen, Rotterdam en Genua was geweest en dat de zeemeermin veel had gezien van de verdedigingsstrategieën van de vijand, en van keizer Napoleon Bonaparte's grootse scheepsbouwplannen, die op dat moment werden uitgevoerd. Meneer Horrocks vroeg meneer Norrell haar te betoveren, zodat ze kon vertellen wat ze wist. Dat deed meneer

---

[1] Vier jaar later, tijdens de oorlog op het Iberisch schiereiland, uitte Jonathan Strange, de leerling van meneer Norrell, dezelfde kritiek op deze vorm van magie.

Norrell. Maar hoewel hij erin slaagde de zeemeermin te laten spreken, duurde het even voordat ze antwoord wilde geven op hun vragen. Zij beschouwde zichzelf als een onvermurwbare vijand van de Britten, en ze was erg blij dat ze kon praten. Nu kon ze tenminste uitdrukking geven aan haar haatgevoelens jegens haar vijanden. Doordat ze veel tijd had doorgebracht tussen de zeelieden, kende ze een groot aantal scheldwoorden, die ze met groot genoegen uitstortte over iedereen die bij haar in de buurt kwam, met een stem die klonk als het kraken van de masten en de planken bij harde wind. Ze beperkte zich overigens niet tot het verbaal beledigen van Engelsen. Er waren drie zeemannen die op het schip aan het werk waren maar zodra ze binnen het bereik kwamen van de zeemeermin, pakte ze hen met haar houten armen op en smeet hen in het water.

Meneer Horrocks, die naar Portsmouth was gegaan om met haar te praten, werd haar beu en dreigde haar in stukjes te laten hakken en daarmee een groot vreugdevuur te stoken. Hoewel ze Frans was, was ze echter erg moedig, en ze zei dat ze de man wel eens wilde ontmoeten die het zou aandurven haar op te stoken. Ze sloeg met haar staart en zwaaide vals met haar armen, en alle houten zeesterren en krabben in haar haar namen een dreigende houding aan.

De situatie werd opgelost toen de knappe jonge kapitein die haar schip in beslag had genomen naar haar toegestuurd werd om met haar te praten. Hij wist haar in duidelijk en begrijpelijk Frans uit te leggen dat de Engelsen de goeden waren en de Fransen de slechteriken, en of ze nu werd overtuigd door zijn overredende woorden of zijn knappe gezicht weet ik niet, maar ze vertelde meneer Horrocks alles wat hij wilde weten.

Meneer Norrell's ster rees steeds hoger aan het firmament van de publieke opinie, en Holland, een ondernemende drukker die in de tuin van St Paul's Church een drukkerij had, gaf opdracht voor een gravure van hem en bood deze in zijn winkel te koop aan. De gravure toonde meneer Norrell, vergezeld van een jongedame die schaars was gekleed in een los gewaad. Een grote hoeveelheid stijf, donker materiaal hing om het lichaam van de jongedame zonder het echt te raken, en haar verschijning werd nog verfraaid door een halve maan in haar waterval van krullen. Ze had meneer Norrell – die volkomen verbouwereerd keek – bij de arm genomen en trok hem energiek de trap op, terwijl ze nadrukkelijk wees naar een oudere vrouw die boven aan de trap zat. De oudere vrouw was evenals de jonge vrouw gehuld in een gewaad en windselen, alleen had zij een prachtige, bijpassende Romeinse helm op haar hoofd. Ze zat zo te zien ongecontroleerd te huilen, terwijl een oudere leeuw, haar enige metgezel, met een sombere uitdrukking aan haar voeten lag. Deze gravure, genaamd *De geest van de Engelse magie spoort meneer Norrell aan Groot-Brittannië de helpende hand te bieden*, werd een doorslaand succes, en meneer Holland verkocht er in een maand tijd bijna zevenhonderd exemplaren van.

Meneer Norrell ging niet meer zo veel de deur uit als voorheen. In plaats daarvan bleef hij thuis om allerlei belangrijke mensen te ontvangen. Het was niet ongebruikelijk dat er op één ochtend vijf of zes koninklijk uitziende rijtuigen voor zijn huis op Hanover-square stopten. Hij was nog steeds hetzelfde stille, nerveuze mannetje dat hij altijd was geweest, en als meneer Drawlight en meneer Lascelles er niet waren geweest, zouden de inzittenden van de rijtuigen hun bezoeken ongetwijfeld erg saai hebben gevonden. Bij dergelijke gelegenheden hielden meneer Drawlight en meneer Lascelles de gesprekken op gang. Het gevolg was dat meneer Norrell met de dag afhankelijker werd van die twee heren. Childermass had ooit gezegd dat alleen een zeer vreemde tovenaar Drawlight in dienst zou nemen, maar desondanks liet meneer Norrell hem telkens weer voor zich werken. Drawlight reed af en aan in het rijtuig van meneer Norrell om zaken voor hem af te handelen. Hij kwam elke dag vroeger naar Hanover-square om meneer Norrell te vertellen welke geruchten er in de stad de ronde deden, wie de rijzende sterren waren en wie de dalende, wie schulden had, wie verliefd was, totdat meneer Norrell, die alleen in zijn bibliotheek zat, minstens zo goed op de hoogte was als de gemiddelde oude roddeltante.

Meneer Lascelles' toewijding aan de Engelse magie was wellicht verrassender. De verklaring was echter vrij eenvoudig. Meneer Lascelles was iemand die een hekel had aan alles wat leek op een vaste betrekking. Hoewel hij zich terdege bewust was van zijn superieure verstand, had hij nooit de moeite genomen zich ergens in te bekwamen of enige kennis te vergaren, en op zijn negenendertigste was hij geschikt voor geen enkele betrekking. Overal om zich heen had hij mannen gezien die hun hele jeugd plichtsgetrouw hadden gewerkt en inmiddels waren opgeklommen tot posities met macht en aanzien, en het leed geen twijfel dat hij hen benijdde. Daarom sprak het meneer Lascelles erg aan om de belangrijkste raadgever te worden van de grootste tovenaar van de eeuw en de eerbiedige vragen van 's konings ministers te beantwoorden. Natuurlijk deed hij zijn uiterste best de indruk te wekken dat hij nog dezelfde onbezorgde en onverschillige man was als vroeger, maar in werkelijkheid was hij extreem bezitterig waar het zijn nieuwe, belangrijke positie aan ging. In Bedford hadden hij en Drawlight op een nacht onder het genot van een fles port een pact gesloten. Ze waren het erover eens dat een stille man als meneer Norrell meer dan genoeg had aan twee vrienden, en dus hadden ze afgesproken elkaars belangen te beschermen, om zo te voorkomen dat iemand anders invloed zou krijgen op de tovenaar.

Meneer Lascelles was de eerste die meneer Norrell aanmoedigde te gaan publiceren. De arme meneer Norrell voelde zich doorlopend gekwetst over de misvattingen die mensen over magie hadden, en klaagde regelmatig dat men niets wist over het onderwerp. 'Ze willen dat ik hun elfen laat zien,' klaagde hij, 'en eenhoorns en manticora's en dergelijke. Het nut van mijn toverkunsten gaat volledig aan hen voorbij. Alleen de meest onnozele vormen van magie trekken hun aandacht.'

Meneer Lascelles zei: 'Staaltjes van magie zullen u naamsbekendheid geven, maar ze zullen er niet voor zorgen dat uw mening bekend wordt. Daartoe zult u moeten publiceren.'

'Ja, inderdaad,' zei meneer Norrell gretig, 'en ik ben ook zeker van plan een boek te schrijven, zoals u voorstelt, alleen ben ik bang dat het nog vele jaren zal duren voordat ik daar genoeg tijd voor zal hebben.'

'O, dat ben ik volkomen met u eens. Een boek zou een enorme onderneming zijn,' zei meneer Lascelles loom, 'maar ik had geen boek in gedachten. Ik dacht eigenlijk aan twee of drie artikelen. Ik durf te wedden dat er geen redacteur in Londen of Edinburgh is die niet blij zou zijn als hij werk van u zou mogen publiceren, wat u hem ook stuurt. Kiest u maar een tijdschrift, maar als ik u advies mag geven, meneer: ik zou *The Edinburgh Review* kiezen. Er is nauwelijks een vooraanstaand huishouden in het hele land dat daar geen abonnement op heeft. Dat is de snelste manier om uw opvattingen onder een breed publiek te verspreiden.'

Meneer Lascelles was zo overredend en riep zulke levendige visioenen op van meneer Norrell's artikelen die op de leestafels van bibliotheken lagen, en van meneer Norrell's ideeën die in elke woonkamer werden besproken, dat meneer Norrell onmiddellijk voor dat tijdschrift zou zijn gaan schrijven, ware het niet dat hij een grote hekel had aan *The Edinburgh Review*. Helaas stond dat tijdschrift voornamelijk bekend om zijn radicale opinie, zijn kritiek op de regering en zijn aversie tegen de oorlog met Frankrijk, en dat alles keurde meneer Norrell vanuit het diepst van zijn ziel af.

'En trouwens,' zei meneer Norrell, 'ik heb echt geen behoefte om recensies te schrijven over andermans boeken. Moderne uitgaven over magie zijn de meest verderfelijke die er zijn, want ze staan vol misleidende informatie en verkeerde meningen.'

'Dan zou u dat moeten zeggen, meneer. Hoe onbeleefder u bent, des te meer genoegen het de redacteuren zal doen.'

'Maar ik wil dat mijn eigen mening wijder verbreid raakt, niet die van anderen.'

'O, maar meneer,' zei Lascelles, 'juist door uw oordeel te geven over het werk van anderen en te wijzen op de fouten die erin staan, kunt u ervoor zorgen dat men uw mening beter leert begrijpen. Niets is zo gemakkelijk als een recensie in je eigen voordeel gebruiken. De titel van het besproken boek hoeft maar een of twee keer te worden genoemd, en daarna mag de schrijver naar believen zijn eigen thema uiteenzetten. Zo doet iedereen het, dat kan ik u verzekeren.'

'Hm,' zei meneer Norrell peinzend. 'Misschien heeft u wel gelijk. Maar nee. Dan zou het lijken alsof ik boeken aanried die om te beginnen niet gepubliceerd hadden mogen worden.'

Op dit punt bleek het onmogelijk meneer Norrell te overtuigen.

Lascelles was teleurgesteld. *The Edinburgh Review* stak qua genialiteit en scherpzinnigheid met kop en schouders boven de concurrentie uit. De artikelen die erin stonden, werden verslonden door iedereen in het land, van de onbeduidendste rector tot de premier zelf. Vergeleken hierbij waren alle andere publicaties maar saai.

Hij had half besloten het idee maar te laten varen en was het al bijna vergeten, toen hij een brief kreeg van een jonge boekhandelaar, genaamd Murray. Meneer Murray vroeg meneer Lascelles en meneer Drawlight beleefd of hij op een dag en een tijdstip waarop het hen uitkwam mocht langskomen. Hij had, zei hij, een voorstel voor hen, een voorstel dat meneer Norrell betrof.

Een paar dagen later ontmoetten Lascelles en Drawlight de boekhandelaar in het huis van Lascelles aan Bruton-street. Hij was energiek en zakelijk en legde hun onmiddellijk zijn voorstel voor.

'Zoals iedere bewoner van deze eilanden, heren, ben ik verbaasd en opgetogen over de recente, uitzonderlijke opleving van de Engelse magie. Ook ben ik getroffen door het enthousiasme waarmee het

Britse publiek deze lang doodgewaande kunstvorm heeft ontvangen. Ik ben ervan overtuigd dat een tijdschrift dat geheel is gewijd aan magie door velen gelezen zou worden. Literatuur, politiek, religie en reizen zijn allemaal leuk en aardig – dat zullen altijd populaire onderwerpen blijven voor een tijdschrift – maar magie, echte, praktische magie zoals die van meneer Norrell, heeft als voordeel dat het geheel nieuw is. Ik vraag me af, heren, of u mij kunt vertellen of meneer Norrell welwillend zou staan tegenover mijn voorstel? Ik heb gehoord dat meneer Norrell veel te zeggen heeft over dit onderwerp. Ik heb me ook laten vertellen dat zijn mening vaak erg verrassend is! We hebben natuurlijk op school wel iets geleerd over de geschiedenis en de theorie van magie, maar het is al zo lang geleden dat er op deze eilanden magie werd beoefend, dat ik durf te wedden dat er veel fouten en misverstanden in de leerstof zitten.'

'Ah,' zei meneer Drawlight, 'wat opmerkzaam van u, meneer Murray! Het zou meneer Norrell verheugen u dit te horen zeggen. Fouten en misverstanden, daar gaat het nu precies om. Beste man, zodra u het voorrecht ten deel valt een gesprek te voeren met meneer Norrell, zoals ik al zo vaak heb gedaan, zult u dat merken.'

'Het is al geruime tijd meneer Norrell's grootste hartenwens,' zei Lascelles, 'een groter publiek een juist inzicht te geven in de moderne magie, maar helaas, meneer, persoonlijke wensen moeten vaak lijden onder officiële verplichtingen. De admiraliteit en het ministerie van Oorlog nemen zo veel van zijn tijd in beslag.'

Meneer Murray antwoordde beleefd dat oorlogsbeslommeringen voor alles gaan en dat meneer Norrell een parel van de natie was. 'Maar ik hoop dat er een manier kan worden gevonden om de voornaamste last niet alleen op de schouders van meneer Norrell te laten rusten. We zouden een redacteur in dienst kunnen nemen om de uitgaven voor te bereiden, artikelen en recensies te verzamelen en aan te passen – en dat alles natuurlijk onder leiding van meneer Norrell.'

'Vanzelfsprekend!' zei Lascelles. 'Alles natuurlijk onder leiding van meneer Norrell. Daar staan we op.'

Het interview werd door beide partijen met de grootste hartelijkheid beëindigd. Lascelles en Drawlight beloofden onmiddellijk met meneer Norrell te gaan praten.

Drawlight keek meneer Murray na, toen die de kamer verliet. 'Een Schot,' zei hij zodra de deur dichtging.

'Zeker,' beaamde Lascelles. 'Maar dat vind ik niet erg. Schotten zijn vaak erg bekwaam op zakengebied. Ik denk dat het een zeer goed plan is.'

'Hij lijkt een erg fatsoenlijke man, bijna een heer zelfs. Behalve dan dat hij de vreemde gewoonte heeft zijn ene oog op je te richten, terwijl het andere alle kanten opgaat. Daar werd ik een beetje nerveus van.'

'Hij is blind aan zijn rechteroog.'

'Echt waar?'

'Ja, dat heeft Canning me verteld. Toen hij klein was, heeft een van zijn onderwijzers er een pennenmes ingestoken.'

'Mijn hemel! Maar stel je eens voor, mijn beste Lascelles! Een heel tijdschrift gewijd aan de mening van één persoon! Dat zou ik nooit voor mogelijk hebben gehouden! De tovenaar zal versteld staan als we het hem vertellen.'

Meneer Lascelles lachte. 'Hij zal het de normaalste zaak van de wereld vinden. Zijn ijdelheid slaat alles.'

Zoals Lascelles al voorspeld had, vond meneer Norrell het voorstel in het geheel niet bijzonder, maar deed hij meteen moeilijk. 'Het is een uitstekend plan,' zei hij, 'maar helaas volslagen onuitvoerbaar. Ik heb geen tijd om een tijdschrift te redigeren en ik vertrouw een dergelijk belangrijke taak niet graag aan een ander toe.'

'Zo dacht ik er ook over, meneer,' zei meneer Lascelles. 'Maar toen moest ik aan Portishead denken.'

'Portishead? Wie is Portishead?' vroeg meneer Norrell.

'Wel,' zei Lascelles. 'Hij wás een theoretisch tovenaar, maar—'

'Een theoretisch tovenaar?' onderbrak meneer Norrell hem geschrokken. 'U weet toch hoe ik daarover denk!'

'Ah, maar u heeft de rest nog niet gehoord,' zei Lascelles. 'Zijn bewondering voor u is zo groot, dat hij onmiddellijk zijn studie opgaf toen hij hoorde dat u theoretische tovenaars afkeurt.'

'Heeft hij dat echt gedaan?' zei meneer Norrell, enigszins gesust door die informatie.

'Hij heeft een of twee boeken uitgebracht. Ik ben vergeten wat de titel precies was. *A History of Sixteenth-Century Magic for Children*, of zo iets.[2] Ik denk echt dat u het tijdschrift gerust aan lord Portishead

[2] In dit gesprek heeft meneer Lascelles het voor elkaar gekregen om alle boeken van Portishead te combineren. Toen lord Portishead begin 1808 zijn studie van magie afbrak, had hij drie boeken geschreven: *The Life of Jack Belasis*, uitg. Longman, Londen 1801; *The Life of Nicholas Goubert*, uitg. Longman,

kunt toevertrouwen, meneer. U hoeft niet bang te zijn dat hij iets publiceert waar u het niet mee eens bent. Hij staat bekend als een van de meest integere lieden in het koninkrijk. Uw tevredenheid zal bij hem vooropstaan, daarvan ben ik overtuigd.'[3]

Met enige aarzeling stemde meneer Norrell in met een ontmoeting tussen hem en lord Portishead, en meneer Drawlight schreef een brief waarin hij in het huis aan Hanover-square werd ontboden.

Lord Portishead was een jaar of achtendertig. Hij was lang en mager en had lange, smalle handen en voeten. Gewoonlijk droeg hij een bijna witte jas met een lichte broek. Hij was een zachtaardige man, en alles gaf hem een ongemakkelijk gevoel: zijn uitzonderlijke lengte, zijn status als voormalig theoretisch tovenaar – hij was een intelligent mens, en wist dat meneer Norrell dat afkeurde – en een ontmoeting met beschaafde mannen van de wereld zoals Drawlight en Lascelles. Maar het meest ongemakkelijk voelde hij zich bij de ontmoeting met meneer Norrell zelf, zijn grote held. Op een gegeven moment raakte hij zo geagiteerd, dat hij van voor naar achteren begon te schommelen. Door zijn lengte en zijn lichte kleren leek hij daarbij erg op een zilverberk tijdens een storm.

Ondanks zijn nervositeit liet hij merken dat hij zeer vereerd was bij meneer Norrell ontboden te zijn. Portishead's uitgesproken eerbied deed meneer Norrell zelfs zo'n genoegen dat hij lord Portishead hoffelijk zijn toestemming gaf zijn studie van magie weer op te pakken.

Londen 1805; en *A Child's History of the Raven King*, uitg. Longman 1807, met gravures van Thomas Bewick. De eerste twee waren wetenschappelijke verhandelingen over twee zestiende-eeuwse tovenaars. Meneer Norrell had er geen hoge dunk van, maar *A Child's History* verafschuwde hij ronduit. Jonathan Strange daarentegen vond dat een prachtig boekje.

3 'Het lijkt wellicht vreemd dat een rijk man als lord Portishead – die grote delen van Engeland bezat – zichzelf zo zou wegcijferen, maar dat was wel het geval. Daarnaast was hij een toegewijd echtgenoot en vader van tien kinderen. Meneer Strange heeft mij verteld dat het heerlijk was om lord Portishead te zien spelen met zijn kinderen. Eigenlijk leek hij zelf ook nog een kind. Hoe geleerd hij ook was, hij zou het kwaad nooit hebben herkend, net zo min als hij opeens Chinees zou hebben kunnen verstaan. Hij was de zachtaardigste heer uit de geschiedenis van de Britse aristocratie.'

John Segundus, *The Life of Jonathan Strange*. Uitg. John Murray, London 1820.

Natuurlijk was lord Portishead opgetogen, maar toen hij vernam dat meneer Norrell van hem verlangde dat hij gedurende lange periodes in een hoek van meneer Norrell's woonkamer zou gaan zitten om meneer Norrell's mening over moderne magie in zich op te nemen en vervolgens onder diens leiding het nieuwe tijdschrift van meneer Murray te redigeren, kon hij zijn geluk kennelijk niet op.

Het nieuwe tijdschrift werd *The Friends of English Magic* genoemd. Die titel was overgenomen uit meneer Segundus' tweede brief, die de vorige zomer in *The Times* was gepubliceerd. Opmerkelijk genoeg werd niet één van de artikelen die verschenen in *The Friends of English Magic* geschreven door meneer Norrell, die absoluut niet in staat bleek artikelen te schrijven – hij was namelijk nooit tevreden met wat hij had geschreven. Hij vroeg zich altijd af of hij niet te veel of juist te weinig had gezegd.[4]

---

[4] *The Friends of English Magic* werd voor het eerst gepubliceerd in februari 1808 en werd onmiddellijk een succes. Rond 1812 vertelden Norrell en Lascelles trots dat de oplage de dertienduizend was gepasseerd, alhoewel onzeker is of die cijfers betrouwbaar zijn.

Van 1808 tot 1810 was lord Portishead in naam redacteur, hoewel de grote bemoeienis van meneer Norrell en Lascelles buiten kijf is. Er was sprake van grote onenigheid tussen Norrell en Lascelles inzake het doel van het tijdschrift. Meneer Norrell wilde ten eerste met *The Friends of English Magic* het Britse publiek doordringen van het belang van de Engelse moderne magie. Ten tweede wilde hij onjuiste visies op de geschiedenis van de magie corrigeren. En ten derde wilde hij de tovenaars en klassen van tovenaars die hij haatte aan de kaak stellen. Hij wenste niet uit te leggen hoe de Engelse magie in zijn werk ging. Met andere woorden, hij was niet van zins om het tijdschrift ook maar enigszins informatief te maken. Lord Portishead, wiens bewondering grenzeloos was, zag het als zijn belangrijkste taak als redacteur om Norrell's talloze instructies op te volgen. Als gevolg daarvan waren de eerste uitgaven van *The Friends of English Magic* vooral saai en verwarrend, want ze stonden vol vreemde weglatingen, tegenstrijdigheden en omslachtigheden. Lascelles daarentegen was sterk doordrongen van het feit dat het tijdschrift uitstekend kon worden gebruikt om steun te winnen voor de opleving van de Engelse magie, en hij wilde de toon ervan dan ook graag wat verluchtigen. Hij ergerde zich in toenemende mate aan Portishead's voorzichtige benadering. Hij ging slinks te werk, en vanaf 1810 waren hij en lord Portishead gezamenlijk redacteur.

John Murray was de uitgever van *The Friends of English Magic*, totdat hij en Norrell in het begin van 1815 onenigheid kregen. Zonder Norrell's steun was

In de eerste uitgaven staat niet veel dat een serieuze magiestudent zal interesseren. Enig vermaak kan slechts worden ontleend aan verscheidene artikelen waarin Portishead, ten behoeve van meneer Norrell, in de aanval gaat tegen mannelijke tovenaars, vrouwelijke tovenaars, straattovenaars, vagebonderende tovenaars, wonderkindtovenaars, het Geleerde Genootschap van de Tovenaars van York, het Geleerde Genootschap van de Tovenaars van Manchester, geleerde genootschappen van tovenaars in het algemeen en alle andere tovenaars van welke soort dan ook.

Murray genoodzaakt het tijdschrift te verkopen aan een andere uitgever, Thomas Norton Longman. In 1816 maakten Murray en Strange plannen om een rivaliserend tijdschrift op te zetten, getiteld *The Famulus*, maar er verscheen slechts één editie van.

13

De tovenaar van Threadneedle-street
december 1807

De beroemdste straattovenaar van Londen was ongetwijfeld Vinculus. Zijn tovenaarshokje stond voor de kerk van St Christopher Le Stocks in Threadneedle-street, tegenover de Bank of England, en het is moeilijk te zeggen welke van de twee het beroemdst was, de bank of het hokje.

Toch was de aanleiding voor Vinculus' roem – of beruchtheid – een beetje mysterieus. Hij was net zo'n slechte tovenaar als iedere andere bedrieger met sluik haar en een smerig geel gordijn. Zijn toverspreuken werkten niet, zijn voorspellingen kwamen niet uit en zijn trances waren apert onecht.

Jarenlang had hij zich met overgave gewijd aan diepzinnige en gewichtige beraadslagingen met de geest van de Theems. Dan raakte hij in trance en stelde de geest vragen, waarna de geest via hem antwoordde met een diepe, waterige, winderige stem. Op een dag in de winter van 1805 had een vrouw hem een shilling betaald om aan de geest te vragen waar ze haar weggelopen echtgenoot kon vinden. De geest verschafte veel verrassende informatie, en een menigte verzamelde zich rond zijn hokje om te luisteren. Sommige omstanders geloofden in Vinculus' gaven en waren erg onder de indruk van de redevoering van de geest, maar andere bespotten de tovenaar en zijn cliënt. Een van de honende lieden, een zeer ingenieuze man, kreeg het zelfs voor elkaar Vinculus' schoenen in brand te doen vliegen terwijl die stond te praten. Vinculus kwam onmiddellijk uit zijn trance. Krijsend sprong hij in het rond, en hij probeerde tegelijkertijd zijn schoen uit te trekken en het vuur te doven. Hij maakte veel misbaar en de menigte genoot met volle teugen, toen er iets uit zijn mond schoot. Twee mannen raapten het op en onderzochten het. Het was een metalen apparaatje, niet groter dan een centimeter of vier. Het leek een beetje op een mondorgel, en toen een van de mannen het in zijn mond stopte, kon ook hij de stem van de geest van de Theems voortbrengen.

Ondanks dergelijke publiekelijke vernederingen had Vinculus een zekere autoriteit, een aangeboren waardigheid, waardoor de andere straattovenaars van Londen hem met respect behandelden. Meneer Norrell's vrienden en bewonderaars bleven hem aansporen om bij Vinculus langs te gaan, en het verbaasde hen dat hij daar kennelijk geen zin in had.

Op een dag aan het eind van december, toen onweerswolken bergachtige landschappen vormden in de lucht boven Londen, toen de wind de hemelen zó vreselijk teisterde dat de stad het ene moment in duister was gehuld en het volgende moment baadde in het zonlicht, en toen de regen tegen het raam kletterde, zat meneer Norrell heerlijk in zijn bibliotheek bij het vuur. Een tafeltje vol lekkere hapjes stond voor hem en hij had een boek van Thomas Lanchester, *The Language of Birds*, in zijn handen. Hij sloeg de bladzijden om op zoek naar een van zijn favoriete fragmenten, toen hij zich bijna doodschrok van iemand die plotseling zeer luid en minachtend riep: 'Tovenaar! U denkt zeker dat u iedereen verbaasd heeft doen staan met uw daden!'

Meneer Norrell keek op en zag tot zijn verbijstering dat er iemand bij hem in de kamer was, een dunne, haveloze, onverzorgde man met felle ogen die hij nooit eerder had gezien. Zijn gezicht was zo geel als drie dagen oude melk, zijn haar was zo grijs als de kolen-rook-en-as-hemel boven Londen en zijn kleren waren zo grauw als de Theems ter hoogte van het smerige Wapping. Niets aan hem was schoon te noemen, noch zijn gezicht, noch zijn haar, noch zijn kleren, maar verder voldeed hij volledig aan het gangbare beeld van een tovenaar – wat zeker niet voor meneer Norrell gold. Hij stond kaarsrecht en uit zijn felle grijze ogen sprak een aangeboren hoogmoed.

'O, ja!' ging de man verder, terwijl hij meneer Norrell woedend aankeek. 'U vindt zichzelf heel wat! Weet dan, tovenaar, dat uw komst lang geleden reeds is voorspeld. Ik heb al twintig jaar op u gewacht! Waar heeft u zich verborgen gehouden?'

Meneer Norrell zat gehuld in verbijsterd stilzwijgen met open mond naar zijn beschuldiger te staren. Het leek alsof de man zijn geheimste gedachten uit zijn borstkas had geplukt en tegen het licht had gehouden. Al sinds hij in de hoofdstad was aangekomen, was meneer Norrell zich gaan realiseren dat hij er in feite al heel lang klaar voor was geweest. Hij had jaren eerder al magie kunnen gebruiken ten behoeve van Engeland. Dan zouden de Fransen inmiddels misschien al zijn verslagen, en zou de magie in Engeland de hoge positie in de achting van de natie hebben ingenomen, die zij volgens meneer Norrell verdiende. Hij werd verteerd door de gedachte dat hij de Engelse magie had verraden met zijn getreuzel. Nu leek het alsof zijn geweten tastbaar was geworden om hem te berispen. Daardoor was hij enigszins in het nadeel ten opzichte van de mysterieuze vreemdeling. Stamelend vroeg hij wie de man eigenlijk was.

'Ik ben Vinculus, tovenaar van Threadneedle-street!'

'O!' riep meneer Norrell, opgelucht dat hij in elk geval geen bovennatuurlijke verschijning was. 'En u bent zeker gekomen om te bedelen? Nou, in dat geval kunt u weer vertrekken! Ik erken u niet als collega-tovenaar en ik zal u niets geven! Geen geld, geen beloften om u te helpen, geen aanbevelingen. Sterker nog, eigenlijk ben ik van zins—'

'Alweer fout, tovenaar! Ik wil niets voor mijzelf. Ik ben gekomen om u uw bestemming te verklaren, want daartoe ben ik geboren.'

'Bestemming? O, dus u wilt een voorspelling doen?' zei meneer Norrell vol minachting. Hij stond op en trok ruw aan het schelkoord, maar er kwam geen bediende. 'Aan mensen die doen alsof ze de toekomst kunnen voorspellen heb ik geen boodschap. Lucas! Dat is een van de gemeenste trucjes die schoften als jullie met onschuldige mensen uithalen, dat staat vast. Met magie kun je niet in de toekomst kijken, en de tovenaars die het tegendeel beweerden waren leugenaars. Lucas!'

Vinculus keek om zich heen. 'Ik heb gehoord dat u alle boeken heeft die ooit over magie zijn geschreven,' zei hij. 'Ook wordt er vaak verteld dat u zelfs de boeken die bij de brand in de bibliotheek van Alexandrië verloren zijn gegaan hebt weten te bemachtigen. Ik durf te wedden dat u ze bovendien allemaal uit uw hoofd kent!'

'Boeken en verhandelingen zijn de basis van zuivere wetenschap en gedegen kennis,' verklaarde meneer Norrell stijfjes. 'Voor magie moeten dezelfde beginselen gelden als voor iedere andere tak van wetenschap.'

Vinculus boog zich plotseling over meneer Norrell heen met in zijn ogen een brandende blik van intense concentratie. Zonder het te willen hield meneer Norrell op met praten en boog naar Vinculus toe om te horen wat die hem wilde toevertrouwen.

'Ik stak mijn hand uit,' fluisterde Vinculus, *'en de rivieren van Engeland keerden en stroomden de andere kant op...'*

'Wat zegt u?'

'Ik stak mijn hand uit,' zei Vinculus een beetje harder, *'en het bloed stolde in de aderen van mijn vijanden...'* Hij ging rechtop staan, spreidde zijn armen en sloot zijn ogen, alsof hij in de greep van religieuze extase verkeerde. Met een krachtige, heldere stem vol hartstocht ging hij verder:

'Ik strekte mijn hand uit, en als een vlucht spreeuwen vlogen de gedachten en herinneringen uit het hoofd van mijn vijanden.
Mijn vijanden verschrompelden als lege zakken.
Ik kwam tot hen vanuit mist en regen.
Ik bezocht hen in dromen rond middernacht.
Ik kwam tot hen als een vlucht raven die bij zonsopgang de noordelijke hemel vulde.
Toen ze zich veilig waanden, kwam ik tot hen met een schreeuw die de stilte verbrak van een winters woud...'

'Ja, ja!' onderbrak meneer Norrell hem. 'Denkt u nu echt dat dergelijke onzin nieuw voor mij is? Iedere gek op de hoek van de straat kraamt hetzelfde loze gewauwel uit, en iedere vagebond met een geel gordijn doet zijn best mysterieus te lijken door dat soort teksten voor te dragen. Het staat in ieder derderangs boek over magie dat de afgelopen tweehonderd jaar is gepubliceerd! "Ik kwam tot hen als een vlucht raven!" Wat betekent dat nu eigenlijk? Dat zou ik wel eens willen weten. Wie kwam tot wie als een vlucht raven? Lucas!'

Vinculus deed alsof hij hem niet had gehoord. Zijn krachtige stem overstemde met gemak de zwakke, schelle stem van meneer Norrell.

'De regen schiep voor mij een deur en ik liep erdoorheen.
De stenen maakten voor mij een troon en ik nam erop plaats.
Drie koninkrijken werden mij geschonken, en eeuwig zijn ze van mij.
Engeland werd mij geschonken, en eeuwig is zij van mij.
De naamloze slaaf droeg een zilveren kroon.
De naamloze slaaf was koning in een vreemd land...'

'Drie koninkrijken!' riep meneer Norrell uit. 'Aha! Nu begrijp ik wat deze nonsens moet voorstellen! Een profetie van de Ravenkoning! Wel, het spijt me, maar als u indruk op mij wilt maken met legendes over dat heerschap, dan moet ik u teleurstellen. O ja, u heeft het helemaal mis! Die tovenaar verafschuw ik het meest van allemaal!'[1]

'De wapenen die mijn vijanden tegen mij opnamen worden in de hel als heilige relikwieën aanbeden.
De plannen die mijn vijanden tegen mij smeedden, worden daar als heilige teksten bewaard.
Het bloed dat ik op de oude slagvelden vergoot, is door sacristeinen van de bezoedelde aarde geschraapt en in een schaal van zilver en ivoor gegoten.
Ik schonk Engeland de magie, een waardevolle erfenis, maar de Engelsen minachtten mijn geschenk.
Magie zal bij regen aan de hemel geschreven staan, maar zij zullen het niet kunnen lezen.
Magie zal op de flanken van de rotsige heuvels geschreven staan, maar zij zullen het niet kunnen bevatten.
In de winter zullen de kale bomen zijn als een zwart schrift, maar zij zullen het niet kunnen begrijpen...'

'Het is het onvervreemdbare geboorterecht van iedere Engelsman gebruik te kunnen maken van de diensten van competente en goed opgeleide tovenaars,' onderbrak meneer Norrell hem. 'Wat biedt u hen daarvoor in de plaats? Mystiek gewauwel over stenen, regen en bomen! Het lijkt op wat Godbless beweerde: dat we van de wilde dieren in het woud magie zouden moeten leren. Waarom niet van varkens in het kot? Of van zwerfhonden, bij voorbeeld? Dit is niet het soort magie dat beschaafde mensen vandaag de dag in Engeland bedreven willen zien worden!' Hij keek Vinculus woedend aan, en op dat moment viel hem iets op.

Vinculus had zich met weinig zorg gekleed. Zijn vuile halsdoek hing slordig om zijn nek en tussen die halsdoek en zijn hemd was een klein stukje ongewassen huid zichtbaar. Daar stond een vreemd gekromd

[1] Over de Ravenkoning werd traditioneel beweerd dat hij drie koninkrijken had: een in Engeland, een in het Elfenrijk en een in een vreemd land aan de rand van de hel.

felblauw teken. Het leek een beetje op een pennenstreek. Misschien was het gewoon een litteken – een aandenken aan een straatgevecht wellicht – maar het leek nog het meest op zo'n barbaarse tatoeage die je soms ziet bij de inboorlingen van eilanden in de Stille Zuidzee. Merkwaardig genoeg leek Vinculus, die zich zonder te verschieten in het huis van een ander liet beschimpen, in verlegenheid gebracht door dat teken, want toen hij zag dat meneer Norrell ernaar keek, legde hij zijn hand op zijn hals en verschoof schielijk de halsdoek om het te verbergen.

'Twee tovenaars zullen er in Engeland verschijnen...'

Een halve kreet ontsnapte aan de lippen van meneer Norrell, een kreet die begon als een schreeuw, maar eindigde als een zachte, verdrietige zucht.

'De eerste zal mij vrezen, de tweede zal ernaar verlangen mij te aanschouwen.
De eerste zal zich laten leiden door dieven en moordenaars, de tweede zal zijn eigen ondergang beramen.
De eerste zal zijn hart begraven onder de sneeuw in een duister woud, maar het hunkeren ervan blijven voelen. De tweede zal zijn dierbaarste bezit verspelen aan zijn vijand...'

'O! Nu weet ik zeker dat u hier bent gekomen met als enige doel mij te krenken! Valse tovenaar, u bent jaloers op mijn succes! U kunt mijn magie niet vernietigen, dus bent u vastbesloten mijn naam te bezoedelen en mijn zielenrust te verstoren...'

'De eerste zal zijn leven alleen doorbrengen. Hij zal zijn eigen gevangenbewaarder zijn.
De tweede zal met de storm boven zijn hoofd eenzame wegen bewandelen, speurend naar een donkere toren op een hoge heuvel...'

Op dat moment vloog de deur open en renden er twee mannen naar binnen.

'Lucas! Davey!' gilde meneer Norrell hysterisch. 'Waar bleven jullie?'

Lucas wilde iets uitleggen over het schelkoord.

'Wat? Grijp hem! Snel!'

Davey, de koetsier van meneer Norrell, had dezelfde brede bouw als zijn collega's, en hij was sterk geworden van de dagelijkse krachtmetingen met een vierspan jonge volbloedpaarden in de kracht van hun leven. Hij greep Vinculus rond zijn middel en nek. Vinculus verzette zich hevig. Intussen ging hij gewoon door met zijn berispende woorden aan het adres van meneer Norrell.

'Ik zit op een zwarte troon in de schaduwen, maar zij zullen mij niet zien.
De regen zal voor mij een deur scheppen en ik zal erdoorheen lopen.
De stenen zullen voor mij een troon scheppen en ik zal erop plaatsnemen.

Davey en Vinculus stootten tegen een tafeltje en er viel een stapel boeken om.

'O! Voorzichtig!' riep meneer Norrell uit. 'In 's hemelsnaam, doe voorzichtig! Straks stoot hij de inktpot nog om! Dan zijn mijn boeken geruïneerd!'

Lucas schoot Davey te hulp en probeerde Vinculus' wild zwaaiende armen vast te grijpen, terwijl meneer Norrell door de bibliotheek heen en weer draafde, sneller dan hij de laatste jaren ooit had gelopen, om her en der boeken te verzamelen en in veiligheid te brengen.

'De naamloze slaaf zal een zilveren kroon dragen,' hijgde Vinculus met Davey's arm strak rond zijn hals, waardoor zijn redevoering beslist minder indrukwekkend klonk dan in het begin. Vinculus spande zich nog één keer in, rukte zijn torso los uit Davey's greep en schreeuwde: *'De naamloze slaaf zal koning zijn in een vreemd land...'* Toen sleurden Lucas en Davey hem de kamer uit.

Meneer Norrell ging weer in zijn stoel bij het vuur zitten. Hij pakte zijn boek op, maar merkte dat hij veel te opgewonden was om verder te lezen. Hij kon niet stilzitten. Bijtend op zijn nagels liep hij door de kamer, waarbij hij om de haverklap boeken oppakte die tijdens de worsteling waren verplaatst om ze te controleren op beschadigingen – die er niet waren – maar vaker nog liep hij naar het raam en keek bezorgd naar buiten, om te zien of het huis soms in de gaten werd gehouden. Om drie uur werd het schemerig in de kamer. Lucas kwam terug om de kaarsen aan te steken en het vuur op te stoken, en vlak na hem kwam Childermass binnen.

'O!' riep meneer Norrell. 'Eindelijk! Heeft u gehoord wat er is gebeurd? Ik ben aan alle kanten verraden! Andere tovenaars houden me in de gaten en beramen mijn ondergang! Mijn luie bedienden verzaken hun plichten. Het zou hen niets kunnen schelen als mij de keel werd doorgesneden! En u bent de ergste van allemaal, schurk! Ik verzeker u, die man verscheen zo plotseling hier in de kamer, het leek wel magie! En toen ik belde en riep, kwam er niemand! U moet uw andere werk terzijde schuiven. U heeft nu nog maar één taak: uitzoeken welke toverspreuken deze man heeft toegepast om binnen te komen! Waar heeft hij zijn toverkunsten geleerd? Wat weet hij?'

Childermass wierp zijn meester een spottende blik toe. 'Wel, als dat mijn enige taak is, dan ben ik al klaar. Er is geen magie gebruikt. Een van de keukenmeiden heeft het raam van de voorraadkamer open laten staan. Daar is de tovenaar doorheen geklommen, waarna hij door het huis heeft rondgeslopen totdat hij u had gevonden. Dat is alles. Niemand kwam u te hulp omdat hij het schelkoord had doorgesneden, en Lucas en de anderen hoorden uw geschreeuw niet. Ze hoorden helemaal niets, tot híj begon te raaskallen, en toen zijn ze zo snel mogelijk naar u toe gekomen. Zo is het toch, Lucas?'

Lucas, die met de pook in zijn handen voor de haard geknield zat, zei dat het inderdaad precies zo was gegaan. 'Dat probeerde ik u te vertellen, meneer. Maar u wilde niet luisteren.'

Meneer Norrell was echter zó buiten zinnen van angst voor Vinculus' vermeende magische krachten, dat die verklaring hem in eerste instantie nauwelijks geruststelde. 'O!' zei hij. 'Maar ik ben er desondanks van overtuigd dat hij niets dan kwaad in de zin heeft. Sterker nog, hij heeft mij al grote schade berokkend.'

'Ja,' zei Childermass, 'zeer grote schade! Want terwijl hij in de voorraadkamer was, heeft hij drie vleespasteitjes opgegeten.'

'En twee roomkaasjes,' voegde Lucas eraan toe.

Meneer Norrell was gedwongen bij zichzelf toe te geven dat dergelijke handelingen niet bepaald duidden op een groot tovenaar, maar toch zou hij pas gerust zijn als hij zijn woede op iemand had gekoeld. Omdat Childermass en Lucas tóch in de buurt waren, begon hij maar met hen. Hij vergastte hen op een lange tirade over Vinculus, die hij de grootste schurk noemde die ooit had geleefd. Hij sloot zijn woordenstroom af met enkele niet mis te verstane hints over brutale en nalatige bedienden, en dat het slecht met hen kon aflopen.

Childermass en Lucas, die sinds ze bij meneer Norrell in dienst waren getreden bijna wekelijks iets van dien aard hadden moeten aanhoren, schrokken er nauwelijks meer van en wachtten gewoon rustig af totdat hun meester klaar was met stoom afblazen. Toen het zo ver was, zei Childermass: 'Nog afgezien van de pasteitjes en de kaasjes heeft hij een groot risico genomen om u te spreken te krijgen. Hij had er zelfs voor opgehangen kunnen worden. Wat wilde hij?'

'O! Hij wilde mij een profetie van de Ravenkoning overbrengen. Niet eens een origineel idee. Het was bovendien onbegrijpelijk, zoals zo vaak met dat soort gewauwel. Hij zei iets over een slagveld, iets over een troon en iets over een zilveren kroon, maar verder stond hij voornamelijk een andere tovenaar op te hemelen. Zichzelf, neem ik aan.'

Nu meneer Norrell gerustgesteld was door de wetenschap dat Vinculus geen verschrikkelijke rivaal van hem was, betreurde hij dat hij zich ertoe had laten verleiden met hem in discussie te gaan. Het zou veel beter zijn geweest, dacht hij, als hij zich had gehuld in hooghartig en magistraal stilzwijgen. Hij troostte zichzelf met de gedachte dat Vinculus veel minder imposant had geleken toen Lucas en Davey hem uit het vertrek sleurden. Langzaamaan stelden die gedachte en de overtuiging dat zijn eigen opleiding en bekwaamheden ver uitstegen boven die van de vagebond hem gerust. Maar helaas, die rust zou van korte duur zijn. Toen hij namelijk *The Language of Birds* weer oppakte, stuitte hij op de volgende passage:

> '*...In de magie bestaat er niets wat kan tippen aan de ongetemde gedachte van de vogel die zichzelf in de leegte stort. Geen enkel ander wezen op aarde heeft zo'n groot magisch potentieel. Zelfs de kleinste vogel kan in volle vlucht deze wereld verlaten en per ongeluk verzeild raken in de Andere Landen. Waar komt de wind vandaan die uw gelaat beroert, die de bladzijden van uw boek doet omslaan? Daar waar de onbezonnen magie van kleine, wilde wezens in aanraking komt met de magie van de mens, daar waar de taal van de wind, de regen en de bomen verstaan kan worden, daar vinden wij de Ravenkoning...*'[2]

De eerstvolgende keer dat meneer Norrell lord Portishead zag – twee dagen later – liep hij onmiddellijk naar dat heerschap toe en zei tegen hem: 'Ik hoop, mijn heer, dat u in het tijdschrift enkele scherpe opmerkingen wilt maken over Thomas Lanchester. Jarenlang heb ik *The Language of Birds* bewonderd, daar het een moedige poging doet een heldere en begrijpelijke beschrijving te geven van de magie van de

---

[27] Thomas Lanchester, *Treatise concerning the Language of Birds*, hoofdstuk 6.

Gulden Tovenaars, maar bij nadere beschouwing ben ik tot de conclusie gekomen dat zijn geschriften zijn besmet met de slechtste kenmerken van die stroming... Hij is mysticus, mijn heer! Hij is mysticus!'

14

Heart-break Farm

januari 1808

Ongeveer dertig jaar voordat meneer Norrell in Londen aankwam met het plan de wereld versteld te doen staan door de Engelse magie in ere te herstellen, kwam een heer genaamd Laurence Strange in het bezit van een erfenis. Die bestond uit een huis dat op instorten stond, wat onvruchtbare stukken land en een berg schulden en hypotheken. Dat was een grote tegenvaller, maar, zo dacht Laurence Strange, niets wat niet met een grote som geld kon worden opgelost. Daarom liet hij, zoals vele andere heren voor en na hem, zijn charmes los op elke erfgename die hij tegenkwam. Omdat hij een knappe, elegante man was en een gladde prater, had hij binnen de kortste keren een zekere juffrouw Erquistone aan de haak geslagen, een Schotse jongedame met een inkomen van negenhonderd pond per jaar.

Met het geld dat juffrouw Erquistone meebracht, repareerde Laurence Strange zijn huis, verbeterde zijn land en betaalde zijn schulden af. Al snel verdiende hij geld in plaats van het anderen verschuldigd te zijn. Hij breidde zijn landgoed uit en leende geld uit tegen vijftien procent rente. Met deze en andere bezigheden slaagde hij erin zijn dagen te vullen. Hij getroostte zich nog maar weinig moeite om aandacht te schenken aan zijn bruid. Hij maakte haar zelfs duidelijk dat haar gezelschap en conversatie hem tegenstonden, en het arme kind had het erg moeilijk. Laurence Strange' landgoed lag in Shropshire, in een afgelegen gebied nabij de grens met Wales. Mevrouw Strange kende daar niemand. Zij was gewend aan het stadsleven, aan de bals in Edinburgh, de winkels in Edinburgh en de interessante gesprekken met haar vrienden uit Edinburgh. Het uitzicht op de hoge mistroostige heuvels, immer gehuld in een sluier van Welse regen, stemde haar somber. Vijf jaar lang verdroeg ze haar eenzame bestaan, totdat ze stierf aan een verkoudheid die ze had opgelopen tijdens een eenzame wandeling in de regen door diezelfde heuvels.

Meneer en mevrouw Strange hadden een kind, dat vier jaar oud was toen zijn moeder stierf. Mevrouw Strange lag nog maar een paar dagen in haar graf, toen dat kind het onderwerp werd van een hevige ruzie tussen Laurence Strange en de familie van wijlen zijn vrouw. De Erquistones stelden dat op grond van de huwelijkse voorwaarden een gedeelte van het vermogen van mevrouw Strange opzijgezet moest worden voor haar zoon, die het zou ontvangen zodra hij meerderjarig werd. Niemand was verrast toen Laurence Strange beweerde dat elke cent die zijn vrouw had nagelaten van hem was, en dat hij ermee kon doen en laten wat hij wilde. Beide partijen schakelden een advocaat in en er werden twee aparte rechtszaken aangespannen, een in de Doctors Commons in Londen en een voor het Schotse gerechtshof. De twee rechtszaken, Strange versus Erquistone en Erquistone versus Strange, namen jaren in beslag en na verloop van tijd begon zelfs de aanblik van zijn zoon Laurence Strange tegen te staan. Voor hem was zijn zoon als een stuk veengrond of een hakhoutbosje vol zieke bomen: iets wat op papier wel geld waard was, maar in werkelijkheid nooit een behoorlijk jaarrendement opleverde. Als de Engelse wet het Laurence Strange mogelijk zou hebben gemaakt zijn zoon in te ruilen voor een betere, dan zou had hij dat hebben gedaan.[1]

Intussen waren de Erquistones gaan beseffen dat Laurence Strange in staat moest worden geacht zijn zoon, evenals zijn vrouw, het leven zuur te maken, dus schreef de broer van mevrouw Strange een dringende brief aan Laurence Strange, waarin hij voorstelde de jongen elk jaar een deel van de tijd bij hem thuis in Edinburgh te laten doorbrengen. Tot grote verbazing van meneer Erquistone had meneer Strange hier geen bezwaar tegen.[2]

[1] Uiteindelijk werden beide rechtszaken beslist in het voordeel van Laurence Strange' zoon.

[2] Integendeel zelfs, Laurence Strange was maar al te blij dat hij maandenlang geen geld hoefde uit te geven aan kleding en eten voor de jongen. Zo kan een voorliefde voor geld een intelligent iemand veranderen in een kleinzielige man, en het mikpunt van hoon.

Zo kwam het dat Jonathan Strange in zijn jeugd steeds de helft van het jaar doorbracht in het huis van meneer Erquistone aan Charlotte-square in Edinburgh, waar hij vermoedelijk een steeds lagere dunk van zijn vader kreeg. Daar kreeg hij ook voor het eerst onderwijs, samen met zijn nichten Margaret, Maria en Georgiana Erquistone.[3] Edinburgh is zonder twijfel een van de beschaafdste steden ter wereld, en de inwoners waren er niet minder intelligent en gesteld op vermaak dan die van Londen. Als hij bij meneer en mevrouw Erquistone was, deden zij altijd hun uiterste best om het hem naar zijn zin te maken, in de hoop daarmee het gebrek aan aandacht en warmte te kunnen compenseren dat hem thuis bij zijn vader ten deel viel. Het was daarom niet verwonderlijk dat hij in de loop van de tijd ietwat verwend, eigengereid en arrogant werd.

Laurence Strange werd ouder en rijker, maar niet beter.

Een paar dagen voor meneer Norrell's gesprek met Vinculus kwam er in het huis van Laurence Strange een nieuwe bediende werken. De andere bedienden waren meer dan bereid hem hulp en advies te bieden: ze vertelden hem dat Laurence Strange hooghartig en hatelijk was, dat iedereen een hekel aan hem had en dat hij en zijn zoon al jaren nauwelijks een woord met elkaar hadden gewisseld. Ze zeiden ook dat hij zo humeurig was als de duivel en dat de nieuwe bediende onder geen beding iets moest doen waar hij aanstoot aan kon nemen, anders zou het slecht met hem aflopen.

De nieuwe bediende bedankte hen voor hun advies en beloofde hun advies goed te onthouden. Wat de andere bedienden echter niet wisten, was dat de nieuwe bediende minstens zo opvliegend was als meneer Strange. Soms was hij bovendien sarcastisch, vaak was hij onbeschoft, en hij had een hoge pet op van zijn eigen bekwaamheden, waardoor hij immer neerkeek op die van anderen. De nieuwe bediende vertelde de andere bedienden niets over zijn tekortkomingen, simpelweg omdat hij zich er niet van bewust was. Hoewel hij regelmatig ruzie kreeg met zijn vrienden, begreep hij nooit waarom en ging hij er

---

[3] John Segundus, de biograaf van Strange, merkte bij verschillende gelegenheden dat Strange het gezelschap van intelligente dames prefereerde boven dat van mannen. John Segundus, *Life of Jonathan Strange*. Uitg. John Murray, Londen 1820.

altijd vanuit dat het hun schuld was. Maar voor het geval u denkt dat dit hoofdstuk alleen maar over onaangename personen gaat: het dient gezegd dat Laurence Strange' karakter volledig werd bepaald door hatelijkheid, terwijl de nieuwe bediende een natuurlijker mengeling was van lichte en schaduwkanten. Hij had een gezond verstand, en hij besteedde even veel energie aan het beschermen van anderen tegen echte krenkingen als aan het vergelden van denkbeeldige beledigingen die tegen hemzelf gericht waren.

Laurence Strange was oud en sliep amper. Hij voelde zich 's nachts zelfs vaak energieker dan overdag. Dan ging hij aan zijn bureau zitten om brieven te schrijven en zijn zaken af te handelen. Natuurlijk bleef er dan ook altijd een bediende op, en een paar dagen nadat hij in dienst was gekomen, was het de beurt aan de nieuwe bediende.

Alles ging goed, totdat meneer Strange kort na twee uur 's nachts de nieuwe bediende bij zich riep en om een glas sherry vroeg. Hoewel dat op zich geen vreemd verzoek was, bleek het geen gemakkelijke taak voor de nieuwe bediende. Toen hij op de gebruikelijke plaatsen had gezocht, was hij genoodzaakt eerst de dienstmeid wakker te maken om haar te vragen waar de slaapkamer van de butler was, en daarna de butler om hem te vragen waar de sherry stond. Toen moest de bediende ook nog even wachten terwijl de butler zijn verbazing uitdrukte over het feit dat meneer Strange om sherry had gevraagd, iets wat hij zelden dronk. Meneer Jonathan Strange, de zoon van meneer Strange – zo voegde de butler eraan toe om de nieuwe bediende meer inzicht te geven in het huishouden – was echter dol op sherry, en bewaarde gewoonlijk een of twee flessen in zijn kleedkamer.

De nieuwe bediende volgde de instructies van de butler op en haalde een glas sherry uit de kelder. Dat was een taak waar veel bij kwam kijken: kaarsen aansteken, door koude donkere gangen lopen, vieze oude spinnenwebben van zijn kleding vegen, een aantal maal zijn hoofd stoten tegen roestige oude werktuigen die aan de muffe oude plafonds hingen, en uiteindelijk het bloed en vuil van zijn gezicht vegen. Hij bracht het glas naar meneer Strange, die het meteen leegdronk en om een nieuw glas vroeg.

De nieuwe bediende vond dat hij die nacht genoeg tijd in de kelder had doorgebracht. Hij herinnerde zich wat de butler had gezegd en liep naar boven, naar de kleedkamer van meneer Jonathan Strange. Hij ging behoedzaam naar binnen, maar zag dat er op het oog niemand was, hoewel er nog wel kaarsen brandden. Dat was niet echt een verrassing voor de nieuwe bediende, want hij wist dat het verspillen van kaarsen typerend was voor rijke, ongetrouwde mannen, die wel meer van dat soort slechte gewoonten hadden. Hij trok laden en kasten open, pakte po's op en keek erin, tuurde onder tafels en stoelen en gluurde in bloemenvazen. (Mocht u verbaasd zijn over de plekken waar de nieuwe bediende zocht, dan kan ik u slechts zeggen dat hij meer ervaring had met rijke, ongetrouwde mannen dan u, en wist dat hun huishouding vaak werd gekenmerkt door een zekere excentriciteit.) Hij vond de fles, zoals hij al had verwacht, in een van de laarzen van de eigenaar, waar deze dienst deed als laarzenknecht.

Terwijl de nieuwe bediende de sherry in een glas schonk, keek hij toevallig in een spiegel die aan de muur hing. Toen ontdekte hij dat er toch iemand in de kamer was. Jonathan Strange zat in een stoel met hoge rug- en armleuningen met een zeer verbaasde uitdrukking op zijn gezicht te kijken naar wat de nieuwe bediende deed. De nieuwe bediende deed niet eens een poging het uit te leggen, want hij had toch geen uitleg kunnen bedenken waar een heer naar zou luisteren. Een bediende zou hem meteen hebben begrepen. De nieuwe bediende verliet de kamer.

Al sinds hij in het huis was gaan werken, had de nieuwe bediende de hoop gekoesterd dat hij uiteindelijk de leiding zou krijgen over de overige bedienden. Hij vond dat hij met zijn superieure intellect en ruime levenservaring de aangewezen man was om bij eventuele moeilijke zaken als luitenant op te treden voor de twee heren Strange. In zijn fantasie hadden zij tegen hem al dingen gezegd als: 'Zoals je weet, Jeremy, is dit een serieuze kwestie, en ik durf hem aan niemand anders toe te vertrouwen.' Het zou te ver gaan te zeggen dat hij die hoop onmiddellijk opgaf, maar hij kon niet ontkennen dat Jonathan Strange niet erg opgetogen had geleken over het feit dat iemand zijn vertrekken was binnengekomen en een glas had gevuld met sherry uit zijn voorraad.

Zo kwam het dat hij de werkkamer van Laurence Strange binnenging in de overtuiging dat zijn prille ambities waren verstoord, waardoor hij in een gevaarlijke stemming verkeerde. Meneer Strange dronk het tweede glas sherry in één keer leeg en merkte op dat hij er eigenlijk nog wel een lustte. Hierop slaakte de nieuwe bediende een verstikte kreet, trok aan zijn haren en riep: 'Verdorie, oude dwaas, waarom heeft u dat dan niet meteen gezegd? Dan had ik de hele fles mee kunnen nemen!'

Meneer Strange keek hem verbaasd aan en zei op milde toon dat het natuurlijk niet nodig was hem nog een glas te brengen, als dat hem zo vreselijk ontriefde.

De nieuwe bediende liep terug naar de keuken – zich onderwijl afvragend of hij niet een beetje té bot was geweest. Een paar minuten later rinkelde de bel weer. Meneer Strange zat aan zijn bureau met een brief in zijn hand door het raam naar buiten te kijken naar de pikdonkere, regenachtige nacht. 'Op de heuvel hiertegenover woont een man,' zei hij. 'Deze brief moet voor het ochtendgloren bij hem worden bezorgd, Jeremy.'

O, dacht de nieuwe bediende, dat begint goed! Een belangrijke kwestie die moet worden afgehandeld, met de nacht als dekmantel! Wat zou dat betekenen? Behalve dan dat hij nu al liever mij dan iemand anders om hulp vraagt. Hij was zeer gevleid en zei gretig dat hij meteen zou vertrekken. Hij nam de brief aan, waarop slechts het mysterieuze woord 'Wyvern' stond. Hij informeerde of het huis een naam had, zodat hij iemand de weg zou kunnen vragen als hij verdwaalde.

Meneer Strange wilde in eerste instantie zeggen dat het huis geen naam had, maar toen bedacht hij zich en begon te lachen. 'Je moet vragen naar Wyvern van de Heart-break Farm,' zei hij. Hij vertelde de nieuwe bediende dat hij de hoofdweg moest verlaten zodra hij bij het kapotte hekje tegenover de kroeg Blackstock's kwam. Achter dat hekje zou hij een pad vinden dat hem rechtstreeks naar Heart-break Farm zou leiden.

De nieuwe bediende zadelde een paard, pakte een stevige lantaarn en reed de hoofdweg op. Het was een troosteloze nacht. De hemel werd geteisterd door een huilende wind en striemende slagregen, die door de vezels van zijn kleding binnendrong. Algauw had hij het ijskoud.

Het pad dat tegenover Blackstock's begon en kronkelend de heuvel opliep, was bijna helemaal overwoekerd. Sterker nog, het verdiende het nauwelijks een pad te worden genoemd, want in het midden groeiden jonge boompjes, die door de harde wind werden gegrepen en als roedes de nieuwe bediende geselden toen hij er moeizaam voorbijliep. Hij had nog geen kilometer afgelegd of hij had al het gevoel dat hij met verscheidene sterke mannen had gevochten – en omdat hij een heethoofd was dat vaak in openbare gelegenheden ruzie kreeg, was dat gevoel hem niet vreemd. Hij vervloekte Wyvern en noemde hem een nalatige, lakse man, omdat hij niet eens netjes zijn haag kon onderhouden. Pas ongeveer een uur later kwam hij aan op een plek die misschien ooit een akker was geweest, maar inmiddels was veranderd in een wildernis vol doornstruiken. Hij had er spijt van dat hij geen bijl had meegenomen. Hij liet zijn paard vastgebonden aan een boom achter en probeerde zich er een weg doorheen te banen. De doornen waren groot en scherp, en het waren er veel. Een paar keer kwam hij op zo veel plaatsen zo volledig vast te zitten – met zijn arm boven zijn hoofd, bij voorbeeld, terwijl zijn been ergens achter hem was blijven haken – dat hij vreesde dat hij er nooit doorheen zou komen. Hij vond het vreemd dat iemand achter zo'n hoge doornhaag kon wonen, en zo langzamerhand zou het hem niet meer verbazen als meneer Wyvern al een jaar of honderd lag te slapen. Ach, dat zou ik op zich niet zo erg vinden, dacht hij, zolang er maar niet van mij wordt verwacht dat ik hem wakker kus.

Boven de heuvels gloorde al een triest grijs licht toen hij aankwam bij een vervallen landhuis, dat niet zozeer deed denken aan een gebroken hart als wel aan een gebroken nek. Een van de muren was weggezakt en helde naar buiten, en erbovenop stond een wankele schoorsteen. Er waren pannen van het dak gevallen, waardoor er grote gaten waren ontstaan. Het houtwerk stak er als een ribbenkast door naar buiten. Binnen stond het huis vol met vlierbomen en doornstruiken, die met hun krachtige, groeiende takken de ramen hadden gebroken en de deuren uit hun scharnieren hadden gedrukt.

De nieuwe bediende bleef een tijdje in de regen staan kijken naar dat mistroostige tafereel. Toen hij opkeek zag hij iemand de heuvel afkomen, een sprookjesachtig figuur met een grote, vreemde hoed op zijn hoofd en een staf in zijn hand. Toen de persoon dichterbij kwam bleek hij een vrijboer te zijn, een verstandig uitziende man die er vanuit de verte een beetje bizar had uitgezien omdat hij een stuk zwaar katoen om zijn hoofd had gewikkeld om zichzelf te beschermen tegen de regen.

Hij begroette de nieuwe bediende met de woorden: 'Man, wat heb jij uitgespookt? Je zit onder het bloed en je goede kleren zijn aan flarden!'

De nieuwe bediende bekeek zichzelf en zag dat de man gelijk had. Hij legde uit dat het pad overwoekerd was met doornstruiken.

De boer keek hem verbaasd aan. 'Maar er is ook een begaanbare weg,' riep hij. 'Die had je twee keer zo snel kunnen afleggen, en hij ligt nog geen halve kilometer ten westen van hier! Wie heeft je in 's hemelsnaam verteld dat je dat oude pad moest nemen?'

De nieuwe bediende gaf geen antwoord op die vraag, maar vroeg of de boer misschien wist waar hij meneer Wyvern van de Heart-break Farm kon vinden.

'Dat is de boerderij van Wyvern, maar hij is al vijf jaar dood. Heart-break Farm zei u toch? Wie heeft u verteld dat het zo heet? Iemand heeft u in de maling genomen. Oude paden, Heart-break Farm! Maar ach, het is op zich wel een toepasselijke naam, want Wyvern's hart is hier inderdaad gebroken. De arme man had de pech dat hij eigenaar was van een stuk land waar een heer uit het dal zijn zinnen op had gezet, en toen Wyvern het niet wilde verkopen, stuurde die heer een stel schurken, die midden in de nacht alle bonen, wortels en kool uitgroeven die Wyvern had geplant. Toen dat niet werkte, spande hij rechtszaken tegen hem aan. Die arme Wyvern wist helemaal niets over dat juridische gedoe, en had geen idee wat hij ertegen moest beginnen.'

De nieuwe bediende dacht daar even over na. 'En ik durf te wedden,' zei hij uiteindelijk, 'dat ik u wel kan vertellen hoe die heer heet.'

'Ach!' zei de boer, 'dat kan iedereen.' Hij bekeek de nieuwe bediende eens wat beter. 'Man,' zei hij, 'je ziet lijkbleek en je bibbert zo erg dat het een wonder is dat je nog niet uit elkaar bent gevallen!'

'Ik heb het koud,' zei de nieuwe bediende.

De boer – hij zei dat hij Bullbridge heette – stond erop dat de nieuwe bediende met hem mee naar huis zou gaan, om bij het haardvuur weer een beetje op te warmen, iets te eten en te drinken, en misschien even te slapen. De nieuwe bediende bedankte hem, maar zei dat hij het alleen maar koud had.

Bullbridge bracht de nieuwe bediende terug naar de hoofdweg – over een pad zonder doorns – en de nieuwe bediende ging terug naar het huis van meneer Strange.

Een grauwwitte zon kwam op in een grauwwitte lucht. Het leek wel een allegorische verbeelding van wanhoop, en tijdens de rit verbeeldde de nieuwe bediende zich dat de zon de arme Wyvern was en de lucht de hel, en dat Wyvern daar door meneer Strange was achtergelaten om tot het einde der tijden zijn marteling te verdragen.

Toen hij terugkwam, dromden de andere bedienden om hem heen. 'Ach, knul!' riep de butler bezorgd. 'Wat zie je eruit! Komt het door de sherry, Jeremy? Heb je je zijn woede op de hals gehaald met die sherry?'

De nieuwe bediende tuimelde van zijn paard op de grond, graaide naar de jas van de butler, smeekte hem om een vishengel en legde uit dat hij die nodig had om de arme Wyvern uit de hel op te vissen.

Hieruit en uit zijn andere onsamenhangende verhalen leidden de andere bedienden al snel af dat hij kou had gevat en koorts had. Ze stopten hem in bed en stuurden iemand op pad om een arts te halen. Laurence Strange vernam dat echter, en hij stuurde er een tweede boodschapper achteraan om de arts te vertellen dat hij niet hoefde te komen. Vervolgens zei Laurence Strange tegen de butler dat hij wel trek had in havergort, en dat hij wilde dat de nieuwe bediende het kwam brengen. Daarop ging de butler op zoek naar meneer Jonathan Strange om hem te smeken in te grijpen, maar Jonathan Strange bleek vroeg te zijn opgestaan om naar Shrewsbury te rijden, en hij werd op zijn vroegst de volgende dag terug verwacht. De bedienden waren dan ook genoodzaakt de nieuwe bediende uit bed te halen en aan te kleden, hem het bord havergort in zijn verzwakte handen te drukken en hem door de deur naar binnen te duwen. Meneer Strange kwam de hele dag met allerlei onbeduidende verzoekjes, die allemaal uitgevoerd moesten worden door de nieuwe bediende, daar stond meneer Strange op.

Tegen de avond gloeide de nieuwe bediende van de koorts en sloeg hij wartaal uit over oestervaten. Meneer Strange zei echter dat hij van plan was om nog een nacht op te blijven en dat de nieuwe bediende in de werkkamer op hem moest wachten.

Moedig smeekte de butler zijn baas hém op te laten blijven in plaats van de nieuwe bediende.

'Ach! Maar je weet niet half hoezeer ik op die man gesteld ben geraakt,' zei meneer Strange, terwijl de afkeer van zijn gezicht straalde, 'en hoe graag ik hem bij me wil houden. O, dus je vindt dat hij er ongezond uitziet? Volgens mij heeft hij alleen wat frisse lucht nodig.' Met die woorden zette hij het raam boven zijn schrijftafel open. Het werd onmiddellijk ijskoud in de kamer en een handvol sneeuwvlokken werd naar binnen geblazen.

De butler zuchtte, zette de nieuwe bediende – die dreigde om te vallen – wat steviger tegen de muur en stopte stiekem handenwarmers in zijn zakken.

Om middernacht kwam de dienstmeid binnen om meneer Strange een bord havergort te brengen. Terug in de keuken vertelde ze dat meneer Strange de handenwarmers had gevonden, uit de zak van de nieuwe bediende had gehaald en op tafel had gelegd. De bedienden gingen bedroefd naar bed, in de overtuiging dat de nieuwe bediende de volgende ochtend dood zou zijn.

De ochtend brak aan. De deur van meneer Strange' werkkamer zat dicht. Het werd zeven uur en niemand belde voor een bediende. Er kwam dus ook niemand. Het werd acht uur. Negen uur. Tien uur. De bedienden wrongen wanhopig hun handen.

Wat ze echter waren vergeten – evenals Laurence Strange, overigens – was dat de nieuwe bediende een sterke jongeman was, terwijl Laurence Strange al oud was, en dat Laurence Strange die nacht deels hetzelfde had moeten doorstaan als de nieuwe bediende. Om zeven minuten over tien gingen de butler en de koetsier voorzichtig naar binnen, waar ze de nieuwe bediende slapend en koortsvrij op de vloer aantroffen. Aan de andere kant van de kamer zat Laurence Strange achter zijn schrijftafel. Hij was doodgevroren.

Toen bekend werd wat zich in die twee nachten had afgespeeld, was iedereen razend nieuwsgierig naar de nieuwe bediende, zoals men ook nieuwsgierig zou zijn naar een drakendoder of een reuzendoder. Natuurlijk vond de nieuwe bediende het prettig dat iedereen hem als een bijzonder man beschouwde, en nadat hij het verhaal een paar keer had verteld, besloot hij dat hij eigenlijk iets anders had gezegd toen meneer Strange voor de derde keer om een glas sherry had gevraagd, namelijk: 'Ach, nu schept u er wellicht genoegen in misbruik te maken van eerlijke lieden en ze het graf in te jagen, sluwe oude zondaar die u bent, maar binnenkort breekt de dag aan dat u zich zult moeten verantwoorden voor elke zucht die u aan de boezem van een eerlijk mens heeft ontlokt, en voor elke traan die u een weduwe heeft doen vergieten!' Verder wist iedereen in de buurt algauw dat de nieuwe bediende, op het moment dat meneer Strange het raam had opengedaan met de eerzame bedoeling hem dood te laten vriezen, had geroepen: 'Eerst zal het koud zijn, Laurence Strange, maar dan heet! Eerst koud, dan heet!' Dat werd beschouwd als een profetische verwijzing naar de huidige situatie van meneer Strange.

15

‘Hoe gaat het met lady Pole?’

januari 1808

‘Hoe gaat het met lady Pole?’

Overal in de stad werd die vraag gesteld door inwoners van alle rangen en standen. In Covent-garden vroegen straatventers bij het krieken van de dag aan de bloemenmeisjes: ‘Hoe gaat het met lady Pole?’ In Ackermann’s in de Strand vroeg zelfs meneer Ackermann aan zijn klanten – leden van de adelstand en andere vooraanstaande lieden – of ze iets wisten over lady Pole. Tijdens saaie toespraken in het Lagerhuis stelden parlementsleden op fluistertoon die vraag aan hun buurman – terwijl ze vanuit hun ooghoek sir Walter Pole in de gaten hielden. In de kleedkamers van Mayfair vroegen dienstmeiden aan de dames die ze dienden: ‘Neemt u me niet kwalijk, mevrouw, maar was lady Pole gisteravond op het feest? En hoe ging het met haar?’

En zo deed de vraag de ronde. ‘Hoe gaat het met lady Pole?’

‘O,’ zo luidde het antwoord, ‘het gaat heel goed met haar, bijzonder goed.’

Dat benadrukt nog maar eens hoe karig een taal kan zijn, want het ging veel beter dan ‘goed’ met mevrouw. Vergeleken met mevrouw zagen alle anderen er bleek, moe, zelfs halfdood uit. Ze was nog even buitengewoon energiek als op de ochtend na haar herrijzenis. Als ze ging wandelen, staarden de mensen verbijsterd naar die dame die zo snel liep. Wat de lakei betrof die haar moest begeleiden: de arme man kon haar niet bijhouden, en hobbelde buiten adem en met een rood hoofd op vele meters afstand achter haar aan. De minister van Oorlog, die op een ochtend juist uit Drummond’s in Charing Cross kwam, botste pardoes tegen mevrouw op, die in hoog tempo over straat liep, en hij viel. Ze hielp hem overeind, zei dat ze hoopte dat ze hem geen pijn had gedaan en was alweer weg voor hij zelfs maar een antwoord had kunnen bedenken.

Zoals alle jongedames van negentien was lady Pole dol op dansen. Op bals deed ze met iedere dans mee zonder ooit buiten adem te raken, en ze was verbijsterd omdat iedereen al zo vroeg wegging. 'Zo'n halfslachtige gelegenheid kun je toch geen bal noemen? Het is belachelijk!' zei ze tegen sir Walter. 'We hebben nog geen drie uur gedanst!' Ook verbaasde ze zich over het zwakke gestel van de andere dansers. 'Arme stakkers! Ik heb medelijden met hen.'

Door het leger, de marine en de kerk werd er gedronken op haar gezondheid. Sir Walter Pole werd met regelmaat de grootste geluksvogel van het koninkrijk genoemd en sir Walter was het daar eigenlijk wel mee eens. Juffrouw Wintertowne – de arme, bleke, zieke juffrouw Wintertowne – had zijn medelijden gewekt, maar lady Pole, die blaakte van gezondheid en altijd opgewekt was, sloeg hij met bewondering gade. Dat ze per ongeluk de minister van Oorlog omver had gelopen, vond hij de beste grap die hij ooit had gehoord, en hij had het er met iedereen over. Hij vertrouwde lady Winsell, zijn beste vriendin, toe dat lady Pole voor hem de volmaakte vrouw was. Ze was zo intelligent, zo levendig – ze was alles wat hij zich had kunnen wensen. Hij was met name getroffen door het feit dat ze een eigen mening had.

'Vorige week zei ze tegen me dat het kabinet naar haar mening geen geld en strijdmachten naar de koning van Zweden moest sturen – zoals wij hebben besloten – maar haar steun moest verlenen aan de regering van Portugal en Spanje, zodat die landen als uitvalsbasis zouden kunnen dienen voor onze militaire acties tegen Bonaparte. Negentien jaar, en dan al zo diep nadenken over allerlei zaken en tot zo veel conclusies komen! Negentien jaar, en dan al zo openlijk tegen de gehele regering ingaan! Natuurlijk heb ik tegen haar gezegd dat ze parlementslid zou moeten worden!'

In lady Pole waren schoonheid, politiek, rijkdom en magie verenigd. Binnen de beau monde twijfelde men er niet aan dat zij was voorbestemd een van hun meest briljante leiders aller tijden te worden. Ze was nu zo'n drie maanden getrouwd en het werd tijd dat ze zich zou begeven op het pad dat het lot en de beau monde voor haar in gedachten hadden. Er werden uitnodigingen verstuurd voor een groots diner dat in de tweede week van januari zou plaatsvinden.

Het eerste diner in de carrière van een bruid is een mijlpaal die veel kleine zorgen met zich meebrengt. De vaardigheden waarom ze is geprezen in de drie jaar sinds ze het schoollokaal heeft verlaten, zijn niet meer genoeg. Ze moet nu tot meer in staat zijn dan zich voortreffelijk kleden, de juiste sieraden voor de gelegenheid uitkiezen, converseren in het Frans, pianospelen en zingen. Ze moet zich bovendien richten op de Franse keuken en Franse wijnen. Hoewel andere mensen haar advies kunnen geven over dergelijke belangrijke zaken, moet ze zich laten leiden door haar eigen smaak en voorkeuren. Ongetwijfeld heeft ze een hekel aan het soort diners dat haar moeder organiseert en wil ze het volkomen anders aanpakken. In Londen gaat de beau monde vier, vijf keer per week uit eten. Hoe kan een jonge bruid van negentien, die zelden een keuken vanbinnen heeft gezien, nu een diner samenstellen waarmee een afgestompt verhemelte in verrukking kan worden gebracht?

En dan zijn er nog de bedienden. De lakeien in het nieuwe huis van de bruid werken er nog niet zo lang. Stel dat er snel iets nodig is – kaarsen, andere vorken, een dikke doek om de soepterrine mee te dragen – zullen zij het dan kunnen vinden? In het huishouden van lady Pole, in Harley-street nummer negen, waren de problemen nog drie keer zo groot. De helft van de bedienden kwam uit Northamptonshire – van het landgoed van mevrouw in Great Hitherden – en de andere helft uit Londen, en zoals iedereen weet is er een wereld van verschil tussen plattelandsbedienden en bedienden uit Londen. Het is niet eens zozeer een kwestie van taken. Net zo goed als in Londen moeten bedienden in Northamptonshire koken, schoonmaken, opdienen en afruimen. Nee, het verschil zit vooral in de manier waarop die taken worden uitgevoerd. Stel dat een landheer uit Northamptonshire op bezoek gaat bij zijn buurman. Als het bezoek ten einde is, haalt de lakei de overjas van de landheer en helpt hem die aan te trekken. Het is heel gebruikelijk als de lakei op dat moment eerbiedig informeert naar de gezondheid van de echtgenote van de landheer. De landheer zal dat niet opvatten als een belediging. Hij zal op zijn beurt ook een vraag stellen. Wellicht heeft de landheer gehoord dat de grootmoeder van de lakei zich heeft verwond bij een valpartij tijdens het snijden van kool in de tuin, en wil hij weten of ze is hersteld. De landheer en de lakei leven in een kleine wereld en kennen elkaar waarschijnlijk al sinds hun jeugd. In Londen is zo iets ondenkbaar. Een Londense lakei mag nooit de gasten van zijn meester aanspreken. Hij moet de indruk wekken dat hij nog nooit heeft gehoord van grootmoeders en kool.

In Harley-street nummer negen voelden lady Pole's plattelandsbedienden zich nooit op hun gemak. Ze waren bang iets verkeerd te doen en wisten nooit zeker hoe het moest. Zelfs hun accent was niet goed genoeg en werd belachelijk gemaakt. Voor de lakeien uit Londen waren ze door hun accent niet altijd verstaanbaar – niet dat ze echt hun best deden om hen te verstaan – en de lakeien uit Northamptonshire gebruikten woorden als ganzenbes, mussengras, bettiekat en strijdtwijg, terwijl ze kruisbessen, asperges, poes en oorwurm hoorden te zeggen.

De Londense bedienden genoten ervan de plattelandsbedienden in de maling te nemen. Ze gaven Alfred, een van de jonge lakeien, borden met vies water en zeiden dat het Franse soep was, die hij de andere bedienden te eten moest geven. Ze gaven de bedienden vaak berichten mee die aan de slagersjongen, de bakker en de lantaarnopsteker doorgegeven moesten worden. De berichten waren doorspekt met Londense straattaal en de plattelandsbedienden konden er geen touw aan vastknopen, maar de slagersjongen, de bakker en de lantaarnopsteker, die hen uitstekend verstonden, vonden ze zowel ordinair als beledigend. De slagersjongen sloeg Alfred op zijn oog om wat hij zei, terwijl de Londense bedienden, die zich in de provisiekast hadden verstopt, al lachend stonden te luisteren.

Natuurlijk beklaagden de plattelandsbedienden zich regelmatig bij lady Pole – die ze al hun hele leven kenden – over de manier waarop ze werden behandeld, en lady Pole ontdekte tot haar schrik dat al haar oude vrienden ongelukkig waren in hun nieuwe huis. Ze had echter weinig ervaring en wist niet goed hoe ze het moest aanpakken. Ze twijfelde er geen seconde aan dat de bedienden de waarheid vertelden, maar ze was bang dat ze het voor hen alleen maar erger zou maken.

'Wat moet ik doen, sir Walter?' vroeg ze.

'Doen?' vroeg sir Walter verbaasd. 'Niets. Laat alles maar aan Stephen Black over. Als hij klaar is met hen, zullen ze allemaal zo mak zijn als een lammetje en keurig met elkaar samenwerken.'

Vóór zijn huwelijk had sir Walter slechts één bediende, Stephen Black, en sir Walter's vertrouwen in hem kende nagenoeg geen grenzen. In Harley-street nummer negen werd hij butler genoemd, maar hij had veel meer plichten en verantwoordelijkheden dan een gewone butler. Hij deed namens sir Walter zaken met bankiers en juristen. Hij las berichten die afkomstig waren van het landgoed van lady Pole en stelde sir Walter op de hoogte van wat erin stond. Hij nam bedienden en werklui in dienst zonder iemand te raadplegen, wees hen werk toe en betaalde hun rekeningen en salarissen.

Natuurlijk zijn er wel meer huishoudens waar een bediende vanwege zijn buitengewone intelligentie en talenten meer gezag heeft dan gewoonlijk. In Stephen's geval was het echter des te ongewoner omdat hij een neger was. Ik zeg ongewoon, want is het niet meestal zo dat een negroïde bediende binnen een huishouden juist het minste aanzien geniet, hoe hard hij of zij ook werkt, en hoe slim hij of zij ook is? Toch was Stephen Black er op de een of andere manier in geslaagd die universele waarheid te omzeilen. De natuur had hem inderdaad in enkele opzichten gezegend, want hij had een knap gezicht en een lang, welgevormd lichaam. Het was bovendien allerminst in zijn nadeel dat zijn meester een politicus was, die graag zijn liberale denkbeelden uitdroeg door het huishouden en zijn zaken toe te vertrouwen aan een zwarte bediende.

De andere bedienden waren een beetje verbaasd toen ze ontdekten dat ze verantwoording moesten afleggen aan een zwarte man. De meesten hadden zelfs nog nooit een zwarte man gezien. Er waren er een paar die in eerste instantie zeer verontwaardigd waren en tegen elkaar zeiden dat ze heel onbeschoft zouden antwoorden als hij het waagde hen een bevel te geven. Ondanks hun plannen deden ze echter niets van dien aard als Stephen erbij was. Door zijn ernstige gezicht, zijn gezagvolle uitstraling en zijn redelijke instructies vonden ze het opeens de normaalste zaak van de wereld om te doen wat hij hen opdroeg.

De slagersjongen, de bakker, de lantaarnopsteker en andere nieuwe kennissen van de bedienden aan Harley-street gaven er vanaf het begin blijk van erg in Stephen geïnteresseerd te zijn. Ze stelden de bedienden van het huis aan Harley-street vragen over Stephen's gewoonten. Wat at en dronk hij? Wie waren zijn vrienden? Waar ging hij graag naar toe in zijn vrije tijd? Toen de bedienden zeiden dat Stephen die dag bij het ontbijt drie gekookte eieren had gegeten, dat de Welse lijfknecht van de minister van Oorlog een goede vriend van hem was en dat hij de avond ervoor naar een bediendenbal in Wapping was geweest, waren de slagersjongen, de bakker en de lantaarnopsteker erg blij met die informatie. De bedienden vroegen waarom ze dat wilden weten. De slagersjongen, de bakker en de lantaarnopsteker waren verbijsterd. Wisten de bedienden dat dan echt niet? Nee, dat wisten de bedienden echt niet. De slagersjongen, de bakker en de lantaarnopsteker legden uit dat in Londen al jarenlang het gerucht de ronde deed dat Stephen Black eigenlijk geen butler was, maar een Afrikaanse prins die ooit koning zou worden van een groot koninkrijk. Iedereen wist dat hij terug zou gaan om te trouwen met een prinses die even zwart was als hijzelf, zodra hij genoeg had van het butlerschap.

Na deze onthulling wierpen de bedienden vanuit hun ooghoeken steelse blikken op Stephen, en ze waren het erover eens dat het een zeer aannemelijk verhaal was. Was hun eigen gehoorzaamheid aan Stephen niet het beste bewijs? Het was immers zeer onwaarschijnlijk dat onafhankelijke, trotse Engelse mannen en vrouwen als zij zich zouden onderwerpen aan het gezag van een zwarte man, maar ze hadden natuurlijk instinctief aangevoeld dat ze hem als gewone lieden hoorden te behandelen met het respect en ontzag die een koning toekwamen!

Stephen Black wist intussen niets van die vreemde speculaties. Zoals altijd kweet hij zich ijverig van zijn taken. Hij poetste het zilver, leidde de lakeien op tot obers in Franse stijl, berispte de koks, bestelde bloemen, tafellinnen en bestek, en deed de duizend andere dingen die nodig waren om het huis en de bedienden in gereedheid te brengen voor het belangrijke diner. Toen brak de avond in kwestie eindelijk aan, en Stephen's vindingrijkheid werd weerspiegeld in het schitterende tafereel waarin het huis was veranderd. In de salon, in de eetkamer en op de trap stonden vazen vol rozen. De eetkamertafel was gedekt met een zwaar kleed van wit damast, en overal schitterde zilver, glas en kaarslicht. Aan de muur hingen twee grote Venetiaanse spiegels en op Stephen's aanwijzingen waren ze tegenover elkaar gehangen, zodat er twee, drie, zelfs zes keer zo veel zilver, glazen en kaarsen leken te zijn. Toen de gasten uiteindelijk aan tafel gingen, werden ze omgeven door een oogverblindend goudkleurig licht, als een gezegend gezelschap in volle glorie.

Een van de voornaamste gasten was meneer Norrell. En wat was alles anders vergeleken met de tijd dat hij pas in Londen was! Indertijd had men gedaan alsof hij niet bestond en was hij niemand. Nu zat hij tussen de voornaamste lieden van het land, en ze bestookten hem met complimenten! Steeds spraken de andere gasten hem aan of stelden hem vragen, en dan waren ze opgetogen over zijn korte, weinig hoffelijke antwoorden: 'Ik weet niet wie u bedoelt,' of: 'Die meneer ken ik helaas niet,' of: 'Daar ben ik nooit geweest.'

Meneer Norrell's gesprekken – de meer onderhoudende – werden grotendeels voor hem gevoerd door meneer Drawlight en meneer Lascelles. Ze zaten aan weerszijden van hem en waren druk doende zijn mening over de moderne magie te verspreiden onder de tafelgasten. Magie was die avond een van de favoriete onderwerpen. Nu ze samen met de enige tovenaar van Engeland én de beroemdste begunstigde van zijn toverkunst aan tafel zaten, konden de gasten nergens anders aan denken en nergens anders over praten. Al snel concentreerde het gesprek zich op de talrijke geruchten over geslaagde toverspreuken die sinds de wederopstanding van lady Pole in het hele land waren ontstaan.

'In elk provinciaals dagblad verschijnen wel twee of drie berichten,' zei lord Castlereagh. 'In de *Bath Chronicle* las ik onlangs een artikel over Gibbons, een man die in Milsom-street woont, en die 's nachts wakker werd omdat hij dieven hoorde inbreken. Het schijnt dat die man een grote bibliotheek vol toverboeken heeft. Hij probeerde een toverspreuk die hij kende en veranderde de inbrekers in muizen.'

'Echt?' zei meneer Canning. 'En wat gebeurde er met de muizen?'

'Die vluchtten weg via gaten in de plinten.'

'Ha!' zei meneer Lascelles. 'Gelooft u mij, mijn heer, dat had niets te maken met magie. Gibbons hoorde geluiden, was bang dat er inbrekers waren, zei een toverspreuk op, deed de deur open en zag geen inbrekers maar muizen. Natuurlijk waren het al die tijd gewoon muizen geweest. Dergelijke verhalen blijken uiteindelijk onwaar te zijn. In Lincoln woont een ongetrouwde predikant, Malpas genaamd. Hij en zijn zus hebben het op zich genomen meldingen van vermeende magische verschijnselen te onderzoeken, en ze bleken stuk voor stuk vals te zijn.'

'De predikant en zijn zus zijn grote bewonderaars van meneer Norrell!' voegde meneer Drawlight er enthousiast aan toe. 'Ze zijn zo blij dat er een man is opgestaan die de nobele kunst van de magie in Engeland nieuw leven wil inblazen! Ze vinden het onverdraaglijk als andere mensen leugens vertellen en beweren dat ze zijn grootse daden kunnen imiteren! Ze vinden het vreselijk als andere mensen zich ten koste van meneer Norrell belangrijker voordoen dan ze zijn! Dat ervaren ze als een persoonlijke belediging! Meneer Norrell is zo vriendelijk geweest hun enkele onfeilbare middelen ter beschikking te stellen waarmee ze onomstotelijk kunnen bewijzen dat dergelijke meldingen vals zijn, en meneer en juffrouw Malpas reizen met hun rijtuig door het hele land om dergelijke bedriegers te ontmaskeren!'

'Ik vind dat u te mild oordeelt over Gibbons, meneer Lascelles,' zei meneer Norrell op zijn kenmerkende, betweterige toontje. 'Het is niet gezegd dat hij met zijn leugenachtige bewering niet een boosaardig doel voor ogen had. Op zijn minst heeft hij gelogen over zijn bibliotheek. Ik heb Childermass ernaar toe gestuurd, en hij vertelde me dat er geen boeken van vóór 1760 staan. Waardeloos! Volkomen waardeloos!'

'Toch moeten we blijven hopen,' zei lady Pole tegen meneer Norrell, 'dat de predikant en zijn zuster snel een tovenaar zullen vinden met echt talent, iemand die u zou kunnen helpen, meneer.'

'O! Maar die zijn er niet!' riep Drawlight. 'Er is er niet één! Ziet u, meneer Norrell heeft zich jarenlang afgezonderd om boeken te lezen ter voorbereiding op zijn uitzonderlijke daden. Helaas is een dergelijke mate van vaderlandsliefde zeer zeldzaam! Ik verzeker u dat nog zo iemand niet bestaat!'

'Toch mogen de predikant en zijn zuster hun zoektocht niet opgeven,' zei mevrouw dringend. 'Ik ben zelf het levende voorbeeld van de inspanning die noodzakelijk is voor het uitvoeren van één magische handeling. Stelt u zich eens voor hoe fijn het zou zijn als meneer Norrell een assistent had.'

'Fijn, maar niet waarschijnlijk,' zei meneer Lascelles. 'Meneer en juffrouw Malpas hebben niets gevonden wat wijst op het bestaan van zo iemand.'

'Maar u heeft zelf gezegd, meneer Lascelles, dat ze nog niet gezocht hebben!' zei lady Pole. 'Hun doel is het aan de kaak stellen van valse magie, niet het vinden van nieuwe tovenaars. Aangezien ze toch al in hun rijtuig rondreizen, zou het voor hen niet moeilijk zijn informatie in te winnen over mensen die magie bedrijven en een bibliotheek hebben. Ik weet zeker dat ze bereid zouden zijn zich die extra moeite te getroosten. Ze zullen met alle plezier doen wat ze kunnen om u te helpen, meneer.' (Dit was gericht tegen meneer Norrell.) 'En wij allen hopen dat ze snel zullen slagen in hun opzet, want volgens mij voelt u zich nogal eenzaam.'

In de loop van de avond werd het grootste deel van de ongeveer vijftig gerechten die op tafel waren gekomen opgegeten, en na een tijdje ruimden de lakeien de restjes af. De dames trokken zich terug en de heren bleven zitten voor een glaasje port en een sigaartje. De heren kwamen echter tot de ontdekking dat ze niet zo genoten van elkaars gezelschap als gewoonlijk. Over magie wisten ze niets meer te zeggen.

Ze schepten er geen genoegen in te roddelen over hun kennissen en zelfs politiek kwam hun nogal saai voor. Kortom, ze besloten dat ze liever nog even naar lady Pole wilden kijken, dus zeiden ze op stellige toon tegen sir Walter – in plaats van het hem te vragen – dat hij zijn vrouw vast miste. Hij zei van niet. Dat beschouwde men echter als onmogelijk. Iedereen wist immers dat pasgetrouwde heren het nooit fijn vonden van hun vrouw gescheiden te zijn. Zelfs de kortste afwezigheid kon de nieuwbakken echtgenoot treurig stemmen en zijn spijsvertering hinderen. De gasten van sir Walter bespraken onderling of hij er treurig uitzag, en ze besloten eensgezind dat dat inderdaad het geval was. Hij ontkende het. Ach, deed hij zijn best zich groot te houden? Heel goed. Maar het was duidelijk een wanhopig geval. Ze zouden hem genade schenken en zich bij de dames voegen.

In de hoek bij het buffet keek Stephen Black de heren na. Drie lakeien – Alfred, Geoffrey en Robert – waren nog in de eetkamer.

'Zullen we de thee serveren, meneer Black?' vroeg Alfred onschuldig.

Stephen Black hief een magere vinger ten teken dat ze moesten blijven staan waar ze stonden, en hij fronste licht zijn wenkbrauwen om hun te beduiden dat ze stil moesten zijn. Hij wachtte totdat hij zeker wist dat de heren buiten gehoorsafstand waren en riep toen uit: 'Wat was er verdorie met jullie aan de hand vanavond? Alfred! Ik weet dat je niet vaak in het gezelschap van dergelijke voorname lieden hebt verkeerd, maar dat is nog geen reden alles te vergeten wat je hebt geleerd! Ik stond versteld van je domheid!'

Alfred mompelde een verontschuldiging.

'Lord Castlereagh vroeg om patrijs met truffels. Dat hoorde ik hem heel duidelijk zeggen! Maar jij bracht hem aardbeiengelei! Waar was je mee bezig?'

Alfred antwoordde binnensmonds, en alleen het woord 'geschrokken' was verstaanbaar.

'Ben je geschrokken? Waarvan?'

'Ik dacht dat ik achter de stoel van mevrouw een vreemde figuur zag staan.'

'Alfred, waar heb je het over?'

'Een lange man met dik, glanzend zilveren haar en een groene jas. Hij leunde voorover om naar mevrouw te kijken. Maar het volgende moment was er niemand meer.'

'Alfred, kijk naar de andere kant van de kamer.'

'Ja, meneer Black.'

'Wat zie je?'

'Een gordijn, meneer Black.'

'En wat nog meer?'

'Een kroonluchter.'

'Een gordijn van groen fluweel en een kroonluchter met fel brandende kaarsen. Daar heb je je man met het zilveren haar en de groene jas, Alfred. Ga nu Cissie maar helpen met het opruimen van het porselein en doe in het vervolg niet meer zo dwaas.' Stephen Black wendde zich tot de volgende lakei. 'Geoffrey! Jij gedroeg je al even slecht als Alfred. Ik had durven zweren dat je met je gedachten ergens anders was. Wat heb je daarop te zeggen?'

De arme Geoffrey gaf niet meteen antwoord. Hij knipperde met zijn ogen en klemde zijn lippen op elkaar en dergelijke, dingen die mannen over het algemeen doen als ze niet in tranen willen uitbarsten. 'Het spijt me, meneer Black, maar het kwam door de muziek dat ik werd afgeleid.'

'Welke muziek?' vroeg Stephen. 'Er was geen muziek. Daar! Hoor je dat? Dat is het strijkkwartet, dat zojuist in de salon begint te spelen. Ze waren nog niet begonnen.'

'O nee, meneer Black! Ik bedoel de fluit en de viool die in de kamer hiernaast aan één stuk door speelden, terwijl de dames en heren aan tafel zaten. O, meneer Black! Het was de droevigste muziek die ik ooit heb gehoord. Ik dacht dat mijn hart zou breken!'

Stephen staarde hem verbijsterd aan. 'Ik begrijp niet wat je bedoelt,' zei hij. 'Er was geen fluit en geen viool.' Hij draaide zich om naar de laatste lakei, een stevig gebouwde, donkerharige man van een jaar of veertig. 'En Robert! Ik weet bijna niet wat ik tegen jou moet zeggen! Hebben wij gisteren niet een gesprek gehad?'

'Jawel, meneer Black.'

'Heb ik je niet verteld hoezeer ik erop rekende dat jij de anderen het goede voorbeeld zou geven?'

'Ja, meneer Black.'

'En toch liep je vanavond steeds weer naar het raam! Waar was je met je gedachten? Lady Winsell zat om zich heen te kijken, op zoek naar iemand die haar een schoon glas kon brengen. Jij had bij de tafel moeten staan om de gasten van mevrouw te bedienen, niet bij het raam.'

'Het spijt me, meneer Black, maar ik hoorde geklop tegen het raam.'

'Geklop? Hoezo geklop?'

'Takken die tegen de ruit sloegen, meneer Black.'

Stephen Black maakte een ongeduldig gebaar. 'Maar Robert, er staan helemaal geen bomen bij het huis! Dat weet je toch?'

'Ik dacht dat er om het huis een woud was ontsproten,' zei Robert.

'Wat?' kreet Stephen.

16

Lost-hope
januari 1808

De bedienden van het huis aan Harley-street geloofden nog steeds dat ze werden achtervolgd door spookachtige visioenen en treurige geluiden. John Longridge – de kok – en de keukenmeiden werden gekweld door een droevig klinkende klok. Door dat klokgelui, zo legde John Longridge aan Stephen Black uit, werd iedereen herinnerd aan hun bekenden die waren gestorven, al het goeds dat verloren was gegaan en alle slechte dingen die hen ooit waren overkomen. Hierdoor waren ze aangeslagen en ongelukkig geworden en hadden ze het gevoel gekregen dat hun leven niet meer de moeite waard was.

Geoffrey en Alfred, de twee jongste bedienden, werden geplaagd door het geluid van de fluit en de viool, die Geoffrey tijdens het diner ook had gehoord. De muziek leek altijd uit de aangrenzende kamer te komen. Stephen was met hen door het hele huis gelopen en had hun laten zien dat er niemand was die op dergelijke instrumenten zat te spelen. Dat hielp echter niet. Ze bleven angstig en ongelukkig.

Naar Stephen's mening was het gedrag van Robert, de oudste bediende, nog het meest verbijsterend. Stephen had Robert leren kennen als een verstandig, consciëntieus, betrouwbaar man. Kortom, in zijn ogen was Robert de laatste man in de wereld die ten prooi zou vallen aan denkbeeldige angsten. Desondanks hield de bediende vol dat hij kon horen hoe rond het huis een onzichtbaar woud groeide. Telkens als hij zijn werk even onderbrak, hoorde hij het geschraap tegen de muren en het getik tegen de ramen van spookachtige takken, en het gekraak van boomwortels die heimelijk doordrongen in de fundering en de bakstenen uiteen wrikten. Het woud was oud, zei Robert, en vervuld van haat. Een reiziger die door het woud zou reizen, zou meer te vrezen hebben van de bomen dan van mensen die zich er eventueel verborgen hielden.

Maar, zo betoogde Stephen, het dichtstbijzijnde bos van behoorlijke afmetingen lag zes kilometer van Hampton Heath, en zelfs daar waren de bomen zo mak als lammetjes. Ze zouden zich nooit rond een huis verzamelen of proberen het te vernietigen. Maar Stephen kon praten tot hij een ons woog, Robert schudde slechts zijn hoofd en huiverde.

Stephen's enige troost was dat deze merkwaardige manie een eind had gemaakt aan de conflicten tussen de bedienden. De Londense bedienden trokken zich niets meer aan van de trage manier van praten en ouderwetse gewoonten van de plattelandsbedienden. De plattelandsbedienden op hun beurt beklaagden zich niet langer bij Stephen over streken die hun door de Londense bedienden werden geleverd of verzonnen boodschappen waarmee ze op pad waren gestuurd. De bedienden voelden zich verbonden door hun geloof dat het spookte in huis. Als hun werk was gedaan, gingen ze bij elkaar in de keuken zitten om verhalen te vertellen over andere huizen waarvan werd beweerd dat er geesten rondwaarden en gruwelijke dingen gebeurden, en over het afgrijselijke lot dat de mensen die er woonden ten deel was gevallen.

Op een avond, twee weken na het feestelijke diner van lady Pole, zaten ze met zijn allen bij het vuur in de keuken, verdiept in hun favoriete bezigheid. Stephen werd het al snel beu naar hen te luisteren en trok zich terug om in zijn kamer de krant te gaan lezen. Hij zat nog maar net toen hij een bel hoorde klingelen. Hij legde zijn krant opzij, trok zijn zwarte jas aan en ging kijken wie hem ontboden had.

In de smalle doorgang, die de keuken verbond met de kamer van de butler, hing een rij bellen met daaronder in keurige letters van bruine verf de namen van de verschillende kamers: de Venetiaanse ontvangstkamer, de gele ontvangstkamer, de eetkamer, lady Pole's zitkamer, lady Pole's slaapkamer, lady Pole's kleedkamer, sir Walter's studeerkamer, sir Walter's slaapkamer, sir Walter's kleedkamer, Lost-hope.

Lost-hope, dacht Stephen. Wat is dat in vredesnaam?

Die ochtend had hij de timmerman betaald, die de bellen had opgehangen, en hij had het bedrag in zijn grootboek genoteerd: *Aan Amos Judd, voor het ophangen van negen bellen in de doorgang bij de keuken en het schilderen van de namen van de kamers daaronder: vier shilling.* Maar nu hingen er tien bellen. En de bel van Lost-hope klingelde hevig.

Misschien, dacht Stephen, is het een grapje van Judd. Morgen zal ik hem terug laten komen om het te herstellen.

Omdat hij niet goed wist wat hij anders moest doen, liep Stephen de trap op naar de begane grond en keek bij elke kamer naar binnen. Ze waren allemaal leeg. Daarom liep hij de trap op naar boven.

Boven aan de trap was een deur die hij nog nooit eerder had gezien.

'Wie is daar?' fluisterde iemand aan de andere kant van de deur. Stephen herkende die stem niet, en hoewel het slechts een fluistering was, klonk die opvallend doordringend. Hij leek Stephen's hoofd niet via zijn oren te bereiken, maar langs een andere weg.

'Er staat iemand op de trap!' hield de fluisterstem vol. 'Is het de bediende? Kom toch binnen! Ik heb je nodig!'

Stephen klopte aan en ging naar binnen.

De kamer was al net zo mysterieus als de deur. Als iemand Stephen had gevraagd haar te beschrijven, zou hij hebben gezegd dat ze in gotische stijl was ingericht. Dat was de enige uitleg die hij kon bedenken om het vreemde verschijnsel te verklaren. De gebruikelijke gotische versieringen die je vaak tegenkomt in het interieurtijdschrift van meneer Ackermann, *Repository of the Arts*, ontbraken echter. Er waren geen puntige middeleeuwse bogen, geen ingewikkelde houtgravures en geen kerkelijke motieven. De muren en de vloer van de kamer waren van kaal grijs steen, dat hier en daar erg versleten en oneffen was. Het plafond was van gewelfd steen. Een klein raam keek uit op een sterrenhemel. Er zat geen schilfertje glas in het raam en de wind waaide zó de kamer in.

Een bleke heer met uitzonderlijk veel zilveren pluishaar stond met een zeer ontevreden uitdrukking op zijn gezicht in een oude gebroken spiegel naar zijn spiegelbeeld te kijken. 'Ah, daar bent u!' zei hij, met een zure blik op Stephen. 'Je kunt bellen wat je wilt in dit huis, en er komt maar niemand!'

'Het spijt me, meneer, 'zei Stephen, 'maar niemand heeft mij verteld dat u hier was.' Hij veronderstelde dat de heer een gast was van sir Walter of lady Pole, wat de aanwezigheid van de heer zou verklaren, maar niet die van de kamer. Heren worden wel vaker uitgenodigd om bij iemand te blijven logeren. Kamers echter niet.

'Wat kan ik voor u doen, meneer?' vroeg Stephen.

'Wat ben jij dom!' riep de heer met het pluishaar uit. 'Weet je dan niet dat lady Pole vanavond is uitgenodigd voor een bal bij mij thuis?

Mijn eigen bediende is ervandoor gegaan en heeft zich ergens verstopt. In deze toestand kan ik mij toch niet vertonen aan de zijde van de mooie lady Pole?'

De heer had alle reden om te klagen: zijn gezicht was ongeschoren, zijn vreemde haar was een en al klitten en afgezien van een ouderwetse kamerjas was hij ongekleed.

'Ik kom zo bij u, meneer,' verzekerde Stephen hem. 'Eerst moet ik echter de juiste spullen vinden om u mee te scheren. U weet zeker niet wat uw bediende met uw scheermes heeft gedaan?'

De heer haalde zijn schouders op.

Er stond geen toilettafel in de kamer. Sterker nog, er stond maar weinig in de kamer dat meubilair kon worden genoemd. Er was een spiegel, een oude melkkruk met drie poten en een vreemd bewerkte houten stoel, die eruitzag alsof hij van beenderen was gemaakt. Stephen geloofde niet dat hij echt van mensenbeenderen gemaakt was, ook al leek het er wel sterk op.

Boven op het melkkrukje lag naast een mooi kistje een elegant zilveren scheermes. Op de vloer stond een gedeukte tinnen kom gevuld met water.

Vreemd genoeg was er geen open haard in de kamer, alleen een roestig, ijzeren komfoor vol hete kolen waarvan de as op de vloer viel. Stephen warmde de kom met water op de komfoor op en schoor de heer. Toen hij klaar was, inspecteerde de heer zijn gezicht en zei dat hij erg tevreden was. Hij trok zijn kamerjas uit en bleef geduldig in zijn plusfour staan terwijl Stephen zijn huid masseerde met een borstel. Het ontging Stephen niet dat de huid van deze heer bleek bleef, in tegenstelling tot die van andere heren, die altijd zo rood als een kreeft werden door de behandeling. Zijn huid kreeg slechts een witte gloed, zoals die van de maan of die van paarlemoer.

Zijn kleding was van de beste kwaliteit die Stephen ooit had gezien, zijn hemd was uitzonderlijk goed gereinigd en zijn schoenen blonken als zwarte spiegels. Het mooist waren echter de tien stropdassen van mousseline, die stuk voor stuk zo dun waren als spinrag en zo stijf als muziekpapier.

Het toilet van de heer nam twee uur in beslag, omdat hij, zoals Stephen ontdekte, erg ijdel was. Intussen werd de heer steeds tevredener over Stephen. 'Echt, die achterlijke bediende van mij is niet half zo goed in haarverzorging als jij,' verklaarde hij, 'en als het aankomt op het knopen van een stropdas van mousseline... Mijn hemel!

Hij heeft er werkelijk geen kaas van gegeten!'

'Tja, meneer, ik houd nu eenmaal van dit soort taken,' zei Stephen. 'Kon ik sir Walter er maar van overtuigen meer aandacht te besteden aan zijn kleding, maar politici hebben nu eenmaal geen tijd om aan dat soort zaken te denken.'

Stephen hielp de heer in zijn bladgroene jas – die van de allerbeste kwaliteit was, en zeer modieus van snit – waarna de heer naar het melkkrukje liep en het kistje pakte dat daar lag. Het was van porselein en zilver en het was ongeveer even groot als een doosje voor snuiftabak, alleen dan iets langer. Stephen uitte zijn bewondering voor de kleur, die niet echt lichtblauw was maar ook niet echt grijs, niet precies lavendelblauw maar ook niet precies lila.

'Nou en of! Het is een erg mooie kleur,' antwoordde de heer enthousiast. 'En erg moeilijk te maken. Het pigment moet gemengd worden met de tranen van oude vrijsters van goede afkomst, die een onberispelijk leven hebben geleid en zijn gestorven zonder ooit een dag geluk te hebben gekend!'

'Arme dames!' zei Stephen. 'Dan ben ik blij dat hij zo zeldzaam is.'

'O, maar het zijn niet de tranen die hem zeldzaam maken. Daar heb ik flessen vol van. Het mengen van de kleur, dat is de kunst.'

De heer gedroeg zich inmiddels zo beminnelijk en toonde zich zo bereid om met Stephen te praten, dat Stephen niet aarzelde hem te vragen: 'En wat bewaart u in dat mooie kistje, meneer? Snuiftabak?'

'O nee! Het is een grote schat van mij, waarvan ik wil dat lady Pole hem vanavond draagt tijdens het bal!' Hij maakte het kistje open en liet Stephen het witte vingertje zien dat erin lag.

Eerst vond Stephen dat een beetje vreemd, maar na een tijdje verdween zijn verbazing en als iemand hem er op dat moment iets over zou hebben gevraagd, zou hij hebben geantwoord dat heren wel vaker vingers in kistjes bij zich droegen, en dat dit slechts een van de vele exemplaren was die hij had gezien.

'Is hij al lang in het bezit van de familie, meneer?' vroeg hij beleefd.

'Nee, nog niet zo lang.'

De heer liet het kistje dichtklappen en stopte het in zijn zak.

Samen keken hij en Stephen in de spiegel. Stephen merkte onwillekeurig op dat ze elkaar perfect aanvulden: glanzend zwarte huid naast iriserende witte huid, allebei een volmaakt voorbeeld van een bepaald type mannelijke schoonheid. De heer leek precies hetzelfde te denken.

'Wat zien we er knap uit!' zei hij bewonderend. 'Maar ik zie dat ik een verschrikkelijke blunder heb gemaakt! Ik dacht dat u een bediende in dit huis was! Maar dat is bijna onmogelijk! Uit uw waardige houding en knappe uiterlijk spreekt duidelijk een adellijke afkomst, misschien zelfs een koninklijke. Ik neem aan dat u hier op bezoek bent, net als ik. Mijn excuses dat ik uw tijd in beslag heb genomen en bedankt voor de dienst die u mij heeft bewezen, door mij te helpen met mijn toilet voor mijn ontmoeting met de mooie lady Pole.'

Stephen glimlachte. 'Nee meneer, ik ben een bediende. Ik ben sir Walter's bediende.'

De heer met het pluishaar trok verbaasd zijn wenkbrauwen op. 'Een man die zo getalenteerd en knap is als u hoort geen bediende te zijn!' zei hij geschokt. 'Hij zou de scepter moeten zwaaien over een groot landgoed. Schoonheid is toch slechts een zichtbaar symbool van de superioriteit van de een ten opzichte van de ander? Maar ik begrijp het al, uw vijanden hebben tegen u samengespannen en u beroofd van al uw bezittingen, waarna u gedwongen was zich tussen onwetende en eenvoudige mensen te begeven!'

'Nee meneer, dat is niet zo. Ik ben al mijn hele leven een bediende.'

'Welnu, ik begrijp het niet,' verklaarde de heer met het pluishaar, die verward zijn hoofd schudde. 'Er is hier sprake van een mysterie, en zodra ik de gelegenheid heb, zal ik me er zeker in verdiepen. Maar in de tussentijd wil ik u, als beloning voor het zo prachtig in model brengen van mijn haar en de andere diensten die u mij heeft bewezen, uitnodigen voor het bal.'

Dat was zo'n uitzonderlijk voorstel dat Stephen even niet wist wat hij moest zeggen. Of hij is niet goed bij zijn hoofd, dacht hij, of hij is een radicale politicus die een eind wil maken aan het klassenstelsel.

Hij zei hardop: 'Ik ben u zeer erkentelijk voor de eer die u mij bewijst, meneer, maar stelt u zich eens voor. Uw andere gasten zullen naar uw huis komen in de verwachting daar dames en heren van hun eigen stand te ontmoeten. Zodra ze erachter komen dat ze zich in het gezelschap van een bediende bevinden, zullen ze zich ongetwijfeld diep beledigd voelen. Ik dank u voor uw vriendelijkheid, maar het laatste wat ik wil is u in verlegenheid brengen of uw vrienden beledigen.'

Dat leek de heer met het pluishaar nog meer te verbazen. 'Wat buitengewoon nobel van u!' riep hij uit. 'U bent bereid uw eigen plezier op te offeren opdat anderen zich op hun gemak zullen voelen. Tja, ik moet toegeven dat zo iets nooit bij mij zou zijn opgekomen. Nu ben ik nóg vastbeslotener een vriendschap met u aan te knopen en alles te doen wat in mijn macht ligt om u te helpen. Maar u begrijpt het niet helemaal. Die gasten over wie u zo bezorgd bent, zijn allemaal ondergeschikten en onderdanen van mij. Er is er niet één bij die het zou wagen mij of mijn vrienden te bekritiseren. En als ze dat wel doen, dan zouden we hen natuurlijk altijd nog kunnen doden! Maar ach,' voegde hij eraan toe alsof hij het gesprek plotseling saai begon te vinden, 'het heeft weinig zin erover te redetwisten, want u bent er immers al!'

Met die woorden liep de heer weg, en Stephen besefte dat hij zich in een grote zaal bevond waar een groep mensen danste op treurige muziek.

Opnieuw was hij een beetje verbaasd, maar ook nu wende hij al snel aan het idee. Hij keek geïnteresseerd om zich heen. Ondanks alles wat de man met het pluishaar had gezegd, was hij in eerste instantie toch een beetje ongerust dat hij herkend zou worden. Toen hij een paar keer om zich heen had gekeken, was hij echter gerustgesteld: er waren geen vrienden van sir Walter aanwezig. Sterker nog, er was helemaal niemand die Stephen kende, en met zijn nette zwarte kleding en schone witte hemd vond hij dat hij gemakkelijk voor een heer kon doorgaan. Hij was blij dat sir Walter hem niet had verzocht een kostuum of een poederpruik te dragen, want dan zou iedereen onmiddellijk hebben geweten dat hij een bediende was.

Iedereen was gekleed volgens de allerlaatste mode. De dames droegen japonnen in de meest exquise kleuren – hoewel er eerlijk gezegd maar weinig kleuren bij waren die Stephen kende. De heren droegen een kniebroek met witte kousen en een bruine, groene, blauwe of zwarte jas, hun hemden waren stralend, glanzend wit en hun geitenleren handschoenen waren smetteloos schoon.

Maar ondanks de mooie kleren en opsmuk van de gasten waren er tekenen die erop wezen dat de bewoners van het huis niet meer zo welvarend waren als vroeger. Er brandden te weinig kaarsen, waardoor het schemerig was in de zaal, en er waren alleen een viool en een fluit om de muziek te verzorgen.

Dat moet de muziek zijn waar Alfred en Geoffrey het over hadden, dacht Stephen. Wat vreemd dat ik die niet eerder heb gehoord! Ze klinkt inderdaad zo droevig als ze vertelden.

Hij liep naar een smal raam zonder ruit en keek uit over een donker, verwilderd bos in het licht van de sterren. En dat moet het woud zijn waar Robert het over had. Wat ziet het er onheilspellend uit. Ik vraag me af of er ook ergens een klok hangt.

'Jazeker!' zei een dame die vlak bij hem stond. Ze droeg een japon met de kleur van storm, schaduw en regen en een halsketting van gebroken beloften en spijt. Hij was verbaasd dat ze hem aansprak, want hij wist tamelijk zeker dat hij zijn gedachten niet hardop had uitgesproken.

'Er is inderdaad een klok!' vertelde ze hem. 'Die hangt hoog in een van de torens.'

Ze glimlachte en keek Stephen met zo veel oprechte bewondering aan, dat hij het niet meer dan beleefd achtte iets terug te zeggen.

'Dit is een zeer elegant gezelschap, mevrouw. Ik weet niet wanneer ik voor het laatst zo veel knappe gezichten en gracieuze gestalten bij elkaar in één ruimte heb gezien. En een voor een in de bloei van hun jeugd. Ik moet zeggen dat het mij verbaast geen oudere mensen in de zaal te aanschouwen. Hebben deze dames en heren geen vaders en moeders? Geen ooms of tantes?'

'Wat een vreemde opmerking!' antwoordde zij lachend. 'Waarom zou de heer van Huize Lost-hope oude, afzichtelijke mensen uitnodigen op zijn bal? Wie wil er nu naar zulke mensen kijken? Wij zijn overigens niet zo jong als u denkt. Engeland bestond nog slechts uit saaie bossen en kale heide toen wij onze ouders voor het laatst zagen. Maar wacht! Kijk! Daar is lady Pole!'

Tussen de dansers ving Stephen een glimp van haar op. Ze droeg een japon van blauw fluweel en de heer met het pluishaar leidde haar juist naar het midden van de dansvloer.

Toen vroeg de dame met de japon in de kleur van storm, schaduw en regen of hij met haar wilde dansen.

'Graag,' zei hij.

Toen de andere dames zagen hoe goed Stephen kon dansen, bleek hij elke danspartner te kunnen krijgen die hij hebben wilde. Na de dame met de japon in de kleur van storm, schaduw en regen danste hij met een dame zonder haar, maar met een pruik van glimmende kevers die om haar hoofd zwermden. Zijn derde partner klaagde luidkeels als Stephen's hand langs haar japon streek. Ze zei dat haar japon daardoor zou ophouden met zingen, en toen Stephen omlaag keek, zag hij dat haar japon was versierd met piepkleine monden, die een wijsje bestaande uit hoge, griezelig klinkende tonen zongen.

Hoewel de dansers zich over het algemeen hielden aan het gebruik om steeds na twee dansen van partner te wisselen, zag Stephen dat de man met het pluishaar de hele avond met lady Pole danste en dat hij amper een woord zei tegen de andere aanwezigen. Hij was Stephen echter niet vergeten. Telkens als Stephen's blik toevallig die van hem kruiste, glimlachte hij, knikte hem toe en deed zijn best te laten zien dat het bal weliswaar allerlei verrukkelijke aspecten kende, maar dat niets hem zo veel plezier deed als Stephen Black's aanwezigheid.

17

De onverklaarbare verschijning van vijfentwintig gienjes

januari 1808

De beste kruidenier in de stad is Brandy's in St James'-street. Ik ben niet de enige die dat vindt. De grootvader van sir Walter Pole, sir William Pole, weigerde ergens anders koffie, chocola of thee te kopen, en hij zei dat alle andere koffiesoorten een melige smaak hadden vergeleken met de uitmuntende *High Roasted* Turkse koffie van meneer Brandy. Het moet wel gezegd worden dat het zijn voor- en nadelen had sir William Pole als vaste klant te hebben. Hoewel hij gul was met loftuitingen en altijd beleefd en minzaam omging met het winkelpersoneel, betaalde hij zelden een rekening. Toen hij stierf stond er dan ook nog een enorm bedrag open bij Brandy's. Meneer Brandy, een heetgebakerd, zuur kijkend oud mannetje met een mager gezicht, was buiten zinnen van woede. Kort daarna overleed hij zelf, en velen namen aan dat hij opzettelijk was gestorven om jacht te kunnen maken op zijn adellijke debiteur.

Na het overlijden van meneer Brandy kwam de zaak in handen van zijn weduwe. Meneer Brandy was op late leeftijd getrouwd en mijn lezers zullen waarschijnlijk niet verbaasd zijn te horen dat mevrouw Brandy niet gelukkig was geweest met haar huwelijk. Ze was al snel tot de ontdekking gekomen dat meneer Brandy liever naar gienjes en shillings keek dan naar haar. Hij moet naar mijn mening wel een zeer vreemde man zijn geweest dat hij niet graag naar haar keek, want ze was een uiterst aantrekkelijke verschijning met haar zachte bruine krullen, lichtblauwe ogen en lieve gezichtje. Het lijkt mij dat een oude man als Brandy, die behalve zijn geld niets te bieden had, een jonge, knappe vrouw als zij had moeten koesteren en zijn uiterste best had moeten doen om het haar naar de zin te maken. Dat deed hij echter niet. Hij gunde haar niet eens een echt huis om in te wonen, hoewel hij dat gemakkelijk had kunnen betalen. Hij wilde het liefst geen stuiver uitgeven, en dus besloot hij dat ze maar in het kamertje boven de winkel in St James'-street moesten gaan wonen. Gedurende de twaalf jaar dat ze getrouwd waren was dat dan ook mevrouw Brandy's salon, slaapkamer, eetkamer en keuken geweest. Meneer Brandy was dan ook nog geen drie weken dood, toen ze een huis kocht in Islington, vlak bij Angel. Ze nam bovendien drie dienstmeisjes in dienst: Sukey, Dafney en Delphina.

Verder nam ze twee mannen aan voor in de winkel. John Upchurch was een betrouwbare ziel, die hard werkte en zeer bekwaam was. Toby Smith was een roodharige, nerveuze man, wiens gedrag mevrouw Brandy vaak in verwarring bracht. Het ene moment was hij stil en somber, het andere was hij opeens opgewekt en vol onverwacht zelfvertrouwen. Omdat er regelmatig kasverschillen waren – wat in iedere winkel kan voorkomen – en omdat Toby een ellendig en pijnlijk gezicht trok als mevrouw Brandy hem ernaar vroeg, had zij het vermoeden dat hij het verschil in zijn zak stak. Op een avond in januari kreeg het dilemma een vreemde wending. Ze zat in haar kleine salon boven de winkel, toen er op de deur werd geklopt. Toby Smith kwam sloffend naar binnen en durfde haar nauwelijks aan te kijken.

'Wat is er, Toby?'

'Neemt u mij niet kwalijk, mevrouw,' zei Toby, haar blik vermijdend, 'maar de kas klopt niet. John en ik hebben het geld keer op keer nageteld, mevrouw, en het wel tien keer opnieuw opgeteld, maar we snappen er niets van.'

Mevrouw Brandy maakte een afkeurend geluidje, zuchtte en vroeg wat het verschil was.

'Vijfentwintig gienjes, mevrouw.'

'Vijfentwintig gienjes!' riep mevrouw Brandy ontzet. 'Vijfentwintig gienjes! Hoe kunnen we in godsnaam zo veel kwijt zijn? O! Ik hoop dat je het mis hebt, Toby. Vijfentwintig gienjes! Ik wist niet eens dat er zo veel geld in de winkel lag! O, Toby,' jammerde ze toen een nieuwe gedachte bij haar opkwam. 'We zijn bestolen!'

'Nee, mevrouw,' zei Toby, 'neemt u mij niet kwalijk, maar u begrijpt het verkeerd. Ik bedoelde niet dat we vijfentwintig gienjes tekortkomen. We hebben vijfentwintig gienjes te veel, mevrouw.'

Mevrouw Brandy keek hem verbijsterd aan.

'U zult het zelf zien, mevrouw,' zei Toby, 'als u even mee wilt lopen naar de winkel.' Met een bezorgde, smekende uitdrukking op zijn gezicht hield hij de deur voor haar open. Mevrouw Brandy rende de trap af naar de winkel en Toby kwam achter haar aan.

Het was een uur of negen op een donkere avond zonder maanlicht. De luiken waren allemaal dicht en John en Toby hadden de lampen gedoofd. Het had in de winkel zo donker moeten zijn als in een theebusje met de deksel erop, maar in plaats daarvan scheen er een zachte, gouden gloed, die afkomstig leek te zijn van iets van goud dat op de toonbank lag.

Er lag een stapel glanzende gienjes. Mevrouw Brandy pakte een van de munten en bekeek hem. Het leek alsof ze een bal van zacht geel licht vasthad, met op de bodem een muntstuk. Het was een heel vreemde gloed. In het licht ervan zagen mevrouw Brandy, John en Toby er heel anders uit: mevrouw Brandy trots en hooghartig, John geniepig en onbetrouwbaar en Toby ontstellend wreed. Het spreekt voor zich dat die kwaliteiten absoluut niet bij hen pasten. Het vreemdst was echter de verandering die het licht teweegbracht in de tientallen mahoniehouten laatjes waarmee een volledige muur van de winkel was bedekt. Normaal gesproken kon je aan de vergulde belettering op de laatjes aflezen wat erin zat: FOELIE (BLAADJES), MOSTERD (ONGEPELD), NOOTMUSKAAT, VENKEL, LAURIERBLAADJES, JAMAICAANSE PEPER, GEMBERESSENCE, KARWIJZAAD, PEPERKORRELS, AZIJN – alles wat je zou verwachten in een moderne, goedlopende kruidenierswinkel. Nu leken er echter andere woorden op te staan: GENADE (VERDIEND), GENADE (ONVERDIEND), NACHTMERRIES, GELUK, ONGELUK, VERVOLGING DOOR FAMILIES, ONDANKBAARHEID VAN KINDEREN, VERWARRING, SCHERPZINNIGHEID en OPRECHTHEID. Het was maar goed dat ze deze vreemde verandering geen van allen opmerkten. Mevrouw Brandy zou enorm verontrust zijn geweest als ze het had geweten. Ze zou niet geweten hebben wat ze voor die nieuwe producten had moeten rekenen.

'Welnu,' zei mevrouw Brandy, 'ze moeten toch ergens vandaan zijn gekomen. Is er vandaag iemand langs geweest om zijn rekening te betalen?'

John schudde zijn hoofd. Toby ook. 'En daarbij,' voegde Toby eraan toe, 'niemand heeft zo'n grote schuld. Behalve natuurlijk de hertogin van Worksop, en eerlijk gezegd, mevrouw, denk ik dat zij—'

'Ja, ja, Toby, al goed,' viel mevrouw Brandy hem in de rede. Ze dacht even na. 'Misschien,' zei ze, 'heeft een heer zijn zakdoek te voorschijn gehaald, misschien om de regen van zijn gezicht te vegen, en is het geld daarbij uit zijn zak op de grond gevallen.'

'Maar we hebben het niet op de vloer gevonden,' zei John. 'Het zat gewoon in de kassa, bij de rest van het geld.'

'Nou,' zei mevrouw Brandy, 'ik weet niet wat ik moet zeggen. Heeft er vandaag iemand met een gienje betaald?'

Nee, zeiden Toby en John, niemand had vandaag met een gienje betaald, laat staan één persoon vijfentwintig gienjes of vijfentwintig personen één gienje.

'En het zijn zulke gele gienjes, mevrouw,' zei John. 'Ze zien er allemaal precies hetzelfde uit, volkomen onbeschadigd.'

'Zal ik snel meneer Black gaan halen, mevrouw?' vroeg Toby.

'O, ja!' zei mevrouw Brandy gretig. 'Of nee, bij nader inzien misschien maar niet. We moeten meneer Black niet lastig vallen, tenzij er iets heel ergs aan de hand is. En er is niets aan de hand, toch, Toby? Of misschien wel. Ik weet het niet.'

Het gebeurt in deze moderne tijd zo zelden dat er plotseling en op onverklaarbare wijze een grote som geld verschijnt, dat noch Toby, noch John zijn bazin kon helpen beslissen of het iets goeds of iets slechts was.

'Aan de andere kant,' ging mevrouw Brandy verder, 'is meneer Black erg slim. Ik durf te wedden dat hij dit raadsel meteen voor ons zal kunnen oplossen. Ga maar naar Harley-street, Toby. Doe meneer Black de hartelijke groeten van mij, en zeg dat ik graag even met hem zou willen praten, als hij tijd heeft. Nee, wacht! Zeg dat maar niet, dat klinkt zo arrogant. Verontschuldig je maar dat je hem stoort en zeg dat ik hem heel dankbaar zou zijn – nee, vereerd – nee, dankbaar. Dat ik zeer dankbaar zou zijn als hij even met me zou willen komen praten, zodra hij in de gelegenheid is.'

Mevrouw Brandy had Stephen Black leren kennen toen sir Walter de schulden van zijn grootvader had geërfd en mevrouw Brandy de zaak van haar echtgenoot had geërfd. Iedere week was Stephen een gienje of twee komen brengen om zo geleidelijk de schuld af te lossen. Toch wilde mevrouw Brandy het geld vreemd genoeg vaak niet eens aannemen. 'O, meneer Black,' zei ze dan, 'stopt u dat geld alstublieft terug! Ik weet zeker dat sir Walter het harder nodig heeft dan ik. We hebben vorige week zulke goede zaken gedaan! We hebben wat chocolademelk binnengekregen, en mijn klanten hebben gezegd dat het de lekkerste chocolademelk in heel Londen is, oneindig veel beter dan de rest qua smaak en romigheid! De hele stad komt eropaf. Wilt u niet een kopje, meneer Black?'

Dan bracht mevrouw Brandy de chocolademelk binnen, in een mooie chocoladekan van blauwwit porselein, schonk een kopje voor Stephen in en vroeg bezorgd of hij het lekker vond. Het leek wel of mevrouw Brandy pas echt overtuigd zou zijn als ze Stephen's mening had gehoord, wat de rest van de stad ook zei. En chocolademelk maken was niet het enige wat ze voor hem deed. Ze maakte zich zorgen om zijn gezondheid. Als het koud was, was ze bang dat hij het niet warm genoeg had, als het regende, was ze bang dat hij misschien kou zou vatten, en als het warm en droog was, stond ze erop dat hij bij een raam zou gaan zitten met uitzicht op een groen tuintje, omdat het daar lekker koel was.

Als hij weg moest, begon ze weer over de gienjes. 'Volgende week kan ik helaas niets beloven, meneer Black. Volgende week heb ik misschien iedere gienje hard nodig – mensen betalen namelijk niet altijd hun rekening – dus als ik niet te vrij ben, mag ik u dan vragen er woensdag weer een mee te brengen? Woensdag om een uur of drie? Om drie uur heb ik toch niets te doen, en ik zal ervoor zorgen dat er een kan chocolademelk klaarstaat. U was immers zo vriendelijk te zeggen dat u hem erg lekker vond.'

De heren onder mijn lezers zullen glimlachen en bij zichzelf zeggen dat vrouwen geen verstand hebben van zaken, maar de dames zullen het met mij eens zijn als ik zeg dat mevrouw Brandy heel goed wist waar ze mee bezig was. Mevrouw Brandy had namelijk maar één doel voor ogen: meneer Stephen Black even veel van haar te laten houden als zij van hem hield.

Te zijner tijd kwam Toby terug, niet met een bericht van Stephen Black, maar met Stephen zelf, en door die plezierige verrassing verdween de bezorgdheid van mevrouw Brandy als sneeuw voor de zon. 'O, meneer Black! We hadden u niet zo snel verwacht! Ik kon me niet voorstellen dat u tijd zou hebben!'

Stephen stond in het duister, buiten het bereik van de gloed van de vreemde munten. 'Het maakt niet uit waar ik vanavond ben,' zei hij mat, en zijn stem klonk heel anders dan gewoonlijk. 'Het hele huis is in rep en roer. Mevrouw is onwel.'

Daar schrokken mevrouw Brandy, John en Toby hevig van. Evenals alle andere Londenaren hadden ze veel interesse in alles wat met lady Pole te maken had. Ze konden bogen op connecties met verscheidene aristocratische lieden, maar de klandizie van lady Pole schonk hun nog de meeste voldoening. Ze vonden het heerlijk om mensen te kunnen verzekeren dat lady Pole bij het ontbijt haar broodje besmeerde met de jam van mevrouw Brandy en haar koffiekopje vulde met koffie van mevrouw Brandy's koffiebonen.

Mevrouw Brandy werd plots getroffen door een zeer onplezierige gedachte. 'Mevrouw heeft toch niet iets verkeerds gegeten?' vroeg ze.

'Nee,' zei Stephen met een zucht. 'Dat is het niet. Ze klaagt over pijn in haar ledematen en vreemde dromen, en ze heeft het koud. Maar ze is bovenal erg stil en somber. Haar huid voelt ijskoud aan.'

Stephen stapte de vreemde gloed binnen.

De vreemde veranderingen die het licht bij Toby, John en mevrouw Brandy teweeg had gebracht, viel in het niet bij wat het met Stephen deed. Zijn aangeboren schoonheid leek vijf, zeven, tien keer zo groot en hij zag er bijna bovennatuurlijk edel uit. Het vreemdste was echter dat het licht zich concentreerde in een kring rond zijn hoofd, waardoor het leek alsof hij was gekroond met een diadeem. Toch zag ook nu geen van de aanwezigen iets vreemds.

Hij draaide de munten om en om tussen zijn zwarte vingers.

'Waar lagen ze, John?'

'Hier in de kassa, bij de rest van het geld. Waar denkt u dat ze vandaan komen, meneer Black?'

'Ik ben net zo verbaasd als jij. Ik kan dit niet verklaren.' Stephen draaide zich om naar mevrouw Brandy. 'Mijn voornaamste zorg, mevrouw, is dat u iedere schijn vermijdt dat u op oneerlijke wijze aan het geld bent gekomen. Ik denk dat u het geld aan een advocaat moet geven. Geef hem de opdracht een advertentie in *The Times* en in *The Morning Chronicle* te plaatsen, waarin gevraagd wordt of iemand vijfentwintig gienjes is kwijtgeraakt in mevrouw Brandy's winkel.'

'Een advocaat, meneer Black!' riep mevrouw Brandy geschrokken. 'O, maar dat kost heel veel geld!'

'Advocaten kosten altijd veel geld, mevrouw.'

Op dat moment liep een heer langs mevrouw Brandy's winkel in St James'-street, die zag dat er een gouden gloed door de kieren in de luiken kwam. Daaruit begreep hij dat er iemand binnen was. Omdat hij thee en suiker nodig had, klopte hij op de deur.

'Een klant, Toby!' riep mevrouw Brandy.

Toby haastte zich naar de deur om die open te maken, en John stopte snel het geld weg. Zodra hij de klep van de kassa sloot, werd het donker in de kamer, en pas toen beseften ze dat het uitsluitend door de gloed van de griezelige munten kwam dat ze elkaar hadden kunnen zien. John rende daarom van de ene kant van de winkel naar de andere om de lampen aan te steken, zodat het er binnen weer gezellig uitzag. Ondertussen woog Toby de bestelling van de klant af.

Stephen Black liet zich in een stoel zakken en wreef met zijn hand over zijn voorhoofd. Zijn gezicht was grauw van vermoeidheid.

Mevrouw Brandy ging naast hem op een stoel zitten en raakte heel zachtjes zijn hand aan. 'Bent u ziek, mijn beste meneer Black?'

'Ik heb gewoon overal pijn, alsof ik de hele avond heb gedanst.' Hij zuchtte weer en liet zijn hoofd in zijn hand rusten.

Mevrouw Brandy trok haar hand terug. 'Ik wist niet dat er een bal was gisteravond,' zei ze. Ze klonk een beetje jaloers. 'Ik hoop dat u veel plezier heeft gehad. Met wie heeft u gedanst?'

'Nee, nee. Er was geen bal. De pijn voelt alsof ik heb gedanst, maar dat genoegen heb ik niet mogen smaken.' Plotseling hief hij zijn hoofd. 'Hoort u dat?' vroeg hij.

'Wat, meneer Black?'

'Die klok. Het luiden van die doodsklok.'

Ze luisterde even. 'Nee, ik hoor niets. U blijft hoop ik toch wel eten, mijn beste meneer Black? Het zou ons een grote eer zijn. Ik vrees dat het geen feestmaal zal worden. We hebben niet veel in huis. Bijna niets. Alleen een paar gestoomde oesters, duivenpastei en wat lamsvlees. Maar een goede vriend als u zal dat vast wel begrijpen. Toby kan misschien wat—'

'Weet u zeker dat u het niet hoort?'

'Ja.'

'Ik kan niet blijven.' Hij keek alsof hij nog iets wilde zeggen, deed zelfs zijn mond al open, maar de klok leidde hem weer af en hij zei niets. 'Goedenavond samen!' Hij stond op, maakte snel een korte buiging en liep naar buiten.

De klok in St James'-street bleef maar luiden. Hij liep als in een waas. Hij had juist Piccadilly bereikt, toen er plotseling uit een smal steegje een boodschappenjongen kwam met een schort voor en een mand met vis in zijn handen. Toen hij de man probeerde te ontwijken, botste Stephen tegen een forse heer met een blauwe regenjas aan en een gevlochten hoed op zijn hoofd, die op de hoek van Albemarle-street stond.

De forse man draaide zich om en zag Stephen. Hij schrok zich een hoedje, want hij zag een zwart gezicht vlak bij zijn eigen gezicht, en zwarte handen vlak bij zijn zakken en kostbaarheden. Hij schonk geen aandacht aan Stephen's dure kleding en respectabele voorkomen, maar concludeerde onmiddellijk dat hij op het punt stond beroofd of mishandeld te worden. Hij hief dan ook zijn paraplu om zichzelf te verdedigen.

Dit was het moment waarvoor Stephen zijn leven lang bang was geweest. Hij ging ervan uit dat de politie erbij zou worden gehaald en dat hij voor het gerecht zou worden gesleept. Zelfs de steun en vriendschap van sir Walter Pole konden hem nu wellicht niet meer redden. Zou een Engelse jury zich kunnen voorstellen dat er zwarte mannen bestonden die niet stalen en logen? Dat er zwarte mannen bestonden die respectabel waren? Het leek niet erg waarschijnlijk. Nu dit noodlot hem dan eindelijk dreigde te treffen, merkte Stephen echter dat het hem niet zo veel kon schelen. Hij had het gevoel dat hij van een afstandje toekeek terwijl de gebeurtenissen zich voltrokken, alsof hij door dik glas naar een toneelstuk stond te kijken, of door het water naar de bodem van een vijver tuurde.

De dikke man sperde zijn ogen open van angst, woede en verontwaardiging. Hij deed zijn mond wijd open om Stephen te beschuldigen, maar op dat moment begon hij te veranderen. Zijn lichaam werd een boomstam. Plotseling kreeg hij armen die alle kanten opgroeiden, en die veranderden in takken. Zijn gezicht werd een knoest en hij schoot meters de lucht in. Waar eerst zijn hoed en paraplu waren geweest, hing nu een brede krans van klimop.

Een eik in Piccadilly, dacht Stephen, niet echt geïnteresseerd. Dat is ongewoon.

Piccadilly veranderde ook. Er kwam juist een rijtuig voorbij. Het was duidelijk van een vooraanstaand iemand, want er zat niet alleen een koetsier op de bok, er stonden ook twee lakeien achterop. Op de deur stond een familiewapen en voor het rijtuig liepen vier grijze paarden. Terwijl Stephen stond te kijken, werden de paarden langer en dunner, totdat ze in het geheel dreigden te verdwijnen. Op dat moment veranderden ze echter plotseling in prachtige zilverberken. Het rijtuig werd een hulststruik en de koetsier en de lakeien veranderden in een uil en twee nachtegalen, die prompt wegvlogen. Uit een dame en een heer die samen over straat wandelden, groeiden plotseling aan alle kanten twijgjes. Ze veranderden in een vlierstruik, en een hond werd een bosje droge varens. De gaslampen die boven de straat hingen werden in de lucht gezogen en veranderden in sterren die tussen de wirwar van kale bomentakken heen schenen. Piccadilly zelf verschrompelde tot een nauwelijks zichtbaar pad door een donker, winters woud.

Maar net als in een droom, waarin de vreemdste dingen volkomen verklaarbaar waren, zag Stephen niets waarover hij zich verwonderde. Het kwam hem zelfs voor dat hij altijd al had geweten dat Piccadilly vlak bij een magisch woud lag.

Hij volgde het pad.

Het was heel donker en stil in het woud. Boven zich zag hij de helderste sterren die hij ooit had gezien, en de bomen waren slechts zichtbaar als zwarte plekken waar de sterren ontbraken.

Het ellendige, verdoofde gevoel dat al de hele dag als een dikke mist over zijn gedachten en zijn humeur had gelegen verdween, en hij mijmerde over de vreemde droom die hij de vorige nacht had gehad, over een ontmoeting met een vreemde man met pluishaar en een groene jas, die hem had meegenomen naar een huis waar hij de hele nacht had gedanst met de meest bizarre mensen.

Het gelui van de droevige klok klonk in het bos veel duidelijker dan in Londen, en Stephen liep over het pad in de richting van het geluid. Al snel kwam hij aan bij een immens groot stenen huis met wel duizend ramen. Door een paar ervan scheen een zwak licht naar buiten. Om het huis stond een hoge muur. Stephen liep erdoorheen – hoewel hij niet precies begreep hoe, want hij zag geen hek – en kwam terecht op een groot, maar somber binnenhof, bezaaid met schedels, gebroken beenderen en roestige wapens die eruitzagen alsof ze er al eeuwen lagen. Hoe groot en indrukwekkend het huis ook was, de enige ingang was een laag deurtje. Stephen moest diep bukken om erdoor te kunnen. Meteen viel zijn oog op een grote groep schitterend geklede mensen.

Twee heren stonden vlak bij de deur. Ze droegen mooie donkere jassen, smetteloos witte kousen, handschoenen en dansschoenen. Ze stonden met elkaar te praten, maar toen Stephen binnenkwam draaide een van de mannen zich met een glimlach om.

'Ah, Stephen Black!' zei hij. 'We verwachtten u al!'

Op dat moment begonnen de viool en de fluit weer te spelen.

18

Sir Walter vraagt advies aan heren uit verscheidene beroepsgroepen

februari 1808

Lady Pole zat met een bleek verstrakt gezicht bij het raam. Ze sprak slechts zelden en als ze iets zei, waren haar opmerkingen vreemd en hadden ze niets met het onderwerp te maken. Toen haar echtgenoot en vrienden bezorgd vroegen wat er aan de hand was, antwoordde ze dat ze het dansen beu was en nooit meer wilde dansen. En muziek, dat was ronduit afschuwelijk. Ze vroeg zich af waarom ze dat nooit eerder had beseft.

Sir Walter vond haar stilzwijgen en onverschilligheid zeer zorgwekkend. Het deed hem te veel denken aan de ziekte die lady Pole voor haar huwelijk had geplaagd en haar zelfs het leven had gekost. Was ze toen ook niet zo bleek geweest? Welnu, nu in ieder geval wel. Had ze toen niet ook zo koud aangevoeld? Nu ook weer.

De vorige keer dat lady Pole zo ziek was geweest, was er geen dokter aan te pas gekomen, overal beschouwden artsen dat als een professionele belediging. 'O,' riepen ze telkens als de naam lady Pole genoemd werd, 'de magie die haar weer tot leven heeft gewekt was zonder twijfel fantastisch, maar als haar op tijd de juiste medicijnen waren toegediend, dan zou magie niet eens nodig zijn geweest.'

Meneer Lascelles had gelijk gehad toen hij verklaarde dat dat volledig aan mevrouw Wintertowne te wijten was geweest. Zij verafschuwde doktoren en had er nooit een toegestaan in de buurt van haar dochter te komen. Sir Walter ging niet gebukt onder dergelijke vooroordelen. Hij liet onmiddellijk meneer Baillie komen.

Meneer Baillie was een Schotse heer, die al lang werd beschouwd als een van de meest vooraanstaande artsen in Londen. Hij had veel boeken met belangrijk klinkende titels geschreven en hij was arts in buitengewone dienst van de koning. Hij had een verstandig gezicht en droeg altijd een stok met gouden knop als symbool van zijn vooraanstaande positie. Hij reageerde snel op sir Walter's oproep, want hij was er erg op gebrand te bewijzen dat geneeskunde ver uitsteeg boven magie. Toen hij klaar was met het onderzoek, kwam hij weer naar buiten. Mevrouw verkeerde in uitstekende gezondheid, zei hij. Ze was niet eens verkouden.

Sir Walter legde nogmaals uit dat ze zich anders gedroeg dan slechts luttele dagen geleden.

Meneer Baillie keek sir Walter peinzend aan. Hij zei dat hij het probleem waarschijnlijk wel begreep. Sir Walter en mevrouw waren nog niet zo lang getrouwd, of wel? Welnu, hij hoopte dat sir Walter het hem niet kwalijk zou nemen, maar dat artsen soms genoodzaakt waren dingen te zeggen die anderen niet zouden zeggen. Sir Walter was niet gewend aan het leven als getrouwde man. Hij zou snel beseffen dat getrouwde stellen vaak ruziemaken. Het was niets om je voor te schamen, want zelfs de meest toegewijde echtparen waren het wel eens oneens, en als dat gebeurde, was het niet ongebruikelijk dat een van de partners voorgaf zich onwel te voelen. Het was trouwens niet altijd de echtgenote die dat deed. Was er misschien iets wat lady Pole graag wilde hebben? Als het iets kleins was, zoals een nieuwe japon of hoed, dan moest hij het haar maar geven, als ze het dan zo graag wilde. Als het iets groots was, zoals een nieuw huis of een bezoek aan Schotland, dan zou het misschien een goed idee zijn om daar met haar over te praten. Meneer Baillie wist zeker dat mevrouw geen onredelijk mens was.

Het was even stil en sir Walter keek langs zijn lange neus neer op meneer Baillie. 'Mevrouw en ik hebben geen ruzie gehad,' zei hij uiteindelijk.

Ach, zei meneer Baillie zachtmoedig. Misschien was er in sir Walter's ogen inderdaad geen sprake van onenigheid. Het gebeurde zo vaak dat heren de tekenen niet herkenden. Meneer Baillie adviseerde sir Walter diep na te denken. Had hij iets gezegd wat haar wellicht van streek had gemaakt? Meneer Baillie wilde hem nergens de schuld van geven. Het had gewoon te maken met de kleine aanpassingen die getrouwde stellen aan het begin van hun leven samen moesten doen.

'Maar lady Pole is er de vrouw niet naar om zich als een verwend kind te gedragen!'

Ongetwijfeld, ongetwijfeld, zei meneer Baillie. Maar mevrouw was nog erg jong, en jonge mensen mochten zich af en toe een beetje dwaas gedragen. Oude hoofden vind je nu eenmaal niet op jonge schouders. Dat mocht sir Walter niet van haar verwachten. Meneer Baillie ging uitgebreid op het onderwerp in. Hij droeg voorbeelden aan – uit de geschiedenis en uit de literatuur – van nuchtere, intelligente mannen en vrouwen die tijdens hun jeugd erg domme dingen hadden gedaan, maar na een blik op het gezicht van sir Walter besloot hij dat hij het onderwerp maar beter kon laten varen.

Sir Walter bevond zich in een soortgelijke situatie. Ook hij had sterk de behoefte het een en ander te zeggen, maar dit was voor hem onbekend terrein. Een man die pas op zijn tweeënveertigste voor het eerst in het huwelijk treedt, beseft maar al te goed dat bijna al zijn kennissen zijn huishoudelijke beslommeringen waarschijnlijk beter zouden kunnen oplossen dan hijzelf. Daarom keek sir Walter meneer Baillie alleen maar fronsend met zijn wenkbrauwen aan, en liet het daarbij. Omdat het al bijna elf uur was, liet hij vervolgens zijn rijtuig en zijn secretaris komen en toog naar Burlington House, waar hij een afspraak had met de andere ministers.

Daar aangekomen liep hij over de binnenplaats vol pilaren en door antichambres vol verguldsel. Hij liep de brede marmeren trap op, met daarboven een beschilderd plafond waarop ontelbare goden, godinnen, helden en nimfen uit een blauwe hemel tuimelden of op wollige witte wolken rustten. Een horde lakeien in livrei en met poederpruiken boog voor hem, en uiteindelijk kwam hij bij de kamer waar de ministers de krant zaten te lezen en met elkaar redetwistten.

'Maar waarom laat u meneer Norrell dan niet komen, sir Walter?' vroeg meneer Canning, toen hij hoorde wat er aan de hand was. 'Het verbaast mij dat u dat nog niet heeft gedaan. Ik weet zeker dat de gezondheidsklachten van mevrouw slechts een kleine storing zullen blijken te zijn in de magie waarmee ze weer tot leven is gewekt. Meneer Norrell kan de toverspreuk ongetwijfeld een beetje aanpassen, en dan zal mevrouw weer helemaal de oude zijn.'

'O, vast en zeker!' zei lord Castlereagh instemmend. 'Het lijkt mij dat lady Pole geen artsen meer nodig heeft. U en ik, sir Walter, zijn bij de gratie Gods op deze aarde, mevrouw daarentegen bij de gratie van meneer Norrell. De grondslag van haar leven is anders dan die van ons, zowel in theologisch als in medisch opzicht, dat durf ik te wedden.'

‘Als mevrouw Perceval zich niet goed voelt,’ zei meneer Perceval, een kleine, nauwgezette advocaat met een onopvallend voorkomen, die de verheven positie van minister van Financiën bekleedde, ‘is haar dienstmeid de eerste tot wie ik me wend. Ik bedoel maar, wie is er nu beter op de hoogte van de gezondheid van een dame dan haar dienstmeid? Wat heeft de dienstmeid van lady Pole gezegd?’

Sir Walter schudde zijn hoofd. ‘Pampisford staat net als ik voor een raadsel. Ze is het met mij eens dat mevrouw twee dagen geleden nog in uitstekende gezondheid verkeerde, maar dat ze nu koud, bleek, lusteloos en ongelukkig is. Meer kon Pampisford me niet vertellen. Afgezien van haar onzinnige bewering dat het spookt in huis. Ik weet niet wat er op het moment met de bedienden aan de hand is. Ze gedragen zich allemaal zeer vreemd en nerveus. Een van de lakeien kwam vanochtend naar me toe met het verhaal dat hij om middernacht op de trap iemand was tegengekomen: een persoon met een groene jas en een grote bos licht, zilveren haar.’

‘Wat? Een geest? Een spookverschijning?’ vroeg lord Hawkesbury.

‘Ik geloof dat hij dat inderdaad bedoelde, ja.’

‘Wat merkwaardig! Heeft hij ook iets gezegd?’ vroeg meneer Canning.

‘Nee. Geoffrey zei dat de verschijning hem een koele, neerbuigende blik toewierp en zijn weg vervolgde.’

‘O! Uw lakei heeft het gedroomd, sir Walter. Hij heeft het vast en zeker gewoon gedroomd,’ zei meneer Perceval.

‘Of hij was dronken,’ opperde meneer Canning.

‘Ja, die gedachte was bij mij ook al opgekomen. Daarom heb ik het natuurlijk meteen nagevraagd bij Stephen Black,’ zei sir Walter. ‘Maar Stephen doet al net zo vreemd als de anderen. Hij lijkt nauwelijks een woord te kunnen uitbrengen.’

‘Welnu,’ zei meneer Canning. ‘U wilt toch niet ontkennen dat hier sprake is van magie? En is het in dat geval niet aan meneer Norrell om te verklaren wat anderen niet begrijpen? Laat meneer Norrell halen, sir Walter!’

Dat klonk zo redelijk dat sir Walter zich afvroeg waarom hij er zelf niet opgekomen was. Hij had een hoge pet op van zichzelf, en hij dacht dat zo’n overduidelijk verband hem normaal gesproken nooit zou zijn ontgaan. Het punt was eigenlijk dat hij niet erg op magie gesteld was. Hij had er nooit iets mee opgehad – in het begin niet, toen hij er nog van uitging dat het bedrog was, en nu ook niet, hoewel het echt bleek te zijn. Hij kon dat echter moeilijk aan de andere ministers uitleggen, nadat hij hun ertoe had overgehaald om voor het eerst in tweehonderd jaar een tovenaar in dienst te nemen!

Om half vier ging hij terug naar Harley-street. Het was het griezeligste tijdstip op een winterse dag. Door het schemerige licht leken de gebouwen en mensen te vervagen en in het niets te verdwijnen, en dat terwijl de hemel boven hun hoofd nog steeds zilverblauw was, gehuld in een kil licht. De winterse zonsondergang, als een verfstreek zo rood als rozen en bloed, was aan het eind van elke straat zichtbaar, en het was een mooi schouwspel, maar tegelijkertijd vreemd angstaanjagend. Terwijl sir Walter door het raam van zijn rijtuig naar buiten staarde, prees hij zich gelukkig dat hij in geen enkel opzicht een fantasievol persoon was. Ieder ander zou zich waarschijnlijk volkomen van zijn stuk gebracht voelen bij het onaangename vooruitzicht een tovenaar te moeten consulteren, terwijl de straten in een duistere, bloedrode gloed gehuld waren.

Geoffrey deed bij Harley-street nummer negen de deur open en sir Walter liep snel de trap op. Hij liep langs de Venetiaanse ontvangstkamer op de eerste verdieping, waar mevrouw die ochtend had gezeten. Een soort voorgevoel bracht hem ertoe naar binnen te kijken. Eerst leek het erop dat er onmogelijk iemand kon zijn. Het vuur in de haard was bijna gedoofd, waardoor de kamer was gehuld in een soort tweede schemering. Er had nog niemand een lamp of een kaars aangestoken. En toen zag hij haar.

Ze zat met haar rug naar hem toe kaarsrecht in een stoel bij het raam. Alles aan haar – haar stoel, haar houding, zelfs de vouwen in haar japon en omslagdoek – was nog precies hetzelfde als die ochtend, toen hij was weggegaan.

Zodra hij in zijn werkkamer was, ging hij zitten om een dringende brief te schrijven naar meneer Norrell.

Meneer Norrell kwam niet meteen. Er ging een uur of twee voorbij. Eindelijk arriveerde hij, met een onverstoorbare uitdrukking op zijn gezicht. Sir Walter begroette hem in de hal en beschreef wat er was gebeurd. Toen stelde hij voor naar de Venetiaanse ontvangstkamer te gaan.

'O,' zei meneer Norrell snel, 'maar afgaand op wat u mij heeft verteld, sir Walter, weet ik bijna zeker dat we lady Pole niet lastig hoeven te vallen. Ik vrees namelijk dat ik niets voor haar kan doen. Hoe moeilijk ik het ook vind dit tegen u te zeggen, mijn beste sir Walter – want zoals u weet zou ik u graag van dienst zijn als ik kon – maar wat mevrouw ook mankeert, ik denk niet dat ze er door middel van magie van genezen kan worden.'

Sir Walter zuchtte. Hij liet met een ontevreden gezicht zijn hand door zijn haar gaan. 'Meneer Baillie kon niets vinden, dus dacht ik—'

'O! Maar juist daarom ben ik er zo zeker van dat ik u niet kan helpen. Magie en geneeskunde verschillen niet zo veel van elkaar als u schijnt te denken. Ze overlappen elkaar vaak. Voor een ziekte kan zowel een medische als een magische remedie bestaan. Als mevrouw echt ziek was of als ze – God bewaar! – opnieuw zou sterven, dan zou er zeer zeker een toverspreuk zijn om haar te genezen of weer tot leven te wekken. Maar vergeef me, sir Walter, wat u beschrijft lijkt meer op een aandoening van spirituele dan van fysieke aard, en in dat geval is noch magie, noch geneeskunde de oplossing. Ik ben geen expert op dat gebied, maar wellicht kan een geestelijke u beter van dienst zijn.'

'Maar lord Castlereagh dacht – ik weet niet of het waar is – lord Castlereagh dacht dat lady Pole, omdat ze haar leven aan magie te danken heeft... Ik moet toegeven dat ik zijn uitleg niet zo goed begreep, maar volgens mij bedoelde hij te zeggen dat mevrouw uitsluitend ontvankelijk zou zijn voor magische geneeswijzen, omdat haar leven op magie is gebaseerd.'

'Is dat zo? Zei lord Castlereagh dat? Wel heb ik ooit. Hij heeft het mis, hoor, maar ik vind het uiterst intrigerend dat hij daaraan heeft gedacht. Vroeger werd dat de Meraudiaanse ketterij[1] genoemd. In de

---

[1] Die theorie werd in de twaalfde eeuw voor het eerst uiteengezet door Meraud, een tovenaar uit Cornwall, en hij beschreef veel varianten. In zijn meest extreme vorm betreft het het geloof dat eenieder die door middel van magie is genezen, gered of tot leven gewekt niet langer valt onder het gezag van God en zijn kerk. Wel is zo iemand wellicht trouw verschuldigd aan de tovenaar of elf die hem heeft geholpen.

Meraud werd gearresteerd en voorgeleid voor de raad van Winchester, die bestond uit Stephen, koning van Zuid-Engeland, en zijn bisschoppen. Meraud werd gebrandmerkt, geslagen en zo goed als uitgekleed. Vervolgens werd hij verbannen. De bisschoppen verboden iedereen hem te helpen. Meraud probeerde van Winchester naar Newcastle te lopen, waar het kasteel van de Ravenkoning stond. Onderweg stierf hij.

Ook het Noord-Engelse geloof dat bepaalde typen moordenaars niet meer onder het gezag van God of de Duivel vallen, maar onder dat van de Ravenkoning, is een vorm van Meraudiaanse ketterij.

twaalfde eeuw was er een abt uit Rivaulx die zich erop toelegde deze ketterij uit te roeien, en die later heilig werd verklaard. Nu is magische theologie natuurlijk nooit mijn favoriete onderwerp geweest, maar als ik me niet vergis, wordt in hoofdstuk negenenzestig van William Pantler's boek *Three Perfectible States of Being*—'[2]

Meneer Norrell leek op het punt te staan een van zijn lange, saaie redevoeringen over de geschiedenis van de Engelse magie te gaan houden, met verwijzingen naar boeken waar niemand ooit van had gehoord. Sir Walter onderbrak hem met de woorden: 'Ja, ja! Maar heeft u enig idee wie de persoon met de groene jas en het zilveren haar zou kunnen zijn?'

'O!' zei meneer Norrell. 'Denkt u dat er iemand was dan? Dat lijkt mij zeer onwaarschijnlijk. Zou het geen kamerjas kunnen zijn geweest, die een nalatige bediende aan een haak heeft laten hangen? Juist op een plaats waar men niet verwacht er een te zien? Ik ben zelf regelmatig geschrokken van de pruik die ik nu op heb. Lucas behoort deze elke avond op te bergen, dat weet hij, maar hij heeft de pruik al een paar keer aan de pruikenstandaard op de schoorsteenmantel gehangen, waar hij weerspiegeld wordt in de spiegel die boven de open haard hangt. Dan lijkt het alsof er twee heren staan die de hoofden bij elkaar hebben gestoken om over mij te fluisteren.'

Meneer Norrell knipperde snel met zijn oogjes naar sir Walter. Nadat hij had verklaard dat hij niets kon doen, wenste hij sir Walter een goede avond en vertrok.

Meneer Norrell ging rechtstreeks naar huis. Zodra hij bij zijn huis aan Hanover-square was aangekomen, ging hij naar een kleine studeerkamer op de tweede verdieping. Dat was een rustige kamer aan de achterkant van het huis, met uitzicht op de tuin. De bedienden kwamen nooit binnen als hij in deze kamer aan het werk was, en zelfs Childermass zou hem hier alleen maar storen als hij daar een zeer dringende reden voor had. Hoewel meneer Norrell nooit van tevoren liet weten wanneer hij van plan was het vertrek te gaan gebruiken, was een van de huisregels dat het te allen tijde voor hem in gereedheid moest zijn. Op dat moment brandde er dan ook een fel vuurtje in de open haard en waren alle lampen aangestoken, maar de bedienden

[2] William Pantler, *Three Perfectible States of Being*. Uitg. Henry Lintot, Londen 1735. De drie vervolmaakbare wezens zijn engelen, mensen en elfen.

hadden nagelaten de gordijnen te sluiten. Als gevolg daarvan leek het raam op een zwarte spiegel, waarin de kamer werd gereflecteerd.

Meneer Norrell ging aan zijn bureau tegenover het raam zitten. Hij sloeg een van de vele grote boeken die op het bureau lagen open, en mompelde binnensmonds een toverspreuk.

Een kooltje dat door het haardrooster viel en een schaduw die in de kamer bewoog deden hem opkijken. In het donkere raam zag hij zijn eigen geschrokken gezicht, en daarachter een gestalte met een bleek, zilverwit gezicht en een grote bos glanzend haar.

Meneer Norrell draaide zich niet om, maar zei boos tegen de reflectie in het raam: 'Toen u zei dat u het halve leven van de jongedame zou nemen, ging ik ervan uit dat u haar zou toestaan de helft van de beloofde vijfenzeventig jaar bij haar vrienden en familie door te brengen. Ik dacht dat het zou lijken alsof ze gewoon dood was gegaan!'

'Dat heb ik nooit gezegd.'

'U heeft mij bedrogen! U heeft mij verre van geholpen! U dreigt alles wat ik heb bereikt ongedaan te maken met uw bedrog!' riep meneer Norrell.

De persoon in het raam maakte een afkeurend geluid. 'Ik had gehoopt dat u bij onze tweede ontmoeting iets redelijker zou zijn. In plaats daarvan bent u niet alleen zeer arrogant, maar bovendien ten onrechte kwaad op mij! Ik heb me aan de voorwaarden van onze afspraak gehouden! Ik heb gedaan wat u vroeg en niets genomen wat niet van mij was! Als u echt begaan was met het lot van lady Pole, zou u blij zijn dat ze nu onder vrienden is, die haar echt bewonderen en op waarde schatten!'

'O, dat,' zei meneer Norrell smalend. 'Dat maakt mij niets uit. Wat is nu het lot van een jonge vrouw, vergeleken met het succes van de Engelse magie? Nee, het gaat mij om haar echtgenoot, de man voor wie ik het heb gedaan! Dank zij uw verraad is hij zeer terneergeslagen. Stel dat hij niet herstelt! Stel dat hij zich terugtrekt uit de regering! Misschien vind ik nooit meer een bondgenoot die zo graag bereid is mij te helpen.[3] Er zal vast en zeker nooit meer een minister komen die mij zo veel verschuldigd is!'

---

[3] Uit deze opmerking blijkt duidelijk dat meneer Norrell nog niet besefte hoe hoog de ministers hem achtten, noch hoe graag zij hem wilden inzetten bij de oorlog.

'Haar echtgenoot, zegt u? Nou, dan zal ik hem een hoge post bezorgen! Ik zal hem tot grotere hoogten brengen dan hij ooit op eigen kracht zou hebben kunnen bereiken. Ik maak hem premier. Of misschien zelfs keizer van Groot-Brittannië. Heeft u daar iets aan?'

'Nee, nee!' riep meneer Norrell. 'U begrijpt het niet! Ik wil alleen maar dat hij tevreden is over mij, en dat hij de andere ministers ervan overtuigt dat ik met mijn magie zeer veel voor het land zal kunnen betekenen!'

'Het is mij een raadsel,' verklaarde de persoon in het raam hooghartig, 'waarom u de voorkeur geeft aan de hulp van die heer boven die van mij! Wat weet hij nu van magie? Niets! Ik kan u leren bergen op te tillen en uw vijanden ermee te verpletteren! Ik kan de wolken laten zingen als u er aankomt. Ik kan ervoor zorgen dat het zomer is als u arriveert en winter als u vertrekt. Ik kan—'

'O, natuurlijk! En in ruil wilt u alleen maar dat de Engelse magie aan uw grillen wordt overgeleverd! U zult Engelse mannen en vrouwen weghalen uit hun huizen en van Engeland een oord maken waar alleen uw ontaarde ras zich thuis zal voelen! De prijs die ik voor uw hulp moet betalen is mij te hoog!'

De persoon in het raam reageerde niet meteen op de beschuldigingen. Wel sprong er plotseling een kaars van tafel, die door de kamer vloog en een spiegel aan de muur ertegenover en de porseleinen buste van Thomas Lanchester, die ervoor stond, aan diggelen sloeg.

Toen werd het stil.

Meneer Norrell bleef angstig bevend zitten. Hij keek naar de boeken die voor hem op tafel lagen, maar als hij las, deed hij het op een manier die alleen tovenaars kennen, want zijn blik gleed niet over de pagina. Na enkele minuten keek hij weer op. Het spiegelbeeld van de heer in het raam was verdwenen.

Alle plannen die men voor lady Pole had gehad, liepen op niets uit. Het huwelijk, dat voor beide partners een paar weken lang zo veelbelovend had geleken, viel ten prooi aan onverschilligheid en stilte van haar kant, en bezorgdheid en ellende van zijn kant. Ze werd niet het nieuwe boegbeeld van de beau monde. Integendeel, ze weigerde ook maar ergens naar toe te gaan. Niemand kwam haar opzoeken en al snel was de beau monde haar vergeten.

De bedienden gingen met groeiende tegenzin de kamer binnen waar zij zat, hoewel niemand duidelijk kon zeggen waarom. Wel was er om haar heen de zachte echo van klokgelui te horen. Een koude wind leek vanuit de verte om haar heen te waaien, en iedereen die in haar buurt kwam begon te rillen. Ze zat daar maar, uur na uur, met haar omslagdoek om haar schouders geslagen, zonder iets te zeggen of zich te verroeren, en langzaam maar zeker dromden nachtmerries en schaduwen om haar samen.

19

De Peep-O'Day-Boys

februari 1808

Vreemd genoeg merkte niemand dat de vreemde ziekte die mevrouw in zijn greep had tot in het kleinste detail hetzelfde was als de ziekte die Stephen Black teisterde. Ook hij klaagde over vermoeidheid en kou, en bij de zeldzame gelegenheden dat een van hen iets zei, klonk hun stem zacht en uitgeput.

Maar misschien was het ook niet zo vreemd. Door de verschillen in de levensstijl van een dame en een butler worden eventuele overeenkomsten tussen hen verdoezeld. Een butler heeft plichten die hij moet nakomen. In tegenstelling tot lady Pole mocht Stephen niet urenlang werkloos en zwijgend bij het raam zitten. De symptomen die men in het geval van lady Pole weet aan een ziekte, werden in Stephen's geval toegeschreven aan neerslachtigheid.

John Longridge, de kok van Harley-street, leed al meer dan dertig jaar aan neerslachtigheid en hij verwelkomde Stephen dan ook al snel als zijn nieuwe broeder in 'de kameraadschap der zwaarmoedigen'. De arme man leek erg blij dat hij eindelijk iemand had om zijn smart mee te delen. 's Avonds, als Stephen met zijn hoofd in zijn handen aan de keukentafel zat, kwam John Longridge tegenover hem zitten om zijn medeleven te betuigen.

'Ik heb medelijden met u, meneer, werkelijk waar. Zwaarmoedigheid, meneer Black, is de ergste kwelling die een man kan treffen. Soms lijkt Londen in mijn ogen zowel qua kleur als qua samenstelling nog het meest op koude erwtensoep. Dan zie ik mensen met koude-erwtensoepgezichten en koude-erwtensoephanden over de koude-erwtensoepstraten lopen. Ach! Wat voel ik me dan ellendig!

Zelfs de zon aan de hemel lijkt dan kil en grijs als koude erwtensoep, en kan mij niet verwarmen. Heeft u het vaak koud, meneer?' John Longridge legde zijn hand op die van Stephen. 'Ach, meneer Black, meneer,' zei hij dan, 'u bent zo koud als het graf.'

Stephen voelde zich net een slaapwandelaar. Hij leefde niet meer, hij droomde alleen maar. Hij droomde van het huis in Harley-street en van de andere bedienden. Hij droomde van zijn werk en zijn vrienden en van mevrouw Brandy. Soms droomde hij heel vreemde dingen, dingen waarvan hij, ergens in een koel hoekje in zijn ziel, wist dat ze niet zo hoorden. Soms liep hij in het huis aan Harley-street door een vestibule of op een trap, en als hij zich dan omdraaide, zag hij andere vestibules en trappen die zich een heel eind uitstrekten – vestibules en trappen waarvan hij wist dat ze er niet hoorden te zijn. Dan leek het alsof het huis in Harley-street per ongeluk was blijven steken in een veel groter en ouder gebouw. De gangen met de stenen gewelven waren stoffig en overal waren schaduwen. De trappen en vloeren waren zo versleten en oneffen dat ze meer op stenen uit de natuur leken dan op stenen in een bouwwerk. Maar het vreemdste aan die spookachtige ruimtes was dat ze Stephen bekend voorkwamen. Hij begreep niet hoe of waarom, maar soms betrapte hij zichzelf erop dat hij dacht: ja, vlak om die hoek is de oostelijke wapenkamer. Of: die trap leidt naar de Toren van de Beul.

Telkens als hij die gangen zag, of de aanwezigheid ervan voelde zonder ze daadwerkelijk waar te nemen, wat soms ook voorkwam, leefde hij een beetje op, werd hij iets meer zichzelf. Wat het ook was aan hem dat bevroren was – zijn ziel? zijn hart? – het ontdooide een fractie, en zijn gedachten, zijn nieuwsgierigheid en zijn gevoelens kwamen in zijn binnenste weer tot leven. Verder was er echter niets wat hem kon vermaken, niets wat hem tevreden kon stemmen. Hij werd omringd door schaduwen, leegte, echo's en stof.

Zijn rusteloosheid dwong hem soms tot lange, eenzame zwerftochten door de onverlichte, winterse straten rond Mayfair en Piccadilly. Op één zo'n avond, eind februari, kwam hij langs het koffiehuis van meneer Warton in Oxford-street. Die plek kende hij goed. Het vertrek op de eerste verdieping was de thuisbasis van de Peep-O'Day-Boys, een club voor vooraanstaande mannelijke bedienden die werkten voor de gegoede families in Londen. Lord Castlereagh's lijfknecht was er bij voorbeeld lid. De koetsier van de hertog van Portland ook, evenals Stephen. De Peep-O'Day-Boys kwamen iedere derde dinsdag van de maand bijeen en genoten dan van dezelfde dingen als de leden van iedere andere club in Londen: ze aten en dronken, gokten, spraken over politiek en roddelden over de vrouwen voor wie ze werkten. Op andere avonden hadden de Peep-O'Day-Boys die vrij hadden de gewoonte zich naar de eerste verdieping van meneer Warton's koffiehuis te begeven, om tot rust te komen in het gezelschap van hun kameraden. Stephen ging naar binnen en liep de trap op.

De ruimte was niet anders dan vergelijkbare vertrekken in andere, soortgelijke gebouwen in de stad. Zoals gewoonlijk in ruimtes waar de mannelijke helft van de samenleving bijeenkomt was het er blauw van de rook. Het vertrek was gelambriseerd met donker hout. Tussenmuren van hetzelfde hout verdeelden de ruimte in hokjes, zodat de klanten zich heerlijk konden terugtrekken in hun eigen houten wereldje. De kale vloer rook aangenaam door het verse zaagsel dat er iedere dag overheen werd gestrooid. Op de tafels lagen witte tafelkleden, en de olielampen werden keurig schoongehouden en de kousjes kortgeknipt. Stephen ging in een van de hokjes zitten en bestelde een glas port, waar hij vervolgens dromerig naar ging zitten staren.

Steeds als een van de Peep-O'Day-Boys langs Stephen's hokje kwam, stopte hij om met hem te praten. Stephen begroette hen halfslachtig door zijn hand te heffen, maar vanavond nam hij niet de moeite antwoord te geven op hun vragen. Dat was inmiddels, o, twee of drie keer gebeurd, toen Stephen plotseling iemand heel duidelijk hoorde fluisteren: 'Je hebt gelijk dat je geen aandacht aan hen besteedt! Want wat zijn ze uiteindelijk nu helemaal? Bedienden en werkezels! En als jij met mijn hulp de hoogste toppen van edelheid en grootsheid hebt bereikt, zoals jou toekomt, zal het een enorme troost voor je zijn te weten dat je hun vriendschap hebt afgewezen!' Het was maar een fluistering, maar toch kon Stephen het heel duidelijk verstaan, boven de stemmen en het gelach van de Peep-O'Days en de andere heren uit. De vreemde gedachte kwam bij hem op dat die fluistering zelfs door steen, ijzer en koper heen zou dringen. Al klonk het gefluister van honderden meters onder de grond, dan nog zou je het kunnen verstaan. Het kon edelstenen doen barsten en mensen tot krankzinnigheid drijven.

Dat was zo'n buitengewone gedachte dat hij even uit zijn sloomheid opschrok. Hij werd gegrepen door een brandende nieuwsgierigheid te ontdekken wie er tegen hem had gesproken en hij keek om zich heen, maar zag niemand die hij niet kende. Daarom stak hij zijn hoofd om de scheidingswand heen, om in het volgende hokje te kunnen kijken. Daar zat een man met een opvallend voorkomen. Hij voelde zich zo te zien volkomen op zijn gemak. Zijn armen rustten op de bovenkant van de scheidingswand en zijn gelaarsde voeten stonden op de tafel. Hij bezat een aantal opvallende kenmerken, maar zijn bos zilveren haar, zo licht, zacht en glanzend als distelpluis, sprong het meest in het oog. Hij knipoogde naar Stephen. Toen kwam hij uit zijn hokje en ging bij Stephen zitten.

'Laat ik je zeggen,' zei hij op zeer vertrouwelijke toon, 'dat deze stad nu niet half zo prachtig is als vroeger! Sinds mijn terugkeer ben ik keer op keer diep teleurgesteld. Als je vroeger uitkeek over Londen, dan zag je een woud van torentjes, siertorentjes en pieken. De veelkleurige vlaggen en vaandels die aan al die torens wapperden waren oogverblindend! Overal zag je bewerkt steen, zo delicaat als vingerbotjes en zo sierlijk als stromend water! Er waren huizen versierd met stenen draken, griffioenen en leeuwen die de wijsheid, moed en felheid van de bewoners symboliseerden, terwijl in de tuinen van diezelfde huizen soms echte draken, griffioenen en leeuwen in sterke kooien zaten. Hun gebrul, dat op straat duidelijk te horen was, joeg laffe lieden de stuipen op het lijf. In iedere kerk lag wel een heilige, die ieder uur op verzoek van het volk wonderen verrichtte. Iedere heilige zat opgesloten in een ivoren doodskist, die weer werd omsloten door een kist beslagen met juwelen, en die werd op zijn beurt weer tentoongesteld in een prachtige tombe van goud en zilver, die dag en nacht glansde in het licht van duizenden kaarsen! Iedere dag werd er een imposante processie gehouden om een van de heiligen te eren, en de faam van Londen verspreidde zich van de ene wereld naar de andere! In die tijd kwamen de inwoners van Londen uiteraard vaak *míj* om raad vragen met betrekking tot de bouw van hun kerken, de indeling van hun tuinen en de inrichting van hun huizen. Als ze hun verzoek eerbiedig genoeg verwoordden, gaf ik hun over het algemeen goede raad. Nou en of! Toen Londen zijn uiterlijk aan *míj* te danken had, was de stad prachtig, nobel, weergaloos. Maar nu...'

Hij maakte een veelzeggend gebaar, alsof hij Londen in zijn handen verfrommelde tot een bal en weggooide. 'Maar wat zit je dom naar mij te staren! Ik heb kosten noch moeite gespaard om je te kunnen bezoeken, en je zit daar maar zwijgend en nors te zitten met je mond open! Je bent vast verrast mij te zien, maar dat is nog geen reden om al je goede manieren te vergeten. Natuurlijk,' zei hij op een toon alsof hij een grote concessie deed, 'verkeren Engelsen in mijn aanwezigheid wel vaker in opperste verbazing, dat is de normaalste zaak van de wereld. Maar jij en ik zijn zulke goede vrienden, dat ik een beter welkom verdien!'

'Hebben wij elkaar dan eerder ontmoet, meneer?' vroeg Stephen verbaasd. 'Ik weet wel dat ik van u heb gedroomd. Ik droomde dat u en ik ons in een enorm herenhuis met eindeloze, stoffige gangen bevonden!'

'Hebben wij elkaar dan eerder ontmoet, meneer?' bootste de heer met het pluishaar hem spottend na. 'Wat kraam je toch een onzin uit! Alsof we niet wekenlang iedere avond naar dezelfde diners, bals en feesten zijn geweest!'

'Natuurlijk, in mijn dromen—'

'Ik had niet gedacht dat je zo dom kon zijn!' riep de heer. 'Lost-hope is geen droom! Het is mijn oudste en mooiste landhuis – ik heb er nog meer – en het is even echt als Carlton House.[1] Veel echter zelfs! Ik weet veel over de toekomst, en ik zeg je dat Carlton House over twintig jaar met de grond gelijkgemaakt zal worden, en Londen zelf – och! – dat zal nog hooguit tweeduizend jaar blijven bestaan, terwijl Lost-hope er tot het einde der tijden zal zijn!' Hij leek bespottelijk tevreden over die gedachte. Sterker nog, het leek wel alsof hij zichzelf ermee feliciteerde. 'Nee, het is geen droom. Je bent alleen betoverd, waardoor je iedere nacht naar Lost-hope komt om onze elfenfestiviteiten bij te wonen!'

Stephen staarde de heer niet-begrijpend aan. Toen realiseerde hij zich dat hij iets moest zeggen, anders zou hij wederom beschuldigingen moeten aanhoren over zijn norsheid en slechte manieren. Hij vermande zich en stamelde: 'En... en is het úw betovering, meneer?'

'Maar natuurlijk!'

Aan zijn tevreden manier van spreken kon Stephen merken dat de heer met het pluishaar vond dat hij Stephen een zeer grote gunst had bewezen door hem te betoveren. Stephen bedankte hem beleefd. 'Maar toch,' voegde hij eraan toe, 'begrijp ik werkelijk niet waar ik uw vriendelijkheid aan heb verdiend. Ik weet zeker dat ik helemaal niets voor u heb gedaan.'

'Ach!' riep de heer verrukt. 'Je hebt uitstekende manieren, Stephen

---

[1] Het Londense huis van de kroonprins in Pall Mall.

Black! Je zou de trotse Engelsen het een en ander kunnen leren over het fatsoen waarmee men hooggeplaatste personen dient te behandelen. Jouw manieren zullen je uiteindelijk geluk brengen!'

'En die gouden gienjes in mevrouw Brandy's kassa,' zei Stephen, 'waren die ook van u?'

'O! Hoe raad je het zo? Maar zie eens hoe slim ik ben geweest! Omdat ik nog weet dat je me hebt verteld dat je dag en nacht door vijanden bent omgeven die het slecht met je voorhebben, heb ik het geld aan een vriendin van je gegeven. Als je met haar trouwt, is het geld van jou.'

'Hoe...' begon Stephen, maar hij bedacht zich. Het was duidelijk dat de heer alles over zijn leven wist, en dat hij bovendien vond dat hij het recht had zich met alles te bemoeien. 'Maar u vergist zich over mijn vijanden, meneer,' zei hij. 'Die heb ik niet.'

'Mijn beste Stephen!' riep de heer zeer geamuseerd. 'Natuurlijk heb je vijanden! En de grootste is die slechte man, jouw baas en de echtgenoot van lady Pole! Hij dwingt je hem te dienen, dag en nacht zijn bevelen op te volgen. Hij laat je dingen doen die volkomen ongepast zijn voor iemand die zo mooi en nobel is als jij. En waarom doet hij dat?'

'Ik neem aan omdat—' begon Stephen.

'Precies!' verklaarde de heer triomfantelijk. 'Omdat hij je in al zijn walgelijke slechtheid in de ketenen heeft geslagen, en nu danst hij bij de aanblik van jouw netelige situatie triomfantelijk en gierend van de lach in het rond!'

Stephen deed zijn mond open om tegen te werpen dat sir Walter Pole zo iets nooit zou doen, dat hij Stephen altijd vriendelijk en vol genegenheid had bejegend en dat sir Walter, toen Stephen nog klein was, het schoolgeld voor hem had betaald, terwijl hij het geld eigenlijk niet kon missen. En dat ze later, toen sir Walter nóg armer was, vaak samen bij hetzelfde haardvuur hetzelfde eten hadden gegeten. En wat zijn vijanden betrof: Stephen had sir Walter wel eens zelfvoldaan zien glimlachen als hij dacht dat hij een punt had gescoord tegen een van zijn politieke tegenstanders, maar hij had hem nog nooit zien dansen of zien gieren van de lach. Dat alles wilde Stephen zeggen, toen het woord 'ketenen' een soort geluidloze bliksemflits in zijn binnenste leek te veroorzaken. Plotseling zag hij in zijn fantasie een donkere plek – een vreselijke plek, een plek vol verschrikkingen, een warme, benauwde, stinkende plek. In het donker waren schaduwen en klonk het geschuur en gerinkel van zware ijzeren ketenen. Hij had geen flauw idee waar dit beeld vandaan kwam en wat het betekende. Hij dacht niet dat het een herinnering was. Hij was toch nooit op zo'n plek geweest?

'...Als hij er ooit achter komt dat zij en jij iedere avond aan hem ontsnappen om in mijn huis gelukkig te zijn... Mijn hemel! Hij zou vast vreselijk jaloers worden, en het zou me niet verbazen als hij jullie zou proberen te vermoorden. Maar wees niet bang, mijn beste, beste Stephen! Ik zal ervoor zorgen dat hij er nooit achter komt. O! Wat heb ik een hekel aan dat soort egoïstische mensen! Ik weet hoe het is om veracht en gekleineerd te worden door die trotse Engelsen en gedwongen te worden taken te verrichten die ver beneden je waardigheid liggen. Ik kan het niet aanzien dat jou hetzelfde lot treft!' De heer zweeg even en streek met zijn ijskoude, witte vingers over Stephen's wang, waardoor een vreemde tinteling zich verbreidde over Stephen's huid. 'Je hebt geen idee wat een warme belangstelling ik voor je koester en hoe graag ik je een duurzame dienst zou bewijzen! Daarom heb ik een plan bedacht om jou tot koning van een elfenkoninkrijk te maken!'

'Ik... neemt u mij niet kwalijk, meneer. Ik was elders met mijn gedachten. Koning, zegt u? Nee, meneer. Ik zou geen koning kunnen zijn. U bent te vriendelijk voor mij, en dat is de enige reden waarom u het mogelijk acht. Bovendien doet het Elfenrijk mij helaas geen goed. Al vanaf de eerste keer dat ik bij u thuis op bezoek ben geweest, voel ik mij versuft en zwaarmoedig. Ik ben de hele dag moe en mijn leven ervaar ik als een zware last. Dat ligt vast aan mij, maar is het mogelijk dat stervelingen niet toegerust zijn op elfengeluk?'

'O, maar dat is gewoon het verdriet dat je ervaart als je het saaie, sombere Engeland vergelijkt met het heerlijke leven dat je leidt in mijn huis, waar altijd gedanst en gefeest wordt en waar iedereen zijn mooiste kleren aanheeft!'

'U heeft vast gelijk, meneer, maar als u mij zou kunnen bevrijden van deze betovering, dan zou ik u zeer dankbaar zijn.'

'O! Maar dat is onmogelijk!' verklaarde de heer. 'Weet je dan niet dat mijn mooie zusters en nichten – voor wie koningen elkaar hebben vermoord en grote keizerrijken in verval zijn geraakt, overigens – onderling ruziën over de vraag wie jouw volgende danspartner zal zijn? Stel je voor wat ze zouden zeggen als ik hun vertelde dat je niet meer naar Lost-hope zou komen. Een van mijn vele deugden is dat ik een zeer attente broer en neef ben en altijd mijn best doe het de dames in mijn huis zo veel mogelijk naar de zin te maken. En wat betreft je afwijzing van het koningschap: ik kan je verzekeren dat niets zo prettig is als zien hoe men voor je buigt en horen hoe men je met allerlei nobele titels aanspreekt.'

Hij ging weer verder met het ophemelen van Stephen's schoonheid, deftige gezichtsuitdrukking en elegante manier van dansen, want dat alles leek hij te beschouwen als de voornaamste kwalificaties van een heerser over een uitgestrekt koninkrijk in het Elfenrijk. Verder speculeerde hij over de vraag welk koninkrijk het best bij Stephen zou passen. 'Untold-Blessings is een prachtig oord met donkere, ondoordringbare bossen, eenzame bergen en oneindige zeeën. Het voordeel is dat er op dit moment geen heerser is, maar er is ook een nadeel, want er zijn al zesentwintig anderen die aanspraak maken op de troon, wat zou betekenen dat jij midden in een burgeroorlog zou belanden, en daar heb je waarschijnlijk niet zo veel zin in. Dan is er nog het hertogdom Pity-Me. De huidige hertog heeft maar weinig vrienden. O, maar ik zou de gedachte niet kunnen verdragen dat een van mijn vrienden heerser zou zijn over zo'n ellendig klein oord als Pity-Me!'

20

De ongeloofwaardige hoedenmaker

februari 1808

De mensen die dachten dat de oorlog spoedig ten einde zou zijn nu de tovenaar ten tonele was verschenen, werden algauw teleurgesteld. 'Magie!' zei meneer Canning. 'Praat me er niet van! Het is niet anders dan al het andere: vol tegenslagen en teleurstellingen.'

Dat was tot op zekere hoogte wel waar, en meneer Norrell was altijd bereid lange ingewikkelde verklaringen te geven over de vraag waarom iets niet mogelijk was. Op een keer, tijdens zo'n verklaring, zei hij iets waar hij later spijt van zou krijgen. Het gebeurde in Burlington House. Meneer Norrell probeerde lord Hawkesbury, de minister van Binnenlandse Zaken[1], uit te leggen dat iets niet mogelijk was omdat er minstens tien tovenaars voor nodig zouden zijn, die dag en nacht zouden werken. Hij hield een lang, saai betoog over de erbarmelijke toestand van de Engelse magie, dat eindigde met de woorden: 'Ik zou willen dat het anders was, maar zoals mijn heer weet, kiezen jonge mannen sneller voor een carrière in het leger, bij de marine of bij de kerk. Aan mijn beroep wordt helaas maar weinig aandacht geschonken.' Hij zuchtte diep.

Daar bedoelde meneer Norrell eigenlijk niets mee. Op zijn hoogst wilde hij de aandacht vestigen op zijn eigen bijzondere talent. Helaas vatte lord Hawkesbury het heel anders op.

---

[1] Robert Banks Jenkinson, lord Hawkesbury (1770-1828). Toen zijn vader in december 1808 stierf, werd hij graaf van Liverpool. In de negen jaar die volgden, bewees hij een van de trouwste medestanders van meneer Norrell te zijn.

‘O!’ riep hij uit. ‘Dus u bedoelt dat we nieuwe tovenaars nodig hebben? O ja, dat begrijp ik wel. Nou en of. Een school wellicht? Of een koninklijk genootschap onder de bescherming van zijne majesteit? Meneer Norrell, ik denk dat we de details maar aan u moeten overlaten. Als u zo vriendelijk zou willen zijn een memorandum op te stellen over dit onderwerp, ben ik graag bereid dat te lezen en de voorstellen voor te leggen aan de andere ministers. We weten allemaal hoe bedreven u bent in het opstellen van dergelijke geschriften: u schrijft zo duidelijk en gedetailleerd en uw handschrift is erg mooi. Ik weet zeker, meneer, dat we ergens wel wat geld vandaan zullen kunnen halen. Zodra u tijd heeft, meneer. Het heeft geen haast. Ik weet hoe druk u het heeft.’

Arme meneer Norrell! Niets stond hem zo tegen als het opleiden van nieuwe tovenaars. Hij troostte zichzelf met de gedachte dat lord Hawkesbury een typische minister was: toegewijd aan zijn werk, maar geplaagd door duizend-en-één dingen die hij moest onthouden. Ongetwijfeld zou hij alles binnen de kortste keren zijn vergeten.

Maar de eerstvolgende keer dat meneer Norrell in Burlington House was, kwam lord Hawkesbury gehaast naar hem toe en riep: ‘O, meneer Norrell! Ik heb met de koning gesproken over uw plan om nieuwe tovenaars op te leiden. Zijne majesteit was aangenaam verrast en vond het een fantastisch idee. Hij heeft mij gevraagd u te vertellen dat hij graag bereid is uw initiatief te steunen.’

Gelukkig kwam op dat moment juist de Zweedse ambassadeur de zaal binnen, zodat de lord haastig vertrok voordat meneer Norrell kon antwoorden.

Ongeveer een week later, echter, kwam meneer Norrell lord Hawkesbury opnieuw tegen, ditmaal bij een speciaal diner dat de kroonprins ter ere van meneer Norrell had georganiseerd in Carlton House. ‘O, meneer Norrell, daar bent u! U heeft de aanbevelingen voor de tovenaarsschool zeker niet bij u? Ik heb namelijk zojuist gesproken met de graaf van Devonshire en hij is erg geïnteresseerd. Hij denkt dat zijn huis in Leamington Spa uitermate geschikt zou zijn en heeft me vragen gesteld over het curriculum, of er gebeden zal worden en of tovenaars er ook zullen slapen. Allerlei zaken, kortom, waar ik geen antwoord op kon geven. Zou u zo vriendelijk willen zijn eens met hem te gaan praten? Daar zit hij, bij de schoorsteenmantel. O, hij heeft ons gezien, hij komt hierheen. Excellentie, dit is meneer Norrell, die u er alles over kan vertellen!’

Met enige moeite wist meneer Norrell lord Hawkesbury en de graaf van Devonshire ervan te overtuigen dat een school te veel tijd in beslag zou nemen, en dat hij bovendien nog geen jongemannen had ontmoet die over genoeg talent beschikten om de poging de moeite waard te maken. Met kennelijke tegenzin beaamden zijne excellentie en lord Hawkesbury dat. Nu kon meneer Norrell zijn aandacht richten op een aangenamer project: het te gronde richten van reeds bestaande tovenaars.

De straattovenaars in de oude binnenstad van Londen waren al geruime tijd een constante bron van ergernis voor hem. Toen hij nog onbekend was en niemand naar hem luisterde, had hij bij leden van de regering en andere vooraanstaande heerschappen al verzoeken ingediend om die vagebonderende tovenaars te laten verwijderen. Natuurlijk had hij, zodra hij publiek aanzien had verkregen, zijn pogingen verdubbeld, zelfs verdrievoudigd. Het eerste plan dat hij bedacht, hield in dat magie gereguleerd zou worden door de regering en dat tovenaars een vergunning moesten aanvragen. (Natuurlijk vond hij dat hij de enige was die er een zou moeten krijgen.) Hij stelde voor een gedegen regulerend college van magie in het leven te roepen, maar dat was iets te ambitieus.

Zoals graaf Hawkesbury tegen sir Walter zei: 'We willen een man die het land zo'n grote dienst heeft bewezen natuurlijk niet beledigen, maar hoe komt hij erbij om midden in een lange, zware oorlog te eisen dat er een college van magie wordt opgericht met leden van de Geheime Raad, ministers en god mag weten wat nog meer? En waarom? Om te luisteren naar meneer Norrell en om meneer Norrell lof toe te wuiven! Geen sprake van. Mijn beste sir Walter, probeer hem op andere gedachten te brengen, ik smeek het u.'

De volgende keer dat sir Walter meneer Norrell sprak – in meneer Norrell's huis aan Hanover-square – richtte hij zich dan ook tot zijn vriend met de volgende woorden.

'Het is een bewonderenswaardig doel, meneer, dat zal niemand bestrijden, maar een college is de slechtst mogelijke oplossing. In het centrum van Londen, waar het probleem zich voornamelijk voordoet, zou een college geen gezag hebben. Ik zal u zeggen wat we gaan doen: morgen gaan wij samen naar het Mansion House om de burgemeester en enkele wethouders een bezoek te brengen. Ik denk dat we dan snel nieuwe medestanders zullen krijgen.'

'Maar mijn beste sir Walter!' riep meneer Norrell. 'Dat is niet voldoende. Het probleem beperkt zich niet tot Londen. Ik heb de zaak bestudeerd sinds ik ben weggegaan uit Yorkshire...' (Met die woorden bladerde hij door een stapel papieren, die op een tafeltje naast hem lag, en haalde er een lijst uit.) 'Er zijn twaalf straattovenaars in Norwich, twee in Yarmouth, twee in Gloucester, zes in Winchester en wel tweeënveertig in Penzance! Nu vraag ik u! Gisteren nog kwam er één – een ongewassen vrouw – bij mij aan de deur, die weigerde weg te gaan zonder mij te hebben gesproken. Vervolgens vroeg ze mij om een document – een bewijs van bekwaamheid nota bene! – als bewijs van mijn overtuiging dat ze magie kon verrichten. Ik ben nog nooit zo verbijsterd geweest! Ik zei tegen haar: "Mens—"'

'Wat betreft de andere plaatsen die u noemt,' onderbrak sir Walter hem haastig. 'U zult zien dat de rest snel zal volgen als Londen zichzelf eenmaal van die plaag heeft verlost. Ze zullen niet graag voor de hoofdstad onderdoen.'

Meneer Norrell kwam er al snel achter dat sir Walter's voorspellingen juist waren. De burgemeester en de wethouders waren meer dan bereid een te rol spelen in het glorieuze herstel van de Engelse magie. Ze haalden de gemeenteraad over een Comité voor Magische Handelingen op te richten en het comité vaardigde een decreet uit waarin meneer Norrell werd aangewezen als de enige persoon die toestemming had in de Londense binnenstad magie te beoefenen, en dat andere personen die 'stalletjes of winkels opzetten, of op andere wijze de inwoners lastig vallen met de bewering dat zij magie kunnen verrichten' onmiddellijk gesommeerd werden de stad te verlaten.

De straattovenaars braken hun stalletjes af, laadden hun schamele bezittingen op handkarren en sjokten de stad uit. Sommigen namen uitgebreid de tijd om Londen te vervloeken voordat ze weggingen, maar de anderen accepteerden hun lot met bewonderenswaardige kalmte. De meesten legden zich zonder morren neer bij de gedachte dat ze voortaan geen magie meer zouden beoefenen, maar in plaats daarvan bedelaars en dieven zouden worden. En omdat ze zich op amateuristische wijze toch al jaren schuldig hadden gemaakt aan bedelarij en diefstal, zou de omslag niet zo groot zijn als je misschien zou denken.

Eén straattovenaar vertrok echter niet. Vinculus, de tovenaar van Threadneedle-street, bleef in zijn stalletje rampspoed voorspellen en onbeduidende wraaknemingen verkopen aan afgewezen minnaars en rancuneuze leerjongens. Natuurlijk protesteerde meneer Norrell hevig bij het Comité voor Magische Handelingen over deze gang van zaken, want Vinculus was nu juist de tovenaar die hij het meest haatte. Het Comité voor Magische Handelingen zond ordebewaarders en politieagenten op Vinculus af, die hem dreigden met de schandpaal, maar Vinculus schonk geen aandacht aan hen en hij was zo populair bij de inwoners van Londen, dat het comité vreesde dat er rellen zouden uitbreken als hij met geweld verwijderd zou worden.

Op een gure dag in februari stond Vinculus in zijn stalletje naast de kerk van St Christopher Le Stocks. Misschien zijn er lezers die zich de tovenaarsstalletjes uit onze jeugd niet meer herinneren: het stalletje had veel weg van een poppenkast of een kraam op een bazaar, en was gemaakt van hout en canvas. Een geel gordijn, dat aan de onderkant voor de helft bedekt was met een dikke laag vuil, fungeerde als deur en tegelijk als uithangbord voor de diensten die binnen werden aangeboden.

Vinculus had die dag nog geen klanten gehad en hij had er ook weinig vertrouwen in dat die nog zouden komen. De straten in de binnenstad waren zo goed als verlaten. Londen ging schuil onder een bitter koude grijze mist die stonk naar rook en teer. De winkeliers in de binnenstad hadden kolen op het vuur gegooid en al hun lampen aangestoken in een vergeefse poging de kou en de duisternis te verdrijven, maar vandaag wierpen de boogvormige ramen van hun winkels geen gezellige gloed op de straten, want het licht drong niet door de mist heen. Het gevolg was dat klanten niet in de verleiding kwamen de winkels binnen te gaan om geld uit te geven, en de winkeliers stonden in hun witte schorten en poederpruiken op hun gemak met elkaar te kletsen of hun handen te warmen aan het haardvuur. Het was zo'n dag waarop iedereen die binnenshuis iets te doen had ook binnen bleef, en iedereen die wél naar buiten moest, handelde zijn zaken zo snel mogelijk af en ging dan weer vlug naar binnen.

Achter zijn gordijn zat Vinculus somber en halfbevroren in gedachten de namen op een rijtje te zetten van de twee of drie kroeghouders die heel misschien bereid zouden zijn hem op de pof een paar glazen warme kruidenwijn te verkopen. Hij was er bijna uit wie hij als eerste zou benaderen, toen het geluid klonk van stampende voeten en iemand die in zijn handen blies, wat aangaf dat er buiten waarschijnlijk een klant stond te wachten. Vinculus deed het gordijn opzij en stapte naar buiten.

'Bent u de tovenaar?'

Vinculus beaamde dit een beetje wantrouwig – de man zag eruit als een baljuw.

'Mooi, dan heb ik een opdracht voor u.'

'Het eerste consult kost twee shilling.'

De man stak zijn hand in zijn zak, haalde zijn beurs eruit en stopte twee shilling in Vinculus' hand.

Toen beschreef hij het probleem dat Vinculus met behulp van magie moest oplossen. Zijn uitleg was erg duidelijk en hij gaf tot in detail aan wat Vinculus moest doen. Er was alleen één probleem: hoe meer de man zei, des te minder was Vinculus geneigd hem te geloven. De man zei dat hij uit Windsor kwam. Dat was nog wel aannemelijk. Hij had weliswaar een noordelijk accent, maar dat was niet zo vreemd, want er kwamen wel vaker noordelingen naar het zuiden om hun geluk te beproeven. De man zei verder dat hij eigenaar was van een succesvolle hoedenmakerij. Dat was al minder waarschijnlijk, want de man leek in niets op een hoedenmaker. Vinculus wist niet zo veel over hoedenmakers, maar hij wist wél dat ze zich over het algemeen volgens de allerlaatste mode kleedden. Deze man droeg echter een ouderwetse zwarte jas die al tientallen malen versteld en gerepareerd was. Zijn linnen hemd was weliswaar schoon en van goede kwaliteit, maar zou twintig jaar geleden al ouderwets zijn geweest. Vinculus kende de benamingen niet voor de honderd-en-één artikelen die hoedenmakers maken, maar hij wist dat hoedenmakers ze wél kenden. Deze man echter niet, hij noemde ze 'bibelots'. Door het ijskoude weer was de grond in een onplezierige massa van ijs en bevroren modder veranderd, en terwijl Vinculus de bijzonderheden in een smoezelig boekje noteerde, verloor hij zijn evenwicht en viel tegen de ongeloofwaardige hoedenmaker aan. Hij probeerde op te staan, maar de bevroren grond was zo verraderlijk dat hij genoodzaakt was de ander als een soort ladder te gebruiken om overeind te komen. De ongeloofwaardige hoedenmaker trok een vies gezicht toen hij de sterk naar bier en kool ruikende adem van Vinculus in zijn gezicht kreeg en voelde hoe de benige vingers van de straattovenaar hem overal vastgrepen, maar hij zei niets.

'Neemt u mij niet kwalijk,' mompelde Vinculus, toen hij eindelijk weer rechtop stond.

'Het hindert niet,' zei de ongeloofwaardige hoedenmaker beleefd, terwijl hij de oude kruimels, klontjes vet en vuil, en andere sporen afveegde die Vinculus op zijn persoon had achtergelaten.

Ook Vinculus fatsoeneerde zijn kleren, die een beetje scheef waren gaan zitten door zijn val.

De ongeloofwaardige hoedenmaker vervolgde zijn verhaal.

'Nu, zoals ik al zei, de zaken gaan goed en mijn hoeden zijn de meest gewilde artikelen in heel Windsor. Er gaat bijna geen week voorbij of een van de prinsessen uit het kasteel komt wel langs om een nieuwe hoed of bibelot te bestellen. Ik heb een grote goudkleurige gipsafdruk van het koninklijke familiewapen boven de deur van mijn winkel gehangen om aan te geven dat ik koninklijke klandizie heb. Desondanks vind ik het vak van hoedenmaker erg zwaar. Ik blijf vaak tot diep in de nacht op om hoeden te naaien, mijn geld te tellen enzovoorts. Het leven zou, dunkt me, een stuk gemakkelijker zijn als een van de prinsessen verliefd op mij zou worden en met mij zou trouwen. Heeft u een spreuk waarmee u daarvoor kunt zorgen, tovenaar?'

'Een liefdesspreuk? Jazeker. Maar dat zal veel geld kosten. Gewoonlijk vraag ik vier shilling voor een spreuk om de melkmeid aan de haak te slaan, tien shilling voor een naaister en zes gienjes voor een weduwe met een eigen zaak. Maar voor een prinses... Hm.' Vinculus krabde met zijn vieze nagels aan zijn ongeschoren kin. 'Veertig gienjes,' zei hij voorzichtig.

'Prima.'

'En welke moet het worden?' vroeg Vinculus.

'Hoe bedoelt u?' vroeg de ongeloofwaardige hoedenmaker.

'Heeft u een voorkeur voor een bepaalde prinses?'

'Ach, ze lijken allemaal op elkaar, nietwaar? Varieert de prijs per prinses?'

'Nee, dat niet. Ik zal de spreuk voor u op een papiertje schrijven. Scheur het papiertje doormidden en naai de ene helft in het borststuk van uw jas. De andere helft dient u in de kleding van de door u gekozen prinses te verstoppen.'

De ongeloofwaardige hoedenmaker keek verbaasd. 'En hoe moet ik dat in 's hemelsnaam voor elkaar krijgen?'

Vinculus keek de man aan. 'U zei toch zojuist dat u hoeden voor hen maakt?'

De ongeloofwaardige hoedenmaker lachte. 'Ach ja, natuurlijk.'

Vinculus keek de man wantrouwig aan. 'Als u een hoedenmaker bent, ben ik een... een...'

'Een tovenaar?' opperde de ongeloofwaardige hoedenmaker. 'U

moet toch toegeven dat het niet uw enige beroep is. U heeft tenslotte zojuist mijn zakken gerold.'

'Alleen omdat ik wilde weten wat voor schurk u bent,' antwoordde Vinculus meteen, en hij schudde met zijn arm, zodat de spullen die hij uit de zakken van de ongeloofwaardige hoedenmaker had gestolen uit zijn mouw vielen. Een handvol zilveren munten, twee gouden gienjes en drie of vier opgevouwen papiertjes. Hij raapte de papiertjes op.

De vellen waren klein, dik en van uitstekende kwaliteit. Ze waren volgeschreven in een compact, net handschrift. Boven aan het eerste vel papier stond het volgende: 'Twee spreuken om een obstinate man uit Londen te laten vertrekken, en een spreuk om te ontdekken waar mijn vijand mee bezig is.'

'De tovenaar van Hanover-square!' riep Vinculus uit.

Childermass – want hij was het – knikte.

Vinculus las de spreuken. De eerste was bedoeld om het slachtoffer te doen geloven dat de geesten van overleden mensen rondspookten op elke begraafplaats in Londen, en dat de geesten van zelfmoordenaars die zichzelf hadden verdronken rondwaarden op de bruggen. Aldus zou het slachtoffer na verloop van tijd zó bang worden dat hij niet meer langs een brug of een kerk zou durven lopen. Dat valt niet mee in Londen, want de bruggen liggen nooit meer dan honderd meter bij elkaar vandaan en de kerken zijn nog talrijker. De tweede spreuk was bedoeld om het slachtoffer ervan te overtuigen dat hij zijn ware liefde en levensgeluk zou vinden op het platteland. Voor de derde spreuk – die was bedoeld om erachter te komen waar je vijand mee bezig is – was een spiegel nodig, en Norrell's doel was waarschijnlijk Childermass er op die manier toe in staat te stellen Vinculus te bespioneren.

Vinculus lachte spottend. 'U kunt de tovenaar van Mayfair vertellen dat zijn spreuken geen effect op mij zullen hebben.'

'O nee?' zei Childermass sarcastisch. 'Dat komt waarschijnlijk doordat ik ze nog niet heb uitgesproken.'

Vinculus wierp de papieren op de grond. 'Gaat uw gang!' Hij sloeg uitdagend zijn armen over elkaar en zijn ogen flitsten, precies zoals wanneer hij de geest van de Theems opriep.

'Nee, dank u.'

'En waarom niet?'

'Omdat ik er, evenals u, niet van houd als anderen mij vertellen hoe ik mijn werk moet doen. Mijn meester heeft mij opgedragen ervoor te zorgen dat u Londen verlaat. Ik ben echter van plan dat op mijn eigen manier te doen. Kom, het lijkt mij het best als u en ik eens met elkaar praten, Vinculus.'

Vinculus dacht hier even over na. 'En zou dat gesprek misschien ook kunnen plaatsvinden op een warmere plaats? In een kroeg misschien?'

'Zeker, als u dat wenst.'

De papieren met meneer Norrell's spreuken erop dwarrelden om hun voeten. Vinculus bukte zich, raapte ze bij elkaar en stopte ze in zijn borstzak, zonder acht te slaan op de modder en de strootjes die eraan vastgeplakt zaten.

21

De tarot van Marseille

februari 1808

De kroeg heette de Pineapple en was ooit het toevluchtsoord en de schuilplaats geweest van een beruchte dief en moordenaar. De dief had een vijand, een man die even slecht was als hij. De dief en zijn vijand hadden samen een of ander vreselijk misdrijf begaan, maar de dief had de buit zelf gehouden en vervolgens een brief gestuurd aan de politierechter, met daarin de verblijfplaats van zijn vijand. Zodra zijn vijand echter uit de Newgate-gevangenis was ontsnapt, was hij in het holst van de nacht met dertig man naar de Pineapple gekomen. Hij had zijn kornuiten opgedragen de leien van het dak te halen en de stenen uit de muur los te krabben, zodat hij zijn arm naar binnen kon steken om de dief eruit te plukken. Niemand zag wat er daarna gebeurde, maar velen hoorden de bloedstollende kreten door de pikdonkere straat galmen. De kroegbaas had ontdekt dat de duistere reputatie van de Pineapple goed was voor de zaken, en daarom had hij nooit de moeite genomen het gebouw behoorlijk te repareren. Hij had alleen met houten planken en pek de gaten dichtgemaakt, waardoor de kroeg eruitzag alsof de wonden die hij had opgelopen tijdens een gevecht met het naburige huis verbonden waren.

Drie met vet besmeurde traptreden leidden van de voordeur naar een schemerige salon. In de Pineapple hing een kenmerkende geur, een mengeling van bier, tabak, de lichaamsgeur van de klanten en de vreselijke stank van de rivier de Fleet, die al talloze jaren werd gebruikt als een open riool. De Fleet stroomde onder het fundament van de Pineapple door en men verwachtte dat de Pineapple er uiteindelijk in zou wegzakken. De muren van de salon waren opgesierd met goedkope gravures: portretten van beroemde criminelen uit de afgelopen eeuw, die allemaal waren opgehangen, en portretten van de liederlijke zonen van de koning, die nog niet waren opgehangen.

Childermass en Vinculus gingen aan een tafel in de hoek zitten. Een schimmig meisje kwam een goedkope talgkaars en twee tinnen kroezen met warm kruidenbier brengen. Childermass betaalde.

Ze dronken een tijdje zwijgend, maar toen richtte Vinculus zijn blik op Childermass. 'Wat was dat allemaal voor een onzin over hoeden en prinsessen?'

Childermass lachte. 'O, dat was zo maar een idee van mij. Sinds u in zijn bibliotheek bent binnengedrongen, heeft mijn baas al zijn vooraanstaande vrienden gesmeekt hem te helpen u te ruïneren. Hij heeft aan lord Hawkesbury en sir Walter Pole gevraagd om namens hem hun beklag te doen bij de koning. Volgens mij dacht hij dat zijne majesteit wellicht het leger erop uit zou sturen om u de oorlog te verklaren, maar lord Hawkesbury en sir Walter zeiden dat ze het onwaarschijnlijk achtten dat de koning iets zou ondernemen tegen een onbeduidende, haveloze tovenaar met een geel gordijn. Ik bedacht echter dat zijne majesteit de zaak wellicht met andere ogen zou bezien als hij vernam dat u de maagdelijkheid van zijn dochters had bedreigd.'[1] Childermass nam nog een slok van zijn kruidenbier. 'Maar zeg eens, Vinculus, wordt u niet moe van al die nepspreuken en valse voorspellingen? De helft van uw klanten komt uitsluitend om u uit te lachen. Ze geloven net zo min in uw magie als u. U heeft uw tijd gehad. Er is nu een echte tovenaar in Engeland.'

Vinculus snoof minachtend. 'De tovenaar van Hanover-square! Alle voorname mannen in Londen vertellen elkaar steeds dat ze nog nooit iemand hebben ontmoet die zo eerlijk is. Maar ik ken tovenaars en ik ken magie, en ik zeg u dit: alle tovenaars liegen en deze nog het meest.'

Childermass haalde zijn schouders op alsof hij dat niet kon ontkennen.

---

[1] De koning was een liefdevolle en toegewijde vader voor zijn zes dochters, maar zijn genegenheid voor hen was zó groot dat hij zich bijna gedroeg alsof hij hun cipier was. Hij kon de gedachte niet verdragen dat een van hen zou trouwen en bij hem weg zou gaan. Ze waren gedwongen een ondraaglijk saai leven te leiden in Windsor Castle, bij de slechtgehumeurde koningin. Slechts één van de zes slaagde erin voor haar veertigste te trouwen.

Vinculus leunde over de tafel. '*Magie zal op de flanken van de rotsige heuvels geschreven staan, maar zij zullen het niet kunnen bevatten. In de winter zullen de kale bomen zijn als een zwart schrift, maar zij zullen het niet kunnen begrijpen.*'

'Bomen en heuvels, Vinculus? Wanneer heeft u voor het laatst een boom of een heuvel gezien? Waarom zegt u niet dat magie geschreven staat op de muren van smerige huizen of dat de rook magische woorden beschrijft aan de hemel?'

'Het is niet mijn profetie!'

'Ach, ja. Natuurlijk. U beweert dat het een profetie van de Ravenkoning is. Nou, daar is niets ongewoons aan. Iedere charlatan die ik ooit heb ontmoet noemde zich een boodschapper met een bericht van de Ravenkoning.'

'*Ik zit op een zwarte troon in de schaduw, maar zij zullen mij niet zien*,' mompelde Vinculus. '*De regen een deur zal voor mij creëren en ik zal erdoorheen gaan.*'

'Natuurlijk. Maar als u die profetie niet zelf heeft geschreven, waar heeft u hem dan gevonden?'

Heel even zag het ernaar uit dat Vinculus geen antwoord zou geven, maar toen zei hij: 'Het staat in een boek.'

'Een boek? Welk boek? De bibliotheek van mijn meester is zeer uitgebreid, maar van die profetie heeft hij nog nooit gehoord.'

Vinculus zei niets.

'Is het uw boek?' vroeg Childermass.

'Ik heb het in bewaring.'

'En waar heeft u het boek vandaan? Waar heeft u het gestolen?'

'Ik heb het niet gestolen. Het is mijn erfenis. Het is de grootste eer en de zwaarste last die een man in deze eeuw ten deel kan vallen.'

'Als het echt waardevol is, dan kunt u het misschien aan meneer Norrell verkopen. Hij heeft al eerder veel geld aan boeken uitgegeven.'

'De tovenaar van Hanover-square zal dit boek nooit in zijn bezit krijgen. Hij zal het zelfs nooit te zien krijgen.'

'En waar bewaart u die grote schat?'

Vinculus lachte koel, alsof hij wilde zeggen dat hij dat niet snel zou vertellen aan de bediende van zijn vijand.

Childermass riep het meisje en bestelde nog twee kroezen bier. Ze kwam ze brengen en de heren dronken weer even zwijgend. Toen haalde Childermass een pak kaarten uit de borstzak van zijn jas en liet dat aan Vinculus zien. 'De tarot van Marseille. Heeft u ooit zo iets gezien?'

'Vaak genoeg,' zei Vinculus, 'maar die van u zien er anders uit.'

'Dit zijn kopieën van de tarotkaarten van een zeeman die ik in Whitby heb ontmoet. Hij heeft ze in Genua gekocht met de bedoeling er de bergplaatsen van piratengoud mee te achterhalen, maar toen hij ze eens goed bekeek, ontdekte hij dat hij niets van de kaarten begreep. Hij bood aan ze aan mij te verkopen, maar ik was arm en kon het bedrag dat hij ervoor vroeg niet betalen. Daarom spraken we af dat ik hem zijn toekomst zou voorspellen, en dat hij mij in ruil daarvoor zijn kaarten zou lenen, zodat ik er kopieën van zou kunnen maken. Helaas voer zijn schip uit voordat ik de tekeningen afhad, dus heb ik de helft uit mijn hoofd moeten natekenen.'

'En wat voorspelde u hem?'

'De waarheid. Dat hij voor het einde van het jaar zou verdrinken.'

Vinculus lachte goedkeurend.

Zo te zien was Childermass ten tijde van de afspraak met de dode zeeman zelfs te arm geweest om papier te kunnen kopen, want de kaarten stonden op de achterkant van kroegrekeningen, waslijsten, brieven, oude facturen en theateraffiches. Later had hij de vellen op gekleurde stukken karton geplakt, maar op sommige plekken scheen de gedrukte of geschreven tekst op de ommezijde erdoorheen, waardoor ze er nogal vreemd uitzagen.

Childermass legde negen kaarten op een rijtje. Toen draaide hij de eerste kaart om.

Onder het plaatje stond een nummer en een naam: IX De Kluizenaar. Er stond een oude man op in een soort habijt met een monnikskap. Hij had een lantaarn in zijn hand en liep met behulp van een stok, alsof hij geen kracht meer had in zijn benen na een zittend leven vol studie. Hij had een zure, achterdochtige uitdrukking op zijn gezicht. Het plaatje leek een droge atmosfeer uit te wasemen die de toeschouwer omhulde, alsof de kaart onder het stof zat.

'Hm!' zei Childermass. 'Op het moment wordt uw leven bepaald door een kluizenaar. Goed, dat wisten we al.'

De volgende kaart was De Dwaas, de enige van de Grote Arcana zonder nummer, alsof het personage dat erop afgebeeld is op de een of andere manier buiten het verhaal valt. Childermass' kaart toonde een man die over een weg onder een loofrijke boom door wandelde. Hij had een wandelstok bij zich en een andere stok over zijn schouder, met daaraan een knapzak. Een hondje huppelde achter hem aan. De figuur moest een ouderwetse nar voorstellen. Hij had belletjes aan zijn hoed en linten om zijn knieën, die Childermass rood en groen had gekleurd. Kennelijk wist Childermass niet zo goed hoe hij die kaart moest interpreteren. Hij dacht even na en draaide toen nog twee kaarten om: VIII Gerechtigheid, een gekroonde dame met een zwaard in de ene hand en een weegschaal in de andere, en Staven Twee. De staven waren gekruist en leken nog het meest op een viersprong.

Childermass lachte kort. 'Wel heb ik ooit,' zei hij, terwijl hij zijn armen over elkaar sloeg en Vinculus licht geamuseerd aankeek. 'Deze kaart hier...' hij tikte op Gerechtigheid, 'zegt mij dat u uw mogelijkheden heeft afgewogen en tot een besluit bent gekomen. En deze kaart...' hij wees op Staven Twee, 'zegt mij dat u besloten heeft te gaan zwerven. Het ziet ernaar uit dat ik mijn tijd heb zitten verdoen. U heeft al besloten Londen te verlaten. Al dat protest, Vinculus, en al die tijd heeft u de intentie gehad weg te gaan!'

Vinculus haalde zijn schouders op, alsof hij wilde vragen of Childermass soms iets anders verwacht had.

De vijfde kaart was de *Valet de Coupe*, Kelken Schildknaap. Als men aan een schildknaap denkt, denkt men natuurlijk aan een jongen, maar op het plaatje stond een volwassen man met het hoofd gebogen. Zijn haar was ruig en zijn baard vol. In zijn linkerhand had hij een zware kelk, maar dat kon niet de reden zijn van de vreemde, gespannen uitdrukking op zijn gelaat, tenzij het de zwaarste kelk ter wereld was. Nee, er moest sprake zijn van een andere last, die op het eerste gezicht niet duidelijk was. Vanwege het materiaal dat Childermass verplicht was geweest te gebruiken voor zijn kaarten, zag dit plaatje er vreemd uit. Het was op de achterkant van een brief getekend en het handschrift scheen door het papier heen. De kleren van de man zagen eruit alsof ze helemaal waren volgekrabbeld en zelfs op zijn gezicht en handen stonden letters.

Vinculus lachte toen hij de kaart zag, alsof hij hem herkende. Hij tikte bij wijze van vriendelijke begroeting drie keer op de kaart. Misschien was dat de reden dat Childermass wat minder zeker van zichzelf leek dan voorheen. 'U moet aan iemand een boodschap overbrengen,' zei hij op onzekere toon.

Vinculus knikte. 'En zal de volgende kaart mij laten zien aan wie?' vroeg hij.

'Ja.'

'Aha!' riep Vinculus uit, en hij draaide de zesde kaart zelf om.

De zesde kaart was de *Cavalier de Baton*, Staven Ridder. Een man met op zijn hoofd een hoed met een brede rand zat op een lichtbruin paard. De rotsen en plukjes gras rond de hoeven van zijn paard gaven aan dat hij over op het platteland reed. Zijn kleding was van uitstekende snit en zag er duur uit, maar om een of andere onverklaarbare reden droeg hij een zware knots. Hoewel, 'knots' was er eigenlijk een te groot woord voor. Het was feitelijk niet meer dan een dikke tak die van een boom of haag was gerukt, en er staken nog twijgjes en blaadjes uit.

Vinculus pakte de kaart op en bestudeerde hem aandachtig.

De zevende kaart was Zwaarden Twee. Childermass zei niets maar draaide onmiddellijk de achtste kaart om: *Le Pendu*, De Gehangene. De negende kaart was *Le Monde*, De Wereld. Daarop was een naakte, dansende vrouw afgebeeld. In de vier hoeken van de kaart stonden een engel, een adelaar, een gevleugelde stier en een gevleugelde leeuw, de symbolen van de evangelisten.

'U kunt een ontmoeting verwachten,' zei Childermass, 'die zal eindigen met een pijnlijke ervaring, en misschien zelfs met de dood. De kaarten vertellen niet of u het zult overleven, maar wat er ook gebeurt, deze...' hij raakte de laatste kaart aan, 'geeft aan dat u uw doel zult bereiken.'

'En weet u nu wat ik ben?' vroeg Vinculus.

'Niet precies, maar ik weet nu meer over u dan voorheen.'

'U ziet dat ik niet ben zoals de anderen,' zei Vinculus.

'Er is hier niets wat aangeeft dat u iets anders bent dan een ordinaire charlatan,' zei Childermass. Hij raapte zijn kaarten bij elkaar.

'Wacht,' zei Vinculus. 'Ik zal u uw toekomst voorspellen.'

Vinculus pakte de kaarten en legde er negen uit. Toen draaide hij ze een voor een om. XVIII De Maan, XVI De Toren omgekeerd, Zwaarden Negen, Staven Schildknaap, Staven Tien omgekeerd, II De Hogepriesteres, X Het Rad van Fortuin, Munten Twee en Kelken Koning. Vinculus keek ernaar. Hij pakte De Toren en bestudeerde de kaart, maar zei niets.

Childermass lachte. 'U heeft gelijk, Vinculus. U bent anders dan de anderen. Dat is mijn leven, daar op tafel, maar u kunt het niet lezen. U bent een vreemd wezen – precies het omgekeerde van de tovenaars uit de afgelopen eeuwen. Zij hadden veel kennis, maar geen talent. U heeft talent, maar geen kennis. U kunt niets doen met wat u ziet.'

Vinculus krabde met zijn vieze vingernagels aan zijn lange vuilgele wang.

Childermass raapte zijn kaarten weer bij elkaar, maar opnieuw hield Vinculus hem tegen. Hij gaf te kennen dat ze nogmaals de kaarten moesten leggen.

'Wat?' zei Childermass verbaasd. 'Ik heb u uw toekomst voorspeld. U bent er niet in geslaagd die van mij te voorspellen. Meer is er toch niet?'

'Ik ga zijn toekomst voorspellen.'

'Die van wie? Van Norrell? Maar die zult u toch niet begrijpen.'

'Schud de kaarten,' zei Vinculus koppig.

Childermass schudde de kaarten en Vinculus pakte er negen en legde ze uit. Toen draaide hij de eerste kaart om. IV De Keizer. Er stond een koning op, die buiten op een troon zat met de gebruikelijke koningsattributen: een kroon en een scepter. Childermass boog voorover en bestudeerde de kaart.

'Wat is er?' vroeg Vinculus.

'Ik geloof niet dat ik deze kaart erg goed heb nagetekend. Dat is me nog nooit opgevallen. De inktlijnen zijn erg slordig. De lijnen zijn dik en vlekkerig, waardoor het haar en het gewaad van de keizer bijna zwart lijken. En iemand heeft een vieze duimafdruk op de adelaar achtergelaten. De Keizer zou een oudere man moeten zijn. Ik heb een jongeman getekend. Gaat u zich wagen aan een interpretatie?'

'Nee,' zei Vinculus, en hij gaf met een geringschattende beweging van zijn kin aan dat Childermass de volgende kaart moest omdraaien.

IV De Keizer.

Even was het stil.

'Dat kan niet,' zei Childermass. 'Er zitten geen twee Keizers in dit pak. Dat weet ik zeker.'

Deze koning zag er zo mogelijk nog jonger en woester uit dan de eerste. Zijn haar en gewaad waren zwart, en de kroon op zijn hoofd was veranderd in een dunne band van zilverachtig metaal. Op de kaart was geen spoor van een duimafdruk te zien, maar de grote vogel in de hoek was nu ontegenzeglijk zwart. De adelaarachtige kenmerken waren verdwenen, waardoor hij was veranderd in een inheemse vogel: een raaf.

Childermass draaide de derde kaart om. IV De Keizer. En de vierde. IV De Keizer. Op de vijfde kaart waren het nummer en de naam van de kaart niet meer zichtbaar, maar de afbeelding bleef hetzelfde: een jonge koning met donker haar met aan zijn voeten een grote, trotse zwarte vogel. Childermass draaide alle kaarten om. Hij keek zelfs de rest van het pak na, maar in zijn haast ze allemaal te bekijken maakte hij een onhandige beweging, zodat de kaarten alle kanten op vlogen. Zwarte Koningen verdrongen zich rond Childermass, tollend door de kille grijze lucht. Op iedere kaart stond dezelfde persoon met dezelfde onverzoenlijke blik in zijn lichte ogen.

'Daar!' zei Vinculus zacht. 'Dat kunt u de tovenaar van Hanover-square vertellen! Dat is zijn verleden, zijn heden en zijn toekomst!'

Toen Childermass terugkeerde naar Hanover-square en meneer Norrell vertelde wat er was gebeurd, was meneer Norrell uiteraard erg boos. Dat Vinculus meneer Norrell bleef tarten was al erg genoeg. Dat hij beweerde een boek te hebben dat meneer Norrell niet mocht lezen, was nog erger. Dat hij echter pretendeerde meneer Norrell's toekomst te kunnen voorspellen en hem probeerde te bedreigen met plaatjes van de Zwarte Koning was onuitstaanbaar.

'Hij heeft u erin laten lopen!' zei meneer Norrell boos. 'Hij heeft uw kaarten verstopt en stiekem zijn eigen kaarten gebruikt. Het verbaast me dat u zich zo gemakkelijk in de luren laat leggen!'

'Inderdaad,' zei meneer Lascelles, die Childermass kil aankeek.

'O, natuurlijk is Vinculus slechts een goochelaar,' zei Drawlight, 'maar toch had ik het best willen zien. Ik ben erg gesteld op Vinculus. Had u me maar verteld dat u hem ging opzoeken, meneer. Dan zou ik met u meegegaan zijn.'

Childermass deed alsof hij Lascelles en Drawlight niet had gehoord en richtte het woord tot meneer Norrell. 'Stel dat hij als goochelaar inderdaad bekwaam genoeg is om een dergelijke truc uit te voeren – wat ik geenszins bereid ben toe te geven – hoe kon hij dan weten dat ik een tarot van Marseille had? Hoe kon hij dat weten, terwijl u het niet eens wist?'

'Nee, dat wist ik inderdaad niet, en dat is maar goed ook! De toekomst voorspellen met kaarten, wat heb ik daar een hekel aan! O, de gehele zaak is van begin tot eind verkeerd aangepakt!'

'En hoe zit het met het boek dat die magiër beweert te hebben?' vroeg Lascelles.

'Ja, inderdaad,' zei meneer Norrell. 'Die vreemde profetie. Waarschijnlijk stelt het niets voor, hoewel er een paar zinsneden in stonden die wezen op een zeer oude tekst. Ik denk dat ik dat boek maar beter zelf kan bestuderen.'

'Nou, meneer Childermass?' vroeg Lascelles.
'Ik weet niet waar hij het bewaart.'
'Zoek dat dan uit.'

Childermass zette meteen spionnen in om Vinculus te volgen, en het eerste wat ze ontdekten was dat Vinculus verbazingwekkend genoeg getrouwd was. Sterker nog, hij was met meerdere vrouwen getrouwd. In totaal had hij vijf vrouwen, en ze woonden verspreid over de verschillende wijken van Londen en de omliggende steden en dorpen. De oudste was vijfenveertig en de jongste vijftien, en ze waren geen van allen op de hoogte van het bestaan van de andere vier. Childermass slaagde erin hen alle vijf een keer te spreken te krijgen. Bij twee van hen deed hij zich voor als de ongeloofwaardige hoedenmaker; bij een ander stelde hij zich voor als douaneambtenaar; voor de vierde veranderde hij in een schurkachtige, gokkende dronkelap; en aan de vijfde vertelde hij dat hij zich weliswaar voordeed als een bediende van de grote meneer Norrell van Hanover-square, maar dat hij in het geheim zelf ook een tovenaar was. Twee probeerden hem te beroven, één zei dat ze hem alles zou vertellen wat hij wilde weten zolang hij maar betaalde voor haar gin, één probeerde hem mee te nemen naar een methodistische gebedsdienst en de vijfde werd tot ieders verbazing verliefd op hem. Maar uiteindelijk was al zijn toneelspel voor niets, want ze wisten niet eens dat Vinculus een boek had, laat staan waar hij het bewaarde.

Meneer Norrell weigerde dat te geloven, dus trok hij zich terug in zijn privé-studeerkamer op de tweede verdieping om spreuken uit te spreken en in een zilveren schaal met water te turen, met als doel de woningen van Vinculus' vijf vrouwen te bestuderen, maar nergens zag hij iets wat op een boek leek.

Intussen legde Childermass in zijn eigen kamertje op de bovenste verdieping van het huis zijn kaarten. De kaarten zagen er allemaal weer uit zoals vroeger, behalve De Keizer, die zijn Ravenkoning-achtige uiterlijk had behouden. Bepaalde kaarten kwamen steeds weer boven, waaronder Kelken Aas – een kelk die eruitzag alsof hij in een kerk thuishoorde, met een versiering die zo ingewikkeld was dat hij nog het meest leek op een ommuurde stad op een bloemstengel – en II De Hogepriesteres. Volgens Childermass' redenatie stonden beide kaarten voor iets wat verborgen was. De reeks Staven kwamen ook opvallend vaak voor, maar dan uitsluitend de hogere getallen: de Zeven, de Acht, de Negen en de Tien. Hoe langer Childermass naar de rijen Staven staarde, des te meer ze in zijn ogen begonnen te lijken op schrift. Tegelijkertijd vormden ze echter een barrière die het begrip belemmerde, en op grond daarvan dacht Childermass dat Vinculus' boek in een onbekende taal was geschreven.

22

Staven Ridder
februari 1808

Jonathan Strange was een heel ander soort mens dan zijn vader. Hij was niet hebzuchtig, hij was niet trots, hij was niet humeurig en onaangenaam. Maar hoewel hij geen opvallend slechte eigenschappen bezat, waren zijn goede eigenschappen misschien wel bijna net zo moeilijk te onderscheiden. Op feestjes in Weymouth en in de ontvangstkamers in Bath werd hij door de beau monde die hij daar ontmoette vaak omschreven als 'de charmantste man in de hele wereld', maar daarmee bedoelden ze alleen maar dat hij netjes praatte, goed danste en even veel jaagde en gokte als men van een heer verwachtte.

Hij was vrij lang en goed gebouwd. Sommige mensen vonden hem knap, maar lang niet iedereen. Zijn gezicht vertoonde twee gebreken: een lange neus en een sarcastische uitdrukking. Daarbij kwam dat zijn haar een rossige gloed had, en zoals iedereen weet kan iemand met rood haar nooit echt knap worden genoemd.

Ten tijde van de dood van zijn vader werd hij erg in beslag genomen door zijn plan om een zekere jongedame ervan te overtuigen met hem te trouwen. Toen hij op de dag van zijn vaders overlijden was teruggekeerd uit Shrewsbury en het nieuws van de bedienden te horen had gekregen, had hij zich onmiddellijk afgevraagd wat voor invloed dit zou hebben op zijn kans van slagen. Zou ze sneller geneigd zijn ja te zeggen? Of juist niet?

Het had geen enkel probleem moeten zijn om het huwelijk te regelen. Hun vrienden vonden dat ze goed bij elkaar pasten en de broer van de dame in kwestie – de enige familie die ze nog had – was nagenoeg even enthousiast over de mogelijke verbintenis als Jonathan

Strange zelf. Laurence Strange had weliswaar grote bezwaren gehad omdat de jongedame straatarm was, maar hij kon geen ernstige problemen meer veroorzaken nu hij was doodgevroren.

Maar hoewel Jonathan Strange al maandenlang werd beschouwd als de officiële huwelijkskandidaat van de dame in kwestie, vond de verloving – die hun kennissen elk moment verwachtten – maar niet plaats. Het punt was niet dat ze niet van hem hield. Hij wist zeker dat dit het geval was. Soms leek het echter alsof ze alleen verliefd op hem was geworden om ruzie met hem te maken. Hij had er geen verklaring voor. Hij was van mening dat hij zijn uiterste best had gedaan om zijn gedrag aan te passen aan haar wensen. Hij ging bijna nooit meer kaarten of gokken en hij dronk tegenwoordig nog maar weinig: zelden meer dan een fles per dag. Hij had haar verteld dat hij best bereid was vaker naar de kerk te gaan als ze dat graag wilde – een keer per week, bij voorbeeld, of zelfs twee keer als ze daar de voorkeur aan gaf – maar ze zei dat ze dat aan zijn eigen geweten zou overlaten, daar dat soort zaken niet door derden opgelegd behoorden te worden. Hij wist dat ze het niet fijn vond dat hij zo vaak naar Bath, Brighton, Weymouth en Cheltenham ging, maar hij verzekerde haar dat ze niets te vrezen had van de vrouwen die hij daar ontmoette. Ze waren ongetwijfeld zeer charmant, maar ze betekenden niets voor hem. Ze zei dat ze zich daar geen zorgen over maakte. Dát was niet eens in haar opgekomen. Ze zou het alleen prettig vinden als hij een andere manier zou vinden om zijn tijd te besteden. Ze wilde niet moraliserend klinken, zij was even dol op vakanties als ieder ander, maar altíjd vakantie? Was dat nu echt wat hij wilde? Maakte dat hem gelukkig?

Hij vertelde haar dat hij het wel met haar eens was, en dat hij in het afgelopen jaar voortdurend plannen had gemaakt om een beroep of een studie op te pakken. Op zich was er niets mis met zijn plannen. Hij had bedacht dat hij een arme, maar geniale dichter zou kunnen zoeken, zodat hij diens beschermheer kon worden. Hij kon rechten gaan studeren, gaan zoeken naar fossielen op het strand bij Lyme Regis, een ijzerfabriek kopen of de geschiedenis en technieken van ijzersmederij bestuderen. Hij kende iemand die hem van alles kon bijbrengen over de nieuwste landbouwmethoden. Hij kon ook theologie gaan studeren of een fascinerend boek over techniek uitlezen, waarvan hij bijna zeker wist dat hij het twee of drie jaar geleden op een tafeltje in de verste hoek van zijn vaders bibliotheek had laten liggen. Bij al die voorgenomen projecten stuitte hij echter op een of ander enorm obstakel.

Arme, maar geniale dichters bleken zeldzamer te zijn dan hij had verwacht,[1] wetboeken waren saai, hij wist niet meer hoe de man heette die zo veel verstand had van de landbouw, en op de dag dat hij naar Lyme Regis wilde gaan, begon het opeens hard te regenen.

En zo ging het maar door. Hij vertelde de jongedame dat hij vanuit de grond van zijn hart wenste dat hij enkele jaren eerder bij de marine was gegaan. Dat zou voor hem de volmaakte carrière zijn geweest! Zijn vader zou dat echter nooit goed hebben gevonden en nu was hij al achtentwintig. Het was veel te laat om nog bij de marine te gaan.

De naam van deze merkwaardig ontevreden jongedame was Arabella Woodhope, de dochter van een voormalig kapelaan bij de St Swithinkerk in Clunbury[2]. Toen Laurence Strange stierf, logeerde zij bij een stel vrienden in het dorp in Gloucestershire waar haar broer kapelaan was. Haar condoleancebrief bereikte Strange 's ochtends op de dag van de begrafenis. De brief was zeer gepast: ze betuigde hem haar medeleven, maar niet in al te sterke bewoordingen, daar ze zich bewust was

---

[1] Het duurde vrij lang voordat Jonathan Strange een carrière in de dichtkunst definitief uit zijn hoofd zette. In *The Life of Jonathan Strange* (uitg. John Murray, Londen 1820) beschrijft John Segundus hoe Strange, toen hij geen dichter kon vinden, besloot zelf gedichten te gaan schrijven. 'De eerste dag verliep erg voorspoedig: van het ontbijt tot het avondeten zat hij in zijn kamerjas aan het schrijftafeltje in zijn kleedkamer in hoog tempo tientallen vellen papier in kwartoformaat vol te schrijven. Hij was erg opgetogen over alles wat hij had geschreven, en hetzelfde gold voor zijn lakei, die zelf ook een literaire achtergrond had en hem allerlei advies gaf over netelige kwesties als metaforen en retorica, en die heen en weer rende om de papieren te verzamelen die door de kamer dwarrelden, ze op volgorde legde en vervolgens naar beneden rende en de mooiste fragmenten voorlas aan zijn vriend, de hulptuinman. Het was werkelijk verbazingwekkend hoe snel Strange kon schrijven. De lakei verklaarde zelfs dat hij, als hij zijn hand vlak bij Strange' hoofd hield, de warmte kon voelen van de enorme creatieve energie die daarin besloten lag. Op de tweede dag ging Strange ervoor zitten om nog een bladzijde of vijftig te schrijven, maar hij kwam onmiddellijk in problemen, omdat hij niets kon vinden dat rijmde op 'laat liefde volstaan'. 'In zonde ten ondergegaan' was niet echt veelbelovend, 'een gele banaan' was onzin, en 'het is ook een baan' was ronduit vulgair. Hij worstelde nog een uur met het probleem, kon niets bedenken, ging even paardrijden om zijn hersens op gang te brengen en keek daarna nooit meer naar het gedicht om.'

[2] Een dorp dat op acht à tien kilometer van Strange' huis lag.

van de vele tekortkomingen die meneer Strange als ouder tentoon had gespreid. Dat was echter niet alles. Ze maakte zich zorgen om hem. Het speet haar dat ze niet in Shropshire was. Ze vond het vreselijk dat hij op zo'n moment alleen was en het zonder zijn vrienden moest stellen.

Onmiddellijk nam hij een besluit. De omstandigheden waren volmaakt, en hij kon zich niet voorstellen dat zo'n goede gelegenheid zich nog een keer zou voordoen. Ze zou nooit meer zulke bezorgde, tedere gevoelens voor hem koesteren als nu en hij zou nooit meer zo rijk zijn. (Hij geloofde niet dat ze zo onverschillig stond tegenover zijn rijkdom als ze deed voorkomen.) Hij vond wel dat hij na de begrafenis van zijn vader even moest wachten met zijn huwelijksaanzoek – dat was niet meer dan gepast. Drie dagen leek hem wel genoeg, dus op de ochtend van de vierde dag vroeg hij zijn lakei zijn kleren voor hem in te pakken, droeg zijn stalknecht op zijn paard in gereedheid te brengen en vertrok naar Gloucestershire.

Hij nam de nieuwe bediende mee. Hij had een lang gesprek met hem gehad en had hem leren kennen als een energiek, vindingrijk en bekwaam man. De nieuwe bediende was erg in zijn nopjes met zijn uitverkiezing – hoewel hij zo ijdel was dat hij het de gewoonste zaak van de wereld vond. Nu zijn dagen als reuzendoder echter achter hem lagen – nu hij bij wijze van spreken het rijk der mythen achter zich had gelaten en de alledaagse wereld had betreden – is het misschien gemakkelijker als we hem zoals alle andere gewone stervelingen bij zijn naam gaan noemen. Hij heette Jeremy Johns.

De eerste dag maakten zij niets bijzonders mee, afgezien van de alledaagse avonturen die iedere reiziger wel eens meemaakt: ze kregen ruzie met een man die zijn hond zonder reden tegen hen opjutte en ze schrokken even toen Strange' paard opeens tekenen van ziekte ging vertonen, maar na uitgebreider onderzoek bleek het dier in uitstekende gezondheid te verkeren. Op de ochtend van de tweede dag reden ze door een mooi landschap met glooiende heuvels, winterse wouden en welvarend uitziende, nette boerderijen. Jeremy Johns probeerde te bedenken welke mate van hooghartigheid gepast zou zijn voor de bediende van een heer die zojuist in het bezit is gekomen van een aanzienlijke erfenis, en Jonathan Strange dacht aan juffrouw Woodhope.

Nu de dag was aangebroken waarop hij haar terug zou zien, begon hij zich af te vragen hoe hij ontvangen zou worden. Gelukkig zou haar broer er ook zijn – die goede oude Henry, die een groot voorstander was van de verbintenis en die doorlopend zijn best deed zijn zus ervan te doordringen dat ze er goed aan zou doen met hem te trouwen, daarvan was hij overtuigd. Hij had echter zijn twijfels over de vrienden bij wie zij verbleef: een geestelijke en zijn echtgenote. Hij wist niets over hen, maar evenals andere rijke, genotzuchtige jongemannen koesterde hij van nature wantrouwen jegens geestelijken. Wie zou zeggen wat voor ideeën over buitengewone deugdzaamheid en onnodige zelfopoffering zij dagelijks aan haar opdrongen?

De zon stond laag aan de horizon en wierp lange schaduwen. IJs en rijp glinsterden op de takken van bomen en in de kuilen in de weilanden. Toen hij een man zag die een akker aan het omploegen was, moest hij denken aan de gezinnen die op zijn landgoed woonden en wier welzijn voor juffrouw Woodhope altijd een bron van bezorgdheid waren geweest. In gedachten stelde hij zich voor hoe het gesprek mogelijk zou verlopen. 'En wat bent u van plan met uw huurders?' zou ze vragen. 'Van plan?' zou hij antwoorden. 'Ja,' zou ze zeggen. 'Hoe gaat u hun lasten verlichten? Uw vader beroofde hen van elke cent die hij krijgen kon. Hij maakte hun het leven zuur.' 'Dat weet ik wel,' zou Strange zeggen. 'Ik heb zijn daden nooit goedgekeurd.' 'Heeft u hun huur al verlaagd?' zou ze vragen. 'Heeft u al met de gemeenteraad gesproken? Heeft u al nagedacht over armenhuizen voor de ouderen en een school voor de kinderen?'

Ik vind het eigenlijk erg onredelijk van haar om nu al over huur, armenhuizen en scholen te beginnen, dacht Strange somber. Mijn vader is tenslotte pas afgelopen dinsdag overleden.

'Hé, dat is vreemd!' merkte Jeremy Johns op.

'Hm?' zei Strange. Hij ontdekte dat ze waren blijven stilstaan bij een witte poort. Aan de kant van de weg stond een witgeschilderd huisje. Het was pas gebouwd, en had zes wanden en gotische ramen.

'Waar is de tolwachter?' vroeg Jeremy Johns.

'Hm?' zei Strange.

'Het is een tolhuis, meneer. Kijk, daar hangt een bord met tarieven. Maar er is niemand. Zal ik zes stuivers voor hen achterlaten?'

'Ja, ja. Ga je gang.'

Dus liet Jeremy Johns de tol achter op de drempel van het huisje, waarna hij het hek opendeed, zodat hij en Strange erdoor konden. Honderd meter verderop reden ze een dorp in. Daar zagen ze een oude stenen kerk die baadde in een goudkleurig winters licht, een weg met oude kronkelende haagbeuken waarvan niet geheel duidelijk was waar hij naar toe leidde, en een stuk of twintig keurige, stenen huisjes waar rook uit de schoorsteen kwam. Langs de weg liep een beekje. Op de oevers ervan stond droog geel gras waar ijspegels aan hingen.

'Waar zijn alle mensen gebleven?' vroeg Jeremy.

'Wat?' vroeg Strange. Hij keek om zich heen en zag twee kleine meisjes die van achter het raam van een huisje naar hen stonden te kijken. 'Daar,' zei hij.

'Nee, meneer. Dat zijn kinderen. Ik bedoelde volwassenen. Ik zie nergens volwassenen.'

Dat was waar. Er was niet één te zien. Er paradeerden wat kippen heen en weer, in een oud rijtuig zat een kat op een laagje stro en er stonden een paar paarden in een weiland, maar er waren geen mensen. Zodra Strange en Jeremy Johns het dorp verlieten, werd de reden voor die vreemde situatie echter duidelijk. Een meter of honderd voorbij het laatste huis van het dorp had een groep mensen zich om een winterhaag verzameld. Ze hadden een verzameling wapens bij zich: snoeimessen, zeisen, stokken en geweren. Het was een vreemd tafereel: sinister, maar tegelijkertijd een beetje lachwekkend. Je zou bijna denken dat het dorp had besloten oorlog te voeren tegen de meidoorns en de vlierbomen. De laagstaande winterzon scheen recht op de dorpelingen, zodat er een gouden gloed leek te rusten op hun wapens en de vreemde, vastberaden uitdrukking op hun gezicht. Achter hen strekten hun lange blauwe schaduwen zich uit. Ze stonden doodstil en als iemand bewoog, deed hij dat heel voorzichtig, alsof hij bang was geluid te maken.

Toen ze hen passeerden, gingen Strange en Jeremy rechtop in hun stijgbeugels staan en rekten hun nek uit in een poging een glimp op te vangen van datgene waar de dorpelingen naar stonden te kijken.

'Nou, dat is vreemd!' riep Jeremy uit toen ze er voorbij waren.' Er was niets te zien!'

'Jawel,' zei Strange. 'Er was een man. Het verbaast mij niet dat je hem niet zag. In eerste instantie zag ik hem aan voor de wortel van een haag, maar het was duidelijk een man – een grauwe uitgemergelde, verweerde man weliswaar, die opmerkelijk veel weg had van de wortel van een haag, maar toch.'

De weg leidde hen naar een donker, winters woud. Jeremy Johns' nieuwsgierigheid was gewekt en hij vroeg zich hardop af wie de man zou kunnen zijn en wat de dorpelingen met hem van plan waren.

Strange gaf wel een paar keer vaag antwoord, maar zijn gedachten keerden al snel weer terug naar juffrouw Woodhope.

Ik kan maar beter niet beginnen over de veranderingen die de dood van mijn vader teweeg hebben gebracht, dacht hij. Dat is veel te riskant. Ik zal beginnen met luchtige, onbelangrijke onderwerpen – onze avonturen tijdens deze reis, bij voorbeeld. Welnu, wat is er allemaal gebeurd dat zij amusant zou vinden? Hij keek omhoog. Hij werd omringd door donkere, drijfnatte bomen. Er moet toch iets zijn geweest, dacht hij. Hij herinnerde zich een windmolen die hij in de buurt van Hereford had gezien, met aan een van de wieken een rood kinderjasje. Terwijl de wieken draaiden werd het jasje het ene moment door de modder en het slijk gehaald, en het volgende moment wapperde het in de lucht als een scharlakenrode vlag. Net een allegorie, dacht hij. Daarna kan ik haar vertellen over het verlaten dorp en de kinderen die stiekem tussen de gordijnen naar buiten keken, de ene met een pop in haar hand en de andere met een houten paard, en dan over de groep zwijgende mensen en de man onder de haag.

'O!' zou ze zeker zeggen, 'arme man! Wat is er met hem gebeurd?' 'Dat weet ik niet,' zou Strange zeggen. 'Maar u bent toch zeker wel gebleven om hem te helpen?' zou ze vragen. 'Nee,' zou Strange zeggen. 'O!' zou zij zeggen...

'Wacht!' riep Strange en hij trok de teugels aan. 'Dit kan echt niet! We moeten terug. We kunnen die man niet zo maar onder die haag laten liggen.'

'O!' zei Jeremy Johns opgelucht. 'Ik ben zo blij dat u dat zegt, meneer. Dat vind ik namelijk ook.'

'Je hebt er zeker niet aan gedacht om een stel pistolen mee te nemen?' vroeg Strange.

'Nee, meneer.'

'Ver—' zei Strange en schrok toen een beetje, want juffrouw Woodhope hield niet van vloeken. 'Een mes misschien? Iets van dien aard?'

'Nee, niets, meneer. Maar maakt u zich geen zorgen.' Jeremy sprong van zijn paard en ging op zoek in het kreupelhout. 'Ik kan van deze takken een paar knuppels maken. Dat is bijna net zo goed als een stel pistolen.'

Er lagen een paar stevige takken die iemand van een kreupelbosje had gehakt en op de grond had laten liggen. Jeremy pakte er een op en gaf die aan Strange. Het was amper een knuppel te noemen. Het was gewoon een tak waar nog twijgjes aan zaten.

'Ach ja,' zei Strange weifelend. 'Het is beter dan niets, denk ik.'

Jeremy pakte voor zichzelf ook een tak en zo reden ze gewapend terug naar het dorp en de groep zwijgende mensen.

'Jij daar!' riep Strange tegen een man die gekleed was in een herdersjas met een aantal gebreide sjaals eromheen geknoopt, en die een hoed met een brede rand op zijn hoofd had. Hij zwaaide een paar keer met zijn knuppel. Hij hoopte dat het er zo dreigend uitzag als zijn bedoeling was. 'Wat...?'

Meteen keerden enkele leden van de groep zich tegelijk om, met hun wijsvinger tegen hun lippen.

Een andere man liep op Strange af. Hij was netter gekleed dan de eerste en droeg een jas van bruin ribfluweel. Hij tikte met zijn vingers tegen zijn hoed en zei heel zachtjes: 'Pardon, meneer, maar kunt u misschien iets verder weg gaan staan met die paarden? Ze stampen steeds met hun hoeven en ademen nogal luidruchtig.'

'Maar—' begon Strange.

'Stil, meneer!' fluisterde de man. 'Niet zo hard praten. Straks maakt u hem nog wakker!'

'Wakker? Wie?'

'De man onder de heg, meneer. Hij is tovenaar. Heeft u nog nooit gehoord dat je een tovenaar niet zo maar wakker mag maken, omdat anders het risico bestaat dat zijn dromen werkelijkheid worden?'

'En wie weet over wat voor verschrikkingen hij droomt!' voegde een andere man er fluisterend aan toe.

'Maar hoe...' begon Strange. Opnieuw keerden verschillende mensen in de groep zich met verontwaardigd gefronste wenkbrauwen om en gebaarden dat hij zachter moest praten.

'Maar hoe weet u dat hij een tovenaar is?' fluisterde hij.

'Omdat hij al twee dagen in Monk Gretton is, meneer. Op de eerste dag hebben een paar kinderen pasteitjes en bier uit de voorraadkast van hun moeder gestolen, omdat hij hun had wijsgemaakt dat het voor de elfenkoningin was. Gisteren zwierf hij over het erf van Farwater Hall. Zo heet het landgoed hier, meneer. Mevrouw Morrow – de eigenaresse – had hem ingehuurd om haar toekomst te voorspellen, maar hij zei alleen maar dat haar zoon, kapitein Morrow, door de Fransen was doodgeschoten... en nu is de arme vrouw op haar bed gaan liggen, en ze zegt dat ze daar zal blijven totdat ze sterft. En daarom, meneer, hebben we genoeg van die man. We willen dat hij weggaat. En als hij dat niet doet, zullen we hem naar een armenhuis sturen.'

'Wel, dat klinkt heel redelijk,' fluisterde Strange. 'Maar wat ik niet begrijp...'

Juist op dat moment deed de man onder de heg zijn ogen open. De groep snakte als één man zachtjes naar adem, en een enkeling deed een paar stappen achteruit.

De man kroop onder de haag vandaan. Dat was geen eenvoudige opgave, want in de loop van de nacht waren allerlei delen ervan – meidoorntakken, vliertakken, klimopranken, maretak en bezemkruid – tussen zijn kleren, om zijn ledematen en in zijn haar gaan zitten. Enkele delen zaten zelfs vastgevroren. Hij ging rechtop zitten. Hij leek totaal niet verbaasd te zien dat hij toeschouwers had. Sterker nog, afgaand op zijn gedrag zou je haast denken dat hij het wel had verwacht. Hij keek naar hen en snoof een paar keer minachtend.

Hij haalde zijn vingers door zijn haar om de dode bladeren, takjes en de enkele oorwurm te verwijderen. 'Ik stak mijn hand uit,' mompelde hij tegen niemand in het bijzonder, 'en de rivieren van Engeland keerden en stroomden de andere kant op.' Hij maakte zijn halsdoek los en verwijderde een paar spinnen, die zich in zijn hemd hadden genesteld. Terwijl hij daarmee bezig was, was te zien dat zijn nek en keel versierd waren met een vreemd patroon van blauwe lijnen, stippen, kruizen en cirkels. Toen knoopte hij zijn halsdoek weer om zijn nek. Daarmee had hij zich naar zijn mening kennelijk voldoende opgekalefaterd, want hij stond op.

'Mijn naam is Vinculus,' verklaarde hij. Gezien het feit dat hij zojuist de nacht onder een heg had doorgebracht, klonk zijn stem opmerkelijk krachtig en helder. 'Tien dagen ben ik in westelijke richting gelopen op zoek naar de man die voorbestemd is een groot tovenaar te worden. Tien dagen geleden kreeg ik een afbeelding van hem te zien en nu kan ik uit enkele mystieke aanwijzingen opmaken dat u het bent!'

Iedereen keek om zich heen om te zien wie hij bedoelde.

De man met de herdersjas en de gebreide sjaals liep naar Strange toe en trok aan zijn jas. 'U bent het, meneer,' zei hij.

'Ik?' vroeg Strange.

Vinculus kwam naar Strange toe.

'*Twee tovenaars zullen in Engeland verschijnen*,' zei hij.
'*De eerste zal mij vrezen. De tweede zal ernaar verlangen mij te aanschouwen.*

De eerste zal onder invloed staan van dieven en moordenaars. De tweede zal moedwillig zijn eigen ondergang veroorzaken.
De eerste zal zijn hart begraven in een donker bos onder de sneeuw, maar zijn pijn blijven voelen. De tweede zal zijn dierbaarste bezit verspelen aan zijn vijand...'

'Op die manier,' viel Strange hem in de rede. 'En welke ben ik, de eerste of de tweede? Nee, niet zeggen. Het maakt niet uit. Beide mogelijkheden klinken verschrikkelijk. Voor iemand die graag zou willen dat ik tovenaar werd, schetst u niet bepaald een rooskleurig beeld van een dergelijk leven, moet ik zeggen. Ik hoop spoedig te gaan trouwen, en een leven in duistere wouden omringd door dieven en moordenaars zou op zijn zachtst gezegd lastig zijn. Ik stel voor dat u iemand anders gaat zoeken.'

'Ik heb u niet gekozen, tovenaar! U bent lang geleden al uitverkoren.'

'Nou ja, wie het ook is geweest, ik vrees dat ik hem moet teleurstellen.'

Vinculus deed alsof hij die opmerking niet had gehoord, maar pakte het hoofdstel van Strange' paard stevig vast om te voorkomen dat hij weg zou rijden. Toen ging hij verder met het verkondigen van de profetie die hij enige tijd daarvoor ook aan meneer Norrell had verkondigd in diens bibliotheek aan Hanover-square.

Strange hoorde hem met eenzelfde mate van enthousiasme aan en toen het afgelopen was, leunde hij in zijn zadel voorover en zei heel langzaam en duidelijk: 'Ik weet niets van magie!'

Vinculus zweeg. Even leek het erop dat hij zou toegeven dat dat inderdaad wel eens een legitiem obstakel zou kunnen zijn als Strange een groot tovenaar wilde worden. Gelukkig schoot hem onmiddellijk een oplossing te binnen. Uit zijn borstzak haalde hij een paar velletjes papier waaraan een paar strootjes kleefden. 'Welnu,' zei hij, en hij zag er nog mysterieuzer en indrukwekkender uit dan voorheen. 'Ik heb hier een paar spreuken die... Nee, nee, die kan ik u niet zo maar geven!' (Strange had zijn hand uitgestoken om ze aan te pakken.) 'Het zijn kostbare voorwerpen. Ik heb jaren van marteling en beproevingen moeten doorstaan om ze in mijn bezit te krijgen.'

'Wat kosten ze?' vroeg Strange.

'Zeven shilling en zes stuivers,' zei Vinculus.

'Vooruit dan.'

'U gaat hem toch geen geld geven, meneer?' vroeg Jeremy Johns.

'Wel als hij dan ophoudt tegen mij te praten.'

Ondertussen wierp de groep mensen Strange en Jeremy Johns blikken toe, die niet bijster vriendelijk te noemen waren. Hun komst was min of meer samengevallen met het moment waarop Vinculus wakker was geworden, en de dorpelingen vroegen zich af of de twee soms afkomstig waren uit Vinculus' dromen. De dorpelingen begonnen elkaar ervan te beschuldigen Vinculus wakker te hebben gemaakt. De situatie dreigde juist te escaleren, toen er een officieel uitziend persoon met een indrukwekkende hoed arriveerde, die Vinculus mededeelde dat hij als bedelaar naar het armenhuis moest. Vinculus antwoordde dat hij dat absoluut niet van plan was, want hij was immers geen bedelaar meer: hij had zeven shilling en zes stuivers! Brutaal zwaaide hij het zakje met geld voor het gezicht van de man heen en weer. Juist op het moment dat een gevecht om het een of ander onafwendbaar leek, keerde plotsklaps de rust weder in het dorpje van Monk Gretton, doordat Vinculus zich omdraaide en de ene kant opliep, terwijl Strange en Jeremy Johns de andere kant uit reden.

Tegen vijven kwamen ze aan in het dorp S— in de buurt van Gloucester. Strange was er inmiddels zó van overtuigd dat zijn gesprek met juffrouw Woodhope hen beiden niets dan ellende zou opleveren, dat hij besloot het tot de volgende ochtend uit te stellen. Hij bestelde een stevige avondmaaltijd en ging met een krant in een gerieflijke stoel bij het haardvuur zitten. Hij kwam echter al snel tot de ontdekking dat rust en comfort het gemis van juffrouw Woodhope niet goed konden maken, dus zei hij de maaltijd af. Vervolgens begaf hij zich onmiddellijk naar het huis van meneer en mevrouw Redmond, zodat de ellende zo snel mogelijk kon beginnen. Hij trof alleen de dames, mevrouw Redmond en juffrouw Woodhope, thuis aan.

Verliefde mensen zijn meestal niet de meest rationele wezens ter wereld, dus zal het mijn lezers niet verbazen te ontdekken dat Strange' mijmeringen over juffrouw Woodhope een zeer onjuist beeld van haar schetsten. Zijn denkbeeldige conversaties mochten haar mening dan treffend hebben weergegeven, ze zeiden niets over haar karakter en gedrag. Het was niet haar gewoonte mensen, die zojuist te maken hadden gekregen met een sterfgeval, lastig te vallen met verzoeken om scholen en armenhuizen. Noch had ze iets aan te merken op alles wat ze zeiden. Zo'n vreemd mens was ze niet.

Ze begroette hem volkomen anders dan de chagrijnige, vittende jongedame uit zijn verbeelding. Ze eiste niet van hem dat hij onmiddellijk alle fouten die zijn vader ooit had gemaakt zou rechtzetten. Integendeel, ze was uiterst lief tegen hem en leek vooral erg blij hem te zien.

Ze was ongeveer tweeëntwintig jaar oud, en in feite niet uitgesproken mooi. Er viel maar weinig opmerkelijks te ontdekken in haar gezicht en figuur, maar ze had zo'n gezicht dat een volledige transformatie onderging wanneer ze geanimeerd praatte of lachte. Ze had een levendig karakter, een goed stel hersens en veel gevoel voor humor. Ze lachte snel, en omdat een glimlach het mooiste sieraad is dat een vrouw kan dragen, had ze al een paar keer vrouwen in de schaduw gesteld die in minstens drie graafschappen als schoonheden bekendstonden.

Haar vriendin, mevrouw Redmond, was een rustig, vriendelijk mens van vijfenveertig. Ze was niet rijk, bereisd of opvallend intelligent. Onder andere omstandigheden zou ze niet geweten hebben wat ze moest zeggen tegen een man van de wereld als Jonathan Strange, maar gelukkig was zijn vader onlangs overleden, waardoor ze meteen gespreksstof hadden.

'U heeft op dit moment vast veel aan uw hoofd, meneer Strange,' zei ze. 'Ik herinner me nog levendig hoeveel er moest worden geregeld toen mijn eigen vader stierf. Hij liet zo'n grote erfenis na. Zo waren er de porseleinen kannen, die thuis in de keuken op de schoorsteenmantel stonden. Mijn vader wilde dat onze oude bedienden er een zouden krijgen. De kannen waren in zijn testament echter erg onduidelijk beschreven, en niemand kon zeggen welke kan voor wie bedoeld was. Toen kregen de bedienden ruzie, omdat ze allemaal de gele kan met de roze roosjes wilden hebben. Mijn hemel, ik dacht dat ik nooit van die legaten verlost zou zijn. Heeft uw vader veel legaten in zijn testament opgenomen, meneer Strange?'

'Nee, mevrouw. Niet een. Hij had aan iedereen een hekel.'

'Ah! Dat scheelt, nietwaar? En wat gaat u nu doen?'

'Doen?' herhaalde Strange.

'Juffrouw Woodhope zegt dat uw arme, geliefde vader allerlei dingen kocht en verkocht. Gaat u dat ook doen?'

'Nee, mevrouw. Als het aan mij ligt – en dat is zo – zullen mijn vaders zaken zo snel mogelijk worden afgewikkeld.'

'O, maar dan zult u uw handen wel vol hebben aan het boerenbedrijf. Juffrouw Woodhope zegt dat uw landgoed erg uitgestrekt is.'

'Dat klopt, mevrouw. Maar ik heb het geprobeerd en de landbouw is niets voor mij.'

'Ah!' zei mevrouw Redmond wijs.

Er viel een stilte. Mevrouw Redmond's klok tikte en opgebrande kooltjes vielen door het haardrooster. Mevrouw Redmond haalde enkele strengen borduurzijde uit elkaar die op haar schoot lagen en in de knoop waren geraakt. Hierop dacht haar zwarte kat dat ze een spelletje speelde, en sloop langs de sofa om de draadjes te pakken. Arabella lachte, pakte de kat op en ging ermee spelen. Dat was nu precies het soort rustige, huiselijke tafereel dat Strange voor ogen had – hoewel hij mevrouw Redmond er niet bij wilde hebben en zo zijn twijfels had over de kat – en in zijn ogen was het des te bekoorlijker omdat hij in zijn ouderlijk huis niets dan kilte en onvriendelijkheid had gekend. De vraag was: hoe moest hij Arabella ervan overtuigen dat zij hetzelfde wilde als hij? Opeens ging hem een licht op, en hij richtte zich weer tot mevrouw Redmond. 'Kort en goed, mevrouw, denk ik niet dat ik daar nog tijd voor zal hebben. Ik ga namelijk magie studeren.'

'Magie!' riep Arabella uit, terwijl ze hem verrast aankeek.

Even leek het alsof ze erop door zou gaan, maar juist op dat uiterst interessante moment hoorden ze meneer Redmond in de hal. Hij werd vergezeld door zijn kapelaan, Henry Woodhope – de Henry Woodhope, die zowel Arabella's broer als Jonathan Strange' jeugdvriend was. Natuurlijk moesten meneer Redmond en Strange aan elkaar worden voorgesteld en was enige uitleg noodzakelijk – Henry Woodhope had namelijk niet geweten dat Strange zou komen – en even was Strange' onverwachte aankondiging vergeten.

De heren kwamen zojuist van een vergadering van de kerkgemeente, en zodra iedereen weer in de ontvangstkamer had plaatsgenomen, vergastten meneer Redmond en Henry mevrouw Redmond en Arabella op enkele nieuwtjes die ze tijdens de vergadering hadden vernomen. Toen informeerden ze naar Strange' reis, de toestand van de wegen en hoe het ging met de boeren in Shropshire, Herefordshire en Gloucestershire – want dat waren de graafschappen waar Strange doorheen was gereisd. Om zeven uur werd het avondmaal opgediend. In de stilte die viel, omdat ze allemaal aan het eten en drinken waren, zei mevrouw Redmond tegen haar echtgenoot: 'Meneer Strange wil tovenaar worden, lieve.' Ze zei het op een toon alsof het voor haar de normaalste zaak van de wereld was, want dat was ook zo.

'Tovenaar?' zei Henry stomverbaasd. 'Waarom in vredesnaam?'

Strange aarzelde. Hij wilde de ware reden niet vertellen – namelijk dat hij indruk wilde maken op Arabella door te doen voorkomen alsof hij had besloten iets serieus en wetenschappelijks te gaan doen – en dus was hij aangewezen op de enige andere verklaring die hij kon bedenken. 'In Monk Gretton heb ik een man ontmoet die onder een haag lag, en hij vertelde me dat ik een tovenaar ben.'

Meneer Redmond lachte, want hij vond het een goede grap. 'Prachtig!' zei hij.

'O ja?' vroeg mevrouw Redmond.

'Ik begrijp het niet,' zei Henry Woodhope.

'U gelooft mij natuurlijk niet, hè?' vroeg Strange aan Arabella.

'O, integendeel, meneer Strange!' zei Arabella met een geamuseerde glimlach. 'Het ligt volledig in de lijn met de manier waarop u alles in uw leven aanpakt. Een stevigere basis voor een carrière zou ik nooit van u verwachten.'

Henry zei: 'Maar als je dan toch een beroep wilt kiezen – en ik begrijp niet goed waarom je dat zou willen, zeker niet nu je dat hele fortuin hebt geërfd – kun je toch wel iets beters verzinnen dan magie? Je kunt er helemaal niets mee.'

'O, daar heeft u ongelijk in, vind ik!' zei meneer Redmond. 'Kijk maar naar die meneer in Londen, die de Fransen met illusies zo in verwarring heeft gebracht! Ik ben zijn naam even kwijt. Hoe noemt hij zijn theorie ook alweer? De Moderne Magie?'

'Maar wat is nu eigenlijk het verschil met ouderwetse magie?' vroeg mevrouw Redmond zich hardop af. 'En welke vorm gaat u kiezen, meneer Strange?'

'Ja, vertelt u eens, meneer Strange,' zei Arabella met een ondeugende blik. 'Welke vorm gaat u kiezen?'

'Een beetje van allebei, juffrouw Woodhope. Een beetje van allebei.' Hij draaide zich om naar mevrouw Redmond en zei: 'Ik heb drie spreuken weten te bemachtigen van de man onder de haag. Wilt u er een zien, mevrouw?'

'O ja, graag!'

'Juffrouw Woodhope?' vroeg Strange.

'Waar zijn ze voor?'

'Dat weet ik niet. Ik heb ze nog niet gelezen.' Jonathan Strange haalde de drie spreuken die Vinculus hem had gegeven uit zijn borstzakje en gaf ze aan haar.

'Ze zijn erg vies,' zei Arabella.

'Ach, wij tovenaars letten niet op een beetje vuil. Bovendien zijn ze ongetwijfeld erg oud. Oude, mysterieuze spreuken zoals deze zijn vaak—'

'De datum staat erboven: 2 februari 1808. Dat is twee weken geleden.'

'Is dat zo? Dat had ik niet gezien.'

'"Twee spreuken om een obstinate man uit Londen te laten vertrekken",' las Arabella voor. 'Ik vraag me af waarom een tovenaar mensen zou willen dwingen Londen te verlaten?'

'Dat weet ik niet. Er zullen wel te veel mensen zijn in Londen, maar het lijkt me erg omslachtig om ze een voor een te dwingen weg te gaan.'

'Maar deze spreuken zijn afschuwelijk! Ze staan vol met geesten en verschrikkingen! Ze laten het slachtoffer geloven dat ze op het punt staan hun ware liefde te ontmoeten, terwijl de spreuk daar helemaal niet voor zorgt!'

'Laat zien!' Strange griste de grievende spreuken uit haar handen. Hij las ze snel door en zei: 'Op mijn erewoord, ik wist niet wat erin stond toen ik ze kreeg. Absoluut niet. Ik heb ze gekocht van een arme zwerver, moet u weten. Met het geld dat ik hem gaf kon hij voorkomen dat hij naar het armenhuis zou worden gebracht.'

'Daar ben ik blij om. Maar toch zijn die spreuken afschuwelijk, en ik hoop dat je ze nooit zult gebruiken.'

'Maar die laatste spreuk dan? "Een spreuk om te ontdekken waar mijn vijand op dit moment mee bezig is." Daar heeft u toch geen bezwaar tegen? Laat me alstublieft de laatste spreuk gebruiken.'

'Maar zal die wel werken? U heeft toch geen vijanden?'

'Niet dat ik weet, dus dan kan het ook geen kwaad om hem eens te proberen, toch?'

In de instructie stonden enkele benodigdheden genoemd: een spiegel en een paar dode bloemen.[3] Dus haalden Strange en Henry een spiegel van de muur en legden die op tafel. De bloemen waren een groter probleem. Het was immers februari, en de enige bloemen die

---

[3] Het lijkt erop dat Meneer Norrell als basis een spreuk uit Lancashire heeft gebruikt, die beschreven wordt in *Death's Library* van Peter Watershippe (1448).

mevrouw Redmond had, waren wat gedroogde lavendeltakken, rozen en tijm.

'Zijn deze goed?' vroeg ze aan meneer Strange.

Hij haalde zijn schouders op. 'Wie zal het zeggen? Welnu...' Hij las de instructie nog een keer door. 'De bloemen moeten eromheen gerangschikt worden, zo. En dan moet ik met mijn vinger een cirkel op de spiegel tekenen... zo. Dan verdeel ik de cirkel in vieren. Tik drie keer op de spiegel en zeg de volgende tekst op...'

'Strange,' vroeg Henry Woodhope, 'waar heb je deze onzin vandaan?'

'Van de man onder de haag. Henry, je luistert niet.'

'En kwam hij eerlijk over?'

'Eerlijk? Nee, niet echt. Hij leek – hoe zal ik het zeggen – koud. Ja, koud is een goede omschrijving van hem, en hongerig ook.'

'En hoeveel heb je voor die spreuken betaald?'

'Henry!' zei zijn zus. 'Je hebt meneer Strange toch net horen zeggen dat hij ze uit liefdadigheid heeft gekocht?'

Strange stond afwezig cirkels op de spiegel te tekenen en die in vieren te delen. Arabella, die naast hem zat, reageerde plotseling verrast. Strange keek omlaag.

'Goede hemel!' riep hij.

In de spiegel was een kamer te zien, maar het was niet de ontvangstkamer van mevrouw Redmond. Het was een kleine kamer, waar niet veel, maar wel mooie meubels stonden. Het hoge plafond wekte de indruk dat het een klein vertrek was dat deel uitmaakte van een groot en wellicht tamelijk voornaam huis. Er stonden boekenkasten vol boeken, en op allerlei tafels lagen nog meer boeken. Er brandde een groot vuur in de open haard en er stonden kaarsen op het bureau. Aan het bureau zat een man te werken. Hij was een jaar of vijftig en heel eenvoudig gekleed in een grijze jas. Het was een stille, onopvallende man met een ouderwetse pruik op zijn hoofd. Verschillende boeken lagen opengeslagen op zijn bureau. In sommige zat hij wat te lezen en in andere zat hij wat te schrijven.

'Mevrouw Redmond! Henry!' riep Arabella. 'Kom snel! Kijk eens wat meneer Strange heeft gedaan!'

'Maar wie is hij in 's hemelsnaam?' vroeg meneer Strange verbijsterd. Hij tilde de spiegel op en keek eronder. Kennelijk dacht hij daar een piepklein mannetje met een grijze jas aan te treffen, dat hij zou kunnen ondervragen. Toen hij de spiegel weer terug op tafel legde, was daarin nog steeds de andere kamer met de andere man te zien. Ze konden geen geluid horen, maar de vlammen dansten in de haard en de man, die een glanzende bril op zijn neus had, draaide zijn hoofd van het ene boek naar het andere.

'Waarom is hij uw vijand?' vroeg Arabella.

'Ik heb geen flauw idee.'

'Bent u hem misschien geld verschuldigd?' vroeg meneer Redmond.

'Niet dat ik weet.'

'Het zou een bankier kunnen zijn. Het lijkt een beetje op een rekenkamer,' opperde Arabella.

Strange lachte. 'Nou, Henry, je kunt ophouden met die afkeurende blikken. Als ik tovenaar ben, dan ben ik een zeer middelmatige. Andere ingewijden roepen elfengeesten en reeds lang gestorven koningen op. Ik daarentegen heb zo te zien de geest van een bankier opgeroepen.'

DEEL II
Jonathan Strange

'Kan een tovenaar een man doden door middel van magie?' vroeg lord Wellington aan Strange. Strange fronste zijn wenkbrauwen. Hij leek dat geen prettige vraag te vinden. 'Een tovenaar misschien wel,' gaf hij toe, 'maar een heer nooit.'

23

Shadow House
juli 1809

Op een zomerse dag in 1809 reden twee ruiters over een stoffig landweggetje in Wiltshire. De hemel was een diep helderblauw en daaronder lag Engeland, als een schets van diepe schaduwen en de heiige reflectie van het felle licht. De takken van een grote paardekastanje hingen over de weg, zodat er op de weg een schaduw was ontstaan als een zwarte waterplas. Toen de twee ruiters bij de schaduw aankwamen, slokte die hen volledig op. Alleen hun stemmen waren nog te horen.

'...En hoe lang zal het nog duren voordat u overweegt iets te gaan publiceren?' zei de een. 'Want dat moet u wel doen, hoor. Ik heb er eens goed over nagedacht en ik vind dat het de eerste taak van een moderne tovenaar is om te publiceren. Het verbaast mij dat Norrell het niet doet.'

'Ik durf te wedden dat hij dat mettertijd wel zal doen,' zei de ander. 'En wat betreft het publiceren van mijn werk: wie wil er nu lezen wat ik heb geschreven? Nu Norrell iedere week een nieuw wonder verricht, kan ik me niet voorstellen dat het werk van een puur theoretisch tovenaar ook maar iemand iets zal interesseren.'

'O, u bent veel te bescheiden,' zei de eerste. 'U moet niet alles aan Norrell overlaten. Norrell kan óók niet alles.'

'Maar dat kan hij wel. Sterker nog, hij doet het,' zuchtte de tweede.

Wat is het toch aangenaam om oude vrienden terug te zien! Het zijn namelijk meneer Honeyfoot en meneer Segundus. Maar waarom zitten ze op een paard? Dat is een vorm van lichaamsbeweging die hen geen van beiden goeddoet. Ze doen het bovendien niet vaak, daar meneer Honeyfoot te oud en meneer Segundus te arm is. En dat op een dag als deze! Het is zo heet dat meneer Honeyfoot eerst zal beginnen te zweten, vervolgens jeuk zal krijgen en ten slotte overal rode pukkels. Het is zo'n oogverblindend stralende dag dat meneer Segundus er vast en zeker hoofdpijn van zal krijgen. En wat doen zij in Wiltshire?

Dat kwam doordat meneer Honeyfoot bij zijn inspanningen ten behoeve van het stenen figuurtje en het meisje met de klimopbladeren in haar haar iets had ontdekt. Hij vermoedde namelijk dat de moordenaar uit Avebury kwam. Daarom was hij naar Wiltshire gekomen om enkele oude documenten te bekijken die in de kerk van Avebury werden bewaard. 'Want,' zo legde hij aan meneer Segundus uit, 'als ik kan vaststellen wie hij was, dan leidt dat misschien tot de ontdekking wie het meisje was en welk duister motief hij had om haar te vermoorden.' Meneer Segundus was met zijn vriend meegegaan, had alle documenten doorgelezen en geholpen de oude Latijnse teksten te vertalen. Maar hoewel meneer Segundus gek was op oude documenten – hij was er werkelijk verzot op – en hoewel hij veel vertrouwen had in hun beider kunnen, betwijfelde hij stiekem of zeven Latijnse woorden van vijf eeuwen oud het leven van een man konden verklaren. Meneer Honeyfoot was echter één en al optimisme. Toen bedacht meneer Segundus dat ze, aangezien ze toch al in Wiltshire waren, maar van de gelegenheid gebruik moesten maken om Shadow House te bezoeken, want dat lag in datzelfde graafschap en ze waren er allebei nog nooit geweest.

De meesten van ons kunnen zich de verhalen over Shadow House nog wel herinneren uit onze schooltijd. De naam roept vage herinneringen op aan magie en ruïnes, maar we kunnen ons nauwelijks herinneren wat er zo belangrijk aan was. In feite redetwisten magische geschiedkundigen nog steeds over het belang van het huis, en sommigen zullen u meteen vertellen dat er absoluut niets belangrijks aan is. Volgens de geschiedenis van de Engelse magie hebben daar geen grote gebeurtenissen plaatsgevonden. Bovendien hebben er maar twee tovenaars gewoond, en daarvan was er één een charlatan en de andere een vrouw – attributen waardoor het niet waarschijnlijk was dat de heren tovenaars en geschiedkundigen van die tijd veel aandacht aan hen zouden besteden – en toch stond Shadow House al twee eeuwen bekend als een van de meest magische oorden in Engeland.

Het was in de zestiende eeuw gebouwd door Gregory Absalom, de hoftovenaar van koning Henry VIII en de koninginnen Mary en Elizabeth. Als we het succes van een tovenaar zouden afmeten aan de hoeveelheid magie die hij verricht, dan was Absalom zeker geen tovenaar, want zijn toverspreuken hadden bijna nooit resultaat. Als we echter kijken naar de hoeveelheid geld die een tovenaar verdient en dát als maatstaf gebruiken, dan was Absalom zonder twijfel een van de grootste Engelse tovenaars die ooit heeft geleefd, want hij was straatarm toen hij werd geboren, maar stinkend rijk toen hij stierf.

Bij een van zijn brutaalste prestaties haalde Absalom de koning van Denemarken over hem een handvol diamanten te betalen voor een toverspreuk die volgens hem het vlees van de koning van Zweden in water zou doen veranderen. Natuurlijk deed de toverspreuk dat helemaal niet, maar met het geld dat hij voor de helft van de juwelen kreeg, kon Absalom Shadow House bouwen. Hij richtte het in met Turkse tapijten en Venetiaanse spiegels en glas, en honderden andere mooie dingen. Toen het huis klaar was, gebeurde er iets opmerkelijks, misschien, of misschien ook helemaal niet.

Sommige geleerden geloven – en andere niet – dat de magie die Absalom voor zijn klanten geveinsd had opeens onbedoeld in het huis opdook.

Op een nacht in 1610, toen de maan helder aan de hemel stond, keken twee dienstmeiden op een van de bovenste verdiepingen uit het raam, en zagen twintig of dertig beeldschone dames en knappe heren die in een kring op het gazon dansten. In februari 1666 had een Ier, Valentine Greatrakes, een gesprek in het Hebreeuws met de profeten Mozes en Aaron in een gangetje vlak bij de grote linnenpers. In 1667 keek mevrouw Penelope Chelmorton, die in het huis logeerde, in een spiegel en zag een klein meisje van een jaar of drie, vier die haar blik beantwoordde. Voor haar ogen werd het kind volwassen, en na een tijdje herkende ze zichzelf. Mevrouw Chelmorton's spiegelbeeld werd steeds ouder, totdat er in de spiegel nog slechts een verdroogd lijk te zien was. De reputatie van Shadow House is gebaseerd op deze en honderden gelijksoortige verhalen.

Absalom had één kind, een dochter die Maria heette. Ze was in Shadow House geboren en bleef er haar leven lang wonen. Slechts zelden was ze meer dan twee dagen achter elkaar weg. In haar jonge jaren werd het huis bezocht door koningen, ambassadeurs, geleerden, soldaten en dichters. Zelfs na de dood van haar vader kwamen er mensen naar het einde van de Engelse magie kijken, naar de laatste korte, vreemde bloeitijd ervan aan de vooravond van een lange winter. Het aantal bezoekers liep echter terug, en het huis verouderde en raakte in verval, en de tuin verwilderde. Maria Absalom weigerde echter haar vaders huis te laten repareren. Zelfs kapotte schalen bleven aan scherven op de vloer liggen.[1]

Toen ze vijftig was, had het welig tierende klimop zich zo ver verspreid dat het zelfs in alle kasten groeide en grote stukken van de vloer gevaarlijk glibberig had gemaakt. In het huis zongen evenveel vogels als buiten. Op haar honderdste was er zowel van het huis als van de vrouw niet veel over, maar ze waren er nog steeds. Zij bleef nog negenenveertig jaar leven, en overleed op een zomerse ochtend in haar bed in de schaduw van de bladeren van een grote es, terwijl het vlekkerige zonlicht op haar neerscheen.

Toen meneer Honeyfoot en meneer Segundus zich op deze hete namiddag naar Shadow House haastten, waren ze een beetje nerveus over de mogelijkheid dat meneer Norrell te horen zou krijgen waar ze naar toe gingen – want met al die eerbiedige brieven en beleefdheidsbezoeken van admiraals en ministers werd meneer Norrell met het uur

---

[1] Sommige geleerden – onder wie Jonathan Strange – stellen dat Maria Absalom precies wist waar ze mee bezig was toen ze toeliet dat het huis veranderde in een ruïne. Zij beweren dat juffrouw Absalom handelde vanuit de algemeen heersende overtuiging dat alle ruïnes toebehoren aan de Ravenkoning. Dat zou ook verklaren waarom de magie in Shadow House pas sterker begon te worden nadat het huis in verval raakte.

'Alle werken van de mens, al zijn steden, al zijn koninkrijken, al zijn monumenten zullen op een dag tot stof vergaan. Zelfs de huizen van mijn eigen waarde lezers zullen op een dag – al is het maar voor een dag, of een uur – in verval raken, en veranderen in huizen waarvan de stenen zijn gemetseld met maanlicht, de ruiten zijn gemaakt van sterrenlicht en de inrichting bestaat uit stoffige wind. Er wordt beweerd dat onze huizen op die dag, in dat uur, in het bezit komen van de Ravenkoning. Hoewel wij luidkeels het einde van de Engelse magie betreuren, zeggen dat hij ver buiten ons bereik is en elkaar vragen hoe het toch mogelijk is dat we zo iets waardevols hebben verloren, mogen we niet vergeten dat de magie op ons wacht waar Engeland eindigt, en dat we de Ravenkoning in dit tijdperk weliswaar niet meer kunnen terugbrengen, maar dat we op een dag niet meer aan hem zullen kunnen ontsnappen.'

Jonathan Strange, *The History and Practice of English Magic*. Uitg. John Murray, Londen 1816.

belangrijker. Ze waren namelijk bang dat hij zou denken dat meneer Honeyfoot zich niet aan de bepalingen van het contract had gehouden. Om ervoor te zorgen dat zo weinig mogelijk mensen zouden weten wat ze gingen doen, hadden ze niemand verteld waar ze naar toe gingen en waren heel vroeg in de ochtend vertrokken. Ze waren naar een boerderij gewandeld waar ze paarden konden huren en via een lange omweg naar Shadow House gereden.

Aan het einde van het stoffige witte paadje kwamen ze bij een hoog dubbel hek. Meneer Segundus steeg af om het open te maken. Het hek was gemaakt van prachtig Castilliaans smeedijzer, maar was nu zo verroest dat het een felle donkerrode kleur had, en zo vervallen en versleten dat de oorspronkelijke vorm nauwelijks nog te onderscheiden was. Op meneer Segundus' hand bleven stoffige sporen achter, alsof een miljoen gedroogde en tot poeder vermalen rozen waren samengeperst en waren gemodelleerd tot het droombeeld van een hek. Het krullende ijzer was opgesierd met kleine bas-reliëfs van boosaardig lachende gezichten, die nu zo rood waren als sintels en tot stof dreigden te vergaan, alsof het deel van de hel waar die barbaren nu verbleven onder de hoede viel van een achteloze demon die zijn oven te heet had laten worden.

Achter het hek waren duizenden bleekroze rozen, hoge iepen, essen en kastanjes die een wiegende, zonovergoten rotswand leken te vormen, en de blauwe, blauwe lucht. Er waren vier grote trapgevels en een veelheid aan hoge grijze schoorstenen en ramen met een traliewerk van steen. Shadow House was echter al meer dan een eeuw een ruïne en bestond inmiddels evenzeer uit oude bomen en wilde rozen als uit zilverkleurig kalksteen, en het rook er net zo sterk naar de zomer als naar ijzer en hout.

'Het lijken de Andere Landen wel,' zei meneer Segundus, die enthousiast zijn gezicht tegen het hek drukte, waardoor er op zijn huid in iets wat leek op rozenpoeder een afdruk van het hek achterbleef.[2]

---

[2] Wanneer mensen het over de Andere Landen hebben, bedoelen ze meestal het Elfenrijk of zo iets vaags. Voor alledaagse gesprekken is die definitie goed genoeg, maar een tovenaar moet leren nauwkeuriger te zijn. Het is algemeen bekend dat de Ravenkoning heerste over drie koninkrijken. Het eerste was het koninkrijk Noord-Engeland, waaronder Cumberland, Northumberland, Durham, Yorkshire, Lancashire, Derbyshire en een gedeelte van Nottinghamshire vielen. De andere twee werden de Andere Landen van de

Hij trok het hek open en leidde zijn paard naar binnen. Meneer Honeyfoot liep achter hem aan. Ze bonden hun paarden vast bij een stenen fonteintje en gingen de tuinen verkennen.

Het terrein rond Shadow House verdiende de benaming 'tuinen' wellicht niet. Niemand had ze de laatste honderd jaar immers onderhouden. Het was echter ook geen bos, en ook geen wildernis. Er bestaat geen woord voor de tuin van een tovenaar die al tweehonderd jaar dood is. Meneer Segundus en meneer Honeyfoot hadden nog nooit zo'n weelderige, ordeloze tuin gezien.

Meneer Honeyfoot verkeerde in opperste staat van verrukking over alles wat hij zag. Hij slaakte een opgetogen kreet toen hij de brede iepenlaan zag, waar de bomen als het ware bijna tot aan hun middel in een zee van felroze vingerhoedskruid stonden. Hij verbaasde zich hardop over een houtsnede van een vos met een baby in zijn bek. Hij sprak opgewekt over de opmerkelijke magische sfeer die er hing en zei dat zelfs meneer Norrell hier eens naar toe moest komen, omdat hij er nog iets van zou kunnen leren.

Meneer Honeyfoot was in werkelijkheid echter niet zo gevoelig voor sfeer. Meneer Segundus, daarentegen, voelde zich steeds slechter op zijn gemak. Hij had de indruk dat Absalom's tuin een vreemdsoortige invloed op hem uitoefende. Terwijl hij en meneer Honeyfoot rondliepen, betrapte hij zichzelf er verschillende keren op dat hij op het punt stond een gesprek aan te gaan met iemand die hij dacht te kennen, of dat hij een plek herkende waar hij al eens eerder was geweest. Maar steeds als hij op het punt stond zich te herinneren wat hij ook al weer had willen zeggen, besefte hij dat hetgeen hij voor een vriend had aangezien in werkelijkheid slechts een schaduw op het oppervlak van een rozenstruik was. Het hoofd van de man was slechts een tak beladen met lichtroze rozen en zijn hand een tweede tak. De plek waarvan meneer Segundus dacht dat hij hem even goed kende als het landschap uit zijn jeugd bleek slechts een toevallige combinatie van een gele struik, een paar slingerende vliertakken en de scherpe, zonovergoten hoek van het huis te zijn. Bovendien had hij geen idee wie die vriend

---

Koning genoemd. Het ene maakte deel uit van het Elfenrijk, en men geloofde dat het andere ergens aan de rand van de Hel lag. Dat rijk werd ook wel de Bittere Landen genoemd. De vijanden van de koning beweerden dat hij het land pachtte van de Duivel zelf.

kon zijn, of waar die plek dan lag. Dat bracht hem zo van zijn stuk dat hij na een half uur aan meneer Honeyfoot vroeg of ze even konden gaan zitten.

'Mijn waarde vriend!' zei meneer Honeyfoot. 'Wat is er aan de hand? Bent u ziek? U ziet lijkbleek en uw hand trilt. Waarom heeft u niet eerder iets gezegd?'

Meneer Segundus streek met zijn hand over zijn voorhoofd en zei een beetje binnensmonds dat hij geloofde dat er een betovering in werking ging treden. Daar was hij bijna zeker van.

'Een betovering?' riep meneer Honeyfoot uit. 'Maar wat voor een betovering kan er nu zijn?' Hij keek nerveus om zich heen, bang dat meneer Norrell plotseling achter een boom vandaan zou komen. 'Het komt vast doordat het vandaag zo warm is dat u zich zo vreemd voelt. Ik heb het zelf ook erg heet. Maar wat zijn we een domkoppen geweest dat we daar niets aan gedaan hebben, want hier is het heerlijk. Hier is het lekker koel! In de schaduw gaan zitten van hoge bomen – zoals deze – bij een zoet klaterend beekje – zoals dit – wordt algemeen beschouwd als het beste geneesmiddel ter wereld. Kom, meneer Segundus, laten we gaan zitten!'

Ze gingen op de grazige oever van een beekje met bruin water zitten. De warme, zachte lucht en de geur van rozen werkte kalmerend, en meneer Segundus kwam een beetje tot rust. Zijn ogen gingen dicht, weer open, weer dicht, traag en zwaar weer open...

Hij begon bijna onmiddellijk te dromen.

Hij zag een hoge deuropening in een donkere ruimte. Hij was uitgehouwen in zilvergrijze steen, die licht glansde, alsof er maanlicht op scheen. De deurposten waren gebeeldhouwd in de vorm van twee mannen – of misschien slechts één man, want ze waren identiek. De man leek elk moment uit de muur te kunnen stappen en John Segundus wist meteen dat hij tovenaar was. Het gezicht was niet duidelijk, maar hij kon er net genoeg van zien om te weten dat het een jong, knap gezicht was. De man droeg een helm met een scherpe piek en ravenvleugels aan weerszijden.

John Segundus liep door de deuropening en heel even zag hij alleen de zwarte hemel, de sterren en de wind. Toen zag hij dat hij toch in een kamer stond, maar dat die in verval was geraakt. Toch hingen de weinige stukken muur die nog over waren vol met schilderijen, wandtapijten en spiegels. Maar de figuren op de wandtapijten liepen heen en weer en praatten met elkaar, en niet alle spiegels toonden een betrouwbare weerspiegeling van de kamer. Sommige leken heel andere oorden te reflecteren.

Aan de andere kant van de kamer zat iemand in het vreemde, gemengde licht van de maan en de kaarsen aan een tafel. Ze droeg een antieke avondjurk waarin een zeer grote hoeveelheid stof was verwerkt, veel meer dan er volgens John Segundus in verwerkt zou hoeven – of zelfs maar kunnen – worden. De stof had een vreemde, oude diepblauwe kleur, en her en der verspreid over de japon fonkelden nog steeds de laatste diamanten van de koning van Denemarken, als sterren. Toen hij op de vrouw afliep, keek ze naar hem op met twee vreemd schuinstaande ogen, die verder uit elkaar stonden dan gewoonlijk als mooi wordt beschouwd, en een glimlach om haar brede mond, maar wat de glimlach betekende kon hij niet raden. Het flakkerende licht van de kaarsen onthulde haar zo rood als haar jurk blauw was.

Plotseling dook er iemand anders op in John Segundus' droom: een heer gekleed in moderne kleren. De heer leek zich niet in het minst te verwonderen over de aanwezigheid van de schitterend – hoewel een beetje ouderwets – uitgedoste dame, maar hij was kennelijk wel heel verbaasd John Segundus daar aan te treffen. Hij stak zijn hand uit, pakte John Segundus bij zijn schouder en schudde hem heen en weer...

Meneer Segundus werd zich bewust van het feit dat meneer Honeyfoot zijn schouder had vastgepakt en hem zachtjes heen en weer schudde.

'Neemt u mij niet kwalijk,' zei meneer Honeyfoot. 'Maar u riep in uw slaap en ik dacht dat u misschien gewekt wilde worden.'

Meneer Segundus keek hem enigszins verbijsterd aan. 'Ik heb gedroomd,' zei hij. 'Het was een zeer merkwaardige droom!'

Meneer Segundus vertelde meneer Honeyfoot wat hij had gedroomd.

'Wat een merkwaardig magisch oord is dit!' zei meneer Honeyfoot goedkeurend. 'Uw droom – zo vol van vreemde symbolen en voortekenen – bewijst dat nog maar eens!'

'Maar wat betekent het?' vroeg meneer Segundus.

'O!' zei meneer Honeyfoot, en zweeg even terwijl hij nadacht. 'Nou, de dame was in het blauw gekleed, zei u toch? Blauw staat voor... Even denken... Onsterfelijkheid, maagdelijkheid en loyaliteit. Het staat bovendien voor Jupiter en kan worden gesymboliseerd door tin. Hm! Wat zegt ons dat?'

'Niets, denk ik,' zuchtte meneer Segundus. 'Laten we verderlopen.'

Meneer Honeyfoot, die dolgraag meer wilde zien, ging snel akkoord met dit voorstel en stelde voor Shadow House van binnen te gaan bekijken.

In het felle zonlicht was het huis als een torenhoge groenblauwe nevel. Terwijl ze door de deuropening de grote zaal inliepen, riep meneer Segundus: 'O!'

'Wat is er nu weer?' vroeg meneer Honeyfoot geschrokken.

Aan weerszijden van de deuropening stond een standbeeld van de Ravenkoning. 'Die heb ik in mijn droom gezien,' zei meneer Segundus.

In de grote zaal keek meneer Segundus om zich heen. De spiegels en schilderijen die hij in zijn droom had gezien, waren al lang verdwenen. Seringen en vlierbomen vulden de gaten in de muren. Paardekastanjes en essen vormden een groen met zilveren dak, dat wiegde tegen de achtergrond van de blauwe hemel en schaduwvlekken wierp op de vloer. Fijn goudkleurig gras en koekoeksbloemen vormden een traliewerk voor de lege vensters van steen.

Aan de zijkant van de zaal stonden twee onduidelijke gestalten in het volle zonlicht. Een paar losse spullen lagen over de vloer verspreid, als een soort magisch puin: stukjes papier met daarop haastig genoteerde fragmenten van toverspreuken, een zilveren schaal vol water en een half opgebrande kaars in een antieke koperen kandelaar.

Meneer Honeyfoot wenste de twee onduidelijke gestalten een goede morgen en een van hen gaf ernstig en beleefd antwoord, maar de ander riep onmiddellijk: 'Henry, dat is hem! Daar heb je hem! Dat is de man die ik beschreef! Zie je het niet? Een kleine man met zulke donkere ogen en zulk donker haar dat hij bijna Italiaans lijkt, hoewel hij een paar grijze haren heeft. Maar met zo'n rustige en timide uitdrukking op zijn gezicht dat hij vast en zeker Engelsman is! Een versleten jas, stoffig en vol verstelstukken, met versleten manchetten, hetgeen hij probeert te verbergen door de rafels er netjes af te knippen. O, Henry, dit is hem, ik weet het zeker! U daar, meneer!' riep hij plotseling tegen meneer Segundus. 'Ik eis een verklaring!'

Die arme meneer Segundus was hogelijk verbaasd te horen hoe een volslagen vreemde hem en zijn jas zo gedetailleerd beschreef – een beschrijving die op zichzelf al bijzonder verontrustend was! Verre van beleefd. Terwijl hij bleef stilstaan en probeerde zijn gedachten op een rijtje te krijgen, liep zijn ondervrager door de schaduw van een es die deel uitmaakte van de muur aan de noordkant van de zaal, en dat was de eerste keer dat meneer Segundus Jonathan Strange in het echt zag.

Een beetje aarzelend – want hij was zich ervan bewust hoe vreemd het moest klinken – zei meneer Segundus: 'Ik geloof, meneer, dat ik u in mijn droom heb gezien.'

Dat maakte Strange alleen maar bozer. 'Die droom, meneer, was van mij! Ik ben er speciaal voor gaan liggen. Ik kan bewijzen dat die droom van mij was. Ik heb getuigen. Meneer Woodhope,' zei hij, wijzend naar zijn metgezel, 'heeft het me zien doen. Meneer Woodhope is een geestelijke – predikant van een kerkgemeente in Gloucestershire – dus ik kan me niet voorstellen dat iemand aan zijn woord zou twijfelen! Ik ben van mening dat de dromen van een heer zijn eigen zaken zijn, hier in Engeland. Volgens mij bestaat daar een wet over, en zo niet, dan zou het parlement er onmiddellijk een moeten opstellen! Het geeft geen pas als iemand onuitgenodigd komt opdagen in de droom van een ander.' Strange zweeg even om op adem te komen.

'Meneer,' riep meneer Honeyfoot verhit, 'ik verzoek u deze heer met meer respect te bejegenen. U heeft het genoegen niet mogen smaken deze heer te leren kennen zoals ik hem ken, anders zou u geweten hebben dat de wens een andere heer te beledigen lijnrecht indruist tegen zijn karakter!'

Strange slaakte een kreet van ergernis.

'Het is inderdaad heel vreemd dat mensen in elkaars dromen verzeild raken,' zei Henry Woodhope. 'Het kan toch niet dezelfde droom zijn geweest?'

'O! Maar ik ben bang van wel,' zei meneer Segundus met een zucht. 'Al vanaf het moment dat ik deze tuin inliep heb ik het gevoel gehad dat er overal onzichtbare deuren waren, en dat ik ze een voor een doorgegaan ben, totdat ik in slaap viel en de droom kreeg waarin ik deze meneer zag. Ik was volledig in de war. Ik wist dat ik niet zelf die deuren op een kier had gezet zodat ze gemakkelijk konden worden opengeduwd, maar het kon me niet schelen. Ik wilde alleen maar zien waar ze naar toe leidden.'

Henry Woodhope staarde meneer Segundus aan alsof hij het niet helemaal begreep. 'Maar toch denk ik nog steeds dat het niet dezelfde droom kan zijn geweest,' zei hij tegen meneer Segundus, op een toon alsof hij het tegen een nogal dom kind had. 'Waar droomde u over?'

'Over een dame in een blauwe avondjurk,' zei meneer Segundus. 'Ik neem aan dat het juffrouw Absalom was.'

'Maar natuurlijk was het juffrouw Absalom!' riep Strange geërgerd uit, alsof hij het onuitstaanbaar vond dat iets wat zo voor de hand lag hardop werd uitgesproken. 'Helaas had de dame met slechts één heer een afspraak. Natuurlijk was ze ontzet toen ze in plaats daarvan twee mannen zag, en daarom verdween ze onmiddellijk.' Strange schudde zijn hoofd. 'Er kunnen hooguit vijf mannen in Engeland zijn die kunnen beweren de beginselen van de magie te beheersen, maar toch blijkt er een hier te zijn, die bovendien mijn ontmoeting met de dochter van Absalom onderbreekt. Ik kan het bijna niet geloven. Ik ben de grootste pechvogel van Engeland. God weet dat ik lang en hard heb gewerkt aan die droom. Hij heeft me drie weken gekost. Dag en nacht heb ik gewerkt om de ontbiedingsspreuken voor te bereiden, en dan heb ik het nog niet eens over de—'

'Maar dat is geweldig!' viel Honeyfoot hem in de rede. 'Dat is prachtig! Mijn hemel! Zelfs meneer Norrell zou zich aan zo iets niet wagen!'

'Och!' zei Strange, terwijl hij zich omdraaide naar meneer Honeyfoot. 'Het is niet zo moeilijk als u denkt. Ziet u, eerst moet u de dame een uitnodiging sturen. Daarvoor kan een willekeurige ontbiedingsspreuk worden gebruikt. Ik heb gekozen voor Ormskirk.[3] Het lastigste was natuurlijk Ormskirk zodanig aan te passen dat zowel juffrouw Absalom als ik gelijktijdig in mijn droom terecht zouden komen. Ormskirk stelt zulke vage grenzen dat de ontboden persoon op ieder willekeurig moment ergens naar toe zou kunnen gaan en toch kon vinden dat hij of zij aan de verplichting had voldaan. Ik geef toe dat dat geen eenvoudige onderneming was, maar ik ben niet ontevreden met het resultaat. Ten tweede moest ik een toverspreuk over mijzelf uitspreken, zodat ik in een magische slaap zou vallen. Natuurlijk heb ik

[3] Paris Ormskirk (1496-1587), een schoolmeester uit het dorpje Clerkenwell, vlak bij Londen. Hij schreef verschillende verhandelingen over magie. Hoewel hij geen origineel denker was, was hij een harde werker die zichzelf tot taak had gesteld alle ontbiedingsspreuken die hij kon vinden te verzamelen en te ontleden, in een poging een betrouwbare versie te ontdekken. Dat kostte hem twaalf jaar en in die tijd kwam zijn kleine huis aan Clerkenwell-green vol te liggen met stukjes papier met toverspreuken erop. Mevrouw Ormskirk was daar niet blij mee, en de arme vrouw werd later dan ook als voorbeeld gebruikt voor de klassieke tovenaarsvrouw in tweederangs blijspelen en romannetjes: een ongelukkige feeks van een vrouw die altijd tegen haar man loopt te schreeuwen.

De toverspreuk die Ormskirk uiteindelijk opstelde werd erg populair, en in die eeuw en de twee eeuwen erna werd hij veel gebruikt. Ik heb echter nooit van iemand gehoord dat die er ook maar een greintje succes mee had, totdat Jonathan Strange er zijn eigen veranderingen in aanbracht en Maria Absalom in zowel zijn eigen droom als in die van meneer Segundus deed verschijnen. Misschien kwam dat wel door het probleem dat Jonathan Strange beschrijft.

wel eens van dat soort toverspreuken gehoord, maar ik moet toegeven dat ik er nooit daadwerkelijk een gezien heb, en daarom was ik verplicht er zelf een te bedenken, begrijpt u. Hij was duidelijk te zwak, maar wat doe je eraan?'

'Lieve hemel!' riep meneer Honeyfoot. 'Bedoelt u te zeggen dat u nagenoeg al deze magie zelf heeft bedacht?'

'Och! Nou,' zei Strange. 'Wat dat betreft... Ik had natuurlijk Ormskirk... Ik heb alles op Ormskirk gebaseerd.'

'O! Maar zou Hether-Gray niet een betere basis zijn geweest dan Ormskirk?' vroeg meneer Segundus.[4] 'Neemt u mij niet kwalijk, ik ben geen praktiserend tovenaar, maar Hether-Gray kwam op mij altijd veel betrouwbaarder over dan Ormskirk.'

'Werkelijk?' zei Strange. 'Ik heb natuurlijk wel eens gehoord van Hether-Gray. Sinds kort correspondeer ik met een heer in Lincolnshire die zegt dat hij een kopie heeft van *The Anatomy of a Minotaur* van Hether-Gray. Dus Hether-Gray is de moeite waard?'

Absoluut niet, verklaarde meneer Honeyfoot. Hether-Gray's boek stond vol belachelijke nonsens. Meneer Segundus was het echter niet met hem eens. Strange raakte steeds geïnteresseerder en was eigenlijk al vergeten dat hij in feite boos hoorde te zijn op meneer Segundus.

Maar wie kan er nu boos blijven op meneer Segundus? Waarschijnlijk bestaan er wel mensen die zich storen aan goedheid en vriendelijkheid, die geïrriteerd raken door zachtaardigheid. Tot mijn vreugde kan ik u echter melden dat Jonathan Strange niet zo iemand was. Meneer Segundus bood zijn excuses aan voor het feit dat hij de betovering had bedorven, en Strange zei met een glimlach en een buiging dat meneer Segundus zich er maar niet meer druk om moest maken.

'Ik zal niet vragen, meneer,' zei Strange tegen meneer Segundus, 'of u tovenaar bent. Het gemak waarmee u kunt doordringen in de dromen van anderen, geeft wel aan hoe getalenteerd u bent.' Strange wendde zich tot meneer Honeyfoot. 'Maar bent u ook tovenaar, meneer?'

---

[4] Meneer Segundus' gezonde verstand lijkt hem op dit punt volledig in de steek te laten. Charles Hether-Gray (1712-1789) was een andere tovenaargeschiedkundige die een beroemde ontbiedingsspreuk publiceerde. Zijn toverspreuk en die van Ormskirk zijn even slecht. Het maakt werkelijk niet uit welke men kiest.

Arme meneer Honeyfoot! Zo'n botte vraag, over zo'n gevoelig onderwerp! Diep in zijn hart was hij nog steeds tovenaar en hij vond het niet prettig aan zijn verlies herinnerd te worden. Hij antwoordde dat hij tot een paar jaar geleden tovenaar was geweest, maar dat hij verplicht was geweest het op te geven. Dat had hij werkelijk vreselijk gevonden. Magie studeren, echte Engelse magie, was naar zijn mening het mooiste beroep ter wereld.

Strange keek hem verbaasd aan. 'Ik begrijp het niet helemaal. Hoe heeft iemand u zo ver kunnen krijgen om uw studie op te geven, als u dat zelf niet wilde?'

Toen vertelden meneer Segundus en meneer Honeyfoot dat ze leden van het Geleerde Genootschap van de Tovenaars van York waren geweest, en dat dat Genootschap door meneer Norrell te gronde was gericht.

Meneer Honeyfoot vroeg Strange naar zijn mening over meneer Norrell.

'O!' zei Strange met een lach. 'Meneer Norrell is de patroonheilige van de Engelse boekhandelaren.'

'Pardon?' vroeg meneer Honeyfoot.

'O!' zei Strange. 'Van Newcastle tot Penzance, overal waar boeken worden verkocht hoort men de naam meneer Norrell. De boekhandelaar glimlacht, maakt een buiging en zegt: 'Ach meneer, u bent te laat! Ik had tot voor kort zeer veel boeken over magische en historische onderwerpen, maar ik heb ze allemaal verkocht aan een zeer geleerde heer uit Yorkshire.' Het is altijd meneer Norrell. Men kan slechts de boeken kopen die meneer Norrell niet heeft meegenomen. Over het algemeen vind ik de boeken die meneer Norrell niet heeft meegenomen uitermate geschikt om het vuur mee aan te steken.'

Meneer Segundus en meneer Honeyfoot wilden natuurlijk niets liever dan Jonathan Strange beter leren kennen, en hij leek net zo gretig om met hen te praten. Dus nadat iedereen de standaard vragen had gesteld ('Waar logeert u?' 'O! In de George in Avebury.' 'Dat is nog eens toevallig. Wij ook.') werd al snel besloten dat de vier heren tezamen terug zouden rijden naar Avebury om daar te gaan dineren.

Toen ze Shadow House verlieten, stopte Strange even bij de deuropening met de standbeelden van de Ravenkoning en vroeg of meneer Segundus en meneer Honeyfoot Newcastle, de oude hoofdstad van de koning in het noorden, wel eens hadden bezocht. Ze waren daar echter geen van beiden ooit geweest. 'Deze deur is een replica van de deuren die je daar op iedere straathoek tegenkomt,' zei Strange. 'De eerste van deze soort werden gemaakt toen de koning nog in Engeland vertoefde. Het schijnt dat je in die stad overal waar je kijkt de koning uit een of andere donkere, stoffige poort op je af ziet komen.' Strange glimlachte wrang. 'Maar zijn gezicht is altijd half verborgen en hij zal nooit iets tegen je zeggen.'

Om vijf uur gingen ze dineren in de salon van herberg George. Meneer Honeyfoot en meneer Segundus vonden Strange zeer aangenaam gezelschap, want hij was levendig en spraakzaam. Henry Woodhope daarentegen at ijverig door, en toen hij daarmee klaar was ging hij uit het raam zitten kijken. Meneer Segundus was bang dat hij zich misschien verwaarloosd voelde, en dus wendde hij zich tot hem en complimenteerde hem met Strange' toverkunst in Shadow House.

Henry Woodhope was verbaasd. 'Ik was me er niet van bewust dat het een felicitatie waard was,' zei hij. 'Strange heeft niet gezegd dat het iets bijzonders was.'

'Maar mijn beste meneer!' riep meneer Segundus uit. 'Wie weet wanneer iemand zich in Engeland voor het laatst aan zo'n staaltje toverkunst heeft gewaagd?'

'O! Ik weet niets over magie. Ik geloof dat het nogal in de mode is – ik heb verslagen over magie in de Londense kranten zien staan. Maar een predikant heeft slechts zelden tijd om te lezen. Bovendien ken ik Strange al van jongs af aan, en hij heeft een nogal wispelturig karakter. Ik ben verbaasd dat deze bevlieging al zo lang duurt. Hij zal de magie binnenkort ongetwijfeld wel weer beu worden, want zo gaat het altijd.' Met die woorden stond hij op van tafel, en zei dat hij nog even een wandeling door het dorp ging maken. Hij wenste meneer Honeyfoot en meneer Segundus een goedenavond en vertrok.

'Arme Henry,' zei Strange, toen meneer Woodhope was vertrokken. 'Ik denk dat we hem vreselijk verveelden.'

'Het is wel heel aardig van uw vriend dat hij u vergezelt op uw reis terwijl hij zelf helemaal niet geïnteresseerd is in het onderwerp,' zei meneer Honeyfoot.

'O, zeker!' zei Strange. 'Maar weet u, aan de andere kant móest hij wel mee, want hij vond het thuis zo stil. Henry logeert een paar weken bij ons, maar wij wonen in een nogal afgelegen gebied en ik heb, geloof ik, erg veel tijd besteed aan mijn studie.'

Meneer Segundus vroeg meneer Strange wanneer hij met het bestuderen van magie was begonnen.

'Vorig jaar lente.'

'Maar u heeft al zo veel bereikt!' riep meneer Honeyfoot uit. 'En dat in minder dan twee jaar! Mijn beste meneer Strange, dat is ongelooflijk!'

'Och! Vindt u? Zelf heb ik het gevoel dat ik nog bijna niets heb gedaan. Maar aan de andere kant wist ik niet bij wie ik terecht zou kunnen voor advies. U bent de eerste collega-tovenaar die ik tegenkom, en ik waarschuw u alvast, want ik ben van plan u de halve nacht wakker te houden met mijn vragen.'

'Het zou ons een groot genoegen zijn u te helpen zo veel we kunnen,' zei meneer Segundus. 'Maar ik betwijfel sterk of we wel zo veel voor u kunnen betekenen. Wij waren slechts theoretische tovenaars.'

'U bent veel te bescheiden,' zei Strange. 'Gaat u bij voorbeeld maar eens na hoeveel meer u al over het onderwerp heeft gelezen dan ik.'

Dus noemde meneer Segundus auteurs van wie Strange misschien nog niet had gehoord en Strange schreef hun namen en de titels van hun boeken lukraak op, soms in een aantekenboekje, en soms achter op de rekening voor het diner en één keer zelfs op de rug van zijn hand. Toen begon hij meneer Segundus uit te horen over de boeken.

Arme meneer Honeyfoot! Wat zou hij graag aan dat interessante gesprek hebben deelgenomen! En hij nam er ook aan deel, alleen hield hij uitsluitend zichzelf voor de gek met zijn kleine listen. 'Zeg tegen hem dat hij *The Language of Birds* van Thomas Lanchester moet lezen,' zei hij, niet tegen meneer Strange, maar tegen meneer Segundus. 'O,' zei hij, 'ik weet dat u er geen hoge pet van opheeft, maar ik ben van mening dat men veel van Lanchester kan leren.'

Daarop vertelde meneer Strange hun dat er nog geen vijf jaar geleden nog vier exemplaren van *The Language of Birds* in Engeland waren geweest: één in een boekwinkel in Gloucester; één in de privé-bibliotheek van een tovenaar in Kendal; één bij een hoefsmid vlak bij Penzance, die het bij wijze van gedeeltelijke betaling had ontvangen voor het herstellen van een ijzeren hek; en één waarmee een gat in een raam van de jongensschool vlak bij de kathedraal van Durham was gedicht.

'Maar waar zijn ze nu dan?' riep meneer Honeyfoot. 'Waarom heeft u geen exemplaar gekocht?'

'Steeds als ik er een wilde gaan kopen, was meneer Norrell me al voor geweest. Hij heeft ze allemaal gekocht,' zei meneer Strange. 'Ik heb die man nog nooit ontmoet, en toch probeert hij me steeds te dwarsbomen. Zo kwam ik op dit idee om een dode tovenaar op te roepen en hem, of haar, vragen te stellen. Ik bedacht dat een vrouw waarschijnlijk meer sympathie zou hebben voor iemand in mijn netelige situatie, en daarom had ik voor juffrouw Absalom gekozen.'[5]

Meneer Segundus schudde zijn hoofd. 'Als middel om kennis te vergaren lijkt dat mij eerder theatraal dan handig. Kunt u geen gemakkelijkere manier bedenken? Tenslotte waren boeken in de Gouden Eeuw van de Engelse magie vele malen zeldzamer dan vandaag de dag, en toch slaagden vele lieden erin tovenaar te worden.'

'Ik heb verslagen over en biografieën van de Gulden Tovenaars bestudeerd om te ontdekken hoe zij waren begonnen,' zei Strange, 'maar het schijnt in die dagen gebruikelijk te zijn geweest dat een aspirant, zodra hij erachter kwam dat hij enige aanleg had voor toverij, onmiddellijk naar het huis van een oudere, ervaren tovenaar ging om zichzelf als leerling aan te bieden.'[6]

'In dat geval zou u zich voor hulp tot meneer Norrell moeten wenden!' riep meneer Honeyfoot. 'Ja, dat zou u moeten doen. O, ik weet het wel,' zei hij toen hij zag dat meneer Segundus bezwaar wilde

---

[5] In de Middeleeuwen was het oproepen van de doden een zeer bekende vorm van magie, en men schijnt het erover eens te zijn geweest dat dode tovenaars niet alleen het gemakkelijkst waren om op te roepen, maar bovendien het interessantst om mee te praten.

[6] Er zijn maar weinig tovenaars geweest die het vak niet van een leermeester hebben geleerd. De Ravenkoning was niet de eerste Britse tovenaar. Anderen waren hem voorgegaan, met name Merlijn, die in de zevende eeuw leefde en half mens, half demon was. Toen de Ravenkoning naar Engeland kwam, was er echter niet één meer over. Er is maar weinig bekend over de jeugd van de Ravenkoning, maar het is een redelijke aanname dat hij aan het hof van een koning in het Elfenrijk zowel magie als staatskunde heeft geleerd. Vroegmiddeleeuwse Engelse tovenaars leerden hun vak aan het hof van de Ravenkoning en die tovenaars leidden op hun beurt anderen op.

Een uitzondering op deze regel is de tovenaar van Nottinghamshire, Thomas Godbless (1105?-1182). Over zijn leven is bijna niets bekend. Het is zeker dat hij enige tijd doorbracht aan het hof van de Ravenkoning, maar dat schijnt pas later in zijn leven te zijn geweest, toen hij al jaren tovenaar was. Hij is wellicht het beste voorbeeld van een tovenaar die door zelfstudie het vak heeft geleerd – wat uiteraard ook gold voor Gilbert Norrell en Jonathan Strange.

maken. 'Norrell is inderdaad nogal gereserveerd, maar wat geeft dat? Meneer Strange zal vast wel weten hoe hij hem uit zijn schulp moet lokken, dat weet ik zeker. Meneer Norrell mag dan zo zijn gebreken hebben, hij is niet gek, en hij zal vast wel inzien wat een baat hij kan hebben bij zo'n assistent!'

Meneer Segundus had velerlei bezwaren tegen dit plan, en het belangrijkste was wel dat meneer Norrell een grote aversie koesterde jegens andere tovenaars. Meneer Honeyfoot echter, die zich zoals zo vaak volledig liet meeslepen door zijn enthousiasme, had het idee nog niet bedacht of het werd zijn hartenwens, en hij kon zich niet voorstellen dat er bezwaren aan kleefden. 'O, ik ben het met u eens,' zei hij, 'dat Norrell nooit erg positief heeft gestaan tegenover theoretische tovenaars zoals wij. Maar ik durf te wedden dat hij zich heel anders zal opstellen tegenover een gelijke.'

Strange leek geen ernstige bezwaren te hebben tegen het idee. Uiteraard was hij erg nieuwsgierig naar meneer Norrell. Meneer Segundus verdacht hem er zelfs stiekem van dat hij al tot een besluit gekomen was, en dus stond meneer Segundus toe dat zijn twijfels en bezwaren geleidelijk aan werden weggeredeneerd.

'Dit is een grote dag voor Groot-Brittannië, meneer!' riep meneer Honeyfoot. 'Kijk eens wat één tovenaar al heeft weten te bereiken! Stelt u zich eens voor wat twéé tovenaars allemaal zouden kunnen doen! Strange en Norrell! O, dat klinkt heel goed!' Toen zei meneer Honeyfoot nog een paar keer achter elkaar: 'Strange en Norrell', en hij klonk zo verrukt dat Strange erg om hem moest lachen.

Zoals zo veel mensen met een zachtaardig karakter, veranderde meneer Segundus regelmatig van gedachten. Zolang meneer Strange nog voor zijn neus stond, met zijn lange gestalte en zelfverzekerde glimlach, was meneer Segundus er stellig van overtuigd dat Strange met zijn begaafdheid de erkenning zou krijgen die hij verdiende, zij het dank zij meneer Norrell's hulp of ondanks meneer Norrell's tegenwerking. De volgende ochtend echter, nadat Strange en Henry Woodhope weggereden waren, gingen zijn gedachten uit naar alle tovenaars die door meneer Norrell te gronde waren gericht, en hij vroeg zich af of meneer Honeyfoot en hij Strange niet onbedoeld hadden misleid.

'Ik heb stellig de indruk,' zei hij, 'dat het veel beter zou zijn geweest als wij meneer Strange gewaarschuwd hadden dat hij meneer Norrell beter kon mijden. In plaats van hem aan te moedigen meneer Norrell op te zoeken, hadden we hem beter kunnen adviseren zichzelf te verstoppen!'

Daar begreep meneer Honeyfoot helemaal niets van. 'Geen enkele heer krijgt graag te horen dat hij zich moet verstoppen,' zei hij, 'en als meneer Norrell hem kwaad zou willen doen – wat mij heel sterk lijkt – dan weet ik zeker dat meneer Strange dat als eerste zou beseffen.'

24

Nog een tovenaar

september 1809

Meneer Drawlight draaide zich een stukje om in zijn stoel, lachte en zei: 'Het lijkt erop dat u concurrentie heeft, meneer.'

Voordat meneer Norrell een passend antwoord kon bedenken, vroeg Lascelles hoe de man heette.

'Strange,' zei Drawlight.

'Die ken ik niet,' zei Lascelles.

'O,' zei Drawlight, 'maar dat moet haast wel. Jonathan Strange uit Shropshire. Tweeduizend pond per jaar.'

'Ik heb geen flauw idee over wie je het hebt. O, maar wacht eens even! Is dat niet degene die, toen hij nog aan Cambridge studeerde, de kat van het hoofd van Corpus Christi de stuipen op het lijf heeft gejaagd?'

Drawlight beaamde dat hij dat inderdaad was. Nu wist Lascelles ook wie het was, en ze moesten allebei lachen.

Ondertussen zat meneer Norrell als versteend op zijn stoel. Die eerste opmerking van Drawlight was een vreselijke klap voor hem geweest. Hij had het gevoel dat Drawlight zich had omgedraaid en hem een klap in het gezicht had gegeven – sterker nog, dat een figuur op een schilderij, of een tafel of een stoel zich had omgedraaid en hem een klap in het gezicht had gegeven. De schrik had hem bijna de adem ontnomen. Hij was ervan overtuigd dat hij ziek zou worden. Meneer Norrell durfde er niet aan te denken wat Drawlight nu zou zeggen. Iets over superieure krachten, misschien. Of over wonderen waarnaast die van meneer Norrell zouden verbleken. En hij had nog wel zo zijn best gedaan ervoor te zorgen dat de concurrentie zou worden uitgeroeid! Hij voelde zich als iemand die 's avonds door zijn huis loopt om alle deuren en ramen op slot te doen, om vervolgens te horen dat er boven iemand rondloopt.

Naarmate het gesprek vorderde, ebden die onprettige gevoelens echter weg en voelde meneer Norrell zich beter op zijn gemak. Drawlight en Lascelles praatten aan één stuk door over meneer Strange' plezierreisjes naar Brighton, zijn bezoeken aan Bath en zijn landgoed in Shropshire, en na een tijdje dacht meneer Norrell te begrijpen wat voor een man die Strange was: een modieus, oppervlakkig type, dat niet veel van Lascelles verschilde. Dat in aanmerking genomen – zo zei meneer Norrell bij zichzelf – was het waarschijnlijker dat die opmerking – 'U heeft concurrentie' – niet voor hem was bedoeld, maar voor Lascelles. Die Strange – zo dacht meneer Norrell – was vast Lascelles' rivaal bij een of andere liefdesaffaire. Norrell keek omlaag naar zijn handen, die strak gevouwen op zijn schoot lagen, en lachte om zijn eigen dwaasheid.

'Maar goed,' zei Lascelles. 'Die Strange is nu dus een tovenaar?'

'Ach!' zei Drawlight, die zich omdraaide naar meneer Norrell. 'Ik weet zeker dat zelfs zijn beste vrienden zijn talenten niet zouden durven vergelijken met die van onze waarde meneer Norrell. Maar ik geloof dat hij in Bristol en Bath vrij veel aanzien geniet. Op het moment is hij in Londen. Zijn vrienden hopen dat u zo vriendelijk zult zijn hem uit te nodigen voor een gesprek – en mag ik de wens uitspreken aanwezig te mogen zijn bij de ontmoeting van twee van zulke briljante beoefenaars van deze kunst?'

Meneer Norrell sloeg heel langzaam zijn ogen op. 'Ik zal meneer Strange met plezier ontvangen,' zei hij.

Meneer Drawlight hoefde niet lang te wachten voordat hij getuige mocht zijn van de ontmoeting tussen de twee tovenaars – en dat was maar goed ook, want meneer Drawlight had een hekel aan wachten. Er werd een uitnodiging verstuurd, en zowel Lascelles als Drawlight zorgden ervoor dat ze aanwezig konden zijn bij het gedenkwaardige onderhoud tussen meneer Strange en meneer Norrell.

Hij bleek noch zo knap, noch zo jong te zijn als meneer Norrell had gevreesd. Hij was eerder rond de dertig dan rond de twintig, en voor zover hij als heer kon beoordelen, absoluut niet knap. Wat wel onverwacht was, was dat hij vergezeld werd door een mooie jonge vrouw: mevrouw Strange.

Meneer Norrell begon met de vraag of Strange zijn schrijfwerk had meegebracht. Hij wilde, zei hij, dolgraag lezen wat meneer Strange geschreven had.

'Mijn schrijfwerk?' vroeg Strange en hij zweeg even. 'Ik ben bang dat ik niet begrijp waar u het over heeft, meneer. Ik heb niets geschreven.'

' O!' zei meneer Norrell. 'Meneer Drawlight vertelde me dat men u heeft gevraagd iets te schrijven voor *The Gentleman's Magazine*, maar misschien—'

'O, dat!' zei Strange. 'Daar heb ik me nog nauwelijks mee beziggehouden. Nichols heeft mij verzekerd dat hij het pas volgende week vrijdag nodig heeft.'

'Volgende week vrijdag al, en u bent nog niet begonnen!' zei meneer Norrell zeer verbaasd.

'Ach,' zei Strange, 'hoe sneller je dat soort dingen uit je hoofd op papier zet en naar de drukker stuurt, des te beter, als je het mij vraagt. Waarschijnlijk, meneer,' zei hij met een vriendelijke glimlach naar meneer Norrell, 'denkt u er hetzelfde over.'

Meneer Norrell, die er nog nooit in was geslaagd zijn gedachten op papier te zetten en naar de drukker te sturen, die bij elke poging was gestrand in het revisiestadium, zei niets.

'Ik weet nog niet precies wat ik ga schrijven,' vervolgde Strange, 'maar hoogstwaarschijnlijk wordt het een weerlegging van Portishead's artikel in *The Modern Magician*.[1] Heeft u dat gelezen, meneer? Ik ben er een week lang kwaad over geweest. Hij wilde bewijzen dat moderne tovenaars zich niet met elfen dienen in te laten. Toegeven dat we niet meer in staat zijn dergelijke geesten op te roepen is nog tot daar aan toe, maar het gaat te ver te eisen dat wij nooit meer van hun diensten gebruikmaken! Ik erger mij aan dergelijke misplaatste kieskeurigheid. Het eigenaardigste is echter dat ik nog nergens kritiek op Portishead's artikel ben tegengekomen. Nu we iets hebben dat begint te lijken op een magische gemeenschap, denk ik dat het onverstandig zou zijn om zulke stompzinnige onzin zo maar te laten passeren.'

---

[1] *The Modern Magician* was een van de tijdschriften over magie die waren opgericht als reactie op de eerste editie van *The Friends of English Magic* in 1808. Hoewel ze niet door meneer Norrell benoemd waren, peinsden de redacteuren van die tijdschriften er niet over om af te wijken van de orthodoxe opinie met betrekking tot magie, zoals deze door meneer Norrell was uitgedragen.

Strange, die blijkbaar vond dat hij genoeg had gezegd, wachtte totdat een van de andere heren antwoord zou geven.

Na een korte stilte merkte meneer Lascelles op dat lord Portishead het artikel had geschreven op het uitdrukkelijk verzoek en met de hulp en goedkeuring van meneer Norrell.

'Werkelijk?' Strange keek stomverbaasd.

Het was nog even stil, waarna Lascelles op ongeïnteresseerde toon vroeg hoe men tegenwoordig magie leerde.

'Uit boeken,' zei Strange.

'Ach, meneer,' zei meneer Norrell, 'wat ben ik blij u dat te horen zeggen! Ik adviseer u dringend geen tijd te verspillen met het volgen van een andere koers. Blijf gewoon lezen! Het is de tijdsinvestering en de opoffering van ander vermaak meer dan waard!'

Strange keek meneer Norrell met een ietwat ironische uitdrukking op zijn gezicht aan en merkte op: 'Helaas is het grote gebrek aan boeken altijd een obstakel geweest. Volgens mij heeft u geen idee hoe weinig boeken over magie er nog maar in omloop zijn in Engeland, meneer. Alle boekverkopers zijn het erover eens dat er een paar jaar geleden nog veel meer waren, maar tegenwoordig—'

'Echt waar?' onderbrak meneer Norrell hem snel. 'Ja, dat is inderdaad vreemd.'

De stilte die volgde was nogal pijnlijk. Daar zaten ze dan, de enige twee Engelse tovenaars van het moderne tijdperk. De ene bekende geen boeken te hebben, de ander had er, zoals velen wisten, genoeg om twee bibliotheken mee te vullen. Het zou niet meer dan beleefd zijn geweest als meneer Norrell op enigerlei wijze zijn hulp zou hebben aangeboden, maar meneer Norrell zei niets.

'Het moet een zeer bijzondere gebeurtenis zijn geweest,' zei meneer Lascelles na een tijdje, 'die u ertoe heeft bewogen tovenaar te worden.'

'Dat is zo,' zei Strange. 'Het was erg bijzonder.'

'Kunt u ons iets vertellen over die gebeurtenis?'

Strange glimlachte ondeugend. 'Ik weet zeker dat meneer Norrell blij zal zijn te horen dat hij voor mij de aanleiding was om tovenaar te worden. Je zou zelfs kunnen zeggen dat meneer Norrell persoonlijk van mij een tovenaar heeft gemaakt.'

'Ik?' riep meneer Norrell ontsteld.

'De waarheid is, meneer,' zei Arabella Strange snel, 'dat hij verder alles heeft geprobeerd: landbouw, dichtkunst, ijzersmederij. In een jaar tijd heeft hij een hele reeks beroepen uitgeprobeerd zonder zich ergens op vast te leggen. Vroeg of laat moest hij wel bij magie uitkomen.'

Er volgde weer een stilte, waarop Strange zei: 'Ik had niet begrepen dat lord Portishead in uw opdracht schreef, meneer. Misschien dat u zo vriendelijk zou willen zijn mij iets uit te leggen. Ik heb alle verhandelingen van de lord in *The Friends of English Magic* en *The Modern Magician* gelezen, maar ik ben nog geen enkele verwijzing naar de Ravenkoning tegengekomen. De weglating is zo opvallend dat ik begin te geloven dat hij opzettelijk is.'

Meneer Norrell knikte. 'Ik streef ernaar die man volledig in de vergetelheid te laten geraken, waar hij thuishoort,' zei hij.

'Maar meneer, zonder de Ravenkoning zouden magie en tovenaars toch niet eens bestaan?'

'Dat wordt inderdaad algemeen aangenomen. Maar zelfs als dat waar zou zijn – wat ik ten zeerste betwijfel – dan heeft hij het recht op ons respect lang geleden reeds verspeeld. Want wat was het eerste wat hij deed toen hij in Engeland aankwam? Hij trok ten strijde tegen de rechtmatige koning en beroofde hem van de helft van zijn koninkrijk! Meneer Strange, willen u en ik nu echt de indruk wekken dat wij een voorbeeld nemen aan die man? Dat wij hem beschouwen als de beste van ons allemaal? Zal dat ervoor zorgen dat ons beroep gerespecteerd wordt? Zal dat de ministers van de koning ervan overtuigen ons hun vertrouwen te schenken? Ik denk het niet! Nee, meneer Strange, als wij zijn naam niet kunnen doen vergeten, dan is het onze plicht – niet alleen die van mij, maar ook die van u – om algemeen duidelijk te maken wat een hekel we aan hem hebben! Om overal te laten weten dat wij zijn onbetrouwbare aard en boosaardige daden verafschuwen!'

Het was duidelijk dat de twee tovenaars onderling erg van mening en karakter verschilden, en Arabella Strange scheen het niet nodig te vinden dat zij nog langer bij elkaar in dezelfde kamer zouden blijven om elkaar op de zenuwen te werken. Zeer korte tijd later vertrokken zij en Strange.

Natuurlijk was meneer Drawlight de eerste die zijn mening gaf over de nieuwe tovenaar. 'Mijn hemel!' zei hij nog voordat de deur zich achter Strange' rug had gesloten. 'Ik weet niet hoe u erover denkt, maar ik ben nog nooit van mijn leven zo verbijsterd geweest! Verschillende mensen hadden mij verteld dat het een aantrekkelijke man was. Wat zouden ze daarmee bedoeld hebben, denkt u? Met die neus van hem, en dat haar. Roodbruin is zo'n grillige kleur, zo lelijk, en ik weet bijna zeker dat ik wat grijze haren zag. Toch kan hij niet ouder zijn dan... Wat? Dertig? Tweeëndertig misschien? Zij daarentegen is een verrukkelijk schepsel! Zo levendig! Die bruine krullen, zo prachtig gekapt! Ik vind het alleen jammer dat ze zich niet wat beter in de Londense mode heeft verdiept. De japon van met bloemen bedrukte mousseline die zij droeg was weliswaar erg mooi, maar ik zou haar toch liever in iets stijlvollers hebben gezien – iets van mosgroene zijde afgezet met zwarte linten en zwarte pijpkralen, bij voorbeeld. Dat is natuurlijk maar een ideetje om mee te beginnen. Misschien bedenk ik wel weer iets heel anders als ik haar terugzie.'

'Denkt u dat mensen nieuwsgierig zullen zijn naar hem?' vroeg meneer Norrell.

'O, zeker,' zei meneer Lascelles.

'O!' zei meneer Norrell. 'Dan ben ik bang – meneer Lascelles, ik zou erg blij zijn als u mij in dezen van advies zou willen dienen – dan ben ik erg bang dat lord Mulgrave de hulp van meneer Strange zal inroepen. Het enthousiasme van de lord voor de toepassing van magie tijdens de oorlog – dat op zich natuurlijk fantastisch is – heeft tot ongelukkig gevolg gehad dat hij allerlei boeken over de geschiedenis van de magie is gaan lezen en zich een mening heeft gevormd over wat hij daarin heeft aangetroffen. Hij heeft een plan bedacht om heksen op te roepen die mij moeten helpen de Fransen te verslaan. Ik geloof dat hij die halfelfen in gedachten heeft, wier hulp boosaardige mensen inriepen als zij hun buren kwaad wilden doen, kortom: het soort heksen dat Shakespeare heeft beschreven in *Macbeth*. Hij vroeg mij er drie of vier op te roepen en hij vond het niet prettig toen ik dat weigerde. Er is veel mogelijk met moderne magie, maar het oproepen van heksen kan vreselijk veel ellende veroorzaken. Nu ben ik echter bang dat hij het aan meneer Strange zal vragen. Meneer Lascelles, denkt u dat hij dat zal doen? En dan zal meneer Strange het misschien nog proberen ook, zonder zich van het gevaar bewust te zijn. Wellicht is het verstandig om sir Walter een brief te schrijven waarin we hem vragen of hij de lord onder vier ogen wil waarschuwen voor meneer Strange.'

'Ach,' zei Lascelles, 'ik zie geen reden om dat te doen. Als u vindt dat de magie van meneer Strange niet veilig is, dan wordt dat snel genoeg bekend.'

Later die dag werd er ter ere van meneer Norrell een diner gegeven in een huis aan Great Titchfield-street, waarbij ook meneer Drawlight en meneer Lascelles aanwezig waren. Het duurde niet lang of men vroeg meneer Norrell naar zijn mening over de tovenaar uit Shropshire.

'Meneer Strange,' zei meneer Norrell, 'lijkt me een aangenaam heerschap en een zeer getalenteerd tovenaar, die uiteindelijk wellicht een zeer goede aanwinst zal blijken te zijn voor de beroepsgroep, die de laatste tijd natuurlijk sterk is uitgedund.'

'Meneer Strange lijkt er enkele vreemde ideeën over magie op na te houden,' zei Lascelles. 'Hij heeft niet de moeite genomen zich te verdiepen in de moderne ideeën over het onderwerp – waarmee ik natuurlijk doel op de ideeën van meneer Norrell, die zo duidelijk en bondig zijn dat ze de wereld versteld hebben doen staan.'

Meneer Drawlight zei opnieuw dat meneer Strange' rode haar erg lelijk was en dat de japon van mevrouw Strange weliswaar niet erg modieus was, maar wel was gemaakt van erg mooie mousseline.

Terwijl dit gesprek gaande was ging een ander gezelschap – onder wie meneer en mevrouw Strange – juist aan tafel voor het diner in een iets minder indrukwekkende eetkamer aan Charterhouse-square. De vrienden van meneer en mevrouw Strange waren natuurlijk benieuwd naar hun mening over de grote meneer Norrell.

'Hij zegt dat hij hoopt dat de Ravenkoning snel in vergetelheid zal raken,' zei Strange vol verwondering. 'Wat vindt u daarvan? Een tovenaar die hoopt dat de Ravenkoning snel in vergetelheid zal raken! Ik zou niet minder verbijsterd zijn als ontdekt werd dat de aartsbisschop van Canterbury stiekem trachtte alle kennis over de drie-eenheid te onderdrukken.'

'Hij is als een muzikant die probeert de muziek van Händel verborgen te houden,' beaamde een vrouw met een tulband, die artisjokken met amandelen zat te eten.

'Of een vishandelaar die de mensen ervan wil overtuigen dat de zee niet bestaat,' zei een heer die juist een groot stuk zeebarbeel in een smakelijke rode wijnsaus voor zichzelf opschepte.

Vervolgens kwamen andere mensen met soortgelijke dwaze voorbeelden, waar iedereen smakelijk om moest lachen, behalve Strange, die met gefronst voorhoofd naar zijn bord keek.

'Ik dacht dat je van plan was meneer Norrell om hulp te vragen,' zei Arabella.

'Hoe kon ik dat doen, terwijl we zo kort na onze ontmoeting al onenigheid hadden?' riep Strange. 'Hij mag mij niet en ik mag hem niet.'

'Hij mocht je niet! Nee, misschien niet. Maar al die tijd dat we daar waren, heeft hij niemand anders een blik waardig gekeurd. Het leek alsof hij je met zijn ogen wilde verslinden. Ik durf te wedden dat hij eenzaam is. Al die jaren heeft hij alleen gestudeerd, zonder dat hij iemand had met wie hij zijn ideeën kon bespreken. Aan die twee onaangename mannen heeft hij in elk geval niets – ik ben hun namen even kwijt. Maar nu hij jou heeft ontmoet, en weet dat hij met jou zou kunnen praten... Enfin, ik zou het erg vreemd vinden als hij je niet opnieuw zou uitnodigen.'

In het huis aan Great Titchfield-street legde meneer Norrell zijn vork neer en veegde met een servet zijn lippen af. 'Natuurlijk,' zei hij, 'moet hij erg zijn best doen. Ik heb erop aangedrongen dat hij erg zijn best zou doen.'

In het huis aan Charterhouse-square zei Strange: 'Hij zei dat ik erg mijn best moet doen. Waarmee, vroeg ik hem. Met lezen, antwoordde hij. Ik ben nog nooit zo verbaasd geweest. Ik had hem eigenlijk willen vragen wat ik dan zou moeten lezen. Hij heeft immers alle boeken.'

De volgende dag zei Strange tegen Arabella dat ze terug naar Shropshire konden gaan als zij dat wilde. Hij dacht niet dat ze nog reden hadden om in Londen te blijven. Hij zei ook dat hij had besloten niet meer aan meneer Norrell te denken. Daar slaagde hij overigens niet helemaal in, want in de dagen die volgden moest Arabella nog een paar keer een opsomming van meneer Norrell's persoonlijke en beroepsmatige gebreken aanhoren.

Ondertussen vroeg meneer Norrell steeds aan meneer Drawlight wat meneer Strange deed, bij wie hij op bezoek ging en wat de mensen van hem vonden.

Meneer Lascelles en meneer Drawlight maakten zich een beetje zorgen over deze ontwikkeling. Al meer dan een jaar hadden zij zeer veel invloed op de tovenaar. En aangezien zij zijn vrienden waren, kwamen admiraals, generaals, politici, iedereen die iets van meneer Norrell wilde of zijn mening over iets wilde vragen, altijd naar hen toe. De gedachte dat een andere tovenaar een nauwere band met meneer Norrell zou krijgen dan Drawlight of Lascelles ooit zouden kunnen bereiken en het zichzelf bovendien tot taak zou stellen om meneer Norrell van advies te dienen, was zeer onaangenaam. Meneer Drawlight zei tegen meneer Lascelles dat ze meneer Norrell moesten ontmoedigen aan de tovenaar uit Shropshire te denken. Hoewel meneer Lascelles te grillig was om het ooit ronduit met iemand eens te kunnen zijn, dacht hij er ongetwijfeld net zo over.

Maar drie of vier dagen na Strange' bezoek zei meneer Norrell: 'Ik heb er nog eens goed over nagedacht, en ik geloof dat er iets voor meneer Strange moet worden gedaan. Hij klaagde over zijn gebrek aan materialen. Welnu, ik moet toegeven dat dat misschien... Kortom, ik heb besloten hem een boek cadeau te doen.'

'Maar meneer!' riep Drawlight. 'Uw kostbare boeken! Die moet u niet aan andere mensen weggeven – zeker niet aan andere tovenaars die ze misschien niet zo verstandig gebruiken als u!'

'O,' zei meneer Norrell, 'ik bedoel niet een van mijn eigen boeken. Ik vrees dat ik er niet één kan missen. Nee, ik heb een werk van Edwards en Skittering aangeschaft om aan meneer Strange te geven. Ik moet toegeven dat het een moeilijke keuze was. Er zijn veel boeken die ik om eerlijk te zijn niet graag zou aanbevelen voor meneer Strange, hij is er nog niet aan toe. Hij zou zich alleen maar allerlei verkeerde ideeën eigen maken. Dit boek...' meneer Norrell keek er ongerust naar, 'heeft veel gebreken – erg veel ben ik bang. Het zal meneer Strange niet daadwerkelijk helpen magie te leren. Er staat echter veel in over onderwerpen als gedegen onderzoek en het gevaar dat iemand loopt als hij zijn gedachten te snel aan papier toevertrouwt – lessen waarvan ik hoop dat meneer Strange ze ter harte zal nemen.'

En dus nodigde meneer Norrell meneer Strange opnieuw uit, en net als de eerste keer waren Drawlight en Lascelles erbij, maar Strange kwam alleen.

De tweede ontmoeting vond plaats in de bibliotheek aan Hanover-square. Strange keek om zich heen naar de reusachtige hoeveelheid boeken, maar zei niets. Misschien was hij over zijn woede heen. Beiden leken vastbesloten zich in woord en daad vriendelijker op te stellen.

'Ik voel mij zeer vereerd meneer,' zei Strange, toen meneer Norrell hem zijn cadeau gaf. '*English Magic* door Jeremy Tott.' Hij bladerde door het boek heen. 'Een auteur van wie ik nooit heb gehoord.'

'Het is een biografie van zijn broer, een theoretisch tovenaar-historicus uit de vorige eeuw, genaamd Horace Tott,' zei meneer Norrell.[2]

---

[2] Horace Tott leidde een onbewogen leven in Cheshire, en was altijd van plan om een groot boek over de Engelse magie te schrijven. Daar maakte hij echter nooit serieus een begin mee. En dus stierf hij op vierenzeventigjarige leeftijd, nog steeds met de gedachte dat hij de week erna zou beginnen, of misschien de week daarna.

Hij vertelde over de lessen over gedegen onderzoek en niet alles meteen toevertrouwen aan papier, die Strange ter harte moest nemen. Strange glimlachte beleefd, maakte een buiging en zei dat het boek vast erg interessant zou zijn.

Meneer Drawlight bewonderde Strange' cadeau.

Meneer Norrell keek naar Strange met een vreemde uitdrukking op zijn gezicht, alsof hij graag een gesprek met hem zou willen aanknopen maar geen idee had hoe hij moest beginnen.

Meneer Lascelles hielp meneer Norrell herinneren dat lord Mulgrave van de admiraliteit binnen een uur werd verwacht.

'U heeft werk te doen, meneer,' zei Strange. 'Ik wil mij niet opdringen. Ik moet in Bond-street trouwens nog iets afhandelen voor mevrouw Strange, en dat mag ik absoluut niet vergeten.'

'En misschien komt er een dag,' zei Drawlight, 'dat we vereerd zullen worden met een staaltje magie uitgevoerd door meneer Strange. Ik vind het machtig mooi om getuige te zijn van magie.'

'Wie weet,' zei Strange.

Meneer Lascelles liet de bel rinkelen voor de bediende. Plotseling zei meneer Norrell: 'Ik zou nu graag iets van meneer Strange' magie zien – als hij ons zou willen vereren met een demonstratie.'

'O,' zei Strange, 'Maar ik—'

'Ik zou me zeer vereerd voelen,' hield meneer Norrell vol.

'Vooruit dan,' zei Strange. 'Ik laat u graag iets zien. Het zal misschien een beetje onhandig lijken vergeleken met wat u gewend bent. Ik betwijfel ten zeerste, meneer Norrell, of ik uw elegantie kan evenaren bij de uitvoering ervan.'

Meneer Norrell maakte een buiging.

Strange keek twee of drie keer de kamer rond, op zoek naar iets waar hij magie op kon loslaten. Zijn oog viel op een spiegel die in een hoek hing waar het licht nooit doordrong. Hij plaatste *English Magic* van Jeremy Tott op de bibliotheektafel, zodat het in de spiegel duidelijk te zien was. Hij keek er enige tijd met strakke blik naar, maar er gebeurde niets. Toen maakte hij een vreemd gebaar: hij haalde beide handen door zijn haar, legde ze toen in zijn nek en rekte zijn schouders als een man die probeert zijn nekkramp kwijt te raken. Toen lachte hij, en hij leek ontzettend met zichzelf ingenomen.

Dat was vreemd, want het boek zag er nog net zo uit als daarvoor.

Lascelles en Drawlight, die beiden gewend waren aan – of in elk geval gehoord hadden van – meneer Norrell's geweldige magie, waren hier niet echt van onder de indruk. Het viel zelfs in het niet bij wat een ordinaire goochelaar op de kermis kon. Lascelles deed zijn mond open – ongetwijfeld met de bedoeling een vernietigende opmerking te plaatsen – maar meneer Norrell was hem voor. Hij riep verbaasd uit: 'Maar dat is opmerkelijk! Dat is echt... Mijn beste meneer Strange! Ik heb nog nooit van dit soort magie gehoord! Het wordt niet in Sutton-Grove vermeld. Ik verzeker u, mijn beste meneer, dat er in Sutton-Grove niet over wordt gerept!'

Lascelles en Drawlight keken verward van de ene tovenaar naar de andere.

Lascelles liep naar de tafel en bekeek het boek eens goed. 'Het is misschien wat langer dan voorheen,' zei hij.

'Volgens mij niet,' zei Drawlight.

'Het is nu van geelbruin leer,' zei Lascelles. 'Was het niet eerst blauw?'

'Nee,' zei Drawlight. 'Het was al geelbruin.'

Meneer Norrell moest hard lachen. Meneer Norrell, die zelfs zelden glimlachte, lachte hen nu hardop uit. 'Nee, nee, heren! U heeft het niet geraden! Werkelijk niet! O, meneer Strange ik kan u niet zeggen hoe... maar ze begrijpen niet wat u heeft gedaan! Pak het op!' riep hij. 'Pak het op, meneer Lascelles!'

Verwarder dan ooit stak Lascelles zijn hand uit om het boek te pakken, maar hij greep in het luchtledige. Het boek léék er alleen maar te liggen.

'Hij heeft het boek en het spiegelbeeld omgewisseld,' zei meneer Norrell. 'Het echte boek is daar, in de spiegel,' en hij liep naar de spiegel toe om er met veel vertoon van beroepsmatige interesse in te turen. 'Maar hoe heeft u het gedaan?'

'Inderdaad, hoe?' mompelde Strange. Hij liep door de kamer en inspecteerde het boek op tafel vanuit verschillende hoeken, als een biljarter: eerst met het ene oog dicht, en toen met het andere.

'Kunt u het terughalen?' vroeg Drawlight.

'Helaas niet,' zei Strange. 'Eerlijk gezegd,' gaf hij uiteindelijk toe, 'heb ik maar een heel vaag idee van wat ik heb gedaan. Ik veronderstel dat het bij u hetzelfde gaat, meneer. Het is net alsof er in je achterhoofd muziek gespeeld wordt. Je wéét gewoon wat de volgende noot zal zijn.'

'Zeer opmerkelijk,' zei meneer Norrell.

Wat misschien nog wel opmerkelijker was, was dat meneer Norrell, die zijn hele leven had gevreesd dat hij op een dag een rivaal zou ontdekken, uiteindelijk dan toch de magie van een andere man had gezien. En in plaats van kapot te zijn van de aanblik, was hij opgetogen.

Meneer Norrell en meneer Strange namen die middag op zeer hartelijke wijze afscheid en spraken de volgende dag opnieuw af, zonder dat meneer Lascelles of meneer Drawlight er iets van wisten. Die ontmoeting resulteerde in een aanbod van meneer Norrell om meneer Strange aan te nemen als zijn leerling. Meneer Strange accepteerde het.

'Ik zou alleen willen dat hij niet getrouwd was,' zei meneer Norrell gemelijk. 'Tovenaars horen niet te trouwen.'

25

De opleiding van een tovenaar

september – december 1809

Op de eerste dag van zijn opleiding werd Strange uitgenodigd voor een vroeg ontbijt aan Hanover-square. Toen de twee tovenaars aan de ontbijttafel gingen zitten, zei meneer Norrell: 'Ik ben zo vrij geweest een studieplan voor u op te stellen voor de komende drie à vier jaar.'

Strange schrok een beetje van die drie à vier jaar, maar zei niets.

'Drie à vier jaar is zo weinig,' ging meneer Norrell zuchtend verder, 'dat ik me niet kan voorstellen dat we veel zullen bereiken, hoe ik het ook wend of keer.'

Hij schoof een pak papier naar meneer Strange toe. Ieder vel was in drie kolommen verdeeld, en iedere kolom bevatte een lange lijst in meneer Norrell's kleine, precieze handschrift met verschillende soorten magie.[1]

Strange bladerde de papieren door en zei dat er meer te leren viel dan hij had verwacht.

'Ach! Ik benijd u, heer,' zei meneer Norrell, 'werkelijk. De praktijk van magie is één en al frustratie en teleurstellingen, maar de studie is een constante bron van vreugde! Alle grote tovenaars van Engeland zijn als uw metgezellen en gidsen. Gestaag werk wordt beloond met vergroting van kennis en het mooiste van alles is nog dat men maanden achtereen geen mens hoeft te zien, als men dat niet wil!'

---

[1] Natuurlijk had meneer Norrell zijn syllabus gebaseerd op de classificaties in *De Generibus Artium Magicarum Anglorum* van Francis Sutton-Grove.

Heel even leek meneer Norrell zich te verliezen in mijmeringen over die gelukkige tijden. Toen stond hij op en stelde voor het plezier van Strange' opleiding niet verder voor zich uit te schuiven, maar onmiddellijk naar de bibliotheek te gaan om een begin te maken.

Meneer Norrell's bibliotheek was op de eerste verdieping. Het was een alleraardigste kamer die goed aansloot bij de smaak van de eigenaar, die hier het liefst kwam voor zowel troost als ontspanning. Meneer Drawlight had meneer Norrell ervan overtuigd de gewoonte aan te nemen om in vreemde hoekjes en gaatjes stukken spiegelglas neer te zetten. Dat betekende dat je steeds een heldere straal zilverkleurig licht zag, of verrast werd door het spiegelbeeld van iemand die over straat liep, op plekken waar je dat het minst verwachtte. De muren waren bedekt met lichtgroen behang, met een patroon van groene eikenbladeren en knobbelige eikentakjes, en er was een koepeltje in het plafond gemaakt, dat zo beschilderd was dat het leek op het bladerdak op een open plek in het voorjaarsbos. Alle boeken waren gebonden in dezelfde lichte kalfslederen band, en de titel stond in zilveren kapitalen op de rug. Te midden van al die elegantie en harmonie was het ietwat vreemd te zien dat er zo veel gaten tussen de boeken zaten, en dat er zo veel boekenplanken helemaal leeg waren.

Strange en meneer Norrell gingen aan weerszijden van het haardvuur zitten.

'Als u het niet erg vindt, meneer,' zei Strange, 'zou ik u eerst enkele vragen willen stellen. Ik moet toegeven dat ik volkomen versteld stond toen ik u hoorde praten over elfengeesten. Zou ik u mogen vragen mij iets meer over dat onderwerp te vertellen? Aan welke gevaren stelt een tovenaar zichzelf bloot als hij elfengeesten in dienst neemt? En wat is uw mening over hun nut?'

'Hun nut wordt sterk overdreven en hun gevaar sterk onderschat,' zei meneer Norrell.

'O! Bent u van mening dat elfen demonen zijn, zoals sommige mensen denken?' vroeg Strange.

'Integendeel. Ik ben er zeker van dat het algemene beeld dat er heerst klopt. Bent u bekend met de geschriften van Chaston over dat onderwerp? Het zou mij niet verbazen als zou blijken dat Chaston heel dicht bij de waarheid was gekomen.[2] Nee, nee, mijn bezwaar tegen

---

[2] Richard Chaston (1620-95). Chaston schreef dat zowel mensen als elfen een talent voor redeneren als een talent voor toveren in zich hebben. Bij de mens

elfen is van geheel andere aard. Meneer Strange, vertelt u mij eens, waarom denkt u dat zo'n groot deel van de Engelse magie gestoeld is, of gestoeld lijkt te zijn, op de hulp van elfengeesten?'

Strange dacht even na. 'Ik denk omdat alle Engelse magie afkomstig is van de Ravenkoning, die opgegroeid is aan een elfenhof en zijn toverkunsten daar heeft geleerd.'

'Ik ben het met u eens dat de Ravenkoning er alles mee te maken heeft,' zei meneer Norrell, 'maar niet op de manier die u veronderstelt, denk ik. Bedenkt u eens, meneer Strange, dat de Ravenkoning tijdens zijn heerschappij over Noord-Engeland tegelijkertijd over een elfenkoninkrijk regeerde. Bedenkt u eens dat er nooit een koning is geweest die twee zo verschillende volkeren in zijn macht had. Bedenkt u eens dat hij als koning niet minder begaafd was dan als tovenaar, een feit dat bijna alle historici geneigd zijn over het hoofd te zien. Volgens mij lijdt het weinig twijfel dat hij er erg op gebrand was een band te scheppen tussen zijn twee volkeren – een opzet waarin hij slaagde, meneer Strange, *door opzettelijk de rol van elfen in de magie te overdrijven.* Zo deed hij de elfen in achting stijgen bij zijn menselijke onderdanen, voorzag hij zijn elfenonderdanen van nuttige bezigheden en zorgde hij ervoor dat de beide volkeren graag in elkanders gezelschap verkeerden.'

'Ja,' zei Strange bedachtzaam, 'ik begrijp het.'

'Ik heb de indruk,' ging meneer Norrell verder, 'dat zelfs de machtigste Gulden Tovenaars het belang van elfen bij menselijke magie overschatten. Kijk maar naar Pale! Hij vond zijn elfenbedienden zo essentieel voor de beoefening van zijn kunst, dat hij schreef dat de drie of vier elfengeesten die bij hem in huis woonden zijn grootste schat waren! Maar ik ben er zelf het beste voorbeeld van dat bijna alle respectabele vormen van magie ook mogelijk zijn zonder de assistentie van derden. Wat heb ik ooit gedaan waarbij ik de hulp van een elf nodig had?'

'Ik begrijp wat u bedoelt,' zei Strange, die ervan uitging dat die laatste vraag van meneer Norrell retorisch bedoeld was. 'En ik moet bekennen, meneer, dat dit idee geheel nieuw is voor mij. Ik heb het nooit in een boek zien staan.'

---

is het redeneren sterk en het toveren zwak. Bij elfen is het omgekeerde het geval: magie gaat hen gemakkelijk af, maar volgens menselijke standaard zijn ze nauwelijks verstandig te noemen.

'Ik ook niet,' zei meneer Norrell. 'Er zijn natuurlijk vormen van magie die zonder elfen volstrekt onmogelijk zijn. Er zullen zich misschien momenten voordoen – en ik hoop oprecht dat ze zeldzaam zullen zijn – dat u en ik met dergelijke verderfelijke wezens zullen moeten onderhandelen. Natuurlijk zullen we in die gevallen de grootst mogelijke voorzichtigheid moeten betrachten. Iedere elf die we oproepen zal hoogstwaarschijnlijk al eerder te maken hebben gehad met een Engelse tovenaar. Hij zal ons maar al te graag de namen vertellen van de grote tovenaars die hij heeft gediend, en de diensten opsommen die hij ieder van hen heeft bewezen. Hij zal veel beter bekend zijn met de vormen en gebruiken bij dergelijke onderhandelingen dan wij. Dat betekent dat wij in het nadeel zijn – of liever, in het nadeel zouden zijn. Ik verzeker u, meneer Strange, nergens is men zich sterker bewust van de teloorgang van de Engelse magie dan in de Andere Landen.'

'Toch zijn elfengeesten een bron van grote fascinatie voor gewone mensen,' mijmerde Strange, 'en als u bij uw werk af en toe gebruik zou maken van de diensten van een elf, dan zou dat wellicht bijdragen tot de populariteit van ons vak. Er bestaat nog steeds veel weerstand tegen het gebruik van magie in de oorlog.'

'O, dat is zeker waar!' riep meneer Norrell geïrriteerd. 'Mensen denken nog steeds dat magie begint en eindigt met elfen! Ze staan nauwelijks stil bij de vaardigheid en de kennis waarover een goede tovenaar beschikt! Nee, meneer Strange, dat is voor mij geen argument om er elfen bij te betrekken, integendeel! Honderd jaar geleden ontkende de tovenaar-historicus Valentine Munday het bestaan van de Andere Landen. Hij dacht dat alle mannen die beweerden daar geweest te zijn leugenaars waren. Daarin had hij natuurlijk ongelijk, maar desondanks heb ik veel voeling met zijn standpunt, en ik zou wensen dat we zijn overtuigingen wat wijder zouden kunnen verbreiden. Natuurlijk,' zei meneer Norrell bedachtzaam, 'ontkende Munday vervolgens ook het bestaan van Amerika, en toen dat van Frankrijk, enzovoorts. Ik geloof dat hij toen hij overleed Schotland al lang had opgegeven en zijn twijfels begon te krijgen over Carlisle... Ik heb zijn boek hier.'[3] Meneer Norrell stond op en pakte het van de plank. Maar hij gaf het niet meteen aan Strange.

---

3 Valentine Munday, *The Blue Book: Een poging de meest gangbare leugens en valse voorstellingen van zaken te ontmaskeren waarmee Engelse tovenaars 's konings onderdanen en elkaar trachten te misleiden.* Uitg. 1698.

Na een korte stilte zei Strange: 'Adviseert u mij dat boek te lezen?'

'Ja, inderdaad. Ik vind dat u het zou moeten lezen,' zei meneer Norrell.

Strange wachtte, maar Norrell bleef naar het boek in zijn hand staren alsof hij geen idee had wat hij nu moest doen. 'Dan kunt u het maar beter aan mij geven, meneer,' zei Strange vriendelijk.

'Ja, inderdaad,' zei meneer Norrell. Hij liep voorzichtig op Strange af en hield het boek een paar tellen voor zich uit, voor hij het plotseling met een vreemde, opwaartse beweging in Strange' hand liet vallen, alsof het helemaal geen boek was, maar een vogeltje dat weigerde hem los te laten en naar iemand anders toe te gaan, zodat hij gedwongen was het er op slinkse wijze toe te bewegen op te vliegen van zijn hand. Zijn aandacht was zo volledig gericht op zijn kunstgreep, dat hij gelukkig niet naar Strange keek, die zijn lachen probeerde in te houden.

Meneer Norrell bleef even weemoedig staan kijken naar zijn boek in de handen van een andere tovenaar.

Maar toen hij eenmaal afstand had gedaan van het eerste boek, leek het pijnlijkste deel van zijn beproeving achter de rug. Een half uur later raadde hij Strange een ander boek aan, en hij ging het nagenoeg zonder omhaal halen. Tegen de middag wees hij Strange boeken aan die op de planken stonden, en stond hij zelfs toe dat hij ze zelf ging pakken. Tegen het einde van de dag had meneer Norrell Strange een uitzonderlijk groot aantal boeken te lezen gegeven, en hij zei dat hij van hem verwachtte dat hij ze voor het eind van de week zou hebben gelezen.

Een hele dag praten en studeren was een luxe die zij zich niet vaak konden veroorloven. Meestal waren ze verplicht een deel van de dag te besteden aan meneer Norrell's bezoekers, of het nu leden van de beau monde waren, van wie meneer Norrell nog steeds vond dat het belangrijk was het contact met hen warm te houden, of heren van de verschillende ministeries.

Na twee weken kende meneer Norrell's enthousiasme voor zijn nieuwe leerling geen grenzen. 'Je hoeft hem iets maar één keer uit te leggen,' zei Norrell tegen sir Walter, 'en dan begrijpt hij het meteen! Ik herinner me nog goed hoeveel weken ik geploeterd heb om Pale's Gissingen betreffende het Voorspellen van Toekomstige Gebeurtenissen te begrijpen, maar meneer Strange leerde die uitzonderlijk ingewikkelde theorie in minder dan vier uur te beheersen!'

Sir Walter glimlachte. ‘Daar twijfel ik niet aan, maar volgens mij schat u uw eigen prestaties te laag in. Meneer Strange heeft het voordeel dat hij een docent heeft die hem uitleg kan geven over de moeilijke passages, en u moest het zonder leermeester stellen. U heeft het pad voor hem geëffend en de grootste obstakels voor hem uit de weg geruimd.’

‘Ah!’ riep meneer Norrell. ‘Maar toen meneer Strange en ik nog even over de Gissingen zaten na te praten, besefte ik opeens dat ze een veel bredere toepassing hadden dan ik aannam. Door zíjn vragen kreeg ík een nieuw inzicht in dr Pale’s ideeën!’

Sir Walter zei: ‘Wel, meneer, ik ben blij dat u zo’n gelijkgestemde vriend gevonden heeft. Dat moet een grote troost voor u zijn.’

‘Nou en of, sir Walter!’ riep meneer Norrell. ‘Nou en of!’

Strange’ bewondering voor meneer Norrell was minder grenzeloos. Norrell’s saaie uiteenzettingen en eigenaardige gedrag werkten hem nog steeds op de zenuwen, en bijna op hetzelfde moment dat meneer Norrell tegenover sir Walter de loftrompet stak over Strange, beklaagde Strange zich bij Arabella over meneer Norrell.

‘Ik begrijp nog steeds volstrekt niets van hem. Hij is zowel de meest opmerkelijke man van deze eeuw als de saaiste. Tot twee keer toe heeft hij vanochtend ons gesprek onderbroken omdat hij dacht dat hij een muis hoorde. Hij heeft een bijzondere afkeer van muizen. Twee lakeien, twee dienstmeiden en ik hebben alle meubelstukken verplaatst om de muis te zoeken, terwijl hij verstijfd van angst bij de open haard bleef staan.’

‘Heeft hij een kat? Misschien moet hij maar een kat nemen,’ opperde Arabella.

‘O, geen sprake van! Aan katten heeft hij een nog grotere hekel dan aan muizen. Hij heeft mij verteld dat hij, als hij gedwongen is samen met een kat in dezelfde ruimte te zijn, binnen een uur onder de rode bulten zit.’

Meneer Norrell wilde niets liever dan zijn leerling een zeer gedegen opleiding geven, maar het viel niet mee om de geheimzinnigheid en huichelachtigheid af te leren die in de loop van de tijd gewoonte voor hem waren geworden. Op een dag in december, toen er grote, zachte sneeuwvlokken uit het zware groengrijze wolkendek vielen, zaten de twee tovenaars in meneer Norrell’s bibliotheek. Door een combinatie van de traag vallende sneeuw aan de andere kant van het raam, de warmte van het vuur en de bedwelmende invloed van een groot glas sherrywijn dat hij dom genoeg aannam toen meneer Norrell het hem aanbood, werd Strange heel slaperig. Zijn hoofd rustte op zijn hand en zijn ogen waren halfdicht.

Meneer Norrell was aan het praten. 'Veel tovenaars,' zei hij terwijl hij zijn vingertoppen tegen elkaar tikte, 'hebben geprobeerd magische krachten op te sluiten in stoffelijke voorwerpen. Dat is geen moeilijke handeling en de tovenaar kan er ieder willekeurig voorwerp voor gebruiken. Bomen, juwelen, boeken, kogels, hoeden – alles is wel eens voor dit doel gebruikt.' Meneer Norrell tuurde aandachtig naar zijn vingertoppen. 'Door iets van zijn kracht over te hevelen naar het gekozen voorwerp, hoopt de tovenaar zichzelf te behoeden voor de aftakeling van zijn krachten, die het onvermijdelijke gevolg is van ziekte en ouderdom. Ik ben zelf vaak in de verleiding gekomen dat te doen. Mijn eigen vaardigheden kunnen door een zware verkoudheid of een pijnlijke keel ernstig worden aangetast. Toch ben ik na zorgvuldige overweging tot de conclusie gekomen dat het erg onverstandig is om je krachten op die manier te verdelen. Laten we de ring als voorbeeld nemen. Ringen zijn vanwege hun kleine formaat lange tijd als bijzonder geschikt beschouwd voor dit soort magie. Een man kan immers jarenlang een ring dragen zonder dat iemand daar iets op aan te merken zal hebben – wat wel het geval zou zijn als hij bij voorbeeld erg gehecht zou zijn aan een boek of een kiezelsteen – en toch is er in de geschiedenis maar zelden een tovenaar geweest die zijn magische ring niet op de een of andere manier is kwijtgeraakt nadat hij er een deel van zijn vaardigheden en kracht aan had toevertrouwd. Vervolgens moest hij dan alle mogelijke moeite doen om hem weer terug te krijgen. Neem nu de heer van Nottingham uit de twaalfde eeuw, wiens dochter zijn magische ring aanzag voor een doodgewoon sieraad, hem om haar vinger deed en naar de markt ging. Die achteloze jongedame—'

'Wat?' riep Strange plotseling.

'Wat?' herhaalde meneer Norrell hem geschrokken.

Strange wierp de andere heer een scherpe, onderzoekende blik toe. Meneer Norrell keek hem een beetje angstig aan.

'Neemt u mij niet kwalijk, meneer,' zei Strange, 'maar begrijp ik u goed? Hebben we het nu over magische krachten die op de een of andere manier verzeild zijn geraakt in ringen, stenen, amuletten en dat soort zaken?'

Meneer Norrell knikte behoedzaam.

'Maar ik dacht dat u zei,' zei Strange, 'ik bedoel...' Hij deed een poging zijn stem wat vriendelijker te laten klinken: 'Ik dacht dat u mij een paar weken geleden had verteld dat magische ringen en stenen een fabeltje waren.'

Meneer Norrell staarde zijn leerling geschrokken aan.

'Maar misschien heb ik het verkeerd begrepen?' vroeg Strange.

Meneer Norrell zei helemaal niets.

'Ik heb het vast verkeerd begrepen,' zei Strange. 'Neemt u mij niet kwalijk, meneer, dat ik u in de rede viel. Gaat u alstublieft verder.'

Maar hoewel meneer Norrell zo te zien enorm opgelucht was dat Strange de kwestie opgelost had, had hij geen zin meer om door te gaan. In plaats daarvan stelde hij voor een hapje te gaan eten, een voornemen waarmee meneer Strange maar al te graag akkoord ging.[4]

---

[4] Het verhaal over de dochter van de heer van Nottingham – waar meneer Norrell nooit meer op terug zou komen – is de moeite van het vertellen waard, dus vermeld ik het hier.

De markt waar de jongedame naar toe ging, werd in Nottingham gehouden op 18 november, de geboortedag van de heilige Matteüs. Ze bracht er een plezierige dag door met wandelen langs de kraampjes en het kopen van linnengoed, rijgkoorden en specerijen. Tegen het eind van de dag draaide ze zich plotseling om om te kijken naar enkele Italiaanse acrobaten die zich achter haar bevonden, waarbij de zoom van haar cape opfladderde en een gans raakte die juist voorbij waggelde. De slechtgehumeurde vogel rende krijsend en klapperend met zijn vleugels op haar af. Van schrik liet ze de ring van haar vader vallen, recht in de open snavel van de gans. De gans, die daar weer van schrok, slikte het per ongeluk door. Voordat de dochter van de heer van Nottingham iets kon zeggen of doen, had de ganzenhoeder de gans alweer voor zich uit de menigte in gedreven.

De gans werd gekocht door ene John Ford, die hem meenam naar zijn huis in het dorpje Fiskerton. De volgende dag werd de gans geslacht en geplukt door zijn vrouw, Margaret Ford. Toen ze de ingewanden wilde verwijderen, trof ze de zware zilveren ring met een ruw stukje geel amber erin in de maag aan. Ze legde hem op tafel naast de drie kippeneieren die ze die ochtend had geraapt.

Meteen begonnen de eieren te trillen. Een voor een sprongen ze krakend open, en uit ieder ei kwam iets wonderbaarlijks. Uit het eerste ei kwam een snaarinstrument dat leek op een viool, alleen had deze armpjes en beentjes, en gebruikte het een piepklein strijkstokje om zoete klanken aan zichzelf te ontlokken. Uit het tweede ei kwam een schip van zuiver ivoor te voorschijn, met zeilen van prachtig wit linnen en een paar zilveren roeispanen. En uit het laatste ei kwam een vreemd uitziend kuiken met rode en gouden veren. Alleen dat kuiken was aan het eind van de dag nog over. Na een uur of twee brak de viool als een eierschaal in stukjes en tegen zonsondergang hees het ivoren schip de zeilen en roeide weg door de lucht. De vogel groeide echter op en veroorzaakte later een brand die het grootste deel van Grantham in de as legde. Tijdens de grote brand zag men dat de vogel baadde in de vlammen. Om die reden dacht men dat het een feniks was.

Toen Margaret Ford zich realiseerde dat ze een magische ring in haar bezit had gekregen, was ze vastbesloten ermee te toveren. Helaas was ze een door en door slechte vrouw, die haar zachtaardige echtgenoot tiranniseerde en vele uren doorbracht met broeden op manieren om zich te wreken op haar vijanden. John Ford was eigenaar van het landgoed Fiskerton, en in de maanden die volgden schonken voornamere heren, die bang waren voor de boosaardige magie van zijn vrouw, hem steeds meer land en rijkdommen.

Het verhaal over de wonderen die Margaret Ford verrichtte bereikte al snel Nottingham, waar de heer van Nottingham in zijn bed op sterven lag. Er was zo veel van zijn kracht in de ring gegaan, dat het verlies ervan hem eerst zwaarmoedig, vervolgens wanhopig en uiteindelijk ziek had gemaakt. Toen het nieuws over zijn ring hem eindelijk ter ore kwam was hij te ziek om er nog iets aan te kunnen doen.

Zijn dochter echter was diepbedroefd dat ze haar familie zo in het ongeluk had gestort, en ze vond dat het haar plicht was te proberen de ring terug te krijgen. Zonder iemand te vertellen wat ze van plan was, ging ze dan ook langs de rivieroever op weg naar het dorp Fiskerton.

Ze was pas bij Gunthorpe toen ze stuitte op een verschrikkelijk tafereel. Een bosje bomen brandde gestaag en overal schoten reusachtige vlammen in de lucht. De scherpe zwarte rook prikte in haar ogen en brandde in haar keel, maar toch werd het bos niet door het vuur verteerd. De bomen brachten een laag gekerm voort, alsof ze het uitgilden bij die onnatuurlijke marteling. De dochter van de heer keek om zich heen of ze iemand zag die dit wonder voor haar kon verklaren. Een jonge boswachter die juist voorbijkwam vertelde haar: 'In juni hield Margaret Ford in dit bos even halt op de weg naar huis vanuit Thurgarton. Ze rustte uit in de schaduw van de takken, dronk van het water en at van de aardbeien, maar toen ze wilde vertrekken bleef haar voet haken achter een wortel, waardoor ze viel. Toen ze vervolgens overeind krabbelde, was een doornstruik zo brutaal om over haar arm te krassen. Daarom sprak ze een toverspreuk uit over het bos en bezwoer dat het eeuwig zou blijven branden.'

De dochter van de heer bedankte hem voor de informatie en liep verder. Ze kreeg dorst en hurkte om wat water uit de rivier te scheppen. Plotseling rees er een vrouw, of iets wat erg op een vrouw leek, uit het water omhoog. Ze had schubben over haar hele lichaam, haar huid was grijs en gespikkeld als die van een forel en haar haar bestond uit een vreemde verzameling van scherpe grijze forelvinnen. Ze leek de dochter van de heer boos aan te kijken, maar haar ronde, kille vissenogen en stijve vissenhuid waren niet geschikt voor het uitdrukken van menselijke emoties, dus het was moeilijk vast te stellen.

'O! Neemt u mij niet kwalijk!' zei de dochter van de heer geschrokken.

De vrouw deed haar mond open, zodat haar vissenstrot en een mondvol lelijke vissentanden te zien waren, maar ze leek niet in staat geluid voort te brengen. Toen draaide ze zich ze om en liet zich met een plons weer in het water vallen.

Een vrouw die aan de oever van de rivier haar kleren aan het wassen was, legde de dochter van de heer uit: 'Dat is Joscelin Trent, die ongelukkig genoeg getrouwd is met een man tot wie Margaret Ford zich aangetrokken voelt. Uit jaloezie heeft Margaret Ford een toverspreuk over haar uitgesproken, en nu moet de arme vrouw dag en nacht ondergedompeld blijven in het ondiepe water van de rivier, omdat anders haar betoverde huid en vlees zullen uitdrogen. En omdat ze niet kan zwemmen, is ze voortdurend doodsbang dat ze zal verdrinken.'

De dochter van de heer bedankte de vrouw voor haar uitleg.

Toen kwam de dochter van de heer aan in het dorp Hoveringham. Een man en zijn vrouw, die dicht tegen elkaar aan op de rug van een kleine pony zaten, raadden haar af het dorp in te gaan, maar gingen haar voor over smalle paden en lanen om haar eromheen te leiden. Vanaf een groen heuveltje keek de dochter van de heer omlaag, en toen zag ze dat iedereen in het dorp een dikke blinddoek voorhad. Ze waren absoluut niet gewend aan hun zelfopgelegde blindheid, waardoor ze doorlopend met hun gezicht tegen muren opliepen, over bankjes en karren struikelden, zich sneden aan hun messen en gereedschap en zich brandden aan het vuur. Als gevolg daarvan zaten ze onder de schrammen en sneeën. Toch deed niemand zijn blinddoek af.

'O,' zei de vrouw, 'de predikant van Hoveringham is zo brutaal geweest om tijdens de kerkdienst de slechtheid van Margaret Ford te veroordelen. Alle bisschoppen, abten en kapittelheren hebben hun mond gehouden, maar die breekbare, oude man heeft haar getrotseerd, dus heeft ze het hele dorp vervloekt. Ze zijn gedoemd hun grootste angst doorlopend in geuren en kleuren voor zich te zien. De arme zielen zien voor zich hoe hun kinderen sterven, hoe hun ouders gek worden, hoe hun geliefden hen afwijzen en bedriegen. Vrouwen zien voor zich hoe hun man op brute wijze vermoord wordt, en vice versa. Hoewel de visioenen niet meer zijn dan een illusie, zijn de dorpelingen gedwongen zichzelf te blinddoeken, anders worden ze krankzinnig van wat ze zien.'

Schuddend met haar hoofd om de ontstellende slechtheid van Margaret Ford vervolgde de dochter van de heer haar weg naar het huis van John Ford. Daar trof ze Margaret en haar dienstmeiden aan, die allemaal een houten stok in hun hand hadden waarmee ze de koeien voortdreven om ze te kunnen melken.

De dochter van de heer liep moedig op Margaret Ford af. Op dat moment draaide Margaret Ford zich om en sloeg haar met haar stok. 'Slecht kind!'

schreeuwde ze. 'Ik weet wie jij bent! Mijn ring heeft het me verteld. Ik weet dat je van plan bent te liegen tegen mij, die jou nooit iets heeft misdaan, en wilt vragen of je mijn dienstmeid kunt worden. Ik weet dat je mijn ring wilt stelen. Weet dit! Ik heb krachtige toverspreuken over mijn ring uitgesproken. Als een dief zo dom is hem aan te raken, zal hij meteen belaagd en gestoken worden door bijen, wespen en andere insecten; adelaars, haviken en andere vogels zullen hem pikken; en daarna zullen beren, everzwijnen en andere wilde dieren hem verscheuren en vertrappen!'

Toen gaf Margaret Ford de dochter van de heer een flink pak slaag, en zei tegen de dienstmeiden dat ze haar in de keuken aan het werk moesten zetten.

Margaret Ford's bedienden, die een ellendig leven leidden en slecht behandeld werden, gaven de dochter van de heer het zwaarste werk, en telkens als Margaret Ford hen sloeg of tegen hen tekeerging, wat heel vaak gebeurde, reageerden zij zich op de dochter van de heer af door met haar hetzelfde te doen. Toch weigerde de dochter van de heer zich uit het veld te laten slaan. Ze bleef een paar maanden in de keuken werken en dacht ondertussen heel diep na over een manier om Margaret Ford om de tuin te leiden, zodat ze haar ring zou laten vallen of kwijtraken.

Margaret Ford was een wrede vrouw die zich snel op haar teentjes getrapt voelde, en als haar woede eenmaal gewekt was, kon niets haar tot bedaren brengen. Desondanks was ze verzot op kleine kinderen. Ze greep iedere gelegenheid aan om baby's te verzorgen en zodra ze een kind in haar armen had, was ze de zachtheid zelve. Ze had zelf geen kinderen en niemand die haar kende twijfelde eraan dat dat een bron van groot verdriet voor haar was. Men ging ervan uit dat ze op allerlei magische manieren had geprobeerd een kind te krijgen, maar zonder succes.

Op een dag was Margaret Ford aan het spelen met het dochtertje van de buren, en zei dat ze, als ze ooit een kind mocht krijgen, het liefst een meisje zou willen met een roomwitte huid, groene ogen en koperrode krullen – want zo zag Margaret Ford er zelf ook uit.

'O,' zei de dochter van de heer onschuldig, 'de vrouw van de stadhouder van Epperstone heeft een baby die precies aan die beschrijving voldoet. Ze is het mooiste wezentje dat u ooit heeft gezien.'

Toen stond Margaret Ford erop dat de dochter van de heer haar naar Epperstone zou brengen om haar de baby van de vrouw van de stadhouder te laten zien, en toen Margaret Ford zag dat het inderdaad het liefste, mooiste kind ter wereld was – precies zoals de dochter van de heer gezegd had – zei ze tegen de angstige moeder dat ze haar kind mee wilde nemen.

Zodra ze de baby van de vrouw van de stadhouder had afgepakt, werd Margaret Ford bijna een ander mens. Ze bracht haar dagen door met het verzorgen van de baby, en ze zong voor haar en speelde met haar. Margaret Ford was tevreden met haar lot. Ze maakte veel minder gebruik van haar magische ring en werd bijna nooit meer boos.

Zo ging het verder, totdat de dochter van de heer van Nottingham bijna een jaar in het huis van Margaret Ford had gewoond. Toen gingen Margaret Ford, de dochter van de heer, de baby en de andere dienstmeiden op een zomerse dag naar de oever van de rivier om het middagmaal te nuttigen. Na de maaltijd rustte Margaret Ford wat uit in de schaduw van een rozenstruik. Het was een warme dag en iedereen was erg loom.

Zodra ze zeker wist dat Margaret Ford sliep, pakte de dochter van de heer een gesuikerde pruim en liet hem aan de baby zien. De baby, die heel goed wist wat je met een gesuikerde pruim hoorde te doen, deed haar mondje wagenwijd open en de dochter van de heer stopte de pruim erin. Toen keek ze vluchtig om zich heen om te controleren of de andere dienstmeiden niet naar haar keken, en trok zo snel als ze kon de ring van Margaret Ford's vinger.

Toen riep ze: 'O! O! Wordt wakker, mevrouw! De baby heeft uw ring gepakt en in haar mond gestopt! O, help de baby toch. Maak de betovering ongedaan. Maak de betovering ongedaan!'

Margaret Ford werd wakker en zag de baby zitten met haar uitpuilende wangen, maar op dat moment was ze te slaperig en te verbaasd om te begrijpen wat er gebeurde.

Er vloog een bij voorbij en de dochter van de heer wees ernaar en begon te gillen. De andere dienstmeiden gilden met haar mee. 'Snel, mevrouw, alstublieft!' riep de dochter van de heer. 'O...' ze keek omhoog, 'daar komen de adelaars en de haviken al aan! O...' ze keek in de verte, 'daar komen de beren en everzwijnen om het kindje te verscheuren!'

Margaret Ford schreeuwde tegen de ring om de magie ongedaan te maken, wat de ring onmiddellijk deed, en bijna op hetzelfde moment slikte de baby de pruim door. Terwijl Margaret Ford en de dienstmeiden de baby smeekten, vleiden en heen en weer schudden in een poging haar zover te krijgen dat ze de ring zou ophoesten, rende de dochter van de heer van Nottingham langs de rivier terug naar Nottingham.

De rest van het verhaal volgt het geijkte patroon. Zodra Margaret Ford ontdekte dat ze bedrogen was, liet ze paarden en honden aanrukken om achter de dochter van de heer aan te gaan. Een paar keer leek het alsof de dochter van de heer reddeloos verloren was, met de ruiters en de honden op haar hielen. In het verhaal wordt ze echter geholpen door iedereen die het slachtoffer was geworden van de magie van Margaret Ford. De dorpelingen van Hoveringham rukten hun blinddoeken af, en ondanks de verschrikkelijke dingen die ze zagen, wierpen ze een barricade op om Margaret Ford tegen te houden. De arme Joscelin Trent kwam uit de rivier omhoog en trachtte Margaret Ford met zich mee te trekken in het modderige water. Het brandende bos bestookte haar met brandende takken.

De ring werd teruggegeven aan de heer van Nottingham, die al het kwaad ongedaan maakte waaraan Margaret Ford zich schuldig had gemaakt, en herwon daarmee zijn eigen geluk en reputatie.

Die avond vertelde Strange aan Arabella alles wat meneer Norrell gezegd had, en alles wat hij daarop had geantwoord.

'Het was zó vreemd! Hij was zo geschrokken van het feit dat ik hem betrapt had, dat hij niet wist wat hij moest zeggen. Het was aan mij om nieuwe leugens te verzinnen die hij me kon wijsmaken. Ik was genoodzaakt met hem samen te spannen tegen mijzelf.'

'Maar ik begrijp het niet,' zei Arabella. 'Waarom zou hij zichzelf op zo'n vreemde manier tegenspreken?'

'O, hij is vastbesloten bepaalde dingen voor zich te houden. Dat is wel duidelijk. Waarschijnlijk kan hij zich niet altijd herinneren wat hij geheim wil houden en wat niet. Weet je nog dat ik je vertelde dat er overal op de schappen in de bibliotheek lege plekken waren? Het schijnt dat hij op de dag dat hij mij aannam als leerling vijf boekenplanken leeg heeft laten halen en de boeken heeft teruggestuurd naar Yorkshire, omdat ze te gevaarlijk voor mij zouden zijn om te lezen.'

'Lieve help! Hoe heb je dat ontdekt?' vroeg Arabella verbaasd.

'Dat vertelden Drawlight en Lascelles me. Ze genoten er met volle teugen van.'

'Wat een vreselijke mannen!'

Meneer Norrell was erg teleurgesteld toen hij hoorde dat Strange' opleiding een dag of twee onderbroken moest worden omdat hij en Arabella een huis zochten. 'Zijn vrouw is het probleem,' zei meneer Norrell met een zucht tegen Drawlight. 'Als hij alleenstaand was

---

Er bestaat ook een andere versie van dit verhaal, waarin geen magische ring, geen eeuwig brandend bos, geen feniks, nee, volstrekt geen wonderen voorkomen. Volgens die versie waren Margaret Ford en de dochter van de heer van Nottingham – die Donata Torel heette – helemaal geen vijanden van elkaar, maar de leiders van een genootschap van vrouwelijke tovenaars, dat in de twaalfde eeuw in Nottinghamshire floreerde. Hugh Torel, de heer van Nottingham, verzette zich tegen het genootschap en deed alle mogelijke moeite om het te vernietigen – ook al was zijn eigen dochter er lid van. Hij slaagde er bijna in, maar toen verlieten de vrouwen hun huis, hun vader en hun echtgenoot en gingen in de bossen wonen, waar ze de bescherming genoten van Thomas Godbless, een veel machtiger tovenaar dan Hugh Torel. Deze minder kleurrijke versie van het verhaal is nooit zo populair geweest als de eerste, maar volgens Jonathan Strange was dát het ware verhaal, en die versie nam hij dan ook op in *The History and Practice of English Magic*.

geweest, zou hij er waarschijnlijk geen bezwaar tegen hebben gehad om bij mij te komen wonen.'

Drawlight schrok ervan dat meneer Norrell zo iets zelfs maar overwoog, en om te voorkomen dat hij er serieus over zou gaan nadenken, zei hij uit voorzorg: 'O, maar meneer! Denk aan uw werk voor de admiraliteit en het ministerie van Oorlog, dat zo belangrijk en zo geheim is! De aanwezigheid van een ander in huis zou een enorme belemmering betekenen.'

'O, maar meneer Strange gaat me daarmee helpen!' zei meneer Norrell. 'Het zou heel verkeerd van mij zijn als ik het land niet zou laten profiteren van meneer Strange' talent. Meneer Strange en ik zijn afgelopen donderdag naar de admiraliteit geweest voor een gesprek met lord Mulgrave. Ik geloof dat lord Mulgrave aanvankelijk niet zo blij was toen hij zag dat ik meneer Strange had meegenomen...'

'Dat komt doordat lord Mulgrave gewend is aan uw onovertroffen magie! Waarschijnlijk vindt hij dat een amateur, hoe getalenteerd ook, zich niet met de zaken van de admiraliteit zou moeten bemoeien.'

'...maar toen hij Strange' plannen hoorde om de Fransen met magie te verslaan, wendde hij zich met een brede glimlach op zijn gezicht tot mij en zei: "U en ik, meneer Norrell, waren een beetje vastgeroest. Wij hadden grote behoefte aan iemand met een frisse kijk op de zaken, vindt u ook niet?"'

'Zei lord Mulgrave dat? Tegen u?' zei Drawlight. 'Dat was erg onbeleefd van hem. Ik hoop, meneer, dat u hem heeft getrakteerd op zo'n strenge blik van u!'

'Wat?' Meneer Norrell ging helemaal op in zijn eigen verhaal en had geen aandacht geschonken aan wat meneer Drawlight te zeggen had. 'O, maar ik zei tegen hem, ik zei: "Ik ben het roerend met u eens, meneer. Maar wacht totdat u heeft gehoord wat meneer Strange nog meer te vertellen heeft. U weet nog niet de helft!"'

Niet alleen de admiraliteit, ook het ministerie van Oorlog en alle andere ministeries hadden een reden zich te verheugen in de komst van Jonathan Strange. Opeens waren veel dingen, die voorheen zo lastig hadden geleken, geen enkel probleem meer. 's Konings ministers koesterden al een tijdje het plan de vijanden van Engeland nachtmerries te bezorgen. De minister van Buitenlandse Zaken was in januari 1808 met het voorstel gekomen, en meneer Norrell had meer dan een jaar lang ijverig iedere nacht een nachtmerrie naar keizer Napoleon Bonaparte gestuurd, maar er gebeurde niets. Bonaparte's keizerrijk was niet ten val gekomen en Bonaparte zelf was beheerst als altijd ten strijde getrokken. Daarom had meneer Norrell na een tijdje opdracht gekregen ermee op te houden. Sir Walter en meneer Canning dachten heimelijk dat het plan mislukt was omdat meneer Norrell geen talent had voor het bedenken van verschrikkingen. Meneer Canning klaagde dat de nachtmerries die meneer Norrell naar de keizer had gestuurd – die voornamelijk gingen over een kapitein van dragonders die in Bonaparte's kledingkast verstopt zat – zelfs de gouvernante van zijn kinderen nauwelijks bang zou maken, laat staan de man die half Europa had veroverd. Hij trachtte de andere ministers er een tijdlang van te overtuigen dat zij meneer Beckford, meneer Lewis en mevrouw Radcliffe moesten aanstellen om levendige, gruwelijke dromen te bedenken die meneer Norrell vervolgens in de gedachten van Bonaparte zou kunnen planten. Maar de andere ministers vonden dat er een groot verschil was tussen het in dienst nemen van een tovenaar en de hulp inroepen van schrijvers, en tot dat laatste wensten zij zich niet te verlagen.

Strange blies het plan nieuw leven in. Strange en meneer Canning vermoedden dat de slechte Franse keizer immuun was voor ontastbare zaken als nachtmerries, dus besloten ze zich deze keer te richten op zijn bondgenoot Alexander, de keizer van Rusland. Gelukkig hadden ze aan het hof van Alexander een groot aantal vrienden: Russische edelen die veel geld hadden verdiend met de verkoop van hout aan Engeland en daar graag mee door wilden gaan. Bovendien was er de moedige, ingenieuze Schotse dame die getrouwd was met Alexander's lakei.

Toen hij hoorde dat Alexander een merkwaardig ontvankelijk iemand was die veel interesse voor religieuze mystiek aan de dag legde, besloot Strange hem een droom te sturen vol griezelige voortekenen en symbolen. Zeven nachten achter elkaar droomde Alexander dat hij met Napoleon Bonaparte aan een vorstelijk souper zat, waarbij ze een voortreffelijke soep van hertenvlees voorgeschoteld kregen. Maar de keizer had de soep nog maar nauwelijks geproefd of hij sprong op en riep: '*J'ai une faim qui ne saurait se satisfaire de soupe*.'[5] Daarop veranderde hij in een wolvin die eerst Alexander's kat, toen zijn hond, toen zijn paard en ten slotte zijn mooie Turkse maîtresse opat. Vervolgens

---

5 'Ik heb zo'n honger dat soep die nooit zal kunnen stillen.'

verslond de wolvin nog meer vrienden en familieleden van Alexander, waarna haar baarmoeder zich opende en de kat, de hond, het paard, de Turkse maîtresse, de vrienden en de familieleden enzovoorts er weer uitperste, maar ze waren afschuwelijk misvormd. En hoe meer ze at, des te groter ze werd, en toen ze zo groot was als het Kremlin, draaide ze zich met zware, slingerende tepels en een muil vol bloed om om heel Moskou te verslinden.

'Er is niets oneerbaars aan om hem een droom te sturen die hem vertelt dat hij er verkeerd aan doet Bonaparte te vertrouwen, omdat Bonaparte hem uiteindelijk zal verraden,' legde Strange aan Arabella uit. 'Ik zou hem per slot van rekening ook een brief kunnen sturen waarin dat staat. Hij heeft het natuurlijk ook bij het verkeerde eind, en uiteindelijk zal Bonaparte hem hoe dan ook verraden.'

Al snel kwam er een bericht van de Schotse dame dat de Russische keizer erg van zijn stuk was gebracht door de dromen en dat hij, evenals koning Nebukadnezar in de bijbel, astrologen en waarzeggers had ontboden om ze voor hem te interpreteren, wat zij dan ook heel snel deden.

Strange stuurde daarop nog meer dromen naar de Russische keizer. 'En,' zei hij tegen meneer Canning, 'ik heb uw advies opgevolgd en ze cryptischer en moeilijker te interpreteren gemaakt, zodat de magiërs van de keizer nog iets te doen hebben.'

De onvermoeibare mevrouw Janet Archibaldovna Barsukova kon al snel het bevredigende nieuws melden dat Alexander zijn bestuurlijke plichten en oorlogszaken verwaarloosde, omdat hij de hele dag zat te piekeren over zijn dromen, die hij besprak met zijn astrologen en magiërs. En telkens als hij een brief van keizer Napoleon Bonaparte ontving, werd hij bleek en begon hij te beven.

26

Rijksappel, kroon en scepter

september 1809

Iedere nacht weer werden lady Pole en Stephen Black door de trieste bel opgeroepen om te gaan dansen in de schimmige zalen van Lost-hope. Wat modieuze kleding en schoonheid betrof waren het ongetwijfeld de schitterendste bals die Stephen ooit had meegemaakt, maar de mooie kleding en de knappe verschijning van de dansers vormde een merkwaardig contrast met het huis zelf, dat talrijke tekenen van armoede en verval vertoonde. De muziek varieerde nooit. Steeds werd hetzelfde handjevol melodieën gekrast op één viool, en getetterd op één fluit. De vettige talgkaarsen – Stephen merkte met zijn butlersoog onwillekeurig op dat er te weinig van waren om zo'n grote zaal te verlichten – wierpen vreemde schaduwen op de muren terwijl de dansers hun danspassen uitvoerden.

Bij andere gelegenheden namen lady Pole en Stephen deel aan lange optochten, waarbij vaandels door stoffige, slechtverlichte zalen werden gedragen – de heer met het pluishaar was namelijk dol op dat soort ceremonieel. Sommige vaandels waren oeroude, compacte borduurwerken die veel slijtage vertoonden, anderen toonden de overwinningen van de heer op zijn vijanden en waren gemaakt van de gepreserveerde huid van die vijanden, waarbij hun lippen, ogen, haar en kleding door zijn vrouwelijke familieleden op de vergeelde huid waren genaaid. De heer met het pluishaar kon maar niet genoeg krijgen van dergelijke geneugten en hij twijfelde er geen moment aan dat Stephen en lady Pole er net zo opgetogen over waren als hij.

Hoewel hij in al het andere wispelturig was, bleven twee dingen constant: zijn bewondering voor lady Pole en zijn genegenheid voor

Stephen Black. Dat laatste bewees hij keer op keer door Stephen extravagante geschenken te geven en hem vreemde meevallers te bezorgen. Sommige geschenken werden, zoals eerder, uit naam van Stephen aan mevrouw Brandy gegeven en sommige werden direct naar Stephen gestuurd want, zo vertelde de heer hem vrolijk: 'Jouw boosaardige vijand mag het niet te weten komen!' (Hij bedoelde sir Walter.) 'Ik heb ze met behulp van magie slim verborgen en het zal nooit bij hem opkomen er vraagtekens bij te plaatsen. Al zou je morgen aartsbisschop van Canterbury worden, dan nog zou hij er niets achter zoeken! Niemand, trouwens.' Er leek hem opeens iets te binnen te schieten. 'Zou je morgen misschien aartsbisschop van Canterbury willen worden, Stephen?'

'Nee, meneer, dank u.'

'Weet je het zeker? Het is een kleine moeite en als de kerk je op een of andere manier aanspreekt...'

'Ik kan u verzekeren, meneer, dat dat niet zo is.'

'Je goede smaak siert je, zoals altijd. Een mijter is een ontzettend oncomfortabel hoofddeksel en het staat bovendien erg lelijk.'

De arme Stephen werd overstelpt met wonderen. Om de paar dagen gebeurde er wel iets waar hij profijt van had. Soms leverde het hem niet bijzonder veel op – misschien hooguit een paar shilling – maar de manier waarop was altijd opmerkelijk. Zo kreeg hij op een keer bezoek van de opziener van een boerderij, die volhield dat hij Stephen enkele jaren eerder had ontmoet bij een hanengevecht in de buurt van Richmond in de noordelijke gouw van Yorkshire en dat Stephen met hem had gewed dat de kroonprins op een dag iets zou doen dat het land te schande zou maken. Aangezien dat nu inderdaad gebeurd was – de schandelijke daad die de opzichter aanvoerde, was dat de prins zijn vrouw verlaten had – was de opzichter per postkoets naar Londen gekomen om hem zevenentwintig shilling en zes stuivers te betalen, want dat, zo zei hij, was het bedrag waarom ze gewed hadden. Hoe stellig Stephen ook beweerde dat hij nog nooit een hanengevecht had meegemaakt, noch in Richmond in Yorkshire was geweest, de opzichter wilde niet weggaan voordat Stephen het geld had aangenomen.

Een paar dagen na het bezoek van de opziener werd een grote grijze hond gesignaleerd, die aan de overkant van de weg tegenover het huis aan Harley-street stond. Het arme dier was doornat van de regen en zat onder de modderspatten, en alles wees erop dat hij een grote afstand had afgelegd. Nog vreemder was het feit dat hij een document tussen zijn tanden had. Robert en Geoffrey, de bedienden, en John Longridge, de kok, deden hun best om het dier te verjagen door naar hem te schreeuwen en hem te bekogelen met flessen en stenen, maar de hond was onverstoorbaar en weigerde zich te verroeren, totdat Stephen Black naar buiten was gekomen om het document uit zijn bek te halen. Toen pas vertrok hij, met een air van stille tevredenheid, alsof hij zichzelf feliciteerde met het feit dat hij zo'n moeilijke taak met succes had volbracht. Het document bleek een kaart van een dorp in Derbyshire te zijn, en naast allerlei andere verrassende dingen stond er een geheime deur in de flank van een heuvel op aangegeven.

Een andere keer ontving Stephen een brief van de burgemeester en wethouders van Bath, waarin stond dat de markies van Wellesley twee maanden eerder in Bath was geweest, en dat hij tijdens zijn verblijf over niets anders kon praten dan Stephen Black en zijn opmerkelijke eerlijkheid, intelligentie en trouw aan zijn meester. De burgemeester en zijn wethouders waren zo onder de indruk van het verhaal van de markies dat ze onmiddellijk opdracht hadden gegeven medailles te laten slaan ter ere van Stephen's karakter en verdiensten. Toen er vijfhonderd medailles klaar waren, gaven de burgemeester en zijn wethouders opdracht ze uit te delen aan de belangrijkste families van Bath, hetgeen met algemeen gejuich werd ontvangen. Ze hadden voor Stephen een medaille bijgesloten en smeekten Stephen het tegen hen te zeggen als hij van plan was naar Bath te komen, zodat ze ter ere van hem een schitterend diner konden organiseren.

Geen van deze wonderen kon de arme Stephen echter opvrolijken. Ze benadrukten slechts het griezelige karakter van zijn leven op dat moment. Hij wist dat de opziener, de hond en de burgemeester en zijn wethouders dingen hadden gedaan die lijnrecht indruisten tegen hun karakter. Opzichters waren immers dol op geld en gaven het niet zo maar weg; honden wijdden zich niet wekenlang geduldig aan vreemde speurtochten; en een burgemeester en zijn wethouders zouden niet plotseling een levendige interesse ontwikkelen in een zwarte bediende die ze nog nooit hadden ontmoet. Toch leek geen van zijn vrienden deze nieuwe wending in zijn leven vreemd te vinden. Hij kon geen goud en zilver meer zien en zijn kamertje boven in het huis aan Harley-street stond vol met schatten die hij niet wilde.

Hij verkeerde al bijna twee jaar onder de betovering van de heer. Vaak had hij de heer gesmeekt hem vrij te laten – of anders lady Pole – maar de heer wilde er niets van weten. Daarom had Stephen zichzelf vermand en een poging gedaan iemand te vertellen wat hij en lady Pole doormaakten. Hij wilde graag weten of er mensen waren die hetzelfde hadden meegemaakt als zij. Hij durfde niet te hopen dat hij iemand zou vinden die hen kon bevrijden. De eerste persoon die hij aansprak, was Robert de bediende. Hij had Robert gewaarschuwd dat hij hem een persoonlijk verhaal vol rampspoed zou gaan vertellen, en Robert keek hem dan ook met gepaste ernst en interesse aan. Echter, toen Stephen begon te spreken, betrapte hij zichzelf er tot zijn grote verbazing op dat hij het over iets heel anders had: hij hoorde zichzelf een serieuze en wetenschappelijke verhandeling houden over het kweken van en de verschillende toepassingen op erwten en bonen – een onderwerp waar hij niets van wist. Sterker nog, sommige dingen die hij zei waren zo ongewoon, dat elke boer of tuinier versteld zou hebben gestaan. Hij legde uit wat de verschillende eigenschappen waren van bonen die werden gezaaid of geoogst bij maanlicht, bij de nieuwe maan, tijdens het meifeest of op midzomernacht, en hoe deze eigenschappen zouden veranderen als je de bonen zou planten of oogsten met een troffel of een mes van zilver.

Vervolgens probeerde hij zijn problemen voor te leggen aan John Longridge. Deze keer hoorde hij zichzelf een gedetailleerde uiteenzetting geven over Julius Caesar's belevenissen en ervaringen in Engeland. Het was een duidelijker en gedetailleerder relaas dan een geleerde had kunnen bieden, ook al zou die twintig jaar studie aan het onderwerp hebben gewijd. Opnieuw kwam hij met informatie die in geen enkel boek vermeld werd.[1]

---

[1] Stephen vertelde dat Julius Caesar niet lang na zijn aankomst in Engeland zijn leger achtergelaten had en een klein groen bos ingelopen was. Al na een paar meter kwam hij twee jongemannen tegen, die diep zuchtten en gefrustreerd met hun vuisten op de grond beukten. Beiden waren opvallend aantrekkelijk en beiden waren gekleed in het fijnste linnen, geverfd in de zeldzaamste kleuren. Caesar was zo onder de indruk van de nobele verschijning van de jongemannen dat hij hun allerlei vragen stelde, die zij openhartig en zonder aarzeling beantwoordden. Ze vertelden dat ze allebei aanklager waren bij een rechtbank in de buurt. De zittingen vonden een keer per kwartaal op betaaldag plaats, om geschillen bij te leggen en overtreders onder hun volk te bestraffen, maar helaas behoorden zij tot een zeer slecht en twistziek volk, en op dat moment konden er geen rechtszaken gehouden worden omdat men geen onpartijdige rechter kon vinden. Iedere eerbiedwaardige persoon

Hij deed nog twee andere pogingen om mensen op de hoogte te stellen van de afschuwelijke situatie waarin hij verkeerde. Bij mevrouw Brandy voerde hij een vreemd, hartstochtelijk betoog ter verdediging van Judas Iskariot, waarin hij verklaarde dat Judas vlak voor zijn dood slechts de instructies had opgevolgd van twee mannen, John Copperhead en John Brassfoot, van wie Iskariot had geloofd dat zij engelen waren. En aan Toby Smith, haar winkelbediende, gaf hij een opsomming van alle mensen in Ierland, Schotland, Wales en Engeland die de laatste tweehonderd jaar door elfen waren ontvoerd. Hij kende de namen geen van alle.

Stephen kwam noodgedwongen tot de conclusie dat hij niemand over zijn betovering kon vertellen, hoezeer hij ook zijn best deed.

Degene die het meest leed onder zijn vreemde stilzwijgen en zwaarmoedigheid was ongetwijfeld mevrouw Brandy. Ze besefte niet dat hij zich tegenover iedereen anders gedroeg. Ze zag alleen maar dat hij haar opeens anders was gaan behandelen. Op een dag aan het begin van september ging Stephen bij haar langs. Ze hadden elkaar al een paar weken niet meer gezien, waardoor mevrouw Brandy zo ongelukkig was geworden dat ze een brief had geschreven aan Robert Austin. Robert was op zijn beurt naar Stephen toegegaan en had hem berispt omdat hij haar zo verwaarloosde. Toen Stephen echter eenmaal in de kleine salon boven de winkel in St James'-street zat, zou niemand het mevrouw Brandy kwalijk hebben genomen als ze hem had gevraagd

---

die zij kenden werd beschuldigd van een misdaad of was op een andere manier nauw betrokken bij een van de rechtszaken. Toen Caesar dit hoorde kreeg hij medelijden, en hij bood onmiddellijk aan om hun rechter te zijn. Dat voorstel accepteerden zij gretig.

Ze leidden hem door het bos naar een met gras begroeide, lege plek die een eindje verderop tussen de zachtgroene heuvels lag. Hier trof hij zo'n duizend mannen en vrouwen aan, stuk voor stuk de aantrekkelijkste wezens die hij ooit had gezien. Hij ging op de flank van de heuvel zitten en luisterde naar al hun grieven en beschuldigingen. En toen hij alle partijen gehoord had, velde hij zulke wijze vonnissen dat iedereen opgetogen was, en niemand ging met een bedrogen gevoel weg.

Ze waren zo blij met Julius Caesar's vonnissen dat ze beloofden hem bij wijze van betaling alles te geven wat hij wilde. Julius Caesar dacht even na en zei toen dat hij graag wereldheerser zou willen worden. Dat beloofden zij hem.

onmiddellijk weer te vertrekken. Hij zat daar maar met zijn hand onder zijn kin diep te zuchten en had haar niets te vertellen. Ze bood hem Constantia-wijn, marmelade en ouderwetse zoete broodjes aan – allerlei lekkernijen – maar hij bedankte overal voor. Hij wilde niets. En dus ging ze tegenover hem bij het haardvuur zitten en ging door met haar naaiwerk – een slaapmuts die zij mismoedig voor hem aan het borduren was.

'Misschien,' zei ze, 'heb je genoeg van mij en van Londen en wil je terug naar Afrika?'

'Nee,' zei Stephen.

'Afrika is vast een opmerkelijk mooie plek,' zei mevrouw Brandy, die vastbesloten leek zichzelf te straffen door Stephen onmiddellijk naar Afrika te sturen. 'Dat heb ik altijd gehoord. Met overal waar je kijkt sinaasappelen en ananassen, en suikerriet en chocoladebomen.' Ze had veertien jaar in het kruideniersvak gezeten, en de wereld in kaart gebracht op basis van hun exportproducten. Ze lachte verbitterd. 'Volgens mij zou ik in Afrika geen goede zaken kunnen doen. Wat moeten de mensen met winkels als ze alleen maar hun hand uit hoeven te steken om fruit van de dichtstbijzijnde boom plukken? Ik zou in Afrika binnen de kortste keren failliet gaan.' Ze beet een draad met haar tanden in tweeën. 'Niet dat ik niet met alle liefde morgen zou gaan...' Ze prikte de draad venijnig door het onschuldige oog van de naald. '...als iemand mij dat zou vragen.'

'Zou u werkelijk voor mij naar Afrika gaan?' vroeg Stephen verbaasd.

Ze keek op. 'Voor u zou ik overal heen gaan,' zei ze. 'Ik dacht dat u dat wist.'

Ze keken elkaar ongelukkig aan.

Stephen zei dat hij terug moest naar Harley-street. Zijn plicht wachtte.

Toen Stephen weer buiten stond, betrok het en begon het te regenen. Mensen staken hun paraplu op. Toen hij St James'-street inliep, zag hij iets vreemds – een zwart schip dat boven de hoofden van de voorbijgangers op hem af kwam zeilen door de grijze regenachtige lucht. Het was een fregat van iets meer dan een halve meter hoog met vuile, versleten zeilen en afgebladderde verf. Het deinde op en neer en imiteerde de bewegingen van een schip op zee. Stephen huiverde even bij de aanblik ervan. Een bedelaar doemde op vanuit de menigte, een neger met net zo'n donkere, glanzende huid als Stephen zelf. Het schip zat vast aan zijn hoed. Tijdens het lopen bewoog hij zijn hoofd op en neer, zodat het schip leek te varen. Die deinende, wiegende bewegingen voerde hij zeer traag uit, uit angst dat zijn enorme hoed van zijn hoofd zou vallen. Daardoor had hij nog het meest weg van een man die wonderbaarlijk langzaam aan het dansen was. De naam van de zwerver was Johnson. Hij was een arme, kreupele zeeman die geen pensioen ontving. Omdat hij geen andere bron van inkomsten had, was hij gaan zingen en bedelen om de eindjes aan elkaar te knopen. Dat ging hem goed af, en in de gehele Londense binnenstad stond hij bekend om de vreemde hoed die hij droeg. Johnson stak zijn hand uit naar Stephen, maar Stephen wendde zich af. Hij waakte er altijd zorgvuldig voor te praten met negers van lage komaf of hun een teken van herkenning te geven. Hij was bang dat men zou denken dat hij banden met dergelijke mensen had als men zag dat hij met hen praatte.

Hij hoorde iemand zijn naam roepen en hij maakte van schrik een sprongetje in de lucht, maar het was Toby Smith maar, de winkelbediende van mevrouw Brandy.

'Ah! Meneer Black!' riep Toby, die haastig op hem af kwam. 'Daar bent u! U loopt altijd zo snel, meneer! Ik ging ervan uit dat u alweer terug zou zijn in Harley-street. Mevrouw Brandy laat u groeten en zegt dat u dit naast uw stoel heeft laten liggen, meneer.'

Toby strekte zijn hand uit met daarin een zilveren diadeem, een verfijnde metalen band die precies om Stephen's hoofd paste. Op een paar vreemde, gegraveerde tekens en letters na was hij niet versierd.

'Maar die is niet van mij!' zei Stephen.

'O!' zei Toby niet-begrijpend, maar toen leek hij tot de conclusie te komen dat Stephen een grapje had gemaakt. 'Ach, meneer Black, alsof ik hem niet al honderden keren op uw hoofd heb gezien!' Toen lachte hij, maakte een buiging en rende terug naar de winkel, Stephen achterlatend met de diadeem in zijn hand.

Hij liep via Piccadilly Bond-street in. Hij had nog maar een paar meter gelopen, toen hij geschreeuw hoorde en er een kleine gestalte de straat in kwam rennen. Qua lengte leek hij niet ouder dan vier of vijf jaar, maar het lijkbleke gezicht met de scherpe gelaatstrekken hoorde bij een veel ouder kind. Hij werd op enige afstand gevolgd door twee of drie mannen die 'dief!' en 'houdt hem tegen!' schreeuwden.

Stephen versperde het diefje de weg. Maar hoewel het diefje niet helemaal aan Stephen kon ontkomen – want die was snel – kon Stephen het diefje ook niet stevig genoeg vastpakken – want die was zo glad als een aal. Het diefje had iets langwerpigs in zijn handen dat in een rode doek was gewikkeld, die hij op de een of andere manier in Stephen's handen wist te stoppen voordat hij opging in de menigte die bij de goudsmid Hemming's voor de deur stond. Deze mensen kwamen zojuist uit de winkel van Hemming, en wisten niets van de achtervolging. Ze sprongen dan ook niet opzij toen het diefje zich onder hen mengde. Het was onmogelijk te zeggen waar hij naar toe was gegaan.

Daar stond Stephen met het pakket in zijn handen. Het doek van zacht, oud fluweel verschoof iets, waardoor een lange, zilveren staf zichtbaar werd.

De eerste achtervolger die hem bereikte, was een knappe man in een somber, maar elegant zwart kostuum. 'Even had u hem,' zei hij tegen Stephen.

'Het spijt me, meneer,' zei Stephen, 'dat ik hem niet voor u kon vasthouden. Maar ik heb wél uw eigendom, zoals u ziet.' Stephen wilde de man de zilveren staf en de rode doek geven, maar de man wilde het niet hebben.

'Het was de schuld van mijn moeder!' zei de heer kwaad. 'Hoe kon ze zo nalatig zijn? Ik heb haar wel duizend keer verteld dat ze het raam niet open moest laten staan, omdat er dan vroeg of laat een dief door naar binnen zou kruipen. Heb ik dat niet honderd keer gezegd, Edward? Heb ik het niet gezegd, John?' Dat laatste was gericht aan zijn bedienden, die achter hun meester aangerend waren. Ze waren nog te zeer buiten adem om antwoord te kunnen geven, maar knikten nadrukkelijk om Stephen duidelijk te maken dat de heer dat inderdaad had gezegd.

'Iedereen weet dat ik velerlei kostbare zaken in huis heb,' vervolgde de heer, 'en toch doet ze ondanks mijn dringende verzoeken steeds weer het raam open. En nu zit ze natuurlijk te huilen omdat ze deze schat is kwijtgeraakt, die al honderden jaren in de familie is. Mijn moeder is namelijk erg trots op onze familie en haar bezittingen. Deze scepter, bij voorbeeld, is het bewijs dat wij afstammen van de historische koningen van Wessex. Hij behoorde namelijk ooit toe aan Edgar of Alfred of hoe hij ook heette.'

'Dan moet u hem terugbrengen meneer,' zei Stephen op dringende toon. 'Ik geloof dat uw moeder erg opgelucht zou zijn als ze het onbeschadigd terug zou krijgen.'

De heer stak zijn hand uit om de scepter te pakken, maar bedacht zich toen plotseling. 'Nee,' riep hij, 'dat doe ik niet! Dat weiger ik. Als ik deze schat aan mijn moeder teruggeef, zal ze nooit leren welk een kwalijke gevolgen haar nalatigheid kan hebben! Dan zal ze nooit leren dat ze het raam dicht moet houden! En wie weet wat ik de volgende keer zal kwijtraken? Voor hetzelfde geld tref ik morgen bij mijn thuiskomst een leeg huis aan! Nee meneer, u moet de scepter maar houden! Zie het als een beloning voor de dienst die u mij heeft bewezen door te proberen de dief staande te houden.'

De bedienden van de heer knikten allebei, alsof ze dat volkomen logisch vonden. Toen kwam er een rijtuig voorrijden, en de heer en zijn bedienden stapten in en reden weg.

Daar stond Stephen in de regen, met een diadeem in de ene hand en een scepter in de andere. Voor hem uit waren de winkels van Bondstreet, de chicste winkels in het hele koninkrijk. In de etalages lagen zijde en fluweel, hoofdtooien van parels en pauwenveren, diamanten, robijnen, juwelen en allerlei zilveren en gouden kleinoden.

Welnu, dacht Stephen, hij kan ongetwijfeld allerlei griezelige schatten voor mij maken van de spullen in die winkels, maar ik zal slimmer zijn dan hij. Ik ga via een andere route naar huis.

Hij liep een smalle steeg in die tussen twee gebouwen door liep, stak een binnenplaatsje over, liep onder een poortje door een tweede steeg in en kwam uit in een smal straatje met bescheiden huizen. Het was er verlaten en er hing een vreemde stilte. Het enige geluid kwam van de regen die op de kasseien viel. De regen had de voorgevels van de huizen donker gekleurd, zodat ze bijna zwart leken. De bewoners van de huizen waren kennelijk erg zuinig, want hoewel er die dag weinig licht was, had niemand een lamp of kaars aangestoken. Toch bedekte de grote donkere wolk niet de hele hemel, want aan de horizon was een waterig wit licht te zien, zodat de regen als felle zilveren lichtstralen van de donkere lucht naar de donkere aarde leek te schieten.

Plotseling kwam er uit een donkere steeg iets glimmends rollen, dat over de natte kasseien stuiterde en uiteindelijk vlak voor Stephen tot stilstand kwam.

Hij keek ernaar en slaakte een diepe zucht toen hij zag dat het een kleine zilveren bol was, zoals hij al verwachtte. Hij was erg gehavend en zag er oud uit. Op de bovenkant, waar eigenlijk een kruis hoorde te staan om aan te geven dat de wereld toebehoorde aan God, stond een open handje. Een van de vingers was afgebroken. Dit symbool – de open hand – kende Stephen maar al te goed. De man met het pluishaar gebruikte het. De voorgaande nacht had Stephen nog deelgenomen aan een processie, waarin hij een vaandel had gedragen met dat embleem, en die leidde door donkere winderige binnenplaatsen en brede lanen met enorme eikenbomen, waar de wind door de onzichtbare takken ruiste.

Hij hoorde dat ergens een schuifraam openging. Een vrouw stak haar hoofd uit een raam op een van de bovenverdiepingen van het huis. In haar haar zaten papillotten. 'Nou, raap hem dan op!' riep ze Stephen met een boze blik toe.

'Maar hij is niet van mij!' riep hij terug.

'Hij is niet van mij, zegt hij!' Dat maakte haar nog kwader. 'En ik heb zeker niet gezien hoe hij uit uw zak viel en wegrolde! En ik zal ook wel niet Mariah Tompkins heten! En ik zal ook wel niet dag en nacht ploeteren om Pepper-street keurig schoon te houden, terwijl u zo nodig hier uw troep moet komen weggooien!'

Met een diepe zucht raapte Stephen de rijksappel op. Wat Mariah Tompkins ook zei of dacht, hij vermoedde dat zijn jaszak zou uitscheuren als hij probeerde hem daarin te stoppen, zo zwaar was hij. Daarom was hij genoodzaakt door de regen te lopen met de scepter in zijn ene hand en de bol in zijn andere. Hij zette het diadeem op zijn hoofd, omdat dat de handigste plek was om hem te bewaren, en aldus getooid liep hij naar huis.

Toen hij bij het huis in Harley-street aankwam, liep hij over de binnenplaats en naar de keukendeur. Hij kwam echter niet terecht in de keuken, zoals hij had verwacht, maar in een kamer die hij nog nooit had gezien. Hij nieste drie keer.

Hij besefte al snel dat hij niet in Lost-hope was. Het was een tamelijk doorsnee kamer – het soort kamer dat je in elk huis van stand in Londen zou kunnen aantreffen. Het was er echter opvallend rommelig. De bewoners, die er waarschijnlijk net waren komen wonen, waren kennelijk nog druk bezig met uitpakken. Er lagen allerlei spullen die normaal gesproken in een zitkamer of een studeerkamer thuishoorden: kaarttafels, werktafels, leestafels, haardpoken, allerlei stoelen die sterk uiteenliepen qua comfort en nuttigheid, spiegels, theekopjes, zegellak, kaarsen, schilderijen, boeken (een heleboel), zandstrooiers, inktstellen, pennen, papier, klokken, kluwens draad, voetenbankjes, haardschermen en schrijftafels. Alles stond echter schots en scheef op elkaar en bij elkaar in verrassende nieuwe combinaties. Overal stonden of lagen kisten, dozen en zakken. Sommige waren al leeg, andere waren nog vol en weer andere waren deels uitgepakt. Het stro was uit de kisten gehaald en lag verspreid over de vloer en het meubilair, met als gevolg dat alles er stoffig was geworden en Stephen nog twee keer moest niezen. Een gedeelte van het stro was zelfs in de open haard gevallen, zodat er groot gevaar bestond dat de gehele kamer in een vlammenzee zou veranderen.

Er waren twee mensen in de kamer: een man die Stephen nog nooit eerder had gezien en de man met het pluishaar. De man die hij nog nooit had gezien, zat aan een tafeltje bij het raam. Waarschijnlijk was het de bedoeling dat hij zijn spullen zou uitpakken om de kamer mee in te richten, maar daar was hij even mee opgehouden en op het moment zat hij een boek te lezen. Hij stopte zo nu en dan om iets op te zoeken in een van de drie andere boeken die op zijn tafel lagen, enthousiast bij zichzelf te mompelen en haastig een paar aantekeningen te maken in zijn met inkt bevlekte notitieboekje.

Ondertussen zat de man met het pluishaar in een leunstoel tegenover de open haard. Hij keek met zo'n intens hatelijke en geërgerde blik naar de andere man dat Stephen vreesde voor diens leven. Toen de heer met het pluishaar echter Stephen zag, was hij opgetogen en werd hij de vriendelijkheid zelve. 'Aha, daar ben je!' riep hij. 'Wat zie je er statig uit met je koninklijke attributen!'

Toevallig stond er een spiegel tegenover de deur. Voor het eerst zag Stephen zichzelf met de kroon, de scepter en de rijksappel. Hij leek sprekend op een koning. Hij draaide zich om naar de man aan de tafel, om te kijken wat die vond van de verschijning van een zwarte man met een kroon op zijn hoofd.

'O, maak je om hém maar niet druk!' zei de heer met het pluishaar. 'Hij kan ons niet horen of zien. Hij heeft niet meer talent dan die ander. Kijk!' Hij maakte een propje van een stuk papier en gooide dat hard naar het hoofd van de man. De man knipperde niet met zijn ogen en keek niet op. Hij leek er niets van te merken.

'De andere man, meneer?' vroeg Stephen. 'Hoe bedoelt u?'

'Dat is de jongere tovenaar, degene die pas in Londen is aangekomen.'

'O ja? Ik heb natuurlijk wel van hem gehoord. Sir Walter heeft een zeer hoge dunk van hem. Maar ik moet toegeven dat ik zijn naam niet meer weet.'

'Ach, wat maakt het uit hoe hij heet! Het enige wat ertoe doet, is dat hij even dom is als die ander, en nagenoeg even lelijk.'

'Wat?' vroeg de tovenaar plotseling. Hij keek op van zijn boek en keek met een enigszins achterdochtige blik om zich heen. 'Jeremy!' riep hij heel hard.

Een bediende stak zijn hoofd om de deur, maar nam niet de moeite de kamer binnen te komen. 'Meneer?' zei hij.

Stephen sperde zijn ogen open bij dat luie gedrag – dat was iets wat hij in Harley-street nooit zou hebben toegestaan. Hij wierp de man juist zeer weloverwogen een kille blik toe om te laten blijken hoe hij over hem dacht, toen hij zich herinnerde dat de ander hem niet kon horen of zien.

'Die Londense huizen zijn verschrikkelijk slecht gebouwd,' zei de tovenaar. 'Ik kan de mensen in het huis hiernaast horen praten.'

Dat vond de bediende, die Jeremy heette, zo interessant dat hij zich de kamer in liet lokken. Hij bleef stilstaan om te luisteren.

'Zouden alle muren zo dun zijn?' ging de tovenaar verder. 'Denk je dat er iets mis mee is?'

Jeremy klopte op de muur die het huis van dat van de buren scheidde. De muur klonk net zo dof en gedempt als elke andere stevige, degelijke muur in het koninkrijk. Hij snapte er niets van. Hij zei: 'Ik hoor niets, meneer. Wat zeggen ze?'

'Ik geloof dat ik een van hen de ander dom en lelijk hoorde noemen.'

'Weet u het zeker, meneer? Aan die kant wonen namelijk twee oude dames.'

'Ha, maar dat bewijst niets. Iemands leeftijd zegt tegenwoordig absoluut niets meer.'

Na deze opmerking leek de tovenaar plotseling genoeg te hebben gekregen van het gesprek. Hij richtte zich weer op zijn boek en las verder.

Jeremy wachtte even, maar zijn meester leek hem vergeten te zijn, dus ging hij weer weg.

'Ik heb u nog niet bedankt voor deze prachtige geschenken, meneer,' zei Stephen tegen de heer.

'O, Stephen! Ik ben blij dat ik je er een plezier mee heb gedaan. Ik moet toegeven dat de diadeem eigenlijk gewoon jouw hoed is, die ik omgetoverd heb. Ik zou je graag een echte kroon hebben gegeven, maar kon er op zo'n korte termijn geen bemachtigen. Je bent vast teleurgesteld. Hoewel, nu ik erover nadenk: de koning van Engeland heeft meerdere kronen, maar hij gebruikt ze slechts zelden.'

Hij stak zijn handen omhoog en wees met zijn twee bijzonder lange witte vingers in de lucht.

'O!' riep Stephen, die plotseling besefte wat de man van plan was. 'Als u van zins bent een toverspreuk uit te spreken om de koning van Engeland hiernaar toe te laten komen met een van zijn kronen – wat ik wel denk, want u bent één en al vriendelijkheid – dan smeek ik u om u de moeite te besparen! Ik heb er op dit moment geen nodig, zoals u weet, en de koning van Engeland is al zo oud – zou het niet vriendelijker zijn om hem thuis te laten blijven?'

'Ach, vooruit dan maar!' zei de heer, terwijl hij zijn handen liet zakken.

Omdat hij niets anders te doen had, ging hij verder met het beledigen van de tovenaar. Niets aan de man kon zijn goedkeuring wegdragen. Hij spotte met het boek dat hij las, had van alles aan te merken op zijn laarzen en was al helemaal niet te spreken over zijn lengte – hoewel hij precies even lang was als de heer met het pluishaar, hetgeen duidelijk werd toen ze allebei toevallig op hetzelfde moment opstonden.

Stephen wilde het liefst terug naar het huis aan Harley-street om weer aan het werk te gaan, maar hij durfde de twee anderen niet alleen te laten, uit angst dat de heer misschien iets naar de tovenaar zou gooien wat gevaarlijker was dan een propje papier. 'Zullen wij samen naar Harley-street lopen, meneer?' vroeg hij. 'Dan kunt u mij nog eens vertellen hoe u met uw nobele handelingen van Londen zo'n glorieuze stad heeft gemaakt. Dat is altijd zo interessant. Die verhalen gaan mij nooit vervelen.'

'Met genoegen Stephen! Met genoegen!'

'Is het ver, meneer?'

'Is wat ver, Stephen?'

'Harley-street, meneer. Ik weet niet waar we zijn.'

'We zijn op Soho-square, en nee, het is zeker niet ver!'

Toen ze bij het huis op Harley-street waren aangekomen, nam de heer zeer hartelijk afscheid van Stephen, zei tegen hem dat hij niet moest treuren om zijn vertrek en herinnerde hem eraan dat ze elkaar die avond in Lost-hope weer zouden zien. 'Er wordt een zeer charmante ceremonie gehouden in de klokkentoren van de Oostelijkste Toren, ter herdenking van een gebeurtenis die... o, zo'n vijfhonderd jaar geleden heeft plaatsgevonden. Toen was ik er namelijk op slinkse wijze in geslaagd de jonge kinderen van mijn vijand te ontvoeren, en hebben wij hen gedood door hen uit de klokkentoren te duwen. Vanavond gaan we dat triomfantelijke moment naspelen! We kleden stropoppen aan met de bebloede kleding van de kinderen en gooien ze op de kasseien in de diepte. Dan zullen we zingen en dansen, en ons verheugen in hun ondergang!'

'En houdt u die herdenkingsceremonie elk jaar, meneer? Ik weet zeker dat ik het me zou herinneren als ik er al eens een zou hebben bijgewoond. Hij is immers nogal... markant.'

'Ik ben blij dat je er zo over denkt. Ik houd hem wanneer ik eraan denk. Hij was natuurlijk nog veel markanter toen we echte kinderen gebruikten.'

27

De vrouw van de tovenaar

december 1809 – januari 1810

Nu waren er twee tovenaars in Londen die men kon bewonderen en ophemelen, en het zal niemand verbazen dat Londen de voorkeur gaf aan Strange. Strange was precies wat iedereen van een tovenaar verwachtte. Hij was lang, hij was charmant, hij had een zeer ironische glimlach, en in tegenstelling tot meneer Norrell praatte hij graag over magie en had hij er geen enkel bezwaar tegen vragen over het onderwerp te beantwoorden. Meneer en mevrouw Strange woonden veel bals en diners bij, en op zo'n avond was Strange meestal wel een keer bereid het gezelschap te vergasten op een eenvoudig toverkunstje. De populairste vorm van magie die hij demonstreerde was het doen verschijnen van visioenen op het wateroppervlak.[1] In tegenstel-

---

[1] Op 14 mei 1810 schreef Strange aan John Segundus:

'...Men geeft hier blijk van een grote voorliefde voor visioenen, en ik ben altijd graag bereid de mensen ter wille te zijn. Meneer Norrell denkt er ongetwijfeld anders over, maar het is een kleine moeite en niets brengt amateurs zó in verrukking. Mijn enige bezwaar is dat mensen uiteindelijk altijd aan me vragen of ik hun een familielid wil laten zien. Ik was dinsdag bij de familie Fulcher aan Tavistock-square. Ik goot wat wijn over de tafel, verrichtte de magie en liet hun een zeeslag zien die zich op dat moment afspeelde in de Bahama's, schonk hun een blik op de ruïne van een Napolitaans mannenklooster bij maanlicht, en toonde hun ten slotte keizer Napoleon Bonaparte, die een kop chocolademelk dronk terwijl hij met zijn voeten in een teil heet water zat.

De Fulchers waren wél zo beleefd om interesse te veinzen in wat ik deed, ling tot meneer Norrell gebruikte hij geen zilveren schaal, hoewel die traditioneel gold als het aangewezen hulpmiddel voor het tonen van visioenen. Strange zei dat je in een zilveren schaal maar zo weinig kon zien, dat de spreuk dan nauwelijks de moeite waard was. In plaats daarvan wachtte hij totdat de bedienden de borden en het tafelkleed van tafel hadden gehaald. Vervolgens kieperde hij een glas water of wijn om op de tafel en riep hij visioenen op in de plas die ontstond. Gelukkig waren zijn gastheren meestal zo in hun nopjes met de magie, dat ze zelden klaagden over hun bevlekte, onherstelbaar beschadigde tafels en vloerkleden.

Meneer en mevrouw Strange hadden het prima naar hun zin in Londen. Ze hadden een huis gehuurd aan Soho-square en Arabella had het vreselijk druk met alle leuke zorgen die bij een nieuw huis komen kijken: elegante nieuwe meubelen bestellen bij de meubelmaker, haar vriendinnen vragen haar een paar betrouwbare bedienden aan te bevelen en iedere dag winkelen.

Op een morgen halverwege december kreeg ze bericht van een van de winkelbedienden van Haig en Chippendale's Upholstery – een zeer hoffelijke man – dat er zojuist een lading bronskleurige zijde was binnengekomen, met stroken satijn afgewisseld met moiré, waarvan hij dacht dat het perfect zou zijn voor de gordijnen in de salon van mevrouw Strange. Dat vereiste enig geschuif met Arabella's afspraken die dag.

'Afgaand op de beschrijving van meneer Summer is het zeer mooie stof,' zei ze bij het ontbijt tegen Strange, 'en ik denk dat ik het vast heel mooi zal vinden. Maar als ik bronskleurige zijde voor de gordijnen kies, dan kan ik voor de chaise longue denk ik maar beter geen wijnrode fluweel nemen. Ik geloof niet dat brons en wijnrood bij elkaar passen. Ik wil dus eerst naar Flint en Clark om nog eens naar de wijnrode fluweel te kijken en te vragen of ik er nog van af kan zien. Daarna

---

maar tegen het eind van de avond vroegen ze mij of ik hun hun tante uit Carlisle kon laten zien. Een half uur lang waren Arabella en ik gedwongen met elkaar te praten terwijl de familie verrukt zat te staren naar het beeld van een oude dame, die met een kapje van wit kant op haar hoofd bij de open haard zat te breien.'

John Segundus (ed.), *Letters and Miscellaneous Papers of Jonathan Strange*. Uitg. John Murray 1824.

ga ik naar Haig en Chippendale's. Maar dat betekent dat ik geen tijd zal hebben om bij jouw tante op bezoek te gaan, en dat zou ik eigenlijk wel moeten doen, want ze vertrekt later op de ochtend naar Edinburgh. Ik wil haar bedanken omdat ze Mary voor ons gevonden heeft.'

'Mm?' zei Strange, die warme broodjes met jam at en ondertussen in *Curiose Observations upon the Anatomie of Faeries* van Holgarth en Pickle zat te lezen.[2]

'Mary. Het nieuwe dienstmeisje. Je hebt haar gisteravond gezien.'

'Ah,' zei Strange, terwijl hij een bladzijde omsloeg.

'Ze lijkt me een aardig, sympathiek en rustig meisje. Ik weet zeker dat we erg tevreden over haar zullen zijn. Dus wat ik wilde zeggen, Jonathan, is dat ik het heel fijn zou vinden als jij vanochtend even bij je tante op bezoek zou willen gaan. Je kunt na het ontbijt naar Henrietta-street lopen om haar te bedanken vanwege Mary. Daarna kun je naar Haig en Chippendale's lopen en daar op mij wachten. O! En zou je even naar Wedgwood en Byerley's willen gaan om te vragen wanneer het nieuwe tafelservies klaar is? Dat zou een kleine moeite zijn. Het ligt zowat op de route.' Ze keek hem bedenkelijk aan. 'Jonathan, luister je wel?'

'Mm?' zei Strange en hij keek op. 'O! Jazeker!'

Dus wandelde Arabella, vergezeld door een van de lakeien, naar Wigmore-street, waar Flint en Clark gevestigd waren. Bij nader inzien besloot ze dat de wijnrode fluweel weliswaar heel mooi was, maar er eigenlijk te somber uitzag. Vervolgens liep ze vol verwachting naar St Martin's-lane om de bronskleurige zijde te bekijken. Toen ze bij Haig en Chippendale's aankwam stond de winkelbediende al op haar te wachten, maar haar echtgenoot niet. De winkelier zei op zeer verontschuldigende toon dat meneer Strange die ochtend nog niet geweest was. Ze ging weer naar buiten.

'George, zie jij je meester ergens?' vroeg ze aan de lakei.

'Nee, mevrouw.'

Het begon te regenen. Om wille van een soort voorgevoel keek ze bij een boekwinkel door de etalageruit naar binnen. Daar zag ze Strange,

---

[2] Een van de boeken van meneer Norrell. Meneer Norrell noemde het, enigszins ontwijkend, toen meneer Segundus en meneer Honeyfoot begin januari 1807 op hem stonden te wachten.

die geanimeerd met sir Walter Pole stond te praten. Daarom liep ze de winkel binnen, zei sir Walter goedemorgen en vroeg liefjes aan haar echtgenoot of hij zijn tante had bezocht en of hij bij Wedgwood en Byerley's was geweest.

Strange leek enigszins door die vraag van zijn stuk gebracht. Hij keek omlaag en kwam tot de ontdekking dat hij een groot boek in zijn handen had. Hij keek er met gefronst voorhoofd naar, alsof hij zich niet kon voorstellen hoe dat boek daar terechtgekomen was. 'Dat zou ik uiteraard wel gedaan hebben, lieve,' zei hij, 'maar sir Walter staat al geruime tijd tegen mij te praten, dus ik ben nog niet in de gelegenheid geweest om op pad te gaan.'

'Het is volstrekt mijn schuld,' verzekerde sir Walter Arabella haastig. 'We hebben een probleem met onze blokkade. Dat gebeurt wel vaker, en ik heb meneer Strange er zojuist alles over verteld, in de hoop dat hij en meneer Norrell ons kunnen helpen.'

'En, kun je hem helpen?' vroeg Arabella.

'O, ik denk het wel,' zei Strange.

Sir Walter legde uit dat het het Britse kabinet ter ore was gekomen dat er enkele Franse schepen – misschien zelfs wel tien – door de Britse blokkade waren geglipt. Niemand wist waar ze gebleven waren of wat ze van plan waren. Het kabinet wist bovendien niet waar admiraal Armingcroft was gebleven, die geacht werd ervoor te zorgen dat dat soort dingen niet kon gebeuren. De admiraal en zijn vloot van tien fregatten en twee linieschepen waren verdwenen. Vermoedelijk had hij de achtervolging op de Fransen ingezet. Er was een veelbelovende jonge kapitein die op het moment in Madeira gestationeerd was, en als de admiraliteit maar had kunnen ontdekken wat er gaande was en waar, dan zouden ze kapitein Lightwood met genoegen de leiding hebben gegeven over nog vier of vijf schepen en hem erop af hebben gestuurd. Lord Mulgrave had admiraal Greenwax gevraagd wat ze volgens hem moesten doen, admiraal Greenwax had het op zijn beurt aan de ministers gevraagd en de ministers hadden gezegd dat de admiraliteit onmiddellijk meneer Strange en meneer Norrell moest raadplegen.

'U moet niet denken dat de admiraliteit volkomen hulpeloos is zonder meneer Strange,' zei sir Walter glimlachend. 'Ze hebben gedaan wat ze konden. Ze hebben een klerk, ene meneer Petrofax, naar Greenwich gestuurd om een jeugdvriend van admiraal Armingcroft op te zoeken en hem te vragen wat de admiraal onder dergelijke omstandigheden zou doen, want hij was immers goed bekend met het karakter van de admiraal. Toen meneer Petrofax echter in Greenwich aankwam, bleek de jeugdvriend van de admiraal dronken in bed te liggen, en meneer Petrofax wist niet zeker of hij de vraag begrepen had.'

'Norrell en ik kunnen vast en zeker wel iets bedenken,' zei Strange bedachtzaam, 'maar ik denk dat ik het probleem graag eerst op een landkaart wil zien.'

'Ik heb thuis alle benodigde landkaarten en papieren. Een van onze bedienden kan ze later op de dag wel naar Hanover-square brengen, en misschien wilt u dan zo vriendelijk zijn om met meneer Norrell te gaan praten—'

'O! Maar dat kunnen we nu meteen wel doen!' zei Strange. 'Arabella vindt het vast niet erg om even te wachten! Dat vind je toch niet erg?' zei hij tegen zijn vrouw. 'Ik heb om twee uur met meneer Norrell afgesproken, en als ik het probleem onmiddellijk aan hem voorleg, denk ik dat we nog vóór het avondeten een antwoord kunnen geven aan de admiraliteit.'

Zoals een lieve, volgzame vrouw en een goede echtgenote betaamt zette Arabella haar gedachten aan haar nieuwe gordijnen voorlopig opzij en verzekerde de twee heren dat zij het niet erg vond te wachten, aangezien het om zo'n belangrijke zaak ging. Er werd afgesproken dat meneer en mevrouw Strange sir Walter zouden vergezellen naar zijn huis in Harley-street.

Strange haalde zijn horloge uit zijn zak en keek erop. 'Twintig minuten naar Harley-street. Drie kwartier om het probleem te bestuderen. Dan nog vijftien minuten naar Soho-square. Ja, we hebben ruim de tijd.'

Arabella lachte. 'Hij is niet altijd zo nauwgezet, dat kan ik u verzekeren,' zei ze tegen sir Walter, 'maar afgelopen dinsdag kwam hij te laat op een afspraak met lord Liverpool en meneer Norrell was daar niet blij mee.'

'Dat was niet mijn schuld,' zei Strange. 'Ik stond op tijd klaar om te vertrekken, maar toen kon ik mijn handschoenen niet vinden.' Arabella's plagerige beschuldiging dat hij zo vaak te laat was bleef aan hem knagen, en op weg naar Harley-street bestudeerde hij uitgebreid zijn horloge, alsof hij hoopte iets te ontdekken over de werking van de tijd wat tot dusver onopgemerkt was gebleven en hem van alle blaam zou zuiveren. Toen ze in Harley-street aankwamen, dacht hij dat hij het had gevonden. 'Ha,' riep hij plotseling, 'ik weet al wat het is. Mijn horloge werkt niet goed!'

'Dat geloof ik niet,' zei sir Walter, terwijl hij zijn eigen horloge te voorschijn haalde en het aan Strange liet zien. 'Het is precies twaalf uur. Op dat van mij ook.'

'Waarom hoor ik de klokken dan niet luiden?' vroeg Strange. 'Hoor jij klokken?' vroeg hij aan Arabella.

'Nee, ik hoor niets.'

Sir Walter bloosde en mompelde iets over de klokken, en dat die in de wijk en in de omliggende wijken niet langer geluid werden.

'O nee?' vroeg Strange. 'Waarom niet?'

Even leek het erop dat sir Walter tegen Strange wilde zeggen dat hij zijn nieuwsgierige vragen voor zich moest houden, maar het enige wat hij zei was: 'Door haar ziekte is lady Pole erg nerveus. Met name klokgelui maakt haar van streek, en daarom heb ik de kerkenraad van St Mary-le-bone en St Peter gevraagd of zij wilden afzien van het luiden van de kerkklokken om de zenuwen van lady Pole te sparen, en zij waren zo vriendelijk daarmee akkoord te gaan.'

Dat was opmerkelijk, maar aan de andere kant was men het erover eens dat de ziekte van lady Pole ook opmerkelijk was, en dat de symptomen nergens mee te vergelijken waren. Meneer en mevrouw Strange hadden lady Pole nog nooit ontmoet. Niemand had haar de afgelopen twee jaar gezien.

Toen ze bij Harley-street nummer negen aankwamen, stond Strange te popelen om meteen sir Walter's documenten te bekijken, maar hij moest zijn ongeduld nog even bedwingen terwijl sir Walter zichzelf ervan overtuigde dat Arabella zich niet zou vervelen tijdens hun afwezigheid. Sir Walter was een welopgevoede man, die niet graag een gast alleen liet in zijn huis. En een dame aan haar lot overlaten was nóg kwalijker. Strange daarentegen wilde erg graag op tijd zijn voor zijn afspraak met meneer Norrell, dus met dezelfde snelheid waarmee sir Walter vormen van vermaak voorstelde, probeerde Strange te bewijzen dat Arabella daar geen behoefte aan had.

Sir Walter liet Arabella de romans in de boekenkast zien en raadde haar in het bijzonder *Belinda* van mevrouw Edgeworth aan, dat ze waarschijnlijk erg amusant zou vinden. 'O,' viel Strange hem in de rede, 'maar ik heb *Belinda* twee of drie jaar geleden al aan Arabella voorgelezen. Bovendien denk ik niet dat we zo lang weg zullen blijven dat ze de tijd zal hebben om een driedelige roman uit te lezen.'

'Wat thee en kruidcake dan misschien...?' vroeg sir Walter aan Arabella.

'Maar Arabella houdt niet van kruidcake,' viel Strange hem in de rede, terwijl hij afwezig *Belinda* oppakte en in het eerste deel begon te lezen. 'Ze heeft er zelfs een uitgesproken hekel aan.'

'Een glaasje madeira dan,' zei sir Walter. 'U lust vast wel madeira. Stephen...! Stephen, ga eens een glas madeira halen voor mevrouw Strange.'

Op de griezelig geruisloze manier die uitstekend opgeleide Londense bedienden eigen is, dook er vlak achter sir Walter een grote zwarte bediende op. Meneer Strange leek nogal te schrikken van zijn plotselinge verschijning en keek hem even doordringend aan, waarna hij tegen zijn vrouw zei: 'Je wilt toch geen madeira? Je wilt toch helemaal niets?'

'Nee, Jonathan. Ik wil helemaal niets,' zei zijn vrouw instemmend, en ze lachte om hun vreemde woordenwisseling. 'Dank u, sir Walter, maar ik ga hier gewoon rustig zitten lezen.'

De zwarte bediende maakte een buiging en vertrok zo geruisloos als hij gekomen was. Strange en sir Walter gingen weg om over de Franse vloot en de vermiste Engelse schepen te praten.

Toen ze alleen was achtergebleven, kwam Arabella tot de ontdekking dat ze eigenlijk helemaal niet in de stemming was om te lezen. Terwijl ze om zich heen keek op zoek naar iets waarmee zij zich kon vermaken, viel haar oog op een groot schilderij. Het was een boslandschap, met een klip waar de ruïne van een kasteel bovenop stond. De bomen waren donker, maar over de ruïne en de klip lag een zachte, gouden gloed van de ondergaande zon. De lucht daarentegen baadde in het licht en vertoonde een paarlemoeren glans. Een groot deel van de voorgrond werd in beslag genomen door een zilverkleurige vijver, waarin een jongedame zo te zien dreigde te verdrinken. Een tweede figuur boog zich over haar heen, maar het was onmogelijk vast te stellen of het een man, een vrouw, een sater of een faun was, en hoewel Arabella de houding van de personages heel nauwkeurig bestudeerde, kon ze niet besluiten of de tweede figuur de intentie had de jongedame te redden of te vermoorden. Toen ze er genoeg van had om naar de afbeelding te kijken, wandelde Arabella de gang in om de schilderijen te bekijken die daar hingen, maar aangezien het voornamelijk aquarellen van Brighton en Chelmsford waren, vond ze ze erg saai.

In een aangrenzende kamer kon ze de stemmen van sir Walter en Strange horen. '...zeer merkwaardig! Toch is hij op zijn manier een uitstekende kerel,' zei sir Walter juist.

'O! Ik begrijp precies wat u bedoelt! Zijn broer is organist in de kathedraal van Bath,' zei Strange. 'Hij heeft een zwart-witte kat die vlak voor hem uit door de straten van Bath loopt. Een keer, toen ik in Milsom-street was...'

Er stond een deur open en Arabella zag dat die toegang gaf tot een zeer elegante salon, waar een heleboel schilderijen hingen, die er mooier en kleurrijker uitzagen dan de afbeeldingen die ze tot dusver had gezien. Ze liep naar binnen.

De kamer leek te baden in het licht, hoewel het een zeer sombere dag was. Waar komt al dat licht nu vandaan, vroeg Arabella zich af. Het lijkt wel of het van de schilderijen afkomstig is, maar dat is onmogelijk. Het waren allemaal schilderijen van Venetië[3] en waarschijnlijk kwam het door de grote stukken hemel en de zee dat de kamer er een beetje onwezenlijk uitzag.

Toen ze de schilderijen aan de ene muur bekeken had, draaide ze zich om om naar de tegenoverliggende muur te lopen, maar toen ontdekte ze tot haar grote schaamte dat ze niet alleen was. Op een blauwe sofa bij de open haard zat een jongedame, die haar ietwat nieuwsgierig opnam. De sofa had een tamelijk hoge rug, waardoor Arabella haar niet eerder had gezien.

'O! Neemt u mij niet kwalijk!'

De jongedame zei niets.

Ze was een opvallend elegante vrouw met een lichte, gave huid en donker haar dat prachtig in model was gebracht. Ze droeg een avondjurk van witte mousseline en een Indiase omslagdoek in de kleuren ivoor, zilver en zwart. Al met al was ze te goed gekleed voor een gouvernante, en voelde ze zich zichtbaar te zeer thuis om gezelschapsdame te kunnen zijn. Maar als ze een gast was, waarom had sir Walter haar dan niet voorgesteld?

Arabella maakte een buiging voor de jongedame en zei met een lichte blos op haar wangen: 'Ik dacht dat er niemand was! Neemt u me niet kwalijk dat ik u gestoord heb.' Ze draaide zich om en maakte aanstalten om weg te gaan.

---

[3] Dat waren de Venetiaanse schilderijen die meneer Norrell twee jaar ervoor in het huis van mevrouw Wintertowne had zien hangen. Mevrouw Wintertowne vertelde meneer Norrell destijds dat ze van plan was ze als huwelijksgeschenk aan sir Walter en juffrouw Wintertowne te geven.

'O,' zei de jongedame, 'u gaat toch niet weg? Ik zie zo zelden iemand, bijna nooit! En daarbij wilde u de schilderijen zien. Dat kunt u niet ontkennen, want ik zag u in die spiegel toen u de kamer binnenkwam en uw bedoeling was duidelijk.' Boven de open haard hing een grote Venetiaanse spiegel. Er zat een zeer gedetailleerde lijst omheen, ook van spiegelglas en versierd met onvoorstelbaar lelijke glazen bloemen en krullen. 'Ik hoop,' zei de jongedame, 'dat u zich door mij niet zult laten weerhouden.'

'Maar ik stoor u vast,' zei Arabella.

'O, nee hoor!' De jongedame gebaarde naar de schilderijen. 'Toe. Gaat uw gang.'

Het zou van slechte manieren getuigen om te weigeren. Arabella bedankte de jongedame dan ook en ging de andere schilderijen bekijken, maar minder aandachtig dan voorheen, omdat ze zich ervan bewust was dat de jongedame haar voortdurend in de spiegel gadesloeg.

Toen ze klaar was, vroeg de jongedame Arabella te gaan zitten. 'En? Wat vond u ervan?' vroeg ze.

'Nou,' zei Arabella, 'ze zijn erg mooi. Met name de schilderijen over de processies en de feesten vind ik schitterend – zo iets hebben we hier in Engeland niet. Zo veel wapperende vaandels! Zo veel vergulde boten en prachtige kostuums! Ik heb echter de indruk dat de kunstenaar meer van gebouwen en de blauwe hemel houdt dan van mensen. Hij heeft ze zo klein geschilderd, zo onbeduidend! Tussen al die marmeren paleizen en bruggen lijken ze bijna verloren, vindt u ook niet?'

Dat leek de dame te amuseren. Ze glimlachte wrang. 'Verloren?' zei ze. 'O, als u het mij vraagt zijn ze zeker verloren, de arme zielen! Want uiteindelijk is Venetië niet meer dan een doolhof, een reusachtige en prachtige doolhof weliswaar, maar toch slechts een doolhof, waarin alleen de oudste inwoners de weg weten. Zo stel ik het me in elk geval voor.'

'Werkelijk?' vroeg Arabella. 'Wat moet dat lastig zijn. Maar aan de andere kant moet het verrukkelijk zijn, het gevoel te hebben verdwaald te zijn in een doolhof! O! Ik denk dat ik er bijna alles voor over zou hebben om daar eens naar toe te gaan!'

De jongedame keek haar met een vreemde, melancholische glimlach aan. 'Als u, zoals ik, een paar maanden lusteloos door eindeloze, donkere gangen had gewandeld, zou u er heel anders over denken. Jezelf verliezen in een doolhof wordt al snel vervelend. En wat betreft vreemde ceremoniën, processies en feesten, ach...' ze haalde haar schouders op, 'ik heb er eigenlijk een hekel aan!'

Arabella begreep niet zo goed wat ze bedoelde, maar dacht dat het misschien zou helpen als ze zou weten wie de jongedame was, dus vroeg ze naar haar naam.

'Ik ben lady Pole.'

'O! Natuurlijk!' zei Arabella, en ze vroeg zich af waarom ze daar zelf niet op was gekomen. Ze vertelde lady Pole wie ze was en dat haar echtgenoot iets te bespreken had met sir Walter, wat de reden was van haar aanwezigheid.

Een lachsalvo klonk uit de richting van de bibliotheek.

'Ze horen eigenlijk de oorlog te bespreken,' merkte Arabella op, 'maar óf de oorlog is ineens vermakelijk geworden, óf – en ik vermoed dat dat het geval is – ze zijn klaar met de zaken en zitten nu te roddelen over hun kennissen. Een half uur geleden kon meneer Strange aan niets anders denken dan aan zijn volgende afspraak, maar ik neem aan dat sir Walter hem heeft afgeleid met een nieuw gespreksonderwerp, en waarschijnlijk is hij de afspraak inmiddels helemaal vergeten.' Ze glimlachte bij zichzelf, zoals vrouwen doen die doen alsof ze hun echtgenoot bekritiseren, maar in werkelijkheid over hen opscheppen. 'Ik geloof echt dat niemand ter wereld zo snel afgeleid wordt. Meneer Norrell's geduld wordt zo nu en dan vast ernstig op de proef gesteld.'

'Meneer Norrell?' vroeg Pole.

'Meneer Strange mag zich sinds kort de leerling van meneer Norrell noemen,' zei Arabella.

Ze verwachtte dat lady Pole als antwoord de loftrompet zou gaan steken over meneer Norrell's buitengewone magische bekwaamheden, of haar dankbaarheid jegens hem zou uitdrukken. Maar lady Pole zei niets, dus ging Arabella op bemoedigende toon verder: 'Natuurlijk hebben we veel gehoord over de schitterende toverkunst die meneer Norrell ten behoeve van u heeft verricht.'

'Meneer Norrell heeft mij geen dienst bewezen,' zei lady Pole op droge, zakelijke toon. 'Dood zou ik veel beter af zijn.'

Dat was zo'n schokkende uitspraak dat Arabella een tijdlang geen woord kon uitbrengen. Ze had geen reden om bijzonder op meneer Norrell gesteld te zijn, want hij had nooit iets aardigs voor haar gedaan. Sterker nog, hij had een paar keer pijnlijk duidelijk gemaakt dat hij weinig respect voor haar had. Toch was hij de enige andere vertegenwoordiger van het vak waarin ook haar man zich bekwaamde.

Net zoals de vrouw van een admiraal altijd de kant van de marine zal kiezen en de vrouw van een bisschop altijd met warmte over de kerk zal praten, voelde Arabella zich dan ook verplicht iets te zeggen ter verdediging van de andere tovenaar. 'Pijn en lijden zijn de slechtst mogelijke metgezellen, en ongetwijfeld bent u ze behoorlijk beu. Niemand ter wereld zou het u kwalijk nemen als u zich van hen wilde ontdoen.' (En toch, dacht Arabella terwijl ze dat zei, vind ik het merkwaardig dat ze er helemaal niet ziek uitziet – integendeel.) 'Maar als het klopt wat ik gehoord heb, dan bent in uw lijden niet geheel van troost verstoken. Telkens als ik iemand uw naam hoor noemen, gaat dat gepaard met lovende woorden over uw toegewijde echtgenoot. U zou toch niet bij hem weg willen? U bent meneer Norrell toch wel een béétje dankbaar, al was het maar vanwege sir Walter?'

Daar gaf lady Pole geen antwoord op. Liever stelde ze Arabella vragen over haar echtgenoot. Hoe lang bedreef hij al magie? Sinds wanneer was hij de leerling van meneer Norrell? Had hij over het algemeen succes met zijn magie? Toverde hij ook zelf of alleen onder begeleiding van meneer Norrell?

Arabella deed haar best al die vragen te beantwoorden en voegde eraan toe: 'Als er iets is wat ik namens u aan meneer Strange kan vragen, mevrouw, als hij iets voor u kan doen, dan hoeft u het maar te zeggen.'

'Dank u. Maar wat ik u te vertellen heb, is in het belang van zowel uw echtgenoot als van mijzelf. Ik vind dat meneer Strange behoort te weten met welk verschrikkelijk lot ik door meneer Norrell ben opgescheept. Meneer Strange zou moeten weten met wat voor een man hij te maken heeft. Wilt u dat tegen hem zeggen?'

'Natuurlijk. Ik—'

'Beloof me dat u dat zult doen.'

'Ik zal meneer Strange alles vertellen wat u wilt, mevrouw.'

'Ik moet u waarschuwen dat ik al vaak geprobeerd heb mensen over mijn ellendige situatie te vertellen, maar dat het me tot dusver nooit gelukt is.'

Toen lady Pole dit zei, gebeurde er iets wat Arabella niet helemaal begreep. Het leek alsof er op de schilderijen iets bewogen had, of iemand achter een van de spiegels langs was gelopen, en opnieuw werd ze gegrepen door de overtuiging dat deze kamer in werkelijkheid helemaal geen kamer was en dat de muren niet tastbaar waren, maar dat het eigenlijk een soort kruispunt was, met vreemde windvlagen uit verre oorden die lady Pole beroerden.

'In 1607,' begon lady Pole, 'erfde ene heer Redeshawe uit Halifax in West-Yorkshire tien pond van zijn tante. Hij gebruikte het geld om er een Turks vloerkleed van te kopen, dat hij mee naar huis nam en op de stenen tegelvloer in zijn salon legde. Toen dronk hij wat bier en viel in een stoel bij het vuur in slaap. Om twee 's nachts werd hij weer wakker, en op het vloerkleed zag hij drie- of vierhonderd mensen, die maar een paar centimeter groot waren. Meneer Redeshawe zag dat de voornaamste mannen en vrouwen onder hen schitterend gekleed waren in gouden en zilveren harnassen en dat ze op witte konijnen reden, die voor hen ongeveer even groot waren als olifanten voor ons. Toen hij vroeg wat ze aan het doen waren, klom een moedige ziel op zijn schouder en schreeuwde hem in zijn oor dat ze van plan waren volgens de regels van Honoré Bonet een veldslag te houden, en dat meneer Redeshawe's vloerkleed uitermate geschikt was voor hun doel. Met behulp van het regelmatige patroon konden de wapenherauten namelijk voor beide legers de juiste positie vaststellen, zodat geen van de partijen een oneerlijk voordeel zou hebben. Desondanks wilde meneer Redeshawe niet dat er een veldslag op zijn nieuwe kleed zou worden uitgevochten, dus pakte hij een bezem en... nee, wacht!' Lady Pole viel zichzelf plotseling in de rede en sloeg haar handen voor haar gezicht. 'Dat is niet wat ik wilde zeggen!'

Ze begon opnieuw. Deze keer vertelde ze een verhaal over een man die was gaan jagen in een bos. Hij was zijn vrienden kwijtgeraakt. Zijn paard was met zijn hoef in een konijnenhol blijven steken en hij was van het paard gevallen. Tijdens zijn val had hij de merkwaardige indruk dat hij op de een of andere manier in het konijnenhol terecht was gekomen. Toen hij overeind kwam, zag hij dat hij in een vreemd land terecht was gekomen, dat verlicht werd door zijn eigen zon en gevoed door zijn eigen regen. In een bos, dat heel veel leek op het bos waar hij zojuist vandaan kwam, vond hij een herenhuis waar een groep heren, van wie sommigen er heel vreemd uitzagen, zat te kaarten.

Lady Pole was net op het punt aanbeland waarop de heren de verdwaalde jager uitnodigden om mee te doen, toen er een heel zacht geluidje klonk, alsof iemand even zijn adem inhield. Arabella keek om. Ze zag dat sir Walter de kamer was binnengekomen en ontzet naar zijn vrouw stond te kijken.

'Je bent moe,' zei hij.

Lady Pole keek op naar haar echtgenoot. Ze had een merkwaardige uitdrukking op haar gezicht: verdrietig, medelijdend, maar vreemd genoeg ook een beetje geamuseerd. Het leek alsof ze bij zichzelf zei: kijk ons nu eens! Wat zijn wij toch een triest stel! Hardop zei ze: 'Ik ben even moe als anders. Ik heb vannacht volgens mij kilometers gelopen. En uren gedanst!'

'Dan heb je rust nodig,' hield hij vol. 'Kom, dan breng ik je naar boven, naar Pampisford. Zij zal wel voor je zorgen.'

Even leek het erop dat lady Pole zou weigeren. Ze greep Arabella's hand en hield die vast, alsof ze hem wilde laten zien dat ze niet van haar gescheiden wilde worden. Toen gaf ze het echter opeens op en stond ze hem toe haar mee te nemen.

Bij de deur draaide ze zich om. 'Dag, mevrouw Strange. Ik hoop dat u nog eens langs mag komen. Ik hoop dat u mij nog eens met een bezoek zult vereren. Ik spreek nooit iemand. Of liever, ik spreek mensen genoeg, maar daar zit geen christen tussen.'

Arabella deed een stap naar voren met de bedoeling lady Pole een hand te geven en haar ervan te verzekeren dat ze graag nog een keer langs zou komen, maar sir Walter had haar al uit de kamer geleid. Voor de tweede keer die dag werd Arabella alleen gelaten in het huis aan Harley-street.

Er luidde een klok.

Natuurlijk was ze een beetje verbaasd, want per slot van rekening had sir Walter verteld dat de klokken van St Mary-le-bone niet werden geluid om de zieke lady Pole te sparen. Deze klok klonk droevig en heel ver weg, en riep voor haar geestesoog allerlei sombere beelden op...

...Grauwe winderige moerassen en heidevelden, kale akkers met kapotte muren en hekken die los aan hun scharnieren hangen. De zwarte ruïne van een kerk, een open graf, een zelfmoordenaar begraven op een eenzaam kruispunt, een vuur van beenderen in de schemerlichte sneeuw, een galg waaraan een man bungelt, een tweede man gekruisigd op een karrenwiel, een oude speer die in de modder was gestoken met daaraan een vreemde talisman die eruitzag als een kleine lederen vinger, een vogelverschrikker met zwarte vodden die zó wild wapperden in de wind dat het leek alsof hij elk moment in de grijze lucht zou kunnen springen om klapperend met grote zwarte vleugels op je af te komen...

'Neemt u mij niet kwalijk als u hier iets heeft gezien dat u verontrust heeft,' zei sir Walter, die plotseling weer de kamer binnenkwam.

Arabella greep geschrokken een stoel vast.

'Mevrouw Strange? U bent onwel.' Hij pakte haar arm vast en hielp haar te gaan zitten. 'Moet ik iemand voor u halen? Uw echtgenoot? De dienstmeid van lady Pole?'

'Nee, nee,' zei Arabella, een beetje buiten adem. 'Ik heb niemand, niets nodig. Ik dacht... Ik wist niet dat u hier was. Dat is alles.'

Sir Walter staarde haar diepbezorgd aan. Ze probeerde naar hem te glimlachen, maar ze wist niet zeker of de glimlach wel goed uit de verf kwam.

Hij stopte zijn handen in zijn zakken, haalde ze er weer uit, streek met zijn vingers door zijn haar en zuchtte diep. 'Ik neem aan dat mevrouw u allerlei vreemde verhalen heeft verteld,' zei hij ongelukkig.

Arabella knikte.

'En dat heeft u van streek gemaakt. Dat spijt me heel erg.'

'Nee, nee. Helemaal niet. Mevrouw sprak inderdaad over... over nogal vreemde zaken, maar ik vond het niet erg. Niet in het minst! Ik voelde me daarnet een beetje wee. Maar brengt u het een alstublieft niet met het ander in verband! Het had niets te maken met mevrouw. Ik had even het dwaze idee dat er vóór me een soort spiegel stond, waarin allerlei vreemde taferelen te zien waren, en ik was bang dat ik erin zou vallen. Ik denk dat ik op het punt stond flauw te vallen en dat u dat met uw binnenkomst voorkomen heeft. Maar het is heel vreemd. Zo iets is mij nog nooit overkomen.'

'Laat mij meneer Strange halen.'

Arabella lachte. 'Als u dat graag wilt, dan mag u dat doen, maar ik verzeker u dat hij zich veel minder zorgen om mij zal maken dan u. Meneer Strange is nooit echt geïnteresseerd geweest in de gezondheidstoestand van andere mensen. Die van hemzelf is een ander verhaal! Maar het is niet nodig iemand te halen. Kijk! Ik ben weer helemaal mezelf. Er is niets aan de hand.'

Even was het stil.

'Lady Pole...' zei Arabella, maar toen zweeg ze, niet goed wetend hoe ze verder moest gaan.

'Mevrouw is gewoonlijk vrij rustig,' zei sir Walter. 'Niet echt vredig, als u begrijpt wat ik bedoel, maar vrij rustig. Maar bij de zeldzame gelegenheden dat er iemand in huis is die ze niet kent, raakt ze altijd erg geagiteerd en vervalt ze in dergelijke vreemde verhalen. U zult vast zo vriendelijk zijn niet tegen anderen te herhalen wat ze tegen u heeft gezegd.'

'O! Natuurlijk! Ik zou het voor geen goud doorvertellen!'

'Dat is erg vriendelijk van u.'

'En mag... mag ik nog een keer langskomen? Mevrouw schijnt dat erg graag te willen, en ik zou heel erg blij zijn met haar vriendschap.'

Sir Walter dacht lang na over dit voorstel. Uiteindelijk knikte hij. Toen maakte hij van dat knikje een buiging. 'Ik zou het voor ons beiden als een grote eer beschouwen,' zei hij. 'Dank u.'

Strange en Arabella verlieten het huis aan Harley-street, en Strange was erg opgewekt. 'Ik weet al hoe ik het moet aanpakken,' zei hij tegen haar. 'Het is doodeenvoudig. Jammer dat ik eerst Norrell om zijn mening moet vragen voor ik aan de slag kan, anders zou ik het hele probleem binnen een half uur hebben opgelost. Volgens mij zijn er twee cruciale punten. De eerste... Wat is er aan de hand?'

Met een nauwelijks hoorbaar 'o!' bleef Arabella stilstaan.

Het schoot haar plotseling te binnen dat ze twee volkomen tegenstrijdige beloftes had gedaan. Aan lady Pole had ze beloofd dat ze Strange zou vertellen over de heer in Yorkshire die een vloerkleed had gekocht, en aan sir Walter had ze beloofd niet door te vertellen wat lady Pole gezegd had. 'Niets,' zei ze.

'En welke van de bezigheden die sir Walter voor je had bedacht heb je gekozen?'

'Niet een. Ik... ik zag lady Pole zitten en we hebben wat gepraat. Meer niet.'

'O ja? Jammer dat ik er niet bij was. Ik had de vrouw die haar leven te danken heeft aan Norrell's magie graag willen ontmoeten. Maar ik heb je niet verteld wat er met mij is gebeurd! Herinner je je nog de negerbediende die zo plotseling binnenkwam? Nou, heel even had ik heel stellig de indruk dat daar een grote zwarte koning stond, gekroond met een zilveren diadeem en met in zijn handen een glanzend zilveren scepter en een rijksappel. Maar toen ik nog een keer keek, stond daar alleen de negerbediende van sir Walter. Is dat niet absurd?' Strange lachte.

Strange had zó lang met sir Walter zitten roddelen dat hij bijna een uur te laat was voor zijn afspraak met meneer Norrell. Meneer Norrell was dan ook erg boos. Later die dag stuurde Strange een boodschap naar de admiraliteit waarin stond dat meneer Norrell en hijzelf zich over het probleem van de vermiste Franse schepen hadden gebogen, en dat ze geloofden dat die zich op de Atlantische oceaan bevonden en op weg waren naar Indië, waar ze enige schade wilden aanrichten. Verder dachten de twee tovenaars dat admiraal Armingcroft juist had ingeschat wat de Fransen van plan waren en dat hij achter hen aan was gegaan. Op advies van meneer Strange en meneer Norrell gaf de admiraliteit kapitein Lightwood het bevel in westelijke richting achter de admiraal aan te gaan. Te zijner tijd werd een aantal Franse schepen geënterd en de schepen die wisten te ontsnappen, vluchtten terug naar hun Franse thuishaven en bleven daar.

Arabella's geweten werd erg geplaagd door de tegenstrijdige beloftes die ze had gedaan. Ze legde het probleem voor aan verschillende matrones, vriendinnen in wier gezond verstand en zorgvuldige oordeel zij groot vertrouwen had. Natuurlijk presenteerde ze het als een hypothetische situatie, zonder namen te noemen of iets te vertellen over de specifieke omstandigheden. Helaas had dit tot gevolg dat haar dilemma onbegrijpelijk werd, en de wijze matrones waren dan ook niet in staat haar te helpen. Het verontrustte haar dat ze Strange niet in vertrouwen kon nemen, maar het was haar duidelijk dat ze haar belofte aan sir Walter zou breken als ze er zelfs over zou reppen. Na lang wikken en wegen besloot ze dat een belofte aan iemand die bij zijn gezonde verstand was zwaarder woog dan een belofte aan iemand voor wie dat niet gold. Want wat zou ze ermee bereiken als ze de onzinnige, onsamenhangende verhalen van een arme, krankzinnige vrouw doorvertelde? Zodoende heeft ze Strange nooit verteld wat lady Pole gezegd had.

Een paar dagen later woonden meneer en mevrouw Strange in een huis aan Bedford-square een Italiaans concert bij. Arabella genoot er erg van, maar het was niet zo warm in de kamer waar ze zaten en daarom glipte ze, tijdens een korte pauze waarin een nieuwe zanger zich bij de muzikanten voegde, ongemerkt weg om haar omslagdoek te pakken, die in een andere kamer lag. Ze sloeg hem juist om haar schouders toen ze achter zich een geluidje niet harder dan een fluistering hoorde, en toen ze opkeek zag ze Drawlight, die met de snelheid van een droom op haar afkwam en uitriep: 'Mevrouw Strange! Wat ben ik blij u te zien! En hoe gaat het met die lieve lady Pole? Ik heb gehoord dat u haar gezien heeft, klopt dat?'

Met tegenzin gaf Arabella toe dat dat het geval was.

Drawlight haakte bij wijze van voorzorgsmaatregel haar arm om de zijne, zodat ze niet kon weglopen. 'U kunt zich niet voorstellen wat een moeite ik heb gedaan in dat huis uitgenodigd te worden! Mijn pogingen waren echter geen van alle succesvol. Sir Walter scheept me af me met het ene schamele excuus na het andere. Het is altijd hetzelfde. Mevrouw is ziek, en soms gaat het een beetje beter, maar ze is nooit gezond genoeg om bezoek te ontvangen.'

'Ach, ik neem aan—' zei Arabella voorzichtig.

'O! Absoluut!' viel Drawlight haar in de rede, 'als ze inderdaad ziek is, dan moet het gepeupel natuurlijk buiten de deur worden gehouden. Maar dat is geen reden om *mij* buiten te sluiten. Ik heb haar als lijk gezien! O, ja! Dat wist u niet, begrijp ik? Die avond, toen hij haar weer tot leven wilde gaan wekken, kwam meneer Norrell naar mij toe en verzocht mij dringend met hem mee te gaan naar haar huis. Zijn exacte woorden waren: "Kom met me mee, mijn beste Drawlight, want ik denk niet dat ik de aanblik kan verdragen van een mooie, onschuldige jongedame die in de bloei van haar leven uit ons midden weggerukt is!" Ze blijft altijd binnen en ontvangt geen bezoek. Sommige mensen denken dat ze door haar herrijzenis hooghartig is geworden en zich niet meer wil inlaten met gewone stervelingen. Maar volgens mij zit het heel anders in elkaar. Volgens mij heeft ze als gevolg van haar dood en haar herrijzenis een voorkeur ontwikkeld voor vreemde ervaringen. Denkt u ook niet? Het zou me niet verbazen als ze steeds een middel inneemt waardoor ze verschrikkingen te zien krijgt! Ik neem aan dat u daarvoor geen bewijs heeft gezien? Nam ze geen kleine slokjes uit een glas met een vreemd gekleurd drankje? Werd er niet snel een opgevouwen briefje weggemoffeld toen u de kamer binnenkwam? Een briefje waarin misschien een paar theelepels poeder gezeten zou kunnen hebben? Nee? Opium zit meestal in een medicijnflesje van blauw glas, dat hooguit een paar centimeter groot is. In gevallen van verslaving denkt de familie altijd dat de waarheid geheimgehouden kan worden, maar tevergeefs. Uiteindelijk wordt het altijd een keer ontdekt.' Hij lachte gemaakt. 'Ik kom er altijd achter.'

Arabella trok voorzichtig haar arm los en verontschuldigde zich. Ze kon hem niet de informatie geven waar hij om vroeg. Ze wist niets over flesjes of papiertjes met poeder.

Toen ze terugkeerde bij het concert, waren haar gevoelens een stuk minder aangenaam dan toen ze was weggegaan.

'Wat een ongelooflijk weerzinwekkend mannetje!'

28

De bibliotheek van de hertog van Roxburghe
november 1810 – januari 1811

Aan het eind van 1810 stond de regering er slecht voor. De ministers kregen keer op keer slecht nieuws. De Fransen zegevierden overal. De andere Europese grootmachten die ooit samen met Groot-Brittannië tegen Napoleon Bonaparte hadden gevochten – en die vervolgens door hem verslagen waren – hadden hun fout ingezien en waren zijn bondgenoten geworden. De handel in Groot-Brittannië werd lamgelegd door de oorlog en in het hele land gingen zaken failliet. De oogst mislukte voor het tweede jaar op rij. De jongste dochter van de koning werd ziek en stierf, en de koning werd gek van verdriet.

De oorlog had ieders gemoedsrust aangetast en de toekomst zag er somber uit. Soldaten, kooplui, politici en boeren vervloekten de dag dat ze geboren waren, maar de tovenaars – een zeer tegendraads ras – waren zeer ingenomen met de huidige ontwikkelingen. Voor het eerst in eeuwen stond hun kunst weer in hoog aanzien. Elke poging om de oorlog te winnen was op een ramp uitgelopen en magie leek nu de enige hoop die Groot-Brittannië nog had. Heren van de verschillende departementen binnen het ministerie van Oorlog en de admiraliteit deden verwoede pogingen om meneer Norrell en meneer Strange in te huren. Het was vaak zo druk bij meneer Norrell thuis dat bezoekers soms verplicht waren tot drie of vier uur 's nachts te wachten totdat meneer Strange en meneer Norrell hen te woord konden staan. Dat was geen groot probleem zo lang er meerdere heren in meneer Norrell's ontvangstkamer waren, maar wee degene die als laatste aan de beurt was, want het is nooit prettig om midden in de nacht voor een gesloten deur te moeten wachten, in de wetenschap dat aan de andere kant van die deur twee tovenaars bezig zijn met het bedrijven van magie.[1]

Een gerucht dat in die tijd de ronde deed – men hoorde het overal – was dat keizer Napoleon Bonaparte verwoede pogingen had gedaan een eigen tovenaar te vinden, maar niet in zijn opzet geslaagd was. Lord Liverpool's spionnen[2] wisten te vertellen dat de keizer zo jaloers was op het succes van de Engelse tovenaars dat hij officieren had uitgezonden om zijn gehele keizerrijk af te speuren naar een of meer personen met magisch talent. Tot dusverre hadden ze echter alleen een Nederlander ontdekt die Witloof heette, en die een magische kledingkast had. De kledingkast werd per barouchet naar Parijs gebracht. In Versailles aangekomen had Witloof de keizer verzekerd dat hij in de kast antwoord kon vinden op elke vraag.

Volgens de spionnen had Bonaparte de kledingkast de volgende drie vragen gesteld: was het kind dat de keizerin verwachtte een jongetje, zou de tsaar van Rusland opnieuw overlopen en wanneer zouden de Engelsen verslagen worden?

Witloof was de kast ingegaan en eruit gekomen met de volgende antwoorden: ja, nee, en over vier weken. Telkens als Witloof de kast in

[1] Voorbeelden van de staaltjes van magie die Strange en Norrell in 1810 verrichten waren: het doen droogvallen van een gebied in de Baai van Biskaje en daar een uitgestrekt woud van reusachtige bomen laten verschijnen – waardoor twintig Franse schepen vernietigd werden; het veroorzaken van ongebruikelijke getijdenstromingen en het veranderen van de windrichting, waardoor de bemanning van Franse schepen in verwarring raakte en de oogst en veel vee in Frankrijk vernietigd werden; het uit regen creëren van scheepsvloten, ommuurde steden, reusachtige verschijningen, zwermen engelen enzovoorts, met de bedoeling Franse soldaten en zeelieden angst aan te jagen, in de war te brengen of af te leiden; de avond doen vallen wanneer de Fransen verwachtten dat het dag zou worden en omgekeerd.

Bovenstaande vormen van magie staan vermeld in *De Generibus Artium Magicarum Anglorum*, geschreven door Francis Sutton-Grove.

[2] De vorige minister van Oorlog, lord Castlereagh, had tegen het eind van 1809 een felle ruzie gekregen met meneer Canning. De twee heren hadden geduelleerd, waarna ze beiden genoodzaakt waren geweest zich terug te trekken uit de regering. De huidige minister van Oorlog, lord Liverpool, was één en dezelfde persoon als lord Hawkesbury, die eerder in dit boek is genoemd. Toen zijn vader in 1808 was gestorven, had hij zijn oude titel neergelegd en de nieuwe aangenomen.

ging klonk er een afschuwelijk geluid, alsof de helft van de demonen in de hel daarbinnen aan het schreeuwen was. Wolken zilveren sterretjes kwamen door de kieren en scharnieren heen en de kast schudde op zijn poten. Nadat de drie vragen waren beantwoord keek Napoleon enkele momenten zwijgend naar de kast. Toen liep hij ernaar toe en deed de deuren open. In de kast trof hij een gans aan (voor de geluiden), wat salpeter (voor de zilveren sterretjes) en een lilliputter (die de salpeter moest ontsteken en de gans moest porren). Niemand kon met zekerheid zeggen wat er met Witloof en de lilliputter was gebeurd, maar de volgende avond tijdens het diner had de keizer de gans opgegeten.

Halverwege november nodigde de admiraliteit meneer Norrell en meneer Strange uit in Portsmouth om de Kanaalvloot te inspecteren, een eer die doorgaans was voorbehouden aan admiraals, helden en koningen. Op de betreffende dag reisden de twee tovenaars en Arabella in meneer Norrell's rijtuig af naar Portsmouth. Bij hun aankomst in de stad werden ze verwelkomd met saluutschoten uit de kanonnen op alle schepen in de haven, en op alle arsenalen en forten eromheen. Per roeiboot werden ze naar de schepen bij Spithead gebracht, vergezeld van een hele reeks admiraals, vlagofficieren en kapiteins in hun sloepen. Er gingen ook andere, minder officiële boten mee, vol met inwoners van Portsmouth, die gekomen waren om de twee tovenaars te zien en toe te juichen. Na hun terugkeer in Portsmouth bezichtigden meneer Norrell en meneer en mevrouw Strange de marinewerf. 's Avonds werd er ter ere van hen een groot bal gehouden in de Assembly Rooms en werd de hele stad verlicht.

Men was het er in het algemeen over eens dat het een verrukkelijk bal was. Aan het begin was er sprake van enige ergernis, toen enkele gasten tegen meneer Norrell opmerkten wat een plezierige gelegenheid het toch was en hoe mooi de balzaal eruitzag. Het botte antwoord van meneer Norrell overtuigde hen er onmiddellijk van dat hij een opvliegende, onaangename man was, die het beneden zijn stand achtte te praten met mensen die minder belangrijk waren dan een admiraal. Het levendige, ongereserveerde gedrag van meneer en mevrouw Strange maakte echter veel goed. Zij wilden wél voorgesteld worden aan de voornaamste inwoners van Portsmouth en spraken bovendien hun bewondering uit over de stad, de schepen die ze hadden gezien en de scheepvaart en de marine in het algemeen. Meneer Strange sloeg geen dans over en mevrouw Strange maar twee en ze keerden pas om twee uur 's nachts terug naar hun kamers in de Crown.

Omdat ze pas tegen drieën in bed lagen, was Strange niet blij toen hij om zeven uur gewekt werd door geklop aan de deur. Hij stond op en zag dat een van de herbergbedienden voor de deur stond.

'Neemt u mij niet kwalijk, meneer,' zei de man, 'maar de havenadmiraal heeft mij gestuurd om u te vertellen dat de *Black Joke* is vastgelopen op Horse Sand. Hij heeft kapitein Gilbey erop uitgestuurd om een van de tovenaars te halen, maar de andere tovenaar heeft hoofdpijn en wil niet komen.'

Dat verhaal was voor Strange misschien niet zo begrijpelijk als de man verwachtte, en Strange vermoedde dat hij het zelfs niet begrepen zou hebben als hij helemaal wakker was geweest. Desondanks was het hem duidelijk dat er íets was gebeurd en dat hij érgens naar toe moest. 'Vertel kapitein... hoe hij ook heet dat hij even moet wachten,' zei hij zuchtend. 'Ik kom eraan.'

Hij kleedde zich aan en ging naar beneden. In de koffiekamer trof hij een aantrekkelijke jongeman in kapiteinsuniform aan, die onrustig heen en weer liep. Het was kapitein Gilbey. Strange herkende hem van het bal: een intelligent uitziende, vriendelijke man. Hij leek zeer opgelucht Strange te zien en legde uit dat een schip, de *Black Joke* genaamd, vastgelopen was op een van de zandbanken in Spithead. Het was een lastige situatie. Het was niet zeker of de *Black Joke* er zonder ernstige schade vanaf zou komen. Ondertussen liet de havenadmiraal meneer Norrell en meneer Strange groeten. Hij smeekte een van hen – liefst allebei – met kapitein Gilbey mee te gaan om te kijken of er iets gedaan kon worden.

Voor de Crown stond een sjees klaar. Een van de herbergbedienden hield het paard vast bij het hoofdstel. Strange en kapitein Gilbey namen plaats en kapitein Gilbey reed hen in stevig tempo door de stad. De stad kon elk moment in rep en roer raken, en er hing een gehaaste, paniekerige sfeer. Ramen gingen open, mensen met slaapmutsen op staken hun hoofd naar buiten en stelden luidkeels vragen aan mensen op straat, die op hun beurt luidkeels antwoord gaven. Veel mensen leken zich in dezelfde richting te spoeden als de sjees van kapitein Gilbey.

Toen ze bij de borstwering aankwamen hield kapitein Gilbey halt. Het was koud en vochtig en er waaide een frisse wind vanaf de zee. Niet ver van de kust lag een enorm schip op de zijkant, en de zeilen hingen slap in het grauwgrijze water. In de verte waren kleine, zwarte zeemannen te zien die zich vasthielden aan de reling en moeizaam over de romp van het schip omlaag klauterden. Een stuk of tien roeiboten en zeilbootjes hadden zich eromheen verzameld.

Strange had niet veel kaas gegeten van zeemanskunst, en in zijn ogen zag het schip er dan ook uit alsof het was gaan liggen en in slaap was gevallen. De gedachte kwam bij hem op dat hij, als hij de kapitein was geweest, het wel weer overeind had kunnen laten komen door het even streng toe te spreken.

'Wat zijn die kleine schepen aan het doen?' vroeg hij aan kapitein Gilbey.

'Ze halen de wapens en de lading van het schip.'

'En waarom doen ze dat?'

'Om het schip lichter te maken. Als het schip licht genoeg wordt, komt het bij vloed misschien weer overeind en kan het van de zandbank drijven.'

'Ik begrijp het. Maar er varen toch zeker dagelijks tientallen schepen Portsmouth in en uit? Hoe heeft dit kunnen gebeuren?'

Kapitein Gilbey haalde zijn schouders op. 'Ik ben bang dat het niet zo uitzonderlijk is als u denkt. Misschien is de kapitein niet bekend met de vaargeulen van Spithead, of misschien is hij dronken.'

Er vormde zich een grote menigte. Iedere inwoner van Portsmouth is op de een of andere manier wel met de zee en de schepen verbonden, en heeft een persoonlijk belang dat beschermd dient te worden. Alledaagse gesprekken aldaar gaan over de schepen die de haven in en uit varen en over de schepen die in Spithead voor anker liggen. Zo iets als dit was bijna een wereldgebeurtenis. Niet alleen de gebruikelijke plaatselijke lanterfanters kwamen eropaf – en die waren er genoeg – maar ook de meer evenwichtige stedelingen en koopmannen, en natuurlijk elke zeevaarder die tijd had om te komen kijken. Er was al een stevige discussie losgebroken over wat de kapitein van het schip verkeerd had gedaan en wat de kapitein nu zou moeten doen om het probleem te verhelpen. Zodra de menigte besefte wie Strange was en wat hij kwam doen, wilden ze hem met alle plezier van advies dienen. Helaas werd er veel zeevaarttaal gebruikt, en Strange begreep maar half waar zijn informanten het over hadden. Na één zo'n uiteenzetting beging hij de fout te vragen wat 'afvallen' en 'bak zetten' betekenden, hetgeen leidde tot zo'n gecompliceerde uitleg over de principes van het zeilen dat hij er aan het eind nog minder van begreep dan in het begin.

'Welnu,' zei hij, 'het voornaamste probleem lijkt me dat het schip op zijn zij ligt. Zal ik het weer overeind zetten? Dat zou niet zo moeilijk zijn.'

'Lieve heer, nee!' riep kapitein Gilbey. 'Dat is een heel slecht idee! Dan zou de onderkant ongetwijfeld een klap maken op het zand, waardoor er een gat in de scheepshuid zou ontstaan. Dan zou het water naar binnen lopen en zou iedereen verdrinken.'

'O!' zei Strange.

Zijn volgende poging om te helpen had nog minder succes. Iets wat iemand had gezegd over een straffere wind die het schip bij hoogwater verder zeewaarts zou kunnen drijven, bracht hem op het idee dat een krachtige wind misschien zou helpen. Hij hief zijn armen en maakte aanstalten de wind met een spreuk aan te wakkeren.

'Walt wilt u gaan doen?' vroeg kapitein Gilbey.

Strange vertelde het hem.

'Nee! Nee! Nee!' riep de kapitein verschrikt. Verscheidene mensen grepen Strange vast. Eén man schudde hem zelfs ruw heen en weer, alsof hij dacht dat hij de magie op die manier ongedaan zou kunnen maken voordat die in werking trad.

'De wind komt uit het zuidwesten,' legde kapitein Gilbey uit. 'Als hij nu aanwakkert, zal het schip keer op keer tegen de zandbank beuken, waardoor het bijna zeker in tweeën zal breken. Dan zal iedereen verdrinken!'

Men hoorde iemand zeggen dat hij absoluut niet begreep dat de admiraliteit deze man, die absoluut geen verstand van zaken had, zo hoog aansloeg.

Een andere man merkte sarcastisch op dat hij misschien niet zo'n geweldige tovenaar was, maar dat hij tenminste wel goed kon dansen.

Een derde man lachte.

'Hoe heet dat zand?' vroeg Strange.

De kapitein schudde geërgerd zijn hoofd om aan te geven dat hij geen flauw idee had waar Strange het over had.

'De... de plaats... het ding waarop het schip is vastgelopen,' zei Strange dringend. 'Iets met paarden?'

'De zandbank heet Horse Sand,' zei kapitein Gilbey koel, en hij keerde zich om om met iemand anders te praten.

De daaropvolgende paar minuten lette niemand meer op de tovenaar. Ze keken naar de vorderingen van de sloepen, brikken en schuiten rondom de *Black Joke* en naar de hemel, en praatten over het weer dat om dreigde te slaan, en vroegen zich af welke kant de wind op zou staan als het vloed werd.

Opeens wezen enkele mensen naar het water. Daar was iets vreemds te zien: iets groots en zilverkleurigs met een lang, merkwaardig gevormd hoofd en lang haar als bleek zeewier dat erachteraan wapperde. Het leek op de *Black Joke* af te zwemmen. De eerste verwonderde kreten over het mysterieuze voorwerp waren nog niet verstomd of er verschenen er nog meer. Het volgende moment waren er opeens een heleboel zilverkleurige verschijningen – ontelbaar veel – die met groot gemak snel naar het schip zwommen.

'Wat zijn dat in 's hemelsnaam?' vroeg een man uit het publiek.

Ze waren te groot om mensen te kunnen zijn en leken in niets op vissen of dolfijnen.

'Het zijn paarden,' zei Strange.

'Waar zijn die vandaan gekomen?' vroeg een andere man.

'Ik heb ze gemaakt,' zei Strange. 'Van het zand. Van dat van Horse Sand, om precies te zijn.'

'Maar zullen ze dan niet oplossen?' vroeg iemand uit de menigte.

'En waar dienen ze voor?' vroeg kapitein Gilbey.

Strange zei: 'Ze zijn gemaakt van zand, zeewater en magie, en ze zullen blijven bestaan zolang er werk voor ze is. Kapitein Gilbey, stuur een van de boten naar de kapitein van de *Black Joke* met de boodschap dat zijn mannen zo veel mogelijk paarden aan het schip moeten vastbinden. De paarden zullen het schip van de zandbank slepen.'

'O!' zei kapitein Gilbey. 'Op die manier. Ja, natuurlijk.'

Binnen een half uur nadat de boodschap de *Black Joke* had bereikt, was het schip losgetrokken van de zandbank. De bemanning was druk bezig de zeilen weer in orde te brengen en de duizend-en-één taken te verrichten die zeelui horen te verrichten – taken die in zekere zin net zo mysterieus zijn als de handelingen van tovenaars. Het moet wel gezegd worden dat de magie niet helemaal werkte zoals Strange bedoeld had. Hij had niet gedacht dat het vangen van de paarden zo veel problemen zou opleveren. Hij was ervan uitgegaan dat het schip voldoende touw zou hebben om halsters van te maken en hij had geprobeerd de magie dusdanig te reguleren dat de paarden zo mak mogelijk zouden zijn. Over het algemeen weten zeelui echter niet zo veel over paarden. Ze kennen de zee, en meer niet. Enkele zeelui deden hun best de paarden te pakken en op te tuigen, maar velen hadden geen idee hoe ze te werk moesten gaan, of ze waren zó bang voor de zilverkleurige spookachtige wezens dat ze niet eens in de buurt durfden te komen. Van de honderd paarden die Strange had gemaakt werden er uiteindelijk maar twintig voor het schip gespannen. Het hielp zeker dat deze twintig de *Black Joke* voorttrokken, maar net zo nuttig was het grote golfdal in de zandbank dat stukje bij beetje ontstond naarmate er meer paarden uit voortkwamen.

In Portsmouth waren de meningen verdeeld over de vraag of Strange een grootse daad had verricht of alleen van de ramp gebruik had gemaakt om zijn eigen carrière vooruit te helpen. Veel van de aanwezige kapiteins en officieren zeiden dat de magie die hij gebruikt had erg theatraal was en duidelijk bedoeld om de aandacht op zijn eigen talent te vestigen. Indruk maken op de admiraliteit was duidelijk belangrijker voor hem geweest dan het schip redden. Ze waren bovendien niet tevreden over de zandpaarden. Deze verdwenen niet gewoon toen hun werk af was, zoals Strange had gezegd. Nee, ze bleven anderhalve dag lang door Spithead heen en weer zwemmen, waarna ze gingen liggen en zandbanken vormden op nieuwe, volkomen onverwachte plaatsen. De kapiteins en stuurmannen uit Portsmouth klaagden bij de admiraal van de haven dat Strange de vaargeulen en zandbanken voorgoed had veranderd. Nu zou de marine veel tijd en geld kwijt zijn met het uitvoeren van nieuwe peilingen en met het opnieuw karteren van de ankerplaatsen.

In Londen, waar de ministers evenals Strange weinig wisten van schepen en zeemanschap, wisten ze een ding zeker: Strange had een schip gered, en de admiraliteit een verlies bespaard dat hun anders een flinke som geld zou hebben gekost.

'De redding van de *Black Joke* toont in ieder geval aan,' zei sir Walter Pole tegen lord Liverpool, 'dat het een groot voordeel is een tovenaar ter plaatse te hebben, die een crisis kan aanpakken op het moment dat deze zich voordoet. Ik weet dat we hebben overwogen meneer Norrell ergens naar toe te sturen en dat we genoodzaakt waren dat idee op te geven, maar hoe zit het met Strange?'

Lord Liverpool dacht hierover na. 'Ik denk,' zei hij, 'dat we het uitsturen van meneer Strange om onder een van onze generaals te dienen alleen kunnen rechtvaardigen als we er redelijk van overtuigd zijn dat die generaal binnenkort enig succes zal behalen tegen de Fransen. Anders zou het een onvergeeflijke verspilling van Strange' talenten betekenen, en God weet dat we die in Londen hard nodig hebben.

Eerlijk gezegd hebben we niet veel keus. Er is eigenlijk maar één kandidaat: lord Wellington.'

'O, absoluut!'

Lord Wellington was met zijn leger in Portugal, dus kon hem niet naar zijn mening worden gevraagd, maar puur toevallig woonde zijn echtgenote op Harley-street nummer elf, recht tegenover het huis van sir Walter. Toen sir Walter die avond naar huis ging, klopte hij eerst even aan bij lady Wellington om aan mevrouw te vragen wat lord Wellington er volgens haar van zou vinden als er een tovenaar naar hem toe zou worden gestuurd. Maar lady Wellington, een kleine, ongelukkige vrouw aan wier mening haar echtgenoot niet veel waarde hechtte, wist het niet.

Strange was daarentegen zeer enthousiast over het aanbod. Hoewel Arabella iets minder opgetogen was, verleende ze meteen haar toestemming. Het zal niemand verbazen dat meneer Norrell de grootste belemmering vormde voor Strange' vertrek. In het voorafgaande jaar was meneer Norrell steeds meer op zijn leerling gaan leunen. Hij vroeg Strange om raad bij alle zaken die hij voorheen met Drawlight en Lascelles zou hebben besproken. Meneer Norrell praatte alleen nog maar óver meneer Strange als die er niet bij was, en praatte alleen nog maar tégen meneer Strange als die er wél bij was. Hij was erg aan zijn metgezel gehecht geraakt, en misschien des te sterker doordat het voor het eerst was. Hij had zich voorheen in het gezelschap van anderen nooit helemaal op zijn gemak gevoeld. Als ze in een drukke ontvangstkamer of balzaal waren en Strange kans had gezien een kwartier lang aan hem te ontsnappen, stuurde meneer Norrell Drawlight achter hem aan om uit te vinden waar hij naar toe was gegaan en met wie hij praatte. Daarom schrok meneer Norrell zich een hoedje toen hij vernam dat er plannen werden gemaakt om zijn enige leerling en vriend naar het slagveld te sturen. 'Ik sta er versteld van, sir Walter,' zei hij, 'dat u zo iets zelfs maar zou voorstellen!'

'In het belang van zijn vaderland moet eenieder bereid zijn offers te brengen,' zei sir Walter met enige ergernis. 'En duizenden zijn hem al voorgegaan.'

'Maar dat waren soldaten!' jammerde meneer Norrell. 'Natuurlijk is een soldaat op zijn eigen manier ook zeer waardevol, maar dat is niets vergeleken bij het verlies dat dit land zou lijden indien meneer Strange iets zou overkomen! Ik heb begrepen dat er een school is in High Wycombe, waar jaarlijks driehonderd officieren worden opgeleid. Ik zou willen dat ik gezegend was met driehonderd mannen die ik tot tovenaar zou kunnen opleiden! In dat geval zou de toekomst van de Engelse magie er veel rooskleuriger uitzien dan nu!'

Nadat sir Walter het tevergeefs had geprobeerd, deden lord Liverpool en de hertog van York nog een poging de zaak met meneer Norrell te bespreken, maar niemand kon meneer Norrell ervan overtuigen dat Strange' voorgenomen vertrek niet zo verschrikkelijk was als hij scheen te denken.

'Meneer, heeft u erbij stilgestaan,' zei Strange, 'hoeveel respect dit zou kunnen opleveren voor de Engelse magie?'

'O, dat geloof ik onmiddellijk,' zei meneer Norrell gemelijk. 'Maar niets zal zó uitnodigen tot vergelijkingen met de Ravenkoning en alle wilde, kwalijke magie die hij voorstond als een Engelse tovenaar die ten strijde trekt! Straks denken de mensen nog dat we elfen oproepen en uilen en beren om raad vragen. En dat terwijl ik zo had gehoopt dat de Engelse magie na verloop van tijd zou worden beschouwd als een rustig, fatsoenlijk beroep – het soort beroep dat zelfs...'

'Maar, meneer,' zei Strange, die daarmee vlug de ellenlange uiteenzetting afkapte die hij al zeker honderd keer had moeten aanhoren, 'ik zal niet ten strijde trekken omringd door een leger elfenridders. En er zijn andere overwegingen die we niet zouden mogen negeren. U en ik hebben ons er vaak over beklaagd dat ons voortdurend gevraagd wordt om keer op keer dezelfde vormen van magie te verrichten. De noodtoestanden die zich tijdens een oorlog voordoen zullen mij er ongetwijfeld toe noodzaken magie te gebruiken die ik nog niet eerder heb toegepast – en zoals we vaak hebben gezegd, meneer, is de theorie van de magie zo veel gemakkelijker te begrijpen als je hem eenmaal in de praktijk hebt toegepast.'

Maar de twee tovenaars waren te verschillend van karakter om het op dit punt ooit met elkaar eens te kunnen worden. Strange sprak over het trotseren van gevaren om de Engelse magie meer aanzien te geven. Zijn woorden en metaforen ontleende hij allemaal aan kansspelen en oorlogvoering, en dat viel bij meneer Norrell natuurlijk absoluut niet in de smaak. Meneer Norrell verzekerde meneer Strange dat hij het erg onaangenaam zou vinden om op het slagveld te zijn. 'Op het slagveld wordt men vaak nat en koud. U zult het een stuk minder prettig vinden dan u denkt.'

In januari en februari 1811 leek het er enkele weken lang op dat de tegenstand die meneer Norrell bood Strange zou verhinderen ten strijde te trekken. Sir Walter, lord Liverpool, de hertog van York en Strange begingen de fout een beroep te doen op zijn edelmoedigheid, vaderlandsliefde en plichtsgevoel. Ongetwijfeld beschikte meneer Norrell over al die goede eigenschappen, maar hij had ook andere, sterkere principes die bij hem altijd vóór alles zouden komen.

Gelukkig waren er twee heren die beter wisten hoe ze het moesten aanpakken. Lascelles en Drawlight waren er als ieder ander erg op gebrand om Strange naar Portugal te laten gaan, en volgens hen konden ze dit het best bereiken door misbruik te maken van meneer Norrell's bezorgdheid over het lot van de bibliotheek van de hertog van Roxburghe.

Die bibliotheek was al geruime tijd een doorn in het oog van meneer Norrell. Het was een van de belangrijkste privé-bibliotheken in het koninkrijk – alleen die van meneer Norrell zelf was beter gesorteerd. De bibliotheek kende een merkwaardige en aangrijpende geschiedenis. Ongeveer vijftig jaar eerder was de hertog van Roxburghe, een zeer intelligent, beschaafd en achtenswaardig heer, verliefd geworden op de zus van de koningin, en daarom had hij de koning om haar hand gevraagd. Om allerlei redenen die te maken hadden met hofetiquette, formaliteiten en precedenten had de koning nee gezegd. Met gebroken hart beloofden de hertog en de zus van de koningin elkaar plechtig dat ze altijd van elkaar zouden blijven houden en dat ze onder geen beding met iemand anders zouden trouwen. Ik weet niet of de zus van de koningin zich aan de afspraak heeft gehouden, maar de hertog trok zich terug op zijn kasteel aan de grens met Schotland, waar hij om zijn eenzame dagen te vullen zeldzame boeken ging verzamelen: schitterend geïllumineerde middeleeuwse manuscripten en exemplaren van de allereerste boeken die in drukvorm verschenen waren, en die waren gemaakt in de ateliers van geniale mannen als William Caxton uit Londen en Valdarfer uit Venetië. Aan het begin van de eeuw was de bibliotheek van de hertog uitgegroeid tot een wereldwonder. Zijne excellentie was dol op dichtkunst, ridderverhalen, geschiedenis en theologie. Hij was niet bijzonder geïnteresseerd in magie, maar hij was dol op álle oude boeken en het zou dan ook vreemd zijn geweest als er niet toevallig een paar boeken over magie in zijn bibliotheek terecht waren gekomen.

Meneer Norrell had de hertog al een aantal keer een brief geschreven waarin hij vroeg of hij de boeken over magie die de hertog in zijn bezit had zou mogen inzien en misschien zelfs zou mogen kopen. De hertog was echter geenszins van plan om meneer Norrell's nieuwsgierigheid te bevredigen en aangezien hij ontzettend rijk was had hij geen behoefte aan meneer Norrell's geld. Doordat de hertog zich jarenlang trouw aan zijn belofte aan de zus van de koningin had gehouden, had hij echter geen kinderen en geen rechtstreekse erfgenamen. Toen hij stierf, waren nogal wat van zijn mannelijke familieleden ervan overtuigd dat zij de volgende hertog van Roxburghe zouden worden. Deze heren gingen naar het Comité voor Privileges van het Hogerhuis om aanspraak op de titel te maken. Het comité voerde overleg en kwam tot de conclusie dat óf generaal-majoor Ker, óf sir James Innes de volgende hertog zou moeten worden, maar het comité wist nog niet zeker wie van de twee het moest worden en besloot dat daar nog even over nagedacht moest worden. Aan het begin van 1811 hadden ze nog steeds geen beslissing genomen.

Op een koude, regenachtige dinsdagochtend zat meneer Norrell samen met meneer Lascelles en meneer Drawlight in de bibliotheek aan Hanover-square. Childermass zat er ook, om uit naam van meneer Norrell brieven te schrijven naar de verschillende ministeries. Strange was samen met mevrouw Strange naar Twickenham gegaan om een vriend te bezoeken.

Lascelles en Drawlight hadden het over de rechtszaak tussen Ker en Innes. Een paar schijnbaar terloopse zinspelingen die Lascelles maakte op de beroemde bibliotheek trokken meneer Norrell's aandacht.

'Wat weten we over deze twee mannen?' vroeg hij aan Lascelles. 'Hebben ze enige interesse in het beoefenen van magie?'

Lascelles glimlachte. 'Daarover hoeft u zich geen zorgen te maken. Ik verzeker u dat Innes en Ker alleen geïnteresseerd zijn in de titel van hertog. Ik geloof niet dat ik hen ooit een boek heb zien openslaan.'

'Echt waar? Geven ze niet om boeken? Nou, dat stelt me gerust.' Meneer Norrell dacht even na. 'Maar stel dat een van hen de bibliotheek van de hertog erft en op een schap toevallig op een zeldzame magische tekst stuit die hem nieuwsgierig maakt? Mensen zijn nu eenmaal nieuwsgierig naar magie, zoals u weet. Dat is een van de meer betreurenswaardige gevolgen van mijn succes. Misschien leest zo'n man een stukje en laat hij zich ertoe verleiden een paar spreuken uit te proberen. Zo ben ik zelf als jongen van twaalf immers ook begonnen: ik sloeg een boek uit de bibliotheek van mijn oom open en vond daarin een pagina die uit een veel oudere uitgave was gescheurd. Zodra ik het las, wist ik dat ik tovenaar moest worden!'

'Echt waar? Dat is interessant,' zei Lascelles op uiterst verveelde toon. 'Maar het is niet waarschijnlijk, denk ik, dat dit met Innes of Ker zal gebeuren. Innes is al in de zeventig en Ker is niet veel jonger. Ze zijn geen van beiden op zoek naar een nieuwe loopbaan.'

'O! Maar hebben ze dan geen jonge familieleden? Familieleden die misschien wel enthousiaste lezers zijn van *The Friends of English Magic* en *The Modern Magician*? Familieleden die zich meteen elk boek over magie waarop hun oog zou vallen zouden toe-eigenen? Het spijt me, meneer Lascelles, maar de gevorderde leeftijd van de twee heren stelt mij in het geheel niet gerust.'

'Goed. Maar ik betwijfel, meneer, of die door u zo kleurrijk beschreven jonge thaumatomanen[3] ooit in de gelegenheid zullen zijn om de boeken in de bibliotheek te bekijken. Om aanspraak op de hertogstitel te kunnen maken, hebben beide pretendenten zich diep in de schulden gestoken bij hun advocaat. Wie de nieuwe hertog ook zal worden, zijn eerste zorg zal zijn de rekening van zijn advocaten te voldoen. Het eerste wat hij zal doen zodra hij Floors Castle betrekt, is op zoek gaan naar zaken die hij kan verkopen.[4] Het zou mij verbazen als de bibliotheek niet binnen een week te koop wordt aangeboden zodra het Comité haar beslissing bekend heeft gemaakt.'

'Een boekverkoop!' riep meneer Norrell in paniek.

'Waar bent u nu bang voor?' vroeg Childermass, die opkeek van zijn schrijfwerk. 'Normaal gesproken vindt u een boekverkoop het mooiste wat er is.'

'O! Maar dat was vroeger wel zo,' zei meneer Norrell, 'toen behalve ik niemand in het koninkrijk ook maar enige interesse had in boeken over magie, maar nu vrees ik dat talloze mensen zullen proberen ze te kopen. Ik denk dat zelfs *The Times* er melding van zal maken.'

'O,' riep Drawlight, 'maar als de boeken door iemand anders gekocht worden, kunt u zich beklagen bij de ministers! Dan kunt u zich beklagen bij de kroonprins! Het is niet in het belang van de staat dat boeken in andere handen vallen dan in die van u, meneer Norrell.'

'De enige uitzondering is Strange,' zei Lascelles. 'Ik denk niet dat de kroonprins of de ministers er bezwaar tegen zouden hebben als

---

[3] Thaumatomaan: iemand die bezeten is van magie en wonderen. Samuel Johnson, *Dictionary of the English Language*.

[4] Floors Castle is de domicilie van de hertog van Roxburghe.

Strange de boeken in zijn bezit zou krijgen.'

'Dat is waar,' zei Drawlight instemmend. 'Ik was Strange vergeten.'

Meneer Norrell keek nu nog ongeruster. 'Maar meneer Strange zal best begrijpen dat de boeken mij toekomen,' zei hij. 'Ze zouden allemaal in dezelfde bibliotheek bij elkaar moeten staan. Ze horen niet gescheiden te zijn.' Hij keek hoopvol om zich heen om te zien of iemand het met hem eens was. 'Ik zal er natuurlijk geen bezwaar tegen hebben,' vervolgde hij zijn verhaal, 'als meneer Strange ze leest. Iedereen weet hoeveel boeken – hoeveel kostbare boeken – ik aan meneer Strange heb uitgeleend. Dat is te zeggen... ik bedoel, het zou natuurlijk afhangen van het onderwerp.'

Drawlight, Lascelles en Childermass zwegen. Ze wisten inderdaad hoeveel boeken hij had uitgeleend aan meneer Strange. Ze wisten ook hoeveel hij er had achtergehouden.

'Strange is een heer,' zei Lascelles. 'Hij zal zich gedragen als een heer en dat ook van u verwachten. Als de boeken uitsluitend aan u persoonlijk zouden worden aangeboden, denk ik dat u ze mag kopen, maar als ze worden geveild zal hij zich gerechtvaardigd voelen om tegen u op te bieden.'

Meneer Norrell zweeg, keek naar Lascelles en likte nerveus zijn lippen. 'En hoe denkt u dat de boeken verkocht zullen worden? Per opbod of via een privé-transactie?'

'Per opbod,' zeiden Lascelles, Drawlight en Childermass tegelijk.

Meneer Norrell bedekte zijn gezicht met zijn handen.

'Het is natuurlijk wel zo,' zei Lascelles langzaam, alsof het idee pas op dat moment bij hem opkwam, 'dat Strange er niet op zou kunnen bieden als hij in het buitenland zou zijn.' Hij nam een slokje van zijn koffie. 'Nee toch?'

Meneer Norrell keek op met een hoopvolle blik in zijn ogen.

Plotseling vond hij het zeer wenselijk dat meneer Strange een jaartje naar Portugal zou gaan.[5]

---

[5] Het Comité voor Privileges besloot uiteindelijk in het voordeel van sir James Innes, en zoals meneer Lascelles al voorspeld had bood de nieuwe hertog de bibliotheek onmiddellijk te koop aan.

De veiling vond plaats in 1812 – toen Strange zich op het Iberisch schiereiland bevond – en was misschien wel de opmerkelijkste bibliografische gebeurtenis sinds de brand in de bibliotheek van Alexandrië. Hij duurde eenenveertig dagen en was de oorzaak van minstens twee duels.

Onder de boeken van de hertog werden zeven magische teksten aangetroffen, die stuk voor stuk uitzonderlijk waren.

Rosa et Fons was een mystieke bespiegeling over magie door een onbekende tovenaar uit de veertiende eeuw.

Thomas de Dundelle, een tot dan toe onontdekt gedicht van Chrétien de Troyes, was een kleurrijke beschrijving van het leven van Thomas Dundale, de eerste menselijke bediende van de Ravenkoning.

The Book of Loveday Ingham was een verslag van de dagelijkse bezigheden van een vijftiende-eeuwse tovenaar uit Cambridge.

Exercitatio Magica Nobilissima was een zeventiende-eeuwse poging een volledige beschrijving te geven van de Engelse magie.

The History of Seven was een uiterst warrige tekst, die deels in het Engels, deels in het Latijn en deels in een onbekende elfentaal was geschreven. Men kon niet zeggen hoe oud het boek was, de auteur kon niet geïdentificeerd worden en het doel dat de auteur voor ogen had toen hij het boek schreef was volledig onduidelijk. In grote lijnen leek het de geschiedenis te zijn van een stad in Elfenrijk, die 'Seven' heette, maar de informatie was op zeer verwarrende wijze geordend en de auteur onderbrak regelmatig zijn verhaal om een niet nader genoemd persoon ervan te beschuldigen hem op de een of andere geheimzinnige wijze onrecht te hebben aangedaan. Die delen van de tekst leken nog het meest op een verontwaardigde brief.

The Parliament of Women was een allegorische, zestiende-eeuwse beschrijving van typisch vrouwelijke wijsheid en magie.

Veruit het geweldigste exemplaar was echter *The Mirrour of the Lyf of Ralph Stokesie*, dat op de laatste dag geveild werd, samen met de eerste editie van Boccacio's *Decamerone*. Zelfs meneer Norrell was tot op dat moment niet op de hoogte geweest van het bestaan van dit boek. Het leek te zijn geschreven door twee auteurs: een vijftiende-eeuwse tovenaar, William Thorpe genaamd, en Ralph Stokesey's elfenbediende, Col Tom Blue. Voor deze schat betaalde meneer Norrell de ongekend hoge prijs van eenentwintighonderd gienjes.

Meneer Norrell stond zo hoog in aanzien dat geen van de in de kamer aanwezige heren tegen hem op durfde te bieden. Er was echter een vrouw die bij elk boek tegen hem opbood. In de weken voorafgaand aan de veiling had Arabella Strange het erg druk gehad. Ze had talloze brieven naar Strange' familie geschreven en was bij al haar vrienden in Londen op bezoek gegaan in een poging voldoende geld te lenen om een paar van de boeken voor haar echtgenoot te kopen, maar Norrell bood voor elk boek meer dan zij.

Sir Walter Scott, de auteur, was bij de veiling aanwezig en beschreef het einde ervan. 'De teleurstelling van mevrouw Strange toen ze *The Life of Ralph Stokesey* niet kon bemachtigen was zo groot, dat ze tranen in haar ogen had. Op dat moment liep meneer Norrell langs met het boek in zijn hand. De man keek niet op of om naar de vrouw van zijn leerling. Ik kan me niet heugen wanneer ik voor het laatst getuige ben geweest van gedrag dat mij zo tegenstond. Verschillende mensen waren er getuige van hoe hij haar behandelde en ik heb enkele harde opmerkingen aan Norrell's adres opgevangen. Zelfs lord Portishead, die een grenzeloze bewondering heeft voor de tovenaar, geeft toe dat ook hij vindt dat Norrell zich erg kwalijk heeft gedragen tegenover mevrouw Strange.'

Niet alleen de manier waarop meneer Norrell mevrouw Strange had behandeld leverde hem echter kritiek op. In de weken na de veiling wachtten geleerden en historici ongeduldig af welke nieuwe kennis de zeven geweldige boeken zouden opleveren. Ze hoopten met name dat *The Mirrour of the Lyf of Ralph Stokesie* een verklaring zou bieden voor enkele van de meest raadselachtige mysteries in de Engelse magie. Er werd algemeen verondersteld dat meneer Norrell zijn ontdekkingen bekend zou maken in *The Friends of English Magic* of kopieën van de boeken zou laten maken. Dat deed hij echter niet. Een enkeling schreef hem een brief met specifieke vragen. Hij beantwoordde ze niet. Wanneer er brieven in de krant verschenen waarin over zijn gedrag geklaagd werd, was hij zeer verontwaardigd. Hij gedroeg zich immers niet anders dan anders – hij verzamelde al jaren waardevolle boeken, die hij vervolgens voor iedereen verborgen hield. In de tijd dat hij nog onbekend was geweest had niemand zich daar druk om gemaakt, maar nu waren alle ogen op hem gericht. Nu plaatste men vraagtekens bij zijn stilzwijgen, en opeens begonnen mensen zich andere gelegenheden te herinneren waarbij meneer Norrell zich onbeleefd of arrogant had gedragen.

29

In het huis van José Estoril
januari – maart 1811

‘Ik vermoed, meneer, dat mijn vertrek naar het Iberisch schiereiland allerlei veranderingen teweeg zal brengen in de manier waarop u met het ministerie van Oorlog zult omgaan,’ zei Strange. ‘Ik vrees dat u, als ik weg ben, het niet zo prettig zult vinden als mensen dag en nacht bij u komen aankloppen met het verzoek onmiddellijk dit of dat voor hen te toveren. U zult immers de enige zijn die aan die oproepen gehoor kan geven. Wanneer moet u dan slapen? Ik denk dat we hen ervan moeten overtuigen dat ze andere oplossingen zullen moeten bedenken. Als ik iets kan doen om u daarbij te helpen, dan doe ik dat graag. Misschien moeten we lord Liverpool een dezer dagen maar eens te eten vragen.’

‘O ja, dat is een goed idee!’ zei meneer Norrell, die erg opgetogen was over dat blijk van hoffelijkheid van Strange’ kant. ‘Maar dan moet u erbij zijn. U kunt alles zo duidelijk uitleggen! U hoeft maar iets te zeggen en lord Liverpool begrijpt het onmiddellijk!’

‘Zal ik lord Liverpool dan maar een brief schrijven?’

‘Ja, doe dat! Doe dat!’

Het was de eerste week van januari. De datum van Strange’ vertrek was nog niet vastgesteld, maar het zou niet lang meer duren. Strange ging meteen zitten om een uitnodiging te schrijven. Lord Liverpool schreef prompt terug en twee dagen later kwam hij al naar Hanoversquare.

Meneer Norrell en Jonathan Strange hadden de gewoonte om voor het eten een uurtje in de bibliotheek door te brengen, en daar ontvingen ze lord Liverpool dan ook. Childermass was er ook, klaar om te fungeren als klerk, adviseur, boodschapper of bediende, net wat de omstandigheden vereisten.

Lord Liverpool had de bibliotheek van meneer Norrell nog nooit gezien en voordat hij ging zitten, liep hij een rondje door de kamer. 'Ik had me laten vertellen, meneer,' zei hij, 'dat uw bibliotheek een van de grootste wonderen van de moderne wereld was, maar ik had nooit kunnen denken dat hij zó uitgebreid zou zijn.'

Meneer Norrell was erg in zijn nopjes. Lord Liverpool was precies het soort gast waarvan hij hield: één die de boeken bewonderde, maar geen enkele aandrang voelde om ze van de schappen te pakken en te lezen.

Toen zei Strange tegen meneer Norrell: 'We hebben het er nog niet over gehad welke boeken ik moet meenemen naar het Iberisch schiereiland, meneer. Ik heb een lijst met veertig titels opgesteld, maar als u daar nog iets aan denkt te kunnen verbeteren, dan hoor ik dat graag van u.' Hij trok een opgevouwen vel papier onder een stapel op een van de tafels vandaan en gaf het aan meneer Norrell.

Het was geen lijst die Norrell in verrukking zou brengen. Het stond vol eerste ideeën die waren doorgehaald, tweede ideeën die waren doorgehaald en derde ideeën die er schuin bij geschreven waren en zich om andere woorden die in de weg stonden heen kronkelden. Er zaten inktvlekken op, sommige titels waren verkeerd gespeld, de namen van de auteurs klopten niet altijd, en het verwarrendste van alles was dat er drie versregels bij stonden van een gedichtje dat Strange bij wijze van afscheidscadeau voor Arabella aan het componeren was. Toch was dit niet de reden dat meneer Norrell verbleekte. Het kwam doordat de gedachte nooit bij hem was opgekomen dat Strange in Portugal wellicht boeken nodig zou hebben. Het idee dat er veertig kostbare boeken zouden worden meegenomen naar een land dat in staat van oorlog verkeerde, met het risico dat ze zouden verbranden, aan flarden geschoten zouden worden, in het water zouden vallen of stoffig zouden worden was bijna te verschrikkelijk voor woorden. Meneer Norrell wist niet veel over oorlog, maar hij vermoedde wel dat soldaten over het algemeen niet veel ontzag zouden hebben voor boeken. Misschien zouden ze er wel met hun vieze vingers aanzitten. Misschien zouden zij ze zelfs wel scheuren! En misschien – o, wat een afgrijselijke gedachte! – zouden zij ze wel gaan lezen en een paar toverspreuken uitproberen! Konden soldaten lezen? Meneer Norrell wist het niet. Maar nu het lot van het hele Europese vasteland op het spel stond en lord Liverpool bij hen in de kamer was, besefte hij dat het vreselijk moeilijk zou zijn – onmogelijk zelfs – om te weigeren ze uit te lenen.

Met een wanhopige, smekende blik wendde hij zich tot Childermass.

Childermass haalde zijn schouders op.

Lord Liverpool bleef rustig om zich heen kijken. Hij leek te denken dat de tijdelijke afwezigheid van zo'n veertig boeken nauwelijks zou opvallen tussen die duizenden andere exemplaren.

'Ik neem er liever niet meer dan veertig mee,' ging Strange op zakelijke toon verder.

'Heel verstandig, meneer,' zei lord Liverpool. 'Heel verstandig. Neem er niet meer mee dan u kunt dragen.'

'Dragen!' riep meneer Norrell diep gechoqueerd uit. 'Maar u bent toch niet van plan ze steeds te verplaatsen? Zodra u aankomt, moet u ze in een bibliotheek neerzetten. Een bibliotheek in een kasteel zou het beste zijn. Een solide, goed beschermd kasteel...'

'Maar ik ben bang dat ik er weinig aan zal hebben als ze in een bibliotheek staan,' zei Strange met razendmakende kalmte. 'Ik zal in legerkampen en op slagvelden bivakkeren. En de boeken dus ook.'

'Dan moet u ze in een kist doen!' zei meneer Norrell. 'Een heel sterke, houten kist of misschien een ijzeren kist! Ja, ijzer is het beste. We kunnen er speciaal een laten maken. En dan—'

'Hm, vergeef me, meneer Norrell,' viel lord Liverpool hem in de rede, 'maar ik raad meneer Strange sterk af een ijzeren kist te nemen. Hij mag er niet op rekenen dat er in de karren ruimte voor gemaakt zal worden. De soldaten hebben de karren nodig voor hun uitrusting, landkaarten, voedsel, munitie enzovoorts. Meneer Strange zal het leger het minst tot last zijn als hij al zijn bezittingen met een muilezel of met een gewone ezel meeneemt, zoals de officieren doen.' Hij wendde zich tot Strange. 'U heeft een goede, sterke muilezel nodig voor uw bagage en voor uw bediende. Koop een paar zadeltassen bij Hewley en Ratt's en doe de boeken daar in. Militaire zadeltassen zijn het ruimst. Op een kar zouden de boeken bovendien zeer waarschijnlijk gestolen worden. Het spijt me dat ik het moet zeggen, maar soldaten stelen alles.' Hij dacht even na en voegde er toen aan toe, 'Of, tenminste, die van ons doen dat.'

Hoe het diner daarna verliep, drong nauwelijks tot meneer Norrell door. Hij was zich er vaag van bewust dat Strange en lord Liverpool veel praatten en veel lachten. Een paar keer hoorde hij Strange zeggen: 'Goed, dat is dan besloten!' En dan hoorde hij lord Liverpool antwoorden: 'O, zeker!' Maar waar ze het over hadden, wist meneer Norrell niet en het kon hem ook niet schelen. Was hij maar nooit naar Londen verhuisd. Had hij het maar nooit op zich genomen de Engelse magie nieuw leven in te blazen. Was hij maar in Hurtfew Abbey gebleven, waar hij voor zijn eigen plezier kon lezen over magie en magie kon toepassen. Hij vond dat niets het verlies van veertig boeken waard was.

Nadat lord Liverpool en Strange vertrokken waren, ging hij naar de bibliotheek om de veertig boeken te bekijken, vast te houden en te koesteren zo lang het nog kon.

Childermass was er nog steeds. Hij had aan een van de tafels zitten eten en werkte nu het huishoudboek bij. Toen meneer Norrell binnenkwam, keek hij op en grijnsde. 'Ik denk dat meneer Strange het heel goed zal doen in de oorlog, meneer. Hij is u al te slim af geweest.'

Op een heldere, maanverlichte nacht aan het begin van februari zeilde een Brits schip, de *St Serlo's Blessing*,[1] de Tagus op en ging voor anker bij het plein van de Zwarte Paarden, midden in Lissabon. Onder de eersten die van boord gingen waren Strange en zijn bediende, Jeremy Johns. Strange was nog nooit in het buitenland geweest en hij vond die ervaring gecombineerd met de drukte van soldaten en marinemensen om zich heen erg stimulerend. Hij stond te popelen om te beginnen met toveren.

'Ik vraag me af waar lord Wellington is,' zei hij tegen Jeremy Johns. 'Denk je dat een van die soldaten het weet?' Nieuwsgierig keek hij naar een stevig, half afgebouwd gewelf aan de rand van het plein. Het had een bijzonder militair voorkomen en het zou hem niet verbazen als zou blijken dat Wellington daar ergens achter stond.

'Maar het is twee uur 's nachts, heer,' zei Jeremy. 'Meneer ligt waarschijnlijk te slapen.'

'O, denk je? Nu het lot van heel Europa in zijn handen ligt? Maar je zult wel gelijk hebben.'

---

[1] *St Serlo's Blessing* was veroverd op de Fransen. De Franse naam ervan was *Le Temple Foudroyé*. Saint Serlo's Blessing was – hoe kan het ook anders – de naam van een van de vier magische bossen die de hoofdstad van de Ravenkoning, Newcastle, omringden en beschermden.

Met tegenzin gaf Strange toe dat het beter zou zijn nu naar het hotel te gaan en lord Wellington de volgende ochtend op te zoeken.

Er was hun een hotel in de Schoenmaker-straat aangeraden, dat toebehoorde aan ene meneer Prideaux, een man uit Cornwall. Bijna alle gasten van meneer Prideaux waren Britse officieren die zojuist uit Engeland teruggekomen waren, of wachtten totdat de schepen hen zouden meenemen voor hun verlof. Meneer Prideaux wilde graag dat de officieren zich gedurende hun verblijf in het hotel zo veel mogelijk thuis zouden voelen. Hierin slaagde hij maar gedeeltelijk. Wat hij ook deed, meneer Prideaux merkte dat Portugal zich voortdurend aan zijn gasten opdrong. Het behang en het meubilair in het hotel mochten dan oorspronkelijk uit Engeland komen, de Portugese zon had er inmiddels vijf jaar op geschenen en ze op een typisch Portugese manier doen verschieten. Meneer Prideaux kon de kok weliswaar opdragen een Engels menu samen te stellen, maar de kok was Portugees en er zat altijd meer peper en olie in de gerechten dan de gasten verwachtten. Zelfs de laarzen van de gasten zagen er een beetje Portugees uit toen de Portugese schoenpoetser ze gepoetst had.

De volgende ochtend stond Strange vrij laat op. Hij ontbeet uitgebreid en wandelde daarna een uurtje rond. Lissabon bleek een stad met veel overwelfde pleinen, elegante, moderne gebouwen, beelden, schouwburgen en winkels. Hij begon te denken dat oorlog eigenlijk nog niet zo slecht was.

Toen hij terugkwam in het hotel, zag hij vier of vijf Britse officieren die bij de ingang van het hotel in een levendig gesprek verwikkeld waren. Dat was precies de gelegenheid waarop hij gehoopt had. Hij liep naar hen toe, verontschuldigde zich dat hij hen onderbrak, legde uit wie hij was en vroeg waar in Lissabon hij lord Wellington zou kunnen vinden.

De officieren draaiden zich om en keken hem verbaasd aan, alsof ze het een slechte vraag vonden, hoewel hij niet begreep waarom. 'Lord Wellington is niet in Lissabon,' zei een van de soldaten, die gekleed was in het blauwe colbert en de witte pantalon van de huzaren.

'O! Wanneer komt hij terug?' vroeg Strange.

'Terug?' zei de officier. 'Misschien pas over een paar weken... maar het zal nog wel maanden duren, verwacht ik. Misschien zelfs nooit.'

'Waar kan ik hem dan wél vinden?'

'Goede hemel!' zei de officier. 'Hij kan overal zijn.'

'Weet u dan niet waar hij is?' vroeg Strange.

De officier keek hem nogal streng aan. 'Lord Wellington blijft niet op één plek,' zei hij. 'Lord Wellington gaat daar naar toe waar hij nodig is. En lord Wellington,' voegde hij eraan toe zodat Strange het goed zou begrijpen, 'is overal nodig.'

Een andere officier, die een helder scharlakenrood colbert droeg dat royaal versierd was met zilverkleurige tressen, zei op iets vriendelijker toon: 'Lord Wellington is bij de linies.'

'Bij de linies?' vroeg Strange.

'Ja.'

Helaas was dit niet zo'n duidelijke en behulpzame uitleg als de officier voor ogen had. Maar Strange had het gevoel dat hij zijn onwetendheid lang genoeg tentoon had gespreid. Zijn verlangen vragen te stellen was als sneeuw voor de zon verdwenen.

'Lord Wellington is bij de linies.' Het was een merkwaardige zin en als Strange had moeten raden wat het betekende, dan zou hij gezegd hebben dat het jargon was voor dronken zijn.

Hij ging terug naar het hotel en beval de portier Jeremy Johns te gaan zoeken. Als er iemand bij het Britse leger de indruk moest wekken onwetend en dom te zijn, dan had hij veel liever dat Jeremy dat zou doen.

'Daar ben je!' zei hij toen Jeremy verscheen. 'Zoek een soldaat of officier en vraag hem waar ik Lord Wellington kan vinden.'

'Natuurlijk, heer. Maar wilt u hem dat niet zelf vragen?'

'Absoluut onmogelijk. Ik heb magie te verrichten.'

Jeremy ging naar buiten, en kort daarna kwam hij weer terug.

'Weet je het?' vroeg Strange.

'O ja, heer!' zei Jeremy vrolijk. 'Dat is geen groot geheim. Lord Wellington is bij de linies.'

'Ja, maar wat betekent dat?'

'O, neemt u mij niet kwalijk, meneer! Die heer zei het op zo'n vanzelfsprekende toon. Alsof het de gewoonste zaak van de wereld was. Ik dacht dat u het wel zou weten.'

'Nee, ik weet het niet. Misschien kan ik het beter aan Prideaux vragen.'

Meneer Prideaux was opgetogen dat hij kon helpen. Het was doodsimpel. Meneer Strange moest naar het hoofdkwartier van het leger gaan. Daar zou hij meneer zeker vinden. Het lag op een halve dag rijden van de stad. Misschien iets verder. 'Net zo ver als van Tyburn naar Godalming, meneer, als u daar iets aan heeft.'

'Goed, als u zo vriendelijk zou willen zijn het mij op de kaart aan te wijzen...'

'Mijn hemel, meneer!' zei meneer Prideaux zeer geamuseerd. 'U zou het in uw eentje nooit vinden. Ik moet iemand zoeken die u de weg kan wijzen.'

De man die meneer Prideaux vond, was een assistent-intendant die voor zaken naar Torres Vedras moest, een stad die zeven of acht kilometer voorbij het hoofdkwartier lag. De assistent-intendant zei dat hij graag met Strange zou meerijden om hem de weg te wijzen.

Eindelijk maak ik vorderingen, dacht Strange.

Het eerste deel van de reis voerde hen door een aangenaam landschap van akkers en wijngaarden met hier en daar mooie, wit geschilderde boerderijtjes en stenen molens met molenwieken van bruin canvas. Grote aantallen Portugese soldaten in bruine uniformen liepen over de weg af en aan en er waren ook een paar Britse officieren, die er met hun fel scharlakenrode of blauwe uniformen, althans naar Strange' vaderlandslievende mening, veel mannelijker en krijgshaftiger uitzagen. Na drie uur rijden doemde er op de vlakte een bergketen op.

Toen ze door een smal dal tussen twee van de hoogste bergen trokken, zei de assistent-intendant: 'Dit is het begin van het front. Ziet u dat fort daarboven, aan de zijkant van de bergpas?' Hij wees naar rechts. Het 'fort' bleek van oorsprong een windmolen te zijn, maar onlangs was er van alles bij gebouwd, zoals bastions, kantelen en schietgaten. 'En het andere fort, aan de andere kant van de bergpas?' voegde de assistent-intendant eraan toe. Hij wees naar links. 'En verderop op de volgende rotspunt nog een klein fort? En wat u niet kunt zien omdat het vandaag zo nevelig en bewolkt is, is dat er daar wéér een achter staat. Enzovoorts, enzovoorts. Eén lange linie van forten, van de Tagus tot aan de zee! Maar dat is nog niet alles! Ten noorden van ons zijn er nog twee linies. Drie in totaal!'

'Dat is inderdaad zeer indrukwekkend. En hebben de Portugezen dat gedaan?'

'Nee, heer. Lord Wellington. De Fransen mogen hier niet langs. Ach, meneer, een kever zou hier nog niet langs mogen als die kever niet een document kon overleggen in het handschrift van lord Wellington! En dat, heer, is de reden dat het Franse leger in Santarem vastzit en niet verder kan, terwijl u en ik in Lissabon veilig kunnen slapen!'

Al snel verlieten ze de weg en volgden ze een stijl, kronkelig paadje dat over de helling naar het piepkleine dorpje Pero Negro leidde. Strange was getroffen door het verschil tussen de oorlog zoals hij die zich had voorgesteld en de oorlog zoals die in werkelijkheid was. Hij had zich voorgesteld dat lord Wellington in een of ander chic gebouw in Lissabon zou zitten om bevelen uit te delen. In plaats daarvan bleek hij in een gehucht te zitten dat in Engeland amper een dorp genoemd zou worden.

Het hoofdkwartier van het leger bleek een volkomen onopvallend huis op een vlakke, geplaveide binnenplaats te zijn. Strange kreeg te horen dat lord Wellington weg was om de linies te inspecteren. Niemand wist wanneer hij terug zou komen. Waarschijnlijk niet voor het avondeten. Niemand had er enig bezwaar tegen als Strange zou wachten, zolang hij maar niet in de weg liep.

Zodra hij echter het huis binnenging, kwam Strange tot de ontdekking dat hij ten prooi was gevallen aan die uiterst onprettige natuurwet die voorschrijft dat iemand die op een plek komt waar hij niet bekend is, overal in de weg zal staan. Hij kon niet gaan zitten, want in de kamer die hem was aangewezen stonden geen stoelen – vermoedelijk voor het geval de Fransen het huis zouden binnendringen en zich achter de stoelen zouden verschuilen – dus ging hij bij een raam staan. Toen kwamen er echter twee officieren binnen, waarvan de een aan de ander een belangrijk strategisch kenmerk van het Portugese landschap wilde laten zien, en daarvoor moesten ze bij het raam zijn. Ze keken Strange strak aan, dus ging hij bij een gewelfde doorgang staan die voor de helft was afgeschermd met een gordijn.

Ondertussen riep iemand op de gang steeds naar ene Winespill, dat die de tonnen buskruit moest komen brengen, en snel graag. Een zeer kleine soldaat met een lichte bochel kwam de kamer binnen. Hij had een fel paarse moedervlek op zijn gezicht en leek van alle regimenten in het Britse leger een karakteristiek kledingstuk te dragen. Dit was vermoedelijk Winespill. Winespill was niet blij. Hij kon het buskruit niet vinden. Hij zocht in kasten, onder trappen en op balkons. 'Eén moment nog!' riep hij af en toe. Toen kwam hij op het idee om achter Strange naar het gewelf achter het gordijn te kijken. Onmiddellijk riep hij dat hij de vaten buskruit had gevonden en dat hij ze veel sneller had kunnen vinden als iemand – en hierbij wierp hij een duistere blik op Strange – er niet voor had gestaan.

De uren verstreken traag. Strange stond weer op zijn post bij het raam en dreigde elk moment in slaap te zullen vallen, toen hij aan de hand van zekere geluiden van drukte en bedrijvigheid besefte dat er zojuist een belangrijk iemand het huis was binnengekomen. Het volgende moment liepen er fier drie soldaten de kamer in. Eindelijk bevond Strange zich in de nabijheid van lord Wellington.

Hoe moet men lord Wellington beschrijven? Is dat wel noodzakelijk? Is dat wel mogelijk? Waar men ook kijkt, overal ziet men zijn gezicht: op een goedkope prent aan de muur van de diligenceherberg, op een veel luxere prent versierd met vlaggen en trommen aan de muur boven aan de trap naar de parlementszaal. Vandaag de dag is er geen jongedame met een gemiddelde romantische inslag te vinden die niet vóór haar zeventiende ten minste één foto van hem zal aanschaffen. Zij zal een lange, gekromde neus veel mooier vinden dan een korte, gedrongen neus en het als de grootste tegenslag in haar leven beschouwen dat hij al getrouwd is. Om dat te compenseren is ze vast van plan haar eerstgeboren zoon Arthur te noemen. Ze staat bovendien niet alleen in haar verering. Haar jongere broers en zusters zijn al even fanatiek. Het knapste tinnen soldaatje in een Engelse kinderkamer wordt altijd Wellington genoemd en beleeft meer avonturen dan de rest van de doos met tinnen soldaatjes bij elkaar. Iedere schooljongen speelt minstens één keer per week dat hij Wellington is en zijn jongere zusjes doen hetzelfde. Wellington personifieert alle Engelse deugden. Hij is het toonbeeld van wat iemand tot een Engelsman maakt. Als de Fransen Napoleon met zich meedragen in hun buik – wat het geval schijnt te zijn – dan dragen wij Wellington met ons mee in ons hart.[2]

Op dat moment was lord Wellington echter zeer ontstemd over het een of ander.

'Mijn bevelen waren volkomen duidelijk, lijkt mij!' zei hij tegen de twee officieren. 'De Portugezen moesten al het graan vernietigen dat ze niet konden meenemen, zodat het niet in handen van de Fransen zou vallen. Ik heb zojuist echter de halve dag staan kijken naar Franse soldaten die weer grotten bij Cartaxo ingingen en met jutezakken naar buiten kwamen.'

---

[2] Natuurlijk zou men kunnen tegenwerpen dat Wellington zelf Iers was, maar een vaderlandslievend schrijver verwaardigt zich niet te reageren op dat soort haarkloverij.

'De Portugese boeren vonden het heel moeilijk hun graan te vernietigen. Ze waren bang dat ze zouden verhongeren,' legde een van de officieren uit.

De andere officier opperde hoopvol dat het misschien geen graan was dat de Fransen in de jutezakken aangetroffen hadden, maar iets anders, waar ze niets aan hadden. Goud of zilver, misschien?

Lord Wellington keek hem koel aan. 'De Franse soldaten brachten de jutezakken naar de molens. De wieken draaiden duidelijk zichtbaar in het rond! Denk je soms dat ze goud aan het malen waren? Dalziel, ga alsjeblieft klagen bij de Portugese autoriteiten!' Zijn boze blik schoot door de kamer en bleef rusten op Strange. 'Wie is dat?' vroeg hij.

De officier die Dalziel heette mompelde iets in meneers oor.

'O!' zei lord Wellington en vervolgens zei hij tegen Strange: 'U bent de tovenaar.' In die opmerking klonk een nauwelijks waarneembare vraag door.

'Ja,' zei Strange.

'Meneer Norrell?'

'Hm, nee. Meneer Norrell is in Engeland. Ik ben meneer Strange.'

Lord Wellington keek hem niet-begrijpend aan.

'De andere tovenaar,' legde Strange uit.

'Op die manier,' zei lord Wellington.

De officier die Dalziel heette, staarde met een verraste uitdrukking op zijn gezicht naar Strange, alsof hij het tamelijk ongemanierd van hem vond dat hij beweerde iemand anders te zijn, terwijl lord Wellington hem al duidelijk had gemaakt wie hij was.

'Wel, meneer Strange,' zei lord Wellington, 'ik ben bang dat uw reis verspilde moeite is geweest. Als ik uw komst had kunnen voorkomen, zou ik dat eerlijk gezegd gedaan hebben. Maar nu u hier toch bent, zal ik van de gelegenheid gebruikmaken u te vertellen wat een last u en de andere heer het leger hebben bezorgd.'

'Last?' vroeg Strange.

'Last,' herhaalde lord Wellington. 'Door de visioenen die u de ministers heeft voorgeschoteld, schijnen zij te denken dat zij weten hoe de zaken in Portugal ervoor staan. Ze hebben me veel meer bevelen gestuurd en zich veel meer met mijn zaken bemoeid dan ze normaal gesproken gedaan zouden hebben. Alleen *ík* weet wat er in Portugal gedaan moet worden, meneer Strange, want alleen *ík* ben volledig bekend met de omstandigheden. Ik zeg niet dat u en dat

andere heerschap elders geen goede dingen gedaan hebben – de marine leek tenminste erg tevreden, daar weet ik niets van – maar wat ik wél zeg, is dat ik hier in Portugal geen tovenaar nodig heb.'

'Maar hier in Portugal, mijn heer, is de kans dat magie op die manier misbruikt wordt immers veel kleiner, daar ik geheel tot uw dienst sta en onder uw supervisie val.'

Lord Wellington keek hem indringend aan. 'Wat ik hoofdzakelijk nodig heb zijn soldaten. Kunt u er meer maken?'

'Soldaten? Nou, dat hangt af van wat u bedoelt. Het is een interessante vraag—' Tot Strange' grote ergernis betrapte hij zichzelf erop dat hij precies zo klonk als meneer Norrell.

'Kunt u er meer maken?' viel lord Wellington hem in de rede.

'Nee.'

'Kunt u ervoor zorgen dat de kogels sneller op de Fransen afvliegen? Ze vliegen van zichzelf al erg snel. Kunt u misschien de aarde omwoelen en stenen verplaatsen om redoutes, lunetten en andere verdedigingswerken voor mij te bouwen?'

'Nee, mijn heer. Maar, mijn heer—'

'De legerpredikant van het hoofdkwartier heet meneer Briscall. De medische hoofdofficier is dr McGrigor. Mocht u besluiten in Portugal te blijven, dan raad ik u aan zich bij die heren te melden. Misschien kunt u voor hen van nut zijn. Voor mij in ieder geval niet.' Lord Wellington draaide zich om en riep naar ene Thornton dat hij met het diner moest beginnen. Zo werd Strange te kennen gegeven dat het onderhoud was afgelopen.

Strange was gewend aan de eerbiedige benadering van de regeringsministers. Hij was gewend zelfs door enkele van de voornaamste lieden in het land behandeld te worden als een gelijke. Dat hij nu opeens over één kam geschoren werd met legerkapelaans en -doktoren – doodgewone figuranten – was een grote domper.

Hij bracht een zeer oncomfortabele nacht door in de enige herberg van Pero Negro en zodra het licht werd, reed hij terug naar Lissabon. Zodra hij weer in het hotel aan de Schoenmaker-straat was, schreef hij een heel lange brief aan Arabella, waarin hij beschreef hoe stuitend hij behandeld was. Zodra hij daarmee klaar was, voelde hij zich al een stuk beter. Hij besloot dat het een heer niet paste te klagen, dus verscheurde hij de brief.

Vervolgens maakte hij een lijst met de toverkunsten die hij en Norrell voor de admiraliteit hadden verricht, waarna hij probeerde te besluiten welke het meest geschikt zouden zijn voor lord Wellington. Na zorgvuldige overweging concludeerde hij dat er maar weinig was dat zó kon bijdragen aan de ellende van het Franse leger als noodweer en stortbuien. Hij besloot meteen een brief aan meneer te schrijven om aan te bieden dat met behulp van magie voor hem te doen. Men knapt er altijd van op als men iets concreets kan doen, en Strange' humeur verbeterde dan ook meteen aanzienlijk – dat wil zeggen, totdat hij toevallig een blik naar buiten wierp. De lucht was inktzwart, de regen kwam met bakken uit de hemel en er waaide een felle wind. Zo te zien kon het elk moment gaan onweren. Hij ging op zoek naar meneer Prideaux. Prideaux bevestigde dat het al weken zo regende, dat de Portugezen dachten dat het slechte weer nog een hele tijd zou aanhouden, en dat de Fransen inderdaad erg ongelukkig waren.

Daar dacht Strange een poosje over na. Even overwoog hij lord Wellington een brief te sturen waarin hij aanbood de regen te laten ophouden, vanuit de gedachte dat het slechte weer ook voor de Britse soldaten heel oncomfortabel moest zijn, maar uiteindelijk besloot hij dat de hele weerkwestie domweg te heikel was zolang hij nog maar zo weinig begreep van oorlog en lord Wellington. Voorlopig hield hij het erop dat hij het best een kikkerplaag op de Franse soldaten af kon sturen. Dat was in elk geval erg bijbels, en – zo dacht Strange – wat kon er nu respectabeler zijn dan de bijbel?

De volgende ochtend zat hij somber in zijn hotelkamer te doen alsof hij in een van Norrell's boeken zat te lezen, maar in werkelijkheid zat hij naar de regen te kijken. Toen werd er op de deur geklopt. Het was een Schotse officier in een huzarenuniform, die Strange onderzoekend aankeek en vroeg: 'Meneer Norrell?'

'Nee, ik ben niet... ach, laat ook maar! Wat kan ik voor u doen?'

'Bericht voor u van het hoofdkwartier, meneer Norrell.' De jonge officier gaf hem een stuk papier.

Het was zijn eigen brief aan Wellington. Iemand had er met een dik, blauw potlood één woord overheen gekrabbeld: 'geweigerd'.

'Wiens handschrift is dat?' vroeg Strange.

'Dat van lord Wellington, meneer Norrell.'

'O.'

De volgende dag schreef Strange een nieuwe brief aan Wellington, waarin hij aanbood de rivier de Tagus buiten zijn oevers te laten treden, zodat het water de Fransen zou verzwelgen. Dat lokte in elk geval een langer antwoord van Wellington uit, waarin hij uitlegde dat het hele Britse leger en een groot deel van het Portugese leger zich op dat moment tussen de Tagus en de Fransen bevonden, en dat meneer Strange' suggestie dan ook volkomen ongeschikt was.

Strange weigerde zich te laten ontmoedigen. Hij bleef Wellington iedere dag een voorstel sturen. Ze werden een voor een afgewezen.

Op een bijzonder sombere avond, eind februari, liep hij juist door de vestibule van het hotel van meneer Prideaux om in zijn eentje te gaan dineren, toen hij bijna tegen een blozende jongeman in Engelse kledij opbotste. De jongeman verontschuldigde zich en vroeg of hij wist waar hij meneer Strange kon vinden.

'Dat ben ik. Wie bent u?'

'Mijn naam is Briscall. Ik ben legerpredikant op het hoofdkwartier.'

'Meneer Briscall. Ja, natuurlijk.'

'Lord Wellington heeft mij gevraagd u op te zoeken,' legde meneer Briscall uit. 'Hij zei dat u mij misschien kon helpen door middel van magie, klopt dat?' Meneer Briscall glimlachte. 'Maar volgens mij hoopte hij vooral dat ik u er misschien van zou kunnen weerhouden hem iedere dag een brief te schrijven.'

'O!' zei Strange. 'Maar ik zal niet stoppen tot hij me iets te doen geeft.'

Meneer Briscall lachte. 'Uitstekend, ik zal het hem zeggen.'

'Dank u. En kan ik iets voor u doen? Ik heb nooit eerder voor de kerk getoverd. Ik zal eerlijk tegen u zijn, meneer Briscall. Mijn kennis over kerkelijke magie is minimaal, maar ik zou graag iemand van dienst willen zijn.'

'Hm. Ik zal ook eerlijk zijn tegen u, meneer Strange. Mijn taken zijn werkelijk heel eenvoudig. Ik bezoek de zieken en de gewonden. Ik verzorg kerkdiensten voor de soldaten en probeer een fatsoenlijke begrafenis voor hen te regelen als ze sneuvelen, de arme jongens. Ik zou niet weten hoe u zou kunnen helpen.'

'Dat weet niemand,' zei Strange zuchtend. 'Maar kom, wilt u niet in elk geval samen met mij dineren? Dan hoef ik vanavond tenminste niet alleen te eten.'

De legerpredikant stemde daar meteen mee in en de twee mannen namen plaats in de dinerzaal van het hotel. Strange ontdekte dat meneer Briscall aangenaam gezelschap was en graag alles vertelde wat hij wist over lord Wellington en het leger.

'Soldaten zijn over het algemeen niet erg vroom,' zei hij, 'maar dat had ik ook niet verwacht, en ik had het geluk dat alle legerpredikanten vóór mij bijna meteen na hun aankomst met verlof gingen. Ik ben de eerste die is gebleven, en daar zijn de soldaten me dankbaar voor. Ze vinden het erg fijn als iemand bereid is hun zware leven te delen.'

Strange zei dat hij daarvan overtuigd was.

'En hoe zit het me u, meneer Strange? Schiet u al een beetje op?'

'Ik? Nee, helemaal niet. Niemand wil mij hier. Bij de zeldzame gelegenheden dat iemand iets tegen mij zegt, word ik vaak zowel meneer Strange als meneer Norrell genoemd. Niemand schijnt te beseffen dat dat ook wel eens twee verschillende mensen zouden kunnen zijn.'

Briscall lachte.

'En lord Wellington wijst al mijn voorstellen af, zodra ik ze heb ingediend.'

'Hoezo? Wat heeft u hem dan voorgesteld?'

Strange vertelde hem over zijn eerste aanbod om een kikkerplaag op de hoofden van de Fransen te doen neerdalen.

'Tja, het verbaast me niet dat hij dat geweigerd heeft!' zei Briscall minachtend. 'De Fransen koken immers kikkers en eten ze op, nietwaar? Een essentieel onderdeel van lord Wellington's plan is de Fransen te laten verhongeren. U had net zo goed kunnen voorstellen gebraden kip op hun hoofden te doen neerdalen, of varkenspasteitjes!'

'Dat is niet mijn schuld,' zei Strange een beetje geprikkeld. 'Ik ben maar al te graag bereid rekening te houden met de plannen van lord Wellington, maar ik weet niet wat die zijn. In Londen vertelde de admiraliteit ons wat zij van plan was, en binnen dat kader ontwierpen wij vervolgens onze magie.'

'Op die manier,' zei Briscall. 'Neemt u mij niet kwalijk dat ik het zeg, meneer Strange – misschien begrijp ik het niet helemaal – maar het lijkt mij dat u hier een reusachtig voordeel heeft. In Londen moest u zich verlaten op het oordeel van de admiraliteit om te weten wat zich honderden kilometers verderop afspeelde, en ik moet zeggen dat de admiraliteit er vaak naast zit. Hier kunt u het met eigen ogen zien. Uw ervaring is niet anders dan die van mij. Toen ik hier voor het eerst kwam, sloeg ook niemand acht op mij. Ik zwierf van het ene regiment naar het andere. Niemand wilde van mijn diensten gebruikmaken.'

'En toch maakt u nu deel uit van Wellington's staf. Hoe heeft u dat voor elkaar gekregen?'

'Het heeft wat tijd gekost, maar uiteindelijk is het mij gelukt mijn nut te bewijzen. En ik weet zeker dat u dat ook zal lukken.'

Strange zuchtte. 'Ik doe mijn best. Maar ik lijk er slechts in te slagen mijn overbodigheid te bewijzen. Keer op keer!'

'Onzin! Voor zover ik kan beoordelen heeft u maar één echte fout gemaakt, en dat is hier in Lissabon blijven. Als ik u advies mag geven: vertrek zo snel als u kunt. Ga in de bergen slapen te midden van de soldaten en de officieren! Pas dan zult u hen leren begrijpen. Praat met hen. Breng uw tijd met hen door in de verlaten dorpen achter de linies. Dat zullen ze ontzettend waarderen. Er zijn geen betere kerels op de wereld te vinden.'

'Echt? In Londen zei men dat Wellington hen uitschot noemde.'

Briscall lachte, alsof het maar een kleine misstap was om uitschot te zijn, en het in feite een van de grote charmes van het leger was. Strange vond dat een vreemd standpunt voor een legerpredikant.

'En wat zijn ze nu?' vroeg hij.

'Allebei, meneer Strange. Ze zijn het allebei. En, wat vindt u ervan? Wilt u gaan?'

Strange fronste zijn voorhoofd. 'Ik weet het niet. Het is niet zo dat ik ontberingen en ongemak vrees, dat moet u goed begrijpen. Ik geloof dat ik wat dat betreft even veel kan verdragen als andere mensen. Maar ik ken daar niemand. Ik lijk iedereen alleen maar in de weg te lopen sinds ik hier ben aangekomen, en aangezien ik geen vrienden heb tot wie ik me kan wenden—'

'O! Maar dat is gemakkelijk te verhelpen. Dit is Londen of Bath niet, waar men introductiebrieven nodig heeft. Neem een vat cognac mee. En een of twee kisten champagne, als uw bediende die nog kan dragen. U zult binnen de kortste keren veel vrienden hebben onder de officieren als u hen cognac en champagne kunt schenken.'

'Echt? Is het werkelijk zo eenvoudig?'

'O, natuurlijk! Maar neemt u geen rode wijn mee, want daar heeft u niets aan. Daar hebben ze meer dan genoeg van.'

Een paar dagen later zeiden Strange en Jeremy Johns Lissabon vaarwel en togen naar het gebied achter de linies. De Britse officieren en soldaten waren een beetje verbaasd een tovenaar in hun midden aan te treffen. Ze schreven brieven naar hun vrienden thuis, waarin ze hem in weinig complimenteuze bewoordingen beschreven en zich afvroegen wat hij daar in vredesnaam kwam doen. Maar Strange volgde het advies van Briscall op. Iedere officier die hij tegenkwam, werd uitgenodigd om die avond na het eten een glas champagne met hem te komen drinken. Al snel vergaven ze hem zijn excentrieke beroep. Waar het om ging, was dat men in Strange' bivak altijd wel een paar vrolijke kerels tegen het lijf liep en iets fatsoenlijks te drinken kreeg.

Strange begon ook met roken. Het had hem in het verleden nooit een aantrekkelijk tijdverdrijf geleken, maar hij ontdekte dat een voorraad tabak van onschatbare waarde was als je gesprekken wilde aanknopen met gewone soldaten.

Het was een nogal vreemd leven in een nogal griezelige omgeving. De dorpen achter de linies waren op bevel van lord Wellington ontruimd en de gewassen waren in brand gestoken. Soldaten van beide legers gingen regelmatig naar de verlaten dorpen om alles wat bruikbaar leek mee te nemen. Aan de Britse kant was het niet ongebruikelijk dat je op de helling van een heuvel of op een open plek in het bos sofa's, kledingkasten, bedden, stoelen en tafels tegenkwam. Af en toe stonden er zelfs volledige slaapkamers of salons, compleet met scheergerei, boeken en lampen, maar zonder de belemmering van muren en een plafond.

Maar als het Britse leger al leed onder de slechte weersomstandigheden, dan was de toestand van de Franse soldaten nog vele malen erger. Hun kleren waren versleten en ze hadden niets te eten. Al vanaf oktober hadden ze naar de linies van lord Wellington zitten staren. Ze konden het Britse leger niet aanvallen, want het beschikte over drie linies van onneembare forten waarachter het zich op ieder gewenst moment kon terugtrekken. Lord Wellington op zijn beurt nam niet de moeite de Fransen aan te vallen. Waarom zou hij, als honger en ziekte zijn vijanden sneller uitroeiden dan hij ooit zou kunnen? Op vijf maart braken de Fransen hun kampementen op en vertrokken richting het noorden. Binnen enkele uren zetten lord Wellington en het Britse leger de achtervolging in. Jonathan Strange ging met hen mee.

Op een bijzonder regenachtige ochtend halverwege die maand reed Strange aan de zijkant van de weg waar de 95ste divisie karabiniers overheen marcheerde. Toevallig viel zijn oog op een paar goede vrienden van hem, die een eindje verderop liepen. Hij spoorde zijn paard aan tot een draf en haalde hen al snel in.

'Goedemorgen, Ned,' zei hij tegen een man die hij met goede reden als een bedachtzaam, verstandig mens beschouwde.

'Goedemorgen, meneer,' zei Ned opgewekt.

'Ned?'

'Ja, meneer?'

'Wat zou je grootste wens zijn? Ik weet dat het een vreemde vraag is,

Ned, en dat moet je me maar vergeven. Maar ik moet het echt weten.'

Ned antwoordde niet meteen. Hij zoog zijn adem in en fronste zijn wenkbrauwen en vertoonde allerlei tekenen die aangaven dat hij diep nadacht. Ondertussen vertelden zijn kameraden behulpzaam aan Strange wat hún grootste wens zou zijn – zaken als magische potten vol goud die nooit leeg zouden raken en huizen die uit één diamant geslepen waren. Eén van hen, een man uit Wales, zei een paar keer op zangerige, droefgeestige toon: 'Een tosti! Een tosti!' Daar moesten de anderen erg om lachen, want mensen uit Wales waren van nature grappig.

Ondertussen had Ned iets bedacht. 'Nieuwe laarzen,' zei hij.

'Echt?' zei Strange verbaasd.

'Ja, meneer,' antwoordde Ned. 'Nieuwe laarzen. Het zijn die verd— Portugese wegen.' Hij gebaarde naar de verzameling stenen en gaten die de Portugezen een weg durfden te noemen. 'Je laarzen gaan ervan aan flarden en 's nachts doen je botten zeer van het lopen op die oneffen ondergrond. Maar als ik nieuwe laarzen zou hebben... O, wat zou ik dan nog fris zijn na een dag marcheren! Wat zou ik het dan nog gemakkelijk tegen de Fransen kunnen opnemen! Wat zou ik de vijand dan kunnen laten zweten!'

'Je strijdlust siert je, Ned,' zei Strange. 'Dankjewel. Je hebt me een zeer nuttig antwoord gegeven.' Hij reed weg, achtervolgd door veel kreten in de trant van: 'Wanneer krijgt Ned zijn laarzen?' en: 'Waar zijn Ned's laarzen nou?'

Die avond werd het hoofdkwartier van lord Wellington gevestigd in een ooit schitterend herenhuis in het dorpje Lousã. Het huis was ooit het bezit geweest van een vermogende en vaderlandslievende Portugese edelman, José Estoril, maar hij en zijn zonen waren gemarteld en vermoord door de Fransen. Zijn vrouw was gestorven aan koorts en er deden verschillende verhalen de ronde over het trieste lot van zijn dochters. Het was maandenlang een zeer melancholische plek geweest, maar nu was Wellington's staf gearriveerd, die het huis vulde met luidruchtige grappen en woordenwisselingen, en werden de sombere kamers opgefleurd door de rode en blauwe jassen van de officieren die in en uit liepen.

Het uur voorafgaand aan het diner was een van de drukste momenten van de dag, en het wemelde in de kamer dan ook van de officieren die waren gekomen om verslag te doen of bevelen te ontvangen, of gewoon om te roddelen. Aan een kant van de kamer was een zeer ontzagwekkende, sierlijke, vervallen stenen trap die naar een paar antieke deuren leidde. Achter die deuren, werd gezegd, was lord Wellington hard aan het werken aan nieuwe plannen om de Fransen te verslaan, en het was een merkwaardig feit dat eenieder die het huis binnenkwam altijd even een eerbiedige blik naar boven wierp. Twee van Wellington's voornaamste stafleden, de kwartiermeester-generaal, generaal sir George Murray, en de adjudant-generaal, generaal sir Charles Stewart, zaten tegenover elkaar aan een grote tafel en waren druk bezig met het uitzetten van de troepenbewegingen voor de volgende dag. Ik onderbreek mijn relaas op dit punt alleen even om op te merken dat u het bij het verkeerde eind heeft als u bij het lezen van het woord generaal denkt dat er twee oude mannen aan die tafel zaten. Toen de napoleontische oorlogen achttien jaar daarvoor waren begonnen, stond het Britse leger inderdaad nog onder het bevel van enkele eerbiedwaardige oude mannen, van wie de meesten in hun gehele carrière nog nooit een glimp van een slagveld hadden opgevangen. In de loop der jaren waren die oude generaals echter allemaal met pensioen gegaan of overleden, en men verkoos jongere en energiekere mannen voor hen in de plaats te benoemen. Wellington zelf was de veertig nog maar net gepasseerd en het merendeel van zijn officieren was nog jonger. De kamer in het huis van José Estoril was gevuld met jongemannen, die allemaal dol waren op een goed gevecht en op dansen, en die allemaal volledig toegewijd waren aan lord Wellington.

Die avond in maart was het ondanks de regen zacht, zo zacht als in de meimaand in Engeland. Sinds zijn overlijden was de tuin van José Estoril verwilderd, en er waren met name veel seringenbomen uit de grond opgeschoten, die elkaar verdrongen langs de muren van het huis. Die bomen stonden nu in bloei en de ramen en luiken van het huis stonden open, waardoor een vochtig, naar seringen geurend briesje naar binnen kwam. Plotseling merkten generaal Murray en sir Charles Stewart dat zij en hun belangrijke documenten flink nat gesproeid werden. Toen ze verontwaardigd opkeken, zagen ze Strange, die buiten op de veranda onverschillig het water van zijn paraplu stond te schudden.

Hij kwam de kamer binnen en wenste enkele generaals die hij kende goedenavond. Hij liep naar de tafel en vroeg of hij lord Wellington te spreken zou kunnen krijgen. Sir Charles Stewart, een trotse, knappe man, gaf geen antwoord, maar schudde slechts krachtig zijn hoofd.

Generaal Murray, een zachtaardigere en beleefdere ziel, zei dat dat helaas niet mogelijk was.

Strange wierp een vluchtige blik naar de grote, gegraveerde deuren boven aan de indrukwekkende trap, waarachter lord Wellington zich bevond. (Merkwaardig hoe iedereen die binnenkwam intuïtief wist waar hij te vinden was. Zo'n sterke aantrekkingskracht oefenen belangrijke mannen nu uit!) Strange maakte geen aanstalten te vertrekken. Generaal Murray veronderstelde dat hij zich eenzaam voelde.

Een grote man met krachtige zwarte wenkbrauwen en een bijpassende lange zwarte snor kwam bij de tafel staan. Hij droeg de donkerblauwe jas met de gouden tressen van de lichte dragonders. 'Waar heeft u de Franse gevangenen gelaten?' vroeg hij op dwingende toon aan generaal Murray.

'In de klokkentoren,' zei generaal Murray.

'Dan is het goed,' zei de man. 'Ik vraag het alleen omdat kolonel Pursey gisteravond drie Fransen in een schuurtje heeft gestopt, omdat hij dacht dat ze daar geen kwaad konden. Maar het schijnt dat een paar jongens van het 52ste net een paar kippen in het schuurtje hadden gestopt, en dat de Fransen de kippen vannacht hebben opgegeten. Kolonel Pursey vertelde dat een paar van die jongens de Fransen vanochtend met een zeer merkwaardige blik bekeken, alsof ze zich afvroegen of de smaak van de kippen in de Fransen was getrokken, en of het misschien de moeite waard zou zijn om een van hen te koken, zodat ze het zelf konden proeven.'

'O,' zei generaal Murray, 'de kans dat zo iets vanavond zal gebeuren is nihil. In de klokkentoren zitten verder alleen maar ratten, en als er iemand opgegeten wordt, dan zullen dat waarschijnlijk de Fransen zijn.'

Generaal Murray, Sir Charles Stewart en de man met de zwarte snor barstten in lachen uit, maar werden toen plotseling onderbroken door de tovenaar. 'De weg tussen Espinhal en Lousã is afschuwelijk slecht.' (Dat was de weg die een groot deel van het Britse leger die dag had genomen.)

Generaal Murray zei instemmend dat de weg inderdaad erg slecht was.

Strange ging verder. 'Mijn paard is vandaag wel honderd keer blijven steken in een gat of uitgegleden in de modder. Ik was ervan overtuigd dat ze kreupel zou worden. Maar de weg was niet slechter dan alle andere wegen die ik hier sinds mijn aankomst heb gezien, en naar ik heb begrepen moeten sommigen van ons morgen door een gebied trekken waar helemaal geen wegen zijn.'

'Ja,' zei generaal Murray, die vanuit de grond van zijn hart wenste dat de tovenaar weg zou gaan.

'Door rivieren die buiten hun oevers zijn getreden en over met stenen bezaaide vlakten, en door bossen en struikgewas, neem ik aan,' zei Strange. 'Dat zal voor ons allemaal niet best zijn. Waarschijnlijk zullen we maar weinig vooruitgang boeken. Ik durf zelfs te wedden dat we helemaal niet vooruit zullen komen.'

'Het is een van de nadelen van oorlog voeren in zo'n achtergebleven, afgelegen land als Portugal,' zei generaal Murray.

Sir Charles Stewart zei niets, maar de boze blik die hij de tovenaar toewierp maakte duidelijk dat hij van mening was dat meneer Strange wellicht meer vooruitgang zou boeken als hij met zijn paard terug zou gaan naar Londen.

'Vijfenveertigduizend soldaten met al hun paarden, karren en uitrusting door zo'n afschuwelijk land laten trekken! In Engeland zou niemand dat voor mogelijk houden.' Strange lachte. 'Het is jammer dat meneer geen tijd heeft om met mij te praten, maar misschien zou u zo goed willen zijn voor mij een boodschap aan hem door te geven. Zegt u tegen hem dat meneer Strange hem laat groeten, en dat meneer Strange alleszins bereid is morgen een mooie, fatsoenlijke weg te voorschijn te toveren waar het leger overheen kan marcheren, als meneer dat toevallig prettig zou vinden. O! En als hij dat wil, kan hij ook bruggen krijgen, ter vervanging van de bruggen die de Fransen hebben opgeblazen. Goedenavond samen.' Met die woorden maakte Strange voor beide heren een buiging, pakte zijn paraplu en vertrok.

Strange en Jeremy Johns waren er niet in geslaagd om in Lousã een plek te vinden om te overnachten. Geen van de heren die verblijfplaatsen voor de generaals hadden geregeld en de rest van de manschappen had verteld op welk vochtig grasveld ze konden gaan slapen, had een voorziening getroffen voor de tovenaar en zijn bediende. Strange had uiteindelijk met een man die een paar kilometer verderop aan de weg naar Miranda do Corvo een wijnwinkeltje had overeenstemming bereikt over een piepkleine bovenkamer.

Strange en Jeremy aten de maaltijd die de eigenaar van de wijnwinkel voor hen bereid had. Het was een stoofschotel, en ze amuseerden zich die avond voornamelijk met raden wat erin zat.

'Wat voor de duvel is dit?' vroeg Strange, terwijl hij zijn vork omhoog hield. Aan de tanden van de vork bungelde iets wits en glinsterends, dat een sierlijke krul maakte.

'Vis misschien?' opperde Jeremy.

'Het lijkt meer op een slak,' zei Strange.

'Of een deel van iemands oor,' voegde Jeremy eraan toe.

Strange bleef er nog even naar zitten kijken. 'Wil jij het hebben?' vroeg hij.

'Nee, dank u, meneer,' zei Jeremy met een berustende blik op zijn eigen gebarsten bord. 'Ik heb er zelf ook een paar.'

Toen ze klaar waren met eten en de laatste kaars was opgebrand, leek er niets anders op te zitten dan naar bed te gaan. Dat deden ze dan ook. Jeremy ging met opgetrokken knieën aan de ene kant van de kamer liggen en Strange aan de andere kant. Ze hadden allebei een bed gemaakt van de materialen die voorhanden waren. Jeremy had van zijn reservekleren een matras gemaakt en Strange had een kussen dat voornamelijk bestond uit boeken uit de bibliotheek van meneer Norrell.

Plotseling klonk het hoefgekletter van een paard dat in galop over de weg naar het wijnwinkeltje kwam. Dat werd al snel gevolgd door het geluid van laarzen die stampend over de gammele trap omhoog kwamen, en dat werd weer gevolgd door het geluid van een vuist die tegen de krakkemikkige deur bonsde. De deur ging open en een knappe jongeman in huzarenuniform kwam half struikelend de kamer binnen. De jongeman was een beetje buiten adem, maar speelde het klaar om tussen twee ademtochten in mede te delen dat lord Wellington meneer Strange liet groeten, en dat lord Wellington hem graag onmiddellijk wilde spreken als hij in de gelegenheid was.

In het huis van José Estoril zat Wellington met een paar van zijn stafofficieren en enkele andere heren aan het diner. Strange had durven zweren dat de heren aan tafel in levendige gesprekken verwikkeld waren geweest voordat hij de kamer was binnengekomen, maar nu zwegen ze allemaal. Dat suggereerde dat ze het waarschijnlijk over hem hadden gehad.

'Ah, Strange!' riep lord Wellington, die ter begroeting zijn glas hief. 'Daar bent u! Ik heb drie adjudanten-generaals de hele avond naar u laten zoeken. Ik had u willen uitnodigen voor het diner, maar mijn jongens konden u niet vinden. Maar gaat u zitten, en neemt u wat champagne en een dessert.'

Strange keek smachtend naar de overblijfselen van het diner, die door de bedienden afgeruimd werden. Tussen de lekkernijen meende Strange onder andere de resten van een paar geroosterde ganzen, de schalen van garnalen in boter, de helft van een schotel bleekselderijragout en de kontjes van een paar pittige Portugese worstjes te herkennen. Hij bedankte lord Wellington en ging zitten. Een bediende bracht hem een glas champagne en hij schepte voor zichzelf wat amandeltaart en gedroogde kersen op.

'En wat vindt u van de oorlog, meneer Strange?' vroeg een heer met haar en een gezicht als die van een vos aan het andere eind van de tafel.

'O, in eerste instantie lijkt het allemaal erg verwarrend, maar dat geldt voor de meeste dingen,' zei Strange. 'Nu ik zelf echter enkele avonturen heb beleefd die met een oorlog gepaard gaan, begin ik eraan gewend te raken. Ik ben beroofd – één keer. Er is op me geschoten – één keer. Ik heb één keer in de keuken een Fransman aangetroffen die ik weg moest jagen, en één keer is het huis waarin ik sliep in brand gestoken.'

'Door de Fransen?' vroeg sir Charles Stewart.

'Nee, nee. Door de Engelsen. Een compagnie van het 43ste had het kennelijk erg koud die nacht, dus staken ze het huis in brand om het weer warm te krijgen.'

'O, dat gebeurt zo vaak!' zei sir Charles Stewart.

Even was het stil en toen zei een andere heer, die gekleed was in het uniform van de cavalerie: 'Wij zaten zojuist te praten – te redetwisten, eigenlijk – over magie en hoe die in zijn werk gaat. Strathclyde zegt dat u en de andere tovenaar ieder woord in de bijbel een nummer gegeven hebben, en dat u dan de woorden opzoekt om een bezwering op te stellen, en dat u vervolgens de nummers optelt en dan nog iets anders doet en dan—'

'Dat heb ik helemaal niet gezegd!' klaagde iemand anders, waarschijnlijk Strathclyde. 'U heeft er niets van begrepen!'

'Ik moet u teleurstellen, want ik heb nog nooit iets gedaan wat in de verste verte lijkt op wat u beschrijft,' zei Strange. 'Het lijkt me nogal gecompliceerd, en ik denk bovendien niet dat het zou werken. Voor magie bestaan talrijke procedures, waarschijnlijk minstens zo veel als voor het voeren van een oorlog.'

'Ik zou graag willen kunnen toveren,' zei de man met het haar en het gezicht als die van een vos aan de andere kant van de tafel. 'Dan zou ik iedere avond een bal geven met elfenmuziek en elfenvuurwerk, en zou ik de mooiste vrouwen uit de geschiedenis ontbieden: Helena van Troje, Cleopatra, Lucretia Borgia, de Maagd Maria en Madame de Pompadour. Dan zou ik hen allemaal hiernaar toe brengen om met jullie te dansen, jongens. En als de Fransen aan de horizon zouden verschijnen, dan zou ik gewoon...' hij maakte een vaag gebaar met zijn arm, 'iets doen, je weet wel, en dan zouden ze allemaal dood neervallen.'

'Kan een tovenaar een man doden door middel van magie?' vroeg lord Wellington aan Strange.

Strange fronste zijn wenkbrauwen. Hij leek dat geen prettige vraag te vinden. 'Een tovenaar misschien wel,' gaf hij toe, 'maar een heer nooit.'

Lord Wellington knikte, alsof dat precies het antwoord was dat hij verwacht had. En toen vroeg hij: 'Die weg, meneer Strange, die u ons zo vriendelijk heeft aangeboden, wat voor een soort weg zou dat zijn?'

'O, de details kunnen we gemakkelijk regelen, mijn heer. Wat voor een soort weg zou u graag willen?'

De officieren en heren rond de eettafel van lord Wellington keken elkaar aan. Daar hadden ze nog niet over nagedacht.

'Een schelpenpad, misschien?' zei Strange hulpvaardig. 'Een schelpenpad is erg mooi.'

'Te stoffig bij droog weer en één grote modderstroom als het regent,' zei lord Wellington. 'Nee, nee. Aan een schelpenpad hebben we niets. Een schelpenpad is nauwelijks beter dan helemaal geen pad.'

'Een geplaveide weg, dan?' opperde generaal Murray.

'Door plaveisel slijten de laarzen van de soldaten,' zei Wellington.

'En daarbij zou de artillerie het niet prettig vinden,' zei de man met het haar en het gezicht als die van een vos. 'Die zouden het heel zwaar krijgen als ze al die kanonnen over een geplaveide weg moesten voortzeulen.'

Iemand anders opperde een kiezelweg. Daartegen had Wellington echter hetzelfde bezwaar als tegen een schelpenpad. Bij regen zou zo'n weg veranderen in een modderstroom, en de Portugezen voorspelden dat het morgen weer zou gaan regenen.

'Nee,' zei lord Wellington. 'Ik geloof, meneer Strange, dat we het meest zouden hebben aan een weg naar Romeins model, met een mooie greppel aan weerszijden om het water af te voeren en platte stenen van goede kwaliteit die bovendien netjes aansluiten.'

'Uitstekend,' zei Strange.

'We vertrekken bij zonsopgang,' zei Wellington.

'In dat geval, mijn heer, zou iemand zo vriendelijk willen zijn mij te laten zien waar de weg naar toe zou moeten leiden? Dan zal ik er onmiddellijk voor zorgen.'

De volgende ochtend lag de weg er. Lord Wellington reed eroverheen op Copenhagen, zijn lievelingspaard, en Strange reed naast hem op Egyptian, zíjn lievelingspaard. Op zijn gebruikelijke gedecideerde wijze wees Wellington op dingen die hem aan de weg het meest bevielen en dingen die hem niet zo aanstonden. '...Maar eigenlijk ik heb nagenoeg geen klachten. Het is een prima weg! Maak hem morgen alleen wat breder.'

Lord Wellington en Strange spraken af dat de weg er altijd twee uur voordat het eerste regiment er voet op zou zetten moest liggen, en dat hij binnen een uur nadat de laatste soldaat eroverheen was gelopen diende te verdwijnen, dit om te voorkomen dat het Franse leger er enig voordeel bij zou hebben. Het succes van dit plan was sterk afhankelijk van de juistheid van de informatie die de staf van Wellington aan Strange verschafte over de geschatte tijdstippen waarop de dagmars zou beginnen en eindigen. Het spreekt vanzelf dat die berekeningen niet altijd juist waren. Ongeveer een week nadat de weg voor het eerst verschenen was, kwam kolonel Mackenzie van de 11de infanterie in een zeer slecht humeur op bezoek bij lord Wellington om te klagen over het feit dat de tovenaar de weg al had laten verdwijnen voordat zijn regiment die had weten te bereiken.

'Tegen de tijd dat wij in Celorico da Beira waren, mijn heer, verdween hij voor onze ogen! Een uur daarna was er niets meer van over. Kan de tovenaar geen visioenen oproepen om bij te houden waar de verschillende regimenten zich bevinden? Ik heb begrepen dat zo iets voor hem geen enkel probleem is! Dan zou hij ervoor kunnen zorgen dat de wegen pas verdwijnen als iedereen zover is.'

Lord Wellington zei vinnig: 'De tovenaar heeft het vreselijk druk. Beresford heeft wegen nodig.[3] Ik heb wegen nodig. Ik kan echt niet

[3] Er waren drie grote vestingen die de grens met Spanje bewaakten: Almeida, Badajoz en Ciudad Rodriquez. Aan het begin van 1811 waren ze in handen van de Fransen. Terwijl Wellington optrok naar de Almeida, stuurde hij generaal Beresford met het Portugese leger naar het zuiden om het fort Badajoz te belegeren.

van meneer Strange verlangen dat hij steeds in spiegels en schalen met water gaat zitten staren om uit te zoeken waar alle verdwaalde regimenten gebleven zijn. U en uw jongens moeten gewoon flink doorlopen, kolonel Mackenzie. Meer niet.'

Kort daarop kwamen er bij het Britse hoofdkwartier berichten binnen over iets wat een groot deel van het Franse leger overkomen was toen het van Guarda naar Sabugal marcheerde. Er was een verkenningspatrouille uitgezonden om de weg tussen twee steden te inspecteren, maar toen waren er een paar Portugezen langsgekomen die beweerden dat het een van de wegen van de Engelse tovenaar was, en dat die over een uur of twee zeker verdwenen zou zijn en iedereen op de weg met zich mee zou sleuren naar de hel, of wellicht zelfs naar Engeland. Zodra dit gerucht de soldaten ter ore kwam, weigerden zij pertinent over de weg te lopen, die echter gewoon echt was en er al bijna duizend jaar lag. In plaats daarvan hadden de Fransen een kronkelige route afgelegd over bergen en door rotsachtige valleien, waardoor hun laarzen versleten en hun kleren gescheurd waren en ze enkele dagen vertraging hadden opgelopen.

Lord Wellington was opgetogen.

30

Het boek van Robert Findhelm

januari – februari 1812

Bij een tovenaar thuis kun je natuurlijk eigenaardige dingen verwachten, maar bij meneer Norrell thuis was het allermerkwaardigste ongetwijfeld Childermass. In geen enkel Londens huishouden zou je zo'n bediende aantreffen. De ene dag zag je hem als een gewone bediende een vuil kopje opruimen en kruimels van een tafel vegen. De volgende dag echter was hij in staat in een kamer vol met admiraals, generaals en edelen het gesprek te onderbreken om hun te vertellen op welke punten ze volgens hem ongelijk hadden. Meneer Norrell had de hertog van Devonshire een keer publiekelijk op de vingers getikt omdat hij Childermass in de rede was gevallen.

Op een mistige dag tegen het einde van januari 1812 kwam Childermass de bibliotheek aan Hanover-square binnen, waar meneer Norrell op dat moment aan het werk was, en deelde zijn meester mede dat hij genoodzaakt was voor zaken weg te gaan en niet wist wanneer hij terug zou komen. Zodra hij de andere bedienden instructies had gegeven over de verschillende taken die ze in zijn afwezigheid moesten verrichten, besteeg hij zijn paard en reed weg.

In de drie weken die volgden ontving meneer Norrell vier brieven van hem: een uit Newark in Nottinghamshire, een uit York in de oostelijke gouw van Yorkshire, een uit Richmond in de noordelijke gouw en een uit Sheffield in de westelijke gouw. Maar de brieven gingen slechts over zaken en wierpen geen enkel licht op zijn mysterieuze reis.

Op een avond in de tweede helft van februari keerde hij terug. Lascelles en Drawlight hadden aan Hanover-square gedineerd en zaten samen met meneer Norrell in de ontvangstkamer toen

Childermass binnenkwam. Hij kwam rechtstreeks van de stallen. Zijn schoenen en broek zaten onder de modderspatten en zijn jas was nog nat van de regen.

'Waar bent u in 's hemelsnaam geweest?' vroeg meneer Norrell.

'In Yorkshire,' zei Childermass, 'om informatie in te winnen over Vinculus.'

'Heeft u Vinculus gezien?' vroeg Drawlight nieuwsgierig.

'Nee.'

'Weet u waar hij is?' vroeg meneer Norrell.

'Nee.'

'Heeft u Vinculus' boek gevonden?' vroeg Lascelles.

'Nee.'

'Foei,' zei Lascelles. Hij schonk Childermass een afkeurende blik. 'Als ik u advies mag geven, meneer Norrell: ik zou niet toestaan dat Childermass nog meer tijd verspilt aan de zoektocht naar Vinculus. Al jaren heeft niemand meer iets van hem vernomen. Waarschijnlijk is hij dood.'

Childermass ging op de sofa zitten alsof hij daar alle recht toe had en zei: 'De kaarten zeggen dat hij nog niet dood is. De kaarten zeggen dat hij nog steeds in leven is en het boek nog steeds heeft.'

'De kaarten! De kaarten!' riep meneer Norrell. 'Ik heb u al duizend keer gezegd dat ik nooit meer iets over die dingen wil horen! Ik verwacht van u dat u ze verwijdert uit mijn huis en er met geen woord meer over rept.'

Childermass schonk zijn meester een kille blik. 'Wilt u horen wat ik te weten gekomen ben of niet?' vroeg hij.

Meneer Norrell knikte nors.

'Mooi,' zei Childermass. 'In uw belang, meneer Norrell, heb ik mijn best gedaan alle vrouwen van Vinculus beter te leren kennen. Het leek mij welhaast onmogelijk dat niet één van hen iets zou weten wat ons zou kunnen helpen. Als ik hen maar vaak genoeg zou meenemen naar een kroeg, zo dacht ik, hun voldoende gin zou voeren en hen gewoon zou laten praten, zou een van hen me waarschijnlijk wel iets nuttigs vertellen. Ik had gelijk. Drie weken geleden vertelde Nan Purvis mij een verhaal dat mij eindelijk op het spoor van Vinculus' boek bracht.'

'Wie van de vijf is Nan Purvis?' vroeg Lascelles.

'De eerste. Ze vertelde me over iets wat twintig of dertig jaar geleden was gebeurd, toen Vinculus en zij pas getrouwd waren. Ze waren gaan drinken in een kroeg. Hun geld was op, ze kregen geen krediet meer en het was tijd om terug naar huis te gaan. Ze strompelden door de straten en in de goot zagen ze iemand die kennelijk nog meer gedronken had dan zij. Het was een oude man, en hij was stomdronken. Het vieze water stroomde om zijn lijf en over zijn gezicht, en het was een wonder dat hij nog niet verdronken was. Iets aan die sloeber trok Vinculus' aandacht. Hij leek hem te herkennen. Hij liep op hem af om hem eens beter te bekijken. Toen lachte hij en gaf de oude man een gemene schop. Nan vroeg aan Vinculus wie de oude man was. Vinculus antwoordde dat hij Clegg heette. Ze vroeg waar hij hem van kende. Vinculus antwoordde kwaad dat hij Clegg niet kende. Hij zei dat hij Clegg nooit gekend had! Sterker nog, zei hij tegen haar, hij was vastbesloten hem nooit te leren kennen! Kortom, er was niemand ter wereld die hij meer minachtte dan Clegg! Toen Nan klaagde dat ze daar niet veel wijzer van werd, vertelde hij met tegenzin dat de man zijn vader was. Daarna weigerde hij nog iets te zeggen.'

'Wat heeft dat er nu weer mee te maken?' viel meneer Norrell hem in de rede. 'Waarom heb je Vinculus' vrouwen niet naar het boek gevraagd?'

Childermass keek geërgerd. 'Dat heb ik ook gedaan, heer. Vier jaar geleden al. Misschien kunt u zich nog herinneren dat ik u dat heb verteld. Ze wisten geen van allen ergens van.'

Met een geërgerd handgebaar gaf meneer Norrell aan dat Childermass verder moest vertellen.

'Een paar maanden later zat Nan in een taveerne te luisteren naar een verslag van een ophanging in York, dat iemand uit de krant voorlas. Nan was dol op een goed verhaal over een ophanging, en dit verslag vond ze des te interessanter omdat de man die ter dood gebracht was Clegg heette. Het bleef in haar hoofd zitten en die avond vertelde ze het aan Vinculus. Tot haar verbazing kwam ze tot de ontdekking dat hij alles al wist en dat het inderdaad zijn vader was geweest. Vinculus was blij dat zijn vader opgehangen was. Hij zei dat Clegg het ongetwijfeld verdiend had. Hij zei dat Clegg schuldig was aan een verschrikkelijke misdaad – de ergste misdaad van de afgelopen eeuw in Engeland.'

'Welke misdaad?' vroeg Lascelles.

'In het begin kon Nan het zich niet herinneren,' zei Childermass. 'Maar toen ik haar bleef ondervragen en gin bleef beloven, wist ze het opeens weer. Hij had een boek gestolen.'

'Een boek!' riep meneer Norrell.

'O, meneer Norrell!' riep Drawlight. 'Dat moet hetzelfde boek zijn. Dat moet Vinculus' boek wel zijn!'

'Is dat zo?' vroeg meneer Norrell.

'Ik denk het wel,' zei Childermass.

'Maar wist de vrouw wat voor boek het was?' vroeg meneer Norrell.

'Nee, dat was alle informatie die Nan me kon geven. Dus reed ik naar York, waar Clegg berecht en ter dood gebracht was, en daar bestudeerde ik de processtukken van de driemaandelijkse rechtszitting. Het eerste wat ik ontdekte was dat Clegg oorspronkelijk uit Richmond in Yorkshire kwam. Jazeker!' Childermass keek met een veelbetekenende blik naar meneer Norrell. 'Vinculus is een Yorkshireman, van afkomst althans.[1] Clegg was begonnen als koorddanser op de kermissen van het noorden, maar aangezien koorddansen niet zo goed samengaat met drinken – en Clegg was een vermaard drinker – was hij genoodzaakt te stoppen. Hij keerde terug naar Richmond en ging als bediende op een welvarende boerderij werken. Het werk ging hem goed af en met zijn pienterheid maakte hij indruk op de boer, zodat hem steeds verantwoordelijker werk werd toevertrouwd. Af en toe ging hij in slecht gezelschap uit drinken, en bij die gelegenheden liet hij het nooit bij een of twee flessen. Hij dronk totdat er geen drup meer in het vat zat en de kelders leeg waren. Dagenlang was hij dan zo dronken als een lor, en in die tijd maakte hij zich schuldig aan allerlei misdrijven: stelen, gokken, vechten, vandalisme. Maar hij zorgde er altijd voor dat die avonturen ver van de boerderij plaatsvonden en hij had altijd een geloofwaardig excuus om zijn afwezigheid te verklaren, zodat zijn baas, de boer, geen moment vermoedde wat er aan de hand was, hoewel de andere bedienden er alles van wisten. De boer heette Robert Findhelm. Hij was een rustige, vriendelijke, fatsoenlijke man – het soort man dat zich gemakkelijk in de luren laat leggen door een schurk als Clegg. De boerderij was al generaties lang in de familie, maar ooit, lang geleden, had hij deel uitgemaakt van de landerijen van de abdij van Easby...'

Meneer Norrell slaakte een zachte kreet en bewoog onrustig heen en weer op zijn stoel.

---

[1] Yorkshire maakte deel uit van de het rijk van de Ravenkoning in Noord-Engeland. Childermass en Norrell kregen waarschijnlijk iets meer respect voor Vinculus toen ze vernamen dat hij, evenals zij, een noorderling was.

Lascelles keek hem onderzoekend aan.

'De abdij van Easby is in vroeger tijden gebouwd door de Ravenkoning,' legde meneer Norrell uit.

'Net als Hurtfew,' voegde Childermass eraan toe.

'Werkelijk?' vroeg Lascelles verbaasd.[2] 'Na alles wat u over hem gezegd heeft, moet ik zeggen dat het me verbaast dat u in een huis woont dat zo nauw met hem verbonden is.'

'U begrijpt het niet,' zei meneer Norrell geërgerd. 'We hebben het over Yorkshire, over het koninkrijk Noord-Engeland waarover John Uskglass driehonderd jaar lang heeft geregeerd en waar hij al die tijd heeft gewoond. Er is bijna nergens een huis of zelfs maar een stukje landbouwgrond te vinden dat niet op de een of andere manier met hem verbonden is.'

Childermass ging verder: 'Findhelm's familie bezat nog iets anders dat ooit aan de abdij had toebehoord, een schat die door de laatste abt aan hen in bewaring was gegeven en die evenals het land was overgegaan van vader op zoon.'

'Een boek over magie?' vroeg meneer Norrell gretig.

'Als het waar is wat ze mij in Yorkshire hebben verteld, was het niet zo maar een boek over magie. Het was hét boek over magie, een boek dat door de Ravenkoning zelf geschreven was in diens eigen handschrift.'

Er viel een stilte.

'Is dat mogelijk?' vroeg Lascelles aan meneer Norrell.

Meneer Norrell gaf geen antwoord. Hij was diep in gedachten verzonken en werd volledig in beslag genomen door deze nieuwe en niet zo prettige gedachte.

Uiteindelijk sprak hij, maar het leek alsof hij hardop dacht in plaats van antwoord te geven op Lascelles' vraag. 'De verhalen over een boek dat toebehoorde aan de Ravenkoning of door hem was geschreven, hebben tot de grootste dwaasheden binnen de Engelse Magie geleid. Verschillende mensen hebben ooit gedacht dat ze het gevonden had-

---

[2] Er waren behalve Lascelles nog meer mensen die opmerkten hoe merkwaardig het was dat meneer Norrell, die nooit een goed woord overhad voor de Ravenkoning, in een huis had gewoond dat gebouwd was van stenen die in opdracht van de koning gedolven waren, en op een stuk land dat ooit aan de koning had toebehoord en dat hij op zijn duimpje kende.

den of dat ze wisten waar het verborgen lag. Onder hen waren intelligente mannen die belangrijke wetenschappelijke werken hadden kunnen schrijven, maar die in plaats daarvan hun leven vergooiden met hun zoektocht naar het boek van de koning. Dat wil echter niet zeggen dat er niet ergens zo'n boek bestaat...'

'En als het zou bestaan,' drong Lascelles aan, 'en als het gevonden zou worden – wat dan?'

Meneer Norrell schudde met zijn hoofd en gaf geen antwoord.

Childermass antwoordde in zijn plaats. 'Dan zou alle Engelse magie opnieuw geïnterpreteerd moeten worden in het licht van die vondst.'

Lascelles trok zijn wenkbrauwen op. 'Is dat waar?' vroeg hij.

Meneer Norrell aarzelde, en zo te zien zou hij graag hebben gezegd dat het niet zo was.

'Gelooft ú dat het boek van de koning was?' vroeg Lascelles aan Childermass.

Childermass haalde zijn schouders op. 'Findhelm geloofde het in ieder geval wel. In Richmond ontdekte ik twee oude mensen die in hun jongere jaren bij Findhelm in dienst waren geweest. Zij zeiden dat het boek van de koning zijn grote trots was. Hij was op de eerste plaats beschermheer van het boek en al het andere – echtgenoot, ouder, boer – kwam op de tweede plaats.' Childermass zweeg even. 'De grootste eer en de zwaarste last die een man in deze eeuw ten deel zal vallen,' zei hij peinzend. 'Findhelm schijnt zelf een bescheiden theoretisch tovenaar te zijn geweest. Hij kocht boeken over magie en betaalde een tovenaar uit Northallerton om hem les te geven. Maar één ding vond ik nogal merkwaardig: beide oud-bedienden verzekerden mij dat Findhelm het boek van de koning nog nooit had gelezen en dat hij maar een heel vaag idee had van wat er in het boek stond.'

'Ah!' riep meneer Norrell zacht.

Lascelles en Childermass keken hem aan.

'Hij kon het dus niet lezen,' zei meneer Norrell. 'Welnu, dat is zeer...' Hij zweeg en beet op zijn nagels.

'Misschien was het in het Latijn,' opperde Lascelles.

'En waarom gaat u ervan uit dat Findhelm geen Latijn kende?' antwoordde Childermass enigszins geërgerd. 'Alleen omdat hij een boer was...'

'O! Niets ten nadele van boeren in het algemeen, dat verzeker ik je,' zei Lascelles lachend. 'Het is een nuttig beroep. Maar boeren staan over het algemeen niet bekend om hun kennis van de klassieke talen.

Zou deze man Latijn wel als zodanig herkend hebben als hij het zag?'

Childermass antwoordde dat Findhelm het Latijn inderdaad als zodanig zou hebben herkend. Hij was niet dom.

Daarop antwoordde Lascelles koel dat hij dat ook nooit had gezegd.

Het gesprek dreigde erg verhit te raken, maar toen werden ze plotseling tot zwijgen gebracht door meneer Norrell, die langzaam en nadenkend zei: 'Toen de Ravenkoning in Engeland aankwam, kon hij niet lezen of schrijven. Weinig mensen konden dat in die tijd – zelfs koningen niet. En de Ravenkoning was opgegroeid in een elfenhuis, waar geen boeken waren. Hij had nog nooit eerder schrift gezien. Zijn nieuwe menselijke bedienden lieten het hem zien en legden hem het doel ervan uit. Hij was toen echter nog een jonge man, een zeer jonge man, misschien niet ouder dan veertien of vijftien. Hij had intussen al koninkrijken veroverd in twee verschillende werelden en beschikte over alle toverkunsten die een tovenaar zich wensen kon. Hij was een en al arrogantie en trots. Hij had niet de behoefte de gedachten van anderen te lezen. Wat stelden de gedachten van anderen voor vergeleken bij die van hem? Dus weigerde hij in het Latijn te leren lezen en schrijven – want dat was wat zijn bedienden wilden – en in plaats daarvan bedacht hij zijn eigen schrift om zijn gedachten voor later op te tekenen. Dat schrift gaf zijn gedachtegangen waarschijnlijk beter weer dan het Latijn. Dat was in het allereerste begin. Hoe langer hij echter in Engeland verbleef, des te meer hij veranderde: hij werd minder zwijgzaam, minder teruggetrokken – hij leek steeds minder op een elf en steeds meer op een mens. Uiteindelijk stemde hij ermee in om, zoals andere mensen, te leren lezen en schrijven. Hij vergat zijn eigen schrift echter niet – 's Konings Schrift, zoals het genoemd werd – en hij leerde het aan enkele uitverkoren tovenaars, zodat zij zijn magie beter zouden kunnen begrijpen. Martin Pale verwijst evenals Belasis naar 's Konings Schrift, ze hebben er geen van beiden ooit ook maar een pennenstreek van gezien. Als een deel ervan bewaard is gebleven, in het eigen handschrift van de koning, dan zou dat zeker...' Meneer Norrell zweeg weer.

'Nou, nou, meneer Norrell,' zei Lascelles. 'U zit vanavond vol verrassingen! Zo veel bewondering voor een man over wie u altijd heeft gezegd dat u hem haat en verafschuwt!'

'Mijn bewondering doet niets af aan mijn haat!' zei meneer Norrell vinnig. 'Ik zei dat hij een groot tovenaar was. Ik heb niet gezegd dat hij een goed mens was of dat ik blij was met zijn invloed op de Engelse magie. Trouwens, wat je daarnet hebt gehoord is mijn persoonlijke mening, en niet bedoeld voor andermans oren. Childermass weet dat. Childermass begrijpt dat.'

Meneer Norrell wierp een nerveuze, vluchtige blik op Drawlight, maar Drawlight luisterde al een tijdje niet meer, al vanaf het moment dat hij besefte dat Childermass' verhaal niet over de beau monde ging, maar over boeren uit Yorkshire en dronken bedienden. Op het moment was hij druk bezig met zijn zakdoek zijn snuiftabakdoosje op te poetsen.

'Dus Clegg heeft dat boek gestolen?' zei Lascelles tegen Childermass. 'Bedoel je dat?'

'In zekere zin. In de herfst van 1754 gaf Findhelm het boek aan Clegg met de opdracht het te bezorgen bij een man in het dorpje Bretton in het Peak District in Derbyshire. Waarom weet ik niet. Clegg vertrok en op de tweede of derde dag van zijn reis arriveerde hij in Sheffield. Hij ging naar binnen bij de taveerne en daar leerde hij een man kennen, een hoefsmid van beroep, die bijna net zo'n uitzonderlijke reputatie als zuiplap had opgebouwd als hij. Ze hielden een drinkwedstrijd, die twee dagen en nachten duurde. Ze begonnen er eigenlijk alleen maar mee om te kijken wie van hen het meest kon drinken, maar op de tweede dag verzonnen ze de ene na de andere krankzinnige uitdaging voor elkaar. Er stond een vat zoute haring in de hoek. Clegg daagde de hoefsmid uit om over een vloer vol haringen te lopen. Inmiddels had zich een menigte verzameld en alle toeschouwers en lanterfanters leegden het vat met haringen en bedekten de vloer met vis. De hoefsmid liep van de ene kant van de zaal naar de andere. De vloer was veranderd in één grote massa stinkende, geplette vis en de hoefsmid zat van top tot teen onder het bloed van alle keren die hij was gevallen. Toen daagde de hoefsmid Clegg uit om over de rand van het dak van de taveerne te lopen. Clegg was ondertussen al een dag dronken. Telkens dachten de toeschouwers dat hij zou vallen en zijn waardeloze nek zou breken, maar dat gebeurde niet. Daarna daagde Clegg de hoefsmid uit om zijn schoenen te roosteren en op te eten – hetgeen de hoefsmid deed – en uiteindelijk daagde de hoefsmid Clegg uit om Robert Findhelm's boek op te eten. Clegg scheurde het in stukken en at het stukje bij beetje op.'

Meneer Norrell slaakte een kreet van afgrijzen. Zelfs Lascelles knipperde met zijn ogen van verbazing.

'Toen Clegg dagen later wakker werd,' zei Childermass, 'besefte hij wat hij had gedaan. Hij vluchtte naar Londen daar ontmoette hij vier jaar later in een taveerne in Wapping een serveerster die Vinculus' moeder zou worden.'

'Maar dan is het duidelijk!' riep meneer Norrell. 'Het boek is helemaal niet verloren gegaan! Het verhaal van de drinkwedstrijd was gewoon een verzinsel van Clegg, om de waarheid voor Findhelm verborgen te houden! In werkelijkheid heeft hij het boek gehouden en aan zijn zoon gegeven! Als we nu konden ontdekken—'

'Maar waarom?' zei Childermass. 'Waarom zou hij al die moeite doen om een boek in handen te krijgen voor een zoon die hij nog nooit had gezien en om wie hij niets gaf? Bovendien was Vinculus nog niet eens geboren toen Clegg naar Derbyshire ging.'

Lascelles schraapte zijn keel. 'Meneer Norrell, voor deze ene keer ben ik het met meneer Childermass eens. Als Clegg het boek nog had gehad, of had geweten waar hij het kon vinden, dan zou hij er tijdens zijn proces vast en zeker mee op de proppen zijn gekomen, of anders zou hij het aangeboden hebben in ruil voor zijn leven.'

'En als Vinculus inderdaad zo veel baat had gehad bij de misdaad van zijn vader,' voegde Childermass eraan toe, 'waarom haatte hij zijn vader dan zo? Waarom was hij dan zo blij toen zijn vader werd opgehangen? Robert Findhelm was ervan overtuigd dat het boek was vernietigd, zo veel is duidelijk. Nan vertelde me dat Clegg was opgehangen wegens het stelen van een boek, maar de aanklacht die Robert Findhelm tegen hem had ingediend betrof geen diefstal. De aanklacht die Findhelm tegen hem indiende betrof boekenmoord. Clegg was de laatste man in Engeland die werd opgehangen wegens boekenmoord.'[3]

'Maar waarom beweert Vinculus dan dat hij het boek heeft als zijn vader het heeft opgegeten?' vroeg Lascelles. 'Dat kan toch niet?'

'Op de een of andere manier is de erfenis van Robert Findhelm op Vinculus overgegaan, maar ik weet niet precies hoe,' zei Childermass.

'Hoe zit het met die man in Derbyshire?' vroeg meneer Norrell plotseling. 'U zei dat Findhelm het boek wilde laten afgeven bij een man in Derbyshire.'

---

3 Boekenmoord werd pas laat aan de Engelse magiewetgeving toegevoegd. Op de opzettelijke vernietiging van een boek stond dezelfde straf als op de moord van een christen.

Childermass zuchtte. 'Op mijn terugweg naar Londen kwam ik door Derbyshire. Ik ben naar het dorpje Bretton gegaan. Drie huizen en een herberg, boven op een kale heuvel. Wie de man ook was die Clegg moest opzoeken, hij is al lang dood. Ik kon daar niets ontdekken.'

Stephen Black en de man met het pluishaar zaten in de bovenste zaal van meneer Wharton's koffiehuis aan Oxford-street, waar de Peep-O'day-Boys samenkwamen.

De heer sprak, zoals hij vaak deed, over zijn grote genegenheid voor Stephen. 'Wat mij er trouwens aan herinnert,' zei hij, 'dat ik je al maanden een verontschuldiging en een verklaring schuldig ben.'

'Een verontschuldiging aan mij, meneer?'

'Ja, Stephen. Jij en ik willen niets liever dan dat lady Pole gelukkig is, maar helaas ben ik gebonden aan de voorwaarden van mijn goddeloze afspraak met de tovenaar, dus moet ik haar elke ochtend laten terugkeren naar het huis van haar echtgenoot, waar ze de rest van de lange dag moet uitzitten totdat het weer avond is. Maar slim als je bent moet je hebben beseft dat die beperkingen niet voor jou gelden, en ik denk dat je je wel zult afvragen waarom ik je niet voorgoed meeneem naar Huize Lost-hope, zodat je voor altijd en eeuwig gelukkig zult zijn.'

'Dat heb ik mij inderdaad afgevraagd meneer,' beaamde Stephen. Hij zweeg even, omdat zijn hele toekomst afhankelijk leek te zijn van de volgende vraag. 'Is er iets wat u tegenhoudt?'

'Ja, Stephen. In zekere zin wel.'

'Op die manier,' zei Stephen. 'Welnu, dat is zeer spijtig.'

'Zou je niet willen weten wat het is?' vroeg de heer.

'O ja, meneer! Zeer zeker, meneer!'

'Het is namelijk zo,' zei de heer met een ernstige en gewichtige uitdrukking op zijn gezicht, heel anders dan gewoonlijk, 'dat wij elfengeesten iets over de toekomst weten. Het lot kiest ons vaak als haar vat voor profetieën. In het verleden hebben wij christenen vaak geholpen hun grote en indrukwekkende doelen te bereiken – Julius Caesar, Alexander de Grote, Karel de Grote, William Shakespeare, John Wesley enzovoorts.[4] Maar onze kennis van de dingen die komen gaan

[4] Niet alle beroemdheden naar wie de heer verwijst zijn christenen. Zoals wij met 'elfen' verwijzen naar allerlei verschillende stammen en rassen, noemen zij ons 'christenen', ongeacht onze geloofsovertuiging, ons ras of het tijdperk.

is vaak wat vaag en...' de heer gebaarde heftig, alsof hij dikke spinnenwebben voor zijn gezicht wilde wegvegen, 'onvolledig. Uit mijn diepgewortelde liefde voor jou, Stephen, heb ik de rookwolken van brandende steden en slagvelden ontcijferd en druipende, bebloede ingewanden uit het lichaam van stervende mannen gerukt om in jouw toekomst te kijken. Je bent inderdaad voorbestemd om koning te worden! Ik moet zeggen dat het mij allerminst verbaast! Ik heb vanaf het allereerste begin sterk het gevoel gehad dat jij koning hoorde te zijn, en het was natuurlijk erg onwaarschijnlijk dat ik het bij het verkeerde eind had. Maar nu denk ik bovendien te weten welk koninkrijk jou toekomt. De rook, de ingewanden en alle andere tekenen wijzen erop dat het een koninkrijk moet zijn waar je al eens bent geweest! Een koninkrijk waarmee je nu reeds nauw verbonden bent.'

Stephen wachtte af.

'Maar begrijp je het dan niet?' riep de heer ongeduldig. 'Het moet Engeland wel zijn! Ik kan je niet vertellen hoe opgetogen ik was toen ik dit belangrijke nieuws vernam.'

'Engeland!' riep Stephen uit.

'Jazeker! En het zou voor Engeland alleen maar goed zijn als jij koning zou worden. De oude koning is oud en blind en wat zijn zonen betreft, dat zijn allemaal dikke dronkelappen! Nu begrijp je waarom ik je niet meeneem naar Lost-hope. Het zou immers erg verkeerd zijn van mij als ik je weghaalde uit je rechtmatige koninkrijk!'

Stephen dacht na en deed zijn uiterste best het te begrijpen. 'Maar zou het geen koninkrijk ergens in Afrika kunnen zijn?' vroeg hij uiteindelijk. 'Misschien ben ik wel voorbestemd om terug te gaan, en misschien zullen de mensen daar mij als gevolg van een of ander voorteken herkennen als een afstammeling van een van hun koningen.'

'Misschien,' zei de heer twijfelend. 'Maar nee! Dat kan niet. Het is namelijk een koninkrijk waar je al bent geweest, en je bent nog nooit in Afrika geweest. O, Stephen! Ik hoop zo dat je jouw schitterende doel bereikt. Op die dag zal ik mij met mijn vele koninkrijken bij Groot-Brittannië aansluiten en zullen jij en ik in volmaakte vriendschap en broederschap samenleven. Denk je eens in hoe verbijsterd onze vijanden zullen zijn! Denk je eens in hoe de tovenaars zich zullen opvreten van woede! Hoe zij zichzelf zullen vervloeken omdat ze ons niet met meer respect behandeld hebben!'

'Maar ik denk dat u zich vergist, meneer. Ik kan niet regeren over Engeland. Niet met deze...' Hij spreidde zijn handen. Zwarte huid, dacht hij. Hardop vervolgde hij: 'Meneer, alleen u, die zozeer op mij gesteld is, zou zo iets mogelijk achten. Slaven worden geen koning, meneer.'

'Slaven, Stephen? Hoe bedoel je?'

'Ik ben als slaaf geboren, meneer. Net als vele anderen van mijn ras. Mijn moeder was slaaf op een landgoed in Jamaica, dat eigendom was van sir Walter's grootvader. Toen zijn schulden te groot werden, ging sir William naar Jamaica om het landgoed te verkopen – en een van de bezittingen die hij mee terugnam was mijn moeder. Of beter gezegd, hij was van plan haar mee terug te nemen naar huis, zodat ze als bediende voor hem zou kunnen werken, maar tijdens de overtocht schonk ze het leven aan mij, waarbij ze stierf.'

'Ha!' riep de heer triomfantelijk. 'Dan is het precies zoals ik zei! Jij en je achtenswaardige moeder zijn tot slavernij gedwongen door de verdorven Engelsen, en door hen beroofd van jullie waardigheid!'

'Tja, in zekere zin is dat waar, meneer. Maar ik ben nu geen slaaf meer. Niemand die zich op Engelse bodem bevindt kan slaaf zijn. In Engeland ademt iedereen de lucht van vrijheid. De Engelsen zijn daar erg trots op.' En toch, dacht hij, hebben ze slaven in andere landen. Hij zei hardop: 'Vanaf het moment dat sir William's persoonlijke bediende mij als zuigeling van het schip droeg, was ik vrij.'

'Desondanks moeten wij ze straffen!' riep de heer. 'We kunnen lady Pole's echtgenoot gemakkelijk doden, en daarna daal ik af naar de hel om zijn grootvader zoeken en dan—'

'Maar sir William en sir Walter hielden zich niet bezig met slavernij,' wierp Stephen tegen. 'Sir Walter is altijd fel tegen slavernij gekant geweest. En sir William heeft mij altijd goed behandeld. Hij heeft mij laten dopen en onderwijs laten volgen.'

'Laten dopen? Wat? Dus zelfs je naam is je opgelegd door jouw vijanden? Als teken van slavernij? Dan raad ik je ten zeerste aan om deze te verwerpen en een andere te kiezen wanneer je de troon van Engeland bestijgt! Hoe heeft je moeder je genoemd?'

'Ik weet het niet, meneer. Ik weet niet eens of ze mij wel een naam heeft geschonken.'

De heer kneep zijn ogen samen, ten teken dat hij diep nadacht. 'Alleen een zeer vreemde moeder,' mijmerde hij, 'zou haar kind geen naam geven. Ja, er is vast een naam die bij jou hoort. Die écht van jou is. Zo veel is in ieder geval duidelijk. De naam die je moeder jou in haar hart schonk tijdens die kostbare momenten waarop ze je in haar armen hield. Ben je niet benieuwd wat die was?'

'Zeker, meneer. Maar mijn moeder is al lang dood. Misschien heeft ze die naam nooit aan iemand verteld. Zelfs haar eigen naam is verloren gegaan. Toen ik nog klein was, heb ik wel eens aan sir William gevraagd hoe ze heette, maar hij kon het zich niet herinneren.'

'Hij wist het ongetwijfeld heel goed, maar wilde het je uit kwaadwilligheid niet vertellen. Stephen, er is een zeer opmerkelijk iemand voor nodig om jouw naam te ontdekken – iemand die beschikt over een uitzonderlijke mate van scherpzinnigheid, buitengewone talenten en een ongeëvenaard edelmoedig karakter. Mij, om een lang verhaal kort te maken. Ja, dat ga ik doen. Als bewijs van mijn genegenheid voor jou zal ik je echte naam achterhalen!'

31

Zeventien dode Napolitanen

april 1812 – juni 1814

In het Britse leger waren er in die tijd een aantal 'verkenningsofficieren' die de taak hadden met de plaatselijke bevolking te praten, brieven te stelen van het Franse leger en op de hoogte te blijven over de verblijfplaats van de Franse troepen. Hoe romantisch uw ideeën over oorlog ook mogen zijn, Wellington's verkenningsofficieren zullen ze altijd overtreffen. Zij waadden bij maanlicht door rivieren en trokken in de brandende zon door berggebieden. Ze brachten meer tijd door achter de Franse linies dan achter de Engelse, en ze kenden iedereen die welwillend stond tegenover de Engelse zaak.

De allerbeste verkenningsofficier was zonder twijfel majoor Colquhoun Grant van de 11de infanterie. Als de Fransen opkeken van datgene waarmee ze bezig waren, zagen ze vaak majoor Grant te paard vanaf de top van een verre heuvel naar hen kijken. Dan tuurde hij naar hen door een telescoop en maakte aantekeningen in zijn notitieboekje. Daar voelden zij zich zeer ongemakkelijk bij.

Op een morgen in april 1812 werd majoor Grant geheel toevallig klemgereden door twee Franse cavaleriepatrouilles. Toen hem duidelijk werd dat hij ze niet kon afschudden, liet hij zijn paard achter en verstopte zich in een klein bos. Majoor Grant beschouwde zichzelf meer als een soldaat dan als een spion, en als soldaat maakte hij er een erezaak van zijn uniform te allen tijde te dragen. Helaas was het uniform van de 11de infanterie – zoals dat van alle infanterieregimenten – fel scharlakenrood, en toen hij zich verstopte tussen het ontluikende voorjaarsloof, konden de Fransen hem dan ook gemakkelijk zien.

Voor de Britten was de gevangenneming van Grant een ramp die ongeveer gelijkstond aan het verlies van een hele eenheid gewone soldaten. Lord Wellington verstuurde onmiddellijk dringende berichten: een paar naar de Franse generaals, waarin hij een uitwisseling van gevangenen voorstelde, en een paar naar de bevelhebbers van de *guerrilla*-strijders,[1] waarin hij hun zilveren dollars en veel wapens beloofde als zij erin zouden slagen Grant te redden. Toen geen van beide voorstellen resultaat opleverde, moest lord Wellington een ander plan bedenken. Hij huurde Jeronimo Saornil in, de meest beruchte en meedogenloze van alle guerrilla-bendeleiders, om meneer Strange naar majoor Grant te brengen.

'U zult merken dat Saornil een ontzagwekkend heerschap is,' zei lord Wellington tegen Strange vlak voor diens vertrek, 'maar wat dat betreft verwacht ik geen problemen, want eerlijk gezegd bent u dat ook, meneer Strange.'

Saornil en zijn mannen waren inderdaad het meest moordzuchtige stel schurken dat u zich maar kunt voorstellen. Ze waren smerig, ongeschoren en stonken als de hel. Ze hadden sabels en messen in hun broekriem gestoken en karabijnen over hun schouder geslingerd. Hun kleren en zadeldekens zaten vol wrede, angstaanjagende versieringen, zoals doodshoofden met daaronder gekruiste knekels, op messen gespietste harten, galgen, kruisigingen op karrenwielen, raven die harten en ogen uitpikten en meer van dergelijke aangename afbeeldingen. Ze leken op het eerste gezicht van paarlemoeren knoopjes te zijn gemaakt, maar als je beter keek, bleken het de tanden te zijn van alle Fransen die ze vermoord hadden. Met name Saornil had zó veel tanden aan zijn kleding vastgemaakt, dat hij rammelde als hij bewoog, zodat het klonk alsof al die dode Fransen nog steeds klappertandden van angst.

Omgeven als ze waren door de symbolen en attributen van de dood, waren Saornil en zijn mannen gewend dat ze iedereen die ze tegenkwamen de stuipen op het lijf joegen. Ze waren dan ook een beetje

[1] *Guerrilla:* een Spaans woord dat kleine oorlog betekent. Guerrilla-troepen waren groepen Spanjaarden – soms waren het er tientallen, soms duizenden – die de Franse legers bevochten en teisterden. Sommige troepen werden geleid door ex-soldaten, die een indrukwekkend niveau van militaire discipline handhaafden. Andere waren feitelijk niet meer dan roversbendes, die evenveel energie besteedden aan het bang maken van hun eigen ongelukkige landgenoten als aan de strijd tegen de Fransen.

verontrust toen ze ontdekten dat de Engelse tovenaar hen in dit opzicht overtrof: hij had een doodskist meegenomen. Zoals zo veel gewelddadige mannen waren ze bovendien behoorlijk wantrouwig. Een van hen vroeg Strange wat er in de doodskist zat. Hij antwoordde achteloos dat er een man in lag.

Na een paar dagen flink doorrijden, bracht de guerrilla-bende Strange naar een heuvel met uitzicht op de voornaamste weg van Spanje naar Frankrijk. Ze verzekerden Strange dat majoor Grant en zijn gevangenbewaarders daar zeker langs zouden komen.

Saornil's mannen sloegen vlakbij hun kamp op en wachtten rustig af. Op de derde dag zagen ze een grote groep Franse soldaten over de weg aankomen, en in het midden reed majoor Grant in zijn scharlakenrode uniform. Onmiddellijk droeg Strange de mannen op de doodskist open te maken. Drie guerrilla-strijders pakten breekijzers en wrikten de deksel open. In de kist troffen ze een man van aardewerk aan, een soort ledenpop van ruwe rode klei, die de Spanjaarden ook gebruikten voor hun kleurige borden en bekers. Hij was levensgroot, maar heel grof gemaakt. De ogen waren twee gaten en er zat niet echt een neus aan. Wel was hij zorgvuldig aangekleed in het uniform van een officier van de 11de infanterie.

'Goed,' zei Strange tegen Jeronimo Saornil, 'als de Franse voorrijders bij die rots zijn, vallen jij en je mannen aan.'

Daar moest Saornil even over nadenken, voornamelijk omdat Strange' Spaans qua grammatica en uitspraak niet helemaal klopte.

Toen hij het had begrepen, vroeg hij: 'Moeten we ook proberen *El Bueno Granto* te bevrijden?' (*El Bueno Granto* was de naam die de Spanjaarden gebruikten voor majoor Grant.)

'Zeker niet!' antwoordde Strange. 'Laat *El Bueno Granto* maar aan mij over!'

Saornil en zijn mannen liepen een eindje de heuvel af, tot aan een rijtje dunne boompjes halverwege de helling dat hen afschermde van de weg. Daarvandaan openden zij het vuur. De Fransen werden volkomen verrast. Sommigen kwamen om het leven, vele anderen raakten gewond. Er waren geen rotsen en maar heel weinig struiken, waardoor er nauwelijks een plek was waar ze zich konden verschuilen, alleen de weg vóór hen lag nog open en bood hun een goede kans om aan hun aanvallers te ontkomen. Na een paar minuten vol paniek en verwarring raapten de Fransen hun verstand en de gewonden bij elkaar en maakten zich uit de voeten.

Toen de guerrilla-strijders weer tegen de heuvel opklommen, hadden ze geen idee of er iets bereikt was. Per slot van rekening was de figuur in het scharlakenrode uniform nog steeds bij de Fransen geweest toen die wegreden. Ze bereikten de plek waar ze de tovenaar hadden achtergelaten en zagen tot hun verbazing dat hij niet langer alleen was. Majoor Grant was er ook. De twee mannen zaten gezellig op een rots koude kip te eten en rode wijn te drinken.

'...Brighton is best leuk, hoor,' zei majoor Grant, 'maar ik geef de voorkeur aan Weymouth.'

'Dat verbaast me,' antwoordde Strange. 'Ik walg van Weymouth. Ik heb daar een van de beroerdste weken van mijn leven doorgebracht. Ik was verschrikkelijk verliefd op een meisje, Marianne, en zij zette me aan de kant voor een knaap met een glazen oog en een landgoed in Jamaica.'

'Dat ligt niet aan Weymouth,' zei majoor Grant. 'Ah! Kapitein Saornil!' Hij zwaaide bij wijze van groet met een kippenpoot naar de bendeleider. '*Buenos Días!*'

Ondertussen vervolgden de officieren en soldaten van de Franse escorte hun weg naar Frankrijk en toen zij in Bayonne aankwamen, droegen zij hun gevangene over aan het hoofd van de geheime politie. Het hoofd van de geheime politie kwam naar voren om majoor Grant te begroeten, in de overtuiging dat hij het inderdaad was. Hij schrok een beetje toen de hele arm van de majoor losliet op het moment dat hij hem een hand wilde geven. Hij was zo verbaasd dat hij de arm op de grond liet vallen, waar hij in duizend stukjes viel. Hij wendde zich tot majoor Grant om zijn verontschuldigingen aan te bieden, maar zag tot zijn nóg grotere ontzetting dat er grote zwarte scheuren in het gezicht van de majoor ontstonden. Vervolgens viel een deel van het hoofd van de majoor eraf, waardoor men ontdekte dat hij vanbinnen hol was. En even later viel hij in duigen, zoals Humpty-Dumpty in het liedje[2].

Op 22 juli vocht Wellington buiten de oude universiteitsstad

---

[2] Humpty Dumpty viel van het hek
Humpty Dumpty brak zijn nek
En er is geen timmerman
die Humpty Dumpty maken kan.

Salamanca tegen de Fransen. Het was de meest beslissende overwinning sinds jaren voor een Brits leger.

Die nacht vluchtte het Franse leger weg door de bossen ten zuiden van Salamanca. Tijdens het rennen keken de soldaten omhoog, en tot hun verbazing zagen ze zwermen engelen tussen de donkere bomen naar beneden komen. De engelen straalden een oogverblindend licht uit. Hun vleugels waren zo wit als zwanenvleugels en hun gewaden iriseerden als paarlemoer, zeedierschelpen of de hemel vóór het onweer. Ze droegen brandende speren en hun ogen brandden van goddelijke toorn. Ze vlogen met een verbazingwekkende snelheid tussen de bomen door en zwaaiden dreigend met hun speren.

Veel soldaten waren zo bang dat ze zich omdraaiden en terugrenden naar de stad, recht in de armen van het Britse leger dat hen achtervolgde. De meesten waren te verbaasd om iets te doen, maar bleven gewoon staan staren. Eén man, die moediger en doortastender was dan de rest, probeerde te begrijpen wat er gaande was. Het leek hem hoogst onwaarschijnlijk dat de hemel plotseling een bondgenootschap zou zijn aangegaan met de vijanden van de Fransen. Per slot van rekening was zo iets sinds de dagen van het Oude Testament niet meer voorgevallen. Het viel hem op dat de engelen de soldaten weliswaar met hun speren bedreigden, maar hen niet aanvielen. Hij wachtte totdat een van de engelen zich op hem stortte en stak zijn sabel erin. De sabel ondervond geen weerstand. Hij stuitte slechts op lucht. De engel vertoonde ook geen teken van pijn of schrik. Onmiddellijk riep de Fransman naar zijn landgenoten dat er geen reden was om bang te zijn. Het was maar een illusie, gemaakt door Wellington's tovenaar. Ze konden hen niets doen.

De Franse soldaten vervolgden hun weg, gevolgd door spookachtige engelen. Toen ze uit het bos kwamen, bleken ze aan de oever van de rivier de Tormes te staan. Een antieke brug liep over de rivier naar Alba de Tormes. Door een fout van een van de bondgenoten van lord Wellington was deze brug volledig onbewaakt gebleven. De Fransen staken over en wisten via de stad te ontsnappen.

Een paar uur later, kort na zonsopgang, reed lord Wellington vermoeid over de brug bij Alba de Tormes. Hij had drie andere heren bij zich: kolonel De Lancey, plaatsvervangend kwartiermeester van het leger, Fitzroy Somerset, een knappe jongeman die dienstdeed als militair secretaris van lord Wellington, en Jonathan Strange. Ze waren stoffig en vuil door de veldslag en ze hadden dagenlang niet geslapen. En dat zat er voorlopig ook niet in, want lord Wellington was vastbesloten zijn jacht op de vluchtende Fransen te vervolgen.

De stad met zijn kerken, kloosters en middeleeuwse gebouwen stak scherp af tegen de opalen hemel. Ondanks het vroege tijdstip – het was even na half zes – was de stad reeds een en al bedrijvigheid. De klokken werden al geluid om de nederlaag van de Fransen te vieren. Hele regimenten vermoeide Britse en Portugese soldaten liepen in een kolonne door de straten en de stedelingen kwamen uit hun huizen om hun brood, fruit en bloemen in de handen te duwen. Karren vol gewonden werden in een rij langs een muur gezet, terwijl de dienstdoende officier er mannen op uitstuurde om op zoek te gaan naar het ziekenhuis en andere plaatsen waar ze terecht konden. Intussen waren er uit een van de kloosters vijf of zes onaantrekkelijk, maar bekwaam uitziende nonnen gearriveerd, die de gewonde mannen langsgingen om hun verse melk uit een tinnen beker te geven. Kleine jongens die weigerden in bed te blijven juichten opgewonden naar iedere soldaat die ze zagen en vormden geïmproviseerde overwinningsparades achter eenieder die het niet erg leek te vinden.

Lord Wellington keek om zich heen. 'Watkins!' riep hij naar een soldaat met een artillerie-uniform aan.

'Ja, mijn heer?' zei de man.

'Ik wil graag ontbijten, Watkins. Heb je mijn kok toevallig ergens gezien?'

'Sergeant Jefford zei dat hij uw mensen naar het kasteel had zien gaan, mijn heer.'

'Dank je, Watkins,' zei lord Wellington en hij reed met zijn gezelschap verder.

Het kasteel van Alba de Tormes verdiende die naam nauwelijks. Lang geleden, aan het begin van de oorlog, hadden de Fransen het belegerd en op één toren na was het helemaal verwoest. Vogels en wilde beesten bouwden nu hun nesten en holen in het gebouw waar ooit de hertogen van Alba in onvoorstelbare weelde hadden geleefd. De mooie Italiaanse muurschilderingen waarom het kasteel ooit zo bekend had gestaan waren een stuk minder indrukwekkend nu de plafonds verdwenen waren en ze aan regen, hagel en sneeuw blootgesteld waren geweest. In de eetkamer ontbrak het aan een aantal gemakken die andere eetkamers normaliter wél bieden: er zat geen plafond in en in het midden groeide een jonge berkenboom. Daar stoorden de bedienden van lord Wellington zich echter geen moment aan. Er waren wel vreemdere plaatsen geweest waar zij het eten van hun meester hadden opgediend. Onder de berkenboom hadden ze een tafel neergezet, waar ze een wit tafelkleed overheen hadden gelegd. Toen Wellington en zijn metgezellen naar het kasteel reden, waren ze juist bezig borden vol broodjes, plakken Spaanse ham, kommen vol abrikozen en schaaltjes met verse boter op tafel te zetten. Wellington's kok ging weg om gebakken vis en duivelsniertjes te maken en koffie te zetten.

De vier heren namen plaats. Kolonel De Lancey merkte op dat hij zich niet kon heugen wanneer hij voor het laatst gegeten had. Iemand beaamde dat, waarna iedereen zich zwijgend richtte op serieuzere aangelegenheden: eten en drinken.

Ze begonnen zich net weer een beetje mens te voelen en wat spraakzamer te worden, toen majoor Grant binnenkwam.

'Ah, Grant,' zei lord Wellington. 'Goedemorgen. Ga zitten. Neem iets te eten.'

'Zo direct, mijn heer. Eerst heb ik nieuws voor u. Nogal verrassend nieuws. Het schijnt dat de Fransen zes kanonnen zijn kwijtgeraakt.'

'Kanonnen?' herhaalde lord Wellington nauwelijks geïnteresseerd. Hij pakte nog een broodje en schepte wat pittige niertjes op. 'Natuurlijk zijn ze kanonnen kwijt. Somerset,' zei hij tegen zijn militair secretaris, 'hoeveel Franse kanonnen heb ik gisteren buitgemaakt?'

'Elf, mijn heer.'

'Nee, nee, mijn heer,' zei majoor Grant. 'Neemt u mij niet kwalijk, maar u begrijpt mij verkeerd. Ik heb het niet over de kanonnen die tijdens de veldslag zijn bemachtigd. Met deze kanonnen is nooit gevochten. Ze waren van generaal Cafferelli in het noorden op weg naar het Franse leger. Maar ze waren er niet op tijd voor het gevecht. Sterker nog, ze zijn nooit aangekomen. Wetende dat u in de buurt was, mijn heer, en dat u flinke druk uitoefende op de Fransen, was generaal Cafferelli er na alle berichten erg op gebrand ze te leveren. Hij stelde een escorte samen uit de eerste dertig soldaten die hij tegenkwam. Enfin, mijn heer, hij handelde gehaast en heeft alle tijd gehad om dat te betreuren, want het schijnt dat tien van de dertig Napolitanen waren.'

'Napolitanen! Werkelijk?' zei lord Wellington.

De Lancey en Somerset wisselden tevreden blikken met elkaar en zelfs Jonathan Strange glimlachte.

Napels maakte weliswaar deel uit van het Franse rijk, maar de Napolitanen hadden een hekel aan de Fransen. De jongemannen uit Napels waren verplicht dienst te nemen in het Franse leger, maar ze benutten iedere gelegenheid om te deserteren, en vaak liepen ze over naar de vijand.

'Maar de andere soldaten dan?' vroeg Somerset. 'We moeten er toch van uitgaan dat zij zullen voorkomen dat de Napolitanen veel schade aanrichten.'

'Voor de andere soldaten is het te laat om nog iets te ondernemen,' zei majoor Grant. 'Die zijn allemaal dood. Op dit moment hangen er twintig paar laarzen en twintig Franse uniforms in Salamanca in de winkel van een oude handelaar in tweedehands kleding. In alle jassen zit aan de achterkant een lange snee, alsof ze met een Italiaanse stiletto bewerkt zijn, en ze zitten onder de bloedvlekken.'

'Dus de kanonnen zijn in handen van een bende Italiaanse deserteurs?' veronderstelde Strange. 'Wat gaan ze ermee doen? Een eigen oorlog beginnen?'

'Nee, nee!' zei Grant. 'Ze verkopen ze aan de hoogste bieder. Of aan u, mijn heer, of aan generaal Castanos.' (Zo heette de generaal van het Spaanse leger.)

'Somerset!' zei mijn heer. 'Wat zou ik moeten betalen voor zes Franse kanonnen? Vierhonderd dollar?'

'O! Het is zeker vierhonderd dollar waard om de Fransen de gevolgen van hun domheid te laten voelen, mijn heer. Ik begrijp echter niet waarom we nog niets van de Napolitanen hebben gehoord. Waar wachten ze op?'

'Ik denk dat ik het antwoord daarop wel weet,' zei majoor Grant. 'Vier nachten geleden kwamen er op een klein kerkhof op een heuvel niet ver van Castrejon in het geheim twee mannen bijeen. Ze droegen gescheurde uniformen en spraken een soort Italiaans. Ze overlegden even en toen zij daarmee klaar waren, ging er één naar het zuiden, naar het Franse leger in Cantalapiedra, en één naar het noorden, naar de Duero. Mijn heer, ik denk dat de Napolitaanse deserteurs berichten naar hun landgenoten sturen om hen te vragen zich bij hen te voegen. Ze geloven vast dat ze met het geld dat u of generaal Castanos hun voor de kanonnen zal betalen met een gouden schip naar Italië kunnen terugvaren. Er zit waarschijnlijk geen man tussen die geen broer of neef in een ander Frans regiment heeft. Ze willen thuis hun moeders en grootmoeders niet onder ogen hoeven komen zonder hun familieleden.'

'Ik heb altijd begrepen dat Italiaanse vrouwen nogal fel zijn,' zei kolonel De Lancey instemmend.

'Het enige wat we hoeven te doen, mijn heer,' ging majoor Grant verder, 'is een paar Napolitanen vinden en ondervragen. Ik weet zeker dat zij weten waar de dieven en de kanonnen zijn.'

'Zitten er Napolitanen tussen de gevangenen van gisteren?' vroeg Wellington.

Kolonel De Lancey stuurde iemand om dat uit te zoeken.

'Natuurlijk,' ging Wellington bedachtzaam verder, 'zou het mij veel beter uitkomen als ik helemaal niets hoefde te betalen. Merlijn!' (Zo noemde hij Jonathan Strange.) 'Als u zo vriendelijk zou willen zijn een visioen op te roepen van de Napolitanen, dan krijgen we misschien een indruk van waar ze met de kanonnen te vinden zijn. Dan kunnen we ze gewoon gaan halen!'

'Misschien,' zei Strange.

'Er zal vast wel een vreemd gevormde berg op de achtergrond te zien zijn,' zei lord Wellington vrolijk, 'of een dorp met een markante kerktoren. Een Spaanse gids zal de plek snel herkennen.'

'Vast wel,' zei Strange.

'U lijkt niet erg overtuigd.'

'Neemt u mij niet kwalijk, mijn heer, maar – zoals ik volgens mij al eerder heb gezegd – een visioen is in dit soort gevallen precies het verkeerde soort magie.'[3]

---

[3] *Jonathan Strange aan John Segundus*, Madrid, 20 augustus 1812.

'Telkens wanneer iets of iemand moet worden gevonden, vraagt lord Wellington mij een visioen op te roepen. Het werkt nooit. De Ravenkoning en de andere Gulden Tovenaars hadden een soort magie voor het vinden van goederen en personen. Ze verdeelden het wateroppervlak in een zilveren schaal met glinsterende lijnen van licht in vieren. (Overigens, John, kan ik niet geloven dat jij werkelijk zo veel moeite hebt met het trekken van die lijnen als je beweert. Ik kan de toverspreuk niet duidelijker beschrijven. Het is zó gemakkelijk!) De kwarten staan voor de hemel, de hel, de aarde en het Elfenrijk. Het schijnt dat je een keuzespreuk moet gebruiken om vast te stellen in welk rijk de personen of voorwerpen die je zoekt zich bevinden, maar hoe het vanaf dat punt verder moet, weet ik echt niet, en Norrell ook niet. Had ik die spreuk maar tot mijn beschikking! Wellington en zijn staf geven me steeds opdrachten die ik niet kan uitvoeren of die ik maar half af kan krijgen omdat ik die toverformule niet weet. Ik voel het gemis bijna dagelijks.

'Heeft u dan een betere suggestie?' vroeg lord Wellington.

'Nee, mijn heer. Op het moment niet.'

'Dat is dan geregeld!' zei lord Wellington. 'Meneer Strange, kolonel De Lancey en majoor Grant kunnen hun aandacht richten op het vinden van deze kanonnen. Somerset en ik gaan de Fransen pesten.' De kordate manier waarop lord Wellington sprak, gaf aan dat hij van iedereen verwachtte dat hij zeer spoedig aan de slag zou gaan. Strange en de stafleden slikten het laatste beetje van hun ontbijt door en begonnen met hun taken.

Rond het middaguur zaten lord Wellington en Fitzroy Somerset te paard op een kleine richel vlak bij Garcia Hernandez. Op de rotsachtige vlakte in de diepte waren verschillende korpsen Britse dragonders te zien, die een aantal eskaders aanvielen van de cavalerie die de achterhoede van het Franse leger vormden.

Op dat moment kwam kolonel De Lancey eraan.

'Ah, kolonel!' zei lord Wellington. 'Heb je Napolitanen voor me gevonden?'

'Er zitten geen Napolitanen bij de gevangenen, mijn heer,' zei De Lancey. 'Maar meneer Strange zei dat we tussen de doden op het slagveld van gisteren moesten gaan kijken. Hij heeft met magische middelen zeventien Napolitaanse lijken geïdentificeerd.'

'Lijken?' herhaalde lord Wellington, die van verbazing hij zijn telescoop liet zakken. 'Waar heeft hij in 's hemelsnaam lijken voor nodig?'

'Dat hebben we hem gevraagd, mijn heer, maar hij deed ontwijkend en wilde niet antwoorden. Hij heeft in ieder geval gevraagd of de dode soldaten ergens veilig opgeborgen kunnen worden, waar ze niet kwijt of beschadigd kunnen raken.'

'Tja, je kunt nu eenmaal niet een tovenaar in dienst nemen om vervolgens te klagen dat hij zich niet gedraagt als andere mensen,' zei Wellington.

Maar ik heb geen tijd om te experimenteren. En dus, John, zou ik je zeer dankbaar zijn als jij wat tijd zou willen besteden aan experimenten met die spreuk. En laat het me onmiddellijk weten als je ook maar het kleinste beetje succes boekt.'

In de papieren van John Segundus die bewaard zijn gebleven is niets te vinden dat erop wijst dat hij ook maar enig resultaat boekte met zijn pogingen deze toverspreuk te herwinnen.

Op dat moment riep een officier die vlakbij stond dat de dragonders waren overgegaan in een galop en dat ze de Fransen spoedig zouden bereiken. Onmiddellijk waren de excentrieke gedragingen van de tovenaar vergeten. Lord Wellington hield zijn telescoop voor zijn oog en alle aanwezigen richtten hun aandacht weer op de strijd.

Ondertussen was Strange na zijn bezoek aan het slagveld teruggekeerd op het kasteel van Alba de Tormes. In de wapentoren – het enige deel van het kasteel dat nog overeind stond – had hij een kamer gevonden die door niemand werd gebruikt. Die had hij zich toegeëigend. De veertig boeken van Norrell lagen verspreid over de vloer. Ze waren allemaal nog min of meer heel, hoewel sommige er beslist gehavend uitzagen. De vloer was bedekt met Strange' notitieboeken en met stukken papier die waren volgeschreven met fragmenten van toverspreuken en magische berekeningen. Op een tafel in het midden van de kamer stond een brede, ondiepe zilveren schaal gevuld met water. De luiken waren dichtgetrokken en het enige licht in de kamer kwam van de zilveren schaal. Al met al was het een echt tovenaarshol. De knappe Spaanse dienstmeid die regelmatig koffie met amandelkoekjes kwam brengen, was dan ook doodsbang en rende zodra ze haar dienblad had neergezet zo snel mogelijk weer naar buiten.

Een officier van de 18de huzaren riep dat Whyte was gearriveerd om Strange te helpen. Kapitein Whyte had een tijdje in de Britse ambassade in Napels gewoond. Hij had een talenknobbel en sprak het Napolitaanse dialect vloeiend.

Strange had geen moeite met het oproepen van de visioenen, maar zoals hij reeds had voorspeld boden ze weinig informatie over de verblijfplaats van de soldaten. De kanonnen, zo ontdekte hij, waren half verstopt achter een paar bleekgele rotsen van het soort dat overal op het Iberisch schiereiland te vinden is. De soldaten kampeerden in een klein bos vol olijf- en pijnbomen, eigenlijk het soort bos dat je overal ziet.

Kapitein Whyte stond naast Strange en vertaalde alles wat de Napolitanen zeiden in duidelijk, bondig Engels. Maar hoewel ze de hele dag in de schaal staarden, kwamen ze weinig te weten. Als een soldaat al achttien maanden honger heeft, als hij zijn vrouw of liefje al twee jaar niet meer heeft gezien, als hij de laatste vier maanden in modder en op stenen heeft geslapen, dan laten zijn gespreksvaardigheden hem over het algemeen een beetje in de steek. De Napolitanen hadden elkaar maar zeer weinig te melden, en als ze iets zeiden, dan ging het voornamelijk over gerechten die ze graag zouden willen eten, de charmes van de afwezige echtgenotes en liefjes waarvan ze nu het liefst zouden genieten, en het zachte vederen matras waarop ze graag zouden willen slapen.

De halve de nacht en bijna de hele volgende dag bleven Strange en kapitein Whyte in de wapentoren en hielden zich bezig met de saaie taak de Napolitanen in de gaten te houden. De volgende dag kwam een adjudant-generaal tegen de avond een bericht van Wellington brengen. Meneer had zijn hoofdkwartier opgezet in Flores de Avila en Strange en kapitein Whyte werden gesommeerd zich bij hem te voegen. Dus pakten ze Strange' boeken en de zilveren schaal, verzamelden hun andere bezittingen en begaven zich op weg over de hete, stoffige wegen.

Flores de Avila bleek een nogal obscuur oord te zijn. Geen van de Spaanse mannen en vrouwen die kapitein Whyte aanklampte had er ooit van gehoord. Maar als twee van de grootste legers in Europa onlangs over een weg hebben gereisd, hebben ze onvermijdelijkerwijs sporen achtergelaten. Strange en kapitein Whyte kwamen tot de ontdekking dat ze het best het spoor konden volgen van afgedankte bagage, kapotte karren, lijken en zwarte vogels die zich eraan te goed deden. Met de lege, met stenen bezaaide vlakten op de achtergrond leken de taferelen nog het meest op middeleeuwse schilderijen van de hel, die aan Strange veel sombere opmerkingen ontlokten over de verschrikkingen en de nutteloosheid van oorlog. Gewoonlijk zou kapitein Whyte, een professioneel soldaat, het daar niet mee eens zijn geweest, maar ook hij werd beïnvloed door het sombere karakter van hun omgeving en antwoordde alleen met: 'U heeft gelijk, meneer. U heeft groot gelijk.'

Maar een soldaat moet niet te lang blijven stilstaan bij dat soort zaken. Zijn leven is vol ontberingen en hij moet plezier maken zo veel hij kan. Hoewel hij misschien de tijd zal nemen na te denken over de wreedheden die hij ziet, zal zijn humeur bijna altijd verbeteren zodra hij zijn kameraden weer om zich heen heeft. Tegen negen uur kwamen Strange en kapitein Whyte aan in Flores de Avila, en binnen vijf minuten begroetten zij opgewekt hun vrienden, luisterden naar de laatste roddels over lord Wellington en stelden allerlei vragen over de veldslag van de dag ervoor – de zoveelste nederlaag voor de Fransen. Je zou bijna denken dat ze al zeker een jaar niets meer hadden gezien wat hen verontrustte.

Het hoofdkwartier was opgezet in de ruïne van een kerk op een heuvel boven het dorp, en daar wachtten lord Wellington, Fitzroy Somerset, kolonel De Lancey en majoor Grant op hen.

Hoewel hij in twee dagen tijd evenveel veldslagen had gewonnen, was lord Wellington niet in een bijster goed humeur. Het Franse leger, dat in heel Europa beroemd was om zijn hoge marstempo, was aan hem ontsnapt en inmiddels al een flink eind op weg naar het veilige Valladolid. 'Het is mij een zeer groot raadsel hoe ze zo snel vooruitkomen,' klaagde hij, 'en ik zou er veel voor over hebben om hen in te halen en uit te roeien. Maar dit is het enige leger dat ik heb, en als ik het uitput, krijg ik er geen nieuw voor in de plaats.'

'We hebben bericht gekregen van de Napolitanen met de kanonnen,' zei majoor Grant tegen Strange en kapitein Whyte. 'Ze vragen er honderd dollar per stuk voor. Zeshonderd dollar in totaal.'

'Wat te veel is,' zei lord Wellington kortaf. 'Meneer Strange, kapitein Whyte, ik hoop dat u goed nieuws voor mij heeft.'

'Niet echt, mijn heer,' zei Strange. 'De Napolitanen zitten in een bos, maar ik heb geen idee waar. Ik weet niet goed wat ik verder nog kan proberen. Ik heb alle mogelijkheden waarmee ik bekend ben volledig uitgeput.'

'Dan moet u snel iets nieuws leren!'

Heel even leek het erop dat Strange lord Wellington een boos antwoord zou geven, maar hij bedacht zich, slaakte een zucht en informeerde of de zeventien dode Napolitanen veilig opgeborgen waren.

'Ze zijn in de klokkentoren neergelegd,' zei kolonel De Lancey. 'Sergeant Nash bewaakt ze. Waar u ze ook voor nodig heeft, ik raad u aan ze snel te gebruiken. Ik betwijfel of ze nog veel langer goed blijven in deze hitte.'

'Eén nacht kan nog wel,' zei Strange. ''s Nachts is het koud.' Toen draaide hij zich om en liep de kerk uit.

Wellington's staf keek hem een beetje nieuwsgierig na. 'Weet u,' zei Fitzroy Somerset, 'ik blijf me maar afvragen wat hij met die zeventien lijken gaat doen.'

'Wat het ook is,' zei Wellington, terwijl hij zijn ganzenveer in de inkt doopte en aan een brief aan de ministers in Londen begon, 'hij vindt het geen prettig idee. Hij doet er alles aan om het te ontlopen.'

Die nacht verrichtte Strange een vorm van magie die hij nooit eerder had gebruikt. Hij probeerde binnen te dringen in de dromen van de Napolitaanse compagnie. Daar slaagde hij perfect in.

Eén man droomde dat hij in een boom werd gejaagd door een gemene geroosterde lamsbout. Hij zat in de boom te huilen van de honger, terwijl de lamsbout eromheen rende en met de knobbel aan het uiteinde van zijn bot dreigende uitvallen naar hem deed. Kort daarna kreeg de lamsbout gezelschap van vijf of zes hatelijke gekookte eieren, die de vreselijkste leugens over hem fluisterden.

Een andere man droomde dat hij door het kleine bos liep en zijn dode moeder tegenkwam. Zij vertelde hem dat ze zojuist in een konijnenhol had gekeken en had gezien dat Napoleon Bonaparte, de koning van Engeland, de paus en de tsaar van Rusland erin zaten. De man ging het konijnenhol in om te kijken, maar toen hij binnen was, ontdekte hij dat Napoleon Bonaparte, de koning van Engeland, de paus en de tsaar van Rusland eigenlijk één en dezelfde persoon waren, een reusachtige, opgezwollen man zo groot als een kerk, met roestige ijzeren tanden en brandende karrenwielen in plaats van ogen. 'Ha!' zei dat monster spottend. 'Je dacht toch niet dat wij echt vier verschillende mensen waren, hè?' En hij stak zijn hand in een borrelende ketel die vlak naast hem stond, haalde het zoontje van de dromer eruit en at hem op. Om een lang verhaal kort te maken: de dromen van de Napolitanen waren weliswaar zeer interessant, maar niet erg informatief.

De volgende ochtend rond tien uur zat lord Wellington achter een geïmproviseerd bureau in het koor van de kerkruïne. Hij keek op en zag dat Strange de kerk in kwam.

'En?' vroeg hij.

Strange zuchtte en vroeg: 'Waar is sergeant Nash? Ik heb hem nodig om de doden naar buiten te brengen. Met uw permissie, mijn heer, ga ik een betovering uitproberen waarvan ik wel eens heb gehoord.'[4]

---

4 Strange kende het als een betovering die de Ravenkoning wel eens gebruikte. De meeste betoveringen van de koning waren mysterieus, mooi en subtiel, en daarom waren wij zeer verrast toen we vernamen dat hij ook wel eens zo'n meedogenloze spreuk toepaste.

Halverwege de dertiende eeuw probeerden enkele vijanden van de koning een alliantie tegen hem op te richten. De meeste leden kende hij: de koning van Frankrijk was erbij, de koning van Schotland ook, en verder een aantal afvallige elfen die zichzelf hoogdravende titels toebedeelden en die misschien over zulke uitgestrekte gebieden heersten als ze beweerden, maar misschien ook niet. Er waren enkele mysterieuze, maar nog belangrijkere personen bij.

Het nieuws dat de tovenaar iets met de dode Napolitanen ging doen verspreidde zich als een lopend vuurtje door het hoofdkwartier. Flores de Avila was maar een klein plaatsje met hooguit honderd huizen. De vorige avond was het maar een saaie bedoening geweest voor een leger vol jongemannen die zojuist een grote overwinning hadden behaald en dat graag wilden vieren, en men verwachtte dat Strange' magie hoogstwaarschijnlijk het grootste vermaak van die dag zou opleveren. Al snel had zich een kleine menigte officieren en soldaten verzameld om te kijken.

De kerk had een stenen terras met uitzicht op een smalle vallei en een panorama van bleekgetinte, torenhoge bergen. De helling was bedekt met wijngaarden en olijfboomgaarden. Sergeant Nash en zijn

---

Gedurende nagenoeg zijn hele regeerperiode had de koning op goede voet gestaan met de meeste engelen en demonen, maar nu ging het gerucht dat er twee waren met wie hij ruzie had gekregen: Zadkiel van de genade en Alrinach van de schipbreuken.

De koning leek in eerste instantie niet erg verontrust over de activiteiten van de alliantie. Hij raakte echter meer geïnteresseerd toen bepaalde magische voortekenen erop leken te wijzen dat een van zijn eigen edelen zich bij hen had aangesloten en tegen hem samenzwoer. De man die hij verdacht was Robert Barbatus, graaf van Wharfdale, een man die zo bekend stond om zijn sluwheid en manipulaties dat hij de Vos werd genoemd. In de ogen van de koning bestond er geen ernstigere misdaad dan verraad.

Toen Henry Barbatus, de oudste zoon van de Vos, overleed aan koorts, liet de Ravenkoning zijn lichaam opgraven, waarna hij hem weer tot leven wekte om hem te kunnen vragen wat hij wist. Thomas of Dundale en William Lanchester hadden beiden een enorme afkeer van deze vorm van magie, en ze smeekten de koning dan ook andere middelen te gebruiken. Maar de koning was boos en verbitterd en ze konden hem er niet van weerhouden. Er waren zeker honderd andere vormen van magie die hij had kunnen gebruiken, maar die waren geen van alle zo snel en direct, en zoals de meeste grote tovenaars was de Ravenkoning uiterst pragmatisch.

Er werd beweerd dat de Ravenkoning Henry Barbatus in zijn woede had geslagen. Bij leven was Henry een bovenste beste jongeman geweest, die alom werd bewonderd om zijn knappe gezicht en aangename manieren, en die werd gevreesd om zijn vaardigheden als ridder. William Lanchester was dan ook woedend over het feit dat zo'n nobele ridder door de magie van de koning gereduceerd werd tot een kruiperige, jammerende marionet, en dat was de oorzaak van een bittere onenigheid tussen hem en de koning die verscheidene jaren duurde.

soldaten haalden de zeventien lijken uit de klokkentoren en zetten ze in zittende houding tegen het lage muurtje dat om de rand van het terras stond.

Strange liep erlangs en bekeek ze een voor een. 'Ik dacht dat ik had gezegd,' zei hij tegen sergeant Nash, 'dat ik vooral niet wilde dat iemand de lijken zou verminken.'

Sergeant Nash keek verontwaardigd. 'Ik weet zeker, meneer,' zei hij, 'dat onze jongens ze geen van allen hebben aangeraakt. Maar, mijn heer,' zei hij, zich wendend tot lord Wellington, 'er was op dat slagveld nagenoeg geen lijk te vinden waar die Spaanse guerrilla-strijders niet iets mee hadden uitgehaald...' Hij weidde uit over de verschillende nationale gebreken in het karakter van de Spanjaarden en besloot met de opmerking dat een soldaat maar beter niet kon gaan slapen op een plek waar de Spanjaarden hem konden vinden, omdat hij het zou betreuren zodra hij wakker werd.

Lord Wellington gebaarde ongeduldig naar de man om hem het zwijgen op te leggen. 'Ik vind niet dat ze er zo zwaar verminkt uitzien,' zei hij tegen Strange. 'Maakt dat veel uit?'

Strange mompelde duister dat het wellicht voor de magie niet zo veel uitmaakte, maar dat hij er wel naar moest kijken.

Inderdaad leek het erop dat de meeste verwondingen die de Napolitanen hadden opgelopen al vóór hun dood waren toegebracht, maar ze waren allemaal volledig uitgekleed en bij een aantal waren de vingers afgehakt om hun ringen gemakkelijker af te kunnen krijgen. Een van hen was voorheen een knappe jongeman geweest, van zijn schoonheid was niet veel meer over nu iemand zijn tanden eruit had gerukt – om een kunstgebit van te maken – en bijna al zijn zwarte haar had afgesneden – om pruiken van te maken.

Strange droeg een van de mannen op om een scherp mes en een schoon verband te halen. Toen het mes werd gebracht, trok hij zijn jas uit en rolde de mouwen van zijn hemd op. Daarna mompelde hij in zichzelf iets in het Latijn. Vervolgens maakte hij een lange, diepe snee in zijn arm en toen zijn bloed krachtig begon te stromen, spatte hij het over de hoofden van de lijken en wreef het zorgvuldig in de ogen, over de tong en in de neusgaten. Even later kwam het eerste lijk in beweging. Er klonk een afschuwelijk raspend geluid toen de uitgedroogde longen zich met lucht vulden en de ledematen op een afschuwelijke manier schokten. Toen kwamen ook de andere lijken een voor een tot leven, en ze begonnen te praten in een keelachtige taal waarbij veel meer gegil kwam kijken dan bij de talen waarmee de omstanders bekend waren.

Zelfs Wellington zag een beetje pips. Alleen Strange bleef op het oog onaangedaan.

'Lieve god!' riep Fitzroy Somerset. 'Wat is dat voor een taal?'

'Volgens mij is het een van de dialecten van de hel,' zei Strange.

'Echt waar?' vroeg Somerset. 'Frappant.'

'Dat hebben ze dan heel snel geleerd,' zei lord Wellington. 'Ze zijn pas drie dagen dood.' Hij hield ervan als mensen snel en zakelijk te werk gingen. 'Maar spreekt u deze taal?' vroeg hij aan Strange.

'Nee, mijn heer.'

'Hoe moeten we dan met ze praten?'

Bij wijze van antwoord greep Strange het hoofd van het eerste lijk vast, wrikte diens kwebbelende kaken van elkaar en spuugde in zijn mond. Meteen schakelde het over op zijn aardse moedertaal: een zwaar Napolitaans dialect van het Italiaans, dat voor de meeste mensen ongeveer even onbegrijpelijk en verschrikkelijk klonk als de taal die het lijk in eerste instantie had gesproken. Het voordeel was echter dat kapitein Whyte het prima kon verstaan.

Met behulp van kapitein Whyte verhoorden majoor Grant en kolonel De Lancey de dode Napolitanen, en ze waren erg in hun nopjes met de antwoorden die ze kregen. De dode Napolitanen leken er ontzettend op gebrand om hun ondervragers tevreden te stellen, wat bij een levende informant nooit het geval zou zijn geweest. Het bleek dat deze stakkers kort voor hun dood tijdens de slag bij Salamanca een geheim bericht hadden ontvangen van hun landgenoten die zich in de bossen hadden verstopt, waarin hun werd verteld over de zes buitgemaakte kanonnen. Verder werd hun opgedragen naar een dorp ten noorden van Salamanca te gaan. Van daaruit zouden ze het bos zonder moeite kunnen vinden door de geheime tekens te volgen die met krijt op de bomen en keien waren geschreven.

Majoor Grant ging op pad met een klein cavaleriedetachement en binnen een paar dagen keerde hij terug met zowel de kanonnen als de deserteurs. Wellington was opgetogen.

Helaas slaagde Strange er niet in de toverspreuk te ontdekken die hij nodig had om de dode Napolitanen terug te laten keren naar hun bittere slaap.[5] Hij deed een paar pogingen, maar die hadden weinig effect,

---

[5] Om een eind te maken aan het 'leven' van een lijk, moet je de ogen, de tong en het hart uitsnijden.

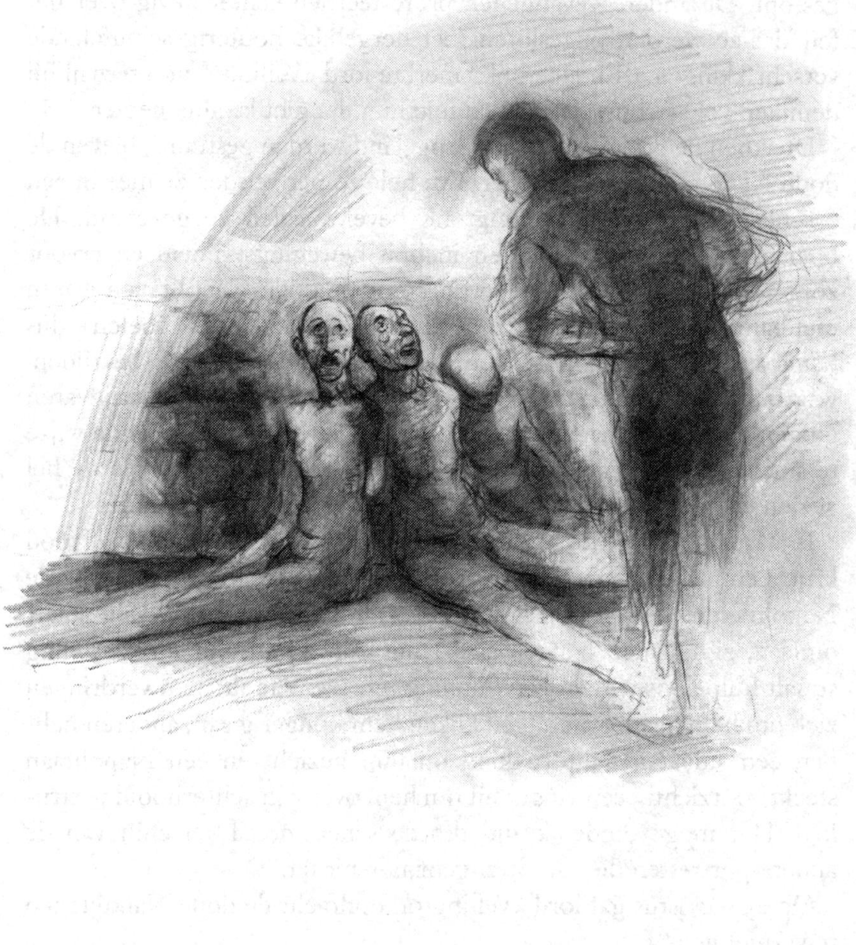

afgezien van die keer dat ze alle zeventien opeens de lucht in schoten, totdat ze zes meter lang waren en merkwaardig transparant, als enorme aquarellen van zichzelf op vaandels van dunne mousseline. Strange wist ze weer tot hun normale grootte terug te brengen, maar de vraag was nog steeds wat er met hen moest gebeuren.

In eerste instantie werden ze bij de andere Franse gevangenen gestopt. De andere gevangenen protesteerden echter hevig over het feit dat ze werden opgesloten met dergelijke houterig schuifelende verschrikkingen. ('En eigenlijk,' merkte lord Wellington op terwijl hij de lijken vol afschuw bekeek, 'kun je hun dat niet kwalijk nemen.')

Dus toen de gevangenen naar Engeland werden gestuurd, bleven de dode Napolitanen bij het leger. Die hele zomer reisden ze mee in een ossenkar, en op lord Wellington's bevel werden ze geketend. De boeien moesten hen beperken in hun bewegingsvrijheid en ervoor zorgen dat ze op hun plek bleven, maar de dode Napolitanen waren niet bang voor pijn – sterker nog, ze leken die niet eens te voelen – dus het kostte hun weinig moeite om zichzelf van hun boeien te bevrijden, waarbij ze soms stukken van zichzelf achterlieten. Zodra ze vrij waren gingen ze op zoek naar Strange, om hem op hartverscheurende wijze te smeken hen weer volledig tot leven te wekken. Ze hadden de hel gezien en stonden niet te popelen om ernaar terug te keren.

In Madrid maakte de Spaanse kunstenaar Francisco Goya met rood krijt een schets van Jonathan Strange, omringd door de dode Napolitanen. Op de afbeelding zit Strange op de grond. Hij staart omlaag, zijn armen hangen slap langs zijn zij en zijn hele houding straalt hulpeloosheid en vertwijfeling uit. De Napolitanen verdringen zich om hem heen. Sommigen kijken hem hongerig aan, anderen hebben een smekende uitdrukking op hun gezicht en één Napolitaan steekt voorzichtig een vinger uit om hem over zijn achterhoofd te strijken. Het moge duidelijk zijn dat de schets nogal verschilt van de andere portretten die van Strange zijn gemaakt.

Op 25 augustus gaf lord Wellington opdracht de dode Napolitanen te vernietigen.[6]

---

[6] 'Wat betreft de dode Italiaanse soldaten: ik kan alleen maar zeggen dat we dergelijke wreedheden jegens mannen die al zo veel hadden geleden diep betreuren. We hadden echter geen andere keus. Ze konden er niet toe overgehaald worden de tovenaar met rust te laten. Als ze hen niet hadden ver-

Strange was een beetje bang dat meneer Norrell te weten zou komen wat voor magie hij in de kerkruïne van Flores de Avila had gebruikt. Hij zei er niets over in zijn brieven en hij smeekte lord Wellington het niet op te nemen in zijn rapporten.

'O, goed dan!' zei lord Wellington. Hij vond het toch al niet zo prettig om over magie te schrijven. Hij had een hekel aan zaken die hij niet door en door begreep. 'Maar dat zal weinig uitmaken,' zei hij terecht. 'Iedere soldaat die de afgelopen vijf dagen een brief naar huis heeft gestuurd, heeft zijn vrienden ongetwijfeld een volledig verslag van de gebeurtenissen gedaan.'

'Ik weet het,' zei Strange onbehaaglijk, 'maar soldaten overdrijven de dingen die ik doe altijd schromelijk, en als de mensen in Engeland de gebruikelijke verfraaiingen buiten beschouwing laten, lijkt het misschien niet meer zo opmerkelijk. Dan zullen ze denken dat ik hooguit een paar gewonde Napolitanen heb genezen of iets dergelijks.'

Het opwekken van de zeventien dode Napolitanen was een goed voorbeeld van het soort problemen waarmee Strange in het tweede deel van de oorlog werd geconfronteerd. Evenals de ministers vóór hem, raakte Wellington er steeds meer aan gewend om zijn doelen met behulp van magie te bereiken en hij eiste van zijn tovenaar steeds vaker ingewikkeldere toverkunsten. In tegenstelling tot de ministers had Wellington echter heel weinig tijd en zin om te luisteren naar lange verklaringen over waarom iets onmogelijk was. Per slot van rekening eiste hij regelmatig het onmogelijke van zijn genietroepen, zijn generaals en zijn officieren, en hij zag geen reden om voor zijn tovenaar een uitzondering te maken. 'U bedenkt maar een manier!' was het enige wat hij zei als Strange hem probeerde uit te leggen dat een bepaalde vorm van magie al sinds 1302 niet meer was toegepast, of dat een toverspreuk verloren was gegaan, of dat die om te beginnen nooit had bestaan. Net als in het begin van zijn carrière als tovenaar, voordat hij

---

moord, dan zouden ze hem in ieder geval tot krankzinnigheid hebben gedreven. We moesten hem door twee mannen laten bewaken als hij sliep, om te voorkomen dat de dode soldaten hem aanraakten en wakker maakten. Sinds hun dood waren ze zwaar gehavend geraakt. De arme kerels boden niet het soort aanblik waarmee je graag wordt geconfronteerd als je wakker wordt. Uiteindelijk staken we een kampvuur aan en wierpen hen in de vlammen.'

Lord Fitzroy Somerset aan zijn broer, 2 september 1812.

meneer Norrell had ontmoet, was Strange gedwongen de meeste toverspreuken die hij gebruikte zelf te verzinnen, waarbij hij werkte met algemene principes en verhalen uit oude boeken die hij zich maar half herinnerde.

Aan het begin van de zomer van 1813 paste Strange opnieuw een vorm van magie toe die al sinds de tijd van de Ravenkoning niet meer was gebruikt. Hij verlegde een rivier. Dat ging als volgt. De oorlog verliep voorspoedig die zomer en alles wat lord Wellington ondernam werd met succes bekroond. Die ochtend in juni kwamen de Fransen echter tot de ontdekking dat ze voor het eerst in lange tijd in een relatief gunstige positie verkeerden. Lord Wellington en de andere generaals kwamen onmiddellijk bijeen om te bespreken wat er ondernomen kon worden om die hooglijk ongewenste situatie recht te zetten. Strange werd in de tent van lord Wellington ontboden. Hij trof de generaals aan rond een tafel waarop een grote landkaart was uitgevouwen.

Lord Wellington was die zomer in een bijzonder goed humeur en hij begroette Strange met iets wat grensde aan genegenheid. 'Ah, Merlijn! Daar bent u! Dit is ons probleem. Wij zitten aan deze kant van de rivier en de Fransen zitten aan de andere kant, en het zou me veel beter uitkomen als dat andersom zou zijn.'

Een van de generaals legde uit dat als zij het leger in westelijke richting dáárnaar toe lieten marcheren, dáár een brug over de rivier bouwden en de Fransen vervolgens dáár aanvielen...

'Dat gaat te lang duren!' zei lord Wellington. 'Veel te lang! Merlijn, kunt u er niet voor zorgen dat het leger vleugels krijgt en over de Fransen heen vliegt? Denkt u dat u dat kunt?' Misschien dat lord Wellington het half voor de grap zei, maar er was sprake van een serieuze ondertoon. 'Het is slechts een kwestie van iedere soldaat voorzien van een paar vleugeltjes. Neem kapitein Macpherson bij voorbeeld,' zei hij met een blik op een enorme Schot. 'Ik zou het erg leuk vinden te zien hoe Macpherson vleugels kreeg en rondfladderde.'

Strange keek kapitein Macpherson bedachtzaam aan. 'Nee,' zei hij uiteindelijk, 'maar ik zou u erg dankbaar zijn, mijn heer, als ik hem – en de kaart – een uurtje of twee van u zou mogen lenen.'

Strange en kapitein Macpherson bleven een tijdje naar de kaart zitten turen, en daarna ging Strange terug naar lord Wellington. Hij zei dat het te lang zou duren om alle soldaten in het leger vleugels te geven, maar dat het nauwelijks tijd zou kosten om de rivier te verplaatsen. Zou dat voldoende zijn? 'Op het moment,' zei Strange, 'stroomt de rivier hier naar het zuiden, en draait hij hier naar het noorden. Als hij daarentegen hier naar het noorden zou stromen in plaats van naar het zuiden, en hier naar het zuiden zou draaien, dan zouden wij ons op de noordelijke oever bevinden en de Fransen op de zuidelijke oever, ziet u wel?'

'O!' zei lord Wellington. 'Goed dan.'

De nieuwe ligging van de rivier bracht de Fransen zó van hun stuk dat een aantal Franse compagnieën volkomen de verkeerde richting uit gingen toen ze het bevel kregen naar het noorden te marcheren, zozeer waren ze ervan overtuigd dat ze de rivier achter zich moesten houden om naar het noorden te gaan. Die compagnieën werden nooit meer teruggezien, dus werd algemeen aangenomen dat ze door de Spaanse guerrilla-strijders waren vermoord.

Lord Wellington merkte later vrolijk tegen generaal Picton op dat niets zo vermoeiend was voor soldaten en paarden als dat gemarcheer van hot naar her, en dat hij van mening was dat het in de toekomst beter zou zijn als ze allemaal stil bleven staan, terwijl meneer Strange Spanje als een tapijt onder hun voeten doorschoof.

Intussen was de Spaanse regentenraad in Cadiz nogal gealarmeerd over deze ontwikkeling, en men begon zich af te vragen of ze hun land nog wel zouden terugkennen als ze het eindelijk op de Fransen zouden hebben heroverd. Ze deden hun beklag bij de minister van Buitenlandse Zaken – wat velen nogal ondankbaar vonden. De minister van Buitenlandse Zaken haalde Strange over de regentenraad een brief te schrijven waarin hij beloofde dat hij de rivier na de oorlog weer in de oorspronkelijke staat zou herstellen, alsmede 'alle andere zaken die lord Wellington tijdens de oorlog verplaatst wenste te hebben.' Strange verplaatste allerlei zaken, waaronder bos van olijf- en pijnbomen in Navarra[7], de hele stad Pamplona[8] en twee kerken in het stadje St Jean-de-Luz in Frankrijk.[9]

---

7 Kolonel Vickery had het bos verkend en ontdekt dat het vol Franse soldaten zat, die het Britse leger in een hinderlaag wilden laten lopen. Zijn officieren zaten juist te overleggen wat ze zouden gaan doen, toen lord Wellington aan kwam rijden. 'We zouden er natuurlijk omheen kunnen rijden,' zei Wellington, 'maar dat kost tijd en ik heb haast. Waar is de tovenaar?'

Iemand liep weg om Strange te halen.

Op 6 april 1814 deed keizer Napoleon Bonaparte afstand van de troon. Men zegt dat lord Wellington een rondedansje maakte toen hij het hoorde. Toen Strange het nieuws hoorde, lachte hij hard, stopte toen plotseling en mompelde: 'Lieve heer! Wat zullen ze nu met ons doen?' Destijds veronderstelde men dat hij met deze ietwat raadselachtige opmerking refereerde aan het leger, maar naderhand vroegen verschillende mensen zich af of hij het misschien over zichzelf en de andere tovenaar had gehad.

De kaart van Europa onderging grote veranderingen. Bonaparte's nieuwe koninkrijken werden eruit gehaald en de oude werden in ere hersteld. Sommige koningen werden onttroond en anderen werden teruggezet op hun troon. De Europese volkeren feliciteerden zichzelf

---

'Meneer Strange!' zei lord Wellington. 'Ik kan me nauwelijks voorstellen dat het u veel moeite zal kosten deze bomen te verplaatsen! Vierduizend soldaten elf kilometer laten omlopen kost in elk geval veel méér moeite, dat weet ik zeker. Verplaatst u het bos, alstublieft!'

Strange deed wat hem werd gevraagd en verplaatste het bos naar de andere kant van de vallei. De Franse soldaten bleven ineengedoken achter op de nu kale heuvel en gaven zich prompt aan de Britten over.

[8] Door een fout op Welllington's landkaarten van Spanje lag Pamplona niet precies op de plek waar de Engelsen hem verwachtten. Wellington was zeer teleurgesteld, want het leger had in één dagmars tweeëndertig kilometer afgelegd, maar ze wisten Pamplona, dat zestien kilometer verder naar het noorden lag, niet te bereiken. Het probleem werd snel besproken en men kwam tot de conclusie dat het veel handiger zou zijn om de stad door meneer Strange te laten verplaatsen dan om alle landkaarten aan te passen.

[9]Het verhaal rond de kerken van St Jean-de-Luz was een beetje gênant, want er was absoluut geen reden om ze te verplaatsen. Het kwam zo: op een zondagmorgen zat Strange in een hotel in St Jean-de-Luz samen met drie kapiteins en twee luitenanten van het 16de lichte dragonders brandewijn voor het ontbijt te drinken. Hij probeerde die vijf heren de theorie achter het op magische wijze verplaatsen van verschillende objecten uit te leggen. Het was een zinloze onderneming: zelfs als ze nuchter waren geweest, zouden ze er niets van hebben begrepen, en zowel zij als Strange waren al twee dagen min of meer dronken. Bij wijze van voorbeeld liet Strange de twee kerken met mensen en al van plaats wisselen. Hij was absoluut van plan ze weer terug te draaien voordat de mensen naar buiten kwamen, maar kort daarop werd hij weggeroepen voor een potje biljart en was het al snel vergeten. Sterker nog, ondanks zijn vele beloften heeft Strange kennelijk nooit tijd of zin gehad om de rivier, het bos, de stad enzovoorts, weer in de oude staat te herstellen.

met het feit dat ze de Grote Indringer eindelijk hadden verslagen. Maar voor de inwoners van Groot-Brittannië leek het opeens of de oorlog een heel ander doel had gehad. Groot-Brittannië was er de machtigste natie ter wereld door geworden. Tot zijn grote tevredenheid kreeg meneer Norrell in Londen van iedereen te horen dat magie – die van hem en die van meneer Strange – van essentieel belang was geweest bij het behalen van dat doel.

Op een avond eind mei kwam Arabella thuis van een overwinningsdiner in het Carlton House. Ze had de warmste loftuitingen gehoord aan het adres van haar echtgenoot, er was keer op keer op hem gedronken en de prins-regent had allerlei complimenteuze dingen tegen haar gezegd. Nu was het even na middernacht en ze zat in de salon te bedenken dat ze nog maar één ding nodig had om haar geluk compleet te maken, en dat was de thuiskomst van haar echtgenoot. Juist op dat moment vloog een van de dienstmeiden naar binnen en riep: 'O, mevrouw! De meester is terug!'

Er kwam iemand de kamer binnen.

Hij was magerder en bruiner dan zij zich herinnerde. Zijn haar was grijzer geworden en er zat een wit litteken boven zijn linkerwenkbrauw. Het litteken was niet vers, maar ze had het nooit eerder gezien. Zijn gelaatstrekken waren nog precies dezelfde, maar aan zijn uitstraling was iets veranderd. Hij leek nauwelijks op de man aan wie ze zojuist nog had zitten denken. Maar voor ze zich teleurgesteld of opgelaten kon voelen, of enige andere emotie kon ervaren waarvan ze had gevreesd dat ze eraan ten prooi zou vallen als hij eindelijk thuis zou komen, keek hij snel de kamer rond met die semi-ironische blik die ze zo goed kende. Toen keek hij haar met die overbekende glimlach van hem aan en zei: 'Ik ben weer thuis.'

De volgende ochtend hadden ze nog niet een honderdste gezegd van wat ze elkaar te vertellen hadden.

'Ga daar eens zitten,' zei Strange tegen Arabella.

'In deze stoel?'

'Ja.'

'Waarom?'

'Zodat ik naar je kan kijken. Ik heb drie jaar niet naar je kunnen kijken, en dat heb ik vreselijk gemist. Ik moet de schade inhalen.'

Ze ging zitten, maar even later lachte ze. 'Jonathan, ik kan mijn lachen niet inhouden als je zo naar me staart. Op deze manier zul je het tekort binnen een half uur hebben goedgemaakt. Het spijt me dat ik je moet teleurstellen, maar je hebt nooit zo vaak naar me gekeken. Je zat altijd met je neus in een of ander stoffig boek.'

'Niet waar. Ik was vergeten hoe twistziek jij bent. Geef me dat stuk papier eens aan. Ik zal er een aantekening van maken.'

'Mooi niet,' zei Arabella lachend.

'Weet je wat mijn eerste gedachte was toen ik vanochtend wakker werd? Ik dacht dat ik snel moest opstaan, me snel moest scheren en snel moest ontbijten, voordat de bediende van een ander al het hete water zou gebruiken en alle broodjes zou pakken. Toen herinnerde ik me dat alle bedienden in huis mijn eigen bedienden waren en dat al het hete water in het huis van mij was en alle broodjes ook. Volgens mij ben ik van mijn levensdagen niet zo gelukkig geweest.'

'Ben je in Spanje dan zo verstoken geweest van alle comfort?'

'Tijdens een oorlog leeft men óf als een prins óf als een landloper. Ik heb lord Wellington – zijne excellentie, moet ik eigenlijk zeggen[10] – onder een boom zien slapen met enkel een steen als kussen. Andere keren heb ik dieven en bedelaars gezien die op donzen bedden in paleisslaapkamers lagen te snurken. Oorlog zet alles op zijn kop.'

'Ik hoop dat je Londen niet saai zult gaan vinden. De heer met het pluishaar zei dat je je thuis ongetwijfeld zou gaan vervelen nu je van de oorlog had geproefd.'

'Ha! Absoluut niet! Nu alles schoon is en precies zoals het hoort? Nu ik al mijn boeken en bezittingen zó voor het grijpen heb, en ik telkens wanneer ik opkijk mijn vrouw vlak voor me zie staan? Wat doet...? Wie zei je dat dat was? De heer met wat voor haar?'

'Pluishaar. Je kent hem vast wel. Hij woont bij sir Walter en lady

---

[10] Het Britse kabinet kende lord Wellington de titel hertog toe. Op hetzelfde moment werd er veel gesproken over de mogelijkheid dat Strange tot de adelstand zou worden verheven. 'Een baronetstitel is wel het minste wat hij verwacht,' zei lord Liverpool tegen sir Walter, 'en wij zouden volkomen in ons recht staan als we iets hoger inzetten. Wat dacht u van een burggraafschap?' De reden dat hier nooit iets van kwam, was dat men onmogelijk Strange een titel kon schenken zonder iets soortgelijks voor Norrell te doen, zoals sir Walter te berde bracht, en om een of andere reden vond niemand in het kabinet Norrell aardig genoeg om hem dat plezier te willen doen. De gedachte dat ze verplicht zouden zijn meneer Norrell aan te spreken met 'Sir Gilbert' en 'mijn heer' was behoorlijk deprimerend.

Pole in huis. Tenminste, ik weet niet zeker of hij daar woont, maar ik zie hem daar altijd als er op bezoek ga.'

Strange fronste zijn voorhoofd. 'Ik ken hem niet. Hoe heet hij?'

Maar dat wist Arabella niet. 'Ik heb altijd aangenomen dat hij een familielid van sir Walter of van lady Pole was. Wat vreemd dat ik er nooit aan heb gedacht naar zijn naam te vragen. Ik heb uren met hem gepraat!'

'Echt waar? Ik weet niet zeker of ik dat wel zo prettig vind. Is hij knap?'

'O ja! Heel knap! Wat vreemd dat ik zijn naam niet weet! Hij is heel onderhoudend. Heel anders dan de meeste mensen die ik ken.'

'En waar praten jullie zoal over?'

'O, over van alles en nog wat! Maar aan het eind van elk gesprek wil hij me met alle geweld een geschenk geven. Afgelopen maandag wilde hij voor mij een tijger uit Bengalen halen. Woensdag wilde hij de koningin van Napels naar me toe brengen, omdat zij en ik volgens hem zo veel op elkaar lijken dat we zeker de beste vriendinnen zouden worden. En op vrijdag wilde hij een bediende een muziekboom laten brengen...'

'Een muziekboom?'

Arabella lachte. 'Een muziekboom! Hij zegt dat er ergens op een berg met een naam uit een sprookjesboek een boom groeit waaraan bladmuziek groeit in plaats van fruit, en dat het de allermooiste muziek ter wereld is. Ik weet nooit zeker of hij zijn eigen verhaaltjes gelooft. Er zijn zelfs momenten geweest waarop ik me afvroeg of hij soms gek was. Hoe dan ook, ik bedenk altijd wel een excuus om zijn geschenken niet te hoeven aannemen.'

'Daar ben ik blij om. Ik zou het niet leuk hebben gevonden bij mijn thuiskomst een huis vol tijgers, koninginnen en muziekbomen aan te treffen. Heb je onlangs nog iets van meneer Norrell gehoord?'

'Nee, niet onlangs.'

'Waarom glimlach je?' vroeg Strange.

'Deed ik dat? Dat wist ik niet. Goed, ik zal het je vertellen. Hij heeft me een keer een bericht gestuurd, en dat was alles.'

'Eén keer? In drie jaar tijd?'

'Ja. Ongeveer een jaar geleden ging het gerucht dat jij in Vitoria was gesneuveld, en toen heeft meneer Norrell Childermass gestuurd om te vragen of het waar was. Ik wist net zo veel als hij. Maar die avond kwam kapitein Moultrop langs. Hij was nog geen twee dagen eerder in Portsmouth aangekomen en was meteen hiernaar toe gekomen om mij te vertellen dat er geen woord van waar was. Ik zal zijn vriendelijkheid nooit vergeten! Die arme jongeman! Zijn arm was ongeveer een maand daarvoor geamputeerd en hij was nog steeds niet van de klap hersteld. Maar er ligt een brief van meneer Norrell voor jou op tafel. Childermass kwam hem gisteren brengen.'

Strange stond op en liep naar de tafel. Hij pakte de brief op en draaide hem om. 'Tja, ik veronderstel dat ik zal moeten gaan,' zei hij onzeker.

De waarheid was dat hij er met weinig enthousiasme naar uitkeek om zijn oude privé-leraar terug te zien. Hij was eraan gewend geraakt onafhankelijk te denken en te handelen. In Spanje had hij weliswaar zijn opdrachten van de hertog van Wellington gekregen, maar welke magie hij zou gebruiken om die opdrachten te volbrengen was geheel zijn eigen beslissing geweest. Het vooruitzicht weer op aanwijzingen van meneer Norrell magie te moeten bedrijven, was geen aantrekkelijk vooruitzicht, en na maanden doorgebracht te hebben in het gezelschap van Wellington's vrijpostige, onstuimige jonge officieren, was de gedachte dat hij urenlang alleen meneer Norrell zou hebben om mee te praten een beetje naar.

Toch werd het, ondanks zijn bange vermoedens, een zeer hartelijk weerzien. Meneer Norrell was zo blij hem te zien, had zo veel vragen over de precieze aard van de toverspreuken die hij in Spanje had gebruikt en was zo vol lof over alles wat er was bereikt, dat Strange bijna het gevoel kreeg dat hij zijn oude privé-leraar verkeerd had ingeschat.

Vanzelfsprekend wilde meneer Norrell er niets van weten dat Strange zijn rol als pupil van meneer Norrell zou opgeven. 'Nee, nee, nee! Je moet hier terug komen! We hebben heel veel te doen. Nu de oorlog voorbij is, wacht ons pas het echte werk. Wij moeten magie stevig verankeren in het moderne tijdperk! Ik heb zeer bevredigende toezeggingen gekregen van verschillende ministers, die mij verzekerden dat het voor hen absoluut onmogelijk zou zijn om het land te blijven regeren zonder de hulp van onze magie! En ondanks alles wat u en ik hebben gedaan, bestaan er nog steeds misverstanden! Pas geleden nog hoorde ik lord Castlereagh aan iemand vertellen dat u in Spanje op aandringen van de hertog van Wellington zwarte magie had gebruikt! Ik heb hem er uiteraard snel van verzekerd dat u slechts gebruik had gemaakt van de allermodernste methodes.'

Strange zweeg en neeg toen licht het hoofd, waardoor meneer Norrell ongetwijfeld zou aannemen dat hij zwijgend zijn instemming betuigde. 'Maar we hadden het erover of ik wel of niet uw pupil zou blijven. Ik beheers inmiddels alle vormen van magie op de lijst die u vier jaar geleden heeft opgesteld. Voordat ik naar het Iberisch schiereiland ging, meneer, heeft u tegen mij gezegd dat u zeer tevreden was over mijn voortgang. Dat kunt u zich vast nog wel herinneren.'

'O! Maar dat was nog maar het allereerste begin. Terwijl u in Spanje was, heb ik een nieuwe lijst gemaakt. Ik zal Lucas bellen en hem vragen deze op te halen uit de bibliotheek. Overigens zijn er ook ándere boeken, weet u, waarvan ik zou willen dat u ze leest.' Met zijn blauwe ogen half toegeknepen keek hij Strange nerveus aan.

Strange aarzelde. Dit was een zinspeling op de bibliotheek in Hurtfew Abbey, die Strange nog steeds niet had gezien.

'O, meneer Strange!' riep meneer Norrell uit. 'Ik ben zo blij dat u thuis bent, meneer. Ik ben zo blij u te zien! Ik hoop dat we nog heel wat lange gesprekken zullen hebben. Meneer Lascelles en meneer Drawlight zijn hier vaak geweest...'

Strange zei dat hij daaraan niet twijfelde.

'...maar met hen kan een mens niet over magie praten. Komt u morgen toch terug. Morgenvroeg. Komt u ontbijten!'

32

De koning
november 1814

Begin november 1814 werd meneer Norrell vereerd met een bezoek van enkele heren van hoge adel – een graaf, een hertog en twee baronets – die, naar ze zeiden, gekomen waren om een zeer delicate zaak met hem te bespreken. Zelf waren ze zo discreet dat meneer Norrell, nadat ze een half uur met elkaar hadden gesproken, nog steeds geen idee had wat ze van hem verlangden.

Het bleek dat deze heren, voornaam als ze waren, een nog belangrijker persoon vertegenwoordigden – de hertog van York – en dat ze gekomen waren om met meneer Norrell te praten over de krankzinnigheid van de koning. Zijn zoons hadden de koning onlangs een bezoek gebracht en ze waren erg geschrokken van zijn slechte gezondheidstoestand. En hoewel ze egoïstisch waren – sommigen zelfs ronduit verdorven – en ze geen van allen snel geneigd waren zich enige opoffering te getroosten, hadden ze tegen elkaar gezegd dat ze er elk gewenst bedrag en zelfs een willekeurig aantal ledematen voor over zouden hebben om het lijden van de koning te verlichten, al was het maar een klein beetje.

Maar net zoals de kinderen van de koning ruzie hadden gemaakt over de vraag welke dokter hun vader moest behandelen, maakten ze nu ruzie over de vraag of een tovenaar de koning moest helpen. Degene met de grootste bezwaren tegen dit idee was de prins-regent. Jaren daarvoor, toen meneer Pitt nog leefde, had de koning ook een tijdlang aan ernstige waanzin geleden en had de prins in zijn plaats geregeerd, maar toen de koning weer was genezen, had de prins zijn macht en zijn privileges weer moeten afstaan. Niets was zo vervelend, vond de prins-regent, als 's ochtends wakker worden zonder te weten of je nog steeds regent van Groot-Brittannië was. Dus misschien moet het de prins maar vergeven worden dat hij het liefst zou willen dat de koning gek zou blijven, of dat de dood hem verlossing zou bieden.

Meneer Norrell, die de prins-regent niet voor het hoofd wilde stoten, weigerde beleefd zijn medewerking, waarop hij eraan toevoegde dat hij ten zeerste betwijfelde of de ziekte van de koning wel door middel van magie zou kunnen worden genezen. Dus vroeg de tweede zoon van de koning, de hertog van York, die krijgsheer was, aan de hertog van Wellington of hij dacht dat meneer Strange er wellicht toe bewogen zou kunnen worden de koning een bezoek te brengen.

'O, vast wel!' antwoordde de hertog van Wellington. 'Meneer Strange grijpt elke kans die hij krijgt aan om magie te bedrijven. Hij doet niets liever. De opdrachten die ik hem in Spanje gaf plaatsten hem voor allerlei problemen, en hoewel hij altijd klaagde, was hij in werkelijkheid dolgelukkig. Ik ben erg onder de indruk van meneer Strange' talenten. Spanje is, zoals uwe koninklijke hoogheid weet, een van de minst beschaafde landen ter wereld. In het hele land is nauwelijks een verbindingsweg te vinden die beter is dan een landweggetje. Maar dank zij meneer Strange beschikten mijn mannen over goede Engelse wegen die hen naar elke gewenste bestemming brachten, en als er een berg, woud of stad in de weg lag, ach, dan verplaatste Strange die gewoon.'

De hertog van York merkte op dat koning Ferdinand van Spanje de prins-regent een brief had gestuurd waarin hij zich beklaagde over het feit dat de Engelse tovenaar veel delen van zijn koninkrijk volkomen onherkenbaar had gemaakt, en waarin hij eiste dat meneer Strange zou terugkeren om het land in zijn oorspronkelijke staat te herstellen.

'O,' zei de hertog van Wellington ongeïnteresseerd, 'klagen ze daar nu nog over?'

Ten gevolge van dit gesprek trof Arabella Strange, toen ze op een donderdagochtend beneden kwam, een ontvangstkamer aan vol mannelijke nakomelingen van de koning. Het waren er vijf: hunne koninklijke hoogheden de hertogen van York, Clarence, Sussex, Kent en Cambridge. Ze waren allemaal tussen de veertig en de vijftig jaar oud. Vroeger waren het knappe mannen geweest, maar ze waren erg dol op eten en drinken en als gevolg daarvan waren ze inmiddels nogal gezet.

Meneer Strange stond met zijn elleboog op de schoorsteenmantel, met een van meneer Norrell's boeken in zijn hand en een beleefde, geïnteresseerde uitdrukking op zijn gezicht te luisteren, terwijl de koninklijke hoogheden door elkaar heen praatten en elkaar in hun geestdrift onderbraken om het verschrikkelijke pathos van de gezondheidstoestand van de koning te beschrijven.

'Als u zou zien hoe zijne majesteit met zijn brood en melk knoeit wanneer hij eet,' zei de hertog van Clarence met tranen in zijn ogen tegen Arabella, 'hoe hij wordt geplaagd door denkbeeldige angsten en hoe hij lange gesprekken voert met meneer Pitt, die al lang dood is... ach, beste vrouw, dan zou u er vreselijk verdrietig van worden.' De hertog pakte de hand van Arabella vast en streelde hem, kennelijk in de veronderstelling dat ze een dienstmeisje was.

'Alle onderdanen van zijne majesteit betreuren het diep dat hij ziek is,' zei Arabella. 'Zijn lijden raakt ons allemaal.'

'O, lieve kind!' riep de hertog verrukt. 'Wat is het hartverwarmend om u dat te horen zeggen!' En hij drukte een dikke, natte, koninklijke zoen op haar hand en keek haar teder aan.

'Als meneer Norrell denkt dat de ziekte met magie niet behandeld kan worden, dan denk ik eerlijk gezegd dat de kans van slagen gering is,' zei Strange. 'Maar ik wil zijne majesteit graag van dienst zijn.'

'In dat geval,' zei de hertog van York, 'vormen alleen de gebroeders Willis nog een probleem.'

'De gebroeders Willis?' vroeg Strange.

'Jazeker!' riep de hertog van Cambridge uit. 'De gebroeders Willis zijn brutaler dan u zich kunt voorstellen.'

'We moeten oppassen dat we de gebroeders Willis niet te zeer tegen ons in het harnas jagen,' zei de hertog van Clarence waarschuwend, 'anders zullen ze zeker wraak nemen op de koning.'

'De gebroeders Willis zullen er grote bezwaren tegen hebben dat meneer Strange de koning bezoekt,' verzuchtte de hertog van Kent.

De gebroeders Willis waren twee broers die in Lincolnshire een krankzinnigengesticht hadden. Jarenlang hadden ze, telkens als de koning weer krankzinnig werd, voor hem gezorgd. En zodra hij weer bij zinnen was, vertelde de koning aan iedereen die het maar horen wilde dat hij de gebroeders Willis haatte en dat hij boos was over de wrede manier waarop ze hem hadden behandeld. Hij had de koningin, de hertogen en de prinsessen laten beloven dat ze hem, mocht hij ooit weer krankzinnig worden, niet meer aan de gebroeders Willis zouden uit leveren. Dat had echter niet geholpen. Bij de eerste tekenen van een delirium werden de gebroeders Willis er weer bijgeroepen. Ze kwamen onmiddellijk, sloten de koning op in een kamer, deden hem een dwangbuis aan en gaven hem sterke zuiverende medicijnen.

Ik denk dat het mijn lezers zal verwonderen – aangezien het iedereen verwonderde – dat een koning zo weinig invloed had op zijn eigen lot. Maar bedenk eens wat een paniek er al bij de gewone families ontstaat wanneer het vermoeden van krankzinnigheid bestaat, en bedenk dan hoeveel groter de paniek zal zijn als het de koning van Groot-Brittannië betreft. Als u of ik krankzinnig wordt, is dat een tegenslag voor onszelf, onze vrienden en onze familie. Wanneer een koning krankzinnig wordt, is het een ramp voor het hele land. In het verleden had de ziekte van koning George regelmatig geleid tot grote onzekerheid over wie het land moest regeren. Het was niet eerder voorgekomen. Niemand wist wat men moest doen. Men was niet bijzonder gesteld op de gebroeders Willis en ze werden ook niet echt gerespecteerd – zeer zeker niet. Hun behandelingen verlichtten het lijden van de koning ook niet wezenlijk. Het geheim van de gebroeders Willis was echter dat zij erin slaagden het hoofd koel te houden, terwijl iedereen in paniek was. Ze namen een verantwoordelijkheid op hun schouders die alle andere mensen angstvallig probeerden te vermijden. In ruil daarvoor eisten ze totale zeggenschap over de koning. Niemand had toestemming met de koning te praten zonder dat de gebroeders Willis erbij waren. De koningin niet, de minister-president niet, zelfs de dertien zonen en dochters van de koning niet.

'Tja,' zei Strange toen hij het hele verhaal had aangehoord. 'Ik geef toe dat ik liever met zijne majesteit wil praten zonder dat andere mensen zich ermee bemoeien – zeker als het gaat om mensen die het niet eens zullen zijn met mijn aanpak. Echter, zo nu en dan heb ik zelfs het hele Franse leger op een dwaalspoor kunnen brengen. Ik geloof niet dat twee dokters een probleem voor mij zullen zijn. Laat de gebroeders Willis maar aan mij over.'

Strange weigerde het over een beloning te hebben voordat hij de koning had gezien. Hij zou zijn bezoek aan de koning niet in rekening brengen, hetgeen de hertogen – die allemaal gokschulden, en huizen vol onwettige kinderen hadden die gevoed en geschoold moesten worden – erg aardig van hem vonden.

De volgende dag vertrok Strange vroeg naar Windsor Castle om de koning te bezoeken. Het was een venijnig koude ochtend en overal hing een dikke witte mist. Onderweg sprak hij drie kleine spreuken uit. De eerste zorgde ervoor dat de gebroeders Willis zich flink zou verslapen, de tweede zorgde ervoor dat hun echtgenotes en bedienden zouden vergeten hen te wekken, en de derde zorgde ervoor dat ze, als ze eindelijk wakker zouden worden, hun kleding en laarzen niet meer op de plaats zouden aantreffen waar ze ze hadden achtergelaten. Twee jaar eerder zou hij zich bezwaard hebben gevoeld om zelfs zo'n onschuldig trucje uit te halen met twee vreemdelingen, maar nu hoefde hij er geen tweede keer over na te denken. Zoals zo veel mannen die samen met de hertog van Wellington in Spanje waren geweest, was hij de hertog gaan imiteren, in wiens aard het lag om altijd op een zo rechtstreeks mogelijke manier te handelen.[1]

Tegen tienen stak hij de rivier de Theems over via een kleine houten brug ter hoogte van het dorpje Datchet. Hij liep over het laantje tussen de rivier en de kasteelmuur, en kwam in Windsor aan. Bij de kasteelpoort vertelde hij de schildwacht wie hij was en wat hij bij de koning kwam doen. Er verscheen een bediende in een blauw uniform om hem naar de vertrekken van de koning te begeleiden. De bediende was een beschaafde, intelligente man en, zoals je dat vaak ziet bij bedienden die in belangrijke gebouwen werkten, was hij buitengewoon trots op het kasteel en alles wat er mee te maken had. Het grootste plezier in zijn leven, peurde hij uit het rondleiden van mensen in het kasteel, waarbij hij zich hun verbazing, ontzag en bewondering voorstelde.

'Dit is toch niet uw eerste bezoek aan het kasteel, meneer?' was het eerste wat hij aan Strange vroeg.

'Toch wel. Ik ben hier nog nooit geweest.'

De man keek verschrikt. 'Dan heeft u een van de meest indrukwekkende bezienswaardigheden van Engeland gemist, meneer!'

'Echt waar? Ach ja, maar nu ben ik er, zoals je ziet.'

'Maar u bent hier voor zaken, meneer,' antwoordde de bediende op berispende toon, 'en ik denk niet dat u de tijd zult hebben om alles rustig te bekijken. U moet echt nog een keer komen, meneer. In de zomer. En mocht u getrouwd zijn, mag ik dan zo vrij zijn te zeggen dat het kasteel vooral voor dames altijd een bron van vermaak is?'

Hij leidde Strange over een indrukwekkend grote binnenplaats. Lang geleden moet het tijdens oorlogen een schuilplaats zijn geweest

[1] In *The Life of Jonathan Strange* bespreekt John Segundus andere manieren waarop Strange' daden beïnvloed werden door de hertog van Wellington.

voor een groot aantal mensen met hun vee, en er stonden nog steeds een paar zeer oude, eenvoudige gebouwen die getuigden van het militaire karakter dat het kasteel oorspronkelijk had gehad. Maar in de loop van de tijd was het verlangen naar koninklijke pracht en praal de praktische overwegingen gaan overheersen en was er een indrukwekkende kerk gebouwd die het grootste deel van de beschikbare ruimte innam. Deze kerk – die de kapel heette, maar in werkelijkheid eerder een kathedraal was – was gebouwd met oog voor alle complexiteit en details die typisch zijn voor de gotiek. Hij was omringd met stekelige steunpilaren en gekroond met pinakels, en hij puilde uit van de kapellen, oratoria en consistoriekamers.

De bediende liep met Strange langs een steile terp met effen zijkanten, met daarop de ronde toren die van een afstand het meest herkenbare deel van het kasteel was. Via een middeleeuwse poort kwamen ze uit op een andere binnenplaats. Deze was bijna net zo reusachtig als de eerste, maar waar het op de andere had gewemeld van de bedienden, soldaten en inwonende functionarissen, was deze stil en verlaten.

'Het is erg jammer dat u hier niet een paar jaar eerder bent gekomen, meneer,' zei de bediende. 'Toen was het op aanvraag bij de huishoudster nog mogelijk om de vertrekken van de koning en koningin te bezichtigen, maar door de ziekte van de koning is dat onmogelijk geworden.'

Hij bracht Strange naar een imposante, gotische entree in het midden van een lange rij stenen gebouwen. Terwijl ze een stenen trap opliepen bleef hij zich beklagen over de vele obstakels die Strange belemmerden het kasteel te bekijken. Hij veronderstelde dat Strange erg teleurgesteld moest zijn. 'Ik weet het!' verklaarde hij plotseling. 'Ik zal u de St George-zaal laten zien! O, het is nog geen honderdste van wat u zou moeten zien, meneer, maar het geeft u in ieder geval een idee van de verhevenheid waartoe Windsor Castle in staat is!'

Boven aan de trap sloeg hij rechtsaf, en hij liep snel door een ridderzaal met zwaarden en pistolen aan de muur. Strange liep achter hem aan. Ze kwamen in een hoge zaal met een lengte van bijna honderd meter.

'We zijn er!' zei de bediende tevreden, alsof hij hem zelf had gebouwd en ingericht.

Er kwam kil en mistig licht door de grote boogvormige ramen aan de zuidelijke muur. Het onderste gedeelte van de muren was gelambriseerd met perenbomenhout en alle panelen hadden vergulde bewerkte randen. Het bovenste gedeelte van de muren en het plafond waren bedekt met schilderijen van goden en godinnen, koningen en koninginnen. Op het plafond was een afbeelding te zien van Charles II die op een blauwwitte wolk naar de eeuwige glorie werd gedragen, omringd door dikke roze cherubijnen. Generaals en diplomaten legden trofeeën aan zijn voeten, terwijl Julius Caesar, Mars, Hercules en allerlei andere belangrijke personen er een beetje beschaamd bij stonden, zich plotseling bewust van hun minderwaardigheid ten opzichte van de Britse koning.

Dit was erg indrukwekkend, maar het schilderij dat Strange' aandacht trok was een enorme muurschildering die zich uitstrekte over de gehele noordelijke muur. In het midden zaten twee koningen op hun troon. Aan weerszijden stonden of knielden ridders, adellijke dames, hovelingen, pages, goden en godinnen. De linkerhelft van de schildering baadde in het zonlicht. De koning aan deze kant was een sterke, aantrekkelijke man die jeugdige vitaliteit uitstraalde. Hij was gekleed in een licht gewaad en zijn krullende haar was blond. Hij droeg een lauwerkrans op zijn hoofd en had een scepter in zijn hand. De mensen en goden die bij hem stonden waren uitgerust met helmen, borstplaten, speren en zwaarden, alsof de artiest wilde suggereren dat de koning slechts de meest oorlogszuchtige mannen en goden als vrienden aantrok. In de rechterhelft van de schildering was het licht zacht en schemerig, alsof de artiest een zomers halfduister had willen afbeelden. Er schitterden sterren boven en rondom de figuren. De koning aan deze kant was bleek en had donker haar. Hij droeg een zwart gewaad en had een ondoorgrondelijke uitdrukking op zijn gezicht. Hij droeg een kroon van donkere klimopbladeren en in zijn linkerhand had hij een dunne ivoren toverstaf. Zijn entourage bestond voornamelijk uit magische wezens: een feniks, een eenhoorn, een manticora, faunen en saters. Maar er waren ook enkele mysterieuze personen: een mannenfiguur in een monnikengewaad met de kap ver over zijn ogen naar voren getrokken, en een vrouwenfiguur in een donkere mantel met sterren, die haar arm voor haar ogen hield. Tussen de twee tronen in stond een jonge vrouw in een ruimvallend wit gewaad en met een gouden helm op haar hoofd. De oorlogszuchtige koning had beschermend zijn linkerhand op haar schouder gelegd. De donkere koning strekte zijn rechterhand naar haar uit en zij hield haar hand naar hem uitgestoken, zodat hun vingers elkaar net raakten.

'Een werk van Antonio Verrio, een Italiaanse heer,' zei de bediende. Hij wees naar de koning aan de linkerkant. 'Dat is Edward de Derde van Zuid-Engeland.' Hij wees naar de rechter koning. 'En dat is de tovenaarskoning van Noord-Engeland, John Uskglass.'

'Echt waar?' zei Strange zeer geïnteresseerd. 'Ik heb natuurlijk standbeelden van hem gezien. En gravures in boeken. Maar ik geloof niet dat ik nooit eerder een schilderij heb gezien. En de dame tussen de twee koningen, wie is dat?'

'Dat is mevrouw Gwynne, een van de maîtresses van Charles II. Zij moet Brittannia voorstellen.'

'Ik begrijp het. Hij heeft nog een ereplaats in het huis van de koning, en dat is tenminste iets. Maar ze trekken hem wel Romeinse kleding aan en hij moet de hand van een actrice vasthouden. Ik vraag me af wat hij daarvan zou vinden.'

De bediende leidde Strange door de met wapens gevulde kamer naar een reusachtige zwarte deur met daarboven een groot marmeren fronton dat een heel eind uitstak.

'Verder dan hier kan ik niet met u meelopen, meneer. Hier houdt mijn taak op en begint die van de dokters Willis. Achter die deur zult u de koning vinden.' Hij maakte een buiging en liep over de trap naar beneden.

Strange klopte op de deur. Binnen klonk het geluid van een klavecimbel en de stem van iemand die zong.

Toen de deur openging, zag hij een grote brede man van dertig à veertig jaar. Hij had een rond, bleek, pokdalig gezicht en zweette als een schimmelkaas. Al met al leek hij sprekend op het maanmannetje, dat volgens de overlevering van kaas is. Hij had zich geschoren, maar was daar kennelijk niet zo bedreven in, want hier en daar zaten een paar ruwe zwarte stoppels op zijn witte gezicht – alsof een familie vliegen in de melk was verdronken voordat er kaas van werd gemaakt en hun pootjes er nog uitstaken. Zijn jas was gemaakt van ruw bruin droget en zijn overhemd en das van het grofste soort linnen. Geen enkel kledingstuk was echt schoon.

'Ja?' vroeg hij, nog steeds met zijn hand aan de deur, alsof hij van plan was die bij de geringste aanleiding weer dicht te doen. Hij leek niet op een paleisbediende. Hij had meer weg van een verpleger in een krankzinnigengesticht, en dat was hij ook.

Zijn onbeleefde gedrag deed Strange zijn voorhoofd fronzen. Hij noemde koel zijn naam en zei dat hij gekomen was om de koning te bezoeken.

De man zuchtte. 'Tja, meneer, ik kan niet ontkennen dat we u al verwachtten. Maar, ziet u, u kunt niet binnenkomen. Dr John en dr Robert...' (zo heetten de gebroeders Willis) 'zijn er nog niet. We wachten al anderhalf uur op hen. We begrijpen niet waar ze blijven.'

'Dat is erg vervelend,' zei Strange. 'Maar dat is mijn zaak niet. Ik heb niet de behoefte om de mensen over wie u het heeft te ontmoeten. Ik kom voor de koning. Ik heb een brief bij me die getekend is door de aartsbisschoppen van Canterbury en York, en waarin zij mij toestemming geven de koning vandaag te bezoeken.' Strange hield de man de brief voor zijn neus.

'Maar, meneer, u moet wachten totdat dr John en dr Robert er zijn. Ze willen niet dat iemand zich met hun behandelplan voor de koning bemoeit. Stilte en afzondering zijn het beste voor de koning. Gesprekken hebben een zeer negatief effect op hem. U kunt zich nauwelijks voorstellen, meneer, hoezeer u zijn gezondheid zou schaden door alleen maar met hem te praten. Stel dat u zou zeggen dat het regent. U zult dat waarschijnlijk een volkomen onschuldige opmerking vinden. Maar het zou de koning aan het denken kunnen zetten, begrijpt u, en vanwege zijn krankzinnigheid haalt hij zich van alles in zijn hoofd, waardoor hij gevaarlijk kwaad kan worden. Hij zou kunnen denken aan de keren dat het regende terwijl zijn bedienden hem berichtten over verloren veldslagen, of de dood van zijn dochters, of de schandelijke daden van zijn zoons. Dat kan voldoende zijn om de koning ter plekke de dood in te jagen. Wilt u de koning soms de dood in jagen, meneer?'

'Nee,' zei Strange.

'Welnu,' zei de man overredend, 'dan begrijpt u vast ook wel, meneer, dat het beter is om op dr John en dr Robert te wachten.'

'Dank u, maar ik denk dat ik het er toch op waag. Brengt u mij alstublieft naar de koning.'

'Dr John en dr Robert zullen erg kwaad zijn,' waarschuwde de man.

'Dat kan mij niets schelen,' antwoordde Strange kalm. Hier stond de man versteld van.

'Welnu,' zei Strange met een uitgesproken vastbesloten uitdrukking op zijn gezicht, zwaaiend met zijn brief, 'laat u mij bij de koning toe of wilt u het gezag van twee aartsbisschoppen tarten? Dat is een ernstige zaak, en u riskeert... tja, dat weet ik niet precies, maar ik veronderstel dat de straf zwaar zal zijn.'

De man zuchtte. Hij riep een andere man – die er even ruig en vies uitzag als hij – en beval hem onmiddellijk dr John en dr Robert thuis op te gaan halen. Toen ging hij met veel tegenzin opzij om Strange binnen te laten.

De kamer was gigantisch. De muren waren gelambriseerd met eikenhout en er was veel uitgelezen houtsnijwerk. Op het plafond lagen nog meer koninklijke en symbolische personages op wolken te rusten. Maar het was ook een sombere kamer. Er lagen geen tapijten op de vloer en het was er erg koud. Het enige meubilair was een stoel en een klavecimbel, die er versleten uitzag. Achter de klavecimbel zat een oude man met zijn rug naar hem toe. Hij droeg een ochtendjas van antiek paars brokaat. Op zijn hoofd droeg hij een verkreukelde slaapmuts van scharlakenrood fluweel en aan zijn voeten vieze, kapotte sloffen. Hij speelde krachtig en zong luid in het Duits. Toen hij het geluid van naderende voetstappen hoorde, stopte hij.

'Wie is daar?' vroeg hij. 'Wie is dat?'

'De tovenaar, majesteit,' zei de krankzinnigenverpleger.

De oude man leek hier even over na te denken en zei toen luid: 'Ik heb een uitgesproken hekel aan dat beroep!' Hij speelde verder op zijn klavecimbel en begon weer luid te zingen.

Dat was geen bemoedigend begin. De krankzinnigenverpleger gniffelde brutaal en liep weg, zodat Strange en de koning alleen achterbleven. Strange liep een paar stappen verder de kamer in en ging op een plek zitten van waaruit hij het gezicht van de koning kon bestuderen.

Het was een gezicht dat niet alleen werd geteisterd door krankzinnigheid, maar bovendien door blindheid. De irissen van zijn ogen waren matblauw en het oogwit had de kleur van bedorven melk. Zijn lange witte haar doorspekt met grijze lokken hing slap langs zijn bloeddoorlopen wangen. Terwijl de koning zong, spatte er speeksel van zijn slappe rode lippen. Zijn baard was bijna net zo lang en wit als zijn haar. Hij leek in niets op de afbeeldingen die Strange van hem had gezien, omdat die waren gemaakt toen hij nog bij zijn volle verstand was. Met zijn lange haar, lange baard en lange paarse gewaad had hij veel weg van een oude man uit een tragedie van Shakespeare – of om precies te zijn, op twee oude mannen uit twee tragedies van Shakespeare. Krankzinnig en blind als hij was, was hij een combinatie van Lear en Gloucester.

De koninklijke hertogen hadden Strange gewaarschuwd dat het tegen de hofetiquette indruiste om iets tegen de koning te zeggen, tenzij de koning hem eerst aansprak. Die kans was echter niet zo groot, gezien de afkeer die de koning tegen tovenaars koesterde. Dus toen de koning weer even ophield met spelen en zingen, zei hij: 'Ik ben Jonathan Strange uit Ashfair in Shropshire, de nederige dienaar van uwe majesteit. Ik was de vaste legertovenaar tijdens de oorlog in Spanje, alwaar ik tot mijn genoegen uwe majesteit van dienst heb kunnen zijn. De zonen en dochters van uwe majesteit hopen dat ik met mijn magie uw lijden enigszins kan verlichten.'

'Zeg tegen de tovenaar dat ik hem niet kan zien!' zei de koning luchtig.

Strange nam niet de moeite te reageren op deze onzinnige opmerking. Natuurlijk kon de koning hem niet zien, hij was immers blind.

'Maar zijn metgezel kan ik uitstekend zien!' vervolgde de koning op goedkeurende toon. Hij draaide zijn hoofd, alsof hij naar een punt een meter links van Strange keek. 'Iemand met zulk zilverkleurig haar als dat van hem moet ik toch wel kunnen zien, lijkt me! Hij ziet eruit als een erg wilde kerel.'

Wat hij zei klonk zo overtuigend, dat Strange zich onwillekeurig omdraaide om te kijken. Er was natuurlijk niemand.

In de afgelopen dagen had hij in Norrell's boeken gezocht naar iets wat van toepassing kon zijn op de toestand van de koning. Er waren opvallend weinig spreuken voor het genezen van krankzinnigheid. Sterker nog, hij had er maar één kunnen vinden, en zelfs daarvan wist hij niet zeker of die wel voor zijn doel geschikt was. Het was een recept uit *Revelations of Thirty-Six Other Worlds* van Ormskirk. Ormskirk zei dat het waanbeelden zou verdrijven en verkeerde indrukken zou corrigeren. Strange haalde het boek te voorschijn en las de spreuk nog een keer door. Het was een bijzonder onduidelijke toverspreuk, die slechts uit de volgende woorden bestond:

Plaats de maan voor zijn ogen en zij zal met haar witheid de misleidende beelden verslinden die de bedrieger daar heeft doen verschijnen.
Plaats een zwerm bijen bij zijn oren. Bijen houden van de waarheid en zullen de leugens van de bedrieger vernietigen.
Plaats zout in zijn mond, zodat de bedrieger hem niet kan laten genieten van de smaak van honing of doen walgen van de smaak van as.

Spijker zijn hand vast met een ijzeren nagel, zodat hij die niet zal heffen om de bevelen van zijn bedrieger op te volgen.
Leg zijn hart op een geheime plaats, zodat hij zijn verlangens voor zich kan houden en de bedrieger daaraan geen houvast zal vinden.

Memorandum: de kleur rood kan bevorderlijk werken.

Terwijl Strange dit doorlas, moest hij echter toegeven dat hij geen idee had wat het betekende.[2] Hoe werd de tovenaar geacht de maan naar de gekwelde persoon te brengen? En als het tweede gedeelte klopte, hadden de hertogen beter een imker in dienst kunnen nemen in plaats van een tovenaar. Strange kon zich bovendien niet voorstellen dat de koninklijke hertogen het zouden waarderen als hij de hand van de koning met ijzeren spijkers zou doorboren. De aantekening over de kleur rood was ook vreemd. Hij dacht dat hij ergens iets had gehoord of gelezen over de kleur rood, maar op dat moment kon hij zich niet herinneren wat.

Ondertussen was de koning in gesprek geraakt met de denkbeeldige persoon met het zilveren haar. 'Neemt u mij niet kwalijk dat ik u aanzag voor een gewoon iemand,' zei hij. 'Misschien bent u inderdaad een koning zoals u zegt, maar ik ben zo vrij om op te merken dat ik nog nooit van uw koninkrijken heb gehoord. Waar ligt Lost-hope? Waar liggen de Blue Castles? Waar ligt City of Iron Angels? Ik daarentegen ben koning van Groot-Brittannië, een land dat iedereen kent en dat duidelijk is aangegeven op alle landkaarten!' Zijne majesteit zweeg even, waarschijnlijk om naar het antwoord van de man met het zilveren haar te luisteren, want opeens riep hij: 'O, wees niet boos! Toe, wees niet boos. U bent koning en ik ben koning! Allemaal zullen we koningen zijn! En er is voor ons allebei werkelijk geen reden om boos te worden. Ik zal voor u spelen en zingen!' Hij haalde een fluit uit de zak van zijn ochtendjas en speelde een melancholisch deuntje.

---

[2] Hoogstwaarschijnlijk wist Ormskirk het zelf ook niet. Hij had gewoon een spreuk opgeschreven die hem door iemand anders was verteld of die hij in een ander boek had gevonden. Dat is een terugkerend probleem met de geschriften van de Zilveren Tovenaars. In hun verlangen om elk greintje kennis over magie te behouden, waren ze vaak genoodzaakt dingen op papier te zetten waarvan ze zelf niets begrepen.

Bij wijze van experiment leunde Strange naar voren en plukte de scharlakenrode slaapmuts van het hoofd van de koning. Hij lette goed op of de koning daardoor gekker werd, maar na hem een paar minuten te hebben geobserveerd moest hij toegeven dat hij geen verandering zag. Hij zette de slaapmuts weer terug op het hoofd van de koning.

In het anderhalf uur dat volgde probeerde hij alle magie die hij maar kon bedenken. Hij sprak allerlei spreuken uit: herinneringsspreuken, vindspreuken, ontwaakspreuken, spreuken ter bevordering van de concentratie, spreuken om nachtmerries en boze gedachten te verdrijven, spreuken om patronen te ontdekken in de chaos, spreuken om een verdwaalde ziel te helpen de weg terug te vinden, ontsluieringsspreuken, inzichtspreuken, spreuken om de intelligentie te vergroten, spreuken om ziekten te genezen en spreuken om verbrijzelde ledematen te herstellen. Sommige spreuken waren lang en ingewikkeld. Sommige bestonden uit slechts één woord. Sommige moesten hardop worden uitgesproken. Sommige moesten alleen in gedachten worden opgezegd. Sommige bevatten helemaal geen woorden, maar bestonden uit een enkel gebaar. Sommige spreuken waren de afgelopen vijf jaar in een of andere vorm elke dag wel een keer door Strange en Norrell toegepast. Sommige waren al eeuwenlang niet meer gebruikt. Voor een paar was een spiegel nodig; twee vereisten een druppeltje bloed van de vinger van de tovenaar; en voor weer een andere waren een kaars en een stuk lint nodig. Eén ding hadden ze echter allemaal gemeen: ze hadden geen enkel effect op de koning.

Uiteindelijk dacht Strange: o, ik geef het op!

Zijne majesteit, die zich al die tijd gelukkig niet bewust was geweest van alle magie die op hem werd toegepast, praatte op vertrouwelijke toon met de man met het zilveren haar, die alleen hij kon zien. 'Moet u hier voorgoed blijven of mag u op een bepaald moment weer weg? O, blijf niet hier, want straks pakken ze u nog! Dit is geen goede plaats voor koningen! Ze stoppen ons in dwangbuizen! De laatste keer dat ik deze vertrekken heb mogen verlaten was op een maandag in 1811. Ze zeggen dat dat drie jaar geleden is, maar ze liegen! Volgens mijn berekeningen is het zaterdag over twee weken tweehonderdzesenveertig jaar geleden!'

Arme, ongelukkige man, dacht Strange. Opgesloten in deze kille, sombere kamer zonder vrienden, zonder afleiding! Geen wonder dat de tijd in zijn beleving zo traag gaat. Geen wonder dat hij krankzinnig is!

Hardop zei hij: 'Als u wilt, neem ik u graag even mee naar buiten, majesteit.'

De koning stopte even met zijn geklets en draaide zijn hoofd een beetje. 'Wie zei dat?' vroeg hij.

'Dat was ik, majesteit. Jonathan Strange, de tovenaar.'

Strange maakte een eerbiedige buiging voor de koning, maar herinnerde zich toen dat hij dat niet kon zien.

'Groot-Brittannië! Mijn geliefde koninkrijk!' riep de koning. 'Wat zou ik haar graag weer willen zien – vooral nu het zomer is. De bomen zijn nu uitgedost in hun mooiste bladerpracht, de velden staan in volle bloei en de lucht ruikt zo zoet als een kersentaartje!'

Strange keek uit het raam naar de ijzige witte mist en de kale, winterse bomen. 'Inderdaad. En ik zou het een grote eer vinden als uwe majesteit mij naar buiten zou willen vergezellen.'

De koning leek dat voorstel te overwegen. Hij deed een van zijn sloffen uit en probeerde die op zijn hoofd te laten balanceren. Toen dat niet lukte, deed hij de slof weer aan. Hij pakte een kwastje aan het einde van het koord van zijn ochtendjas vast en sabbelde er peinzend op. 'Maar hoe weet ik dat u geen boze geest bent die mij in verleiding probeert te brengen?' vroeg hij uiteindelijk op uiterst redelijke toon.

Strange wist even niet wat hij op die vraag moest antwoorden. Terwijl hij zich afvroeg wat hij moest zeggen, ging de koning verder: 'Als u een boze geest bent, moet u weten dat ik eeuwig ben en niet kan sterven. Als ik ontdek dat u mijn vijand bent, zal ik met mijn voet stampen en u rechtstreeks terugsturen naar de hel!'

'Echt waar? Die truc moet uwe majesteit mij leren. Zo iets nuttigs zou ik graag leren. Maar staat u mij toe u te zeggen dat u, als u over zulke krachtige toverkunsten beschikt, niet bang hoeft te zijn om met mij mee naar buiten te gaan. We moeten zo snel en discreet mogelijk vertrekken. Uwe majesteit moet heel stil zijn!'

De koning zei niets, tikte tegen zijn neus en trok een zeer sluw gezicht.

Strange' volgende taak was een manier te bedenken om buiten te komen zonder dat de krankzinnigenverplegers het zouden merken. Aan de koning had hij in dat opzicht niet veel. Toen hij hem vroeg waar de verschillende deuren naar toe leidden, zei hij dat hij dacht dat één deur naar Amerika leidde, een andere naar de eeuwige verdoemenis en een derde mogelijk naar volgende week vrijdag. Dus koos

Strange een deur – die waarvan de koning dacht dat hij naar Amerika leidde – en leidde de koning snel door een reeks kamers. Stuk voor stuk hadden ze beschilderde plafonds waarop Engelse vorsten op brandende strijdwagens door de lucht vlogen, personen versloegen die Jaloezie, Zonde en Opstandigheid moesten voorstellen, en Tempels van Deugd, Paleizen van Eeuwige Gerechtigheid en andere soortgelijke nuttige instituten oprichtten. Maar hoewel de plafonds spraken van drukte en bedrijvigheid, waren de kamers daaronder verlaten, tot op de draad versleten en bedekt met stof en spinnen. Over het meubilair lagen lakens, zodat het leek alsof deze stoelen en tafels lang geleden gestorven waren en dit hun grafstenen waren.

Ze kwamen aan bij een soort achtertrap. De koning, die Strange' waarschuwing heel stil te zijn zeer ter harte had genomen, stond erop dat ze als kleine kinderen heel overdreven op hun tenen de trap af zouden sluipen. Dat kostte enige tijd.

'Nou, majesteit,' zei Strange opgewekt toen ze eindelijk beneden waren, 'ik vind dat we prima in onze opzet zijn geslaagd. Ik hoor geen achtervolgers. De hertog van Wellington zou ons beiden waarschijnlijk graag als spionnen in dienst nemen. Ik denk dat zelfs kapitein Somers-Cocks of Colquhoun Grant niet zo goed een vijandelijk gebied hadden kunnen doorkruisen zonder—'

Hij werd onderbroken door de koning, die zijn fluit zeer luid en triomfantelijk liet schallen.

'Verd—' siste Strange, en hij luisterde of hij de krankzinnigenverplegers hoorde aankomen, of nog erger, de gebroeders Willis.

Maar er gebeurde niets. Ergens dichtbij hoorde hij een vreemd, onregelmatig gebonk en gekletter vergezeld van geschreeuw en gejammer – alsof er iemand werd geslagen door een kastvol bezems. Afgezien daarvan was het muisstil.

Er was een deur die naar een breed stenen terras leidde. Vanaf dat punt liep het landschap steil naar beneden en aan de voet van de helling lag een park, maar de mist had alle details en kleuren van het landschap uitgewist en er een spookachtige sfeer aan gegeven. Hemel en aarde waren opgegaan in een onwerkelijk grijs geheel. Aan de rechterhand was een lange, dubbele rij bomen te zien.

De koning en Strange liepen arm in arm over het terras naar de hoek van het kasteel. Daar trof Strange een pad aan dat via de helling omlaag liep naar het park. Ze liepen het pad af en waren nog maar een klein stukje het park ingelopen toen ze aankwamen bij een siervijver met een lage stenen rand.[3] In het midden lag een stenen paviljoentje versierd met beelden. Sommige leken op een hond – behalve dan dat ze een langgerekt, laag lijf hadden, als dat van een hagedis, met een rij scherpe stekels op hun rug. Andere moesten sierlijke dolfijnen van steen voorstellen, die op de een of andere manier aan de muren waren blijven vastzitten. Op het dak zaten vijf of zes classicistische dames en heren in klassieke houdingen en met vazen in hun handen. Het was duidelijk de bedoeling van de architect geweest om waterfonteinen uit de monden van deze vreemde dieren en de vazen op het dak te laten gutsen, zodat dat in sierlijke bogen in de vijver zou stromen, maar op dat moment was alles stil en bevroren.

Strange wilde juist een opmerking maken over de melancholische sfeer die de bevroren vijver opriep, toen hij geschreeuw hoorde. Hij keek achter zich en zag dat een groep mensen zeer snel over de helling van het kasteel naar beneden kwam. Toen ze dichterbij kwamen, zag hij dat ze met zijn vieren waren: twee heren die hij nooit eerder had gezien en de twee krankzinnigenverplegers, die met het schimmelkaashoofd en degene die erop uitgestuurd was om de gebroeders Willis op te halen. Ze keken alle vier kwaad.

De heren kwamen gehaast op hen af en fronsten gewichtig en beledigd hun wenkbrauwen. Alles wees erop dat ze zich haastig hadden aangekleed. Een van hen probeerde de knopen van zijn jas dicht te doen, maar zonder veel succes. Zodra hij een knoop dicht had gemaakt, vloog hij weer open. Hij was ongeveer even oud als meneer Norrell en droeg een ouderwetse pruik – die nogal leek op die van meneer Norrell – die af en toe een sprongetje maakte en ronddraaide op zijn hoofd. Maar in andere opzichten verschilde hij van meneer Norrell, want hij was lang, tamelijk aantrekkelijk en had een indrukwekkende, gedecideerde uitstraling. De andere heer – die een paar jaar jonger was – werd geplaagd door zijn laarzen, die een geheel eigen wil leken te hebben. Terwijl hij worstelde om vooruit te komen, probeerden zij hem de andere kant op te laten lopen. Strange kon alleen maar

[3] Deze vijver en de bomenrijen waren alles wat was overgebleven van een uitgestrekte siertuin die bedacht was door koning William III en waar wel een begin mee was gemaakt maar die nooit was afgemaakt. Er werd gestopt toen het te duur bleek te zijn. Men liet de grond weer verworden tot zijn oude staat van park en weide.

aannemen dat de magie die hij had gebruikt beter had gewerkt dan hij had verwacht, en dat hun kleding daardoor moeilijk te beheersen was.

De langste heer – die met de speelse pruik – keek Strange woedend aan. 'Op wiens gezag is de koning naar buiten gegaan?'

Strange haalde zijn schouders op. 'Op dat van mij, denk ik.'

'U! Wie bent u?'

De manier waarop hij werd aangesproken stond Strange niet aan, en hij gaf als weerwoord: 'Wie bent ú?'

'Ik ben dr John Willis. Dit is mijn broer, dr Robert Darling Willis. Wij zijn de artsen van de koning. Op laste van de raadsman van de koningin zijn wij verantwoordelijk voor de koning. Niemand mag zijne majesteit zien zonder onze toestemming. Ik vraag u nogmaals: wie bent u?'

'Ik ben Jonathan Strange. Ik ben gekomen op verzoek van hunne koninklijke hoogheden de hertogen van York, Clarence, Sussex, Kent en Cambridge, om vast te stellen of de koning door middel van magie kan worden genezen.'

'Ha!' riep dr John minachtend. 'Magie! Die wordt toch voornamelijk gebruikt om de Fransen te doden, niet?'

Dr Robert lachte sarcastisch. Maar het effect van zijn koele, wetenschappelijke minachting werd nogal tenietgedaan door zijn laarzen, die hem plotseling zo krachtig meesleurden dat hij met zijn neus tegen een boom botste.

'Welnu, tovenaar!' zei dr John. 'Als u denkt dat u ongestraft misbruik mag maken van mij en mijn bediende, heeft u het bij het verkeerde eind. Geeft u toe dat u de deuren met behulp van magie dicht heeft gelijmd, zodat mijn mensen u niet konden tegenhouden toen u wegging?'

'Absoluut niet!' verklaarde Strange. 'Ik heb niets van dien aard gedaan! Ik had het natuurlijk wel kúnnen doen,' gaf hij toe, 'als dat noodzakelijk was geweest. Maar uw mannen zijn niet alleen brutaal, maar bovendien werkschuw! Toen zijne majesteit en ik het kasteel verlieten, waren ze nergens te bekennen!'

De eerste krankzinnigenverpleger – de man met het schimmelkaasgezicht – ontplofte bijna van woede toen hij dat hoorde. 'Dat is niet waar!' riep hij. 'Dr John, dr Robert, gelooft u deze leugens niet! Martin...' hij wees naar de andere krankzinnigenverpleger, 'was zijn stem opeens kwijt. Hij wilde wel alarm slaan, maar kon geen geluid uitbrengen!' De andere krankzinnigenverpleger bewoog geluidloos zijn lippen en gebaarde heftig om dit te beamen. 'Wat mij betreft, meneer, ik stond onder aan de trap in de gang, toen boven de deur openging. Ik maakte net aanstalten om met die tovenaar te gaan praten – en ik zou hem in uw naam stevig hebben toegesproken, meneer – toen ik door middel van magie plotseling een bezemkast in werd getrokken, waarna de deur achter mij in het slot viel...'

'Wat een onzin!' riep Strange.

'Onzin, hè?' riep de man. 'En u heeft er zeker ook niet voor gezorgd dat de bezems in de kast mij een pak rammel gaven! Ik zit onder de blauwe plekken.'

Dat was in ieder geval wel waar. Zijn gezicht en handen zaten onder de rode striemen.

'Ziedaar, tovenaar!' riep dr John triomfantelijk. 'Wat heeft u daarop te zeggen, nu u met uw trucs door de mand bent gevallen?'

'O, doe me een lol!' zei Strange. 'Hij heeft het zichzelf aangedaan om zijn verhaal kracht bij te zetten.'

De koning maakte een ordinair geluid op zijn fluit.

'Neemt u van mij aan,' zei dr John, 'dat de raadsman van de koningin op de hoogte zal worden gebracht van uw onbeschaamdheid!' Toen wendde hij zich af van Strange en riep: 'Majesteit! Kom hier!'

De koning sprong snel achter Strange.

'Ik gebied u de koning weer aan mijn zorg toe te vertrouwen,' zei dr John.

'Dat weiger ik,' verklaarde Strange.

'Weet u dan hoe u met krankzinnigen moet omgaan?' vroeg dr Robert laatdunkend. 'Heeft u ervoor gestudeerd?'

'Ik weet dat een man nooit zal genezen als hij zonder gezelschap, lichaamsbeweging en frisse lucht gevangen wordt gehouden,' zei Strange. 'Het is ronduit barbaars! Ik zou zelfs een hond niet zo behandelen.'

'Uw woorden,' zei dr Robert, 'verraden slechts uw onwetendheid. De rust en afzondering waartegen u zo veel bezwaar schijnt te hebben zijn essentieel in ons behandelplan voor de koning.'

'O!' zei Strange. 'Dus u noemt het een behandelplan? En wat houdt dat behandelplan dan in?'

'Er zijn drie hoofdprincipes,' verklaarde dr Robert. 'Intimidatie...'

De koning speelde een paar trieste noten op zijn fluit...

'...isolatie...'

...die veranderden in een eenzaam deuntje...

'...en opsluiting.'

...en eindigde met een lange noot die klonk als een zucht.

'Op die manier,' vervolgde dr Robert zijn betoog, 'worden alle mogelijke bronnen van agitatie onderdrukt en wordt hem alles onthouden dat hij zou kunnen gebruiken voor zijn fantasieën en valse indrukken.'

'Maar uiteindelijk,' voegde dr John eraan toe, 'kan de patiënt alleen genezen worden als de dokter hem zijn wil oplegt. De wilskracht van de dokter bepaalt of de behandeling aanslaat of mislukt. Veel mensen hebben opgemerkt dat onze vader krankzinnigen onder controle kon houden door hen alleen maar strak aan te kijken.'

'Echt waar?' zei Strange, die onwillekeurig geïnteresseerd raakte. 'Daar had ik nog nooit aan gedacht, maar dat gaat natuurlijk deels ook op voor magie. Er zijn verschillende situaties denkbaar waarin het succes van magie afhangt van de wilskracht van de tovenaar.'

'O ja?' vroeg dr John met een steelse blik naar links.

'Jazeker. Neem Martin Pale. Hij...' Strange volgde onwillekeurig met zijn ogen de blik van dr John. Een van de krankzinnigenverplegers – degene die niet kon praten – was met een lichtgekleurd voorwerp in zijn hand om de siervijver heen in de richting van de koning aan het sluipen. Strange begreep in eerste instantie niet goed wat het was. Toen herkende hij het echter. Het was een dwangbuis.

Opeens gebeurde er van alles tegelijk. Strange riep iets – hij wist niet wat; de andere krankzinnigenverpleger dook op de koning af; de gebroeders Willis probeerden Strange te grijpen; de koning blies snerpende noodsignalen op zijn fluit; en er klonk een vreemd geluid, alsof honderd mensen tegelijk hun keel schraapten.

Iedereen bleef staan en keek om zich heen. Het geluid leek afkomstig te zijn van het stenen paviljoentje in het midden van de siervijver. Plotseling kwam er een dichte witte wolk uit de monden van de stenen beelden, alsof ze allemaal tegelijk uitademden. De adempluimen glinsterden en schitterden in het zwakke, mistige licht, en vielen toen met een zacht rinkelend geluid op het ijs.

Er viel een stilte, onmiddellijk gevolgd door een afschuwelijk geluid, alsof er grote marmeren blokken uiteen werden gescheurd. Toen maakten de stenen beelden zich los van de paviljoenmuren en kropen en waggelden over het ijs in de richting van de gebroeders Willis. Hun uitdrukkingsloze stenen ogen rolden in hun oogkassen. Ze openden hun stenen monden en uit elke stenen keel kwam een straal water.

Stenen staarten zwaaiden van links naar rechts en stenen benen bewogen stijfjes op en neer. De loden buizen die het water naar hun mond leidden, werden achter hen op magische wijze steeds langer.

De gebroeders Willis en de krankzinnigenverplegers keken met open mond toe, zonder te begrijpen wat er gebeurde. De groteske beelden kropen voort terwijl de buizen achter hen aansleepten, en bestookten de gebroeders Willis met water. De gebroeders Willis gilden en maakten wilde sprongen, meer uit angst dan omdat ze daadwerkelijk verwondingen hadden opgelopen.

De krankzinnigenverplegers renden weg, en zelfs de gebroeders Willis wilden geen seconde langer bij de koning blijven. Door de kou dreigde hun doorweekte kleding te bevriezen.

'Tovenaar!' riep dr John terwijl hij zich omdraaide om naar het kasteel terug te rennen. 'Ha! Dat is gewoon een andere benaming voor een leugenaar! Lord Liverpool zal alles te horen krijgen, tovenaar! Hij zal vernemen hoe u de artsen van de koning heeft behandeld! Au! Au!' Hij wilde nog wel meer zeggen, maar de stenen beelden op het dak van het paviljoen waren opgestaan en bekogelden hem nu met stenen.

Strange lachte minachtend naar de gebroeders Willis. Hij deed zich echter zelfverzekerder voor dan hij zich voelde. In werkelijkheid begon hij zich ronduit onbehaaglijk te voelen. Hij wist niet wat voor magie er zojuist had plaatsgevonden, want hij had hem niet veroorzaakt.

33

Plaats de maan voor mijn ogen

november 1814

Het was een groot mysterie. Zou iemand in het kasteel een tovenaar kunnen zijn? Een van de bedienden wellicht? Of een van de prinsessen? Het leek niet waarschijnlijk. Zou het het werk van meneer Norrell zijn? Strange zag zijn privé-leraar voor zich, zittend in zijn kamertje op de tweede verdieping in het huis aan Hanover-square, turend in zijn zilveren schaal naar wat er allemaal was gebeurd, waarna hij ten slotte de gebroeders Willis door middel van magie wegjoeg. Het was natuurlijk mogelijk. Het tot leven brengen van standbeelden was per slot van rekening een soort specialiteit van meneer Norrell. Het was de eerste bezwering geweest die hem publieke belangstelling had opgeleverd. En toch, en toch... waarom zou meneer Norrell plotseling besluiten hem te helpen? Uit de goedheid van zijn hart? Niet waarschijnlijk. Bovendien had er een soort zwartgallige humor in de magie gezeten, en dat was volstrekt niet Norrell's stijl. De tovenaar wilde de gebroeders Willis niet alleen bang, maar ook belachelijk maken. Nee, het kon Norrell niet geweest zijn. Maar wie dan wel?

De koning leek absoluut niet moe. Integendeel, hij danste en huppelde in de rondte en verheugde zich over de nederlaag van de gebroeders Willis. Strange besloot dan ook dat meer lichaamsbeweging de majesteit zeker geen kwaad zou doen. Hij opende het hek naar het park en getweeën wandelden ze erdoorheen.

De witte mist had ieder detail en alle kleur uit het landschap weggevaagd, waardoor het er spookachtig uitzag. De aarde en de lucht vormden samen één onwezenlijk grijs element.

De koning greep met een zeer hartelijk gebaar de arm van Strange vast, en leek helemaal vergeten te zijn dat hij eigenlijk een hekel had aan tovenaars. Hij begon te praten over zaken die hem in zijn waanzin volledig in beslag namen. Hij was ervan overtuigd dat Groot-Brittannië met allerlei rampen te kampen had gekregen sinds hij gek was geworden. Hij leek te denken dat de vernietiging van zijn eigen gezonde verstand hand in hand ging met de ondergang van het koninkrijk. Zijn voornaamste waanidee was dat Londen verzwolgen was door een vloedgolf. '...en toen ze me kwamen vertellen dat de koude grijze wateren zich boven de koepel van de kathedraal van St Paul hadden gesloten en dat Londen nu het domein van vissen en zeemonsters was, waren mijn gevoelens onbeschrijflijk! Ik geloof dat ik drie weken achtereen heb gehuild! De gebouwen zijn nu bedekt met eendenmosselen en op de markt verkopen ze alleen nog maar oesters en zee-egels! Meneer Fox vertelde me dat hij drie weken geleden op zondag naar de St Vedast-kerk in Foster-lane is geweest, waar hij een tarbot een schitterende preek hoorde afsteken.[1] Maar ik heb een plan voor de wederopbouw van mijn koninkrijk! Ik heb vertegenwoordigers naar de vissenkoning gestuurd met het voorstel dat ik met een zeemeermin zal trouwen, om zo het conflict tussen onze twee grote naties te beëindigen!'

Het andere onderwerp waardoor zijne majesteit geheel in beslag werd genomen, was de man met het zilveren haar, die alleen hij kon zien. 'Hij zegt dat hij een koning is,' fluisterde hij gretig, 'maar volgens mij is hij een engel! Met al dat zilveren haar lijkt me dat veel waarschijnlijker. En over die twee kwade geesten – degenen met wie u heeft gesproken – laat hij zich in de felste bewoordingen uit. Ik geloof dat hij is gekomen om hen met zijn toorn te slaan en in de diepste krochten van de hel te smijten! Vervolgens zal hij u en mij zonder twijfel meevoeren naar de heerlijkheid van Hanover!'

'De hemel,' zei Strange. 'Uwe majesteit bedoelt vast de hemel.'

Ze liepen verder. Het begon te sneeuwen, een trage val van witte vlokken in een vaalgrijze wereld. Het was doodstil.

Plotseling klonk er een fluit. De muziek klonk onbeschrijflijk een-

---

[1] Charles James Fox, een radicaal politicus die zo'n acht jaar daarvoor was overleden. Deze opmerking geeft wel aan hoe ver de koning heen was: meneer Fox was een gevierd atheïst, die onder geen enkel beding een kerk zou hebben betreden.

zaam en triest, maar tegelijkertijd zeer verheven.

In de veronderstelling dat het de koning was die speelde, draaide Strange zich om om naar hem te kijken. Maar daar stond de koning, met zijn handen in zijn zij en zijn fluit in zijn zak. Strange keek om zich heen. De mist was niet zo dicht dat hij iemand die vlak bij hem stond aan het zicht zou kunnen onttrekken. Er was niemand. Het park was verlaten.

'Ah, luister!' riep de koning. 'Hij beschrijft de tragedie van de koning van Groot-Brittannië. Die reeks noten daar – die staan voor verloren gegane macht! En die melancholische frase – die drukt zijn verstand uit, dat werd vernietigd door listige politici en het schandelijke gedrag van zijn zoons. En dan dat deuntje, waar je hart van zou breken – dat staat voor de prachtige jonge vrouw die hij als jongen aanbad, maar die hij van zijn vrienden moest opgeven. O, god! Wat heeft hij toen gehuild!'

Tranen rolden over de wangen van de koning. Hij begon langzaam en plechtig te dansen, wiegend met zijn lichaam en armen, en langzaam rondjes draaiend. De muziek verplaatste zich dieper het park in en de koning danste erachteraan.

Strange begreep er niets van. De muziek leek de koning naar een groepje bomen te lokken. Strange dacht althans dat het maar een groepje bomen was. Hij was er bijna zeker van dat hij er zojuist hooguit een stuk of tien had gezien, ongetwijfeld zelfs nog minder. Maar nu was het groepje bomen veranderd in een klein bos – nee, een woud, een diep, donker woud waar de bomen oud en wild waren. De reusachtige takken leken op verwrongen ledematen en de wortels op kronkelende slangennesten. Ze waren gehuld in een dikke laag klimop en maretak. Tussen de bomen door liep een smal pad. Het zat vol diepe, met ijs omrande kuilen, en aan weerszijden ervan stond stijf bevroren onkruid. Fletse lichtjes zo groot als speldenkopjes, diep in het bos, wekten de indruk dat er een huis stond, terwijl er geen huis hoorde te staan.

'Majesteit!' riep Strange. Hij rende de koning achterna en greep zijn handen vast. 'Majesteit, neemt u mij niet kwalijk, maar deze bomen staan me niet aan. Ik denk dat we beter terug kunnen keren naar het kasteel.'

De koning was echter betoverd door de muziek en wilde niet weg. Hij mopperde en trok zijn arm los uit Strange' handen. Strange greep hem weer vast en bracht hem onder dwang terug naar het hek.

De onzichtbare fluitist was kennelijk niet van plan hen zo maar te laten gaan. De muziek zwol plotseling aan – hij leek van alle kanten tegelijk te komen. Een nieuw deuntje vermengde zich bijna onmerkbaar met het eerste en ging er volmaakt in op.

'Ah! Luister! O, luister toch!' riep de koning, die zich snel omdraaide. 'Nu speelt hij voor u! Die krassende melodie staat voor uw slechte mentor, die weigert u te leren wat u moet leren. Die dissonanten beschrijven uw woede over het feit dat u wordt verhinderd nieuwe ontdekkingen te doen. Die langzame, droevige marsmelodie is een verwijzing naar de grote bibliotheek die hij uit egoïsme niet aan u wil laten zien.'

'Hoe weet u in vredesnaam...' begon Strange en toen stopte hij. Hij hoorde het ook: muziek die zijn hele leven beschreef. Voor het eerst besefte hij dat zijn bestaan werd gekenmerkt door verdriet. Hij werd omringd door kleinzielige mannen en vrouwen die hem haatten en stiekem jaloers waren op zijn gave. Nu wist hij dat iedere boze gedachte die hij ooit had gehad terecht was en iedere edelmoedige gedachte misplaatst. Zijn vijanden waren verachtelijk en zijn vrienden verraderlijk. Norrell was – natuurlijk – de ergste van allemaal, maar zelfs Arabella was zwak en zijn liefde niet waardig.

'Ah!' verzuchtte zijne majesteit. 'Dus ook u bent verraden.'

'Ja,' zei Strange verdrietig.

Ze hadden zich weer omgedraaid naar het bos. De lichtjes tussen de bomen – hoe klein ze ook waren – riepen bij Strange een krachtig beeld op van het huis en de gemakken die het bood. Hij kon het bijna zien: het zachte kaarslicht dat de comfortabele stoelen verlichtte, de antieke haarden waarin vrolijke vuren brandden, de glazen warme kruidenwijn die ze te drinken zouden krijgen om de kilte van de wandeling door het donkere bos te verjagen. En dat waren niet de enige beelden die de lichtjes opriepen. 'Volgens mij is daar ook een bibliotheek,' zei hij.

'O, jazeker!' zei de koning, die enthousiast in zijn handen klapte. 'U zult de boeken lezen en als uw ogen vermoeid raken, zal ik ze aan u voorlezen! Maar we moeten opschieten! Luister maar naar de muziek! Hij wordt ongeduldig, want hij wil dat we de melodie volgen!'

Zijne majesteit stak zijn hand uit naar Strange' linkerarm. Als hij de hand van de koning wilde vastpakken, zo ontdekte Strange, zou hij iets wat hij in zijn linkerhand had moeten loslaten. Het was *Revelations of Thirty-Six Other Worlds* van Ormskirk.

O, dat, dacht hij. Dat heb ik niet meer nodig. In het huis in het woud staan vast betere boeken! Hij opende zijn hand en liet *Revelations* op de besneeuwde grond vallen.

Het sneeuwde nu harder. De fluitist speelde verder. Ze haastten zich naar het bos. Tijdens het rennen zakte de scharlakenrode slaapmuts over de ogen van de koning. Strange stak zijn hand uit en zette hem weer recht. Terwijl hij dat deed, wist hij plotseling weer wat hij over de kleur rood had gehoord of gelezen: het was een krachtig beschermmiddel tegen betoveringen.

'Schiet op! Schiet op!' riep de koning.

De fluitist speelde een serie snelle noten, van hoog naar laag, om het geluid van de wind na te bootsen. Uit het niets kwam er een echte wind opzetten, die hen half van de grond tilde en richting het woud duwde. Toen de wind ging liggen, waren ze opeens een stuk dichter bij het woud.

'Voortreffelijk!' riep de koning.

Strange' oog viel weer op de slaapmuts.

...Bescherming tegen betovering...

De fluitist riep nog een windvlaag op. Nu werd de slaapmuts van het hoofd van de koning geblazen.

'Maakt niet uit! Maakt niet uit!' riep de koning opgewekt. 'Hij belooft mij slaapmutsen in overvloed, zodra we bij zijn huis aankomen.'

Maar Strange liet de arm van de koning los en wankelde door de sneeuw en de wind terug om de slaapmuts op te halen. Daar lag hij in de sneeuw, een helder scharlakenrood tussen al die mistige schakeringen van wit en grijs.

...Bescherming tegen betovering...

Hij herinnerde zich dat hij tegen een van de gebroeders Willis had gezegd dat een tovenaar zijn wilskracht moest aanwenden om met succes magie te kunnen beoefenen. Waarom moest hij daar nu opeens aan denken?

Plaats de maan voor mijn ogen (dacht hij) *en zij zal met haar witheid de misleidende beelden verslinden die de bedrieger daar heeft doen verschijnen.*

Opeens verscheen de met littekens bedekte witte schijf van de maan. Niet aan de hemel, maar ergens anders. Als hij had moeten zeggen wáár precies, dan zou hij hebben gezegd: in zijn hoofd. Het was geen plezierige gewaarwording. Het enige waaraan hij kon denken, het enige wat hij kon zien, was het gezicht van de maan, als een splinter van een oeroud bot. Hij vergat de koning. Hij vergat dat hij een tovenaar was. Hij vergat meneer Norrell. Hij vergat zijn eigen naam.

Hij vergat alles, behalve de maan...

De maan verdween. Strange keek op en ontdekte dat hij op een besneeuwde plek stond op geringe afstand van een donker woud. Tussen hem en het woud stond de blinde koning in zijn ochtendjas. De koning was kennelijk doorgelopen toen hij was blijven stilstaan. Zonder zijn gids om op te steunen, voelde de koning zich echter bang en verloren. Hij riep: 'Tovenaar! Tovenaar! Waar ben je?'

Het woud kwam op Strange niet langer uitnodigend over. Het wekte nu weer dezelfde indruk als toen hij het voor het eerst had gezien: sinister, onkenbaar, on-Engels. Wat de lichtjes betrof: die kon hij nauwelijks zien. Het waren slechts minieme witte speldenprikjes in het duister en ze riepen geenszins beelden op. Hij kreeg hooguit de indruk dat de bewoners van het huis zich niet veel kaarsen konden veroorloven.

'Tovenaar!' riep de koning.

'Hier ben ik, majesteit.'

Plaats een zwerm bijen bij mijn oren (dacht hij). *Bijen houden van de waarheid en zullen de leugens van de bedrieger vernietigen.*

Een laag gezoem vulde zijn oren, waardoor de muziek van de fluitist werd buitengesloten. Het klonk sterk als een taal, en Strange was ervan overtuigd dat hij die elk moment zou leren verstaan. Het zwol aan, vulde zijn hoofd en zijn borstkas en drong door tot in de puntjes van zijn vingers en tenen. Zelfs zijn haar leek statisch, en het geluid zoemde en trilde door zijn huid. Eén afschuwelijk moment lang dacht hij dat zijn mond vol bijen zat, en dat er zoemende bijen onder zijn huid, door zijn buik en in zijn oren vlogen.

Het gezoem hield op. Strange kon de muziek van de fluitist weer horen, maar de melodie klonk niet meer zo verlokkelijk en leek niet langer zijn leven te beschrijven.

Plaats zout in mijn mond (dacht hij), *zodat de bedrieger mij niet kan laten genieten van de smaak van honing of doen walgen van de smaak van as.*

Dit deel van de toverspreuk had helemaal geen effect.[2]

[2] Toen Strange naderhand terugblikte op de gebeurtenissen van die ochtend, vermoedde hij dat de fluitist geen poging had ondernomen hem via zijn smaakzintuigen te bedriegen.

Spijker mijn hand vast met een ijzeren nagel, zodat ik die niet zal heffen om de bevelen van mijn bedrieger op te volgen.

'Aah! Lieve god!' gilde Strange. Hij voelde een ondraaglijke pijn in zijn linkerhandpalm. Toen die ophield – zo snel als hij begonnen was – voelde hij zich niet langer genoodzaakt zich naar het woud te haasten.

Leg mijn hart op een geheime plaats, zodat ik mijn verlangens voor me kan houden en de bedrieger daaraan geen houvast zal vinden.

Hij stelde zich Arabella voor, zoals hij haar duizenden keren had gezien, mooi aangekleed en gezeten in een salon, omringd door een massa pratende en lachende mensen. Hij schonk haar zijn hart. Zij nam het aan en stopte het stiekem weg in de zak van haar japon. Niemand zag wat ze deed.

Vervolgens paste hij de toverspreuk toe op de koning, en in de laatste fase gaf hij ook het hart van de koning aan Arabella, zodat zij het in haar zak kon bewaren. Het was interessant om de magie bij iemand anders te zien. De arme koning had al zo veel ongewone beelden voor zijn geestesoog zien opduiken, dat de plotselinge verschijning van de maan hem niet eens leek te verrassen. De bijen vond hij echter niet prettig. Hij probeerde ze nog een hele tijd weg te vegen.

Toen de toverspreuk was voltooid, hield de fluitist abrupt op met spelen.

'En nu, majesteit,' zei Strange, 'denk ik dat het tijd is terug te keren naar het kasteel. U en ik, majesteit, zijn een Britse koning en een Britse tovenaar. Hoewel Engeland ons misschien in de steek heeft gelaten, hebben wij niet het recht Engeland op onze beurt in de steek te laten. Misschien heeft zij ons nog nodig.'

'Dat is waar, dat is waar! Ik heb bij mijn kroning gezworen dat ik haar immer zou dienen! O, mijn arme land!' De koning draaide zich om en wuifde in de richting waarvan hij aannam dat de fluitist zich daar bevond. 'Dag! Dag, mijn beste heer! God zegene u voor uw vriendelijkheid jegens George III!'

Revelations of Thirty-Six Other Worlds lag op de grond, half bedekt met sneeuw. Strange raapte het boek op en veegde de sneeuw eraf.

Toen ze bij het hek kwamen, keek Strange achterom. Het duistere woud was verdwenen. Daarvoor in de plaats stond een uiterst onschuldig groepje bladloze beuken, vijf in getal.

Tijdens de rit terug naar Londen was Strange diep in gedachten verzonken. Hij was zich ervan bewust dat hij verontrust zou moeten zijn over zijn ervaring in Windsor, misschien zelfs bang. Zijn nieuwsgierigheid en opgewondenheid overtroffen echter zijn bezorgdheid. Trouwens, wie of wat er ook verantwoordelijk was geweest voor de magie, hij had hem verslagen, hij had hem zijn wil opgelegd. Hij was sterk geweest, maar Strange was sterker. Het avontuur had iets bevestigd wat hij al lang wist, namelijk dat er meer magie in Engeland was dan meneer Norrell wilde toegeven.

Hoe hij de zaak ook bekeek, hij kwam steeds terug op de zilverharige man die alleen de koning kon zien. Hij probeerde zich te herinneren wat de koning precies over die man had gezegd, maar hij kon zich niet méér herinneren dan het simpele feit dat hij zilveren haar had gehad.

Hij kwam om half vijf in Londen aan. Het begon al donker te worden in de stad. In alle winkels brandde licht en de lantaarnopstekers waren op straat. Toen hij bij de hoek van Oxford-street en New Bond-street aankwam, sloeg hij af naar Hanover-square. Hij trof meneer Norrell aan in zijn bibliotheek, waar hij thee zat te drinken.

Meneer Norrell was zoals altijd dolblij de andere tovenaar te zien en hij wilde graag alles horen over Strange' bezoek aan de koning.

Strange vertelde hem dat de koning als een gevangene in eenzame opsluiting in zijn paleis woonde, en hij somde de lijst betoveringen op die hij had uitgeprobeerd. Over het natmaken van de gebroeders Willis, het betoverde bos en de onzichtbare fluitist zei hij echter niets.

'Het verbaast me niet dat u zijne majesteit niet kon helpen,' zei meneer Norrell. 'Ik geloof dat zelfs de Gulden Tovenaars krankzinnigheid niet konden genezen. Ik weet niet eens zeker of ze dat wel eens hebben geprobeerd. Zij schijnen krankzinnigheid in een heel ander licht te hebben bezien. Ze koesterden eerbied voor gekken en dachten dat zij meer wisten dan gezonde lieden, waaronder dingen die misschien van nut konden zijn voor een tovenaar. Het verhaal gaat dat zowel Ralph Stokesey als Catherine van Winchester krankzinnigen raadpleegden.'

'Maar niet alleen tovenaars,' zei Strange. 'Elfen waren toch ook erg geïnteresseerd in gekken? Ik weet zeker dat ik dat ergens heb gelezen.'

'Ja, inderdaad! Enkele van de belangrijkste auteurs hebben de sterke gelijkenis tussen gekken en elfen opgemerkt. Beiden staan erom bekend betekenisloos en onsamenhangend te praten. Ik neem aan dat u dat bij de koning ook heeft gemerkt. Maar er zijn nog meer overeenkomsten. In Chaston, zo herinner ik me, staat het een en ander over dat onderwerp. Hij noemt als voorbeeld een gek in Bristol, die zijn familie iedere ochtend vertelde dat hij van plan was een wandeling te maken met een van de eetkamerstoelen. De man was zeer gehecht aan dat meubelstuk. Hij beschouwde het als een van zijn beste vrienden en hield er denkbeeldige gesprekken mee, waarin ze bespraken waar ze naar toe zouden wandelen en of het waarschijnlijk was dat ze andere tafels en stoelen zouden tegenkomen. Het schijnt dat de man vreselijk van streek raakte als iemand op de stoel wilde gaan zitten. Natuurlijk was de man gewoon gek, maar Chaston zegt dat elfen zijn gedrag niet zo belachelijk zouden hebben gevonden als wij. Elfen maken geen duidelijk onderscheid tussen levende wezens en levenloze voorwerpen. Zij geloven dat stenen, deuren, bomen, vuur, wolken enzovoorts een ziel en verlangens hebben, en óf mannelijk, óf vrouwelijk zijn. Misschien verklaart dat de buitengewone sympathie voor krankzinnigen die elfen tentoonspreiden. Zo was vroeger algemeen bekend dat krankzinnigen vaak elfen konden waarnemen, terwijl ze voor de meeste mensen onzichtbaar waren. Het beroemdste voorval dat ik me kan herinneren betreft Duffy, een gestoorde jongen die in de veertiende eeuw in Chesterfield in Derbyshire woonde en de lieveling was van een vervelende elfengeest die de stad al jarenlang teisterde. De elf raakte erg gesteld op die jongen en gaf hem allerlei extravagante geschenken, die zelfs als hij bij zijn volle verstand was geweest weinig nut zouden hebben gehad, en waar hij in zijn krankzinnigheid al helemaal niets aan had: een zeilboot bezet met diamanten, een paar zilveren laarzen, een zingend varken—'

'Maar waarom besteedde de elf zo veel aandacht aan Duffy?'

'O! Hij vertelde Duffy dat zij verbonden waren door alle tegenslagen die ze hadden moeten verduren. Waarom weet ik niet. Chaston schreef dat veel elfen een vaag gevoel hadden dat ze door de Engelsen slecht waren behandeld, hoewel het Chaston – en mij – een raadsel was waarom ze dat dachten. In de huizen van de grote Engelse tovenaars waren elfen de belangrijkste bedienden, en zaten ze na de tovenaar en zijn vrouw op de beste plekken. Chaston heeft over het onderwerp veel interessants te zeggen. Zijn beste werk is de *Liber Novus*.' Meneer Norrell keek zijn pupil met gefronst voorhoofd aan. 'Ik weet zeker dat ik u dat boek al zeker vijf keer heb aanbevolen,' zei hij. 'Heeft u het nog niet gelezen?'

Helaas wist meneer Norrell niet altijd meer precies welke boeken Strange van hem mocht lezen en welke boeken hij speciaal naar

Yorkshire had gestuurd om ze buiten Strange' bereik te houden. De *Liber Novus* stond veilig op een schap in de bibliotheek van Hurtfew Abbey. Strange zuchtte en merkte op dat hij het boek met genoegen zou lezen zodra meneer Norrell het hem had gegeven. 'Maar zou u in de tussentijd zo vriendelijk willen zijn het verhaal over de elf van Chesterfield af te maken, meneer?'

'O, ja! Waar was ik gebleven? Goed, een paar jaar lang overkwam Duffy niets dan goeds en de stad niets dan slechts. Er groeide een bos op het marktplein, waardoor de inwoners van de stad hun zaken niet konden afhandelen. Hun geiten en varkens kregen vleugels en vlogen weg. De elf veranderde de stenen van de half afgebouwde dorpskerk in grote suikerklonten. Door de zon werd de suiker heet en plakkerig, en een deel van de kerk smolt. De hele stad rook naar een enorme bakkerij. Het ergste was nog dat honden en katten aan de kerk likten en dat vogels, ratten en muizen eraan knabbelden. De stadsbewoners zaten dus opgescheept met een half opgegeten, misvormde kerk – niet het effect dat zij in gedachten hadden. Ze waren verplicht zich tot Duffy te richten en hem te smeken de zaak voor hen te bepleiten bij de elf. Maar hij reageerde nors en weigerde hen te helpen, want hij wist nog heel goed hoe vaak zij hem in het verleden hadden bespot. Ze waren dan ook gedwongen de arme, krankzinnige zielenpoot allerlei complimenten te geven over zijn intelligentie en knapheid. Toen sprak Duffy met de elf, en ah! Wat werd alles daarna anders! De elf stopte met zijn kwellingen en veranderde de suikerkerk weer in steen. De stadsbewoners hakten het bos op de markt om en kochten nieuwe dieren. De kerk kregen ze echter nooit meer helemaal recht. Zelfs nu nog is er iets vreemds aan de kerk van Chesterfield. Hij is anders dan andere kerken.'

Strange was even stil. Toen vroeg hij: 'Bent u van mening, meneer Norrell, dat de elfen Engeland geheel hebben verlaten?'

'Dat weet ik niet. Er zijn veel verhalen over Engelse mannen en vrouwen die de laatste drie- à vierhonderd jaar op afgelegen plaatsen elfen hebben ontmoet, maar omdat zij geen van allen geleerden of tovenaars waren, wordt er niet veel waarde gehecht aan hun getuigenverklaringen. Wanneer u of ik elfen oproepen – ik bedoel,' verbeterde hij zichzelf haastig, 'als wij zo onbezonnen zouden zijn om zo iets te doen, dan zouden die elfen, mits we onze betoveringen correct zouden uitvoeren, prompt verschijnen. Maar waar ze vandaan komen of over welke paden zij reizen is onduidelijk. In de tijd van John Uskglass zijn er duidelijk zichtbare wegen aangelegd die van Engeland naar het Elfenrijk leidden – brede, met gras begroeide wegen geflankeerd door groene hagen of stenen muren. Die wegen zijn er nog wel, maar ik denk dat de elfen ze vandaag de dag niet meer gebruiken, net zo min als de christenen. De wegen zijn allemaal overwoekerd en verwaarloosd. Er hangt een eenzame sfeer, en ik heb me laten vertellen dat mensen ze mijden.'

'Mensen denken dat de elfenwegen ongeluk brengen,' zei Strange.

'Dwazen,' zei Norrell. 'Elfenwegen kunnen hun geen schade berokkenen. Elfenwegen leidden helemaal nergens naar toe.'[3]

'En de halfmenselijke nazaten van de elfen? Erven zij de kennis en

---

[3] Of meneer Norrell het bij het juiste eind had toen hij zei dat de elfenwegen geen kwaad konden, valt te betwijfelen. Het zijn griezelige oorden en er zijn tientallen verhalen bekend over de vreemde avonturen die mensen meemaakten als ze ze probeerden te bereizen. Het onderstaande is een van de bekendste daarvan. Welk lot de mensen ten deel viel die zich op de wegen begaven is moeilijk te zeggen, maar het is zeker geen lot dat u en ik graag zouden delen.

Aan het eind van de zestiende eeuw was er in Yorkshire een man met een boerderij. Op een vroege zomerochtend ging hij met twee of drie van zijn mannen hooien. Er lag een witte mist over het land en het was koel. Aan de rand van het weiland lag een oude elfenweg, begrensd door hoge meidoornhagen. Lang gras en jonge boompjes groeiden op de weg en zelfs op de zonnigste dag was het er schemerig en schaduwrijk. De boer had nooit eerder iemand op de elfenweg gezien, maar toen hij en zijn mannen die ochtend opkeken, zagen ze een groep mensen aankomen. Hun gezichten zagen er vreemd uit en ze waren zonderling gekleed. Een van hen – een man – liep voor de anderen uit. Hij verliet de weg en liep het weiland in. Hij droeg zwarte kleren en zag er jong en knap uit, en hoewel ze hem nooit eerder hadden gezien, herkenden de boer en zijn mannen hem onmiddellijk. Het was de tovenaarskoning, John Uskglass. Zij knielden voor hem, maar hij verzocht hun op te staan. Hij vertelde hun dat hij op reis was, en zij brachten hem een paard, wat eten en wat drinken. Ze gingen hun vrouwen en kinderen halen en John Uskglass zegende hen en schonk hun geluk.

De boer keek onzeker naar de vreemde mensen die op de elfenweg waren blijven staan. maar John Uskglass zei tegen de boer dat hij niet bang hoefde te zijn. Hij verzekerde hem dat de mensen hem geen kwaad konden doen. Toen reed hij weg.

De vreemde mensen op de oeroude weg bleven nog een tijdje staan, maar toen de eerste stralen van de krachtige zomerzon hen raakten, losten ze samen met de mist op in het niets.

krachten van hun voorouders?' vroeg Strange.

'O! Dat is een heel andere kwestie. Tegenwoordig hebben veel mensen achternamen die wijzen op de elfenafkomst van hun voorouders. Otherlander en Fairchild zijn er twee van. Elfick is er nog een. En Fairey, natuurlijk. Ik herinner me ene Tom Otherlander, die op een van onze boerderijen werkte toen ik nog klein was. Het is echter tamelijk zeldzaam dat die nakomelingen van elfen blijk geven van enig magisch talent. In feite hebben ze vaker de naam boosaardig, trots en lui te zijn – slechte eigenschappen waar hun elfenvoorouders berucht om waren.'

De volgende dag had Strange een afspraak met de koninklijke hertogen, en hij vertelde hun hoezeer hij het betreurde dat hij niet in staat was geweest de waanzin van de koning te verminderen. Het speet hunne koninklijke hoogheden dat te horen, maar het verbaasde hen niet. Ze hadden het al verwacht en ze verzekerden Strange dat zij het hem in het geheel niet kwalijk namen. Ze waren blij met alles wat hij had gedaan en ze vonden het met name erg vriendelijk van hem dat hij hun geen vergoeding in rekening had gebracht. Als beloning verleenden zij hem een koninklijke machtiging. Dat hield in dat hij, als hij dat wilde, vergulde gipsafdrukken van hun respectievelijke familiewapens boven de deur van zijn huis aan Soho-square mocht hangen, en hun toestemming had om aan iedereen te vertellen dat hij was benoemd tot hoftovenaar van de koninklijke hertogen.

Strange vertelde de hertogen niet dat hij meer recht had op hun dankbaarheid dan zij vermoedden. Hij was ervan overtuigd dat hij de koning voor een verschrikkelijk lot had behoed. Hij wist alleen niet precies welk lot.

34

Aan de rand van de woestijn
november 1814

Stephen en de man met het pluishaar liepen door de straten van een vreemde stad.

'Bent u nog niet moe, meneer?' vroeg Stephen. 'Ik namelijk wel. We lopen hier nu al uren.'

De heer lachte schel. 'Mijn beste Stephen! Je bent hier nog maar net. Een tel geleden was je nog in het huis van lady Pole, waar je een of andere huishoudelijke taak moest verrichten voor haar boosaardige echtgenoot!'

'O!' zei Stephen. Het laatste wat hij zich kon herinneren, zo realiseerde hij zich, was dat hij in zijn kleine kamer bij de keuken het zilver had zitten poetsen, maar dat leek wel jaren geleden.

Hij keek om zich heen. Er was niets wat hij herkende. Zelfs de geur – een mengelmoes van kruiden, koffie, rottende groenten en vlees aan het spit – was nieuw voor hem.

Hij zuchtte. 'Het ligt aan die magie, meneer. Die is zo verwarrend.'

De heer kneep hem vol genegenheid in zijn arm.

De stad was gebouwd op de steile helling van een heuvel. Er leken geen echte wegen te zijn, alleen nauwe steegjes die voor het grootste deel bestonden uit trappen die tussen de huizen omhoog en omlaag slingerden. De huizen zelf waren uiterst eenvoudig, zeg maar gerust sober. De muren, die witgeschilderd waren, waren van aarde of klei, in de deuropeningen zaten onbewerkte houten deuren en voor de ramen zaten onbewerkte houten luiken. Ook de trappen in de steegjes waren witgeschilderd. In de hele stad was geen spatje kleur te bekennen: geen bloempot met een bloem erin op de vensterbank, geen gekleurd speelgoed dat door een kind in een deuropening was achtergelaten. Als je door deze nauwe straten wandelde, dacht Stephen, leek het alsof je hopeloos verdwaald was in de vouwen van een reusachtig linnen servet.

Het was griezelig stil. Terwijl ze de nauwe trappen op- en afliepen, hoorden ze in de huizen het geroezemoes van ernstige gesprekken, maar er werd niet gelachen en niet gezongen, en er klonken geen luide stemmen van spelende kinderen. Af en toe kwamen ze een stadsbewoner tegen: een plechtige, donkere man gekleed in een wit gewaad en een witte pantalon, en met een witte tulband op zijn hoofd. Iedereen had een wandelstok bij zich, zelfs de jonge mannen – hoewel niemand er eigenlijk jong uitzag. Deze stedelingen waren oud geboren.

Ze zagen maar één vrouw (de heer met het pluishaar zei in ieder geval dat het een vrouw was). Ze stond naast haar echtgenoot, van top tot teen gekleed in een gewaad uit één stuk in de kleur van schaduw. Toen Stephen haar zag, stond ze met haar rug naar hem toe, en toen ze zich langzaam naar hem omdraaide, bleek ze helemaal geen gezicht te hebben, maar een inzetstuk van dichtgeborduurde stof in dezelfde sombere kleur als de rest van haar kleding. Dat paste voor zijn gevoel volmaakt bij de droomsfeer die er hing.

'Deze mensen zijn erg vreemd,' fluisterde Stephen. 'Maar ze lijken helemaal niet verbaasd ons hier te zien.'

'Ah!' zei de heer. 'Door de magie die ik heb gebruikt, zien wij er in hun ogen uit als een van hen. Ze zijn ervan overtuigd dat ze ons al vanaf hun jeugd kennen. Bovendien zul je merken dat je uitstekend zult begrijpen wat ze zeggen en vice versa, hoewel hun taal zo obscuur is dat zelfs hun eigen landgenoten vijfentwintig kilometer verderop hen niet kunnen verstaan!'

Waarschijnlijk, dacht Stephen, kwam het ook door de magie dat de stadsbewoners niet beseften hoe hard de heer sprak en dat zijn woorden vanuit iedere witgekalkte hoek terugkaatsten.

De straat die ze afliepen maakte een bocht en eindigde plotseling bij een lage muur, die daar was neergezet om te voorkomen dat argeloze voetgangers van de heuvel zouden rollen. Vanaf deze plek kon je het omliggende land zien. Vóór hen lag onder een wolkeloze hemel een verlaten vallei met witte rotsen. Er stond een hete wind. Het was een wereld die was ontdaan van vlees, waardoor alleen de botten waren overgebleven.

Stephen zou hebben gedacht dat dat oord een droom was of bij zijn betovering hoorde, als de heer met het pluishaar hem niet enthousiast had verteld waar ze waren: '...Afrika! Het land van je voorouders, mijn beste Stephen!'

Maar, dacht Stephen, hier hebben mijn voorouders vast niet gewoond. Deze mensen zijn donkerder dan de Engelsen, maar veel lichter dan ik. Ik denk dat het Arabieren zijn. Hardop vroeg hij: 'Zijn we hier met een bepaalde reden, meneer?'

'Ja, we gaan de markt bekijken, Stephen!'

Stephen was blij dat te horen. De stilte en de verlatenheid benauwden hem. Op de markt zou het waarschijnlijk luidruchtiger en drukker zijn.

De markt in deze stad bleek echter nogal eigenaardig te zijn. Hij lag vlak bij de hoge stadsmuren, vlak bij een grote houten poort. Er waren geen kraampjes en geen groepen mensen die begerig heen en weer liepen om de koopwaar te bekijken. In plaats daarvan zat iedereen die iets wilde kopen zwijgend en met de handen gevouwen op de grond, terwijl een marktkoopman – een soort veilingmeester – heen en weer liep met de koopwaar, die hij aan de potentiële klanten liet zien. De veilingmeester noemde de laatst geboden prijs, en dan schudde de klant zijn hoofd of bracht een hoger bod uit. De koopwaar was niet erg gevarieerd – er waren een paar balen fijne stof en een paar geborduurde voorwerpen bij, maar het waren voornamelijk tapijten. Toen Stephen hier tegen zijn metgezel iets over zei antwoordde de heer: 'Ze hebben een zeer streng geloof, Stephen. Op tapijten na is bijna alles verboden.'

Stephen keek naar hen die somber over de markt liepen: die mannen die hun lippen voortdurend op elkaar geklemd hielden zodat ze geen verboden woord konden zeggen, die voortdurend hun blik afwendden van verboden taferelen, en voortdurend hun handen thuishielden uit angst dat ze een verboden handeling zouden verrichten. In zijn ogen leek het alsof ze maar half bestonden. Ze hadden even goed dromen of geesten kunnen zijn. In die stille stad en op het stille platteland leek de hete wind nog het meest tastbaar. Het zou Stephen niet verbazen als de wind op een dag de stad en zijn inwoners zou wegblazen.

Stephen en de heer namen plaats onder een gehavende bruine luifel op de hoek van de markt.

'Waarom zijn we hier, meneer?' vroeg Stephen.

'Zodat we rustig kunnen praten, Stephen. Er is iets ergs gebeurd. Het spijt me je te moeten vertellen dat al onze geweldige plannen bruut verstoord zijn en dat het opnieuw de tovenaars zijn die ons hebben gedwarsboomd! Ik heb nog nooit zo'n gemeen stel mensen meegemaakt! Volgens mij doen ze niets liever dan duidelijk maken hoezeer ze ons minachten. Maar ik geloof dat de dag zal aanbreken...'

De heer werd te zeer in beslag genomen door zijn beledigingen aan het adres van de tovenaars om meteen duidelijk te maken waar hij op doelde, dus duurde het een poosje voordat Stephen begreep wat er gebeurd was. Jonathan Strange bleek bij de koning van Engeland op bezoek te zijn geweest – de heer vertelde niet waarom – en de heer was er ook naar toe gegaan, ten eerste om te zien wat de tovenaar ging doen en ten tweede om de koning van Engeland te zien.

'...En ik weet niet waarom, maar om een of andere reden ben ik nog nooit bij de koning op bezoek geweest. Hij bleek een zeer vriendelijke oude man te zijn. Hij behandelde mij met het grootste respect. We hebben een hele tijd gepraat. Hij heeft erg geleden onder de wrede manier waarop zijn onderdanen hem hebben behandeld. De Engelsen scheppen veel plezier in het vernederen van vooraanstaande, nobele lieden. Door de geschiedenis heen zijn er veel notabelen geweest die hebben geleden onder hun wrede vervolgingen, mensen als Charles I, Julius Caesar, en met name jij en ik!'

'Pardon, meneer. Maar u had het over plannen. Welke plannen bedoelt u?'

'Onze plannen om jou tot koning van Engeland te maken, natuurlijk! Dat ben je toch niet vergeten?'

'Nee, natuurlijk niet! Maar—'

'Nou dan! Ik weet niet hoe jij erover denkt, beste Stephen,' sprak de heer zonder Stephen's antwoord af te wachten, 'maar ik moet toegeven dat ik er genoeg van krijg te wachten totdat jouw schitterende lotsbestemming zich vanzelf voltrekt. Ik ben sterk geneigd om op het trage lot vooruit te lopen en jou zelf tot koning te kronen. Wie weet? Misschien ben ik wel voorbestemd degene te zijn die jou verheft tot de edele positie die jou toekomt! Dat lijkt mij het meest voor de hand liggend! Hoe dan ook, terwijl de koning en ik met elkaar zaten te praten, bedacht ik mij dat we ons eerst van de huidige koning zouden moeten ontdoen voordat we jou tot koning kunnen kronen! Luister goed wat ik deed! Ik wilde de man geen kwaad berokkenen. Integendeel! Ik omhulde zijn ziel met harmonie en maakte hem gelukkiger dan hij in jaren is geweest. Maar de tovenaar wilde daar niets van weten! Ik was nauwelijks met de betovering begonnen of de tovenaar begon mij tegen te werken. Hij gebruikte zeer krachtige oude elfenmagie. Ik ben nog nooit zo verrast geweest! Wie had kunnen denken dat hij die zou beheersen?'

De heer onderbrak zijn tirade even, zodat Stephen kans zag te zeggen: 'Ik ben u natuurlijk erg dankbaar voor al uw goede zorgen, meneer, maar ik moet toch iets opmerken. De huidige koning heeft dertien zoons en dochters, en de oudste zoon regeert nu al het land. Zelfs als de koning zou sterven, zou de kroon zeker op een van hen overgaan.'

'Ja, ja! Maar de kinderen van de koning zijn allemaal dik en dom. Wie wil er nu door zulke vogelverschrikkers geregeerd worden? Zodra de Engelsen begrijpen dat jij hun koning zou kunnen worden, Stephen, jij die zo veel elegantie en charme bezit en wiens nobele aangezicht zo goed zou staan op een munt... Kom! Ze zouden wel erg dom zijn als ze niet meteen verrukt zouden zijn en jou haastig hun steun zouden verklaren!'

De heer, zo dacht Stephen, begreep veel minder van het karakter van de Engelsen dan hij dacht.

Op dat moment werd hun gesprek onderbroken door een barbaars geluid – er werd op een grote hoorn geblazen. Een aantal mannen duwde haastig de grote stadspoorten dicht. Stephen, die dacht dat er misschien wel groot gevaar dreigde voor de stad, keek geschrokken om zich heen. 'Meneer, wat gebeurt er?'

'O, deze mensen hebben de gewoonte om elke avond de poort te sluiten om de goddeloze heidenen buiten de stad te houden,' zei de heer ongeïnteresseerd, 'waarmee ze iedereen behalve zichzelf bedoelen. Maar wat vind jij, Stephen? Wat moeten we doen?'

'Doen, meneer? Waaraan?'

'De tovenaars, Stephen! De tovenaars! Het is me nu wel duidelijk dat zij zich er meteen mee zullen bemoeien zodra jouw schitterende lotsbestemming zich begint te ontvouwen. Hoewel ik niet begrijp waarom het hun iets kan schelen wie koning van Engeland is. Ik denk dat zij de voorkeur geven aan een koning die, evenals zij, lelijk en dom is. Nee, ze zijn onze vijanden en dus past het ons een manier te zoeken om hen uit te roeien. Gif? Messen? Pistolen...?'

De veilingmeester kwam op hen af met een tapijt in zijn handen. 'Twintig zilverlingen,' zei hij op een langzame, weloverwogen manier, alsof hij de wereld verdoemde.

De heer met het pluishaar keek peinzend naar het tapijt. 'Het is natuurlijk mogelijk,' zei hij, 'om iemand een jaartje of duizend in het patroon van een tapijt op te sluiten. Dat is een bijzonder afgrijselijk lot dat ik altijd bewaar voor mensen die mij diep hebben beledigd – zoals de tovenaars! De eindeloze herhaling van de kleuren en het patroon – om nog maar te zwijgen over dat irritante stof en die vernederende vlekken – zullen de gevangene gegarandeerd tot waanzin drijven! Als de gevangene eindelijk uit het tapijt komt, is hij altijd vastbesloten zich op de hele wereld te wreken, zodat de tovenaars en helden van dat tijdperk moeten samenwerken om hem te doden of, wat vaker voorkomt, hem opnieuw een paar duizend jaar op te sluiten in een nog afschuwelijkere gevangenis. Zo wordt hij in de loop van millennia steeds gekker en kwaadaardiger. Ja, een tapijt! Misschien—'

'Dank u,' zei Stephen snel tegen de veilingmeester, 'maar we hebben geen interesse in het tapijt. Loopt u maar verder, meneer.'

'Je hebt gelijk, Stephen,' zei de heer. 'Wat ze ook hebben misdaan, deze tovenaars hebben bewezen dat ze bedreven zijn in het ontwijken van betoveringen. We moeten een andere manier bedenken om hen te breken, zodat ze niet langer de wilskracht zullen hebben om ons te weerstaan! We moeten ervoor zorgen dat ze spijt krijgen dat ze ooit zijn begonnen met het uitoefenen van magie!'

35

De heer uit Nottinghamshire

november 1814

Gedurende de drie jaar waarin Strange afwezig was geweest, had meneer Drawlight en meneer Lascelles' invloed op meneer Norrell een kleine opleving gekend. Eenieder die met meneer Norrell wilde spreken of om meneer Norrell's hulp wilde vragen, was verplicht zich eerst tot hen te richten. Zij hadden meneer Norrell advies gegeven over hoe hij het best met de ministers kon omgaan en de ministers over hoe ze het best met meneer Norrell konden omgaan. Als vrienden en adviseurs van de meest verheven tovenaar van Engeland, wilden de rijkste en meest vooraanstaande inwoners van het koninkrijk hen leren kennen.

Na Strange' terugkeer bleven ze onverdroten bij meneer Norrell op bezoek komen, maar nu wilde meneer Norrell het liefst de mening van Strange horen en was Strange de eerste aan wie hij advies vroeg. Vanzelfsprekend waren Lascelles en Drawlight niet tevreden met deze stand van zaken, en met name Drawlight deed alles wat binnen zijn macht lag om de kleine ergernissen en verbolgenheden aan te wakkeren die de ene tovenaar wel eens koesterde jegens de andere.

'Ik kan me niet voorstellen dat ik niets weet wat hem zou schaden,' zei hij tegen Lascelles. 'Er doen een paar heel vreemde verhalen de ronde over wat hij in Spanje heeft gedaan. Verschillende mensen hebben mij verteld dat hij een heel leger dode soldaten tot leven heeft gewekt om tegen de Fransen te vechten. Lijken waar om de haverklap ledematen afvielen, en met ogen die aan een draadje bungelden en meer van dat soort verschrikkingen! Wat denkt u dat meneer Norrell zou zeggen als hij dat hoorde?'

Lascelles zuchtte. 'Kon ik u er maar van overtuigen dat het verspilde moeite is om ruzie tussen hen te stoken. Vroeg of laat krijgen ze vanzelf wel ruzie.'

Een paar dagen na Strange' bezoek aan de koning kwam er in de bibliotheek aan Hanover-square een menigte vrienden en bewonderaars van meneer Norrell bijeen om meneer Lawrence's nieuwste schilderij van de twee tovenaars te bewonderen.[1] Meneer Lascelles en

---

[1] Dit portret, dat verloren is gegaan, hing van november 1814 tot aan de volgende zomer, toen het werd weggehaald, in de bibliotheek van meneer Norrell. Sindsdien heeft niemand het meer gezien.

Het volgende fragment uit een boek met memoires beschrijft de moeilijkheden die meneer Lawrence – later sir Thomas Lawrence – ondervond bij het schilderen van het portret. Het is vooral interessant omdat het enig licht werpt op de verstandhouding tussen Norrell en Strange zoals die eind 1814 was. Het lijkt erop dat Strange ondanks vele provocaties nog steeds zijn uiterste best deed geduld te betrachten met de oudere tovenaar en anderen aanspoorde zijn voorbeeld te volgen.

'De twee tovenaars poseerden voor het portret in de bibliotheek van meneer Norrell. Meneer Lawrence vond meneer Strange een zeer aangename man en Strange' helft van het portret vorderde gestaag. Meneer Norrell, daarentegen, was vanaf het begin zeer rusteloos. Hij schoof op zijn stoel heen en weer en strekte zijn hals, alsof hij probeerde een glimp op te vangen van de handen van meneer Lawrence, wat zinloos was, daar de schildersezel tussen hen in stond. Meneer Lawrence dacht dat hij zich zorgen maakte over het schilderij en verzekerde hem dat het goed ging. Meneer Lawrence voegde eraan toe dat meneer Norrell best mocht kijken als hij dat wilde, maar dat was niet genoeg om meneer Norrell te genezen van zijn rusteloosheid.

Plotseling sprak meneer Norrell meneer Strange aan, die in de kamer een brief aan een van de ministers zat te schrijven. "Meneer Strange, ik zit op de tocht! Volgens mij staat het raam achter meneer Lawrence open! Toe, meneer Strange, kijkt u eens of het raam openstaat!" Zonder op te kijken antwoordde Strange: "Nee, het raam staat niet open. U vergist zich." Een paar minuten later dacht meneer Norrell dat hij een taartverkoper op het plein hoorde en hij smeekte meneer Strange naar het raam te gaan om even naar buiten te kijken, maar Strange weigerde opnieuw op te staan. Het volgende wat meneer Norrell hoorde was de koets van een hertogin. Hij deed wat hij kon om ervoor te zorgen dat meneer Strange naar het raam zou gaan, maar dat wilde meneer Strange niet. Dat was heel vreemd, en meneer Lawrence kreeg het vermoeden dat meneer Norrell's agitatie niets te maken had met denkbeeldige tochtstromen, taartenverkopers of hertoginnen, maar met het schilderij.

meneer Drawlight waren erbij, alsmede meneer en mevrouw Strange en een paar van 's konings ministers.

Het portret toonde meneer Norrell in zijn eenvoudige grijze jas en met zijn ouderwetse pruik. Zowel de jas als de pruik leek een maat te groot voor hem. Het leek alsof hij erin weg probeerde te duiken, en zijn blauwe oogjes keken de wereld in met een merkwaardige mengeling van angst en arrogantie, die sir Walter Pole deed denken aan de kat van zijn lakei. Het leek erop dat de meeste mensen zich enige moeite moesten getroosten om iets vleiends te zeggen over meneer Norrell's deel van het schilderij, maar iedereen sprak gretig zijn bewondering uit voor Strange' deel. Op het schilderij stond Strange achter meneer Norrell half zittend, half leunend tegen een tafeltje. Hij leek volkomen op zijn gemak met zijn spottende halve lachje en zijn ogen die glimlachjes, geheimen en toverspreuken leken te herbergen – precies zoals het hoorde voor de ogen van een tovenaar.

'O, het is een prachtig portret,' zei een dame enthousiast. 'Kijk eens

---

Dus toen meneer Norrell de kamer uitliep, vroeg meneer Lawrence aan Strange wat er gaande was. In eerste instantie hield meneer Strange vol dat er niets aan de hand was, maar meneer Lawrence was vastbesloten het te ontdekken en drong er bij meneer Strange op aan de waarheid te vertellen. Meneer Strange zuchtte. 'O, goed dan! Hij heeft het in zijn hoofd gehaald dat u vanachter uw schildersezel toverspreuken uit zijn boeken overschrijft.'

Meneer Lawrence was gechoqueerd. Hij had portretten geschilderd van de voornaamste lieden in het land, en nog nooit was hij beschuldigd van diefstal. Dat was niet het soort behandeling dat hij verwachtte.

'Kom,' zei meneer Strange vriendelijk, 'wees niet boos. Als er iemand in Engeland het verdient dat we geduld met hem hebben, dan is het meneer Norrell. De hele toekomst van de Engelse magie rust op zijn schouders en ik verzeker u dat hij zich daar pijnlijk van bewust is. Het heeft hem een beetje excentriek gemaakt. Ik vraag me af hoe u zich zou voelen, meneer Lawrence, als u op een ochtend wakker werd en merkte dat u de enige kunstenaar in Europa was. Zou u zich dan niet een beetje eenzaam voelen? Zou u niet de oplettende, starende blik van Michelangelo en Raphael en Rembrandt en alle andere grootmeesters op u gericht voelen, alsof ze u tegelijkertijd uitdaagden en smeekten hun prestaties te evenaren? Zou u dan niet af en toe gedeprimeerd en uit uw humeur zijn?"'
Uit: *Recollections of Sir Thomas Lawrence during an intimacy of nearly thirty years* door Miss Croft.

hoe goed die donkere spiegel achter de figuren het hoofd van meneer Strange doet uitkomen.'

'Mensen denken altijd maar dat tovenaars en spiegels bij elkaar horen,' klaagde meneer Norrell. 'In dat deel van mijn bibliotheek hangt niet eens een spiegel.'

'Kunstenaars zijn sluwe lieden, meneer, die altijd de wereld opnieuw vormgeven vanuit hun eigen motieven,' zei Strange. 'Wat dat betreft zijn ze niet anders dan tovenaars. En toch heeft hij er een merkwaardig stukje werk van gemaakt. Het lijkt meer op een deur dan op een spiegel, zo donker is het. Ik kan bijna de tocht voelen die eronderdoor komt. Ik vind het niet prettig te zien dat ik er zo dichtbij zit. Straks vat ik nog kou.'

Een van de ministers, die nog nooit in de bibliotheek van meneer Norrell was geweest, maakte een bewonderende opmerking over de volmaakte afmetingen en de stijl van inrichting, wat ook andere mensen ertoe bracht te zeggen hoe mooi ze het vonden.

'Het is zeer zeker een mooie ruimte,' vond ook meneer Drawlight, 'maar het is werkelijk niets vergeleken met de bibliotheek in Hurtfew Abbey! Dat is werkelijk een alleraardigst vertrek. Ik heb van mijn leven niet zo iets prachtigs, zo iets volmaakts gezien. Er zijn kleine, puntige gewelven en een koepel met pilaren in gotische stijl, en zo iets moois als de gravures van boomblaadjes – gedroogde en verwrongen blaadjes, alsof ze door het plotselinge invallen van de winter verwelkt zijn, en dat allemaal in goed Engels eiken-, essen- en iepenhout – heb ik nog nooit gezien. "Meneer Norrell," zei ik toen ik ze zag, "stille wateren hebben inderdaad diepe gronden. U bent een romanticus in hart en nieren, meneer."'

Zo te zien vond meneer Norrell het niet zo prettig dat de bibliotheek in Hurtfew zo uitgebreid werd besproken, maar meneer Drawlight ging onverdroten verder. 'Het is alsof je aan het eind van het jaar in een bos bent, in een mooi, klein bos. En de boekbanden, die gelooid, bruin en droog van ouderdom zijn, versterken die indruk. Werkelijk, het lijkt alsof er evenveel boeken zijn als bladeren in een bos.' Meneer Drawlight zweeg even. 'En bent u al in Hurtfew geweest, meneer Strange?'

Strange antwoordde dat hij dat genoegen nog niet had mogen smaken.

'O, maar u moet een keer gaan.' Drawlight glimlachte hatelijk. 'Echt waar. Het is er werkelijk schitterend.'

Norrell keek bezorgd naar Strange, maar Strange gaf geen antwoord. Hij had hen allemaal de rug toegekeerd en stond geconcentreerd naar zijn eigen portret te staren.

Terwijl de anderen een eindje verderop gingen staan en ergens anders over begonnen, mompelde sir Walter: 'Let maar niet op zijn hatelijke opmerkingen.'

'Mm?' zei Strange. 'O, dat is het niet. Het is die spiegel. Ziet hij er niet uit alsof je er zó in zou kunnen lopen? Dat zou niet zo moeilijk zijn, denk ik. Men zou er een onthullingsspreuk voor kunnen gebruiken. Nee, een ontwarringsspreuk. Of misschien allebei. Dan zou de weg vrij zijn. Eén stap naar voren en weg ben je.' Hij keek om zich heen en zei: 'En er zijn dagen dat ik inderdaad het liefst weg zou gaan.'

'Waarnaar toe?' Sir Walter was verrast. In zijn ogen was er geen betere plek dan Londen, met zijn gaslampen en zijn winkels, zijn koffiehuizen en clubs, zijn duizend mooie vrouwen en zijn duizend roddels, en hij ging ervan uit dat dat voor iedereen gold.

'O, waar mannen zoals ik vroeger naar toe gingen, lang geleden. Zwervend over paden die anderen nooit hebben gezien. Achter de hemel. Aan de andere kant van de regen.'

Strange zuchtte weer en tikte ongeduldig met zijn rechtervoet op meneer Norrell's vloerkleed, wat de indruk wekte dat zijn voeten hem er op eigen houtje naar toe zouden brengen als hij zelf niet snel besloot de vergeten paden te betreden.

Om twee uur waren de bezoekers weg en meneer Norrell, die een gesprek met Strange graag wilde vermijden, liep naar boven en verstopte zich in zijn kamertje op de tweede verdieping aan de achterkant van het huis. Hij nam plaats aan zijn tafel en ging aan het werk. Al snel was hij Strange, de bibliotheek in Hurtfew en alle onaangename gevoelens die Drawlight met zijn toespraak had veroorzaakt vergeten. Daarom schrok hij een beetje toen er een paar minuten later op de deur werd geklopt en Strange binnenkwam.

'Neemt u mij niet kwalijk dat ik u stoor, meneer,' zei hij, 'maar ik wil u graag iets vragen.'

'O!' zei meneer Norrell nerveus. 'Normaal gesproken zou ik graag bereid zijn antwoord te geven op al uw vragen, maar ik heb op het moment helaas iets te doen wat geen uitstel kan verdragen. Ik heb met lord Liverpool gesproken over ons plan de kust van Groot-Brittannië door middel van magie te beschermen tegen storm, en hij is er dolenthousiast over. Lord Liverpool zegt dat de zee ieder jaar stukken land ter waarde van vele honderdduizenden ponden vernietigt. Lord Liverpool zegt dat hij in vredestijd het behoud van land als de voornaamste taak van de magie beschouwt. Zoals altijd wil hij dat het onmiddellijk wordt geregeld, en het is heel veel werk. Alleen al het graafschap Cornwall zal een week in beslag nemen. Ik ben bang dat we ons gesprek zullen moeten uitstellen.'

Strange glimlachte. 'Als de magie inderdaad zo dringend moet worden uitgevoerd, meneer, dan kan ik u maar beter helpen. Dan kunnen we tijdens het werk praten. Waar wilt u beginnen?'

'Bij Yarmouth.'

'En wat wilt u gebruiken? Belasis?'

'Nee, niet Belasis. In Lanchester's *Language of Birds* staat een reconstructie van de magie van Stokesey voor het kalmeren van ruwe wateren. Ik ben niet zo dwaas te denken dat Lanchester even goed is als Stokesey, maar iets beters hebben we niet. Ik heb een paar wijzigingen in Lanchester aangebracht en ik voeg er Pevensey's spreuken van Bescherming en Bewaking aan toe.'[2] Meneer Norrell schoof wat

[2] Francis Pevensey, een zestiende-eeuwse tovenaar, schreef *Eighteen Wonders to be found in the House of Albion.* We weten dat Pevensey door Martin Pale werd opgeleid. *Eighteen Wonders* heeft alle kenmerken van Pale's magie, inclusief zijn voorliefde voor gecompliceerde diagrammen en ingewikkelde magische apparaten.

Jarenlang nam hij als volgeling van Martin Pale een vrij onbeduidende, maar respectabele plaats in de geschiedenis van de Engelse magie in, en het kwam voor iedereen dan ook als een grote verrassing toen hij in de achttiende eeuw plotseling het onderwerp werd van een van de bitterste controverses in de theorie van de magie.

Het begon in 1754 met de ontdekking van enkele brieven in de bibliotheek van een heer uit Stamford, een plaatsje in Lincolnshire. Ze waren in een ouderwets handschrift geschreven en ondertekend door Martin Pale. De magische geleerden van die periode waren allemaal buiten zinnen van vreugde.

Bij nader onderzoek bleken het echter liefdesbrieven te zijn. Er stond geen woord over toverkunst in. Ze waren zeer gepassioneerd van toon: Pale vergeleek zijn geliefde met een milde regenbui die hem verkoelde, met een vuur waaraan hij zich warmde, met een kwelling die hij prefereerde boven ieder comfort. Er stonden verschillende verwijzingen in naar melkwitte borsten, geparfumeerde benen en lang, zacht bruin haar waarin sterren verstrikt raakten, en allerlei andere zaken die absoluut niet interessant waren voor de heren papieren naar Strange toe. Strange bestudeerde ze en ging toen ook aan de slag.

Na een tijdje zei Strange: 'In *Revelations of Thirty-Six Other Worlds* van Ormskirk trof ik onlangs een verwijzing aan naar het koninkrijk dat achter de spiegels ligt, een koninkrijk waar naar het schijnt allerlei handige wegen liggen die een reiziger snel van de ene plaats naar de andere kunnen brengen.'

Gewoonlijk zou meneer Norrell niet veel woorden vuil hebben gemaakt aan een dergelijk onderwerp, maar hij was zó opgelucht dat Strange niet van plan was ruzie met hem te maken over de bibliotheek

---

geleerden, die hadden gehoopt op toverspreuken.

Pale deed kennelijk niets liever dan de naam van zijn geliefde opschrijven – Francis – en in één brief maakte hij een soort puntdicht op haar achternaam: Pevensey. In eerste instantie waren de achttiende-eeuwse magiegeleerden geneigd te beweren dat Pale's maîtresse de zuster of vrouw van die andere Francis Pevensey moest zijn geweest. In de zestiende eeuw was Francis immers een gangbare naam voor zowel mannen als vrouwen. Toen publiceerde Charles Hether-Gray echter zeven verschillende fragmenten uit de brieven waarin *Eighteen Wonders in the House of Albion* werd genoemd en bewees hij onomstotelijk dat Pale's maîtresse en de auteur van het boek één en dezelfde persoon waren.

William Pantler stelde dat de brieven vervalsingen waren. De brieven waren aangetroffen in de bibliotheek van ene meneer Whittlesea. Meneer Whittlesea had een vrouw die verschillende toneelstukken had geschreven, waarvan er twee waren opgevoerd in het Drury Lane-theater. Een vrouw die zich verlaagde tot het schrijven van toneelstukken, was beslist tot alles in staat, zei Pantler, en hij opperde dat mevrouw Whittlesea de brieven had vervalst '...om haar sexe te verheffen boven het natuurlijke niveau dat God voor hen had bepaald'. Meneer Whittlesea daagde William Pantler uit voor een duel en Pantler, die een geleerde in hart en nieren was en niets van wapens wist, bood zijn excuses aan en publiceerde een formele rectificatie van zijn aantijgingen jegens mevrouw Whittlesea.

Meneer Norrell vond het niet erg om de magie van Pevensey te gebruiken, omdat hij lang geleden al voor zichzelf had besloten dat Pevensey een man was. Met de brieven hield hij zich niet bezig, aangezien ze niet één woord over magie bevatten. Jonathan Strange hield er een andere mening op na. Volgens hem hoefde er slechts één vraag gesteld en beantwoord te worden om de zaak op te lossen: zou Martin Pale een vrouw hebben leren toveren? Het antwoord was volgens Strange: ja. Per slot van rekening beweerde Martin Pale zelf onderwezen te zijn door een vrouw: Catherine van Winchester.

in Hurtfew dat hij ronduit spraakzaam werd. 'O, ja, inderdaad! Er is inderdaad een pad dat alle spiegels in de wereld met elkaar verbindt. Dat was iets wat alle meestertovenaars in de Middeleeuwen wisten. Ongetwijfeld maakten ze er vaak gebruik van. Nauwkeurigere informatie kan ik u helaas niet bieden. In de boeken die ik heb gelezen, wordt het steeds op een andere manier geschreven. Ormskirk beweert dat het een weg door een groot, donker moeras is, terwijl Hickman het beschrijft als een reusachtig huis vol donkere gangen en eindeloze trappen.[3] Hickman zegt dat er in dat huis stenen bruggen zijn die diepe afgronden overspannen en kanalen met zwart water die tussen stenen muren door stromen, maar naar welke bestemmingen die leiden en welk doel ze dienen, weet niemand.' Plotseling was meneer Norrell in een uitstekend humeur. Niets bracht hem zo veel vreugde als rustig zitten toveren met meneer Strange. 'En hoe vordert het artikel voor de volgende editie van *Gentleman's Magazine*?' vroeg hij.

Strange dacht even na. 'Ik heb het nog niet helemaal af,' zei hij.

'Waar gaat het over? Nee, vertel het maar niet! Ik kijk er erg naar uit het te lezen! Misschien kunt u het morgen meenemen?'

'O! Morgen, natuurlijk.'

Die avond, toen Arabella de ontvangstkamer van haar huis aan Soho-square binnenliep, zag ze tot haar verbazing dat het tapijt bedekt was met allemaal stukjes papier, waarop toverspreuken, aantekeningen en fragmenten uit gesprekken met Norrell waren geschreven. Strange stond in het midden van de kamer naar de papiertjes te staren en trok aan zijn haar. 'Wat moet ik in 's hemelsnaam in mijn volgende artikel voor *Gentleman's Magazine* zetten?' vroeg hij.

'Ik weet het niet, lieve. Heeft meneer Norrell geen suggestie gedaan?'

Strange fronste zijn voorhoofd. 'Om een of andere reden denkt hij dat het al af is.'

'Wat dacht je van bomen en magie?' stelde Arabella voor. 'Je zei laatst nog wat een interessant onderwerp dat was en hoe weinig aandacht eraan wordt besteedt.'

Strange pakte een leeg vel en maakte snel wat aantekeningen. 'Met eiken kun je vriendschap sluiten, en dan zullen ze je helpen het op te

---

[3] Thaddeus Hickman (1700-1738), auteur van een biografie over Martin Pale.

nemen tegen je vijanden als ze denken dat jij voor een goede zaak vecht. Berkenbossen staan erom bekend dat ze dienst kunnen doen als deuren naar het Elfenrijk. Essen zullen blijven rouwen totdat de Ravenkoning terugkeert.[4] Nee, nee! Dat is niets. Dat kan ik niet zeggen. Norrell zou een toeval krijgen.' Hij verkreukelde het vel en gooide het in het vuur.

'O! Luister dan maar even naar wat ik te vertellen heb, als je wilt,' zei Arabella. 'Ik ben vandaag bij lady Westby geweest, waar ik een zeer vreemde jongedame heb ontmoet die in de veronderstelling lijkt te verkeren dat jij haar leert toveren.'

Strange keek even op. 'Ik leer helemaal niemand toveren,' zei hij.

'Nee, lieve,' zei Arabella geduldig, 'dat weet ik. Daarom is het juist zo vreemd.'

'En hoe heet die verwarde jonge vrouw?'

'Juffrouw Gray.'

'Die ken ik niet.'

'Een intelligent en stijlvol meisje, maar niet erg aantrekkelijk. Ze schijnt erg rijk te zijn, en helemaal wild van magie. Dat zegt iedereen. Ze heeft een waaier versierd met afbeeldingen van jou en van meneer Norrell, en ze heeft alles gelezen wat jij en lord Portishead ooit hebben gepubliceerd.'

Strange keek haar een paar seconden bedachtzaam aan, waardoor Arabella even ten onrechte in de veronderstelling was dat hij nadacht over wat ze zojuist had gezegd. Maar toen hij sprak, zei hij slechts op licht verwijtende toon: 'Lieve, je staat op mijn papieren.' Hij pakte haar bij haar arm en duwde haar zachtjes opzij.

'Ze vertelde me dat ze jou vierhonderd gienjes heeft betaald voor het

---

[4] De klimop beloofde de vijanden van Engeland bijeen te binden
Doornstruiken en doornbomen beloofden hen in de pan te hakken
De meidoorn zei dat hij iedere vraag zou beantwoorden
De berk zei dat hij deuren naar andere landen zou maken
De taxusboom bracht ons wapens
De raven straften onze vijanden
De eik bewaakte de heuvels in de verte
De regen waste al het verdriet weg
Deze traditionele Engelse spreuk rangschikte vermoedelijk de verschillende afspraken die John Uskglass, de Ravenkoning, ten behoeve van Engeland met de wouden maakte.

voorrecht jouw pupil te zijn. Ze zegt dat jij in ruil daarvoor brieven hebt gestuurd met beschrijvingen van toverspreuken en boekadviezen.'

'Vierhonderd gienjes! Nou, dat is vreemd. Een jongedame zou ik misschien nog wel vergeten, maar ik zou het vast nog wel weten als ik vierhonderd gienjes had ontvangen.' Strange' oog viel op een stuk papier. Hij pakte het op en begon te lezen.

'In eerste instantie dacht ik dat ze dat verhaal misschien verzonnen had om mij jaloers te maken en tweedracht tussen ons te stoken, maar haar manie lijkt van een andere soort te zijn. Ze bewondert niet jou persoonlijk, maar je beroep. Ik kan er geen touw aan vastknopen. Wat zouden dat voor brieven zijn? Wie kan ze hebben geschreven?'

Strange pakte een aantekenboekje – het was toevallig Arabella's huishoudboekje en eigenlijk hoorde hij daar helemaal niet aan te komen – en begon daar aantekeningen in te maken.

'Jonathan!'

'Mm?'

'Wat moet ik tegen juffrouw Gray zeggen als ik haar weer zie?'

'Vraag haar naar die vierhonderd gienjes. Zeg maar dat ik ze nog niet heb ontvangen.'

'Jonathan! Dit is een serieuze zaak.'

'O! Dat ben ik absoluut met je eens. Er zijn maar weinig dingen zo serieus als vierhonderd gienjes.'

Arabella zei nogmaals dat het heel vreemd was. Ze zei tegen Strange dat ze zich een beetje zorgen maakte over het verhaal van juffrouw Gray en dat ze graag wilde dat hij met juffrouw Gray zou gaan praten, zodat het mysterie misschien kon worden opgelost. Ze stond echter tegen zichzelf te praten, want ze wist heel goed dat hij niet langer naar haar luisterde.

Een paar dagen later waren Strange en sir Walter Pole aan het biljarten in de Bedford in Covent-garden. Het spel was in een impasse geraakt toen sir Walter, zoals gewoonlijk, Strange ervan beschuldigde dat hij de biljartballen door middel van magie over de tafel deed rollen.

Strange verklaarde stellig dat daar geen woord van waar was.

'Ik zag dat u uw neus aanraakte,' klaagde sir Walter.

'Lieve hemel!' riep Strange. 'Een man mag toch wel niezen? Ik ben verkouden.'

Twee andere vrienden van Strange en sir Walter, luitenant-kolonel

Colquhoun Grant en kolonel Manningham, die naar het spel stonden te kijken, zeiden dat Strange en sir Walter de biljarttafel niet meer bezet hoefden te houden als ze toch alleen maar ruzie wilden maken. Colquhoun Grant en kolonel Manningham zinspeelden erop dat er andere mensen stonden te wachten die wél in het spel zelf waren geïnteresseerd. Het liep uit op een algehele ruzie, die er ongelukkigerwijs toe leidde dat twee heren van het platteland hun hoofd om de deur staken om te informeerden wanneer de tafel vrij zou komen, zich niet bewust van het feit dat de biljartkamer op donderdagavond in het algemeen beschouwd werd als het persoonlijk eigendom van sir Walter Pole, Jonathan Strange en hun beste vrienden.

'Op mijn erewoord,' zei Colquhoun Grant, 'ik weet het niet. Maar voorlopig waarschijnlijk nog niet.'

Een van de twee heren was een zwaar gebouwde, solide uitziende man met een jas van zware bruine stof en laarzen die beter op hun plaats leken op een provinciale markt dan in het modieuze interieur van de Bedford. De tweede heer was een slappe, kleine man met een eeuwige uitdrukking van verbazing op zijn gezicht.

'Maar, meneer,' zei de eerste man, die zich op uiterst redelijke toon tot Strange richtte, 'u bent aan het praten, niet aan het spelen. Meneer Tantony en ik komen uit Nottinghamshire. We hebben ons avondeten besteld, maar hebben te horen gekregen dat we nog een uur moeten wachten voordat het klaar is. Laat ons een spel spelen terwijl u even babbelt, en daarna zullen we u met alle liefde de tafel weer teruggeven.'

Hij zei dat alles op zeer beleefde toon, maar toch streek hij de groep van Strange tegen de haren in. Alles aan hem wees erop dat hij een boer of handelaar was, en zij vonden het niet bepaald prettig dat hij kennelijk vond dat hij hun bevelen kon geven.

'Als u naar de tafel kijkt,' zei Strange, 'dan zult u zien dat we zojuist zijn begonnen. Een heer vragen zijn spel te beëindigen voordat hij ermee klaar is... tja, meneer, dat is niet de gewoonte hier in de Bedford.'

'Ach! Is dat zo?' vroeg de heer uit Nottinghamshire vriendelijk. 'Neemt u mij in dat geval niet kwalijk. Maar u heeft er hopelijk toch geen bezwaar tegen mij te vertellen of u denkt dat het spel kort of lang zal duren?'

'Dat hebben we u al verteld,' zei Grant. 'Dat weten we niet.' Hij keek Strange aan met een blik die overduidelijk zei: 'Wat is die kerel dom.'

Op dit punt begon de heer uit Nottinghamshire het gevoel te krijgen dat Strange en zijn gezelschap niet slechts onhulpvaardig, maar zelfs ronduit onbeleefd waren. Hij fronste zijn voorhoofd en wees naar de slappe, kleine man met de verbaasde uitdrukking die naast hem stond. 'Meneer Tantony is voor het eerst in Londen, en hij is niet van plan nog een keer terug te komen. Ik wilde hem vooral graag het Bedford-koffiehuis laten zien, maar ik had niet verwacht dat ik zulke onwelwillende lieden zou tegenkomen.'

'Nou, als het u hier niet aanstaat,' zei Strange boos, 'dan stel ik voor dat u teruggaat naar waar u vandaan komt. Welk achtergebleven gebied noemde u ook alweer?'

Colquhoun Grant wierp de heer uit Nottinghamshire een zeer koele blik toe en merkte tegen niemand in het bijzonder op: 'Het verbaast me niet dat het op het moment zo slecht gaat in de landbouw. De boeren van tegenwoordig zijn altijd maar aan het rondzwerven. Je komt ze op de meest nutteloze plaatsen in het land tegen. Ze denken alleen maar aan hun eigen plezier. Moet er in Nottinghamshire geen tarwe worden gezaaid, vraag ik me af? Zijn er geen varkens die gevoed moeten worden?'

'Meneer Tantony en ik zijn geen boeren, meneer!' riep de heer uit Nottinghamshire verontwaardigd. 'Wij zijn brouwers. Gatcombe en Tantony's Entire Stout is ons meest gevierde bier en het is beroemd in drie provincies!'

'Dank u, maar wij hebben al voldoende bier en brouwers in Londen,' merkte kolonel Manningham op. 'U hoeft voor ons echt niet te blijven.'

'Maar we zijn hier niet om bier te verkopen! We zijn hier met een veel nobeler doel. Meneer Tantony en ik zijn liefhebbers van magie. Wij vinden dat iedere vaderlandslievende Engelsman het als zijn taak zou moeten zien zich in het onderwerp te verdiepen. Londen is tegenwoordig niet alleen de hoofdstad van Groot-Brittannië. Het is bovendien het centrum van onze magische wetenschap. Het is al vele jaren meneer Tantony's grootste wens om magie te leren, maar het was zo slecht gesteld met die kunst dat hij er wanhopig van werd. Zijn vrienden zeiden tegen hem dat hij zich niet zo uit het veld moest laten slaan. Wij zeiden tegen hem: als de bodem is bereikt, kan het alleen maar beter gaan. En we hadden gelijk, want bijna onmiddellijk doken twee van de beste tovenaars op die Engeland ooit heeft gekend. Ik heb het natuurlijk over meneer Norrell en meneer Strange! De wonderen die zij hebben verricht, hebben ervoor gezorgd dat de Engelsen weer trots kunnen zijn op hun geboorteland en meneer Tantony de hoop gegeven dat hij op een dag ook tovenaar zal worden.'

'Werkelijk? Nou, ik geloof dat hij teleurgesteld zal worden,' zei meneer Strange.

'Dan heeft u het helemaal mis, meneer!' riep de heer uit Nottinghamshire triomfantelijk. 'Meneer Tantony wordt door meneer Strange persoonlijk in de magische kunsten onderwezen!'

Helaas had Strange zich juist op dat moment balancerend op één voet over de biljarttafel gebogen om op een bal te mikken. Hij was zo verbaasd over wat hij hoorde dat hij de bal volledig miste, met zijn keu de zijkant van de tafel raakte en prompt omviel.

'Dat moet een vergissing zijn,' zei Colquhoun Grant.

'Nee, meneer. Geen vergissing,' zei de heer uit Nottinghamshire met een razendmakende kalmte.

Strange, die net overeind krabbelde, vroeg: 'Hoe ziet die Strange eruit?'

'Helaas,' zei de heer uit Nottingham, 'dat zou ik u niet precies kunnen vertellen. Meneer Tantony heeft meneer Strange nooit ontmoet. Meneer Tantony's opleiding verloopt uitsluitend via brieven. Maar we hebben er alle vertrouwen in dat we meneer Strange op straat zullen tegenkomen. Morgen gaan we speciaal naar Soho-square met het doel zijn huis te bekijken.'

'Brieven!' riep meneer Strange uit.

'Naar mijn mening zou een schriftelijke opleiding maar erg weinig voorstellen,' zei sir Walter.

'Helemaal niet!' riep de heer uit Nottinghamshire. 'De brieven van meneer Strange staan vol wijze adviezen en opmerkelijke inzichten in de toestand van de Engelse magie. Pas geleden nog heeft meneer Tantony een brief aan meneer Strange geschreven waarin hij vroeg om een toverspreuk om het te laten ophouden met regenen. In ons deel van Nottinghamshire regent het namelijk veel. Meteen de volgende dag schreef meneer Strange terug en hij zei dat er weliswaar inderdaad toverspreuken bestonden waarmee men regen en zonneschijn kan verplaatsen als stukken op een schaakbord, maar dat hij ze nooit zou toepassen tenzij strikt noodzakelijk was, en hij adviseerde meneer Tantony zijn voorbeeld te volgen. Engelse magie, zo zei meneer Strange, was op Engelse bodem tot wasdom gekomen en was in zekere zin gevoed door de Engelse regen. Meneer Strange zei dat bemoeienis met de regen gelijkstond aan bemoeienis met Engeland zelf, en dat wij daarmee het risico liepen de basis van de Engelse magie te vernietigen. Wij vonden dat een opvallend voorbeeld van de genialiteit van meneer Strange, toch, meneer Tantony?' De man uit Nottinghamshire schudde zijn vriend een beetje heen en weer, waardoor hij een paar keer met zijn ogen knipperde.

'Heeft u dat ooit gezegd?' mompelde sir Walter.

'Tja, volgens mij wel,' antwoordde Strange. 'Ik geloof dat ik iets van dien aard heb gezegd... Wanneer zou dat geweest zijn? Afgelopen vrijdag, volgens mij.'

'En tegen wie zei u dat?'

'Tegen Norrell, natuurlijk.'

'En was er nog iemand anders in de kamer?'

Strange zweeg even. 'Drawlight,' zei hij langzaam.

'Aha!'

'Meneer,' zei Strange tegen de heer uit Nottinghamshire. 'Als ik u zojuist heb beledigd, dan spijt mij dat. Maar u moet toegeven dat iets in de manier waarop u sprak, niet helemaal... Kort gezegd: ik schiet nogal snel uit mijn slof en ik ergerde me aan u. Ik ben Jonathan Strange en het spijt me u te moeten zeggen dat ik tot op dit moment nooit van u of meneer Tantony had gehoord. Ik vermoed dat meneer Tantony en ik allebei de dupe zijn geworden van een uiterst immorele man. Ik neem aan dat meneer Tantony mij voor zijn opleiding betaalt? Mag ik vragen waar hij zijn geld naar toe stuurt? Als het adres Little Ryder-street is, heb ik het bewijs dat ik nodig heb.'

Helaas hadden de heer uit Nottinghamshire en meneer Tantony zich met betrekking tot Strange een beeld gevormd van een lange man met een brede borstkas en een lange witte baard, die moeizaam praatte en zich ouderwets kleedde. Omdat de meneer Strange die voor hen stond slank was en gladgeschoren, snel sprak en precies zo gekleed ging als iedere andere rijke, modebewuste heer in Londen, konden ze er in eerste instantie niet van overtuigd worden dat dit de juiste persoon was.

'Ach, dat is niet zo moeilijk op te lossen,' zei Colquhoun Grant.

'Inderdaad niet,' zei sir Walter. 'Ik zal snel een ober laten komen. Misschien dat het erewoord van een bediende overtuigender is dan dat van een heer. John! Kom hier! We hebben je nodig!'

'Nee, nee, nee!' riep Grant. 'Dat bedoelde ik helemaal niet. John, je kunt weer gaan. We hebben je niet nodig. Er zijn genoeg dingen die meneer Strange kan doen om zijn onvergelijkbare tovenaarsschap te bewijzen, en die veel overtuigender zullen zijn dan iemands woord. Hij is per slot van rekening de grootste tovenaar van de eeuw.'

'Die titel,' zei de man uit Nottinghamshire met een frons op zijn voorhoofd, 'komt toch zeker meneer Norrell toe?'

Colquhoun Grant glimlachte. 'Kolonel Manningham en ik, meneer, hadden de eer aan de zijde van zijne excellentie de hertog van Wellington te vechten in Spanje. Ik verzeker u dat men daar niet eens wist wie meneer Norrell was. Het was meneer Strange, deze heer hier, die wij vertrouwden. Als hij nu een indrukwekkend staaltje toverkunst laat zien, dan denk ik niet dat u nog langer zult twijfelen, en dan weet ik zeker dat uw enorme respect voor de Engelse magie en Engelse tovenaars het u onmogelijk zullen maken om nog langer te blijven zwijgen. Dan weet ik zeker dat u hem alles zult willen vertellen over die vervalste brieven.' Grant keek de heer uit Nottinghamshire vragend aan.

'Tja,' zei de heer uit Nottinghamshire, 'u bent een vreemd stel heren, moet ik zeggen, en ik begrijp niet waarom u mij zo'n verhaal aan de neus zou willen hangen. Want ik zeg u ronduit dat het mij hooglijk zou verbazen als die brieven vals zouden blijken te zijn, want iedere regel, ieder woord is doortrokken van degelijke Engelse magie!'

'Maar,' zei Grant, 'als deze schoft, zoals wij vermoeden, de woorden van meneer Strange zelf als basis heeft gebruikt voor zijn leugens, dan zou dat alles verklaren, nietwaar? Goed, om te bewijzen dat hij is wie ik zeg, zal meneer Strange u nu iets laten zien dat geen levend mens ooit heeft gezien!'

'Waarom?' zei de man uit Nottinghamshire. 'Wat gaat hij dan doen?'

Grant glimlachte van oor tot oor en draaide zich om naar Strange alsof ook zijn nieuwsgierigheid opeens was gewekt. 'Ja, Strange, vertelt u ons eens. Wat gaat u doen?'

Maar het was sir Walter die antwoord gaf. Hij knikte naar de grote Venetiaanse spiegel die bijna de hele muur in beslag nam en op dat moment uitsluitend duisternis reflecteerde, en zei: 'Hij zal die spiegel inlopen en er niet meer uitkomen.'

36

Alle spiegels van de wereld

november 1814

Acht kilometer ten noorden van Londen ligt het dorp Hampstead. In de tijd van onze grootouders was het een onopvallende verzameling boerderijen en huisjes, maar de aanwezigheid van zo'n rustieke plek in de buurt van Londen trok grote aantallen mensen die kwamen genieten van de frisse lucht en het groen. Voor hun vermaak waren er een renbaan en een bowls-veld aangelegd. Broodjeswinkels en theetuinen boden versnaperingen. Rijke mensen kochten er zomerhuizen en Hampstead werd algauw tot wat het vandaag de dag is: een van de favoriete vakantieoorden van de Londense beau monde. In korte tijd was het plattelandsdorpje uitgegroeid tot een plaats van aanzienlijke afmetingen – bijna een kleine stad.

Twee uur nadat sir Walter, kolonel Grant, kolonel Manningham en Jonathan Strange ruzie hadden gekregen met de heren uit Nottinghamshire reed er via London-road een rijtuig Hampstead binnen dat afsloeg naar een donker landweggetje in de schaduw van de overhangende takken van vlierbomen, seringen en meidoorns. Het rijtuig reed naar een huis aan het eind van de landweg. Daar stopte het en stapte meneer Drawlight uit.

Het huis was ooit een boerderij geweest, maar het was in de laatste paar jaar flink opgeknapt. De kleine ramen – die meer geschikt waren voor het buiten houden van de kou dan voor het doorlaten van licht – waren verbreed, verhoogd en allemaal even groot gemaakt. Een portiek met zuilen was in de plaats gekomen van de eenvoudige boerderijdeur. Het weiland was verdwenen en op die plek waren een bloementuin en een heesterperk aangelegd.

Meneer Drawlight klopte op de deur. Een dienstmeisje deed open en ging hem meteen voor naar een ontvangstkamer. De kamer moest ooit de salon van de boerderij zijn geweest, maar van de oorspronkelijke inrichting waren alle sporen verdwenen onder duur Frans behang, Perzische tapijten en Engels meubilair, gemaakt naar de laatste mode.

Drawlight zat nog maar een paar minuten te wachten toen een dame de kamer binnenkwam. Ze was lang en mooi, en had een prachtig figuur. Haar lange japon was gemaakt van scharlakenrood fluweel en een verfijnde halsketting van gitzwarte kralen deed haar witte hals prachtig uitkomen.

Door een open deur aan de andere kant van de gang was een eetzaal te zien, die even duur was aangekleed als de woonkamer. De resten van een maaltijd op de tafel wezen erop dat de dame alleen had gedineerd. Het leek alsof ze de rode japon en zwarte halsketting uitsluitend voor haar eigen plezier droeg.

'Ah, mevrouw!' riep Drawlight terwijl hij overeind sprong. 'Ik hoop dat alles goed met u gaat?'

Ze maakte een laatdunkend gebaar. 'Ik geloof dat het wel goed gaat met me. Zo goed als mogelijk is met zo weinig gezelschap en nauwelijks afleiding.'

'Wat?' riep Drawlight geschrokken. 'Woont u hier helemaal alleen?'

'Ik heb een metgezel – een oude tante. Ze probeert het geloof aan mij op te dringen.'

'Ach, mevrouw!' riep Drawlight uit. 'Verspilt u uw energie toch niet aan gebeden en preken. Daar zult u geen troost in vinden. Richt uw gedachten in plaats daarvan op wraak.'

'Dat zal ik doen,' zei ze. Ze ging op de sofa tegenover het raam zitten. 'En hoe gaat het met meneer Strange en meneer Norrell?'

'Ach, mevrouw, druk, druk, druk! Ik zou willen dat ze het minder druk hadden, zowel in hun eigen belang als dat van u. Gisteren vroeg meneer Strange nog speciaal naar u. Hij wilde weten hoe u zich voelde. "Ach! Het gaat," zei ik tegen hem. "Het gaat, daar is alles wel mee gezegd." Meneer Strange is gechoqueerd, mevrouw, werkelijk gechoqueerd over het meedogenloze gedrag van uw familie.'

'Is dat zo? Ik zou willen dat hij zijn verontwaardiging op een meer praktische manier uitte,' zei ze koel. 'Ik heb hem meer dan honderd gienjes betaald en hij heeft niets gedaan. Ik heb er genoeg van om zaken via een tussenpersoon te laten lopen, meneer Drawlight. Doet u meneer Strange de hartelijke groeten. Vertelt u hem dat ik hem graag zou willen spreken op een tijdstip en een plaats die hem het best uitkomen. Overdag of 's avonds, het tijdstip maakt mij niets uit. Ik heb toch geen verplichtingen.'

'Ach, mevrouw! Kon ik maar doen wat u van mij vraagt. Meneer Strange zou niets liever willen! Maar ik vrees dat dat volstrekt onmogelijk is.'

'Dat zegt u wel, maar ik heb er geen reden voor gehoord – niet één waarmee ik genoegen neem, althans. Ik veronderstel dat meneer Strange bang is voor wat de mensen zouden zeggen als ze ons samen zouden zien. Maar onze ontmoeting kan onder ons blijven. Niemand hoeft ervan te weten.'

'Ach, mevrouw! U schat meneer Strange volkomen verkeerd in. Hij zou niets liever doen dan de wereld te laten zien hoezeer hij uw kwelgeesten veracht. Het is volledig in uw belang dat hij zo terughoudend is. Hij is bang dat...'

Maar waar meneer Strange zo bang voor was, zou de dame nooit ontdekken, want op dat moment hield Drawlight plotseling op met praten en keek met een stomverbaasde uitdrukking op zijn gezicht om zich heen. 'Wat was dat in 's hemelsnaam?' vroeg hij.

Het leek wel alsof er ergens een deur was opengegaan. Of misschien wel een paar deuren. Door het huis leek een briesje te waaien dat geuren met zich meedroeg die Drawlight en de dame zich half herinnerden uit hun jeugd. Het licht veranderde, waardoor de schaduwen in de kamer anders leken te vallen. Iets tastbaarders gebeurde er niet, en toch had zowel Drawlight als de dame, zoals zo vaak het geval is wanneer er magie plaatsvindt, sterk de indruk dat ze niet meer konden vertrouwen op wat ze zagen. Ze hadden het gevoel dat ze, als ze ook maar iets in de kamer probeerden aan te raken, tot de ontdekking zouden komen dat het er niet meer was.

Boven de bank waar de dame op zat, hing een grote spiegel aan de muur. In de spiegel was door een hoog, donker raam een tweede grote witte maan te zien en een tweede duistere spiegelkamer. Maar Drawlight en de dame kwamen in de andere kamer niet voor. In plaats daarvan was er iets onduidelijks, dat langzaam veranderde in een soort schaduw en toen in de donkere gestalte van iemand die op hen afkwam. Uit het pad dat die persoon koos was duidelijk op te maken dat de spiegelkamer heel anders was dan het origineel en dat ze alleen op elkaar leken doordat het licht en het perspectief rare trucs uithaalden met de zintuigen, zoals dat in het theater ook wel eens gebeurt. Kennelijk was de spiegelkamer in werkelijkheid een lange gang. Het haar en de jas van de mysterieuze figuur bewogen in een wind die niet voelbaar was in de kamer waarin zij zich bevonden, en hoewel hij vlug liep in de richting van het glas dat de twee ruimten van elkaar scheidde, duurde het even voordat hij er was. Uiteindelijk had hij het glas bereikt en op dat moment werd zijn gestalte even groot en dreigend, terwijl zijn gezicht nog steeds in schaduwen was gehuld.

Toen sprong Strange plotseling keurig uit de spiegel, lachte charmant en wenste zowel Drawlight als de dame goedenavond.

Hij wachtte even alsof hij iemand anders de gelegenheid wilde bieden iets te zeggen. Toen dat niet gebeurde, zei hij: 'Neemt u mij niet kwalijk dat ik zo laat nog op bezoek kom, mevrouw. Eerlijk gezegd was de reis hiernaar toe langer en omslachtiger dan ik had verwacht. Ik nam een verkeerde afslag en belandde bijna in... nou ja, ik weet niet precies waar.'

Hij zei even niets, alsof hij wachtte totdat iemand hem zou uitnodigen plaats te nemen. Toen dat niet gebeurde, ging hij toch maar zitten.

Drawlight en de dame in de rode japon staarden hem aan. Hij glimlachte terug.

'Ik heb kennisgemaakt met meneer Tantony,' zei hij tegen Drawlight. 'Een zeer vriendelijke heer, hoewel hij niet erg spraakzaam was. Zijn vriend, meneer Gatcombe, heeft mij echter alles verteld wat ik wilde weten.'

'Bent u meneer Strange?' vroeg de dame in de rode japon.

'Dat ben ik, mevrouw.'

'Dat komt goed uit. Meneer Drawlight was mij zojuist aan het uitleggen waarom u en ik elkaar niet konden ontmoeten.'

'Het klopt, mevrouw, dat de omstandigheden zich tot deze avond niet leenden voor een ontmoeting. Meneer Drawlight, zou u ons aan elkaar willen voorstellen?'

Drawlight mompelde dat de dame in de rode japon mevrouw Bullworth was.

Strange stond op, maakte een buiging voor mevrouw Bullworth en ging weer zitten.

'Meneer Drawlight heeft u over mijn afschuwelijke situatie verteld, naar ik aanneem?' vroeg mevrouw Bullworth.

Strange maakte een beweging met zijn hoofd waarvan niet duidelijk was of hij er eigenlijk wel iets mee bedoelde. Hij zei: 'Het verhaal van een buitenstaander kan nooit op tegen het verhaal dat verteld wordt door iemand die nauw betrokken is bij de gebeurtenissen. Er zouden essentiële details kunnen zijn die meneer Drawlight om een of andere reden heeft weggelaten. Gaat uw gang, mevrouw. Ik hoor het graag van u persoonlijk.'

'Alles?'

'Alles.'

'Vooruit dan. Zoals u weet ben ik de dochter van een edelman uit Northamptonshire. Mijn vader is zeer vermogend. Hij heeft een groot huis en een hoog inkomen. We behoren tot de meest vooraanstaande mensen in die streek. Mijn familie heeft mij echter altijd aangemoedigd te geloven dat ik, met mijn schoonheid en mijn vaardigheden, een nog hogere positie in de maatschappij zou kunnen bekleden. Twee jaar geleden ben ik een zeer gunstig huwelijk aangegaan. Meneer Bullworth is zeer rijk en we bewogen ons in de voornaamste kringen. Maar toch was ik niet gelukkig. Afgelopen zomer had ik de pech een man te ontmoeten die alles is wat meneer Bullworth niet is: aantrekkelijk, intelligent en onderhoudend. Al na een paar luttele weken was ik ervan overtuigd dat ik deze man aantrekkelijker vond dan alle anderen die ik ooit had ontmoet.' Ze haalde kort haar schouders op. 'Twee dagen voor Kerstmis verliet ik samen met hem het huis van mijn echtgenoot. Ik hoopte – sterker nog, verwachtte – van meneer Bullworth te scheiden en met hem te trouwen. Maar dat was niet zijn bedoeling. Eind januari kregen we ruzie en heeft mijn vriend me verlaten. Hij keerde terug naar zijn huis en zijn gebruikelijke bezigheden, maar helaas kon ik niet meer terug naar mijn oude leven. Ik werd door mijn man afgedankt. Mijn vrienden weigerden mij te ontvangen. Ik moest noodgedwongen een beroep doen op mijn vader. Hij heeft me beloofd dat hij de rest van mijn leven voor me zou zorgen, op voorwaarde dat ik vanaf dat moment een teruggetrokken leven zou lijden. Geen bals, geen feestjes en geen vrienden meer. Niets meer.' Ze staarde een tijdje met niets ziende ogen voor zich uit, alsof ze piekerde over wat ze allemaal was kwijtgeraakt, maar al snel hield ze op met treuren en zei: 'En nu ter zake!' Ze liep naar een schrijftafeltje, maakte een la open en haalde er een vel papier uit, dat ze aan Strange aanbood. 'Ik heb, zoals u heeft voorgesteld, een lijst gemaakt van alle mensen die mij verraden hebben,' zei ze.

'Ah, dus ik heb u verteld dat u een lijst moest maken?' vroeg Strange

terwijl hij het papier aanpakte. 'Wat ben ik toch efficiënt! Het is een tamelijk lange lijst.'

'O!' zei mevrouw Bullworth. 'Elke naam zal als een afzonderlijke opdracht worden beschouwd en u zult per opdracht worden beloond. Ik ben zo vrij geweest bij elke naam te vermelden welke straf diegene volgens mij verdient. Maar met uw superieure kennis van magie heeft u misschien suggesties voor een ander, meer gepast lot voor mijn vijanden. Ik hoor graag wat uw advies is.'

'"Sir James Southwell. Jicht,"' las Strange voor.

'Mijn vader,' legde mevrouw Bullworth uit. 'Hij vermoeide me eindeloos met zijn preken over mijn slechte karakter en stuurde mij voorgoed weg uit mijn ouderlijk huis. In veel opzichten is hij de oorzaak van al mijn ellende. Was ik maar wat minder sentimenteel, zodat ik om een ergere ziekte zou kunnen vragen. Maar dat ben ik niet. Dat zal men wel bedoelen als men het heeft over de zwakheid van vrouwen.'

'Jicht is erg pijnlijk,' merkte Strange op. 'Dat heb ik mij althans laten vertellen.'

Mevrouw Bullworth maakte een ongeduldig gebaar.

'"Mejuffrouw Elizabeth Church,"' vervolgde Strange. '"Verbreking van haar verloving." Wie is juffrouw Elizabeth Church?'

'Een nicht van mij – een vervelend meisje, zo'n meisje dat van borduren houdt. Niemand schonk ooit enige aandacht aan haar, totdat ik met meneer Bullworth trouwde. Nu hoor ik echter dat ze met een geestelijke gaat trouwen en dat mijn vader haar een cheque heeft gegeven, zodat ze trouwkleding en nieuw meubilair kan kopen. Mijn vader heeft Lizzie en de geestelijke beloofd dat hij zijn invloed zal aanwenden om ervoor te zorgen dat hij een hoge positie in de kerk zal verkrijgen. De paden worden voor hen geëffend. Ze zullen in York gaan wonen en daar naar diners, feesten en bals gaan, en genieten van alle zaken die *míj* zouden moeten toekomen. Meneer Strange,' riep ze vurig, 'er moeten toch spreuken zijn die ervoor kunnen zorgen dat de geestelijke zelfs de aanblik van Lizzie zal haten? Die hem zullen doen huiveren zodra hij haar stem hoort?'

'Dat weet ik niet,' zei Strange. 'Daar heb ik nog nooit over nagedacht. Maar vast wel.' Hij ging door met de lijst. '"Meneer Bullworth—"'

'Mijn echtgenoot,' zei ze.

'"Moet door honden worden gebeten."'

'Hij heeft zeven van die grote zwarte loeders, en geeft meer om ze dan om welk mens dan ook.'

'"Mevrouw Bullworth senior" – de moeder van uw echtgenoot, neem ik aan – "dood door verdrinking in een waskuip. Haar laten stikken in haar eigen abrikozenjam. Haar per ongeluk in een broodoven laten meebakken." Dat betekent dat de vrouw drie keer zou moeten sterven. Het spijt me, mevrouw Bullworth, maar zelfs de grootste tovenaar die ooit heeft bestaan kan iemand niet op drie verschillende manieren tegelijk vermoorden.'

'Doet u maar wat mogelijk is,' zei mevrouw Bullworth koppig. 'Dat oude mens is zo onuitstaanbaar trots op haar huishouden. Ze bleef maar doorgaan over dat onderwerp.'

'Op die manier. Tja, dit alles zou Shakespeare waardig zijn. En dan komen we nu bij de laatste naam. "Henry Lascelles". Deze heer ken ik.' Strange keek Drawlight onderzoekend aan.

Mevrouw Bullworth zei: 'Dat is degene met wie ik het huis van mijn echtgenoot verliet.'

'Ah! En wat moet hem overkomen?'

'Faillissement,' zei ze zacht, maar fel. 'Krankzinnigheid. Brand. Een verminkende ziekte. Een paard dat hem vertrapt! Een schurk die hem in de val lokt en met een mes in zijn gezicht snijdt. Een afschuwelijk visioen dat hem zal achtervolgen en hem elke nacht wakker zal houden!' Ze stond op en begon door de kamer te ijsberen. 'Zorg ervoor dat elke gemene en schandelijke daad die hij ooit heeft begaan in de krant wordt gepubliceerd! Zorg ervoor dat iedereen in Londen hem zal mijden! Laat hem een plattelandsmeisje verleiden dat door haar liefde voor hem tot waanzin wordt gedreven. Zorg ervoor dat ze hem jaar in jaar uit overal achtervolgt. Zorg ervoor dat hij om haar overal wordt bespot. Zorg ervoor dat de vergissing van een eerlijke man ertoe zal leiden dat hij van een misdaad wordt beschuldigd. Laat hem alle schande van een veroordeling en een gevangenschap ondergaan. Zorg dat hij wordt gebrandmerkt! Dat hij wordt geslagen! Dat hij zweepslagen krijgt! En zorg dan dat hij ter dood wordt gebracht!'

'Mevrouw Bullworth,' zei Strange, 'toe. Bedaart u toch.'

Mevrouw Bullworth hield op met ijsberen. Ze hield op met het bedenken van verschrikkelijke dingen die meneer Lascelles moesten overkomen, maar ze was bepaald niet rustig. Ze ademde jachtig en beefde over haar hele lichaam, en de woede was nog steeds van haar gezicht af te lezen.

Strange wachtte totdat hij dacht dat ze voldoende gekalmeerd was om te kunnen begrijpen wat hij zou zeggen, en zei toen: 'Het spijt me, mevrouw Bullworth, maar u bent bedrogen. Deze...' hij keek naar Drawlight, 'man heeft tegen u gelogen. Meneer Norrell en ik hebben nog nooit opdrachten aangenomen van particulieren. We hebben deze man nooit opgedragen als tussenpersoon te fungeren en opdrachten voor ons in de wacht te slepen. Tot vandaag had ik zelfs nog nooit van u gehoord.'

Mevrouw Bullworth keek hem een ogenblik strak aan en draaide zich toen om naar Drawlight. 'Is dat waar?'

Drawlight richtte zijn ellendige blik op het tapijt en mompelde iets waarvan alleen de woorden 'mevrouw' en 'ongewone situatie' verstaanbaar waren.

Mevrouw Bullworth greep het schelkoord en liet de bel rinkelen.

Het dienstmeisje dat Drawlight had binnengelaten kwam weer binnen.

'Haverhill,' zei mevrouw Bullworth, 'verwijder meneer Drawlight.'

In tegenstelling tot veel dienstmeisjes in vooraanstaande huishoudens, die in dienst waren genomen vanwege hun mooie gezichtje, was Haverhill een bekwaam uitziende vrouw van middelbare leeftijd met sterke armen en een onverzoenlijke uitstraling. Bij deze gelegenheid hoefde ze echter niet veel te doen, aangezien meneer Drawlight dankbaar van de gelegenheid gebruikmaakte om zich zelf uit te laten. Hij pakte zijn wandelstok en zodra Haverhill de deur had opengemaakt, haastte hij zich de kamer uit.

Mevrouw Bullworth draaide zich om naar Strange. 'Wilt u mij helpen? Wilt u doen wat ik heb gevraagd? Als het geld niet voldoende is—'

'Ach, het geld!' Strange maakte een geringschattend gebaar. 'Het spijt me, maar zoals ik u zojuist zei neem ik geen opdrachten aan van particulieren.'

Ze staarde hem aan en vroeg: 'Doet mijn ellendige situatie u dan helemaal niets?'

'Integendeel, mevrouw Bullworth, een moraalsysteem waarin een vrouw wordt gestraft en de man van alle blaam wordt gezuiverd vind ik verwerpelijk. Maar verder dan dat ga ik niet. Ik weiger onschuldige mensen iets aan te doen.'

'Onschuldig!' riep ze. 'Onschuldig! Wie is er onschuldig? Niemand!'

'Mevrouw Bullworth, wij zijn uitgesproken. Ik kan niets voor u doen. Het spijt me.'

Ze keek hem zuur aan. 'Hm, nou ja. U bent ten minste zo fatsoenlijk mij niet te adviseren berouw te tonen, liefdadigheidswerk te gaan doen, te gaan breien, of andere dingen te doen die allerlei dwazen hebben aangedragen als remedie voor een saai leven en een gebroken hart. Desondanks denk ik dat het voor ons beiden het best is als we een punt zetten achter dit gesprek. Goedenavond, meneer Strange.'

Strange maakte een buiging. Terwijl hij de kamer uitliep, keek hij nog even weemoedig naar de spiegel boven de sofa, alsof hij liever langs die weg zou zijn vertrokken, maar Haverhill hield de deur voor hem open en de beleefdheid dicteerde dan ook dat hij daardoor naar buiten zou gaan.

Omdat hij geen paard of rijtuig had, legde hij de acht kilometer van Hampstead naar Soho-square te voet af. Toen hij bij zijn voordeur aankwam, zag hij dat er achter alle ramen van het huis licht scheen, hoewel het al twee uur 's nachts was. Voordat hij zelfs maar zijn sleutels uit zijn zak had gevist, gooide Colquhoun Grant de deur al open.

'Mijn hemel! Wat doet u hier?' riep Strange.

Grant nam niet de moeite hem antwoord te geven, maar draaide zich om in de richting van het huis en riep: 'Hij is er, mevrouw! Veilig en wel.'

Arabella kwam bijna struikelend over haar eigen voeten de ontvangstkamer uit, op de voet gevolgd door sir Walter. Daarna verschenen Jeremy Johns en verschillende andere bedienden in de doorgang naar de keuken.

'Is er iets gebeurd? Is er iets mis?' vroeg Strange terwijl hij iedereen verbaasd aanstaarde.

'Domkop!' lachte Grant terwijl hij hem een vriendschappelijk tikje op zijn hoofd gaf. 'We maakten ons zorgen om u! Waar ben u in 's hemelsnaam geweest?'

'Hampstead.'

'Hampstead!' riep sir Walter verbaasd uit. 'Nou ja, we zijn erg blij u weer te zien!' Hij wierp een blik op Arabella en voegde er nerveus aan toe: 'Ik vrees dat we mevrouw Strange nodeloos ongerust hebben gemaakt.'

'Ach!' zei Strange tegen zijn vrouw. 'Je bent toch niet bang geweest? Alles ging prima met me, zoals altijd.'

'Ziet u wel, mevrouw!' zei kolonel Grant opgewekt. 'Ik zei het toch. In Spanje verkeerde meneer Strange wel vaker in groot gevaar, maar we maakten ons nooit ongerust over hem. Er zal hem nooit iets overkomen, daarvoor is hij te slim.'

'Moeten we hier in de hal blijven staan?' vroeg Strange. Op de terugweg vanuit Hampstead had hij nagedacht over magie, en hij was eigenlijk van plan geweest ermee door te gaan zodra hij thuiskwam. In plaats daarvan had hij een huis vol pratende mensen aangetroffen. Dat bedierf zijn humeur.

Hij ging de anderen voor naar de woonkamer en vroeg aan Jeremy of hij hem wat wijn en eten wilde brengen. Toen iedereen zat zei hij: 'Het was precies zoals we al dachten. Drawlight heeft mensen wijsgemaakt dat Norrell en ik zwarte magie in alle denkbare soorten en maten voor hen zouden verrichten. Ik trof hem aan bij een zeer prikkelbare jongedame, die wilde dat ik haar vrienden en familie allerlei folteringen zou bezorgen.'

'Wat afschuwelijk!' zei kolonel Grant.

'En wat zei Drawlight?' vroeg sir Walter. 'Wat was zijn excuus?'

'Ha!' lachte Strange spottend, maar zonder een greintje humor. 'Hij zei niets. Hij ging er gewoon vandoor – wat jammer was, aangezien ik sterk overwoog hem uit te dagen tot een duel.'

'Ah!' zei Arabella plotseling. 'Dus nu moeten er opeens duels worden uitgevochten?'

Sir Walter en Grant keken haar geschrokken aan, maar Strange had het te druk met praten om de boze uitdrukking op haar gezicht te zien. 'Niet dat ik denk dat hij akkoord zou zijn gegaan, maar ik zou hem graag een beetje bang hebben gemaakt. Dat heeft hij wel verdiend.'

'Maar u heeft nog niets verteld over dat koninkrijk, dat pad – wat het dan ook is – achter de spiegel,' zei kolonel Grant. 'Voldeed het aan uw verwachtingen?'

Strange schudde zijn hoofd. 'Het is met geen woorden te beschrijven. Alles wat Norrell en ik ooit hebben gedaan valt erbij in het niet! En toch durven we ons tovenaars te noemen! Ik zou willen dat ik u een indruk kon geven van de grootsheid ervan! De afmetingen, de complexiteit! De grote stenen zalen, waar je ook keek! Ik heb geprobeerd in te schatten hoeveel het er waren en hoe lang ze waren, maar gaf het al snel op. Er leek geen eind aan te komen. Er waren kanalen met stilstaand water en stenen kades. In het schemerige licht leek het water wel zwart. Ik zag trappen die zo hoog reikten dat je het einde ervan niet kon zien, en andere die omlaag leidden naar volslagen duisternis. Toen liep ik onder een poort door en bevond ik mij opeens op een stenen brug die een donker, verlaten landschap overspande. De brug was zo lang dat ik het einde niet kon zien. Stelt u zich een brug voor die van Islington naar Twickenham leidt! Of van York naar Newcastle! En overal in de zalen en op de brug zag ik zijn beeltenis.'

'Van wie?' vroeg sir Walter.

'De man die Norrell en ik in bijna alles wat we hebben geschreven zwartgemaakt hebben. De man wiens naam Norrell liever niet wil horen. De man die de zalen, de kanalen, de brug, alles heeft gebouwd. Het bouwwerk is door de eeuwen heen natuurlijk nogal verwaarloosd. Waar John Uskglass die wegen in het verleden ook voor heeft gebruikt, hij heeft ze kennelijk niet meer nodig. Standbeelden en muren zijn ingestort. Overal komen lichtstralen naar binnen, die god weet waar vandaan komen. Sommige zalen zijn geblokkeerd, en andere staan onder water. En ik zal u nog iets opmerkelijks vertellen. Overal waar ik kwam zag ik afgedankte schoenen. Waarschijnlijk waren ze ooit van andere reizigers. Ze zagen er erg oud uit en er was niet veel meer van over. Daaruit maakte ik op dat de wegen de afgelopen jaren weinig zijn gebruikt. Al die tijd dat ik er heb rondgelopen, heb ik maar één andere persoon gezien.'

'U heeft iemand anders gezien, zegt u?' vroeg sir Walter.

'Jazeker! Ik denk tenminste dat het een persoon was. Ik zag een schaduw die zich voortbewoog over een witte weg die door een donkere moer liep. U moet begrijpen dat ik toen op de brug stond, en dat die veel hoger was dan alle andere bruggen die ik op deze aarde ooit heb gezien. Ik geloof dat ik zeker een kilometer boven de grond stond. Ik keek omlaag en toen zag ik iemand. Als ik niet zo vastbesloten was geweest Drawlight te vinden, zou ik zeker een manier hebben gezocht om naar beneden te gaan en achter hem of haar aan te gaan, want volgens mij bestaat er voor een tovenaar geen betere tijdsbesteding dan het voeren van een gesprek met zo iemand.'

'Maar zou zo iemand wel veilig zijn?' vroeg Arabella.

'Veilig?' zei Strange minachtend. 'O, nee. Dat denk ik niet. Maar ik troost me met de gedachte dat ik ook niet bepaald veilig ben. Ik hoop niet dat ik mijn kans heb gemist. Ik hoop dat ik, als ik morgen terugga, een aanwijzing zal vinden die me kan vertellen waar die raadselachtige figuur naar toe is gegaan.'

'Teruggaan!' riep sir Walter. 'Weet u wel zeker—'

'Ah!' onderbrak Arabella hen. 'Nu snap ik wat je van plan bent! Elk moment dat meneer Norrell je kan missen ga jij over die paden zwerven, terwijl ik hier in moordende onzekerheid achterblijf om me af te vragen of ik je ooit nog terug zal zien!'

Strange keek haar verbaasd aan. 'Arabella? Wat is er?'

'Wat er is! Jij bent vast van plan jezelf in groot gevaar te brengen en dan verwacht je dat ik er niets van zal zeggen!'

Strange maakte een gebaar dat een soort mengeling was van een smeekbede en hulpeloosheid, alsof hij sir Walter en Grant wilde vragen er getuige van te zijn hoe vreselijk onredelijk ze deed. Hij zei: 'Maar toen ik je vertelde dat ik naar Spanje zou gaan, bleef je gewoon rustig, hoewel er toen een gevaarlijke oorlog gaande was. Dit daarentegen is tamelijk—'

'Rustig? Ik kan je verzekeren dat ik dat volstrekt niet was! Ik maakte me ontzettend zorgen om je – zoals alle echtgenotes, moeders en zussen van de soldaten die in Spanje zaten. En bovendien had je in Spanje het gehele Britse leger om je heen, terwijl je daar helemaal alleen zult zijn. Ik zeg wel "daar", maar we weten geen van beiden waar "daar" is!'

'Neem me niet kwalijk, maar ik weet precies waar het is! Het zijn 's Konings Wegen. Werkelijk, Arabella, ik denk dat het nu een beetje te laat is om te besluiten dat mijn beroep je niet bevalt!'

'O, dat is niet eerlijk! Ik heb nooit een kwaad woord gezegd over jouw beroep. Integendeel, ik vind het een van de meest bewonderenswaardige beroepen ter wereld. Ik ben buitengewoon trots op wat jij en meneer Norrell hebben bereikt en ik heb er nooit bezwaar tegen gehad dat je nieuwe magie leerde als jij dat nodig vond. Tot vandaag was je er echter altijd tevreden mee om je ontdekkingen uit boeken te halen.'

'Nou, nu niet meer. Als je een tovenaar dwingt zijn onderzoek te beperken tot de boeken in zijn bibliotheek, dan kun je net zo goed tegen een ontdekkingsreiziger zeggen dat je het prima vindt als hij op zoek gaat naar de oorsprong van, van – hoe die Afrikaanse rivieren ook mogen heten – zolang hij geen voet buiten Tunbridge Wells zet!'

Arabella slaakte een geërgerde kreet. 'Ik dacht dat je een tovenaar was, geen ontdekkingsreiziger!'

'Dat is hetzelfde. Een ontdekkingsreiziger kan ook niet thuis blijven om kaarten te bestuderen die door andere mannen zijn gemaakt. Het lijkt mij wel duidelijk dat meneer Norrell en ik vroeg of laat verder moeten kijken dan onze boeken!'

'O ja? Is dat jou wel duidelijk? Nou, Jonathan, ik betwijfel ten zeerste of dat meneer Norrell óók duidelijk is.'

Gedurende deze woordenwisseling voelden sir Walter en luitenant-kolonel Grant zich zichtbaar slecht op hun gemak, zoals iedereen die onverhoeds getuige is van echtelijke onenigheid. Het feit dat noch Arabella, noch Strange op dat moment erg warme gevoelens voor hen koesterde, maakte hun situatie er niet beter op. Arabella had hun al een stevige preek gegeven toen ze hadden toegegeven Strange te hebben aangemoedigd gevaarlijke magie te bedrijven. Nu stond Strange hun ook al boze blikken toe te werpen, alsof hij zich afvroeg waar ze het lef vandaan haalden om midden in de nacht naar zijn huis te komen en zijn gewoonlijk zo zachtaardige vrouw zó uit haar humeur te brengen. Zodra er een stilte viel in het gesprek, mompelde kolonel Grant iets onsamenhangends over het late tijdstip, en dat ze veel te gastvrij waren en dat hij hun nog een goede nacht wenste. Maar omdat niemand naar hem luisterde, was hij genoodzaakt te blijven.

Sir Walter was echter een meer resoluut man. Hij was tot de conclusie gekomen dat hij Strange niet de spiegel in had moeten sturen en hij was vastbesloten te doen wat hij kon om zijn fout weer recht te zetten. Als politicus liet hij zich er nooit van weerhouden iemand zijn mening te geven, ook al had diegene er geen behoefte aan die te horen. 'Heeft u alle boeken over magie al gelezen?' vroeg hij aan Strange.

'Wat? Nee, natuurlijk niet! Dat weet u drommels goed!' zei Strange. (Hij had het natuurlijk over de boeken in de bibliotheek van Hurtfew.)

'De zalen die u vanavond heeft gezien, weet u waar die naar toe leiden?'

'Nee,' zei Strange.

'Kent u het donkere landschap waar de brug overheen gaat?'

'Nee, maar—'

'Zou het dan niet beter zijn te doen wat mevrouw Strange voorstelde, namelijk eerst alles over die wegen lezen voordat u ze opnieuw betreedt?' vroeg sir Walter.

'Maar de informatie die in de boeken staat is onjuist en tegenstrijdig! Zelfs meneer Norrell zegt dat en hij heeft alles gelezen wat erover te lezen valt. Daar kunt u op vertrouwen!'

Arabella, Strange en sir Walter gingen nog een half uur door met ruziën, totdat iedereen chagrijnig en ongelukkig was en naar zijn bed verlangde. Strange leek de enige te zijn die zich op zijn gemak voelde bij de beschrijvingen van griezelige, stille zalen, eindeloze paden en uitgestrekte, donkere landschappen. Arabella was oprecht bang geworden door wat ze had gehoord en zelfs sir Walter en kolonel Grant waren ontegenzeggelijk van hun stuk gebracht. Nog maar een paar uur eerder had magie nog zo vertrouwd geleken, zo Engels, maar nu was het plotseling iets onmenselijks, onaards en anderlands geworden.

Wat Strange betrof: die was beslist van mening dat er in het hele land niet zo'n stel onbegrijpelijke, gekmakende mensen te vinden was. Ze schenen niet te begrijpen dat hij iets zeer opmerkelijks had gedaan. Het was niet overdreven te zeggen – dacht hij – dat dit tot dusverre de meest uitzonderlijke prestatie uit zijn carrière was. Sinds Martin Pale was er geen enkele tovenaar geweest die 's Konings Wegen had betreden. Maar in plaats van hem te feliciteren en zijn bekwaamheid te prijzen – wat ieder ander wel zou hebben gedaan – klaagden ze alleen maar. Het leek wel alsof hij Norrell hoorde praten.

Toen hij de volgende ochtend wakker werd, was hij vastbesloten terug te keren naar 's Konings Wegen. Hij begroette Arabella vrolijk, praatte met haar over ditjes en datjes en deed zijn best te doen alsof hun ruzie van de vorige avond was veroorzaakt door haar vermoeidheid en haar geagiteerde toestand. Maar lang voordat hij gebruik wist te maken van dat handige fabeltje – door via de dichtstbijzijnde grote spiegel weg te glippen naar 's Konings Wegen – vertelde Arabella hem in niet mis te verstane bewoordingen dat ze er nog steeds zo over dacht als de avond ervoor.

Is het uiteindelijk ook niet zinloos om te proberen iets te begrijpen van een echtelijke ruzie? Zo'n gesprek kan, meer dan andere gesprekken, alle kanten opgaan. Er worden allerlei oude ruzies en grieven bij betrokken – en de enigen die er iets van begrijpen zijn de twee mensen om wie het gaat. Het wordt in zo'n geval nooit echt duidelijk wie er nou gelijk heeft, en zelfs als dat wel zo is, wat heeft men er dan aan?

Het verlangen om in vriendschap en harmonie met je partner samen te leven is heel sterk en in dat opzicht verschilden Strange en Arabella niet zo veel van andere mensen. Na twee dagen ruzie deden ze elkaar uiteindelijk een belofte. Hij beloofde haar pas terug te gaan naar 's Konings Wegen als zij hem daarvoor toestemming verleende. Zij beloofde hem op haar beurt dat ze hem toestemming zou geven zodra hij haar ervan kon overtuigen dat het veilig zou zijn om te gaan.

37

De Cinque Dragownes
november 1814

Zeven jaar geleden werd het huis van meneer Lascelles in Bruton-street beschouwd als een van de voornaamste huizen in Londen. Het had het soort perfectie dat alleen kon worden bereikt door een heel rijke, zeer luie man, die het grootste deel van zijn tijd besteedde aan het verzamelen van schilderijen en beeldhouwwerken, en het grootste deel van zijn mentale energie aan het uitkiezen van meubels en behang. Hij had een opvallend goede smaak en wist kleuren zo te combineren dat het geheel er nieuw en aantrekkelijk uitzag. Hij was met name gek op de kleuren blauw, grijs en een soort van donker, metallic brons. Toch raakte hij nooit op een sentimentele manier gehecht aan zijn bezittingen. Hij verkocht even vaak schilderijen als hij ze kocht, en zijn huis verviel nooit tot zo'n wanordelijk schilderijenkabinet als de huizen van sommige verzamelaars. Alles bij elkaar telde elke kamer van Lascelles niet meer dan een handvol schilderijen en kunstobjecten, maar dat handvol omvatte een paar van de prachtigste en opvallendste objecten in heel Londen.

De laatste zeven jaar was de perfectie van meneer Lascelles' huis echter wat afgenomen. De kleuren waren nog altijd even prachtig, maar ze waren gedurende zeven jaar niet veranderd. De inrichting was duur, maar representeerde datgene wat zeven jaar eerder in de mode was geweest. De afgelopen zeven jaar waren er geen nieuwe schilderijen aan Lascelles' verzameling toegevoegd. In de afgelopen zeven jaar waren er antieke beeldhouwwerken overgekomen uit Italië, Egypte en Griekenland, maar die waren door andere heren gekocht.

Bovendien waren er tekenen dat de eigenaar van het huis zich had beziggehouden met zinnige activiteiten, kortom, dat hij had gewerkt. Op alle tafels en stoelen lagen rapporten, manuscripten, brieven en regeringspapieren, en in alle kamers lagen kopieën van *The Friends of English Magic* en boeken over magie.

De waarheid was dat Lascelles – hoewel hij nog steeds voorwendde een hekel aan werk te hebben – in de zeven jaar na meneer Norrell's aankomst in Londen, drukker was geweest dan ooit. Ofschoon het zijn eigen voorstel was geweest lord Portishead aan te wijzen als redacteur van *The Friends of English Magic*, had de manier waarop mijnheer zijn redactionele taken uitvoerde Lascelles mateloos, bijna ondraaglijk geërgerd. Lord Portishead had in alles aan meneer Norrell toegegeven en onmiddellijk meneer Norrell's onnodige verbeteringen doorgevoerd, met als resultaat dat *The Friends of English Magic* met iedere aflevering saaier en omslachtiger werd. In het najaar van 1810 had Lascelles besloten zichzelf aan te wijzen als tweede redacteur. *The Friends of English Magic* had van alle tijdschriften in het koninkrijk de meeste abonnees. Het werk was aanzienlijk. Daarnaast schreef Lascelles ook voor andere tijdschriften en kranten over moderne magie. Hij adviseerde de regering over magisch beleid, bezocht meneer Norrell bijna iedere dag en bestudeerde in zijn vrije tijd de geschiedenis en de theorie van magie.

De derde dag nadat Strange bij mevrouw Bullworth was geweest, werkte Lascelles toevallig in zijn bibliotheek hard aan de volgende aflevering van *The Friends of English Magic*. Hoewel het even na twaalven was, had hij nog niet de tijd gehad zich te scheren en aan te kleden. Hij zat in zijn ochtendjas te midden van de chaos van boeken, papieren, ontbijtborden en koffiekopjes. Hij was een brief kwijt die hij nodig had en dus ging hij hem zoeken. Toen hij de zitkamer binnenliep was hij verbaasd daar iemand aan te treffen.

'O!' zei hij. 'U bent het.'

De droevig uitziende persoon die slap in een stoel bij het vuur zat, richtte zijn hoofd op. Hij zei: 'Uw bediende is naar u op zoek om te vertellen dat ik hier ben.'

'Ach!' zei Lascelles en wachtte, ogenschijnlijk wist hij niet wat hij verder moest zeggen. Hij ging in de stoel er tegenover zitten, liet zijn hoofd op zijn hand rusten en keek Drawlight bedachtzaam aan.

Drawlight's gezicht was bleek en zijn ogen lagen diep in hun kassen. Zijn jas was stoffig, zijn laarzen waren nogal onverschillig gepoetst en zelfs zijn linnengoed zag er vaal uit.

'Ik vind het bijzonder onaardig van u,' zei Lascelles uiteindelijk, 'dat u geld accepteert om ervoor te zorgen dat ik geruïneerd, kreupel en gek gemaakt word. En dan uitgerekend van Maria Bullworth! Het gaat mijn verstand te boven waarom zij zo boos op mij zou zijn! Het was net zo goed haar schuld als de mijne. Ik heb haar niet gedwongen met Bullworth te trouwen. Ik bood enkel een ontsnapping toen zij hem niet meer kon luchten. Is het waar dat ze wilde dat Strange mij lepra zou bezorgen?'

'O, waarschijnlijk,' zuchtte Drawlight. 'Ik weet het werkelijk niet. U bent nooit echt in gevaar geweest. U zit hier, in alle opzichten even rijk, gezond en comfortabel als altijd, terwijl ik het meest beklagenswaardige wezen in Londen ben. Ik heb al drie dagen niet geslapen. Vanochtend trilden mijn handen zó erg dat ik nauwelijks mijn sjaaltje kon knopen. Niemand beseft wat voor een schande het voor mij is om in deze vogelverschrikkertoestand te verschijnen. Niet dat iemand me wil ontvangen, dus wat maakt het uit? Ik word overal in Londen geweigerd. Ik word alleen nog in uw huis toegelaten.' Hij wachtte even. 'Dat had ik u niet moeten vertellen.'

Lascelles haalde zijn schouders op. 'Wat ik niet begrijp,' zei hij, 'is hoe u had verwacht te slagen met zo'n volledig belachelijk, snood plan.'

'Het was helemaal niet belachelijk! Integendeel, ik was nauwgezet in mijn keuze van... van cliënten. Maria Bullworth leeft in volledige eenzaamheid. Gatcombe en Tantony zijn brouwers! Uit Nottinghamshire! Wie had kunnen voorspellen dat zij en Strange elkaar ooit zouden ontmoeten?'

'En juffrouw Gray dan? Arabella Strange ontmoette haar in het huis van lady Westby aan Bedford-square.'

Drawlight zuchtte. 'Juffrouw Gray was achttien jaar en woonde met haar voogden in Whitby. In overeenstemming met de bepalingen in het testament van haar vader, was ze tot haar zesendertigste verplicht bij alles wat ze deed naar hun wensen te vragen. Ze verafschuwden Londen en waren vastbesloten Whitby nooit te verlaten. Helaas werden ze allebei verkouden en overleden twee maanden geleden heel plotseling. Het ongelukkige meisje vertrok onmiddellijk naar de hoofdstad.' Drawlight wachtte even en likte nerveus zijn lippen. 'Is Norrell erg boos?'

'Ik heb hem nog nooit zo boos gezien,' zei Lascelles zacht.

Drawlight zakte nog wat verder in zijn stoel. 'Wat gaat hij doen?'

'Ik weet het niet. Vanaf het moment dat uw kleine avontuur bekend werd, leek het mij het beste voorlopig weg te blijven van Hanover-square. Ik hoorde van admiraal Summerhayes dat Strange u wilde laten roepen...' (Drawlight stootte een soort kreet uit van angst.) '...maar Arabella keurt duelleren af en daarom is er niets van gekomen.'

'Norrell heeft niet het recht kwaad op mij te zijn!' zei Drawlight plotseling. 'Hij heeft alles aan mij te danken! Tovenaarsschap is goed en wel, maar als ik hem niet overal mee naar toe had genomen en aan mensen had voorgesteld, dan had niemand ooit van hem gehoord. Toen kon hij niet zonder mij, en nu kan hij ook niet zonder mij.'

'Denkt u dat?'

Drawlight's donkere ogen werden groter dan ooit en hij stopte een vinger in zijn mond, alsof hij aan een nagel knabbelde als troost, maar hij merkte dat hij nog steeds zijn handschoenen aanhad en trok zijn vinger gauw weer uit zijn mond. 'Ik kom vanavond weer langs,' zei hij. 'Bent u thuis?'

'O, waarschijnlijk! Ik heb lady Blessington min of meer beloofd naar haar salon te gaan, maar ik betwijfel of ik zal gaan. We lopen verschrikkelijk achter met *The Friends*. Norrell blijft ons lastig vallen met tegenstrijdige instructies.'

'Zo veel werk! Mijn arme Lascelles! Dat komt u helemaal niet gelegen! Wat een slavendrijver is die oude man!'

Nadat Drawlight was vertrokken, rinkelde Lascelles de bel voor een bediende. 'Ik ga over een uur weg, Emerson. Zeg tegen Wallis dat hij mijn kleren klaarlegt... O, en Emerson! Meneer Drawlight heeft gezegd dat hij van plan is later op de avond terug te komen. Als hij komt, laat hem dan onder geen beding binnen.'

Op hetzelfde moment dat bovenstaande conversatie plaatsvond, hadden meneer Norrell, meneer Strange en Childermass zich in de bibliotheek aan Hanover-square verzameld om Drawlight's bedrog te bespreken. Meneer Norrell zat stilletjes naar het vuur te staren, terwijl Childermass aan Strange vertelde dat hij nog een slachtoffer van Drawlight had gevonden, een oudere heer, Palgrave, uit Twickenham, die Drawlight tweehonderd gienjes had gegeven om zijn leven met tachtig jaar te verlengen en hem zijn jeugd terug te geven.

'Ik weet niet zeker,' ging Childermass verder, 'of we er ooit achter zullen komen hoeveel mensen Drawlight hebben betaald, in de veronderstelling dat zij u aanstelden om Zwarte Magie te beoefenen. Zowel meneer Tantony als juffrouw Gray is de belofte gedaan over een toekomstige positie in een hiërarchie van tovenaars te beschikken, die er volgens Drawlight binnenkort zal zijn en die ik niet goed begrijp.'

Strange zuchtte. 'Ik weet niet hoe we mensen er ooit van kunnen overtuigen dat wij hier niets mee te maken hebben. We moeten iets doen, maar ik geef toe dat ik geen idee heb wat.'

Plotseling zei meneer Norrell: 'Ik heb de afgelopen twee dagen heel goed nagedacht over de zaak. Ik kan wel zeggen dat ik aan weinig anders heb gedacht en ik ben tot de conclusie gekomen dat we de Cinque Dragownes weer moeten invoeren!'[1]

---

[1] Les Cinque Dragownes (de Vijf Draken). Dit hof had zijn naam niet te danken aan de wreedheid van zijn rechters, zoals in het algemeen wordt aangenomen, maar aan een kamer in het huis van John Uskglass, de Ravenkoning, in Newcastle, waar oorspronkelijk recht werd gesproken. Over deze kamer werd gezegd dat hij twaalfzijdig was en versierd met prachtige houtsneden, waarvan sommige het werk van mensen waren en andere het werk van elfen. De meest fantastische van allemaal waren de houtsneden van de vijf draken.

Misdaden berecht door de de *Cinque Drawgownes* omvatten: 'Kwade Neigingen', magie met een intrinsiek kwaadwillig doel; 'Bedrieglijke Magie', magie waarin voorgewend en beloofd werd wat iemand al dan niet kon waarmaken of van plan was te doen, zoals het verkopen van magische ringen, hoeden, schoenen, jassen, riemen, spades, bonen, muziekinstrumenten enzovoorts, enzovoorts, aan mensen van wie niet verwacht kon worden dat ze zulke krachtige artikelen konden beheersen; zich voordoen als tovenaar, of net te doen alsof er gehandeld werd namens een tovenaar; magie doceren aan ongeschikte personen, zoals dronkaards, gestoorden, kinderen, mensen met wrede gewoontes en neigingen; en vele andere magische vergrijpen die door getrainde tovenaars en andere christenen gepleegd werden. De Cinque Dragownes probeerden ook misdaden jegens John Uskglass te berechten. De enige categorie van magische misdaden waarmee de Cinque Dragownes niets te maken hadden, waren de misdaden van elfen. Deze werden afgehandeld door het afzonderlijke gerechtshof van Folflures.

In de twaalfde, dertiende en veertiende eeuw was er in Engeland een bloeiende gemeenschap van tovenaars en elfen die voortdurend magie beoefenden. Magie staat algemeen bekend als moeilijk te reglementeren, en vanzelfsprekend had niet alle magie een goede intentie. John Uskglass schijnt heel veel tijd en energie gestoken te hebben in de vorming van een rechterlijke macht om de magie en de tovenaars te regeren. Toen de praktijk van magie zich door heel Engeland verspreidde, waren de zuidelijke Engelse koningen maar wat blij dat ze de wijsheid van hun noordelijke buur konden lenen. Het is een bij-

Er viel een korte stilte waarna Strange zei: 'Pardon, meneer. Zei u de Cinque Dragownes?'

Meneer Norrell knikte. 'Het is me volledig duidelijk dat deze schurk door de Cinque Dragownes op de proef gesteld zou moeten worden. Hij is schuldig aan Bedrieglijke Magie en Kwade Neigingen. Gelukkig is de oude middeleeuwse wetgeving nooit ingetrokken.'

'Oude middeleeuwse wetgeving,' zei Childermass, met een kleine lach, 'heeft twaalf tovenaars nodig die in het Hof van Cinque Dragownes voor rechter spelen. Engeland heeft niet twaalf tovenaars. Dat weet u heel goed. Er zijn er maar twee.'

'We zouden anderen kunnen vinden,' zei meneer Norrell.

Strange en Childermass keken hem met verbazing aan.

Meneer Norrell had het fatsoen een beetje verlegen te lijken door zijn weerspreking van alles wat hij de laatste zeven jaar in stand had gehouden. 'We hebben lord Portishead en die kleine donkere man in York, die de overeenkomst niet wilde tekenen. Dat zijn er twee, natuurlijk.' Hij keek naar Childermass. 'U kunt er vast nog wel een paar vinden als u uw aandacht daarop richt.'

Childermass opende zijn mond, kennelijk om iets te zeggen over alle tovenaars die hij al voor meneer Norrell had gevonden, tovenaars die niet langer tovenaars waren nu meneer Norrell hun boeken in bezit had, hen uit hun zaak had gezet, hen fatale overeenkomsten had laten tekenen, of hen op een andere manier had geruïneerd.

'Vergeef me, meneer Norrell,' interrumpeerde Strange, 'maar toen ik het had over het feit dat er iets gedaan moest worden, bedoelde ik een advertentie in de krant of iets dergelijks. Ik betwijfel ten zeerste of lord Liverpool en de ministers ons zullen toestaan een tak van Engelse wetgeving die al meer dan tweehonderd jaar in onbruik is, weer in het leven te roepen, puur en alleen om één man te straffen. En zelfs al waren ze zo beleefd het toe te staan, dan denk ik nog dat we ervan uit moeten gaan dat twaalf tovenaars neerkomt op twaalf praktiserende tovenaars. Bovendien is het heel waarschijnlijk dat Drawlight binnen-

---

zonderheid van die tijd, dat, hoewel Engeland verdeeld was in twee landen, waardoor de rechterlijke macht ook was verdeeld, de rechterlijke macht die de magie regeerde voor beide landen hetzelfde was. De zuidelijke Engelse equivalent van de Cinque Dragownes werd de Petty Dragownes van Londen genoemd en was gesitueerd in de buurt van Blackfriars.

kort vervolgd wordt voor fraude, vervalsing, diefstal en ik weet niet wat meer. Ik zie niet in welk overwicht de Cinque Dragownes op gewone rechtszittingen heeft.'

'De rechtsspraak van gewone rechtbanken is volkomen onvoorspelbaar! De rechter weet niets van magie. De omvang van de misdaden van deze man is bij hem volledig aan het verkeerde adres. Ik heb het over misdaden tegen de Engelse magie. Zijn misdaden tegen *míj*. De Cinque Dragownes was befaamd om zijn strengheid. Ik beschouw het als onze beste beveiliging als hij verhangen wordt.'

'Verhangen!'

'O, ja. Ik ben vastbesloten hem te zien hangen! Ik dacht dat wij het dáárover hadden.' Meneer Norrell knipperde snel met zijn kleine ogen.

'Meneer Norrell,' zei Strange. 'Ik ben echt net zo kwaad op deze man als u. Hij is gewetenloos. Hij is onbetrouwbaar. Hij is alles wat ik veracht. Maar ik wil er niet de oorzaak van zijn dat iemand sterft. Ik was op het schiereiland, meneer. Ik heb genoeg mannen zien sterven.'

'Maar twee dagen geleden wilde u hem nog uitdagen voor een duel!'

Strange keek hem boos aan. 'Dat is iets heel anders!'

'In ieder geval,' ging meneer Norrell verder, 'denk ik niet dat Drawlight meer te verwijten valt dan u!'

'Mij?' riep Strange geschrokken. 'Hoezo? Wat heb ik gedaan?'

'O, u weet heel goed wat ik bedoel! Wat ter wereld bezielde u over 's Konings Wegen te gaan? Alleen en geheel onvoorbereid! U kon nauwelijks veronderstellen dat ik zo'n wild avontuur zou goedkeuren! Uw acties, die nacht, geven magie net zozeer een slechte naam als alles wat die man heeft gedaan. En in feite misschien nog wel meer! Niemand heeft Christopher Drawlight ooit vertrouwd. Het is voor niemand een verrassing dat hij een schurk blijkt te zijn. Maar u staat overal bekend als mijn leerling! U bent de Tweede Tovenaar in het land! Mensen zullen denken dat ik heb goedgekeurd wat u deed. Mensen zullen denken dat dit een deel van mijn plan is om de Engelse magie te doen herleven!'

Strange staarde zijn meester aan. 'God verhoede, meneer Norrell, dat u in opspraak gebracht zou worden door een actie van mij. Ik verzeker u dat er niets is dat verder van mijn wensen af staat. Maar het is gemakkelijk te verhelpen. Als u en ik van elkaar scheiden, heer, dan kan ieder van ons onafhankelijk functioneren. De wereld zal ons dan beoordelen zonder aan de ander te refereren.'

Meneer Norrell keek erg geschokt. Hij wierp een vluchtige blik op Strange, keek weg en mompelde met lage stem dat hij dat niet had bedoeld. Hij hoopte dat meneer Strange wist dat hij dat niet had bedoeld. Hij schraapte zijn keel. 'Ik hoop dat meneer Strange een beetje rekening wil houden met mijn slechte humeur. Ik hoop dat meneer Strange genoeg om de Engelse magie geeft om mijn kribbigheid te dulden. Hij weet hoe belangrijk het is dat hij en ik met elkaar praten en samen handelen in naam van het welzijn van de Engelse magie. Alles bij elkaar genomen is het voor de Engelse magie te vroeg om aan de teistering van tegenwind blootgesteld te worden. Als meneer Strange en ik elkaar gaan tegenspreken op belangrijke magische gedragslijnen, dan geloof ik niet dat de Engelse magie zal overleven.'

Een stilte.

Strange stond op uit zijn stoel en maakte een stijve, formele buiging naar meneer Norrell.

De volgende ogenblikken waren gênant. Meneer Norrell zag eruit alsof hij heel graag iets gezegd zou hebben maar geen onderwerp kon vinden.

Toevallig was net het nieuwe boek van lord Portishead, the *Essay on the Extraordinary Revival of English Magic, &c.*, van de drukker gearriveerd dat binnen handbereik op een tafeltje lag. Meneer Norrell pakte het op. 'Wat een geweldig werkje is dit! En wat is lord Portishead toegewijd aan onze zaak! Na zo'n crisis ben je niet geneigd iemand te vertrouwen, en toch denk ik dat we altijd op lord Portishead's steun kunnen rekenen!'

Hij reikte Strange het boek aan.

Strange sloeg bedachtzaam de pagina's om. 'Hij heeft zeker alles gedaan wat we vroegen. Twee lange hoofdstukken waarin de Ravenkoning wordt aangepakt en nauwelijks een woord over elfen. Ik kan me herinneren dat zijn originele manuscript lange beschrijvingen over de magie van de Ravenkoning bevatte.'

'Ja, inderdaad,' zei meneer Norrell. 'Voor u die correcties maakte, was het waardeloos. Erger nog, gevaarlijk! Maar de vele uren die u met hem heeft doorgebracht, waarin u zijn meningen heeft begeleid, hebben hun vruchten afgeworpen! Ik ben er heel erg blij mee.'

Tegen de tijd dat Lucas binnenkwam met een dienblad met thee en toebehoren, leken de twee tovenaars weer gewoon zichzelf te zijn –

hoewel Strange misschien een beetje stiller was dan gewoonlijk. De ruzie leek bijgelegd.

Vlak voor Strange vertrok vroeg hij of hij het boek van lord Portishead mocht lenen.

'Natuurlijk!' riep meneer Norrell. 'U mag het houden! Ik heb een paar kopieën.'

Ondanks alles wat Strange en Childermass ertegenin hadden gebracht, was meneer Norrell niet van zins zijn plan op te geven de Cinque Dragownes opnieuw in te voeren. Hoe langer hij erover nadacht, des te meer het hem toescheen dat hij niet zou rusten voor er in Engeland een fatsoenlijk magisch gerechtelijk hof was. Hij had het gevoel dat geen enkele straf die Drawlight wellicht door welke instantie dan ook kreeg opgelegd hem voldoening kon schenken. Dus diezelfde dag nog stuurde hij Childermass naar het huis van lord Liverpool, waar hij smeekte om de heer een paar minuten te kunnen spreken. Lord Liverpool stuurde een bericht terug dat hij meneer Norrell de volgende dag zou ontvangen.

Op het afgesproken uur wachtte meneer Norrell op de minister-president en legde hem zijn plan uit. Toen hij klaar was, fronste lord Liverpool.

'Maar de wet op magie is in Engeland in onbruik geraakt,' zei Liverpool. 'Er zijn geen advocaten die gespecialiseerd zijn in zo'n rechtszitting. Wie moet de zaken op zich nemen? Wie moet ze berechten?'

'Ach!' zei meneer Norrell, die een dikke bundel papier liet zien. 'Ik ben blij dat u zulke relevante vragen stelt. Ik heb een document opgesteld waarin de werken van de Cinque Dragownes staan beschreven. Helaas heeft onze kennis veel hiaten, maar ik heb manieren geopperd waarin we misschien kunnen reconstrueren wat verloren is gegaan. Ik heb als model het geestelijk gerechtshof van de doctoren van het Lagerhuis genomen. Zoals u zult zien hebben we veel werk voor ons liggen.'

Lord Liverpool wierp een vluchtige blik op de documenten. 'Veel te veel werk, meneer Norrell,' zei hij kortaf.

'O, maar ik verzeker u dat het noodzakelijk is! Heel erg noodzakelijk! Hoe kunnen we anders magie reglementeren? Hoe kunnen we ons anders beschermen tegen slechte tovenaars en hun bedienden?'

'Hoezo slechte tovenaars? We hebben toch alleen meneer Strange en u.'

'Nou, dat is waar, maar—'

'Voelt u zich op dit moment bijzonder slecht, meneer Norrell? Is er een dringende reden dat de Britse regering een op zichzelf staand gerechtshof aanstelt om toezicht uit te oefenen op uw gemene karakter?'

'Nee, ik—'

'Of vertoont meneer Strange misschien een sterke neiging tot moorden, verminking en diefstal?'

'Nee, maar—'

'Dus waar we mee blijven zitten is deze meneer Drawlight, die, voor zover ik weet, volstrekt geen tovenaar is.'

'Maar zijn misdaden zijn zware, specifieke magische vergrijpen. Onder Engelse wetgeving zou hij berecht moeten worden door het Hof van Cinque Dragownes, dat is de juiste plaats voor hem. Dit is de benaming voor zijn misdaden.' Meneer Norrell legde de minister-president nog een andere lijst voor. 'Daar! Bedrieglijke Magie, Kwade Neigingen en Kwaadwillige Pedagogiek. Er is geen gewoon gerechtshof dat deskundig genoeg is deze zaak te behandelen.'

'Zonder twijfel. Maar, zoals ik al zei, er is niemand die de zaak kan berechten.'

'Wilt u een kritische blik werpen op pagina tweeënveertig van mijn aantekeningen? Daarin stel ik voor rechters in dienst te nemen en advocaten en procureurs van de doctoren van het Lagerhuis. Ik zou hun de beginselen van de wet op de uitvoering van magie kunnen uitleggen. Dat neemt niet meer dan een week in beslag. En ik zou hun gedurende het proces mijn bediende, John Childermass, kunnen uitlenen. Hij is goed op de hoogte en zou het hun ongetwijfeld kunnen zeggen als ze de verkeerde weg in zouden slaan.'

'Wat! De rechter en de advocaten in hun functies laten begeleiden door een aanklager en zijn bediende! Onder geen beding! Gerechtigheid trekt zich van dat idee terug!'

Meneer Norrell keek hem met toegeknepen ogen aan. 'Maar welke andere zekerheid heb ik dat andere tovenaars mijn autoriteit niet op de proef kunnen stellen en mij zullen weerspreken?'

'Meneer Norrell, het is niet de plicht van welk gerechtshof dan ook iemands opvattingen te verheffen boven andere! Noch over magie, noch over iedere ander kwestie die zich voordoet in het leven. Als andere tovenaars anders denken dan u, dan moet u dat met hen uitvechten. U moet, evenals ik in de politiek, de superioriteit van uw meningen bewijzen. U moet argumenteren en publiceren en magie verrichten, en u moet evenals ik leren leven met de aanwezigheid van constante kritiek, oppositie en censuur. Dat is de Engelse manier, meneer.'

'Maar—'

'Het spijt me, meneer Norrell. Ik wil er niets meer over horen. En daarmee basta. De regering van Groot-Brittannië is u dankbaar. U bent uw land enorm van dienst geweest. Iedereen mag weten hoe hoog wij u achten, maar wat u vraagt is volkomen onmogelijk.'

Drawlight's bedrog was al snel algemeen bekend en de twee andere tovenaars hadden, zoals Strange had voorspeld, ook voor een bepaald deel schuld. Drawlight was per slot van rekening de boezemvriend van een van hen. Het was bij uitstek een onderwerp voor de spotprenttekenaars en er werd een aantal verrassende prenten gepubliceerd. Een van George Cruickshank met meneer Norrell die voor een groep bewonderaars een lange speech hield over de nobelheid van de Engelse magie, terwijl Strange ergens achteraf een soort menukaart dicteerde aan een bediende, die het met krijt op een schoolbord schreef. 'VOOR HET DODEN VAN EEN ONBEDUIDENDE KENNIS MIDDELS MAGIE, TWINTIG GIENJES. VOOR HET DODEN VAN EEN GOEDE VRIEND, VEERTIG GIENJES. VOOR HET DODEN VAN EEN ECHTGENOTE, VIERHONDERD GIENJES.' In een andere spotprenttekening van Rowlandson liep een modieuze dame over straat met een aangelijnd, donzig hondje. Een kennis kwam haar tegemoet die over haar hond zei: 'Nee maar! Mevrouw Foulkes, wat een lief, klein mopshondje!' 'Ja,' antwoordde mevrouw Foulkes. 'Het is meneer Foulkes. Ik heb meneer Norrell en meneer Strange vijftig gienjes betaald om mijn echtgenoot aan al mijn wensen te onderwerpen en dit is het resultaat.'

Ongetwijfeld brachten de karikaturen en boosaardige krantenberichten de Engelse magie enorme schade toe. Het was nu mogelijk magie in een heel ander daglicht te zien. Niet als de Belangrijkste Defensiemethode van de Natie, maar als het gereedschap voor Boosaardigheid en Afgunst.

En de mensen die van Drawlight schade hadden ondervonden? Hoe keken zij tegen de zaken aan? Allicht was meneer Palgrave, de oude, zieke en onvriendelijke man die op het eeuwige leven hoopte, van plan Drawlight aan te klagen wegens bedrog, maar dat werd hem verhinderd doordat hij de volgende dag plotseling overleed. Zijn kinderen en erfgenamen, die hem allemaal haatten, waren tevredengesteld, toen zij ontdekten dat zijn laatste dagen in het teken hadden gestaan van frustratie, ellende en teleurstelling. Meneer Drawlight had ook niets te vrezen van juffrouw Gray of mevrouw Bullworth. Juffrouw Gray's vrienden en relaties stonden niet toe dat zij verwikkeld zou raken in een ordinaire rechtszaak en mevrouw Bullworth's instructies aan Drawlight waren zo boosaardig geweest dat ze zelf aansprakelijk was. Ze kon onmogelijk naar hem uithalen. Wie overbleven waren Gatcombe en Tantony, de brouwers uit Nottinghamshire. Als een echte zakenman was meneer Gatcombe met name geïnteresseerd in het terugvorderen van zijn geld en stuurde deurwaarders naar Londen om het te innen. Helaas was Drawlight niet in staat meneer Gatcombe tegemoet te komen want hij had het al lang uitgegeven.

En zo komen we bij Drawlight's echte ondergang, want nauwelijks was hij aan de galg ontsnapt of zijn ware Wreker verscheen tollend door de lucht aan de toch al bewolkte hemel van zijn bestaan, met zwarte vleugels om hem te pletten. Hij was nooit rijk geweest, sterker nog, het tegenovergestelde. Hij leefde voornamelijk op krediet en van geld dat hij van zijn vrienden leende. Soms won hij geld in gokgelegenheden, maar vaker nog moedigde hij domme, jonge Toms en Jerry's aan te gaan gokken en als zij verloren – wat zij constant deden – nam hij ze al pratend bij de arm en leidde hen naar deze of gene geldschieter die hij kende. 'Ik zou je echt niet bij een andere geldschieter aanbevelen,' vertelde hij hun bezorgd, 'die eisen zo'n enorm bedrag aan rente. Maar meneer Buzzard is heel anders. Hij is zo'n aardige, oude heer. Hij kan het niet verdragen als iemand een pleziertje ontzegd wordt terwijl hij de middelen heeft het voor hen te verkrijgen. Ik denk echt dat hij het lenen van kleine bedragen eerder in het licht ziet van een daad van liefdadigheid dan van een zakelijke speculatie!' Voor deze kleine, maar belangrijke rol om jongemannen over te halen tot het maken van schulden en hen tot slechtheid en hun ondergang te drijven, ontving Drawlight loon van de geldschieters. Doorgaans vier procent van de rente van het eerste jaar voor de zoon van een gewone man, zes procent voor de zoon van een burggraaf of baronet, en tien procent voor de zoon van een graaf of hertog.

Het nieuws over zijn schande verspreidde zich. Kleermakers, hoedenmakers en handschoenmakers aan wie hij geld schuldig was, waren bezorgd en schreeuwden om betaling. Er werd plotseling aanspraak gemaakt op schulden waarvan hij in volle overtuiging had aangenomen dat ze nog vier of vijf jaar uitgesteld konden worden. De druk nam toe.

Woest uitziende mannen met stokken in hun handen beukten op zijn deur. Verschillende mensen adviseerden hem onmiddellijk naar het buitenland te vertrekken, maar hij kon niet geloven dat hij volkomen door zijn vrienden in de steek werd gelaten. Hij dacht dat meneer Norrell zou zwichten. Hij dacht dat Lascelles, zijn beste, beste Lascelles, hem zou helpen. Hij stuurde hun beiden eerbiedige brieven, waarin hij een directe lening van honderd gienjes verzocht. Maar meneer Norrell antwoordde nooit en Lascelles schreef alleen maar om kenbaar te maken dat hij uit principe nooit geld aan iemand leende. Drawlight werd op dinsdagochtend gearresteerd wegens schuld en de vrijdag daarop was hij een gevangene van de King's Bench gevangenis.

Op een avond tegen het einde van november, ongeveer een week na deze gebeurtenissen, zaten Strange en Arabella in de zitkamer aan Soho-square. Arabella schreef een brief en Strange plukte afwezig aan zijn haar en staarde recht voor zich uit. Plotseling stond hij op en verliet de kamer.

Een uur later kwam hij terug met een tiental volgeschreven papieren.

Arabella keek op. 'Ik dacht dat het artikel voor *The Friends of English Magic* klaar was,' zei ze.

'Dit is geen artikel voor *The Friends of English Magic*. Het is een recensie van het boek van Portishead.'

Arabella fronste. 'Maar je kunt geen boek recenseren waaraan je zelf hebt meegewerkt.'

'Ik vind dat ik dat mag. Onder bepaalde omstandigheden.'

'Is dat zo? En welke omstandigheden zijn dat dan?'

'Als ik zeg dat het een walgelijk boek is, een schandelijke bedriegerij aan het adres van het Britse publiek.'

Arabella staarde hem aan. 'Jonathan!' zei ze ten slotte.

'Nou, het ís een walgelijk boek.'

Hij overhandigde haar het stapeltje papieren en ze begon te lezen. De klok op de schoorsteenmantel sloeg negen uur en Jeremy bracht het theeservies binnen. Toen ze klaar was, zuchtte ze. 'Wat ga je doen?'

'Ik weet het niet. Publiceren, denk ik.'

'Maar de arme lord Portishead dan? Als hij dingen in zijn boek heeft geschreven die onjuist zijn, dan zou iemand dat natuurlijk moeten zeggen. Maar je weet heel goed dat hij ze alleen opschreef omdat dat van jou moest. Hij zal zich misbruikt voelen.'

'O, absoluut! Het is van begin tot eind een ellendige zaak,' zei Strange onverschillig. Hij nam kleine slokjes van zijn thee en at een stukje toast. 'Maar daar gaat het niet om. Moet ik uit respect voor Portishead mijn mond houden over iets wat volgens mij waar is? Ik denk het niet. Jij wel?'

'Maar moet jij het doen?' vroeg Arabella met een ellendige uitdrukking op haar gezicht. 'Arme man, het zal zo veel harder aankomen als het van jou komt.'

Strange fronste. 'Natuurlijk moet ik het doen. Wie moet het anders doen? Maar, kom. Ik beloof je dat ik me heel elegant zal verontschuldigen zodra de gelegenheid zich voordoet.'

En daarmee moest Arabella zich tevreden stellen.

Intussen dacht Strange na over de persoon aan wie hij zijn recensie zou sturen. Zijn keuze viel op meneer Jeffrey, de redacteur van *The Edinburgh Review* in Schotland. *The Edinburgh Review*, zoals u zich misschien herinnert, was een radicale publicatie met voorkeur voor politieke hervorming, emancipatie van katholieken en joden, en allerlei andere dingen die meneer Norrell niet goedkeurde. Ten gevolge daarvan had meneer Jeffrey de laatste jaren recensies en artikelen over de Wedergeboorte van de Engelse magie in rivaliserende publicaties zien verschijnen terwijl hij, de arme man, er geen had. Natuurlijk was hij opgetogen Strange' recensie te ontvangen. Hij was helemaal niet bezorgd over de verbazingwekkende en revolutionaire inhoud, daar hield hij immers het meest van. Hij schreef Strange onmiddellijk een brief waarin hij hem verzekerde dat hij het zo snel mogelijk zou publiceren, en een paar dagen later stuurde hij Strange een haggis (een soort Schotse pudding) bij wijze van cadeau.

38

Uit de *Edinburgh Review*
januari 1815

Art. XIII. *Essay on the Extraordinary Revival of English Magic, &c.* Door lord PORTISHEAD met een *Verslag van de magie die gebruikt werd in de recente napoleontische oorlog*: door JONATHAN STRANGE, Tovenaar in buitengewone dienst van zijne hoogwaardige excellentie de hertog van Wellington. London, 1814. John Murray.

Als gewaardeerd assistent en vertrouweling van meneer NORRELL en vriend van meneer STRANGE is lord PORTISHEAD bij uitstek de geschikte persoon om over recente magische gebeurtenissen geschiedverhalen te schrijven, aangezien hij hier vaak getuige van was. Alle verrichtingen van meneer NORRELL en meneer STRANGE zijn in kranten en recensies veel besproken, maar de lezers van lord PORTISHEAD zullen een en ander beter begrijpen doordat hun het verhaal compleet uit de doeken wordt gedaan.

De meer enthousiaste bewonderaars van meneer NORRELL willen ons doen geloven dat hij in de lente van 1807 volleerd naar Londen kwam als Engelands Meest Vooraanstaande Tovenaar en het Eerste Fenomeen van de Eeuw, maar uit PORTISHEAD's verhaal wordt duidelijk dat het zelfvertrouwen en de vaardigheden zowel van NORRELL als van STRANGE gegroeid zijn na een aarzelend begin. PORTISHEAD laat niet na enerzijds hun successen en anderzijds hun mislukkingen te noemen. Hoofdstuk vijf bevat een tragikomisch verslag van hun langlopende onenigheid met de HORSE GUARDS die begon in 1810, toen een van de generaals het originele idee kreeg de paarden van de cavalerie te vervangen door eenhoorns. Men hoopte dat de soldaten op deze manier de kracht kregen om de harten van de Fransen te doorboren. Dit geweldige plan is helaas nooit uitgevoerd. Het vinden van voldoende eenhoorns voor de cavalerie daargelaten, moeten meneer NORRELL en meneer STRANGE nog altijd het eerste exemplaar ontdekken.

Nog dubieuzer is de tweede helft van het boek van de edele heer, waarin hij beschrijvingen achterwege laat en regels opstelt om vast te stellen wat fatsoenlijke Engelse magie is en wat niet – met andere woorden, wanneer noemt men iets Witte of Zwarte Magie. Dit is niets nieuws. Indien de lezer een blik zou werpen op de nieuwe onderwerpen van recente commentatoren over magie dan zou hem opvallen dat er een opmerkelijke eensgezindheid heerst. Ze reciteren allemaal dezelfde geschiedenis en gebruiken allemaal dezelfde argumenten om tot een conclusie te komen.

Misschien is het tijd ons af te vragen waarom dit zo is. In elke andere tak van wetenschap wordt ons begrip vergroot door rationele oppositie en debat. Justitie, theologie, geschiedenis en natuurwetenschappen hebben verschillende discussiepunten. Hoe kan het dat we steeds dezelfde afgezaagde argumenten horen als het magie betreft? Je begint je af te vragen waarom men nog de moeite neemt om te debatteren, aangezien iedereen schijnbaar overtuigd is van dezelfde waarheden. Deze saaie monotonie wordt vooral duidelijk in recente verslagen van ENGLISH MAGICAL HISTORY die met elke navertelling buitenissiger worden.

Acht jaar geleden publiceerde dezelfde auteur *A Child's History of the Raven King*, een van de meest complete uitgaven in zijn soort. Het geeft de lezer een levendige beschrijving van de mysterieuze en wonderbaarlijke aard van JOHN USKGLASS' magie. Dus waarom doet hij nu voorkomen dat de echte Engelse magie in de zestiende eeuw begonnen is met MARTIN PALE? In hoofdstuk zes van *Essay on the Extraordinary Revival of English Magic, &c.*, verklaart hij dat PALE zich bewust ten doel had gesteld de Engelse magie van zijn donkere elementen te zuiveren. Hij doet geen poging bewijs te leveren voor deze opmerkelijke bewering – en dat is maar goed ook, aangezien er geen bewijs bestaat.

Volgens PORTISHEAD's huidige visie is de traditie die aanving met PALE beter uitgewerkt door HICKMAN, LANCHESTER, GOUBERT, BELASIS en anderen (diegenen die wij aanduiden met de term Zilveren Tovenaars). Deze traditie is nu op zijn hoogtepunt dank zij meneer

NORRELL en meneer STRANGE. Meneer NORRELL en meneer STRANGE hebben beslist hun best gedaan iedereen van deze visie te doordringen, maar zo gaat dat gewoonweg niet. MARTIN PALE en de Zilveren Tovenaars hebben nooit de intentie gehad de grondbeginselen van de Engelse magie te bepalen. In elke spreuk die zij vastlegden, in elk woord dat ze opschreven, probeerden ze de glorierijke magie van hun voorgangers (diegenen die worden aangeduid met de term Tovenaars van de Gouden Eeuw of GULDEN Tovenaars) opnieuw leven in te blazen: THOMAS GODBLESS, RALPH DE STOKESEY, CATHERINE VAN WINCHESTER en bovenal JOHN USKGLASS. MARTIN PALE was een trouwe volgeling van deze tovenaars. Hij heeft het altijd spijtig gevonden dat hij tweehonderd jaar later leefde.

Een van de meest typerende kenmerken van de opleving van de Engelse magie is de houding ten opzichte van JOHN USKGLASS. Tegenwoordig lijkt zijn naam alleen genoemd te worden om op hem af te geven. Dit is te vergelijken met meneer DAVY, meneer FARADAY en andere grote wetenschappers die zich genoodzaakt zouden voelen hun colleges te beginnen met uitspraken vol afschuw en minachting voor ISAAC NEWTON. Of met onze eminente geneesheren die in het voorwoord van elke aankondiging van een nieuwe ontdekking in de geneeskunde een beschrijving zouden geven van de kwaadaardige aard van WILLIAM HARVEY.

In een lang hoofdstuk van zijn boek probeert lord PORTISHEAD te bewijzen dat JOHN USKGLASS niet, zoals algemeen wordt aangenomen, de oprichter van de Engelse magie is, aangezien er reeds vóór hem tovenaars op deze eilanden waren. Dit ontken ik niet. Maar wat ik wel vurig ontken is dat er in Engeland een traditie in magie was vóór JOHN USKGLASS.

Laten we deze vroegere tovenaars, die PORTISHEAD zo belangrijk acht, eens onder de loep nemen. Wie waren zij? Een van hen was JOSEF VAN ARIMATHEA, een tovenaar die uit de heilige landen kwam en een magische boom plantte om Engeland te beschermen tegen het kwaad – maar ik heb nooit vernomen dat hij lang genoeg is gebleven om de inwoners zijn vaardigheden bij te brengen. Ook was er een zekere MERLIJN, maar aangezien zijn moeder Wels was en zijn vader uit de hel kwam, zal hij niet echt voldoen aan het beeld van fatsoenlijke Engelse magie waar PORTISHEAD, NORRELL en STRANGE hun zinnen op hebben gezet. En wie waren MERLIJN's leerlingen en volgelingen? Wij kunnen er niet één noemen. Nee, deze keer is de algemene opinie de juiste: magie was reeds lange tijd uitgestorven op deze eilanden totdat JOHN USKGLASS uit het Elfenrijk kwam en zijn koninkrijk van Noord-Engeland stichtte.

PORTISHEAD schijnt enige twijfel te hebben gehad hieromtrent, en voor het geval zijn argumenten de lezers niet hebben kunnen overtuigen, probeert hij bovendien bewijzen te leveren voor het feit dat de magie van JOHN USKGLASS inherent is aan het kwaad. Maar het is in ieder geval niet duidelijk of de door hem gekozen voorbeelden zijn conclusie ondersteunen. Laten we er een bekijken. Iedereen heeft wel eens gehoord van de vier magische bossen die JOHN USKGLASS' hoofdstad Newcastle omringen. Deze heetten Great Tom, Asmody's Citadel, Petty Egypt en Serlo's Blessing. Ze veranderden van lokatie en het was bekend dat ze, zo nu en dan, mensen opslokten die naar de stad kwamen met de bedoeling de inwoners kwaad te doen. Natuurlijk komt het idee van mensverorberende bossen op ons over als spookachtig en afschuwelijk, maar er is geen bewijs dat de tijdsgenoten van JOHN USKGLASS hier ook zo over dachten. Het was een gewelddadig tijdperk: JOHN USKGLASS was een middeleeuwse koning en gedroeg zich zoals een middeleeuwse koning zich moest gedragen, zodat hij de stad en diens inwoners kon beschermen.

Het is vaak moeilijk te oordelen over de ethiek van USKGLASS' daden omdat zijn motieven zo onduidelijk zijn. Hij was de meest mysterieuze van alle GULDEN Tovenaars. Niemand weet waarom hij in 1138 de maan liet verdwijnen en deze door alle Engelse meren en rivieren liet reizen. We weten niet waarom hij in 1202 ruziemaakte met de winter en hem uit zijn koninkrijk verbande zodat het gedurende vier jaar zomer was. Ook weten we niet waarom in mei en juni 1345 mannen, vrouwen en kinderen dertig achtereenvolgende nachten droomden dat ze op een donkerrode vlakte onder een lichtgouden lucht bijeengeroepen werden om een hoge zwarte toren te bouwen. Ze werkten elke nacht om vervolgens de volgende ochtend volledig uitgeput wakker te worden in hun eigen bed. De droom staakte zijn achtervolging pas toen, op de dertigste nacht, de toren en het vestingwerk klaar waren. In al deze verhalen – maar met name het laatste – krijgen we het gevoel dat er grote gebeurtenissen plaatsvonden, maar wat ze precies inhielden kunnen we niet zeggen. Verschillende geleerden speculeerden dat de hoge zwarte toren in dat gedeelte van de hel lag waarvan wordt beweerd dat USKGLASS het van LUCIFER pachtte, en dat USKGLASS een fort aan het bouwen was om oorlog te kunnen voeren tegen zijn vijanden in de hel. MARTIN PALE dacht daar echter anders over. Hij geloofde dat er een verband was tussen de bouw van de toren en het uitbreken van de pest in Engeland drie jaar later. JOHN USKGLASS' koninkrijk van Noord-Engeland leed beduidend minder onder de ziekte dan zijn zuiderburen, en PALE was van mening dat dit kwam doordat USKGLASS een soort bescherming had gebouwd.

Volgens het *Essay on the Extraordinary Revival of English Magic, & c.* behoren we ons echter niet eens met zulke zaken bezig te houden. Volgens meneer NORRELL en lord PORTISHEAD moet de moderne tovenaar zich niet bemoeien met zaken die hij maar half begrijpt. Ik beweer echter dat, juist omdat deze zaken maar half begrepen worden, wij ze moeten bestuderen.

De Engelse magie is een onbekend huis dat door ons, tovenaars, bewoond wordt. Het is gebouwd op de fundamenten die door JOHN USKGLASS zijn gelegd en wij negeren deze fundamenten op eigen verantwoordelijkheid. Ze moeten bestudeerd worden en we moeten hun oorsprong begrijpen zodat we erachter komen waar ze wel en niet voor dienen. Anders zullen er scheuren ontstaan die winden doorlaten uit god weet waarvandaan. De gangen zullen ons naar plaatsen brengen waar we nooit van plan waren heen te gaan.

Tot slot is PORTISHEAD's boek – ondanks het feit dat het veel uitmuntende dingen bevat – een goed voorbeeld van de belachelijke tegenspraak die huist in de kern van moderne Engelse magie: onze belangrijkste tovenaars zeggen voortdurend de intentie te hebben elk spoor van JOHN USKGLASS in de Engelse magie uit te wissen, maar hoe is dit mogelijk? De magie die wij kennen is die van JOHN USKGLASS.

39

De twee tovenaars
februari 1815

Van alle omstreden artikelen die ooit in *The Edinburgh Review* werden geplaatst, was dit stuk veruit het meest omstreden. Tegen het einde van de maand januari leek van het ene uiteinde van het land tot het andere bijna iedere geschoolde man of vrouw het te hebben gelezen en er een mening over te hebben. Hoewel het niet ondertekend was, wist iedereen wie de auteur was. Strange. O, natuurlijk aarzelden sommige mensen in het begin en wezen ze op het feit dat Strange net zo veel bekritiseerd werd als Norrell, misschien zelfs meer. Maar deze mensen werden door hun vrienden bestempeld als ontzettend dom. Stond Jonathan Strange er niet om bekend juist het soort mens te zijn, eigenaardig en tegenstrijdig, die tegen zichzelf zou publiceren? En had de auteur zelf niet beweerd een tovenaar te zijn? Wie zou het mogelijk anders kunnen zijn? Wie anders zou met zo veel autoriteit kunnen spreken?

Toen meneer Norrell voor het eerst in Londen kwam, hadden zijn meningen nieuw geleken en niet in het minst zonderling. Sindsdien waren mensen er echter aan gewend geraakt en was hij enkel de Spreekbuis van de Geschiedenis toen hij zei dat magie, evenals de overstelpende grote massa zelf, het ermee eens moest zijn dat het door Engelsen beheerst moest worden. Zijn grenzen moesten getrokken worden en wat niet zonder meer duidelijk was voor moderne dames en heren – John Uskglass' driehonderdjarige regering, de vreemde, onbehaaglijke geschiedenis over onze betrekkingen met elfen – kon moeiteloos uit de weg worden geruimd. Nu had Strange de Norrell-achtige kijk op magie op zijn kop gezet. Plotseling leek het of alles wat er in alle Engelse kinderjaren was geleerd over het wilde karakter van de Engelse magie, nog steeds waar zou kunnen zijn, en dat John Uskglass met zijn gezelschap van mannen en elfen zelfs nu misschien nog over lang vergeten wegen reed, achter de hemel aan de andere kant van de regen.

De meeste mensen dachten dat de samenwerking tussen de twee tovenaars moest breken. In Londen ging het gerucht dat Strange naar Hanover-square was geweest en dat de bedienden hem de toegang hadden geweigerd. Een ander tegenstrijdig gerucht deed de ronde waarin het erop neerkwam dat Strange niet naar Hanover-square was geweest, maar dat meneer Norrell dag en nacht in zijn bibliotheek zat te wachten op zijn leerling en zijn bedienden elke vijf minuten lastig viel dat ze uit het raam moesten kijken om te zien of hij er aankwam.

Op een zondagavond, begin februari, kwam Strange eindelijk bij Norrell op bezoek. Zoveel was zeker, daar twee heren hem op de trap voor het huis zagen toen zij op weg waren naar St George aan Hanover-square. Zij zagen dat de deur werd geopend, dat Strange met een bediende praatte, en hoe hij onmiddellijk, als iemand die lang verwacht werd, werd binnengelaten. De twee heren vervolgden hun weg naar de kerk waar zij onmiddellijk hun vrienden in de aangrenzende kerkbanken vertelden wat ze gezien hadden. Vijf minuten later kwam er een dunne, vroom uitziende jongeman de kerk binnen. Onder het voorwendsel dat hij zijn gebeden prevelde, fluisterde hij dat hij zojuist met iemand had gesproken die uit het raam hing van de eerste verdieping van het huis naast dat van meneer Norrell en dat deze persoon meende te horen hoe meneer Strange zijn leraar heftig toesprak en tegen hem tekeerging. Twee minuten later gonsde het de hele kerk door dat beide tovenaars elkaar hadden bedreigd met een soort van magische verbanning. De dienst begon en een aantal leden van de congregatie kon men verlangend naar de ramen zien staren, alsof ze zich afvroegen waarom die spleten altijd zo hoog in kerkgebouwen geplaatst werden. Onder begeleiding van het orgel werd er een lofzang gezongen en later zeiden een paar mensen dat zij boven de muziek uit een enorm onweer hadden gehoord. Een onbetwistbaar teken van magische verstoringen. Maar anderen zeiden dat ze het zich hadden ingebeeld.

Dit alles zou de twee tovenaars, die op dat moment zwijgend in meneer Norrell's bibliotheek stonden en elkaar behoedzaam aankeken, zeer verbaasd hebben. Strange, die zijn leraar een paar dagen niet had gezien, was gechoqueerd door zijn voorkomen. Hij zag er afgetobd uit en was kleiner geworden. Hij zag er tien jaar ouder uit.

'Zullen we gaan zitten, meneer?' vroeg Strange. Hij bewoog zich in de richting van een stoel en meneer Norrell deinsde achteruit door de plotselinge beweging. Het leek bijna of hij verwachtte dat Strange hem zou slaan. Het volgende moment echter had hij zich voldoende hersteld om te gaan zitten.

Strange voelde zich niet veel meer op zijn gemak. De laatste paar dagen had hij zich steeds weer afgevraagd of hij er verstandig aan had gedaan de recensie te publiceren en steeds weer kwam hij tot de conclusie dat dat het geval was. Hij had besloten dat hij het best een houding van waardige, morele superioriteit kon aannemen, die verzacht werd door een geringe hoeveelheid verontschuldigingen. Maar nu hij daadwerkelijk weer in meneer Norrell's bibliotheek zat, vond hij het niet gemakkelijk zijn leraar recht aan te kijken. Zijn starende blik richtte zich op een vreemde reeks objecten: een smalle porseleinen figuur van dr Martin Pale, de deurknop, zijn eigen duimnagel en meneer Norrell's linkerschoen.

Meneer Norrell op zijn beurt hield zijn blik constant op Strange' gezicht gericht.

Na een paar ogenblikken van stilzwijgendheid spraken beide mannen tegelijkertijd.

'Na al uw vriendelijke daden...' begon Strange.

'Je denkt dat ik kwaad ben,' begon meneer Norrell.

Beiden wachtten even en toen gaf Strange aan dat meneer Norrell zijn verhaal kon vervolgen.

'Je denkt dat ik kwaad ben,' zei meneer Norrell, 'maar dat ben ik niet. Je denkt dat ik niet weet waarom je hebt gedaan wat je hebt gedaan, maar dat weet ik wel. Je denkt dat je je hart en ziel in het schrijven hebt gelegd en dat iedereen in Engeland je nu begrijpt. Wat begrijpen ze? Niets. Ik begreep je voor je een woord schreef.' Hij wachtte en zijn gezicht vertrok alsof hij zich inspande iets te zeggen wat heel diep in hem verborgen lag. 'Wat je schreef, schreef je voor mij. Voor mij alleen.'

Strange opende zijn mond om te protesteren tegen deze verbazingwekkende conclusie. Maar bij nader inzien realiseerde hij zich dat het waarschijnlijk waar was. Hij was stil.

Meneer Norrell ging verder. 'Denk je werkelijk dat ik nooit hetzelfde... hetzelfde verlangen als jij heb gevoeld? Het is de magie van

John Uskglass die we beoefenen. Natuurlijk is dat het. Wat zou het anders kunnen zijn? Ik verzeker je dat er tijden waren, toen ik jong was, dat ik alles zou hebben gedaan, alles zou hebben verdragen om hem te vinden en mij voor zijn voeten te werpen. Ik probeerde hem op te roepen. Ha! Dat was de daad van een heel jonge, heel domme man: een koning behandelen als een lakei en hem sommeren met mij te komen praten. Ik beschouw het als een van de fortuinlijkste omstandigheden van mijn leven dat ik er niet in slaagde! Vervolgens probeerde ik hem te vinden door de oude keuzespreuk te gebruiken. Ik kreeg het niet voor elkaar de spreuken te activeren. Alle magie in mijn jeugd was verspild aan pogingen hem te vinden. Tien jaar lang dacht ik aan niets anders.'

'U heeft hierover nooit eerder iets gezegd, meneer.'

Meneer Norrell zuchtte. 'Ik wilde je ervoor behoeden in mijn dwaling te verzeilen.' Hij hief zijn handen op in een gebaar van hulpeloosheid.

'Maar naar uw eigen zeggen, meneer Norrell, was dit lang geleden, toen u jong en onervaren was. U bent nu een heel andere tovenaar, en ik vlei mezelf als ik zeg dat ik geen gewone assistent ben. Misschien moeten we het nog eens proberen?'

'Je kunt zo'n sterke tovenaar niet vinden tenzij hij gevonden wil worden,' verklaarde meneer Norrell effen. 'Het heeft geen zin de poging te wagen. Denk je dat hij wat geeft om wat er in Engeland gebeurt? Ik kan je verzekeren dat dat niet het geval is. Hij heeft ons lang geleden in de steek gelaten.'

'In de steek gelaten?' zei Strange fronsend. 'Dat is nogal ruw uitgedrukt. Ik neem aan dat jarenlange teleurstelling natuurlijk voldoende aanleiding geeft voor een dergelijke conclusie. Maar er zijn veel verklaringen van mensen die John Uskglass hebben gezien, lang nadat hij Engeland vermoedelijk had verlaten. Het kind van de handschoenmaker in Newcastle[1], de boer uit Yorkshire[2], de Baskische zeemannen...'[3]

Meneer Norrell maakte een geluidje van irritatie. 'Geruchten en bij-

---

[1] In de laat zeventiende eeuw was er een handschoenmaker in Newcastle, de stad van de koning, die een dochter had. Een vrijpostig, klein ding. Op een dag werd dit meisje, van wie iedereen aannam dat ze ergens in een hoek van haar vaders huis zat te spelen, vermist. Haar moeder en vader en broers zochten haar. De buren zochten, maar ze was nergens te vinden. Toen, aan het

eind van de middag, keken ze op en zagen haar van de modderige, keiige heuvel komen. Een aantal dacht even dat ze iemand naast haar zagen in de donkere, winterse straat, maar ze kwam alleen thuis. Ze was absoluut ongedeerd en toen alle stukjes bij elkaar kwamen was dit haar verhaal:

Ze had haar vaders huis verlaten om door de stad te wandelen. Al snel kwam ze in een straat die ze nooit eerder had gezien. Deze straat was breed en goed geplaveid en leidde haar recht naar boven, hoger dan ze ooit was geweest, naar het hek en het binnenhof van een groot stenen huis. Ze was het huis binnengegaan en keek in de vele kamers, maar het was overal stil, leeg, vol stof en spinnen. Aan een kant van het huis was een suite waar de schaduwen van bladeren onafgebroken over de muren en de vloer gleden, alsof er zomerbomen stonden, maar er waren geen bomen (en het was bovendien winter). In één kamer hing alleen maar een hoge spiegel. De kamer en de spiegel leken op een bepaald ogenblik ruzie te hebben gemaakt, want de spiegel weerspiegelde de kamer vol vogels, maar de kamer was leeg. Toch kon het kind van de handschoenmaker overal om zich heen vogelgezang horen. Er was een lange, donkere gang waar het geluid van stromend water klonk, alsof er aan het einde een of andere donkere zee of rivier lag. In sommige kamers zag ze Newcastle vanuit de ramen liggen, maar vanuit andere zag ze een totaal andere stad, en weer andere ramen gaven haar enkel uitzicht op woeste hoogvlakten en een koude blauwe hemel.

Ze zag talloze trappen die naar boven het huis in wentelden. Aanvankelijk enorme trappen die snel smaller werden en steeds meer draaiden al naar gelang ze in het huis omhoogklom. Bovenaan waren spleetjes en openingen in het metselwerk die een kind misschien zouden opvallen en waardoorheen een kind zou kunnen glippen. De laatste leidde naar een kleine, effen houten deur.

Omdat ze geen reden had tot angst, duwde ze hem open, maar wat ze aan de andere kant zag deed haar schreeuwen. Het scheen haar toe dat duizenden, duizenden vogels de lucht verdrongen, zodat er noch daglicht noch duister was, maar slechts een grote wanorde van vleugels. Er leek vanuit de verte een luchtstroom op haar af te komen en ze waande zich in een oneindige ruimte, alsof ze naar de hemel was geklommen en die vol raven was. Het kind van de handschoenmaker werd heel erg bang, maar toen hoorde ze iemand haar naam noemen. Onmiddellijk verdwenen de vogels en bevond ze zich in een kleine kamer met kale, stenen muren en een kale, stenen vloer. Er was geen meubilair. Op de vloer zat een man die haar wenkte, en haar weer bij haar naam noemde en tegen haar zei dat ze niet bang hoefde te zijn. Hij had lang, onverzorgd zwart haar en vreemde, haveloze kleren. Er was niets aan hem wat suggereerde dat hij een koning was en het enige symbool van tovenaarschap was de grote zilveren schaal met water die naast hem stond. De dochter van de handschoenmaker bleef een paar uur aan 's mans zijde, tot de schemering inviel en hij haar door het huis mee naar beneden nam, en naar haar huis in de stad bracht.

[2] Zie hoofdstuk 33, voetnoot 3.

[3] Wellicht het meest angstaanjagende verhaal over John Uskglass' terugkomst werd verteld door een Baskische zeeman, een overlevende van de grote Armada van de Spaanse koning. Nadat zijn schip was vernietigd door stormen vlak bij de verre noordelijke kusten van Engeland, waren de zeeman en twee metgezellen landinwaarts gevlucht. Ze dorsten niet in de buurt van dorpen te komen, maar het was winter en er lag een dikke laag rijp op de grond. Ze vreesden te sterven van de kou. Tegen het vallen van de nacht vonden ze een leeg, stenen gebouw op een hoge heuvelrug met een kale, bevroren grond. Het was zo goed als donker binnen, maar hoog in de muur waren openingen waardoor sterrenlicht naar binnen viel. Ze gingen op de aarden vloer liggen en sliepen.

De Baskische zeeman droomde dat er een koning was die naar hem keek.

Hij werd wakker. Boven hem doordrongen grijze lichtbundels de winterse duisternis. In de schaduwen aan het verste eind van het gebouw dacht hij een verhoogd, stenen podium te zien. Terwijl het lichter werd zag hij iets op het podium, een stoel of een troon. Er zat een man op de troon, een bleke man met lang zwart haar, gewikkeld in een zwart gewaad. Doodsbang wekte de man zijn kameraden en wees hen op de geheimzinnige man op de troon. Hij leek hen gade te slaan, maar bewoog zich in het geheel niet, zelfs geen vinger. Toch kwam het niet in hen op eraan te twijfelen dat het een bestaande man was. Ze struikelden naar de deur en renden weg over de bevroren velden.

De Baskische zeeman raakte algauw zijn metgezellen kwijt: een man overleed door kou en hartzeer, de andere, vastbesloten door te gaan en terug te keren naar de Baai van Biskaje, begon zuidwaarts te lopen, en wat er met hem is gebeurd, weet niemand. Maar de Baskische zeeman bleef in Cumbria en werd opgevangen door een boerenfamilie. Hij werd een knecht op dezelfde boerderij en trouwde met een jong meisje van een boerderij daarnaast. Zijn hele leven lang vertelde hij het verhaal van het stenen huis in de hoge heuvels, en door zijn nieuwe vrienden en buren ging hij geloven dat de man op de zwarte troon de Ravenkoning was. De Baskische zeeman heeft het stenen huis nooit teruggevonden noch zijn vrienden noch zijn kinderen.

En zijn hele leven lang zei hij, wanneer hij op duistere plekken kwam: 'Ik groet U, Heer, en heet U welkom in mijn hart' – voor het geval de bleke koning met het lange zwarte haar in het donker op hem zou zitten wachten. In alle uithoeken van Noord-Engeland zijn duizenden duisternissen en duizenden plekken voor een koning te vinden. 'Ik groet U, Heer, en heet U welkom in mijn hart.'

geloof! Zelfs als die verhalen waar zijn, wat ik allesbehalve toegeef, heb ik nooit begrepen hoe ze allemaal wisten dat die persoon die ze hadden gezien John Uskglass was. Er bestaan geen schilderijen van hem. Twee van jouw voorbeelden, het kind van de handschoenmaker en de Baskische zeeman, identificeerden hem in feite niet als Uskglass. Ze zagen een man met zwarte kleren en andere mensen vertelden hun later dat het John Uskglass was. Maar het is echt van heel weinig belang of hij nu wel of niet op dit of dat tijdstip terugkwam of door deze of gene werd gezien. Het feit blijft, dat, toen hij afstand deed van zijn troon en Engeland verliet, hij het beste deel van de Engelse magie met zich meenam. Vanaf die dag ging het achteruit. Ongetwijfeld is dat op zichzelf genoeg bewijs om hem als onze vijand aan te duiden. Jij bent, neem ik aan, op de hoogte van Watershippe's *A Faire Wood Withering*?'[4]

'Nee, ik ken het niet,' zei Strange. Hij wierp hem een doordringende blik toe die leek te zeggen dat hij het niet had gelezen vanwege de gebruikelijke reden. 'Maar ik had het op prijs gesteld als u hier eerder iets over had gezegd, meneer.'

'Misschien heb ik er verkeerd aan gedaan zo veel van mijn gedachten voor jou achter te houden,' zei meneer Norrell, terwijl hij zijn vingers in elkaar haakte. 'Ik weet nu bijna zeker dat ik fout zat. Maar ik besloot lang geleden dat de belangen van Groot-Brittannië het best gediend waren bij absolute stilte over deze onderwerpen, en oude gewoonten zijn moeilijk af te leren. Maar ongetwijfeld ziet u de taak

---

[4] *A Faire Wood Withering* (1444) geschreven door Peter Watershippe. Dit is een opvallend gedetailleerde beschrijving van een tovenaar uit dezelfde tijd, over hoe Engelse magie ten einde liep nadat John Uskglass Engeland verliet. In 1434 – het jaar van Uskglass' vertrek – was Watershippe vijfentwintig, een jongeman die net begon met toveren in Norwich. *A Faire Wood Withering* bevat exacte beschrijvingen van toverspreuken die prima uitvoerbaar waren, zolang Uskglass en zijn elfenonderdanen in Engeland verbleven, maar die na hun vertrek geen enkel effect meer hadden. In feite is het opmerkelijk hoeveel van onze kennis over de Gulden Engelse magie van Watershippe komt. *A Faire Wood Withering* lijkt een boosaardig boek, tot men het vergelijkt met twee van Watershippe's latere boeken: *A Defence of my Deeds Written While Wrongly Imprisoned by my Enemies in Newark Castle* (1459/1460) en *Crimes of the False King* (geschreven in 1461?, gepubliceerd in 1697, Penzance).

voor ons, meneer Strange? Die van u en die van mij? Magie kan niet wachten op het believen van een koning, die het niet meer uitmaakt wat er met Engeland gebeurd. We moeten de Engelse tovenaars afleren afhankelijk van hem te zijn. We moeten ervoor zorgen dat zij John Uskglass evenzo volkomen vergeten als hij ons is vergeten.'

Strange schudde fronsend zijn hoofd. 'Nee. Ondanks alles wat u zegt, komt het mij nog steeds voor dat John Uskglass aan de basis staat van de Engelse magie en dat wij hem op eigen risico negeren. Misschien blijkt uiteindelijk dat ik ernaast zit. Niets is meer waarschijnlijk. Maar bij een aangelegenheid die van zo'n essentieel belang voor de Engelse magie is, moet ik het voor mijzelf begrijpen. Denk niet dat ik ondankbaar ben, meneer, maar ik denk dat de periode van onze samenwerking voorbij is. Het lijkt mij dat we te verschillend—'

'O!' riep meneer Norrell. 'Ik weet dat we wat betreft karakter...' Hij maakte een verwerpend gebaar. 'Maar wat doet dat ertoe? Wij zijn tovenaars. Dat is het begin en het eind van mij en het begin en het eind van jou. Het is alles waarom wij ons bekommeren. Als je vandaag dit huis verlaat en je eigen pad volgt, met wie praat je dan? Zoals we nu praten? Dan is er niemand. Dan zul je heel eenzaam zijn.' Op een bijna smekende toon fluisterde hij: 'Doe dit niet!'

Strange staarde perplex naar zijn meester. Dit was bij lange na niet wat hij had verwacht. In plaats van in hevige woede te ontsteken over het artikel van Strange, leek meneer Norrell alleen maar te zijn aangespoord tot een uitbarsting van eerlijkheid en schaamte. Op dat moment leek het Strange zowel aannemelijk als wenselijk om terug te keren naar meneer Norrell. Trots en met het besef dat hij zich over twee uur anders zou voelen zei hij: 'Het spijt me, meneer Norrell, maar sinds ik terug ben van het schiereiland voelde het niet goed mezelf uw leerling te noemen. Ik heb me gevoeld alsof ik een bijrolletje speelde. Mijn teksten voorleggen aan uw goedkeuring zodat u veranderingen kunt aanbrengen op welke manier dan ook – dat kan ik niet langer. Het laat me iets zeggen waarin ik al een tijdje niet meer geloof.'

'Alles, alles moet in het openbaar gebeuren,' zuchtte meneer Norrell. Hij leunde voorover en zei ietwat energieker: 'Laat me je gids zijn. Beloof me dat je niets uitgeeft, nergens over praat, niets doet totdat je vastbesloten bent in deze kwesties. Geloof me als ik zeg dat tien, twintig, zelfs vijftig jaar van stilte de genoegdoening waard is aan het eind te weten dat je hebt gezegd wat je moest zeggen. Niet meer, niet minder. Stilte en inactiviteit komen je niet gelegen, dat weet ik. Maar ik beloof dat ik zal veranderen waar ik kan. Je zult er niet op achteruit gaan. Als je ooit reden had mij ondankbaar te vinden, dan zul je in de toekomst anders over mij denken. Ik zal iedereen vertellen hoe hoog ik je acht. We zullen niet langer leraar en leerling zijn. Laat het een partnerschap van gelijken zijn! Heb ik niet in ieder geval bijna net zo veel geleerd van jou, als jij van mij? De meest lucratieve zaak zal geheel voor jou zijn! De boeken...!' Hij slikte zachtjes. 'De boeken die ik je eigenlijk had moeten lenen maar die ik uit je buurt heb gehouden, je zult ze lezen! We zullen samen naar Yorkshire gaan, jij en ik samen. Vanavond als je wilt! En ik zal je de sleutel van de bibliotheek geven en jij zult alles lezen wat je wenst. Ik...' Meneer Norrell veegde zijn hand over zijn wenkbrauw, alsof hij verbaasd was over zijn eigen woorden. 'Ik zal zelfs niet om een herroeping van de recensie vragen. Laat het stand houden. Laat het stand houden. En mettertijd zullen jij en ik samen alle vragen beantwoorden die je erin ter sprake brengt.'

Er viel een lange stilte. Meneer Norrell keek verlangend naar het gezicht van de andere tovenaar. Zijn aanbod Strange de bibliotheek in Hurtfew te laten zien, was niet zonder effect. Gedurende een paar momenten aarzelde Strange duidelijk om zijn vaste voornemen met zijn meester te breken door te zetten, maar uiteindelijk zei hij: 'Ik ben vereerd, meneer. U bent gewoonlijk niet een man van compromissen, weet ik. Maar ik denk dat ik nu mijn eigen weg moet gaan. Ik denk dat we moeten breken.'

Meneer Norrell sloot zijn ogen.

Op dat moment ging de deur open. Lucas en een van de andere lakeien kwamen binnen met het theeblad.

'Kom, meneer,' zei Strange.

Hij raakte de arm van zijn meester aan om hem een beetje bij de les te krijgen en Engelands enige twee tovenaars dronken voor de laatste keer samen thee.

Om half acht verliet Strange Hanover-square. Verschillende mensen die bij hun benedenraam draalden, zagen hem gaan. Anderen, die het beneden hun waardigheid achtten zichzelf te laten zien, hadden hun dienstmeisjes en lakeien gestuurd om in de buurt van het plein te gaan staan. Of Lascelles zo'n soort maatregel had genomen, is niet bekend, maar tien minuten nadat Strange de hoek omging naar Oxford-street klopte Lascelles op de deur van meneer Norrell.

Meneer Norrell zat nog steeds in de bibliotheek, nog steeds in de stoel waarin hij zat toen Strange vertrok. Hij staarde gefixeerd naar het tapijt.

'Is hij weg?' vroeg Lascelles.

Meneer Norrell gaf geen antwoord.

Lascelles ging zitten. 'Onze voorwaarden? Wat vond hij ervan?'

Nog steeds geen antwoord.

'Meneer Norrell? Heeft u hem verteld wat wij hebben afgesproken? Heeft u hem verteld dat wij genoodzaakt zijn bekend te maken wat wij weten over de Zwarte Magie in Spanje, tenzij hij een herroeping publiceert? Heeft u hem verteld dat u hem onder geen enkele voorwaarde meer als uw leerling accepteert?'

'Nee,' zei meneer Norrell. 'Dat heb ik allemaal niet gezegd.'

'Maar...'

Meneer Norrell zuchtte diep. 'Het doet er niet toe wat ik tegen hem heb gezegd. Hij is weg.'

Lascelles was even stil en keek een beetje afkeurend naar de tovenaar. Meneer Norrell, nog steeds verdiept in zijn eigen gedachten, zag het niet.

Uiteindelijk haalde Lascelles zijn schouders op. 'U had vanaf het begin gelijk, meneer,' zei hij. 'Er kan maar één tovenaar zijn in Engeland.'

'Wat bedoelt u?'

'Ik bedoel dat van alle getallen, twee het meest oncomfortabele nummer is. Eén kan doen wat hij wil. Zes mensen kunnen misschien goed met elkaar overweg. Maar twee moeten altijd worstelen om het meesterschap. Twee moeten altijd voor elkaar uitkijken. Alle ogen van de wereld zullen op die twee gericht zijn, onzeker over wie van de twee ze moeten volgen. U zucht, meneer Norrell. U weet dat ik gelijk heb. Voortaan moeten we bij al onze plannen rekening houden met Strange, wat hij zal zeggen, wat hij zal doen, hoe we op hem moeten reageren. U heeft mij vaak verteld dat hij een opvallende tovenaar is. Zijn genialiteit was van enorm voordeel toen hij het in uw opdracht gebruikte. Maar dat is nu allemaal voorbij. Vroeg of laat zal hij zijn talenten tegen u gebruiken. We kunnen ons niet vroeg genoeg voor hem hoeden. En dat bedoel ik vrij letterlijk. Zijn talent voor magie is zo groot en zijn materialen zo bedroevend, dat het einde van het verhaal zal zijn dat hij denkt dat een tovenaar zich alles kan permitteren, of het nu inbraak, diefstal of misleiding betreft.' Lascelles leunde naar voren. 'Ik bedoel niet dat hij zo verdorven is dat hij nu van u zal stelen, maar als er ooit een dag komt waarop hij in grote nood verkeert, dan zal het in zijn ongedisciplineerde geest opkomen dat iedere inbreuk op vertrouwen, elke schending van privé-eigendommen gerechtvaardigd zal zijn.' Hij wachtte. 'Heeft u maatregelen genomen tegen dieven in Hurtfew? Verhullingsspreuken?'

'Een verhullingsspreuk zou geen bescherming bieden tegen Strange!' zei meneer Norrell boos. 'Die zouden juist zijn aandacht trekken! Het zou hem regelrecht naar mijn meest waardevolle boekdelen brengen! Nee, nee, u heeft gelijk.' Hij zuchtte. 'Er is hier meer nodig. Ik moet nadenken.'

Twee uur na Strange' vertrek verlieten meneer Norrell en Lascelles Hanover-square in het rijtuig van meneer Norrell. Drie bedienden vergezelden hen en zagen eruit of ze aan een lange reis begonnen.

De volgende dag was Strange, grillig en tegenstrijdig als altijd, geneigd zijn breuk met meneer Norrell te betreuren. Meneer Norrell's voorspelling dat hij nooit meer iemand zou hebben om over magie te praten schoot regelmatig door zijn hoofd. Hij had hun gesprek van de vorige dag nog eens overdacht. Hij was er bijna zeker van dat alle conclusies van meneer Norrell over John Uskglass verkeerd waren. De consequentie van wat meneer Norrell had gezegd, was dat hij heel veel nieuwe ideeën had ontwikkeld over John Uskglass, en nu ondervond hij er alle ellende van: hij had niemand om het aan te vertellen.

Bij gebrek aan beter, beklaagde hij zich bij sir Walter Pole in Harley-street.

'Sinds gisteravond heb ik over vijftig dingen nagedacht, die ik tegen hem had moeten zeggen. Ik neem aan dat ik ze nu in een artikel of recensie moet plaatsen, die op zijn vroegst pas in april geplaatst zal worden, en dan zal hij Lascelles of Portishead moeten instrueren een ontkenning te schrijven die niet eerder zal verschijnen dan in juni of juli. Vijf of zes maanden voordat ik weet wat hij tegen me zou zeggen! Het is een tamelijk onhandelbare manier om een kwestie te behandelen, met name als je bedenkt dat ik tot gisteren gewoon naar Hanover-square wandelde en hem om zijn mening vroeg. En ik weet zeker dat ik nu de boeken die ertoe doen niet zal zien of ruiken! Hoe kan een tovenaar voortbestaan zonder boeken? Laat iemand me dat uitleggen. Het staat gelijk aan een politicus vragen een hoog ambt te bereiken zonder hulp van steekpenningen of steun.'

Sir Walter nam geen aanstoot aan deze eigenaardige, onbeleefde opmerking, maar hield welwillend rekening met Strange' irritatie. Hij moest als leerling op Harrow de geschiedenis van de magie bestuderen – wat hij verafschuwde – en nu gingen zijn gedachten naar het verleden om te weten te komen of hij zich iets kon herinneren wat wellicht nuttig was. Hij merkte dat hij zich nog maar zo weinig herinnerde dat het nog geen wijnglas kon vullen, dacht hij wrang.

Even dacht hij na en uiteindelijk bood hij het volgende aan: 'Naar wat ik heb begrepen, leerde de Ravenkoning alles wat er over de Engelse magie te weten is zonder hulp van boeken, want die waren er in die tijd nog niet in Engeland en dus kunt u misschien hetzelfde doen?'

Strange wierp hem een koele blik toe. 'En *ík* heb begrepen dat de Ravenkoning het favoriete pleegkind van koning Oberon was, wat te midden van andere kleinigheden hem verzekerde van een uitstekende opleiding in de magie en een enorm eigen koninkrijk. Ik neem aan dat ik zou kunnen treuzelen in afgelegen bosjes kreupelhout en op mossige open plekken, in de hoop geadopteerd te worden door de een of andere elfenkoning, maar ik denk eerder dat ze me daarvoor een beetje te groot vinden.'

Sir Walter lachte. 'En wat gaat u nu doen, zonder meneer Norrell, om de dagen door te komen? Zal ik tegen Robson van het ministerie van Buitenlandse Zaken zeggen dat hij u een opdracht voor een beetje magie geeft? Vorige week klaagde hij nog dat hij moest wachten tot al het werk voor de admiraliteit en de minister van Financiën gedaan is, voordat meneer Norrell tijd voor hem heeft.'

'Zeer graag. Maar zeg hem dat het werk twee of drie maanden zal moeten wachten. We gaan naar huis, naar Shropshire. Arabella en ik verlangen allebei erg naar onze eigen omgeving en nu we het niet aan meneer Norrell hoeven te vragen, is er niets wat ons ervan weerhoudt.'

'O!' zei sir Walter. 'Maar u gaat toch niet onmiddellijk?'

'Over twee dagen.'

'Zo snel?'

'Kijkt u niet zo getroffen! Echt, Pole, ik had geen idee dat u zo veel op mijn gezelschap was gesteld!'

'Dat ben ik ook niet. Ik dacht aan lady Pole. Het zal een verdrietige verandering voor haar zijn. Ze zal haar vriendin missen.'

'O! O, ja!' zei Strange een beetje in verlegenheid gebracht. 'Natuurlijk!'

Later die ochtend ging Arabella ter afscheid op visite bij lady Pole. In die vijf jaar was haar schoonheid nauwelijks afgenomen en haar treurige toestand ook niet. Ze was zo stil als altijd en zo onverschillig over alle pijn als over plezier. Van vriendelijkheid of onvriendelijkheid bleef ze in dezelfde mate onbewogen. Haar dagen bracht ze zittend door bij het raam in de Venetiaanse zitkamer in het huis in Harley-street. Ze leek zelfs nooit zin te hebben in de kleinste bezigheden en Arabella was haar enige bezoeker.

'Ik zou willen dat u niet ging,' zei milady, toen Arabella haar het nieuws vertelde. 'Wat is Shropshire voor een plaats?'

'O! Ik denk dat ik een heel partijdige rechter ben. Ik denk dat de meeste mensen het met mij eens zijn dat het een mooie plek is met groene heuvels en bossen en charmante, landelijke weggetjes. Natuurlijk zullen we tot het voorjaar moeten wachten om er echt van te kunnen genieten. Maar zelfs in de winter is het uitzicht indrukwekkend. Het is een typisch romantische provincie met een prachtige geschiedenis. Op de toppen van de heuvels zijn kastelen en stenen geplaatst door voor mij onbekende mensen, en omdat het zo dicht tegen Wales aan ligt is er vaak om gevochten. In bijna iedere vallei liggen oude slagvelden.'

'Slagvelden!' zei lady Pole. 'Ik weet maar al te goed hoe dat is. Vluchtig uit een raam kijken en niets anders zien dan gebroken botten en verroeste wapenrusting, waar je ook kijkt! Het is een heel melancholisch gezicht. Ik hoop dat het u niet te veel verdriet doet.'

'Gebroken botten en wapenrusting?' echode Arabella. 'Nee, zeker niet. U begrijpt mij verkeerd. De veldslagen waren lang geleden. Er valt niets te zien, zeker niet iets waar iemand verdrietig van wordt.'

'En toch, weet u,' ging lady Pole verder, nauwelijks naar haar luisterend, 'worden er bijna overal op bepaalde momenten veldslagen uitgevochten. Ik herinner me dat ik op school leerde dat Londen ooit het decor was van een bijzonder heftige veldslag. De mensen werden op gruwelijke manieren vermoord en de stad was platgebrand. We worden ons hele leven lang omringd door schaduwen van geweld en ellende, en het lijkt mij dat het heel weinig uitmaakt of er nog materiële tekenen zijn of niet.'

Er veranderde iets in de kamer. Het leek of er koude grijze, klappende vleugels over hun hoofd waren getrokken, of alsof iemand door de spiegels was gelopen en een schaduw in de kamer wierp. Het was een vreemde speling van het licht, die Arabella vaker had gezien toen ze bij lady Pole zat. Niet wetend waar ze het anders aan kon wijten, nam ze aan dat het kwam doordat er zo veel spiegels in de kamer hingen.

Lady Pole huiverde en trok haar sjaal dichter om zich heen. Arabella leunde naar voren en pakte haar hand. 'Kom! Richt uw aandacht op iets vrolijkers.'

Lady Pole keek haar uitdrukkingsloos aan. Net zo min als dat ze wist hoe ze kon vliegen, wist ze hoe ze vrolijk moest zijn.

Dus Arabella begon te praten in de hoop haar aandacht voor even van gruwelijkheden af te leiden. Ze sprak over nieuwe winkels en nieuwe modes. Ze beschreef een heel mooi ivoorkleurig, zijden kledingstuk dat ze in een vitrine in Friday-street had gezien en een opsmuk van turquoise kraaltjes die ze ergens anders had gezien, en die heel mooi bij het ivoren kledingstuk zouden passen. Ze vertelde wat de kleermaker had gezegd over de kraaltjes, en vervolgens beschreef ze een buitengewone plant van de kleermaker die buiten in een pot op een klein, ijzeren balkon stond en die in een jaar tijd zo groot was geworden dat het raam van een kaarsenmaker op de eerste verdieping niet meer openging. Vervolgens kwamen er andere, verrassend grote planten aan bod, Japie en zijn bonenstaak, de gigant aan de top van de bonenstaak, reuzen en gigantische moordenaars in het algemeen, Napoleon Bonaparte, de hertog van Wellington en de verdiensten van de hertog op alle levensgebieden, op een na: de enorme bedroefdheid van milady.

'Gelukkig is het iets waar u en ik nooit iets over hebben geweten,' eindigde ze een beetje buiten adem, 'dat je rust constant verstoord wordt als je ziet dat je echtgenoot al zijn aandacht aan andere vrouwen besteedt.'

'Ik neem aan van niet,' antwoordde lady Pole ietwat twijfelend.

Dit irriteerde Arabella. Ze probeerde rekening te houden met alle eigenaardigheden van lady Pole , maar ze vond het moeilijk haar de gebruikelijke koelheid jegens haar echtgenoot te vergeven. Arabella kon Harley-street niet zo vaak bezoeken als ze deed, zonder zich ervan bewust te zijn hoe enorm toegewijd sir Walter Pole was aan lady Pole. Als hij ooit dacht dat er iets was wat haar misschien verblijdde of haar lijden iets kon verlichten, dan werd er onmiddellijk actie ondernomen. Arabella kon de enorm schrale beantwoording die hij voor zijn moeite kreeg nooit aanzien zonder daarbij een pijnscheut te voelen. Niet dat lady Pole afkerig van hem was, maar soms leek ze nauwelijks te merken dat hij er was.

'O! Maar u ziet niet wat een zegen het is,' zei Arabella. 'Een van de grootste zegeningen des levens.'

'Wat?'

'De liefde van uw echtgenoot.'

Lady Pole keek verrast. 'Ja, hij houdt van me,' zei ze uiteindelijk. 'Tenminste, dat zegt hij. Maar wat heb ik daaraan? Het heeft me nooit verwarmd toen ik het koud had en ik heb het altijd koud, weet u. Het heeft nog nooit een lang, saai dansfeest met zelfs maar een minuut verkort, of een processie door lange, donkere, spookachtige gangen gestopt. Het heeft me nooit van enige misère gered. Heeft de liefde van uw echtgenoot u ooit van iets gered?'

'Meneer Strange?' glimlachte Arabella. 'Nee, nooit. Ik ben meer gewend hem te redden! Ik bedoel,' voegde ze er snel aan toe, omdat het duidelijk was dat lady Pole haar niet begreep, 'dat hij vaak mensen tegen het lijf loopt die willen dat hij toverkunsten voor hen verricht. Of ze hebben een achterneefje dat graag van hem toverkunsten wil leren. Of ze geloven dat ze een magische schoen, vork of dergelijke onzin hebben ontdekt. Ze bedoelen het niet kwaad. Sterker nog, zij zijn in het algemeen zeer eerbiedig. Maar meneer Strange is niet bepaald een geduldig mens en dus ben ik verplicht ertussen te komen en hem te redden voor hij iets zegt wat hij beter niet had kunnen zeggen.'

Het werd voor Arabella tijd om te vertrekken en ze begon aan haar afscheidsgroet. Nu ze elkaar waarschijnlijk de komende maanden niet zouden zien, was ze er echt op uit iets vrolijks te zeggen. 'En ik hoop, mijn lieve lady Pole,' zei ze, 'dat als u en ik elkaar weer zien, u zich een stuk beter zult voelen en misschien wel in staat bent terug te keren in de maatschappij. Het is mijn liefste wens dat wij elkaar op een dag in een theater of balzaal—'

'Een balzaal!' riep lady Pole vol afschuw uit. 'Waarom zegt u dat in godsnaam? God verhoede dat u en ik elkaar ooit in een balzaal zullen ontmoeten!'

'Sst! Sst! Het was niet mijn bedoeling u van streek te maken. Ik vergat hoe erg u dansen haat. Kom, niet huilen! Denk er niet aan als het u ongelukkig maakt!'

Ze deed haar best haar vriendin te troosten. Ze omhelsde haar, kuste haar wang en haar haar, streelde haar hand en bood haar lavendelwater aan. Niets hielp. Gedurende een paar minuten was lady Pole volkomen overgeleverd aan een huilbui. Arabella begreep niet wat er aan de hand was. Maar wat viel er te begrijpen? Het hoorde bij milady in angst te zitten om kleinigheden, ongelukkig te worden van helemaal niets. Arabella luidde de bel voor het dienstmeisje.

Pas toen het dienstmeisje verscheen, deed milady een poging zichzelf bij elkaar te rapen. 'U weet niet wat u gezegd heeft!' huilde ze. 'En God verhoede dat u het ooit ontdekt, zoals ik. Ik zal u proberen te waarschuwen. Ik weet dat het geen zin heeft, maar ik zal het proberen! Luister naar me, mijn lieve, lieve mevrouw Strange. Luister alsof uw hoop op eeuwige verlossing ervan afhing!'

Dus Arabella keek zo oplettend als ze kon.

Maar het was allemaal tevergeefs. Deze gelegenheid bleek niet anders dan alle andere toen milady beweerde dat ze Arabella iets van groot belang te vertellen had. Ze zag er bleek uit, haalde een paar keer diep adem en ging toen verder met een heel vreemd verhaal over de eigenaar van een grafietmijn in Derbyshire die verliefd werd op een melkmeisje. Het melkmeisje was alles waarop de eigenaar van de mijn ooit had gehoopt, behalve dat haar spiegelbeeld altijd een paar minuten te laat in een spiegel te zien was, haar ogen bij zonsondergang van kleur veranderden en men haar vaak wild zag dansen, terwijl ze zelf niet bewoog.

Toen lady Pole naar boven was gegaan, zat Arabella alleen. Wat stom van me, dacht ze. En dat terwijl ik heel goed weet dat praten over dansen haar zo ontzettend van streek maakt! Hoe kon ik zo respectloos zijn? Ik vraag me af wat ze me wilde vertellen? Ik vraag me af of ze het zelf wel weet? Arm ding! Zonder de zegening van gezondheid en verstand zijn rijkdom en schoonheid inderdaad waardeloos!

In deze trant zat ze in zichzelf te zedenpreken, toen een geluidje achter haar haar deed omdraaien. Onmiddellijk kwam ze uit haar stoel overeind en liep snel met uitgestoken handen richting de deur.

'U bent het! Wat ben ik blij u te zien! Kom! Laten we elkaar de hand schudden. Dit zal voorlopig onze laatste ontmoeting zijn.'

Die avond zei ze tegen Strange: 'Er is tenminste een persoon heel blij dat je je aandacht op de studie van John Uskglass en zijn elfenbedienden hebt gericht,' zei ze die avond tegen Strange.

'O? En wie is dat?'

'De heer met het pluishaar.'

'Wie?'

'De heer die bij sir Walter en lady Pole woont. Dat heb ik je al eerder verteld.'

'O, ja! Ik herinner het me.' Terwijl Strange hierover nadacht was het even stil. 'Arabella!' riep hij plotseling uit. 'Bedoel je me te vertellen dat je nog steeds niet weet hoe hij heet?'

Hij schoot in de lach.

Arabella keek geïrriteerd. 'Het is niet mijn schuld,' zei ze. 'Hij heeft zijn naam nooit genoemd, en ik heb er nooit aan gedacht het hem te vragen. Maar ik ben blij dat je het zo licht opneemt. Op een gegeven moment dacht ik dat je een beetje jaloers was.'

'Ik kan me niet herinneren dat ik dat was.'

'Wat vreemd! Ik herinner het me duidelijk.'

'Neem me niet kwalijk, Arabella, maar het is lastig jaloers te zijn op een man met wie jij jaren geleden kennis hebt gemaakt en wiens naam je nog moet uitvogelen. Dus hij keurt mijn werk goed?'

'Ja, hij heeft me vaak gezegd dat je nergens komt tot je elfen gaat bestuderen. Hij zegt dat dat hetgeen is waar ware magie om draait, de studie van elfen en elfenmagie.'

'Werkelijk? Hij schijnt nogal duidelijke beelden te hebben over het onderwerp! En mag ik vragen wat hij ervan afweet? Is hij een tovenaar?'

'Ik denk het niet. Hij zei ooit dat hij nog nooit in zijn leven een boek over dit onderwerp heeft gelezen.'

'O! Is hij er zo een!' zei Strange, neerbuigend. 'Hij heeft het onderwerp helemaal niet bestudeerd, maar heeft het aangedurfd er heel veel theorieën opna te houden. Ik kom dat soort lui heel vaak tegen. Goed, als hij geen tovenaar is, wat is hij dan wel? Kun je me dat ten minste vertellen?'

'Ik denk het wel,' zei Arabella op de tevreden manier van iemand die een geweldige ontdekking heeft gedaan.

Strange keek afwachtend.

'Nee,' zei Arabella, 'ik ga het je niet vertellen. Je gaat me toch alleen maar uitlachen.'

'Waarschijnlijk.'

'Goed, dan,' zei Arabella even later. 'Volgens mij is hij een prins. Of een koning. Hij heeft zeker koninklijk bloed.'

'Hoe kom je daar in godsnaam bij?'

'Omdat hij me heel veel over zijn koninkrijken en zijn kastelen en herenhuizen heeft verteld, hoewel ik moet toegeven dat ze allemaal heel vreemde namen hebben en ik er nooit eerder van heb gehoord. Ik denk dat hij een van de prinsen moet zijn die in Duitsland of Zwitserland door Bonaparte van de troon verstoten zijn.'

'Werkelijk?' zei Strange een beetje geïrriteerd. 'Goed, nu Bonaparte verslagen is, wil hij misschien wel weer graag naar huis.'

Geen enkele halfslachtige uitleg of veronderstelling over deze heer met het pluishaar stemde hem tevreden en hij bleef zich verbazen over Arabella's vriend. De volgende dag, wat Strange' laatste dag in Londen zou zijn, liep hij naar het kantoor van sir Walter in Whitehall met het vooropgezette plan uit te vinden wie de kerel was.

Maar toen Strange aankwam, trof hij alleen de hard werkende privésecretaris van sir Walter aan.

'O! Moorcock! Goedemorgen! Is sir Walter vertrokken?'

'Hij is net naar het Fife House[5], meneer Strange. Is er iets wat ik voor u kan doen?'

'Nee, ik wil je niet... Nou, misschien. Er is iets wat ik me altijd voorneem aan sir Walter te vragen en wat me iedere keer ontgaat. Ik neem aan dat u bekend bent met de heer die in zijn huis woont?'

'Wiens huis, meneer?'

'Sir Walter's.'

Meneer Moorcock fronste. 'Een heer in sir Walter's huis? Ik kan me niet voorstellen wie u bedoelt. Hoe heet hij?'

'Dat zou ik graag willen weten. Ik heb de kerel nooit gezien, maar mevrouw Strange schijnt hem altijd te ontmoeten op het moment dat ze wil vertrekken. Ze kent hem al jaren, maar ze heeft nooit zijn naam kunnen achterhalen. Hij moet een heel excentriek persoon zijn, dat hij daar zo'n geheim van maakt. Mevrouw Strange noemt hem altijd de heer met de zilveren neus of de heer met de sneeuwwitte teint. Of zo'n soort vreemde naam.'

Maar bij deze informatie keek meneer Moorcock alleen maar meer verbijsterd. 'Het spijt me heel erg, heer. Ik denk niet dat ik hem ooit heb gezien.'

---

5 Het Londense huis van lord Liverpool, een apart, oud, grillig huis dat aan de Theems stond.

40

'Wees er maar zeker van: zo'n plek bestaat niet'

juni 1815

Keizer Napoleon Bonaparte was naar het eiland Elba verbannen. De keizer twijfelde echter of het stille eilandleven wel bij hem zou passen – hij was natuurlijk gewend een groot deel van de bekende wereld te regeren. En dus vertelde hij verschillende mensen, voordat hij Frankrijk verliet, dat hij zou terugkeren in de lente wanneer de violen weer gingen bloeien. Hij hield zich aan deze belofte.

Zodra hij op Franse bodem aankwam, verzamelde hij een leger en marcheerde noordwaarts in de richting van Parijs om zijn doel te verwerkelijken: oorlog voeren met alle volken in de wereld. Hij was er natuurlijk op gebrand weer keizer te worden, maar het was nog niet bekend waarvan hij keizer wilde worden. Omdat hij er altijd naar had verlangd om Alexander de Grote te kunnen evenaren, dacht men dat hij naar het oosten zou gaan. Hij was een keer eerder Egypte binnengevallen en had daar enig succes behaald. Hij zou ook naar het westen kunnen gaan: er gingen geruchten dat er bij Cherbourg een vloot schepen klaarlag, die op hem wachtte om hem naar Amerika te brengen en daar te beginnen aan de verovering van een geheel nieuwe wereld.

Maar waar hij ook besloot heen te gaan, iedereen was het erover eens dat hij eerst België zou binnenvallen. Dus ging de hertog van Wellington naar Brussel om de aankomst van Europa's grote vijand tegemoet te zien.

De Engelse kranten stonden vol met geruchten: Bonaparte had zijn leger bijeengeroepen; hij naderde België met ontstellende snelheid; hij was aangekomen; hij had overwonnen! Maar de volgende dag bleek dan weer dat hij zich nog steeds in zijn paleis in Parijs bevond zonder het ooit te hebben verlaten.

Eind mei volgde Jonathan Strange Wellington en zijn leger naar Brussel. Hij had de afgelopen drie maanden in alle rust doorgebracht in Shropshire om over magie na te denken en het zal dus niemand verbazen dat hij in het begin een beetje in de war was. Toen hij echter een uur of twee had gewandeld, kwam hij tot de conclusie dat het niet aan hem lag, maar aan Brussel zelf. Hij wist hoe een stad in oorlog eruitzag en dat was niet zoals dit. Er zouden compagnies van soldaten op en neer moeten lopen, rijtuigen met voorraden moeten rijden en mensen met bezorgde gezichten moeten zijn. In plaats daarvan zag hij modern uitziende winkels en dames die in chique rijtuigen rondhingen. Je zag wel overal groepen officieren, maar geen van hen scheen zich met oorlogsvoering bezig te houden (een van hen besteedde veel aandacht en moeite aan het repareren van een speelgoedparasol voor een klein meisje). Er was meer gelach en opgewektheid dan gepast leek met de naderende invasie door Napoleon Bonaparte.

Een stem riep zijn naam. Hij draaide zich om en zag kolonel Manningham, een kennis van hem, die Strange onmiddellijk uitnodigde om met hem mee te gaan naar het huis van lady Charlotte Greville. (Dit was een Engelse dame die in Brussel woonde.) Strange weigerde en zei dat hij geen uitnodiging had ontvangen, en trouwens toch op zoek moest gaan naar de hertog. Maar Manningham verklaarde dat het ontbreken van een uitnodiging geen probleem kon zijn – hij zou zeker welkom zijn – en de hertog kon net zo goed in lady Charlotte Greville's woonkamer zitten als ergens anders.

Tien minuten later zat Strange in een luxe appartement vol met mensen, van wie hij er al veel kende. Er waren officieren, mooie dames, chique heren, Britse politici en vertegenwoordigers, naar het scheen, van alle rangen en standen van de Britse adel. Ze spraken luidkeels over de oorlog en maakten er grappen over. Dat was nieuw voor Strange: oorlog als vermaak. In Spanje en Portugal was het normaal dat de soldaten zichzelf beschouwden als gemarteld, belasterd en vergeten. In berichten van de Britse kranten werd altijd getracht om de situatie zo mistroostig mogelijk over te laten komen. Maar hier in Brussel was er niets nobelers dan een van de officieren van zijne hoogwaardige excellentie te zijn – en bijna net zo nobel om de tovenaar van zijne hoogwaardige excellentie te zijn.

'Vindt Wellington het wel goed dat deze mensen hier zijn?' fluisterde Strange vol verbazing tegen Manningham. 'Wat gebeurt er als de Fransen aanvallen? Ik zou willen dat ik niet was gekomen. Er zullen vast mensen zijn die naar mijn onenigheid met Norrell vragen en ik wil het er echt niet over hebben.'

'Onzin!' fluisterde Manningham terug. 'Dat kan niemand hier iets schelen! En trouwens, daar is de hertog!'

Er was wat opschudding en de hertog verscheen. 'Ha, Merlijn!' riep hij toen hij Strange zag. 'Ik ben blij je te zien! Geef me een hand! Je kent de hertog van Richmond natuurlijk al. Niet? Laat mij jullie dan aan elkaar voorstellen!'

Het was al een levendige bijeenkomst, maar met de komst van zijne hoogwaardige excellentie werd het nog levendiger. Alle ogen waren op hem gericht om te zien met wie hij aan het praten was en – nog interessanter – met wie hij aan het flirten was. Als je hem zag zou je denken dat hij alleen naar Brussel was gekomen om zichzelf te vermaken. Maar telkens als Strange probeerde weg te komen, fixeerde de hertog zijn blik op hem alsof hij wilde zeggen: nee, jíj moet blijven. Ik heb je nodig! Uiteindelijk boog hij zijn hoofd, terwijl hij bleef lachen, en mompelde in Strange' oor: 'Zo, ik denk dat dat wel genoeg was. Kom! Er is een serre aan de andere kant van de kamer. Daar is het wat rustiger.'

Ze gingen tussen de palmen en andere exotische planten zitten.

'Ik moet je waarschuwen,' zei de hertog. 'Dit is Spanje niet. In Spanje waren de Fransen de gehate vijand van elke man, vrouw en kind in het land. Hier staan de zaken er anders voor. Bonaparte heeft vrienden in elke straat en in grote delen van het leger. De stad zit vol spionnen. En dus is het jouw taak – de jouwe en de mijne – om te doen alsof niets zekerder is dan dat wij hem verslaan! Lach, Merlijn! Neem wat thee, daar word je kalm van.'

Strange probeerde onbezorgd te lachen, maar zijn lach veranderde meteen in een bezorgde frons en om de aandacht van zijne hoogwaardige excellentie af te leiden van zijn gezicht dat in gebreke viel, vroeg hij wat zijne hoogwaardige excellentie van het leger vond.

'O! In het gunstigste geval is het een slecht leger. Het is het meest diverse leger dat ik ooit heb aangevoerd. Britten, Belgen, Nederlanders en Duitsers door elkaar. Het is alsof je met vijf verschillende materialen een muur probeert te bouwen. Elk materiaal is op zichzelf uitstekend, maar je vraagt je toch af of het bouwwerk wel zal blijven staan. Het Pruisische leger heeft echter beloofd dat ze aan onze zijde zullen vechten. En Blücher is een fantastische kerel. (Dit was de Pruisische generaal.) Hij is dol op een knokpartij. Helaas is hij ook krankzinnig. Hij denkt dat hij zwanger is.'

'O!'

'Van een baby-olifant.'

'O!'

'Maar we moeten je meteen aan het werk zetten! Heb je je boeken bij je? Je zilveren schaal? Een plaats waar je kunt werken? Ik heb een sterk voorgevoel dat Napoleon eerst in het westen zal opduiken, vanuit Lille. Dat is in ieder geval de route die ik zou kiezen en ik heb brieven ontvangen van vrienden die zeggen dat hij daar elk moment wordt verwacht. Dat is jouw taak. Houd de westelijke grens in de gaten en let op tekenen die erop wijzen dat hij er aankomt. Vertel het mij zodra je een glimp van de Franse troepen opvangt.'

Gedurende de twee weken die daarop volgden, riep Strange visioenen op van de plaatsen waarvan de hertog dacht dat de Fransen daar konden opduiken. De hertog gaf hem twee dingen die hem konden helpen: een grote kaart en een jonge officier die William Hadley-Bright heette.

Hadley-Bright was een van de gelukkige mensen voor wie vrouwe Fortuna haar meest uitgelezen geschenken bewaart. Alles kwam hem aanvliegen. Hij was het geliefde enig kind van een rijke weduwe. Hij wilde een militaire loopbaan. Zijn vrienden bezorgden hem een aanstelling bij een populair regiment. Hij wilde spanning en avontuur. De hertog van Wellington had hem gekozen als een van zijn *aides de camp*. Toen, juist op het moment dat hij besloten had dat magie het enige was waarvan hij nog meer hield dan van soldaat zijn, benoemde de hertog hem tot assistent van de sublieme en mysterieuze Jonathan Strange. Maar alleen mensen met een bijzonder verbitterd karakter misgunden Hadley-Bright zijn succes. Verder stemde hij iedereen vriendelijk gezind met zijn opgewektheid en goede humeur.

Dag in dag uit bestudeerden Strange en Hadley-Bright de historische, gefortificeerde steden in het westen van België. Ze tuurden naar saaie dorpsstraten. Ze bekeken uitgestrekte lege weilanden onder nog uitgestrektere panorama's van waterkleurige wolken. Maar de Fransen verschenen niet.

Op een warme, broeierige dag halverwege juni zaten ze weer aan deze eindeloze taak. Het was een uur of drie. De ober had nagelaten een paar vuile koffiekopjes weg te halen en er zoemde een vlieg omheen. Door het open raam kwam een gemengde lucht van paardenzweet, perziken en zure melk. Hadley-Bright, die op een stoel had plaatsgenomen, demonstreerde op perfecte wijze een van de belangrijkste eigenschappen van een soldaat – die van in slaap vallen onder elke omstandigheid en op elk moment.

Strange keek op zijn kaart en koos een willekeurige plek. In het water van zijn zilveren schaal verscheen een rustig kruispunt. In de buurt lagen een boerderij en een stuk of drie huizen. Hij keek er een tijdje naar. Er gebeurde niets. Zijn ogen vielen dicht en toen hij op het punt stond in slaap te sukkelen brachten enkele soldaten een kanon in positie onder een paar olmen. Ze zagen er professioneel uit. Hij gaf Hadley-Bright een schop om hem wakker te maken. 'Wie zijn dat?' vroeg hij.

Hadley-Bright keek met half toegeknepen ogen naar de zilveren schaal.

De soldaten bij het kruispunt droegen groene jassen met rode uitmonsteringen. Het bleken er plotseling een heleboel te zijn.

'Nassauers,' zei Hadley-Bright, terwijl hij een paar van Wellington's Duitse troepen opnoemde. 'De jongens van de prins van Oranje. Niets om ongerust over te zijn. Waar kijkt u naar?'

'Een kruispunt twintig kilometer ten zuiden van de stad. Een plaats die Quatre Bras heet.'

'Ah! Daar hoeft u geen tijd aan te besteden!' verklaarde Hadley-Bright gapend. 'Dat ligt langs de weg naar Charleroi. Aan het einde ervan wacht het Pruisische leger – dat is mij tenminste verteld. Ik vraag me af of die jongens daar wel moeten zijn?' Hij begon door een paar papieren te bladeren die de lokaties van de verschillende geallieerden beschreven. 'Nee, ik denk echt niet—'

'En wat is dat?' onderbrak Strange hem, terwijl hij naar een soldaat in een blauwe jas wees die op een heuvel ertegenover verscheen met zijn musket in de aanslag.

Er viel een korte stilte. 'Een Fransman,' zei Hadley-Bright.

'Hoort hij daar te zijn?' vroeg Strange.

Er kwam nog een Fransman bij. Toen verschenen er nog vijftig. De vijftig werden er tweehonderd, driehonderd, duizend! De Fransen kwamen uit de heuvel gekropen als maden uit de kaas. Het volgende moment begonnen ze hun musketten leeg te schieten op de Nassauers bij het kruispunt. Het gevecht duurde niet lang. De Nassauers vuurden hun kanonnen af. De Fransen, die geen kanonnen schenen te hebben, trokken zich terug achter de heuvel.

'Ha!' riep Strange opgelucht. 'Ze zijn verslagen! Ze zijn gevlucht!'

'Ja, maar waar kwamen ze vandaan?' mompelde Hadley-Bright. 'Kunt u achter die heuvel kijken?'

Strange tikte in het water en maakte een soort draaiend gebaar boven het oppervlak. Het kruispunt verdween en in plaats daarvan verscheen een duidelijk beeld van het Franse leger – en als het niet het hele leger was, dan wel een groot gedeelte ervan.

Hadley-Bright ging zitten als een marionet waarvan de touwtjes zijn doorgeknipt. Strange vloekte in het Spaans – een taal die hij vanzelf met oorlog associeerde. De geallieerden lagen op een totaal verkeerde plaats. Wellington's divisies zaten in het westen, klaar om allerlei plaatsen, waarvan Bonaparte helemaal niet de bedoeling had om ze aan te vallen, met hun leven te beschermen. Generaal Blücher en het Pruisische leger zaten te ver weg, in het oosten. En nu dook het Franse leger plotseling in het zuiden op. Zoals de zaken ervoor stonden waren deze Nassauers – iets van drie- of vierduizend soldaten – de enigen die nog tussen Brussel en de Fransen in stonden.

'Meneer Strange! Doe iets, ik smeek het u!' jammerde Hadley-Bright.

Strange haalde diep adem en spreidde zijn armen, alsof hij alle magie die hij ooit had geleerd aan het verzamelen was.

'Schiet op, meneer Strange! Schiet op!'

'Ik zou de stad kunnen verplaatsen!' zei Strange. 'Ik zou Brussel kunnen verplaatsen! Ik kan het ergens anders neerzetten waar de Fransen het niet kunnen vinden.'

'Waarheen dan?' riep Hadley-Bright, terwijl hij Strange' handen greep en ze naar beneden trok. 'We zijn omsingeld door legers. Onze eigen legers! Als u Brussel verplaatst zou het kunnen dat u enkele van onze regimenten onder de gebouwen en straatstenen verplettert. De hertog zal niet blij zijn. Hij heeft elke soldaat nodig.'

Strange dacht nog wat na. 'Ik weet het!' riep hij uit.

Er waaide een briesje langs. Het was niet onprettig – sterker nog, het had de verfrissende geur van de oceaan. Hadley-Bright keek door de ramen naar buiten. Achter de huizen, kerken, paleizen en parken lagen plotseling bergketens die er eerder nog niet waren. Ze waren zwart, alsof ze begroeid waren met pijnbomen. De lucht werd frisser – als lucht die nog niet eerder is ingeademd.

'Waar zijn we?' vroeg Hadley-Bright.

'Amerika,' zei Strange. En ter verduidelijking voegde hij toe: 'Het ziet er op de kaarten altijd zo kaal uit.'

'Mijn god! Maar hier schieten we niets mee op! Bent u soms vergeten dat we net een vredesverdrag met Amerika hebben getekend? Het zal grote ergernis oproepen bij de Amerikanen wanneer er een Europese stad op hun grondgebied verschijnt!'

'O, grote kans! Maar ik verzeker je dat er geen reden is bezorgd te zijn. We zijn ver verwijderd van Washington of New Orleans of een van de andere plaatsen waar de veldslagen plaatsvonden. Honderden kilometers verwacht ik. Ten minste... Ik moet zeggen dat ik niet precies weet waar we zijn. Denk je dat het uitmaakt?'[1]

---

[1] De inwoners van Brussel en de verschillende legers, die de stad hadden ingenomen, waren zeer geïntrigeerd door het feit dat ze zich nu in een ver land bevonden. Helaas werden ze te veel in beslag genomen door de voorbereidingen voor de naderende strijd – of in het geval van het rijkere, meer frivole gedeelte van de bevolking, door het treffen van voorbereidingen voor het bal van de hertogin van Richmond die avond – en bijna niemand had de tijd om te kijken hoe het land eruitzag of wie er woonden. Als gevolg daarvan was het nog lange tijd onduidelijk waar Strange Brussel op die middag in juni precies had geplaatst.

Een handelaar en pelsjager, genaamd Pearson Denby, reisde in 1830 door het prairielandschap. Een opperhoofd van de Lakota-stam die hij kende kwam naar hem toe, hij heette Man-die-bang-is-voor-water. Man-die-bang-is-voor-water vroeg Denby of hij hem een paar zwarte bliksemballen kon bezorgen. Man-die-bang-is-voor-water legde uit dat hij van plan was ten strijde te trekken tegen zijn vijanden en dat hij de ballen dringend nodig had. Hij zei dat hij ooit vijftig ballen had gehad en dat hij ze altijd spaarzaam had gebruikt, maar nu waren ze allemaal op. Denby begreep het niet. Hij vroeg Man-die-bang-is-voor-water of hij munitie bedoelde. Nee, zei Man-die-bang-is-voor-water. Net zo iets als munitie maar dan veel groter. Hij nam Denby mee terug naar zijn kamp en liet hem een koperen vijfeneenhalve inch houwitser zien die gemaakt was door de Carron Company uit Falkirk in Schotland. Denby was stomverbaasd en vroeg Man-die-bang-is-voor-water hoe hij aan het kanon was gekomen. Man-die-bang-is-voor-water legde uit dat er in dichtbij gelegen heuvels een stam woonde die de Half-Afgemaakte Mensen heetten. In een zomer waren ze gemaakt, maar hun Schepper had hun maar een van de vaardigheden gegeven die nodig zijn om te overleven: die van vechten. Alle andere vaardigheden ontbraken. Ze wisten niet hoe ze op een buffel of antilope moesten jagen, hoe ze paarden moesten temmen of hoe ze zelf huizen

Hadley-Bright rende naar buiten om de hertog te zoeken en hem te vertellen dat, in tegenstelling tot wat ze gedacht hadden, de Fransen nu in België waren, maar hij, de hertog, niet.

Zijne hoogwaardige excellentie, die net met een paar Britse politici en Belgische gravinnen aan de thee zat, ontving het nieuws zoals gewoonlijk onverstoorbaar. Maar een half uur later verscheen hij samen met de intendant-generaal, kolonel De Lancey in Strange' hotel. Met een barse uitdrukking bekeek hij het visioen in de zilveren kom. 'Mijn god, Napoleon heeft me beetgenomen!' riep hij uit. 'De Lancey, u moet zo snel mogelijk de bevelen opstellen. We moeten het leger bij Quatre Bras laten verzamelen.'

De arme kolonel De Lancey zag er erg ongerust uit. 'Maar hoe brengen we de bevelen aan onze officieren over met de Atlantische Oceaan ertussen?' vroeg hij.

'O,' zei zijne hoogwaardige excellentie, 'dat regelt meneer Strange wel.' Door het raam zag hij dat er iets gebeurde. Er kwamen vier ruiters langs. Ze hadden een koninklijk voorkomen en de houding van keizers. Hun huid had de kleur van mahoniehout, hun lange haren waren pikzwart en glanzend als ravenveren. Ze waren gekleed in huiden versierd met de stekels van stekelvarkens. Ze waren stuk voor stuk

---

moesten bouwen. Ze konden elkaar niet eens verstaan, omdat de Schepper hun vier of vijf talen had gegeven. Maar ze hadden dit kanon, dat ze in ruil voor eten aan Man-die-bang-is-voor-water hadden gegeven.

Geïntrigeerd zocht Denby de stam van de Half-Afgemaakte Mensen op. Eerst leek het op iedere andere stam, maar toen viel het Denby op dat de oudere mannen een vreemd Europeaans uiterlijk hadden en dat sommigen Engels spraken. Enkele van hun gewoonten kwamen overeen met die van de Lakota-stammen maar andere leken gebaseerd te zijn op de militaire gebruiken uit Europa. Hun taal leek op Lakota maar bevatte veel Engelse, Nederlandse en Duitse woorden.

Een man die Robert Heath heette (of Kleine-man-die-te-veel-praat) vertelde Denby dat ze gedeserteerd waren uit verschillende legers en regimenten op de middag van 15 juni 1815 omdat er de volgende dag een grote veldslag gestreden zou worden en ze het sterke voorgevoel hadden dat ze zouden sterven als ze bleven. Wist Denby of de hertog van Wellington óf Napoleon Bonaparte nu koning van Frankrijk was? Denby wist dit niet. 'Tja, meneer,' zei Heath filosofisch, 'wie van hen het ook is, ik geloof dat het leven voor mensen als u en ik hetzelfde is gebleven.'

uitgerust met een geweer in een leren hoes, een vervaarlijk uitziende speer – net zo gevederd als hun hoofden – en een boog. 'O, en De Lancey! Laat iemand die mannen vragen of ze morgen willen vechten, ze zien eruit alsof ze dat wel kunnen.'

Ongeveer een uur later, in het stadje Ath, dertien kilometer van Brussel (of eigenlijk dertien kilometer van de plaats waar Brussel eerst gelegen had) haalde een patissier een lading koekjes uit de oven. Toen de koekjes afgekoeld waren, maakte hij op elk koekje een letter van roze glazuur – iets wat hij nog nooit eerder had gedaan. Zijn vrouw – die geen woord Engels sprak – legde de koekjes op een houten dienblad en gaf het aan de sous-patissier. De sous-patissier bracht het dienblad naar het hoofdkwartier van de geallieerden in de stad waar sir Henry Clinton zijn officieren onder bevel had. De sous-patissier gaf de koekjes aan sir Henry. Sir Henry nam er een en was net van plan erin te bijten, toen majoor Norcott van het vijfennegentigste regiment van karabiniers een verraste kreet slaakte. Voor hem, geschreven in roze glazuur, stond een bericht van Wellington waarin hij sir Henry beval de infanterie zo snel mogelijk naar Quatre Bras te verplaatsen. Sir Henry keek verbaasd op. De sous-patissier glimlachte naar hem.

Rond dezelfde tijd was de bevelhebbend generaal van de derde divisie – een man uit Hanover die sir Charles Alten heette – hard aan het werk in een kasteel dat zeventien kilometer ten zuiden van Brussel lag. Hij keek toevallig naar buiten en zag boven de hoftuin een kleine regenbui die zich vreemd gedroeg. De regen viel alleen in het midden van de hoftuin zonder de muren te raken. Sir Charles werd zo nieuwsgierig dat hij naar buiten ging om het beter te bekijken. Daar stond de volgende missie met regendruppels in het stof geschreven:

Brussel, 15 juni, 1815
Bevel om direct met de derde divisie naar Quatre Bras op te trekken.
Wellington

Ondertussen hadden enkele Nederlandse en Belgische generaals van Wellington's leger zelf ook ontdekt dat de Fransen in Quatre Bras zaten, en waren met de tweede Nederlandse divisie op weg ernaar toe. Daarom waren deze generaals – die Rebecq en Perponcher heetten – nogal geïrriteerd toen een grote groep zangvogels in de bomen rondom hen neerstreek en zong:

Wellington's plan zetten wij nu uiteen
Bij Quatre Bras zijn de Fransen bijeen
Vergaart dan nu de troepen elkeen
Tijgt nu als één man naar de viersprong heen

'Ja, ja! Dat weten we!' riep generaal Perponcher, terwijl hij gebaren maakte naar de vogels om ze weg te jagen. 'Ga weg, rotbeesten!' Maar de vogels kwamen dichterbij en een paar gingen zelfs op zijn schouders en het paard zitten. Overgedienstig gingen ze door met zingen:

Daar zullen wij strijden te vuur en te zwaard
Wellington bidt ons: zijt gij niet vervaart
De opdracht staat vast, door 't leger aanvaard
Vooruit nu, brigade, marcheert nu, maakt vaart!

De rest van de dag bleven de vogels in het gezelschap van de soldaten en kwetterden en tjirpten ze constant hetzelfde vervelende lied. Generaal Rebecq – die uitstekend Engels sprak – slaagde erin er een te vangen en probeerde de vogel een nieuw lied te leren, in de hoop dat hij terug zou vliegen naar Jonathan Strange en het voor hem zou zingen:

's Hertogs tovenaar zenden wij met een trap
Van Brussel naar 't Tricht aan de Maas o zo rap
Voor 't foppen van 't rechtschapene burgerschap
En dan van Maastricht weer terug met een klap[2]

Om zes uur bracht Strange Brussel terug op Europese bodem. De regimenten die in de stad gelegerd waren, marcheerden onmiddellijk door de Poort van Namen en over de weg die leidde naar Quatre Bras. Toen Strange klaar was, kon hij zijn eigen voorbereidingen treffen voor de oorlog. Hij verzamelde zijn zilveren schaal, een stuk of vijf toverboeken, twee pistolen, een lichte zomerjas met een paar onge-

---

[2] Generaal Rebecq verzon ook een Nederlandse versie van het liedje dat door zijn soldaten werd gezongen op weg naar Quatre Bras. Zij leerden het aan hun Engelse kameraden en later werd het een hinkelliedje voor kinderen in zowel in Engeland als in Nederland.

bruikelijk diepe zakken, tien hardgekookte eieren, drie flessen cognac, een paar in papier gewikkelde stukken varkenspastei en een grote zijden paraplu.

De volgende ochtend reed hij, met alle benodigdheden die hij op verschillende plaatsen bij zichzelf en zijn paard had weggestopt, samen met de hertog en zijn staf naar het kruispunt bij Quatre Bras. Een paar duizend geallieerde troepen hadden zich daar nu verzameld, maar de Fransen hadden zich nog niet laten zien. Af en toe klonk het geluid van een musket, maar niet vaker dan je zou horen in een Engels bos waar heren aan het jagen zijn. Strange was om zich heen aan het kijken, toen er plotseling een lijster op zijn schouder neerstreek en tjirpte:

Wellington's plan zetten wij nu uiteen
Bij Quatre Bras zijn de Fransen bijeen...

'Wat?' mompelde Strange. 'Wat doe jij hier? Je had al uren geleden weg moeten zijn!' Hij maakte Ormskirk's gebaar om een magische spreuk te verspreiden en de vogel vloog weg. Sterker nog, tot zijn ontsteltenis vloog een hele zwerm vogels tegelijk weg. Hij keek nerveus om zich heen om te zien of iemand had opgemerkt dat zijn magie mislukt was. Iedereen leek het echter te druk te hebben met militaire aangelegenheden en hij kwam tot de conclusie dat niemand iets had gemerkt.

In een greppel direct voor het landhuis van Quatre Bras vond hij een geschikte positie. Direct rechts van hem lag het kruispunt en links van hem lag het 92ste regiment van de Gordon Highlanders. Hij haalde de hardgekookte eieren uit zijn zakken en gaf ze aan een paar Highlanders van wie hij dacht dat die ze wel zouden lusten. (In vredestijd dient men zich gewoonlijk op de een of ander manier voor te stellen om met iemand kennis te maken. In oorlogstijd levert iets eetbaars hetzelfde resultaat op.) In ruil hiervoor, gaven de Highlanders hem wat zoete thee met melk en algauw spraken ze heel vriendschappelijk met elkaar.

Het was een ontzettend hete dag. De weg liep door roggevelden die in de felle zon een bijna bovennatuurlijke glans kregen. Anderhalve kilometer verderop was het Pruisische leger al in gevecht met de Fransen, en in de verte hoorde je het geluid van knallende geweren en schreeuwende mannen als geesten van de toekomst. Net voor het middaguur klonk verderop het geluid van trommels en luid gezang. De grond trilde onder het gestamp van tienduizenden voeten en grote donkere colonnes van de Franse infanterie kwamen door de rogge op hen af.

De hertog had Strange geen specifieke bevelen gegeven, dus maakte hij, toen het gevecht begon, een begin met de magie die hij ook op de Spaanse slagvelden had toegepast. Als dreigement stuurde hij vlammende engelen op de Fransen af en draken die vuur naar hen spuwden. Deze illusies waren groter en feller dan alles wat hij ooit in Spanje voor elkaar had gekregen. Hij klom een paar keer uit de greppel om het effect te bewonderen, ondanks de waarschuwingen van de Highlanders dat hij elk moment kon worden neergeschoten.

Hij was al drie à vier uur vlijtig spreuken aan het uitspreken toen er iets gebeurde. Op het slagveld dreigden de hertog en zijn staf ingesloten te worden door een plotselinge aanval van de Franse chasseurs. De heren moesten omdraaien en halsoverkop terugrijden naar de geallieerde linies. De dichtstbijzijnde troep was toevallig het 92ste regiment van de Gordon Highlanders.

'Tweeënnegentigste!' schreeuwde de hertog. 'Ga liggen!'

De Highlanders gingen onmiddellijk liggen. Strange keek op vanuit zijn greppel en zag de hertog op Copenhagen[3] over hun hoofden scheren. Zijne hoogwaardige excellentie was niet gewond geraakt en het leek er zelfs op dat dit avontuur hem eerder kracht had gegeven, dan dat hij ervan geschrokken was. Hij keek om zich heen om te zien wat iedereen aan het doen was. Zijn oog viel op Strange.

'Meneer Strange! Wat doet u hier? Als ik een demonstratie van Vauxhall-Gardensmagie wil zien, dan zal ik er wel om vragen![4] In Spanje hadden de Fransen veel van dit soort dingen gezien – ze werden er niet warm of koud van. Maar voor de Belgen, Nederlanders en Duitsers in *mijn* leger is het echter totaal nieuw. Ik zag net dat een van uw draken een Brunswijcker compagnie in dat bos daar bedreigde.

---

3 Copenhagen, het beroemde vospaard van de hertog, 1808-1836.

4 De heren George en Jonathan Barret, de eigenaars van Vauxhall Gardens, hadden Strange en Norrell in 1810 een grote som geld geboden om elke avond een magie-voorstelling te geven in de tuinen. De magie die de heren Barret voorstelden, was precies dezelfde – illusies van magische wezens, beroemde mensen uit de bijbel en de geschiedenis, et cetera, et cetera. Meneer Norrell had natuurlijk geweigerd.

Vier van hen vielen om. Dat is niet goed, meneer Strange! Dit kan gewoonweg niet!' Hij galoppeerde weg.

Strange keek hem na. Hij speelde met de gedachten om een paar rake opmerkingen te maken over de ondankbaarheid van de hertog jegens zijn vrienden van het 92ste regiment van de Gordon Highlanders, maar zij leken het op dit moment nogal druk te hebben. Ze werden beschoten door kanonnen en er werd met sabels op hen ingehakt. Dus pakte hij zijn kaart, klom uit de greppel en baande zich een weg naar het kruispunt waar de militaire secretaris van de hertog, lord Fitzroy Somerset, met een angstige blik om zich heen stond te kijken.

'Excellentie?' zei Strange. 'Ik moet u iets vragen. Hoe verloopt de strijd?'

Somerset zuchtte. 'Het zal uiteindelijk allemaal goed komen. Dat kan niet anders. Maar de helft van het leger is nog niet gearriveerd. De cavalerie is nauwelijks het vermelden waard. Ik weet dat u op stel en sprong bevelen naar de divisies heeft gestuurd, maar sommige waren simpelweg te ver weg. Als de Fransen eerder versterking krijgen dan wij, dan...' Hij haalde zijn schouders op.

'En als de Franse versterkingen komen, uit welke richting komen ze dan? Uit het zuiden neem ik aan?'

'Het zuiden en zuidoosten.'

Strange keerde niet terug naar het slagveld. In plaats daarvan liep hij naar de boerderij van Quatre Bras, net achter de Britse linies. De boerderij was zo goed als verlaten. De deuren stonden open, gordijnen wapperden uit de ramen. Een zeis en een schoffel waren in de haast om weg te komen in het stof gegooid. In het halfduister van de naar melk ruikende melkschuur trof hij een poes aan met een paar pasgeboren katjes. De poes beefde telkens wanneer er geweerschoten klonken – en dat was vaak. Hij haalde wat water voor haar en sprak haar rustig toe. Toen ging hij op de koele stapstenen zitten en legde de kaart voor zich uit.

Hij begon de wegen, lanen en dorpen ten zuiden en ten oosten van het slagveld te verplaatsen. Eerst veranderde hij de lokaties van twee dorpen. Toen liet hij alle wegen die van oost naar west liepen, van noord naar zuid gaan. Hij wachtte tien minuten en herstelde vervolgens alles weer in zijn oorspronkelijke staat. Hij draaide alle bossen in de omgeving om zodat ze aan de andere kant lagen. Daarna liet hij alle beekjes in tegenovergestelde richting stromen. Urenlang was hij bezig het landschap te veranderen. Het was ingewikkeld, vermoeiend werk – bijna net zo saai als de dingen die hij met meneer Norrell had gedaan. Om half zeven hoorde hij de geallieerde bugels de opmars blazen. Om acht uur stond hij op en strekte zijn verstijfde ledematen. 'Welnu,' zei hij tegen de poes, 'ik heb geen flauw idee of het iets heeft uitgehaald.'[5]

Er hing zwarte rook boven de velden. De mistroostige toeschouwers van elke veldslag, de kraaien en raven, waren met honderden gearriveerd. Strange trof zijn vrienden, de Highlanders, in een hopeloze toestand aan. Ze hadden een huis naast de weg ingenomen, maar daardoor waren ze de helft van hun soldaten kwijtgeraakt plus vijfentwintig van hun zesendertig officieren, inclusief hun kolonel – een man die velen van hen als een vader hadden beschouwd. Menig grauw uitziend veteraan zat met zijn hoofd in zijn handen te huilen.

De Fransen waren klaarblijkelijk naar Frasnes teruggekeerd, de stad vanwaar ze die ochtend vertrokken waren. Strange vroeg aan verschillende mensen of dit betekende dat de geallieerden hadden gewonnen, maar niemand leek hem hier het fijne over te kunnen vertellen.

Die nacht sliep hij in Genappe, een dorp dat vijf kilometer verderop in de richting van Brussel lag. Hij zat aan het ontbijt toen kapitein Hadley-Bright verscheen met nieuws: de geallieerde van de hertog, het Pruisische leger, had tijdens de gevechten van de dag ervoor een verschrikkelijke nederlaag geleden.

'Zijn ze verslagen?' vroeg Strange.

'Nee, maar ze hebben zich teruggetrokken en dus zegt de hertog dat

---

5 De gangbare magische techniek om verwarring te zaaien binnen wegen, landschappen, kamers en andere fysieke ruimten is het creëren van een doolhof. Strange leerde dit echter pas in februari 1817.

Desondanks was dit aantoonbaar dé beslissende actie in de veldtocht geweest. Wat Strange niet wist, was dat de Franse generaal, D'Erlon, samen met twintigduizend man het slagveld probeerde te bereiken. In plaats daarvan verspilde hij cruciale uren met het marcheren door een landschap dat om de paar minuten op onverklaarbare wijze veranderde. Als hij en zijn mannen erin waren geslaagd waren om Quatre Bras te bereiken, hadden de Fransen waarschijnlijk gewonnen en had Waterloo nooit plaatsgevonden. Strange was gepikeerd doordat de hertog eerder op de dag zo kortaf was geweest, en vertelde niemand wat hij had gedaan. Later vertelde hij het aan John Segundus en Thomas Levy. Als gevolg hiervan braken de historici van Quatre Bras hun hoofden over de reden van D'Erlon's falen, totdat John Segundus' *Life of Jonathan Strange* werd gepubliceerd in 1820.

wij dit ook moeten doen. Zijne hoogwaardige excellentie heeft een andere lokatie gekozen om te vechten en de Pruisen zullen ons daar treffen. Een plaats die Waterloo heet.'

'Waterloo. Wat een belachelijk rare naam!' zei Strange.

'Vreemd, hè? Ik kon het niet vinden op de kaart.'

'Ach!' zei Strange. 'In Spanje gebeurde dit steeds! De man die u dit heeft verteld, heeft zich ongetwijfeld in de naam vergist. Wees er maar zeker van: zo'n plek bestaat niet.'

Even na twaalven bestegen ze hun paarden en net toen ze op het punt stonden om samen met het leger het dorp te verlaten, kwam er een boodschap van Wellington: er was een Franse lansierdivisie op komst, of meneer Strange niet iets kon doen om hen dwars te zitten. Strange, die zijn best deed te voorkomen dat hij opnieuw beschuldigd zou worden van Vauxhall-Gardensmagie, vroeg Hadley-Bright om advies. 'Wat haat de cavalerie het meest?'

Hadley-Bright dacht even na. 'Modder,' zei hij.

'Modder? Echt? Ja, u zult wel gelijk hebben. Welnu, er zijn weinig dingen die eenvoudiger en ambachtelijker zijn dan weermagie!'

De lucht werd donker. Er verscheen een inktzwarte wolk. Hij was zo groot als België, en zo dik en zwaar dat hij met de onderkant over de toppen van de bomen leek te schuren. Er was een flits en de wereld werd een moment lang spierwit. Er klonk een oorverdovende knal en het volgende moment kwam de regen met zulk geweld naar beneden dat de aarde kookte en siste.

Binnen enkele minuten veranderden de omliggende weilanden in een moeras. De Franse lansiers waren niet meer in staat hun favoriete sport van snel en behendig rijden te beoefenen. Wellington's achterhoede kon veilig ontsnappen.

Een uur later kwamen Strange en Hadley-Bright er tot hun verbazing achter dat er inderdaad een plaats bestond die Waterloo heette en dat ze de plaats zojuist hadden bereikt. De hertog zat op zijn paard, in de regen, en bekeek goedgehumeurd zijn vuile soldaten, paarden en rijtuigen. 'Geweldige modder, Merlijn!' riep hij opgewekt. 'Erg kleverig en glibberig. Het zal de Fransen in het geheel niet bevallen. Meer regen als het kan! Ziet u die boom daar, waar de weg naar beneden gaat?'

'De olm, uwe hoogwaardige excellentie?'

'Inderdaad. Als u daar morgen gedurende de veldslag zou willen gaan staan, zou ik u erg dankbaar zijn. Ik zal er af en toe ook zijn, maar waarschijnlijk niet al te vaak. Mijn jongens zullen u uw instructies bezorgen.'

Die avond namen verschillende divisies van het geallieerde leger hun posities in langs de lage bergrichel ten zuiden van Waterloo. Boven hen bulderde de donder en de regen kwam in grote hoeveelheden naar beneden. Van tijd tot tijd kwam er een afvaardiging doorweekte mannen naar de olm toe en smeekte Strange het op te laten houden, maar hij schudde enkel zijn hoofd en zei: 'Dat zal ik doen zodra de hertog zegt dat ik moet stoppen.'

Maar de veteranen uit de napoleontische oorlog merkten goedkeurend op dat regen ten tijde van oorlog immer een vriend van de Engelsen is. Ze zeiden tegen hun kameraden: 'Niets anders is zo geruststellend of bekend voor ons, weet je, terwijl het andere naties in de war brengt. Het regende in de nachten voor Fuentes, Salamanca en Vitoria.' (Dit waren de namen van enkele van Wellington's grootste overwinningen op het schiereiland.)

Schuilend onder zijn paraplu peinsde Strange over de naderende veldslag. Al sinds het einde van de napoleontische oorlog had hij de magie bestudeerd die door de Gulden Tovenaars werd gebruikt ten tijde van oorlog. Er was maar weinig over bekend. Geruchten – niet meer dan dat – deden de ronde over een spreuk die John Uskglass voorafgaand aan zijn veldslagen gebruikte. Hij voorspelde de afloop van gebeurtenissen die in het heden plaatsvonden. Net voor het donker kreeg Strange plotseling inspiratie. 'Het is onmogelijk om erachter te komen wat Uskglass deed, maar er zijn nog altijd Pale's Conjecturen Betreffende het Voorspellen van Dingen Die Komen Gaan. Hoogstwaarschijnlijk is het een verwaterde versie daarvan. Dat zou ik kunnen gebruiken.'

De spreuk werkte een tijdje. Hij kon alle geluiden om zich heen waarnemen: regen die op metaal en leer kletterde, en langs canvas droop; trappelende en briesende paarden; zingende Engelsen en Schotten die op hun doedelzakken speelden; twee Welse soldaten die aan het kibbelen waren over de juiste interpretatie van een bijbelpassage; de Schotse kapitein, John Kincaid, die de Amerikaanse barbaren aan het vermaken was en thee leerde drinken – waarschijnlijk met de gedachte dat als een man eenmaal thee had leren drinken, de andere zaken die iemand tot Brit maken vanzelf zouden komen.

Toen was het stil. Soldaten en paarden begonnen te verdwijnen, eerst maar een paar per keer, en toen al snel meer – honderden, duizenden van hen verdwenen uit zicht. Er ontstonden grote gaten tussen de opeengepakte soldaten. Een stukje verder richting het oosten was een heel regiment verdwenen, waardoor een gat ter grootte van Hanover-square was ontstaan. Waar enkele ogenblikken daarvoor nog volop drukte, gepraat en activiteit was, was nu niets anders te bekennen dan regen en schemering en wuivende roggestengels. Strange veegde zijn mond af omdat hij misselijk werd. Ha! dacht hij. Dat zal me leren om me met magie te bemoeien die voor koningen bestemd is! Norrell had gelijk. Sommige magie is niet voor gewone tovenaars bestemd. John Uskglass wist waarschijnlijk wat hij met deze afschuwelijke wetenschap aan moest. Ik niet. Moet ik het iemand vertellen? De hertog? Hij zal het me niet in dank afnemen.

Iemand keek naar hem. Iemand praatte tegen hem – een kapitein van de rijdende artillerie. Strange zag de mond van de man bewegen, maar hij hoorde geen geluid. Hij knipte met zijn vingers om de spreuk op te heffen. De kapitein nodigde hem uit voor wat cognac en sigaren. Strange bibberde en sloeg de uitnodiging af.

De rest van de avond zat hij alleen onder de olm. Tot nu toe had hij nooit gedacht dat zijn tovenaarsschap hem van anderen onderscheidde. Maar nu had hij de foute kant gezien. Hij had een angstaanjagend gevoel, alsof de wereld om hem heen ouder werd, en het beste gedeelte van het bestaan – plezier, liefde en onschuld – onherroepelijk verdween in het verleden.

De volgende morgen rond half twaalf vuurden de Fransen hun kanonnen af. De geallieerde artillerie beantwoordde dit. De heldere zomerlucht tussen de twee legers werd gevuld door sluiers van bijtende zwarte rook.

De aanval van de Fransen was voornamelijk gericht op het Château van Hougoumont, een buitenpost van de geallieerden, waarvan de bossen en gebouwen verdedigd werden door de Scots Guards, Coldstream Guards, Nassauers en Hanoverianen. Strange riep het ene visioen na het andere op in zijn zilveren kom, zodat hij de bloederige confrontaties in de bossen rond het kasteel kon bekijken. Hij speelde met het idee bomen te verplaatsen zodat de geallieerde soldaten beter op hun aanvallers konden schieten, maar dit soort lijf aan lijf gevechten leenden zich slecht voor magie. Hij herinnerde zich eraan dat een soldaat in oorlogstijd meer schade kan aanrichten door te snel of te onstuimig te handelen dan door helemaal nooit te handelen. Hij wachtte.

Het kanongebulder werd heftiger. Britse veteranen zeiden tegen hun vrienden dat ze nooit eerder zo'n heftige, dichte schotenregen hadden gehoord. De mannen zagen kameraden in tweeën gespleten worden, aan stukken geslagen en door kanonskogels onthoofd worden. De lucht trilde van de weerklank van kanonnen. 'Het is een flink gedreun,' merkte de hertog luchtig op en beval de voorste gelederen om zich achter de kam van de bergrichel terug te trekken en te gaan liggen. Toen het voorbij was, richtten de geallieerden hun hoofden op om te zien hoe de Franse infanterie optrok door de met rook gevulde vallei: zestienduizend soldaten schouder aan schouder in enorme colonnes, die allemaal tegelijk schreeuwden en stampten.

Menig soldaat vroeg zich af of de Fransen uiteindelijk een eigen tovenaar hadden gevonden. De Franse infanteristen leken veel groter dan normale soldaten en terwijl ze dichterbij kwamen leken hun ogen te vlammen van bijna bovennatuurlijke woede. Maar dit was slechts de magie van Napoleon Bonaparte, die beter dan wie ook wist hoe hij zijn soldaten moest kleden zodat ze de vijand angst in zouden boezemen, en hoe hij ze moest opstellen zodat iedereen die ze aanschouwde zou denken dat ze onoverwinnelijk waren.

Strange wist nu precies wat hij moest doen. De dikke, klonterende modder bleek nu al een grote belemmering te zijn voor de naderende soldaten. Om ze nog meer te hinderen, betoverde hij de roggehalmen. Hij liet ze zich om de voeten van de Fransen wikkelen. De halmen waren zo sterk als metaaldraad: de soldaten struikelden en vielen om. Met wat geluk konden ze door de modder niet meer overeind komen en zouden ze door hun kameraden vertrapt worden – of door de cavalerie die reeds spoedig achter hen opdook. Het was nauwgezet werk en ondanks zijn pogingen was de eerste magie die Strange gebruikte niet schadelijker voor de Fransen dan de schoten van een kundig Brits musketier of karabinier.

Een aide de camp kwam met ontstellende snelheid aangevlogen en duwde een lap geitenhuid in Strange' hand, terwijl hij schreeuwde: 'Boodschap van zijne hoogwaardige excellentie!' Een moment later was hij alweer verdwenen.

Franse granaten hebben het Château van Hougoumont in brand gezet. Doof de vlammen.

Wellington

Strange riep nog een visioen op van Hougoumont. De soldaten daar hadden flink geleden sinds de laatste keer dat hij het Château gezien had. In elk vertrek lagen gewonden van beide partijen. De hooiberg, bijgebouwen en het kasteel stonden in lichterlaaie. Overal hing zwarte verstikkende rook. Paarden schreeuwden en gewonde soldaten probeerden weg te kruipen – maar ze konden bijna nergens naar toe. Ondertussen woedde de strijd door. In de kapel vond Strange een stuk of vijf afbeeldingen van heiligen die op de muren waren geschilderd. Ze waren twee tot tweeëneenhalve meter groot en vreemd gevormd – het leek op het werk van een enthousiaste amateur. Ze hadden lange bruine baarden en grote melancholieke ogen.

'Daar moet ik het maar mee doen!' mompelde hij. Op zijn bevel maakten de heiligen zich van de muur los. Ze bewogen zich schokkend voort, als marionetten, maar ze hadden een zekere lichtheid en gratie over zich. Statig liepen ze tussen de rijen gewonde soldaten door naar een put in een van de hoftuinen. Hier haalden ze emmers water uit, die ze naar de vlammenzee brachten. Alles leek goed te gaan totdat twee van hen (waarschijnlijk Sint Petrus en Sint Hieronymus) vlam vatten en verbrandden – omdat ze uit niets dan verf en magie bestonden brandden ze nogal gemakkelijk. Juist toen hij probeerde te bedenken hoe hij deze situatie kon verhelpen raakte een stuk van een ontplofte Franse granaat de rand van zijn zilveren kom waardoor deze tollend vijftig meter naar rechts vloog. Tegen de tijd dat hij hem weer terug had, een deuk eruit had geslagen en hem weer gereed had gemaakt, gingen alle heiligen in vlammen op. Gewonde soldaten en paarden stonden in brand. Er hingen geen schilderijen meer aan de muren. Strange, die bijna huilde van frustratie, vervloekte de onbekende kunstenaar om zijn gemakzucht.

Wat kon hij nu nog doen? Wat wist hij nog meer? Hij dacht hard na. Lang geleden maakte John Uskglass soms een verdediger van raven – vogels zwermden samen om een zwarte, krioelende, transformerende reus te vormen, die elke taak met gemak kon uitvoeren. Op andere momenten maakte Uskglass bedienden uit aarde.

Strange riep een visioen op van de put van Hougoumont. Hij liet het water als een soort fontein uit de put komen. En toen, voordat de fontein de grond kon raken, liet hij hem het logge uiterlijk van een man aannemen. Hierna gaf hij de waterman opdracht om zich richting de vlammenzee te haasten en zich erop te werpen. Op deze manier werd een van de stallen met succes overspoeld met water en werden drie mannen gered. Strange maakte zo snel als hij kon meer, maar water is geen element dat gemakkelijk een samenhangende vorm behoudt. Na een uur lang zwoegen, begon het in zijn hoofd te draaien en begonnen zijn handen oncontroleerbaar te trillen.

Tussen vier en vijf uur gebeurde er iets onverwachts. Toen Strange opkeek zag hij de Franse cavalerie aankomen. Ze reden naast elkaar in twaalf rijen van vijfhonderd – maar het gebulder van de kanonnen was zo enorm dat niemand ze hoorde – ze leken zonder geluid voort te gaan. Ze realiseren zich natuurlijk niet, dacht Strange, dat Wellington's infanterie nog in tact is. Ze zullen in mootjes worden gehakt. Achter hem stelden de infanterieregimenten zich op in carré. Een paar soldaten riepen dat Strange in het carré moest komen schuilen. Dit leek een goed advies dus ging hij erheen.

Vanuit de relatieve veiligheid van het carré keek Strange toe hoe de cavalerie naderde: de kurassiers droegen glimmende borstplaten en grote gekuifde helmen; de wapens van de lansiers waren versierd met wapperende roodwitte lansvanen. Ze pasten niet echt bij dit saaie tijdperk. Ze vertegenwoordigden glorie uit vroeger tijden – maar Strange was vastbesloten deze met zijn eigen historische glorie te evenaren. De beelden van John Uskglass' bedienden brandden in zijn gedachten – bedienden gemaakt van raven, bedienden gemaakt van aarde. De modder onder de Franse ruiters begon te bubbelen en te zwellen. Er ontstonden reusachtige handen. De handen grepen omhoog en trokken soldaten en paarden naar beneden. Zij die vielen werden vertrapt door hun kameraden. De rest kreeg een regen van musketkogels van de geallieerde infanterie te verduren. Strange keek uitdrukkingsloos toe.

Toen de Fransen waren teruggedreven, keerde hij terug naar zijn zilveren kom.

'Bent u de tovenaar?' vroeg iemand.

Hij draaide zich om en zag tot zijn verbazing een kleine, ronde, hartelijk uitziende persoon in burgerkleding die naar hem lachte.

'Wie bent u in 's hemelsnaam?' vroeg hij.

'Mijn naam is Pink,' legde de man uit. 'Ik ben handelsreiziger voor Welbeck's Superieure Knopen uit Birmingham. Ik heb een boodschap van de hertog voor u.'

Strange, die onder de modder zat en vermoeider was dan ooit, had even nodig om dit tot zich door te laten dringen.

'Waar zijn alle aide de camps van de hertog?'

'Hij zegt dat ze dood zijn.'

'Wat? Is Hadley-Bright dood? En hoe zit het met kolonel Canning?'

'Helaas,' glimlachte meneer Pink. 'Ik kan geen precieze informatie geven. Ik ben gisteren uit Antwerpen vertrokken om naar de veldslag te kijken en toen ik de hertog ontdekte greep ik de kans aan mij voor te stellen en terloops te vertellen over de geweldige eigenschappen van Welbeck's Superieure Knopen uit Birmingham. Hij vroeg mij hem een dienst te bewijzen en u te vertellen dat het Pruisische leger onderweg is en dat ze Paris Wood hebben bereikt, maar zijne hoogwaardige excellentie zegt dat het een helse klus is...' (Meneer Pink lachte en schitterde toen hij zichzelf zo'n militairachtig woord hoorde uitspreken.) '...dat het een helse klus is om zich een weg te banen door de smalle laantjes en de modder en of u zo goed zou willen zijn voor hun een weg tussen het bos en het slagveld te maken?'

'Natuurlijk,' zei Strange, terwijl hij wat modder van zijn gezicht veegde.

'Ik zal het zijne hoogwaardige excellentie vertellen.' Hij wachtte even en vroeg smachtend: 'Denkt u dat zijne hoogwaardige excellentie knopen zou willen bestellen?'

'Ik zou niet weten waarom niet. Hij is net als de meeste mannen dol op knopen.'

'Weet u, in dat geval zouden we in de advertenties "Knopenleverancier van zijne hoogwaardige excellentie de hertog van Wellington" kunnen vermelden.' Meneer Pink straalde van vreugde. 'Dan ga ik er maar weer eens vandoor!'

'Ja, ja. Ga maar.' Strange maakte de weg vrij voor de Pruisen, maar later meende hij vaak over meneer Pink van Welbeck's Superieure Knopen te hebben gedroomd.[6]

De gebeurtenissen leken zich te herhalen. Keer op keer viel de Franse cavalerie aan en vluchtte Strange het carré van de infanterie in. Opnieuw kolkten de dodelijke ruiters als golven tegen de flanken van het carré. Opnieuw liet Strange reusachtige handen uit de grond komen om hen onderuit te halen. Telkens wanneer de cavalerie zich terugtrok begon de kanonnade weer. Hij ging terug naar zijn zilveren

[6] In werkelijkheid was meneer Pink een van de burgers die door de hertog gedwongen werden om die dag als onofficiële aide de camp te dienen. Anderen onder hen waren een jonge Zwitserse heer en een andere handelsreiziger, uit Londen in dit geval.

kom en maakte soldaten van water om de vlammen te doven en de stervende mensen in het geruïneerde en wanhopige Hougoumont te redden. Alles gebeurde keer op keer, telkens opnieuw. Het was niet denkbaar dat het vechten ooit zou eindigen. Hij had het gevoel dat het nooit anders was geweest.

Er moet een moment komen dat de musketkogels en kanonschoten opraken, dacht hij. En wat moeten we dan doen? Op elkaar inhakken met sabels en bajonetten? En als iedereen sterft, wie bepaalt dan wie er heeft gewonnen?

De rook trok op en openbaarde bevroren momenten alsof het om voorstellingen in een spookachtig theater ging: bij het landhuis dat La Haye Sainte heette beklommen de Fransen een berg die uit hun eigen doden bestond om over de muur te klimmen en de Duitse verdedigers te vermoorden.

Een keer bevond Strange zich buiten het carré toen de Fransen aanvielen. Plotseling stond er een enorme Franse kurassier op een evenredig groot paard recht voor hem. Eerst vroeg hij zich af of de man wist wie hij was. (Er was hem verteld dat het gehele Franse leger een grote, levendige haat koesterde voor de Engelse tovenaar.) Zijn tweede gedachte was dat hij zijn pistolen in het carré van de infanterie had achtergelaten.

De kurassier hief zijn zwaard. Zonder na te denken mompelde Strange Stokesey's *Ad Animam Vocare*. Iets wat op een bij leek vloog uit de borst van de kurassier en nestelde zich in Strange' hand. Maar het was geen bij. Het was een kraal die parelachtig blauw licht gaf. Een tweede licht vloog uit de borst van het paard van de kurassier. Het paard hinnikte en steigerde. De kurassier keek verward.

Strange hief zijn andere hand om het paard en zijn ruiter dood te slaan. Toen stopte hij.

'En kan een tovenaar een man met magie doden?' had de hertog gevraagd.

En hij had geantwoord: 'Een tovenaar misschien, maar een heer zou dit nooit kunnen.'

Terwijl hij aarzelde kwam een Britse officier van de cavalerie – een Scots Grey – uit het niets te voorschijn. Hij hakte het hoofd van de kurassier open, van zijn kin tot zijn tanden. De man kantelde als een boom. De Scots Grey reed verder.

Strange heeft zich nooit precies kunnen herinneren wat er hierna gebeurde. Hij meende in verwarde toestand te hebben rondgezworven. Hij wist niet hoe lang.

Door het geluid van gejuich kwam hij weer bij zinnen. Hij keek op en zag Wellington op Copenhagen. Hij wuifde met zijn hoed – het signaal dat de geallieerden vooruitgang boekten tegen de Fransen. Maar de rook wikkelde zo'n dikke laag om de hertog heen, dat alleen de soldaten die heel dichtbij stonden dit moment van overwinning met hem konden delen.

Dus fluisterde Strange een woord en er ontstond een klein gat in de deken van rook. Een straal avondzonlicht scheen op Wellington. Langs de hele bergrand keerden de gezichten van de soldaten zich naar hem toe. Het gejuich werd luider.

Ziedaar, dacht Strange, zo hoort de Engelse magie toegepast te worden.

Hij liet zijn blik gaan over de soldaten en de terugtrekkende Fransen op het slagveld. De grote handen van aarde lagen overal verspreid tussen de doden en stervenden. Ze leken bevroren te zijn in gebaren van woede en afschuw, alsof de grond zelf wanhopig was. Toen hij ter hoogte van de Franse kanonnen kwam die zo veel schade hadden aangericht onder de geallieerde soldaten, verrichtte hij een laatste magische handeling. Hij liet nog meer handen uit de aarde komen. De handen grepen de kanonnen en trokken ze de grond in.

In herberg Belle Alliance, aan de rand van het slagveld, vond hij de hertog met de Pruisische generaal, prins Blücher. De hertog knikte naar hem en zei: 'Kom met mij dineren.'

Prins Blücher schudde zijn hand hartelijk en zei een heleboel in het Duits (Strange verstond er niets van). Toen wees de oude man naar zijn maag, waar de denkbeeldige olifant zat, en trok een zuur gezicht alsof hij zeggen wilde: wat doe je eraan?

Strange liep naar buiten en meteen botste hij bijna op tegen kapitein Hadley-Bright. 'Ze zeiden dat u dood was!' riep hij uit.

'Ik wist zeker dat u dat zou zijn,' antwoordde Hadley-Bright.

Er volgde een stilte. Beide mannen voelden zich licht beschaamd. De rijen doden en gewonden lagen zover als het oog reikte. Gewoon in leven zijn leek op de een of andere manier onfatsoenlijk.

'Weet u wie het nog meer overleefd hebben?' vroeg Hadley-Bright.

Strange schudde zijn hoofd. 'Nee.'

Ze gingen ieder een eigen kant op.

Die avond werd in Wellington's hoofdkwartier voor veertig à vijftig mensen de tafel gedekt. Maar toen het etenstijd was waren er maar drie mannen: de hertog, generaal Alava – zijn Spaanse attaché – en

Strange. Telkens wanneer de deur openging, draaide de hertog zich om om te kijken of het een van zijn vrienden was, levend en gezond, maar er kwam er niet een.

Veel plaatsen aan de tafel waren gedekt voor heren die of dood of stervende waren: kolonel Canning, kolonel Gordon, generaal Picton, kolonel De Lancey. De lijst zou langer worden naarmate de avond vorderde.

De hertog, generaal Alava en meneer Strange zaten in stilzwijgen.

41

Starecross

laat september – december 1815

Geluk, zo leek het, kon niet bewogen worden meneer Segundus gunstig gezind te zijn. Hij was in York gaan wonen met het doel te genieten van het gezelschap van en de gesprekken met de vele tovenaars van de stad. Maar hij was nog maar nauwelijks gearriveerd of alle tovenaars werden door meneer Norrell van hun beroep beroofd, en hij bleef alleen achter. Zijn kleine geldvoorraad was behoorlijk geslonken en in het najaar van 1815 was hij genoodzaakt een betrekking te zoeken.

'En het ligt niet in de verwachting,' zei hij met een zucht tegen meneer Honeyfoot, 'dat ik de mogelijkheid heb veel te verdienen. Waarvoor ben ik geschikt?'

Meneer Honeyfoot was het niet met hem eens. 'Schrijf meneer Strange aan!' adviseerde hij. 'Misschien heeft hij een secretaris nodig.'

Niets zou meneer Segundus meer tevreden hebben gesteld dan werken voor Jonathan Strange, maar zijn aangeboren bescheidenheid stond hem niet toe dit voor te leggen. Het zou iets stuitends hebben als hij zichzelf op zo'n manier naar voren zou schuiven. Meneer Strange zou zich misschien te veel schamen om hem te antwoorden. Het zou misschien lijken of hij, John Segundus, zich als de gelijke van meneer Strange beschouwde!

Meneer en mevrouw Honeyfoot verzekerden hem dat als het idee meneer Strange niet aanstond, hij wel nee zou zeggen. En daarom kon het geen kwaad het hem te vragen. Maar op dit punt bleek meneer Segundus niet over te halen.

Hun volgende voorstel, echter, beviel hem beter. 'Waarom kijken we niet of er jongetjes in de stad zijn die graag meer over magie willen leren?' vroeg mevrouw Honeyfoot. Haar kleinzoons, moedige, kleine knapen van vijf en zeven, waren juist nu op een leeftijd om aan een opleiding te beginnen, vandaar dat het onderwerp haar nogal bezighield.

Dus werd meneer Segundus een magieleraar. Net als jonge jongens, ontdekte hij een aantal dames, wier studies normaliter beperkt bleven tot Frans, Duits en muziek, die nu heel graag les wilden krijgen in theoretische magie. Al snel werd hij gevraagd les te geven aan de oudere broers van de jongedames, van wie velen zich al als toekomstig tovenaar zagen.

Voor jongemannen met aanleg voor studeren, die niet graag naar de kerk of in de advocatuur gingen, was magie aantrekkelijk, met name sinds Strange gezegevierd had op de slagvelden van Europa. Het was per slot van rekening eeuwen geleden dat geestelijken zich onderscheidden op slagvelden en advocaten hebben dat zelfs nooit gedaan.

Aan het begin van de nadagen van 1815 werd meneer Segundus met een bepaald doel door een vader van een van zijn leerlingen in dienst genomen. Deze heer, Palmer, had vernomen dat er een huis te koop stond in het noorden van de provincie. Meneer Palmer wilde het huis niet kopen, maar een vriend van hem zei dat er een bibliotheek huisde die het onderzoeken waard was. Meneer Palmer was op dat moment niet in staat zelf te gaan kijken. Hoewel hij zijn bedienden in veel zaken vertrouwde, had hij geen hoge pet op van hun intelligentie. Dus vroeg hij meneer Segundus in zijn plaats te gaan om uit te zoeken hoeveel boeken er waren, in welke staat ze verkeerden en of ze het aanschaffen waard waren.

Starecross Hall was het hoofdgebouw in een dorp dat bestond uit een handvol stenen huisjes en wat boerderijen. Starecross zelf stond op een afgelegen plek, aan alle kanten omgeven door bruine moerassen. Hoge bomen beschutten het tegen storm en wind, maar tegelijkertijd was het daardoor donker en eenzaam. Het dorp was ruimschoots voorzien van bouwvallige stenen muren en schuren. Het was heel rustig. Het voelde als het einde van de wereld.

Er was een oude, vervallen brug voor pakpaarden, die over een diepe beek met snelstromend water hing. Heldergele bladeren dreven mee op het donkere, bijna zwarte water en vormden patronen. Voor meneer Segundus leken de patronen een beetje op magisch schrijven. Maar aan de andere kant, dacht hij, dat doen wel meer dingen.

Het huis zelf was een groot, laag, rommelig gebouw, opgetrokken uit dezelfde donkere stenen als de rest van het dorp. De verwaarloosde tuin, gazons en binnenplaatsen waren bedekt met bergen herfstbladeren. Het was nauwelijks voorstelbaar dat iemand zo'n huis zou willen kopen. Het was veel te groot voor een boerderij, maar alles bij elkaar te mistroostig en te afgelegen als verblijfplaats voor een heer. Het had misschien kunnen volstaan als pastorie, behalve dan dat er geen kerk was. Het had dienst kunnen doen als herberg, hoewel de oude privéweg, die ooit door het dorp ging, niet meer gebruikt werd en de brug het enige was wat ervan was overgebleven.

Niemand beantwoordde meneer Segundus' geklop op de deur. Hij zag dat de voordeur op een kier stond. Het leek hem nogal brutaal om gewoon naar binnen te gaan, maar na vier, vijf minuten vergeefs kloppen, deed hij het toch.

Huizen zijn, net als mensen, geneigd enigszins excentriek te worden naarmate ze te lang op zichzelf zijn. Dit huis was het bouwkundige evenbeeld van een oude man in een versleten ochtendjas en met gescheurde pantoffels, die op rare tijden van de dag opstond en naar bed ging, en die constant in gesprek was met vrienden die niemand kon zien. Toen meneer Segundus rondliep, op zoek naar degene die verantwoordelijk was, vond hij een kamer waarin enkel en alleen Chinese kaasmallen stonden, allemaal op elkaar gestapeld. Een andere kamer bevatte stapels vreemde rode kleren, die het midden hielden tussen arbeiderskieltjes en priestergewaden. Dat soort kleren had hij nooit eerder gezien. In de keuken stonden nauwelijks artikelen die gewoonlijk in een keuken staan, maar er stond wel een schedel van een alligator in een glazen kooi. De schedel had een grote grijns en leek tevreden met zichzelf, hoewel meneer Segundus niet begreep waarom. Er was een kamer die je alleen maar kon bereiken via een vreemde ordening van treden en trappen, met schilderijen die allemaal door iemand met een buitensporige liefde voor vechten uitgekozen leken te zijn. Er hingen schilderijen van vechtende mannen, vechtende jongens, vechtende hanen, vechtende stieren, vechtende honden, vechtende centauren en zelfs een ontstellende afbeelding van twee kevers in gevecht, die in elkaar verstrengeld zaten. Een andere kamer was bijna leeg op een poppenhuis op een tafel in het midden van de kamer na. Het poppenhuis was een exacte kopie van het echte huis, met dit verschil dat er in het poppenhuis een paar mooi aangeklede poppen waren die een vredig en rationeel bestaan met elkaar hadden door poppengrote cakes en broden te bakken, vrienden met een nietige klavecimbel te vermaken, casino met kleine kaarten te spelen, miniatuur kinderen te onderwijzen, en te dineren met geroosterde kalkoen die zo groot was als de duimnagel van meneer Segundus. Het vormde een vreemd contrast met de deprimerende, resonerende werkelijkheid.

Hij had in iedere kamer gekeken, maar hij had noch de bibliotheek gevonden noch mensen gezien. Hij kwam bij een kleine deur, half verscholen achter de trap. Daarachter was een piepkleine kamer, nauwelijks meer dan een bergruimte. Een man in een smerige witte jas zat met zijn laarzen op tafel brandewijn te drinken en staarde naar het plafond. Na een kleine overreding wilde deze man hem laten zien waar de bibliotheek was.

De eerste tien boeken waar meneer Segundus naar keek waren waardeloos. Boeken met preken en zedenpreken uit de vorige eeuw, of beschrijvingen van personen waar geen levend wezen iets om gaf. De volgende vijftig waren min of meer vergelijkbaar. Hij dacht dat zijn taak er snel op zou zitten. Maar toen stuitte hij op een paar heel interessante en ongebruikelijke boeken over geologie, filosofie en medicijnen. Hij werd wat optimistischer.

Hij werkte een uur of twee, drie gestaag door. Een keer dacht hij dat er een koets aankwam, maar hij besteedde er geen aandacht aan. Toen hij klaar was, merkte hij dat hij enorme honger had. Hij had geen idee of er al dan niet iets was geregeld voor zijn diner en het huis was een heel eind verwijderd van de dichtstbijzijnde herberg. Hij ging op zoek naar de slordige man in de piepkleine kamer om hem te vragen wat daaraan gedaan kon worden. Hij verdwaalde onmiddellijk in het labyrint van kamers en gangen. Hij zwierf rond terwijl hij alle deuren opende en kreeg steeds meer honger en raakte steeds meer uit zijn humeur door de slordige man.

Hij bevond zich in een ouderwetse salon met donkere eiken lambrisering en een schoorsteenmantel zo groot als een kleine triomfboog. Recht voor hem zat een lieftallige jongedame in een diepe vensterbank te staren naar de bomen en de hoge, kale heuvels erachter. Hij had net genoeg tijd om op te merken dat haar linkerhand een pink miste, toen ze plotseling helemaal niet daar bleek te zitten, of misschien is het nauwkeuriger te zeggen dat ze veranderde. Op haar plaats zat nu een veel oudere, corpulente vrouw, een vrouw van meneer Segundus' leeftijd, gekleed in een violetkleurige zijden avondjapon met een Indiase sjaal over haar schouders en een hondje op haar schoot. Deze dame zat in precies dezelfde houding als de andere met dezelfde weemoedige blik uit het raam te staren.

Deze details hielden een moment stand, maar toch was de indruk die de twee dames op meneer Segundus maakten ongewoon levendig, bijna bovennatuurlijk, gelijk voorstellingen bij een delirium. Een vreemde schok ging door zijn hele wezen, het werd hem allemaal te veel en hij viel flauw.

Toen hij weer bijkwam, lag hij op de grond en hingen er twee dames over hem heen, die kreten van ontzetting en bezorgdheid slaakten. Ondanks zijn verwarring begreep hij al snel dat geen van de dames de mooie jonge vrouw met de ontbrekende vinger was die hij als eerste had gezien. De ene was de dame met het hondje, die hij als tweede had gezien, en de andere was een dunne, blonde, even zo volwassen vrouw met een onopvallend gezicht en figuur. Het bleek dat zij al die tijd in de kamer aanwezig was geweest, maar dat ze achter de deur had gezeten, waardoor hij haar niet had gezien.

De twee dames stonden hem niet toe op te staan of een poging te ondernemen zijn ledematen te bewegen. Ze stonden hem nauwelijks toe te spreken: ze waarschuwden hem streng dat hij dan opnieuw zou flauwvallen. Ze pakten kussens voor zijn hoofd en dekens om hem warm te houden (hij protesteerde dat hij het warm genoeg had, maar ze luisterden niet naar hem). Ze gaven hem lavendelwater en vlugzout. Ze blokkeerden een luchtstroom waarvan ze dachten dat die misschien van onder een van de deuren kwam. Meneer Segundus vermoedde dat ze een rustige ochtend hadden gehad en dat ze veel opgewekter waren dan anders, dat er een vreemde heer de kamer in was gelopen en bezwijmde.

Na een behandeling van een kwartier mocht hij in een stoel gaan zitten en zonder hulp aan slappe thee nippen.

'Het is geheel mijn schuld,' zei de dame met het hondje. 'Fellowes had mij verteld dat de heer uit York was gekomen om de boeken te bekijken. Ik had mij eerder aan u moeten voorstellen. Het is een grote schok ons op die manier te treffen!'

Deze dame heette mevrouw Lennox. De andere was mevrouw Blake, haar gezelschapsdame. Gewoonlijk resideerden zij in Bath, maar waren naar Starecross gekomen opdat mevrouw Lennox het huis nog een keer kon zien voor het verkocht werd.

'Dwaas, hè?' zei mevrouw Lennox tegen meneer Segundus. 'Het huis heeft jarenlang leeggestaan. Ik had het lang geleden moeten verkopen, maar als kind bracht ik hier een paar heel gelukkige zomers door.'

'U ziet nog steeds erg bleek, meneer,' zei mevrouw Blake. 'Heeft u wel iets gegeten vandaag?'

Meneer Segundus gaf toe dat hij flinke honger had.

'Heeft Fellowes niet aangeboden een diner voor u te maken?' vroeg mevrouw Lennox verbaasd.

Fellowes was vermoedelijk de slordige bediende in de kleine kamer. Meneer Segundus vond het niet leuk om te zeggen dat hij Fellowes nauwelijks wakker kreeg om met hem te praten.

Gelukkig hadden mevrouw Lennox en mevrouw Blake een rijkelijk diner meegebracht en was Fellowes het op dat moment aan het bereiden. Een half uur later gingen de twee dames en meneer Segundus aan tafel in een eikenhouten gelambriseerde kamer met een droevig uitzicht op bomen in de herfst. Het enige, kleine ongemak was dat de twee dames wilden dat meneer Segundus, gezien zijn zwakke conditie, licht en gemakkelijk verteerbaar voedsel at, terwijl hij eigenlijk grote honger had en biefstuk en hete pastei wilde.

De twee dames waren blij met zijn gezelschap en stelden hem veel vragen over hemzelf. Ze waren zeer geïnteresseerd toen ze hoorden dat hij een tovenaar was. Ze hadden er nooit eerder een ontmoet.

'En heeft u enkele magische teksten in mijn bibliotheek gevonden?' vroeg mevrouw Lennox.

'Nee, mevrouw,' zei meneer Segundus. 'Maar waardevolle magische boeken zijn erg zeldzaam. Het zou me zeer verbaasd hebben er enkele te vinden.'

'Nu ik eraan denk,' mijmerde mevrouw Lennox, 'volgens mij waren er een paar. Maar ik heb ze jaren geleden verkocht aan een heer die in de buurt van York woonde. Onder ons gezegd vond ik hem een beetje dom dat hij mij zo'n groot bedrag gaf voor boeken die niemand wilde hebben. Maar misschien was hij uiteindelijk wel wijs.'

Meneer Segundus wist dat 'de heer die in de buurt van York woonde' mevrouw Lennox waarschijnlijk nog niet eens een kwart van de werkelijke waarde van de boeken had betaald, maar het is niet gepast om dat soort dingen hardop te zeggen en dus glimlachte hij beleefd en hield zijn overpeinzingen voor zichzelf.

Hij vertelde hun over zijn zowel mannelijke als vrouwelijke leerlingen en hoe slim ze waren en hoe graag ze leerden.

'En aangezien u hen met zulke loftuitingen aanmoedigt,' zei mevrouw Blake vriendelijk, 'weten ze zeker dat ze met uw lessen beter af zijn dan met iedere andere leraar.'

'O! Dat weet ik niet,' zei meneer Segundus.

'Het was me nog niet eerder opgevallen,' zei mevrouw Lennox bedachtzaam, 'hoe populair de studie van magie is geworden. Ik dacht dat het beperkt bleef tot die twee mannen in Londen. Hoe heten ze? Vermoedelijk is de volgende stap een school voor tovenaars, meneer Segundus? Ongetwijfeld gaat u uw energie daarop richten?'

'Een school!' zei meneer Segundus. 'O! Maar dat zou vereisen... Nou, ik weet niet precies wat, maar een heleboel geld en een huis.'

'Misschien zou het vinden van leerlingen moeilijkheden geven?' vroeg mevrouw Lennox.

'Nee, sterker nog! Ik zou zo vier jongemannen kunnen noemen.'

'En als u zou adverteren...'

'O! Maar dat zou ik nooit doen!' zei meneer Segundus nogal gechoqueerd. 'Magie is het nobelste beroep ter wereld, nou, op priester na misschien. Men zou dat niet moeten bezoedelen met commerciële praktijken. Nee, ik zou alleen jongemannen aannemen op persoonlijke aanbeveling.'

'Alles wat u dan nog te doen staat is iemand vinden met een beetje geld en een huis. Niets is gemakkelijker. Maar ik veronderstel dat uw vriend, meneer Honeyfoot, over wie u met zo veel respect spreekt, u het geld wel wil lenen. Ik veronderstel dat hij die eer zou opeisen.'

'O, nee! Meneer Honeyfoot heeft drie dochters. De liefste meisjes ter wereld. Een van hen is getrouwd en de andere is verloofd en de derde komt niet tot een besluit. Nee, meneer Honeyfoot moet aan zijn gezin denken. Zijn geld ligt tamelijk vast.'

'Dan kan ik u met een schoon geweten vertellen waar ik op hoop! Waarom zou ik u het geld niet lenen?'

Meneer Segundus was volkomen verbaasd en hij wist een hele tijd niet wat hij moest zeggen. 'U bent erg aardig, mevrouw!' stamelde hij ten slotte.

Mevrouw Lennox glimlachte. 'Nee, meneer. Dat ben ik niet. Als magie zo populair is als u zegt, en ik zal natuurlijk vaststellen wat anderen ervan vinden, dan geloof ik dat de winst royaal zal zijn.'

'Maar mijn ervaring met zaken is betreurenswaardig klein,' zei meneer Segundus. 'Ik zou bang zijn een fout te maken en uw geld te verliezen. Nee, u bent erg vriendelijk en ik dank u met heel mijn hart, maar ik moet het van de hand wijzen.'

'Goed, als het idee van een lening u niet aanstaat, en ik weet dat niet iedereen daar prijs op stelt, dan is dat gemakkelijk op te lossen. Het zal mijn school zijn... alleen van mij. Ik zal de kosten en het risico dragen. U zult hoofd van de school zijn en onze namen zullen samen op de prospectus staan. Welk doel kan dit huis per slot van rekening beter dienen dan een school voor tovenaars? Het heeft veel bezwaren om als woonhuis te dienen, maar als school heeft het aanzienlijke voordelen. Het is geïsoleerd gelegen. Er zijn geen noemenswaardige jachtpartijen. Er is voor jongemannen weinig gelegenheid tot gokken of jagen. Hun pleziertjes zullen behoorlijk beperkt zijn en dus zullen zij zich toeleggen op hun studie.'

'Ik zou geen jongemannen kiezen die gokken!' zei meneer Segundus nogal geschrokken.

Ze glimlachte weer. 'Ik geloof niet dat u uw vrienden ooit een moment ongerustheid heeft bezorgd, behalve dat ze zich zorgen maakten dat deze slechte wereld snel misbruik zou maken van iemand die zo eerlijk is.'

Na het diner ging meneer Segundus plichtsgetrouw terug naar de bibliotheek en vroeg in de avond nam hij afscheid van de twee dames. Ze gingen heel vriendelijk uit elkaar en mevrouw Lennox beloofde dat ze hem binnenkort zou uitnodigen in Bath.

Op de terugweg waarschuwde hij zichzelf vooral niet te rekenen op deze prachtige plannen voor Toekomstige Bruikbaarheid en Geluk, maar hij kon het niet helpen dat hij zich liet gaan in idealistische beelden van lesgeven aan jongemannen en wat een geweldige vooruitgang ze zouden boeken, van Jonathan Strange die de school komt bezoeken, van zijn leerlingen die opgetogen zijn over de ontdekking dat hun meester een vriend en vertrouweling was van de beroemdste tovenaar van deze tijd, van Strange die tegen hem zegt: 'Het is geweldig, Segundus. Een aangenamere verrassing bestaat er niet. Goed gedaan!'

Het was na middernacht toen hij thuiskwam en hij had al zijn vastberadenheid nodig om niet onmiddellijk naar het huis van meneer Honeyfoot te rennen en hem het nieuws te vertellen. Maar de volgende morgen, toen hij heel vroeg bij het huis aankwam, was hun enthousiasme nauwelijks te beschrijven. Ze waren vervuld van het geluk waarvoor hij zichzelf bijna niet durfde open te stellen. Mevrouw Honeyfoot was nog steeds een beetje een schoolmeisje en ze pakte de handen van haar echtgenoot en danste met hem rond de tafel, wat voor haar de enige mogelijke manier was waarop ze haar gevoel kon uiten. Vervolgens pakte ze de handen van meneer Segundus en danste met hem rond de tafel en toen beide tovenaars bewaren maakten tegen nog een dansje, danste ze in haar eentje verder. Meneer Segundus vond het alleen een beetje – echt maar een heel klein beetje – spijtig dat meneer en mevrouw Honeyfoot niet zo verrast waren als in zijn bedoeling had gelegen. Ze droegen hem zo hoog in het vaandel dat ze in de wens van de nobele dame, enkel in zijn voordeel een school op te richten, niet echt iets opmerkelijks zagen.

'Ze mag zichzelf heel gelukkig prijzen dat ze u tegenkwam!' zei mevrouw Honeyfoot. 'Wat moet ze anders met haar geld? Arme, kinderloze dame!'

Meneer Honeyfoot was ervan overtuigd dat de eerste steen voor meneer Segundus' fortuin was gelegd. Zijn optimistische humeur stond hem niet toe minder te verwachten. Maar let wel, hij had zichzelf gedurende zijn leven een paar verstandige zakengewoonten aangeleerd en hij zei tegen meneer Segundus dat ze informatie over mevrouw Lennox konden inwinnen, over wie ze was en of ze zo rijk was als ze leek.

Ze schreven een brief naar een vriend van meneer Honeyfoot die in Bath woonde. Gelukkig stond mevrouw Lennox algemeen bekend als nobele dame, zelfs in Bath, een stad die geliefd was onder de rijken en de edelen. Ze was rijk geboren en getrouwd met een nog rijkere echtgenoot. Deze echtgenoot was jong gestorven, maar zijn dood werd niet erg betreurd en hij liet haar in vrijheid achter, waardoor ze haar levendige temperament en intelligentie kon uitleven. Ze had haar fortuin vergroot door goede investeringen en een nauwkeurig beheer van haar landerijen en verblijven. Ze werd geroemd om haar doortastende, beslissende karakter, haar vele liefdadigheidsactiviteiten en de warmte van haar vriendschap. Ze had huizen in alle delen van het koninkrijk, maar verbleef voornamelijk met mevrouw Blake in Bath.

Intussen had mevrouw Lennox soortgelijke vragen over meneer Segundus gesteld, en ze moet blij zijn geweest met de antwoorden, want ze nodigde hem spoedig uit in Bath, waar snel een besluit genomen werd over ieder detail van het schoolplan.

De maanden daarna werden besteed aan het repareren en inrichten van Starecross Hall. Het dak lekte, twee schoorstenen zaten verstopt en een deel van de keuken was eigenlijk ingestort. Meneer Segundus was gechoqueerd toen hij ontdekte hoeveel alles moest kosten. Hij rekende uit dat hij zestig pond kon besparen als hij de tweede schoorsteen niet liet schoonmaken, genoegen nam met oude, provinciale zitkisten, met houten stoelen in plaats van nieuw meubilair en het aantal dienstboden beperkte tot drie. Zijn brief werd onmiddellijk beantwoord door mevrouw Lennox. Ze schreef hem dat hij niet genoeg uitgaf. Zijn leerlingen zouden uit gegoede families komen. Zij zouden goede haardvuren en comfort verwachten. Ze adviseerde hem, naast een butler en een Franse kok, negen bedienden in dienst te nemen. Hij moest het gehele huis compleet opnieuw inrichten en zich een kelder vol goede Franse wijnen aanschaffen. Het couvert moest van zilver zijn en het tafelservies van Wedgwood.

Begin december ontving meneer Segundus een felicitatiebrief van Jonathan Strange die beloofde het aankomende voorjaar een bezoek aan de school te brengen. Maar ondanks ieders beste wensen en ieders inspanningen, kon meneer Segundus het gevoel dat de school nooit echt zou bestaan niet loslaten. Er zou vast en zeker iets tussenkomen. Dit idee speelde steeds op de achtergrond door zijn hoofd, wat hij ook deed om het te onderdrukken.

Op een ochtend halverwege december kwam hij aan bij de Hall en zag een man volkomen op zijn gemak op de trap zitten. Hoewel hij niet dacht dat hij de man ooit eerder had gezien, wist hij meteen wie het was. Hij was de belichaming van Slecht Fortuin. Hij was de Ondergang van meneer Segundus' Hoop en Dromen. De man droeg een ouderwetse zwarte jas die net zo versleten en sjofel was als die van meneer Segundus, en hij had modder op zijn laarzen. Met zijn lange, slordige haar leek hij op het omen van noodlot in een slecht toneelstuk.

'Meneer Segundus, dit kunt u niet maken!' zei hij met een Yorkshire accent.

'Neemt u mij niet kwalijk?' zei meneer Segundus.

'De school, meneer. U moet dit concept van een school opgeven!'

'Wat?' riep meneer Segundus, dapper veinzend dat hij niet wist dat de man de onvermijdelijke waarheid sprak.

'Welnu, heer,' ging de donkere man verder, 'u kent mij en u weet dat als ik zeg dat het zo is, het zo zal zijn, hoezeer het u of mij ook persoonlijk spijt.'

'Maar u heeft het mis,' zei meneer Segundus. 'Ik ken u niet. Tenminste, ik geloof niet dat ik u ooit eerder heb gezien.'

'Ik ben John Childermass, de zaakgelastigde van meneer Norrell. We spraken negen jaar geleden voor het laatst met elkaar, voor de kathedraal in York. Toen u zich beperkte tot een paar leerlingen, meneer Segundus, kon ik dat door de vingers zien. Ik zei niets en meneer Norrell bleef onwetend over wat u deed. Maar een reguliere school voor volwassen tovenaars, dat is een andere zaak. U bent veel te ambitieus geweest, meneer. Hij is op de hoogte, meneer Segundus. Hij weet ervan en hij wenst dat u de zaak onmiddellijk beëindigt.'

'Maar wat heeft meneer Norrell of wat hebben meneer Norrell's wensen met mij te maken? Ik heb geen overeenkomst getekend. U moet weten dat ik niet alleen sta in deze onderneming. Ik heb vrienden.'

'Dat is waar,' zei Childermass, licht geamuseerd. 'En mevrouw Lennox is een heel rijke vrouw en een uitstekende zakenvrouw. Maar is zij bevriend met alle ministers in het kabinet, zoals meneer Norrell? Heeft zij zijn invloed? Denk aan het Geleerde Genootschap van de Tovenaars van York, meneer Segundus! Denk aan hoe hij hen vernietigd heeft!'

Childermass wachtte even en toen, omdat het gesprek beëindigd leek, liep hij weg in de richting van de stallen.

Vijf minuten later verscheen hij op een groot bruin paard. Meneer Segundus stond, net als daarvoor, met zijn armen over elkaar naar de tegels te staren.

Childermass keek op hem neer. 'Het spijt me dat het zo eindigt, meneer. Maar niet alles is verloren, toch? Dit huis is net zo geschikt voor een andere school als voor een tovenaarsschool. U zou het niet zeggen, als u mij ziet, maar ik ben een geschikte kerel met een heel grote kennissenkring. Kies voor een ander soort school en de volgende keer dat ik van een heer of dame hoor die zo'n vestiging nodig heeft voor hun kleine heertjes, zal ik ze naar u verwijzen.'

'Ik wil geen ander soort school!' zei meneer Segundus chagrijnig.

Childermass glimlachte zijn scheve lach en reed weg.

Meneer Segundus reisde naar Bath en informeerde zijn patrones over hun mistroostige situatie. Ze was bijzonder verontwaardigd dat de een of andere heer die ze nog nooit had ontmoet, de vrijheid nam haar te vertellen wat ze wel en niet mocht. Ze schreef meneer Norrell een boze brief. Ze kreeg geen antwoord, maar haar bankiers, advocaten en partners in andere zakelijke ondernemingen kregen plotseling vreemde brieven van vooraanstaande mensen uit hun kennissenkring, die allen indirect klaagden over meneer Segundus' school. Een van de bankieren, een twistzieke, koppige, oude man, was zo onverstandig zich in het openbaar, in de foyer van het Lagerhuis, af te vragen wat hij in godsnaam te maken had met een school voor tovenaars in

Yorkshire. Het resultaat was dat een aantal dames en heren, vrienden van meneer Norrell, hun rekening bij zijn bank ophieven.

Een paar avonden later zat meneer Segundus met zijn hoofd in zijn handen in de zitkamer van mevrouw Honeyfoot in York te jammeren. 'Het lijkt wel of het een of andere vreselijke noodlot vastbesloten is mij te kwellen, mij grote beloningen voor ogen te houden, alleen maar met het doel die weer weg te rukken.'

Mevrouw Honeyfoot maakte meevoelend een klokkend geluid, klopte op zijn schouder en antwoordde hem met dezelfde vernietigende afkeuring over meneer Norrell waarmee ze zowel meneer Segundus als meneer Honeyfoot de laatste negen jaar had getroost: dat meneer Norrell een heel vreemde heer, vol vreemde fantasieën was en dat ze hem nooit zou begrijpen.

'Waarom schrijft u niet naar meneer Strange?' zei meneer Honeyfoot plotseling. 'Hij weet wel wat er moet gebeuren!'

Meneer Segundus keek op. 'O! Ik weet dat meneer Strange en meneer Norrell uit elkaar zijn, maar ik zou toch niet graag de oorzaak zijn van een ruzie tussen hen.'

'Nonsens!' riep meneer Honeyfoot. 'Heeft u de laatste publicaties van *The Modern Magician* niet gelezen? Dit is precies wat Strange wil! Een of andere stelregel van Norrell's magie openlijk aanvallen en zo het hele bouwwerk laten ontploffen. Geloof me, hij zal u zeer dankbaar zijn voor deze gelegenheid. Weet u, Segundus, hoe meer ik erover nadenk, des te meer ik van dit plan houd!'

Dat dacht meneer Segundus ook. 'Laat me eerst met mevrouw Lennox overleggen en als zij het ermee eens is, dan zal ik zeker doen wat u voorstelt!'

Mevrouw Lennox' onwetendheid wat betreft hedendaagse magische gebeurtenissen was groot. Ze wist niet veel meer over Jonathan Strange dan zijn naam en dat hij een vage relatie had met de hertog van Wellington. Maar ze liet meneer Segundus al snel weten dat als meneer Strange een hekel had aan meneer Norrell, zij helemaal achter hem stond. Dus stuurde meneer Segundus op 20 december een brief naar Strange waarin hij hem informeerde over Gilbert Norrell's handelingen met betrekking tot de school in Starecross Hall.

Maar helaas, in plaats van meneer Segundus te helpen, gaf Strange nooit antwoord.

42

Strange besluit een boek te schrijven
juni – december 1815

U kunt zich goed voorstellen hoe blij meneer Norrell was toen hij het nieuws kreeg dat Strange bij aankomst in Engeland meteen naar Shropshire was gegaan.

'En wat nog het gunstigst van alles is,' zei meneer Norrell tegen Lascelles, 'is dat hij op het platteland waarschijnlijk niet meer van die kwalijke artikelen over de magie van de Ravenkoning zal publiceren.'

'Nee, inderdaad, meneer,' zei Lascelles, 'want ik betwijfel ten zeerste of hij de tijd zal hebben om ze te schrijven.'

Meneer Norrell dacht even na over wat hiermee werd bedoeld.

'O! Heeft u het nog niet gehoord, meneer?' ging Lascelles verder. 'Strange is een boek aan het schrijven. Dat is het enige waar hij zijn vrienden over schrijft. Twee weken geleden is hij plotseling begonnen, en naar eigen zeggen schiet hij al hard op. Maar ja, we weten allemaal met wat voor gemak Strange schrijft. Hij heeft gezworen dat het boek de Engelse magie in zijn totaliteit zal beslaan. Hij heeft sir Walter verteld dat het hem zeer zou verbazen als hij alles in twee delen zou kunnen proppen. Hij denkt eerder aan drie. Het moet *The History and Practice of English Magic* gaan heten en Murray heeft beloofd dat hij het zal publiceren als het af is.'

Er had geen slechter nieuws kunnen zijn. Meneer Norrell was altijd van plan geweest om zelf een boek te schrijven. Hij wilde het *Precepts for the Education of a Magician* noemen en hij was er aan begonnen toen hij privé-leraar van Strange werd. Twee planken met boeken langs de wand van de kleine kamer op de tweede verdieping waren gevuld met zijn aantekeningen. Toch had hij altijd gezegd dat zijn boek iets voor de verre toekomst was. Hij had een onredelijke angst om zichzelf tot schrijven te zetten, wat zelfs acht jaar lang Londense bewieroking niet kon verhelpen. Alle boekdelen met zijn persoonlijke aantekeningen, verhalen en dagboeken moesten nog door iemand bekeken worden – op een paar gevallen na, die door Strange en Childermass bekeken waren. Meneer Norrell dacht niet dat hij ooit bereid zou zijn iets te publiceren: hij zou er nooit zeker van zijn dat hij het bij het juiste eind had, hij dacht dat hij er niet lang genoeg over had nagedacht, hij wist niet of het onderwerp wel geschikt was voor het grote publiek.

Zodra Lascelles weg was, liet meneer Norrell een zilveren schaal naar zijn kamer op de tweede verdieping brengen.

In Shropshire werkte Strange aan zijn boek. Hij keek niet op, maar lachte een beetje spottend en bewoog zijn vinger naar het niets, alsof hij nee wilde zeggen tegen een onzichtbaar persoon. Alle spiegels in de kamer waren naar de muur gekeerd en ondanks het feit dat meneer Norrell zich een paar uur over zijn zilveren schaal had gebogen was hij aan het einde van de avond niets wijzer geworden.

Op een avond begin december, was Stephen Black zilver aan het poetsen in zijn kamer aan het eind van de gang naar de keuken. Toen hij naar beneden keek zag hij dat de touwtjes van zijn poetsschort vanzelf losgingen. Zijn strik was niet los gaan zitten – Stephen had nog nooit een slechte strik gemaakt – maar de touwtjes kronkelden er brutaal en vastbesloten uit, alsof ze precies wisten wat ze wilden. Toen gleden zijn poetshandschoenen en poetsmouwen van zijn handen en armen, en gingen netjes gevouwen op tafel liggen. Vervolgens sprong zijn jas van de rugleuning waar hij hem had opgehangen. De jas pakte hem stevig vast en hielp hem erin. Uiteindelijk verdween de kamer van de butler.

Plotseling stond hij in een klein appartement met lambrisering van donker hout. Een tafel nam de meeste ruimte in beslag. De tafel was gedekt met een scharlakenrood linnen kleed met een brede sierrand van goud en zilver. Hij stond vol met gouden en zilveren borden waar bergen eten op lagen. Met juwelen afgezette kannen waren gevuld met wijn. Kaarsen in gouden kandelaars gaven een felle gloed af en in twee gouden wierookvaten brandde wierook. Het enige meubilair naast de tafel bestond uit twee bewerkte houten stoelen met daarover een gouden kleed en geborduurde kussens die voor een luxe uitstraling zorgden. In een van de twee stoelen zat de heer met het pluishaar.

'Goedenavond, Stephen!'

'Goedenavond, meneer.'

'Je ziet een beetje bleek vanavond, Stephen. Ik hoop niet dat je ziek bent.'

'Ik ben alleen een beetje buiten adem, meneer. Ik vind die verplaatsingen naar andere landen en continenten een beetje verwarrend.'

'Ah, maar we zijn nog steeds in Londen, Stephen. Dit is het Jeruzalem koffiehuis op Cowper's-court. Ken je het niet?'

'Ah, jazeker, meneer. Sir Walter ging hier vaak met zijn rijke vrienden dineren toen hij nog vrijgezel was. Het is alleen nooit zo prachtig geweest. Wat betreft dit banket, ik herken bijna niets wat hier op de borden ligt.'

'Ah, dat komt omdat ik een exacte kopie heb besteld van de maaltijd die ik, vier- of vijfhonderd jaar geleden, in deze zelfde zaak heb gegeten. Dit is een geroosterd lendestuk van een wyvern en een pastei van met honing gezoete kolibries. Dit is geroosterde salamander met granaatappelsaus. Dit is een verfijnde fricassee van de kammen van basilisken gekruid met saffraan en gepoederde regenbogen en versierd met gouden sterren! Ga zitten en eet! Dat is het beste medicijn tegen je duizeligheid. Wat wil je hebben?'

'Het is allemaal geweldig, meneer, maar ik geloof dat ik daar een paar gewone varkenslapjes zie die er erg goed uitzien.'

'Ah, Stephen! Zoals altijd leidt je nobele instinct je naar het meest uitgelezen gerecht dat er is! Ondanks dat de varkenslapjes tamelijk puur zijn, zijn ze gebraden in het vet van de uitgedreven geesten van zwarte Welse varkens, die 's nachts door de heuvels van Wales zwerven en de bewoners van dat afschuwelijke land angst aanjagen! De spookachtige en woeste eigenschappen van deze varkens geven de varkenslapjes een heerlijke smaak die nergens mee valt te vergelijken! En de saus die erbij hoort is gemaakt van kersen uit de boomgaard van een centaur!'

De heer pakte een vergulde kan, afgezet met juwelen en schonk een glas robijnrode wijn in voor Stephen. 'Deze wijn is een van de beste wijnen uit de hel – maar laat je hierdoor niet ontmoedigen. Ik neem aan dat je wel eens van Tantalus hebt gehoord? De verdorven koning die van zijn kleine zoontje een pastei maakte en die opat? Hij werd veroordeeld om rechtop te staan in water dat tot zijn kin kwam, wat hij niet kon drinken, onder een wijnstok beladen met druiven die hij niet mocht eten. Deze wijn is van die druiven gemaakt, en, omdat het martelen van Tantalus de enige reden was om de wijnstok daar te planten, kun je er zeker van zijn dat de druiven een uitgelezen smaak en aroma hebben – evenals de wijn. De granaatappels komen trouwens uit de boomgaard van Persephone.'

Stephen proefde de wijn en de varkenslapjes. 'Het is allemaal heerlijk, mijn heer. Bij wat voor gelegenheid heeft u hier eerder gedineerd?'

'O! Mijn vrienden en ik vierden dat we op kruistocht gingen. William van Lanchester[1] was hier en Tom Dundale[2] en vele andere edelmannen en ridders, zowel christenen als elfen. Het was toen natuurlijk geen koffiehuis. Het was een herberg. Vanaf de plek waar we zaten keken we uit op een uitgestrekte binnenplaats omringd door versierde en vergulde pilaren. Onze bedienden, pages en schildknapen liepen van hot naar her en maakten alles gereed zodat wij ons op verschrikkelijke wijze konden wreken op onze kwaadaardige vijanden! Aan de andere kant van de binnenplaats lagen de stallen, waar niet alleen de mooiste paarden van Engeland stonden, maar ook drie eenhoorns die een andere elf – een neef van me – mee zou nemen naar het Heilige land om onze vijanden te doorboren. Verschillende getalenteerde tovenaars zaten bij ons aan tafel. Ze leken in de verste verte niet op de verschrikkingen die tegenwoordig voor tovenaar moeten doorgaan. Ze waren zowel knap als volleerd in hun magie! De vogels in de lucht kwamen in duikvlucht naar beneden om hun bevelen te kunnen horen. De regen en de rivieren waren hun dienaar. De noordenwind, de zuidenwind, enzovoorts, enzovoorts, waren er alleen maar om te doen wat zij wilden. Als ze hun handen hieven stortten steden in – of herstelden zich juist weer. Wat een contrast met die verschrikkelijk oude man die in een stoffige kamer zit, in zichzelf mompelt en door een oud boek bladert!' Peinzend at de heer wat basiliskfricassee. 'De ander is een boek aan het schrijven,' zei hij.

'Dat heb ik gehoord, meneer. Bent u onlangs nog naar hem gaan kijken?'

De heer fronste. 'Ik? Hoorde je mij zojuist niet zeggen dat ik deze twee tovenaars beschouw als de stomste, meest abominabele mannen

---

[1] William van Lancaster was de seneschalk en favoriete bediende van John Uskglass, en daarom een van de meest belangrijke mannen in Engeland.

[2] Thomas van Dundale, de eerste menselijke bediende van John Uskglass. Zie voetnoot 2, hoofdstuk 45.

van Engeland? Nee, sinds hij uit Londen is vertrokken, heb ik hem niet meer dan twee of drie keer per week gezien. Als hij schrijft dan slijpt hij zijn punten nogal vierkant met een oud pennenmes. Ik zou me schamen om zo'n versleten, lelijk mes te gebruiken, maar deze tovenaars tolereren allerlei onaangenaamheden waar jij en ik van zouden rillen! Soms is hij zo verdiept in het schrijven, dat hij vergeet om zijn pen bij te slijpen zodat de inkt op zijn papier en in zijn koffie spettert, maar hij besteedt er totaal geen aandacht aan.'

Stephen bedacht hoe vreemd het was dat de heer, die in een deels vervallen huis woonde omringd door weerzinwekkende botten uit vroegere veldslagen, zo gevoelig was voor de slordigheid in andermans huizen. 'En het onderwerp van het boek, meneer?' vroeg hij. 'Hoe denkt u daarover?'

'Het is hoogst merkwaardig! Hij beschrijft de belangrijkste verschijningen van mijn volk in zijn land. Er zijn verslagen over hoe wij ons in het belang van Groot-Brittannië en de glorie van de inwoners met hun zaken hebben bemoeid. Zelf is hij voortdurend van mening dat het zeer wenselijk is dat hedendaagse tovenaars ons onmiddellijk oproepen en ons om hulp vragen. Snap jij daar iets van, Stephen? Ik niet. Toen ik de koning van Engeland wilde meenemen naar mijn huis en hem beleefd aandacht schonk, zat deze zelfde tovenaar me dwars. Zijn gedrag leek op dat moment bedoeld om mij opzettelijk te beledigen!'

'Maar ik denk, meneer,' zei Stephen zacht, 'dat hij misschien niet helemaal doorhad wie of wat u bent.'

'Ach, wie kan ons vertellen wat deze Engelsen begrijpen? Hun gedachten zijn zo eigenaardig! Het is onmogelijk te achterhalen wat ze denken! Ik vrees dat jij er net zo over zult denken, Stephen, als jij hun koning bent!'

'Ik heb er werkelijk geen behoefte aan waar dan ook koning te zijn, meneer.'

'Je zult daar anders over denken wanneer je eenmaal koning bent. Je bent gewoon terneergeslagen bij de gedachte dat je buitengesloten wordt van Lost-hope en al je vrienden. Maar wees gerust! Ik zou het ook naar vinden om te denken dat jouw verheffing de reden zou zijn van ons scheiden. Maar ik acht het niet noodzakelijk dat je permanent in Engeland moet wonen, enkel omdat jij daar koning bent. Je kunt iemand met smaak niet langer dan een week laten wegkwijnen in dat saaie land. Een week is lang genoeg!'

'En hoe moet dat dan met mijn werk, meneer? Ik heb begrepen dat koningen nogal veel verplichtingen hebben, en ook al wil ik eigenlijk geen koning zijn, zou ik niet willen dat—'

'Beste Stephen!' riep de heer met hartelijke, maar geamuseerde vreugde. 'Daar zijn de seneschalken voor! Zij kunnen alle saaie regeringszaken voor hun rekening nemen, terwijl jij bij mij in Lost-hope blijft om van onze gebruikelijke geneugten te genieten. Je zult hier al vaak genoeg terugkomen om belasting en bijdragen van veroverde landen te innen en die op de bank te zetten. Ach, ik denk dat het verstandig is om af en toe lang genoeg in Engeland te blijven om een portret van je te laten schilderen zodat de bevolking je nog meer zal adoreren. Soms mag je de mooiste dames in het land hoffelijk toestaan een rij te vormen om jouw handen te kussen en verliefd op je te worden. En dan kun je, zodra je al jouw plichten op voortreffelijke wijze bent nagekomen, met een goed geweten naar lady Pole en mij terugkeren!' De heer pauzeerde even en dacht opvallend diep na. 'Ik moet echter toegeven,' zei hij uiteindelijk, 'dat ik niet meer zo overweldigend verrukt ben van de mooie lady Pole als voorheen. Er is een andere dame die ik veel leuker vind. Ze is niet bijzonder mooi, maar ze compenseert dit gebrek aan schoonheid met haar levendige karakter en goede gesprekken. En deze andere dame heeft een groot voordeel boven lady Pole. Zoals wij beiden weten, moet ze, hoe vaak ze mijn huis ook bezoekt, altijd weer weg in navolging van de overeenkomst met de tovenaar. Maar in het geval van deze dame is het niet nodig zo'n belachelijke overeenkomst te sluiten. Zodra ik haar heb bemachtigd, zal ik haar altijd aan mijn zijde kunnen hebben!'

Stephen zuchtte. De gedachte aan een andere arme vrouw die voor altijd in Lost-hope gevangen wordt gehouden was wel heel erg triest! Maar het zou stom zijn om te denken dat hij iets kon doen om dit te voorkomen en misschien kon hij het in het voordeel van lady Pole laten werken. 'Meneer, misschien,' zei hij eerbiedig, 'zou u in dat geval kunnen overwegen om de betovering van milady op te heffen? Ik weet dat haar echtgenoot en haar vrienden blij zouden zijn als ze weer de oude voor hen werd.'

'O! Maar ik zal lady Pole altijd beschouwen als een zeer gewenste aanvulling op al ons vermaak. Een mooie vrouw is altijd goed gezelschap en ik betwijfel of er in Engeland iemand is die milady in haar schoonheid overtreft. In het Elfenrijk zijn er ook maar weinig zo mooi als zij. Nee, wat jij voorstelt is totaal onmogelijk. Maar om op het onderwerp terug te komen, we moeten een plan bedenken om deze andere dame uit haar huis te plukken en haar naar Lost-hope te brengen. Ik weet zeker, Stephen, dat je mij nog meer zult willen helpen als je hoort dat ik de verwijdering van deze dame noodzakelijk acht om ons nobele doel jou tot koning te maken te bereiken! Het zal ze tot totale wanhoop drijven! Het zal tot conflict leiden en tweedracht zaaien tussen hen. O ja! Al het goede zal voor ons zijn en al het slechte voor hen! We zouden onze hoogstaande verplichtingen verzuimen als we dit niet deden!'

Stephen begreep hier maar weinig van. Had de heer het nu over een van de prinsessen op Windsor Castle? Iedereen wist dat de koning krankzinnig werd toen zijn jongste en favoriete dochter stierf. Misschien dacht de heer met het pluishaar dat het verlies van nog een prinses zijn dood zou kunnen betekenen, of dat er bij een van de andere leden van de koninklijke familie een steekje los zou gaan zitten.

'Welnu, mijn beste Stephen,' zei de heer. 'Nu rest ons de vraag: hoe halen we de dame weg zonder dat iemand het doorheeft – met name de tovenaars!' Hij dacht even na. 'Ik heb het! Breng me een stuk mos-eik!'

'Meneer?'

'Het moet ongeveer net zo breed zijn als jij en tot mijn schouders reiken.'

'Ik zou het graag onmiddellijk voor u halen, meneer. Maar ik weet niet wat mos-eik is.'

'Oud hout dat eeuwen lang in veenland heeft gelegen!'

'In dat geval, meneer, vrees ik dat we het hoogstwaarschijnlijk niet in Londen zullen vinden. Er is hier geen veenland.'

'Dat is waar.' De heer liet zich terugvallen in zijn stoel en staarde naar het plafond, terwijl hij over dit ingewikkelde probleem nadacht.

'Is een ander soort hout ook geschikt voor u, meneer?' vroeg Stephen. 'Er zit een houtverkoper in Gracechurch-street, die misschien—'

'Nee, nee,' zei de heer. 'Dit moet...'

Op dat moment gebeurde er iets vreemds met Stephen: hij werd uit zijn stoel geplukt en overeind gezet. Tegelijkertijd verdween het koffiehuis en kwam er een pikzwarte ijskoude leegte voor in de plaats. Hoewel hij helemaal niets kon zien, kreeg Stephen het gevoel dat hij zich op een uitgestrekte, open plek bevond. Er waaide een venijnige wind om zijn oren en opeens leek het overal om hem heen hevig te regenen.

'...op een juiste manier gebeuren,' vervolgde de heer zijn verhaal op dezelfde toon als daarvoor. 'Er ligt hier een goed stuk mos-eik in de buurt. Tenminste, ik meen mij te herinneren...' Zijn stem die ergens dicht bij Stephen's oor had geklonken, klonk geleidelijk verder weg. 'Stephen!' riep hij. 'Heb je een turfsteekschop, baggerbeugel en een kaarzettersvork meegenomen?'

'Wat, meneer? Welke, meneer? Nee, meneer. Ik heb geen van die dingen meegenomen. Om eerlijk te zijn had ik niet echt door dat we ergens heen gingen.' Stephen kwam erachter dat hij tot zijn enkels in koud water stond. Hij probeerde een stap opzij te doen. Op dat moment werd hij op angstaanjagende wijze door de grond naar beneden gezogen en zonk hij plotseling tot halverwege zijn kuiten weg. Hij schreeuwde.

'Mmm?' informeerde de heer.

'Ik... ik zou niet durven u te onderbreken, meneer. Maar het lijkt alsof de grond me opzuigt.'

'Het is een moeras,' zei de heer, behulpzaam.

'Het is in ieder geval een nogal afschrikwekkende substantie.' Stephen probeerde de kalme, ongeïnteresseerde toon van de heer te imiteren. Hij wist maar al te goed dat de heer het zeer op prijs stelde als iemand onder alle omstandigheden zijn waardigheid behield en hij vreesde dat wanneer hij de heer zou laten horen hoe bang hij was, er een grote kans bestond dat de heer genoeg van hem zou krijgen en weg zou lopen, terwijl hij door het moeras werd opgezogen. Hij probeerde te bewegen, maar hij voelde geen vaste grond onder zijn voeten. Hij sloeg met zijn armen om zich heen, viel bijna en het enige wat er gebeurde was dat hij nog een stukje verder in de waterige modder zakte. Hij schreeuwde opnieuw. Het moeras maakte een reeks onplezierige, zuigende geluiden.

'O, god! Ik ben zo vrij, meneer, om op te merken dat ik stukje bij beetje wegzink. Ah!' Hij begon zijdelings weg te glijden. 'U bent vaak zo aardig geweest mij te laten merken dat u op mij gesteld bent, meneer, en te zeggen dat u mijn gezelschap prefereert boven dat van anderen. Als ik u niet te zeer ontrief, kan ik u dan misschien overhalen mij te redden uit dit afschuwelijke moeras?'

De heer deed geen moeite om antwoord te geven. In plaats daarvan werd Stephen uit het moeras geplukt en met zijn voeten op de grond gezet. Hij stond te beven van angst en was graag gaan liggen. De bodem leek hier stevig genoeg maar het was vies nat en hij had geen idee waar het moeras lag.

‘Ik zou u met alle plezier helpen, meneer,’ riep hij in het duister. ‘Maar ik durf mij niet te verroeren uit angst weer in het moeras te vallen!’

‘Ach, het maakt niet uit!’ zei de heer. ‘Eerlijk gezegd, rest ons niets dan wachten. Mos-eik is het gemakkelijkst te vinden bij zonsopgang.’

‘Maar het duurt nog negen uur voordat de zon weer opkomt!’ riep Stephen vol afschuw.

‘Ja, dat is zo! Laten we gaan zitten en wachten.’

‘Hier, meneer? Maar dit is een vreselijke plek. Donker, koud en afschuwelijk!’

‘O, zeker! Het is erg ongemakkelijk!’ beaamde de heer met ergerlijke kalmte. Hij viel stil. Stephen kon alleen maar vermoeden dat hij zijn geschifte plan om te wachten tot zonsopgang doorzette.

De ijzige wind waaide om Stephen heen. De vochtigheid leek elk gedeelte van zijn lichaam binnen te dringen. Het donker gaf hem een beklemmend gevoel, en de uren gingen tergend langzaam voorbij. Hij verwachtte niet dat hij in slaap zou kunnen vallen, maar ergens in de nacht werd de ellende enigszins verlicht. Niet dat hij echt in slaap was gevallen, maar hij was wel gaan dromen. In zijn droom was hij naar de provisiekast gelopen om een plak overheerlijke varkensvleespastei voor iemand te halen. Maar toen hij de pastei opensneed zag hij dat er maar weinig varkensvlees in zat. Het grootste deel van de inhoud bestond uit de stad Birmingham. Onder de korst van de pastei rookten de smeltovens van smederijen en ronkten motoren. Een van de inwoners, die er beschaafd uitzag, kwam uit het gat wandelen dat Stephen had gemaakt, en toen hij Stephen zag, zei hij...

Precies op dat moment werd Stephen’s droom onderbroken door een triest klinkend geluid – een langzaam, treurig lied in een onbekende taal en Stephen wist zonder echt wakker te worden dat de heer met het pluishaar aan het zingen was.

Je kunt wel stellen dat wanneer een mens zingt, niemand belangstelling voor dit lied zal hebben, op zijn medemens na. Dit gaat zelfs op voor een ongelooflijk mooi lied. Andere mensen kunnen door zijn gave in vervoering worden gebracht, maar de overige levende wezens zijn over het algemeen onbewogen. Een kat of een hond zal misschien naar hem kijken, zijn paard – als het een buitengewoon intelligent dier is – stopt misschien even met grazen, maar meer ook niet. Maar toen de elf zong, luisterde de hele wereld naar hem. Stephen had het gevoel alsof de wolken even stopten toen ze voorbijdreven, hij had het gevoel dat heuvels begonnen te bewegen en te mompelen, hij had het gevoel dat de koude mist danste. Voor het eerst begreep hij dat de wereld niet stom was, maar enkel wachtte op iemand die haar taal sprak. In het elfenlied herkende de aarde de namen die zij zichzelf had gegeven.

Stephen begon weer te dromen. Deze keer droomde hij dat heuvels liepen en de lucht huilde. Er waren bomen die tegen hem praatten, hem hun geheimen vertelden en hem vroegen of hij hen als vriend of vijand beschouwde. Belangrijke lotsbestemmingen lagen verborgen in kiezelstenen en verschrompelde bladeren. Hij droomde dat alles ter wereld – stenen en rivieren, bladeren en vuur – een doel had en vastbesloten was dit in alle striktheid uit te voeren, maar hij begreep ook dat het soms mogelijk was om dingen over te halen het anders te doen.

Toen hij wakker werd kwam de zon op. Tenminste, daar leek het op. Het licht was flauw, schemerig en ongelooflijk triest. Om hen heen doemden uitgestrekte grijze, mistroostige heuvels op en tussen de heuvels lag een uitgestrekt zwart veenmoeras. Stephen had nog nooit een landschap gezien dat zo duidelijk bedoeld was om een voorbijganger onmiddellijk tot totale wanhoop te drijven.

'Ik neem aan dat dit een van uw koninkrijken is, meneer?' zei hij.

'Mijn koninkrijken?' riep de heer verrast uit. 'O nee! Dit is Schotland!'

Plotseling verdween de heer – en kwam even later weer te voorschijn met een armvol gereedschap. Hij had een bijl en drie dingen die Stephen nooit eerder had gezien. Een voorwerp leek een beetje op een schoffel, eentje een beetje op een spade en de laatste was een zeer eigenaardig voorwerp, iets wat het midden hield tussen een spade en een zeis. Hij gaf ze allemaal aan Stephen, die ze enigszins onzeker bekeek. 'Zijn ze nieuw, meneer? Ze glanzen zo helder.'

'Tja, je kunt natuurlijk geen gereedschap van normaal metaal gebruiken bij zulk een magische onderneming die ik heb voorgesteld. Deze zijn samengesteld uit kwik en sterrenschijnsel. Welnu, Stephen, we moeten zoeken naar een stuk grond waar de dauw nog niet is doorgedrongen en als we daar graven vinden we zeker mos-eik!'

Alle grassen en petieterige gekleurde planten in de vallei waren met dauw bedekt. Stephen's kleding, handen, haar en huid waren bedekt met een fluweelachtige grijze condens, en het haar van de heer – dat altijd opmerkelijk was – glom door de duizenden waterdruppeltjes nog meer dan gewoonlijk. Het leek alsof hij een aureool van juwelen droeg.

De heer liep langzaam door de vallei, met zijn blik op de grond gericht. Stephen volgde hem.

'Ah!' riep de heer. 'Hier is het!'

Hoe de heer dit wist, was Stephen een raadsel.

Ze stonden midden in een uitgestrekt moerassig stuk grond, dat er net als de rest van de vallei uitzag. Er was geen opvallende boom of rots in de buurt die de plek markeerde. Maar de man liep zelfverzekerd door, totdat hij bij een stuk aankwam dat iets lager lag. Midden in het lager gelegen stuk grond lag een lange, brede strook waar geen dauw te bekennen was.

'Graaf hier, Stephen!'

De heer bleek verrassend veel te weten over de kunst van het turfsteken. En hoewel hij zelf niets deed gaf hij Stephen nauwkeurige instructies over hoe hij de bovenste laag gras en mos met het ene stuk gereedschap moest wegsnijden, hoe hij met een ander stuk gereedschap de turf moest steken en hoe hij met een derde stuk gereedschap de stukken eruit moest lichten.

Stephen was niet echt gewend om zwaar werk te verrichten, en algauw was hij buiten adem en deed elk deel van zijn lichaam pijn. Gelukkig had hij nog niet al te diep gesneden toen hij iets raakte dat veel harder was dan de turf.

'Ah!' riep de heer tevreden. 'Dat is mos-eik. Fantastisch! Welnu, Stephen, snij eromheen.'

Dit was gemakkelijker gezegd dan gedaan. Zelfs toen Stephen genoeg turf weggesneden had om het mos-eik bloot te leggen was het nog moeilijk zichtbaar wat eik was en wat turf – beiden waren zwart, nat en modderig. Hij groef verder en begon te vermoeden dat, ondanks het feit dat de heer het een stronk noemde, dit een hele boom was.

'Kunt u het er niet met magie uithalen, meneer?' vroeg hij.

'O nee! Absoluut niet! Ik zal nog veel van dit hout vragen en daarom is het onze plicht om de overgang van moeras naar open lucht zo gemakkelijk mogelijk te laten verlopen. Welnu, Stephen, neem deze bijl en hak voor mij een stuk uit zo groot als mijn sleutelbeen. Daarna halen we het er met de spade en de schoffel uit!'

Hij was meer dan drie uur bezig het karwei af te krijgen. Stephen hakte het hout in de grootte die de heer had gevraagd, maar de klus om het uit het moeras te manoeuvreren was te zwaar voor één man en de heer was gedwongen met hem in het modderige, stinkende gat af te dalen en samen zwoegden, trokken en tilden ze.

Toen ze uiteindelijk klaar waren, liet Stephen zich volledig uitgeput op de grond vallen, terwijl de heer met groot genoegen zijn stronk stond te bekijken.

'Nou,' zei hij, 'dat ging een stuk gemakkelijker dan ik had verwacht.'

Plotseling bevond Stephen zich weer op de bovenste verdieping van het Jeruzalem koffiehuis. Hij bekeek zichzelf en de heer. Hun nette kleding lag aan flarden en ze waren van top tot teen bedekt met moerasmodder.

Voor het eerst kon hij de stronk mos-eik goed zien. Het was zo zwart als de hel, erg fijn van nerf en er droop zwart water uit.

'We moeten het eerst laten drogen voordat we er iets mee kunnen doen,' zei Stephen.

'Nee hoor!' zei de heer met een grote glimlach. 'Het is precies goed om ermee te doen wat ik van plan was!'

43

Het vreemde avontuur van meneer Hyde

december 1815

Op een ochtend in de eerste week van december, klopte Jeremy op de deur van de bibliotheek van Strange in Ashfair House en zei dat meneer Hyde heel graag een paar minuten met hem wilde spreken.

Strange was niet bepaald blij dat hij gestoord werd. Sinds zijn verblijf op het platteland was hij net zo gesteld op rust en eenzaamheid als meneer Norrell. 'O, goed dan!' mopperde hij.

Hij schreef alleen nog even een paragraaf, zocht drie of vier zaken op in een biografie van Valentine Greatrakes, bezoedelde zijn document, corrigeerde wat spelfouten, depte zijn document nog een keer en ging toen naar de salon.

Er zat een heer in zijn eentje bij het vuur zwaarmoedig in de vlammen te staren. Hij zag er gespierd uit, een bedrijvig soort mens van een jaar of vijftig, met onverwoestbare kleren en heren-boerenlaarzen aan. Op een tafel naast hem stond een glas wijn en een bord met biscuitjes. Kennelijk had Jeremy besloten dat de bezoeker lang genoeg alleen had gezeten en behoefte zou hebben aan een opfrissertje.

Meneer Hyde en Jonathan Strange waren hun leven lang buren geweest, maar de duidelijke verschillen in fortuin en smaak maakten dat ze nooit verder waren gekomen dan gewoon kennissen. Dit was in feite de eerste keer dat zij elkaar ontmoetten sinds Strange tovenaar was geworden.

Ze schudden elkaar de hand.

'Ik neem aan, meneer,' begon meneer Hyde, 'dat u zich afvraagt wat mij naar uw huis brengt in dit weer.'

'Weer?'

'Ja, meneer. Het is erg slecht weer.'

Strange keek uit het raam De hoge heuvels die Ashfair omringden, waren bedekt met sneeuw. Iedere tak, ieder twijgje droeg zijn sneeuwlast. De lucht zelf leek wit van vorst en mist.

'Inderdaad. Ik had het nog niet gezien. Ik ben sinds zondag niet meer de deur uitgeweest.'

'Uw bediende vertelde me dat u heel erg in beslag wordt genomen door uw onderzoek. Het spijt me dat ik u stoor, maar ik heb u iets te vertellen wat niet langer wachten kan.'

'O! Een verklaring is niet nodig. En hoe is het met uw...' Strange wachtte even en probeerde zich te herinneren of meneer Hyde een vrouw, kinderen, broers, zusters of vrienden had. Hij kwam erachter dat hij daar helemaal niets over wist. '...boerderij,' eindigde hij. 'Ik herinner me dat die in Aston staat.'

'Het is meer in de buurt van Clunbury.'

'Clunbury. Ja.'

'Het gaat heel goed met me, meneer Strange, behalve iets tamelijk... iets wat drie dagen geleden is gebeurd en mij van streek heeft gemaakt. Ik ben sindsdien steeds met mezelf in discussie geweest of ik er met u over zou praten. Ik heb advies gevraagd aan mijn vrienden en mijn vrouw, en ze waren het er allemaal over eens dat ik u zou moeten vertellen wat ik he gezienb. Drie dagen geleden was ik met David Evans voor zaken in Wales, bij de grens. Ik neem aan dat u hem kent, meneer?'

'Ik ken hem van gezicht. Ik heb nooit met hem gesproken. Ik geloof dat Ford hem kent.' (Ford was de tussenpersoon die alle zaken van Strange' landgoed beheerde.)

'In ieder geval, meneer, waren David Evans en ik tegen twee uur klaar met onze zaken en wilde ik graag weer naar huis. Er lag een dik pak sneeuw en de wegen tussen hier en Llanfair Waterdine waren erg slecht. Ik neem aan dat u niet weet dat David Evans' huis boven op een heuvel ligt met een ver uitzicht op het westen. Op het moment dat hij en ik naar buiten stapten, zagen we grote grijze sneeuwwolken op ons afkomen. Mevrouw Evans, Davey's moeder, drong er bij mij op aan dat ik bij hen bleef en de volgende dag naar huis zou gaan, maar Evans en ik hadden het erover en we waren het erover eens dat alles goed zou gaan, mits ik meteen vertrok en de kortst mogelijke route naar huis nam. Met andere woorden, ik moest richting de Dyke en Engeland voor de storm me inhaalde.[1]

'De Dyke?' vroeg Strange fronsend. 'Dat is een steile rit, zelfs in de zomer, en een heel eenzame plek als er iets met u zou gebeuren. Ik denk niet dat ik dat gewaagd zou hebben. Maar ik neem aan dat u deze heuvels en hun karakter beter kent dan ik.'

'Misschien bent u wijzer dan ik, meneer. Toen ik de Dyke opreed, stak er een sterke wind op waardoor de sneeuw die al gevallen was omhoog geblazen werd. De sneeuw bleef aan de vacht van mijn paard en aan mijn overjas plakken waardoor we, en dat zag ik pas toen ik naar beneden keek, net zo wit waren als de helling en de lucht. Zo wit als alles. De wind vormde vreemde figuren van de sneeuw waardoor het leek of ik omringd werd door ronddraaiende spoken en het soort slechte geesten en kwade engelen die in de Arabische damesverhalen worden vermeld. Mijn arme paard, dat gewoonlijk geen nerveus dier is, leek allerlei dingen te zien die hem angstig maakten. Zoals u zich kunt voorstellen, wenste ik, toen ik een klok hoorde luiden, hartgrondig dat ik mevrouw Evans' gastvrijheid had aanvaard.'

'Een klok?' zei Strange.

'Ja, meneer.'

'Maar welke klok kan dat geweest zijn?'

'Nou, geen een, meneer, in dat afgelegen gebied. Het is in feite een raadsel dat ik überhaupt iets hoorde met dat snuivende paard en de huilende wind om me heen.'

Strange, die zich voorstelde dat meneer Hyde naar hem toegekomen was om die vreemde klok verklaard te krijgen, begon te praten over de magische betekenis van klokken. Hoe klokken werden gebruikt als bescherming tegen elfen en andere boze geesten, en hoe een slechte elf soms weggejaagd werd door het geluid van een kerkklok. En toch, tegelijkertijd, was het zeer bekend dat elfen van klokken hielden. Elfenmagie ging vaak gepaard met het luiden van een klok, en er klonken vaak klokken als er elfen verschenen. 'Ik kan deze vreemde contradictie niet verklaren,' zei hij. 'Theoretische tovenaars hebben er eeuwen over gepeinsd.'

---

[1] De Dyke is een grote, nu erg vervallen muur van aarde en stenen die Wales van Engeland scheidt. Het werk was van Offa, een achttiende-eeuwse Merciaanse koning, die uit ervaring had geleerd zijn Welse buren te wantrouwen.

Meneer Hyde luisterde schijnbaar heel beleefd en aandachtig naar deze toespraak. Toen Strange klaar was, zei meneer Hyde: 'Maar de klok was nog maar het begin, meneer.'

'O!' zei Strange een beetje geïrriteerd. 'Goed dan. Ga verder.'

'Ik was reeds zo ver op de heuvel dat ik de top van de Dyke kon zien. Daar stonden een paar kromme palen en een paar vervallen muren van losse stenen. Ik keek naar het zuiden en ik zag een dame heel snel over de Dyke op mij afkomen...'

'Een dame!'

'Ik zag haar heel duidelijk. Haar haar was los en de wind blies het omhoog waardoor het om haar hoofd kronkelde.' Meneer Hyde gebaarde met zijn handen om te laten zien hoe het haar van de dame danste in de wervelende sneeuw. 'Ik geloof dat ik naar haar riep. Ik weet dat zij haar hoofd draaide en naar mij keek, maar ze stopte niet en ging ook niet langzamer lopen. Ze draaide zich om en liep verder langs de Dyke met alle sneeuwachtige schimmen om haar heen. Ze droeg alleen een zwarte avondjapon. Geen sjaal. Geen bontjas. En daardoor maakte ik me zorgen om haar. Ik dacht dat haar een of ander vreselijk ongeluk was overkomen. Dus ik spoorde mijn paard aan de heuvel op, zo snel als het arme dier kon. Ik probeerde haar de hele tijd in zicht te houden, maar de wind blies steeds sneeuw in mijn ogen. Ik bereikte de Dyke en ze was nergens meer te zien. Dus ik reed heen en weer langs de Dyke. Ik zocht en schreeuwde mijzelf schor. Ik was er zeker van dat ze achter een berg stenen of sneeuw was gevallen of gestruikeld door een konijnenhol. Of misschien was meegesleurd door de persoon die haar in eerste instantie het onheil had aangedaan.'

'Het onheil?'

'Nou, meneer, ik nam aan dat ze door iemand die haar kwaad wilde doen naar de Dyke was gedreven. Vandaag de dag hoor je dat soort dingen.'

'Kende u de dame?'

'Ja, meneer.'

'Wie was het?'

'Mevrouw Strange.'

Even was het stil.

'Maar zij kan het niet geweest zijn,' zei Strange onthutst. 'Meneer Hyde, als er iets verontrustends gebeurd was met mevrouw Strange, dan denk ik dat iemand me dat had verteld. Zozeer sluit ik mij nu ook weer niet op met mijn boeken. Het spijt me, meneer Hyde, maar u vergist zich. Wie deze arme vrouw ook was, het was niet mevrouw Strange.'

Meneer Hyde schudde zijn hoofd. 'Als ik u in Shrewsbury of Ludlow zou zien, meneer, dan herkende ik u misschien niet onmiddellijk. Maar de vader van mevrouw Strange was zevenenveertig jaar lang kapelaan van mijn parochiegemeenschap. Ik ken mevrouw Strange, toen heette ze nog juffrouw Woodhope, vanaf het moment dat ze als kind haar eerste stappen op het kerkhof van Clunbury zette. Zelfs als ze niet naar me had gekeken, had ik haar herkend. Ik had haar herkend aan haar gestalte, aan haar manier van lopen, aan alles.'

'Wat deed u nadat u de vrouw uit het oog verloren had?'

'Ik ben regelrecht hiernaar toe gereden, maar uw bediende wilde me niet binnenlaten.'

'Jeremy? De man met wie je zojuist hebt gesproken?'

'Ja. Hij zei dat mevrouw Strange veilig binnen zat. Ik geef toe dat ik hem niet geloofde en dus liep ik om uw huis en keek door alle ramen tot ik haar op een sofa in deze kamer zag zitten.' Meneer Hyde wees naar de sofa in kwestie. 'Ze droeg een vaalblauwe avondjapon, geen zwarte.'

'Nou, daar is niets merkwaardigs aan. Mevrouw Strange draagt nooit zwart. Dat is een kleur die ik een jonge vrouw niet graag zie dragen.'

Meneer Hyde schudde zijn hoofd en fronste. 'Ik hoopte u te overtuigen van wat ik zag, meneer. Maar ik zie dat ik daar niet in slaag.'

'En ik zou willen dat ik het u kon uitleggen. Maar dat kan ik niet.'

Bij het afscheid schudden ze elkaar de hand. Meneer Hyde keek meneer Strange ernstig aan en zei: 'Ik heb nooit gewild dat haar iets overkwam, meneer Strange. Ik ben erg opgelucht dat ze veilig is.'

Strange maakte een lichte buiging. 'En onze intentie is dat zo te houden.'

De deur ging achter meneer Hyde dicht.

Strange wachtte even en ging toen op zoek naar Jeremy. 'Waarom vertelde je me niet dat hij al eerder was geweest?'

Jeremy maakte bij wijze van spot een soort snuivend geluid. 'U lastig vallen met zulke onzin, meneer. Ik weet wel beter! Dames in zwarte jurken die rondzwerven in sneeuwstormen!'

'Ik hoop dat je niet te hardvochtig tegen hem bent geweest.'

'Ik, meneer? Nee, dat is belachelijk!'

'Misschien was hij dronken. Ja, ik vermoed dat dat het was. Ik neem

aan dat hij en David Evans het succesvolle slot van hun zaak aan het vieren waren.'

Jeremy fronste. 'Ik denk het niet, meneer. David Evans is een methodistisch predikant.'

'O! Nou, ja. Je zult wel gelijk hebben. En inderdaad: het lijkt niet echt op een hallucinatie die veroorzaakt wordt door dronkenschap. Het is meer iets waar je aan denkt als iemand opium heeft gebruikt na het lezen van een van mevrouw Radcliffe's romans.'

Strange merkte dat hij van streek was geraakt door het bezoek van meneer Hyde. De gedachte aan Arabella – zelfs een denkbeeldige, imaginaire Arabella – verdwaald in de sneeuw, zwervend op de heuveltoppen, was verontrustend. Hij kon er niets aan doen dat het hem aan zijn moeder deed denken die diezelfde heuvels in haar eentje had bewandeld om te ontsnappen aan de ellende van een ongelukkig huwelijk en die in een stortbui een kou had opgelopen waaraan ze overleed.

Die avond tijdens het diner zei hij tegen Arabella: 'Ik zag John Hyde vandaag. Hij dacht dat hij je zag lopen op de Dyke afgelopen dinsdag, midden in een sneeuwstorm.'

'Nee!'

'Ja.'

'Arme man! Hij moet behoorlijk geschrokken zijn.'

'Dat was hij volgens mij ook.'

'Ik zal zeker een bezoek aan meneer en mevrouw Hyde brengen als Henry er is.'

'Het lijkt wel of je de intentie hebt iedereen in Shropshire te bezoeken als Henry er is,' zei Strange. 'Ik hoop niet dat je teleurgesteld wordt.'

'Teleurgesteld! Wat bedoel je?'

'Het is zo'n slecht weer.'

'Dan zeggen we tegen Harris dat hij langzaam en voorzichtig rijdt. Maar dat zou hij toch wel doen. En Starling is een betrouwbaar paard. Er is veel sneeuw en ijs nodig wil je Starling bang krijgen. Hij laat zich niet snel afschrikken. Trouwens, weet je, er zijn mensen bij wie Henry op bezoek moet, mensen die heel ongelukkig zouden zijn als hij dat niet zou doen. Jenny en Alwen, de twee oude bedienden van mijn vader. Ze hebben het over niets anders dan over de komst van Henry. Het is vijf jaar geleden dat ze hem voor het laatst zagen en het is zeer onwaarschijnlijk dat ze nog vijf jaar hebben, die arme mensen.'

'Al goed! Al goed! Ik zeg alleen maar dat het weer slecht zal zijn. Dat is alles.'

Maar dat was helemaal niet alles. Strange was zich ervan bewust dat Arabella hoge verwachtingen had van dit bezoek. Ze had haar broer sinds haar huwelijk nauwelijks meer gezien. Hij was niet zo vaak naar Soho-square gekomen als zij had gewild, en, als hij er eenmaal was, bleef hij nooit zo lang als zij had gehoopt. Maar dit bezoek zou al hun oude intimiteit in ere herstellen. Ze zouden, omringd door jeugdherinneringen, samen zijn en Henry had beloofd dat hij een maand zou blijven.

Henry kwam en in eerste instantie leek Arabella's grootste wens in vervulling te gaan. Het gesprek tijdens het diner die avond was erg levendig. Henry had veel nieuws over Great Hitherden, het dorp waar hij predikant was.[2]

Great Hitherden was een groot, welvarend dorp in Northamptonshire. Er woonden verschillende vooraanstaande families in de buurt. Henry was zeer tevreden met de voorname positie die hij in de samenleving bekleedde. Na een lange beschrijving van zijn vrienden en hun diners en dansfeesten, eindigde hij met: 'Maar ik zou niet willen dat jullie denken dat we liefdadigheidswerk verwaarlozen. We zijn heel actief in de buurt. Er is veel te doen en er zijn veel noodlijdende mensen. Eergisteren bezocht ik een arme, zieke familie en ik zag juffrouw Watkins al bij het optrekje staan waar ze geld en goed advies aan het geven was. Juffrouw Watkins is een zeer meelevende jongedame.' Hier wachtte hij even, alsof hij verwachtte dat iemand iets zou zeggen.

Strange keek ongeïnteresseerd. Toen, plotseling, leek er een gedachte door hem heen te schieten. 'Maar Henry, neem me alsjeblieft niet kwalijk. Je zult ons wel heel erg onachtzaam vinden. Je hebt juf-

---

[2] Toen Strange en Arabella trouwden, was Henry predikant van Grace Adieu in Gloucestershire. Toen hij daar woonde wilde hij met een jongedame uit het dorp trouwen, een juffrouw Parbringer. Maar Strange had de jongedame en haar vrienden afgekeurd. De predikantsplaats van Great Hitherden was op dat moment vacant en dus haalde Strange sir Walter Pole, die over het begevingsrecht ging, over om Henry te benoemen. Henry was opgetogen. Great Hitherden was een veel grotere plaats dan Grace Adieu en al snel hij vergat hij de ongeschikte jongedame.

frouw Watkins nu vijf keer in tien minuten genoemd en noch Bell, noch ik hebben ook maar iets over haar gevraagd. We zijn allebei een beetje traag vanavond. Het is de koude Welse lucht, het koelt de hersenen af, maar nu ik wakker ben geworden en begrijp wat jij wilt zeggen, zal ik je graag over haar uithoren, zo lang als je maar wilt. Is ze blond of donker? Heeft ze een bruine huid of een bleke huid? Heeft ze voorkeur voor piano of harp? Wat zijn haar favoriete boeken?'

Henry, die het vermoeden had dat hij geplaagd werd, fronste en leek van plan niets meer over de dame te zeggen.

Arabella vroeg, met een koele blik op haar echtgenoot, op een vriendelijkere manier verder en kreeg al snel de volgende informatie uit Henry: dat juffrouw Watkins pas onlangs in de buurt van Great Hitherden was komen wonen, dat ze Sophronia heette, dat ze bij haar voogden woonde, meneer en mevrouw Swoonfirst (mensen met wie ze een verre familieband had), dat ze gek was op lezen (hoewel Henry niet precies kon zeggen wat), dat haar lievelingskleur geel was en dat ze een bijzondere afkeur had voor ananas.

'En haar voorkomen? Is ze knap?' vroeg Strange.

De vraag leek Henry in verlegenheid te brengen.

'Juffrouw Watkins is niet de allermooiste, nee. Maar bij nadere kennismaking... nou ja, dat is een hele hoop waard. Zowel mannen als vrouwen die er aanvankelijk erg middelmatig uitzien, kunnen bijna knap lijken als je ze beter leert kennen. Een ontwikkelde geest, goede manieren en een zachtaardig karakter, deze dingen zullen zeer waarschijnlijk meer bijdragen tot het geluk van een echtgenoot dan louter voorbijgaande schoonheid.'

Strange en Arabella waren een beetje verbaasd over zijn toespraak. Toen het even stil was, vroeg Strange: 'Geld?'

Henry had een rustige, triomfantelijke blik. 'Tienduizend pond,' zei hij.

'Mijn beste Henry!' riep Strange uit.

Later, toen ze alleen waren, zei Strange tegen Arabella: 'Wat ik ervan begrijp, mogen we Henry feliciteren met deze geslepenheid. Het ziet ernaar uit dat hij de dame gevonden heeft voor iemand anders de kans kreeg. Ik neem aan dat ze niet overstelpt wordt door voorstellen. Er is iets in haar gezicht of figuur wat haar beschermt tegen te algemene aanbidding.'

'Maar ik denk niet dat het alleen maar het geld kan zijn,' zei Arabella, die geneigd was haar broer te verdedigen. 'Ik denk dat er ook iets van liefde moet zijn. Anders had Henry er niet aan gedacht.'

'O, natuurlijk,' zei Strange. 'Henry is een heel goede kerel. En bovendien houd ik me er altijd buiten, zoals je weet.'

'Je glimlacht,' zei Arabella, 'en daar heb je geen recht toe. Ik was net zo slim als Henry, in mijn tijd. Ik geloof niet dat iemand eraan dacht met jou te trouwen, met je grote neus en je onbeminnelijke karakter, tot het in mij opkwam dat te doen.'

'Dat is waar,' zei Strange bedachtzaam. 'Dat was ik vergeten. Het is een tekortkoming in de familie.'

De volgende dag bleef Strange in de bibliotheek, terwijl Arabella en Henry eropuit gingen om Jenny en Alwen te bezoeken. Maar het plezier van de eerste paar dagen hield niet lang aan. Arabella kwam er al snel achter dat ze nog maar weinig gemeen had met haar broer. Henry had de laatste zeven jaar doorgebracht in een boerendorpje. Zij op haar beurt had in Londen gewoond waar ze een paar van de belangrijkste gebeurtenissen van de afgelopen jaren van dichtbij had meegemaakt. Ze was met meerdere ministers uit het kabinet bevriend. Ze kende de minister-president en had een aantal keren met de hertog van Wellington gedanst. Ze had de koninklijke hertogen ontmoet, revérences gemaakt naar de prinsessen en kon altijd rekenen op een glimlach en een woordje van de prins-regent wanneer ze in Carlton House was. Haar grote bekendheid met iedereen die verbonden was aan de glorieuze, hernieuwde belangstelling voor de Engelse magie, was vanzelfsprekend.

Maar, hoewel zij erg geïnteresseerd was in de verhalen van haar broer, had hij geen interesse in die van haar. Haar beschrijving van het leven in Londen ontlokten niet meer dan een beleefd 'ach, werkelijk?'. Een keer, toen ze het had over iets wat de hertog van Wellington tegen haar had gezegd en wat zij had geantwoord, keerde Henry zich naar haar toe en keek haar aan met een opgetrokken wenkbrauw en een koele lach. Een blik en een glimlach waarmee hij zonder meer zei dat hij haar niet geloofde. Dat gedrag kwetste haar. Zijzelf had niet het idee dat ze pochte. Zulke ontmoetingen waren onderdeel van de dagelijkse gang van zaken van haar Londense leven. Met een kleine steek realiseerde zij zich dat, hoewel zijn brieven haar altijd in verrukking hadden gebracht, hij haar antwoorden vervelend en gespeeld moest hebben gevonden.

Ondertussen had Henry last van zijn eigen ontevredenheid. Toen hij nog een jongen was, had hij Ashfair House enorm bewonderd. De grootte, de plek en de enorme betekenis die de eigenaars voor de buurt van Clun hadden gehad, hadden hem allemaal even schitterend geleken. Hij had altijd uitgekeken naar de dag waarop Jonathan Strange het zou erven en hij Ashfair kon bezoeken als vriend van de meester, wat een gewichtig karakter had. Nu dit alles gebeurd was, ontdekte hij dat hij er niet echt van genoot hier te zijn. Ashfair was minder imposant dan de vele huizen die hij in de tussenliggende jaren had gezien. Het telde bijna net zo veel gevelspitsen als ramen. De kamers hadden allemaal lage plafonds en waren vreemd gevormd. De achtereenvolgende bewoners hadden de ramen in de muren willekeurig geplaatst, zonder na te denken over het algemene voorkomen van het huis. En de ramen zelf waren allemaal verduisterd door de rozen en de klimop die langs de muren omhoogklommen. Het was een ouderwets huis, eigenlijk het soort huis, zoals Strange het uitdrukte, waarin een dame uit een roman zich graag verveelde.

Verschillende huizen in de buurt van Great Hitherden waren onlangs gerestaureerd en er waren elegante, rustieke huisjes gebouwd en dus kon hij zich nauwelijks bedwingen Strange advies te geven over de kwestie, deels omdat het voor Henry onmogelijk was hetgeen wat aan de parochie verbonden was voor zichzelf te houden, en deels omdat hij van plan was binnenkort te trouwen waardoor hij in gedachten bezig was met de verbetering van zijn huishouden. Hij was bijzonder verontrust over de ligging van de binnenplaats met stallen, en zei daarover tegen Strange: 'Men wil zichzelf het genoegen doen er doorheen te wandelen om naar het zuidelijke deel van het park en de boomgaard te gaan. U zou het heel gemakkelijk kunnen afbreken en het ergens anders opnieuw bouwen.'

Strange gaf hier eigenlijk geen antwoord op, maar richtte zich daarover plotseling tot zijn vrouw. 'Mijn lief, ik hoop dat dit huis je aanstaat? Ik ben bang dat ik er nooit aan heb gedacht je dit te vragen. Zeg het als dat niet het geval is en we verhuizen onmiddellijk!'

Arabella lachte en zei dat ze behoorlijk tevreden was met het huis. 'En het spijt me, Henry, maar ik ben net zo tevreden met de stallen als met de rest.'

Henry probeerde het nog een keer. 'Goed, ongetwijfeld ben je het ermee eens dat een grote verbetering bereikt kan worden door eenvoudigweg die bomen om te hakken die zo samengedrongen rond het huis staan en alle kamers verduisteren? Ze groeien maar een eind heen, daar waar de eikel of het zaadje viel, neem ik aan.'

'Wat?' vroeg Strange, wiens ogen gedurende het laatste deel van het gesprek waren teruggedwaald naar zijn boek.

'De bomen,' zei Henry.

'Welke bomen?'

'Die,' zei Henry, terwijl hij uit het raam wees naar een massa oude en prachtige eiken, essen en beuken.

'Het zijn goede buren. Ze bemoeien zich nergens mee en hebben mij nog nooit lastig gevallen. Ik denk dat ik hen op hun beurt zal complimenteren.'

'Maar ze houden het licht tegen.'

'Jij ook, Henry, maar ik heb nog geen bijl voor jou gepakt.'

De waarheid was dat, hoewel Henry veel aan te merken had op het terrein en de ligging van Ashfair, dit niet zijn echte klacht was. Wat hem werkelijk stoorde aan het huis was de allesdoordringende sfeer van magie. In de periode dat Strange had besloten magie als beroep te gaan uitoefenen, had Henry daar totaal niets achter gezocht. Rond diezelfde tijd verspreidde zich net het nieuws over meneer Norrell's fantastische verrichtingen door het koninkrijk. Magie had niet veel meer geleken dan een esoterische tak van de geschiedenis, een vorm van vermaak voor rijke, luie heren, en Henry had nog steeds de neiging het op die manier te bekijken. Hij was trots op Strange' rijkdom, zijn landgoed, zijn gewichtige komaf, maar niet op zijn magie. Hij was altijd een beetje verrast als men hem feliciteerde met zijn naaste verwantschap met de Tweede Grootste Tovenaar van de Eeuw.

Strange was bij lange na niet Henry's ideaalbeeld van een rijke Engelse heer. Hij had behoorlijk afgezien van de bezigheden waarmee heren op het Engelse platteland gewoonlijk hun tijd doorbrachten. Hij had geen interesse in het boeren of jagen. Zijn buren gingen jagen. Henry hoorde hun schoten in de besneeuwde bossen en velden en het geblaf van hun honden, maar Strange pakte nooit een geweer. Al Arabella's overtuigingskracht was nodig om hem naar buiten te krijgen om te gaan wandelen. In de bibliotheek waren de boeken – werken in het Engels, Grieks en Latijn die iedere heer op zijn boekenplank had staan – allemaal verplaatst en op de grond opgestapeld om plaats te maken voor Strange' eigen boeken en notitieboeken.[3] Periodieken

---

[3] De boeken die Strange in zijn bezit had waren natuurlijk boeken over magie. Niet de magische boeken, die waren allemaal in het bezit van meneer Norrell. Zie hoofdstuk 1, voetnoot 5.

over de praktijk van de magie, zoals *The Friends of English Magic* en *The Modern Magician* lagen overal door het huis verspreid. Op een van de tafels in de bibliotheek stond een grote zilveren schaal, die soms tot de rand gevuld was met water. Strange zat vaak een half uur in het water te turen, waarbij hij tegen het wateroppervlak klopte en rare bewegingen maakte en opschreef wat hij daar zag. Op een andere tafel te midden van een warboel aan boeken, lag een kaart van Engeland waarop Strange de oude elfenwegen aantekende die ooit van Engeland naar god weet waar leidden.

Er waren andere zaken, die Henry slechts half begreep, maar waar hij een nog grotere hekel aan had. Hij wist bij voorbeeld dat de kamers in Ashfair er vaak vreemd uitzagen, maar hij zag niet dat dit kwam doordat de spiegels in het huis waarschijnlijk net zo min het licht van een half uur eerder, als dat van honderd jaar geleden weerspiegelden. In de verte klonk het geluid van een klok, een verdrietig geluid, als het geluid van de klok van een verdronken stad dat over een verlaten oceaan klinkt. Hij dacht nooit echt na over de klok, en herinnerde zich er eigenlijk ook niet echt iets van, maar zijn melancholieke invloed bleef hem de hele dag bij.

Door vergelijkingen te trekken tussen hoe de dingen in Great Hitherden in tegenstelling tot Shropshire gedaan werden – veel ten nadele van Shropshire – ontdeed hij zich van veel teleurstellingen en ontevredenheden, en door hardop zijn twijfel uit te spreken dat Strange zo hard zou moeten studeren 'alsof hij helemaal geen eigen landgoed had en het hele fortuin nog moest verdienen'. Deze opmerkingen waren in het algemeen tot Arabella gericht, maar Strange was vaak binnen gehoorsafstand en Arabella bevond zich al snel in de nietbenijdenswaardige positie van het bewaren van de goede, lieve vrede tussen de twee.

'Als ik Henry's advies wil,' zei Strange, 'dan vraag ik er wel om. Ik zou wel eens willen weten wat het hem aangaat waar ik mijn stallen wil bouwen? Of hoe ik mijn tijd besteed?'

'Het is heel irritant, mijn lief,' zei Arabella instemmend, 'en niemand kijkt er verbaasd van op dat het je uit je humeur brengt, maar bedenk wel—'

'Mijn humeur! Hij maakt steeds ruzie met *míj*!'

'Sst! Sst! Hij kan je horen. Je bent ernstig op de proef gesteld en iedereen zou zeggen dat je het als een engel hebt verdragen. Maar, weet je, ik denk dat hij aardig probeert te zijn. Het komt gewoon doordat hij zich niet zo goed kan uitdrukken, en ondanks al zijn fouten zullen we hem heel erg missen als hij weg is.'

Wat betreft dit laatste punt was Strange niet zo overtuigd als hij gehoopt had. Dus voegde ze eraan toe: 'Wees aardig tegen Henry! Doe het voor mij!'

'Natuurlijk! Natuurlijk! Ik ben het geduld zelve. Dat weet je! Er was vroeger een gezegde dat nu niet meer gebruikt wordt. Iets over priesters die tarwe zaaien en tovenaars die rogge zaaien, allemaal op dezelfde akker. De betekenis is dat priesters en tovenaars het nooit eens zullen worden.[4] Ik had het tot op heden nooit zo bekeken.

---

[4] De betekenis omvatte misschien iets meer dan dit. Al in de twaalfde eeuw werd erkend dat priesters en tovenaars op een bepaalde manier rivalen zijn. Beide partijen geloven dat het heelal door een enorme variëteit van bovennatuurlijke wezens bewoond wordt en ondergeschikt is aan bovennatuurlijke krachten. Beide partijen geloven dat deze wezens door middel van spreuken of gebeden ontboden kunnen worden en op die manier overgehaald de mensheid te helpen of te belemmeren. De twee opvattingen over het heelal lijken heel veel op elkaar, maar priesters en tovenaars interpreteren het op een heel andere manier.

Tovenaars zijn voornamelijk geïnteresseerd in het nut van deze bovennatuurlijke wezens. Zij willen weten onder welke omstandigheden en op welke manier engelen, demonen en elfen ertoe gezet kunnen worden hun hulp te verlenen bij magische praktijken. Voor hun doeleinden is het bijna irrelevant dat de eerste klasse van wezens goddelijk is, de tweede afschuwelijk verdorven en de derde klasse gelovig. Priesters zijn op hun beurt nauwelijks in iets anders geïnteresseerd.

In middeleeuws Engeland waren pogingen de twee opvattingen te verenigen gedoemd te mislukken. Al snel kwam de kerk met een massa ketterijen waaraan een onvermoede tovenaar schuldig zou kunnen zijn. De Meraudiaanse ketterij is al genoemd.

Alexander van Whitby (1230?-1302) onderwees dat het heelal net een wandtapijt is waarvan voor ons slechts delen op een bepaald ogenblik zichtbaar zijn. Na onze dood zien we het geheel en dan zal het ons duidelijk zijn hoe de verschillende delen zich tot elkaar verhouden. Alexander werd gedwongen een herroeping van zijn hypothese te publiceren en priesters waren voortaan op hun hoede voor de Whitbiaanse ketterij. Zelfs de bescheidenste onder de dorpstovenaars was verplicht een sluwe politicus te worden, wilde hij of zij voorkomen beschuldigd te worden van ketterij.

Dit wil niet zeggen dat alle tovenaars vermeden religie met magie te verwarren. Vele 'toverspreuken' die aan ons overgeleverd zijn, roepen een vroom

Volgens mij kon ik het prima vinden met de Londense geestelijken. De deken van Westminster Abbey en de kapelaan van de prins-regent zijn uitstekende kerels. Maar ik erger me aan Henry.'

Op kerstdag viel er heel snel veel sneeuw. Of het nu kwam door de ergernissen van de afgelopen dagen of door iets anders, Arabella werd 's ochtends behoorlijk ziek en beroerd van de hoofdpijn wakker en was niet in staat op te staan. Strange en Henry waren verplicht de hele dag met elkaar om te gaan. Henry had het veel over Great Hitherden en 's avonds speelden ze ecarté. Dit was een spel dat ze allebei nogal leuk vonden. Het had misschien een meer ongekunstelde, plezierige stemming kunnen brengen, maar halverwege het tweede spel draaide Strange schoppen negen om en was onmiddellijk getroffen door een paar nieuwe ideeën in verband met de magische overeenkomst van de kaart. Hij verliet het spel, verliet Henry en nam de kaart mee naar de bibliotheek om hem te bestuderen. Henry bleef achter.

Ergens in de vroege uurtjes van de volgende ochtend werd Jonathan wakker, of halfwakker. Er was een vage, zilveren straling in de kamer, wat gewoon een weerspiegeling van het maanlicht op de sneeuw kon zijn. Hij dacht dat hij Arabella aangekleed met haar rug naar hem toe zag zitten aan het voeteneind van het bed. Ze zat haar haar te borstelen. Hij zei iets tegen haar, of dacht in ieder geval dat hij iets zei.

Toen ging hij weer slapen.

Rond zeven uur werd hij echt wakker en verlangde ernaar om naar de bibliotheek te gaan en er een uur of twee te werken, voor Henry verscheen. Hij stond snel op, ging naar zijn kleedkamer en luidde de bel voor Jeremy Johns om hem te komen scheren.

Om acht uur klopte Janet Hughes, de dienstmeid van Arabella op de slaapkamerdeur. Er kwam geen antwoord en Janet, die dacht dat haar bazin misschien nog steeds hoofdpijn had, vertrok weer.

Om tien uur ontbijtten Strange en Henry samen. Henry had besloten die dag te gaan jagen en spande zich tot het uiterste in om Strange over te halen met hem mee te gaan.

---

of heilig persoon op de tovenaar te helpen. Verbazingwekkend genoeg zijn de elfenbedienden van de tovenaars de oorzaak van deze verwarring. De meeste elfen werden onder dwang gedoopt zodra ze een voet in Engeland zetten. Al snel begonnen zij namen van heiligen en apostelen te verwerken in hun magie.

‘Nee, nee. Ik moet werken, maar dat hoeft jou er niet van te weerhouden te gaan. Per slot van rekening ken je deze akkers en bossen even goed als ik. Ik kan je een geweer lenen en honden kun je wel ergens vinden, dat weet ik zeker.’

Jeremy Johns verscheen en zei dat meneer Hyde was teruggekomen. Hij stond in de vestibule en vroeg of hij Strange over een dringende zaak kon spreken.

‘O, wat wil de kerel deze keer?’ mopperde Strange.

Meneer Hyde kwam gehaast binnen, zijn gezicht was grijs van bezorgdheid.

Plotseling riep Henry uit: ‘Wat ter wereld denkt die kerel dat hij aan het doen is? Hij is noch in de kamer noch daarbuiten!’ Een van Henry’s verschillende bronnen van ergernis op Ashfair waren de bedienden die zich zelden op het niveau van vormelijkheid gedroegen dat Henry gepast vond voor leden van zo’n belangrijk huishouden. Bij deze gelegenheid liep Jeremy Johns de kamer uit, maar hij kwam niet verder dan de deuropening, waar hij en een andere bediende halfverscholen bij de deur fluisterend een dringend gesprek hadden.

Strange wierp een vluchtige blik op de deuropening, zuchtte en zei: ‘Henry, het maakt echt niet uit. Meneer Hyde, ik...’

Intussen riep meneer Hyde, wiens opgewondenheid door dit oponthoud groter leek geworden, uit: ‘Ik zag mevrouw Strange weer op de Welse heuvels, een uur geleden!’

Henry schrok op en keek naar Strange.

Strange wierp meneer Hyde een koele blik toe en zei: ‘Het is niets, Henry. Echt, het is niets.’

Meneer Hyde deinsde hierdoor een beetje terug, maar hij had een soort koppigheid over zich die hem hielp het te verdragen. ‘Het was op kasteel Idris en net als de vorige keer liep mevrouw Strange voor mij weg en kon ik haar gezicht niet zien. Ik verloor haar uit het oog. Ik weet dat het de vorige keer werd beschouwd als niet meer dan een waanvoorstelling, een spook gevormd door mijn eigen geest uit sneeuw en wind, maar vandaag is het helder en rustig en ik weet dat ik mevrouw Strange net zo duidelijk zag als ik u nu zie, meneer.’

‘De vorige keer?’ zei Henry in verwarring.

Strange, ietwat ongeduldig, dankte meneer Hyde voor zijn vriendelijkheid hem dit... (hij kon het woord dat hij wilde gebruiken niet helemaal vinden). ‘Maar daar ik weet dat mevrouw Strange veilig in mijn eigen huis zit, neem ik aan dat u niet verrast zult zijn als ik...’

Jeremy kwam nogal plotseling de kamer weer binnen. Hij ging onmiddellijk naar Strange, boog zich voorover en fluisterde in zijn oor.

'Nou, spreek op, man! Zeg ons wat er aan de hand is!' zei Henry.

Jeremy keek Strange weifelend aan, maar Strange zei niets. Hij legde een hand op zijn mond en zijn ogen gingen heen en weer, alsof hij plotseling volledig door een nieuw, niet erg prettig idee in beslag werd genomen.

Jeremy zei: 'Mevrouw Strange is niet binnen, heer. We weten niet waar ze is.'

Henry ondervroeg meneer Hyde over wat hij op de heuvels had gezien en gaf hem nauwelijks de tijd om een vraag te beantwoorden of hij kwam al met een nieuwe vraag. Jeremy Johns fronste naar hen. Ondertussen zat Strange stil voor zich uit te staren. Plotseling stond hij op en haastte zich de kamer uit.

'Meneer Strange!' riep meneer Hyde. 'Waar gaat u naar toe?'

'Strange!' riep Henry.

Aangezien er zonder hem niets gedaan of besloten kon worden, hadden ze geen andere keus dan hem te volgen. Strange klom de trap op naar zijn bibliotheek op de eerste verdieping en liep meteen naar de grote zilveren schaal die op een van de tafels stond.

'Breng water,' zei hij tegen Jeremy Johns.

Jeremy Johns haalde een kan water en vulde de schaal.

Strange zei een enkel woord en de kamer leek zich te vullen met schemer en schaduw. Op hetzelfde moment werd het water in de schaal donker en een beetje troebel.

Het gedimde licht beangstigde Henry.

'Strange!' riep hij. 'Wat doen we hier? Het licht verzwakt! Mijn zuster is buiten. We moeten niet langer in het huis blijven!' Hij wendde zich tot Jeremy Johns als de enige aanwezige die mogelijk enige invloed had op Strange. 'Zeg hem dat hij moet stoppen! We moeten gaan zoeken!'

'Wees stil, Henry,' zei Strange.

Hij trok zijn vinger twee keer over het wateroppervlak. Er verschenen twee glinsterende lijnen die het water in vieren deelden. Hij maakte een gebaar boven een van de kwarten. Er verschenen sterren en meer lijnen, aderpatronen en webben van licht. Hij staarde er een tijdje naar. Toen maakte hij een gebaar boven het volgende kwart. Er verscheen een ander lichtpatroon. Hij herhaalde het proces bij het derde en vierde kwart. De patronen bleven niet hetzelfde. Ze veranderden van plaats en fonkelden. Soms leken ze op schrift, op andere momenten op de lijnen van een landkaart, dan weer op sterrenbeelden.

'Wat is hier allemaal de bedoeling van?' vroeg meneer Hyde op verbaasde toon.

'Haar vinden,' zei Strange. 'Tenminste, daar is het voor bedoeld.'

Hij tikte op een kwart. Terstond verdwenen de andere drie. Het overblijvende kwart werd groter, tot het het hele wateroppervlak vulde. Strange verdeelde het in kwarten, bestudeerde het even en tikte toen op een ervan. Hij herhaalde dit proces verschillende keren. De patronen werden compacter en begonnen steeds meer op een landkaart te lijken. Maar naarmate Strange verder kwam, kreeg hij steeds meer een twijfelende gezichtsuitdrukking en leek hij minder zeker te zijn van wat de schaal hem toonde.

Na een aantal minuten kon Henry het niet langer verdragen. 'In 's hemelsnaam, dit is geen tijd voor tovenarij! Arabella is weg! Strange, ik smeek je! Laat deze nonsens voor wat het is en laten we haar gaan zoeken!'

Strange gaf geen antwoord, maar keek boos en aangedaan naar het water. De lijnen en sterren verdwenen meteen. Hij haalde diep adem en begon opnieuw. Deze keer begon hij met meer vertrouwen en al snel bereikte hij een patroon dat hem meer relevant voorkwam. Maar in plaats van er nuttige informatie uit te halen, staarde hij ernaar met een mengeling van wanhoop en verbijstering.

'Wat is er?' vroeg Hyde gealarmeerd. 'Meneer Strange, kunt u uw vrouw zien?'

'Ik begrijp geen snars van wat de toverspreuk me probeert te vertellen! Het zegt dat ze niet in Engeland is. Niet in Wales. Niet in Schotland. Niet in Frankrijk. Ik krijg de magie niet correct. Je hebt gelijk, Henry. Ik verdoe mijn tijd hier. Jeremy, haal mijn laarzen en jas!'

Plotseling ontpopte zich een visioen aan het wateroppervlak. In een oude, schaduwrijke vestibule danste een menigte van knappe mannen en lieftallige vrouwen. Maar daar dit geen denkbaar verband met Arabella kon hebben, sloeg Strange weer op het wateroppervlak. Het visioen verdween.

Buiten was alles bedekt met een dik pak sneeuw. De terreinen van Ashfair waren de eerste plekken waar gezocht werd. Toen bleek dat hier niet veel meer te bekennen was dan een winterkoninkje of een roodborstje, zochten Strange, Henry, meneer Hyde en de bedienden de wegen af.

Drie dienstmeisjes gingen terug naar het huis waar ze de zolders op gingen, waar sinds Jonathan's jeugd nauwelijks iemand nog was geweest. Ze pakten een bijl en een hamer en braken kisten open die vijftig jaar eerder afgesloten waren. Ze keken in kasten en laden. In sommige paste niet eens het lichaam van een kind, laat staan dat van een volwassen vrouw.

Een paar bedienden gingen langs de huizen in Clun. Anderen pakten paarden en reden naar Clunton, Purslow, Clunbury en Whitcott. Al snel was er geen huis in de omgeving waar men niet op de hoogte was van de vermissing van mevrouw Strange, en geen huishouden van waaruit niet iemand werd meegestuurd om te helpen zoeken. Intussen hielden de vrouwen van deze huizen hun vuren hoog en troffen allerlei voorbereidingen voor het geval mevrouw Strange naar dat huis gebracht werd, zodat ze meteen zo veel warmte, voedsel en comfort had als waar een mens op zo'n moment bij gebaat was.

Kapitein John Ayrton van de 12de lichte dragonders, die met Wellington en Strange op het schiereiland en bij Waterloo was geweest, kwam. Zijn landerijen grensden aan die van Strange. Ze waren even oud en hun leven lang buren geweest, maar kapitein Ayrton was zo'n verlegen en gereserveerde man, dat ze in een jaar tijd nauwelijks méér dan twintig woorden hadden gewisseld. In deze crisis kwam hij aan met landkaarten en een stille, plechtige belofte aan Strange en Henry dat hij hun zo veel hulp zou verlenen als in zijn macht lag.

Al snel werd ontdekt dat meneer Hyde niet de enige persoon was die Arabella had gezien. Twee landarbeiders, Martin Oakley en Owen Bullbridge, hadden haar ook gezien. Jeremy Johns hoorde dit van een paar vrienden van de twee mannen, waarop hij meteen het eerste paard nam waarop hij beslag kon leggen en naar de besneeuwde gebieden op de oevers van de rivier Clun reed, waar Oakley en Bullbridge zich bij het hoofdspeurwerk hadden aangesloten. Jeremy begeleidde hen min of meer, dreef hen terug naar Clun en verscheen voor kapitein Ayrton, meneer Hyde, Henry Woodhope en Strange.

Ze ontdekten dat Oakley en Bullbridge's verslag dat van meneer Hyde in vreemde opzichten tegensprak. Meneer Hyde had Arabella op de kale besneeuwde hellingen van kasteel Idris gezien. Ze had zich in noordelijke richting begeven. Hij had haar exact om negen uur gezien en even als daarvoor had hij klokken horen luiden.

Oakley en Bullbridge, echter, hadden haar zo'n acht kilometer ten oosten van kasteel Idris gezien, zich haastend tussen de donkere winterse bomen, maar ook zij zeiden dat ze haar precies om negen uur hadden gezien.

Kapitein Ayrton fronste en vroeg Oakley en Bullbridge uit te leggen hoe ze wisten dat het negen uur was daar zij, in tegenstelling tot meneer Hyde, geen van beiden een zakhorloge hadden. Oakley antwoordde dat ze dachten dat het negen uur moest zijn geweest omdat ze klokken hoorden luiden. De klokken waren die van St George in Clun, dacht Oakley. Maar Bullbridge zei dat het niet de klokken van St George waren, dat hij meerdere klokken had gehoord en dat St George er maar één had. Hij zei dat de klokken die hij had gehoord, droevige klokken waren, begrafenisklokken, dacht hij, maar toen hem gevraagd werd wat hij hiermee bedoelde, kon hij het niet uitleggen.

De twee verklaringen kwamen verder in alle andere details overeen. In geen van beide was er sprake van flauwekul over zwarte avondjurken. Alledrie zeiden dat ze een witte avondjurk had gedragen en ze waren het er allemaal over eens dat ze nogal snel liep. Geen van hen had haar gezicht gezien.

Kapitein Ayrton zette zijn mannen aan om de donkere winterse wouden in groepen van vier en vijf grondig te doorzoeken. Hij stimuleerde de vrouwen lantaarns en warme kleding te halen en spoorde de ruiters aan de hoge, open heuvels rond kasteel Idris te bewaken. Hij stelde meneer Hyde, die met niets anders tevreden zou zijn, verantwoordelijk voor hen. Tien minuten nadat Oakley en Bullbridge klaar waren met praten, was iedereen weg. Zolang het licht was zochten zij, maar de zon ging al bijna onder. Ze waren slechts vijf dagen verwijderd van de winterse zonnewende. Rond drie uur nam het licht af, tegen vier uur was het volkomen donker.

De speurders gingen terug naar Ashfair, waar kapitein Ayrton van plan was te bespreken wat er tot dusver gedaan was en hij hoopte vast te kunnen stellen wat er vervolgens gedaan moest worden. Een aantal dames uit de buurt was daar. Ze hadden geprobeerd thuis te wachten op nieuws over het lot van mevrouw Strange, wat ze een eenzame, zorgelijke zaak vonden. Ze waren naar Ashfair gekomen, deels voor het geval ze nodig waren, maar met name om troost bij elkaar te kunnen vinden.

De laatsten die terugkeerden waren Strange en Jeremy Johns. Ze kwamen direct van de stallen, met hun laarzen nog aan en onder de modder. Strange zag asgrauw en had holle ogen. Hij keek en bewoog zich als een man in een droom. Hij was waarschijnlijk niet eens gaan zitten als Jeremy Johns hem niet in een stoel had geduwd.

Kapitein Ayrton spreidde zijn landkaarten op tafel uit en ondervroeg alle speurdersgroepen over waar ze waren geweest en wat ze hadden gevonden, hetgeen helemaal niets was.

Iedere aanwezige man en vrouw dacht eraan hoe de keurig getekende lijntjes en woorden op de landkaarten in werkelijkheid bevroren meren en rivieren waren en stille bossen, bevroren greppels en hoge, kale heuvels en ze dachten allemaal aan hoeveel schapen, vee en wilde dieren er in dit seizoen al waren omgekomen.

'Volgens mij werd ik vannacht wakker...' zei een schorre stem plotseling. Ze keken om.

Strange zat nog steeds in de stoel waarin Jeremy hem had gezet. Zijn armen hingen langszij en hij staarde naar de grond. 'Volgens mij werd ik vannacht wakker. Ik weet niet precies wanneer. Arabella zat aan het voeteneind van het bed. Ze was aangekleed.'

'Dat heeft u niet eerder verteld,' zei meneer Hyde.

'Ik was het vergeten. Ik dacht dat ik het had gedroomd.'

'Ik begrijp het niet,' zei kapitein Ayrton. 'Bedoelt u te zeggen dat mevrouw Strange misschien 's nachts uw huis heeft verlaten?'

Strange leek koortsachtig te zoeken naar een antwoord op deze uiterst redelijke vraag, doch zonder succes.

'Maar ongetwijfeld,' zei meneer Hyde, 'weet u of ze er 's ochtends wel of niet was?'

'Ze was er. Natuurlijk was ze er. Het is belachelijk te suggereren... tenminste...' Strange wachtte even. 'Dat is te zeggen, ik dacht aan mijn boek toen ik opstond en het was donker in de kamer.'

Een aantal aanwezigen kreeg het idee dat Jonathan Strange als echtgenoot, indien niet volkomen nalatig, in ieder geval merkwaardig onopmerkzaam was met betrekking tot zijn vrouw, en een aantal van hen keek hem daardoor twijfelend aan en overwoog de vele redenen waarom een ogenschijnlijk toegewijde echtgenote plotseling wegrende door de sneeuw. Boze woorden? Een gewelddadig karakter? De vreselijke schouwspelen die gepaard gaan met het werk van een tovenaar? Geesten, demonen, horrors? De plotselinge ontdekking dat hij ergens een maîtresse had met een half dozijn buitenechtelijke kinderen?

Plotseling klonk er een schreeuw vanuit de vestibule. Achteraf wist niemand wiens stem het was geweest. Een aantal buren van Strange, die het dichtst bij de deur stonden, gingen kijken wat er aan de hand was. Door de uitroepen van die mensen kwam de rest ook.

De vestibule was in eerste instantie donker, maar er werden ogenblikkelijk kandelaars gebracht en toen zagen ze iemand onder aan de trap staan.

Het was Arabella.

Henry rende naar voren en omhelsde haar. Meneer Hyde en mevrouw Ayrton zeiden hoe blij ze waren haar heelhuids terug te zien. Anderen gaven uitdrukking aan hun verbazing en zeiden tegen wie het maar horen wilde dat ze totaal geen idee hadden gehad dat ze daar was. Een aantal dames en dienstmeiden verzamelde zich rondom haar en stelde haar vragen. Was ze gewond? Waar had ze gezeten? Was ze verdwaald? Was er iets gebeurd waardoor ze van streek was geraakt?

Toen, zoals wel eens gebeurt, werd een aantal mensen zich op hetzelfde moment bewust van iets heel vreemds. Strange had niets gezegd, maakte geen beweging in haar richting, en zij had ook niets tegen hem gezegd of een stap in zijn richting gezet.

De tovenaar stond zwijgend naar zijn vrouw te staren. Plotseling riep hij uit: ‘Goeie god, Arabella! Wat heb je aan?’

Zelfs bij het onzekere, flikkerende kaarslicht was het vrij duidelijk dat ze een zwarte avondjurk droeg.

44

Arabella
december 1815

'U moet tot op het bot verkleumd zijn!' zei mevrouw Ayrton, terwijl ze Arabella's hand pakte. 'O, lieve schat! Je lijkt wel bevroren!'

Een dame rende naar de woonkamer om een van Arabella's omslagdoeken te halen. Toen ze terugkwam had ze er een bij zich, gemaakt van blauwe Indiase kasjmier en afgezet met een rand van gouden roze garen, maar toen mevrouw Ayrton de omslagdoek om haar heen wikkelde leek de zwarte japon alle schoonheid hiervan weg te nemen.

Arabella had haar handen gevouwen en keek naar hen met een kalme, onverschillige uitdrukking op haar gezicht. Ze deed geen moeite om antwoord te geven op hun vriendelijke vragen. Ze leek niet verbaasd of beschaamd hen hier aan te treffen.

'Waar ben je in 's hemelsnaam geweest?' vroeg Strange.

'Wandelen,' zei ze. Haar stem klonk hetzelfde als altijd.

'Wandelen! Arabella, ben je gek geworden? In sneeuw van een meter hoog? Waar?'

'In de donkere bossen,' zei ze. 'Tussen mijn slapende broers en zussen. Door de hooggelegen moerassen tussen de zoetgeurende geesten van mijn lang geleden overleden broers en zussen. Onder de grijze hemel, door de dromen en het gemompel van de broers en zussen die nog komen gaan.'

Strange staarde haar aan. 'Wat?'

Door de toon waarop Strange tegen haar praatte, verbaasde het niemand dat ze niets meer zei en ten minste een van de dames vermoedde dat de norsheid van haar echtgenoot de reden was dat ze zo stil was en op zo'n vreemde toon antwoordde.

Mevrouw Ayrton sloeg haar arm om Arabella heen en duwde haar voorzichtig richting de trap. 'Mevrouw Strange is moe,' zei ze resoluut. 'Kom schat, laten we naar boven gaan om—'

'O nee!' zei Strange. 'Nog niet! Ik wil weten waar die japon vandaan komt. Het spijt me mevrouw Ayrton, maar ik ben vastbesloten om...'

Hij liep naar hen toe, maar stopte toen plotseling en staarde verward naar de grond. Toen stapte hij voorzichtig voor iets opzij. 'Jeremy! Waar komt dit water vandaan? Precies op de plek waar mevrouw Strange stond.'

Jeremy Johns liep met een kandelaber naar de voet van de trap. Er lag een grote plas. Toen keken hij en Strange naar het plafond en de muren. Het probleem wekte nu ook de interesse van zowel de andere bedienden als de overige aanwezigen.

Terwijl de heren hierdoor afgeleid werden, namen mevrouw Ayrton en de andere dames Arabella mee.

De hal van Ashfair was net zo ouderwets als de rest van het huis. De muren waren gelambriseerd met crèmekleurig olmhout. De geplaveide vloer was goed schoongeveegd. Een van de bedienden dacht dat het water onder de stenen vandaan was gesijpeld en dus haalde hij een ijzeren staaf om er tussen te prikken en te bewijzen dat er een loszat. Maar er was geen beweging in te krijgen. Iemand anders dacht dat een van kapitein Ayrton's honden zich er misschien had uitgeschud. De honden werden zorgvuldig onderzocht. Ze waren absoluut niet nat.

Uiteindelijk onderzochten ze het water zelf.

'Het is zwart en er zitten stukjes in,' wees Strange aan.

'Het lijkt wel mos,' zei Jeremy Johns.

Ze bleven zich hardop afvragen wat het kon zijn, tot ze bij het uitblijven van een verklaring de zaak noodgedwongen moesten laten voor wat het was. Kort daarna vertrokken de heren samen met hun echtgenotes.

Om vijf uur ging Janet Hughes naar boven naar de slaapkamer van de vrouw des huizes en trof haar liggend op bed aan. Ze had niet eens de moeite genomen haar japon uit te trekken. Toen Janet haar vroeg of ze in orde was, antwoordde Arabella dat haar handen pijn deden. Dus hielp Janet haar met uitkleden en ging toen weg om het Strange te vertellen.

De volgende dag klaagde Arabella over pijn aan haar rechterkant, van top tot teen (ze namen ten minste aan dat ze dat bedoelde met 'van mijn kroon tot de uiteinden van mijn wortels'). Dit maakte Strange zo ongerust dat hij meneer Newton, de arts aan Church Stretton, liet komen. Die middag reed meneer Newton naar Clun, maar op de pijn na kon hij niets vinden en hij vertelde Strange dat hij over een dag of twee terug zou komen, waarna hij opgewekt vertrok.

Op de derde dag overleed ze.

DEEL III
John Uskglass

Meneer Norrell aan Hanover-square is van mening dat alles wat met John Uskglass te maken heeft uit de moderne magie geschud moet worden, zoals iemand motten en stof uit een oude jas schudt. Wat denkt hij dan nog over te houden? Zonder John Uskglass blijf je met lege handen achter.

Jonathan Strange, proloog bij *The History and Practice of English Magic*. Uitg. John Murray, Londen 1816.

45

Proloog bij *The History and Practice of English Magic* door Jonathan Strange

In de laatste maanden van 1110 verscheen er een vreemd leger in het noorden van Engeland. De eerste melding erover kwam uit Penlaw, een plaats zo'n dertig tot veertig kilometer ten noordwesten van Newcastle. Niemand wist waar het leger vandaan kwam. In het algemeen werd aangenomen dat het een invasie was van Schotten of Denen, of misschien zelfs Fransen.

Begin december had het leger de kastelen van Newcastle en Durham ingenomen en trok het verder op richting het westen. Het leger kwam bij Allendale aan, een kleine, stenen nederzetting die hoog tussen de heuvels van Northumbria ligt, waar ze een nacht kampeerden aan de rand van een moeras buiten de stad. De inwoners van Allendale waren schapenhoeders, geen soldaten. De stad had geen muren ter bescherming en de soldaten die het meest in de buurt zaten, bereidden zich vijfenvijftig kilometer verderop voor om het kasteel van Carlisle te verdedigen. Derhalve dachten de dorpelingen dat het beter was geen tijd te verliezen om vriendschap te sluiten met het vreemde leger. Met dit doel voor ogen, begaven verschillende knappe, jonge vrouwen zich op weg. Het was een gezelschap moedige Judiths die vastbesloten waren zichzelf en hun buren te redden, als ze dat konden. Maar toen zij op de plek aankwamen waar het leger zijn kamp had opgeslagen, werden de vrouwen bang en aarzelden ze.

Het kamp was een sombere, stille plek. Er viel een dik pak sneeuw en de vreemde soldaten lagen op de besneeuwde grond gewikkeld in zwarte mantels. In eerste instantie dachten de vrouwen dat de soldaten dood waren, een indruk die versterkt werd door het grote aantal raven en andere zwarte vogels die in het kamp waren neergestreken, sterker nog, ook op de liggende gedaanten van de soldaten zelf. Toch waren de soldaten niet dood. Van tijd tot tijd kwam er een in beweging om voor zijn paard te zorgen, of een vogel weg te slaan als die in zijn gezicht probeerde te pikken.

Op de nadering van de jonge vrouwen, stond een soldaat op. Een van de dames zette haar angst van zich af en liep naar hem toe en kuste hem op de mond.

Zijn zeer bleke huid – die gloeide als maanlicht – was volkomen vlekkeloos. Hij had lang, stijl haar als een waterval van donkerbruin water. De beenderen van zijn gezicht waren onnatuurlijk fijn en sterk. Hij had een ernstige gezichtsuitdrukking. Zijn blauwe ogen waren groot en schuin, en zijn wenkbrauwen waren zo smal als donkere pennenstreken met een merkwaardige krul aan het eind. Dit verontrustte het meisje echter in het geheel niet, want ze wist niet beter dan dat iedere Deen, Schot en Fransman griezelig knap was.

Hij aanvaardde de kus en liet zich nog een keer door haar kussen. Toen beantwoordde hij haar op dezelfde manier. Een andere soldaat stond op en opende zijn mond. Er kwam een droevig, jammerend soort van muziek uit. De eerste soldaat, diegene die het meisje had gekust, probeerde haar over te halen met hem te dansen door haar met zijn lange witte vingers heen en weer te duwen tot ze met hem danste op een manier die hem aanstond.

Dit ging een tijdje zo door, tot ze het warm kreeg van de dans en even pauzeerde om haar mantel uit te trekken. Toen zagen haar metgezellen dat er zich druppeltjes bloed, als parels van zweet, op haar armen, gezicht en benen vormden en in de sneeuw vielen. Deze aanblik beangstigde hen zo erg dat ze wegrenden.

Het vreemde leger drong Allendale nooit binnen. Het reed 's nachts verder richting Carlisle. De volgende dag begaven de dorpelingen zich behoedzaam naar de velden waar het leger had gekampeerd. Daar vonden ze het meisje, haar lichaam wit en bloedeloos, terwijl de sneeuw om haar heen helderrood was gevlekt.

Aan deze tekenen herkenden ze de Daoine Sidhe, het heerleger van de elfen.

Veldslagen werden gevochten en de Engelsen verloren de ene na de andere. Tegen kerst was het heerleger van de elfen in York. Ze hielden Newcastle, Durham, Carlisle en Lancaster vast. Afgezien van het laten doodbloeden van het dienstmeisje van Allendale legden de elfen weinig wreedheden aan de dag waarom dit ras bekendstaat. Van alle steden en vestingwerken die zij innamen, werd alleen Lancaster platgebrand. In Thirsk, ten noorden van York, maakte een varken een lid van het heerleger boos door onder de voeten van zijn paard door te rennen, waardoor het steigerde, viel en zijn rug brak. De elf en zijn kameraden joegen op het varken en toen ze het hadden gevangen, staken ze het zijn ogen uit. Gewoonlijk, echter, was de komst van het heerleger in iedere nieuwe plaats reden tot grote vreugde onder zowel de wilde dieren als de huisdieren, alsof ze in de elfen een bondgenoot zagen tegen hun gemeenschappelijke tegenstander, de mens.

Met Kerstmis riep koning Henry zijn graven, bisschoppen, abten en de grote mannen van zijn rijk bijeen in zijn huis in Westminster om de zaak te bespreken. Elfen waren in die dagen niet onbekend in Engeland. Op verschillende plekken waren lang gevestigde elfenkolonies aanwezig, sommige verborgen door middel van magie, andere werden slechts vermeden door hun christelijke buren. Koning Henry's raadgevers waren het erover eens dat elfen van nature slecht waren. Ze waren wellustig, leugenachtig en diefachtig. Ze verleidden jongemannen en vrouwen, brachten reizigers in verwarring en stalen kinderen, vee en graan. Ze waren verbazingwekkend lui. Ze waren duizenden jaren geleden de kunsten van metselwerk, timmerwerk en houtsnijwerk de baas geworden, maar liever dan zelf de moeite nemen huizen te bouwen, gaven de meesten er de voorkeur aan huizen te bewonen die ze graag kastelen noemden maar die feitelijk *brughs* – heel oude grafheuvels – waren. Ze brachten hun dagen drinkend en dansend door, terwijl hun gerst en bonen in de velden wegrotten, en hun beesten lagen te rillen en op de koude helling stierven. Inderdaad waren alle adviseurs van koning Henry het erover eens dat het elfenras al lang was omgekomen van honger en dorst, ware het niet dat ze over buitengewone magie beschikten en praktisch onsterfelijk waren. Toch had dit lamlendige, zorgeloze ras een inval gedaan in een goed beveiligd, christelijk koninkrijk en ieder gevecht gewonnen. Het was van plaats naar plaats gereden en had ieder bolwerk bemachtigd zodra het aankwam. Dit alles wees op een mate van vastberadenheid die geen enkele elf ooit had bezeten.

Niemand wist wat hij ermee aan moest.

In januari verliet het heerleger van de elfen York en reed naar het zuiden. Bij de Trent stopten ze. Dus het was bij Newark op de oevers van de Trent dat koning Henry en zijn leger de Daoine Sidhe ontmoetten in een veldslag.

Voor het gevecht blies er een magische wind door de gelederen van het leger van koning Henry en er klonk een zoet geluid van doedelzakken, waardoor veel paarden losbraken en naar de kant van de elfen vluchtten, en menig ongelukkige berijder met zich meenamen. Het volgende moment hoorden de mannen de stemmen van hun geliefden – moeders, vaders, kinderen en liefjes – naar hen roepen of ze naar huis kwamen. Een enorme troep raven kwam naar beneden gezeild, pikte naar de gezichten van de Engelsen en verblindde hen met een chaos van zwarte vleugels. De Engelse soldaten hadden niet alleen de bekwaamheid en gewelddadigheid van de Sidhe om mee te wedijveren, maar ook hun eigen angst waar het zulke angstaanjagende magie aanging. Het is nauwelijks verrassend dat het gevecht van korte duur was en koning Henry verloor. Op het moment dat iedereen stilviel en het zonder enige twijfel duidelijk werd dat koning Henry was verslagen, begonnen de vogels in de wijde omtrek te zingen van plezier.

De koning en zijn raadsmannen wachtten op een of andere hoofdman of koning die naar voren zou stappen. De gelederen van de Daoine Sidhe gingen uit elkaar en er kwam iemand te voorschijn.

Hij was nog lang geen vijftien jaar oud. Evenals de Daoine Sidhe was hij gekleed in vodden van grove zwarte wol. Evenals de rest had hij donker haar dat lang en steil was. Evenals de anderen sprak hij noch Engels, noch Frans, de twee gangbare talen in die tijd in Engeland, maar een dialect binnen het Elfenrijk.[1] Hij was bleek en knap, en zag er ernstig uit. Toch was het voor iedere aanwezige duidelijk dat hij een mens was en geen elf.

Volgens de normen van Normandische en Engelse graven en ridders, die hem die dag voor het eerst zagen, was hij nauwelijks beschaafd. Hij had nog nooit een lepel gezien, of een stoel, of een ijzeren ketel, of een zilveren duit, of een kaars van bijenwas. Geen elfenfamilie of koninkrijk uit die periode bezat zulke mooie spullen. Toen koning Henry en de jongen elkaar ontmoetten om Engeland onderling te verdelen, zat Henry op een houten bank wijn te drinken uit een zilveren bokaal, en de jongen op de grond schapenmelk uit een stenen

---

[1] Tegenwoordig kent niemand in Engeland deze taal en alles wat ervan is overgebleven, is een handjevol leenwoorden die verschillende cryptische, magische technieken beschrijven. Martin Pale schreef in *Tractatus Magico-Linguisticus* dat het gerelateerd was aan de oude Keltische talen.

beker. De kroniekschrijver, Orderic Vitalis, beschreef zo'n dertig jaar later de schok die door koning Henry's hofhouding ging toen zij te midden van al deze belangrijke gebeurtenissen een Daoine Sidhe-krijger zag, die voorover helde en gretig luizen uit het vieze haar van de jongen plukte.

In het heerleger van de elfen was een jonge Normandische ridder die Thomas van Dundale heette.[2] Hoewel hij jarenlang een krijgsgevangene in het Elfenrijk was geweest, herinnerde hij zich genoeg van zijn moedertaal – Frans – zodat de jongen en koning Henry elkaar konden verstaan.

Koning Henry vroeg de jongen naar zijn naam.

De jongen antwoordde dat hij geen naam had.[3]

Koning Henry vroeg waarom hij oorlog voerde tegen Engeland.

De jongen zei dat hij het enige overgebleven lid was van een aristocratische Normandische familie die door de vader van koning Henry, Willem de Veroveraar, grondgebieden toegekend had gekregen in het noorden van Engeland. De mannen van de familie waren van hun grondgebieden en levens beroofd door een kwaadaardige vijand die Hubert de Cotentin heette. De jongen zei dat zijn vader een aantal jaren eerder een beroep had gedaan op William II – koning Henry's broer en voorganger – om gerechtigheid, maar dat hij niets had gekregen. Kort daarna werd zijn vader vermoord. De jongen zei dat hijzelf door de mannen van Hubert was meegenomen toen hij nog een baby was en in het bos aan zijn lot werd overgelaten. Maar de Daoine Sidhe had hem gevonden en met zich meegenomen naar het Elfenrijk. En nu was hij terug.

---

[2] Variërend tussen Thomas de Dundelle of Thomas de Donvil. Het schijnt dat verschillende edelmannen van Henry, Thomas herkenden als de jongere zoon van een machtige Normandische magnaat, die tijdens de kerst, zo'n veertien jaar geleden, was verdwenen. Gezien de omstandigheden bij zijn terugkomst valt het te betwijfelen of ze bijzonder blij waren hem terug te hebben.

[3] Als kind in het Elfenrijk, had de Sidhe hem een naam in hun eigen taal gegeven, die, zo werd ons verteld, Spreeuw betekende, maar hij had echter al afstand gedaan van die naam tegen de tijd dat hij in Engeland kwam. Later stelde hij zich voor met de naam van zijn vader, John d'Uskglass, maar aan het begin van zijn regeringsperiode stond hij eenvoudigweg bekend onder de titels die zijn vrienden of vijanden hem gaven: de koning, de Ravenkoning, de Zwarte koning, de koning in het noorden.

Zoals vele jongemannen was hij overtuigd van de absolute correctheid van zijn eigen motief en de absolute onjuistheid van die van alle anderen. Hij had het in zijn hoofd gehaald de vlakte van Engeland tussen de Tweed en de Trent gewoon als schadeloosstelling te beschouwen voor het falen van de Normandische koningen en om de moordenaars van zijn familie te wreken.

Enkel en alleen om deze reden moest koning Henry genoegen nemen met de zuidelijke helft van zijn koninkrijk.

De jongen zei dat hij al een koning was in het Elfenrijk. Hij noemde de elfenkoning die zijn opperheer was. Niemand begreep het.[4]

Die dag begon hij zijn onafgebroken regering van meer dan driehonderd jaar.

Op veertienjarige leeftijd had hij reeds het systeem van magie ontworpen dat wij vandaag de dag gebruiken. Of liever dat wij zouden gebruiken, als we ertoe in staat waren. Het meeste van wat hij wist zijn we vergeten. Zijn systeem was een perfecte mengeling van elfenmagie en menselijke organisatie. De twee krachten waren onverbrekelijk verbonden met zijn eigen beangstigende resoluutheid. Er is ons geen reden bekend waarom een gestolen christelijk kind plotseling de grootste tovenaar aller tijden blijkt te zijn. Andere kinderen, zowel daarvoor als daarna, werden gevangen gehouden in de grensgebieden van het Elfenrijk, maar geen van hen had ooit profijt van die ervaring op de manier waarop hij dat had. In vergelijking tot zijn prestaties lijken al onze pogingen onbelangrijk, onbeduidend.

Het is het standpunt van meneer Norrell aan Hanover-square, dat alles wat thuishoort bij John Uskglass uit de moderne magie geschud moet worden, zoals iemand motten en stof uit een oude jas schudt. Wat stelt hij zich voor over te houden? Als je je ontdoet van John Uskglass, blijft er niets over dan lege lucht.

Uit: *The History and Practice of English Magic*, deel 1, door Jonathan Strange, uitg. John Murray, 1816

---

[4] De naam van deze Daoine Sidhe-koning was bijzonder lang en moeilijk. Traditiegetrouw staat hij altijd bekend als Oberon.

46

'De hemel sprak tot mij...'

januari 1816

Het was een donkere dag. Een koude wind blies sneeuwvlokken tegen de ramen van meneer Norrell's bibliotheek, waar Childermass zakenbrieven aan het schrijven was. Hoewel het pas tien uur 's ochtends was, brandden de kaarsen reeds. Het enige geluid kwam van de sissende kolen op het haardrooster en het gekras van Childermass' pen op het papier.

Hanover-square
Aan lord Sidmouth, minister van Binnenlandse Zaken

8 januari, 1816

Geachte excellentie,
Hierbij wil meneer Norrell u mededelen dat de spreuken die het overstromen van de rivieren in het graafschap Suffolk moesten voorkomen hun werk hebben gedaan. De rekening zal vandaag aan de heer Wynne van het ministerie van Financiën worden gestuurd...

Er rinkelde ergens een bel, een treurig geluid. Het klonk ver weg. Het viel Childermass bijna niet op, maar de kamer werd, onder invloed van de bel, steeds donkerder en eenzamer.

...De magie zal ervoor zorgen dat het water binnen de oevers van de rivier blijft. Meneer Leeves, de jonge ingenieur die in opdracht van de vertegenwoordiger van de Kroon in Suffolk de sterkte moet beoordelen van de huidige bruggen en andere bouwwerken die aan de rivieren grenzen, heeft aangegeven te betwijfelen...

Hij zag een beeld van een somber landschap voor zich. Het was een levendig beeld alsof het een plek was die hij goed kende of een schilderij dat hij jarenlang elke dag had gezien. Een uitgestrekt landschap met kale bruine vlakten en vervallen gebouwen onder een grauwe grijze lucht...

> ...of de bruggen over de Stour en de Orwell in staat zijn om de krachtige waterstroom te weerstaan die zeker zal ontstaan bij zware regenval. Meneer Leeves adviseert onmiddellijk te starten met een grondig onderzoek naar de staat van de bruggen, molens en doorwaadbare plaatsen in Suffolk, te beginnen met de Stour en de Orwell. Er is mij verteld dat hij u hier al over heeft geschreven...

Hij dácht niet alleen over het landschap, hij had ook het gevoel dat hij er daadwerkelijk was. Hij stond op een oude, historische weg met diepe voren, die een zwarte heuvel op kronkelde in de richting van de hemel, waar zich een grote zwerm zwarte vogels had gevormd...

> ...Meneer Norrell heeft geweigerd de magie te beëindigen. Hij is van mening dat de magie net zo lang zal voortduren als de rivieren, maar wil u dringend verzoeken de spreuken over twintig jaar opnieuw te onderzoeken. Volgende week dinsdag zal meneer Norrell dezelfde magie toepassen in het Graafschap Norfolk...

De vogels staken als zwarte letters af tegen de grijze lucht. Hij vermoedde dat hij binnen enkele ogenblikken zou begrijpen wat er geschreven stond. De stenen op de eeuwenoude weg waren symbolen die de reis van de reiziger voorspelden.

Met een schok kwam Childermass weer tot zijn positieven. Zijn pen vloog uit zijn hand en de inkt spatte op de brief.

Verward keek hij om zich heen. Hij leek niet te dromen. Alle oude, bekende voorwerpen waren aanwezig: de planken met boeken, de spiegel, de inktpot, de haardijzers, het porseleinen beeld van Martin Pale. Maar hij vertrouwde zijn zintuigen op dat moment niet. Hij geloofde niet meer dat de boeken, de spiegels, het porseleinen beeld, er echt waren. Het was net alsof alles wat hij zag gewoon een laagje was dat hij met zijn vingernagel weg kon krabben, om daarachter pas het koude, verlaten landschap te vinden.

De bruine vlakten waren gedeeltelijk overstroomd. Ze werden met elkaar verbonden door rijen koude grijze plassen. Het patroon van de plassen betekende iets. De plassen waren op de vlakten geschreven door de regen. De plassen waren gevormd door de magie van de regen, zoals het buitelen van de kraaien tegen de grijze hemel een spreuk van de lucht was en de beweging van grijsbruine grashalmen een spreuk van de wind. Alles had een betekenis.

Childermass sprong achter zijn bureau vandaan en schudde zich los. Hij keek vluchtig de kamer rond en luidde de bel voor de bediende. Maar zelfs toen hij zat te wachten, liet de magie zich opnieuw gelden. Tegen de tijd dat Lucas verscheen, wist hij niet meer of hij nu in meneer Norrell's bibliotheek was of op een eeuwenoude weg stond...

Hij schudde zijn hoofd heftig heen en weer en knipperde een paar keer met zijn ogen. 'Waar is mijn meester?' vroeg hij. 'Er is iets mis.'

Lucas keek hem enigszins bezorgd aan. 'Meneer Childermass? Bent u ziek, meneer?'

'Maak je daar maar geen zorgen om. Waar is meneer Norrell?'

'Hij is bij de admiraliteit, meneer. Ik dacht dat u dat wist. Een uur geleden werd hij door het rijtuig opgehaald. Ik denk dat hij straks weer terug zal zijn.'

'Nee,' zei Childermass, 'dat kan niet. Hij kan niet weg zijn. Weet je zeker dat hij niet boven bezig is met magie?'

'Redelijk zeker, meneer. Ik heb het rijtuig zien vertrekken met de meester erin. Ik zal Matthew een arts laten halen, meneer Childermass. U ziet er ziek uit.'

Childermass opende zijn mond om te zeggen dat hij helemaal niet ziek was, maar op dat moment...

...de lucht keek naar hem. Hij voelde de aarde haar schouders ophalen, omdat zij hem op haar rug voelde.

De lucht sprak tegen hem.

Het was een taal die hij nog nooit eerder had gehoord. Hij wist niet eens zeker of het wel woorden waren. Misschien sprak de lucht alleen tegen hem door middel van het zwarte schrift dat de vogels maakten. Hij was klein en onbeschermd, en er was geen ontsnapping mogelijk. Hij zat gevangen tussen hemel en aarde als tussen twee handen die tot een kommetje zijn gevouwen. Als ze het wilden konden ze hem verpletteren.

De lucht sprak weer tegen hem.

'Ik begrijp het niet,' zei hij.

Hij knipperde met zijn ogen en zag dat Lucas over hem heen gebogen stond. Hij hapte naar lucht. Hij stak zijn hand uit en zijn hand schuurde zijdelings langs iets. Hij draaide zich om om te kijken wat het was en kwam er tot zijn verbazing achter dat het een stoelpoot was. Hij lag op de vloer. 'Wat...?' vroeg hij.

'U bent in de bibliotheek, meneer,' zei Lucas. 'Ik denk dat u bent flauwgevallen.'

'Help me overeind. Ik moet meneer Norrell spreken.'

'Maar, meneer, ik heb u toch al gezegd—'

'Nee,' zei Childermass. 'Je vergist je. Hij moet er zijn. Het moet. Breng me naar boven.'

Lucas hielp hem overeind en de kamer uit, maar toen ze bij de trap aankwamen viel hij bijna weer flauw. Dus riep Lucas Matthew, de andere bediende. Hem half ondersteunend en half tillend, brachten zij Childermass naar de kleine studeerkamer op de tweede verdieping, waar meneer Norrell zijn allerpersoonlijkste magie bedreef.

Lucas deed de deur open. Binnen brandde de open haard. Pennen, pennenmessen, penhouders en potloden lagen netjes in een bakje. De inktpot was vol en de zilveren deksel zat erop. Boeken en notitieboekjes waren netjes op elkaar gestapeld of opgeruimd. Alles was gestoft, gepoetst en perfect in orde. Meneer Norrell was er die ochtend duidelijk niet geweest.

Childermass duwde de bedienden van zich af. Enigszins verward staarde hij de kamer in.

'Ziet u, meneer?' zei Lucas. 'Ik heb het u toch gezegd. De meester is bij de admiraliteit.'

'Ja,' zei Childermass.

Maar hij snapte er niets van. Als de griezelige magie niet van Norrell kwam, van wie kwam het dan? 'Is Strange hier geweest?' vroeg hij.

'Natuurlijk niet!' Lucas was verontwaardigd. 'Ik geloof dat ik mijn taken voldoende ken om meneer Strange dit huis niet binnen te laten. U ziet er nog steeds zwak uit, meneer. Sta me toe een arts te laten komen.'

'Nee, nee. Ik voel me beter. Ik voel me stukken beter. Kom, help me in een stoel.' Childermass liet zich met een zucht in een stoel zakken. 'Waar staren jullie in 's hemelsnaam naar?' Hij gebaarde dat ze weg moesten gaan. 'Matthew, heb je geen werk te doen? Lucas, haal een glas water voor me!'

Hij was nog steeds verdoofd en duizelig, maar het misselijke gevoel was afgenomen. Hij kon zich elk detail van het landschap herinneren. Hij kon het beeld niet meer uit zijn hoofd zetten. Hij ervoer de verlatenheid, de andere wereld, maar hij had niet meer het gevoel gevaar te lopen zich erin te verliezen. Hij kon weer denken.

Lucas kwam terug met een dienblad waarop een wijnglas en een met water gevulde decanteerfles stonden. Hij schonk een glas water in en Childermass dronk het in een teug leeg.

Er was één spreuk die Childermass kende. Het was een spreuk om magie aan het licht te brengen. Het kon je niet laten weten wat voor magie het was of wie erachter zat, het liet je slechts weten of er magie plaatsvond of niet. Dat was tenminste de bedoeling ervan. Childermass had het maar een keer eerder geprobeerd en toen gebeurde er niets. Hij kon niet zeggen of het wel of niet werkte.

'Schenk het glas nog eens in,' zei hij tegen Lucas.

Dit deed Lucas.

Deze keer dronk Childermass niet uit het glas. In plaats daarvan mompelde hij er een paar woorden tegen. Toen hield hij het tegen het licht en tuurde erdoorheen. Hij draaide langzaam totdat hij elk gedeelte van de kamer nauwkeurig door het glas had bekeken.

Er was niets.

'Ik weet niet eens zeker wat ik zoek,' mompelde hij. Tegen Lucas zei hij: 'Kom, ik heb je hulp nodig.'

Ze gingen terug naar de bibliotheek. Childermass hield opnieuw het glas omhoog, sprak de woorden uit en keek erdoorheen.

Niets.

Hij liep naar het raam. Even dacht hij dat hij op de bodem van het glas iets zag wat leek op een parel van wit licht.

'Het is op het plein,' zei hij.

'Wat is er op het plein?' vroeg Lucas.

Childermass antwoordde niet. In plaats daarvan keek hij door het raam naar buiten. De modderige keien op Hanover-square waren bedekt met sneeuw. De zwarte leuning van de omheining midden op het plein stak duidelijk af tegen het wit. Het sneeuwde nog steeds en er waaide een gure wind. Desondanks waren er verschillende mensen op het plein. Velen wisten dat meneer Norrell aan Hanover-square woonde en gingen erheen, in de hoop een glimp van hem te kunnen opvangen. Een heer en twee jongedames – alledrie ongetwijfeld magiefanaten – stonden opgewonden naar het huis te turen. Een stukje verder hing een donkere jongeman tegen de reling aan. In zijn buurt stond een inktverkoper met een versleten jas en een klein vat inkt op de rug. Rechts stond nog een dame. Zij had zich van het huis afgekeerd en liep langzaam in de richting van Hanover-street, maar Childermass had het idee dat ze even daarvoor nog tussen de toeschouwers had gestaan. Ze droeg dure, modieuze kleding – een lange donkergroene bontmantel afgezet met hermelijn en een mof van hermelijnenbont.

Childermass kende de inktverkoper goed – hij had vaak inkt bij hem gekocht. De anderen waren, dacht hij, allemaal vreemden. 'Herken je iemand?' vroeg hij.

'Die man met het donkere haar.' Lucas wees naar de jongeman die tegen de reling geleund stond. 'Dat is Frederick Marston. Hij is hier een paar keer geweest om meneer Norrell te vragen hem als leerling te nemen, maar meneer Norrell wilde hem niet ontvangen.'

'Ja. Ik geloof dat je mij over hem hebt verteld.' Childermass bestudeerde nog een tijdje de mensen op het plein en zei toen: 'Hoe onwaarschijnlijk het ook is, een van hen moet bezig zijn met een soort van magie. Ik moet naar beneden en gaan kijken. Kom, ik kan dit niet zonder jou.'

Op het plein was de magie sterker dan daarvoor. De trieste bel luidde in Childermass' hoofd. Achter het sneeuwgordijn wisselden de twee werelden elkaar flikkerend af, als plaatjes in een toverlantaarn – het ene moment Hanover-square, dan weer de sombere vlakten en het zwarte geschrift in de lucht.

Childermass hield het wijnglas omhoog en stond op het punt de magische woorden uit te spreken, maar het was niet nodig. Er schitterde een zacht wit licht in het glas. Op deze winterse dag schitterde dit ding meer dan wat dan ook, het licht was puurder en feller dan dat van welke lamp ook en wierp vreemde schaduwen op de gezichten van Childermass en Lucas.

De lucht sprak weer tegen hem. Deze keer dacht hij dat het een vraag was. Zijn antwoord zou grote gevolgen hebben. Als hij nu maar kon begrijpen wat er gevraagd werd en de juiste woorden kon vinden om zijn antwoord te formuleren, dan zou er iets geopenbaard worden – iets wat de Engelse magie voor altijd zou veranderen, iets wat Strange en Norrell nooit hadden kunnen vermoeden.

Hij deed zijn uiterste best om het te begrijpen. De taal of spreuk leek hem nu erg bekend voor te komen. Nog even, dacht hij, en hij zou het begrijpen.

De wereld had deze woorden ten slotte elke dag van zijn leven tegen hem gesproken – het was hem gewoon nog nooit eerder opgevallen...

Lucas zei iets. Childermass was waarschijnlijk weer gevallen, want Lucas had hem onder de armen vastgepakt en trok hem weer overeind. Het wijnglas lag aan diggelen op de keien en het witte licht was in de sneeuw uiteengevallen.

'...erg vreemd,' zei Lucas. 'Ziezo, meneer Childermass. U staat weer. Ik heb u nog nooit zo ziek meegemaakt. Weet u zeker dat u niet naar binnen wilt gaan, meneer? Ach, daar is meneer Norrell. Hij weet vast wel wat hij moet doen.'

Childermass keek naar rechts. Het rijtuig van meneer Norrell kwam zojuist vanuit George-street het plein oprijden.

De inktverkoper zag het ook. Hij liep onmiddellijk op de heer en de twee dames af. Hij maakte een beleefde buiging en zei iets tegen de heer. Alledrie draaiden ze hun hoofd in de richting van het rijtuig. De heer haalde een muntstuk uit zijn zak en gaf deze aan de inktverkoper. De inktverkoper maakte opnieuw een buiging en ging weg.

Niemand behoefde meneer Marston, een donkere jongeman, te vertellen dat dit het rijtuig van meneer Norrell was. Zodra hij het zag naderen, liep hij weg van de reling.

Zelfs de modieus geklede dame had zich omgedraaid en liep terug naar het huis, schijnbaar met de bedoeling om de belangrijkste tovenaar van Engeland te zien.

Het rijtuig stopte voor het huis. De bediende klom van de bok en deed de deur open. Meneer Norrell stapte uit. Hij was zo dik aangekleed dat zijn kleine gedrongen voorkomen bijna corpulent leek. Meneer Marston groette hem meteen en zei iets tegen hem. Meneer Norrell schudde zijn hoofd en gebaarde dat meneer Marston weg moest gaan.

De modieus geklede dame liep langs Childermass en Lucas. Ze zag er bleek en plechtig uit. Childermass bedacht zich dat mensen die zich met dat soort zaken bezighielden haar waarschijnlijk knap zouden vinden. Nu hij haar wat beter bekeek, had hij het gevoel haar te kennen.

'Lucas,' mompelde hij, 'wie is die vrouw?'

'Het spijt me, meneer. Ik geloof niet dat ik haar eerder heb gezien.'

Aan de voet van het rijtuigtrapje werd meneer Marston steeds vasthoudender en meneer Norrell steeds kwader. Meneer Norrell keek om zich heen. Hij zag dat Lucas en Childermass in de buurt stonden en riep ze bij zich.

Op dat moment stapte de modieus geklede vrouw op hem af. Even leek het alsof zij hem ook zou aanspreken, maar dat was niet haar bedoeling. Ze haalde een pistool uit haar mof en mikte doodkalm op zijn hart.

Meneer Norrell en meneer Marston staarden beiden naar haar.

Er gebeurden verschillende dingen op hetzelfde moment. Lucas liet zijn greep op Childermass verslappen – die als een blok op de grond viel – en schoot zijn meester te hulp. Meneer Marston pakte de dame bij haar middel vast. Davey, de koetsier van meneer Norrell, greep de arm beet die het pistool vasthield.

Childermass lag tussen de glasscherven in de sneeuw. Hij zag hoe de dame zich losrukte uit de greep van meneer Marston, hetgeen haar weinig moeite leek te kosten. Ze duwde hem met zo veel kracht tegen de grond dat hij niet meer overeind kwam. Ze plaatste haar kleine hand tegen Davey's borst en Davey vloog een paar meter naar achteren. Meneer Norrell's bediende – degene die de deur van het rijtuig had geopend – probeerde haar tegen de grond te slaan, maar zijn klap had geen enkel effect op haar. Ze legde haar hand op zijn gezicht – het leek een lichte aanraking – en hij stortte ineen op de grond. Ze gaf Lucas stomweg een klap met het pistool.

Childermass snapte niet wat er aan de hand was. Hij kwam overeind en strompelde een meter of zes naar voren, zich niet echt bewust of hij zich op de keien van Hanover-square bevond of op de eeuwenoude weg in het Elfenrijk.

Meneer Norrell keek geschrokken naar de dame, te bang om te schreeuwen of weg te rennen. Childermass hief zijn handen omhoog als een soort verzoenend gebaar. 'Mevrouw...' begon hij.

Ze keek niet eens naar hem.

De duizelende witte sneeuwvlokken brachten hem in de war. Hoe hij het ook probeerde, hij kon geen grip krijgen op Hanover-square. Hij werd in beslag genomen door het spookachtige landschap. Meneer Norrell zou worden vermoord en hij kon niets doen om het te voorkomen.

Toen gebeurde er iets vreemds.

Er gebeurde iets vreemds. Hanover-square verdween. Meneer Norrell, Lucas en alle anderen verdwenen.

Maar de dame bleef.

Ze stond tegenover hem op de eeuwenoude weg, onder de lucht die kolkte van de vogels. Ze hief haar pistool omhoog en richtte het vanuit het Elfenrijk Engeland in, op het hart van meneer Norrell.

'Mevrouw,' zei Childermass opnieuw.

Ze keek hem met kille, brandende woede aan. Niets wat hij zei kon haar ontmoedigen. Niets in deze wereld of welke wereld dan ook. En dus deed hij het enige wat hij kon bedenken. Hij greep de loop van het pistool beet.

Er klonk een schot, een ongelooflijk hard geluid.

Childermass nam aan dat de kracht van het geluid hem weer naar Engeland had teruggebracht.

Plotseling zat hij half overeind met zijn rug tegen de trap van het rijtuig. Hij vroeg zich af waar Norrell was en of hij dood was. Hij nam aan dat hij dit zou moeten uitzoeken, maar hij kwam tot de conclusie dat het hem niet veel kon schelen en bleef zitten waar hij zat.

Pas toen de chirurg arriveerde, besefte hij dat de dame inderdaad iemand had neergeschoten en dat hij diegene was.

De rest van de dag en een groot deel van de volgende dag gingen voorbij in een chaos van pijn en laudanumdromen. Af en toe dacht Childermass dat hij op de eeuwenoude weg stond onder de pratende hemel, maar nu was Lucas bij hem die het had over bruidsmeisjes en kolenemmers. Er was een strak, door de lucht gespannen koord waar veel mensen overheen liepen. Zowel Strange als Norrell was er. Ze droegen allebei een stapel boeken. John Murray, de uitgever, Vinculus en vele anderen waren er. Soms ontsnapte Childermass' pijn, rende door de kamer en verstopte zich. Wanneer dit gebeurde, dacht hij dat de pijn in een klein dier veranderde. Niemand anders wist dat het er was. Hij vond dat hij het iemand moest vertellen zodat ze hem konden wegjagen. Eén keer zag hij het. Het had een gevlamde vacht, feller dan die van een vos...

Op de tweede dag lag hij 's avonds in bed met een duidelijker besef van wie hij was, waar hij was en wat er was gebeurd. Rond zevenen kwam Lucas met een eetstoel de kamer in. Hij plaatste hem naast het bed. Een tijdje later kwam meneer Norrell de kamer binnen en ging erop zitten.

Gedurende enige tijd zat meneer Norrell alleen maar met een bezorgde uitdrukking op zijn gezicht naar de beddensprei te staren. Toen mompelde hij een vraag.

Childermass hoorde niet wat hij zei, maar hij ging er uiteraard van uit dat hij waarschijnlijk naar zijn gezondheid informeerde, dus zei hij dat hij zich hopelijk over een dag of twee beter zou voelen.

Meneer Norrell onderbrak hem en herhaalde duidelijker: 'Waarom paste je Belasis' Scopus toe?'

'Wat?' vroeg Childermass.

'Lucas zei dat je magie had gebruikt,' zei meneer Norrell. 'Ik vroeg hem het voor mij te beschrijven. Ik herkende uiteraard Belasis' Scopus.'[1] Hij kreeg een vinnige, achterdochtige uitdrukking op zijn gezicht. 'Waarom paste je die toe? En – nog belangrijker – waar heb je dat in 's hemelsnaam geleerd? Hoe kan ik mijn werk doen als ik constant op deze manier verraden word? Het verbaast me dat ik überhaupt iets heb bereikt, als ik tegelijkertijd omringd word door bedienden die achter mijn rug om spreuken leren en leerlingen die er alles aan doen om mijn prestaties ongedaan te maken!'

Childermass keek hem licht geërgerd aan. 'U heeft het me zelf geleerd.'

'Ik?' riep meneer Norrell uit met een stem die wat hoger klonk dan gewoonlijk.

'Het was voor u naar Londen ging, in de dagen dat u in uw bibliotheek in Hurtfew bleef, toen ik voor u het land door reisde om waardevolle boeken op te kopen. U leerde mij de spreuk voor het geval ik iemand zou ontmoeten die beweerde een praktiserend tovenaar te zijn. U was bang dat er een andere tovenaar zou zijn, die—'

'Ja, ja,' zei meneer Norrell ongeduldig. 'Ik herinner het me nu. Maar dat verklaart niet waarom je het gistermorgen op het plein toepaste.'

'Omdat er overal magie was.'

'Lucas merkte niets.'

'Het behoort niet tot Lucas' taken om te weten wanneer er magie gaande is. Dat is aan mij. Ik heb nog nooit zo iets vreemds meegemaakt. Ik dacht steeds dat ik totaal ergens anders was. Volgens mij was ik echt in gevaar. Ik begrijp niet helemaal waar de plek was. Het had een paar eigenaardige kenmerken – die ik straks zal beschrijven – maar het was zeker niet Engeland. Ik denk dat het het Elfenrijk was. Wat

[1] De bezwering om magie aan het licht te brengen komt voor in *The Instructions* van Jacques Belasis.

voor magie veroorzaakt zoiets? En waar kwam het vandaan? Kan het zijn dat die vrouw een tovenares was?'

'Welke vrouw?'

'De vrouw die mij neerschoot.'

Meneer Norrell maakte een kort, geïrriteerd geluid. 'Die kogel heeft meer effect op je gehad dan ik had verwacht,' zei hij op neerbuigende toon. 'Als ze echt een groot tovenares was geweest, denk je dan werkelijk dat je haar zo gemakkelijk had kunnen tegenhouden? Er was geen tovenaar op het plein. En zeker niet die vrouw.'

'Hoezo? Wie was zij?'

Meneer Norrell was even stil. Toen zei hij: 'De echtgenote van sir Walter Pole. De vrouw die ik weer tot leven heb gewekt.'

Childermass zei even niets. 'Nou, dat verbaast mij!' zei hij uiteindelijk. 'Ik kan verschillende mensen bedenken die een goede reden hebben om een pistool op uw hart te richten, maar al sla je me dood, ik snap niet waarom die vrouw een van hen zou zijn.'

'Er is mij verteld dat ze gek is,' zei meneer Norrell. 'Ze is ontsnapt aan de mensen die opdracht hadden haar in de gaten te houden en kwam hiernaar toe om mij te vermoorden – wat, dat zul je met me eens zijn, voldoende bewijs is van haar krankzinnigheid.' Meneer Norrell's kleine grijze ogen keken weg. 'Ik sta uiteindelijk wel overal bekend als haar weldoener.'

Childermass luisterde amper naar hem. 'Maar hoe kwam ze aan het pistool? Sir Walter is een verstandig man. Het is moeilijk voor te stellen dat hij vuurwapens in haar buurt laat slingeren.'

'Het was een duelleerpistool – een van een paar dat aan sir Walter toebehoort. Het wordt bewaard in een gesloten kist in een gesloten bureau in zijn eigen studeerkamer. Sir Walter zegt dat hij tot de dag van gisteren gezworen zou hebben dat zij er niets van afwist. Hoe ze het voor elkaar heeft gekregen de sleutel te krijgen – beide sleutels – is een raadsel.'

'Voor mij is het niet zo'n raadsel. Echtgenotes, zelfs krankzinnige echtgenotes, hebben zo hun manieren om van hun echtgenoot te krijgen wat ze willen.'

'Maar sir Walter had de sleutels niet. Dat is nu juist zo vreemd. Deze pistolen waren de enige vuurwapens in het huis en sir Walter was vanzelfsprekend bezorgd om de veiligheid van zijn vrouw en bezittingen aangezien hij regelmatig van huis is. De sleutels werden door de butler bewaard – die lange zwarte man – ik denk dat je wel weet wie ik bedoel. Sir Walter begrijpt niet hoe hij zo'n fout heeft kunnen maken. Sir Walter zegt dat hij normaal gesproken de betrouwbaarste man ter wereld is. Natuurlijk weet je nooit helemaal zeker wat bedienden denken,' ging meneer Norrell rustig verder, terwijl hij vergat dat hij op dat moment tegen een van hen aan het praten was, 'maar je kunt moeilijk aannemen dat deze man iets tegen mij heeft. Ik heb nog nooit een woord tegen hem gezegd. Ik zou,' vervolgde hij, 'lady Pole natuurlijk kunnen aanklagen omdat ze mij probeerde te vermoorden. Gisteren was ik dat nog van plan. Maar verschillende mensen hebben me erop geattendeerd dat ik rekening moet houden met sir Walter. Dat vinden lord Liverpool en meneer Lascelles ook, en ik geloof dat ze gelijk hebben. Sir Walter is een goede vriend geweest van de Engelse magie. Ik zou niet willen dat het sir Walter spijt een vriend van mij te zijn geweest. Sir Walter heeft mij plechtig gezworen dat ze ergens in het land zal worden opgesloten, waar ze niemand kan zien en niemand haar kan zien.'

Meneer Norrell nam niet de moeite om erachter te komen wat Childermass hiervan vond. Ondanks het feit dat Childermass degene was die misselijk van de pijn en met bloedverlies op bed lag, en dat meneer Norrell's verwondingen enkel uit hoofdpijn en een sneetje in een vinger bestonden, was meneer Norrell van mening dat hij degene was die het meest had geleden van hen tweeën.

'Waar kwam die magie dan vandaan?' vroeg Childermass.

'Van mij natuurlijk!' verklaarde meneer Norrell boos. 'Van wie anders zou die moeten zijn? Het was de magie die ik had gebruikt om haar weer tot leven te wekken. Dat is wat jij voelde en dat is wat Belasis' Scopus openbaarde. Het was aan het begin van mijn carrière en ik vermoed dat er nog wat onregelmatigheden waren die er misschien voor hebben gezorgd dat het een rare wending kreeg en—'

'Een rare wending?' schreeuwde Childermass hees. Hij werd bevangen door een hoestbui. Toen hij weer op adem was gekomen, zei hij: 'Ik liep voortdurend het gevaar getransporteerd te worden naar een of ander gebied waar alles naar magie riekte. De hemel sprak tot mij! Alles sprak tot mij! Hoe komt dat?'

Meneer Norrell fronste zijn wenkbrauwen. 'Ik weet het niet. Misschien was je dronken.'

'En heeft u mij ooit dronken gezien tijdens werktijd?' vroeg Childermass op ijzige toon.

Meneer Norrell haalde verdedigend zijn schouders op. 'Ik heb geen flauw idee van wat je doet. Volgens mij heb je vanaf het moment dat je mijn huis binnenkwam je eigen wetten gevolgd.'

'Maar het is vast niet zo'n vreemd idee wanneer je het beziet vanuit het oogpunt van de eeuwenoude Engelse magie,' hield Childermass vol. 'Heeft u mij niet verteld dat de Gulden Tovenaars bomen, heuvels, rivieren enzovoorts, beschouwden als levende wezens met hun eigen gedachten, herinneringen en behoeften? De Gulden Tovenaars dachten dat de hele wereld continu met een soort magie bezig was.'

'Enkele Gulden Tovenaars dachten dat inderdaad. Er wordt aangenomen dat zij dit van de elfenbedienden hadden overgenomen, die een deel van hun buitengewone magie toeschreven aan hun vermogen om met bomen en rivieren enzovoorts te praten, om vriendschappen en verbonden met hen te sluiten. Maar er is geen reden om aan te nemen dat ze gelijk hadden. Mijn eigen magie heeft niets te maken met dat soort onzinnige ideeën.'

'De hemel sprak tot mij,' zei Childermass, 'als het waar is wat ik zag dan...' hij pauzeerde even.

'Dan wat?' vroeg meneer Norrell.

In zijn verzwakte toestand dacht Childermass hardop. Hij had willen zeggen dat als het waar was wat hij had gezien, alles wat Strange en Norrell ooit hadden gedaan kinderspel was geweest en dat magie vreemder en angstaanjagender was dan ze ooit hadden gedacht. Strange en Norrell hadden enkel wat papieren pijltjes door de salon gegooid, terwijl echte magie met grote vleugels ver boven hen uit zweefde, ronddraaide en duikvluchten maakte in een onbegrensde hemel.

Maar toen realiseerde hij zich dat meneer Norrell waarschijnlijk niet zo veel vertrouwen zou hebben in dat soort gedachten en zei hij maar niets.

Vreemd genoeg leek meneer Norrell zijn gedachten toch te kunnen raden.

'O!' riep hij, terwijl hij plotseling in woede uitbarstte. 'Prima! Je weet alles toch zo goed? Dan raad ik je aan om onmiddellijk naar Strange en Murray en al die andere verraders te gaan! Ik denk dat jij vindt dat hun ideeën vast goed bij de jouwe passen! Ik weet zeker dat ze blij met je zullen zijn. En jij kunt hun mijn geheimen vertellen! Ik denk dat ze je er rijkelijk voor zullen belonen. Het zal mijn ondergang betekenen en—'

'Rustig, meneer Norrell. Ik ben helemaal niet van plan om een andere baan te zoeken. U bent de laatste meester die ik ooit zal hebben.'

Er volgde opnieuw een korte stilte die meneer Norrell misschien de gelegenheid gaf om na te denken over hoe ongepast het is om ruzie te maken met de man die gisteren nog zijn leven had gered. Op ietwat redelijkere toon zei hij: 'Ik geloof dat niemand het je nog heeft verteld. De vrouw van Strange is overleden.'

'Wat?'

'Overleden. Ik hoorde het nieuws van sir Walter. Blijkbaar is ze in de sneeuw gaan wandelen. Erg onverstandig. Twee dagen later was ze dood.'

Childermass kreeg het koud. Het trieste landschap was plotseling erg dichtbij, in het hart van Engeland. Hij waande zich bijna weer op de eeuwenoude weg...

...en voor hem op de weg, liep Arabella Strange. Ze liep alleen, met haar rug naar hem toegekeerd, de koude grijze velden in, onder die magisch sprekende hemel...

'Er is mij verteld,' ging meneer Norrell verder, zich niet bewust van Childermass' bleekheid en zware ademhaling, 'dat de dood van mevrouw Strange lady Pole erg ongelukkig heeft gemaakt. Ze was buiten zinnen van verdriet. Het schijnt dat ze bevriend waren. Dat heb ik tot nu toe nooit geweten. Als ik het had geweten dan had ik misschien...' Hij pauzeerde en had een geheimzinnige uitdrukking op zijn gezicht. 'Maar dat maakt nu niets meer uit – een van hen is gek en de ander is dood. Het enige wat sir Walter kan zeggen is dat lady Pole mij op de een of andere manier schuldig acht aan de dood van mevrouw Strange.' Hij pauzeerde. Om alle twijfel weg te nemen voegde hij eraan toe: 'Wat natuurlijk onzin is.'

Op dat moment kwamen de twee artsen, die meneer Norrell had ingeschakeld om Childermass te behandelen, de kamer binnen. Ze waren verrast meneer Norrell in de kamer aan te treffen – verrast en verheugd. De glimlach op hun gezichten en hun gebuig en geknik gaven aan dat ze het een tevredenstellend voorbeeld van minzaamheid van de belangrijke man vonden dat hij zijn bediende een bezoek bracht. Ze vertelden hem dat ze zelden een huishouden hadden gezien waar de meester zo bezorgd was om de gezondheid van zijn ondergeschikten of waar de bedienden zo aan hun meester gehecht waren, en niet eens uit plichtsgevoel maar uit respect en dierbaarheid.

Meneer Norrell was net zo gevoelig voor vleierij als de meeste mannen en bedacht dat hij misschien inderdaad ongewoon deugdzaam was. Hij strekte zijn hand uit met de bedoeling vriendelijk en meewarig op Childermass' hand te tikken. Toen hij echter Childermass' koele blik zag, bedacht hij zich, kuchte en verliet de kamer.

Childermass keek toe hoe hij wegging.

Alle tovenaars liegen en deze meer dan de meeste, had Vinculus gezegd.

47

‘Een zwarte knul en een blauwe gozer, wat iets zou moeten betekenen’

eind januari 1816

Het rijtuig van sir Walter Pole reed over een lange, eenzame weg in Yorkshire. Stephen Black reed ernaast op een wit paard.

Aan beide kanten waren kale veenmoerassen die de kleur hadden van een blauwe plek en reikten tot de donkere, dreigende sneeuwlucht. Grijze misvormde rotsen lagen her en der verspreid waardoor het landschap er nog troosteloozer en grover uitzag. Af en toe kwam er een schraal straaltje zonlicht door de wolken, dat kortstondig een witte schuimende stroom of een kuil vol water verlichtte, die dan plotseling net zo verblindend was als een vallende zilveren duit.

Ze kwamen aan bij een kruispunt. De koetsier bracht de paarden tot stilstand en staarde mistroostig naar de plek waar volgens hem de wegwijzer had moeten staan.

‘Er zijn geen mijlpalen,’ zei Stephen, ‘niets waaruit je kunt afleiden waar deze wegen heen leiden.’

‘Ervan uitgaande dat ze ergens heen gaan,’ zei de koetsier, ‘wat ik begin te betwijfelen.’ Hij haalde een snuifdoos uit zijn zak en inhaleerde een grote snuif.

De lakei die op de bok naast de koetsier zat – en die het verreweg het koudst had en het beroerdst was van de drie – vervloekte uitgebreid Yorkshire, alle mannen uit Yorkshire en alle wegen van Yorkshire.

‘We zouden richting noord of noordoost moeten reizen, denk ik,’ zei Stephen. ‘Maar ik ben een beetje in de war geraakt door dit veenmoeras. Heeft u enig idee welke weg noordwaarts gaat?’

De koetsier, tot wie deze vraag gericht was, zei dat alle richtingen hem behoorlijk noordelijk leken.

De lakei schoot in een korte, bittere lach.

Aangezien hij van mening was dat zijn kameraden hem niet veel verder hielpen, deed Stephen wat hij altijd onder dit soort omstandigheden deed. Hij nam de leiding van de reis op zich. Hij instrueerde de koetsier een route te nemen, terwijl hij een andere nam. 'Als ik succes heb, kom ik terug om u te zoeken of stuur ik een boodschapper. Als u succes heeft, lever dan uw lading af en maakt u zich geen zorgen over mij.'

Stephen reed verder terwijl hij aarzelend alle wegen en paden die hij naderde, bekeek. Eén keer kwam hij een andere eenzame ruiter tegen aan wie hij aanwijzingen vroeg, maar de man bleek, net als hijzelf, onbekend met het veenmoeras en had nog nooit gehoord van de plaats die Stephen noemde.

Uiteindelijk kwam hij bij een smal pad dat tussen twee muren door kronkelde, die – zoals gebruikelijk was in dat deel van Engeland – waren gebouwd van droge stenen zonder specie. Hij draaide het pad op. Aan beide kanten werden de lijnen van de muren gevolgd door kale bomen. Terwijl de eerste sneeuwvlokken naar beneden dwarrelden, stak hij een smalle brug voor lastpaarden over en reed een dorp binnen van sobere, stenen huisjes en bouwvallige muren. Het was erg stil. Er waren zeker niet meer dan een handvol gebouwen, en al snel vond hij het gebouw dat hij zocht. Het was een lang, laag, groot herenhuis met aan de voorkant een geplaveid binnenhof. Uiterst ontevreden inspecteerde hij de lage daken, de ouderwetse schuiframen en de met mos bedekte stenen. 'Hallo!' riep hij. 'Is er iemand?'

Het begon harder te sneeuwen. Van ergens aan de zijkant van het huis kwamen twee bedienden aanrennen. Ze waren keurig en fatsoenlijk gekleed, maar hun nerveuze gelaatsuitdrukkingen en onhandige voorkomen deed Stephen terugdeinzen, en hij wenste dat hij hen had opgeleid.

Zijzelf waren verbijsterd een zwarte man op een melkwitte merrie in hun tuin te zien. De moedigste van de twee maakte een soort halve buiging.

'Is dit Starecross Hall?' vroeg Stephen.

'Ja, meneer,' zei de dappere bediende.

'Ik ben hier om zaken te doen in naam van sir Walter Pole. Ga je baas halen.'

De man rende weg. Even later ging de voordeur open en een magere, donkere man kwam te voorschijn.

'Bent u de bewaarder van het krankzinnigengesticht?' informeerde Stephen. 'U bent John Segundus?'

'Ja, inderdaad!' riep meneer Segundus. 'Welkom! Welkom!'

Stephen steeg af en gooide de teugels naar de bediende. 'Deze plek is verduiveld moeilijk te vinden! We hebben meer dan een uur in dit helse moeras rondgereden. Kunt u iemand sturen om de koets van milady hierheen te brengen? Ze zijn bij het kruispunt drie kilometer terug linksaf gegaan.'

'Natuurlijk. Onmiddellijk,' verzekerde meneer Segundus hem. 'Het spijt me dat u moeilijkheden heeft gehad. Het huis ligt, zoals u ziet, extreem afgezonderd, maar dat is een van de redenen waarom het geschikt is voor sir Walter. Met zijn vrouw is alles in orde, hoop ik?'

'Milady is erg moe van de reis.'

'Alles is klaar voor haar ontvangst. Tenminste...' Meneer Segundus ging hem voor. 'Ik ben me ervan bewust dat het heel anders voor haar zal zijn dan waaraan ze gewend is...'

Aan het einde van een korte, stenen doorgang kwamen ze bij een kamer die een prettig contrast vormde met de troosteloze en sombere omgeving. Deze ademde comfort en verwelkoming. De kamer was ingericht met schilderijen en mooie meubels, met zachte kleden en vrolijk gloeiende lampen. Er waren voetenbankjes voor milady's voeten voor als ze zich moe voelde, schermen om haar te beschermen tegen tocht voor als ze het koud had, en boeken om haar te amuseren, mocht ze willen lezen.

'Is het niet geschikt?' vroeg meneer Segundus bezorgd. 'Ik zie aan uw gezicht dat het niet geschikt is.'

Stephen opende zijn mond om meneer Segundus te vertellen dat wat hij gezien had heel anders was. Hij zag wat milady zou zien als ze de kamer binnenkwam. De stoelen, de schilderijen en de lampen waren nogal spookachtig. Achter hen lagen de veel degelijkere en solidere silhouetten van Lost-hope's troosteloze grijze vestibules en trappen.

Maar het had geen zin dit uit te leggen. De woorden zouden zijn veranderd zodra hij ze uitsprak, ze zouden in onzin verdraaid zijn over bier dat uit boosheid gebrouwen wordt en over verlangens naar wraak, of over meisjes wier tranen bij wassende maan in opalen en parels veranderden en wier voetstappen zich met bloed vulden als de maan afnam. Dus hij stelde zich tevreden door te zeggen: 'Nee, nee. Het is uitermate geschikt. Milady heeft niets meer nodig.'

Op veel mensen zou dit misschien koel overkomen, zeker als ze zo hard gewerkt hadden als meneer Segundus, maar meneer Segundus maakte geen bezwaar. 'Dus dit is de dame die weer tot leven is gewekt door meneer Norrell?' vroeg hij.

'Ja,' zei Stephen.

'De daad waarop de gehele herinvoering van de Engelse magie is gebaseerd!'

'Ja,' zei Stephen.

'En toch probeerde ze hem te vermoorden! Alles bij elkaar is het een heel vreemde zaak! Heel vreemd!'

Stephen zei niets. Dit waren naar zijn mening geen geschikte onderwerpen voor een bewaarder van een krankzinnigengesticht om over te piekeren. En het was zeer onwaarschijnlijk dat hij toevalligerwijs de waarheid zou ontdekken als hij dat wel deed.

Om meneer Segundus' gedachten van lady Pole en haar veronderstelde misdaad af te leiden, zei Stephen: 'Sir Walter heeft dit etablissement zelf uitgekozen. Ik weet niet op wiens advies hij afging. Bent u al lang bewaarder van een krankzinnigengesticht?'

Meneer Segundus lachte. 'Nee, helemaal niet. Ongeveer twee weken, eigenlijk. Lady Pole zal mijn eerste zorg zijn.'

'Werkelijk!'

'Ik geloof dat sir Walter mijn gebrek aan ervaring eerder als een voordeel ziet! Andere heren in dit beroep zijn eraan gewend allerlei vormen van invloed uit te oefenen op hun beschermeling en hen in bedwang te houden, iets waar sir Walter zich heel erg tegen verzet in het geval van zijn vrouw. Maar, ziet u, ik heb zulke gewoontes niet en hoef ze niet te doorbreken. Milady zal niets anders in dit huis ondervinden dan vriendelijkheid en respect. En, afgezien van de kleine voorzorgsmaatregelen die in ons opkomen, zoals het uit haar buurt houden van geweren en messen, zal ze in dit huis als gast behandeld worden en zullen wij ernaar streven haar gelukkig te maken.'

Bij deze voorstellen boog Stephen instemmend zijn hoofd. 'Hoe bent u ertoe gekomen?' vroeg hij.

'Het huis?' vroeg meneer Segundus.

'Nee, bewaarder van een krankzinnigengesticht.'

'O! Geheel per ongeluk. Afgelopen september had ik het grote geluk een dame te ontmoeten, mevrouw Lennox, die sindsdien mijn weldoenster is. Dit huis is van haar. Ze heeft een paar jaar gezocht naar een goede huurder, maar zonder succes. Haar oog viel op mij en ze wilde iets aardigs voor me doen. Ze was vastbesloten hier een bedrijf te vestigen en stelde mij daarvoor verantwoordelijk. Onze eerste gedachte ging uit naar een school voor tovenaars, maar—'

'Tovenaars!' riep Stephen verbaasd uit. 'Maar wat heeft u met tovenaars te maken?'

'Ik ben zelf tovenaar. Dat ben ik al mijn hele leven.'

'Werkelijk!'

Stephen zag er dusdanig beledigd uit door dit nieuws, dat meneer Segundus zich in een natuurlijke opwelling begon te verontschuldigen, hoewel hij niet wist hoe hij zich voor zijn tovenaarsschap kon verontschuldigen. Hij ging verder. 'Maar meneer Norrell ging niet akkoord met ons plan voor een school en stuurde Childermass hiernaar toe om me te waarschuwen. Kent u John Childermass, meneer?'

'Ik ken hem van gezicht,' zei Stephen. 'Ik heb hem nooit gesproken.'

'In eerste instantie waren mevrouw Lennox en ik van plan ons tegen hem te verzetten, tegen meneer Norrell bedoel ik, niet tegen Childermass. Ik schreef meneer Strange, maar mijn brief kwam aan op de ochtend dat zijn vrouw verdween en, ik neem aan dat u daarvan op de hoogte bent, een paar dagen later stierf.'

Heel even zag Stephen eruit of hij iets ging zeggen, maar toen schudde hij zijn hoofd en meneer Segundus ging verder. 'Zonder de hulp van meneer Strange, zag ik in dat we de school moesten opgeven. Ik reisde af naar Bath om mevrouw Lennox te informeren. Ze was heel aardig en zei dat we snel een ander plan zouden maken. Maar ik geef toe dat ik wanhopig was toen ik weer wegging. Ik had pas een paar stappen gezet toen ik een vreemd schouwspel zag. Midden op straat stond een persoon in kapotte zwarte vodden. Zijn bedroefde rode ogen waren verstoken van verstand en hoop. Hij sloeg met zijn armen naar de spoken die hem aanvielen en schreeuwde hun smekend medelijden met hem te hebben, de arme ziel! De lichamelijk zieken hebben soms baat bij slapen, maar ik wist intuïtief dat de demonen van deze man hem zelfs tot in zijn dromen zouden volgen. Ik stopte een paar munten in zijn hand en vervolgde mijn weg. Op de terugweg was ik me er niet van bewust dat ik aan hem in het bijzonder dacht, maar op het moment dat ik over de drempel van dit huis stapte, gebeurde er iets merkwaardigs. Ik had volgens mij een visioen. Ik zag de waanzinnige in al zijn vodden in de vestibule staan, precies zoals ik hem in Bath had gezien, en realiseerde me iets. Ik realiseerde me dat dit huis met zijn stilte en eenzaamheid misschien heel geschikt is voor mensen die overstuur zijn. Ik schreef een brief aan mevrouw Lennox en zij gaf haar goedkeuring aan mijn nieuwe plan. U zei dat u niet wist wie mij bij sir Walter had aanbevolen. Het was Childermass. Childermass had gezegd dat hij me zou helpen als hij kon.'

'Het lijkt me beter, meneer, als u iedere vermelding van uw beroep of van de school vermijdt, in ieder geval in het begin,' zei Stephen. 'Niets ter wereld, noch in deze wereld noch in iedere andere, zou milady meer pijn doen dan te ontdekken onderworpen te zijn aan een andere tovenaar.'

'Onderworpen!' riep meneer Segundus verbaasd uit. 'Wat een vreemd woord, zeg! Ik hoop oprecht dat niemand ooit het idee zal hebben aan mij onderworpen te zijn! Zeker deze dame niet!'

Stephen bekeek hem aandachtig. 'Ik weet zeker dat u een heel ander soort tovenaar bent dan meneer Norrell,' zei hij.

'Dat hoop ik,' zei meneer Segundus ernstig.

Een uur later was er wat commotie in de tuin. Stephen en meneer Segundus gingen naar buiten om milady te verwelkomen. De paarden en de koets konden met geen mogelijkheid over de brug voor lastpaarden rijden en lady Pole was verplicht de laatste vijfenveertig meter van haar reis te lopen. Ze kwam enigszins angstig het binnenhof van de Hall binnen en keek om zich heen naar het troosteloze, besneeuwde decor. Het kwam Stephen voor dat alleen de meest hartenlozen naar haar, met al haar jeugdige schoonheid en verdrietige pijn, konden kijken zonder haar alle mogelijke bescherming te willen bieden. Inwendig vervloekte hij meneer Norrell.

Iets in haar verschijning leek meneer Segundus te doen opschrikken. Hij keek naar beneden, naar haar linkerhand, maar ze droeg een handschoen. Hij herstelde zich onmiddellijk en verwelkomde haar op Starecross Hall.

Stephen bracht hun thee in de zitkamer.

'Mij is verteld dat de dood van mevrouw Strange milady veel verdriet heeft gedaan,' zei meneer Segundus. 'Mag ik u condoleren?'

Ze wendde haar hoofd af om haar tranen te verbergen. 'Het zou relevanter zijn dat tegen haar te zeggen, niet tegen mij,' zei ze. 'Mijn echtgenoot bood aan meneer Strange te schrijven en hem een schilderij van mevrouw Strange te leen te vragen, zodat er een kopie gemaakt kon worden om mij troosten. Maar wat heeft het voor zin? Per slot van rekening zal ik haar gezicht nooit vergeten, want zij en ik waren iedere avond bij dezelfde dansfeesten en processies aanwezig en zullen dat de rest van ons leven zijn, neem ik aan. Stephen weet het. Stephen begrijpt het.'

'Ach, ja,' zei meneer Segundus. 'Milady gruwelt van dansen en muziek, ik weet het. Wees ervan verzekerd dat die hier niet toegestaan zijn. Hier zullen alleen maar vrolijke dingen de overhand hebben, alles wat zal bijdragen aan uw geluk.' Hij sprak tegen haar over de boeken die ze samen zouden gaan lezen en de wandelingen die ze in het voorjaar konden maken, als milady dat op prijs stelde.

In Stephen's ogen, die in beslag genomen werden door de theeceremonie, was het het meest ongeïnspireerde gesprek dat hij ooit had gehoord, behalve dan dat hij één of twee keer zag dat meneer Segundus op een dusdanig scherpe, doordringende manier vluchtig van milady naar hem keek en weer terug, dat het hem zowel in verwarring bracht als een ongemakkelijk gevoel gaf.

De koets, de koetsier, de dienstmeid en de lakei zouden allemaal met lady Pole op Starecross Hall verblijven. Stephen moest echter terug naar Harley-street. De volgende ochtend vroeg, toen milady aan het ontbijt zat, kwam hij binnen om afscheid te nemen.

Terwijl hij zich naar haar toe boog, wierp ze hem een melancholische maar ook geamuseerde glimlach toe. 'Het is belachelijk om zo uit elkaar te gaan, terwijl wij allebei weten dat we over een paar uur weer samen zullen zijn. Maak je geen zorgen om mij, Stephen. Ik zal hier meer op mijn gemak zijn. Ik voel dat dat zo is.'

Stephen liep naar buiten, naar de stallen waar zijn paard stond te wachten. Hij deed juist zijn handschoenen aan, toen er achter hem een stem klonk. 'Excuseert u mij!'

Het was meneer Segundus, die net zo besluiteloos en bescheiden was als anders. 'Mag ik u iets vragen? Wat is dat voor een betovering die om u en milady heen hangt?' Hij hief zijn hand alsof hij met zijn vingertoppen langs Stephen's gezicht wilde strijken. 'U heeft een rood met witte roos in uw mond. En in de hare zit er ook een. Wat betekent dat?'

Stephen bracht zijn hand naar zijn mond. Er was niets. Maar heel even had hij het gewaagde idee meneer Segundus alles te vertellen, over zijn betovering en de betovering van de twee vrouwen. Hij kon zich voorstellen dat meneer Segundus hem op de een of andere manier zou begrijpen. Meneer Segundus, die een buitengewone tovenaar bleek, veel grootser dan Strange of Norrell, zou een manier kunnen bedenken om de heer met het pluishaar te dwarsbomen. Maar dit waren snel voorbijschietende fantasieën. Even later kwam Stephen's aangeboren achterdocht jegens Engelsen weer bovendrijven.

'Ik begrijp u niet,' zei hij vlug. Hij besteeg zijn paard en reed zonder iets te zeggen weg.

De winterse wegen van die dag waren de slechtste die hij ooit had gezien. De modder in groeven en richels was bevroren en zo hard als ijzer. Graslanden en wegen waren dik bedekt met witte rijp, en een ijzige mist droeg bij aan de algemene mistroostigheid.

Zijn paard was een van de ontelbare geschenken van de heer. Ze was een melkwitte merrie zonder ook maar een enkele zwarte haar. Bovendien was ze snel en sterk, en zo liefhebbend naar Stephen toe als een paard naar een man kan zijn. Hij had haar Firenze genoemd en betwijfelde of de prins-regent zelf of de hertog van Wellington betere paarden hadden. Een van de eigenaardigheden van zijn vreemde, behekste leven was dat het niet uitmaakte waar hij heen ging, niemand merkte de ongerijmdheid op van een negerbediende die het beste paard in het koninkrijk bereed.

Ongeveer dertig kilometer ten zuiden van Starecross Hall kwam hij bij een klein dorp. De weg liep in een scherpe bocht tussen een groot, elegant huis met tuin aan de rechterkant door en een rij vervallen stallen aan de linkerkant. Precies op het moment dat Stephen de ingang van het huis passeerde, passeerde een koets het hek die bijna met hem in botsing kwam. De koetsier keek om om te zien waardoor zijn paarden opzij sprongen en trok flink aan de teugels. Daar hij niets anders zag dan een zwarte man, haalde hij met zijn zweep naar hem uit. De klap miste Stephen maar raakte Firenze vlak boven het rechteroog. Gepijnigd en geschrokken steigerde ze en gleed uit op de bevroren weg.

Heel even leek alles te draaien. Even later, toen Stephen in staat was te begrijpen wat er gebeurd was, merkte hij dat hij op de grond lag. Firenze was gevallen. Hij was op veilige afstand gevallen, maar zijn linkervoet zat nog steeds in de beugel en het been was op een dusdanig verontrustende manier gedraaid dat hij er zeker van was dat het gebroken moest zijn. Hij bevrijdde zijn voet, was even geschokt en voelde zich misselijk. Hij voelde iets nats langs zijn gezicht gaan en zijn handen waren geschaafd door de val. Hij probeerde te staan en merkte tot zijn opluchting dat dat ging. Het been leek gekneusd te zijn, maar niet gebroken.

Firenze lag met wild rollende ogen te snuiven. Hij vroeg zich af waarom ze niet opstond of op zijn minst trapte. Een soort onwillekeurige rilling ging door haar skelet maar afgezien daarvan was ze stil. Haar benen waren stijf en leken ten opzichte van elkaar in vreemde hoeken vooruit te steken. Toen werd het hem duidelijk. Ze kon zich niet bewegen. Haar rug was gebroken.

Hij keek naar het huis van de heer in de hoop dat iemand hem zou komen helpen. Even verscheen er een vrouw voor het raam. Stephen ving snel een blik op van elegante kleren en een koude, hooghartige gezichtsuitdrukking. Zodra ze zich ervan verzekerd had dat het ongeluk geen schade aan iets of iemand uit haar omgeving had toegebracht, verdween ze en zag Stephen haar niet meer terug.

Hij knielde bij Firenze neer en aaide haar hoofd en schouder. Uit een zadeltas haalde hij een pistool te voorschijn en een flacon buskruit, een laadstok en een patroonhuls. Hij laadde het pistool en bracht het in orde. Toen stond hij op en trok de haan helemaal naar achteren.

Maar hij merkte dat hij het niet kon. Ze was een veel te goede vriend voor hem geweest. Hij kon haar niet afmaken. Hij stond op het punt in wanhoop op te geven, toen hij op de weg achter zich geratel hoorde. Er kwam een kar de hoek om die werd getrokken door een groot, schuifelend, kalm uitziend paard. Het was een laadkar en in de kar zat de vervoerder zelf, een grote dikke man met een rond, bol gezicht. Hij had een ouderwetse jas aan. Toen hij Stephen zag, hield hij zijn paard in. 'Hé, knul! Wat is er aan de hand?'

Stephen gebaarde met het pistool naar Firenze.

De vervoerder klom van zijn kar en liep naar Stephen. 'Ze was een fijn dier,' zei hij vriendelijk. Hij sloeg Stephen op de schouder en ademde een meevoelende koolgeur over hem uit. 'Maar, knul! Dat kan d'r nu niet helpen.'

Hij keek van Stephen's gezicht naar het pistool. Hij stak zijn hand uit en hief teder de loop tot hij naar het schuddende hoofd van Firenze wees. Toen Stephen nog steeds niet vuurde, zei hij: 'Zal ik het voor je doen, knul?'

Stephen knikte.

De vervoerder nam het pistool. Stephen keek de andere kant op. Er viel een schot, een verschrikkelijk geluid, onmiddellijk gevolgd door een wild krassend geluid en het heftige gefladder van vogels die in de buurt plotseling opvlogen. Stephen keek om. Firenze had een stuiptrekking en toen lag ze stil.

'Dank u,' zei hij tegen de vervoerder.

Hij hoorde de vervoerder weglopen en dacht dat de man weg was, maar een ogenblik later kwam hij terug, stootte Stephen zachtjes aan en gaf hem een zwarte fles.

Stephen slikte. Het was gin van het ruigste soort. Hij hoestte.

Ondanks het feit dat Stephen's kleren en laarzen twee keer zo veel waard waren als de kar en het paard van de vervoerder, veinsde de vervoerder de opgewekte superioriteit die blanken gewoonlijk voelen bij zwarten. Hij overwoog de zaak en zei tegen Stephen dat ze allereerst het kadaver moesten verwijderen. 'Ze is een waardevol dier, dood of levend. Uw baas zal niet erg blij zijn als hij erachter komt dat een of andere kerel het paard en het geld heeft.'

'Ze was niet het paard van mijn baas,' zei Stephen. 'Ze was van mij.'

'Hé!' zei de vervoerder. 'Kijk dat eens!'

Er was een raaf op Firenze's melkwitte flank neergestreken.

'Nee!' riep Stephen en maakte een beweging om de vogel weg te jagen.

Maar de vervoerder hield hem tegen. 'Nee, knul! Nee! Dat brengt geluk. Een beter voorteken heb ik nog nooit gezien!'

'Geluk!' zei Stephen. 'Waar heeft u het over?'

''t Is het eerste teken van de oude koning, toch? Een raaf op iets wits. Het vaandel van de oude John!'[1]

De vervoerder vertelde Stephen dat hij vlak in de buurt een plaats wist waar de mensen Stephen voor een bepaald bedrag konden helpen Firenze te verkopen. Stephen klom op de bok en de vervoerder reed hem naar een boerderij.

De boer had nog nooit een zwarte man gezien en was nogal verbaasd zo'n anderlands wezen op zijn erf te vinden. Ondanks de bewijzen die het tegendeel bewezen, kon hij niet geloven dat Stephen Engels sprak. De vervoerder, die sympathie had voor de in verwarring gebrachte boer, stond naast Stephen en vriendelijk herhaalde hij alles wat Stephen zei zodat de boer het beter begreep. Het haalde echter niets uit. De boer had voor geen van beiden belangstelling, staarde alleen maar naar Stephen en maakte opmerkingen over hem tegen een van zijn mannen die op dezelfde manier als gehypnotiseerd stond.

---

[1] John Uskglass' armen waren de Raaf in vlucht (strikt genomen de Raven Volant genaamd), een zwarte raaf op een witte akker.

De boer vroeg zich af of Stephen zwart afgaf als hij dingen aanraakte en deed andere speculaties van een zelfs nog onbeschaamder en onaanvaardbaarder karakter. Stephen's omzichtige instructies betreffende de verwijdering van het kadaver van Firenze waren nutteloos, tot de vrouw van de boer terugkwam van een markt in de buurt. Zij was een heel ander soort persoon. Wat haar betrof was een man met goede kleren en een kostbaar paard – al ware het een dood dier – een heer, ongeacht zijn kleur. Zij vertelde Stephen over een kattenvoerman, die dode paarden van de boerderij haalde, het vlees verkocht, en de botten en hoeven te koop aanbood zodat er lijm van gemaakt kon worden. Ze vertelde hem wat de kattenvoerman zou betalen en beloofde alles te regelen als ze eenderde van het geld mocht houden. Stephen ging hiermee akkoord.

Stephen en de vervoerder verlieten het erf en liepen de laan op.

'Dank u,' zei Stephen. 'Dit was zonder uw hulp veel moeilijker geweest. Ik zal u betalen voor de moeite, natuurlijk. Maar ik bang dat ik u nog iets moet vragen. Ik heb geen middelen om thuis te komen. Ik zou u heel erg dankbaar zijn als u me naar het volgende posthuis zou kunnen brengen.'

'Nee!' zei de vervoerder. 'Doe die kleine beurs weg, knul, ik breng je naar Doncaster en het kost je niets.'

In feite had Stephen er de voorkeur aan gegeven naar het volgende posthuis te gaan, maar de vervoerder leek zo blij een metgezel gevonden te hebben dat het aardiger en dankbaarder leek met hem mee te gaan.

Geleidelijk aan kwamen ze steeds dichter in de buurt van Doncaster. Ze reden langs landpaadjes en kwamen tot hun verrassing op de vreemdste punten herbergen en dorpen tegen. Ze leverden in de ene woning een ledikant af en een fruitcake in de andere, en pikten vreemd gevormde stukgoederen op. Eén keer stopten ze bij een alleenstaand optrekje achter een hoge, kale heg midden in een bos. Daar kregen ze uit handen van een oude dienstmeid een oude, zwartgeverfde vogelkooi met daarin een heel kleine kanarie. De vervoerder informeerde Stephen dat die van een oude dame was geweest die gestorven was en dat hij bij haar achternicht ten zuiden van Selby afgeleverd moest worden.

Niet lang nadat de kanarie achter op de bok was weggezet, schrok Stephen op van een donderend gesnurk dat onverwacht vanaf dezelfde plek kwam. Zo'n kleine vogel kon onmogelijk een dergelijk geluid produceren en Stephen trok de conclusie dat er nog iemand anders in de kar was, iemand met wie hij nog niet de eer had gehad kennis te maken.

De vervoerder haalde een grote varkenspastei en een brok kaas uit een mand. Met een groot mes sneed hij een stuk van de pastei af en toen hij op het punt stond het aan Stephen aan te bieden, leek hij door twijfel overvallen. 'Eten zwarte knullen hetzelfde als wij?' vroeg hij, alsof hij dacht dat ze misschien wel gras of manestralen aten.

'Ja,' zei Stephen.

De vervoerder gaf Stephen het stuk van de pastei en een homp kaas.

'Dank u. Wil uw andere passagier niets?'

'Misschien. Als hij wakker wordt. Ik pikte hem op in Ripon. Hij had geen geld. Ik dacht dat hij iemand zou zijn met wie ik kon praten. Eerst was hij best gezellig, maar bij Boroughshire ging hij slapen en sindsdien heeft hij niets anders meer gedaan.'

'Heel saai van hem.'

'Het maakt me niet uit. Nu heb ik u om mee te praten.'

'Hij moet heel moe zijn,' mijmerde Stephen. 'Hij is door het schot heen geslapen waarmee mijn paard werd afgemaakt, door het bezoek aan de dwaze boerderij, het ledikant en de kanarie, eigenlijk door alle gebeurtenissen van vandaag. Waar gaat hij naar toe?'

'Hij? Nergens. Hij zwerft van plaats naar plaats. Hij wordt gezocht door een of andere beroemde man in Londen en kan niet lang ergens vertoeven of de bediende van de andere kerel haalt hem in.'

'Werkelijk?'

'Hij is blauw,' merkte de vervoerder op.

'Blauw?' zei Stephen verbijsterd.

De vervoerder knikte.

'Wat? Blauw van de kou? Of is hij geslagen?'

'Nee, knul. Hij is zo blauw als jij zwart bent. Eh! Ik heb een zwarte knul en een blauwe gozer in mijn kar! Zoiets heb ik nog nooit gehoord. Nou, als een zwarte knul voor geluk staat – wat wel zo moet zijn, net als bij katten – dan moeten een zwarte knul en een blauwe gozer samen op één plek zeker iets betekenen. Maar wat?'

'Misschien betekent het wel iets,' probeerde Stephen, 'maar niet voor u. Misschien betekent het iets voor hem. Of voor mij.'

'Nee, dat kan niet waar zijn,' zei hij. 'Het overkomt mij.'

Stephen dacht na over de vreemde kleur van de man. 'Heeft hij een ziekte?' vroeg hij.

'Zou kunnen,' zei de vervoerder, onwillig zichzelf prijs te geven.

Nadat ze gegeten hadden, begon de vervoerder te knikkebollen en al snel was hij in diepe slaap, met de teugels nog in zijn handen. De kar ging rustig verder onder leiding van het paard, een dier met goede zintuigen en een uitstekend inzicht.

Het was een vermoeiende reis voor Stephen. De verdrietige ballingschap van lady Pole en het verlies van Firenze deprimeerden hem. Hij was blij even verlost te zijn van het gesprek met de vervoerder.

Eén keer hoorde hij een soort gemompel, wat erop wees dat de blauwe man wakker werd. Eerst verstond hij de blauwe man niet en toen hoorde hij het heel duidelijk. *De naamloze slaaf zal koning zijn in een vreemd land.*

Dat deed hem huiveren. Het herinnerde hem zo krachtig aan de belofte van de heer hem tot koning van Engeland te kronen.

Het werd donker. Stephen hield het paard in, kwam van de bok af en stak drie oude lantaarns aan die boven de kar hingen. Hij stond op het punt weer op de bok te klimmen toen een haveloze, slonzig uitziende persoon plotseling via de achterkant van de wagen klom, op de bevroren grond sprong en voor hem ging staan.

De slonzige figuur bekeek Stephen bij het licht van de lantaarns. 'Zijn we er al?' vroeg hij met hese stem.

'Zijn we waar?' vroeg Stephen.

De man dacht even na en besloot toen zijn vraag op een andere manier te stellen. 'Waar zijn we?' vroeg hij.

'Nergens. Ergens tussen Ulleskelf en een andere plaats, Thorpe Willoughby, geloof ik.'

Hoewel de man om de informatie had gevraagd, leek hij niet erg geïnteresseerd op het moment dat hem die gegeven werd. Zijn smerige shirt hing tot aan zijn middel open en Stephen zag dat de beschrijving van de vervoerder volkomen misleidend was geweest. Hij was niet blauw op de manier waarop Stephen zwart was. Hij was een dunne, onfatsoenlijke, agressieve man, wiens huid in normale toestand er eigenlijk net zo uit zou moeten zien als die van iedere andere Engelsman, maar het was bedekt met een vreemd patroon van blauwe lijnen, krullen, puntjes en cirkels.

'Kent u John Childermass, de zaakgelastigde van de tovenaar?' vroeg hij.

Stephen schrok op, zoals een ieder die twee keer in twee dagen tijd door volkomen onbekenden dezelfde vraag gesteld kreeg. 'Ik ken hem van gezicht. Ik heb hem nog nooit gesproken.'

De man grinnikte en knipoogde. 'Hij zoekt mij al acht jaar. Heeft me nog niet gevonden. Ik ben naar het huis van zijn baas wezen kijken in Yorkshire. Het staat in een groot park. Ik had graag iets gestolen. Toen ik bij hem thuis in Londen was, at ik een paar pasteien.'

Het was verontrustend je in het gezelschap te bevinden van een dief die uit zichzelf opbiecht, maar Stephen kon niet verhelpen toch een soort van broederschap te voelen voor iemand die de tovenaar wilde beroven. Per slot van rekening waren hij en lady Pole nooit betoverd, als meneer Norrell er niet was geweest. Hij tastte in zijn zak en haalde er twee gekroonde munten uit. 'Hier!' zei hij.

'En waar is dat voor?' vroeg de man argwanend (maar hij nam de munten toch aan).

'Het spijt me voor je.'

'Hoezo?'

'Dat jij geen huis hebt, als ik het goed begrepen heb.'

De man grinnikte weer en krabde zijn smerige huid. 'En als ik het goed begrepen heb, heeft u geen naam!'

'Wat?'

'Ik heb een naam. Ik heet Vinculus.' Hij greep Stephen's hand. 'Waarom probeert u zich los te trekken?'

'Dat doe ik niet,' zei Stephen.

'Jawel, dat deed u wel. Zojuist.'

Stephen aarzelde. 'Uw huid is gemarkeerd en verkleurd. Ik dacht dat de markeringen misschien betekenden dat u een of andere ziekte had.'

'Dat is niet wat mijn huid betekent,' zei Vinculus.

'Betekent?' zei Stephen. 'Dat is een vreemd woord om te gebruiken. Maar het is waar, huid kan heel veel betekenen. Die van mij betekent dat iedere man mij in openbare gelegenheden mag slaan zonder ooit bang te hoeven zijn voor de consequenties. Het betekent dat mijn vrienden het niet altijd op prijs stellen samen met mij op straat gezien te worden. Het betekent dat, ongeacht hoeveel boeken ik ook lees, of talen ik beheers, ik nooit méér zal zijn dan een rariteit, zoals een pratend varken of een mathematisch paard.'

Vinculus grinnikte. 'En dat van mij betekent het tegenovergestelde. Voor u betekent het dat u binnenkort een hoog verheven, naamloze koning zult zijn. Het betekent dat uw koninkrijk op u wacht en dat uw vijand vernietigd zal worden. Het betekent dat het uur bijna gekomen is. *De naamloze slaaf zal een zilveren kroon dragen. De naamloze slaaf zal koning zijn in een vreemd land...*'

Toen, terwijl hij Stephen's hand stevig vasthield, reciteerde Vinculus zijn hele profetie. 'Zo,' zei hij, toen hij klaar was, 'nu heb ik het aan de twee tovenaars verteld en aan jou. Het eerste deel van mijn taak zit erop.'

'Maar ik ben geen tovenaar,' zei Stephen.

'Dat heb ik ook nooit beweerd,' antwoordde Vinculus. Zonder waarschuwing liet hij Stephen's arm los, knoopte zijn gescheurde jas goed dicht, wierp zich in het duister achter de gloed van de lantaarns en was verdwenen.

Een paar dagen later gaf de heer met het pluishaar uitdrukking aan een plotseling verlangen een wolvenjacht te zien, iets wat hij kennelijk al een paar eeuwen niet meer had gezien.

Toevallig werd er net een gehouden in het zuiden van Zweden en dus bracht hij zichzelf en Stephen er onmiddellijk naar toe. Stephen bevond zich op een grote tak van een oude eik, diep in een bevroren bos. Vanaf hier had hij een uitstekend uitzicht over een kleine plek waar een grote houten paal in de grond was gestoken. Boven op de paal was een oud, houten karrenwiel bevestigd en daar bovenop was een jonge geit zorgvuldig vastgebonden. Het blaatte ellendig.

Er kroop een wolvenfamilie tussen de bomen vandaan, met samengeklonterde rijp en sneeuw in hun vacht, hun blik hongerig op de geit gericht. Ze waren nog niet te voorschijn gekomen of in alle delen van het bos waren honden te horen en kon je een glimp opvangen van ruiters die met grote snelheid naderden. Een troep honden kwam de lege plek op gestormd. De twee belangrijkste honden sprongen op een wolf en de drie beesten vormden samen één happende, grommende kluwen van lijven, poten en tanden. De jagers kwamen eraan gegaloppeerd en schoten de wolf neer. De andere wolven dropen af naar de donkere bomen, en de honden en jagers volgden.

Zodra er op een plek minder gejaagd werd, bewoog de heer zichzelf en Stephen middels magie door de lucht naar om het even welke plek waar het waarschijnlijk beter zou zijn. Ze gingen op deze manier van boom tot boom, van heuvel naar rotsformatie. Eén keer reisden ze naar de nok van een kerktoren in een dorp met houten huizen waarvan de ramen en deuren grillige, sprookjesachtige vormen hadden, en de daken bedekt waren met poederachtige sneeuw die glinsterde in het zonlicht.

Ze stonden in een rustig deel van het bos op de jagers te wachten, toen er een wolf langs hun boom liep. Hij was de knapste in zijn soort, met mooie, donkere ogen en een vacht in de kleur van een natte leisteen. Hij keek omhoog naar de boom en sprak tegen de heer in een taal die klonk als het geklater van water over stenen, het zuchten van wind rond kale takken en het gekraak van vuur dat dode bladeren eet.

De heer antwoordde hem in dezelfde taal, lachte vervolgens nonchalant en wuifde hem met zijn hand weg.

De wolf schonk de heer een laatste verwijtende blik en rende verder.

'Hij smeekt me hem te redden,' legde de heer uit.

'O, kon u dat niet, meneer? Ik vind het vreselijk deze prachtige dieren te zien sterven!'

'Zachtaardige Stephen!' zei de heer liefhebbend. Maar hij redde de wolf niet.

Stephen genoot helemaal niet van de wolvenjacht. Ja, de jagers waren moedig en hun honden waren trouw en begerig, maar het was voor hem te snel na het verlies van Firenze om plezier te beleven aan de dood van welk dier dan ook, en zeker zo'n sterk en knap dier als de wolf. Doordat hij aan Firenze herinnerd werd, dacht hij eraan dat hij de heer nog niet had verteld over zijn ontmoeting met de blauwgetinte man in de kar en over de profetie. Dat deed hij nu.

'Werkelijk! Nou, dat is heel onverwacht!' zei de heer.

'Heeft u deze profetie eerder gehoord, heer?'

'Ja, inderdaad! Ik ken hem goed. Mijn hele ras kent hem. Het is een profetie van...' Hier zei de heer een woord dat Stephen niet begreep[2], '...die je beter kent bij zijn Engelse naam, John Uskglass, de Ravenkoning. Maar wat ik niet begrijp is hoe hij in Engeland bewaard is gebleven. Ik had niet gedacht dat Engelsen zich nog in zulke zaken interesseerden.'

'De naamloze slaaf! Nou, dat ben ik, meneer, toch? En deze profetie schijnt te vertellen hoe ik koning word!'

'Ja, natuurlijk word jij koning! Dat heb ik gezegd en ik vergis me nooit in deze zaken. Maar hoe aardig ik je ook vind, Stephen, deze profetie refereert niet aan jou. Het grootste gedeelte gaat over het herstel van de Engelse magie, en het deel dat je net reciteerde is eigenlijk helemaal geen echte profetie. De koning verhaalt daarin hoe hij aan

---

[2] Waarschijnlijk de originele Sidhe-naam van de Ravenkoning, waarvan Jonathan Strange dacht dat het 'Spreeuw' betekende.

zijn drie koninkrijken kwam, een in Engeland, een in het Elfenrijk en een in de hel. Met de naamloze slaaf bedoelt hij zichzelf. Hij was de naamloze slaaf in het Elfenrijk, het kleine christenkind dat verstopt was in de brugh[3], waar hij heen gebracht werd door een zeer kwaadaardige elf die hem in Engeland had ontvoerd.'

Stephen voelde zich op een vreemde manier teleurgesteld, al wist hij niet waarom. Per slot van rekening wilde hij helemaal geen koning van waar dan ook zijn. Hij was niet Engels, hij was niet Afrikaans. Hij hoorde nergens thuis. Vinculus' woorden hadden hem heel even het gevoel gegeven ergens thuis te horen, deel te zijn van een patroon en een doel te hebben. Maar het was een grote illusie geweest.

---

3 Brugh: het oude Sidhe-woord voor de huizen van elfen, wordt gewoonlijk vertaald met kasteel of herenhuis, maar betekent eigenlijk de binnenkant van een grafheuvel of holle heuvel.

48

De gravures
eind februari – maart 1816

'U bent veranderd. Ik schrik ervan u te zien.'

'Echt waar? U verbaast mij. Ik ben misschien een beetje dunner geworden, maar volgens mij is er verder niets veranderd.'

'Nee, het is uw gezicht, uw voorkomen, uw... iets.'

Strange glimlachte. Of liever gezegd, hij deed iets met zijn gezicht waarvan sir Walter aannam dat het glimlachen was. Sir Walter kon zich niet herinneren hoe zijn glimlach er vroeger uit had gezien.

'Het komt door deze zwarte kleding,' zei Strange. 'Ik ben een soort restverschijnsel van de begrafenis, veroordeeld om door de stad te lopen, en mensen bang te maken door ze aan hun eigen sterfelijkheid te herinneren.'

Ze waren in het Bedford-koffiehuis op Covent-garden. Sir Walter had hiervoor gekozen, omdat ze het hier in het verleden vaak erg naar hun zin hadden gehad en meneer Strange daardoor misschien wat opgevrolijkt zou worden. Maar op een avond als deze bood zelfs het Bedford niet genoeg vrolijkheid. Buiten werden mensen gegeseld door koude windvlagen, die de regen in hun gezicht bliezen. Binnen veroorzaakten kamers die volzaten met nattige, ontevreden heren een soort mistroostige, gedomesticeerde mist. De obers probeerden die te verdrijven door extra scheppen kool op het vuur te gooien en de heren vol te gieten met extra glazen warme kruidenwijn.

Toen sir Walter binnenkwam, zag hij dat Strange druk aan het schrijven was in een boekje. Hij knikte naar het boek en merkte op: 'Dus je hebt de magie niet opgegeven?'

Strange lachte.

Sir Walter nam aan dat dit betekende dat hij dat inderdaad niet had gedaan – waar sir Walter blij om was, omdat hij het belangrijk vond dat een man een beroep uitoefende, en daarbij was hij van mening dat een nuttige, regelmatige tijdsbesteding dingen kon genezen waar andere remedies faalden. Alleen beviel de lach hem niet, een harde, scherpe uitbarsting die hij nog nooit eerder bij Strange had gehoord. 'Omdat u zei dat—' begon hij.

'Ach, ik heb zo veel dingen gezegd! Er kwamen allerlei vreemde ideeën in mij op. Een overdaad aan verdriet kan gemakkelijk leiden tot een aanval van krankzinnigheid of andere extreme gevolgen. Om eerlijk te zijn ben ik een tijdlang niet mezelf geweest. Om eerlijk te zijn was ik een beetje in de war. Maar, zoals u ziet is dat nu allemaal verleden tijd.'

Maar – om eerlijk te zijn – zag sir Walter dat helemaal niet.

Het is niet helemaal juist om te zeggen dat Strange was veranderd. In sommige opzichten was hij hetzelfde gebleven. Hij glimlachte net zo vaak als voorheen, ook al was het niet helemaal dezelfde lach. Hij sprak op dezelfde ironische, oppervlakkige toon als altijd, terwijl hij de indruk gaf amper op zijn eigen woorden te letten. De dingen die hij zei en zijn gezicht waren nog steeds zoals zijn vrienden zich dit konden herinneren – met dit verschil: de man erachter leek alleen maar een rol te spelen, terwijl zijn gedachten en zijn hart op een heel andere plek waren. Hij bekeek hen van achter een sarcastische glimlach en niemand wist waar hij aan dacht. Hij leek meer dan ooit op een tovenaar. Het was eigenaardig, en niemand wist wat hij ermee aan moest, maar in bepaalde opzichten was hij meer op Norrell gaan lijken.

Aan zijn linkerpink droeg hij een rouwring met een dunne streng bruin haar erin en het viel sir Walter op dat hij er voortdurend aan zat en het rond zijn vinger draaide.

Ze bestelden een flinke maaltijd die bestond uit een schildpad, drie of vier biefstukken, jus van het vet van een jonge gans, enkele lampreien, oesters in hun schelp en een kleine rode bietensalade.

'Ik ben blij dat ik terug ben,' zei Strange. 'Nu ik hier ben, ben ik van plan zo veel mogelijk onheil aan te richten. Norrell heeft veel te lang zijn zin gekregen.'

'Hij staat nu al doodsangsten uit zodra uw boek genoemd wordt. Hij vraagt mensen constant of ze weten waar het over gaat.'

'O, maar het boek is nog maar het begin! En bovendien zal het de komende maanden nog niet klaar zijn. We zetten een nieuw tijdschrift op. Murray is van plan het zo snel mogelijk naar voren te schuiven. Het wordt natuurlijk een meer dan voortreffelijke productie. Het gaat *The Famulus*[1] heten en het is bedoeld om *mijn* visies op magie te promoten.'

'En deze verschillen zeker veel van die van Norrell?'

'Maar natuurlijk! Mijn voornaamste idee is het onderwerp rationeel te benaderen zonder de restricties en beperkingen die Norrell voorschrijft. Ik weet zeker dat door heronderzoek zich nieuwe wegen zullen openbaren die de moeite van het onderzoeken waard zijn. Want, als je erover nadenkt, wat heeft het zogenaamde herstel van de Engelse magie nu eigenlijk opgeleverd? Wat hebben Norrell en ik uiteindelijk gedaan? Een web van illusies met wolken, regen, rook, enzovoorts – dat is allemaal niet zo moeilijk! Leven en spraakvermogen geven aan levenloze objecten – goed, ik geef toe dat dat tamelijk complex is. Stormen en slecht weer op onze vijanden afsturen – ik kan niet genoeg benadrukken hoe eenvoudig weermagie is. Wat hebben we verder nog? Visioenen oproepen, tja, dat zou indrukwekkend kunnen zijn als we dat beiden konden zonder over enige vaardigheden te beschikken, maar dat kunnen we geen van beiden. Maar vergelijk die zielige vertoning eens met de magie van de Gulden Tovenaars. Ze haalden platanen- en eikenbossen over om mee te vechten tegen hun vijanden, ze maakten hun eigen echtgenotes en bediendes uit bloemen, ze veranderden zichzelf in muizen, vossen, bomen, rivieren, enzovoorts, ze maakten schepen van spinrag, huizen van rozenstruiken—'

'Ja, ja!' onderbrak sir Walter. 'Ik begrijp dat u niet kunt wachten om al deze verschillende nieuwe magiesoorten uit te proberen. Hoewel ik het niet leuk vind dit te moeten zeggen, geloof ik wel dat meneer Norrell wellicht gelijk heeft. Niet alle soorten magie passen in onze tijd. Gedaanteveranderingen en meer van dat soort dingen deden het prima in het verleden. Ik moet toegeven dat ze een levendige episode in een verhaal vormen. Maar, Strange, je wilt het toch zeker niet gaan uitvoeren? Een heer kan niet van gedaante veranderen. Een heer acht het beneden zijn stand om zich anders voor te doen dan hij is. U zou zelf nooit in de gedaante van een banketbakker of een lantaarnaansteker willen verschijnen...'

---

[1] Famulus: een Latijns woord dat bediende betekent, in het bijzonder de bediende van een tovenaar.

Strange lachte.

'Nou dan,' zei sir Walter, 'bedenkt u zich eens hoe erg het zou zijn als het een hond of een varken zou zijn?'[2]

'U kiest opzettelijk slechte voorbeelden.'

'Is dat zo? Een leeuw dan! Zou u een leeuw willen zijn?'

'Mogelijk. Misschien. Waarschijnlijk niet. Maar daar gaat het niet om! Ik ben het eens met het feit dat gedaanteverwisseling een magie betreft waar voorzichtig mee omgegaan moet worden, maar dat wil nog niet zeggen dat er geen nuttige toepassing van bestaat. Vraag de hertog van Wellington of hij zou hebben gewild dat hij zijn verkennende officieren in vossen of muizen had kunnen veranderen zodat ze door de Franse kampementen zouden kunnen sluipen. Ik verzeker u dat zijne hoogwaardige excellentie niet zou twijfelen.'

'Ik geloof niet dat u Colquhoun Grant had kunnen overhalen om een vos te worden.'[3]

'O! Grant zou het niet erg hebben gevonden om een vos te zijn, zolang het maar een vos in uniform was. Nee, we moeten onze aan-

---

[2] Sir Walter verwoordt een bezorgdheid van velen. Magie met gedaanteverwisselingen is altijd met achterdocht bekeken. De Gulden Tovenaars pasten het over het algemeen toe tijdens hun reizen naar het Elfenrijk of andere landen buiten Engeland. Ze waren zich ervan bewust dat gedaanteverwisselingsmagie bijzonder gemakkelijk tot allerlei vormen van misbruik kon leiden. In Londen in 1332, trof de vrouw van een edelman bij voorbeeld een goedgebouwde tinkleurige kat aan die aan haar slaapkamerdeur krabde. Ze nam de kat in huis en noemde hem sir Loveday. Hij at uit haar hand en sliep in haar bed. Nog opmerkelijker was dat hij haar overal volgde, zelfs naar de kerk waar hij zich spinnend in de zoom van haar rok nestelde. Op een dag werd ze met sir Loveday op straat gezien door een tovenaar die Walter de Chepe heette. Hij werd onmiddellijk achterdochtig. Hij ging naar Cecily toe en zei: 'Dame, de kat die u volgt – ik vrees dat het geen kat is.' Er werden twee andere tovenaars bij gehaald, en Walter en de anderen spraken bezweringen uit over sir Loveday. Hij nam zijn oude gedaante weer aan – die van een tweederangs tovenaar die Joscelin de Snitton heette. Enige tijd later stond Joscelin terecht voor de Petty Dragownes in Londen en werd hij veroordeeld tot het afhakken van zijn rechterhand.

[3] Eerder is beschreven hoe luitenant-kolonel Colquhoun Grant's verknochtheid aan zijn scharlakenrode regimentsuniform er in 1812 toe had geleid dat hij gevangen werd genomen door de Fransen.

dacht op de Gulden Tovenaars richten. Er moet veel meer energie worden besteed aan het bestuderen van het leven en de magie van John Uskglass en zodra wij—'

'Dat moet u zeker niet doen. Als u dat maar uit uw hoofd laat.'

'Waar heeft u het over?'

'Ik meen het, Strange. Ik heb niks tegen de Gulden Tovenaars in het algemeen. Sterker nog, over het geheel genomen denk ik dat u gelijk heeft. De Engelsen zijn zeer trots op hun eeuwenoude magiegeschiedenis – op Godbless, Stokesey, Pale en de rest. Ze vinden het niet leuk om in de kranten te moeten lezen dat Norrell hun verrichtingen bagatelliseert. Maar u loopt het risico de tegenovergestelde fout te maken. Te veel gepraat over andere koningen maakt de regering zenuwachtig. Zeker nu we het gevaar lopen om elk moment veroverd te worden door de Johannieters.'

'De Johannieters? Wie zijn de Johannieters?'

'Wat? Mijn god, Strange! Leest u dan nooit de krant?'

Strange leek van zijn stuk gebracht. 'Mijn studie neemt het merendeel van mijn tijd in beslag. Alle tijd eigenlijk. En trouwens, weet u, de afgelopen maand werd ik natuurlijk afgeleid door zaken van nogal bijzondere aard.'

'Maar we hebben het niet over de afgelopen maand. Al vier jaar lang zijn er Johannieters in de noordelijke graafschappen.'

'Ja, maar wie zijn ze?'

'Het zijn handwerkslieden die midden in de nacht stiekem molens binnendringen en eigendommen vernielen. Ze steken de huizen van fabriekseigenaars in brand. Ze houden kwaadaardige bijeenkomsten waarbij ze het volk aanzetten tot opstandige handelingen en ze plunderen markten.'[4]

'O, machinevernielers. Ja, ja, nu begrijp ik u. U bracht mij een beetje

---

[4] Het gewone volk in Noord-Engeland was van mening dat ze de laatste jaren flink hadden geleden – en niet zonder reden. Armoede en werkloosheid hadden bijgedragen aan de algehele ellende die de oorlog met de Fransen had veroorzaakt. Toen de oorlog net was afgelopen werd hun geluk opnieuw bedreigd – opmerkelijke nieuwe machines die allerlei producten goedkoop produceerden maakten hen werkloos. Het is niet verwonderlijk dat bepaalde individuen onder hen zich toelegden op het vernietigen van de machines, in een poging om hun middelen van bestaan veilig te stellen.

op het verkeerde spoor met die rare naam. Maar wat hebben machinevernielers met de Ravenkoning te maken?'

'Velen van hen zijn, of liever gezegd, beweren dat ze zijn volgelingen zijn. Ze kliederen de Raaf in vlucht op elke muur waar ze eigendommen hebben vernield. Hun kapiteins dragen benoemingsbrieven bij zich waarin wordt beweerd dat ze van John Uskglass afkomstig zijn en ze zeggen dat hij binnenkort zal verschijnen om zijn heerschappij in Newcastle weer te herstellen.'

'En de regering gelooft ze?' vroeg Strange vol verbazing.

'Natuurlijk niet! Zo stom zijn we niet. Wij verwachten iets wat veel meer van deze wereld is – in één woord, revolutie. Het vaandel van John Uskglass wappert overal, van het noorden van Nottingham tot Newcastle. We hebben natuurlijk spionnen en informanten die ons vertellen waar deze jongens mee bezig zijn en wat ze denken. Ik zeg niet dat ze allemaal geloven dat John Uskglass terug zal komen. De meesten zijn net zo rationeel als u en ik. Maar ze weten hoeveel invloed deze naam heeft op het gewone volk. Rowley Fisher-Drake, parlementslid voor Hampshire, heeft een wetsvoorstel gedaan waarin hij pleit voor een verbod op het hijsen van de Raaf in vlucht. We kunnen de mensen echter niet verbieden hun eigen vlag te voeren, de vlag van hun rechtmatige koning.'[5] Sir Walter zuchtte en prikte met zijn vork in een biefstuk dat op zijn bord lag. 'Andere landen,' zei hij, 'hebben ook verhalen over koningen die terug zullen keren in tijden van nood. Alleen in Engeland maakt het deel uit van de grondwet.'

Ongeduldig zwaaide Strange met zijn vork naar de minister. 'Maar dat is allemaal politiek. Het heeft niets met mij te maken. Ik zal niet vragen om de heroprichting van John Uskglass' koninkrijk. Ik wil slechts op een rustige en rationele manier zijn prestaties als tovenaar onderzoeken. Hoe kunnen we de Engelse magie in ere herstellen zonder te weten wat we eigenlijk in ere herstellen?'

'Bestudeer dan de Gulden Tovenaars, maar laat John Uskglass in de duisternis waar Norrell hem heeft geplaatst.'

---

5 Er bestond geen beter voorbeeld van de vreemde relatie tussen de regering in Londen en de noordelijke helft van het koninkrijk dan dit. De regering vertegenwoordigde de koning van Engeland, maar de koning van Engeland was alleen koning van de zuidelijke helft. Wettelijk gezien was hij de bestuurder van de noordelijke helft die de wet handhaafde totdat John Uskglass zou besluiten terug te keren.

Strange schudde zijn hoofd. 'Norrell heeft jullie opgestookt tegen John Uskglass. Norrell heeft jullie allemaal betoverd.'

Ze aten een tijdje in stilte en toen zei Strange: 'Heb ik u ooit verteld dat er in Windsor Castle een portret van hem hangt?'

'Van wie?'

'Uskglass. Een fantasievol tafereel dat op de muur van een van de staatsiekamers is geschilderd door een of andere Italiaanse schilder. Edward III en John Uskglass staan erop afgebeeld – een krijgsmanskoning en een tovenaarskoning die zij aan zij zitten. Het is nu bijna vierhonderd jaar geleden dat John Uskglass Engeland verliet, en nog steeds kunnen de Engelsen niet beslissen of ze hem nu bewonderen of haten.'

'Ha!' riep sir Walter uit. 'In het noorden weten ze precies wat ze van hem vinden. Indien het mogelijk was zouden ze de regering in Westminster morgen zo verruilen voor die van hem.'[6]

---

[6] Natuurlijk is het een aantal keer voorgekomen dat er zich troonpretendenten aandienden, die beweerden dat ze John Uskglass waren en het koninkrijk van Noord-Engeland probeerden terug te krijgen. De beroemdste van hen was Jack Pharaoh die in 1487 werd gekroond in de kathedraal van Durham. Hij werd gesteund door een groot aantal noordelijke edelmannen en tevens door een paar elfen die in Newcastle, de stad van de koning, waren achtergebleven. Pharaoh was een aantrekkelijke man met een koninklijk voorkomen. Hij kon simpele magie verrichten en zijn elfenvolgelingen aarzelden niet om meer te bewerkstelligen wanneer hij aanwezig was en kenden dit dan aan hem toe. Hij was de zoon van een stel vagebondtovenaars. Als kind werd hij door de graaf van Hexham opgemerkt op een bazaar, die meende dat hij sprekend op de beschrijvingen van John Uskglass leek. Hexham betaalde de ouders van de jongen zeven shilling voor hem. Pharaoh heeft ze nooit meer teruggezien. Hexham hield hem vast op een verborgen plaats in Noord-Engeland, waar hij werd opgeleid in koninklijke kunsten. In 1486 bracht de graaf Pharaoh ten tonele en begon hij aan zijn korte regeringsperiode als koning van Noord-Engeland. Pharaoh's voornaamste probleem was dat te veel mensen op de hoogte waren van het bedrog. Algauw kregen Pharaoh en Hexham ruzie. In 1490 werd Hexham vermoord op bevel van Pharaoh. De vier zonen van Hexham sloten zich aan bij Henry VII van Zuid-Engeland om Pharaoh aan te vallen, en in 1493 werd Pharaoh verslagen bij de Slag om Worksop. Pharaoh werd gevangen gezet in de Tower of London en in 1499 geëxecuteerd.

Andere, meer of minder succesvolle troonpretendenten waren Piers Blackmore en Davey Sans-Chaussures. De laatste troonpretendent stond simpelweg bekend als de Zomerkoning omdat zijn ware identiteit nooit werd

Ongeveer een week later werd het eerste nummer van *The Famulus* uitgegeven en dank zij de sensationele aard van een van de artikelen, was de eerste oplage binnen twee dagen uitverkocht. Meneer Murray, die binnenkort het eerste deel zou uitgeven van Strange' *The History and Practice of English Magic*, hoopte veel winst te gaan maken. Het artikel dat zo'n golf van opwinding had veroorzaakt onder het publiek, was een beschrijving van hoe tovenaars dode mensen konden oproepen om belangrijke informatie van ze te verkrijgen. Dit choquerende – maar zeer interessante – onderwerp veroorzaakte zo'n grote opschudding dat verschillende jongedames, naar het schijnt, al flauwvielen wanneer ze hoorden dat er een exemplaar van *The Famulus* in huis was.[7] Niemand kon zich voorstellen dat meneer Norrell zo'n publicatie ooit zou goedkeuren en dus kocht iedereen die meneer Norrell niet mocht met veel plezier een exemplaar.

---

ontdekt. Hij verscheen voor het eerst in mei 1536 in de buurt van Sunderland, kort nadat Henry VII de kloosters had gesloten. Men denkt dat hij misschien een monnik is geweest in een van de grote noordelijke abdijen: Fountains, Rievaulx of Hurtfew. De Zomerkoning verschilde in dit opzicht van Pharaoh en Blackmore dat hij niet werd gesteund door de noordelijke aristocratie, en dat hij ook geen steun probeerde te krijgen. Hij sprak het gewone volk aan. In sommige opzichten was zijn carrière eerder mystiek dan magisch. Hij genas de zieken en leerde zijn volgelingen om eerbied te hebben voor de natuur en wilde dieren – een geloof dat meer doet denken aan de leer van Thomas Godbless, een tovenaar uit de twaalfde eeuw, dan aan iets wat John Uskglass ooit heeft voorgesteld. Zijn haveloze groep heeft nooit een poging gedaan om Newcastle te veroveren of om überhaupt iets te veroveren. Gedurende de hele zomer van 1536 zwierven ze door Noord-Engeland, waarbij ze overal waar ze verschenen nieuwe volgelingen kregen. In september stuurde Henry VII een leger op hen af. Ze waren niet uitgerust om te vechten. De meesten vluchtten naar hun huizen, maar een paar bleven achter om voor hun koning te vechten en werden bij Pontefract afgeslacht. Misschien was de Zomerkoning een van de doden of is hij gewoonweg verdwenen.

[7] Misschien komt het bij ons wel schokkend over om dode tovenaars om raad te vragen, maar het is een magische procedure met een volkomen fatsoenlijke achtergrond. Martin Pale beweerde dat Catherine van Winchester – die een leerling was van John Uskglass – hem magie had geleerd. Catherine van Winchester overleed tweehonderd jaar voordat Martin Pale werd geboren. Het gerucht gaat dat John Uskglass gesprekken voerde met Merlijn, de Heks van Endor, Mozes en Aaron, Jozef uit Arimathea en andere eerbiedwaardige en historische tovenaars.

Aan Hanover-square las meneer Lascelles het voor aan meneer Norrell. '"...Daar waar een tovenaar in zijn bekwaamheid en kennis tekortschiet – en dit moet gelden voor alle moderne tovenaars, onze nationale genialiteit in deze is helaas afgenomen in vergelijking tot vroeger – is het beste advies voor hem of haar de geest op te roepen van iemand die gedurende zijn leven een tovenaar was of ten minste enig talent voor deze kunst had. Want, als we niet zeker weten welke weg we moeten bewandelen, is het beter een beroep te doen op iemand die over enige kennis beschikt en die, als het ware, in staat is om ons tegemoet te komen."'

'Hij zal alles ongedaan maken!' riep meneer Norrell woedend. 'Hij is vastbesloten mij te vernietigen!'

'Het is in ieder geval zeer provocerend,' merkte Lascelles uiterst kalm op, 'en dat nadat hij sir Walter heeft gezworen dat hij magie had opgegeven toen zijn vrouw stierf.'

'Ach! Al sterven we allemaal, al wordt half Londen weggevaagd, Strange zal altijd magie bedrijven – hij kan er niets aan doen. Hij is te veel tovenaar om nu nog te stoppen. En hij zal zwarte magie bedrijven – en ik weet niet hoe ik hem kan tegenhouden!'

'Toe, wees kalm, meneer Norrell,' zei Lascelles. 'Ik weet zeker dat u er snel iets op zult bedenken.'

'Wanneer wordt dit boek uitgegeven?'

'In de advertenties van Murray staat dat het eerste deel in augustus uitkomt.'

'Het eerste deel!'

'Jazeker! Wist u dat niet? Het wordt een driedelig werk. Het eerste deel schetst de complete geschiedenis van de Engelse magie. Het tweede deel geeft een nauwkeurig inzicht in de oorsprong ervan en het derde legt de basis voor het toekomstige gebruik van magie.'

Meneer Norrell gromde hardop, boog zijn hoofd en verborg zijn gezicht in zijn handen.

'Natuurlijk,' zei Lascelles peinzend, 'hoe bedrieglijk de tekst ongetwijfeld ook zal zijn, wat ik nog zorgwekkender vind zijn de gravures...'

'Gravures?' jammerde meneer Norrell verschrikt. 'Wat voor gravures?'

'O,' zei Lascelles, 'Strange heeft een of andere emigrant ontdekt, die les heeft gehad van de beste meesters uit Italië, Frankrijk en Spanje, en hij betaalt deze man buitensporige bedragen om gravures te maken.'

'Maar waarvan? Wat is het onderwerp?'

'Inderdaad,wat is dat?' zei Lascelles geeuwend. 'Ik heb geen flauw idee.' Hij pakte *The Famulus* weer op en las in stilte verder.

Meneer Norrell zat enige tijd in gedachten verzonken op zijn nagels te bijten. Na enige tijd klingelde hij de bel en liet hij Childermass halen.

Ten oosten van Londen ligt het voorstadje Spitalfields, befaamd om de prachtige zijde die daar gemaakt wordt. Nu niet, nooit, zal er ergens in Engeland zijde geproduceerd worden die van dezelfde goede kwaliteit is als die uit Spitalfields. In het verleden werden er goede huizen gebouwd voor de zijdehandelaars, meesterwevers en ververs die goed aan de handel verdienden. Hoewel de zijde die nu van de zolders van de wevers komt even zo opmerkelijk is als voorheen, is Spitalfields achteruit gegaan. De huizen zijn vies en armoedig geworden. De rijke koopmannen zijn verhuisd naar Islington, Clerkenwell en – als ze heel erg rijk waren – naar de gemeente Marleybone in het westen. Tegenwoordig wonen er in Spitalfields ordinaire en arme mensen, en wordt het nogal geteisterd door kwajongens, dieven en andere personen die de rust van de inwoners niet bevorderen.

Op een zeer mistroostige dag met koude grijze regen en grote modderplassen in vieze straten, kwam er een rijtuig Elder-street inrijden en stopte bij een groot, smal huis. De koetsier en de bediende die bij het rijtuig hoorden droegen rouwkleding. De bediende sprong van de bok, stak een zwarte paraplu op en hield deze omhoog terwijl hij de deur voor Jonathan Strange openhield.

Op de stoep stopte Strange even om zijn zwarte handschoenen goed te trekken en Elder-street af te turen. De straat was verlaten, op twee bastaardhonden na die ijverig in een hoop afval aan het graven waren. Toch bleef hij om zich heen kijken, totdat zijn blik op een deuropening aan de overkant van de straat viel.

Het was een onopvallende deur – de ingang van een pakhuis of zoiets. Drie versleten stenen traptreden leidden naar een massieve zwarte deur waarvan de bouw eerbied inboezemde, met daarboven een groot uitstekend fronton. De deur was volgeplakt met aan flarden gescheurde theaterprogramma's en berichten die de lezer informeerden dat op die en die dag in een of andere taveerne alle eigendommen van de weledele – failliete – meneer Zus en Zo te koop aangeboden zouden worden.

'George,' zei Strange tegen de bediende die de paraplu vasthield, 'kun jij tekenen?'

'Pardon, meneer?'

'Heb je ooit leren tekenen? Begrijp je de uitgangspunten? Voorgronden, zijgezichten, perspectief, dat soort dingen?'

'Ik, meneer? Nee, meneer.'

'Jammer. Het maakte deel uit van mijn opleiding. Ik zou zo een landschap of portret voor je kunnen schilderen, volkomen vakkundig en volkomen oninteressant. Net als de voortbrengselen van elke andere goedopgeleide amateur. Uw wijlen meesteres had niet het voordeel van dure schildermeesters dat ik wel had, toch geloof ik dat zij meer talent had. De aquarellen die zij van mensen en kinderen maakte, zouden een moderne schildermeester met afschuw vervullen. Hij zou de figuren te stijf vinden en de kleuren te fel. Maar mevrouw Strange had de gave om uitdrukkingen van zowel gezicht als figuur vast te leggen, om charme en gevatheid te ontdekken in de meest alledaagse situaties. Haar schilderijen hebben over het algemeen iets levendigs en moois dat...' Strange stopte en was even stil. 'Wat was ik aan het vertellen? O ja. Schilderen leert je de gewoonte aan goed te observeren, hetgeen altijd nuttig is. Neem die deuropening bij voorbeeld...'

De bediende keek naar de deuropening.

'...Vandaag is het koud, donker, regenachtig. Er is bijna geen licht en daarom geen schaduw. Je zou verwachten dat het in die deuropening duister en donker is, je zou die schaduw daar niet verwachten – ik bedoel de duidelijke schaduw die van links naar rechts loopt, waardoor het links in de deuropening pikdonker blijft. En als ik me niet vergis zou een schaduw, zelfs als het vandaag zonnig en helder was geweest, in tegenovergestelde richting vallen. Nee, die schaduw is eigenaardig in alle opzichten. Zoiets gebeurd niet in de natuur.'

De bediende keek de koetsier vragend aan, maar de koetsier was vastbesloten er niet bij betrokken te worden en staarde voor zich uit. 'Ik begrijp het, meneer,' zei de bediende.

Strange bleef met dezelfde bedachtzame, geïnteresseerde uitdrukking de deuropening bekijken. Toen riep hij: 'Childermass, bent u het?'

Even gebeurde er niets en toen bewoog de schaduw waarvan Strange zeker wist dat er iets mee aan de hand was. Het kwam uit de deuropening gelopen als een nat laken dat van het bed wordt getrokken, en ondertussen vervormde, kromp en veranderde in een man: John Childermass.

Childermass had een zure glimlach op zijn gezicht. 'Ach, meneer, ik had kunnen verwachten dat ik mij niet lang voor u verborgen zou kunnen houden.'

Strange snoof minachtend. 'Ik verwachtte u al geruim een week. Waar bleef u?'

'Mijn meester heeft mij gisteren pas op pad gestuurd.'

'En hoe gaat het met uw meester?'

'Ach, slecht meneer, erg slecht. Hij heeft voortdurend te kampen met verkoudheden, hoofdpijn en trillende ledematen. Alle symptomen die hij doorgaans vertoont als iemand hem irriteert. En niemand irriteert hem meer dan u.'

'Ik ben blij dat te horen.'

'Trouwens, meneer, dat wilde ik u nog vertellen. Ik heb nog wat geld voor u op Hanover-square liggen. Uw honorarium van de admiraliteit en het ministerie van Financiën over het laatste kwartaal van 1814.'

Strange sperde zijn ogen open van verbazing. 'En is Norrell echt van plan om mij mijn deel te geven? Ik ging ervan uit dat het geld voorgoed verdwenen was.'

Childermass glimlachte. 'Meneer Norrell weet er niets van. Zal ik het geld vanavond langs brengen?'

'Ja. Ik zal niet thuis zijn, maar geef het maar aan Jeremy. Vertel mij eens, Childermass, ik ben nieuwsgierig. Weet Norrell dat u zichzelf onzichtbaar maakt en u zichzelf in schaduwen verandert?'

'Ach, ik heb hier en daar wat vaardigheden opgepikt. Ik ben al zesentwintig jaar in dienst van meneer Norrell. Ik zou wel erg dom zijn als ik niets had geleerd.'

'Ja, natuurlijk. Maar dat vroeg ik niet. Wéét Norrell dat?'

'Nee, meneer. Hij vermoedt het, maar kiest ervoor het niet te wéten. Een tovenaar die zijn leven doorbrengt in een kamer gevuld met boeken, heeft iemand nodig die voor hem de wereld afreist. Er zitten beperkingen aan wat je kunt ontdekken in een zilveren schaal met water. Dat weet u.'

'Hmm. Welnu, vooruit man! Ga bekijken waarvoor je gekomen bent!'

Het huis maakte een verwaarloosde, bijna verlaten indruk. De ramen en de verf waren smerig en alle luiken waren gesloten. Strange en Childermass bleven op de stoep wachten, terwijl de bediende op de deur klopte. Strange had zijn paraplu opengeklapt en Childermass had er niets op tegen om in de regen te staan.

Er gebeurde enige tijd niets, maar toen was er iets waardoor de bediende naar beneden keek en hij een gesprek begon met iemand die niemand anders kon zien. Wie dit ook was, de bediende van Strange had geen hoge dunk van hem. De frons op zijn gezicht, de manier waarop hij met zijn handen in de zij stond en hij diegene berispte verraadden het grootste ongeduld.

Na een tijdje werd de deur geopend door een erg klein, erg vies en erg bang dienstmeisje. Jonathan Strange, Childermass en de bediende gingen naar binnen en keken tegelijkertijd op haar neer, en zij, het arme ding, was doodsbang omdat zo veel grote, belangrijk uitziende mensen naar haar keken.

Strange nam niet de moeite om zichzelf te laten aankondigen – het leek onwaarschijnlijk dat ze het kleine dienstmeisje zouden kunnen overhalen dit te doen. In plaats daarvan rende hij de trap op, instrueerde Childermass hem te volgen en glipte meteen een van de kamers binnen. Daar troffen ze de graveur, monsieur Minervois, en zijn assistent, monsieur Forcalquier, aan in een kamer die zwak belicht werd door veel kaarsen die in een soort mist brandden – want het huis leek zijn eigen weer te produceren.

Monsieur Minervois was geen grote man, hij was tenger gebouwd. Hij had lang haar dat net zo fijn, donker, glanzend en zacht was als een streng bruine zijde. Het hing tot op zijn schouders en telkens als hij zich over zijn werk boog – dit was bijna constant het geval – viel zijn haar voor zijn ogen. Zijn ogen waren ook opmerkelijk – groot, zacht en bruin, wat wees op zijn zuidelijke achtergrond. Het uiterlijk van monsieur Forcalquier vormde een opvallend contrast met het extreem knappe uiterlijk van zijn meester. Hij had een mager gezicht met diepliggende ogen, een kaal hoofd bedekt met wittige stoppels. Maar ondanks zijn ingevallen, bijna skeletachtige uiterlijk was hij zeer hoffelijk van aard.

Het waren Franse vluchtelingen, maar de inwoners van Spitalfields konden moeilijk onderscheid maken tussen een vluchteling en een vijand. Monsieur Minervois en monsieur Forcalquier stonden overal bekend als spionnen. Ze kregen veel te verduren vanwege deze onjuiste reputatie: voor groepjes jongens en meisjes uit Spitalfields waren ze de leukste attractie van de vakantie, wanneer ze op de twee Fransmannen lagen te wachten, hen sloegen en door het vuil rolden – iets waar Spitalfields rijk aan was. Op andere dagen gaven de buren van de Fransmannen uiting aan hun gevoelens door botheid en het roepen van beledigingen en door te weigeren hen iets te verkopen wanneer ze iets wilden hebben of nodig hadden. Strange had ze een beetje geholpen bij de bemiddeling tussen monsieur Minervois en zijn huisbaas door op deze heer in te praten, zodat hij meer begrip zou hebben voor het karakter en de situatie van monsieur Minervois – en door Jeremy Johns naar alle taveernes in de omgeving te sturen om gin te drinken en in gesprek te raken met de mensen die daar geboren waren, en om iedereen te laten weten dat de twee Fransmannen de protégés waren van een van de twee tovenaars van Engeland. 'En,' zei Strange, terwijl hij belerend zijn vinger naar Jeremy ophief, 'als zij antwoorden dat meneer Norrell de grootste van de twee is, kun je het negeren – maar zeg tegen ze dat ik sneller uit mijn humeur ben en dat ik zeer gevoelig ben voor het kleineren van mijn vrienden.' Monsieur Minervois en monsieur Forcalquier waren Strange dankbaar voor de moeite die hij had gedaan, maar onder zulke sombere omstandigheden, hadden ze ontdekt dat cognac hun beste vriend was als ze dat de hele dag door met vaste regelmaat dronken.

Ze bleven opgesloten zitten in hun huis aan Elder-street. De luiken zaten dag en nacht dicht vanwege Spitalfields' ongastvrijheid. Ze woonden en werkten bij kaarslicht en hadden al lang geleden uurwerken afgezworen. Het verbaasde ze nogal Strange en Childermass aan te treffen, omdat ze de indruk hadden dat het midden in de nacht was. Ze hadden één bediende – het kleine weesmeisje met de grote ogen – die hen niet begreep en erg bang voor ze was, en van wie ze de naam niet kenden. Maar op een onverschillige, arrogante manier waren de twee mannen aardig voor haar en hadden ze haar een eigen kamertje gegeven met een veren matras en linnen lakens – zodat zij het halfdonkere huis een echt paradijs vond. Haar voornaamste taken bestonden uit het halen van eten, cognac en opium. De cognac en opium hielden ze voor zichzelf, maar het grootste deel van het eten gaven ze aan haar. Ze haalde voor hen ook water dat ze opwarmde, zodat ze zich konden baden en scheren – beiden waren namelijk nogal ijdel. Maar vuiligheid of troep in het huis deed ze niets, hetgeen goed uitkwam, omdat het weesmeisje net zo weinig wist van huishouden als van klassiek Hebreeuws.

Overal lagen dikke vellen papier en met inkt besmeurde lappen. Er waren tinnen schalen met oude kaaskorsten erop en potten met pennen en stukken houtskool. Er lag een bejaarde bos selderie die te lang en te promiscue in het gezelschap van het houtskool had geleefd. Overal waren gravures en schilderijen aan de muur en aan het donkere, vieze behang gespijkerd – er was er een van Strange die erg goed was.

In een kleine, vuile tuin achter het huis, stond een appelboom die ooit een plattelandsboom was geweest – totdat het grijze Londen opkwam en al zijn vriendelijke groene buren opslokte. Ooit had een onbekende in een ijverige bui alle appels van de boom geplukt en in alle raamkozijnen gelegd, waar ze nu al jaren lagen. Eerst werden het oude appels, vervolgens opgezwollen appellijken en uiteindelijk waren er alleen nog maar appelgeesten. Er hing een onbetwistbare geur – een combinatie van inkt, papier, steenkool, cognac, opium, rottende appels, kaarsen, koffie – vermengd met het unieke parfum dat werd afgescheiden door twee mannen die dag en nacht in een nogal krappe ruimte werkten en onder geen enkele voorwaarde overgehaald konden worden een raam open te doen.

De waarheid is dat Minervois en Forcalquier vaak vergaten dat er nog plaatsen als Spitalfields en Frankrijk in deze wereld zijn. Dagen achtereen leefden ze in hun wereldje van gravures voor het boek van Strange – en deze waren inderdaad nogal vreemd.

Ze toonden lange gangen die voornamelijk uit schaduwen bestonden. Donkere openingen in de muren suggereerden andere gangen, zodat het gravures leken van de binnenkant van een doolhof of zoiets. Op sommige waren trappen afgebeeld die naar beneden leidden naar donkere ondergrondse kanalen. Er waren schilderijen van een uitgestrekt, donker moeras waar een verlaten weg doorheen kronkelde. De bezoeker kreeg de indruk dat hij van grote hoogte op dit schouwspel neerkeek. Een stuk verder op de weg was een schaduw, niet meer dan een vlekje op het fletse wegoppervlak, het was te ver weg om te kunnen zeggen of het een man, vrouw, kind of zelfs maar een mens was, maar op de een of andere manier was de verschijning in deze ruimte zonder mensen nogal verontrustend.

Een schilderij toonde een verlaten brug die een immense, mistige leegte overspande – de hemel zelf misschien – en die gemaakt was van dezelfde enorme blokken steen als de gangen en de kanalen. Aan weerszijden leidden er echter piepkleine wenteltrappen omlaag, die zich vast leken te klampen aan de reusachtige steunberen van de brug. Deze trappen zagen er niet sterk uit en waren veel minder vakkundig gebouwd dan de brug, maar er kronkelden er nog veel meer door de wolken god weet waarheen.

Strange boog zich over deze dingen heen met een concentratie die

kon wedijveren met die van Minervois. Hij was leergierig, kritisch en analyserend. Strange en de twee graveurs spraken in het Frans met elkaar. Tot Strange' verbazing begreep Childermass het uitstekend en stelde hij Minervois zelfs een paar vragen in zijn eigen taal. Helaas werd Childermass' Frans zo sterk door zijn eigen Yorkshire accent beïnvloed, dat Minervois hem niet verstond en aan Strange vroeg of hij een Nederlander was.

'Ze maken die landschappen te Romaans – te veel zoals de werken van Palladio en Piranesi, maar daar kunnen ze niets aan doen, een mens kan niet tegen zijn opleiding ingaan, begrijpt u. Als tovenaar zal ik nooit helemaal Strange zijn – of tenminste niet alleen Strange – er zit te veel van Norrell in mij.'

'Dus dit is wat u op 's Konings Wegen heeft gezien?' zei Childermass.

'Ja.'

'En over welk land loopt die brug?'

Strange keek Childermass met een ironische blik aan. 'Ik weet het niet, tovenaar. Wat is uw mening?'

Childermass haalde zijn schouders op. 'Ik denk dat het het Elfenrijk is.'

'Misschien. Maar ik begin te denken, dat wat wij Elfenrijk noemen waarschijnlijk uit verscheidene landen bestaat. Men zou even goed "Ergens Anders" kunnen zeggen.'

'Hoe ver liggen die plaatsen hiervandaan?'

'Niet ver. Ik ben er een keer vanaf Covent-garden heen gegaan en heb ze binnen anderhalf uur allemaal gezien.'

'Was het moeilijke magie?'

'Nee, niet echt.'

'En zou u mij willen vertellen wat het was?'

'Met alle plezier. Je hebt een openbaringsspreuk nodig – ik heb die van Doncaster gebruikt. En een andere voor ontbinding, om de spiegel te laten smelten. In de boeken die ik heb gezien staan erg veel spreuken om de ontbinding te beëindigen, maar volgens mij zijn ze allemaal nogal nutteloos, dus was ik genoodzaakt er zelf een te maken – ik kan het voor u opschrijven, als u dat wilt. Uiteindelijk moeten beide spreuken onder een overkoepelende padvindspreuk geplaatst worden. Dit is belangrijk omdat je anders niet kunt zien hoe je er weer uit zou kunnen komen.' Strange pauzeerde en keek naar Childermass. 'Kunt u me volgen?'

'Volledig, meneer.'

'Mooi.' Er volgde een stilte en toen zei Strange: 'Childermass, wordt het niet tijd dat u bij meneer Norrell uit dienst treedt en bij mij komt? Die zaakgelastigde-onzin is niet nodig. U zou gewoon mijn leerling en assistent zijn.'

Childermass lachte. 'Ha, ha! Dank u, meneer. Dank u! Maar meneer Norrell en ik zijn nog niet klaar met elkaar. Nog niet. En trouwens, ik denk dat ik een erg slechte leerling zou zijn – zelfs nog slechter dan u.'

Strange, die glimlachte, dacht even na. 'Dat is een goed antwoord,' zei hij uiteindelijk, 'maar toch niet goed genoeg, vrees ik. Ik geloof niet dat je echt aan de kant van meneer Norrell kunt staan. Eén tovenaar in Engeland! Eén mening over magie! Daar ben je het toch niet mee eens? Uw karakter is minstens even tegenstrijdig als dat van mij. Waarom worden we niet samen tegenstrijdig?'

'Maar dan zou ik het verplicht met u eens moeten zijn, meneer, of niet? Ik weet niet hoe het met u en meneer Norrell zal aflopen. Ik heb mijn kaarten geraadpleegd, maar het antwoord lijkt alle kanten op te kunnen gaan. Het is te complex voor de kaarten om duidelijk te verklaren wat er komen gaat, en ik kan niet de juiste vraag voor ze verzinnen. Ik zal u vertellen wat ik ga doen. Ik zal u iets beloven. Als u faalt en meneer Norrell wint, dan verlaat ik hem. Dan omarm ik uw zaak, dan zal ik met alle macht oppositie tegen hem voeren en argumenten zoeken om hem van zijn stuk te brengen, en dan zullen er in Engeland nog steeds twee tovenaars zijn en twee visies op magie. Maar, mocht hij falen en u winnen, dan doe ik hetzelfde voor u. Is dat goed genoeg?'

Strange glimlachte. 'Ja, dat is goed genoeg. Ga terug naar meneer Norrell en doe hem de groeten van mij. Vertel hem dat ik hoop dat hij tevreden is met de antwoorden die ik u heb gegeven. Als er nog iets anders is dat hij graag wil weten, kunt u mij morgen om een uur of vier thuis vinden.'

'Dank u, meneer. U was erg eerlijk en open.'

'En waarom zou ik dat niet zijn? Norrell heeft graag geheimen, ik niet. Ik heb u niets verteld wat niet ook al in mijn boek staat. Over ongeveer een maand, zal iedere man, vrouw en kind het kunnen lezen en er een eigen mening over kunnen vormen. Ik zie echt niet in hoe Norrell dit kan voorkomen.'

49

Roekeloosheid en waanzin

maart 1816

Een paar dagen na het bezoek aan de graveurs, nodigde Strange sir Walter en lord Portishead uit voor een diner. Beide heren hadden tijdens velerlei gelegenheden met Strange gedineerd, maar dit was de eerste keer dat zij sinds het overlijden van mevrouw Strange in het huis aan Soho-square kwamen. Ze vonden het tragisch veranderd. Strange leek in oude vrijgezellengewoontes teruggevallen te zijn. Tafels en stoelen begonnen te verdwijnen onder stapels documenten. Half-afgemaakte hoofdstukken van zijn boeken lagen overal door het huis verspreid en in de zitkamer had hij zelfs aantekeningen op het behang gemaakt.

Sir Walter haalde een stapel boeken van een stoel.

'Nee, nee!' riep Strange. 'Die niet! Ze zijn op een bepaalde manier opgestapeld.'

'Maar waar kan ik zitten?' vroeg sir Walter verbijsterd.

Strange maakte een geluidje van ergernis alsof dit een volkomen onredelijk verzoek was. Niettemin haalde hij de boeken weg en raakte slechts één keer tijdens dat proces afgeleid en begon er een te lezen. Nadat hij de passage twee keer had gelezen en er op het behang een aantekening van had gemaakt, was hij in staat aandacht te schenken aan zijn gasten.

'Ik ben heel blij u weer hier te zien, mijn heer,' zei hij tegen Portishead. 'Ik heb, denk ik, bij iedereen net zo veel navraag gedaan over meneer Norrell als hij over mij. Ik hoop dat u me veel kunt vertellen.'

'Ik dacht dat ik u alles al verteld had,' zei sir Walter klagend.

'Ja, ja. U heeft me verteld waar Norrell is geweest en met wie hij heeft gepraat en hoe alle ministers over hem denken, maar ik vraag naar magie en wat u van magie begrijpt zou nauwelijks...'

'...een vierkantje op het behang vullen?' vulde sir Walter aan.

'Precies. Kom, mijn heer. Vertel me alles. Wat heeft meneer Norrell de laatste tijd gedaan?'

'Nou,' zei lord Portishead, 'op verzoek van lord Liverpool heeft hij zitten werken aan magie die moet voorkomen dat Napoleon Bonaparte ooit nog een keer kan ontsnappen en hij heeft de *Discourses upon the Kingdom of Light and the Kingdom of Darkness* bestudeerd. Hij denkt dat hij een paar ontdekkingen heeft gedaan.'

'Wat is dat dan?' riep Strange geschrokken. 'Iets nieuws in de *Discourses*?'[1]

'Het is iets wat hij heeft gevonden op pagina 72 van de editie van Cromford. Een nieuwe toepassing van de spreuk om de doden aan te roepen. Ik begrijp het niet helemaal.[2] Meneer Norrell schijnt te denken dat het principe misschien toegepast kan worden om ziektes te genezen bij mensen en dieren, door de ziekte te smeken uit het lichaam te treden alsof het een demon is.'

'O, dát!' riep Strange opgelucht uit. 'Ja, ja! Nu weet ik wat u bedoelt. Ik legde in juni al dat verband. Dus Norrell is dáár pas, hè? O, geweldig!'

'Veel mensen waren verbaasd dat hij na u geen andere leerling aannam,' ging lord Portishead verder, 'en ik weet dat hij een paar verzoeken heeft gehad. Maar hij heeft niemand aangenomen. In feite geloof ik dat hij zelfs niet met de jongeman in kwestie sprak of zijn brieven beantwoordde. Zijn lat ligt zo ontzettend hoog en na u komt er niemand in de buurt, meneer.'

Strange glimlachte. 'Goed, alles gaat precies zoals ik had verwacht.

---

[1] Wetenschappers van magie zijn altijd bijzonder opgewonden over iedere nieuwe ontdekking betreffende dr Pale. Hij bekleedde een unieke positie in de Engelse geschiedenis van de magie. Tot de komst van Strange en Norrell, was hij de enige noemenswaardige praktiserende tovenaar die zijn toverkunsten opschreef zodat andere mensen ze konden lezen. Natuurlijk zijn zijn boeken het meest gewaardeerd.

[2] Eeuwenlang werd deze passage beschouwd als interessante curiositeit, maar verstoken van praktische waarde, daar niemand vandaag de dag gelooft dat Dood een persoon is die kan worden verhoord op een manier die Pale suggereert.

Hij kan het bestaan van een tweede tovenaar nauwelijks verdragen. Een derde betekent waarschijnlijk zijn dood. Ik zal binnenkort iets op hem voorhebben. In de strijd om een keuze te maken over de kenmerken van de Engelse magie, zullen de partijen ongelijk verdeeld zijn. Er zal maar één Norrellitisch tovenaar zijn en dozijnen Strangitische tovenaars. Of tenminste, zo veel als ik er kan opleiden. Ik denk erover Jeremy Johns aan te stellen als een soort van anti-Childermass. Hij kan het hele land afreizen en alle mensen opzoeken die door Norrell en Childermass zijn ontmoedigd een studie magie te volgen, en dan kunnen hij en ik hen weer aansporen het wel te doen. Ik heb al met verschillende jongemannen gesprekken gevoerd. Twee of drie onder hen zijn heel veelbelovend. Lord Chaldecott's tweede zoon, Henry Purfois, heeft veel vierderangs boeken over magie gelezen en vijfderangs biografieën over tovenaars. Het maakt zijn praatje een beetje langdradig, maar je kunt hem dat nauwelijks kwalijk nemen, de arme kerel. Dan heb je William Hadley-Bright die een van Wellington's aides de camp was bij Waterloo, en een vreemd mannetje, Tom Levy, die momenteel is aangesteld als dansleraar in Norwich.'

'Een dansleraar?' fronste sir Walter. 'Maar is dat het soort mensen die wij zouden moeten aanmoedigen met magie te beginnen? Het is toch een beroep dat gereserveerd zou moeten zijn voor heren?'

'Ik zou niet weten waarom niet. En daarbij vind ik Levy het aardigst. Hij is de eerste die ik de afgelopen jaren heb ontmoet die vindt dat magie iets is waarvan je moet genieten, en hij is ook de enige van de drie die het gelukt is praktische magie te leren. Hij liet takjes en blaadjes ontspruiten aan dat raamkozijn daar. Ik neem aan dat u zich afvraagt waarom het zich in zo'n ongewone staat bevindt.'

'Om u de waarheid te zeggen,' zei sir Walter, 'de kamer is zo vol eigenaardigheden dat het mij nog niet eens opgevallen was.'

'Natuurlijk had Levy niet de intentie het zo te laten,' zei Strange, 'maar nadat hij de magie had verricht, kon hij het niet meer ongedaan maken en mij lukte het ook niet. Ik neem aan dat ik Jeremy moet opdragen een timmerman te zoeken om het te repareren.'

'Het doet me deugd dat u zo veel jongemannen heeft gevonden die u bevallen,' zei sir Walter. 'Dat voorspelt veel goeds voor de Engelse magie.'

'Ik heb ook verschillende sollicitatiebrieven van jongedames gekregen,' zei Strange.

'Dames!' riep lord Portishead uit.

‘Natuurlijk! Er is geen reden waarom vrouwen geen magie zouden studeren. Dat is weer zo’n denkfout van Norrell.’

‘Hm, het regent er nu van,’ merkte sir Walter op.

‘Waarvan?’

‘Norrell’s denkfouten.’

‘Wat bedoelt u daarmee?’

‘Niets! Niets! Neem er geen aanstoot aan. Maar het valt me op dat u niet zegt dat u wel dames aanneemt.’

Strange zuchtte. ‘Het is puur een zaak van uitvoerbaarheid. Dat is alles. Een tovenaar en zijn leerling moeten heel veel tijd met elkaar doorbrengen, lezen en discussiëren. Als Arabella niet was overleden, denk ik dat ik misschien vrouwelijke leerlingen had aangenomen. Maar nu zou ik me verplicht voelen op chaperonnes te steunen en dat soort saaiheden, waarvoor ik op dit moment geen geduld heb. Mijn eigen onderzoeken gaan voor.’

‘En welke nieuwe magie bent u van plan ons te laten zien, meneer Strange?’ vroeg lord Portishead begerig.

‘O! Ik ben blij dat u me dat vraagt! Ik heb de zaak goed overwogen. Als de hernieuwde belangstelling voor de Engelse magie voortzet, of liever gezegd, als het niet onder de exclusieve supervisie van Gilbert Norrell blijft, dan moet ik iets nieuws leren. Maar het is niet zo gemakkelijk om aan nieuwe magie te komen. Ik zou naar ’s Konings Wegen kunnen gaan en proberen die landen te bereiken waar magie eerder gebruik is dan uitzondering.’

‘Goeie god!’ riep sir Walter uit. ‘Niet weer! Bent u niet goed bij uw hoofd? Ik dacht dat we hadden afgesproken dat ’s Konings Wegen veel te gevaarlijk waren om te rechtvaardigen—’

‘Ja, ja! Uw mening is mij bekend. U heeft me lang genoeg de les gelezen over dit onderwerp. Maar u laat me niet uitpraten! Ik noemde alleen mogelijkheden. Ik zal niet over ’s Konings Wegen gaan. Ik heb het beloofd aan mijn... aan Arabella dat ik het niet zou doen.’[3]

Er viel een stilte. Strange zuchtte en zijn gelaatsuitdrukking versomberde. Hij dacht nu duidelijk aan iets of iemand anders.

Sir Walter keek stil toe. ‘Ik had altijd de hoogste achting voor het

---

[3] De meesten van ons zijn van nature geneigd te strijden tegen beperkingen die onze vrienden en familie ons opleggen, maar als we zo onfortuinlijk zijn een geliefde te verliezen, wat een verschil maakt dat dan uit! Dan wordt de beperking een heilig vertrouwen.

oordeel van mevrouw Strange. Natuurlijk sympathiseer ik met uw wens naar nieuwe magie, iedere geleerde zou dat doen, maar ongetwijfeld is het leren van magie uit boeken de enige veilige manier?'

'Maar ik heb helemaal geen boeken!' riep Strange uit. 'Goeie god! Ik beloof zo gedwee en huiselijk te zijn als iedere ongetrouwde tante, maar dan moet de regering wel een wet doorvoeren waarin staat dat Norrell zijn bibliotheek voor mij moet openstellen! De regering wil me deze gunst echter niet verlenen, dus rest mij geen andere keus dan mijn kennis op wat voor manier dan ook te vergroten.'

'Dus wat gaat u doen?' vroeg lord Portishead.

'Een elf ontbieden,' zei Strange kordaat. 'Ik heb al een aantal pogingen gedaan.'

'Had meneer Norrell niet als algemene regel dat het ontbieden van elfen risicovol is?' vroeg sir Walter.

'Er is maar weinig waarvan meneer Norrell niet denkt dat het risicovol is,' zei Strange licht geïrriteerd.

'Dat is waar.' Sir Walter was tevreden. Per slot van rekening was het ontbieden van elfen een gevestigd onderdeel van de Engelse magie. Alle Gulden Tovenaars hadden het gedaan en alle Zilveren Tovenaars hadden het graag gewild.

'Maar weet u of het überhaupt mogelijk is, mijn heer?' vroeg lord Portishead. 'De meeste autoriteiten zijn het erover eens dat elfen bijna niet meer in Engeland komen.'

'Dat is inderdaad de algemene opinie, ja,' zei Strange, 'maar ik ben er bijna zeker van dat er een in mijn gezelschap was in november 1814, een maand of twee voor meneer Norrell en ik uit elkaar gingen.'

'Echt waar!' riep lord Portishead uit.

'Dat heeft u nooit eerder verteld,' zei sir Walter.

'Ik was absoluut niet in de gelegenheid het voorval eerder te noemen,' zei Strange. 'Door mijn positie als leerling van meneer Norrell kon ik er nooit iets over zeggen. Norrell zou bij de geringste toespeling in die richting een toeval krijgen.'

'Hoe zag hij eruit, meneer Strange?' vroeg lord Portishead.

'De elf? Ik weet het niet. Ik zag hem niet. Ik hoorde hem. Hij maakte muziek. Er was nóg iemand bij hem die hem volgens mij zowel kon horen als zien. Stelt u zich eens voor hoe voordelig het zou zijn om met een dergelijke persoon zaken te doen! Geen levende noch dode tovenaar zou me zo veel kunnen leren. Elfen zijn de bron van alles waar wij tovenaars naar verlangen. Magie is een gave die bij hen aangeboren is! Over de ongunstige factoren gesproken, welnu, er is alleen maar die ene gebruikelijke: dat ik nauwelijks een idee heb hoe je dit tot stand moet brengen. Ik heb ik weet niet hoeveel toverspreuken uitgesproken en alles gedaan waar ik ooit over gehoord of gelezen had in een poging deze elf weer terug te krijgen, maar tevergeefs. Al sla je me dood, ik zou niet kunnen zeggen waarom meneer Norrell zo veel energie besteedt aan het verbieden van hetgeen niemand kan bereiken. Mijn heer, ik neem aan dat u geen toverspreuken kent voor het aanroepen van elfen?'

'Vele,' zei lord Portishead, 'maar ik weet zeker dat u ze al heeft uitgeprobeerd, meneer Strange. Wij rekenen erop dat u alles wat verloren is reconstrueert.'

'O!' zuchtte Strange. 'Soms denk ik dat er helemaal niets verloren is gegaan. De waarheid is dat het allemaal in de bibliotheek in Hurtfew ligt.'

'U zei dat er nog iemand anders aanwezig was die de elf zowel zag als hoorde?' vroeg sir Walter.

'Ja.'

'En ik neem aan dat die andere persoon niet Norrell was?'

'Nee.'

'Goed dan. Wat zei die andere persoon?'

'Hij was... in verwarring gebracht. Hij geloofde dat hij een engel zag, maar gezien zijn algehele levensstijl en zijn manier van denken vond hij dit niet zo uitzonderlijk als u misschien denkt. Het spijt me, maar discretie gebiedt mij verder niets over de omstandigheden te zeggen.'

'Ja, ja! Uitstekend. Maar uw kameraad zag de elf. Waarom?'

'O, ik weet waarom. Er was iets heel merkwaardigs met hem aan de hand waardoor hij in staat was elfen te zien.'

'Nou, kunt u dat niet op de een of andere manier gebruiken?'

Strange overwoog dit. 'Ik zie niet in hoe. Het is stom toeval, zoals de ene man blauwe ogen heeft en de andere bruine.' Hij was even stil, en dacht ergens over na. 'Maar aan de andere kant misschien ook niet. Misschien heeft u gelijk. Als je erover nadenkt is het niet eens zo'n vreemd idee. Denk aan de Gulden Tovenaars! Sommigen waren de naaste buren van de elfen, op het gebied van roekeloosheid en waanzin! Denk aan Ralph Stokesey en zijn elfenbediende, Col Tom Blue! Toen Stokesey een jongeman was, viel er nauwelijks iets te kiezen. Misschien ben ik ook mak, ook een tamme tovenaar. Maar hoe werk je toe naar een beetje waanzin? Ik ontmoet iedere dag gestoorde mensen op straat, maar ik heb er nooit eerder over nagedacht hoe zij gek zijn geworden. Misschien moet ik over eenzame heides en kale oevers zwerven. Dat is in ieder geval in romans en toneelstukken een populaire plek voor krankzinnigen. Misschien krijgt het onherbergzame Engeland me gek.'

Strange stond op en liep naar het raam in de zitkamer, alsof hij verwachtte dat hij onherbergzaam Engeland vanaf daar kon overzien – hoewel alles wat er te zien viel, de doodgewone aanblik was van Soho-square in een dikke motregen. 'Ik denk dat je bij toeval iets ontdekt hebt, Pole.'

'Ik?' riep sir Walter een beetje verontrust over de schijnbare gevolgen van zijn opmerkingen. 'Het was helemaal niet mijn bedoeling zoiets te suggereren!'

'Maar, meneer Strange,' redeneerde de vriendelijke lord Portishead, 'dit kunt u onmogelijk menen. Een man met zo'n uitgebreide kennis als u een... een landloper maken. Nou, meneer, dat is een heel choquerende gedachte.'

Strange sloeg zijn armen over elkaar en keek nog een keer naar Soho-square en zei: 'Goed, ik zal niet vandaag gaan.' En toen glimlachte hij zijn glimlach vol zelfspot en leek bijna zijn oude, vertrouwde zelf. 'Ik zal wachten,' zei hij, 'tot het stopt met regenen.'[4]

---

[4] Zelfs John Uskglass, die over drie koninkrijken regeerde en sturing gaf aan de Engelse magie, had moeite de neiging te onderdrukken om lange, mysterieuze reizen te maken. In 1241 verliet hij zijn huis in Newcastle op een geheimzinnige manier, die alleen bekend is onder tovenaars. Hij zei tegen een bediende dat hij over een dag te vinden was, slapend op een bank voor het vuur.

De volgende dag zochten de bediende en leden van de koninklijke huishouding de koning op de bank voor het vuur, maar hij was er niet. Ze kwamen iedere ochtend en iedere avond, maar hij verscheen niet.

William, graaf van Lanchester, regeerde in zijn plaats en talloze besluiten werden uitgesteld 'tot de koning terugkomt'. Terwijl de tijd echter verstreek, waren er veel mensen geneigd te betwijfelen of dit ooit zou gebeuren. Toen, een jaar en een dag na zijn vertrek, werd de koning gevonden, slapend op de bank voor het vuur.

Hij leek zich er niet van bewust dat er iets onbehoorlijks was gebeurd en hij vertelde niemand waar hij was geweest. Niemand durfde hem te vragen of hij steeds de bedoeling had gehad zo lang weg te blijven of dat er iets verschrikkelijks was gebeurd. William van Lanchester ontbood de bediende en vroeg hem nog een keer te herhalen wat de exacte woorden van de koning waren geweest. Zou het kunnen dat hij eigenlijk zei dat hij een jaar en een dag weg zou zijn?

Misschien, zei de man. De koning sprak in het algemeen nogal zacht. Het was best mogelijk dat hij het niet goed had gehoord.

50

The History and Practice of English Magic
april tot eind september 1816

Strange' vrienden waren blij te horen dat hij niet van plan was zijn comfortabele huizen en goede inkomen op te geven en zijn bedienden te laten gaan om een dakloze zigeuner te worden, maar nog steeds waren weinigen van hen helemaal gerust op zijn nieuwe praktijken. Ze hadden reden genoeg om te vrezen dat hij al zijn zelfbeheersing had verloren en bereid was om zich uit te leven in allerlei soorten magie. Zijn belofte aan Arabella weerhield hem er nu nog van naar 's Konings Wegen te gaan, maar sir Walter's waarschuwingen konden niet voorkomen dat hij constant praatte over John Uskglass en zijn elfenonderdanen, en eraan dacht.

Eind april hadden de nieuwe leerlingen van Strange, de edelachtbare Henry Purfois, William Hadley-Bright en Tom Levy, de dansleraar, alledrie een kamer gehuurd in de buurt van Soho-square. Ze gingen elke dag naar Strange om magie te bestuderen. In de pauzes tussen het leiden van hun opleiding, werkte Strange aan zijn boek en verrichte hij magie voor het leger en de Oost-Indische Compagnie. Hij had ook verzoeken om assistentie ontvangen van de gemeenteraad van Liverpool en de Koopvaardijvereniging in Bristol.

Meneer Norrell was zo kwaad dat Strange nog steeds opdrachten ontving van officiële instanties – of welke dan ook – dat hij zich erover beklaagde bij lord Liverpool, de minister-president.

Lord Liverpool was hem niet genegen. 'De generaals mogen doen wat ze willen, meneer Norrell. De regering mengt zich niet in militaire zaken, zoals u weet.[1] De generaals maken al een aantal jaar

[1] Niets was minder waar. De hertog van Wellington's grootste klacht gedu-

gebruik van meneer Strange' diensten en zij zien niet in waarom ze hiermee zouden stoppen enkel omdat u en hij ruzie hebben. Wat betreft de Oost-Indische Compagnie, er is mij verteld dat de functionarissen in de eerste plaats een beroep op u hebben gedaan en dat u geweigerd heeft hen te helpen.'

Meneer Norrell knipperde snel met zijn ogen. 'Mijn heer, mijn werk voor de regering – mijn werk voor u – neemt zo veel tijd in beslag. Ik kan dit niet bewust negeren ten behoeve van een particuliere onderneming.'

'En geloof me, meneer Norrell, we zijn u dankbaar. Toch hoef ik u niet te vertellen hoe belangrijk het succes van de Oost-Indische Compagnie is voor de voorspoed van de natie en dat de behoefte van de compagnie aan een tovenaar immens is. Scheepsvloten zijn overgeleverd aan stormen en slecht weer. De compagnie moet uitgestrekte territoria beheren en haar troepen worden voortdurend aangevallen door Indiase prinsjes en bandieten. Meneer Strange heeft beloofd het weer rond de Kaap te regelen en zijn advies aangeboden met betrekking tot de beste toepassing van magie in de vijandige territoria. De bestuurders van de Oost-Indische Compagnie denken dat meneer Strange' ervaring op het Spaanse schiereiland van onschatbare waarde zal blijken te zijn. Het toont opnieuw dat Brittannië ernstig om tovenaars verlegen zit. Meneer Norrell, hoe toegewijd u ook bent, u kunt niet overal tegelijk zijn en alles doen – en niemand verwacht dat ook van u. Ik heb gehoord dat meneer Strange leerlingen heeft aangenomen. Het zou mij een groot plezier doen om te horen dat u hetzelfde van plan bent.'

Ondanks de goedkeuring van lord Liverpool, verliep de opleiding van de drie nieuwe tovenaars net zo moeizaam als die van Strange zes jaar daarvoor. Het enige verschil was dat waar Strange te kampen had met Norrell's ontwijkende gedrag, de jonge mannen werden belemmerd door Strange' slechte humeur en rusteloosheid.

Begin juni was het eerste deel van *The History and Practice of English Magic* voltooid. Strange leverde het in bij meneer Murray en het verbaasde niemand toen hij Henry Purfois, William Hadley-Bright en Tom Levy de volgende dag vertelde dat zij hun opleiding een tijdje

---

rende de napoleontische oorlog, was dat de regering zich er constant mee bemoeide.

moesten uitstellen omdat hij besloten had naar het buitenland te gaan.

'Ik vind het een uitstekend plan!' zei sir Walter zodra Strange het hem vertelde. 'Een andere omgeving. Ander gezelschap. Het is precies wat ik u zou voorschrijven. Ga! Ga!'

'Denkt u niet dat het te vroeg is?' vroeg Strange ongerust. 'Ik laat Londen bij wijze van spreken achter in bezit van Norrell.'

'Denkt u echt dat we zo'n slecht geheugen hebben? Nou, we zullen ons uiterste best doen om u niet te vergeten in die paar maanden. Trouwens, uw boek zal spoedig uitkomen en dat zal ons eraan herinneren hoe hard wij u nodig hebben.'

'Dat is waar. Het boek is er natuurlijk ook nog. Het zal Norrell maanden kosten om de zesenveertig hoofdstukken te weerleggen en ik ben al lang terug voordat hij klaar is.'

'Waar gaat u heen?'

'Italië, denk ik. De Zuid-Europese landen hebben mij altijd zeer geboeid. Het landschap heeft grote indruk op mij gemaakt toen ik in Spanje was, tenminste, ik denk dat het een grote indruk op mij zou hebben gemaakt als het niet verborgen had gelegen achter de soldaten en het rook van kanonnen.'

'Ik hoop dat u af en toe zult schrijven? Om me iets te vertellen over uw indrukken?'

'O! Ik zal u niet sparen. Elke reiziger heeft het recht om zijn frustratie te uiten over elk klein ongemak en dit kenbaar te maken in de brieven aan zijn vrienden. Verwacht overal lange beschrijvingen van.'

Zoals tegenwoordig vaak gebeurde, verslechterde Strange' humeur plotseling. Zijn lichtzinnige, ironische houding verdween onmiddellijk en hij zat bedenkelijk naar de kolenkit te staren. 'Ik vroeg me af of u...' zei hij uiteindelijk. 'Ik bedoel, ik zou u willen vragen...' Hij maakte een geërgerd geluid om zijn eigen aarzeling. 'Zou u voor mij een boodschap willen overbrengen aan lady Pole? Ik zou u zeer dankbaar zijn. Arabella was erg aan milady gehecht en ik weet dat ze het niet aardig zou hebben gevonden als ik Engeland zou verlaten zonder een boodschap naar lady Pole te sturen.'

'Jazeker. Wat moet ik tegen haar zeggen?'

'O! Vertel haar gewoon dat ik oprecht hoop dat ze weer gezond wordt. Wat u denkt dat het best is. Het maakt niet uit wat u zegt. Maar u moet zeggen dat de boodschap van Arabella's echtgenoot komt. Ik wil dat milady beseft dat de echtgenoot van haar vriendin haar niet vergeten is.'

'Met het grootste genoegen,' zei sir Walter. 'Dank u.'

Strange had half verwacht dat sir Walter hem zou uitnodigen om zelf met lady Pole te spreken, maar dat deed sir Walter niet. Niemand wist zelfs of milady nog steeds in het huis aan Harley-street woonde. In de stad deed het gerucht de ronde dat sir Walter haar naar het platteland had gestuurd.

Strange was niet de enige die naar het buitenland wilde gaan. Het was plotseling erg in de mode geraakt. De Britten waren door de oorlog met Bonaparte veel te lang op hun eigen eiland ingesloten geweest. Veel te lang waren ze genoodzaakt geweest om de Schotse Hooglanden te bezoeken of de Engelse meren of de Derbyshire Peak als ze uiting wilden geven aan hun behoefte nieuwe landschappen en vreemde mensen te zien. Maar nu de oorlog voorbij was konden ze naar het vasteland gaan om bergen en kusten te bekijken die er heel anders uitzagen. Ze konden nu zelf de beroemde kunstwerken bekijken die ze tot dan toe alleen in boeken met gravures hadden gezien. Sommigen gingen naar het buitenland in de hoop dat het leven op het continent goedkoper was dan thuis. Amderen vluchtten om schulden of schandalen te ontduiken en weer anderen, zoals Strange, gingen weg om de rust te vinden waaraan het ze in Engeland ontbrak.

12 juni 1816, Brussel

Jonathan Strange aan John Segundus

Ik lig, voor zover ik kan zien, een maand achter op lord Byron.[2] Bij elke stad waar we stoppen ontdekken we herbergiers, voorrijders, functionarissen, stedelingen, kelners en allerlei soorten vrouwen wier hoofd nog steeds een beetje in de war is vanwege hun korte blootstelling aan lord Byron. En hoewel mijn metgezellen voorzichtig zijn met anderen vertellen dat ik zo een vreselijke man ben, een Engelse tovenaar, stel ik duidelijk niets voor vergeleken bij een Engelse dichter, en overal waar ik ga geniet ik de reputatie van – en ik verzeker u dat dat

---

[2] Lord Byron verliet Engeland in 1816, toen hij werd geconfronteerd met oplopende schulden, beschuldigingen van misbruik van zijn vrouw en geruchten dat hij zijn zus had verleid.

tamelijk nieuw voor me is – de fatsoenlijke Engelsman, die geen lawaai maakt en niemand lastig valt...

Het was dat jaar een vreemde zomer. Of liever gezegd, het was eigenlijk helemaal geen zomer. De winter was uitgelopen tot augustus. De zon had zich weinig laten zien. De lucht was gevuld met opeengepakte grijze wolken. IJskoude rukwinden woeien door de stad en vernietigden de oogst. Overal in Europa heersten regen- en hagelstormen, verlevendigd door incidentele schouwspelen van donder en bliksem. Het was in vele opzichten erger dan de winter: de vele uren daglicht ontnamen mensen de troost van het duister die al deze ellende een tijdje had kunnen verbergen.

Londen was halfleeg. Het parlement was uiteengegaan en de leden vertrokken naar hun landhuizen waar ze beter naar de regen konden staren. Meneer John Murray, de uitgever, zat in zijn huis aan Albermarle-street in Londen. Op andere dagen waren meneer Murray's kamers de meest levendige in Londen – vol met dichters, essayisten, recensenten en alle grote schrijvers van het koninkrijk. Maar de grote schrijvers van het koninkrijk waren naar het platteland gegaan. De regen kletterde tegen de ramen en de wind huilde door de schoorsteen. Meneer Murray gooide meer kolen op het vuur en ging toen aan zijn bureau zitten om de brieven van die dag te lezen. Hij pakte elke brief op en hield deze voor zijn linkeroog – zijn rechter was zo goed als blind en dus nutteloos.

Toevallig waren er vandaag twee uit Zwitserland. De eerste kwam van lord Byron die zich beklaagde over Jonathan Strange en de tweede was van Strange die zich over Byron beklaagde. De twee mannen hadden elkaar een paar keer bij meneer Murray ontmoet, maar tot nu toe hadden ze nog niet echt kennisgemaakt. Strange had Byron een paar weken eerder in Genève bezocht. De ontmoeting was geen succes geweest.

Strange – die op dit moment een bui had waarin hij het huwelijk en alles wat hij met Arabella was kwijtgeraakt zeer waardeerde – was van zijn stuk gebracht door de levensstijl die Byron eropna hield. 'Ik trof de lord in zijn mooie villa aan de kust van het meer. Hij was niet alleen. Er was een andere dichter die Shelley heette, mevrouw Shelley en nog een jonge vrouw – een meisje eigenlijk – die zichzelf mevrouw Clairmont noemde, van wie ik niet begreep in welke relatie zij tot de mannen stond. Als u het weet, vertel het me dan niet. Er was ook een eigenaardige jongeman die de hele tijd onzin vertelde – een zekere meneer Polidori.'

Lord Byron daarentegen, had bezwaar tegen de manier waarop Strange zich kleedde. 'Hij droeg halve rouw. Zijn vrouw was toch met Kerstmis overleden, of niet? Maar misschien denkt hij dat hij er in het zwart mysterieuzer en tovenaarachtiger uitziet.'

Ze hadden elkaar vanaf het begin niet gemogen en waren geleidelijk overgegaan op gebekvecht over politiek. Strange schreef: 'Ik weet niet precies hoe het gebeurde, maar we raakten meteen in gesprek over de slag bij Waterloo – een ongelukkig onderwerp aangezien ik de hertog van Wellington's tovenaar ben en iedereen Wellington haatte en Bonaparte verafgoodde. Mevrouw Clairmont vroeg mij, met de impertinentie van een achttienjarige, of ik mij niet schaamde een instrument te zijn in de ondergang van zo'n sublieme man. Nee, zei ik.'

Byron sloot af: 'Hij is een grote aanhanger van de hertog van Wellington. Ik hoop voor u, meneer Murray, dat zijn boek interessanter is dan hijzelf.'

Strange sloot af: 'Mensen hebben zulke vreemde ideeën over tovenaars. Ze wilden dat ik hun vertelde over vampiers.'

Meneer Murray vond het jammer dat zijn twee auteurs niet beter met elkaar konden opschieten, maar hij bedacht dat er waarschijnlijk niets aan te doen was, aangezien beiden bekendstonden om hun geruzie: Strange met Norrell, en Byron met zo goed als iedereen.[3]

Toen hij de brieven had gelezen, wilde meneer Murray naar beneden gaan naar de boekwinkel. Hij had een groot aantal exemplaren van Strange' boek gedrukt en hij was benieuwd hoe ze zouden verkopen.

---

[3] Ondanks het ogenschijnlijke gebrek aan sympathie tussen de twee mannen, moet iets aan Strange indruk hebben gemaakt op Byron. Zijn volgende gedicht, *Manfred*, waaraan hij in september of oktober datzelfde jaar was begonnen, ging over een tovenaar. Manfred lijkt zeker niet erg op Jonathan Strange – of ten minste niet op de respectabele Strange waar Byron zo'n hekel aan had. Hij lijkt veel meer op Byron met zijn obsessie voor zichzelf, zijn hekel aan zichzelf, zijn arrogante minachting voor zijn medemens, zijn zinspelingen op onmogelijke tragedies, en zijn mysterieuze verlangens. Evengoed is Manfred een tovenaar die zijn tijd doorbrengt met het ontbieden van de geesten van lucht, aarde, water en vuur om met hen te praten. Het was alsof Byron, nadat hij een tovenaar had ontmoet die hem teleurstelde, er een had gecreëerd die hem beter beviel.

De winkel was van een man die Shackleton heette en er precies uitzag zoals je dat van een boekverkoper zou verwachten. Hij had nooit voor een andere winkelier door kunnen gaan, zeker niet voor een fourniturenhandelaar of een hoedenverkoper, die slimmer moet zijn dan zijn klanten – maar voor een boekverkoper was hij perfect. Zijn leeftijd was niet goed in te schatten. Hij was dun, oninteressant en overdekt met inktspatjes. Hij maakte een geleerde indruk en deed lichtelijk verstrooid aan. Zijn neus werd gesierd door een bril. Er zat een ganzenveerpen achter zijn oor en hij had een half gerafelde pruik op zijn hoofd.

'Shackleton, hoeveel boeken van Strange hebben we vandaag verkocht?' vroeg meneer Murray.

'Zestig of zeventig exemplaren, denk ik.'

'Uitstekend!' zei meneer Murray.

Shackleton fronste en duwde zijn bril hoger op zijn neus. 'Ja, dat zou je wel denken, hè?'

'Wat bedoelt u?'

Shackleton haalde de pen achter zijn oor vandaan. 'Veel mensen zijn twee keer gekomen en kochten beide keren een exemplaar.'

'Nog beter! Met dit tempo halen we lord Byron's *Corsair* nog in! Met dit tempo hebben we eind volgende week een tweede druk nodig!' Maar toen hij zag dat Shackleton nog steeds een frons op zijn gezicht had, voegde meneer Murray hieraan toe: 'Nou, wat is daar mis mee? Ik ga ervan uit dat ze ze als cadeaus aan vrienden willen geven.'

Shackleton schudde zo hard met zijn hoofd dat de losse haren van zijn pruik heen en weer gingen. 'Het is vreemd. Ik kan me niet herinneren dat dit eerder is voorgekomen.'

De deur van de winkel ging open en er kwam een jongeman binnen. Hij was klein en tenger gebouwd. Hij had een goedgevormd gezicht en, eerlijk gezegd, als hij niet zo'n ongelukkige houding had gehad zou het een knappe man zijn geweest. Hij was een van die mensen die zulke levendige ideeën had dat ze niet beperkt bleven tot zijn gedachten en hij ze er tot ontsteltenis van voorbijgangers hardop uitgooide. Hij praatte in zichzelf en de uitdrukking op zijn gezicht veranderde voortdurend. Hij kon er binnen korte tijd verrast, beledigd, resoluut en kwaad uitzien, emoties die waarschijnlijk het gevolg waren van de vurige gesprekken die hij voerde met denkbeeldige mensen in zijn hoofd.

Winkels, vooral winkels in Londen, ondervinden vaak problemen van krankzinnigen en meneer Murray en Shackleton waren op hun hoede. Hun argwaan verminderde zeker niet toen de jongeman Shackleton aankeek met een doordringende blik van zijn helderblauwe ogen en schreeuwde: 'Dit noemt u dus klantvriendelijkheid! Dit heet beleefdheid!' Hij wendde zich tot meneer Murray en sprak hem aan: 'Als ik u iets mag aanraden, meneer! Koop uw boeken niet hier. Het zijn leugenaars en dieven!'

'Leugenaars en dieven?' zei meneer Murray. 'Nee, u vergist zich, meneer. Ik weet zeker dat wij u daarvan kunnen overtuigen.'

'Ha!' schreeuwde de jongeman en keek met een vinnige blik naar meneer Murray om te laten zien dat hij nu doorhad dat meneer Murray niet, zoals hij eerder aannam, een klant was.

'Ik ben de eigenaar,' legde meneer Murray gehaast uit. 'We draaien mensen hier geen poot uit. Zeg mij wat er aan de hand is en ik zal u graag op elke mogelijke manier van dienst zijn. Ik weet zeker dat dit een misverstand is.'

Maar de jongeman had zich geenszins laten vermurwen door meneer Murray's beleefde woorden. Hij schreeuwde: 'Meneer, ontkent u dat deze zaak een gemene bedrieger van een tovenaar voor zich heeft werken, een tovenaar die Strange heet?'

Meneer Murray wilde zeggen dat Strange een van zijn auteurs was, maar de jongeman wachtte niet op zijn antwoord. 'Meneer, ontkent u dat meneer Strange zijn boeken heeft betoverd zodat ze verdwijnen en men een nieuwe moet kopen? En dan nog een?'

Hij stak een vermanende vinger op naar Shackleton en keek sluw. 'U gaat zeggen dat u zich mij niet kunt herinneren!'

'Nee, meneer, dat ga ik niet zeggen. Ik kan mij u heel goed herinneren. U was een van de eerste heren die een exemplaar van *The History and Practice of English Magic* kocht en ongeveer een week later kwam u terug om er nog een te kopen.'

De jongeman zette grote ogen op. 'Ik moest wel een nieuwe kopen!' riep hij verontwaardigd. 'De eerste was verdwenen!'

'Verdwenen?' vroeg meneer Murray verbluft. 'Als u uw boek kwijt bent, meneer... eh, dan spijt mij dat, maar ik begrijp niet hoe dat toe te schrijven is aan de boekhandelaar.'

'Meneer, mijn naam is Green. En ik ben mijn boek niet kwijtgeraakt. Het verdween. Twee keer.' Meneer Green zuchtte diep, als iemand die denkt dat hij met dwazen en zwakzinnige idioten te maken heeft. 'Ik nam het eerste boek mee naar huis,' legde hij uit, 'en legde het op tafel, boven op een doos waar ik mijn scheermessen en scheergerei in bewaar.' Meneer Green speelde na hoe hij het boek op de doos legde. 'Ik legde de krant boven op het boek en daar boven op mijn koperen kandelaar en een ei.'

'Een ei?' vroeg meneer Murray.

'Een hardgekookt ei! Maar toen ik me omdraaide – nog geen tien minuten later – lag de krant direct boven op de doos en was het boek weg! Maar de kandelaar en het ei lagen nog steeds op dezelfde plek als daarvoor. Dus kwam ik een week later terug en kocht nog een exemplaar, precies zoals uw winkelbediende zegt. Ik nam het mee naar huis. Ik legde het op de schoorsteenmantel samen met *Cooper's Dictionary of Practical Surgery* en zette de theepot erbovenop. Maar toen ik thee wilde zetten stootte ik per ongeluk beide boeken eraf en die vielen toen in de mand voor vieze was. Op maandag stopte Jack Boot, mijn bediende, het vuile linnengoed in de mand. Op dinsdags komt de wasvrouw om het vuile linnengoed op te halen, maar toen ze de lakens optilde, lag *Cooper's Dictionary of Practical Surgery* op de bodem van de mand, maar was *The History and Practice of English Magic* verdwenen!'

Deze uitlatingen, die suggereerden dat er enkele lichte eigenaardigheden waren aan de manier waarop het huishouden van meneer Green geregeld werd, leken enige hoop op een verklaring te bieden.

'Zou het kunnen dat u zich heeft vergist in de plaats waar u het heeft neergelegd?' probeerde meneer Shackleton.

'Misschien heeft de wasvrouw het tegelijk met uw lakens meegenomen?' opperde meneer Murray.

'Nee, nee!' verklaarde meneer Green.

'Kan het zijn dat iemand het geleend heeft? Of verplaatst?' opperde Shackleton.

Meneer Green leek verrast door deze suggestie. 'Wie?' vroeg hij.

'Ik... Ik heb geen idee. Mevrouw Green? Uw bediende?'

'Er is geen mevrouw Green! Ik woon alleen! Op Jack Boot na en Jack Boot kan niet lezen!'

'Een vriend dan?'

Het leek alsof meneer Green op het punt stond te ontkennen dat hij ooit vrienden had gehad.

Meneer Murray zuchtte. 'Shackleton, geef meneer Green een ander exemplaar en het geld voor het tweede boek.' Tegen meneer Green zei hij: 'Ik ben blij dat het u zo goed bevalt dat u nog een exemplaar koopt.'

'Mij bevalt?' schreeuwde meneer Green verbaasder dan ooit. 'Ik heb geen idee of het mij wel of niet bevalt! Ik heb nooit de kans gehad om het open te slaan.'

Nadat hij weg was, bleef meneer Murray nog een tijdje in de winkel hangen en maakte grappen over wasmanden en hardgekookte eieren, maar meneer Shackleton – die over het algemeen wel van een geintje hield – kon er niet om lachen. Hij keek bedachtzaam en bezorgd, en drong er verschillende keren op aan dat er iets vreemds aan de hand was. Een half uur later zat meneer Murray boven in zijn kamer naar zijn boekenkast te staren. Hij keek op en zag Shackleton.

'Hij is terug,' zei Shackleton.

'Wat?'

'Green. Hij is zijn boek weer kwijt. Hij had het in zijn rechterzak gedaan, maar tegen de tijd dat hij bij Great Pulteny-street was aangekomen, was het verdwenen. Ik vertelde hem natuurlijk dat Londen veel dieven kent, maar u moet toegeven dat—'

'Ja, ja! Dat maakt nu even niet uit!' onderbrak meneer Murray. 'Mijn eigen exemplaar is weg! Kijk! Ik had het hier neergelegd, tussen d'Israeli's *Flim-Flams* en Austen's *Emma*. Het stond daar op die lege plek. Wat gebeurt er allemaal, Shackleton?'

'Magie,' zei Shackleton vastberaden. 'Ik heb erover nagedacht en ik denk dat Green gelijk heeft. Er is een of andere betovering van kracht op de boeken en op ons.'

'Een betovering!' Hij zette grote ogen op. 'Ja, ik denk dat dat het moet zijn. Ik heb nog nooit magie aan den lijve ondervonden. Ik geloof niet dat ik sta te popelen om dat nog een keer mee te maken. Het is angstaanjagend en onplezierig. Hoe moet een man in 's hemelsnaam weten wat hij moet doen als niets is zoals gewoonlijk?'

'Nou,' zei Shackleton, 'als ik u was, zou ik beginnen met het raadplegen van andere boekverkopers om uit te vinden of hun boeken ook verdwijnen, dan weten we tenminste of het een algemeen probleem is of dat het zich tot ons beperkt.'

Dit leek een goed advies. Meneer Murray en Shackleton lieten de loopjongen op de winkel passen, zetten hun hoeden op en gingen naar buiten, de wind en regen in. De dichtstbijzijnde boekhandelaar was Edwards and Skittering op Piccadilly. Toen ze daar aankwamen moesten ze opzij stappen om een loopjongen, gekleed in een blauw uniform, langs te laten. Hij droeg een grote stapel boeken de winkel uit.

Meneer Murray had amper de gelegenheid om zich te bedenken dat zowel de loopjongen als het uniform hem bekend voorkwamen toen de jongen al verdwenen was.

Binnen troffen ze meneer Edwards aan die in een diep gesprek met John Childermass was verwikkeld. Toen Murray en Shackleton binnenkwamen, keek meneer Edwards om zich heen met een schuldige uitdrukking, maar Childermass gedroeg zich als altijd. 'Ha, meneer Murray!' zei hij. 'Ik ben blij u te zien, meneer. Dat bespaart me een wandeling door de regen.'

'Wat is er aan de hand?' vroeg meneer Murray. 'Wat ben je aan het doen?'

'Wat ik aan het doen ben? Meneer Norrell koopt een paar boeken. Dat is alles.'

'Ha! Als uw meester van plan is om de boeken van meneer Strange van de markt te houden door alle exemplaren op te kopen, zal dat een teleurstelling voor hem worden. Meneer Norrell is een rijk man, maar uiteindelijk zal zijn vermogen uitgeput zijn en ik kan net zo snel boeken drukken als hij ze kan kopen.'

'Nee,' zei Childermass. 'Dat kunt u niet.'

Meneer Murray wendde zich tot meneer Edwards. 'Robert, Robert! Waarom laat je je op deze manier door hen tiranniseren?'

De arme meneer Edwards zag er erg ongelukkig uit. 'Het spijt me, meneer Murray, maar de boeken waren allemaal aan het verdwijnen. Ik heb meer dan dertig mensen hun geld moeten teruggeven. Ik stond op het punt veel geld te verliezen. Maar nu heeft meneer Norrell aangeboden mijn hele voorraad van Strange op te kopen en er een redelijke prijs voor te betalen, en dus heb ik—'

'Redelijk?' schreeuwde Shackleton, die het bijna niet meer kon verdragen. 'Redelijk? Ik zou graag willen weten wat er zo redelijk aan is? Wie zou er anders volgens u de boeken laten verdwijnen?'

'Precies!' beaamde meneer Murray. Hij wendde zich tot Childermass, en zei: 'U wilt toch niet ontkennen dat dit allemaal het werk is van meneer Norrell?'

'Nee, nee. Integendeel, meneer Norrell is erop gebrand hierover verantwoording af te leggen. Hij heeft een hele lijst met redenen en zal die graag vertellen aan een ieder die het horen wil.'

'En wat zijn die redenen?' vroeg meneer Murray koel.

'O, de gebruikelijke, neem ik aan,' zei Childermass, die er voor het eerst wat omheen leek te draaien. 'Er wordt een brief voorbereid waar alles in staat.'

'En u denkt dat ik daar genoegen mee zal nemen? Een excuusbrief?'

'Excuus? Ik betwijfel of u zoiets zult krijgen als een excuus.'

'Ik neem vanmiddag contact op met mijn advocaat,' zei meneer Murray, 'vanmiddag nog.'

'Natuurlijk. We verwachten niet anders. Maar hoe dan ook, het is niet de bedoeling van meneer Norrell dat u hierdoor uw geld kwijtraakt. Zodra u mij een kostenraming kunt geven van alles wat u heeft uitgegeven voor de uitgave van meneer Strange' boek, ben ik gemachtigd u een cheque te geven voor het volledige bedrag.'

Dit kwam onverwacht. Meneer Murray stond in tweestrijd tussen zijn behoefte om Childermass een onbeleefd antwoord te geven, en zijn besef dat Norrell hem van veel geld beroofde en dat in alle eerlijkheid diende terug te betalen.

Shackleton stootte meneer Murray stiekem tegen zijn arm om hem te waarschuwen geen overhaaste dingen te doen.

'Hoe zit het met mijn winst?' vroeg meneer Murray, die wat tijd probeerde te winnen.

'O, u wilt dat we daar rekening mee houden? Dat is niet meer dan redelijk, denk ik. Ik zal dat met meneer Norrell bespreken.' Nadat hij dit gezegd had, maakte Childermass een buiging en liep de winkel uit.

Er was geen reden voor meneer Murray en Shackleton om nog langer te blijven. Zodra ze weer op straat stonden, wendde meneer Murray zich tot Shackleton en zei: 'Ga naar Thames-street...' (dit was het pakhuis waar meneer Murray zijn voorraad had opgeslagen) '...en kijk of er nog boeken van meneer Strange liggen. Sta niet toe dat Jackson je met een kort antwoord afscheept. Zorg dat hij ze je laat zien. Zeg hem dat ik wil dat hij ze telt en dat hij mij binnen een uur de telling moet sturen.'

Toen meneer Murray weer op Albermarle-street aankwam, zag hij drie jongeren in zijn winkel rondhangen. Zodra ze hem zagen, deden ze hun boeken dicht, gingen om hem heen staan en begonnen te praten. Meneer Murray ging er uiteraard van uit dat ze met hetzelfde doel waren gekomen als meneer Green. Aangezien twee van hen erg lang waren en ze alledrie erg luidruchtig en verontwaardigd waren, werd hij nogal nerveus en gebaarde naar de loopjongen om snel hulp te halen. De loopjongen bleef staan waar hij stond en bekeek de gebeurtenissen met een uitdrukking van ongebruikelijke interesse.

Een paar agressieve kreten van de jongemannen zoals: 'Vreselijke schurk!' en 'Afschuwelijke schoft!' versterkten het zelfvertrouwen van meneer Murray niet, maar na een tijdje besefte hij dat ze niet hem maar Norrell beledigden.

'Pardon, heren,' zei hij, 'maar als het niet te veel moeite is, zou u zo vriendelijk willen zijn om mij te vertellen wie u bent?'

De jongemannen waren verbaasd. Ze hadden verwacht dat ze wel bekend waren. Ze stelden zich voor. Ze waren de drie leerlingen in dienst van Strange: Henry Purfois, William Hadley-Bright en Tom Levy.

William Hadley-Bright en Henry Purfois waren allebei lang en knap, terwijl Tom Levy een tenger mannetje was met donkere ogen en donker haar. Zoals al eerder is gezegd, waren Hadley-Bright en Purfois beschaafde Engelse heren van goede komaf, terwijl Tom een dansleraar was geweest en zijn voorouders Hebreeuws waren. Gelukkig letten Hadley-Bright en Purfois niet echt op onderscheid in rang en afkomst. Wetende dat Tom de meest getalenteerde van hen was, voegden zij zich over het algemeen naar hem, in alles wat met magie te maken had, en buiten beschouwing gelaten dat ze hem bij zijn voornaam noemden – terwijl hij hen aansprak met meneer Purfois en meneer Hadley-Bright – en van hem verwachtten dat hij boeken die ze vergaten oppakte, waren ze geneigd hem als gelijke te behandelen.

'We kunnen niet toekijken hoe deze schurk, dit monster, meneer Strange' grote werk vernietigd!' verklaarde Henry Purfois. 'Geef ons iets te doen, meneer Murray! Meer vragen we niet!'

'En als dat iets zou kunnen zijn waarbij we meneer Norrell aan een hele scherpe sabel moeten rijgen, dan is dat nog beter,' voegde William Hadley-Bright toe.

'Kan een van jullie achter Strange aan gaan en hem terugbrengen?' vroeg meneer Murray.

'O, natuurlijk! Hadley-Bright is de juiste man daarvoor!' verklaarde Henry Purfois. 'Hij was een van de aides de camp van de hertog te velde, begrijpt u. Hij doet niets liever dan met onmogelijke snelheden op zijn paard rondrijden.'

'Weet u waar meneer Strange naar toe is gegaan?' vroeg Tom Levy.

'Twee weken geleden was hij in Genève,' zei meneer Murray. 'Vanochtend kreeg ik een brief van hem. Misschien is hij er nog steeds. Of misschien is hij wel naar Italië gegaan.'

De deur ging open en Shackleton kwam binnen, zijn pruik zat vol met regendruppels alsof hij hem versierd had met ontelbare glazen kralen. 'Alles is in orde,' zei hij enthousiast tegen meneer Murray. 'De boeken liggen nog steeds in hun balen.'

'Heeft u ze met eigen ogen gezien?'

'Nou en of. Ik denk dat er een hoop magie nodig is om tienduizend boeken te laten verdwijnen.'

'Ik zou willen dat ik zo optimistisch was,' zei Tom Levy. 'Vergeef me, meneer Murray, maar na alles wat ik over meneer Norrell heb gehoord, werkt hij, als hij zichzelf een doel heeft gesteld, onvermoeid door totdat het bereikt is. Ik geloof niet dat we de tijd hebben om te wachten totdat meneer Strange terugkomt.'

Shackleton leek verbaasd iemand met zo veel zelfvertrouwen uitspraken te horen doen over zaken die met magie te maken hebben.

Meneer Murray stelde gehaast de drie leerlingen van Strange voor. 'Hoeveel tijd hebben we, denkt u?' vroeg hij Tom.

'Een dag? Uiterlijk twee? In ieder geval niet genoeg om meneer Strange te vinden en terug te laten komen. Meneer Murray, ik denk dat u dit aan ons moet overlaten en dat wij een paar spreuken moeten proberen om Norrell's magie tegen te gaan.'

'Bestaan er zulke spreuken?' vroeg meneer Murray, terwijl hij bedenkelijk naar de beginnende tovenaar keek.

'O, honderden!' zei Henry Purfois.

'Kent u er een?' vroeg meneer Murray.

'We hebben ervan gehoord,' zei William Hadley-Bright. 'Waarschijnlijk kunnen we wel een redelijk fatsoenlijke spreuk samenstellen. Wat zou het geweldig zijn als meneer Strange van het continent terugkwam en wij zijn boek hadden gered! Dat zou zijn ogen wel openen, denk ik!'

'Wat denken jullie van Pale's Onzichtbare Hoe-Noem-Je-Dat en Dingdajebetover?' vroeg Henry Purfois.

'Ik weet wat je bedoelt,' zei William Hadley-Bright.

'Een zeer opmerkelijke procedure van dr Pale,' legde Henry Purfois uit aan meneer Murray. 'Het draait een spreuk om en de maker ondergaat het effect ervan. De boeken van meneer Norrell zouden blanco worden of verdwijnen! Wat hij uiteindelijk verdient.'

'Ik ben er niet zo zeker van dat meneer Strange zo verrukt zou zijn als hij terugkwam en erachter zou komen dat wij de belangrijkste bibliotheek op het gebied van magie hebben vernietigd,' zei Tom. 'Bovendien moeten we een Quiliphon maken om Pale's Onzichtbare Reflectie en Protectie uit te voeren.'

'Een wat?' zei meneer Murray.

'Een Quiliphon,' zei William Hadley-Bright. 'Dr Pale's werken staan vol met zulke apparaten om te toveren. Ik geloof dat het eruitziet als iets wat het midden houdt tussen een trompet en een broodroostervork...'

'...en er zitten drie metalen bollen op die almaar ronddraaien,' voegde Henry Purfois toe.

'Ik begrijp het,' zei meneer Murray.

'Het zou te lang duren om een Quiliphon te bouwen,' zei Tom resoluut. 'Ik stel voor dat we onze aandacht op De Chepe's Prophylaxis richten.[4] Dat kunnen we vlug toepassen en, als het goed wordt gedaan, houdt het Norrell's magie wel even tegen, lang genoeg om een boodschap bij meneer Strange te bezorgen.'

Op dat moment ging de deur open en kwam er een onfris uitziende man in een leren schort de winkel binnen. Hij werd enigszins in verlegenheid gebracht doordat alle ogen in het vertrek op hem gericht waren. Hij maakte een kleine, vluchtige buiging, gaf Shackleton een stuk papier en vluchtte snel weg.

'Wat is er, Shackleton?' vroeg meneer Murray.

'Een bericht van Thames-street. Ze hebben in de boeken gekeken. Ze waren allemaal onbedrukt, op geen enkele bladzijde stond nog een

---

[4] Walter de Chepe was een Londense tovenaar aan het begin van de dertiende eeuw. Zijn methode, Prophylaxis, beschermt een persoon, stad of voorwerp tegen toverspreuken. Naar verluidt is het een voortvloeisel uit een stuk Elfenmagie. Het staat bekend als erg sterk. Het enige probleem van deze bezwering is zijn opmerkelijke doeltreffendheid. Soms worden objecten onvatbaar voor tussenkomst van mensen of elfen van welke soort dan ook, magie of geen magie. Dus als Strange's leerlingen erin geslaagd zouden zijn een bezwering over een van Strange's boeken uit te spreken, was het goed mogelijk geweest dat niemand in staat zou zijn geweest om het boek op te pakken of de bladzijden om te slaan.

In 1280 gaven de inwoners van Bristol de dorpstovenaars opdracht om De Chepe's Prophylaxis over de hele stad uit te roepen en het tegen vijandelijke toverspreuken te beschermen. De magie was echter zo succesvol dat iedereen in de stad, alle dieren en alle schepen in de haven veranderden in levende standbeelden. Niemand kon bewegen, binnen de grenzen stopte het water met stromen, en zelfs de vlammen in de haard bewogen niet meer. Zo hield Bristol een maand lang stand totdat John Uskglass vanuit zijn huis in Newcastle kwam om de zaken weer recht te zetten.

woord. Het spijt me, meneer Murray, maar *The History and Practice of English Magic* is verdwenen.'

William Hadley-Bright stak zijn handen in zijn zakken en floot zacht.

Naarmate de uren verstreken, werd het duidelijk dat geen enkel exemplaar van het boek nog in omloop was. William Hadley-Bright en Henry Purfois pleitten ervoor meneer Norrell uit te dagen tot een duel, totdat ze geattendeerd werden op het feit dat meneer Norrell een man op leeftijd was, die zelden lichaamsbeweging kreeg en nog nooit gezien was met een pistool of zwaard in zijn hand. Er waren geen omstandigheden waaronder het eerlijk of fatsoenlijk zou zijn voor twee mannen in de bloei van hun leven – een van hen was soldaat – om hem tot een duel uit te dagen. Hadley-Bright en Purfois accepteerden dit, maar Purfois kon het niet nalaten hoopvol de kamer rond te kijken op zoek naar een persoon met dezelfde afgeleefdheid als die van meneer Norrell. Hij staarde veelbetekenend naar Shackleton.

Andere vrienden van Strange kwamen hun medeleven betuigen aan meneer Murray en een deel van hun woede uiten over wat meneer Norrell had gedaan. Lord Portishead kwam langs en deed verslag van de brief die hij naar meneer Norrell had gestuurd, waarin hij hun vriendschap verbrak, en de brief die hij naar Lascelles had gestuurd, waarin hij ontslag nam als redacteur van *The Friends of English Magic* en zijn abonnement opzegde.

'Van nu af aan, heren,' zei hij tegen de leerlingen, 'beschouw ik mezelf als iemand die alleen bij jullie groep thuishoort.'

De leerlingen verzekerden de lord dat hij er goed aan had gedaan en er nooit spijt van zou krijgen.

Om zeven uur arriveerde Childermass. Hij liep in alle kalmte de volle kamer in alsof hij de kerk binnenliep. 'Zo, hoeveel bent u kwijtgeraakt, meneer Murray?' vroeg hij. Hij haalde zijn notitieboek te voorschijn, pakte een ganzenveer van meneer Murray's bureau en doopte hem in de inkt.

'Stop uw boek maar weg, meneer Childermass,' zei meneer Murray. 'Ik wil uw geld niet.'

'Zeker? Kijk uit dat u zich niet te veel door deze heren laat beïnvloeden, meneer. Een paar van hen zijn nog jong en kennen geen verantwoordelijkheden...' Childermass keek met een koele blik naar de drie leerlingen en naar de verschillende officieren in uniform die in de kamer stonden. 'En anderen zijn rijk en een paar honderd pond meer of minder doet hen niets.' Childermass keek naar lord Portishead. 'Maar u, meneer Murray, bent een zakenman en zaken zouden bij u op de eerste plaats moeten komen.'

'Ha!' Meneer Murray sloeg zijn armen over elkaar en met zijn goede oog keek hij triomfantelijk naar Childermass. 'U denkt dat ik hard geld nodig heb – maar, weet u, dat is niet zo. De hele avond al komen er aanbiedingen binnen van Strange' vrienden die ons geld willen lenen. Ik geloof dat ik een nieuwe zaak zou kunnen opzetten als ik dat zou willen! Maar ik verzoek u om meneer Norrell een bericht te bezorgen. Het gaat om het volgende. Uiteindelijk zal hij betalen, maar op onze voorwaarden, niet de zijne. We zijn van plan om hem voor de nieuwe editie te laten betalen. Hij moet betalen voor de advertenties van het boek van zijn concurrent. Dat zal hem meer pijn doen dan wat dan ook, denk ik.'

'O, zeker! Als het ooit gebeurt,' zei Childermass droog. Hij keerde zich om richting deur. Toen stopte hij en terwijl hij een tijdje naar het tapijt staarde, leek hij iets te overdenken. 'Ik zal u dit zeggen,' zei hij, 'het boek is niet vernietigd, ook al lijkt dat zo op dit moment. Ik heb mijn kaarten geraadpleegd en ze gevraagd of er nog exemplaren over zijn. Het lijkt erop dat er nog twee over zijn. Strange heeft er één, en Norrell heeft het andere.'

In de maand die volgde werd er over bijna niets anders gepraat dan de verbazingwekkende actie van meneer Norrell, maar of de verdorvenheid van het boek of de hatelijkheid van meneer Norrell het meest te verwijten viel, verdeelde de meningen in Londen. Mensen die een exemplaar hadden gekocht waren woedend vanwege het verlies van hun boek en meneer Norrell maakte het er niet beter op door zijn bedienden naar hun huizen te sturen met een gienje – zo veel kostte het boek – en de brief waarin hij zijn redenen de boeken te laten verdwijnen toelichtte. Veel mensen voelden zich nog meer beledigd dan voorheen en sommigen van hen schakelden hun advocaat in om een proces aan te spannen tegen meneer Norrell.[5]

[5] De brief bevatte twee implicaties die als zeer beledigend werden beschouwd: de eerste was dat de kopers niet intelligent genoeg waren om Strange' boek te begrijpen, en de tweede was dat zij niet over het morele inzicht beschikten om voor zichzelf te bepalen of de magie die Strange beschreef goed of slecht was.

In september keerden de ministers terug van het platteland naar Londen en meneer Norrell's vreemde acties vormden natuurlijk meteen een van de hoofdpunten van conversatie tijdens hun eerste vergadering.

'In het begin, toen we meneer Norrell in dienst namen om voor ons magie te verrichten,' zei iemand, 'hadden we niet gedacht dat we hem hiermee toestemming hadden gegeven om met zijn spreuken de huizen van mensen binnen te dringen en hun bezittingen te veranderen. In zekere zin is het jammer dat we niet over dat magische gerechtshof beschikken dat hij altijd heeft voorgesteld. Hoe heet het ook alweer?'

'De Cinque Dragownes,' zei sir Walter Pole.

'Ik neem aan dat hij schuldig is aan een of andere magische misdaad?'

'O, zeker! Maar ik heb geen idee welke. Waarschijnlijk weet John Childermass het, maar ik betwijfel ten zeerste of hij het ons zal vertellen.'

'Het maakt niet uit. Er lopen verschillende zaken bij de gewone rechtbanken tegen hem wegens diefstal.'

'Diefstal!' zei een andere minister verrast. 'Ik vind het zeer stuitend

---

De Norrellieten waren ervan uitgegaan dat de vernietiging van Strange' boek controversieel zou zijn en hadden zich erop voorbereid veel kritiek te krijgen. Het kwaad dat hun eigen zaak was aangedaan door de brief, was echter volledig onbedoeld. Het was de bedoeling geweest dat meneer Norrell de brief aan meneer Lascelles zou laten zien voordat deze werd verzonden. Als Lascelles hem had gezien waren de taal en de uitlatingen grotendeels aangepast en was het waarschijnlijk een stuk minder beledigend geweest voor de ontvangers.

Helaas was er een misverstand. Meneer Norrell vroeg aan Childermass of Lascelles zijn verbeteringen had aangebracht. Childermass dacht dat het ging over een artikel voor *The Friends of English Magic* en had gezegd dat hij dat had gedaan. En dus ging de brief ongecorrigeerd de deur uit. Lascelles was woedend en beschuldigde Childermass ervan meneer Norrell moedwillig te hebben aangemoedigd zijn eigen zaak schade toe te brengen. Childermass ontkende hevig ooit zoiets te hebben gedaan.

Vanaf dit moment werd de verhouding tussen Lascelles en Childermass – die nooit goed was geweest – snel slechter en Lascelles liet algauw aan meneer Norrell doorschemeren dat Childermass er Strangitische sympathieën opna hield en stiekem bezig was zijn meester te verraden.

dat een man die zo veel voor zijn land heeft gedaan vervolgd zou worden voor zo'n ordinaire misdaad!'

'Waarom?' vroeg de eerste. 'Hij heeft het aan zichzelf te wijten.'

'Het probleem is,' zei sir Walter, 'dat hij, op het moment dat hem wordt gevraagd zich te verdedigen, een antwoord zal geven over de aard van de Engelse magie. En op Strange na is niemand geschikt om dat onderwerp te bespreken. Ik denk dat we geduld moeten hebben. Ik denk dat we moeten wachten tot Strange terugkomt.'

'Hetgeen een andere vraag oproept,' zei een andere minister. 'Er zijn maar twee tovenaars in Engeland. Hoe kunnen we tussen hen kiezen? Wie kan zeggen wie van hen gelijk heeft en wie ongelijk?'

De ministers keken elkaar onthutst aan.

Alleen lord Liverpool, de minister-president, was onverstoord. 'We zullen ze herkennen, evenals we andere mannen herkennen,' verklaarde hij, 'aan de vruchten die ze dragen.'[6]

Er volgde een pauze waarin de ministers bedachten dat de vruchten die meneer Norrell op dit moment droeg niet zo veelbelovend waren: arrogantie, diefstal en kwaadwilligheid.

Men besloot dat de minister van Binnenlandse Zaken een gesprek onder vier ogen moest houden met Lascelles om hem te vragen aan meneer Norrell over te brengen dat hetgeen hij had gedaan tot groot ongenoegen van de minister-president en alle ministers had geleid.

Het leek alsof er niets meer te zeggen viel, maar de ministers konden de zaak niet laten rusten zonder zich aan een beetje geroddel te bezondigen. Ze hadden allemaal gehoord hoe lord Portishead met meneer Norrell had gebroken. Maar sir Walter wist hun te vertellen dat Childermass, die tot op dit moment was overgekomen als de onafscheidelijke metgezel van de meester, zich had gedistantieerd van meneer Norrell's belangen en met Strange' vrienden had gesproken als onafhankelijk persoon, en hen had verzekerd dat het boek niet was vernietigd. Sir Walter zuchtte diep. 'Toch denk ik dat dit in veel opzichten een slechter teken is dan de rest. Norrell's mensenkennis is nooit goed geweest en nu verlaten zijn vrienden hem: Strange is weg, John Murray en nu Portishead. Als Childermass en Norrell ruzie krijgen, blijft alleen Henry Lascelles over.'

---

[6] 'Aan hun vruchten zult gij hen kennen.' Het evangelie naar Mattheus, 7, 160.

Strange' vrienden zaten die avond bij elkaar en schreven hem vol verontwaardiging. Het zou twee weken duren voordat de brieven in Italië aankwamen, maar Strange reisde zo veel dat het nog wel twee weken langer zou kunnen duren voordat ze hem zouden bereiken. In het begin vertrouwden Strange' vrienden er nog op dat hij, zodra hij ze las, in een uitbarsting van woede naar Engeland zou vertrekken, klaar om met Norrell te strijden in de rechtbank en de kranten. Maar in september kregen ze nieuws waardoor ze dachten dat ze misschien toch een tijdje moesten wachten.

Zolang Strange richting Italië reisde, had hij over het algemeen opgewekt geleken. Zijn brieven stonden vol vrolijke onzin. Maar zodra hij daar was aangekomen veranderde zijn humeur. Voor het eerst sinds Arabella's dood had hij geen werk en niets om hem af te leiden van zijn lot. Niets wat hij zag beviel hem en gedurende enkele weken leek het alsof hij alleen maar verlichting voor zijn ellende kon vinden door constant van omgeving te veranderen.[7] Begin september bereikte hij Genua. Omdat deze stad hem iets beter beviel dan de andere Italiaanse steden die hij had gezien, bleef hij bijna een week. In deze periode arriveerde een Engels gezin in het hotel waar hij verbleef. Ondanks het feit dat hij eerder aan sir Walter had verklaard dat hij van plan was om Engelsen in het buitenland te mijden, maakte Strange kennis met dit gezin. Onmiddellijk schreef hij brieven terug naar Engeland vol lof over de manieren, intelligentie en vriendelijkheid van de Greysteels. Aan het einde van de week reisde hij naar Bologna, maar omdat hij daar geen vermaak vond, keerde hij algauw terug naar Genua om daar bij de Greysteels te blijven tot het eind van de maand, waarna ze van plan waren om samen naar Venetië te reizen.

---

[7] '...ik kan je niets vertellen over Piacenza,' schreef Strange aan Henry Woodhope, 'omdat ik niet lang genoeg ben gebleven om het te bekijken. Ik kwam 's avonds aan. Na het avondeten besloot ik een half uurtje te gaan wandelen, maar toen ik het centrale plein opliep, werd ik meteen geboeid door een grote urn die op een voetstuk stond met een lange zwarte schaduw op de stenen erachter. Uit de hals van de urn kwamen twee of drie strengen klimop, of een andere klimplant, te voorschijn, maar ze waren zo goed als dood. Ik kan niet zeggen waarom, maar dit kwam zo zwaar melancholisch op mij over dat ik er niet tegen kon. Het was net een allegorie van verlies, dood en ellende. Ik ging terug naar de herberg, ging onmiddellijk naar bed en de volgende ochtend vertrok ik naar Turijn.

De vrienden waren natuurlijk blij dat hij aangenaam gezelschap had gevonden, maar wat hen het meest intrigeerde waren de verschillende verwijzingen in zijn brieven naar de dochter van de familie, die jong en ongehuwd was en wier gezelschap Strange erg leek te waarderen. Bij de vrienden kwam onmiddellijk dezelfde interessante gedachte op: wat als hij weer zou trouwen? Een mooie, jonge vrouw zou hem meer dan wat dan ook doen genezen van zijn somberheid. Bovendien zou zij de aangewezen persoon zijn om hem af te leiden van die duistere, verwarrende magie waarop hij zo gesteld leek te zijn.

Strange was niet de enige doorn in het oog van meneer Norrell. Een edelman die Knight heette, was een school voor tovenaars begonnen in Henrietta-street op Covent-garden. Meneer Knight was geen praktiserend tovenaar en deed zich ook niet zo voor. Zijn advertentie bood jonge heren: 'een degelijke opleiding in theoretische magie en de geschiedenis van de Engelse magie, volgens de principes die als leidraad dienden voor onze belangrijkste tovenaar, meneer Norrell, bij het opleiden van zijn illustere leerling, Jonathan Strange.' Meneer Lascelles had meneer Knight een kwade brief geschreven waarin hij verklaarde dat de school van meneer Knight nooit op de genoemde principes gebaseerd kon zijn, aangezien deze alleen bekend waren bij meneer Norrell en meneer Strange. Lascelles dreigde meneer Knight als bedrieger te ontmaskeren als hij zijn school niet onmiddellijk zou opheffen.

Meneer Knight had een beleefde brief teruggeschreven waarin hij zo vrij was er anders over te denken. Hij zei dat het tegenovergestelde waar was en dat meneer Norrell's wijze van opleiden bekend was. Hij vroeg meneer Lascelles' aandacht voor pagina 47 van *The Friends of English Magic*, uitgegeven in de herfst van 1810, waarin lord Portishead verklaarde dat de enige basis voor de opleiding van tovenaars, die meneer Norrell had goedgekeurd, door Francis Sutton-Grove was bedacht. Meneer Knight – die beweerde een groot bewonderaar van meneer Norrell te zijn – had een exemplaar van *De Generibus Magicarum Anglorum* van Sutton-Grove gekocht en deze bestudeerd. Hij maakte van de gelegenheid gebruik om zich af te vragen of meneer Norrell hem de eer wilde bewijzen gastdocent van de school te worden en lezingen te houden, enzovoorts. Hij was van plan geweest om vier jongemannen te onderwijzen, maar werd zo overweldigd door aanmeldingen, dat hij genoodzaakt was nog een huis te huren om ze te herbergen en meer leraren in te huren om hen te onderwijzen. Er werden andere scholen voorgesteld in Bath, Chester en Newcastle.

De winkels gingen nog verder dan de scholen. Verschillende ondernemingen in Londen waren begonnen met het verkopen van magische drankjes, magische spiegels en zilveren kommen, die, beweerden de fabrikanten, speciaal gemaakt waren om er visioenen in te zien. Meneer Norrell deed wat hij kon om de handel tegen te houden en haalde fel naar hen uit in *The Friends of English Magic*. Hij had de redacteuren van alle andere uitgaven over magie, waarop hij enige invloed had, overgehaald om artikelen te publiceren die verklaarden dat er nooit zo iets had bestaan als magische spiegels en dat de magie waarbij tovenaars spiegels gebruiken – wat maar een paar soorten betrof en die Norrell nauwelijks goedkeurde – werd gedaan met normale spiegels. Desondanks waren de magische producten zo snel uitverkocht dat de winkeliers nauwelijks de tijd hadden om de schappen te vullen. Sommige winkeliers overwogen zelfs hun andere producten op te geven en de hele winkel te wijden aan magische parafernalia.

51

Een familie die Greysteel heet
oktober tot november 1816

Jonathan Strange aan sir Walter Pole

Campo Santa Maria Zobenigo, Venetië
16 oktober, 1816

We verlieten *terra firma* in Mestre. Er waren twee gondels. Juffrouw Greysteel en haar tante gingen in de ene, de dokter en ik in de andere. Maar of het kwam doordat mijn uitleg aan de gondelier in slecht Italiaans was, of doordat de kisten en koffers van juffrouw Greysteel voor een andere verdeling zorgden, weet ik niet, maar het ging allemaal anders dan gepland. De eerste gondel met alle Greysteels erin gleed over de lagune, terwijl ik nog aan wal stond. Dr Greysteel, goede kerel als hij is, stak zijn hoofd naar buiten en brulde zijn excuses, waarop zijn zuster, die volgens mij een beetje zenuwachtig wordt van water, hem weer terugtrok. Het was een zeer onbeduidend voorval, maar toch maakte het me nerveus en even later viel ik ten prooi aan de meest morbide angsten en fantasieën. Ik keek naar mijn gondel. Ik weet dat er veel gezegd is over de trieste verschijning van deze voertuigen, die het midden houden tussen een doodskist en een boot. Maar er kwam een heel ander idee bij me op. Ik bedacht me hoeveel ze leken op de zwartgeschilderde goochelaarsdozen met zwarte gordijnen uit mijn jeugd. Het soort dozen waarin charlatans de zakdoeken en munten en medaillons stopten van mensen van het platteland. Soms werden deze artikelen niet teruggevonden, waarover de tovenaar zich dan vervelend voelde: 'Maar elfengeesten, meneer, zijn lichtzinnige, plagerige wezens.' En alle kindermeisjes en keukenmeiden die ik ooit als kind heb gekend, hadden altijd een tante of kenden een vrouw wier eerste zoon van een nicht in precies zo'n doos gestopt was en nooit meer was teruggezien. Toen ik op de kade in Mestre stond, had ik het verschrikkelijke idee dat als de Greysteels in Venetië aan wal zouden gaan, ze de gondel die mij had moeten vervoeren leeg zouden aantreffen. Dit idee lag zo sterk in mij verankerd dat ik een paar minuten aan niets anders kon denken en er zelfs tranen in mijn ogen stonden, wat wel aangeeft hoe nerveus ik was geworden. Het is nogal belachelijk als een man bang is te verdwijnen. Het liep tegen de avond en onze twee gondels waren zo zwart als de nacht en even zo melancholisch. Toch was het de koudste en bleekste blauwe lucht die u zich kunt voorstellen. Het waaide niet, of nagenoeg niet, en de zee was enkel de spiegel van de lucht. Er waren onmetelijke ruimtes van onbeweeglijk koud licht boven ons en onmetelijke ruimtes van onbeweeglijk koud licht eronder. Maar de stad vóór ons werd niet verlicht door de lucht of de lagune, en kwam ons voor als een onmetelijke verzameling schaduwtorens en schaduwpieken, doordrongen van lichtjes die over het schitterende water dobberden. Toen wij Venetië binnenkwamen lag het water vol papiertjes en afval: stukjes hout, hooi, sinaasappelschillen en koolstronken. Ik keek naar beneden en zag een spookachtige hand. Het was slechts een moment, maar ik ben ervan overtuigd dat er een vrouw onder het smerige water lag die haar weg naar het licht zocht. Het was natuurlijk maar een witte handschoen, maar de angst, zo lang als die duurde, was enorm. Maar u hoeft zich over mij geen zorgen te maken. Het werk aan het tweede deel van *The History and Practice* neemt mij volkomen in beslag en als ik niet aan het werk ben, dan ben ik meestal bij de Greysteels, precies het soort mensen die u leuk zou vinden: opgewekt, onafhankelijk en ontwikkeld. Ik geef toe dat ik een beetje geïrriteerd ben dat ik nog niets heb gehoord over hoe het eerste deel is ontvangen. Ik ben er redelijk zeker van dat het een enorm succes is en ik weet dat toen N. het las, hij schuimbekkend op de grond zakte van jaloezie, maar ik zou het heel fijn vinden als iemand me dat zou schrijven.

Jonathan Strange aan John Murray

Campo Santa Maria Zobenigo, Venetië
27 oktober, 1816

...van acht verschillende personen wat Norrell heeft gedaan. O, wat zou ik kwaad kunnen zijn. Ik zou bij wijze van spreken mijn pen en mijzelf uitputten in een lange tirade, maar met welk doel? Ik wens niet langer door deze schaamteloze, kleine man geregeerd te worden. Ik kom begin voorjaar terug naar Londen, zoals ik gepland had, en dan zullen we een nieuwe versie hebben. We zullen advocaten in de arm nemen. Ik heb *mijn* vrienden, net zoals hij. Laat hem – als hij dat durft – in de rechtszaal maar zeggen waarom hij denkt dat Engelsen kinderen zijn geworden en niets van zaken mogen weten die bij hun voorouders bekend waren. En als hij weer het lef heeft magie op mij uit te oefenen, dan zullen we wat tegenwerkende magie uitoefenen en uiteindelijk eens zien *wíe* de grootste tovenaar van de eeuw is. En ik denk, meneer Murray, dat u er het verstandigst aan doet veel meer exemplaren te drukken dan de vorige keer. Dit was een van Norrell's meest notoire magiehandelingen en ik weet zeker dat mensen het boek willen zien waardoor hij gedwongen was dit te doen. Overigens, als u de nieuwe editie publiceert, zullen er correcties in aangebracht moeten worden. Er staan een paar enorme blunders in. Met name hoofdstuk zes en tweeënveertig zijn slecht...

Sir Walter Pole aan Jonathan Strange

Harley-street, Londen
1 oktober 1816

...een boekverkoper op het kerkhof van St Paul, Titus Watkins, heeft een bijzonder absurd boek gepubliceerd dat hij verkoopt onder Strange' titel *History and Practice of English Magic*. Lord Portishead zegt dat een deel ervan is overgenomen van Absalom[1] en een ander deel onzin is.

---

[1] *The Tree of Learning* van Gregory Absalom (1507-1599).

Portishead vraagt zich af welke van de twee u het meest beledigend vindt: het deel over Absalom of de nonsens. Als een echte heer spreekt lord Portishead deze versie overal waar hij komt tegen, maar veel mensen hebben het reeds in hun bezit en Watkins heeft er flink aan verdiend. Ik ben blij dat u juffrouw Greysteel zo leuk vindt...

Jonathan Strange aan John Murray

Campo Santa Maria Zobenigo, Venetië
16 november, 1816

Mijn beste Murray,

Ik denk dat u blij zult zijn te horen dat er uiteindelijk toch nog iets positiefs voortkomt uit de vernietiging van *The History and Practice of English Magic*. Ik heb mijn ruzie met lord Byron bijgelegd. Hij weet niets van de grote strijdpunten die de Engelse magie in tweeën verscheuren en het kan hem eerlijk gezegd vrij weinig schelen. Maar hij heeft veel respect voor boeken. Hij vertelt mij dat hij constant op zijn hoede is uit vrees voor uw toch uiterst voorzichtige pen, meneer Murray, voor het geval die een aantal van zijn eigen gedichten zou veranderen en sommige zeer verrassende woorden in wat meer eerbiedige veranderen. Toen hij hoorde dat het boek door de vijand van de auteur was weggetoverd, was zijn verontwaardiging niet te beschrijven. Hij stuurde me een lange brief, waarin hij in de levendigste termen kwaadsprak over Norrell. Van alle brieven die ik over deze verdrietige gebeurtenis ontving, is dit mijn favoriet. Er is heden ten dage geen Engelsman die lord Byron kan evenaren waar het een belediging betreft. Hij kwam ongeveer een week geleden in Venetië aan en we ontmoetten elkaar bij Florian.[2] Ik geef toe dat ik ongerust was dat hij die brutale jongedame, mevrouw Clairmont, zou meenemen, maar gelukkig was zij nergens te bekennen. Klaarblijkelijk had hij haar een tijdje geleden weggestuurd. Onze nieuwe vriendschappelijke relatie is bezegeld met de ontdekking dat we een voorliefde voor biljart delen. Ik speel als ik nadenk over magie en hij speelt als hij zijn gedichten ensceneert...

[2] Een beroemd café op het San Marcoplein.

Het zonlicht was net zo koud en helder als de toon die je hoort wanneer een mes een mooi wijnglas raakt. In zulk licht waren de muren van de kerk van Santa Maria Formosa zo wit als schelpen of botten en de schaduwen op de tegels zo blauw als de zee.

De deur naar de kerk ging open en een klein gezelschap kwam naar buiten de campo op. Deze dames en heren brachten een bezoek aan Venetië en waren naar het interieur van de kerk komen kijken, naar de altaars en andere interessante objecten, en eenmaal buiten, waren ze erg spraakzaam en vulden de waterkabbelende stilte van de plek met een luid, vrolijk gesprek. Ze waren buitengewoon tevreden met de Campo Santa Maria Formosa. Ze vonden de gevels van de huizen prachtig, ze bleven ze maar de hoogte in prijzen. Maar het trieste verval, waaraan alle gebouwen en bruggen onderhevig zijn, leek hen zelfs nog meer te charmeren. Het waren Engelsen en voor hen was het verval van andere naties een heel logisch fenomeen. Zij behoorden tot een ras dat gezegend was met een dusdanige gevoeligheid en waardering voor eigen talenten – die van anderen betwijfelden ze sterk – dat ze totaal niet verbaasd zouden zijn als de Venetianen zelf geen benul zouden hebben van de waarde van hun eigen stad, tot een Engelsman hun had verteld hoe zalig het er was.

Een dame, die haar verrukking liet varen, begon tegen een andere dame over het weer.

'Weet je, het is heel vreemd, mijn lief, maar toen we in de kerk waren en jij en meneer Strange naar de schilderijen keken, stak ik even mijn hoofd door de deuropening en toen dacht ik dat het regende en ik maakte me zorgen dat je nat zou worden.'

'Nee, tante. Kijk, de stenen zijn helemaal droog. Er zit geen spatje regen op.'

'Goed dan, mijn lief, maar ik hoop niet dat deze wind je stoort. Hij snijdt een beetje bijtend om de oren. We kunnen altijd aan meneer Strange en je vader vragen een beetje sneller te lopen als je er last van hebt.'

'Dank u, tante, maar ik voel me volkomen behaaglijk. Ik vind dit briesje lekker, ik houd van de zeelucht, het maakt mijn hoofd helder, de zintuigen, alles. Maar misschien, tante, vindt u het niet prettig?'

'O nee, mijn lief. Ik vind zoiets niet erg. Ik ben nogal sterk. Ik denk alleen maar aan jou.'

'Ik weet het, tante,' zei de jongedame. De jongedame was zich er wellicht van bewust dat het zonlicht en de bries – die zo gunstig was voor Venetië en zijn grachten zo blauw maakte en zijn marmer zo mystiek helder – haarzelf net zo veel goed deed. Er was niets wat zó de aandacht vestigde op de doorschijnende huidskleur van juffrouw Greysteel als de flitsende bewegingen van het zonlicht en de schaduw. Niets stond haar witte mousseline jurk zo goed als de bries die eromheen woei.

'Ach,' zei tante, 'nu laat je vader meneer Strange iets nieuws zien. Flora, mijn lief, wil jij het niet zien?'

'Ik heb genoeg gezien. Gaat u maar, tante.'

Dus haastte tante zich naar het andere eind van de campo en liep juffrouw Greysteel langzaam richting de kleine witte brug vlak bij de kerk en stak geïrriteerd de punt van haar witte parasol tussen de stenen en mompelde tegen zichzelf: 'Ik heb genoeg gezien. O, ik heb meer dan genoeg gezien!' De herhaling van deze mysterieuze uitroep leek haar niet echt op te luchten, sterker nog, ze werd er alleen maar zwaarmoediger van en begon nog meer te zuchten.

'U bent erg stil vandaag,' zei Strange plotseling. Ze schrok op. Ze wist niet dat hij zo dichtbij was.

'Is dat zo? Ik ben me er niet van bewust.' Maar toen schonk ze haar aandacht aan het uitzicht en was een tijdje stil. Strange leunde met zijn rug tegen de brug, vouwde zijn armen en keek haar heel aandachtig aan.

'Stil,' herhaalde hij, 'en een beetje verdrietig, denk ik. En dus moet ik tegen u praten, begrijpt u.'

Of ze nu wilde of niet, hier moest ze om glimlachen. 'Moet u dat?' vroeg ze. Maar toen leken het glimlachen en praten haar te kwellen en dus zuchtte ze en keek weer weg.

'Inderdaad, omdat u altijd tegen mij praat over leuke dingen wanneer ik me zwaarmoedig voel, waardoor mijn neerslachtigheid verdwijnt. Ik zal hetzelfde voor u doen. Dat is vriendschap.'

'Openheid en eerlijkheid, meneer Strange. Dat is de beste basis voor vriendschap, denk ik.'

'O! U denkt dat ik gereserveerd ben. Ik zie het aan uw gezicht. Misschien heeft u gelijk, maar ik... dat is... nee, waarschijnlijk heeft u gelijk. Ik neem aan dat het niet een beroep is dat in de hand werkt—'

Juffrouw Greysteel onderbrak hem. 'Ik doelde niet op uw beroep. Helemaal niet. Alle beroepen kennen een eigen vorm van discretie. Dat lijkt me nogal duidelijk.'

'Dan begrijp ik u niet.'

'Het is niets. We zouden ons weer bij mijn tante en vader moeten voegen.'

'Nee, wacht, juffrouw Greysteel, dat is niet genoeg. Wie anders zal me op de been helpen als het mis met me gaat, als u het niet doet? Zeg me wie u denkt dat ik bedrieg?'

Juffrouw Greysteel was even stil en toen, met enige tegenzin, zei ze: 'Uw vriendin van gisteravond, wellicht?'

'Mijn vriendin van gisteravond! Wat bedoelt u?'

Juffrouw Greysteel keek heel ongelukkig. 'De jongedame in de gondel die zo graag met u wilde praten en een half uur lang niet toestond dat een ander met u sprak.'

'Ach!' Strange glimlachte en schudde zijn hoofd. 'Nee, u bent met een verkeerd idee op de loop gegaan. Ze is niet mijn vriendin. Ze is de vriendin van lord Byron.'

'O...!' Juffrouw Greysteel bloosde een beetje. 'Ze leek een behoorlijk opgewonden jonge dame.'

'Ze is niet erg te spreken over het gedrag van lord Byron.' Strange haalde zijn schouders op. 'Wie wel? Ze probeerde te ontdekken of ik in staat was hem te beïnvloeden. Ik moest me veel moeite getroosten haar ervan te overtuigen dat er volgens mij nooit genoeg magie in Engeland zou zijn om zoiets voor elkaar te krijgen.'

'U bent beledigd.'

'Helemaal niet. Ik geloof dat we nu dichter bij de goede verstandhouding zijn die u van vriendschap verwacht. Wilt u mij de hand schudden?'

'Met alle genoegen,' zei ze.

'Flora? Meneer Strange?' riep dr Greysteel die met grote passen op hen afkwam. 'Wat is dit?'

Juffrouw Greysteel was een beetje in de war. Het was voor haar van het grootste belang dat haar tante en vader een goede indruk van meneer Strange zouden hebben. Ze wilde niet dat zij wisten dat ze hem van wangedrag had beticht. Ze veinsde de vraag van haar vader niet gehoord te hebben en sprak vurig over een paar schilderijen in de Scuola di Giorgio degli Schiavoni die ze heel graag wilde zien. 'Het is echt vlakbij. We zouden er nu heen kunnen gaan. U komt toch mee, hoop ik?' zei ze tegen Strange.

Strange glimlachte berouwvol naar haar. 'Ik moet aan het werk.'

'Uw boek?' vroeg dr Greysteel.

'Vandaag niet. Ik ben bezig de magie bloot te leggen waarmee ik een elfengeest kan aanroepen om mijn assistent te zijn. Ik weet niet meer hoe vaak en op hoeveel manieren ik het heb geprobeerd. En uiteraard iedere keer zonder enig succes. Maar dat is het dilemma van de moderne tovenaar! Toverspreuken die ooit door iedere kleine tovenaar als vanzelfsprekend werden beschouwd zijn nu zo ongrijpbaar dat we wanhopen of we ze ooit terugkrijgen. Martin Pale had achtentwintig elfenbedienden. Ik zou al heel blij zijn met één.'

'Elfen!' riep tante Greysteel uit. 'Maar naar wat je daarover hoort zijn dat zeer schadelijke wezens! Weet u heel zeker, meneer Strange, dat u uzelf echt met zo'n moeilijk gezelschap wilt opzadelen?'

'Mijn lieve tante!' zei juffrouw Greysteel. 'Meneer Strange weet wat hij doet.'

Maar tante Greysteel was bezorgd en om haar standpunt te verduidelijken begon ze een verhaal over een rivier die door het dorp in Derbyshire stroomde, waar zij en dr Greysteel waren opgegroeid. De rivier was lang geleden betoverd door elfen waardoor hij gekrompen was van een grootse stortvloed tot een kalm stroompje en, hoewel dit eeuwen en eeuwen geleden gebeurd was, de lokale bevolking was het niet vergeten en nog altijd verontwaardigd. Ze hadden het nog steeds over de werkgroepen die ze hadden kunnen opzetten en het bedrijfsleven dat ze hadden kunnen hebben als de rivier sterk genoeg was geweest om in energie te voorzien.[3]

Strange luisterde beleefd en toen ze klaar was, zei hij: 'O, zeker! Elfen zijn van nature verdorven en uitermate moeilijk in bedwang te houden. Zou ik succesvol zijn, dan moet ik zeker weten met wie mijn

---

[3] Tante Greysteel heeft het waarschijnlijk over de Derwent. Lang geleden, toen John Uskglass als kind gevangen zat in het Elfenrijk, voorspelde een koning in het Elfenrijk dat, zodra hij volwassen was, alle oude elfenkoninkrijken zouden vallen. De koning stuurde zijn bedienden naar Engeland om een ijzeren mes te halen waarmee hij hem kon vermoorden. Het mes werd gesmeed door een hoefsmid op de oevers van de Derwent en het water van de Derwent werd gebruikt om het hete metaal af te koelen. Maar de poging om John Uskglass te vermoorden mislukte en de koning en zijn clan werden door de tovenaarsjongen vernietigd. Toen John Uskglass Engeland binnenkwam en er zijn koninkrijk vestigde, gingen zijn elfenvolgelingen op zoek naar de hoefsmid. Ze vermoordden hem en zijn familie, vernietigden zijn huis en spraken toverspreuken uit over de Derwent, als straf voor zijn aandeel in het fabriceren van het verdorven mes.

elf – of elfen – omgaan.' Hij wierp een blik op juffrouw Greysteel. 'Niettemin is hun kracht en kennis dusdanig dat een tovenaar niet gemakkelijk zonder hun hulp kan, tenzij hij Gilbert Norrell heet. Iedere elf die ooit geleefd heeft, heeft meer magie in zijn hoofd, handen en hart dan in de grootste, ooit bestaande bibliotheek met boeken over magie zou passen.'[4]

Dr Greysteel en tante Greysteel wensten Strange succes en juffrouw Greysteel herinnerde hem eraan dat hij binnenkort een keer met haar mee zou gaan om naar een pianoforte te kijken, waarop ze iemand hadden horen spelen en die te huur was bij een antiquair die vlak bij de Campo San Angelo huisde. Toen gingen de Greysteels verder met de overige pleziertjes van de dag, terwijl Strange terugkeerde naar zijn gehuurde kamer vlak bij Santa Maria Zobenigo.

'Heeft hij dat?' vroeg tante Greysteel. 'Nou, dat is opmerkelijk.'

Het merendeel van de Engelse heren dat vandaag de dag naar Italië komt, maakt gedichten of beschrijvingen van hun rondreis, of tekeningen. Italianen die graag appartementen verhuren aan deze heren, worden sterk aangeraden hun kamers te geven waar ze dit soort bezigheden kunnen beoefenen. Strange' huisbaas bij voorbeeld had boven in zijn huis een schaduwrijke, kleine kamer gereserveerd voor een huurder. Er stond een antieke tafel met vier gegraveerde griffioenen die als poten dienstdeden, een zeemansstoel, een geschilderde houten kast zoals je ze wel ziet in een kerk, en een houten figuur van ongeveer een meter hoog op een pilaar. Het stelde een glimlachende man voor die iets ronds en roods in zijn handen had, wat een appel zou kunnen zijn, een granaatappel of een rode bal. Het was moeilijk voor te stellen waar deze heer vandaan kwam. Hij was iets te vrolijk voor een heilige van een kerk en niet komisch genoeg voor een koffiehuisembleem.

Strange had gemerkt dat de kast vochtig was en vol meeldauw zat. Hij had hem niet in gebruik genomen en zijn boeken en documenten in stapels op de vloer gelegd. Maar de houten figuur was een soort vriend geworden en als hij werkte, stelde hij hem constant vragen als: 'Wat vindt u?' en: 'Doncaster of Belasis? Wat zegt u ervan?'[5] en: 'Nou?

---

[4] De ideeën die Strange hieromtrent heeft zijn nogal optimistisch en romantisch. Engelse literatuur over magie zit boordevol voorbeelden van elfen wier kracht zwak was of die dom of onwetend waren.

[5] Jacques Belasis werd beschouwd als de schepper van een uitstekende tover-

Ziet u hem? Ik niet.' En één keer zei hij uitermate geërgerd tegen hem: 'O! Wees stil, alstublieft?'

Hij pakte een vel papier waarop hij een toverspreuk had gekrabbeld. Hij bewoog zijn lippen, zoals tovenaars dat doen wanneer ze magie bedrijven. Toen hij klaar was, keek hij de kamer rond alsof hij min of meer verwachtte er nog iemand aan te treffen. Maar wie hij ook hoopte te zien, hij zag hem niet. Hij zuchtte, verkreukelde de toverspreuk tot een bal en gooide het naar de kleine, houten figuur. Toen nam hij een ander vel papier, maakte een paar aantekeningen, raadpleegde een boek, raapte het eerste stuk papier weer van de grond, streek het glad, bestudeerde het een half uur terwijl hij aan zijn haren trok, verkreukelde het weer en gooide het uit het raam.

Ergens luidde een klok. Het was een verdrietig en eenzaam geluid wat de toehoorder deed denken aan grillige, verloren plaatsen, donkere luchten en leegheid. Een paar van deze ideeën moeten Strange ingevallen zijn, want hij werd afgeleid en stopte met waar hij mee bezig was en staarde uit het raam, alsof hij zichzelf ervan wilde verzekeren dat Venetië niet plotseling een verlaten, stille ruïne was gewor-

---

spreuk om elfengeesten te ontbieden. Helaas lag *The Instructions*, het enige exemplaar van Belasis' meesterwerk, in de bibliotheek in Hurtfew, en Strange had het boek nog nooit gezien. Alles wat hij erover wist waren vage beschrijvingen in latere geschiedschrijvingen en dus moet worden aangenomen dat Strange bezig was deze magie opnieuw in gebruik te nemen en dat hij slechts de flauwste notie had van datgene waarmee hij bezig was.

Een groot contrast hierop vormt de toverspreuk die in zijn algemeenheid wordt toegeschreven aan de heer van Doncaster. Deze toverspreuk is zeer bekend en is te vinden in verschillende, gemakkelijk verkrijgbare boeken. De ware identiteit van de heer van Doncaster is niet bekend. Zijn bestaan is afgeleid uit diverse referenties aan dertiende-eeuwse tovenaars die toverspreuken en magie verkregen van 'Doncaster', zoals wordt beschreven in de Zilverengeschiedwerken. Verder is het ook onduidelijk of deze bovengenoemde magie kan worden toegeschreven aan één man. Dit heeft ertoe geleid dat historici in de magie het bestaan van een tweede tovenaar, nog mysterieuzer dan de eerste, vooronderstellen, de pseudo-heer van Doncaster. Als de heer van Doncaster inderdaad John Uskglass is, zoals overtuigend wordt beargumenteerd, is het niet meer dan logisch dat de toverspreuk om elfen te ontbieden in het leven is geroepen door de pseudo-heer van Doncaster. Het is hoogst onwaarschijnlijk dat John Uskglass behoefte zou hebben aan een dergelijke toverspreuk, gezien het feit dat zijn koninkrijk vol elfen zat.

den. Maar de wereld buiten was net als altijd een en al drukte en levendigheid. Zonlicht scheen op het blauwe water. De campo was gevuld met mensen. Venetiaanse dames waren naar Santa Maria Zobenigo gekomen, Australische soldaten slenterden arm in arm rond en bekeken alles. Er waren winkeliers die hun spullen probeerden te verkopen, vechtende en bedelende kwajongens, en katten die zich bezighielden met hun geheime zaken.

Strange hervatte zijn werk. Hij deed zijn jas uit en rolde de mouwen van zijn shirt op. Daarna verliet hij de kamer en kwam terug met een mes en een kleine witte kom. Hij gebruikte het mes om wat bloed uit zijn arm te laten stromen. Hij zette de kom op tafel en staarde erin om te zien of hij genoeg had, maar het bloedverlies moet hem meer getroffen hebben dan hij veronderstelde, want in een moment van flauwte sloeg hij tegen de tafel en viel de kom op de grond. Hij vloekte in het Italiaans – een goede vloektaal – en keek of hij iets zag liggen om het bloed mee weg te vegen.

Toevallig lag er op het tafelblad een witte doek met een touwtje eromheen. Het was een nachthemd dat Arabella had genaaid aan het begin van hun huwelijk. Zonder zich te realiseren wat het was, reikte Strange ernaar. Hij had het bijna te pakken toen Stephen Black uit de schaduw te voorschijn kwam en hem een lapje aangaf. Stephen vulde de actie aan met die zwakke, halve buiging die een tweede natuur is van een goed getrainde bediende. Strange nam de lap aan, dweilde het bloed op – ietwat vergeefs – en leek zich helemaal niet bewust van Stephen's aanwezigheid. Stephen pakte het nachthemd op, streek de kreukels eruit, vouwde het zorgzaam op en legde het netjes op een stoel in de hoek.

Strange zakte terug in zijn stoel, legde zijn verwonde arm op de rand van de tafel, vloekte nog een keer en bedekte zijn gezicht met zijn handen.

'Wat probeert hij in godsnaam te doen?' vroeg Stephen Black fluisterend.

'O, hij probeert mij aan te roepen!' verklaarde de heer met het pluishaar. 'Hij wil mij allerlei vragen stellen over magie! Maar het is niet nodig te fluisteren, mijn beste Stephen. Hij kan je zien noch horen. Ze zijn zo belachelijk, deze Engelse tovenaars! Ze doen alles op zo'n omslachtige manier. Ik zeg je, Stephen, als je naar deze kerel kijkt die probeert te toveren lijkt het alsof je naar een man kijkt die zijn diner nuttigt terwijl hij zijn jas achterstevoren aanheeft, een blinddoek voor zijn ogen heeft zitten en een zak over zijn hoofd! Wanneer heb je mij ooit zúlke onzinnige trucs zien doen? Mijn eigen bloed laten stromen of woorden op papier krabbelen? Als ik iets wil doen, praat ik gewoon tegen de lucht of tegen de stenen of tegen het zonlicht of tegen de zee of tegen wat dan ook, en vraag hun beleefd mij te helpen. En dan, omdat mijn overeenkomst met deze krachtige geesten duizend jaar geleden is gemaakt, zijn ze alleen maar blij om alles wat ik vraag te doen.'

'Ik begrijp het,' zei Stephen. 'Maar hoewel de tovenaar onkundig is, is het hem toch gelukt. Per slot van rekening bent u toch hier, meneer?'

'Ja, misschien,' zei de heer geïrriteerd. 'Maar dat doet niet af aan het feit dat de magie waarmee ik hierheen gehaald werd onhandig en onelegant is! Bovendien, wat heeft hij eraan? Niets! Ik kies er niet voor mij aan hem tonen en hij kent geen toverspreuk om dat te bewerkstelligen. Stephen! Snel! Sla de pagina's van dat boek om! Er is geen luchtstroom in de kamer en het zal hem totaal in verwarring brengen. Ha! Kijk hoe hij staart! Hij heeft een zeker vermoeden dat we hier zijn, maar hij kan ons niet zien. Haha! Wat wordt hij kwaad! Knijp hem in zijn nek! Hij zal denken dat het een mug is!'

52

De oude vrouw uit Cannaregio
eind november 1816

Enige tijd voordat hij Engeland verliet, had dr Greysteel een brief ontvangen van een vriend in Schotland of hij, indien zijn reis hem naar Venetië zou brengen, een bezoek wilde brengen aan een zekere oude dame die daar woonde. De Schotse vriend zei dat het een liefdadigheidsgebaar zou zijn, aangezien deze oude dame die ooit rijk was geweest nu arm was. Dr Greysteel meende zich te herinneren dat hij ooit had vernomen dat ze van een of andere vreemde, gemengde komaf was – misschien was ze half-Schots, half-Spaans of misschien wel half-Iers, half-joods.

Dr Greysteel was wel van plan geweest haar te bezoeken, maar met al die herbergen en rijtuigen, plotse verplaatsingen en wijzigingen van plannen, kwam hij er bij aankomst in Venetië achter dat hij de brief niet meer kon vinden en niet meer goed wist wat erin had gestaan. Ook had hij nergens haar naam opgetekend. Hij had niets van haar, op een stukje papier na met daarop het adres waar hij haar eventueel kon ontmoeten.

Tante Greysteel zei dat onder dit soort moeilijke omstandigheden ze er goed aan zouden doen de oude vrouw een brief te sturen, waarin ze haar zouden mededelen van plan te zijn bij haar langs te gaan. Maar, voegde ze toe, het zou natuurlijk wel erg vreemd overkomen als ze haar naam niet wisten – ze zou hun ongetwijfeld een schandelijk, onachtzaam soort mensen vinden. Dr Greysteel leek niet op zijn gemak, snifte veel en kon niet stilzitten, maar hij kon niets beters bedenken. Dus schreven ze de brief onmiddellijk en gaven deze aan hun pensionhoudster, zodat zij die bij de oude dame kon bezorgen.

Toen kwam het eerste, vreemde gedeelte van de aangelegenheid. De pensionhoudster bestudeerde het adres, fronste en toen – om redenen die dr Greysteel niet helemaal begreep – stuurde ze het naar haar zwager op het eiland Giudecca.

Een paar dagen later kwam deze zwager – een elegante, kleine Venetiaanse advocaat – dr Greysteel bezoeken. Hij vertelde dr Greysteel dat hij de brief had verstuurd, zoals dr Greysteel had gevraagd, maar dat dr Greysteel moest weten dat de dame in het deel van de stad woonde dat Cannaregio heette, in het getto, waar de joden woonden. De brief werd bezorgd bij een eerbiedwaardige joodse heer. Er was geen antwoord op gekomen. Hoe wilde dr Greysteel verder? De kleine Venetiaanse advocaat wilde dr Greysteel met alle plezier helpen waar hij kon.

Aan het eind van de middag voeren juffrouw Greysteel, tante Greysteel, dr Greysteel en de advocaat – die signor Tosetti heette – in een gondel door de stad, door het deel van de stad dat St Marcos heette, waar mannen en vrouwen zich klaarmaakten voor de geneugten van de nacht – langs de aanlegsteiger van Santa Maria Zobenigo, waar juffrouw Greysteel zich omdraaide om naar een klein, kaarsverlicht raam te turen dat misschien van Jonathan Strange was – langs het Rialto waar tante Greysteel afkeurend 'nou, nou' mompelde, zuchtte en hartgrondig wenste dat ze meer kinderen met schoenen aan hun voeten zag.

Ze verlieten de gondel in het Getto Nuovo. Hoewel alle Venetiaanse huizen vreemd en oud zijn, leek dit vooral van toepassing te zijn op die van het getto, alsof rariteiten en antiquiteiten twee dingen waren waar deze handelslui in handelden en ze hun huizen mee gebouwd hadden. Hoewel alle straten in Venetië melancholisch zijn, waren deze straten op een andere manier melancholisch, alsof joodse en niet-joodse triestheid volgens verschillende recepten werd bereid. Toch waren de huizen eenvoudig en was de deur waar signor Tosetti aanklopte zwart en bescheiden genoeg om voor een willekeurig Quakers' bedehuis in Engeland door te kunnen gaan.

De deur werd opengedaan door een bediende die hen het huis binnenliet en ze naar een donkere kamer bracht, gelambriseerd met uitgedroogd, oud uitziend hout dat onmiskenbaar de geur van de zee droeg.

Een deur in de kamer stond een beetje open. Van waar hij stond zag dr Greysteel oude, gehavende boeken in dunne leren banden, zilveren kandelaars waar meer armen aan zaten dan Engelse kandelaars over het algemeen hebben, en raadselachtige dozen van opgepoetst hout waarvan dr Greysteel aannam dat het allemaal te maken had met het geloof van de joodse heer. Aan de muur hing een pop of marionet die even groot was als een man, met grote handen en voeten, maar gekleed als een vrouw, met zijn hoofd op de borst zodat het gezicht niet te zien was.

De bediende liep de kamer binnen om met zijn meester te spreken. Dr Greysteel fluisterde tegen zijn zus dat de bediende er fatsoenlijk uitzag. 'Ja,' zei tante Greysteel, 'behalve dan dat hij geen jasje droeg.' Tante Greysteel zei dat het haar vaak was opgevallen dat mannelijke bedienden altijd de neiging hadden om zichzelf in hemdsmouwen te vertonen en dat dit vaak het geval was als hun meesters vrijgezelle mannen waren, die niets deden om deze slechte gewoonte te corrigeren. Tante Greysteel snapte niet waarom dit zo was. Tante Greysteel vermoedde dat de joodse heer een weduwnaar was.

'O!' zei dr Greysteel, terwijl hij door de halfopen deuropening gluurde. 'We hebben hem gestoord tijdens zijn diner.'

De eerbiedwaardige joodse heer droeg een lange, stoffige zwarte jas en had een grote baard vol krullende grijze en witte haren en een zwart keppeltje op zijn hoofd. Hij zat aan een lange tafel die gedekt was met een vlekkeloos wit linnen kleed en hij had een groot stuk hiervan in de kraag van zijn zwarte toga gestopt om als servet te dienen.

Tante Greysteel was geschokt vanwege het feit dat dr Greysteel door spleten in deuropeningen gluurde en probeerde hem daarmee op te laten houden door hem met haar paraplu te prikken. Maar dr Greysteel was naar Italië gegaan om alles te zien en hij zag geen reden om een uitzondering te maken voor joodse heren in privé-appartementen.

Maar deze joodse heer leek niet van plan zijn diner te onderbreken om een Engels gezin te ontvangen. Hij leek de bediende te instrueren over wat hij tegen hen moest zeggen.

De bediende kwam terug en sprak met signor Tosetti. Toen hij klaar was wendde signor Tosetti zich tot tante Greysteel en legde uit dat de dame die ze zochten Delgado heette en dat ze boven in het huis woonde. Het leek signor Tosetti te irriteren dat geen van de bedienden van de joodse heer bereid leek om hun de weg te leiden en hun komst aan te kondigen, maar zoals hij zei, bestond hun gezelschap uit doortastende avonturiers en konden ze ongetwijfeld hun weg naar het einde van de trap vinden.

Dr Greysteel en signor Tosetti namen elk een kaars. De trap liep omhoog de schaduw in. Ze kwamen langs allerlei deuren die ondanks het feit dat ze nogal groot waren, er vreemd en klein uitzagen – om alle mensen onderdak te kunnen verschaffen waren de huizen in de getto zo groot mogelijk gebouwd en met zo veel mogelijk verdiepingen als de huizenbezitters hadden aangedurfd – en om dit alles te compenseren waren de plafonds nogal laag. Eerst hoorden ze mensen achter de deuren praten, en achter een daarvan hoorden ze een man een triest lied in een onbekende taal zingen. Toen kwamen ze bij de deuren die openstonden met daarachter alleen maar duister – uit de deuren kwam een koude, muffe tocht. De laatste deur was echter gesloten. Ze klopten aan, maar niemand deed open. Ze riepen dat ze gekomen waren om mevrouw Delgado te bezoeken. Nog steeds geen reactie. En toen, omdat tante Greysteel zei dat het onzinnig was om van zo ver te komen en dan weer weg te gaan, duwden ze de deur open en gingen naar binnen.

De kamer, die niet veel meer was dan een vliering, was net zo erbarmelijk als je bij die hoge leeftijd en extreme armoede kon verwachten. Alles was kapot, beschadigd of onverzorgd. Alle kleuren in de kamer waren vervaagd of donkerder geworden, of hadden hun beste tijd gehad en waren grijs geworden. De avondwind kwam binnen door een klein open raam en de maan was zichtbaar, hoewel het verbazingwekkend was dat de maan zich met haar schone witte gezicht en vingers in dat vieze kamertje liet zien.

Dit was echter niet wat dr Greysteel zorgen baarde, waardoor hij aan zijn stropdas trok, rood aanliep en uiteindelijk verbleekte en diep moest ademhalen. Als er iets was wat dr Greysteel meer dan wat dan ook verafschuwde, waren het katten, en de kamer was vol met katten.

Tussen de katten in zat een mager persoon op een stoffige, houten stoel. Gelukkig waren de Greysteels allemaal, zoals signor Tosetti al had gezegd, doortastende avonturiers, want het zien van mevrouw Delgado had zenuwachtige mensen misschien licht gechoqueerd. Al zat ze erg rechtop – men zou bijna hebben gezegd dat ze ergens op zat te wachten – was ze zo getekend en gevormd door extreme ouderdom, dat ze haar gelijkenis met andere mensen aan het verliezen was en in plaats daarvan op andere soorten levende wezens ging lijken. Haar armen, die op haar schoot lagen, waren buitensporig bedekt met bruine vlekken, zodat ze op twee vissen leken. Haar huid was van een wit, bijna doorzichtig soort als die van extreem oude mensen, zo dun en gerimpeld als een spinnenweb en vol aders met blauwe verdikkingen.

Ze stond niet op toen ze binnenkwamen en gaf er ook geen blijk van dat ze hen überhaupt had gezien. Maar misschien had ze hen niet gehoord. Want al was het stil in de kamer, de stilte van vijftig katten is iets merkwaardigs alsof er vijftig individuele stiltes op elkaar gestapeld zijn.

Dus gingen de Greysteels en signor Tosetti, praktisch als ze waren, zitten in de verschrikkelijk kleine kamer en begon tante Greysteel, met haar vriendelijke glimlach en bezorgde hoop dat iedereen zich op zijn gemak zou voelen, tegen de oude vrouw te praten.

'Beste mevrouw Delgado, ik hoop dat u ons deze binnendringing kunt vergeven, maar mijn nicht en ik wilden onszelf de eer geven u een bezoek te brengen.' Tante Greysteel pauzeerde voor het geval dat de oude dame wilde antwoorden, maar de oude dame zei niets. 'Het is hier lekker fris, mevrouw! Een goede vriendin van mij, juffrouw Whilesmith, woont in een kleine kamer boven in een huis aan Queen's square in Bath, een kamer die veel op de uwe lijkt, mevrouw Delgado, en zij zegt dat ze deze zelfs in de zomer niet zou ruilen voor het beste huis van de stad, omdat zij de briesjes krijgt die niemand anders krijgt en het lekker koel is wanneer vooraanstaande mensen stikken in hun luxueuze appartementen. En alles bij haar is netjes en in de buurt wanneer ze het nodig heeft. De enige klacht die ze heeft, is dat het meisje van twee hoog achter altijd hete ketels in het trappenhuis zet, wat zoals u weet, mevrouw Delgado, erg vervelend kan zijn als je er per ongeluk met je voet tegenaan stoot. Ondervindt u veel ongemak van de trap, mevrouw?'

Er volgde een stilte. Of liever gezegd, er gingen enkele momenten voorbij waarin alleen de ademhaling van de vijftig katten te horen was.

Dr Greysteel bette zijn bezwete wenkbrauw met zijn zakdoek en bewoog heen en weer in zijn kleding. 'Mevrouw, we zijn hier,' begon hij, 'op speciaal verzoek van meneer John McKean uit Aberdeenshire. Hij wil u de groeten doen. Hij hoopt dat alles goed met u gaat en wenst u gezondheid voor de toekomst.'

Dr Greysteel sprak luider dan gewoonlijk omdat hij het vermoeden had gekregen dat de oude vrouw doof was. Dit had echter tot gevolg dat de katten gestoord werden, en door de kamer begonnen te sluipen terwijl ze tegen elkaar aan schuurden en de vonken het duister in spatten. Een zwarte kat viel zomaar ergens vandaan op de rugleuning van dr Greysteel's stoel en liep eroverheen alsof hij over een koord danste.

Dr Greysteel wachtte even om bij te komen en zei toen: 'Mevrouw, kunnen we meneer McKean iets doorgeven over uw gezondheid en toestand als we terug zijn?'

Maar de oude dame zei niets.

Toen was het de beurt aan juffrouw Greysteel. 'Ik ben blij, mevrouw,' zei ze, 'om te zien dat u zo veel goede vrienden heeft. Dat moet een geweldige steun voor u zijn. Wat is dat kleine poesje aan uw voeten sierlijk gebouwd! En ze wast haar kopje zo elegant! Hoe noemt u haar?'

Maar de oude dame antwoordde niet.

Dus vertelde de kleine Venetiaanse advocaat, aangemoedigd door een blik van dr Greysteel, veel dingen die reeds gezegd waren, maar deze keer in het Italiaans. Het enige verschil was dat de oude dame geen moeite meer deed om hen aan te kijken, maar haar blik op een grote grijze kat had gevestigd, die op zijn beurt naar een witte kat keek, die op zijn beurt weer naar de maan keek.

'Vertel haar dat ik geld voor haar heb meegenomen,' zei dr Greysteel tegen de advocaat. 'Vertel haar dat het een geschenk is uit naam van John McKean. Vertel haar dat ze mij niet hoeft te bedanken...' Dr Greysteel zwaaide hevig met zijn hand alsof een reputatie van liefdadigheden en vrijgevige acties iets weg had van een mug en hij op deze manier hoopte te voorkomen dat er een op hem ging zitten.

'Meneer Tosetti,' zei tante Greysteel 'u ziet er ziek uit. U bent helemaal bleek, meneer. Wilt u een glas water? Ik weet zeker dat mevrouw Delgado u van een glas water kan voorzien.'

'Nee, madamina Greysteel, ik ben niet ziek. Ik ben...' Signor Tosetti keek de kamer rond op zoek naar het woord dat hij zocht. 'Bang,' fluisterde hij.

'Bang?' fluisterde dr Greysteel. 'Waarom? Waarvoor?'

'O, signor, dit is een verschrikkelijke plek!' antwoordde de ander fluisterend, en zijn ogen dwaalden in een soort ontsteltenis af naar de plek waar een van de katten zijn poot likte, voordat hij zijn kop ging wassen en toen terug naar de oude vrouw liep, alsof hij verwachtte haar hetzelfde te zien doen.

Juffrouw Greysteel fluisterde dat ze in hun bezorgdheid om mevrouw Delgado aandacht te schenken met te veel mensen waren gekomen en dat ze te onverwacht aan haar deur waren verschenen. Ze

waren duidelijk de eerste bezoekers die ze in jaren had ontvangen. Geen wonder dat het leek alsof ze tijdelijk haar verstand had verloren! Het was een te zware last!

'O, Flora!' fluisterde tante Greysteel. 'Moet je je eens voorstellen! Om jaar in jaar uit zonder enig gezelschap te leven!'

Dr Greysteel vond het belachelijk om in zo'n kleine kamer met elkaar te fluisteren – terwijl de oude dame nog geen meter van hen af zat – en omdat hij verder niet wist wat hij moest doen, raakte hij nogal geïrriteerd door zijn gezelschap. Dus besloten zijn zus en dochter dat het tijd was om te gaan.

Tante Greysteel stond erop dat ze lang en innig afscheid namen van de oude vrouw en vertelde haar dat ze terug zouden komen als ze zich wat beter voelde – tante Greysteel hoopte dat dat snel zo zou zijn.

Net toen ze de deur uitliepen, keken ze om. Op dat moment verscheen er een nieuwe kat op de vensterbank met in zijn bek iets wat dood en stekelig was, een ding dat opvallend veel op een dode vogel leek. De oude dame maakte een zacht, vreugdevol geluid en sprong met verbazingwekkende energie uit haar stoel. Het was het vreemdste geluid dat ze ooit hadden gehoord en het leek in de verste verte niet op de spraak van mensen. Hierdoor slaakte signor Tosetti op zijn beurt in paniek een kreet en wilde zo snel mogelijk de deur dichttrekken om het zicht te ontnemen op wat de oude vrouw daarna zou doen.[1]

---

[1] Later bekende signor Tosetti aan de Greysteels dat hij dacht te weten wie de oude dame in Cannaregio was. Hij had haar verhaal regelmatig gehoord als hij in de stad kwam, maar totdat hij haar met eigen ogen had gezien had hij het afgedaan als een fabel, een verhaal om kinderen en dwazen bang te maken.

Het schijnt dat haar vader een jood was, en haar moeder afstamde van de helft van de volkeren in Europa. Als kind had ze verschillende talen geleerd en ze sprak ze allemaal perfect. Er was niets wat ze niet onder de knie kon krijgen als ze dat wilde. Ze studeerde voor de lol. Op haar zestiende sprak ze niet alleen Frans, Italiaans en Duits, wat behoort tot de alledaagse vaardigheden van een dame, maar alle talen van de beschaafde – en onbeschaafde – wereld. Ze sprak de taal die wordt gesproken in de Schotse Hooglanden – die op zingen lijkt. Ze sprak Baskisch, wat een taal is die zelden blijft hangen bij mensen van andere volken, zodat men het zo vaak en zo lang als men wil kan horen, maar zich achteraf nooit ook maar een lettergreep kan herinneren. Ze leerde zelfs de taal van een vreemd land waarvan, zo had signor Tosetti zich laten vertellen, sommige mensen dachten dat het nog steeds bestond, hoewel niemand ter wereld kon zeggen waar het lag (de naam van dit land was Wales).

Ze reisde de wereld over en verscheen voor koningen en koninginnen, aartshertogen en aartshertoginnen, prinsen en bisschoppen, graven en gravinnen, en met elk van deze belangrijke mensen sprak ze in de taal die hij of zij als kind had geleerd en iedereen verklaarde dat ze een wereldwonder was.

Uiteindelijk kwam ze naar Venetië.

Maar de vrouw had nooit geleerd om haar gedrag te matigen. Haar begeerte om te leren werd geëvenaard door haar begeerte naar andere dingen en ze trouwde met een man die zelf ook zo was. De dame en haar echtgenoot kwamen tijdens carnaval en gingen nooit meer weg. Ze vergokten hun rijkdom in *Ridottos*. Hun gezondheid verloren ze door andere geneugten. En op een ochtend, toen alle kanalen in Venetië zilver en roze waren gekleurd door de zonsopgang, ging de echtgenoot op de natte stenen van het Fondamenta dei Morien liggen, en stierf. Niemand kon hem redden. De vrouw had waarschijnlijk net zo goed hetzelfde kunnen doen, omdat ze geen geld meer had en nergens naar toe kon gaan. Maar de joden herinnerden zich dat ze ergens het recht had op hun hulp, omdat ze bij wijze van spreken zelf een joodse was – hoewel ze dat nooit eerder had toegegeven – of misschien hadden ze medelijden met haar omdat ze een lijdend mens was – omdat de joden in Venetië veel geleden hebben. Hoe dan ook, zij gaven haar onderdak in het getto. Er gaan verschillende verhalen over wat daarna gebeurde, maar iedereen is het erover eens dat ze onder de joden leefde, maar dat ze niet een van hen was. Ze woonde nogal eenzaam en of dat nu haar schuld was of dat die bij hen lag, weet ik niet. Er ging een lange tijd voorbij zonder dat ze ook maar een levende ziel sprak en er woedde een storm van krankzinnigheid in haar, die al haar talen vernietigde. En ze vergat Italiaans, vergat Engels, vergat Latijn, vergat Baskisch, vergat Wels, vergat alles behalve Kats, en dat, naar verluidt, sprak ze bijzonder goed.

53

Een kleine, dode, grijze muis

eind november 1816

De volgende avond in een kamer met Venetiaanse mistroostigheid en Venetiaanse weelde, die op een heel romantische en bevredigende manier met elkaar waren vermengd, zaten de Greysteels en Strange gezamenlijk aan het diner. De vloer was van gebarsten, uitgesleten marmer in verschillende Venetiaanse winterkleuren. Het hoofd van tante Greysteel, in het keurige witte kapje, stak af tegen de enorme, donkere deur die in de ruimte achter haar opdoemde. De deur was bedekt met vage gravures en leek op een of ander begrafenismonument omkranst met sombere schaduwen. Op de muren van pleisterkalk stonden ijle muurschilderingen in tere kleuren, die een historische Venetiaanse familie verheerlijkten wier laatste erfgenaam lang geleden was verdronken. De huidige eigenaars waren zo arm als kerkratten en in geen jaren in staat geweest hun huis te onderhouden. Het regende buiten en, wat verrassender was, binnen ook. Van ergens in de kamer kwam een onaangenaam geluid van grote hoeveelheden water dat letterlijk op de vloer en de meubelen druppelde. Maar de Greysteels waren niet somber te krijgen en lieten zich door dit soort kleinigheden niet een goede maaltijd ontzeggen. Ze hadden de akelige schaduwen verdreven met een flinke, felle gloed kaarslicht en maskeerden het geluid van het druppelende water met gelach en gepraat. Ze schonken een vrolijke Engelsheid aan dat deel van de kamer waar ze zaten.

'Maar ik begrijp het niet,' zei Strange. 'Wie zorgt er voor de oude dame?'

Dr Greysteel zei: 'De joodse heer – die een zeer menslievende oude man schijnt te zijn – voorziet haar van een plek om te wonen en zijn bedienden zetten onder aan de trap schalen met eten voor haar neer.'

'Maar hoe het eten naar haar wordt gebracht,' riep juffrouw Greysteel, 'dat weet niemand precies. Signor Tosetti gelooft dat haar katten het naar haar toe brengen.'

'Wat een onzin!' zei dr Greysteel. 'Wie heeft er ooit gehoord dat katten iets zinvols doen!'

'Behalve dan op een verwaande manier staren,' zei Strange. 'Dat heeft denk ik een bepaald moreel nut als je iemand een oncomfortabel gevoel wilt geven en wilt laten nadenken over de gebreken van zichzelf.'

Het vreemde avontuur van de Greysteels was vanaf het moment dat ze gingen eten het onderwerp van gesprek geweest. 'Flora, mijn lief,' zei tante Greysteel, 'meneer Strange zal denken dat we het over niets anders kunnen hebben.'

'O! Maakt u zich om mij maar geen zorgen,' zei Strange. 'Het is merkwaardig, en wij tovenaars verzamelen merkwaardigheden, weet u.'

'Zou u haar met magie kunnen genezen, meneer Strange?' vroeg juffrouw Greysteel.

'Krankzinnigheid genezen? Nee. Hoewel ik dat wel eens heb geprobeerd. Ik werd ooit gevraagd een krankzinnige, oude heer te bezoeken om te zien wat ik voor hem kon doen. Ik geloof dat ik toen zelfs veel sterkere toverspreuken gebruikte dan in welk ander geval dan ook, maar aan het eind van mijn bezoek was hij nog even gek als anders.'

'Maar er zouden recepten om krankzinnigheid te genezen kunnen zijn, toch?' vroeg juffrouw Greysteel onstuimig. 'Ik neem aan dat de Gulden Tovenaars er minstens één hadden.' Juffrouw Greysteel was geïnteresseerd geraakt in de geschiedenis van de magie en haar gesprekken waren tegenwoordig doorspekt met woorden als Gulden en Zilveren.

'Waarschijnlijk,' zei Strange, 'maar als dat zo is, dan is het recept honderden jaren geleden verdwenen.'

'Al was het duizend jaar, dan weet ik zeker dat het geen belemmering voor u hoeft te zijn. U heeft ons tientallen voorbeelden gegeven van toverspreuken waarvan werd gedacht dat ze verloren waren gegaan en die u heeft kunnen herstellen.'

'Waar, maar in het algemeen had ik wel een idee over hoe ik moest beginnen. Ik heb nooit vernomen dat een Gulden Tovenaar krankzinnigheid genas. Hun houding ten opzichte van krankzinnigheid schijnt heel anders geweest te zijn dan die van ons. Zij beschouwden dollemannen als zieners en profeten, en ze luisterden aandachtig naar hun gewauwel.'

'Wat vreemd! Waarom?'

'Meneer Norrell geloofde dat het iets van doen had met de genegenheid die elfen voelden voor dollemannen. Dát, plus het feit dat krankzinnigen elfengeesten kunnen waarnemen en anderen niet.' Strange wachtte even. 'U zegt dat deze oude vrouw erg gestoord is?'

'O, ja! Ik denk het wel.'

Na het diner viel dr Greysteel in zijn stoel in de zitkamer in diepe slaap. Tante Greysteel zat in die van haar te knikkebollen, schrok af en toe op en verontschuldigde zich dan, waarna ze prompt weer in slaap viel. Dus juffrouw Greysteel kon de rest van de avond van een onderonsje met Strange genieten. Ze had hem veel te vertellen. Op zijn aanraden had ze onlangs lord Portishead's *A Child's History of the Raven King* gelezen en daarover wilde ze met hem praten. Hij leek echter afgeleid en een aantal keer had ze de onaangename indruk dat hij niet luisterde.

De volgende dag bezochten de Greysteels het Arsenaal en ze waren vol bewondering over zijn somberheid en onmetelijkheid, ze verspilden zo'n twee uur in curiositeitenwinkels – waarvan de winkeliers nagenoeg even curieus en ouderwets leken als de curiositeiten zelf – en ze aten ijsjes bij een banketbakker vlak bij de kerk van San Stefano. Strange was voor de hele dag uitgenodigd, maar tante Greysteel kreeg vroeg in de ochtend een briefje met zijn complimenten en dankbetuiging. Hij was bij zuiver toeval op een nieuwe lijn van onderzoek gestuit en durfde die niet te laten liggen, '...en wetenschappers, mevrouw, zoals u van uw eigen broer weet, zijn de meest egoïstische wezens ter wereld en ze menen dat toewijding aan hun onderzoeken een excuus voor alles is...' Hij verscheen ook de volgende dag niet toen ze de Scuola di Santa Maria della Carità bezochten. Noch de dag erop toen ze met de gondel naar Torcello gingen, een eenzaam, door riet verstikt eiland gehuld in grijze mist. Hier werd lang, lang geleden de eerste, weelderige Venetiaanse stad opgericht, die verlaten werd en uiteindelijk verviel.

Maar, hoewel Strange opgeborgen in zijn appartement bij Santa Maria Zobenigo magie aan het verrichten was, werd dr Greysteel het verdriet bespaard hem erg te missen door het aantal keren dat zijn naam ter sprake kwam. Als de Greysteels bij de Rialto liepen en het uitzicht op die brug dr Greysteel aanmoedigde Shylock, Shakespeare en de toestand van het moderne theater te berde te brengen, dan had dr Greysteel toch het voordeel Strange' meningen over deze onderwerpen te kennen, omdat juffrouw Greysteel ervan op de hoogte was en daarmee net zo goed een discussie kon aangaan als met haar eigen meningen. Als de Greysteels in een curiositeitenwinkeltje werden getroffen door een schilderij van een vreemde dansende beer, dan was dat enkel een gelegenheid voor juffrouw Greysteel om haar vader te vertellen over een kennis van meneer Strange die een opgezette bruine beer in een glazen kooi had. Als de Greysteels schapenvlees aten, was juffrouw Greysteel ervan verzekerd dat ze aan een voorval werd herinnerd toen hij schapenvlees had gegeten bij Lyme Regis waarover meneer Strange haar had verteld.

Op de avond van de derde dag stuurde dr Greysteel Strange een bericht met het voorstel dat zij samen koffie zouden moeten gaan drinken en een glas Italiaanse sterke drank.

'Ik ben blij u te zien,' zei dr Greysteel, 'maar u ziet bleek. Vergeet u niet te eten? Te slapen? Te bewegen?'

'Ik geloof dat ik vandaag heb iets gegeten,' zei Strange, 'hoewel ik me niet kan herinneren wat het was.'

Ze praatten een tijdje over verschillende zaken, maar Strange was afgeleid. Een aantal keren antwoordde hij dr Greysteel bijna op goed geluk. Toen, terwijl hij het laatste beetje van zijn grappa doorslikte, haalde hij zijn zakhorloge te voorschijn en zei: 'Ik hoop dat u het mij zult vergeven dat ik weg moet. Ik heb een afspraak. Dus, goedenacht.'

Dr Greysteel was een beetje verbaasd en hij kon zich alleen maar afvragen wat voor een soort afspraak dat dan wel zou zijn. Een man kan zich overal ter wereld slecht gedragen, maar het leek dr Greysteel dat hij zich in Venetië misschien slechter gedroeg, en dat ook met grotere regelmaat deed. Geen enkele andere stad ter wereld was er zo op gericht mogelijkheden te bieden voor welke ondeugendheid dan ook en dr Greysteel was in deze periode met name nogal bezorgd, omdat hij vond dat Strange een onberispelijk karakter moest hebben. Dus vroeg hij zo luchtig mogelijk of hij een afspraak had met lord Byron.

'Nee, belachelijk. Om u de waarheid te zeggen,' Strange versmalde zijn ogen en keek zelfverzekerd. 'Ik denk dat ik iemand heb gevonden die me kan helpen.'

'Een elf?'

'Nee. Een ander mens. Ik heb hoge verwachtingen van deze samenwerking. Maar tegelijkertijd weet ik niet zeker hoe die andere persoon op mijn voorstellen zal reageren. U begrijpt dat ik hem onder zulke omstandigheden liever niet laat wachten.'

'Nee, inderdaad!' riep dr Greysteel. 'Ga! Ga!'

Strange wandelde weg en werd een van de vele zwarte figuren op het marktplein, allemaal met zwarte contouren, uitdrukkingsloze zwarte gezichten die zich over de oppervlakte van het door de maan gekleurde Venetië haastten. De maan zelf was tussen enorme grillige stapelwolken verscholen, waardoor het leek of er in de lucht nog een andere door de maan verlichte stad was, die in grootsheid rivaliseerde met Venetië en waarvan de grote paleizen en straten afnamen en tot ruïnes vervielen, alsof een of andere geest met een eigenaardig humeur het daar had geplaatst om te spotten met het langzame verval van de andere stad.

Intussen hadden tante Greysteel en juffrouw Greysteel profijt van de afwezigheid van de dokter, zodat ze konden terugkeren naar de verschrikkelijk kleine kamer boven in het huis in het getto. Ze waren stiekem gekomen omdat dr Greysteel, en wellicht ook meneer Strange, hen ervan zouden weerhouden te gaan, of er anders op zouden staan hen te vergezellen, en zij hadden bij deze gelegenheid liever geen mannelijk gezelschap.

'Ze zullen erover willen praten,' zei tante Greysteel. 'Ze zullen proberen te raden hoe ze in deze trieste omstandigheden verzeild is geraakt. Maar wat heeft dat voor zin? Hoe zou dat haar helpen?'

Juffrouw Greysteel had een paar kaarsen en kandelaars gekocht. Ze stak de kaars aan opdat ze konden zien wat ze deden. Toen haalden ze uit hun manden een lekkere, hartige schotel van kalfsfricassee, die de muffe, uitzichtloze ruimte vulde met een heerlijke geur, en een paar verse witte broodjes, een paar appels en een warme sjaal. Tante Greysteel zette het bord met kalfsfricassee voor mevrouw Delgado, maar ze merkte dat mevrouw Delgado's vingers en nagels zo stijf waren als klauwen, en ze kreeg ze niet om de handvatten van het mes en de vork gebogen.

'Nou, mijn lief,' zei tante Greysteel uiteindelijk, 'ze toont grote interesse en ik weet zeker dat het haar goed zal doen. Maar ik denk dat we het aan haar moeten overlaten te eten op de manier waarop zij wil.'

Ze gingen naar beneden de straat op. Zodra ze buiten waren, riep tante Greysteel uit: 'O, Flora! Zag je dat? Ze had haar souper al klaargemaakt. Er stond een Chinees schoteltje, best een mooi schoteltje, een beetje zoals mijn theeservies met rozenknoppen en vergeet-mij-nietjes en ze had er een muis in gelegd. Een kleine, grijze dode muis!'

Juffrouw Greysteel keek bedachtzaam. 'Ik neem aan dat een stukje witlof, gekookt en besprenkeld met saus zoals ze dat hier klaarmaken, een beetje op een muisje lijkt.'

'O, mijn lieve!' zei tante Greysteel. 'Je weet dat het niet zo iets was...'

Ze liepen door het getto richting het kanaal Cannaregio toen juffrouw Greysteel plotseling omkeerde in de schaduwen en uit het zicht verdween.

'Flora! Wat is er aan de hand?' riep tante Greysteel. 'Wat zie je? Treuzel niet, mijn lief. Het is zo ontzettend donker hier tussen de huizen. Liefste! Flora!'

Juffrouw Greysteel schoof net zo snel terug het licht in als ze verdwenen was. 'Het is niets, tante,' zei ze. 'U hoeft niet te schrikken. Ik dacht alleen dat ik iemand mijn naam hoorde noemen en ik ging even kijken. Ik dacht dat het iemand was die ik kende. Maar er is niemand.'

Bij de Fondamenta lag hun gondel te wachten. De gondelier hielp hen erin en toen, met langzame slagen, vertrokken ze. Tante Greysteel maakte het zichzelf behaaglijk onder het dekzeil in het midden van de boot. De regen kletterde op het doek. 'Misschien treffen we meneer Strange bij je vader aan als we thuiskomen,' zei ze.

'Misschien,' zei juffrouw Greysteel.

'Of misschien is hij weer aan het biljarten met lord Byron,' zei tante Greysteel. 'Het is vreemd dat zij vrienden zijn. Ze lijken zulke verschillende heren.'

'O, inderdaad! Hoewel meneer Strange me vertelde dat hij lord Byron veel minder aangenaam vond toen hij hem in Zwitserland ontmoette. Mijn heer was met een paar andere dichterlijke mensen die al zijn aandacht opeisten en wier gezelschap hij duidelijk boven alle andere verkoos. Meneer Strange zei dat hij nauwelijks beleefd was.'

'Nou, dat is heel onaardig. Maar totaal niet verrassend. Zou jij niet bang zijn naar hem te kijken, mijn lief? Naar lord Byron, bedoel ik. Ik denk dat ik dat wel een beetje zou zijn.'

'Nee, ik zou niet bang zijn.'

'Nou, mijn lief, dat komt doordat jij schranderder en evenwichtiger bent dan andere mensen. Ik zou inderdaad niet weten waar jij überhaupt bang voor zou moeten zijn.'

'O! Ik denk niet dat het komt door buitengewone moedigheid mijnerzijds. Wat betreft buitengewone deugdzaamheid kan ik niets zeggen. Ik ben nooit werkelijk in de verleiding gekomen iets slechts te doen. Het is enkel dat lord Byron nooit macht over mij zou kunnen hebben of mijn geringste gedachte of actie kan beïnvloeden. Ik ben volkomen veilig voor hem. Maar dat wil niet zeggen dat er niemand ter wereld is, niet dat ik die al ben tegengekomen, van wie ik het soms beangstigend vind om naar hem te kijken, uit angst dat hij misschien verdrietig zou kijken, of verloren of nadenkend of zo iets. Of weet u wat misschien het ergste is: tobbend over een of andere persoonlijke woede of pijn en zich er daardoor totaal niet van bewust is of erom geeft dat ik naar hem kijk.'

In de kleine zolderkamer boven in het huis in het getto, dropen de kaarsen van juffrouw Greysteel, en doofden. De maan scheen naar binnen in het nachtmerrieachtige appartement en de oude dame van Cannaregio verslond de kalfsfricassee die de dames Greysteel haar hadden gebracht.

Ze stond op het punt het laatste stukje door te slikken toen een stem in het Engels plotseling zei: 'Helaas bleven mijn vrienden niet om ons aan elkaar voor te stellen. Is het niet altijd onhandig twee mensen in een kamer alleen te laten om met elkaar kennis te maken? Mijn naam is Strange. En die van u, mevrouw, is Delgado – al weet u dat niet – en ik ben heel blij u te ontmoeten.'

Strange stond geleund tegen de vensterbank met zijn armen over elkaar intens naar haar te kijken.

Zij, op haar beurt, sloeg net zo weinig acht op hem als op tante Greysteel, juffrouw Greysteel of op iedere andere bezoeker van de afgelopen dagen. Ze sloeg net zo weinig acht op hem, als een kat die geen aandacht heeft voor eenieder in wie hij niet is geïnteresseerd.

'Laat mij u er eerst van verzekeren,' zei Strange, 'dat ik niet een van die vermoeiende bezoekers ben die geen echt doel voor hun bezoek hebben en die zelf niets te melden hebben. Ik heb een voorstel aan u, mevrouw Delgado. Het lot is ons goedgezind, mevrouw, dat u en ik elkaar op dit moment ontmoeten. Ik kan uw hartenwens vervullen en daarvoor in de plaats zult u die van mij vervullen.'

Mevrouw Delgado liet niet merken dat ze iets had gehoord. Ze had haar aandacht weer op de schaal met de dode muis gericht en haar oude mond geeuwde om hem te verzwelgen.

'Werkelijk, mevrouw!' riep Strange. 'Ik sta erop dat u even wacht met uw diner en luistert naar wat ik zeg.' Hij leunde voorover en haalde de schaal weg. Voor het eerst leek mevrouw Delgado zich ervan bewust dat hij daar was. Ze miauwde een beetje van ergernis en keek hem verontwaardigd aan.

'Ik wil dat u me leert hoe je krankzinnigheid kunt verwerven. Het is zo'n simpel idee, ik vraag me af waarom ik er niet eerder aan heb gedacht.'

Mevrouw Delgado gromde heel laag.

'O! U betwijfelt de wijsheid van mijn handelingen? U heeft waarschijnlijk gelijk. Het is erg onbezonnen te wensen dat je krankzinnig wordt. Mijn docent, mijn vrouw, mijn vrienden zouden allemaal boos zijn als ze er iets van wisten.' Hij wachtte even. De sardonische uitdrukking verdween van zijn gezicht en er schemerde een lichte toon in zijn stem door. 'Maar ik heb mijn docent aan de kant gezet, mijn vrouw is dood en ik ben door tweeëndertig kilometer koud water en een groot deel van een continent van mijn vrienden verwijderd. Voor het eerst sinds ik dit vreemde beroep heb aangenomen, voel ik me niet verplicht iemand anders te consulteren. Goed, hoe te beginnen? U moet me iets geven, iets wat als symbool en catalysator voor uw krankzinnigheid dient.' Hij keek de kamer rond.

'Helaas lijkt u niets te hebben, behalve uw japon...' Hij keek naar de schaal die hij in zijn hand hield. '...en deze muis. Ik denk dat ik de voorkeur geef aan de muis.'

Strange sprak een spreuk uit. Er was een uitbarsting van zilveren lichten in de kamer. Het was iets dat het midden hield tussen witte vlammen en het glinsterende effect dat bij vuurwerk hoort. Heel even hing het tussen mevrouw Delgado en Strange in de lucht. Toen maakte Strange een gebaar of hij de bedoeling had het naar haar toe te gooien. Het licht vloog haar kant op en ze werd heel even omgeven door een zilveren straling. Plotseling was mevrouw Delgado nergens meer te bekennen en in haar plaats was er nu een ernstig, chagrijnig meisje in een ouderwetse japon. Toen verdween ook het meisje en werd ze vervangen door een prachtige, jonge vrouw met een eigenzinnige uitdrukking. Snel veranderde ze in een oudere vrouw met een dwingende houding maar met een sprankje van aankomende krankzinnigheid in haar ogen. Alle vrouwen die mevrouw Delgado ooit was geweest, fladderden heel even in de stoel. Toen verdwenen ze allemaal.

Op de stoel lag enkel een hoopje gekreukte zijde. Er stapte een grijs poesje uit te voorschijn. De poes sprong sierlijk op de grond, in de vensterbank en verdween in het duister.

'Goed, dat werkte,' zei Strange. Hij pakte de halfvergane muis bij zijn staart. Onmiddellijk werd hij interessant voor een aantal katten die miauwden, spinden en langs zijn benen schuurden om zijn aandacht te trekken.

Hij grimaste. 'Ik vraag me af wat John Uskglass moest verdragen bij het uitvoeren van Engelse magie?'

Hij vroeg zich af of hij een verschil zou ontdekken. Zou hij, nadat hij een toverspreuk had uitgesproken, merken dat hij probeerde te raden of hij nu gek was? Zou hij doorgaan met het bedenken van idiote gedachten om te ontdekken of ze nu meer natuurlijk voor hem waren? Hij keek nog een keer om zich heen, opende zijn mond en liet de muis er behoedzaam in zakken...

Het was als onder een waterval duiken of het geluid van tweeduizend trompetten in je oor. Alles wat hij ervóór dacht, alles wat hij wist, alles wat hij was geweest, werd meegesleurd in een grote vloed van verwarrende emotie en sensatie. De wereld werd opnieuw geboren in vlamachtige kleuren die ondraaglijk waren en doordrongen van nieuwe angsten, nieuwe verlangens, nieuwe haat. Hij werd omringd door grote aanwezigheden. Sommige hadden gevaarlijke monden vol tanden en enorme, brandende ogen. Er was iets wat leek op een verschrikkelijk verminkte spin die naast hem steigerde. Het was een en al boosaardigheid. Hij had iets in zijn mond en de smaak ervan was onbeschrijfelijk. Niet in staat te denken, niet in staat te weten, kreeg hij van god weet waarvandaan de ingeving het uit te spugen. Iemand krijste...

Hij merkte dat hij op zijn rug lag te staren naar een verwarrende mengeling van duisternis, draagbalken en maanlicht. Een onduidelijk gezicht verscheen en tuurde op een nerveus makende manier naar zijn gezicht. De adem was warm, vochtig en onwelriekend. Hij kon zich niet herinneren dat hij was gaan liggen, maar op dat ogenblik kon hij zich überhaupt niet zo veel herinneren. Hij vroeg zich vaag af of hij in Londen of in Shropshire was. De meest vreemde sensatie ging door zijn lijf, alsof er een paar katten tegelijkertijd over hem heen liepen. Na een tijdje hief hij zijn hoofd op en zag dat dit inderdaad het geval was.

Hij kwam overeind en de katten sprongen weg. De volle maan scheen door een gebroken raam naar binnen. Terwijl de ene naar de andere herinnering voorbijflitste, reconstrueerde hij de avond. Hij herinnerde zich de toverspreuk waarmee hij de oude dame had getransformeerd, zijn plan om krankzinnigheid over zichzelf af te roepen, zodat hij in staat was een elf te zien. In eerste instantie leek het hem zó ver weg, dat hij dacht dat hij zich gebeurtenissen herinnerde van, ach, misschien een maand geleden. Toch was hij hier in de kamer en op zijn horloge zag hij dat de tijd nauwelijks was verstreken.

Het lukte hem de muis te redden. Door toeval was zijn arm erop gevallen waardoor hij veilig was voor de katten. Hij stopte hem in zijn zak en verliet haastig de kamer. Hij wilde daar geen moment langer verblijven. De kamer leek hiervoor al op een nachtmerrie en nu kwam het hem voor als een plaats van ontegenzeggelijke verschrikking.

Op de trap ontmoette hij verschillende mensen, maar zij besteedden niet de geringste aandacht aan hem. Hij had van te voren een toverspreuk over de bewoners van het huis uitgesproken en ze waren er volledig van overtuigd dat ze hem elke dag zagen, dat hij deze kamers regelmatig bezocht en dat er niets vanzelfsprekender was dan dat hij er zou zijn. Maar als iemand hun had gevraagd wie hij was, dan hadden ze dat niet kunnen vertellen.

Hij liep terug naar zijn logies in Santa Maria Zobenigo. De krankzinnigheid van de oude dame leek hem nog steeds te besmetten. Mensen die hij op straat passeerde waren op een vreemde manier veranderd. Hun gezichtsuitdrukking leek meedogenloos en onbegrijpelijk en zelfs hun gang was sjokkend en dreigend. Goed, een ding is duidelijk, dacht hij, de oude vrouw was inderdaad krankzinnig. Ik kon onder die omstandigheid onmogelijk de elf aanroepen.

De volgende dag stond hij vroeg op en onmiddellijk na het ontbijt begon hij met het proces van het tot poeder reduceren van het vlees en de ingewanden van de muis volgens verschillende beroemde principes van de magie. Vervolgens maakte hij een tinctuur van de poeder. Dit had twee voordelen. Ten eerste – en zeker niet tot slot – was het overwegend minder weerzinwekkend een paar druppeltjes tinctuur door te slikken, dan een dode muis in zijn mond stoppen. Ten tweede geloofde hij dat hij op deze manier de graad van krankzinnigheid die hij zichzelf oplegde, wellicht kon reguleren.

Tegen vijf uur had hij een donkerbruine vloeistof, die voornamelijk naar de brandewijn rook die hij had gebruikt om de tinctuur te maken. Hij goot het over in een fles. Daarna telde hij behoedzaam vijftien druppels af in een glas brandewijn en dronk het leeg.

Na een paar minuten keek hij uit het raam en op het Campo Santa Maria Zobenigo. Er liepen mensen heen en weer. Hun hoofden waren uitgehold aan de achterkant. Hun gezichten waren niets meer dan dunne maskers. In iedere holte brandde een kaars. Dit was hem nu zo duidelijk, dat hij zich afvroeg waarom hij dat nooit eerder had gezien. Hij stelde zich voor wat er zou gebeuren als hij de straat op zou gaan en een paar van die kaarsen zou uitblazen. De gedachte alleen al deed hem lachen. Hij moest zo erg lachen dat hij niet meer kon stoppen. Zijn gelach echode almaar door het huis. Een heel klein overgebleven stukje gezond verstand waarschuwde hem dat hij de huisbaas en zijn familie beter niet kon laten weten wat hij aan het doen was, dus ging hij naar bed en smoorde het geluid van zijn gelach in de kussens, waarbij hij af en toe met zijn benen schopte vanwege de totale hilariteit van het idee.

De volgende ochtend werd hij wakker in bed, helemaal aangekleed en met zijn laarzen nog aan. Behalve het vervelende, vettige gevoel dat meestal het gevolg is van in je kleren slapen, was hij van mening dat hij niets was veranderd. Hij waste en schoor zich en deed schone kleren aan. Toen ging hij de deur uit om iets te eten en te drinken. Er was een klein koffiehuis op de hoek van de Calle de la Cortesia en de Campo San Angelo dat hij leuk vond. Alles leek in orde tot de bediende op zijn tafel afkwam en er een kop koffie neerzette. Strange keek op en zag een schittering als een kleine kaarsvlam in de ogen van de man. Hij ontdekte dat hij zich niet kon herinneren of mensen kaarsen in hun hoofd hadden of niet. Hij wist dat er een wereld van verschil was tussen deze twee concepten. Het ene was redelijk, het andere niet, maar hij wist echt niet meer wat wat was.

Dit was verwarrend.

Het enige probleem met de tinctuur, dacht hij, is dat het heel moeilijk is te beoordelen wanneer de effecten minder worden. Daar had ik nog niet eerder aan gedacht. Ik neem aan dat ik een dag of twee moet wachten voor ik het weer probeer.

Maar tegen de middag werd hij door zijn ongeduld overmand. Hij voelde zich beter. Hij neigde tot de opvatting dat mensen geen kaarsen in hun hoofden hadden. En hoe dan ook, dacht hij, het maakt niet uit welke het is. De vraag is niet van belang voor mijn huidige onderneming. Hij deed negen druppels van de tinctuur in een glas Vin Santo en dronk het op.

Onmiddellijk raakte hij ervan overtuigd dat alle kasten in het huis vol ananassen lagen. Hij was er zeker van dat er nog meer ananassen onder zijn bed en onder de tafel lagen. Hij was zo gealarmeerd door deze gedachte dat hij zich over zijn hele lijf warm en koud voelde worden en op de vloer moest gaan zitten. Alle huizen en palazzi in de stad waren vol ananassen en buiten in de straten droegen mensen ananassen verstopt onder hun kleren. Hij kon de ananassen overal ruiken. Een zoete en tegelijkertijd scherpe geur.

Even later werd er op zijn deur geklopt. Hij was verbaasd te merken dat het nu avond was en dat de kamer behoorlijk donker was. Wederom klonk het kloppende geluid. De huisbaas stond voor de deur. De huisbaas begon te praten, maar Strange kon hem niet verstaan. Dit kwam doordat de man een ananas in zijn mond had. Hoe het hem gelukt was dat hele ding erin te proppen, kon Strange zich niet voorstellen. Groene stekelige bladeren kwamen langzaam uit zijn mond te voorschijn en werden weer naar binnen gezogen als hij sprak. Strange vroeg zich af of hij misschien een mes of een haak moest pakken en moest proberen de ananas eruit te vissen voor het geval de huisbaas zou stikken. Maar tegelijkertijd kon het hem niet zo veel schelen. Per slot van rekening, dacht hij geïrriteerd, is het zijn eigen schuld. Hij heeft hem erin gestopt.

De volgende dag in het koffiehuis op de hoek van de Calle de la Cortesia stond een van de bedienden een ananas in stukken te hakken.

Strange, die ineengedoken zat met zijn koffie, huiverde toen hij het zag.

Hij had ontdekt dat het gemakkelijk was – veel gemakkelijker dan wie dan ook zou kunnen denken – jezelf gek te maken, maar zoals met alle magie liep het over van obstakels en frustraties. Zelfs al zou hij erin slagen de elf te ontbieden, wat hij niet waarschijnlijk achtte, dan zou hij niet in staat zijn met hem te praten. Ieder boek dat hij ooit over het onderwerp had gelezen, waarschuwde tovenaars op hun hoede te zijn als ze met elfen te maken hadden. Juist op het moment dat hij al zijn verstand nodig had, was hij niet bij zijn volle verstand.

Hoe kan ik met de bekwaamheid van mijn tovenaarsschap indruk op hem maken als ik alleen maar kan babbelen over ananassen en kaarsen? dacht hij.

Hij bracht de dag ijsberend door zijn kamer door, af en toe pauzerend om wat aantekeningen op stukjes papier te krabbelen. Toen de avond viel, schreef hij een toverspreuk op voor het ontbieden van elfen en legde die op tafel. Toen deed hij vier druppels tinctuur in een glas water en slikte het door.

Deze keer had de tinctuur een heel ander effect op hem. Hij werd niet overvallen door vreemde overtuigingen of angsten. In feite voelde hij zich in veel opzichten beter dan hij zich in lange tijd had gevoeld, beheerster, kalmer, minder verontrust. Hij merkte dat hij niet meer om magie gaf. Deuren in zijn geest sloegen dicht en hij dwaalde af in kamers en vestibules in zichzelf waar hij jarenlang niet meer was geweest. Ongeveer de eerste tien minuten, werd hij de man die hij was geweest op zijn twintigste of tweeëntwintigste. Daarna was hij totaal iemand anders, iemand die hij al die tijd had kunnen zijn, maar om verschillende redenen nooit echt was geworden.

Zijn eerste verlangen na het nemen van de tinctuur was een Ridotto bezoeken. Het kwam hem belachelijk voor dat hij sinds oktober in Venetië was en er nooit een had bezocht. Maar toen hij op zijn zakhorloge keek, zag hij dat het pas acht uur was. 'Dat is veel te vroeg,' merkte hij in het algemeen op. Hij had de behoefte te praten en keek om zich heen of er iemand was die hij in vertrouwen kon nemen. Bij gebrek aan beter ging hij bij de kleine, houten figuur in de hoek zitten. 'De komende drie of vier uur heeft het nog geen zin iemand op te zoeken,' zei hij.

Om de tijd te vullen, bedacht hij dat hij juffrouw Greysteel zou kunnen zoeken. 'Maar ik neem aan dat haar tante en vader daar zullen zijn.' Hij maakte een geïrriteerd geluidje. 'Saai! Saai! Saai! Waarom hebben knappe vrouwen altijd zulke massa's familieleden?' Hij bekeek zich in een spiegel. 'Mijn god! Deze halsdoek ziet eruit of hij geknoopt is door een ploeger.'

Hij besteedde het volgende half uur aan het knopen en opnieuw knopen van de halsdoek, tot hij tevreden was. Toen ontdekte hij dat zijn nagels langer waren dan hij wilde en dat ze niet bepaald schoon waren. Hij zocht een schaar om ze te knippen.

De schaar lag op de tafel. En er lag iets anders naast. 'Wat hebben we hier?' vroeg hij. 'Vellen papier! Papier met toverspreuken!' Dit kwam hem heel amusant voor. 'Weet u, dat is het enorm zonderling,' zei hij tegen het kleine, houten figuur, 'maar ik ken de kerel die dit heeft geschreven! Hij heet Jonathan Strange en nu ik erover nadenk, denk ik dat deze boeken van hem zijn.' Hij las een stukje verder. 'Ha! U zult niet geloven met welke dwaasheid hij nu bezig is! Toverspreuken om elfen te ontbieden! Ha! Ha! Hij houdt zichzelf voor dat hij dat doet om een elfenbediende te ontbieden en de loop van de Engelse magie te bevorderen. Maar hij doet het puur en alleen om Gilbert Norrell angst aan te jagen! Hij heeft honderden kilometers afgelegd voor de meest luxueuze stad ter wereld, en alles waar hij zich druk om maakt, is wat een of andere oude man in Londen denkt! Hoe belachelijk!'

Vol afschuw legde hij het stuk papier weer neer en pakte de schaar. Hij draaide zich om en kon nog net voorkomen dat hij met zijn hoofd ergens tegenaan botste. 'Wat ter wereld...?' begon hij.

Er hing een zwart lint van het plafond naar beneden. Aan het eind ervan zaten een paar botjes, een medicijnflesje met de een of andere donkere vloeistof – bloed misschien – en een stuk papier waarop was geschreven, allemaal bij elkaar gebonden. De lengte van het lint was dusdanig dat een persoon die door de kamer liep, er vroeg of laat bijna zeker tegenaan zou stoten. Strange schudde zijn hoofd uit ongeloof over de stommiteit van andere mensen. Leunend tegen de tafel, knipte hij zijn nagels.

Een paar minuten gingen voorbij. 'Hij had een vrouw, weet u,' zei hij tegen de kleine, houten figuur. Hij hield zijn hand vlak bij het kaarslicht om zijn nagels te bekijken. 'Arabella Woodhope. Het charmantste meisje ter wereld. Maar dood. Dood, dood, dood.' Hij pakte een nagelpolijster van de tafel en polijstte er zijn nagels mee. 'Nu ik er overdenk, was ik zelf eigenlijk niet verliefd op haar? Ik denk het wel. De lieve manier waarop ze mijn naam noemde en tegelijkertijd glimlachte. Iedere keer dat ze dat deed, sloeg mijn hart een keer over.' Hij lachte. 'Weet u, het is echt belachelijk, maar ik kan me eigenlijk niet herinneren hoe ik heet. Laurence? Arthur? Frank? Was Arabella maar hier. Zij zou het weten. En ze zou het me vertellen ook! Ze is niet het soort vrouw die iemand plaagt en overal een spel van wil maken lang nadat de grap ervan voorbij is. Bij god, ik zou willen dat ze hier was! Het doet zeer hier.' Hij klopte op zijn hart. 'En iets heets en hards hierbinnen.' Hij tikte op zijn voorhoofd. 'Maar een half uurtje met Arabella praten zou dat weer goed maken, dat weet ik zeker. Misschien moet ik die elf van die kerel ontbieden en vragen of hij haar hier brengt. Elfen kunnen de doden oproepen, toch?' Hij pakte de toverspreuk van de tafel en las hem nog een keer. 'Hier is niets aan. Het is het simpelste wat er bestaat.'

Hij ratelde de woorden van de spreuk op en toen, omdat het belangrijk leek, ging hij verder met het polijsten van zijn nagels.

In de schaduw bij de geschilderde kast, stond een man in een bladgroene jas. Een man met haar in de kleur van distelpluis. Een man met een geamuseerde, superieure glimlach op zijn gezicht.

Strange was nog steeds met zijn aandacht bij zijn nagels.

De heer met het pluishaar liep heel snel naar de plek waar Strange stond en strekte zijn hand uit om aan Strange' haar te trekken. Maar voor hij dat kon doen, keek Strange hem recht aan en zei: 'Ik neem aan dat u niet zoiets heeft als een beetje snuiftabak?'

De heer met het pluishaar verstijfde.

'Ik heb in alle zakken van deze verdomde jas gekeken,' ging Strange verder, 'maar er zit nergens een snuifdoos in. Ik kan me niet voorstellen dat ik hiernaar toe ben gekomen zonder eraan te denken een snuifdoos mee te nemen. Kendal Brown is mijn merk, als u dat heeft.'

Terwijl hij sprak, viste hij weer in zijn zakken. Maar hij was het kleine botten-en-bloed ruikertje dat van het plafond naar beneden hing, vergeten, en terwijl hij bewoog, stootte hij zijn hoofd ertegen. Het ruikertje zwaaide naar achteren en weer naar voren en sloeg hem pal tegen zijn voorhoofd.

54

Een doosje met de kleur van hartzeer

1 en 2 december 1816

Er klonk een soort knal in de lucht, onmiddellijk gevolgd door een zacht briesje en nieuwe frisheid, alsof er opeens een of andere muffe geur uit de kamer was verjaagd.

Strange knipperde een paar keer met zijn ogen.

Het eerste wat hij dacht toen hij weer bijkwam was dat zijn gedetailleerde plan had gewerkt. Er stond iemand, ongetwijfeld een elf, voor hem. Toen vroeg hij zich af wat hij in 's hemelsnaam had gedaan. Hij haalde zijn zakhorloge te voorschijn en keek erop. Er was bijna een uur voorbij gegaan sinds hij van de tinctuur had gedronken.

'Pardon,' zei hij, 'ik weet dat het een rare vraag is, maar heb ik u reeds om iets gevraagd?'

'Snuiftabak,' zei de heer met het pluishaar.

'Snuiftabak?'

'U vroeg mij om een snuifje.'

'Wanneer?'

'Wat?'

'Wanneer vroeg ik u om snuiftabak?'

'Zojuist.'

'O! O. Goed. Nou ja, doet u geen moeite. Ik heb het nu niet nodig.'

De heer met het pluishaar maakte een buiging.

Strange wist dat de verwarring van zijn gezicht was af te lezen. Hij herinnerde zich alle strenge waarschuwingen die hij had gelezen om degenen die deel uitmaken van dit sluwe volk niet te laten vermoeden dat ze meer weten dan jijzelf. Dus verborg hij zijn verwarring onder een sarcastische gezichtsuitdrukking. Toen, omdat hij zich herinnerde dat algemeen wordt aangenomen dat het nog riskanter was superieur over te komen en zo de elfengeest kwaad te maken, verborg hij zijn sarcasme met een glimlach. Hij eindigde waar hij was begonnen: met een verwarde uitdrukking op zijn gezicht.

Hij zag niet dat de heer zich minstens zo ongemakkelijk voelde als hij.

'Ik heb u hier ontboden,' zei hij, 'omdat ik al lang de wens heb iemand van uw volk te spreken, die mij komt helpen en mij onderwijst in magie.' Hij had deze korte verklaring een aantal keer gerepeteerd en was blij dat hij zowel zelfverzekerd als waardig klonk. Helaas verpestte hij het resultaat meteen door bezorgd toe te voegen: 'Had ik dat al gezegd?'

De heer zei niets.

'Ik heet Jonathan Strange. Misschien heeft u over mij gehoord? Ik bevind mij nu in een interessante fase van mijn carrière. Ik geloof niet dat ik overdrijf als ik zeg dat de gehele toekomst van de Engelse magie afhangt van mijn daden in de komende maanden. Als u mij wilt helpen zal uw naam even beroemd worden als die van Col Tom Blue en meester Witcherley!'[1]

'Ach kom!' verklaarde de heer vol afschuw. 'Eenvoudige figuren!'

'Werkelijk?' zei Strange. 'Dat wist ik niet.' Hij bleef aandringen. 'Het was uw...' hij wachtte even om de juiste zin te zoeken, '...vriendelijke zorg voor de koning van Engeland waardoor u voor het eerst mijn aandacht trok. Zo veel macht! Zo veel vindingrijkheid! De Engelse magie van tegenwoordig heeft geen pit! Het heeft geen vuur of energie! Ik kan u niet vertellen hoezeer dezelfde spreuken en dezelfde saaie problemen mij vervelen. De glimp van uw magie, die ik te zien kreeg, bewees voor mij dat die uitermate verschillend is. U zou mij kunnen verbazen. En ik verlang ernaar verbaasd te worden!'

De heer trok een perfecte elfenwenkbrauw op, alsof hij er absoluut geen bezwaar tegen zou hebben Jonathan Strange te verbazen.

Strange ging enthousiast door. 'O! En mag ik u ook meteen vertellen dat er een oude man is in Londen, die Norrell heet, een of andere tovenaar die tot woedebuien zal worden gedreven zodra hij verneemt dat u een verbond met mij heeft gesloten. Hij zal zijn best doen ons te

---

[1] Col Tom Blue was natuurlijk de beroemdste bediende van Ralph Stokesey. Meester Witcherley assisteerde Martin Pale.

dwarsbomen maar ik denk dat u en ik hem de baas zullen zijn.'

De heer leek niet meer te luisteren. Hij leek de kamer rond te kijken en zijn blik ging van het ene naar het andere voorwerp.

'Is er iets in deze kamer wat u niet bevalt?' vroeg Strange. 'Ik verzoek u het mij te zeggen als dat zo is. Ik denk dat uw magisch waarnemingsvermogen beduidend beter is dan dat van mij. Maar zelfs in mijn geval zijn er bepaalde zaken die mijn vermogen om magie te bedrijven verstoren, ik denk dat dat voor alle tovenaars geldt. Een zoutvaatje, een lijsterbes, een stukje gewijde hostie, al deze dingen geven mij onmiskenbaar een ongemakkelijk gevoel. Ik zeg niet dat ik geen magie kan boefenen in hun aanwezigheid, maar ik moet er altijd rekening mee houden in mijn spreuken. Als er hier iets is wat u niet bevalt, hoeft u het maar te zeggen en ik zal het met alle plezier verwijderen.'

De heer staarde hem een ogenblik aan alsof hij geen flauw idee had waar Strange het over had. Toen riep hij plotseling: 'Mijn magisch waarnemingsvermogen, ja! Wat slim van u! Mijn magisch waarnemingsvermogen is, zoals u verwacht, geweldig! En op dit moment zegt het mij dat u onlangs een voorwerp met grote krachten heeft bemachtigd! Een ring voor het verbreken van betoveringen? Een zichtbaarheidsurn? Iets van dien aard? Mijn felicitaties! Laat mij het voorwerp zien en ik zal u meteen vertellen hoe u het moet gebruiken en over zijn geschiedenisverhalen.'

'Eigenlijk niet,' zei Strange verrast. 'Ik heb niets van dien aard.'

De heer fronste. Hij keek goed om zich heen, eerst naar een half onder de tafel verborgen po, toen naar een rouwring met daarop een op ivoor geschilderde miniatuurengel, en uiteindelijk naar een geschilderde pot van aardewerk waarin ooit gekonfijte perziken en pruimen werden bewaard. 'Misschien heeft u het per ongeluk meegenomen?' vroeg hij. 'Zulke voorwerpen kunnen heel krachtig zijn, zelfs als de tovenaar niet doorheeft dat ze aanwezig zijn.'

'Ik vrees van niet,' zei Strange. 'Die pot is bij voorbeeld gekocht bij een banketbakker in Genua. En er stonden er tientallen in de winkel, precies hetzelfde. Ik zie niet in waarom er een magisch zou zijn en de andere niet.'

'Nee, inderdaad,' beaamde de heer. 'En werkelijk, volgens mij staat hier niets op de gebruikelijke voorwerpen na. Ik bedoel,' voegde hij snel toe, 'de voorwerpen die ik zou verwachten in de woning van een tovenaar met uw aanleg.'

Er volgde een korte pauze.

'U heeft nog niet op mijn aanbod gereageerd,' zei Strange. 'U wilt niet besluiten voordat u meer over mij weet. Zo hoort het ook. Over een dag of twee zal ik mijzelf een plezier doen door opnieuw om uw gezelschap te verzoeken en dan praten we verder.'

'Het was een zeer interessant gesprek!' zei de heer.

'De eerste van vele, hoop ik,' zei Strange beleefd en hij maakte een buiging.

De heer maakte een buiging terug.

Toen verloste Strange de man van de ontbiedingsspreuk en hij verdween direct.

Strange' enthousiasme was oneindig. Hij meende dat hij beter eerst kon gaan zitten om rationele, wetenschappelijke aantekeningen te maken van wat hij had gezien, maar het was moeilijk om niet te gaan dansen, lachen en in zijn handen te klappen. Hij voerde zelfs een paar danspassen uit van een volksdans, en als de houten figuur niet met zijn voeten aan een houten pilaar had vastgezeten, had hij hem ongetwijfeld tot zijn partner verkozen en de kamer ermee rondgezwierd.

Toen de dansbevlieging voorbij was, kwam hij sterk in de verleiding om Norrell te schrijven. Hij ging zelfs zitten om triomfantelijk een brief te schrijven die doordrenkt was van sarcasme. ('Het zal u ongetwijfeld een waar genoegen zijn te horen dat...') Maar toen bedacht hij zich. Het zal hem alleen maar uitdagen mijn huis te laten verdwijnen of iets dergelijks. Ha! Wat zal hij boos zijn als ik terug ben in Engeland. Als ik terug ben, moet ik het nieuws meteen publiceren. Ik wacht niet op de volgende editie van *The Famulus*. Dat zou veel te lang duren. Murray zal wel klagen, maar daar kan ik niets aan doen. Ik vraag me af wat hij bedoelde met al die nonsens over ringen met magische krachten en po's? Hij zal wel geprobeerd hebben te verklaren hoe ik hem met succes heb opgeroepen.

Over het geheel genomen had hij niet meer in zijn nopjes kunnen zijn als hij John Uskglass zelf te voorschijn had getoverd en een half uur lang beleefd met hem had kunnen praten. Het enige onrustbarende aan de zaak was de herinnering – die stukje bij beetje terugkwam – aan de manier waarop zijn krankzinnigheid zich deze keer had gemanifesteerd. Ik geloof dat ik in Lascelles of Drawlight veranderde! Wat een afschuwelijk idee!

De volgende ochtend moest Stephen Black iets voor sir Walter doen. Hij ging langs bij een bankier in Lombard-street, hij sprak met een portretschilder in Little-Britain, hij bezorgde instructies voor een japon voor lady Pole bij een vrouw in Fetter-lane. Zijn volgende afspraak was op een advocatenkantoor. Er viel veel zachte sneeuw. Hij werd omringd door de gebruikelijke stadsgeluiden: het gebries en getrappel van paarden, het geratel van rijtuigen, het geschreeuw van straatverkopers, het slaan van deuren en het gedempte geluid van voeten in de sneeuw.

Hij stond op de hoek van Fleet-street en Mitre-court. Hij had juist zijn zakhorloge uit zijn zak gehaald – een geschenk van de heer met het pluishaar – toen alle geluiden plotseling verstomden, alsof ze met een mes waren afgesneden. Even leek het of hij doof was geworden. Maar op het moment dat hij ongerust werd, keek hij om zich heen en realiseerde zich dat dit niet de enige eigenaardigheid was. De straat was plotseling verlaten. Er waren geen mensen, geen katten, geen honden, geen paarden en geen vogels. Alles was verdwenen.

En de sneeuw! Dat was het vreemdste van alles. Het bleef zwevend in de lucht hangen, in enorme, zachte witte vlokken zo groot als soevereinen.

Magie! dacht hij vol afgrijzen.

Hij liep een stukje Mitre-court op en keek in de etalages. De lampen waren nog aan. Goederen lagen opgehoopt of verspreid op de toonbanken – stukken zijde, tabak, bladmuziek. Het vuur in de haarden brandde nog steeds, maar de vlammen bewogen niet. Hij keek achter zich en zag dat hij een soort tunnel had gemaakt door het driedimensionale kantwerk van sneeuw. Dit was het vreemdste wat hij ooit in zijn leven had gezien.

Uit het niets schreeuwde een woedende stem: 'Ik dacht dat ik veilig was voor hem! Wat voor trucs gebruikt hij?' Plotseling verscheen de heer met het pluishaar met een woedend gezicht en fonkelende ogen recht voor Stephen.

De schok was zo groot, dat Stephen even vreesde dat hij zou flauwvallen. Maar hij was zich er terdege van bewust dat de heer rust en zelfbeheersing zeer op prijs stelde, dus verborg hij zijn angst zo goed als hij kon en zuchtte: 'Veilig voor wie, mijn heer?'

'Nou zeg, de tovenaar, Stephen! De tovenaar! Ik veronderstelde dat hij een krachtig voorwerp moest hebben gevonden dat mijn aanwezigheid aan hem kon openbaren. Maar ik kon niets vinden in zijn kamers en hij zwoer dat hij niets van dien aard had. Om er zeker van te zijn ben ik het afgelopen uur de wereld rondgegaan en heb elke ring met magische krachten onderzocht en elke magische kelk en elk pepermolentje. Maar er ontbrak er niet een. Ze waren precies waar ik dacht dat ze zouden zijn.'

Uit deze nogal onvolledige verklaring kon Stephen afleiden dat de tovenaar was erin geslaagd de heer met het pluishaar te ontbieden en met hem te spreken. 'Maar mijn heer,' zei hij, 'er is vast een tijd geweest dat u tovenaars wel wilde helpen en met hen magie wilde beoefenen zodat ze u dankbaar zouden zijn. Daarom heeft u lady Pole toch gered, of niet? Misschien vindt u het uiteindelijk minder erg dan u denkt.'

'O, misschien! Maar ik denk het niet. Ik zeg het je, Stephen, naast het ongemak elke keer als hij dat wil ontboden te worden, was dit het saaiste half uur dat ik ooit heb meegemaakt. Ik heb iemand nog nooit zo veel horen praten! Hij is absoluut de meest verwaande persoon die ik ooit heb ontmoet. Mensen die zelf constant het woord moeten hebben en geen tijd hebben om naar anderen te luisteren vind ik weerzinwekkend.'

'O, zeker, meneer! Het is erg hinderlijk. En ik denk dat, aangezien u het druk zult hebben met de tovenaar, we moeten wachten met mij tot koning van Engeland te maken.'

De heer zei iets slechts in zijn eigen taal, waarschijnlijk een vloekwoord. 'Ik denk dat je gelijk hebt en dat maakt me nog bozer dan al het andere bij elkaar!' Hij dacht een ogenblik na. 'Maar aan de andere kant is het misschien toch niet zo erg als wij denken. Deze Engelse tovenaars zijn over het algemeen erg dom. Ze willen meestal hetzelfde. Degenen die arm zijn wensen een onuitputtelijke voorraad rapen of pap; degenen die rijk zijn willen nog meer rijkdom, of de macht over de hele wereld; en de jongeren onder hen willen de liefde van een of andere prinses of koningin. Zodra hij om een van die dingen vraagt, geef ik het hem. Het zal hem ongetwijfeld een hoop ellende bezorgen. Dat is altijd het geval. Het zal hem afleiden, zodat jij en ik verder kunnen gaan met het plan jou tot koning van Engeland te maken! O, Stephen! Ik ben zo blij dat ik naar jou toe ben gekomen! De dingen die jij zegt zijn zo veel zinniger dan wat anderen zeggen!' Op dat moment verdween de woede van de heer en was hij weer een en al vreugde. De zon kwam zelfs weer van achter de wolken te voorschijn en de vreemde, stilhangende sneeuwbui glinsterde en schitterde om hen heen (Stephen kon echter niet zeggen of dit het werk van de heer was of niet).

Hij wilde net duidelijk maken dat hij eigenlijk niets had aangeraden, maar op dat moment verdween de heer. Onmiddellijk verschenen alle mensen, paarden, rijtuigen, katten en honden weer en botste Stephen op tegen een dikke vrouw in een paarse bontmantel.

Strange stapte met een uitstekend humeur uit bed. Hij had acht uur lang ononderbroken geslapen. Voor het eerst in weken was hij niet midden in de nacht opgestaan om magie te verrichten. Om zichzelf te belonen voor het feit dat hij erin was geslaagd de elf te ontbieden, besloot hij dat hij vandaag een vrije dag moest nemen. Iets na tienen verscheen hij in het palazzo waar de Greysteels overnachtten en waar hij hen aan het ontbijt trof. Hij maakte gebruik van hun uitnodiging om te gaan zitten, at een paar warme broodjes, dronk wat koffie en vertelde juffrouw Greysteel en tante Greysteel dat hij geheel tot hun beschikking stond.

Tante Greysteel gaf graag haar deel van de gunst aan haar nicht. Juffrouw Greysteel en Strange lazen die voormiddag samen boeken over magie. Het waren boeken die hij aan haar had uitgeleend of die ze op zijn advies had gekocht. Het waren Portishead's *A Child's History of the Raven King*, Hickman's *Life of Martin Pale* en Hether-Gray's *The Anatomy of a Minotaur*. Strange had ze gelezen toen hij magie ging studeren en hij vond het grappig te zien hoe simpel, bijna onschuldig, hij ze nu vond. Het was erg prettig om ze aan juffrouw Greysteel voor te lezen, haar vragen te beantwoorden en naar haar visies te luisteren – enthousiast, intelligent en, zo kwam het op hem over, iets te serieus.

Om een uur, na een lichte maaltijd met koud vlees, zei tante Greysteel dat ze lang genoeg stil hadden gezeten en ze stelde voor te gaan wandelen. 'Ik denk, meneer Strange, dat u wel blij zult zijn met de frisse lucht. Geleerden verwaarlozen hun lichaamsbeweging vaak.'

'We zijn een stel stakkers, mevrouw,' gaf Strange opgewekt toe.

Het was een mooie dag. Ze zwierven door de smalle straatjes en steegjes en stuitten toevallig op een opeenvolging van intrigerende objecten: een houten beeldje van een hond met een bot in zijn bek; de tombe van een heilige die geen van hen herkende; een stel ramen waarvan het op het eerste gezicht leek alsof de gordijnen waren gemaakt van grote stapels van de fijnste zijde, maar die toen ze dichterbij kwamen alleen maar spinnenwebben bleken te zijn – enorm grote, samenklonterende spinnenwebben die de hele kamer vulden. Ze hadden geen gids die er iets over kon vertellen, er stond niemand in de buurt aan wie ze wat konden vragen. Dus vermaakten ze zich door er zelf verklaringen voor te verzinnen.

Net voordat het begon te schemeren, kwamen ze aan op een klein, kil, stenen plein met een bron in het midden. Het was een merkwaardig kale en lege plek. De grond was bestraat met zeer oude stenen. Er zaten maar weinig ramen in de muren. Het was net alsof de huizen allemaal beledigd waren door iets wat het plein had gedaan en ze die resoluut de rug hadden toegekeerd en de andere kant opkeken. Er was een klein winkeltje dat niets anders verkocht dan Turks fruit in ontelbare soorten en kleuren. Het was gesloten, maar juffrouw Greysteel en tante Greysteel gluurden door het raam naar binnen en vroegen zich hardop af wanneer het open zou zijn en of ze de weg terug zouden kunnen vinden.

Strange liep wat heen en weer. Hij dacht aan niets in het bijzonder. De lucht was erg koud, op een prettige manier, en de eerste avondster verscheen reeds. Hij werd zich bewust van een eigenaardig schrapend geluid achter hem en hij draaide zich om om te zien waar het vandaan kwam.

Er stond iets in de donkerste hoek van het pleintje, iets wat hij nog nooit eerder had gezien. Het was zwart, zo zwart dat het opging in de duisternis eromheen. Het hoofd, of de bovenkant ervan, veranderde in een ouderwetse gesloten draagstoel, zo eentje waarin je af en toe een douairière door Bath vervoerd ziet worden. Er zaten ramen in met zwarte gordijnen ervoor. Maar onder de ramen liep het geheel over in het lijf en de poten van een grote zwarte vogel. Hij droeg een grote zwarte hoed en een dunne zwarte wandelstok. Hij had geen ogen, maar toch wist Strange zeker dat hij door hem werd bekeken. Hij schraapte met de punt van zijn wandelstok over de vloerstenen met een afschuwelijke, schokkende beweging.

Hij had het gevoel dat hij bang zou moeten zijn. Hij veronderstelde dat hij misschien wat moest toveren om te proberen hem op een afstand te houden. Verstrooiingsspreuken, verjagingsspreuken en beschermingsspreuken vlogen door zijn hoofd, maar op de een of andere manier kon hij ze niet vasthouden. Ondanks het feit dat de zaak rook naar onheil en kwaadaardigheid, had hij sterk het gevoel dat het op dit moment geen gevaar vormde voor hem of iemand anders. Het leek meer op een teken van kwaad dat nog komen gaat.

Hij vroeg zich juist af hoe de Greysteels omgingen met deze afschuwelijke verschijning die plotseling in hun midden verscheen, toen er iets in zijn hoofd verschoof, het ding was er niet meer. Op dezelfde plaats stond nu de stevige gedaante van dr Greysteel, dr Greysteel gekleed in het zwart, dr Greysteel met een wandelstok in zijn hand.

'Nou?' riep dr Greysteel.

'P... Pardon!' riep Strange terug. 'Zei u iets? Ik zat aan iets anders te denken.'

'Ik vroeg of je van plan was vanavond met ons te gaan dineren!'

Strange staarde hem aan.

'Wat is er? Ben je misselijk?' vroeg dr Greysteel. Hij keek Strange doordringend aan alsof iets aan het gezicht of de houding van de tovenaar hem niet beviel.

'Ik voel me prima, kan ik u verzekeren,' zei Strange. 'En ik ga graag met u dineren. Ik zou niets liever willen. Alleen heb ik lord Byron beloofd dat ik om vier uur met hem ga biljarten.'

'We moeten een gondel zoeken die ons terug kan brengen,' zei dr Greysteel. 'Ik geloof dat Louisa vermoeider is dan dat ze wil toegeven.' (Hij bedoelde tante Greysteel.) 'Waar heeft u met de edele heer afgesproken? Waar moeten we de man zeggen dat hij u naar toe brengt?'

'Dank u,' zei Strange, 'maar ik ga lopen. Uw zus had gelijk. Ik heb frisse lucht en lichaamsbeweging nodig.'

Juffrouw Greysteel was een beetje teleurgesteld toen ze erachter kwam dat Strange niet met hen mee terugging. De twee dames en de tovenaar namen uitgebreid afscheid en herinnerden elkaar er een aantal keer aan dat ze elkaar binnen een paar uur weer zouden ontmoeten, totdat dr Greysteel zijn geduld begon te verliezen.

De Greysteels liepen weg in de richting van het Rio. Strange volgde op afstand. Ondanks zijn vrolijke beloften aan dr Greysteel was hij nogal overstuur. Hij probeerde zichzelf ervan te overtuigen dat de verschijning niets meer was dan een speling van het licht, maar dat hielp niet. Hij moest erkennen dat de krankzinnigheid van de oude dame hoogstwaarschijnlijk was teruggekeerd.

Het is echt zeer vervelend! Het leek alsof de effecten van de tinctuur waren uitgewerkt! Welnu, in godsnaam, ik hoef er niet nog meer van te drinken. Als deze elf weigert mij te dienen, moet ik gewoon een manier vinden om een andere op te roepen.

Toen hij uit de steeg in het heldere licht van de Rio kwam zag hij dat de Greysteels een gondel hadden gevonden en dat iemand, een heer, juffrouw Greysteel aan boord hielp. Eerst dacht hij dat het een onbekende was, maar toen zag hij dat deze persoon een hoofd met glanzend pluishaar had. Hij haastte zich om hem te ontmoeten.

'Wat een prachtige jonge vrouw!' zei de heer, terwijl de gondel de walkant verliet. Zijn ogen fonkelden. 'En ik ga ervan uit dat ze verrukkelijk danst?'

'Danst?' zei Strange. 'Ik weet het niet. We werden samen op een bal in Genua verwacht, maar ze had kiespijn, dus we gingen niet. Ik ben verbaasd u te zien. Ik had niet verwacht dat u zou komen voordat ik u weer zou ontbieden.'

'O, maar ik heb over uw voorstel om samen magie te beoefenen nagedacht! En ik vind het nu een uitstekend plan!'

'Ik ben blij dat te horen,' zei Strange, terwijl hij een glimlach onderdrukte. 'Maar vertelt u mij eens. Ik heb wekenlang geprobeerd u te ontbieden. Waarom kwam u niet eerder?'

'O! Dat is eenvoudig te verklaren!' zei de heer, en hij begon een lang verhaal te vertellen over een neef van hem die erg kwaadaardig was, erg jaloers op al zijn talenten en verdiensten en die alle Engelse tovenaars haatte, en het op de een of andere manier voor elkaar had gekregen Strange' magie te verstoren, zodat de heer tot afgelopen nacht niets van het ontbieden afwist. Het was een uiterst ingewikkeld verhaal en Strange geloofde er geen woord van. Maar hij vond het niet verstandig dit te laten blijken dus hij accepteerde het met een buiging.

'En om u te laten zien dat ik mij bewust ben van de eer die u mij bewijst,' eindigde de heer, 'breng ik u wat u maar wenst.'

'Wat dan ook?' herhaalde Strange, met een scherpe blik. 'En deze aanbieding is – als ik het goed begrijp – eigenlijk een soort bindende overeenkomst. U kunt iets niet meer weigeren zodra ik het heb genoemd?'

'Dat zou ik niet willen!'

'En ik kan om rijkdom vragen en heerschappij over de hele wereld? Zoiets?'

'Precies!' zei de man opgetogen. Hij hief zijn handen om te beginnen.

'Nou ja, ik wil geen van die dingen. Wat ik voornamelijk wil is informatie. Wie was de laatste Engelse tovenaar met wie u te maken heeft gehad?'

Er viel een moment stilte.

'O, dat wilt u niet horen!' verklaarde de heer. 'Ik verzeker u dat dat erg saai is. Nou, kom op! Er moet iets zijn wat u meer dan wat dan ook wenst? Een eigen koninkrijk? Een mooie partner? Prinses Pauline

Borghese is een verrukkelijke vrouw en ik kan haar in een mum van tijd hier hebben!'

Strange opende zijn mond om iets te zeggen en stopte toen.

'Pauline Borghese, zegt u? Ik zag een afbeelding van haar in Parijs.'[2] Toen vermande hij zich en ging door: 'Maar op dit moment ben ik daar niet in geïnteresseerd. Vertel me over magie. Wat moet ik doen om mijzelf in een beer te veranderen? Of in een vos? Hoe heten de drie magische rivieren die door het koninkrijk van Agrace stromen?[3] Ralph Stokesey dacht dat deze rivieren de gebeurtenissen in Engeland beïnvloedden, is dat waar? In *The Language of Birds* worden spreuken genoemd die in werking worden gezet door kleuren te manipuleren, wat kunt u mij daarover vertellen? Waar staan de stenen op de Doncastervlakken voor?'

De heer hief zijn armen alsof hij verbaasd was. 'Zo veel vragen!' Hij lachte, het was duidelijk als een vrolijke, onbezorgde lach bedoeld, maar het klonk geforceerd.

'Welnu, beantwoord er dan een. Welke u het prettigst vindt.'

De heer lachte sympathiek.

Strange keek hem geërgerd aan. Blijkbaar gold het aanbod niet voor kennis, maar alleen voor objecten. En als ik mijzelf een cadeau wil geven, zou ik wel iets kopen! dacht Strange. Als ik Pauline Borghese wilde zien, zou ik gewoon naar haar toe gaan en mezelf aan haar voorstellen. Ik heb daar geen magie voor nodig! Hoe kan ik in 's hemelsnaam... Er kwam een gedachte in hem op. Hardop zei hij: 'Breng mij iets wat u heeft overgehouden aan uw laatste transactie met een Engelse tovenaar!'

'Wat?' zei de heer geschrokken. 'Nee, dat wilt u niet! Het is waardeloos, totaal waardeloos! Bedenk iets anders!'

Hij was duidelijk in de war gebracht door het verzoek, al kon Strange niet zeggen waarom. Misschien, dacht hij, heeft de tovenaar hem iets waardevols gegeven en is hij niet bereid dit af te staan. Het

---

[2] Deze dame was de mooiste en meest verleidelijke zuster van Napoleon Bonaparte en had de uitdrukkelijke neiging om er minnaars opna te houden en naakt voor beeldhouwwerken te poseren.

[3] Agrace is de naam die soms wordt gegeven aan het derde koninkrijk van John Uskglass. Men dacht dat dit koninkrijk in het meest afgelegen deel van de hel lag.

maakt niet uit. Zodra ik heb gezien wat het is, en ik er zo veel mogelijk over te weten ben gekomen, geef ik het aan hem terug. Dat moet hem overtuigen van mijn goede bedoelingen.

Hij glimlachte beleefd: 'Een bindende overeenkomst, geloof ik dat u zei? Ik verwacht het, wat het dan ook mag zijn, later deze avond!'

Om acht uur dineerde hij met de Greysteels in hun donkere eetzaal.

Juffrouw Greysteel vroeg hem naar lord Byron.

'O!' zei Strange. 'Hij is niet van plan naar Engeland terug te keren. Hij kan overal gedichten schrijven. Terwijl het in mijn geval zo is dat Engeland de Engelse magie heeft vormgegeven, zoals Engeland vorm heeft gekregen door magie. De twee gaan samen. Je kunt ze niet scheiden.'

'U bedoelt,' zei juffrouw Greysteel, licht fronsend, 'dat Engelse denkwijzen, geschiedenis, enzovoorts zijn gevormd door magie. U spreekt zo metaforisch.'

'Nee, ik bedoelde het nogal letterlijk. Deze stad, bij voorbeeld, is op de reguliere wijze gebouwd—'

'O!' onderbrak dr Greysteel lachend. 'Dat klinkt echt als een tovenaar! Dat licht minachtende ondertoontje als hij het over dingen heeft die op de normale manier worden gedaan!'

'Het was niet mijn bedoeling neerbuigend te doen. Ik verzeker u dat ik het grootste respect heb voor dingen die op de normale manier worden gedaan. Nee, ik bedoelde alleen te zeggen dat de grenzen van Engeland, haar vorm, is bepaald door magie.'

Dr Greysteel snoof. 'Ik ben er niet zeker van. Geef me een voorbeeld.'

'Nou goed. Er was ooit een erg mooie stad aan de kust van Yorkshire, waarvan de inwoners zich afvroegen waarom hun koning, John Uskglass, belasting van hen eiste. Ze stelden dat zo'n grote tovenaar vast wel al het goud dat hij wilde uit de lucht te voorschijn kon toveren. Nu is het niet erg je iets af te vragen, maar deze domme mensen hielden het hier niet bij. Ze weigerden te betalen en spanden samen met de vijanden van de koning. Men moet goed nadenken alvorens ruzie te zoeken met een tovenaar, en zeker met een koning. Maar als deze twee personen verenigd worden in één persoon, nou! Dan is het gevaar honderd keer zo groot. Eerst waaide er een noordenwind over de stad. Zodra de wind de beesten in de stad aanraakte, werden ze oud en gingen dood – koeien, varkens, kippen en schapen – zelfs katten en honden. Toen de wind over de stad waaide, veranderden de huizen voor de ogen van de ongelukkige huiseigenaren in ruïnes. Werktuigen braken, potten gingen aan diggelen, hout trok krom en spleet, bakstenen en stenen verbrokkelden tot stof. In de kerk versleten stenen beelden alsof ze heel oud waren, totdat, zo zegt men, elk gezicht van elk standbeeld leek te schreeuwen. De wind jaagde de zee op in vreemde, dreigende gedaanten. De inwoners waren verstandig en renden van de stad weg en toen ze hoger gelegen land hadden bereikt, keken ze om en zagen nog net hoe de overblijfselen van de stad langzaam onder de koude grijze golven verdwenen.'

Dr Greysteel glimlachte. 'Wie de regering ook mag zijn – liberalen, conservatieven, keizers of tovenaars – ze vatten het slecht op als mensen hun belastingen niet betalen. En neemt u deze verhalen op in uw volgende boek?'

'O, zeker. Ik ben niet een van die vrekkige auteurs die elk woord afweegt tot op de gram. Ik heb zeer liberale ideeën over auteurschap. Iedereen die het de moeite waard vindt om meneer Murray zijn gienje te betalen, zal zien dat ik de deuren van mijn warenhuis heb opengegooid en dat al mijn kennis te koop is. Mijn lezers mogen rondlopen en op hun gemak kiezen.'

Juffrouw Greysteel dacht even na over dit verhaal. 'Hij werd natuurlijk uitgedaagd,' zei ze uiteindelijk, 'maar het was nog steeds een actie van een tiran.'

Ergens in de schaduw klonken naderende voetstappen.

'Wat is er, Frank?' vroeg dr Greysteel.

Frank, dr Greysteel's bediende, kwam uit het duister te voorschijn.

'We hebben een brief en een doosje gevonden, meneer. Allebei voor meneer Strange.' Frank zag er bezorgd uit.

'Welnu, sta ons niet zo aan te gapen. Hier is meneer Strange, vlak naast je. Geef hem zijn brief en zijn doosje.'

De uitdrukking en houding van Frank verraadden dat hij ergens mee worstelde. Zijn fronsende blik deed vermoeden dat het hem boven de pet ging. Hij deed een laatste poging om zijn ergernis duidelijk te maken voor zijn meester. 'We vonden de brief en het doosje op de grond net om de hoek van de deur, mijn heer, maar de deur was op slot en de grendel zat erop!'

'Dan moet iemand hem van het slot hebben gehaald en de grendel ervanaf hebben gedaan, Frank. Maak er geen mysterie van,' zei meneer Greysteel.

Dus gaf Frank de brief en het doosje aan Strange en verdween weer in de duisternis, terwijl hij in zichzelf mompelde en de tafels en stoelen die hij onderweg tegenkwam vroeg of ze soms dachten dat hij een domkop was.

Tante Greysteel boog zich voorover en vroeg meneer Strange beleefd formaliteiten achterwege te laten, hij was onder vrienden en hij moest zijn brief onmiddellijk lezen. Dit was erg aardig van haar, maar een beetje overbodig aangezien Strange de brief al had opengemaakt en hem aan het lezen was.

'O, tante!' riep juffrouw Greysteel, terwijl ze het doosje oppakte dat Frank op tafel had gelegd. 'Kijk, hoe mooi!'

Het doosje was klein en langwerpig, en leek gemaakt te zijn van zilver en porselein. Het had een mooie blauwe tint, nou ja, het was niet zozeer blauw, meer lila. Nou ja, het was ook niet echt lila, omdat er een grijze ondertoon in zat. Om precies te zijn, het had de kleur van hartzeer. Maar gelukkig hadden zowel juffrouw Greysteel als tante Greysteel nooit last gehad van hartzeer en herkenden het dus niet.

'Het is erg mooi,' zei haar tante. 'Is het Italiaans, meneer Strange?'

'Mm?' zei Strange. Hij keek op. 'Ik weet het niet.'

'Zit er iets in?' vroeg tante Greysteel.

'Ja, ik geloof het wel,' zei juffrouw Greysteel, die het open begon te maken.

'Flora!' riep dr Greysteel en schudde vinnig zijn hoofd naar zijn dochter. Hij had het idee dat het doosje misschien een cadeau was dat Strange aan Flora wilde geven. Dit idee stond hem niet aan, maar dr Greysteel achtte zichzelf niet de juiste persoon om te oordelen over het gedrag dat mannen als Strange – een stijlvol man van de wereld – zich denken te kunnen permitteren.

Strange, die nog steeds met zijn neus in de brief zat, zag en hoorde dit alles niet. Hij pakte het doosje op en opende het.

'Zit er iets in, meneer Strange?' vroeg tante Greysteel.

Strange sloot het doosje weer snel. 'Nee, mevrouw, helemaal niets.' Hij deed het doosje in zijn zak, riep meteen Frank bij zich en vroeg om een glas water.

Hij verliet de Greysteels algauw na het diner en ging direct naar het koffiehuis op de hoek van Calle de la Cortesia. De eerste glimp van de inhoud van het doosje was choquerend geweest en hij had de sterke behoefte onder mensen te zijn als hij het weer opende.

De ober bracht hem zijn cognac. Hij nam een slokje en opende het doosje.

Eerst dacht hij dat de elf hem een replica van een kleine witte geamputeerde vinger had gestuurd, die was gemaakt van was en er levensecht uitzag. De vinger was zo bleek, met zo weinig bloed erin, dat het wel een groen tintje leek te hebben, met een tikje roze in de randjes langs de vingernagel. Het verbaasde hem dat iemand zo veel werk deed om zo iets afschuwelijks te produceren.

Maar zodra hij hem aanraakte, realiseerde hij zich dat hij helemaal niet van was was. Hij was ijskoud, en toch bewoog de huid op dezelfde manier als de huid op zijn eigen vinger en de spieren onder de huid waren te zien en te voelen. Het was, zonder twijfel, een menselijke vinger. Aan de grootte te zien, was het waarschijnlijk een kindervinger of misschien de pink van een vrouw met hele fijne handen.

Maar waarom zou de tovenaar hem een vinger geven? vroeg hij zich af. *Misschien was het de vinger van de tovenaar? Maar ik zou niet weten hoe dat kan, tenzij de tovenaar een kind of een vrouw was.* Hij herinnerde zich dat hij ooit iets over een vinger had gehoord, maar op dit moment kon hij zich niet herinneren wat dat was. Hoewel hij zich vreemd genoeg niet kon herinneren *wát* er was gezegd, dacht hij zich te kunnen herinneren *wíe* het hem had verteld. Het was Drawlight geweest. *...hetgeen verklaart waarom ik niet echt oplette. Maar waarom zou Drawlight het over magie hebben gehad? Hij wist er weinig van en gaf er nog minder om.*

Hij dronk nog wat cognac. *Ik dacht dat als een elf mij alles zou uitleggen, mysteries zouden worden opgelost. Maar het enige wat er is gebeurd, is dat ik er een mysterie bij heb!*

Hij peinsde over de verschillende verhalen die hij had gehoord over de grote Engelse tovenaars en hun elfenbedienden. Martin Pale met meester Witcherley, meester Fallowthought en de rest. Thomas Godbless met Dick-come-Tuesday, Meraud met Coleman Gray, en de meest beroemde van allemaal, Ralph Stokesey en Col Tom Blue.

Toen Stokesey Col Tom Blue voor het eerst zag, was hij een wild, onhandelbaar persoon, de laatste elf die ooit zou samenwerken met een tovenaar. Dus had Stokesey hem gevolgd naar het Elfenrijk, naar Col Tom Blue's eigen kasteel, was daar onzichtbaar rond gaan lopen en ontdekte veel interessante dingen.[4] Strange was niet zo naïef aan te

[4] Stokesey riep Col Tom Blue op toen hij in zijn eigen huis in Exeter was. Toen de elf voor de derde keer weigerde om hem te dienen, maakte Stokesey

nemen dat het verhaal, zoals het was overgeleverd aan kinderen en magiehistorici, een nauwkeurige beschrijving was van wat er had plaatsgevonden. Toch zit er waarschijnlijk een grond van waarheid in, dacht hij. Misschien is Stokesey erin geslaagd Col Tom Blue's kasteel

---

zichzelf onzichtbaar en volgde Col Tom Blue de stad uit. Col Tom Blue liep langs een elfenweg en kwam al snel aan in een plaats die niet in Engeland lag. Er was een lage bruine heuvel gelegen naast een plas met stilstaand water. De deur volgde Col Tom Blue's opdracht op en ging open waarna hij naar binnen ging. Stokesey ging achter hem aan.

Midden in de heuvel vond Stokesey een betoverde zaal waar iedereen danste. Hij wachtte totdat een van de dansers dichtbij kwam. Toen rolde hij een magische appel naar haar toe en ze pakte hem op. Het was natuurlijk de beste en mooiste appel van alle werelden die ooit hebben bestaan. Zodra de elfenvrouw hem had opgegeten, wilde ze niets liever dan nog zo'n appel. Ze keek om zich heen, maar zag niemand. 'Wie heeft mij die appel gestuurd?' vroeg ze. 'De oostenwind,' fluisterde Stokesey. De volgende nacht volgde Stokesey Col Tom Blue opnieuw de heuvel in. Hij keek naar de dansers en rolde opnieuw een appel naar de vrouw. Toen ze vroeg wie haar die appel had gestuurd, antwoordde hij dat het de oostenwind was. De derde nacht hield hij de appel in zijn hand. De elfenvrouw verliet de andere dansers en keek om zich heen. 'Oostenwind! Oostenwind!' fluisterde ze. 'Waar is mijn appel?' 'Zeg me waar Col Tom Blue slaapt,' fluisterde Stokesey, 'dan geef ik je de appel.' Dus vertelde zij hem: diep onder de grond, aan de meest noordelijke rand van de brugh.

Tijdens de volgende nachten deed Stokesey zich voor als de westenwind, de noordenwind en de zuidenwind, en hij gebruikte zijn appels om andere heuvelbewoners over te halen hem informatie te geven over Col Tom Blue. Van een herder hoorde hij welke dieren Col Tom Blue bewaakten als hij sliep: een wild vrouwtjeszwijn en een nog wildere bok. Van Col Tom Blue's voedster hoorde hij wat Col Tom Blue in zijn hand hield als hij sliep: een zeer bijzondere en belangrijke steen. En van een keukenhulpje hoorde hij welke drie woorden Col Tom Blue elke dag zei wanneer hij wakker werd.

Op deze manier kwam Stokesey genoeg te weten om Col Tom Blue in zijn macht te krijgen. Maar juist voordat hij zijn nieuwe kennis kon gebruiken, kwam Col Tom Blue naar hem toe om te zeggen dat hij er nog eens over had nagedacht: hij geloofde dat hij Stokesey uiteindelijk toch wel wilde dienen.

Het volgende was gebeurd: Col Tom Blue had ontdekt dat de oostenwind, de westenwind, de noordenwind en de zuidenwind vragen over hem hadden gesteld. Hij had geen idee wat hij had gedaan om deze belangrijke personen zo te beledigen, maar hij maakte zich ernstig zorgen. Een samenwerking met een machtige en geleerde tovenaar leek plotseling een stuk aantrekkelijker.

binnen te dringen en bewees dat voor Col Tom Blue dat hij een tovenaar was met wie je rekening moest houden. Er is geen reden waarom ik niet zo iets zou doen. Deze elf weet tenslotte niets van mijn vaardigheden of prestaties. Als ik hem een onverwacht bezoek breng, zou het hem tonen hoe groot mijn macht is.

Hij dacht terug aan de mistige, sneeuwachtige dag in Windsor toen hij en de koning bij toeval bijna in het Elfenrijk waren beland, gelokt door de magie van de heer. Hij dacht aan het bos en de lichtjes daarin die de indruk hadden gewekt dat er een heel oud huis stond. 's Konings Wegen hadden daar zeker naar toe geleid, maar afgezien van zijn belofte aan Arabella had hij niet de behoefte de heer te vinden met de magie die hij reeds had gebruikt. Hij wilde dat dit iets nieuws en opzienbarends zou zijn. De volgende keer dat hij de heer zou zien, wilde hij vervuld worden met het vertrouwen en de vreugde dat een succesvolle nieuwe spreuk hem altijd gaf.

Het Elfenrijk kan nooit erg ver weg liggen, dacht hij. Er zijn duizend manieren om daar te komen. Ik moet er toch zeker een kunnen vinden?

Hij wist dat er een spreuk was die een pad kon maken tussen ongeacht welke twee wezens die de tovenaar noemde. Het was een oude spreuk, maar een stap verwijderd van elfenmagie. De paden die zo ontstonden, konden zeker de grenzen overschrijden tussen de verschillende werelden. Strange had zo'n spreuk nooit eerder gebruikt en had geen idee hoe het pad eruit zou zien of hoe hij het moest volgen. Toch geloofde hij dat hij het kon. Hij mompelde een paar woorden in zichzelf, maakte een paar gebaren, en noemde zichzelf en de heer als de twee wezens tussen wie het pad moest worden gemaakt.

Er veranderde iets, zoals dat soms gebeurde aan het begin van magie. Het was alsof er een onzichtbare deur open was gegaan en weer dicht, waardoor hij aan de andere kant achterbleef. Alsof de gebouwen in de stad zich hadden omgedraaid en alles nu naar een andere kant stond gericht. De magie leek perfect te hebben gewerkt, er was zeker iets gebeurd, maar hij kon geen resultaat zien. Hij overwoog wat hij zou doen.

Het is waarschijnlijk alleen een zaak van perceptie en ik weet hoe ik dat kan verhelpen. Hij pauzeerde. Het is lastig. Ik zou de spreuk liever niet nog een keer gebruiken, maar nog een keer kan waarschijnlijk geen kwaad.

Hij stak zijn hand in zijn borstzak en haalde de krankzinnigheidstinctuur eruit. De ober bracht hem een glas water en hij liet er voorzichtig een druppel in vallen. Hij dronk het op.

Hij keek om zich heen en zag voor het eerst de lijn van glinsterend licht, die begon bij zijn voeten en over de betegelde vloer van het koffiehuis door de deur naar buiten leidde. Hij leek erg op de lijnen die hij vaak in een zilveren kom met water liet verschijnen. Hij merkte dat de lijn verdween als hij er direct naar keek. Maar als hij hem vanuit zijn ooghoek bekeek, kon hij hem erg goed zien.

Hij betaalde de ober en ging naar buiten, de straat op.

'Nou,' zei hij, 'dat is uiterst opmerkelijk.'

55

'De tweede zal zijn dierbaarste bezit verspelen aan zijn vijand'

nacht van 2 op 3 december 1816

Het was alsof het immer dreigende lot van Venetië haar plotseling had verrast. Maar in plaats van te verdrinken in water, verdronk ze in bomen. Donkere, spookachtige bomen bevolkten de stegen en pleinen en vulden de grachten. Muren waren geen obstakels voor hen. Hun takken doorboorden steen en glas. Hun wortels kropen diep onder de straattegels. Standbeelden en pilaren waren omhuld met klimop. Het was plotseling – althans, voor Strange' gevoel – veel stiller en donkerder. Slierten maretakken verborgen lampen en kaarsen, en de opeengepakte baldakijn van takken dekte de maan af.

Toch was er geen enkele Venetiaanse inwoner die het minste of geringste verschil opmerkte. Strange had vaak gelezen dat mannen en vrouwen blind konden zijn voor de magie die om hen heen plaatsvond, maar hij had er nooit eerder een voorbeeld van gezien. Een bakkersleerling droeg een blad met broden op zijn hoofd. Terwijl Strange toekeek, omzeilde de man keurig alle bomen waarvan hij niet wist dat ze er stonden en dook deze en die kant op om takken te ontwijken, die anders zijn ogen hadden uitgestoken. Een man en een vrouw, gekleed in mantels en met maskers op voor de balzaal of voor de Ridotto, kwamen gearmd, met de hoofden bij elkaar en fluisterend de Salizzada San Moisè af. Er stond een grote boom op hun pad. Ze gingen op een zeer natuurlijke manier uit elkaar, ieder langs een kant van de boom en haakten vervolgens de armen weer in elkaar.

Strange volgde de lijn van het glinsterende licht door een steegje naar beneden naar de kade. De bomen gingen verder waar de stad eindigde en de lijn van licht leidde tussen de bomen door.

Hij had niet zo veel zin om in de zee te stappen. In Venetië is er geen aflopend strand waar je centimeter voor centimeter het water ingeleid wordt. De stenen wereld van de stad eindigt bij de kade waar onmiddellijk de Adriatische Zee begint. Strange had geen idee hoe diep het water hier zou zijn, maar hij was er redelijk van overtuigd dat het diep genoeg was om erin te verdrinken. Alles wat hij kon doen, was hopen dat het glinsterende pad, dat hem door het bos had geleid, zou voorkomen dat hij verdronk.

Toch streelde het tegelijkertijd zijn ijdelheid te denken hoeveel meer hij geschikt was voor een avontuur als dit dan Norrell. Hij zou nooit kunnen worden overgehaald de zee in te stappen. Hij haat het om nat te worden. Wie was het die zei dat een tovenaar de subtiliteit van een jezuïet nodig had, het lef van een soldaat en de slimheid van een dief? Ik denk dat het was bedoeld als belediging, maar er zit een kern van waarheid in.

Hij stapte van de kade af.

Onmiddellijk werd de zee ijler en droomachtiger, en het hout meer solide. Al snel was de zee nauwelijks meer dan een vage zilveren flikkering tussen de donkere bomen en een zoutachtige smaak vermengd met de gewone geur van een bos in de nacht.

Ik ben, dacht Strange, de eerste Engelse tovenaar die sinds bijna driehonderd jaar het Elfenrijk binnengaat.[1] Hij voelde zich buitensporig blij bij deze gedachte en wenste dat er iemand bij was die hem dit zag doen en ervan versteld stond. Hij realiseerde zich hoe moe hij was van boeken en stilte, hoe hij verlangde naar de tijden dat de reizen van tovenaars naar plaatsen gingen waar nog nooit een Engelsman was geweest. Voor het eerst sinds Waterloo was hij werkelijk iets aan het doen. Toen viel hem in dat hij er beter aan deed om om zich heen te kijken, om te zien of er iets was wat hij kon leren, in plaats van zichzelf te feliciteren. Hij spande zich in om zijn omgeving te bestuderen.

Het bos was niet bepaald een Engels bos, hoewel het er erg op leek. De bomen waren iets te oud, iets te groot en iets te grillig. Strange had sterk de indruk dat ze volledig gevormde karakters hadden, liefde en

---

[1] De laatste Engelse tovenaar die vóór Strange vrijwillig het Elfenrijk binnenging was dr Martin Pale. Hij maakte er talrijke reizen. De laatste was waarschijnlijk rond 1550.

haat voelden, en verlangens hadden. Ze zagen eruit of ze gewend waren gelijk als mannen en vrouwen behandeld te worden, en verwachtten geraadpleegd te worden in zaken die hen aangingen.

Dit, dacht hij, is precies zoals ik het had verwacht, maar het zou voor mij als een waarschuwing moeten dienen hoe veel deze wereld verschilt van die van mij. De mensen die ik hier ontmoet gaan me zeker vragen stellen. Ze zullen me in de val willen laten lopen. Hij probeerde zich voor te stellen wat voor soort vragen ze misschien zouden stellen, en bereidde er een variëteit aan slimme antwoorden op voor. Hij voelde geen angst. Al zou er een draak verschijnen, dan zou hij zich nog niet druk maken. Hij was de laatste twee dagen zo ver gekomen, hij had het gevoel dat er niets was wat hij niet kon als hij het maar wilde.

Na ongeveer twintig minuten wandelen over de glinsterende lijn, kwam hij bij een huis. Hij herkende het onmiddellijk. Het beeld ervan was hem die dag in Windsor scherp en duidelijk ingeprent. Tegelijkertijd was het toch anders. In Windsor leek het stralend en aangenaam. Nu werd hij geraakt door de overweldigende sfeer van armoede en verlatenheid. Er waren heel veel ramen, maar ze waren klein en het merendeel was donker. Het was veel groter dan hij verwachtte, veel ruimer dan een aardse woning. De tsaar van Rusland heeft misschien zo'n groot huis als dit, dacht hij, of misschien de paus in Rome. Ik weet het niet. Ik ben nooit naar die plaatsen geweest.

Het werd omgeven door een hoge muur. De glinsterende lijn leek bij de muur te stoppen. Hij zag geen doorgang. Hij mompelde Ormskirk's Openbaring, onmiddellijk gevolgd door het schild van Taillemache, een bezwering om een veilige doorgang door betoverde plaatsen te garanderen. Het geluk bleef aan zijn kant en onmiddellijk verscheen er een klein hek. Hij passeerde het en bevond zich vervolgens op een weids grijs binnenhof. Het lag bezaaid met botten die wit glommen in het sterrenlicht. Sommige geraamtes droegen geroeste harnassen. De wapens waarmee ze waren vermoord, zaten nog steeds verstrikt in hun ribben of staken uit een oogkas.

Strange had de slagvelden van Badajoz en Waterloo gezien. Hij was nauwelijks van streek te brengen door een paar oude geraamtes. Toch was het interessant. Hij had het gevoel alsof hij echt in het Elfenrijk was, nu.

Ondanks het verval van het huis had hij het sterke vermoeden dat het een enigszins magisch voorkomen had. Hij probeerde nog een keer Ormskirk's Openbaring. Onmiddellijk verplaatste het huis zich en veranderde, en hij kon zien dat het slechts gedeeltelijk van steen was gebouwd. Wat muren, steunpilaren en torens hadden geleken, werd nu geopenbaard als een grote berg aarde, een helling eigenlijk.

Het is een brugh! dacht hij met grote opwinding.[2]

Hij ging door een lage deuropening en bevond zich onmiddellijk in een onmetelijke kamer vol dansende mensen. De dansers waren gekleed in de mooiste kleren die je je kunt voorstellen, maar de kamer zelf leek in de slechtste staat van onderhoud. Aan een kant was er een deel van de muur ingestort, die in een hoop puin lag. Het meubilair was schaars en armoedig, de kaarsen waren van de slechtste kwaliteit en er was maar één doedelzakspeler om in de muziek te voorzien.

Niemand leek ook maar enigszins op Strange te letten en dus stond hij tussen de mensen vlak bij de muur en keek naar de dans. Op allerlei manieren kwam hem het vermaak hier minder ongewoon voor dan bij voorbeeld, een *conversazione*[3] in Venetië. Het gedrag van de gasten leek eerder Engels en de dans zelf leek heel erg op de volksdansen waar de dames en heren van Newcastle tot Penzance iedere week van het jaar van genoten.

Het kwam hem voor dat hij ooit gek was geweest op dansen, en Arabella ook. Maar na de oorlog in Spanje had hij nauwelijks met haar of met iemand anders gedanst. Waar hij ook in Londen was geweest, of het nu een balzaal of regeringskantoor was, er waren altijd te veel mensen geweest met wie hij over magie kon praten. Hij vroeg zich af of Arabella met anderen had gedanst. Hij vroeg zich af of hij het haar had gevraagd. Hoewel, als ik eraan gedacht heb het haar te vragen, dacht hij zuchtend, dan heb ik duidelijk niet naar haar antwoorden geluisterd. Ik kan me er niets van herinneren.

'Goeie god, meneer! Wat doet u hier?'

Strange draaide zich om, om te zien wie er sprak. Waar hij totaal niet op voorbereid was, was dat de eerste persoon die hij hier zou ontmoeten, de butler van sir Walter Pole zou zijn. Hij kon zich de naam van de man niet herinneren, hoewel hij hem sir Walter wel honderd keer had horen zeggen. Simon? Samuel?

De man greep Strange bij de arm en schudde hem heen en weer. Hij

---

[2] Zie hoofdstuk 54, voetnoot 4.

[3] Italiaans feest

leek hevig verontrust. 'In 's hemelsnaam, meneer, wat doet u hier? Weet u niet dat hij u haat?'

Strange opende zijn mond om een van zijn slimme, vinnige antwoorden te geven, maar aarzelde toen. Wie haatte hem? Norrell?

De man werd weggezwiept door de complexiteit van de dans. Strange zocht hem weer en zag hem aan de andere kant van de kamer. De man staarde woedend naar Strange, alsof hij boos was dat hij niet vertrok.

Wat vreemd, dacht Strange. En natuurlijk zouden ze dat willen doen. Ze zouden precies datgene doen wat je het minst verwachtte. Waarschijnlijk is hij helemaal niet de butler van Pole. Waarschijnlijk is hij alleen maar een elf die erg op hem lijkt. Of een magische illusie. Hij keek om zich heen op zoek naar zijn eigen elf.

'Stephen! Stephen!'

'Ik ben hier, meneer!' Stephen draaide zich om en zag de heer met het pluishaar bij zijn elleboog.

'De tovenaar is hier! Hij is hier! Wat zou hij willen?'

'Ik weet het niet, meneer.'

'O! Hij is gekomen om mij te vernietigen. Ik weet het zeker!'

Stephen was verbaasd. Heel lang had hij gedacht dat de heer onschendbaar was. Maar nu bevond hij zich in een toestand van uiterste bezorgdheid en angst.

'Maar waarom zou hij dat willen doen, meneer?' vroeg Stephen op kalme toon. 'Ik denk dat het veel logischer is dat hij is gekomen om zijn vrouw te redden... om haar mee naar huis te nemen. Misschien moeten we mevrouw Strange van haar betovering bevrijden en haar toestaan met haar man naar huis te gaan? En lady Pole ook. Laat mevrouw Strange en lady Pole met de tovenaar mee teruggaan naar Engeland, meneer. Ik weet zeker dat dat genoeg is om zijn boosheid jegens u te bedaren. Ik weet zeker dat ik hem kan overtuigen.'

'Wat? Waar heb je het over? Mevrouw Strange? Nee, nee, Stephen! Je zit er behoorlijk naast! Werkelijk waar! Hij heeft geen woord gezegd over onze lieve mevrouw Strange. Jij en ik, Stephen, weten hoezeer we het gezelschap van zo'n vrouw moeten waarderen. Hij niet. Hij is haar volkomen vergeten. Hij heeft nu een nieuw liefje, een betoverende jongedame wier lieflijke aanwezigheid ik op een dag aan onze eigen dansen hoop toe te voegen! Er is niemand zo wispelturig als een Engelsman! O, geloof me! Hij is gekomen om mij te vernietigen! Vanaf het moment dat hij mij om lady Pole's vinger vroeg, wist ik dat hij vele malen slimmer was dan ik aanvankelijk vermoedde. Adviseer me, Stephen. Jij hebt jarenlang tussen deze Engelsen geleefd. Wat moet ik doen? Hoe kan ik mezelf beschermen? Hoe kan ik zulke slechtheid straffen?'

Stephen worstelde om helder te denken ondanks alle sloomheid en zwaarte van zijn betovering. Er stond hem een grote crisis te wachten, dat wist hij zeker. Nooit eerder had de heer hem zo openlijk om hulp gevraagd. Ongetwijfeld zou hij in staat zijn de situatie naar zijn hand te zetten. Maar hoe? En hij wist uit jarenlange ervaring dat de gemoedstoestanden van de heer nooit lang duurden. Hij was het wispelturigste wezen ter wereld. Het kleinste woord kon zijn angst omzetten in kokende woede en haat. Als Stephen nu iets verkeerd zou zeggen, zette hij de heer misschien aan tot de vernietiging van hen allemaal, in plaats van dat hij zichzelf en de anderen bevrijdde.

'Wat zal ik doen, Stephen?' jammerde de heer. 'Wat zal ik doen?'

Iets trok Stephen's aandacht. Onder een zwarte boog stond een bekende figuur. Een elfenvrouw die doorgaans een zwarte sluier droeg die vanaf haar kruin tot aan de topjes van haar vingers hing. Ze deed nooit mee aan de danspartijen. Ze ging half lopend, half zwevend tussen de dansers en de toeschouwers door. Stephen had haar nog nooit met iemand zien praten, maar als ze langskwam hing er een vage geur van kerkhoven, aarde en knekelhuizen. Hij kon nooit naar haar kijken zonder een rilling van vrees, maar of ze verderfelijk, vervloekt of beide was, dat wist hij niet.

'Er zijn mensen in deze wereld,' begon hij, 'wiens leven niets dan een last is. Tussen hen en de wereld hangt een zwarte sluier. Ze zijn volkomen eenzaam. Ze zijn als schaduwen in de nacht, afgesloten van plezier en liefde en alle tedere, menselijke emoties, zelfs niet in staat elkaar troost te bieden. Hun dagen zijn met niets anders gevuld dan met duisternis, ellende en eenzaamheid. U weet wie ik bedoel, meneer. Ik... ik spreek niet van schuld...' de heer staarde hem met intense woede aan. 'Maar ik weet zeker dat we de woede van de tovenaar van u af kunnen leiden, als u de vrijlating toestaat van—'

'O!' riep de heer en zijn ogen verwijdden begripvol. Hij hield zijn hand op bij wijze van teken dat Stephen stil moest zijn.

Stephen wist zeker dat hij te ver was gegaan. 'Vergeef me,' fluisterde hij.

'Vergeven?' zei de heer verbaasd. 'Waarom? Er valt niets te vergeven! Het is eeuwen geleden sinds iemand zo openhartig tegen mij sprak en ik eer je daarvoor! Duisternis, ja! Duisternis, ellende en eenzaamheid!' Hij draaide op zijn hielen en liep de menigte in.

Strange genoot immens. De griezelige contradicties van het bal stoorden hem geheel niet. Ze waren precies zoals hij had verwacht. Ondanks de armoedigheid van de grote zaal, was het nog steeds voor een deel een illusie. Zijn tovenaarsoog nam waar dat ten minste een deel van de kamer onder de aarde was.

Even verderop stond een elfenvrouw hem constant aan te kijken. Ze was gekleed in een japon in de kleur van een winterse zonsondergang en ze droeg een mooie, glinsterende waaier, waarop iets genaaid was wat kristallen kralen hadden kunnen zijn, maar wat meer leek op rijp op bladeren en de fragiele ijskegeltjes die aan takjes hangen.

Op dat moment begon er een nieuwe dans. Niemand leek de hand van de vrouw te vragen, dus in een impuls glimlachte Strange, boog zich en zei: 'Er is hier bijna niemand die mij kent. Dus wij kunnen niet aan elkaar worden voorgesteld. Niettemin, mevrouw, zou ik zeer vereerd zijn als u met mij zou willen dansen.'

Ze gaf geen antwoord en glimlachte niet terug, maar ze nam wel zijn aangereikte hand aan en stond toe dat hij haar naar de dans leidde. Ze namen hun plaats in de kring in en stonden even stil zonder een woord te zeggen.

'U doet er verkeerd aan te zeggen dat niemand u kent,' zei ze plotseling. 'Ik ken u. U bent een van de twee tovenaars die voorbestemd zijn magie in Engeland te doen herleven.' Toen zei ze, alsof ze een profetie citeerde of iets wat algemeen bekend was: *'En de naam van de een zal Bevreesdheid zijn. De naam van de ander zal Verwaandheid zijn...* Goed, het is duidelijk dat u niet Bevreesdheid bent, dus ik neem aan dat u Verwaandheid moet zijn.'

Dit was niet erg beleefd.

'Dat is inderdaad mijn bestemming,' zei Strange. 'En het is een uitstekende bestemming!'

'O, denkt u dat?' zei ze, terwijl ze hem van opzij bekeek. 'Waarom heeft u het dan nog niet gedaan?'

Strange glimlachte. 'En waarom denkt u dat ik dat niet heb gedaan, mevrouw?'

'Omdat u hier staat.'

'Ik begrijp het niet.'

'Heeft u niet naar de profetie geluisterd, toen het u werd verteld?'
'De profetie, mevrouw?'
'Ja, de profetie van...' ze noemde een naam, maar het was in haar eigen taal en Strange kon het niet verstaan.[4]
'Wat zegt u?'
'De profetie van de koning.'
Strange dacht terug aan Vinculus, die onder de winterse heg vandaan kroop met stukjes droog bruin gras en lege zaaddopjes in zijn kleding. Hij herinnerde zich dat Vinculus iets reciteerde op het winterse landweggetje. Maar hij had geen idee wat Vinculus had gezegd. Hij had er toen geen notie van dat hij een tovenaar zou worden en had er geen aandacht aan besteed. 'Ik geloof dat er een of andere profetie was, mevrouw,' zei hij, 'maar eerlijk gezegd, het is lang geleden en ik kan haar me niet herinneren. Wat zegt de profetie over wat wij moeten doen? De andere tovenaar en ik?'
'Falen.'
Strange knipperde van verbazing. 'Ik... ik denk niet... falen? Nee, mevrouw, nee. Daarvoor is het te laat. We zijn nu al de meest succesvolle tovenaars sinds Martin Pale.'
Ze zei niets.
Was het te laat om te falen? vroeg Strange zich af. Hij dacht aan meneer Norrell in het huis aan Hanover-square, aan meneer Norrell in Hurtfew Abbey, aan meneer Norrell die van alle ministers complimenten kreeg en de prins-regent die beleefd naar hem luisterde. Het was wellicht een beetje ironisch dat uitgerekend hij troost zou zoeken in het succes van Norrell, maar op dat moment leek er niets ter wereld zo gegrond, zo onaantastbaar. De elfenvrouw had het mis.
De volgende minuten werden ze in beslag genomen door de dans. Toen zij hun plek in de kring terug hadden, zei ze: 'U bent zeker erg stoutmoedig dat u hier komt, tovenaar.'
'Hoezo? Waar zou ik bang voor moeten zijn, mevrouw?'
Ze lachte. 'Hoeveel Engelse tovenaars hebben hun botten hier in de brugh laten liggen, denkt u? Onder deze sterren?'
'Ik heb geen flauw idee.'
'Zevenenveertig.'
Strange voelde zich inmiddels iets minder op zijn gemak.

---

[4] Waarschijnlijk John Uskglass' Sidhe-naam.

'Peter Porkiss niet meegerekend, maar hij was geen tovenaar. Hij was alleen maar een *cowan*.'[5]

'Inderdaad.'

'Doe niet alsof u weet wat ik bedoel,' zei ze scherp. 'Want het is overduidelijk dat u het niet begrijpt.'

Strange was wederom zo verward dat hij niet wist wat te antwoorden. Ze leek er zo op gebrand geïrriteerd te zijn. Maar aan de andere kant, dacht hij, wat was daar ongewoon aan? In Bath en Londen en alle steden van Europa deden de dames of ze op de mannen scholden die ze eigenlijk wilden lokken. Voor zover hij wist was zij precies hetzelfde. Hij besloot haar onverbiddelijke manier te behandelen als een vorm van flirten om te zien of dat haar kalmeerde. Dus lachte hij luchtig en zei: 'U lijkt veel te weten over wat zich hier in deze brugh heeft afgespeeld, mevrouw.' Het noemen van het woord, zo'n oud en romantisch woord, deed hem een klein beetje huiveren van opwinding.

Ze haalde haar schouders op. 'Ik ben hier al vierduizend jaar te gast.'[6]

'Ik zou er graag met u over praten, als u tijd hebt.'

'Zeg liever wanneer u tijd hebt! Dan heb ik er geen bezwaar tegen al uw vragen te beantwoorden.'

'Dat is erg aardig van u.'

'Helemaal niet. Over honderd jaar, dan?'

'Ik... Wat zegt u?'

Maar ze leek van mening dat ze genoeg had gezegd en hij kreeg niets meer van haar te horen dan de meest alledaagse opmerkingen over het bal en hun mededansers.

De dans eindigde. Ze gingen uiteen. Het was de vreemdste en meest

---

5 Een specifiek probleem in middeleeuws Engeland was de grote menigte *cowans*. Het is een term – nu in onbruik geraakt – die eigenlijk werd gebruikt voor alle ongekwalificeerde of mislukte vakmannen, maar hier heeft het specifiek betrekking op tovenaars.

6 Verschillende autoriteiten hebben opgemerkt dat langlevende elfen de neiging hebben iedere substantiële periode van tijd 'vierduizend jaar' te noemen. De elfendame bedoelt eenvoudig dat ze de brugh sinds onheuglijke tijden kent, nog voor iemand de moeite nam de tijd op te delen in jaren, eeuwen en millennia. Als het hun wordt gevraagd, zullen vele elfen zeggen dat ze vierduizend jaar oud zijn. Ze bedoelen dan dat ze niet weten hoe oud ze zijn. Ze zijn ouder dan de menselijke beschaving of mogelijkerwijs de mensheid.

verwarrende conversatie in Strange' leven geweest. Waarom zou ze in 's hemelsnaam denken dat in Engeland de magie nog niet in ere was hersteld? En wat was al die onzin over honderd jaar? Hij stelde zichzelf gerust met de gedachte dat een vrouw die het grootste deel van haar leven had doorgebracht in een echoënd herenhuis in een diep, donker bos, waarschijnlijk niet zo heel goed geïnformeerd was over de gebeurtenissen in de wijdere werelden.

Hij voegde zich weer bij de toeschouwers bij de muur. Het patroon van de volgende dans bracht een bijzonder aantrekkelijke dame vlak bij hem in de buurt. Hij werd getroffen door het contrast tussen de schoonheid van haar gezicht en de diepe, onwrikbare bedroefdheid van haar gezichtsuitdrukking. Toen ze haar hand hief om die in de hand van haar partner te leggen, zag hij dat haar pink ontbrak.

Vreemd! dacht hij, en raakte de zak van zijn jas aan waar de zilveren en porseleinen doos in zat. 'Misschien...' Maar hij kon geen reeks van gebeurtenissen bedenken die zouden resulteren in een tovenaar die een vinger aan de elf geeft, die toebehoort aan iemand in de huishouding van de elf zelf. Het sloeg nergens op. Misschien zijn de twee dingen volstrekt niet aan elkaar gerelateerd, dacht hij.

Maar de hand van de vrouw was zo smal en wit. Hij wist zeker dat de vinger in zijn zak precies zou passen. Hij barstte van nieuwsgierigheid en was vastbesloten haar aan te spreken en haar te vragen hoe ze haar vinger was kwijtgeraakt.

De dans was ten einde. Ze stond met een andere dame te praten, die met haar rug naar hem toe stond.

'Neemt u mij niet kwalijk...' begon hij.

Terstond draaide de andere dame zich om. Het was Arabella.

Ze was gekleed in een witte japon met een vaalblauwe overjurk van tule en diamanten. Hij glinsterde als rijp en sneeuw en was veel mooier dan alle japonnen die ze bezat toen ze in Engeland woonde. In haar haar zaten takjes van sterachtige bloesems en om haar hals was een zwart fluwelen lint gebonden.

Ze staarde hem met een vreemde blik aan – een blik waarin verrassing gemengd was met behoedzaamheid en verrukking met ongeloof. 'Jonathan! Kijk, mijn lief!' zei ze tegen haar metgezellin. 'Het is Jonathan!'

'Arabella...' begon hij. Hij wist niet wat hij wilde zeggen. Hij stak zijn handen naar haar uit, maar ze nam ze niet aan. Zonder zich bewust te zijn van wat ze deed, trok ze zich enigszins terug en greep de handen van de onbekende vrouw, alsof dit nu de persoon was tot wie ze zich wendde voor troost en steun.

Gehoorzamend aan Arabella's verzoek, keek de onbekende vrouw Strange aan. 'Hij ziet eruit als de meeste mannen,' merkte ze koel op. 'Kom,' zei ze vervolgens, alsof ze het gevoel had dat de ontmoeting nu tot een eind was gekomen. Ze probeerde Arabella weg te leiden.

'O, maar wacht!' zei Arabella zacht. 'Ik denk dat hij is gekomen om ons te helpen! Denk je ook niet?'

'Misschien,' zei de onbekende dame twijfelend. Ze staarde Strange weer aan. 'Nee, ik denk het niet. Volgens mij kwam hij om een heel andere reden.'

'Ik weet dat je me hebt gewaarschuwd voor bedrieglijke, hoopvolle verwachtingen,' zei Arabella, 'en ik heb geprobeerd te doen wat je adviseerde. Maar hij is hier! Ik was er zeker van dat hij me niet zo snel zou vergeten.'

'Jou vergeten!' riep Strange uit. 'Nee, werkelijk! Arabella, ik—'

'Ben je hier om ons te helpen?' vroeg de onbekende vrouw plotseling rechtstreeks aan Strange.

'Wat?' zei Strange. 'Nee, ik... U moet begrijpen dat ik tot op heden niet wist... Dat is te zeggen, ik begrijp het niet helemaal...'

De onbekende vrouw maakte een geluidje van ergernis. 'Kwam u wel of niet om ons te helpen? De vraag is simpel genoeg, lijkt mij.'

'Nee,' zei Strange. 'Arabella, praat met me. Ik smeek het je. Zeg me wat er—'

'Daar? Zie je?' zei de onbekende dame tegen Arabella. 'Laten jij en ik nu een hoekje zoeken waar we rustig samen kunnen zijn. Ik geloof dat ik een lege bank zag bij de deur.'

Maar Arabella liet zich niet overhalen nu al weg te gaan. Ze bleef Strange op dezelfde vreemde manier aanstaren. Het leek wel of ze, in plaats van naar de man van vlees en bloed, naar een schilderij van hem stond te kijken. 'Ik weet dat je niet veel vertrouwen hebt in wat mannen kunnen, maar—'

'Ik heb absoluut geen vertrouwen in hen,' viel de onbekende vrouw haar in de rede. 'Ik weet wat het is om jaren en jaren te verspillen aan ijdele hoop op hulp van deze of gene. Geen sprankje hoop is beter dan doorlopende teleurstelling!'

Strange' geduld was op. 'Vergeef me dat ik u onderbreek, mevrouw,' zei hij tegen de onbekende vrouw, 'maar wat ik merk is dat u niets anders heeft gedaan dan interrumperen vanaf het moment dat ik erbij sta! Ik ben bang dat ik erop moet staan een minuut privé met mijn vrouw te spreken! Als u misschien zo vriendelijk zou willen zijn een aantal stappen achteruit te doen...'

Maar noch zij, noch Arabella lette op hem. Zij staarden een beetje naar zijn rechterkant. De heer met het pluishaar stond precies bij zijn schouder.

Stephen drong door de dansende menigte. Zijn gesprek met de heer was bijzonder ontmoedigend geweest. Er was iets besloten, maar hoe meer Stephen erover nadacht, des te meer hij zich realiseerde dat hij niet wist wat het was. 'Het is nog niet te laat,' mompelde hij, terwijl hij zich een weg baande. 'Het is nog steeds niet te laat.' Een deel van hem, het koude, gevoelloze, betoverde deel, vroeg zich af wat hij daarmee bedoelde. Niet te laat om zichzelf te redden? Om lady Pole en mevrouw Strange te redden? De tovenaar?

Nooit hadden de rijen dansers zo lang geleken, zozeer een afscheiding gevormd die zijn weg versperde. Aan de andere kant van de kamer dacht hij een hoofd met glanzend pluishaar te zien. 'Meneer!' riep hij. 'Wacht! Ik moet weer met u spreken!'

Het licht veranderde. Het geluid van muziek, dans en gesprek was vervaagd. Stephen keek om zich heen in de verwachting zich in een nieuwe stad of op een ander continent te bevinden. Maar hij was nog steeds in de grote vestibule van Lost-hope. Die was leeg. De dansers en musici waren weg. Er bleven drie mensen over: Stephen zelf en even verderop de tovenaar en de heer met het pluishaar.

De tovenaar riep de naam van zijn vrouw. Hij haastte zich in de richting van een donkere deur alsof hij van plan was het huis binnen te stormen om haar te zoeken.

'Wacht!' riep de heer met het pluishaar. De tovenaar draaide zich om en Stephen zag dat zijn gezicht donker was van woede, dat zijn mond bewoog alsof er ieder moment een toverspreuk uit kon knallen.

De heer met het pluishaar hief zijn handen. *De grote vestibule was gevuld met een zwerm vogels. Een keer knipperen en ze waren er. Een keer knipperen en ze waren weg.*

De vogels hadden Stephen met hun vleugels geraakt. Ze hadden de lucht uit zijn longen geslagen. Toen hij voldoende was hersteld om zijn hoofd op te heffen, zag hij dat de heer met het pluishaar zijn handen een tweede keer hief.

De grote vestibule was vol rondtollende bladeren. Winterdroog en bruin waren ze, draaiend in een windvlaag die uit het niets kwam. Een keer knipperen en ze waren er. Een keer knipperen en ze waren weg.

De tovenaar staarde verwilderd om zich heen. Hij scheen niet te weten wat hij met zulke overweldigende magie aan moest. Hij is verloren, dacht Stephen.

De heer met het pluishaar hief zijn handen een derde keer. *De grote vestibule was gevuld met regen. Geen regen van water, een regen van bloed. Een keer knipperen en het was er. Een keer knipperen en het was weg.*

De magie hield op. Op dat moment verdween de tovenaar en de heer met het pluishaar viel als een man die bezwijmt op de grond.

'Waar is de tovenaar, meneer?' riep Stephen, zich haastend om naast hem neer te knielen. 'Wat is er gebeurd?'

'Ik heb hem teruggestuurd naar de zeekolonie van Altimum,'[7] zei hij schor fluisterend. Hij probeerde te glimlachen, maar leek daartoe niet in staat. 'Ik heb het gedaan, Stephen! Ik heb gedaan wat je adviseerde! Het heeft mij al mijn kracht gekost. Mijn oude verbonden zijn tot hun uiterste limiet gestrekt. Maar ik heb de wereld veranderd! O! Ik heb ze zo'n knal gegeven! Duisternis, ellende en eenzaamheid! Hij zal ons niets meer doen!' Hij waagde een triomfantelijke lach, maar het resulteerde in een hoestaanval en in kokhalzen. Toen het over was, pakte hij Stephen's hand. 'Maak je om mij geen zorgen, Stephen. Ik ben een beetje moe, dat is alles. Jij bent iemand met een opmerkelijke visie en inzicht. Daarom zijn jij en ik niet langer vrienden. Wij zijn broeders! Jij hebt mij geholpen mijn vijand te verslaan en daarvoor in de plaats zal ik jouw ware naam achterhalen. Ik maak je een koning!' Zijn stem stierf weg.

'Zeg me wat je hebt gedaan!' fluisterde Stephen.

Maar de heer sloot zijn ogen.

Stephen bleef op zijn knieën in de balzaal zitten en greep de hand van de heer. De talgkaarsen doofden. De schaduwen sloten zich om hen heen.

---

7 Dit betekent Venetië. Altimum was de stad aan de oostkust van Italië, waar de eerste inwoners van Venetië vandaan kwamen.

56

De Zwarte Toren

3 en 4 december 1816

Dr Greysteel sliep en was aan het dromen. In zijn droom riep iemand hem en werd er iets van hem verwacht. Hij wilde diegene graag helpen en dus ging hij van de ene plaats naar de andere om hem te zoeken. Hij kon hem echter niet vinden en, toch bleef diegene zijn naam roepen. Uiteindelijk opende hij zijn ogen.

'Wie is daar?' vroeg hij.

'Ik ben het, meneer. Frank, meneer.'

'Wat is er?'

'Meneer Strange is er. Hij wil met u spreken, meneer.'

'Is er iets mis?'

'Dat zegt hij niet. Maar ik denk dat er wel iets moet zijn.'

'Waar is hij, Frank?'

'Hij wil niet binnenkomen. Hij laat zich niet overhalen. Hij is buiten, meneer.'

Dr Greysteel wierp zijn benen uit bed en haalde diep adem. 'Het is koud, Frank!' zei hij.

'Ja, meneer.' Frank hielp dr Greysteel met zijn ochtendjas en sloffen. Ze liepen door talrijke donkere ruimten, over grote stukken donkere, marmeren vloer. Er brandde een lamp in de vestibule. Frank trok de grote, ijzeren, dubbele deuren open, pakte zijn lamp en ging naar buiten. Dr Greysteel volgde hem.

Een stenen trap leidde de duisternis in. Alleen door de geur van de zee, het geklots van water op steen, af en toe een soort glinstering en de kleine verandering van het duister, begreep de toeschouwer dat er beneden aan de trap een kanaal liep. Bij een paar omliggende huizen brandden lampen voor het raam of op het balkon. Verder was er niets dan stilte en duisternis.

'Er is niemand!' riep dr Greysteel. 'Waar is meneer Strange?'

Frank antwoordde door naar rechts te wijzen. Plotseling ging er een lamp aan onder de brug en in het licht zag dr Greysteel een gondel, die daar lag te wachten. De gondelier boomde met zijn boot naar hen toe. Terwijl hij naderde, kon dr Greysteel zien dat er iemand in zat. Ondanks alles wat Frank had gezegd, duurde het even voordat dr Greysteel hem herkende. 'Strange!' riep hij. 'Mijn god! Wat is er gebeurd? Ik herkende je niet! Mijn... mijn... mijn beste vriend.' Dr Greysteel sprak hakkelend, op zoek naar een passend woord. Gedurende de laatste paar weken was hij gewend geraakt aan het idee dat de relatie tussen hem en Strange spoedig een stuk hechter zou zijn. 'Kom binnen! Frank, snel! Haal een glas wijn voor meneer Strange!'

'Nee!' riep Strange met een hese, onbekende stem. Hij zei snel iets in het Italiaans tegen de gondelier. Zijn Italiaans was veel vloeiender dan dat van dr Greysteel, en dr Greysteel kon hem niet verstaan, maar de betekenis werd algauw duidelijk toen de gondelier weer begon weg te varen met zijn boot.

'Ik kan niet binnenkomen!' riep Strange. 'Vraag het niet aan me!'

'Goed dan, maar vertel me wat er is gebeurd.'

'Ik ben vervloekt!'

'Vervloekt? Nee! Zeg dat niet.'

'Maar ik zeg het wel. Ik heb het vanaf het begin tot het eind bij het verkeerde eind gehad. Ik heb deze man verteld om iets verderop te gaan liggen. Het is niet veilig als ik te dicht bij uw huis kom. Dr Greysteel! U moet uw dochter wegsturen!'

'Flora! Waarom?'

'Er is iemand in de buurt die haar kwaad wil doen!'

'Goeie god!'

Strange' ogen werden groot. 'Er is iemand die haar wil dwingen tot een leven van oneindig lijden! Slavernij en onderwerping aan een onberekenbare geest! Een oude gevangenis die van even veel koude betoveringen als van stenen en aarde is gebouwd. Walgelijk, walgelijk! En aan de andere kant, misschien toch niet zo walgelijk, want wat moet hij anders, het ligt in zijn aard. Wat kan hij eraan doen?'

Zowel dr Greysteel als Frank kon er geen touw aan vastknopen.

'U bent ziek, meneer,' zei dr Greysteel. 'U heeft koorts. Kom binnen. Frank kan een kalmerend drankje voor u maken om u van die kwade gedachten te verlossen. Kom binnen, meneer Strange.' Hij ging een stukje van de trap af staan zodat Strange dichterbij kon komen, maar Strange reageerde niet.

'Ik dacht...' begon Strange, en stopte toen onmiddellijk. Hij pauzeerde zó lang dat het leek alsof hij was vergeten wat hij ging zeggen, maar toen begon hij opnieuw. 'Ik dacht dat Norrell alleen tegen mij had gelogen. Maar ik vergiste me. Heel erg. Hij heeft tegen iedereen gelogen. Hij heeft tegen ons gelogen.' Toen sprak hij tegen de gondelier en de gondel verdween in de duisternis.

'Wacht! Wacht!' riep dr Greysteel, maar hij was al weg. Hij staarde naar de duisternis, in de hoop dat Strange terug zou komen, maar dat deed hij niet.

'Zal ik achter hem aan gaan, meneer?' vroeg Frank.

'We weten niet waar hij naar toe is gegaan.'

'Ik denk dat hij naar huis is gegaan, meneer. Ik kan hem te voet volgen.'

'En wat moet je dan tegen hem zeggen, Frank? Hij luistert nu toch niet naar ons. Nee, laten we naar binnen gaan. We moeten op Flora letten.'

Maar eenmaal binnen was dr Greysteel machteloos, hij wist niet wat hij moest doen. Plotseling kon je goed zien dat hij een oude man was. Frank pakte hem voorzichtig bij zijn arm en leidde hem via een donkere stenen trap naar beneden de keuken in.

Het was een erg kleine keuken om dienst te doen voor zo veel grote marmeren vertrekken boven. Bij daglicht was het een bedompte, donkere plek. Er was maar één raam. Het zat hoog in de muur, net boven het waterniveau buiten en het was afgedekt met een zwaar ijzeren rooster. Dit betekende dat het grootste gedeelte van het vertrek onder het waterniveau van het kanaal lag. Na hun ontmoeting met Strange zag het er echter warm en gemoedelijk uit. Frank stak nog een paar kaarsen aan en pookte het vuur op. Toen vulde hij de ketel om wat thee voor hen beiden te maken.

Dr Greysteel zat op een keukenstoel in de open haard te staren. 'Toen hij zei dat iemand Flora kwaad wilde doen...' zei hij uiteindelijk.

Frank knikte alsof hij wist wat hij wilde gaan zeggen.

'...had ik toch het idee dat hij het over zichzelf had, Frank,' zei dr Greysteel. 'Hij is bang dat hij haar kwaad doet en daarom kwam hij ons waarschuwen.'

'Dat is het, meneer!' beaamde Frank. 'Hij kwam hier om ons te waarschuwen. Wat laat zien dat hij in zijn hart een goede man is.'

'Hij is een goede man,' zei dr Greysteel, ernstig. 'Maar er is iets gebeurd. Het is die magie, Frank. Dat moet wel. Het is een zeer vreemd beroep en ik zou willen dat hij iets anders was, een soldaat of een geestelijke of een advocaat! Wat vertellen we Flora, Frank? Ze zal niet weg willen gaan, daar kun je wel van uitgaan! Ze zal hem niet willen verlaten. Vooral wanneer... wanneer hij ziek is. Wat kan ik haar vertellen? Ik zou met haar mee moeten gaan. Maar wie blijft er dan in Venetië achter om voor meneer Strange te zorgen?'

'U en ik blijven hier om de tovenaar te helpen, meneer. Maar stuur Flora weg met haar tante.'

'Ja, Frank! Dat is het! Dat doen we!'

'Hoewel ik moet zeggen, meneer,' voegde Frank eraan toe, 'dat juffrouw Flora eigenlijk geen mensen nodig heeft om voor haar te zorgen. Ze is niet zoals andere jongedames.' Frank had lang genoeg bij de Greysteels gewoond om de gewoonte van de familie over te nemen om juffrouw Greysteel te zien als iemand met uitzonderlijke vaardigheden en intelligentie.

Met de gedachte dat ze op dit moment alles hadden gedaan wat ze konden, gingen dr Greysteel en Frank naar bed.

Maar het is één ding om midden in de nacht plannen te smeden, het is echter wat anders om ze op klaarlichte dag uit te voeren. Zoals dr Greysteel had voorspeld, maakte Flora grote bezwaren om weggestuurd te worden uit Venetië en van Jonathan Strange. Ze begreep het niet. Waarom moest ze gaan?

Omdat hij ziek was, zei dr Greysteel.

Des te meer reden om te blijven, zei ze. Hij zou iemand nodig hebben die hem verzorgde.

Hij probeerde te suggereren dat Strange' ziekte besmettelijk was, maar hij was, uit principe en van nature, een eerlijk man.

Hij had weinig ervaring met liegen en was er slecht in. Flora geloofde hem niet.

Tante Greysteel snapte niet veel meer van de wijzigingen in hun plannen dan haar nicht. Dr Greysteel kon niet tegen hen op en was dus genoodzaakt om zijn zus in vertrouwen te nemen en haar te vertellen wat er 's nachts was gebeurd. Helaas had hij niet het talent om sferen over te brengen. Het vreemde en angstaanjagende aan Strange' woorden ontbrak in zijn uitleg. Tante Greysteel begreep alleen dat Strange verward was geweest. Ze concludeerde vanzelfsprekend dat hij dronken was geweest. Hoewel dit erg slecht was, was het niet ongebruikelijk onder heren en leek het geen reden om met zijn allen naar een andere stad te gaan.

'Uiteindelijk, Lancelot,' zei ze, 'heb ik jou ook ooit zwaar onder invloed van wijn gezien. De keer dat we dineerden met meneer Sixsmith en jij erop stond om de kippen een goede nacht te wensen. Jij ging naar buiten de tuin in, en trok ze een voor een uit het kippenhok en ze ontsnapten allemaal en renden heen en weer en de helft werd door een vos opgegeten. Ik heb Antoinette nog nooit zo kwaad op jou gezien.' (Antoinette was de overleden vrouw van de dokter.)

Dit was een oud verhaal en erg vernederend. Dr Greysteel luisterde met aanzwellende ergernis. 'In 's hemelsnaam, Louisa! Ik ben arts! Ik herken dronkenschap als ik het zie!'

Dus werd Frank erbij gehaald. Hij kon zich een stuk preciezer herinneren wat Strange had gezegd. De visioenen die hij opriep van Flora, eeuwig opgesloten in een gevangenis, waren voldoende om haar tante angst aan te jagen. Binnen zeer korte tijd was tante Greysteel er net als iedereen op gebrand om Flora weg te sturen uit Venetië. Ze stond echter op een ding, iets wat nooit bij dr Greysteel en Frank was opgekomen: ze stond erop om Flora de waarheid te vertellen.

Het deed Flora Greysteel veel pijn om te horen dat Strange krankzinnig was geworden. Eerst dacht ze dat ze zich vergisten, en zelfs toen ze haar hadden overtuigd, was ze er nog steeds zeker van dat het niet nodig was dat zij Venetië verliet, ze wist zeker dat hij haar nooit iets zou aandoen. Maar ze zag nu wel dat haar vader en tante hier anders over dachten en dat ze zich niet op hun gemak zouden voelen tot ze ging. Met veel tegenzin stemde ze erin toe om te vertrekken.

Kort na het vertrek van de twee dames zat dr Greysteel in een van de koude, marmeren vertrekken van het palazzo. Hij troostte zichzelf met een glas cognac en probeerde moed te verzamelen om Strange te gaan zoeken, toen Frank het vertrek binnenkwam en iets zei over een zwarte toren.

'Wat?' zei dr Greysteel. Hij was niet in de stemming om Frank's zonderlinge gedrag uit te pluizen.

'Kom naar het raam en ik zal het u laten zien, meneer.'

Dr Greysteel stond op en ging naar het raam.

Er stond iets in het centrum van Venetië. Het kon het best beschreven worden als een onmogelijk kolossale zwarte toren. De voet van de toren leek enkele hectares te beslaan. Hij doemde op in de lucht boven de stad en de top was niet te zien. Van een afstand gezien was hij geheel zwartgekleurd en gelijkmatig gebouwd. Maar er waren momenten waarop hij bijna doorschijnend leek, alsof hij uit zwarte rook was gemaakt. Men kon gebouwen erachter zien liggen, of misschien zelfs aan de binnenkant ervan.

Het was het meest mysterieuze ding dat dr Greysteel ooit had gezien. 'Waar zou het vandaan zijn gekomen, Frank? En wat is er met de huizen gebeurd die er eerst stonden?'

Voordat deze of andere vragen beantwoord konden worden, klonk er een luid, officieel klinkend geklop op de deur. Frank ging kijken wie er was. Een moment later kwam hij terug met een kleine groep mensen, die dr Greysteel nooit eerder had gezien. Twee van hen waren priester en er waren drie of vier jongemannen uit het leger die felgekleurde uniformen droegen versierd met een extravagante hoeveelheid gouden koorden en tressen. De aantrekkelijkste man stapte naar voren. Zijn uniform was het fraaiste van allemaal en hij had een grote gele snor. Hij legde uit dat hij kolonel Wenzel von Ottenfeld was, secretaris van de Oostenrijkse gouverneur van de stad. Hij stelde zijn gezelschap voor. De officieren waren Oostenrijkers evenals hij, maar de priesters waren Venetianen. Dit op zich was al voldoende om dr Greysteel enigszins te verbazen. De Venetianen hadden een hekel aan de Oostenrijkers en de twee volken werden zelden in elkaars gezelschap aangetroffen.

'Bent u meneer de dokter?' vroeg kolonel von Ottenfeld. 'De vriend van de *Hexenmeister*[1] van de grote Vellinton?'

Dr Greysteel beaamde dit.

'Ach, meneer de dokter, wij komen u om een gunst smeken!' Von Ottenfeld had een melancholische uitdrukking op zijn gezicht, die versterkt werd door zijn lange, hangende snor.

Dr Greysteel liet zijn verbazing hierover duidelijk blijken.

'We zijn hier vandaag. We willen u vragen...' Von Ottenfeld fronste en knipte ongeduldig met zijn vingers. '*Vermittlung. Wir fragen Ihre Vermittlung. Wie kann man dass sagen*?' Er volgde een overleg over hoe dit woord diende te worden vertaald. Een van de Italiaanse priesters suggereerde 'bemiddeling'.

'Ja, ja,' Von Ottenfeld stemde hier gretig mee in. 'We willen u vra-

[1] Duits voor tovenaar.

gen te bemiddelen tussen ons en de Hexenmeister van de grote Vellinton. Meneer de dokter, we achten de Hexenmeister van de grote Vellinton erg hoog. Maar nu heeft de Hexenmeister van de grote Vellinton iets gedaan. Wat een ramp! De inwoners van Venetië zijn bang. Velen moeten hun huizen verlaten en vertrekken!'

'O!' zei dr Greysteel. Hij dacht even na en het begon hem te dagen. 'O! U denkt dat Strange iets te maken heeft met die Zwarte Toren.'

'Nee!' verklaarde Von Ottenfeld. 'Het is geen toren. Het is de nacht! Wat een ramp!'

'Pardon?' zei dr Greysteel en keek hulpeloos naar Frank. Frank haalde zijn schouders op.

Een van de priesters, wiens Engels wat beter was, legde uit dat de zon die ochtend was opgekomen, hij was in elk deel van de stad opgekomen op een na – de kerkgemeente van Santa Maria Zobenigo, waar Strange verbleef. Daar bleef de nacht regeren.

'Waarom doet de Hexenmeister van de grote Vellinton dit?' vroeg Von Ottenfeld. 'Wij weten het niet. We smeken u om naar hem toe te gaan, meneer de dokter. Wilt u hem alstublieft vragen of de zon terug kan keren in Santa Maria Zobenigo? Hem eerbiedig vragen om geen magie meer te gebruiken in Venetië?'

'Natuurlijk ga ik naar hem toe,' zei dr Greysteel. 'Het is een zeer beangstigende situatie. En, hoewel ik tamelijk zeker weet dat Strange dit niet opzettelijk heeft gedaan – dat dit alles een vergissing zal blijken te zijn – help ik u graag zover ik dat kan.'

'O!' zei de priester met het goede Engels bezorgd, en hief zijn hand, alsof hij bang was dat dr Greysteel onmiddellijk naar buiten zou stormen in de richting van Santa Maria Zobenigo. 'Maar wilt u alstublieft uw bediende meenemen? U gaat toch niet alleen?'

Er vielen dikke lagen sneeuw. Alle trieste kleuren in Venetië waren veranderd in verschillende schakeringen zwart en grijs. San Marcoplein was een onduidelijke grijze ets geworden, gemaakt op wit papier. Het was zo goed als verlaten. Dr Greysteel en Frank strompelden samen door de sneeuw. Dr Greysteel droeg een lantaarn en Frank hield een zwarte paraplu boven het hoofd van de dokter.

Ze liepen onder de boog van het Atrio door en tussen de stille huizen, de Zwarte Pilaar van de Nacht doemde op achter het plein. De duisternis begon halverwege een kleine brug. Het was verontrustend te zien hoe schuin vallende sneeuwvlokken erin werden gezogen, alsof het een levend wezen was dat ze gulzig opat.

De steegjes waren uitgestorven. De inwoners van de kerkgemeente waren gevlucht naar hun familie en vrienden in andere delen van de stad. Maar de katten van Venetië – die net zo'n stel eigenwijze wezens zijn als de katten in elke andere stad – waren in Santa Maria Zobenigo samengekomen om te dansen, te jagen en te spelen in de Oneindige Nacht, die voor hen een soort grote verzoendag leek te zijn. De katten streken in het duister langs dr Greysteel en Frank, en een paar keer zag dr Greysteel dat een stel gloeiende ogen hem vanuit een deuropening in de gaten hielden.

Toen ze aankwamen bij het huis waar Strange verbleef, was het stil. Ze klopten en riepen, maar er kwam niemand. Toen ze zagen dat de deur niet op slot zat, duwden ze deze open. Het huis was donker. Ze vonden de trap en gingen naar Strange' kamer boven in het huis, waar hij magie bedreef.

Na alles wat er was gebeurd, verwachtten ze eigenlijk iets opmerkelijks: dat ze Strange zouden aantreffen in gesprek met een demon of gekweld door afschuwelijke verschijningen. Het was enigszins verontrustend dat het tafereel dat zich afspeelde zo gewoon was. De kamer zag eruit zoals hij er elke keer had uitgezien. Hij was verlicht met een overvloedige hoeveelheid kaarsen en een ijzeren kachel gaf een aangename warmte af. Strange zat aan tafel, gebogen over zijn zilveren schaal die helder wit licht afgaf dat in zijn gezicht scheen. Hij keek niet op. In de hoek tikte zacht een klok. Boeken, papieren en schrijfmaterialen lagen op elk oppervlak verspreid, zoals gewoonlijk. Strange ging met de punt van zijn vinger over het water en tikte er twee keer heel voorzichtig op. Toen draaide hij zich om en schreef iets in een boek.

'Strange,' zei dr Greysteel.

Strange keek vluchtig op. Hij zag er niet zo krankzinnig uit als de nacht daarvoor, maar zijn ogen hadden dezelfde bezeten blik. Hij bekeek de dokter een lange tijd zonder een teken van herkenning. 'Greysteel,' mompelde hij uiteindelijk. 'Wat doet u hier?'

'Ik ben gekomen om te kijken hoe het gaat. Ik maak me zorgen om u.'

Strange gaf hier geen antwoord op. Hij wendde zich weer tot zijn zilveren schaal en maakte er een paar gebaren boven. Maar hij leek onmiddellijk ontevreden te zijn over wat hij had gedaan. Hij pakte een glas en schonk er wat water in. Toen nam hij een flesje en liet voorzichtig twee druppels vloeistof in het glas vallen.

Dr Greysteel keek ernaar. Er zat geen label op de fles, de vloeistof was amberkleurig, het had van alles kunnen zijn.

Strange merkte dat dr Greysteel's ogen op hem waren gericht. 'U zult wel gaan zeggen dat ik dit niet moet innemen. Nou, die moeite kunt u zichzelf besparen!' Hij dronk het in een teug op. 'Dat zou u niet zeggen als u de reden kende!'

'Nee, nee,' zei dr Greysteel op zijn meest kalmerende toon, de toon die hij gebruikte voor zijn moeilijkste patiënten. 'Ik verzeker u dat ik iets dergelijks niet wilde zeggen. Ik wil alleen graag weten of u pijn heeft. Of bent u ziek? Dat dacht ik vannacht. Misschien kan ik u advies...' Hij stopte. Hij rook iets. Het was nogal overweldigend – een droge, muffe geur vermengd met iets stinkends en dierlijks en het rare eraan was dat hij het herkende. Hij kon plotseling de kamer waarin de oude vrouw woonde ruiken, de krankzinnige oude vrouw met al die katten.

'Mijn vrouw is in leven,' zei Strange. Zijn stem klonk hees en onduidelijk. 'Ha! Ziedaar! Dat wist u niet!'

Dr Greysteel werd er koud van. Als Strange iets had kunnen zeggen wat hem nog bezorgder zou maken, dan was dit het waarschijnlijk wel.

'Ze hebben mij verteld dat ze dood was!' vervolgde Strange. 'Ze hebben me verteld dat ze haar hadden begraven! Ik kan niet geloven dat ik mij zo heb laten bedriegen! Ze was betoverd! Ze werd van mij gestolen! En daarom heb ik dit nodig!' Hij zwaaide het flesje met amberkleurige vloeistof voor het gezicht van de dokter.

Dr Greysteel en Frank deden een paar stappen achteruit. Frank mompelde in het oor van de dokter: 'Het is goed, meneer. Het is goed. Ik zal zorgen dat hij u geen kwaad zal doen. Ik houd hem in de gaten. Wees niet bang.'

'Ik kan niet teruggaan naar het huis,' zei Strange. 'Hij heeft me eruit gegooid en wil mij niet terug laten komen. De bomen laten mij niet door. Ik heb spreuken voor het verbreken van betoveringen geprobeerd, maar ze werken niet. Ze werken niet...'

'Bent u vanaf gisteravond magie aan het bedrijven?' vroeg dr Greysteel.

'Wat? Ja!'

'Het spijt me dat te horen. U moet uitrusten. U zult zich ongetwijfeld niet veel herinneren—'

'Ha!' riep Strange spottend. 'Ik zal nooit ook maar een detail vergeten.'

‘Is dat zo? Is dat zo?’ zei dr Greysteel op dezelfde geruststellende toon. ‘Welnu, ik kan niet ontkennen dat uw uiterlijk mij verontrustte. U was niet in uw gewone doen. Ik weet zeker dat het het gevolg is van te hard werken. Misschien als ik—’

‘Vergeef me, dr Greysteel, maar, zoals ik zojuist heb uitgelegd, mijn vrouw is betóverd. Ze zit gevangen onder de grond. Hoe graag ik deze conversatie ook zou voortzetten, ik heb urgentere zaken die mijn aandacht opeisen!’

‘Goed dan. Rustig maar. Onze aanwezigheid maakt u van streek. We gaan nu weer weg en komen morgen terug. Maar voordat we gaan, moet ik dit zeggen: de gouverneur heeft vanochtend een delegatie bij mij langs gestuurd. Hij verzoekt u eerbiedig voorlopig van magie af te zien—’

‘Geen magie gebruiken!’ Strange lachte – een onvriendelijk, luid, humorloos geluid. ‘U vraagt mij nu te stoppen? Onmogelijk! Waarom heeft God mij dan tovenaar gemaakt, als dit niet de reden is?’ Hij richtte zijn aandacht weer op zijn zilveren schaal en begon symbolen te tekenen in de lucht, net boven het wateroppervlak.

‘Verlos dan ten minste de kerkgemeente van die Onnatuurlijke Nacht. Doe dat dan ten minste, voor mij? Omwille van onze vriendschap? Omwille van Flora?’

Strange onderbrak zijn gebaren. ‘Waar heeft u het over? Welke Onnatuurlijke Nacht? Wat is er onnatuurlijk aan?’

‘In godsnaam, Strange! Het is bijna twaalf uur in de middag!’

Strange zei niets. Hij keek naar het zwarte raam, naar de duisternis in de kamer en uiteindelijk naar dr Greysteel. ‘Ik had geen flauw idee,’ fluisterde hij ontzet. ‘Geloof me! Dit heb ik niet gedaan!’

‘Wie heeft het dan gedaan?’

Strange antwoordde niet. Hij staarde afwezig de kamer in.

Dr Greysteel vreesde dat het hem alleen maar meer zou ergeren als hij hem meer vragen zou stellen over de Duisternis, en dus vroeg hij alleen: ‘Kunt u het daglicht terug laten keren?’

‘Ik... Ik weet het niet.’

Dr Greysteel vertelde Strange dat ze de volgende dag terug zouden komen en hij maakte nogmaals gebruik van de gelegenheid om nachtrust aan te bevelen als een uitstekende remedie.

Strange luisterde niet, maar op het moment dat dr Greysteel en Frank wilden vertrekken, greep hij de dokter bij zijn arm en fluisterde: ‘Mag ik u iets vragen?’

Dr Greysteel knikte.

'Bent u niet bang dat het zal doven?'

'Dat wat zal doven?' vroeg dr Greysteel.

'De kaars.' Strange gebaarde naar dr Greysteel's hoofd. 'De kaars in uw hoofd.'

Buiten leek de Duisternis angstaanjagender dan ooit. Dr Greysteel en Frank liepen zwijgend door de nachtelijke straten. Toen ze het daglicht bereikten aan de westelijke rand van San Marco-plein, slaakten beiden een zucht van verlichting.

Dr Greysteel zei: 'Ik ben vastbesloten de gouverneur niet te vertellen dat hij zijn gezonde verstand heeft verloren. God mag weten wat de Oostenrijkers zouden doen. Misschien sturen ze wel soldaten om hem te arresteren – of erger! Ik zeg gewoon dat hij op dit moment niet in staat is om de Nacht te verjagen, maar dat hij de stad niet slechtgezind is – want ik weet bijna zeker dat hij dat niet is – en dat ik zeker weet dat ik hem kan overhalen om alles spoedig recht te zetten.'

Toen de volgende dag de zon opkwam, was de kerkgemeente Santa Maria Zobenigo nog steeds gehuld in Duisternis. Om half negen ging Frank naar buiten om melk en vis te kopen. Het bevallige boerenmeisje met donkere ogen dat melk verkocht op de melkschuit in het San Lorenzo mocht Frank en maakte altijd een vriendelijk praatje met hem. Deze ochtend gaf ze hem zijn kan met melk en vroeg of hij had gehoord dat de Engelse tovenaar krankzinnig was geworden?

Op de vismarkt aan het Canal Grande verkocht een visboer drie zeebarbelen aan Frank, maar vergat toen bijna het geld aan te nemen omdat zijn aandacht gericht was op een discussie met zijn buurman, of de Engelse tovenaar krankzinnig was geworden omdat hij tovenaar was, of omdat hij Engels was. Op weg naar huis wensten twee bleke nonnen die de marmeren trap van een kerk aan het schrobben waren Frank een goedemorgen en vertelden hem dat ze van plan waren te bidden voor de arme, krankzinnige Engelse tovenaar. Op het moment dat hij bijna bij de voordeur was, kwam er een witte kat onder een gondelbankje vandaan, sprong aan wal en keek hem aan. Hij wachtte tot hij iets over Jonathan Strange zou zeggen, maar de kat zei niets.

'Hoe heeft dit in godsnaam kunnen gebeuren?' vroeg dr Greysteel die rechtop in bed zat. 'Denkt u dat meneer Strange naar buiten is gegaan en met iemand heeft gesproken?'

Frank wist het niet. Hij ging weer naar buiten om bij een paar mensen te informeren. Het leek erop dat Strange zich niet buiten zijn kamer in het huis in Santa Maria Zobenigo had begeven, maar lord Byron – die de enige was in de hele stad die het verschijnsel van de Eeuwige Nacht beschouwde als een vorm van vermaak – was de avond daarvoor rond vijf uur bij hem langsgegaan en trof hem aan, terwijl hij nog steeds bezig was met magie en voortdurend aan het raaskallen was over kaarsen, ananassen, dansen die eeuwenlang duurden en donkere bossen die de straten van Venetië vulden. Byron was naar huis gegaan en vertelde het aan zijn maîtresse, huisbaas en bediende. En aangezien dit stuk voor stuk sociale mensen waren die hun avonden graag doorbrachten in het gezelschap van grote groepen praatgrage vrienden, was het aantal mensen dat er de volgende ochtend van op de hoogte was nogal opvallend.

'Lord Byron! Natuurlijk!' riep dr Greysteel. 'Ik was hem helemaal vergeten! Ik moet hem gauw waarschuwen discreet te zijn.'

'Ik geloof dat het daar een beetje te laat voor is, meneer,' zei Frank.

Dr Greysteel moest toegeven dat dat waar was. Desondanks voelde hij de behoefte om bij iemand te rade te gaan. En bij wie kon dat beter dan bij Strange's andere vriend? Dus die avond kleedde hij zich met veel zorg en ging in zijn gondel naar het huis van gravin Albrizzi. De gravin was een wat oudere, intelligente Griekse dame die een paar boeken over beeldhouwkunst had gepubliceerd, maar het liefst hield ze conversazioni waar allerlei stijlvolle en geleerde mensen elkaar konden ontmoeten. Strange had deze een paar keer bijgewoond, maar tot vanavond had dr Greysteel er nooit een bezocht.

Hij werd naar een grote kamer geleid op de *piano nobile*. Deze was luxueus gedecoreerd met marmeren vloeren, prachtige standbeelden en beschilderde muren en plafonds. Aan de ene kant van de kamer zaten de dames in een halve kring rond de gravin. De heren stonden aan de andere kant. Vanaf het moment dat dr Greysteel de kamer binnenkwam, voelde hij dat de blikken van de gasten op hem waren gericht. Meerdere mensen attendeerden degene naast zich op zijn aanwezigheid. Ze hadden het vast en zeker over Strange en de Duisternis.

Bij het raam stond een kleine, knappe man. Hij had donker krullend haar en een volle, zachte rode mond. Het was een mond die bij een vrouw zeker opvallend zou zijn geweest, maar bij een man was het gewoonweg bijzonder. Met zijn kleine gestalte, zorgvuldig gekozen kleding en donkere haar en ogen had hij iets weg van Christopher Drawlight – maar alleen als Drawlight ontzettend intelligent was geweest. Dr Greysteel liep onmiddellijk op hem af en zei: 'Lord Byron?'

De man draaide zich om, om te kijken wie dat zei. Hij leek het niet zo leuk te vinden aangesproken te worden door een saaie, corpulente Engelsman van middelbare leeftijd. Toch kon hij niet ontkennen wie hij was. 'Ja?'

'Mijn naam is Greysteel. Ik ben een vriend van meneer Strange.'

'Ah!' zei de lord. 'De arts met de mooie dochter!'

Dr Greysteel op zijn beurt was niet echt blij om te horen dat er op deze manier over zijn dochter werd gesproken door een van de meest beruchte losbollen van Europa. Hij kon echter niet ontkennen dat Flora mooi was. Hij negeerde dit voor het moment, en zei: 'Ik ben bij Strange op bezoek geweest. Al mijn grootste angsten zijn bevestigd. Hij heeft zijn verstand verloren.'

'O, zeker!' beaamde Byron. 'Ik was een paar uur geleden bij hem en hij kon over niets anders praten dan over zijn overleden echtgenote en dat ze niet echt dood is, maar enkel betoverd. En nu hult hij zich in Duisternis en beoefent zwarte magie! Dit heeft iets bewonderenswaardigs, vindt u niet?'

'Bewonderenswaardig?' zei de dokter vinnig. 'Zeg maar gerust beklagenswaardig! Maar denkt u dat hij de Duisternis heeft gecreëerd? Hij heeft me duidelijk verteld dat hij dat niet had gedaan.'

'Maar natuurlijk heeft hij die gecreëerd!' verklaarde Byron. 'Een donkere wereld die past bij zijn donkere ziel! Wie zou niet willen dat hij soms de zon kon verbergen? Het verschil is dat wanneer je tovenaar bent, je dit daadwerkelijk kunt doen.'

Dr Greysteel dacht hier over na. 'Misschien heeft u gelijk,' gaf hij toe. 'Misschien heeft hij de Duisternis gecreëerd en is hij dit daarna vergeten. Ik geloof niet dat hij zich altijd herinnert wat hij gezegd of gedaan heeft. Ik ben erachter gekomen dat hij zich nog weinig herinnert van onze eerdere conversaties.'

'O. Zo. Juist,' zei de lord, alsof dit niet zo verwonderlijk was en hij het gesprek met de dokter ook graag zo snel mogelijk zou vergeten. 'Weet u dat hij zijn zwager heeft geschreven?'

'Nee, dat wist ik niet.'

'Hij heeft de arme man opgedragen naar Venetië te komen om zijn overleden zus te zien.'

'Denkt u dat hij zal komen?' vroeg dr Greysteel.

'Ik heb geen flauw idee!' Uit lord Byron's toon was af te leiden dat hij het nogal aanmatigend vond van dr Greysteel om te verwachten dat de grootste dichter van de eeuw zich voor dit soort onderwerpen zou interesseren. Het was enkele ogenblikken stil, waarna hij op een wat normalere toon toevoegde: 'Om eerlijk te zijn, ik denk niet dat hij zal komen. Strange heeft me de brief laten zien. Hij zat vol onsamenhangende onzinnigheden en redeneringen die alleen een krankzinnige – of een tovenaar – zou kunnen begrijpen.'

'Het is een spijtige zaak,' zei dr Greysteel. 'Erg spijtig! Twee dagen geleden hebben we nog met hem gewandeld. Hij was zo vrolijk! Ik begrijp niet hoe zijn gezonde verstand binnen een nacht heeft kunnen omslaan in totale krankzinnigheid. Ik vraag me af of er niet een fysieke oorzaak achter zit. Een infectie misschien?'

'Nonsens!' verklaarde Byron. 'De oorzaken van zijn krankzinnigheid zijn zuiver metafysisch. Ze liggen in de grote kloof tussen dat wat iemand is en dat wat iemand graag zou willen worden, tussen geest en lichaam. Vergeef me, dr Greysteel, maar ik spreek uit eigen ervaring. Hierover kan ik spreken als deskundige.'

'Maar...' Dr Greysteel fronste en pauzeerde om zijn gedachten bijeen te rapen. 'Maar de periode van intense frustratie leek voorbij te zijn. Het ging goed met zijn werk.'

'Ik kan u alleen dit vertellen. Vóór deze vreemde obsessie met zijn overleden echtgenote, was hij vol van iets totaal anders: John Uskglass. Dat moet u gemerkt hebben. Nu weet ik erg weinig over Engelse tovenaars. Ze hebben mij altijd een stel saaie, stoffige, oude mannen geleken – op John Uskglass na. Hij is een ander geval! De tovenaar die de Anderlanders[2] heeft getemd! De enige tovenaar die de dood heeft verslagen. De tovenaar, die Lucifer zelf noodgedwongen als gelijke moest behandelen! Welnu, iedere keer dat Strange zichzelf vergelijkt met dit sublieme wezen – en dat moet hij van tijd tot tijd – ziet hij zichzelf zoals hij is: een ploeterende, aan de aarde gebonden, alledaags figuur! Al zijn verrichtingen – die zo worden geprezen op dit troosteloze kleine eiland[3] – vergaan voor hem tot stof! Dat drijft iemand tot wanhoop. *Zo is het om sterfelijk te zijn, en te zoeken naar de dingen voorbij de sterfelijkheid.* Lord Byron wachtte even, alsof hij deze laatste opmerking in zijn geheugen opsloeg voor het geval hij het in een gedicht wilde verwerken. 'Ik werd zelf geraakt door een soortgelijke melancholie toen ik in september in de Zwitserse bergen was. Ik zwierf

---

[2] Een enigszins poëtische benaming voor elfen.

[3] Lord Byron heeft het hier over Groot-Brittannië.

wat rond en hoorde om de vijf minuten lawines – alsof God op mijn ondergang uit was. Ik was een en al berouw en onsterfelijke verlangens. Ik kwam een aantal keer bijna in de verleiding om me door het hoofd te schieten – en dat zou ik ook hebben gedaan ware het niet dat ik mij bedacht hoeveel plezier dit mijn schoonmoeder zou doen.'

Wat dr Greysteel betreft mocht lord Byron zichzelf doodschieten wanneer hij daar behoefte aan had. Maar Strange was een ander geval. 'Denkt u dat hij tot zelfmoord in staat is?' vroeg hij ongerust.

'O, zeker wel!'

'Maar wat moeten we dan doen?'

'Doen?' herhaalde de lord enigszins verward. 'Waarom zouden we iets willen doen?' Toen maakte hij zichzelf tot gespreksonderwerp, omdat hij vond dat ze wel lang genoeg over een ander gepraat hadden. 'Over het geheel genomen ben ik blij dat u en ik elkaar hebben ontmoet, dr Greysteel. Ik heb een arts meegenomen uit Engeland, maar ik was genoodzaakt hem in Genève te ontslaan. Nu vrees ik dat mijn tanden los gaan zitten. Kijk!'[4] Byron deed zijn mond wijd open en liet zijn tanden zien aan dr Greysteel.

Dr Greysteel trok voorzichtig aan een grote witte tand. 'Ze lijken mij erg gaaf en vast,' zei hij.

'O, denkt u dat? Maar niet voor lang, vrees ik. Ik word oud. Ik kwijn weg. Ik voel het.' Byron zuchtte. Toen voegde hij eraan toe, omdat er een vrolijkere gedachte in hem opkwam: 'Weet u, deze crisis met Strange had niet op een beter moment kunnen komen. Ik ben toevallig een gedicht aan het schrijven over een tovenaar die worstelt met de onnoembare geesten die zijn toekomst bepalen. Als model voor mijn tovenaar is Strange natuurlijk verre van perfect – hij beschikt niet over een waar heroïsch karakter. Daarvoor zal ik er iets van mijzelf in moeten stoppen.'

Er liep een aantrekkelijk jong Italiaans meisje langs. Byron draaide zijn hoofd in een zeer vreemde hoek, sloot zijn ogen half en trok een gezicht alsof hij zou gaan sterven aan chronische indigestie. Dr Greysteel kon alleen maar aannemen dat hij de jonge vrouw trakteerde op het Byronische profiel en de Byronische uitdrukking.

---

[4] Zie Byron's brief aan Augusta Leigh, 28 oktober, 1816.

57

De Zwarte Brieven[1]

december 1816

Santa Maria Zobenigo, Venetië

Jonathan Strange aan de Eerwaarde Henry Woodhope

3 december 1816

Mijn beste Henry,

Je moet je voorbereiden op geweldig nieuws. Ik heb Arabella gezien. Ik heb haar gezien en met haar gesproken. Is dat niet schitterend? Is dat niet het best mogelijke bericht? Je zult me niet geloven. Je zult het niet begrijpen. Wees ervan verzekerd dat het geen droom was. Het was geen dronkenschap of waanzin of opium. Overweeg dit: je hoeft alleen maar te accepteren dat wij afgelopen kerst in Clun half betoverd waren, en alles wordt geloofwaardig, alles wordt mogelijk. Vind

---

[1] Strange' latere brieven uit Venetië – met name zijn brieven aan Henry Woodhope – staan onder deze naam bekend sinds ze in Londen in januari 1817 werden gepubliceerd. Advocaten en tovenaarsgeleerden zullen ongetwijfeld doorgaan met discussiëren of de publicatie wel of niet legaal was. Uiteraard gaf Strange nooit zijn toestemming en Henry Woodhope heeft altijd beweerd dat hij die ook niet heeft gegeven. Henry Woodhope zegt ook dat de gepubliceerde brieven waarschijnlijk door Henry Lascelles en Gilbert Norrell waren gewijzigd en dat er zaken aan waren toegevoegd. In zijn *Life of Jonathan Strange* publiceerde John Segundus de brieven waarvan hij en Woodhope beweerden dat het de originele waren. Het zijn deze versies die hier zijn herdrukt.

je het niet ironisch dat uitgerekend ik magie niet herkende toen die zich om mij heen wikkelde? Ter verdediging van mijzelf kan ik zeggen dat het een vrij onverwacht karakter had en dat het uit een hoek kwam die ik nooit had kunnen voorzien. Maar tot mijn schaamte waren er andere mensen die het sneller in de gaten hadden dan ik. John Hyde wist dat er iets mis was en probeerde me te waarschuwen, maar ik luisterde niet naar hem. Zelfs jij, Henry, vertelde mij tamelijk ronduit dat ik te veel met mijn boeken bezig was, dat ik mijn verantwoordelijkheden en mijn vrouw verwaarloosde. Ik was verontwaardigd over jouw advies en op verschillende momenten gaf ik je een onbeleefd antwoord. Dat spijt me nu en ik vraag je nederig mij te vergeven. Geef mij overal maar de schuld van. Je kunt mij niet half zo veel beschuldigen als ik mezelf beschuldig. Maar om tot de kern van de zaak te komen. Ik heb je hier nodig in Venetië. Arabella is hier niet ver vandaan, maar ze kan niet weg en ik kan er niet heen, tenminste (verschillende regels uitgewist). Mijn vrienden hier in Venetië hebben goede bedoelingen, maar ze vallen me lastig met vragen. Ik heb geen bediende en er is hier iets waardoor het voor mij moeilijk is ongemerkt door de stad te gaan. Hierover zal ik verder niets zeggen. Mijn beste, goede Henry, veroorzaak alsjeblieft geen problemen. Kom rechtstreeks naar Venetië. Jouw beloning zal zijn dat Arabella veilig en wel aan ons wordt teruggegeven. Om welke andere reden zou God me anders de Grootste Tovenaar van ons Tijdperk hebben gemaakt?

Je broeder,

S.

Santa Maria Zobenigo, Venetië
Jonathan Strange aan de Eerwaarde Henry Woodhope
6 december 1816

Mijn beste Henry,

Ik heb een beetje last van gewetensbezwaren sinds mijn laatste brief aan jou. Je weet dat ik nooit tegen je heb gelogen, maar ik geef toe dat ik je niet genoeg heb verteld zodat jij een goede mening kunt vormen over hoe de zaken met Arabella er op dit moment voorstaan. Ze is niet dood, maar... (twaalf regels zijn doorgestreept en onleesbaar) ...onder de aarde, in de heuvel die ze de brugh noemen. Levend en toch niet levend en ook niet dood, betóverd. Sinds mensenheugenis is het hun gewoonte christelijke mannen en vrouwen te stelen en hen als bedienden aan te stellen, of hen, zoals in dezen, te dwingen mee te doen aan hun treurige tijdverdrijven: hun dansen, hun feesten, hun lange, lege vieringen van stof en ledigheid. Onder alle verwijten waarmee ik mezelf heb overladen, was de meest bittere dat ik haar heb bedrogen. Haar, terwijl mijn eerste plicht was haar te beschermen.

Santa Maria Zobenigo, Venetië

Jonathan Strange aan de Eerwaarde Henry Woodhope

15 december 1816

Mijn beste Henry,

Het doet me verdriet je te vertellen dat ik nu betere redenen heb voor de bezorgdheid waarover ik je in mijn laatste brief vertelde.[2] Ik heb alles gedaan wat ik kon bedenken om de tralies van haar zwarte gevangenis te breken, maar zonder succes. Ik ken geen spreuk waarmee ook maar de kleinste deuk in zulke oude magie kan worden gemaakt. Voor zover ik weet, bestaat er in de gehele Engelse leerstelling niet zo'n spreuk. Verhalen over tovenaars die gevangenen uit het Elfenrijk bevrijden zijn er maar weinig en ik kan me er nu niet een herinneren. Ergens in een van zijn boeken beschrijft Martin Pale dat elfen moe worden van hun menselijke gasten en hen zonder waarschuwing uit de brugh verdrijven. De arme gevangenen zijn dan weer thuis, maar dan honderd jaar nadat ze het hadden verlaten. Misschien is dat wat er gaat gebeuren. Arabella komt terug naar Engeland, lang nadat jij en ik dood zijn. Die gedachte doet mijn bloed stollen. Ik kan voor jou niet verhullen dat ik in een sombere stemming ben. De tijd en ik heb-

---

[2] Deze brief is nooit gevonden. Waarschijnlijk heeft Strange hem nooit verstuurd. Volgens lord Byron (brief aan John Murray, 31 december, 1816) schreef Strange vaak lange brieven aan zijn vrienden en vernietigde ze vervolgens. Strange biechtte Byron op dat hij snel in verwarring raakte over naar wie hij ze wel en niet had gestuurd.

ben ruzie gehad. Alle uren zijn nu middernacht. Ik had een klok en een horloge, maar ik heb beide kapotgemaakt. Ik kon de manier waarop zij mij tartten niet langer verdragen. Ik slaap niet. Ik kan niet eten. Ik neem wijn en iets anders. Ik word nu af en toe een beetje wild. Ik tril en lach en huil een tijdje. Ik kan niet zeggen hoe lang, misschien een uur, misschien een dag. Maar genoeg daarover. Krankzinnigheid is de sleutel. Ik geloof dat ik de eerste Engelse tovenaar ben die dat begrijpt. Norrell had gelijk. Hij zei dat we geen elfen nodig hadden om ons te helpen. Hij zei dat de krankzinnigen en elfen veel gemeen hadden, maar toen begreep ik de implicaties niet, en hij ook niet. Henry, je kunt je niet voorstellen hoe hard ik je hier nodig heb. Waarom kom je niet? Ben je ziek? Ik heb geen antwoord op mijn brieven gekregen, maar dit zou kunnen betekenen dat je al onderweg bent naar Venetië en misschien krijg je deze brief nooit.

'Duisternis, ellende en eenzaamheid!' riep de heer met intense vreugde. 'Dat is wat ik hem heb opgelegd en dat is waaronder hij de komende honderd jaar moet lijden! O! Wat is hij terneergeslagen! Ik heb gewonnen! Ik heb gewonnen!' Hij klapte in zijn handen en zijn ogen glansden.

In Strange' kamer in de kerkelijke gemeente van Santa Maria Zobenigo brandden drie kaarsen. Een op het bureau, een boven op een geschilderd kastje en een in een muurkandelaar bij de deur. Een toeschouwer zou misschien hebben aangenomen dat het de enige lichtjes ter wereld waren. Vanuit Strange' raam was niets meer te zien dan de nacht en stilte. Strange, ongeschoren, met rood omrande ogen en woest haar, was magie aan het beoefenen.

Stephen staarde hem aan met een mengeling van medelijden en afschuw.

'En toch is hij niet zo eenzaam als ik graag zou willen,' merkte de heer geërgerd op. 'Er is iemand bij hem.'

En dat was waar. Een kleine, donkere man in dure kleren leunde tegen het geschilderde kastje en bekeek Strange met enorme interesse en vermaak. Van tijd tot tijd pakte hij een notitieboekje en krabbelde er iets in.

'Dat is lord Byron,' zei Stephen.

'En wie is hij?'

'Een behoorlijk gestoorde man, meneer. Een poëet. Hij maakte ruzie met zijn vrouw en verleidde zijn zuster.'

'Echt? Misschien zal ik hem vermoorden.'

'O, doe dat niet, meneer! Echt, zijn zonden zijn enorm, en hij is min of meer uit Engeland verbannen, maar toch...'

'O! De misdaden jegens andere mensen maken mij niet uit! Ik bekommer me om zijn misdaden jegens mij! Hij hoort hier niet te zijn. Ach, Stephen, Stephen! Kijk niet zo getroffen. Waarom zou jij je druk maken om wat er met een gestoorde Engelsman gebeurt? Ik zeg je wat ik zal doen: omdat ik zo veel om je geef, zal ik hem nu niet vermoorden. Hij mag nog, o, nog vijf jaar leven! Maar daarna moet hij dood!'[3]

'Dank u, meneer,' zei Stephen dankbaar. 'U bent een en al vrijgevigheid.'

Plotseling hief Strange zijn hoofd op en riep uit: 'Ik weet dat jullie daar zijn! Jullie kunnen je voor mij verstoppen als jullie dat willen, maar het is te laat! Ik weet dat jullie daar zijn!'

'Tegen wie heeft u het?' vroeg Byron.

Strange fronste. 'Ik word bekeken. Bespioneerd!'

'Werkelijk? En weet u door wie?'

'Door een elf en een butler!'

'Een butler, hè?' zei lord Byron lachend. 'Nou, mensen mogen zeggen wat zij willen over duiveltjes en kwelgeesten, maar butlers zijn het ergst!'

'Wat?' zei Strange.

De heer met het pluishaar keek bezorgd de kamer rond. 'Stephen! Zie jij mijn doosje ergens?'

'Doosje, heer?'

'Ja, ja! Je weet wat ik bedoel! Het doosje waarin lady Pole's vinger zit!'

'Ik zie het niet, heer. Maar dat doosje doet er toch niet meer toe? Nu u de tovenaar heeft verslagen?'

'O, daar is het!' riep de heer. 'Zie je? Je had je hand op de tafel gelegd en het per ongeluk aan mijn zicht onttrokken.'

Stephen trok zijn hand weg. Even later zei hij: 'U pakt het niet op, meneer.'

De heer reageerde niet op deze opmerking. Daarvoor in de plaats ging hij onmiddellijk verder met het beledigen van de tovenaar en het eren van zijn eigen overwinning.

---

[3] Byron stierf vijf jaar later aan een verkoudheid in Griekenland.

Het is niet meer van hem! dacht Stephen, met een rilling van opwinding. 'Hij kan het niet pakken! Het is van de tovenaar! Misschien kan de tovenaar het op de een of andere manier gebruiken om lady Pole te bevrijden! Stephen keek en wachtte op wat de tovenaar ging doen. Maar na een half uur moest hij wel toegeven dat de tekenen niet erg hoopvol waren. Strange ijsbeerde door de kamer, mompelde binnensmonds spreuken en zag er volkomen verward uit. Lord Byron ondervroeg hem over wat hij aan het doen was en de antwoorden die Strange gaf, waren vreemd en onbegrijpelijk (hoewel geheel naar de smaak van lord Byron). En, wat het doosje betreft, Strange keek er niet één keer naar. Voor zover Stephen begreep, was hij het helemaal vergeten.

58

Henry Woodhope komt op bezoek
december 1816

'U heeft er goed aan gedaan naar mij toe te komen, meneer Woodhope. Ik heb de correspondentie van Strange uit Venetië grondig bestudeerd en, afgezien van de algehele verschrikking waarover u het terecht heeft, blijft er voor een leek veel verborgen in deze brieven. Zonder arrogant te willen zijn, denk ik te mogen zeggen dat ik op dit moment de enige man ben in Engeland die in staat is ze te begrijpen.'

Drie dagen voor kerst, de schemering viel. De kaarsen en lampen in de bibliotheek aan Hanover-square waren nog niet aangestoken. Het was het bijzondere moment van de dag wanneer de hemel helder is en vol van kleur, maar alle straten schemerig en in schaduw gehuld. Op tafel stond een vaas met bloemen, maar in het afnemende licht leek het een zwarte vaas met zwarte bloemen.

Meneer Norrell zat bij het raam met Strange' brieven in zijn hand. Lascelles zat bij het haardvuur en staarde kalm naar Henry Woodhope.

'Ik moet zeggen dat ik nogal verontrust ben sinds ik deze brieven heb ontvangen,' zei Henry Woodhope tegen meneer Norrell. 'Ik wist niet wie ik om hulp moest vragen. Om eerlijk te zijn ben ik niet geïnteresseerd in magie. Ik heb de populaire onenigheden met betrekking tot het onderwerp niet gevolgd. Maar iedereen zegt dat u Engeland's grootste tovenaar bent – en dat u ooit de leraar was van meneer Strange. Ik zou u erg dankbaar zijn, meneer, als u mij van advies zou kunnen dienen.'

Meneer Norrell knikte. 'U moet het meneer Strange niet verwijten,' zei hij. 'Het beroep van tovenaar draagt gevaren met zich mee. Er is geen ander beroep waarbij een man zo het risico loopt verwaand te worden. Politiek en justitie vallen daarbij in het niet. U moet begrijpen, meneer Woodhope, dat ik erg mijn best heb gedaan om hem bij me te houden, om hem te leiden. Maar zijn genialiteit – waarom we hem allen bewonderen – is nu juist hetgeen wat zijn gezonde verstand deed dwalen. Uit deze brieven wordt duidelijk dat hij nog meer is afgedwaald dan ik ooit had kunnen vermoeden.'

'Afgedwaald? Dus u gelooft niet in dit vreemde verhaal dat mijn zus nog in leven zou zijn?'

'Ik geloof er geen woord van, meneer, geen woord. Het ligt allemaal aan zijn ongelukkige waanbeelden.'

'O,' Henry Woodhope was even stil alsof hij voor zichzelf moest uitmaken of hij zich nu teleurgesteld of opgelucht voelde. Hij zei: 'En hoe zit het dan met meneer Strange' opmerkelijke klacht dat de tijd stil is gaan staan? Begrijpt u daar iets van, meneer?'

Lascelles zei: 'Van onze correspondenten in Italië hebben we begrepen dat meneer Strange sinds een paar weken wordt omhuld door permanente duisternis. We weten niet of hij dit opzettelijk heeft gedaan of dat er een spreuk fout is gegaan. Het is ook mogelijk dat hij een of andere grote macht heeft beledigd en dat dit het gevolg daarvan is. Het staat in ieder geval vast dat meneer Strange iets heeft gedaan wat de natuurlijke orde der dingen verstoord heeft.'

'Ik begrijp het,' zei Henry Woodhope.

Lascelles keek hem nogal ernstig aan. 'Het is iets wat meneer Norrell zijn hele leven heeft getracht te vermijden.'

'O,' zei Henry. Hij wendde zich tot meneer Norrell. 'Maar wat moet ik doen, meneer? Moet ik naar hem toe gaan, aangezien hij daar om vraagt?'

Meneer Norrell snoof. 'De belangrijkste vraag is, geloof ik, hoe gauw slagen we er in hem terug te halen naar Engeland, waar zijn vrienden voor hem kunnen zorgen en snel een eind kunnen maken aan de waanbeelden die hem achtervolgen.'

'Misschien als u hem zou schrijven, meneer?'

'Och, nee. Ik vrees dat de geringe invloed die ik op Strange had, jaren geleden uitgeput is geraakt. De oorlog in Spanje heeft de kroon gespannen. Voordat hij naar het schiereiland vertrok luisterde hij graag naar me en wilde alles leren wat ik hem kon leren, maar daarna...' Meneer Norrell zuchtte. 'Nee, we moeten ons op u verlaten, meneer Woodhope. U moet zorgen dat hij naar huis komt. Daar ik verwacht dat als u naar Venetië zou gaan, hij alleen maar langer in die stad zou blijven en het hem ervan zou overtuigen dat er tenminste iemand is die geloof hecht aan zijn waanbeelden, wil ik u dringend verzoeken niet te gaan.'

'Nou, meneer, ik moet toegeven dat ik blij ben u dat te horen zeggen. Ik zal uw raad zeker opvolgen. Als u mij mijn brieven zou willen geven, zal ik u niet langer lastig vallen.'

'Meneer Woodhope,' zei Lascelles. 'Niet zo'n haast, alstublieft! Deze conversatie is geenszins afgelopen. Meneer Norrell heeft al uw vragen openhartig en zonder voorbehoud beantwoord. Nu moet u ons een wederdienst bewijzen.'

Henry Woodhope fronste en keek verbaasd. 'Meneer Norrell heeft veel ongerustheid weggenomen. Als er iets is waarmee ik meneer Norrell van dienst kan zijn, dan doe ik dat natuurlijk graag. Maar ik begrijp niet goed...'

'Misschien ben ik niet zo duidelijk geweest,' zei Lascelles. 'Ik bedoel natuurlijk dat meneer Norrell uw hulp nodig heeft om meneer Strange te kunnen helpen. Kunt u ons nog iets meer vertellen over meneer Strange' rondreis door Italië? Hoe was hij voordat hij in deze trieste toestand belandde? Was hij opgeruimd?'

'Nee!' zei Henry verontwaardigd, alsof hij dacht dat de vraag beledigend bedoeld was. 'Hij ging zwaar gebukt onder de dood van mijn zuster! Tenminste, in het begin. Maar toen hij in Genua aankwam veranderde alles.' Hij pauzeerde. 'Hij schrijft er nu met geen woord meer over, maar eerder was hij in zijn brieven vol lof over een jonge dame – iemand uit het gezelschap met wie hij reist. En ik kon niet anders dan vermoeden dat hij weer aan trouwen dacht.'

'Een tweede huwelijk!' riep Lascelles. 'En zo kort na de dood van uw zuster? Lieve hemel! Wat schokkend! Wat is dat pijnlijk voor u.'

Henry knikte ongelukkig.

Er volgde een korte stilte en toen zei Lascelles: 'Ik hoop niet dat hij eerder ook al heeft laten merken dat hij gesteld is op het gezelschap van andere dames? Ik bedoel, toen mevrouw Strange nog leefde. Het zou haar erg ongelukkig hebben gemaakt.'

'Nee! Nee, natuurlijk niet!' riep Henry.

'Neemt u mij niet kwalijk indien ik u beledigd heb. Het lag niet in mijn bedoeling oneerbiedig te zijn over uw zuster – ze was een zeer charmante vrouw. Maar dat soort dingen is niet ongewoon, weet u.

Vooral bij een bepaald slag mannen.' Lascelles reikte over de tafel heen waar Strange' brieven aan Henry Woodhope lagen. Hij zocht ertussen met een vinger totdat hij de brief vond die hij wilde hebben. 'In deze brief,' zei hij, een blik op de brief werpend, 'schrijft meneer Strange: "Jeremy vertelde mij dat je niet hebt gedaan wat ik je had gevraagd. Maar het maakt niet uit. Jeremy heeft het gedaan en het resultaat is precies wat ik dacht."' Lascelles legde de brief neer en glimlachte vriendelijk naar meneer Woodhope. 'Wat had meneer Strange u gevraagd te doen dat u niet heeft gedaan? Wie is Jeremy en wat was het resultaat?'

'Meneer Strange... Meneer Strange had me gevraagd de grafkist van mijn zuster op te graven.' Henry sloeg zijn ogen neer. 'Nou, dat wilde ik natuurlijk niet doen. Dus schreef Strange naar zijn bediende, een man die Jeremy Johns heet. Een ontzettend arrogante man!'

'En Johns heeft het lichaam opgegraven?'

'Ja. Hij heeft een vriend in Clun die doodgraver is. Ze hebben het samen gedaan. Ik kan nauwelijks beschrijven wat er door mij heen ging toen ik ontdekte wat deze man had gedaan.'

'Ja, zeker. Maar wat hebben ze ontdekt?'

'Wat hadden ze anders moeten ontdekken dan het lichaam van mijn arme zuster? Desondanks besloten ze te zeggen dat dit niet zo was. Ze besloten een belachelijke leugen te verspreiden.'

'Wat zeiden ze dan?'

'Ik wil de kletspraat van bedienden niet herhalen.'

'Natuurlijk wilt u dat niet. Maar meneer Norrell wil graag dat u dit principe even opzij zet en open en vrijuit spreekt – zoals hij tegen u gesproken heeft.'

Henry beet op zijn lip. 'Ze zeiden dat de kist een blok zwart hout bevatte.'

'Geen lichaam?' zei Lascelles.

'Geen lichaam,' zei Henry.

Lascelles keek naar meneer Norrell. Meneer Norrell staarde naar zijn handen die op zijn schoot lagen.

'Maar waarom is de dood van mijn zuster van belang voor u?' vroeg Henry met een frons. Hij wendde zich tot meneer Norrell. 'Uit wat u eerder had verteld, maakte ik op dat er niets opmerkelijks was aan de dood van mijn zuster. Ik dacht dat u gezegd had, dat er van magie geen sprake is geweest?'

'O! Integendeel!' verklaarde Lascelles. 'Er is beslist magie gebruikt.

Daarover bestaat geen twijfel. De vraag is door wie?'

'Pardon?' vroeg Henry.

'Natuurlijk is dat voor mij onbevattelijk!' zei Lascelles. 'Dat is een zaak waar alleen meneer Norrell zich mee bezighoudt.'

Henry keek van de een naar de ander.

'Wie is er nu bij Strange?' vroeg Lascelles. 'Ik neem aan dat hij bedienden heeft?'

'Nee. Hij heeft geen eigen bedienden. Ik geloof dat hij gediend wordt door de bedienden van zijn landheer. Hij is in Venetië bevriend geraakt met een Engels gezin. Ze lijken een vreemd stel mensen, zeer verslaafd aan reizen, de dames net zo veel als de heer.'

'Naam?'

'Greystone of Greyfield. Ik kan het me niet precies herinneren.'

'En waar komen ze vandaan, deze Greystones of Greyfields?'

'Ik weet het niet. Ik geloof niet dat Strange mij dat ooit heeft verteld. De heer is scheepsdokter geweest, geloof ik, en zijn vrouw – die is overleden – was Frans.'

Lascelles knikte. De kamer was nu zo duister dat Henry Woodhope de gezichten van de twee andere mannen niet meer kon zien.

'U ziet er pips en moe uit, meneer Woodhope,' merkte meneer Lascelles op. 'Misschien is de Londense lucht niet goed voor u?'

'Ik slaap niet zo goed. Vanaf het moment dat ik deze brieven begon te ontvangen, heb ik alleen maar van verschrikkelijke dingen gedroomd.'

Lascelles knikte. 'Diep in zijn hart weet een man soms dingen die hij nooit openlijk zou vertellen, zelfs niet aan zichzelf. U bent erg op meneer Strange gesteld, of niet soms?'

Het moet Henry Woodhope misschien vergeven worden dat het leek alsof dit hem lichtelijk verbaasde, aangezien hij geen idee had waar Lascelles het over had, maar het enige wat hij zei was: 'Hartelijk dank voor uw advies, meneer Norrell, ik zal zeker doen wat u mij heeft aangeraden. Zou ik mijn brieven nu misschien terug zou kunnen krijgen?'

'O! Ja, wat dat betreft...' zei Lascelles. 'Meneer Norrell vroeg zich af of hij ze een tijdje zou mogen lenen. Hij is van mening dat hij nog veel te weten kan komen uit die brieven.' Henry Woodhope keek alsof hij op het punt stond om te gaan protesteren, dus voegde Lascelles er op enigszins verwijtende toon aan toe: 'Hij denkt alleen aan meneer Strange! Het is uitsluitend ten bate van meneer Strange.'

Dus liet Henry Woodhope de brieven achter in het bezit van meneer Norrell en Lascelles.

Toen hij weg was, zei Lascelles: 'Onze volgende stap moet zijn dat we iemand naar Venetië sturen.'

'Reken maar!' beaamde meneer Norrell. 'Ik wil graag de waarheid achterhalen.'

'O, ja, nou,' zei Lascelles met een kort, minachtend lachje. 'De waarheid...'

Meneer Norrell knipperde snel met zijn oogjes in de richting van Lascelles, maar Lascelles legde niet uit wat hij ermee bedoelde. 'Ik weet niet wie wij kunnen sturen,' vervolgde meneer Norrell. 'Italië ligt op grote afstand hiervandaan. De reis duurt bijna twee weken, heb ik begrepen. Ik zou Childermass nog niet half zo lang kunnen missen.'

'Hmm,' zei Lascelles, 'ik had niet eens zozeer Childermass in gedachten. Sterker nog, er zijn verschillende argumenten tegen het sturen van Childermass. U heeft hem er zelf vaak van verdacht Strangitische sympathieën op na te houden. Het lijkt mij volstrekt niet wenselijk dat die twee daar alleen zijn, samen in een vreemd land zodat ze tegen ons kunnen samenspannen. Nee, ik weet wie we ernaar toe kunnen sturen.'

De volgende dag gingen Lascelles' bedienden verschillende delen van Londen in. Een paar van de plaatsen die ze bezochten waren nogal berucht, zoals de achterbuurten en krottenwijken van St Giles, Seven Dials en Saffron-hill; andere waren belangrijk en voornaam zoals Golden-square, St James's en Mayfair. Ze hadden een vreemde mengeling van personen bijeengeroepen: kleermakers, handschoenmakers, hoedenmakers, schoenlappers, geldschieters (een groot aantal), baljuws, beheerders van arrestantenkamers; en lieten ze allemaal naar het huis van Lascelles komen aan Bruton-street. Toen ze zich hadden verzameld in de keuken – de heer des huizes was niet van plan om dit soort mensen in zijn huiskamer te ontvangen – kwam Lascelles naar beneden en betaalde elk van hen een geldsom uit naam van iemand anders. Het was, vertelde hij ze met een gereserveerde glimlach, een gebaar uit liefdadigheid. Als een man toch niet eens vrijgevig kan zijn met kerst, wanneer dan wel?

Drie dagen later, op St Stephen's Day, verscheen de hertog van Wellington plotseling in Londen. Gedurende het afgelopen jaar had de hertog in Parijs gewoond, waar hij het bevel voerde over het geallieerde bezettingsleger. In feite zou het niet overdreven zijn om te zeggen dat de hertog van Wellington op dit moment over Frankrijk regeerde. Nu was het de vraag of het of het geallieerde leger in Frankrijk moest blijven of terug moest gaan naar de landen waar ze vandaan kwamen. Die hele dag waren de hertog en de minister van Buitenlandse Zaken, lord Castlereagh, in geheim beraad om deze belangrijke kwestie te bespreken en 's avonds dineerde hij met de ministers in een huis aan Grosvenor-square.

Ze waren net aan het eten toen het gesprek stokte, iets wat zelden gebeurt bij zo veel politici. De ministers leken te wachten tot iemand wat zou zeggen. De minister-president, lord Liverpool, schraapte licht zenuwachtig zijn keel en zei: 'We denken niet dat u het al heeft gehoord, maar vanuit Italië hebben wij bericht ontvangen dat Strange krankzinnig is geworden.'

De hertog pauzeerde even met zijn lepel halverwege zijn mond. Hij keek de tafel rond en at toen verder van zijn soep.

'Dit nieuws lijkt u niet echt te verontrusten,' zei lord Liverpool. De hertog veegde zijn mond af met zijn servet. 'Nee,' zei hij, 'dat klopt.'

'Kunt u ons vertellen hoe dat komt?' vroeg sir Walter Pole.

'Meneer Strange is een zonderling,' zei de hertog. 'Op de mensen in zijn omgeving maakt hij misschien de indruk krankzinnig te zijn. Ik denk dat ze tovenaars niet gewend zijn.'

De ministers leken dit argument niet zo overtuigend te vinden als Wellington had verwacht. Ze gaven hem voorbeelden van Strange' krankzinnigheid: het feit dat hij hardnekkig bleef volhouden dat zijn vrouw niet dood was, zijn merkwaardige overtuiging dat mensen kaarsen in hun hoofd hadden en het nog merkwaardiger feit dat het in Venetië niet langer mogelijk was ananassen te importeren.

'De veermannen die het fruit van het vasteland naar de stad vervoeren, zeggen dat de ananassen uit hun boten vliegen alsof ze door een kanon zijn afgevuurd,' zei lord Sidmouth, een kleine man met een verschrompeld uiterlijk. 'Ze vervoeren natuurlijk ook andere soorten fruit – appels en peren enzovoorts. Geen van deze vruchten veroorzaakt opschudding, maar verschillende mensen zijn gewond geraakt door vliegende ananassen. Waarom de tovenaar plotseling zo'n afkeer van ananassen heeft gekregen, weet niemand.'

De hertog was niet onder de indruk. 'Dit bewijst allemaal niets. Ik kan u verzekeren dat hij op het schiereiland nog veel buitenissiger dingen deed. Maar mocht hij nu inderdaad krankzinnig zijn, dan heeft hij daar een bepaalde reden voor. Als ik u een advies mag geven, heren, maakt u zich geen zorgen.'

Het was even stil terwijl de ministers hier diep over nadachten.

'Dus u bedoelt te zeggen dat hij misschien wel opzettelijk krankzinnig is geworden?' zei iemand ongelovig.

'Niets is waarschijnlijker dan dat,' zei de hertog.

'Maar waarom?' vroeg een ander.

'Ik heb geen idee. Op het schiereiland hebben we geleerd niet aan hem te twijfelen. Vroeg of laat werd het duidelijk dat al zijn onbegrijpelijke en verrassende acties deel uitmaakten van zijn magie. Houd hem aan zijn opdracht, maar wees niet verbaasd over de dingen die hij doet. Dat, mijn heren, is hoe je met tovenaars moet omgaan.'

'O, maar u heeft nog niet alles gehoord,' zei het hoofd van de admiraliteit vurig. 'Het wordt nog erger. Naar verluidt wordt hij omhuld door Constante Duisternis. De natuurlijke orde der dingen is omgeslagen en een hele kerkgemeente in de stad Venetië is ondergedompeld in Eindeloze Nacht!'

Lord Sidmouth verklaarde: 'Zelfs u, excellentie, met uw voorkeur voor deze man moet toegeven dat een Sluier van Eeuwige Duisternis weinig goeds voorspelt. Hoeveel goede daden deze man ook moge hebben gedaan voor dit land, u kunt niet ontkennen dat een Sluier van Eeuwige Duisternis weinig goeds voorspelt.'

Lord Liverpool zuchtte. 'Ik vind het erg dat dit is gebeurd. Je kon altijd met Strange spreken alsof hij een normaal mens was. Ik had gehoopt dat hij Norrell's daden voor ons had kunnen interpreteren. Maar nu lijkt het alsof we eerst iemand moeten zoeken die Strange interpreteert.'

'We zouden het meneer Norrell kunnen vragen,' opperde lord Sidmouth.

'Ik denk niet dat we vanuit die hoek een objectief oordeel kunnen verwachten,' zei sir Walter Pole.

'Dus wat moeten we doen?' vroeg het hoofd van de admiraliteit.

'We sturen een brief naar de Oostenrijkers,' zei de hertog van Wellington met zijn gebruikelijke besluitvaardigheid. 'Een brief die hun herinnert aan de warme belangstelling die de prins-regent en de Britse regering altijd zullen koesteren voor Strange' welzijn. Die hun eraan herinnert dat heel Europa Strange veel verschuldigd is vanwege zijn moed en tovenaarschap gedurende de afgelopen oorlogen. Die hun herinnert aan ons grote ongenoegen indien wij vernemen dat hem iets is overkomen.'

'O!' zei lord Liverpool. 'Maar daarin verschillen u en ik van mening, excellentie. Ik ben van mening dat als Strange iets mocht overkomen, de Oostenrijkers hier niet achter zullen zitten. Het is aannemelijker dat Strange dit aan zichzelf te wijten zal hebben.'

Halverwege januari publiceerde een boekhandelaar genaamd Titus Watkins een boek met de titel *The Black Letters* waarvan werd beweerd dat het brieven van Strange aan Henry Woodhope betrof. Het gerucht ging dat meneer Norrell alle kosten van de uitgave voor zijn rekening had genomen. Henry Woodhope bezwoer dat hij nooit toestemming had gegeven voor het publiceren van de brieven. Hij zei ook dat er enkele veranderd waren. Verwijzingen naar Norrell's betrekkingen met lady Pole waren eruit gehaald en andere dingen waren toegevoegd, waarvan veel de indruk leek te wekken dat Strange met behulp van magie zijn vrouw had vermoord.

Op ongeveer hetzelfde moment zorgde een van lord Byron's vrienden – een man genaamd Scrope Davies – voor grote opschudding toen hij bekendmaakte dat hij ter wille van lord Byron wilde procederen tegen Norrell omdat hij had geprobeerd lord Byron's vertrouwelijke correspondentie in handen te krijgen door middel van magie. Scrope Davies ging naar een advocaat in Lincoln's Inn en legde een beëdigde verklaring af waarin hij het volgende verklaarde. Hij had onlangs enkele brieven ontvangen van Byron waarin de lord verwees naar de Pilaar van de Nacht die de kerkgemeente Maria Sobendigo (sic) in Venetië bedekte, en de krankzinnigheid van Jonathan Strange. Scrope Davies had de brieven neergelegd in de kleedkamer van zijn appartement in het St James'-hotel aan Jermyn-street. Op een avond – hij dacht op 7 januari – verkleedde hij zich om naar zijn sociëteit te gaan. Byron's brieven lagen op zijn toilettafel. Hij had net een borstel gepakt, toen hij zag hoe de brieven aan het opdwarrelen waren als dorre bladeren die door een briesje meegenomen worden. Maar er waaide geen briesje die de beweging kon verklaren en eerst was hij verbluft. Hij pakte de brieven en zag dat het handschrift op de pagina's zich ook al vreemd gedroeg. De pennenstreken maakten zich los van hun ondergrond en zwiepten heen en weer als drooglijnen bij harde wind. Plotseling bedacht hij dat de brieven onder de invloed van magische spreuken waren. Hij was gokker van beroep en, zoals alle succesvolle gokkers was hij scherp en koelbloedig. Hij stopte de brieven snel in een bijbel, tussen de pagina's van het evangelie van Marcus. Achteraf vertelde hij enkele van zijn vrienden dat, hoewel hij totaal onbekend was met de theorie van magie, hij het idee had dat er geen beter middel was om een vijandige spreuk mee af te weren dan de Heilige Schrift. Hij had gelijk. De brieven bleven in zijn bezit en ongewijzigd. Later was het een favoriete grap in alle herensociëteiten dat het meest opmerkelijke aspect van de hele situatie niet was geweest dat meneer Norrell had geprobeerd de brieven in zijn bezit te krijgen, maar dat Scrope Davies, een notoire losbol en zuiplap, een bijbel in zijn bezit had.

59

Leucrocuta, de Wolf van de Avond

januari 1817

Op een morgen, halverwege januari, stapte dr Greysteel de deur uit en stond even stil om zijn handschoenen recht te trekken. Omhoog kijkend, zag hij toevallig een kleine man, die voor de wind schuilde in de deuropening aan de overkant.

Alle deuropeningen in Venetië zijn schilderachtig en dat zijn de mensen die erin dralen soms ook. Deze kerel was nogal klein en, ondanks zijn zichtbare armoede, zag hij er nogal dandy-achtig uit. Zijn kleren waren bijzonder versleten en zagen er vies uit. Hij had geprobeerd ze er beter uit te laten zien door te laten glanzen wat kon glanzen en te borstelen wat niet kon glanzen. Hij had zijn oude gelige handschoenen met zo veel krijt wit gemaakt dat hij op de deur naast zich kleine vingerafdrukken had achtergelaten. Op het eerste gezicht leek hij de juiste uitrusting te dragen voor een ijdeltuit: een lange horlogeketting, een bosje horlogezegels en een toneelkijker, maar bij nader inzien bleek dat hij geen horlogeketting had, enkel een opzichtig gouden lint dat hij vanaf een knoopsgat zorgvuldig had gedrapeerd. Evenzo bleken het helemaal geen horlogezegels te zijn, het was een bundeltje van tinnen harten, kruizen en amuletten van de Heilige Maagd, het soort die Italiaanse straathandelaren voor een of twee franken verkocht. Maar zijn toneelkijker was het best van allemaal. Alle ijdeltuiten en modegekken waren gek op toneelkijkers. Ze gebruiken ze om spottend naar de minder modieuzen dan zichzelf te staren. Waarschijnlijk voelde deze vreemde, kleine man zich naakt zonder en dus had hij er een grote pollepel voor in de plaats gehangen.

Dr Greysteel sloeg nauwkeurig acht op deze excentriciteiten zodat hij er een vriend mee kon amuseren. Toen herinnerde hij zich dat zijn enige vriend in de stad Strange was en dat Strange zich niet langer om dat soort zaken bekommerde.

Plotseling liep de kleine man uit de deuropening weg en kwam op dr Greysteel af. Hij hield zijn hoofd schuin en zei in het Engels: 'Bent u dr Greyfield?'

Dr Greysteel was verbaasd dat hij door hem werd aangesproken en gaf niet onmiddellijk antwoord.

'U bent dr Greyfield? De vriend van de tovenaar?'

'Ja,' zei dr Greysteel verbaasd. 'Maar mijn naam is Greysteel, heer, niet Greyfield.'

'Duizendmaal excuses, mijn beste dokter! Een of andere dommerik heeft mij uw naam verkeerd doorgegeven! Ik schaam me diep. U bent, dat verzeker ik u, de laatste persoon ter wereld die ik zou willen beledigen! Mijn respect voor het medische vak is grenzeloos! En nu staat u daar met al uw statigheid van kompressen en hartslagopname en u zegt tegen uzelf: wie is dit vreemde wezen dat mij op straat durft aan te spreken, of ik een gewone burger ben? Mag ik mezelf voorstellen? Ik kom van meneer Strange' vrienden uit Londen die zo verschrikkelijk ongerust waren toen ze hoorden hoe krankzinnig hij geworden was, dat ze de vrijheid namen mij te sturen om uit te zoeken hoe het met hem gaat!'

'Hm!' zei dr Greysteel. 'Eerlijk gezegd wenste ik dat ze bezorgder waren. Ik schreef begin december voor het eerst. Zes weken geleden, heer! Zes weken geleden!'

'O, werkelijk! Zeer schokkend, vindt u niet? Ze zijn de meest lakse mensen ter wereld! Ze denken aan niets anders dan aan hun eigen comfort! Terwijl u hier in Venetië verblijft als de enige, echte vriend van de tovenaar!' Hij wachtte. 'Dat is toch zo?' vroeg hij met een andere stem. 'Hij heeft toch geen vrienden, behalve u?'

'Nou, lord Byron is er...' begon dr Greysteel.

'Byron!' riep de kleine man. 'Echt? Goeie genade! Krankzinnig én een vriend van lord Byron!' Hij klonk of hij niet wist welke van de twee het ergst was. 'O! Mijn beste dr Greysteel. Ik heb duizend vragen te stellen! Kunnen u en ik ergens privé praten?'

De voordeur van dr Greysteel was vlak achter hem, maar zijn walging voor de kleine man groeide met de seconde. Willig als hij was Strange en Strange' vrienden te helpen, had hij toch geen zin de kerel in zijn huis uit te nodigen. Dus mompelde hij iets over zijn bediende die net voor een boodschap naar de stad was. Er was een klein koffiehuis een paar straten verderop, waarom gingen ze daar niet heen?

De kleine man glimlachte, een en al instemming.

Ze liepen naar het koffiehuis. Hun weg ging langs het kanaal. De kleine man liep aan de rechterkant van dr Greysteel, waar het water was. Hij praatte en dr Greysteel keek om zich heen. De ogen van de dokter werden naar het kanaal getrokken en hij zag hoe er zonder waarschuwing een golf aankwam, één enkele golf. Dit was op zich al gek genoeg, maar wat er daarna volgde, was verbazingwekkend. De golf kwam op hen af en klotste over de stenen rand van het kanaal en terwijl dat gebeurde veranderde het van vorm. Waterige vingers reikten naar de voet van de kleine man of ze hem het water in wilden trekken. Op het moment dat het water hem raakte, sprong hij met een vloek terug, maar leek niet in de gaten te hebben dat er iets ongewoons aan de hand was en dr Greysteel zei niets over wat hij had gezien.

Het koffiehuis was een welkome schuilplaats voor de kille, dampige, januarilucht. Het was warm en rokerig, misschien een beetje duister, maar dat was prettig. De bruin geschilderde muren en plafonds waren met de tijd en door tabaksrook donkerder geworden, maar ze waren ook opgevrolijkt met het geglim van wijnflessen, de glans van tinnen kroezen en de fonkeling van hoogglanzend gelakt aardewerk en spiegels met gouden omlijstingen. Een vochtige, trage spaniël lag op de tegels voor de kolenkachel. Hij schudde zijn hoofd en nieste toen de punt van de wandelstok van dr Greysteel per ongeluk langs zijn oor streek.

'Ik moet u waarschuwen,' zei dr Greysteel, nadat de kelner koffie en brandewijn had gebracht, 'dat er allerlei geruchten door de stad gaan over meneer Strange. Mensen zeggen dat hij heksen heeft aangeroepen en uit vuur een bediende voor zichzelf heeft gemaakt. U moet zich niet in de luren laten leggen door dat soort onzin, maar het is ook goed om er op voorbereid te zijn. U zult zien dat hij betreurenswaardig veranderd is. Het zou dom zijn anders te beweren. Maar in zijn hart is hij nog steeds hetzelfde. Al zijn uitmuntende kwaliteiten en al zijn verdiensten zijn nog steeds wat ze altijd waren. Daar twijfel ik niet aan.'

'Werkelijk? Maar vertel me eens, is het waar dat hij zijn schoenen heeft opgegeten? Is het waar dat hij verschillende mensen in glas heeft veranderd en vervolgens stenen naar hen gooide?'

'Schoenen gegeten?' riep dr Greysteel uit. 'Wie heeft u dat verteld?'

'O! Verschillende mensen. Mevrouw Kendal-Blair, lord Pope, sir

Galahad Denehey, dé juffrouws Underhill...' De kleine man ratelde een lange lijst namen op van Engelse, Ierse en Schotse dames en heren die op dit moment in Venetië en de omliggende steden verbleven.

Dr Greysteel was ontzet. Waarom zouden Strange' vrienden deze mensen raadplegen in plaats van hem? 'Maar hoorde u niet wat ik zojuist zei? Dit is precies het soort onzin waar ik het over had!'

De kleine man lachte sympathiek. 'Geduld! Geduld, mijn beste dokter! Mijn hersenen zijn niet zo snel als die van u. Terwijl u die van u heeft aangescherpt met anatomie en scheikunde, zijn die van mij verslapt door luiheid.' Hij ratelde door over dat hij zich nooit op een studie gericht had en hoe zijn docenten over hem wanhoopten en dat zijn talenten helemaal niet in die richting lagen.

Maar dr Greysteel luisterde niet meer naar hem. Hij dacht na. Het schoot hem te binnen hoe de kleine man had gesmeekt zichzelf aan hem te mogen voorstellen en toch had hij op de een of andere manier verzuimd dit werkelijk te doen. Dr Greysteel stond op het punt hem zijn naam te vragen, toen de kleine man een vraag stelde die al het andere uit zijn hoofd wegvaagde.

'U heeft toch een dochter?'

'Wat zegt u?'

De kleine man, die kennelijk dacht dat dr Greysteel doof was, herhaalde de vraag een beetje luider.

'Ja, dat is zo, maar—' zei dr Greysteel.

'En ze zeggen dat u haar de stad uitgestuurd heeft?'

'Ze! Wie zijn ze? Wat heeft mijn dochter hiermee te maken?'

'O! Alleen maar dat ze zeggen dat ze onmiddellijk nadat de tovenaar gek werd, vertrok. Het schijnt te demonstreren dat u bang was dat haar iets zou overkomen!'

'Ik neem aan dat u dit van mevrouw Kendal-Blair enzovoorts, heeft gehoord,' zei dr Greysteel. 'Zij zijn zelf niets anders dan een groep gekken.'

'O, natuurlijk! Maar heeft u uw dochter weggestuurd?'

Dr Greysteel zei niets.

De kleine man hield zijn hoofd eerst schuin naar de ene kant en vervolgens naar de andere kant. Hij glimlachte de lach van iemand die een geheim kent en die zich aan het voorbereiden is de wereld te schokken. 'U weet natuurlijk,' zei hij, 'dat Strange zijn vrouw heeft vermoord?'

'Wat?' Dr Greysteel was even stil. Toen barstte hij uit in een soort lach. 'Dat geloof ik niet!'

'O! Maar u moet het geloven,' zei de kleine man vooroverleunend. Zijn ogen glinsterden van opwinding. 'Iedereen weet het! De broer van de dame, een zeer respectabele man – een geestelijke – ene meneer Woodhope, was daar toen de dame overleed en hij heeft het met eigen ogen gezien.'

'Wat zag hij?'

'Allerlei verdachte omstandigheden. De dame was behekst. Ze was volkomen betoverd en wist nauwelijks wat ze van 's ochtends vroeg tot 's avonds laat deed. En niemand kon het verklaren. Het was allemaal de schuld van haar echtgenoot. Natuurlijk zal hij zijn magie gebruiken om straf te voorkomen, maar meneer Norrell, die verteerd wordt door medelijden met de arme dame, zal hem dwarsbomen. Meneer Norrell is vastbesloten Strange voor het gerecht te dagen voor zijn misdaden.'

Meneer Greysteel schudde zijn hoofd. 'Niets zal mij deze laster doen geloven. Strange is een respectabel man!'

'O, natuurlijk! En toch heeft de beoefening van magie sterkere geesten dan die van hem vernietigd. In verkeerde handen kan magie leiden tot vernietiging van iedere goede eigenschap en vergroting van iedere slechte eigenschap. Hij tartte zijn meester, de geduldigste, wijste, nobelste, beste...'

De kleine man, bijvoeglijke naamwoorden spuiend, leek zich niet meer te herinneren wat hij wilde zeggen. Hij was afgeleid door de doordringende blik van dr Greysteel.

Dr Greysteel snoof. 'Het is merkwaardig,' zei hij langzaam, 'u zegt dat u gestuurd bent door vrienden van meneer Strange, maar u bent vergeten te vertellen wie die vrienden zijn. Het is zeker een heel bijzonder soort vriend die overal rondbazuint dat een man een moordenaar is.'

De kleine man zei niets.

'Was het wellicht sir Walter Pole?'

'Nee,' zei de kleine man op een nadenkende toon, 'niet sir Walter.'

'Meneer Strange' leerlingen dan? Ik weet hun namen niet meer.'

'Dat overkomt iedereen. Zij zijn de onopvallendste mannen ter wereld.'

'Waren zij het?'

'Nee.'

'Meneer Norrell?'

De kleine man was stil.

'Hoe heet u?' vroeg dr Greysteel.

De kleine man kantelde zijn hoofd naar de ene en vervolgens naar de andere kant. Maar omdat hij geen manier kon bedenken zo'n directe vraag te ontwijken, zei hij: 'Drawlight.'

'O, ho, ho! Hier hebben we een mooie aanklager! Ja, werkelijk, uw woord zal veel gewicht in de schaal leggen tegen een eerlijk man, tegen de tovenaar van de hertog van Wellington zelf! Christopher Drawlight! In heel Engeland berucht als leugenaar, dief en schoft!'

Drawlight bloosde en knipperde verontwaardigd naar de dokter. 'Het komt u goed van pas dat te zeggen,' siste hij. 'Strange is een rijk man en u was van plan uw dochter met hem te laten trouwen! Waar schuilt daarin de eer?'

Dr Greysteel maakte een geluid van irritatie gemengd met boosheid. Hij kwam van zijn stoel omhoog. 'Ik zal ieder Engels gezin in Venetië opzoeken. Ik zal hun waarschuwen niet met u te praten! Ik ga nu. Ik wens u geen goedemorgen! Ik neem geen afscheid van u!' En terwijl hij dit zei, wierp hij een paar munten op tafel en vertrok.

Het laatste deel van deze uitwisseling was luid en boos geweest. De obers en mensen in het koffiehuis keken nieuwsgierig naar Drawlight, die alleen zat. Hij wachtte tot er weinig kans leek de dokter op straat tegen te komen en toen verliet ook hij het koffiehuis. Terwijl hij door de straten liep, bewoog het water in de kanalen op een heel vreemde manier. Golven doemden op, volgden hem en maakten af en toe, klotsend over de rand van het kanaal, kleine uitvallen en strooftochten op zijn voeten. Maar hij had het niet in de gaten.

Dr Greysteel stond voor wat hij zei. Hij bezocht alle Britse gezinnen in de stad en waarschuwde hen niet met Drawlight te praten. Het maakte Drawlight niet uit. Hij richtte zijn aandacht op de bedienden, kelners en gondeliers. Hij wist uit ervaring dat deze categorie mensen vaak meer wist dan de bazen voor wie zij werkten. En als dat niet het geval was: wel allemachtig! Dan veranderde hij die situatie door hun zelf iets te vertellen. Al snel wisten veel mensen dat Strange zijn vrouw had vermoord, dat hij juffrouw Greysteel onder druk gezet had om met hem in de kathedraal van San Marco te trouwen en dat dat alleen maar was voorkomen door de komst van een peloton Oostenrijkse soldaten, en dat hij met lord Byron was overeengekomen dat zij hun toekomstige vrouwen en minnaressen gemeenschappelijk moesten houden. Drawlight vertelde iedere leugen over Strange die in hem opkwam, maar zijn inventiviteit was niet erg groot en hij greep graag iedere kleine, halve roddel, iedere halfgevormde gedachte van zijn informanten aan.

Een gondelier stelde hem voor aan de vrouw van een manufacturier, Marianna Segati – de maîtresse van Byron. Met behulp van een tolk overspoelde Drawlight haar met complimenten en vertelde haar schandalige geheimen over grote dames in Londen die, zo verzekerde hij haar, bij lange na niet zo knap waren als zijzelf. Zij vertelde hem dat Strange volgens lord Byron in zijn kamer verbleef waar hij wijn en brandy dronk en magie beoefende. Niets hiervan was erg interessant, maar ze vertelde Drawlight wel alle beetjes die ze over de tovenaar in lord Byron's gedicht wist. Hoe hij in het gezelschap van gestoorde geesten verkeerde en de goden en de hele mensheid tartte. Drawlight voegde deze fictie zorgvuldig toe aan zijn bouwwerk van leugens.

Maar van alle inwoners van Venetië, was Frank degene die Drawlight het liefst als vertrouweling wilde. Dr Greysteel's beledigingen hadden aan hem geknaagd en al snel had hij besloten dat het de beste wraak zou zijn als hij van zijn bediende een verrader maakte. Dus stuurde hij Frank een brief waarin hij hem uitnodigde in een wijnwinkeltje in San Polo. Een beetje tot zijn verbazing zei Frank dat hij zou komen.

Op het afgesproken uur kwam Frank aan. Drawlight bestelde een kruik rode wijn en schonk hen beiden een glas in.

'Frank?' begon hij met een zachte, weemoedige stem. 'Ik sprak je baas van de week, wat je naar ik aanneem weet. Hij schijnt een behoorlijk onbuigzame, oude man te zijn en helemaal niet aardig. Ik hoop dat je gelukkig bent met je baan, Frank? Ik begin er alleen maar over omdat Lascelles, een goede vriend van mij, vertelde hoe moeilijk het is om in Londen goede bedienden te vinden en dat als iemand hem hier aan kon helpen, hij geloofde dat hij daar bijna al zijn geld voor over had.'

'O!' zei Frank.

'Denk je dat je het misschien leuk zou vinden om in Londen te wonen, Frank?'

Nadenkend trok Frank met een beetje geknoeide wijn cirkels op de tafel. 'Misschien wel,' zei hij.

'Want,' ging Drawlight vurig verder, 'als jij in staat zou zijn mij één of twee kleine diensten te bewijzen, dan zou ik mijn vriend over jouw hulpvaardigheid kunnen vertellen en ik weet zeker dat hij onmiddellijk zou zeggen dat je precies het soort man bent wat hij zoekt!'

'Wat voor soort diensten?' vroeg Frank.

'O! Nou, de eerste is de gemakkelijkste ter wereld! Sterker nog, het moment dat ik je vertel wat het is, zul je het graag willen doen, zelfs als er helemaal geen beloning tegenover stond. Weet je, Frank, ik vrees dat er binnenkort iets verschrikkelijks met je baas en zijn dochter gaat gebeuren, maar hij is zo koppig dat hij niet naar me wilde luisteren. Ik kan er bijna niet van slapen. Maar jou vertrouwen ze, Frank. Jij zou, niet aan je baas maar aan zijn zuster en dochter, een paar hints kunnen geven over Strange' krankzinnigheid, zodat ze erop bedacht zijn.' Toen vertelde Drawlight hem over de moord op Arabella Strange en het pact met Byron om hun vrouwen gemeenschappelijk te houden.

Frank knikte behoedzaam.

'We moeten op onze hoede zijn voor de tovenaar,' zei Drawlight. 'De anderen zijn allemaal door zijn leugens en bedrog in de luren gelegd, met name jouw baas. Dus is het van belang dat jij en ik zo veel mogelijk informatie verzamelen zodat we zijn gestoorde plannen bekend kunnen maken. Goed, zeg eens, Frank, is er iets wat je gezien hebt, een opmerking die de tovenaar per ongeluk maakte, wat dan ook, iets wat je achterdochtig heeft gemaakt?'

'Nou, nu u erover begint,' zei Frank, terwijl hij op zijn hoofd krabde, 'er is één ding.'

'Werkelijk?'

'Ik heb het niemand verteld. Zelfs mijn baas niet.'

'Geweldig!' glimlachte Drawlight.

'Alleen, ik kan het niet goed uitleggen. Het is gemakkelijker het u te laten zien.'

'O, natuurlijk! Waar gaan we heen?'

'Komt u maar mee naar buiten. Vanaf daar kunt u het zien.'

Dus Frank en Drawlight gingen naar buiten en Drawlight keek om zich heen. Het was het meest gangbare Venetiaanse landschap dat je je kon voorstellen. Vlak voor hen was een gracht en aan de andere kant een geelbruine kerk. Een bediende stond voor een open deur een paar duiven te plukken. Hun smerige veren lagen in grijze en witte cirkels voor haar uitgespreid. Overal was een mengelmoes van gebouwen, beelden, waslijnen en bloempotten. En in de verte rees het doorschijnende, gladde gezicht van Duisternis op.

'Nou, misschien niet precies hier,' gaf Frank toe. 'De gebouwen staan in de weg. Als u een paar stappen naar voren doet, kunt u het uitstekend zien.'

Drawlight deed een paar stappen naar voren. 'Hier?' vroeg hij, nog steeds om zich heen kijkend.

'Ja, precies daar,' zei Frank. En hij schopte hem de gracht in.

Een klinkende plons.

Frank draalde nog even om een aantal opmerkingen te schreeuwen over Drawlight's karakter. Hij noemde hem een liegende, achterbakse schoft, een lage hond, een giftige, laffe schurk, een slang en een zwijn. Deze opmerkingen verlichtten zeker Frank's gevoelens, maar aan Drawlight waren ze tamelijk verspild, daar hij op dat moment onder water lag en hem niet kon horen.

Het water had hem een klap gegeven, waardoor zijn hele lijf stak en de lucht uit hem werd geslagen. Hij viel door duistere diepten. Hij kon niet zwemmen en was er zeker van dat hij zou verdrinken. Maar hij lag nog geen paar seconden in het water of hij voelde hoe hij door een sterke stroom werd opgepakt en met grote snelheid werd weggedragen. Het water tilde hem zo af en toe bij toeval naar de oppervlakte waardoor hij naar lucht kon happen. Moment na moment verbleef hij in een staat van de meest ellendige ontzetting en was totaal niet in staat zichzelf te redden. Een keer tilde het snelstromende water hem hoog op en heel even zag hij de zonverlichte kade (een plaats die hij niet herkende). Hij zag hoe het witte schuimende water tegen de kade beukte en mensen en huizen doordrenkte. Hij zag de geschrokken gezichten van de mensen. Hij begreep dat hij niet was meegesleurd naar zee, zoals hij had verwacht, maar zelfs tóen realiseerde hij zich niet dat het absoluut geen natuurlijke stroming was. Soms sleurde het hem krachtig mee de ene kant op. Soms was het zo verwarrend dat hij er zeker van was dat zijn einde naderde. Toen leek het water hem plotseling zat te zijn. Abrupt hield de beweging op en hij werd op de een of andere stenen trap geworpen. Hij was zich vaag bewust van de koude lucht en de gebouwen om hem heen.

Hij haalde diepe, sidderende teugen adem die hem lichamelijk martelden en, juist op het moment dat hij gemakkelijker kon ademhalen, braakte hij enorme hoeveelheden zout water uit. Hij lag daar heel lang met zijn ogen gesloten, zoals een man misschien op een geliefde haar borsten ligt. Hij dacht aan niets. Als er nog enig verlangen in hem huisde, dan was het om daar doodeenvoudig voor altijd te blijven liggen. Veel later werd hij er zich ten eerste van bewust dat de stenen waarschijnlijk heel smerig waren en ten tweede dat hij het vreselijk koud had. Hij vroeg zich af waarom het zo stil was en waarom niemand hem kwam helpen.

Hij ging rechtop zitten en opende zijn ogen.

Overal om hem heen was het donker. Was hij in een tunnel? Een kelder? Onder de grond! Het was allemaal even verschrikkelijk daar hij er totaal geen idee van had hoe hij daar was terechtgekomen of hoe hij er weer uit moest komen. Maar toen voelde hij een dunne, kille wind langs zijn wang. Hij keek omhoog en zag de witte winterse sterren. Nacht!

'Nee, nee, nee!' smeekte hij. Hij kroop jammerend tegen de stenen van de kade.

De gebouwen waren donker en volkomen stil. Het enige levende en stralende waren de sterren. Hun constellaties schenen Drawlight toe als heel grote, schitterende brieven, brieven in een onbekend alfabet. Misschien had de tovenaar de sterren wel in deze letters geformeerd en gebruikt om een toverspreuk ten nadele van hem te schrijven. In welke richting je ook keek, zwarte Nacht, sterren en stilte was het enige wat er te zien viel. In geen enkel huis brandde licht en, als hetgeen Drawlight verteld was waar was, dan waren alle huizen verlaten. Tenzij de tovenaar daar was, natuurlijk.

Met grote tegenzin stond hij op en hij keek om zich heen. Vlakbij was een bruggetje. Aan de andere kant van de brug verdween er een steeg tussen de hoge muren van de donkere huizen. Hij kon die kant opgaan of hij kon het trottoir aan de kant van de gracht kiezen. Door het sterrenlicht zag dit er behoorlijk angstaanjagend en onbeschut uit. Hij koos voor de steeg en de duisternis.

Hij ging de brug over en liep tussen de huizen door. Bijna onmiddellijk liep de steeg op een plein uit. Een paar andere stegen leidden van het plein af. Welke kant moest hij op? Hij dacht aan al de donkere schaduwen waar hij langs moest, aan alle stille deuropeningen. Stel dat hij er nooit uitkwam! Hij voelde zich ziek en slap van angst.

Op het plein stond een kerk. Zelfs bij het licht van de sterren was de voorzijde een monsterlijk ding. Hij puilde uit met pilaren en het krioelde er van de standbeelden. Engelen met uitgespreide vleugels hielden trompetten tegen hun lippen. Een onduidelijk figuur hield zijn uitgestoken armen onder een stenen gewelf. Vanuit donkere gewelven keken blinde gezichten met starende blik neer op Drawlight.

Hoe weet ik of de tovenaar niet daar is? dacht hij. Hij bekeek om beurten ieder zwart figuur om te zien of het Jonathan Strange was. Toen hij er eenmaal mee was begonnen, was het moeilijk te stoppen. Hij beeldde zich in dat als hij even wegkeek, één van de figuren zou bewegen. Hij had zichzelf er bijna van overtuigd dat hij veilig uit de kerk kon weglopen, toen hem iets in het oog sprong. De kleinst mogelijke onregelmatigheid in het diepste zwart van de deuropening. Hij bekeek het vanaf een kleinere afstand. Er lag iets of iemand op de trap. Een man. Hij lag languit op de stenen als in een bezwijming, met zijn gezicht naar beneden en zijn armen over zijn hoofd.

Een aantal ogenblikken – o, maar het leek een eeuwigheid! – wachtte Drawlight op wat komen ging.

Er gebeurde niets.

Toen begreep hij het ineens: de tovenaar was dood! Misschien had hij in zijn krankzinnigheid zelfmoord gepleegd! Het gevoel van vreugde en opluchting was overweldigend. In zijn opwinding lachte hij hard, een bijzonder geluid in alle stilte. De donkere figuur in de donkere deuropening bewoog niet. Hij kwam dichterbij tot hij zich over de figuur kon buigen. Hij hoorde geen ademhaling. Hij wenste dat hij een stok had om mee te prikken.

Zonder waarschuwing draaide de figuur zich om.

Drawlight gaf een gilletje van angst.

Stilte. Toen: 'Ik ken u!' fluisterde Strange.

Drawlight probeerde te lachen. Hij gebruikte altijd het lachen om zijn vijanden gunstig te stemmen. Lachen werkte kalmerend, toch? Alle vrienden samen? Maar alles wat er uit zijn mond kwam was een vreemd schel geluid.

Strange stond op en deed een paar stappen in de richting van Drawlight. Drawlight deinsde terug. In het licht van de sterren kon Drawlight de tovenaar beter zien. Hij kon nu beter het gelaat onderscheiden van de man die hij had gekend. Strange had blote voeten. Zijn jas en overhemd hingen open en hij had zich duidelijk in geen dagen geschoren.

'Ik ken u,' fluisterde Strange weer. 'U bent... U bent...' Hij bewoog zijn handen door de lege lucht alsof hij magische symbolen trok. 'U bent een Leucrocuta!'

'Een Leu...?' echode Drawlight.

'U bent de Wolf van de Avond! U jaagt op mannen en vrouwen! Uw vader was een hyena en uw moeder een leeuwin! U heeft het lichaam van een leeuw, uw hoeven zijn gespleten. U kunt niet achter u kijken. U heeft een lange tand en geen tandvlees. Toch kunt u een menselijke vorm aannemen en mensen lokken met een menselijke stem!'

'Nee, nee!' verdedigde Drawlight zich. Hij wilde nog meer zeggen. Hij wilde zeggen dat hij niets van dat al was, dat Strange het mis had, maar zijn mond was te droog en te slap van angst en niet langer in staat woorden te vormen.

'En nu,' zei Strange rustig, 'zal ik u in uw juiste vorm brengen!' Hij hief zijn handen. 'Abracadabra!' riep hij.

Drawlight viel op de grond en krijste herhaaldelijk, en Strange barstte uit in lachsalvo's, angstaanjagend, waanzinnig gelach waardoor hij dubbelsloeg en over het plein wankelde.

Ten slotte bezonk de angst van de een en de hilariteit van de ander. Drawlight realiseerde zich dat hij niet in het afschuwelijke, nachtmerrieachtige wezen was veranderd en Strange werd kalmer, bijna onverbiddelijk.

'Leucrocuta,' fluisterde hij, 'sta op.'

Nog steeds jammerend, stond Drawlight op.

'Leucrocuta, waarom ben je hiernaar toe gekomen? Nee, wacht. Ik weet dit.' Strange knipte zijn vingers. 'Ik bracht je hier, Leucrocuta, zeg me... waarom bespioneer je mij? Heb ik ooit iets in het geheim gedaan? Waarom ben je niet hierheen gekomen om het mij te vragen? Ik had je alles verteld!'

'Ik moest het van hen doen. Van Lascelles en Norrell. Lascelles loste mijn schulden af zodat ik de King's Bench-gevangenis[1] kon verlaten. Ik ben altijd uw vriend geweest.' Drawlight stotterde een beetje, het leek onwaarschijnlijk dat zelfs een gestoorde dit zou geloven.

Strange hief zijn hoofd op, alsof hij Drawlight een tartende blik wilde toewerpen, maar in het Duister kon Drawlight zijn gezichtsuitdrukking niet zien. 'Ik ben gek geweest, Leucrocuta!' siste hij. 'Hebben ze je dat verteld? Nou, het is waar. Ik ben gek geweest en ik zal weer gek zijn. Maar aangezien u in de stad bent, heb ik afgezien van... heb ik van bepaalde toverspreuken afgezien, zodat ik, als ik u zag, bij mijn volle verstand zou zijn. Mijn oude verstand. Zodat ik zou

---

[1] De gevangenis waar Drawlight werd vastgehouden wegens onbetaalde schulden in november 1814.

weten wie u bent en wat ik tegen u wilde zeggen. Ik heb veel geleerd in het Duister, Leucrocuta, en één ervan is dit: ik kan dit niet alleen. Ik heb je hierheen gehaald om mij te helpen.'

'Is dat zo? Daar ben ik blij om! Ik doe alles! Dank u! Dank u!' Maar terwijl hij sprak, vroeg Drawlight zich af hoe lang Strange van plan was hem hier te houden. Die gedachte veranderde zijn hart in water.

'Wat is... Wat is...' Strange leek moeite te hebben zijn gedachten op een rijtje te houden. Hij viste met zijn handen door de lucht. 'Hoe heet de vrouw van Pole?'

'Lady Pole?'

'Ja, maar ik bedoel... haar andere namen?'

'Emma Wintertowne?'

'Ja, dat is het. Emma Wintertowne. Waar is ze? Nu?'

'Ze hebben haar naar een inrichting in Yorkshire gebracht. Het zou een groot geheim moeten zijn, maar ik heb het ontdekt. Ik kende een man in de King's Bench-gevangenis, wiens zoon een liefje heeft die mantelnaaister is en zij wist er alles van omdat ze aangenomen was om de kledij voor lady Pole te maken. Het is heel koud in Yorkshire. Ze hebben haar naar een plek Stare-nog-wat gebracht. Lady Pole, bedoel ik, niet de mantelnaaister. Stare-nog-wat. Wacht! Ik vertel het u! Ik weet het, ik zweer het! Starecross Hall in Yorkshire.'

'Starecross? Ik ken die naam.'

'Ja, ja, die kent u! Want de huurder is een vriend van u. Hij was ooit een tovenaar in Newcastle of in York of een van die noordelijke plaatsen, ik weet alleen zijn naam niet. Het schijnt dat meneer Norrell hem ooit, één of twee keer, onaardig behandelde. Dus toen lady Pole gek werd, dacht Childermass de zaken een beetje te herstellen door hem bij sir Walter aan te bevelen als bewaarder van een krankzinnigengesticht.'

Even was het stil. Drawlight vroeg zich af hoeveel Strange ervan begrepen had. Toen zei Strange: 'Emma Wintertowne is niet gek. Ze lijkt gek. Maar dat is de schuld van meneer Norrell. Hij ontbood een elf om haar uit de dood op te wekken en in ruil daarvoor gaf hij de elf allerlei rechten over haar. Dezelfde elf bedreigde de vrijheid van de koning van Engeland en heeft ten minste twee onderdanen van zijne hoogheid behekst, één daarvan is mijn vrouw!' Hij wachtte. 'Uw eerste taak, Leucrocuta, is John Childermass vertellen wat ik u zojuist heb verteld en hem dit te geven.'

Strange haalde iets uit de zak van zijn jas en gaf het aan Drawlight.

Het bleek een doosje te zijn, zoiets als een snuifdoos, behalve dat het iets langer en smaller was dan snuifdozen gewoonlijk zijn. Drawlight nam het aan en stak het in zijn zak.

Strange slaakte een lange zucht. Het leek wel of de inspanning om samenhangend te spreken hem uitputte. 'Uw tweede taak is... uw tweede taak is een boodschap aan alle tovenaars in Engeland te brengen. Begrijpt u mij?'

'O, ja! Maar...'

'Maar wat?'

'Maar er is er maar één.'

'Wat?'

'Er is maar één tovenaar, heer. Nu u hier bent, is er nog maar één tovenaar over in Engeland.'

Strange leek hier even over na te denken. 'Mijn leerlingen,' zei hij. 'Mijn leerlingen zijn tovenaars. Alle mannen en vrouwen die ooit Norrell's leerlingen wilden zijn, zijn tovenaars. Childermass is er één. Segundus ook. Honeyfoot. De abonnees van de magische tijdschriften. De leden van de oude verenigingen. Engeland zit boordevol tovenaars. Honderden! Duizenden misschien! Norrell weigerde hen. Norrell ontkende hen. Norrell legde hen het zwijgen op. Maar toch zijn ze tovenaars. Zeg hun dit.' Hij ging met zijn handen over zijn voorhoofd en ademde even zwaar. 'Boom spreekt tegen steen. Steen spreekt tegen water. Het is niet zo moeilijk als we hebben verondersteld. Zeg hen te lezen wat er in de lucht geschreven staat. Zeg hen het aan de regen te vragen! Alle oude verbonden van John Uskglass zijn er nog steeds. Ik stuur boodschappers om de stenen en de lucht en de regen aan hun oude beloftes te herinneren. Zeg hen...' Maar wederom kon Strange niet de juiste woorden vinden. Met een gebaar tekende hij iets in de lucht. 'Ik kan het niet uitleggen,' zei hij. 'Leucrocuta, begrijp je het?'

'Ja. O, ja!' zei Drawlight, hoewel hij niet het geringste idee had waar Strange het over had.

'Goed. Herhaal nu wat ik heb gezegd.'

Dat deed Drawlight. Het jarenlang verzamelen en herhalen van boosaardige roddel over zijn kennissenkring hadden hem bedreven gemaakt in het onthouden van namen en feiten. De eerste boodschap herhaalde hij perfect, maar de tweede was verlaagd tot een paar verdraaide zinnen over tovenaars die in de regen naar stenen staan te kijken.

'Ik zal het je laten zien,' zei Strange, 'dan zul je het begrijpen. Leucrocuta, als je deze drie taken ten uitvoer brengt, zal ik geen wraak op je nemen. Ik zal je geen kwaad doen. Lever deze drie boodschappen af en je kunt naar je nachtelijke jachtpartijen terugkeren, naar het verzwelgen van mannen en vrouwen.'

'Dank u! Dank u!' hijgde Drawlight dankbaar, tot een verschrikkelijk besef hem greep. 'Drie? Maar heer, u gaf mij er maar twee!'

'Drie boodschappen, Leucrocuta,' zei Strange vermoeid. 'U moet drie boodschappen afleveren.'

'Ja, maar u heeft me niet verteld wat de derde is!'

Strange gaf geen antwoord. In zichzelf mompelend, draaide hij zich om.

Ondanks al zijn angst, had Drawlight een groot verlangen de tovenaar vast te pakken en door elkaar te schudden. Hij zou het misschien ook hebben gedaan als hij het idee had gehad dat het zin had. Tranen van zelfmedelijden sijpelden langs zijn gezicht. Nu zou Strange hem vermoorden vanwege het niet uitvoeren van de derde taak en dat was niet zijn fout.

'Leucrocuta,' zei Strange, die plotseling terugkwam. 'Breng me wat water te drinken!'

Drawlight keek om zich heen. Midden op het plein was een put. Hij liep erheen en vond een verschrikkelijk oude, ijzeren beker die met een stuk geroeste ketting was vastgemaakt aan de stenen. Hij duwde de putdeksel opzij, haalde er een emmervol water uit en doopte de beker in het water. Hij vond het vreselijk dit te moeten aanraken. Gek genoeg, na alles wat hem die dag was overkomen, haatte hij de ijzeren beker het meest. Zijn leven lang had hij van mooie dingen gehouden, maar nu was alles wat hem omringde afschuwelijk. Het was de schuld van de tovenaars. Wat haatte hij hen!

'Heer? Heer tovenaar?' riep hij. 'U zult hier naar toe moeten komen om te drinken.' Hij liet bij wijze van verklaring de ijzeren ketting zien.

Strange kwam naar voren maar nam de aangeboden beker niet aan. Daarvoor in de plaats haalde hij een medicijnflesje uit zijn zak en gaf het aan Drawlight. 'Doe zes druppels in het water,' zei hij.

Drawlight haalde de stop eraf. Zijn hand trilde zó erg dat hij bang was het hele ding op de grond leeg te gieten. Strange scheen het niet op te merken. Drawlight schudde er een paar druppeltjes in.

Strange nam de beker aan en dronk het water op. De beker viel uit zijn handen. Drawlight was zich ervan bewust, hij wist niet precies hoe, dat Strange veranderd was. Tegen de sterrenhemel zakte zijn donkere figuur in elkaar en zijn hoofd werd slap. Drawlight vroeg zich af of hij dronken was. Maar hoe konden een paar druppels van wat dan ook een man dronken voeren? Bovendien rook hij niet naar sterkedrank. Hij rook naar een man die zichzelf of zijn linnengoed in geen weken gewassen had. En er was nog een andere geur. Eén die er een minuut geleden nog niet was. Een geur van bejaardheid en vijftig katten.

Drawlight had een heel vreemd gevoel. Het was iets wat hij eerder had gevoeld als er magie op komst was. Onzichtbare deuren leken zich overal om hem heen te openen. Rukwinden uit de verte, die geuren van wouden, moerassen en veenpoelen met zich meedroegen, bliezen tegen hem aan. Voorstellingen vlogen ongenood in zijn herinnering. De huizen rondom hem waren niet langer leeg. Hij kon erin schouwen alsof de muren verplaatst waren. In iedere donkere kamer bevond zich een Wezen, niet een écht persoon maar een Oude Geest. Eén bevatte een Vuur. Een andere een Steen. Een andere een Regenbui. Weer een andere een Zwerm Vogels. Weer een andere een Helling. Weer een andere een Klein Wezen met Donkere en Vurige Gedachten, enzovoorts.

'Wat zijn zij?' fluisterde hij van verbazing. Hij realiseerde zich dat alle haren op zijn hoofd recht overeind stonden, of hij geëlektrocuteerd was. Toen voelde hij een nieuwe, andere sensatie. Het was de sensatie die leek op vallen en toch bleef hij staan. Het was of zijn geest naar beneden gevallen was.

Hij dacht dat hij op een Engelse helling stond. De regen viel. Het cirkelde als grijze geesten in de lucht. Regen viel op hem neer en hij werd dun als de regen. Regen waste de gedachten weg, waste het geheugen weg, al het goede en het kwade. Hij kende zijn naam niet langer. Alles werd weggewassen als modder van een steen. Regen vulde hem met gedachten en herinneringen van zichzelf. Zilveren lijntjes water bedekten de helling, als een complex rijgkoord, als de aderen van een arm. Vergetend dat hij een man was, of ooit was geweest, werd hij de lijnen van het water. Hij viel met de regen in de aarde.

Hij dacht dat hij naast de aarde lag, naast Engeland. Lange tijd verstreek. Koude en regen sijpelden door hem heen. Stenen verschoven in zijn binnenste. In de Stilte en het Duister groeide hij snel. Hij werd de aarde. Hij werd Engeland. Een ster keek op hem neer en sprak tegen hem. Een steen stelde hem een vraag en hij antwoordde in zijn eigen taal. Een rivier krulde langs zijn zijde. Heuvels ontloken onder zijn vingers. Hij opende zijn mond en ademde het voorjaar uit...

Hij dacht dat hij in een struikgewas was geduwd in een donker bos in de winter. Er kwam geen einde aan de bomen, donkere pilaren, gescheiden door dunne witte streepjes winterlicht. Hij keek naar beneden. Jonge boompjes doorboorden hem helemaal. Zij groeiden door zijn lichaam, door zijn voeten en handen. Zijn oogleden gingen niet langer dicht omdat er twijgjes doorheen gegroeid waren. Insecten vlogen zijn oren in en uit. Spinnen bouwden nesten en sponnen webben in zijn mond. Hij realiseerde zich dat hij al jarenlang met het bos ineengestrengeld was. Hij kende het bos en het bos kende hem. Het was niet langer te zeggen wat bos en wat mens was.

Alles was stil. De sneeuw viel. Hij schreeuwde...

Duisternis.

Als vanuit donkere wateren, kwam Drawlight tot zichzelf. Wie hem bevrijd had, of het Strange, het bos, of Engeland zelf was, wist hij niet, maar hij voelde diens verachting terwijl het hem terugwierp in zijn eigen geest. De Oude Geesten trokken uit hem weg. Zijn gedachten en sensaties verschrompelden tot die van een mens. Hij was duizelig en wankelde van de herinnering aan wat hij had ondergaan. Hij onderzocht zijn handen en wreef de plekken op zijn lichaam waar de bomen hem hadden doorboord. Ze leken intact. O, maar ze deden zeer! Hij jammerde en keek om zich heen op zoek naar Strange.

De tovenaar zat even verderop ineengedoken bij een muur spreuken te mompelen tegen zichzelf. Hij sloeg een keer op de muur. De stenen zwollen op, veranderden van vorm, werden een raaf. De raaf sloeg zijn vleugels uit en vloog onder luid gekras richting nachtelijke hemel. Hij sloeg nog een keer op de muur. Er kwam nog een raaf uit de muur te voorschijn die wegvloog. Toen nog een, en nog een, en zo verder. Het regende raven tot alle sterren door zwarte vleugels aan het zicht onttrokken werden.

Strange hief zijn hand om nog een keer te slaan...

'Heer tovenaar,' hijgde Drawlight. 'U heeft me niet verteld wat de derde boodschap is.'

Strange keek om zich heen. Zonder te waarschuwen, greep hij Drawlight's jas en trok hem dicht naar zich toe. Drawlight voelde de stinkende adem van Strange op zijn gezicht en voor het eerst kon hij zijn gelaat zien. Het licht van de sterren scheen in woeste, wilde ogen, waaruit alle menselijkheid en rede was verdwenen.

'Zeg tegen Norrell dat ik eraan kom!' siste Strange. 'Ga nu!'

Dat liet Drawlight zich geen tweede keer zeggen. Hij haastte zich weg door de duisternis. Raven leken hem te achtervolgen. Hij kon ze niet zien, maar hij hoorde het slaan van hun vleugels en voelde de luchtstromen die door de vleugels werden veroorzaakt. Halverwege een brug struikelde hij zonder waarschuwing in een verblindend licht. Onmiddellijk was hij omgeven door het geluid van vogelgezang en pratende mensen. Mannen en vrouwen wandelden en spraken en deden hun dagelijkse dingen. Hier was geen verschrikkelijke magie, enkel de dagelijkse wereld, de schitterende, prachtige dagelijkse wereld.

Drawlight's kleren waren nog doordrenkt van het zeewater en het was verschrikkelijk koud. Hij was in een deel van de stad dat hij niet herkende. Niemand bood aan hem te helpen en lange tijd liep hij verloren en uitgeput rond. Uiteindelijk kwam hij bij een plein dat hij kende en was hij in staat zijn weg terug te vinden naar de kleine herberg waar hij een kamer huurde. Tegen de tijd dat hij daar aankwam, was hij zwak en rillerig. Hij kleedde zich uit en waste zo goed als hij kon het zout van zijn lichaam. Toen ging hij op zijn kleine bed liggen.

De volgende twee dagen lag hij met koorts. Zijn dromen gingen over onuitspreekbare dingen, gevuld met Duisternis, Magie en de Lange, Koude Jaren van de Aarde. En de hele tijd dat hij sliep, was hij vervuld met angst dat hij niet wakker zou worden en dat hij zich onder de grond bevond of gekruisigd werd door een winters bos.

Halverwege de derde dag was hij voldoende hersteld om op te staan en naar de haven te gaan. Daar vond hij een Engels schip op weg naar Portsmouth. Hij toonde de kapitein de brieven en documenten die Lascelles hem had gegeven en waarin een grote vergoeding werd beloofd aan het schip dat hem terugbracht naar Engeland en die getekend was door twee van de meest bekende bankiers van Europa.

Tegen de vijfde dag was hij met een schip op weg naar Engeland.

Er lag een dunne, koude mist over Londen die het dunne, koude karakter van Stephen's bestaan leek te imiteren. De laatste tijd ging hij dieper dan ooit gebukt onder zijn betovering. Vreugde, genegenheid en vrede waren hem nu allemaal vreemd. De enige emoties die de magische wolken rond zijn hart doorboorden waren van het bitterste soort: woede, wrok en frustratie. De scheiding en vervreemding tussen hem en zijn Engelse vrienden werd nog groter. De heer was misschien een duivel, maar als hij sprak over de trots en eigendunk van Engelsen, vond Stephen het moeilijk de rechtvaardigheid van wat hij zei te ontkennen. Zelfs Lost-hope, somber als het was, was soms een welkome schuilplaats voor Engelse arrogantie en Engelse boosaardigheid. Daar hoefde Stephen zich tenminste nooit te verontschuldigen voor wie hij was. Dat was de enige plek waar hij werd behandeld als een geëerde gast.

Op deze bijzondere winterse dag was Stephen in de stallen van sir Walter in Harley-street. Sir Walter had onlangs een paar heel mooie hazewindhonden gekocht. Dit tot groot genoegen van zijn mannelijke bedienden die iedere dag een groot deel van de tijd verlummelden met het bezoeken en bewonderen van de honden. Zij spraken in verschillende gradaties van kennis en begrip over hun mogelijke bekwaamheid in de jacht. Stephen wist dat hij deze slechte gewoonte moest afremmen, maar hij merkte dat het hem niet genoeg kon schelen om er iets aan te doen. Vandaag, toen Robert, de lakei, hem had uitgenodigd naar de honden te komen kijken, had Stephen, in plaats van hem een standje te geven, zijn hoed opgezet en zijn jas aangetrokken en was met hem meegegaan. Nu keek hij toe hoe de stalknechten en Robert zich druk maakten over de honden. Hij had het gevoel dat hij aan de andere kant van een dikke en smerige vensterruit stond.

Plotseling gingen de mannen rechtop staan en liepen in een rij de stallen uit. Stephen huiverde. Ervaring had hem geleerd dat zulk onnatuurlijk gedrag steeds de komst van de heer met het pluishaar aankondigde.

En daar was hij, de benauwde, donkere stallen verlichtend met de glans van zijn zilveren haar en de glinstering van zijn blauwe ogen en de helderheid van zijn groene jas. Hij praatte en lachte en hij twijfelde er geen moment aan dat Stephen net zo verrukt was hem te zien als hij Stephen. Hij was net zo blij met de honden als de bedienden waren geweest en nodigde Stephen uit ze met hem te bewonderen. Hij sprak de honden aan in zijn eigen taal en de honden sprongen op en blaften opgewekt en leken doller op hem dan op eenieder die ze ooit eerder ontmoet hadden.

De heer zei: 'Ik word herinnerd aan een voorval in 1413 toen ik naar het zuiden kwam om de nieuwe koning van Zuid-Engeland te bezoeken. De koning, een minzaam en heldhaftig persoon, stelde mij voor aan zijn hofhouding en vertelde over mijn vele geweldige prestaties, grote koninkrijken, galante karakter enzovoorts, enzovoorts. Een van zijn edelmannen, echter, koos ervoor geen aandacht te schenken aan zijn leerzame en verheven toespraak. Daarvoor in de plaats stonden hij en zijn volgelingen met elkaar te roddelen en te lachen. Ik was, zoals u zich wel kunt voorstellen, nogal beledigd door deze behandeling en vastbesloten hen betere manieren te leren! De volgende dag waren deze boosaardige mannen op hazenjacht vlak bij het woud van Hatfield. Toen ik totaal onverwacht op hen afkwam, kreeg ik het leuke idee de mannen in hazen te veranderen en de hazen in mannen. Eerst scheurden de honden hun bazen aan stukken en toen waren de hazen, die nu de vorm van mannen hadden, in staat verschrikkelijke wraak te nemen op de honden die op hen hadden gejaagd en hen lastig hadden gevallen.' De heer wachtte even om Stephen's loftuitingen voor zijn heldendaad te ontvangen, maar voor Stephen een woord kon uitbrengen, riep de heer uit: 'O! voelde je dat?'

'Voelde wat, heer?' vroeg Stephen.

'Alle deuren schudden!'

Stephen wierp een blik op de staldeuren.

'Nee, niet die deuren!' zei de heer. 'Ik bedoel de deuren tussen Engeland en waar dan ook! Iemand probeert ze te openen. Iemand sprak tegen de Lucht en ik was het niet! Iemand geeft de Stenen en Rivieren instructies en ik was het niet! Wie doet dat? Wie is het? Kom!'

De heer greep Stephen's arm en het leek of ze opstegen, of ze plotseling op een berg of een heel hoge toren stonden. De stallen van Harley-street verdwenen en een nieuw landschap doemde voor Stephen's ogen op, en toen een ander, en toen nog een. Hier was een haven met een verzameling masten, zo dik als een woud. Het leek onder hun voeten weg te vliegen en werd onmiddellijk vervangen door een grijze winterse zee met schepen die in volle vaart voor de wind voeren. Vervolgens kwam er een stad met torenspitsen en geweldige bruggen. Vreemd genoeg was er nauwelijks een gevoel van beweging. Het voelde meer of de wereld naar Stephen en de heer vloog, terwijl zij stil stonden. Nu kwamen er met sneeuwbedekte bergen met piepkleine mensen die moeizaam vooruitkwamen, daarna een spiegelglad meer, omringd door donkere bergen. Toen een vlak terrein met kleine dorpen en rivieren die erover uitgespreid lagen als kinderspeelgoed.

Er was iets voor hen. Eerst leek het een zwarte lijn die de lucht in tweeën sneed. Maar terwijl ze dichterbij kwamen, werd het een Zwarte Pilaar die vanaf de grond omhoog kwam en geen einde had.

Stephen en de heer kwamen hoog boven Venetië tot stilstand (Stephen wilde niet nadenken over hetgeen waarop ze wellicht leunden). De zon ging onder en de straten en gebouwen onder hen werden donker, maar de zee en de lucht waren gevuld met licht waarin nuances roze, melkachtig blauw, topaas en parel allemaal harmonieus waren samengevoegd. De stad leek in een schitterend vacuüm te drijven.

De Zwarte Pilaar was grotendeels zo glad als obsidiaan, maar net boven het niveau van de daken van de huizen, golfden er bochten en spiralen van duisternis uit omhoog, die door de lucht wegdreven. Wat dat kon zijn, kon Stephen zich niet voorstellen.

'Is het rook, heer? Staat de toren in brand?' vroeg Stephen.

De heer gaf geen antwoord, maar toen ze dichterbij kwamen, zag Stephen dat het geen rook was. Een donkere massa vloog uit de toren. Het waren raven. Duizenden en duizenden raven. Ze verlieten Venetië en vlogen terug in de richting van waaruit Stephen en de heer kwamen.

Een zwerm cirkelde op hen af. De lucht was plotseling tumultueus van duizend klappende vleugels en luidruchtig van een dreunend en roffelend geluid. Wolken van stof en gruis vlogen in Stephen's ogen, neus en keel. Hij bukte diep en hield zijn hand over zijn neus om de stank buiten te houden.

Toen ze weg waren vroeg hij verbaasd: 'Wat zijn dat, heer?'

'Wezens die door de tovenaar gemaakt zijn,' zei de heer. 'Hij stuurt ze terug naar Engeland met opdrachten voor de Lucht en de Aarde en de Rivieren en de Heuvels. Hij roept alle oude verbonden van de koning op. Binnenkort zullen ze eerder naar Engelse tovenaars luisteren dan naar mij!' Hij gaf een harde brul van woede gemengd met wanhoop. 'Ik heb hem gestraft op een manier waarop ik nooit eerder mijn vijanden heb gestraft! Toch werkt hij mij nog steeds tegen! Waarom legt hij zich niet neer bij zijn lot? Waarom wanhoopt hij niet?'

'Ik heb nooit gehoord dat het hem aan moed ontbrak, heer,' zei Stephen. 'Naar alles wat men hoort, deed hij veel moedige dingen in de oorlog.'

'Moed? Waar heb je het over? Dit is geen moed! Dit is waanzin, puur en simpel! We zijn slordig geweest, Stephen! We hebben de

Engelse tovenaars de overhand op ons laten krijgen. We moeten een manier vinden om hen te verslaan! We moeten onze inspanningen om jou tot koning te slaan, verdubbelen.'

60

Storm en leugens
februari 1817

Tante Greysteel had in Padua een huis gehuurd met uitzicht op de fruitmarkt. Vanaf die plek was alles gemakkelijk bereikbaar en bovendien was de huur maar tachtig sechini (ongeveer achtendertig gienje) per kwartaal. Tante Greysteel was erg in haar nopjes met haar koopje. Soms echter, als men snel en doortastend te werk gaat, komt besluiteloosheid en twijfel pas achteraf, als het te laat is. Dat was in dit geval ook zo. Tante Greysteel en Flora woonden nog geen week in het huis toen tante Greysteel er opeens van alles op aan te merken had, en zich zelfs begon af te vragen of ze het wel had moeten huren. Hoewel het huis zelf heel oud en mooi was, waren de gotische ramen wel erg klein, en voor de meeste zat bovendien een massief stenen balkon. Kortom, het was binnen vaak nogal donker. In het verleden zou dat geen probleem zijn geweest, maar op dat moment moest Flora hoognodig opgevrolijkt worden, en duisternis en schaduwen – hoe schilderachtig die ook mochten zijn – waren nu waarschijnlijk niet zo goed voor haar, zo dacht tante Greysteel. Bovendien stonden er rondom de binnenplaats enkele stenen dames die in de loop der jaren sluiers en mantels van klimop hadden gekregen. Het was in het geheel niet overdreven te stellen dat die dames het gevaar liepen te verdwijnen. Telkens als het oog van tante Greysteel erop viel, moest ze weer denken aan die arme vrouw van Jonathan Strange, die zo jong en onder zulke mysterieuze omstandigheden was gestorven, en wier ongelukkige lot haar echtgenoot tot krankzinnigheid leek te hebben gedreven. Tante Greysteel hoopte dat dergelijke melancholieke gedachten niet bij Flora opkwamen.

Maar de overeenkomst was gesloten en ze hadden het huis al betrokken, dus deed tante Greysteel haar uiterste best om het binnen zo licht en vrolijk te maken als ze maar kon. Ze had nog nooit in haar leven kaarsen of lampolie verspild, maar in haar pogingen om Flora op te vrolijken zette ze al haar zorgen over de kosten opzij. Op de trap, waar een trede een vreemde hoek maakte die niemand met enige mogelijkheid had kunnen voorspellen, was een bijzonder donker hoekje. Om te voorkomen dat iemand eraf zou vallen en zijn nek zou breken, stond tante Greysteel erop dat er op een plankje vlak boven de betreffende traptrede een lamp zou worden neergezet. Die lamp brandde dag en nacht en was een constante doorn in het oog van Bonifazia, de oude Italiaanse dienstbode die bij het huis hoorde en die nog zuiniger was dan tante Greysteel zelf.

Bonifazia was een uitstekende huishoudster, maar ze was erg kritisch en verviel vaak in lange monologen, waarin ze uitlegde waarom de instructies die ze zojuist had ontvangen verkeerd of onmogelijk uit te voeren waren. In haar werk werd ze bijgestaan door een nogal trage, verongelijkt kijkende jongeman die Minichello heette, en die op elk bevel reageerde met een stroom zachte, binnensmonds gemompelde woorden in een volkomen onverstaanbaar dialect. Bonifazia behandelde Minichello met zo'n vertrouwelijk air van minachting dat tante Greysteel aannam dat ze aan elkaar verwant waren, hoewel ze niet precies wist hoe.

Met alles wat er geregeld moest worden voor het huis, de dagelijkse strijd met Bonifazia en alle ontdekkingen, plezierig dan wel anderszins, die gepaard gaan met een verblijf in een nieuwe stad, had tante Greysteel elke dag genoeg interessante dingen te doen. Haar voornaamste taak was echter afleiding bedenken voor Flora. Flora was de laatste tijd erg stil en teruggetrokken. Als haar tante iets tegen haar zei, antwoordde ze vrij opgewekt, maar het kwam maar heel zelden voor dat ze zelf een gesprek begon. In Venetië was Flora meestal degene geweest die met plannen voor vertier kwam. Nu echter stemde ze in met elk uitje dat tante Greysteel voorstelde. Ze gaf de voorkeur aan bezigheden waarbij ze geen gezelschap nodig had. Ze wandelde in haar eentje, las in haar eentje en zat in haar eentje in de zitkamer, of in het zwakke straaltje zonlicht dat soms rond een uur of een doordrong tot het binnenplaatsje. Ze was minder openhartig en onbevangen dan voorheen. Het leek wel alsof iemand – en dat hoefde niet per se Jonathan Strange te zijn – haar had teleurgesteld, waardoor ze nu vastbesloten was zich in het vervolg onafhankelijker op te stellen.

In de eerste week van februari stak er in Padua een zware storm op. Dat gebeurde rond het middaguur. De storm kwam heel plotseling vanuit het oosten opzetten (uit de richting van Venetië en de zee). De oude mannen die vaak te vinden waren in de koffiehuizen van de stad zeiden dat niets erop had gewezen dat er een storm in aantocht was. Andere mensen namen daar echter geen notitie van. Het was immers winter, en dan was het te verwachten dat het af en toe zou stormen.

Eerst stak er in de stad een hevige wind op. Hij had geen respect voor deuren of ramen, die wind. Hij leek gaatjes te vinden waarvan niemand wist dat ze bestonden, en binnen waaide het daardoor bijna net zo hard als buiten. Tante Greysteel en Flora zaten samen in een zitkamertje op de eerste verdieping. De ruiten begonnen te rammelen en de kristallen aan een van de kroonluchters begonnen te rinkelen. Toen glipten de blaadjes van de brief die tante Greysteel aan het schrijven was onder haar hand vandaan, en vlogen door de kamer. Buiten pakten de wolken zich samen en al snel werd het zo donker als de nacht. De regen viel in een verblindende stortvloed uit de hemel.

Bonifazia en Minichello kwamen de zitkamer binnen. Hun voorwendsel was dat ze wilden weten welke maatregelen tante Greysteel wenste te treffen tegen de storm, maar in werkelijkheid wilde Bonifazia eigenlijk alleen maar samen met tante Greysteel verbaasde uitroepen slaken over de hevige wind en regen (en ze maakten er een schitterend duet van, zij het in twee verschillende talen). Minichello was waarschijnlijk gewoon met Bonifazia meegekomen. Hij keek somber naar de storm, alsof hij die ervan verdacht speciaal te zijn losgebarsten om hem werk te verschaffen.

Tante Greysteel, Bonifazia en Minichello stonden allemaal bij het raam, en zagen hoe de eerste bliksemflits het vertrouwde tafereel een gotische, verontrustende tint verleende, met een bleke, onaardse gloed en grillige schaduwen. De bliksem werd gevolgd door een donderklap die het hele vertrek deed trillen. Bonifazia riep prevelend de Heilige Maagd en verschillende andere heiligen aan. Tante Greysteel, die al net zo bang was, zou dat wellicht ook graag hebben gedaan. Als trouw lid van de Anglicaanse kerk kon ze echter slechts uitroepen: 'Hemeltjelief!' en 'Grote goedheid!' en 'De heer beware me', maar dat bood haar allemaal niet veel troost.

'Flora, kindje,' riep ze met een stem die een beetje beefde, 'ik hoop dat je niet bang bent. Deze storm is echt afgrijslijk.'

Flora liep naar het raam, nam haar tante bij de hand en zei op geruststellende toon tegen haar dat het onweer vast snel zou overwaaien. Een nieuwe bliksemflits baadde de stad in het licht. Flora liet de hand van haar tante vallen, maakte de haak van het raam los en stapte gretig op het balkon.

'Flora!' riep tante Greysteel uit.

Flora leunde met haar beide handen op de balustrade voorover in de gierende duisternis, zonder acht te slaan op de regen die haar japon doorweekte, of op de wind die aan haar haar rukte.

'Kindje! Flora! Flora! Kom toch naar binnen, het regent pijpenstelen!'

Flora draaide zich om en zei iets tegen haar tante, maar ze was niet te verstaan.

Minichello liep achter haar aan het balkon op en slaagde er met verbazingwekkende fijngevoeligheid (doch zonder ook maar een moment zijn aangeboren somberheid te laten varen) in haar weer naar binnen te brengen. Hij gebruikte zijn grote, vlakke handen om haar te leiden, zoals een herder hekken gebruikt om zijn schapen in de juiste richting te sturen.

'Ziet u het dan niet?' riep Flora uit. 'Daar staat iemand! Daar, op de hoek! Kunt u zien wie het is? Ik dacht...' Opeens zweeg ze, en wie ze ook dacht dat het was, ze weigerde het te zeggen.

'Liefje, ik hoop dat je het mis hebt. Ik heb medelijden met iedereen die op dit moment nog op straat is. Ik hoop dat die persoon snel een schuilplaats vindt. O, Flora! Je bent drijfnat!'

Bonifazia ging handdoeken halen, en zodra ze terug was, gingen zij en tante Greysteel meteen aan de slag om Flora's japon droog te maken. Ze draaiden haar tussen hen in in de rondte, en soms probeerden ze haar ieder een andere kant op te draaien. Tegelijkertijd gaven ze Minichello dringende instructies, tante Greysteel in haperend, maar vastberaden Italiaans en Bonifazia in het razendsnelle dialect van Padua. Net als het gedraai gingen ook de instructies waarschijnlijk lijnrecht tegen elkaar in, want Minichello deed niets, behalve hen allebei met een onheilspellende blik aankijken.

Flora staarde over de gebogen hoofden van de twee vrouwen heen naar de straat. Weer een bliksemflits. Ze verstijfde alsof ze erdoor getroffen was, en het volgende moment wurmde ze zich los uit de greep van haar tante en de dienstbode en rende ze de kamer uit.

Ze hadden geen tijd om zich af te vragen waar ze naar toe ging. Het volgende half uur werd besteed aan een huishoudelijke titanenstrijd: Minichello probeerde vechtend tegen de felle storm de luiken te sluiten, Bonifazia stommelde in het donker rond op zoek naar kaarsen en tante Greysteel kwam tot de ontdekking dat het Italiaanse woord dat ze had gebruikt voor 'luik' iets anders betekende, namelijk 'perkament'. Om beurten werden ze boos. De situatie werd er in de ogen van tante Greysteel niet beter op toen alle klokken in de stad op hetzelfde moment begonnen te luiden, omdat men geloofde dat klokken (die immers gezegende voorwerpen zijn) storm en onweer (die duidelijk het werk van de duivel zijn) konden verjagen.

Eindelijk zaten alle ramen en deuren in het huis veilig dicht, of in elk geval bijna alle. Tante Greysteel liet het aan Bonifazia en Minichello over om het werk af te maken. Ze was inmiddels vergeten dat ze Flora uit de zitkamer weg had zien gaan, vandaar dat ze daar met een kaars naar toe ging om haar nichtje te halen. Flora was er niet, maar tante Greysteel zag dat Minichello de luiken in dat vertrek nog steeds niet had gesloten.

Ze liep de trap op naar Flora's slaapkamer, maar ook daar was Flora niet, noch in de kleine eetsalon, noch in de slaapkamer van tante Greysteel, noch in de andere, kleinere zitkamer waarin ze soms na het eten gingen zitten. Vervolgens probeerde ze de keuken, de vestibule en de slaapkamer met uitzicht op de tuin, maar in die vertrekken was ze ook niet.

Tante Greysteel begon nu echt bang te worden. Een wreed stemmetje fluisterde haar in dat het mysterieuze lot dat de vrouw van Jonathan Strange ten deel was gevallen, was begonnen met haar volkomen onverwachte verdwijning tijdens slecht weer.

'Maar dat was sneeuw, geen regen,' hield ze zichzelf voor. Terwijl ze door het huis liep, op zoek naar Flora, bleef ze dat bij zichzelf zeggen: 'Sneeuw, geen regen. Sneeuw, geen regen.' Toen dacht ze: misschien heeft ze al die tijd gewoon in de zitkamer gezeten. Het was er zo donker en ze is zo stilletjes, misschien heb ik haar gewoon niet gezien.

Ze ging terug naar de zitkamer. Een nieuwe bliksemflits gaf het vertrek een onnatuurlijk aanzien. De muren leken spookachtig wit, de meubels en de rest van de spullen leken grijs, alsof ze allemaal in steen waren veranderd. Met een afschuwelijke schok besefte tante Greysteel dat er inderdaad iemand in het vertrek was: een vrouw, maar het was niet Flora. Het was een vrouw in een donkere, ouderwetse japon, die met een kaars in een kandelaar naar haar stond te kijken. Haar gezicht was geheel in schaduwen gehuld en haar gelaatstrekken waren niet te onderscheiden.

Tante Greysteel kreeg het over haar hele lichaam koud.

Er klonk een donderklap, gevolgd door inktzwarte duisternis, afgezien van de twee kaarsvlammetjes. Het leek echter wel alsof de kaars van de onbekende vrouw helemaal geen licht uitstraalde. Wat nog griezeliger was, was dat de kamer op de een of andere mysterieuze wijze groter leek te zijn geworden. De vrouw en haar kaars leken heel ver bij tante Greysteel vandaan te zijn.

Tante Greysteel riep: 'Wie is daar?'

Niemand gaf antwoord.

Ach ja, dacht ze, ze is natuurlijk Italiaans. Ik moet het haar in het Italiaans nog maar eens vragen. Misschien is ze door de storm in verwarring gebracht en per ongeluk het verkeerde huis binnengelopen. Hoezeer ze echter ook haar best deed, op dat moment kon ze geen enkel Italiaans woord bedenken.

Nog een bliksemflits. Daar was de vrouw weer. Ze stond nog precies op dezelfde plek als voorheen, recht tegenover tante Greysteel. Het is de geest van Jonathan Strange' vrouw, dacht ze verschrikt. Ze deed een stap naar voren, en de onbekende vrouw volgde haar voorbeeld. Opeens werd ze in gelijke mate overspoeld door besef en opluchting. Het is een spiegel! O, wat dwaas! Wat dwaas om bang te zijn voor mijn eigen spiegelbeeld! Ze was zo opgelucht dat ze bijna hardop begon te lachen, maar toen hield ze zich in. Het was niet dwaas van haar dat ze bang was geweest, niet in het minst, want in die hoek had tot op dat moment nooit een spiegel gehangen.

Bij de volgende bliksemflits kon ze de spiegel goed bekijken. Hij was lelijk, en veel te groot voor de kamer. Ze wist zeker dat ze hem nog nooit in haar leven had gezien.

Haastig liep ze het vertrek uit. Ze had het gevoel dat ze beter zou kunnen nadenken als ze de aanblik van die onheilspellende spiegel niet langer hoefde te verdragen. Ze was al halverwege de trap toen ze geluiden hoorde, die uit Flora's slaapkamer leken te komen. Ze deed de deur open en keek naar binnen.

Daar was Flora. Ze had de kaarsen aangestoken die voor haar waren klaargezet en was net bezig haar japon over haar hoofd uit te trekken. De japon was drijfnat. Haar onderrok en kousen waren er al even slecht aan toe. Haar schoenen lagen slordig naast het bed op de grond. Ook die waren doorweekt en bedorven door de regen.

Flora keek haar tante aan met een gezicht waarop schuldgevoel, gêne, opstandigheid en andere, moeilijker te interpreteren emoties om voorrang streden. 'Niets! Niets!' riep ze.

Dat was kennelijk haar antwoord op een vraag waarvan ze verwachtte dat haar tante die zou stellen, maar het enige wat tante Greysteel zei was: 'Och, kindje toch! Waar ben je geweest? Wat bezielde je dat je er met zulk weer opuit ging?'

'Ik... ik wilde wat borduurzijde gaan halen.'

Tante Greysteel keek kennelijk volkomen verbijsterd, want Flora voegde er onzeker aan toe: 'Ik had niet verwacht dat het zo lang zou blijven regenen.'

'Ik moet zeggen dat je je nogal dwaas hebt gedragen, kindje, maar je bent vast vreselijk bang geweest! Moest je daarom zo huilen?'

'Huilen? Nee, nee! U heeft het mis, tante. Ik heb helemaal niet gehuild. Het zijn maar regendruppels, meer niet.'

'Maar je...' Tante Greysteel maakte haar zin niet af. Ze had willen zeggen: 'Maar je huilt nog steeds.' Flora schudde echter haar hoofd en wendde zich af. Om een of andere reden had ze haar omslagdoek opgerold tot een bundeltje. Tante Greysteel dacht onwillekeurig dat de omslagdoek haar enige bescherming tegen de regen had kunnen bieden als ze dat niet had gedaan. Dan zou ze nu niet zo nat zijn geweest. Uit het bundeltje haalde Flora een flesje dat halfvol zat met amberkleurige vloeistof. Ze maakte een la open en legde het daarin.

'Flora! Er is iets heel eigenaardigs gebeurd. Ik weet niet goed hoe ik het je moet vertellen, maar er hangt een spiegel—'

'Ja, dat weet ik,' zei Flora snel. 'Die is van mij.'

'Van jou!' Nu was tante Greysteel pas echt onthutst. Er viel een behoorlijk lange stilte. 'Waar heb je hem gekocht?' vroeg ze. Ze kon niets anders bedenken.

'Dat weet ik niet meer precies. Kennelijk is hij net bezorgd.'

'Maar er is toch zeker niemand die midden in een storm iets komt bezorgen! En zelfs als iemand zo dwaas zou zijn, zou hij netjes aankloppen in plaats van zo vreemd en stiekem te werk te gaan.'

Op die alleszins redelijke argumenten gaf Flora geen antwoord.

Tante Greysteel vond het niet erg om het onderwerp te laten varen. Ze had meer dan genoeg van stormen, angstaanjagende voorvallen en onverwachte spiegels. De vraag waarom de spiegel er opeens hing was immers beantwoord, en dus zette ze de vraag hoe hij daar was gekomen voorlopig van zich af. Ze was blij dat ze kon terugvallen op meer

troostende onderwerpen, zoals Flora's japon en Flora's schoenen, en de waarschijnlijkheid dat Flora kou zou vatten. Flora moest zich maar meteen afdrogen, haar peignoir aantrekken, in de zitkamer bij het haardvuur gaan zitten en iets warms eten.

Toen ze allebei terug waren in de zitkamer, zei tante Greysteel: 'Kijk eens! De storm is bijna voorbij. Hij lijkt naar de kust weg te trekken. Wat vreemd! Ik dacht dat hij daar juist vandaan was gekomen. Je borduurzijde is vast bedorven door de regen, net als de rest van je spullen.'

'Borduurzijde?' vroeg Flora. Toen wist ze het weer, en ze zei: 'O, maar ik ben niet helemaal naar de winkel gelopen. Zoals u al zei: het was een dwaze onderneming.'

'Ach, we kunnen straks nog wel even gaan halen wat je nodig hebt. Wat heb ik een medelijden met de mensen op de markt! Alles in hun kraampjes is vast bedorven. Bonifazia is havergort voor je aan het maken, liefje. Heb ik haar nu gevraagd om de verse melk te gebruiken?'

'Dat weet ik niet meer, tante.'

'Dan moet ik het voor de zekerheid maar even tegen haar gaan zeggen.'

'Dat kan ik wel doen, tante,' zei Flora, en ze maakte aanstalten om op te staan.

Maar haar tante wilde er niets van weten. Flora moest gewoon blijven zitten waar ze zat: bij het haardvuur, met haar voeten op een voetenbankje.

Het werd steeds lichter buiten. Voordat ze naar de keuken liep, bekeek tante Greysteel de spiegel eens goed. Hij was heel groot en rijkelijk bewerkt. Het was een spiegel van het soort dat op de eilandengroep Murano in de lagune van Venetië werd gemaakt. 'Het verbaast me dat je die spiegel mooi vindt, Flora. Er zitten zo veel krullen, tierlantijntjes en glazen bloemen op. Over het algemeen houd je meer van eenvoudige dingen.'

Flora zuchtte en zei dat ze sinds ze naar Italië was gekomen kennelijk had leren houden van overdaad en weelderigheid.

'Was hij duur?' vroeg tante Greysteel. 'Hij ziet er duur uit.'

'Nee, hij was helemaal niet duur.'

'Nou, dat is in elk geval iets, nietwaar?'

Tante Greysteel liep de trap af naar de keuken. Ze voelde zich een stuk beter en was ervan overtuigd dat de reeks schrikbarende en angstaanjagende gebeurtenissen van die ochtend nu ten einde was. Daarin vergiste ze zich echter deerlijk.

In de keuken bij Bonifazia en Minichello stonden twee mannen die ze nooit eerder had gezien. Bonifazia was zo te zien nog niet begonnen aan Flora's havergort. Ze had het meel en de melk nog niet eens uit de provisiekast gehaald.

Zodra Bonifazia tante Greysteel in het oog kreeg, pakte ze haar bij de arm en liet gretig een stroom Paduaanse woorden op haar los. Ze had het over de storm – zo veel was duidelijk – en zei dat het een kwaadaardige storm was, maar afgezien daarvan begreep tante Greysteel er niet veel van. Tot haar onuitsprekelijke verbijstering schoot Minichello haar te hulp. In een zeer redelijke benadering van de Engelse taal zei hij: 'Dee tovenaar Inglese maakte hem. Dee tovenaar Inglese maakte dee *tempesta*.'

'Pardon?'

Regelmatig onderbroken door Bonifazia en de twee mannen vertelde Minichello haar dat verscheidene mensen tijdens de storm omhoog hadden gekeken en een scheur in het inktzwarte wolkendek hadden gezien. Wat ze echter achter die scheur hadden gezien, had aanleiding gegeven tot angst en verbijstering. In plaats van het heldere azuurblauw dat ze verwacht hadden, hadden ze namelijk een zwarte nachtelijke hemel bezaaid met sterren gezien. De storm was helemaal niet natuurlijk geweest, hij was opgeroepen om de komst van Strange' Pilaar van de Nacht te verhullen.

Dat nieuws had zich als een lopend vuurtje door de stad verspreid, en de inwoners waren er zeer verontrust over. Tot op dat moment was die verschrikking – de Pilaar van de Nacht – beperkt gebleven tot Venetië, en in zo'n oord kon je dat soort dingen verwachten, als je het de Paduanen vroeg. Nu was echter duidelijk dat Strange in Venetië was gebleven omdat hij dat zelf wilde, en niet omdat een betovering hem daartoe had gedwongen. Elke stad in Italië – sterker nog, elke stad ter wereld – zou opeens bezocht kunnen worden door de Eeuwige Nacht. Dat was al erg genoeg, maar voor tante Greysteel was het nog veel erger. Haar angst voor Strange werd immers verergerd door de onwelkome overtuiging dat Flora tegen haar had gelogen. Ze probeerde te besluiten wat waarschijnlijker was: dat haar nichtje tegen haar had gelogen omdat ze onder de invloed van een toverspreuk verkeerde, of omdat haar genegenheid voor Strange haar principes had ondermijnd. Ze wist niet zo goed wat ze erger zou vinden.

Ze schreef naar haar broer in Venetië en smeekte hem om naar hen toe te komen. Ondertussen, zo had ze besloten, zou ze niets zeggen. De rest van de dag hield ze Flora nauwlettend in de gaten. Flora deed op het oog niet anders dan anders, alleen liet ze in haar gedrag naar haar tante toe een vleugje berouw doorschemeren dat er niet hoorde te zijn.

De volgende dag om één uur – enkele uren voordat de brief van tante Greysteel hem bereikt kon hebben – kwam dr Greysteel met Frank aan uit Venetië. Zij vertelden haar dat het in Venetië niet lang een geheim was gebleven dat Strange de kerkgemeente Santa Maria Zobenigo had verlaten en naar *terrafirma* was gegaan. De Pilaar van de Nacht was vanuit vele delen van de stad te zien geweest toen die over het zeeoppervlak bewoog. Het oppervlak had geflakkerd en er waren steeds tongen en spiralen van Nacht uit geschoten, zodat het leek alsof de Pilaar uit zwarte vlammen bestond. Hoe Strange erin geslaagd was het water over te steken – of hij per boot was gegaan of uitsluitend met behulp van magie had gereisd – was onbekend. De storm waarmee hij had getracht zijn komst te verhullen, was pas opgeroepen toen hij bij Stra aankwam, acht mijl bij Padua vandaan.

'Geloof me, Louisa,' zei dr Greysteel, 'ik zou op geen enkele voorwaarde in zijn schoenen willen staan. Iedereen vlucht voor hem. Van Mestre tot Stra kan hij geen enkel ander levend wezen gezien hebben, slechts stille straten en verlaten velden. Voortaan is de wereld voor hem een uitgestorven oord.'

Nog maar een paar tellen eerder had tante Greysteel met weinig tedere gevoelens aan Strange gedacht, maar het beeld dat haar broer opriep was zo afschrikwekkend dat de tranen haar in de ogen sprongen. 'En waar is hij nu?' vroeg ze op iets mildere toon.

'Hij is teruggekeerd naar zijn kamers in Santa Maria Zobenigo,' zei dr Greysteel. 'Alles is weer precies zoals het was. Zodra we vernamen dat hij in Padua was geweest, raadde ik wat hij van plan was. We zijn zo snel als we konden gekomen. Hoe is het met Flora?'

Flora was in de zitkamer. Ze had haar vader al verwacht – sterker nog, ze leek opgelucht dat ze nu eindelijk haar verhaal kwijt kon. Dr Greysteel had zijn eerste vraag nog maar nauwelijks gesteld, of ze flapte haar bekentenis eruit. Ze moest erover praten. Het betekende een bevrijding voor haar overbelaste hart. De tranen vloeiden rijkelijk toen ze toegaf dat ze Strange had gezien. Ze had hem op straat zien staan en geweten dat hij op haar stond te wachten, dus was ze het huis uitgerend en naar hem toe gegaan.

'Op een dag zal ik u alles vertellen, dat beloof ik,' zei ze. 'Maar nu nog niet. Ik heb niets verkeerds gegaan. Ik bedoel...' ze bloosde, 'afgezien van de onwaarheden die ik mijn tante heb verteld, en daar heb ik veel spijt van. Maar het is niet aan mij om deze geheimen te onthullen.'

'Maar waarom moet er sprake zijn van geheimen, Flora?' vroeg haar vader. 'Uit dat feit alleen blijkt toch al dat er iets niet klopt? Mensen met eerzame bedoelingen hebben geen geheimen, maar gaan openlijk te werk.'

'Ja, dat zal wel... O, maar dat is niet van toepassing op tovenaars! Meneer Strange heeft vijanden: die vreselijke oude man in Londen, bij voorbeeld, en nog heel veel anderen! Maar u moet me geen standje geven alsof ik kwaad heb gedaan. Ik heb zo mijn best gedaan om goed te doen en ik geloof dat het me gelukt is! Ziet u, er is een vorm van magie die hij beoefent, en die hem dreigt te vernietigen. En gisteren heb ik hem ertoe overgehaald ermee op te houden! Hij heeft me beloofd dat hij zich er niet meer mee zal bezighouden.'

'Maar Flora!' zei haar vader bedroefd. 'Dit verontrust me nog meer dan al het andere. Dat jij schijnt te denken dat je het recht hebt om beloften aan hem te ontlokken is iets waar je een verklaring voor zult moeten geven. Dat begrijp je toch wel? Mijn lieve kind, ben je verloofd met hem?'

'Nee, vader!' Weer een tranenvloed. Er waren zeer veel strelingen en sussende woorden van haar tante nodig om haar weer tot bedaren te brengen. Toen ze weer kon spreken, zei ze: 'Er is geen sprake van een verloving. Het klopt dat ik ooit erg op hem gesteld was, maar dat is nu allemaal verleden tijd. Daar mag u me niet van verdenken! Ik heb hem uit naam van onze vriendschap gevraagd het me te beloven. En vanwege zijn vrouw. Hij denkt dat hij het voor haar doet, maar ik weet zeker dat ze niet zou willen dat hij zich bezighield met magie die zijn lichamelijke en geestelijke gezondheid zo ondermijnt, ongeacht het doel en hoe uitzichtloos de omstandigheden ook zijn! Zij is niet langer in staat om invloed uit te oefenen op wat hij doet, dus was het mijn taak om uit haar naam te spreken.'

Dr Greysteel zweeg. 'Flora,' zei hij na een minuut of twee, 'kindje, je vergeet dat ik hem in Venetië vaak heb gezien. Hij is niet bij machte zich aan beloften te houden. Hij zal zich waarschijnlijk niet eens meer herinneren wat hij precies beloofd heeft.'

'O! Maar hij zal het zich wel degelijk herinneren! Ik heb ervoor gezorgd dat hij geen keus heeft!'

Een nieuwe tranenvloed leek aan te geven dat haar liefde voor Strange niet helemaal verleden tijd was, zoals ze beweerde. Ze had echter genoeg gezegd om haar vader en haar tante een beetje gerust te stellen. Ze waren ervan overtuigd dat haar genegenheid voor Jonathan Strange vroeg of laat een natuurlijke dood zou sterven. Zoals tante Greysteel later die avond zei: Flora was niet het soort meisje dat jarenlang zou blijven hunkeren naar een onmogelijke liefde. Daarvoor was ze te verstandig.

Nu ze weer allemaal samen waren, wilden dr Greysteel en tante Greysteel dolgraag hun reizen hervatten. Tante Greysteel wilde graag naar Rome om de oude gebouwen en kunstvoorwerpen te zien die, naar men zei, zo opmerkelijk waren. Flora had echter geen enkele interesse meer in kunstwerken. Ze was het gelukkigst waar ze was, zei ze. Meestal ging ze het huis niet eens uit, tenzij ze er echt toe gedwongen werd. Als haar vader en tante voorstelden een wandeling te gaan maken of een bezoek te brengen aan een kerk met een altaar uit de Renaissance, sloeg ze de uitnodiging af. Dan klaagde ze dat het regende of dat de straten nat waren. Dat was allemaal wel waar, want er viel die winter veel regen in Padua, maar voorheen had ze zich daardoor nooit uit het veld laten slaan.

Haar tante en haar vader bleven geduldig, hoewel het vooral haar vader nogal moeite kostte. Hij was niet naar Italië gekomen om stilletjes te blijven zitten in een huis dat nog niet half zo groot was als zijn eigen gerieflijke woning in Wiltshire. Als Flora hem niet kon horen, mopperde hij dat je in Wiltshire ook heel goed romans kon lezen of kon borduren – want dat waren tegenwoordig Flora's favoriete bezigheden – en dat het daar nog een stuk goedkoper was ook. Dan berispte tante Greysteel hem echter en zei hem dat hij zijn mond moest houden. Als Flora op deze manier wilde rouwen om Jonathan Strange, dan moesten ze haar haar gang laten gaan.

Eén keer stelde Flora uit eigen beweging een uitstapje voor, maar het was wel een heel vreemd uitstapje. Toen dr Greysteel ongeveer een week in Padua was, verkondigde ze dat ze er erg naar verlangde om de zee op te gaan.

Bedoelde ze een zeereis, vroegen ze. Ze zouden niet weten waarom ze niet per boot naar Rome of naar Napels konden gaan.

Maar ze bedoelde geen zeereis. Ze wilde niet weg uit Padua. Nee, ze wilde graag het water op met een jacht of een ander soort boot. Een uurtje of twee maar, misschien zelfs minder. Maar ze wilde wel het liefst meteen gaan. De volgende dag begaven ze zich dan ook naar een vissersdorpje.

Het dorp had weinig te bieden op het gebied van ligging, uitzicht, architectuur of geschiedenis. In wezen was er maar weinig wat voor het dorp sprak, behalve het feit dat het dicht bij Padua lag. Dr Greysteel won inlichtingen in bij het wijnwinkeltje en bij het huis van de priester, totdat hem verteld werd dat er twee betrouwbare mannen waren die bereid zouden zijn om hen mee het water op te nemen. De mannen hadden er geen bezwaar tegen het geld van dr Greysteel aan te nemen, maar ze voelden zich wel verplicht het gezelschap erop te wijzen dat er niets te zien zou zijn. Zelfs bij goed weer zou er niets te zien zijn geweest. Maar het was niet eens goed weer, want het regende – hard genoeg om een excursie op het water zeer ongerieflijk te maken, maar niet hard genoeg om de zware, grauwe mist te verjagen.

'Weet je zeker dat je dit wilt, kindje?' vroeg tante Greysteel. 'Dit is een troosteloos oord, en de boot ruikt sterk naar vis.'

'Ik weet het heel zeker, tante,' zei Flora. Ze stapte in de boot en maakte het zich gemakkelijk in de punt. Haar tante en haar vader volgden haar voorbeeld. De vissers, die er niets van begrepen, stuurden de boot de zee op, totdat aan alle kanten alleen nog een golvende, grauwe watermassa te zien was, afgebakend met muren van saaie, grijze mist. De vissers keken vol verwachting naar dr Greysteel. Hij op zijn beurt keek vragend naar Flora.

Flora schonk hun geen van allen enige aandacht. Ze zat in een nadenkende houding tegen de zijkant van de boot. Haar rechterarm hield ze uitgestrekt boven het water.

'Daar heb je het weer!' riep dr Greysteel.

'Daar heb je wat weer?' vroeg tante Greysteel geërgerd.

'Die muffe kattengeur! Net als in de kamer van dat oude vrouwtje. Het oude vrouwtje dat we in Cannaregio bezocht hebben. Is er een kat aan boord?'

Het was een absurde vraag. Waar je ook stond op de vissersboot, de rest van de boot was duidelijk zichtbaar, en er was nergens een kat te bekennen.

'Is er iets, liefje?' vroeg tante Greysteel. Iets aan Flora's houding stond haar niet aan. 'Ben je ziek?'

'Nee, tante,' antwoordde Flora, die rechtop ging zitten en haar paraplu goed vastzette. 'Er is niets met me aan de hand. We kunnen nu wel teruggaan, als u wilt.'

Heel even zag tante Greysteel een flesje zonder stop drijven op de golven. Toen zonk het weg in het water en was het voorgoed verdwenen.

Dat raadselachtige uitstapje was voorlopig de laatste keer dat Flora zich bereid toonde de deur uit te gaan. In de weken die volgden probeerde tante Greysteel haar soms over te halen om op een stoel bij het raam te gaan zitten, zodat ze kon zien wat zich op straat afspeelde. In een Italiaanse straat is er meestal wel iets vermakelijks gaande. Maar Flora was erg gehecht aan een stoel in een schemerig hoekje onder de griezelige spiegel, en ze kreeg de eigenaardige gewoonte om de weerspiegeling van de kamer te vergelijken met de kamer zoals die in werkelijkheid was. Zo raakte ze op een keer opeens gefascineerd door een omslagdoek die over een stoel hing. Ze keek naar het spiegelbeeld ervan en zei: 'In de spiegel ziet die omslagdoek er anders uit.'

'O ja?' vroeg tante Greysteel vol verwarring.

'Ja. In de spiegel lijkt hij wel bruin, terwijl hij in werkelijkheid blauw is. Vindt u niet?'

'Je hebt vast gelijk, liefje, maar ik zie geen verschil.'

'Ach ja,' zei Flora met een zucht. 'U heeft gelijk.'

61

Boom spreekt tot steen, steen spreekt tot water

januari – februari 1817

Toen meneer Norrell Strange' boek had vernietigd, was de publieke opinie in Engeland sterk tégen hem en sterk vóór Strange geweest. Zowel openlijk als binnenskamers werden er vergelijkingen getrokken tussen de twee tovenaars. Strange was openhartig, moedig en energiek, terwijl het karakter van meneer Norrell van begin tot eind leek te worden gekenmerkt door geheimzinnigheid. Ook was men niet vergeten dat Norrell, toen Strange in dienst van het vaderland op het Iberisch schiereiland was, alle magieboeken uit de bibliotheek van de hertog van Roxburghe had opgekocht, zodat niemand anders ze zou kunnen lezen. Halverwege januari stonden de kranten echter vol met berichten over Strange' krankzinnigheid, beschrijvingen van de Zwarte Toren en gissingen naar de magie die hem daarin vasthield. Op de dag dat Strange van Venetië naar Padua ging, lag een Engelsman, Lister genaamd, voor de Italiaanse kust in Mestre. Meneer Lister was getuige geweest van de zeereis van de Pilaar van de Nacht en had een verslag van de gebeurtenissen naar Engeland gestuurd. Drie weken later verschenen er in verscheidene Londense kranten berichten waarin werd beschreven hoe de Pilaar stilletjes over het wateroppervlak was gegleden. Binnen een paar maanden was Strange voor zijn landgenoten een symbool van verschrikking geworden, een verdoemd wezen dat nog maar nauwelijks menselijk was.

Meneer Norrell had er echter maar weinig voordeel bij dat Strange zo plotseling in ongenade was gevallen. Hij ontving geen nieuwe opdrachten van de regering. Erger nog, opdrachten uit andere hoeken werden ingetrokken. Begin januari had de deken van St Paul's Cathedral geïnformeerd of meneer Norrell wellicht de begraafplaats van een zekere overleden jonge vrouw zou kunnen ontdekken. De broer van de jonge vrouw wenste een nieuw monument voor al zijn familieleden op te richten, wat inhield dat de grafkist van de jonge vrouw verplaatst moest worden. De deken en de kanunniken hadden echter tot hun grote verlegenheid ontdekt dat haar begraafplaats verkeerd was gedocumenteerd, en dat ze geen idee hadden waar ze lag. Meneer Norrell had hem ervan verzekerd dat hij haar heel eenvoudig zou kunnen terugvinden. Zodra de deken hem de naam van de jonge vrouw en nog een of twee andere details had doorgegeven, zou hij zijn magie verrichten. In plaats daarvan was er een onbeholpen opgestelde brief bezorgd, waarin de deken vele malen uitgebreid zijn excuses aanbood en uitlegde dat het recentelijk tot hem was doorgedrongen hoe ongepast het was als geestelijken tovenaars in de arm namen.

Lascelles en Norrell waren het erover eens dat de situatie zorgwekkend was.

'Het zal niet meevallen om de herinvoering van magie in Engeland in stand te houden als er geen nieuwe magie wordt verricht,' zei Lascelles. 'Nu, met deze crisis, is het van het allergrootste belang dat we uw naam en prestaties doorlopend onder de aandacht brengen.'

Lascelles schreef artikelen voor de kranten en hekelde Strange in alle tijdschriften. Verder nam hij de gelegenheid te baat om de magie die meneer Norrell in de afgelopen tien jaar had verricht onder de loep te nemen en suggesties te doen voor verbetering. Hij besloot dat hij en meneer Norrell naar Brighton moesten gaan om de muur van spreuken te bekijken die meneer Norrell en Jonathan Strange samen rond de kust van Groot-Brittannië hadden opgeworpen. Die muur had de afgelopen twee jaar het grootste deel van meneer Norrell's tijd in beslag genomen en de regering een reusachtige som geld gekost.

Zo kwam het dat ze op een uitzonderlijk ijzige, winderige dag in februari tezamen in Brighton stonden en een onopvallend stuk bestudeerden van de grauwe zee, die zich voor hen uitstrekte.

'Hij is onzichtbaar,' zei Lascelles.

'Ja, inderdaad, onzichtbaar!' zei meneer Norrell gretig en instemmend. 'Maar daarom niet minder doeltreffend! Hij beschermt de klippen tegen erosie en de huizen tegen stormen. Hij voorkomt dat vee door het water wordt meegesleurd en zorgt ervoor dat vijandelijke schepen zullen kapseizen zodra ze proberen te landen.'

‘Maar had u niet om de zoveel meter bakens kunnen plaatsen om de mensen eraan te herinneren dat er een magische muur staat? Flakkerende vlammen die op mysterieuze wijze vlak boven het wateroppervlak zweven, pilaren van zeewater, iets van dien aard?’

‘Ah,’ zei meneer Norrell, ‘jazeker wel! De magische illusies die u noemt, zou ik gemakkelijk kunnen creëren. Zo moeilijk zijn ze helemaal niet. U moet echter wel beseffen dat ze uitsluitend decoratief zouden zijn. Ze kunnen de magie op geen enkele wijze versterken. In praktische zin zouden ze geen nut hebben.’

‘Ze zouden wel degelijk nut hebben,’ zei Lascelles streng. ‘Ze zouden iedereen die ze ziet permanent herinneren aan de grootse werken van meneer Norrell. Ze zouden het Britse volk tonen dat u nog steeds de Beschermer van de Natie bent, en immer waakzaam, dat u nog steeds over hen waakt terwijl zij doorgaan met hun dagelijks leven. Dat zou net zo veel waard zijn als tien of twintig artikelen in de bladen.’

‘O, werkelijk?’ zei meneer Norrell. Hij beloofde plechtig in de toekomst altijd in het achterhoofd te houden dat het verrichten van magie noodzakelijk was om de gemoederen van het publiek bezig te houden.

Die nacht logeerden ze in de Old Ship Tavern, en de volgende dag keerden ze terug naar Londen. Over het algemeen had meneer Norrell een hekel aan lange reizen. Zijn rijtuig was weliswaar een uitmuntend voorbeeld van het vakmanschap van rijtuigbouwers en voorzien van alle gemakken, zoals ijzeren vering en dikke, gecapitonneerde kussens, maar desondanks voelde hij elk gat en elke hobbel in de weg. Na een half uurtje kreeg hij altijd pijn in zijn hoofd en rug, en een naar gevoel in zijn buik. Deze ochtend besteedde hij echter nauwelijks aandacht aan zijn rug of zijn buik. Vanaf het moment dat ze wegreden bij de Old Ship Tavern was hij in een eigenaardig nerveuze stemming en werd hij geplaagd door vreemde waandenkbeelden en vage angsten.

Door de ramen van het rijtuig zag hij grote aantallen zwarte vogels. Of het raven of kraaien waren wist hij niet, maar diep in zijn tovenaarshart was hij ervan overtuigd dat ze iets te betekenen hadden. Tegen de achtergrond van de bleke, winterse hemel zwenkten en wendden ze, en spreidden ze hun vleugels als zwarte handen. Daardoor leken ze stuk voor stuk de belichaming van de Raaf in vlucht – het vaandel van John Uskglass. Meneer Norrell vroeg aan Lascelles of hij ook vond dat de vogels talrijker waren dan gewoonlijk, maar Lascelles zei dat hij dat niet wist. Na de vogels waren het de grote, koud uitziende plassen die op de velden lagen, die meneer Norrell’s gedachten plaagden. Vanuit het rijtuig dat over de weg voortrolde leek elke plas een zilveren spiegel voor de ledige, winterse hemel. Voor een tovenaar is er maar weinig verschil tussen een spiegel en een deur. Engeland leek voor zijn ogen te vervagen. Hij had het gevoel dat hij zó door een van die spiegeldeuren zou kunnen stappen, om terecht te komen in een van de andere werelden die ooit aan Engeland hadden gegrensd. Erger nog, hij bedacht dat andere mensen dat ook zouden kunnen doen. Het landschap van Sussex begon onbehaaglijk veel te lijken op het Engeland dat in de oude ballade beschreven wordt:

Ons land lijkt nu geschilderd
Als een tekening niet meer
En alle lijnen buigen
Want daar is de koning weer[1]

Voor het eerst in zijn leven kreeg meneer Norrell het gevoel dat er in Engeland wellicht te veel magie was.

Toen ze Hanover-square bereikten, gingen meneer Norrell en Lascelles onmiddellijk naar de bibliotheek. Daar troffen ze Childermass aan, gezeten aan een bureau. Voor hem lag een stapel brieven, en een ervan was hij aan het lezen. Hij keek op toen meneer Norrell het vertrek binnenkwam. 'Mooi! U bent terug. Leest u dit eens.'

'Waarom? Wat is het?'

'Het is een brief van ene Traquair. Een jongeman in Nottinghamshire heeft met magie het leven van een kind gered, en Traquair was er getuige van.'

'Werkelijk, Childermass,' zei Lascelles met een zucht. 'Ik dacht dat je wel beter wist dan je meester lastig vallen met dergelijke nonsens.' Hij wierp een blik op de stapel geopende brieven. Op een ervan zat een zegel met daarop iemands wapen. Hij bleef er een paar tellen naar staren, voordat hij besefte dat hij dat wapen kende. Toen griste hij de brief van de tafel. 'Meneer Norrell!' zei hij. 'We hebben een oproep gekregen van lord Liverpool!'

'Eindelijk!' riep meneer Norrell. 'Wat zegt hij?'

---

[1] Zie hoofdstuk 3, voetnoot 1. In het Engels luidt het vers: *This land is all too shallow / It is painted on the sky / And trembles like the wind-shook rain / When the Raven King passes by*

Lascelles nam even de tijd om de brief te lezen. 'Alleen dat hij vraagt ons bij hem te vervoegen in Fife House, vanwege een zeer belangrijke kwestie!' Hij dacht snel na. 'Het gaat waarschijnlijk over de Johannieters. Liverpool had al jaren geleden om uw hulp moeten vragen bij het bestrijden van de Johannieters. Ik ben blij dat hij dat eindelijk beseft. En wat jou betreft,' zei hij terwijl hij zich omdraaide naar Childermass, 'ben je gek geworden? Of speel je soms je eigen spelletje? Je babbelt maar raak over valse beweringen dat er magie is verricht, en ondertussen laat je een brief van de premier links liggen!'

'Lord Liverpool kan wel even wachten,' zei Childermass tegen meneer Norrell. 'Gelooft u me als ik u zeg dat u moet weten wat er in deze brief staat!'

Lascelles snoof geërgerd.

Meneer Norrell keek van de een naar de ander. Hij wist werkelijk niet wat hij moest doen. Al jaren was hij gewend op beide mannen te vertrouwen, en hun ruzies – die steeds vaker voorkwamen – brachten hem volkomen van zijn stuk. Hij zou daar misschien nog een hele tijd zijn blijven staan, niet in staat een keuze tussen hen te maken, als Childermass de kwestie niet voor hem had besloten door hem bij zijn arm te grijpen en hem onder dwang mee te sleuren naar een gelambriseerde antichambre die grensde aan de bibliotheek. Childermass deed de deur met een klap dicht en leunde ertegenaan.

'Luistert u naar me. De magie werd verricht in een voornaam huis in Nottinghamshire. De volwassenen zaten te praten in de zitkamer, de bedienden hadden het druk en een klein meisje wist aan de aandacht te ontsnappen. Ze liep de tuin in, klom op de hoge muur die de moestuin omringt en liep eroverheen. De muur was echter bedekt met ijs, ze gleed uit en viel dwars door het dak van een plantenkas. Het glas brak en doorboorde haar op vele plaatsen. Een bediende hoorde haar gillen. Binnen vijftien kilometer in de omtrek was er nergens een arts te vinden. Een lid van het gezelschap, een jongeman die Joseph Abney heette, redde haar met behulp van magie. Hij haalde de glasscherven uit haar lichaam en heelde de gebroken botten met Martin Pale's Herstel en Rectificatie[2], en toen stelpte hij het bloeden met een toverspreuk waarvan hij beweerde dat het Teilo's Hand[3] was.'

---

[2] Herstel en Rectificatie was een toverspreuk die de gevolgen van een recente calamiteit ongedaan maakte.

'Belachelijk!' verklaarde meneer Norrell. 'Teilo's Hand is honderden jaren geleden al verloren geraakt en Pale's Herstel en Rectificatie is een zeer ingewikkelde procedure. Die jongeman zou vele jaren gestudeerd moeten hebben—'

'Ja, dat weet ik, maar hij bekende dat hij bijna niet had gestudeerd. Hij kende de namen van de spreuken maar ternauwernood, laat staan dat hij wist hoe ze uitgevoerd moesten worden. Toch beweert Traquair dat hij de spreuken vloeiend en zonder aarzeling uitsprak. Traquair en de andere aanwezigen spraken hem aan en vroegen hem waar hij mee bezig was – de vader van het meisje was erg verontrust toen hij zag dat Abney magie op haar toepaste – maar voor zover zij konden beoordelen, kon Abney hen niet horen. Naderhand leek het wel alsof hij wakker schrok uit een droom. Het enige wat hij kon zeggen was: "Boom spreekt tot steen, steen spreekt tot water." Hij leek te denken dat de bomen en de hemel hem hadden verteld wat hij moest doen.'

'Wat een mystieke nonsens!'

'Misschien, maar ik denk van niet. Sinds we in Londen zijn, heb ik honderden brieven gelezen van mensen die ten onrechte denken dat ze magie kunnen beoefenen. Maar dit is anders. Dit is waar. Daar zou ik alles om durven verwedden. Bovendien liggen hier nog meer brieven van mensen die spreuken hebben uitgeprobeerd – en die spreuken werkten. Maar wat ik niet begrijp—'

Maar op dat moment werd er hevig gerammeld en geschud aan de deur waar Childermass tegen leunde. Er sloeg iets hard tegenaan en Childermass werd naar voren geworpen, tegen meneer Norrell aan. De deur ging open en daar stond Lucas, met achter zich Davey de koetsier.

'O!' zei Lucas enigszins verrast. 'Pardon, meneer. Ik wist niet dat u hier was. Meneer Lascelles zei dat de deur klemzat, en Davey en ik probeerden hem weer los te krijgen. Het rijtuig staat klaar, meneer, om u naar lord Liverpool te brengen.'

'Kom, meneer Norrell!' riep Lascelles vanuit de bibliotheek. 'Lord Liverpool wacht op ons!'

---

[3] Teilo's Hand was een oeroude elfenspreuk die allerlei dingen kon tegenhouden: regen, vuur, wind, stromend water en bloed. Men vermoedt dat de toverspreuk genoemd is naar de elf die hem voor het eerst aan een Engelse tovenaar leerde.

Meneer Norrell wierp Childermass een bezorgde blik toe en vertrok.

De reis naar Fife House was niet erg plezierig voor meneer Norrell. Lascelles was vervuld van wrevel jegens Childermass en stak meteen van wal met zijn bezwaren.

'Vergeeft u me dat ik het zeg, meneer Norrell,' zei hij, 'maar het is uw eigen schuld. Soms lijkt het wellicht wijsheid om een intelligente bediende een zekere mate van vrijheid te gunnen, maar uiteindelijk krijgt men er altijd spijt van. Die schurk wordt met de dag brutaler, en nu vindt hij kennelijk ook al dat hij u mag tegenspreken en uw vrienden mag beledigen. Mijn vader gaf mannen voor minder de zweep – o, voor veel minder, dat kan ik u verzekeren. En ik zou zo graag, o, ik zou zo graag...' Lascelles schoof onrustig heen en weer, maakte krampachtige bewegingen en wierp zich achterover in de kussens. Even later zei hij op iets kalmere toon: 'Ik adviseer u te overwegen of u hem echt zo hard nodig heeft als u denkt. In hoeverre sympathiseert hij met Strange, vraag ik me af? Ja, dat is de vraag, nietwaar?' Hij keek door het raam naar de sombere, grijze gebouwen. 'We zijn er. Meneer Norrell, ik smeek u te denken aan wat ik u gezegd heb. Wat voor haken en ogen er ook zitten aan de magie waaraan lord Liverpool behoefte heeft, sta er niet te lang bij stil. Een lange uitleg zal er immers niets aan afdoen.'

Meneer Norrell en Lascelles troffen lord Liverpool aan in zijn werkkamer. Hij stond naast de tafel waaraan hij vaak zijn zaken afhandelde. Lord Sidmouth, de minister van Binnenlandse Zaken, was bij hem. Ze richtten een ernstige blik op meneer Norrell.

Lord Liverpool zei: 'Ik heb hier brieven van de commissarissen van de koning van Lincolnshire, Yorkshire, Somerset, Cornwall, Warwickshire en Cumbria...' (Lascelles kon zich er maar ternauwernood van weerhouden een zucht van genoegen te slaken bij de gedachte aan de magie en het geld die in het verschiet leken te liggen) '...die allemaal klagen over de magie die recentelijk in die districten is gebruikt!'

Meneer Norrell knipperde snel met zijn kleine ogen. 'Pardon?'

Lascelles zei vlug: 'Meneer Norrell weet niets van eventuele magie in die districten.'

Lord Liverpool schonk hem een kille blik, alsof hij hem niet geloofde. Er lag een stapel papieren op zijn tafel. Lord Liverpool pakte er willekeurig een af. 'Vier dagen geleden,' zei hij, 'zaten een quakermeisje en haar vriendin elkaar in het stadje Stamford geheimen te vertellen. Ze hoorden een geluid en ontdekten dat hun jongere broertjes aan de deur hadden staan luisteren. Verontwaardigd joegen ze de jongens naar de tuin. Daar pakten ze elkaars hand vast en spraken een bezwering uit. De oren van de jongens sprongen van hun hoofd en vlogen weg. Pas toen de jongens plechtig beloofd hadden dat ze het nooit meer zouden doen, konden de oren weggelokt worden uit de kale rozenstruiken waar ze waren neergestreken, en ertoe worden overgehaald weer terug te keren naar het hoofd van de jongens.'

Meneer Norrell was volkomen verbijsterd. 'Het spijt me uiteraard vreselijk dat die onwelgemanierde jongedames magie hebben bestudeerd. De beoefening van magie door leden van het vrouwelijk geslacht is, mag ik wel zeggen, iets waar ik zeer fel tegen gekant ben. Maar ik begrijp niet helemaal—'

'Meneer Norrell,' zei lord Liverpool, 'die meisjes zijn dertien jaar. Hun ouders houden bij hoog en bij laag vol dat ze nog nooit een magische tekst onder ogen hebben gekregen. Er zijn geen tovenaars in Stamford, noch magische boeken van welke soort dan ook.'

Meneer Norrell deed zijn mond open om iets te zeggen, besefte dat hij zich absoluut geen raad wist en zweeg.

Lascelles zei: 'Dit is erg vreemd. Hoe verklaarden de meisjes het?'

'De meisjes zeiden tegen hun ouders dat ze omlaag keken en de toverspreuk in grijze kiezelstenen op het pad zagen staan. Ze zeiden dat de steentjes hun vertelden wat ze moesten doen. Andere mensen hebben naderhand het pad onderzocht. Er liggen inderdaad enkele grijze kiezelsteentjes, maar ze vormen geen tekens, geen mystiek geschrift. Het zijn doodgewone grijze kiezelsteentjes.'

'En u zegt dat zich niet alleen in Stamford magische incidenten hebben voorgedaan, maar ook in andere plaatsen?' vroeg meneer Norrell.

'Vele incidenten in vele plaatsen – voornamelijk, maar geenszins uitsluitend, in het noorden – en bijna allemaal in de afgelopen twee weken. In Yorkshire zijn zeventien elfenwegen opengegaan. Natuurlijk bestaan die wegen al sinds het bewind van de Ravenkoning, maar het is eeuwen geleden dat ze ook daadwerkelijk ergens naar toe leidden. Nu zijn ze zonder enige waarschuwing opeens weer begaanbaar. Het onkruid is verdwenen en de inwoners berichten dat ze aan het eind van zo'n weg vreemde bestemmingen kunnen zien – oorden die niemand ooit heeft mogen aanschouwen.'

'Is er al iemand...?' Meneer Norrell likte zijn lippen. 'Is er al iemand over de wegen hiernaar toe gekomen?'

'Nog niet,' zei lord Liverpool. 'Maar ik neem aan dat dat slechts een kwestie van tijd is.'

Lord Sidmouth wachtte al een tijdje ongeduldig op een kans om iets te zeggen. 'Dit is wel het toppunt!' verklaarde hij verhit. 'Spanje op magische wijze veranderen is nog tot daar aan toe, meneer Norrell, maar dit is Engeland! Opeens grenzen we aan oorden waarover niemand iets weet, oorden waarvan niemand zelfs ooit gehoord heeft! Ik kan nauwelijks beschrijven hoe ik me op dit moment voel. Het is niet precies landverraad... Ik denk niet eens dat er een woord bestaat voor wat u gedaan heeft!'

'Maar ik heb het helemaal niet gedaan!' zei meneer Norrell op wanhopige toon. 'Waarom zou ik? Ik heb een afkeer van elfenwegen! Dat heb ik meer dan eens gezegd.' Hij wendde zich tot lord Liverpool. 'Ik doe een beroep op uw geheugen, mijn heer. Heb ik u ooit reden gegeven te denken dat ik elfen en hun magie goedkeur? Heb ik dergelijke zaken niet bij elke gelegenheid gelaakt en veroordeeld?'

Voor het eerst had meneer Norrell iets gezegd wat de premier enigszins tot bedaren leek te brengen. Hij neeg licht het hoofd. 'Maar als u het niet gedaan heeft, wie dan wel?'

Die vraag leek een gevoelige snaar te raken in de ziel van meneer Norrell. Hij stond daar maar met niets ziende ogen voor zich uit te staren, en zijn mond ging open en weer dicht, maar hij was geenszins in staat antwoord te geven.

Lascelles, daarentegen, had zichzelf volkomen in de hand. Hij had niet het flauwste idee wiens magie hier aan het werk was, en het kon hem ook niets schelen. Maar hij wist wel welk antwoord het best in zijn straatje en dat van meneer Norrell zou passen. 'Eerlijk gezegd verbaast het me dat u het nog moet vragen, mijn heer,' zei hij koel. 'De verderfelijkheid van de magie in kwestie geeft immers duidelijk aan wie er verantwoordelijk voor is: Strange.'

'Strange!' Lord Liverpool knipperde met zijn ogen. 'Maar Strange is in Venetië!'

'Meneer Norrell gelooft dat Strange zijn eigen verlangens niet langer meester is,' zei Lascelles. 'Hij heeft kwaadaardige magie verricht, hij heeft het op een akkoordje gegooid met wezens die vijanden zijn van Groot-Brittannië, van het christendom, ja, zelfs van de mensheid! Deze catastrofe is wellicht zijn nieuwste experiment, en kennelijk is het misgegaan. Of misschien was dit juist wel zijn bedoeling. Ik vind het niet meer dan terecht u eraan te herinneren, mijn heer, dat meneer Norrell de regering meerdere keren heeft gewaarschuwd dat Strange' huidige onderzoek een groot gevaar vormt voor de natie. Wij hebben u dringende berichten gestuurd, mijn heer, maar geen antwoord ontvangen. Gelukkig voor ons allen is meneer Norrell nog precies wie hij altijd geweest is: een ferm, resoluut en waakzaam man.' Terwijl hij sprak, viel de blik van Lascelles op meneer Norrell, die op het moment het toonbeeld van ontzetting, verslagenheid en machteloosheid was.

Lord Liverpool wendde zich tot meneer Norrell. 'Bent u dezelfde mening toegedaan, meneer?'

Meneer Norrell was in gedachten verzonken, en prevelde keer op keer: 'Dit is mijn schuld. Dit is mijn schuld.' Hoewel hij in zichzelf sprak, zei hij het zó hard dat iedereen in het vertrek hem net kon verstaan.

Lascelles sperde verschrikt zijn ogen open, maar binnen een mum van tijd was hij zichzelf weer meester. 'Het is volkomen natuurlijk dat u het nu zo ervaart, meneer,' zei hij snel, 'maar mettertijd zult u beseffen dat het verre van waar is. Toen u meneer Strange met magie leerde omgaan, had u niet kunnen voorzien dat het hierop zou uitdraaien. Niemand had dat kunnen voorzien.'

Lord Liverpool was zo te zien behoorlijk geïrriteerd over deze poging om meneer Norrell af te schilderen als een onschuldig slachtoffer. Jarenlang had meneer Norrell zichzelf gepresenteerd als de meest vooraanstaande tovenaar in Engeland, dus als er in Engeland magie werd verricht, achtte lord Liverpool hem daar in elk geval deels verantwoordelijk voor. 'Ik vraag het u nogmaals, meneer Norrell, en geeft u me deze keer onomwonden antwoord. Bent u van mening dat Strange hiervoor verantwoordelijk is?'

Meneer Norrell keek de aanwezige heren een voor een aan. 'Ja,' zei hij met een angstig stemmetje.

Lord Liverpool keek hem lange tijd strak aan. Toen zei hij: 'Hiermee is deze kwestie niet afgedaan, meneer Norrell. Maar of Strange de schuldige is of niet, één ding is duidelijk. Groot-Brittannië heeft al een krankzinnige koning, we kunnen er geen krankzinnige tovenaar bij gebruiken. U heeft regelmatig om opdrachten gevraagd. Welnu, nu krijgt u er een. Voorkom dat uw pupil terugkeert naar Engeland!'

'Maar...' begon meneer Norrell. Toen ving hij Lascelles waarschuwende blik op en zweeg.

Meneer Norrell en Lascelles keerden terug naar Hanover-square. Meneer Norrell ging meteen naar de bibliotheek. Childermass zat nog steeds aan de tafel te werken.

'Snel!' riep meneer Norrell. 'Ik heb een toverspreuk nodig die niet meer werkt!'

Childermass haalde zijn schouders op. 'Daar zijn er duizenden van. Chauntlucet[4], de Roos van Daedalus[5], de Ontklede Dames[6], Stokesey's Verglazing[7]—'

'Stokesey's Verglazing! Ja! Daar heb ik een beschrijving van!'

Meneer Norrell haastte zich naar een schap en pakte een boek. Hij zocht naar een pagina, vond die en keek haastig om zich heen. Op een tafel bij de open haard stond een vaas met maretak, klimop, hulst met rode besjes en een paar takjes van een struik die in de winter bloeide. Hij richtte zijn blik op de vaas en begon in zichzelf te mompelen.

Alle schaduwen in de kamer deden iets vreemds, dat moeilijk te beschrijven of te verklaren was. Het leek alsof ze zich allemaal omdraaiden en een andere kant op keken. Toen ze weer ophielden met bewegen, hadden Childermass en Lascelles met de beste wil van de wereld niet kunnen zeggen of ze weer precies hetzelfde waren als voorheen.

Er viel iets uit de vaas, dat rinkelend op de tafel stukviel.

---

4 Chauntlucet: een mysterieuze, oeroude toverspreuk die de maan aanspoort te zingen. Het lied dat de maan kent schijnt erg mooi te zijn, en kan mensen die het horen genezen van lepra en krankzinnigheid.

5 De Roos van Daedalus: een vrij ingewikkelde procedure, ontworpen door Martin Pale, voor het insluiten van emoties, deugden en ondeugden in amber, honing of bijenwas. Als het opslagmedium verwarmd wordt, komen de ingesloten eigenschappen vrij. De Roos kan – of liever, kon – voor zeer uiteenlopende doeleinden gebruikt worden. Zo kon men zichzelf er moed mee schenken of een vijand met lafheid bestoken; men kon er liefde, lust, eerzame bedoelingen, woede, jaloezie, ambitie, zelfopoffering enzovoorts, enzovoorts mee oproepen.

6 Zoals zo veel spreuken met ongebruikelijke namen, was de Ontklede Dames veel minder opwindend dan hij klonk. De dames in de benaming waren slechts een soort woudbloem, die in een toverspreuk gebruikt werd om de vermogens van een elf mee te binden. De bloem moest van bladeren en bloemblaadjes ontdaan worden – vandaar 'ontkleed'.

7 Met Stokesey's Verglazing kan men voorwerpen – en mensen – in glas veranderen.

Lascelles liep naar de tafel en bestudeerde het kapotte voorwerp. Het was een van de hulsttakjes, en het was in glas veranderd. Het glazen takje was te zwaar geworden voor de vaas, dus was het eruit gevallen. Op de tafel lagen nog twee of drie hele hulstblaadjes.

'Die toverspreuk heeft al bijna vierhonderd jaar niet meer gewerkt,' zei meneer Norrell. 'Watershippe maakt er expliciet melding van in *A Faire Wood Withering*: het was een van de spreuken die in zijn jeugd nog werkten, maar die tegen de tijd dat hij twintig was volslagen onwerkzaam waren geworden!'

'Uw superieure bekwaamheid—' begon Lascelles.

'Mijn superieure bekwaamheid heeft er niets mee te maken!' snauwde meneer Norrell. 'Ik kan geen magie beoefenen die er niet is. De magie keert geleidelijk terug in Engeland. Strange heeft kennelijk een manier gevonden om dat te bewerkstelligen.'

'Dan had ik toch gelijk?' vroeg Lascelles. 'En onze eerste taak is te voorkomen dat hij terugkeert naar Engeland. Als u daarin slaagt, zal lord Liverpool bereid zijn u heel veel te vergeven.'

Meneer Norrell dacht even na. 'Ik kan wel voorkomen dat hij over zee hiernaar toe komt,' zei hij.

'Uitstekend!' zei Lascelles. Toen bedacht hij dat er iets vreemds was aan de manier waarop meneer Norrell die laatste opmerking verwoord had. 'Ach, op een andere manier kan hij hier toch niet komen? Hij kan vast niet vliegen!' Hij lachte luchtig om het idee. Toen werd hij getroffen door een nieuwe gedachte. 'Nee toch?'

Childermass haalde zijn schouders op.

'Ik weet niet waar Strange inmiddels allemaal toe in staat is,' zei meneer Norrell. 'Maar daar dacht ik niet aan. Ik dacht aan 's Konings Wegen.'

'Ik dacht dat die naar het Elfenrijk leidden,' zei Lascelles.

'Ja, dat is zo, maar niet alleen naar het Elfenrijk. Ze kunnen overal naar toe leiden: naar de hemel, de hel, de parlementsgebouwen... Ze zijn met behulp van magie aangelegd. Elke spiegel, elke waterplas, elke schaduw in Engeland kan fungeren als toegangspoort tot die wegen. Ik kan niet op al die poorten een slot zetten. Dat zou niemand kunnen. Dat zou onbegonnen werk zijn! Als Strange besluit over die wegen te reizen, dan weet ik niet hoe ik hem moet tegenhouden.'

'Maar—' begon Lascelles.

'Dan kan ik hem niet tegenhouden!' riep meneer Norrell handenwringend uit. 'Dat kunt u niet van mij verlangen! Maar...' Met een kolossale inspanning wist hij zichzelf tot bedaren te brengen. 'Maar ik kan wel klaarstaan om hem op te vangen. De grootste tovenaar van onze eeuw, noemen ze me. Nou, we zullen snel genoeg merken of dat terecht is, nietwaar?'

'Waar zal hij als eerste naar toe gaan als hij naar Engeland komt?' vroeg Lascelles.

'Naar Hurtfew Abbey,' zei Childermass. 'Waar anders?'

Meneer Norrell en Lascelles maakten allebei aanstalten om hem antwoord te geven, maar op dat moment kwam Lucas de kamer binnen met een zilveren dienblad waarop een brief lag. Die bood hij aan aan Lascelles. Lascelles verbrak de zegel en las snel de brief.

'Drawlight is terug,' zei hij. 'Wacht hier op me. Ik ben binnen een dag terug.'

62

Ik kwam tot hen met een schreeuw die de stilte verbrak van het winterse woud

begin februari 1817

De dageraad, begin februari, een viersprong midden in een bos. In de ruimte tussen de bomen hing een verhullende mist, waar de donkere schaduwen van de bomen doorheen sijpelden. De wegen die elkaar daar kruisten waren geen van beide van enig belang. Er zaten diepe sporen in en ze waren slecht onderhouden. Een ervan was nauwelijks meer dan een karrenspoor. Het was een afgelegen plek die op geen enkele kaart was aangegeven. Het had niet eens een naam.

Drawlight stond bij de viersprong te wachten. Er stond geen paard in de buurt, en ook geen palfrenier met een dogkar of een tilbury – niets wat kon verklaren hoe hij daar was gekomen. Toch stond hij klaarblijkelijk al een hele tijd op die viersprong te wachten, want de mouwen van zijn jas waren wit van de rijp. Toen er achter hem een zachte klik klonk, draaide hij zich met een ruk om. Er was echter niets te zien, afgezien van het uitgestrekte woud met zijn geruisloze bomen.

'Nee, nee,' mompelde hij bij zichzelf. 'Het was niets. Er viel een verdord blaadje, meer niet.' Er klonk een scherpe knal toen het ijs iets van hout of steen liet barsten. Opnieuw staarde hij in de richting van het geluid, met een waas van angst voor zijn ogen. 'Het was maar een verdord blaadje,' prevelde hij.

Er klonk een nieuw geluid. Even raakte hij in de greep van blinde paniek, omdat hij niet goed kon vaststellen waar het vandaan kwam. Toen herkende hij het: het geklepper van paardenhoeven. Hij tuurde over de weg. Een vage, grijze veeg in de mist gaf aan dat er een paard met ruiter aankwam.

'Eindelijk is hij er. Hij is er,' mompelde Drawlight, en hij liep haastig op de ruiter af. 'Waar heb je gezeten?' riep hij. 'Ik sta hier al uren te wachten.'

'Nou en?' zei Lascelles. 'Je hebt toch niets beters te doen.'

'O, maar dat heb je mis! Je zit er volkomen naast. Je moet me zo snel mogelijk naar Londen brengen.'

'Alles op zijn tijd.' Lascelles dook op uit de mist en haalde de teugels van zijn paard aan. Zijn mooie kleren en hoed waren bedekt met een zilveren waas van dauwpareltjes.

Drawlight nam hem even aandachtig op en zei toen nukkig, met iets van zijn oude aard: 'Wat ben je chic gekleed! Maar eigenlijk is het niet zo slim van je om zo met je rijkdom te koop te lopen. Ben je dan niet bang voor struikrovers? Dit is een afschuwelijke plek. Ongetwijfeld zwerven hier in de buurt allerlei wanhopige figuren rond.'

'Je hebt waarschijnlijk gelijk. Maar zoals je ziet heb ik mijn pistolen bij me, en ik ben minstens zo wanhopig als zij.'

Opeens drong er iets tot Drawlight door. 'Waar is het andere paard?' vroeg hij.

'Wat?'

'Het andere paard! Het paard dat me naar Londen moet brengen! O, Lascelles, uilskuiken dat je bent! Hoe moet ik nu in Londen komen als ik geen paard heb?'

Lascelles lachte. 'Ik zou gedacht hebben dat je daar liever niet naar toe zou gaan. Je schulden mogen dan afbetaald zijn – ík heb ze afbetaald – maar in Londen stikt het nog steeds van de mensen die een hekel aan je hebben, en die je meteen te grazen zouden nemen als ze de kans zouden krijgen.'

Drawlight staarde hem aan alsof hij er niets van begreep. Met een schrille, opgewonden stem riep hij: 'Maar ik heb instructies gekregen van de tovenaar! Hij heeft me boodschappen meegegeven die ik aan allerlei mensen moet bezorgen! Ik moet er meteen mee beginnen! Ik heb geen tijd te verliezen, nog geen uur!'

Lascelles fronste zijn wenkbrauwen. 'Ben je dronken? Droom je soms? Norrell heeft je helemaal niet gevraagd om iets te doen. Als hij een opdracht voor je had, zou hij die via mij laten lopen, en trouwens—'

'Niet Norrell. Strange!'

Lascelles bleef stokstijf stilzitten op zijn paard. Het dier schoof onrustig heen en weer, maar Lascelles verroerde zich niet. Toen vroeg hij zachtjes, op vervaarlijke toon: 'Waar heb je het in vredesnaam over? Strange? Hoe durf je tegen mij te spreken over Strange! Ik adviseer je heel goed na te denken voordat je weer iets zegt. Ik ben nu reeds zeer ontstemd. Je instructies waren heel eenvoudig, zou ik denken. Je moest in Venetië blijven totdat Strange wegging. Maar nu ben jij hier, en is hij is nog daar.'

'Ik kon er niets aan doen! Ik moest wel weg! Je begrijpt het niet. Ik heb hem gezien en hij vertelde me—'

Lascelles hief zijn hand. 'Ik wens dit gesprek niet zo openlijk te voeren. We gaan een eindje het bos in, tussen de bomen.'

'Tussen de bomen!' Het beetje kleur dat Drawlight nog op zijn gezicht had, trok weg. 'O, nee! Voor geen goud! Daar ga ik niet heen. Dat mag je niet van me verlangen!'

'Hoe bedoel je?' Lascelles keek om zich heen, een beetje minder op zijn gemak dan voorheen. 'Heeft Strange de bomen opdracht gegeven ons te bespioneren?'

'Nee, nee. Dat is het niet. Ik kan het niet uitleggen. Ze staan op me te wachten. Ze weten wie ik ben! Ik kan daar niet naar toe!' Drawlight kon niet in woorden vatten wat er met hem gebeurd was. Hij strekte zijn armen even uit, alsof hij dacht dat hij Lascelles de rivieren kon tonen die om zijn voeten hadden gestroomd, de bomen die hem hadden doorboord, de stenen waaruit zijn hart, zijn longen en zijn ingewanden hadden bestaan.

Lascelles hief zijn rijzweep op. 'Ik heb geen idee waar je het over hebt.' Hij stuurde zijn paard op Drawlight af en zwaaide met zijn zweep. De arme Drawlight had nooit over enige moed beschikt en liet zich dan ook jammerend tussen de bomen drijven. De tak van een doornstruik bleef aan de mouw van zijn jas haken en hij gilde het uit.

'Ach, wees toch stil!' zei Lascelles. 'Straks denkt iemand nog dat je vermoord wordt.'

Ze liepen verder totdat ze een open plekje bereikten. Lascelles steeg af en bond zijn paard vast aan een boom. Hij haalde de twee pistolen uit de zadelholsters en stak ze in de zakken van zijn overjas. Toen draaide hij zich om naar Drawlight. 'Dus je hebt Strange met je eigen ogen gezien? Mooi. Uitstekend zelfs. Ik was ervan overtuigd dat je te laf zou zijn om hem het hoofd te bieden.'

'Ik dacht dat hij me in iets afschuwelijks zou veranderen.'

Lascelles bestudeerde met enige afkeer Drawlight's bevlekte kleren en gekwelde gezicht. 'Weet je zeker dat hij dat niet alsnog heeft gedaan?'

'Wat?' vroeg Drawlight.

'Waarom heb je hem niet gewoon vermoord, daar in de Nacht? Jullie waren toch alleen, neem ik aan? Niemand zou het geweten hebben.'

'Je maakt zeker een grapje? Dat zou me nooit gelukt zijn. Hij is lang, slim, snel en wreed. Ik ben niets van dat alles.'

'Ik zou het wel gedaan hebben,' zei Lascelles.

'O ja? Nou, dan mag je van mij best naar Venetië om een poging te wagen.'

'Waar is hij nu?'

'In de Nacht – in Venetië – maar hij komt terug naar Engeland.'

'Zei hij dat?'

'Ja. Ik zei toch dat ik boodschappen heb: een voor Childermass, een voor Norrell en een voor alle tovenaars in Engeland.'

'En hoe luiden ze?'

'Ik moet aan Childermass vertellen dat lady Pole niet uit de dood is teruggebracht op de manier die Norrell beschreef. Hij had een elf die hem hielp, en die dingen heeft gedaan – slechte dingen. En ik moet Childermass een kistje geven. Dat is de eerste boodschap. En ik moet tegen Norrell zeggen dat Strange terugkomt. Dat is de tweede boodschap.'

Lascelles dacht even na. 'Dat kistje, wat zit erin?'

'Dat weet ik niet.'

'Waarom niet? Is het op de een of andere manier verzegeld? Met magie?'

Drawlight sloot zijn ogen en schudde zijn hoofd. 'Dat weet ik ook niet.'

Lascelles lachte hardop. 'Je probeert me toch niet te vertellen dat je het kistje al weken in je bezit hebt en dat je niet één keer hebt geprobeerd het open te maken? Jij? Mijn hemel, als je vroeger bij mij thuis kwam, durfde ik je nog geen seconde alleen te laten. Dan zou je mijn brieven gelezen hebben en zouden al mijn zaken de volgende ochtend wijd en zijd bekend zijn geweest.'

Drawlight sloeg zijn ogen neer. Hij leek dieper weg te duiken in zijn kleren, en zich zo mogelijk nóg ellendiger te voelen. Je zou misschien gedacht hebben dat hij zich schaamde nu zijn vroegere zonden hem beschreven werden, maar dat was het niet. 'Ik ben bang,' fluisterde hij.

Lascelles maakte een geërgerd geluid. 'Waar is dat kistje?' zei hij bevelend. 'Geef het aan mij!'

Drawlight stak zijn hand in een van zijn jaszakken en haalde er iets uit wat in een vuile zakdoek was gewikkeld. De zakdoek was met verbazingwekkend veel ingewikkelde knopen vastgebonden, om te voorkomen dat het kistje uit zichzelf open zou gaan. Drawlight gaf het aan Lascelles.

Met een reeks grimassen waaruit extreme afkeer sprak begon Lascelles de knopen los te maken. Toen hij daarmee klaar was, maakte hij het kistje open.

Het bleef even stil.

'Je bent een dwaas,' zei Lascelles. Hij deed het kistje met een klap weer dicht en stopte het in zijn eigen zak.

'O! Maar ik moet—' begon Drawlight, en hij stak tevergeefs zijn hand uit.

'Je zei dat je drie boodschappen had. Wat is de derde?'

'Ik denk niet dat je die zult begrijpen.'

'Wat? Jij begrijpt het wel, maar ik zou dat niet kunnen? Dan ben je in Italië wel een heel stuk slimmer geworden.'

'Dat bedoelde ik niet.'

'Wat bedoelde je dan wel? Zeg op. Ik begin genoeg te krijgen van dit gesprek.'

'Strange zei dat boom spreekt tot steen, en dat steen spreekt tot water. Hij zei dat tovenaars magie kunnen leren van bomen en stenen en dergelijke. Hij zei dat de oude verdragen van John Uskglass nog steeds golden.'

'John Uskglass! John Uskglass! Die naam komt me de keel uit! Iedereen heeft het tegenwoordig over hem, zelfs Norrell. Ik begrijp niet waarom. Hij heeft zijn tijd gehad, vierhonderd jaar geleden al.'

Drawlight stak zijn hand weer uit. 'Geef me mijn kistje terug. Ik moet—'

'Wat is er verdorie met jou aan de hand? Begrijp je het dan niet? Jouw boodschappen zullen hun bestemming nooit bereiken, afgezien van die voor meneer Norrell, en die zal ik zelf doorgeven.'

Drawlight slaakte een geweldige, gekwelde kreet. 'Toe, toe! Ik mag hem niet teleurstellen! Je begrijpt het niet. Hij zal me doden! Of erger!'

Lascelles spreidde zijn armen en keek om zich heen, alsof hij de bomen wilde vragen of dit niet het belachelijkste was wat ze ooit hadden gehoord. 'Geloof je nu werkelijk dat ik zou toestaan dat je meneer Norrell's ondergang bewerkstelligt? En daarmee die van mij?'

'Het is niet mijn schuld! Het is niet mijn schuld! Ik durf zijn bevelen niet in de wind te slaan!'

'Verachtelijke worm. Wat denk je dat er met je gebeurt als je klem komt te zitten tussen twee mannen als Strange en ik? Dan word je vermorzeld.'

Drawlight maakte een zacht geluidje, een soort gejammer van angst. Hij staarde Lascelles aan met een vreemde, verdwaasde blik in zijn ogen. Hij leek aanstalten te maken iets te zeggen. Toen draaide hij zich watervlug om en vluchtte weg tussen de bomen.

Lascelles nam niet de moeite achter hem aan te gaan. Hij hief gewoon een van zijn pistolen, richtte en haalde de trekker over.

De kogel raakte Drawlight in zijn dij, waardoor er heel even een vochtige rode bloem van vlees en bloed opbloeide in het wit met grijze woud. Drawlight gilde en viel met een dreun in een doornstruik. Hij probeerde weg te kruipen, maar hij kon zijn been niet meer gebruiken en trouwens, de doorntakken bleven aan zijn kleren hangen. Hij slaagde er niet in zich los te rukken. Hij keek over zijn schouder en zag Lascelles op hem afkomen. Zijn gelaatstrekken waren onherkenbaar vertrokken van angst en pijn.

Lascelles vuurde het tweede pistool af.

De linkerkant van Drawlight's hoofd barstte uiteen, als een ei of een sinaasappel. Er trokken een paar stuiptrekkingen door zijn lijf. Toen bleef hij roerloos liggen.

Hoewel er niemand was die hem kon zien, en hoewel het bloed gonsde in zijn oren, in zijn borstkas en door zijn hele lichaam, stond Lascelles zichzelf niet toe ook maar een greintje emotie te tonen. Dat soort gedrag, zo vond hij, paste niet bij een heer.

Hij had een lijfknecht die verslaafd was aan verhalen over moorden en ophangingen in *The Newgate Calendar* en *The Malefactor's Register*. Soms nam Lascelles ter vermaak een van die boeken ter hand. Een opmerkelijk kenmerk van dergelijke vertellingen was dat de moordenaar, hoe vermetel hij ook was ten tijde van de moord, al snel daarna overweldigd werd door emotie, waardoor hij vreemd, irrationeel gedrag ging vertonen dat hem uiteindelijk altijd de das omdeed. Lascelles betwijfelde of er veel waarheid school in die verhalen, maar uit veiligheidsoverwegingen ging hij bij zichzelf te rade: vertoonde hij tekenen van berouw of ontzetting? Hij trof er geen spoor van aan.

Sterker nog, de gedachte die overheerste was dat hij de wereld van iets lelijks had verlost. 'Als hij drie of vier jaar geleden had geweten dat het hierop zou uitdraaien,' zei hij tegen zichzelf, 'zou hij me ongetwijfeld gesmeekt hebben het te doen.'

Er klonk geritsel. Tot zijn verbazing zag Lascelles dat er een jonge loot uit Drawlight's rechteroog stak – het linker was door de kracht van de kogelinslag vernietigd. Klimopranken wonden zich om zijn hals en borst. Een hulstloot had zijn hand doorboord; een jonge berk was dwars door zijn voet heen gegroeid; een meidoorn was uit zijn buik ontloken. Het leek alsof hij door het woud zelf gekruisigd was. Daar bleef het echter niet bij: de bomen bleven groeien. Een wirwar van bronskleurige en vuurrode stengels vaagde zijn verminkte gezicht weg, en zijn ledematen en romp vergingen, terwijl planten en andere levende dingen er kracht uit putten. Binnen een mum van tijd was er niets meer van Christopher Drawlight over. De bomen, de stenen en de aarde hadden hem in zich opgenomen, maar in hun vormen kon je nog steeds iets onderscheiden van de man die hij was geweest.

'Die doornstruik was zijn arm, geloof ik,' zei Lascelles peinzend. 'En die steen... Zijn hart misschien? Hij is er klein en hard genoeg voor.' Hij lachte. 'Dat is het belachelijke aan de magie van Strange,' zei hij tegen niemand in het bijzonder. 'Vroeg of laat werkt die alleen maar tegen hem.' Hij steeg op zijn paard en reed terug naar de weg.

63

'De eerste zal zijn hart begraven onder de sneeuw in een duister woud, maar het hunkeren ervan blijven voelen'

half februari 1817

Er waren meer dan achtentwintig uur verstreken sinds Lascelles Hanover-square had verlaten, en meneer Norrell was half buiten zinnen van paniek. Hij had Lascelles beloofd dat hij op hem zou wachten, maar nu vreesde hij dat Strange al bezit zou hebben genomen van de bibliotheek van Hurtfew Abbey tegen de tijd dat ze daar aankwamen.

In het huis aan Hanover-square mocht niemand die nacht gaan slapen, en 's ochtends voelde iedereen zich dan ook moe en ellendig.

'Waarom wachten we eigenlijk op hem?' vroeg Childermass. 'Wat denkt u aan hem te hebben als Strange komt?'

'Ik stel veel vertrouwen in meneer Lascelles. Dat weet u best. Hij is de enige adviseur die ik nog over heb.'

'U heeft mij toch nog?' zei Childermass.

Meneer Norrell knipperde snel met zijn kleine ogen. Hij leek te willen zeggen: maar jij bent maar een bediende. Meneer Norrell zei echter niets.

Childermass leek het desondanks begrepen te hebben. Hij maakte een zacht geluidje van afkeer en liep weg.

Om zes uur 's avonds werd de deur van de bibliotheek opengesmeten en kwam Lascelles binnen. Zoals hij er nu uitzag, had hij er nog nooit uitgezien: zijn haar zat in de war, zijn halsdoek was bevlekt met stof en zweet, en er zaten modderspatten op zijn overjas en laarzen.

'We hadden gelijk, meneer Norrell!' riep hij. 'Strange komt eraan!'

Meneer Norrell verbleekte. 'Wanneer zal hij arriveren?' vroeg hij.

'Dat weet ik niet. Hij achtte het niet noodzakelijk ons tot in detail op de hoogte te brengen, maar we moeten zo snel mogelijk op weg naar Hurtfew Abbey!'

'We kunnen meteen vertrekken. Alles is in gereedheid gebracht. Dus u heeft Drawlight gesproken? Is hij bij u?' Meneer Norrell boog opzij om te kijken of hij achter Lascelles een glimp van Drawlight kon opvangen.

'Nee, ik heb hem niet gesproken. Ik heb op hem gewacht, maar hij is niet komen opdagen. Maar vrees niet, mijn heer!' (Meneer Norrell stond op het punt hem te onderbreken.) 'Hij heeft een brief gestuurd. We hebben alle informatie die we nodig hebben.'

'Een brief! Mag ik hem lezen?'

'Natuurlijk! Maar daar zullen we tijdens de reis nog genoeg tijd voor hebben. We moeten meteen vertrekken. U hoeft het voor mij niet uit te stellen. Mijn behoeften zijn slechts beperkt, en ik kan heel goed zonder de zaken die ik niet bij me heb.' (Dat was wellicht enigszins verrassend. Lascelles' behoeften waren in het verleden nooit beperkt geweest. Integendeel, ze waren immer talrijk en complex geweest.) 'Kom, kom, meneer Norrell. In de benen. Strange is onderweg!' Met grote passen liep hij de kamer weer uit. Later vernam meneer Norrell van Lucas dat hij niet eens had gevraagd om water om zich op te frissen, of om iets te drinken. Hij was gewoon naar het rijtuig gelopen, was met een plof in een hoek gaan zitten en had gewacht.

Om acht uur waren ze onderweg naar Yorkshire. Meneer Norrell en Lascelles zaten in het rijtuig; Lucas en Davey zaten op de bok; Childermass reed te paard met hen mee. Bij de tolpoort van Islington betaalde Lucas de tolwachter. De geur van sneeuw hing in de lucht.

Meneer Norrell staarde doelloos naar een winkelruit die baadde in het licht. Het was een van de betere winkels, met een opgeruimd interieur en elegante, moderne stoelen waarop de klanten konden plaatsnemen. Sterker nog, het was zó'n chic etablissement, dat het niet geheel duidelijk was wat er nu eigenlijk verkocht werd. Op een stoel lag een berg fel gekleurde spullen, maar meneer Norrell kon niet goed zien of het omslagdoeken of stoffen voor japonnen waren, of misschien wel iets heel anders. Er waren drie vrouwen in de winkel. Een van hen was een klant: een verzorgde, elegante vrouw, gekleed in een spencer die deed denken aan het uniform van een huzaar, compleet met bonten biesjes en brandebourgs. Op haar hoofd had ze een Russisch hoedje van bont. Ze legde telkens haar hand tegen de achterkant ervan, alsof ze bang was dat het zou vallen. De winkelierster was discreter gekleed in een eenvoudige, donkere japon, en ten slotte was er nog een winkelbediende die respectvol toekeek en nerveus een knix maakte als iemand toevallig in haar richting keek. De klant en de winkelierster waren geen zaken aan het doen. Ze waren zeer geanimeerd aan het praten en lachten veelvuldig. Het was een tafereel dat meneer Norrell gewoonlijk niet in het minst zou interesseren, verre van dat, maar nu beroerde het zijn hart om een reden die hij niet kon bevroeden. Hij moest even denken aan mevrouw Strange en lady Pole. Toen vloog er iets tussen hen en het vrolijke tafereel door, iets wat deed denken aan een stukje duisternis dat vaste vorm had gekregen. Hij dacht dat het een raaf was.

De tol was betaald. Davey schudde met de teugels en het rijtuig reed verder in de richting van de Archway.

Het begon te sneeuwen. Een met natte sneeuw doordrenkte wind geselde de zijkant van het rijtuig en deed het zijdelings heen en weer wiegen. Hij drong door elk kiertje en gaatje naar binnen en verkilde schouders, neuzen en voeten. Het feit dat Lascelles in een zeer vreemde stemming leek te zijn, maakte de reis er voor meneer Norrell niet gerieflijker op. Lascelles was opgewonden, opgetogen welhaast, hoewel meneer Norrell daar geen enkele reden voor kon bedenken. Als de wind gierde, lachte Lascelles, alsof hij de natuur ervan verdacht hem bang te willen maken en hij wilde laten merken dat het niet gelukt was.

Toen hij zag dat meneer Norrell hem bestudeerde, zei hij: 'Ik heb eens zitten denken. Dit stelt werkelijk niets voor! Samen, mijn beste, zullen u en ik Strange met zijn trucjes snel verslagen hebben. Wat zijn die ministers toch een stel oude wijven! Ik verafschuw hen! Al die angst om één gek. Als ik eraan denk, moet ik er bijna om lachen. En Liverpool en Sidmouth zijn het ergst van allemaal! Jarenlang durfden ze uit angst voor Bonaparte nauwelijks hun neus buiten de deur te steken, en nu jaagt Strange hun de stuipen op het lijf, alleen omdat hij krankzinnig is geworden.'

'O, maar u heeft het mis!' zei meneer Norrell stellig. 'U heeft het werkelijk helemaal mis! Strange vormt een immense dreiging – vergeleken daarmee stelde Bonaparte niets voor. Maar u heeft me nog niet verteld wat Drawlight gezegd heeft. Ik zou die brief van hem heel graag willen lezen. Ik zeg wel tegen Davey dat hij halt moet houden bij de Angel in Hadley, en dan—'

'Maar ik heb hem niet bij me. Ik heb hem in Bruton-street laten liggen.'

'O! Maar—'

Lascelles lachte. 'Meneer Norrell! Maakt u zich geen zorgen. Ik zeg u toch dat het er niet toe doet? Ik ken hem uit mijn hoofd.'

'Wat staat er dan in?'

'Dat Strange krankzinnig is, en gevangen zit in de Eeuwige Nacht, maar dat wisten we allemaal al. En—'

'Hoe uit zijn krankzinnigheid zich?' vroeg meneer Norrell.

De kortst mogelijke stilte.

'Voornamelijk in de vorm van onzinnige praat. Maar dat is niets nieuws, of wel soms?' Lascelles lachte. Toen hij echter de uitdrukking op meneer Norrell's gezicht zag, ging hij op ernstigere toon verder. 'Hij raaskalt over bomen en stenen, en over John Uskglass, en...' hij keek vlug om zich heen, op zoek naar inspiratie, '...over onzichtbare diligences. En... O ja! Dit zult u wel amusant vinden. Hij heeft vingers weggekaapt van de handen van verscheidene Venetiaanse maagden. Gewoon weggekaapt! Hij bewaart de gestolen vingers in kleine kistjes.'

'Vingers!' zei meneer Norrell geschrokken. Dat leek bij hem zeer onplezierige associaties op te roepen. Hij dacht er even over na, maar kon er niets zinnigs van maken. 'Heeft Drawlight de Nacht beschreven? Heeft hij er iets over gezegd wat ons kan helpen die beter te begrijpen?'

'Nee. Hij heeft Strange gezien, en Strange gaf hem een boodschap voor u mee. Hij zegt dat hij eraan komt. Dat is in grote lijnen wat er in de brief staat.'

Ze vervielen in stilzwijgen. Meneer Norrell doezelde onbedoeld weg, maar in zijn droom hoorde hij Lascelles verscheidene keren in het donker in zichzelf fluisteren.

Om middernacht verwisselden ze hun paarden bij de Haycock Inn in Wansford. Lascelles en meneer Norrell wachtten in de gastensalon – een groot, eenvoudig vertrek met houten lambrisering, een gepolijste vloer en twee grote open haarden.

De deur ging open en Childermass kwam binnen. Hij liep recht op Lascelles af en sprak hem aan met de volgende woorden: 'Lucas zegt dat er een brief is gekomen van Drawlight, waarin hij vertelt wat hij in Venetië heeft gezien.'

Lascelles draaide zijn hoofd om, maar hij keek Childermass niet aan.

'Mag ik die lezen?' vroeg Childermass.

'Ik heb hem in Bruton-street laten liggen,' zei Lascelles.

Childermass keek een beetje verrast. 'Geen probleem,' zei hij. 'Lucas kan hem wel gaan halen. We zullen hier een paard voor hem huren. Hij kan ons gemakkelijk weer inhalen voordat we in Hurtfew zijn.'

Lascelles glimlachte. 'Ik zei Bruton-street, nietwaar? Maar weet je, ik geloof niet dat hij daar ligt. Volgens mij heb ik hem laten liggen in die herberg, die ene in Chatham waarin ik op Drawlight heb zitten wachten. Ze hebben hem vast al weggegooid.' Hij draaide zich weer om naar het haardvuur.

Childermass keek hem een ogenblik boos aan. Toen liep hij met grote passen de kamer uit.

Er kwam een knecht om te melden dat er in twee slaapkamers warm water, handdoeken en andere benodigdheden waren klaargezet, zodat meneer Norrell en Lascelles zich konden opfrissen. 'En het is stikdonker op de gang, heren,' zei hij opgewekt, 'dus ik heb voor ieder van u een kaars aangestoken.'

Meneer Norrell nam zijn kandelaar en ging op weg door de gang, waar het inderdaad erg donker was. Opeens dook Childermass op, die hem bij zijn arm greep. 'Wat bezielde u,' siste hij, 'dat u zonder die brief bent weggegaan uit Londen?'

'Maar hij zegt dat hij zich nog precies herinnert wat erin stond,' zei meneer Norrell smekend.

'O! En u gelooft hem?'

Meneer Norrell gaf geen antwoord. Hij liep de kamer binnen die voor hem in gereedheid was gebracht. Hij waste zijn gezicht en handen, en terwijl hij daarmee bezig was, ving hij in de spiegel een glimp op van het bed dat achter hem stond. Het was zwaar, ouderwets en – zoals zo vaak het geval is in herbergen – veel te groot voor het vertrek. Door het houtsnijwerk in de vier mahoniehouten posten, de hoge, donkere hemel en de bundels zwarte struisvogelveren op de vier hoeken zag het er akelig uit. Het leek alsof iemand hem naar de kamer had gebracht om hem zijn eigen graftombe te laten zien. Hij kreeg er een bijzonder vreemd gevoel bij, hetzelfde gevoel dat hem had overvallen toen hij bij de tolpoort naar de drie vrouwen had zitten kijken: het gevoel dat er iets ten einde kwam en dat al zijn keuzes al gemaakt waren. In zijn jeugd was hij een weg ingeslagen, maar die weg had hem ergens anders naar toe geleid dan hij had verwacht. Hij was op weg naar huis, maar zijn thuis was iets monsterlijks geworden. Terwijl hij daar in het schemerduister bij dat zwarte bed stond, wist hij opeens weer waarom hij als kind altijd bang was geweest voor het donker: het donker behoorde toe aan John Uskglass.

Nu en dan en voor altijd,
bid ik je: denk aan mij,
op de moer, onder de sterren
aan des Konings zij

Hij haastte zich het vertrek uit, terug naar de warmte en het licht in de gastensalon.

Kort na zes uur brak er een grauwe dageraad aan, die nauwelijks een dageraad te noemen was. Sneeuw viel uit een grijze hemel op een grijs met witte wereld. Davey was zo rijkelijk bedekt met sneeuw dat je zou denken dat iemand een wassenbeeld van hem besteld had en dat er een pleistermal van hem gemaakt was.

Die dag zwoegde een opeenvolging van postpaarden door de sneeuw en de wind, het rijtuig voorttrekkend. Een reeks herbergen voorzag hen van warme dranken en bood hun even respijt van het barre weer. Davey en Childermass – die als koetsier en ruiter ongetwijfeld vermoeider waren dan de rest van het gezelschap – hadden het minste voordeel bij die rustpauzes: gewoonlijk stonden zij in de stallen met de herbergier te redetwisten over de paarden. In Grantham haalde een herbergier zich de woede van Childermass op de hals toen hij hun een stekeblind paard wilde verhuren. Childermass bezwoer dat hij het beest niet wilde, de herbergier op zijn beurt bezwoer dat het het beste paard was dat hij had. Ze hadden weinig keus, dus uiteindelijk huurden ze het dier toch. Achteraf zei Davey dat het een eersteklas paard was, dat hard werkte en heel gehoorzaam zijn instructies opvolgde, omdat het anders geen idee had van wat het moest doen of waar het naar toe moest. Davey zelf hield het vol tot aan de Newcastle Arms in Tuxford, maar daar waren ze gedwongen hem achter te laten. Hij had meer dan 210 kilometer gereden en was volgens Childermass zo moe dat hij nauwelijks nog een woord kon uitbrengen. Childermass huurde een voorrijder en ze reisden verder.

Ongeveer een uur voor zonsondergang hield het op met sneeuwen en klaarde het op. Lange, blauwzwarte schaduwen strekten zich uit over de kale akkers. Acht kilometer buiten Doncaster passeerden ze een herberg die Red House werd genoemd, vanwege de roodgeschilderde muren. In het licht van de laagstaande winterse zon was het rood zo fel dat het leek alsof het gebouw uit vlammen bestond. Het rijtuig reed nog een stukje verder en kwam toen tot stilstand.

'Waarom staan we stil?' riep meneer Norrell vanuit het rijtuig.

Lucas boog zich vanaf de bok naar hem toe en zei iets ten antwoord, maar de wind voerde zijn stem mee en meneer Norrell kon hem niet verstaan.

Childermass had de weg verlaten en reed over een akker. De akker was bedekt met raven. Toen hij langsreed, vlogen ze onder luid gekras op. Aan de andere kant van de akker stond een oeroude haag met een opening erin en aan weerszijden daarvan stonden twee hoge hulstbomen. De opening leidde naar een andere weg of laan, die werd begrensd door hagen. Daar bleef Childermass stilstaan. Hij keek eerst de ene kant op en toen de andere kant. Hij aarzelde. Toen schudde hij de teugels. Het paard draafde tussen de bomen door de laan in, en verdween uit het zicht.

'Hij is de elfenweg ingeslagen!' riep meneer Norrell geschrokken.

'O!' zei Lascelles. 'Dus het is een elfenweg.'

'Jazeker,' zei meneer Norrell. 'Dit is een van de meest befaamde. Men beweert dat hij Doncaster en Newcastle met elkaar verbindt, en dat hij langs twee elfenforten voert.'

Ze wachtten.

Na een minuut of twintig klom Lucas van de bok. 'Hoelang moeten we hier nog blijven, meneer?' vroeg hij.

Meneer Norrell schudde zijn hoofd. 'Sinds Martin Pale, driehonderd jaar geleden, heeft geen enkele Engelsman de grens met het Elfenrijk overschreden. Het is alleszins mogelijk dat hij nooit meer terugkeert. Misschien—'

Op dat moment kwam Childermass weer te voorschijn, en hij reed in galop over het veld naar hen toe.

'Het is waar,' zei hij tegen meneer Norrell. 'De wegen naar het Elfenrijk zijn weer toegankelijk.'

'Wat heb je gezien?' vroeg meneer Norrell.

'De weg loopt een eindje verder en voert je dan een woud vol doornbomen in. Bij de ingang naar het woud staat een standbeeld van een

vrouw met haar handen uitgestrekt. In de ene hand heeft ze een stenen oog en in de andere een stenen hart. Wat het woud zelf betreft...' Childermass maakte een gebaar dat wellicht moest uitdrukken dat hij niet kon beschrijven wat hij had gezien, of misschien hoe machteloos hij zich had gevoeld. 'Aan elke boom hangen dode mensen. Sommigen zijn pas recent overleden, gisteren misschien. Anderen zijn nog slechts eeuwenoude skeletten met verroeste harnassen. Ik kwam bij een toren die was opgetrokken uit ruw uitgehakte rotsblokken. In de muren waren een paar piepkleine raampjes uitgeboord. Achter een van die raampjes scheen licht en ik zag de gestalte van iemand die naar buiten stond te kijken. Aan de voet van de toren zag ik een open plek waar een beekje doorheen stroomde. Daar stond een jongeman. Hij zag er bleek en ziekelijk uit, met doodse ogen, en droeg een Brits uniform. Hij vertelde me dat hij de voorvechter was van het Kasteel van het Uitgeplukte Oog en Hart. Hij had gezworen de vrouwe van het kasteel te beschermen, door iedereen die van zins was haar kwaad te doen of te beledigen uit te dagen voor een duel. Ik vroeg hem of hij alle mannen had gedood die ik had gezien. Hij zei dat hij een aantal van hen had vermoord en opgehangen, net zoals zijn voorganger. Ik vroeg hem hoe de vrouwe hem wilde belonen voor zijn diensten. Hij zei dat hij dat niet wist. Hij had haar nog nooit gezien of gesproken. Zij bleef in het Kasteel van het Uitgeplukte Oog en Hart, hij bleef tussen het beekje en de doornbomen. Hij vroeg me of het mijn intentie was de wapenen tegen hem op te nemen. Ik hielp hem eraan herinneren dat ik zijn vrouwe geen kwaad had gedaan en haar evenmin had beledigd. Ik zei tegen hem dat ik een bediende was, en dat ik terug moest naar mijn meester, die op me stond te wachten. Toen heb ik mijn paard gekeerd en ben ik vertrokken.'

'Wat?' zei Lascelles. 'Een man wil met je duelleren en jij rent weg? Heb je dan geen eergevoel? Ken je dan geen schaamte? Een ziekelijk gezicht, doodse ogen, een onbekende persoon achter het raam!' Hij snoof spottend. 'Dat zijn allemaal maar smoesjes om je lafheid te verhullen!'

Childermass kromp ineen alsof hij geslagen was en leek aanstalten te maken scherp te antwoorden, maar hij werd onderbroken door meneer Norrell. 'Integendeel! Childermass heeft er goed aan gedaan zo snel mogelijk weg te gaan. In dergelijke oorden is altijd meer magie aanwezig dan je op het eerste gezicht zou denken. Sommige elfen genieten van strijd en de dood. Waarom weet ik ook niet. Ze zijn tot veel bereid om zich van dergelijke pleziertjes te verzekeren.'

'Meneer Lascelles,' zei Childermass, 'als dat oord u zo trekt, gaat u er dan zelf naar toe! Laat u zich alstublieft door ons niet tegenhouden.'

Lascelles keek nadenkend naar de akker en het gat in de haag. Hij kwam echter niet in beweging.

'Heeft u het misschien niet zo op de raven?' vroeg Childermass zachtjes, op spottende toon.

'Niemand heeft het op die raven!' zei meneer Norrell. 'Waarom zijn ze hier? Wat hebben ze te betekenen?'

Childermass haalde zijn schouders op. 'Sommige mensen denken dat ze deel uitmaken van de Nacht die Strange omhult. Ze denken dat hij die om een of andere reden in een tastbare vorm heeft gegoten en naar Engeland heeft gestuurd. Andere mensen denken dat ze een voorteken zijn van de terugkeer van John Uskglass.'

'John Uskglass. Natuurlijk,' zei Lascelles. 'De eerste en laatste toevlucht van de ordinaire geest. Telkens als er iets gebeurt, móet het wel iets met John Uskglass te maken hebben! Ik denk, meneer Norrell, dat het weer tijd wordt om in *The Friends* een artikel te plaatsen waarin we dat heerschap bespotten. Wat zullen we zeggen? Dat hij onchristelijk was? On-Engels? Demonisch? Ik geloof dat ik ergens nog een lijst heb van de heiligen en aartsbisschoppen die hem verketterd hebben. Daar kan ik gemakkelijk iets over schrijven.'

Meneer Norrell leek slecht op zijn gemak. Hij wierp een nerveuze blik op de voorrijder uit Tuxford.

'Als ik u was, meneer Lascelles,' zei Childermass zachtjes, 'zou ik wat beter op mijn woorden letten. U bevindt zich nu in het noorden, op John Uskglass' geboortegrond. Onze dorpen, steden en abdijen zijn door hem gebouwd. Onze wetten zijn door hem opgesteld. Hij leeft in onze geest, in ons hart en op onze tong. Als het zomer was, zou u onder elke haag een tapijt van piepkleine bloemetjes zien, met een blauwachtige witte kleur. Die bloemetjes noemen we John's duiten. Als het raar weer is, als het bij voorbeeld in de winter warm is, of als het in de zomer regent, zeggen de plattelandsmensen dat John Uskglass weer eens verliefd is en de zaken laat versloffen.[1] En als we ergens van

[1] Men heeft vaak opgemerkt dat de inwoners van Noord-Engeland weliswaar onwankelbaar onvoorwaardelijk trouw zijn aan John Uskglass, maar hem niet altijd behandelen met het respect dat hij in het zuiden oproept. Sterker nog,

overtuigd zijn, zeggen we dat het zo zeker is als een kiezelsteentje in John Uskglass' broekzak.'

Lascelles lachte. 'Ik zal de laatste zijn die zal spotten met jullie curieuze plattelandsgezegden, Childermass. Maar lippendienst bewijzen aan je geschiedenis is toch zeker iets anders dan spreken over de terugkeer van een koning die Lucifer zelf tot zijn bondgenoten en opperheren rekende? Dat wil toch niemand? Afgezien van een paar Johannieters en krankzinnigen, bedoel ik?'

'Ik ben een Engelsman van het Noorden, meneer Lascelles,' zei Childermass. 'Niets zou me meer verheugen dan de terugkeer van mijn koning. Daar hoop ik al mijn hele leven op.'

Het was bijna middernacht toen ze bij Hurtfew Abbey aankwamen. Strange was nergens te bekennen. Lascelles ging naar bed, maar meneer Norrell zwierf door het huis om de staat te controleren van bepaalde spreuken die reeds in het verre verleden waren opgetrokken.

De volgende ochtend aan het ontbijt zei Lascelles: 'Ik vroeg me af of er in het verleden wel eens magische duels zijn voorgekomen. Twee tovenaars die elkaar bevochten, dat soort dingen.'

Meneer Norrell zuchtte. 'Dat is moeilijk vast te stellen. Ralph Stokesey schijnt twee of drie tovenaars met magie te hebben bevochten, onder wie een zeer machtige Schotse tovenaar, de tovenaar van Athodel.[2] Catherine van Winchester heeft zich eens genoodzaakt

---

de onderdanen van John Uskglass zijn verzot op verhalen en ballades waarin hij in een bijzonder ongunstige positie verkeert. Voorbeelden zijn het verhaal van John Uskglass en de Kolenbrander van Ullswater, of dat van de Feeks en de Tovenares. Van dat laatste bestaan verschillende versies (waarvan er enkele uitgesproken vulgair zijn), die verhalen over de keer dat John Uskglass bijna zijn hart, zijn koninkrijken en zijn macht verloor aan een ordinaire heks uit Cornwall.

[2] Net als John Uskglass zwaaide de tovenaar van Athodel de scepter over zijn eigen eiland of koninkrijk. Athodel schijnt een van de Western Isles van Schotland te zijn geweest. Het is intussen echter gezonken, of anders is het onzichtbaar, zoals sommigen denken. Sommige Schotse geschiedkundigen beschouwen Athodel graag als het bewijs dat de Schotse magie superieur is aan de Engelse. Het koninkrijk van John Uskglass, zo redeneren ze, is uiteengevallen, en inmiddels in handen van de Zuid-Engelsen. Athodel daarentegen is onafhankelijk gebleven. Aangezien Athodel zowel onzichtbaar als ontoegankelijk is, is die bewering moeilijk te staven of te ontkrachten.

gevoeld om een jonge tovenaar door middel van magie naar Granada te sturen. Hij stoorde haar steeds met hinderlijke huwelijksaanzoeken als zij wilde studeren, en op dat moment was Granada het verste oord dat ze kon bedenken. Dan is er nog het merkwaardige verhaal over de kolenbrander uit Cumbria—'[3]

'En hebben dergelijke duels ooit geleid tot de dood van een van beide tovenaars?'

'Wat?' Meneer Norrell keek hem ontzet aan. 'Nee! Dat wil zeggen... Dat weet ik niet. Ik denk het niet.'

Lascelles glimlachte. 'Maar dat soort magie bestaat toch wel? Als u uw best deed, zou u vast wel een stuk of vijf spreuken kunnen bedenken die het gewenste resultaat zouden opleveren. Het zou net zoiets zijn als een gewoon duel met pistolen of zwaarden. Er zou nooit iemand om vervolgd kunnen worden. En trouwens, de vrienden en bedienden van de overwinnaar zouden volledig in hun recht staan als ze hem hielpen de kwestie in alle mogelijke geheimhouding te hullen.'

Meneer Norrell zweeg even. Toen zei hij: 'Zover zal het niet komen.'

Lascelles lachte. 'Mijn beste meneer Norrell! Het móet toch wel zover komen?'

Vreemd genoeg was Lascelles nog nooit in Hurtfew Abbey geweest. Als Drawlight daar in het verleden naar toe was gegaan, had Lascelles altijd andere afspraken gehad die hij moest nakomen. Een verblijf in een landhuis in Yorkshire stond voor hem gelijk aan een verblijf in het vagevuur. In het beste geval stelde hij zich voor dat Hurtfew net zo was als de eigenaar ervan: stoffig, ouderwets en vaak ten prooi aan lange, saaie stiltes. In het ergste geval zag hij een door regen geteisterde boerderij op een donkere, akelige hei voor zich. Tot zijn verrassing was niets minder waar. Het huis had helemaal niets gotisch. Het was modern, elegant en gerieflijk en de bedienden leken in de verste verte niet op de ongemanierde boerenknechten die hij zich had voorgesteld. Het waren gewoon dezelfde bedienden die meneer Norrell in het huis

---

[3] In het verhaal van John Uskglass en de Kolenbrander van Ullswater, gaat Uskglass een wedstrijdje in magie aan met een arme kolenbrander, dat hij verliest. De vertelling vertoont veel overeenkomsten met andere oude verhalen waarin een nederige onderdaan een groot heerser te slim af is, en daarom redeneren veel geleerden dat er geen historische basis voor is.

aan Hanover-square verzorgden. Ze waren in Londen opgeleid en goed op de hoogte van alle voorkeuren van meneer Lascelles.

Elk tovenaarshuis heeft echter wel iets eigenaardigs, en Hurtfew Abbey – dat op het eerste gezicht zo ruim en elegant was – leek op een dusdanig warrige bouwtekening gebaseerd te zijn dat het welhaast onmogelijk was om zonder te verdwalen van de ene kant van het huis naar de andere te lopen. Later die ochtend kreeg Lascelles van Lucas te horen dat hij onder geen beding moest proberen alleen naar de bibliotheek te gaan, maar alleen onder begeleiding van meneer Norrell of Childermass. Dat was de belangrijkste huisregel, zei Lucas.

Natuurlijk was Lascelles geenszins van plan zich te houden aan een dergelijk verbod, dat hem bovendien was opgelegd door een bediende. Hij ging op onderzoek uit in de oostelijke vleugel van het huis en trof daar de gebruikelijke verzameling vertrekken aan: ontbijtkamer, eetkamer, salon – maar geen bibliotheek. Hij kwam tot de conclusie dat de bibliotheek in de westelijke vleugel van het huis moest zijn, waar hij nog niet was geweest. Hij ging op weg en kwam meteen weer uit in de kamer die hij zojuist verlaten had. Hij dacht dat hij waarschijnlijk ergens verkeerd was gelopen, dus probeerde hij het nog een keer. Deze keer kwam hij uit in een van de bijkeukens, waar een klein, vuil, snotterend meisje eerst haar neus afveegde aan de rug van haar hand en vervolgens met diezelfde hand de kookpotten afwaste. Waar hij ook naar toe liep, hij kwam telkens weer uit in de ontbijtkamer of in de bijkeuken. De aanblik van het dienstmeisje hing hem al snel de keel uit, en zij was zo te zien ook niet bepaald dolgelukkig met zijn gezelschap. Maar hoewel hij een hele ochtend kwijt was aan zijn vruchteloze onderneming, kwam het geen moment bij hem op om het mislukken ervan toe te schrijven aan iets anders dan een eigenaardigheid van de plaatselijke architectuur.

De daaropvolgende drie dagen verbleef meneer Norrell zo veel mogelijk in de bibliotheek. Als hij Lascelles zag, kon hij rekenen op een nieuwe klacht over Childermass, en Childermass op zijn beurt bleef er bij hem op aandringen dat hij met behulp van magie op zoek zou gaan naar de brief van Drawlight. Uiteindelijk besloot hij dat het gemakkelijker zou zijn als hij hen allebei ontliep.

Hij stelde de beide mannen ook niet op de hoogte van iets wat hij had ontdekt, en wat hem grote zorgen baarde. Sinds hij en Strange uiteen waren gegaan, had hij zich de gewoonte aangeleerd visioenen op te roepen in een poging te ontdekken waar Strange mee bezig was. Hij was er echter nooit in geslaagd. Op een nacht, een week of vier eerder, had hij niet kunnen slapen. Hij was opgestaan en had de bezwering uitgevoerd. Het visioen was niet erg duidelijk geweest, maar hij had een tovenaar gezien die in het donker magie verrichtte. Hij had zichzelf gefeliciteerd omdat hij eindelijk Strange' tegenspreuken had weten te doorbreken, maar toen besefte hij dat hij stond te kijken naar een visioen van zichzelf, in zijn eigen bibliotheek. Hij had het nogmaals geprobeerd. Hij had variaties op de spreuken geprobeerd. Hij had Strange op verschillende manieren omschreven. Het hielp allemaal niets. Hij was gedwongen geweest te concluderen dat de Engelse magie het verschil tussen hemzelf en Strange niet meer zag.

Er werden boze brieven bezorgd van lord Liverpool en de ministers, met beschrijvingen van nog meer magie waar niemand een verklaring voor had. Meneer Norrell schreef terug, en beloofde dat hij zodra Strange verslagen was zijn volledige aandacht aan die kwesties zou wijden.

Op de derde avond na hun aankomst zaten meneer Norrell, Lascelles en Childermass gedrieën in de salon. Lascelles zat een sinaasappel te eten. Hij had een fruitmesje met een paarlemoeren greep en een getand blad in zijn hand, dat hij gebruikte om de schil in te kerven. Childermass legde op een tafeltje zijn kaarten uit. Hij was nu al twee uur kaarten aan het lezen. Dat meneer Norrell daar niet eens bezwaar tegen maakte, gaf wel aan hoezeer hij in beslag werd genomen door de huidige situatie. Lascelles, daarentegen, werd er hoorndol van. Hij was ervan overtuigd dat hijzelf een van de onderwerpen was van al dat uitleggen en omdraaien. Daar had hij overigens helemaal gelijk in.

'Wat heb ik toch een hekel aan nietsdoen,' zei hij bruusk. 'Waar wacht Strange nu eigenlijk op, volgens jou? We weten niet eens zeker of hij komt.'

'Hij komt wel,' zei Childermass.

'En hoe weet je dat?' vroeg Lascelles. 'Omdat je hem dat hebt opgedragen?'

Childermass gaf geen antwoord. Iets wat hij in de kaarten zag, had zijn aandacht getrokken. Zijn blik gleed er vluchtig overheen. Opeens stond hij op van de tafel. 'Meneer Lascelles! U heeft een boodschap voor mij.'

'Ik?' zei Lascelles verrast.

'Ja, meneer.'

'Hoe bedoel je?'

'Ik bedoel dat iemand u kortgeleden een boodschap voor mij heeft gegeven. Dat zeggen de kaarten. Ik zou het op prijs stellen als u mij zou vertellen wat die inhield.'

Lascelles snoof minachtend. 'Ik ben niemands boodschapper, en al helemaal niet de jouwe!'

Childermass deed alsof hij dat niet gehoord had. 'Van wie is de boodschap afkomstig?' vroeg hij.

Lascelles zei niets. Hij richtte zich weer op zijn mesje en zijn sinaasappel.

'Goed dan,' zei Childermass, en hij ging zitten en legde opnieuw de kaarten uit.

Meneer Norrell, die erg ongerust was geworden, hield hen nauwlettend in de gaten. Zijn hand dwaalde af naar het schelkoord, maar nadat hij even had nagedacht, veranderde hij van gedachten en ging hij persoonlijk op zoek naar een bediende. Lucas was in de eetkamer om de tafel te dekken. Meneer Norrell vertelde hem wat er gaande was. 'Kan er niet iets gedaan worden om hen te scheiden?' vroeg hij. 'Dan kunnen ze misschien even afkoelen. Is er geen boodschap gekomen voor meneer Lascelles? Is er niets wat om de persoonlijke aandacht van Childermass vraagt? Kun je niets verzinnen? Het eten, misschien? Is dat soms al klaar?'

Lucas schudde zijn hoofd. 'Er is geen boodschap gekomen. Meneer Childermass doet gewoon wat hij wil, zoals altijd. En u heeft gevraagd of het eten om half tien opgediend kan worden, meneer. Dat weet u zelf ook.'

'Was meneer Strange er maar,' zei meneer Norrell ongelukkig. 'Hij zou wel weten wat hij tegen hen moest zeggen. Hij zou wel weten wat hij moest doen.'

Lucas legde zijn hand op de arm van zijn meester, alsof hij hem wilde wekken. 'Meneer Norrell? We proberen juist te voorkomen dat meneer Strange hier komt, weet u nog wel, meneer?'

Meneer Norrell keek hem een beetje geërgerd aan. 'Ja, ja! Dat weet ik wel! Maar toch.'

Meneer Norrell en Lucas gingen samen terug naar de salon. Childermass draaide net zijn laatste kaart om. Lascelles had nadrukkelijk een krant opengeslagen.

'Wat zeggen de kaarten?' vroeg meneer Norrell aan Childermass.

Meneer Norrell stelde de vraag, maar Childermass richtte zijn antwoord tot Lascelles. 'Ze zeggen dat u een leugenaar en een dief bent. Ze zeggen dat er meer dan één boodschap was. U heeft iets gekregen, een voorwerp, iets van grote waarde. Het is voor mij bestemd en u houdt het achter.'

Een korte stilte.

Lascelles zei kil: 'Meneer Norrell, hoelang staat u nog toe dat ik op deze manier beledigd word?'

'Ik vraag het u voor de laatste keer, meneer Lascelles,' zei Childermass. 'Wilt u mij geven wat mij toebehoort?'

'Hoe durf je een heer op een dergelijke toon aan te spreken?' vroeg Lascelles.

'Is het dan zo passend voor een heer om van mij te stelen?' antwoordde Childermass.

Lascelles werd lijkbleek. 'Bied je excuses aan!' siste hij. 'Bied me je excuses aan, of ik zweer je, jij hoerenzoon, jij uitschot van elke goot in Yorkshire, dat ik je betere manieren zal bijbrengen.'

Childermass haalde zijn schouders op. 'Liever een hoerenzoon dan een dief!'

Met een kreet van woede greep Lascelles hem beet, en hij drukte hem zo hard tegen de muur dat Childermass' voeten de grond niet meer raakten. Hij schudde Childermass heen en weer en de schilderijen aan de muur rammelden in hun lijsten.

Vreemd genoeg leek Childermass zich niet tegen Lascelles te kunnen verweren. Zijn armen waren op de een of andere manier klem komen te zitten tegen Lascelles' lichaam en hoewel hij hevig tegenstribbelde, kon hij ze kennelijk niet loskrijgen. Het was al snel voorbij. Childermass knikte kort tegen Lascelles, alsof hij wilde zeggen dat Lascelles gewonnen had.

Maar Lascelles liet hem niet los. In plaats daarvan leunde hij met zijn volle gewicht tegen hem aan, zodat hij klem bleef zitten tegen de muur. Toen stak hij zijn hand uit en pakte hij het mesje met de paarlemoeren greep en het getande blad. Hij haalde het wapen langzaam over Childermass' gezicht, en maakte een snee van zijn oog tot aan zijn mond.

Lucas slaakte een kreet, maar Childermass zei helemaal niets. Hij slaagde erin zijn linkerhand, die strak tot een vuist was gebald, te bevrijden en te heffen. Een tijdje verroerden ze zich geen van beiden – het leek wel een tableau. Toen liet Childermass zijn hand zakken.

Lascelles glimlachte breed. Hij liet Childermass los en wendde zich tot meneer Norrell. Met kalme, zachte stem zei hij tegen hem: 'Ik zal niet toestaan dat het gedrag van deze persoon goedgepraat wordt. Ik ben diep beledigd. Als deze persoon het op grond van zijn status verdiende door mij opgemerkt te worden, zou ik hem zeker uitdagen voor een duel. Dat weet hij. Zijn inferieure positie beschermt hem. Als u wilt dat ik nog een minuut langer in dit huis blijf, als u nog prijs stelt op mijn vriendschap en advies, dan moet deze persoon onmiddellijk uit uw dienst ontslagen worden! Na vanavond wil ik zijn naam niet meer horen uit uw mond, of uit die van uw bedienden, op straffe van ontslag. Ik hoop, meneer, dat ik mij voldoende duidelijk heb gemaakt?'

Lucas maakte van de gelegenheid gebruik om Childermass stiekem een servet toe te stoppen.

'Welnu, meneer,' zei Childermass tegen meneer Norrell, terwijl hij het bloed van zijn gezicht veegde, 'wie van ons wordt het?'

Het bleef een hele tijd stil. Toen zei meneer Norrell, met een welhaast onherkenbare, schorre stem: 'U moet gaan.'

'Vaarwel, meneer Norrell,' zei Childermass met een buiging. 'U heeft de verkeerde keuze gemaakt, meneer – zoals gewoonlijk.' Hij raapte zijn kaarten bij elkaar en vertrok.

Hij liep naar zijn kale zolderkamertje en stak de kaars aan die op een tafeltje stond. Aan de muur hing een gebarsten, goedkope spiegel. Hij bestudeerde zijn gezicht. De snee was lelijk. Zijn halsdoek en de rechterschouder van zijn hemd waren doordrenkt met bloed. Hij waste de wond zo goed en zo kwaad als het ging uit. Toen waste en droogde hij zijn handen.

Voorzichtig haalde hij iets uit zijn jaszak. Het was een kistje in de kleur van hartzeer, ongeveer zo groot als een snuifdoos, maar dan iets langer. Hij fluisterde bij zichzelf: 'Een mens kan niet tegen zijn opleiding ingaan.'[4]

---

[4] In het vroege voorjaar van 1816, in het graveursatelier in Spitalfields, had Strange tegen Childermass gezegd: 'Een mens kan niet tegen zijn opleiding ingaan, begrijp je...'

Childermass had al verscheidene loopbanen achter de rug voordat hij bij meneer Norrell in dienst was gekomen en zijn zaakgelastigde was geworden. Hij was als kind begonnen als zeer getalenteerd zakkenroller. Zijn moeder, Black Joan, was ooit de baas geweest over een kleine troep smerige, in lompen gehulde kinddiefjes, die in de tweede helft van de jaren 1770 actief waren in de dorpen van de Oostgouw.

Hij maakte het kistje open. Een tijd lang bleef hij er bedachtzaam naar staan kijken, krabbend aan zijn gezicht. Opeens vloekte hij, want hij had bijna bloed in het kistje gemorst. Hij klapte het dicht en stopte het terug in zijn zak.

Het kostte hem niet veel tijd om zijn bezittingen bij elkaar te rapen. Hij had een mahoniehouten kist met twee pistolen erin, een kleine geldbuidel, een scheermes, een kam, een tandenborstel, een stukje zeep, wat kleren – die allemaal even oud waren als wat hij op dat moment aanhad – en een kleine stapel boeken, waaronder een bijbel, *A Child's History of the Raven King* geschreven door lord Portishead en een exemplaar van *Revelations of Thirty-Six Other Worlds* van Paris Ormskirk. Meneer Norrell had Childermass jarenlang goed betaald, maar niemand wist wat hij deed met zijn geld. Zoals Davey en Lucas vaak tegen elkaar hadden opgemerkt: hij gaf het in elk geval niet uit.

Childermass pakte alles in een gehavend valies. Op de tafel stond een schaal met appels. Die wikkelde hij in een doek, waarna hij ze in het valies stopte. Toen liep hij naar beneden, met het servet tegen zijn gezicht gedrukt. Hij stond al op het erf bij de stallen toen hij zich herinnerde dat zijn pen, inkt en memorandumboek nog in de salon lagen. Hij had ze op een bijzettafeltje gelegd terwijl hij de kaarten las. Wel, het is nu te laat om nog terug te gaan, dacht hij. Ik zal gewoon nieuwe moeten kopen.

In de stallen stond een heel gezelschap op hem te wachten: Davey, Lucas, de staljongens en enkele knechten die erin waren geslaagd uit het huis weg te glippen. 'Wat doen jullie hier allemaal?' vroeg hij verrast. 'Houden jullie soms een gebedsbijeenkomst?'

De mannen keken elkaar aan.

'We hebben Brewer voor u gezadeld, meneer Childermass,' zei Davey. Brewer was Childermass' paard, een grote, weinig aantrekkelijke hengst.

'Dank je, Davey.'

'Waarom liet u dat toe, meneer?' vroeg Lucas. 'Waarom liet u zich door hem snijden?'

'Maak je er maar niet druk om, jongen. Het doet er niet toe.'

'Ik heb verband meegenomen. Laat me uw gezicht verbinden.'

'Lucas, ik moet vanavond goed op mijn tellen passen, en ik kan niet nadenken als ik helemaal in verband gewikkeld ben.'

'Maar er blijft een afschuwelijk litteken achter als de randen van de wond niet netjes gesloten worden.'

'Het zij zo. Niemand zal erover klagen als ik iets minder mooi word dan vroeger. Geef me nog maar een doek om het bloeden te stelpen. Dit servet is helemaal doorweekt. Nu, jongens, als Strange komt...' Hij zuchtte. 'Ik weet niet wat ik tegen jullie moet zeggen. Ik kan jullie geen advies geven. Maar als jullie de kans krijgen om hen te helpen, doe het dan.'

'Wat bedoelt u?' vroeg een van de knechten. 'Moeten we meneer Norrell en meneer Lascelles helpen?'

'Nee, domkop! Meneer Norrell en meneer Strange moet je helpen. Lucas, zeg Lucy, Hannah en Dido gedag van me en wens hun het beste – en een goede, gehoorzame echtgenoot, als ze die willen.' (Lucy, Hannah en Dido waren drie dienstmeisjes op wie Childermass bijzonder gesteld was.)

Davey grijnsde. 'En dat u zelf bereid bent zich daarvoor beschikbaar te stellen, meneer?' vroeg hij.

Childermass lachte – en kromp toen ineen van de pijn aan zijn gezicht. 'Nou, in Hannah's geval misschien wel,' zei hij. 'Vaarwel, jongens.'

Hij schudde hen allemaal de hand en werd een beetje van zijn stuk gebracht door Davey, die, zo groot en sterk als hij was, zo sentimenteel werd als een schoolmeisje. Hij stond erop Childermass te omhelzen en vergoot zelfs een paar tranen. Lucas gaf hem als afscheidsgeschenk een fles eersteklas rode wijn uit de voorraad van meneer Norrell.

Childermass leidde Brewer de stal uit. De maan was opgekomen. Hij had er geen moeite mee het bochtige pad door de lusthof en het park te volgen. Hij stak net de brug over toen tot hem doordrong dat er magie bedreven werd. Het leek alsof er duizend trompetten tegelijk in zijn oor hadden geschald, alsof er een oogverblindend licht in de duisternis was opgelaaid. De wereld was volkomen anders dan kort daarvoor, maar wat precies het verschil was, kon hij in eerste instantie niet ontdekken. Hij keek om zich heen.

Recht boven het park en het huis hing een stuk nachtelijke hemel dat er niet thuishoorde. De gesternten waren veranderd. Er stonden nieuwe sterren aan de hemel, die Childermass nog nooit had gezien. Hij nam aan dat het de sterren van Strange' Eeuwige Nacht waren.

Hij wierp een laatste blik op Hurtfew Abbey en ging er in galop vandoor.

Alle klokken begonnen op hetzelfde moment te slaan. Dat was op zich al uitzonderlijk genoeg. Al vijftien jaar lang probeerde Lucas de klokken in Hurtfew tegelijk te laten slaan, maar tot op dat moment was dat niet gelukt. Hoe laat het echter was, was moeilijk vast te stellen. De klokken bleven maar slaan, tot ver voorbij de twaalf, alsof ze een tijdstip in een vreemde, nieuwe era aangaven.

'Wat is dat in vredesnaam voor een afschuwelijk geluid?' vroeg Lascelles.

Meneer Norrell stond op. Hij wreef in zijn handen, een gebaar dat bij hem altijd duidde op grote nervositeit en spanning. 'Strange is er,' zei hij snel. Hij sprak een woord. De klokken vielen stil.

De deur vloog open. Meneer Norrell en meneer Lascelles draaiden zich met geschrokken gezichten om, in de volledige overtuiging dat ze Strange daar zouden zien staan. Maar het was Lucas maar, samen met twee andere bedienden.

'Meneer Norrell!' begon Lucas. 'Ik denk—'

'Ja, ja! Ik weet het al! Ga naar de voorraadkamer aan de voet van de keukentrap. In de kist onder het raam zul je loden kettingen, loden hangsloten en loden sleutels aantreffen. Breng die hiernaar toe! Snel!'

'En ik ga twee pistolen halen,' verkondigde Lascelles.

'Daar heeft u niets aan,' zei meneer Norrell.

'O, maar het zal u verbazen hoeveel problemen er met een paar pistolen opgelost kunnen worden!'

Binnen vijf minuten waren ze terug: Lucas, met een weifelende, ongelukkige uitdrukking op zijn gezicht en met de kettingen en de sloten in zijn handen, Lascelles met zijn pistolen, en nog vier of vijf andere knechten.

'Waar denk je dat hij is?' vroeg Lascelles.

'In de bibliotheek. Waar anders?' zei meneer Norrell. 'Kom mee.'

Ze liepen de salon uit en de eetkamer binnen. Van daaruit betraden ze een korte gang met een ingelegd dressoir van mahoniehout, een marmeren standbeeld van een centaur met haar veulen en een schilderij van Salome met het hoofd van de Heilige Johannes op een zilveren schaal. Vóór hen bevonden zich twee deuren. De rechter kwam meneer Lascelles niet bekend voor. Hij had het gevoel dat hij hem nog nooit eerder had gezien. Meneer Norrell liep voor hen uit door die deur naar binnen – en meteen waren ze terug in de salon.

'Wacht eens,' zei meneer Norrell verward. Hij keek achter zich. 'Ik heb kennelijk... Nee. Wacht even. Nu weet ik het weer! Kom mee.'

Opnieuw liepen ze door de eetkamer naar de gang. Deze keer namen ze de linkerdeur. Ook die leidde rechtstreeks terug naar de salon.

Meneer Norrell slaakte een luide kreet van wanhoop. 'Hij heeft mijn labyrint doorbroken en een nieuw geweven om me tegen te houden!'

'In sommige opzichten,' merkte Lascelles op, 'wenste ik dat u hem niet zo goed onderwezen had.'

'O, maar dit heb ik hem nooit geleerd – en ik kan u verzekeren dat hij het ook niet van iemand anders heeft geleerd! Of de duivel heeft hem verteld hoe het moet, of hij heeft het zelf ontdekt, zojuist, hier in mijn eigen huis. Dat is nu het briljante aan mijn vijand. Als je een deur voor hem op slot doet, bereik je er alleen maar mee dat hij eerst ontdekt hoe hij een slot open moet peuteren en vervolgens hoe hij een beter slot moet maken om jou buiten te houden!'

Lucas en de andere bedienden staken nog wat kaarsen aan, alsof meer licht het gemakkelijker kon maken om Strange' spreuken te doorzien, of zou helpen de realiteit van de magie te onderscheiden. Al snel baadden de drie vertrekken in het licht. Elk beschikbaar oppervlak stond vol met kaarsen en kandelaars, maar het enige wat het hun opleverde was grotere verwarring. Ze liepen van de eetkamer naar de salon, van de salon naar de gang – 'Als vossen in een dichtgestopt hol,' zei Lascelles – maar wat ze ook deden, ze konden de drie vertrekken niet verlaten.

De tijd verstreek. Hoeveel, dat was onmogelijk vast te stellen. De klokken stonden nu allemaal op middernacht. Door elk raam was de duisternis van de Eeuwige Nacht met zijn onbekende sterren te zien.

Meneer Norrell bleef staan. Hij sloot zijn ogen. Zijn gezicht was duister, en zo strak als een gespannen vuist. Hij stond volkomen stil, alleen zijn lippen bewogen een beetje. Toen deed hij zijn ogen open en zei: 'Volg mij.' Hij sloot zijn ogen weer en ging op pad. Het leek alsof hij de plattegrond volgde van een geheel ander huis, dat op de een of andere manier in zijn eigen huis klem was komen te zitten. Met elke bocht naar links of naar rechts creëerde hij een nieuw pad, een pad dat hij nog nooit had bewandeld.

Na drie of vier minuten deed hij zijn ogen open. Daar, voor hem, lag de gang die hij zocht – die met de stenen tegelvloer – en aan het eind waren de hoge, in schaduwen gehulde contouren van de bibliotheekdeur te zien.

'Nu zullen we eens zien wat hij aan het doen is,' zei hij. 'Lucas, houd de loden kettingen en sloten in gereedheid. Niets beschermt zo goed tegen magie als lood. We zullen zijn handen kluisteren, en dat zal hem een beetje hinderen. Meneer Lascelles, hoe snel denkt u dat we een brief naar een van de ministers kunnen sturen?' Hij was verbaasd dat niemand antwoord gaf, dus draaide hij zich om.

Hij was moederziel alleen.

Een eindje verderop hoorde hij Lascelles iets zeggen – zijn kille, lome stem was onmiskenbaar. Hij hoorde dat eerst een van de andere bedienden antwoord gaf, en toen Lucas. Langzamerhand stierven de geluiden echter weg. Het gestommel van bedienden die zich van de ene kamer naar de andere haastten was verdwenen. Het was stil.

64

Twee versies van lady Pole

half februari 1817

'Wel!' zei Lascelles. 'Dat was onverwacht!'

Hij en de bedienden stonden op een kluitje bij een van de muren van de eetkamer – de muur waar meneer Norrell zojuist volkomen beheerst dwars doorheen was gelopen.

Lascelles stak zijn hand uit en raakte de muur aan – die was ondoordringbaar. Hij drukte er hard tegenaan, maar hij bewoog niet.

'Was hij dat van plan, denkt u?' vroeg een van de bedienden zich hardop af.

'Ik geloof niet dat het er echt toe doet wat hij van plan was,' zei Lucas. 'Hij is nu naar meneer Strange toe.'

'Wat feitelijk wil zeggen dat hij naar de duivel is gelopen,' voegde Lascelles eraan toe.

'Wat gaat er nu gebeuren?' vroeg een andere bediende.

Niemand gaf hem antwoord. Beelden van een magische strijd speelden bij alle aanwezigen door het hoofd: meneer Norrell die mystieke kanonskogels naar Strange slingerde, Strange die duivels opriep die meneer Norrell zouden meevoeren. Ze luisterden ingespannen en verwachtten elk ogenblik geluiden van een worsteling te horen. Die kwamen echter niet.

In de aangrenzende kamer klonk een kreet. Een van de bedienden had de deur van de salon geopend en aan de andere kant ervan de ontbijtkamer aangetroffen. Aan de andere kant van de ontbijtkamer lag de zitkamer van meneer Norrell, en daarachter zijn kleedkamer. De oude volgorde van de kamers was opeens weer hersteld: het labyrint was doorbroken.

De opluchting over deze ontdekking was groot. De bedienden lieten Lascelles onmiddellijk alleen en liepen naar de keuken, het toevluchtsoord waar hun sociale klasse van nature soelaas vond. Lascelles nam in zijn eentje plaats in de zitkamer van meneer Norrell, en ook dat was natuurlijk. Hij was vaag van plan daar te blijven zitten totdat meneer Norrell zou terugkomen. Of als meneer Norrell nooit terugkwam, zou hij op Strange wachten en hem neerschieten. Wat kan een tovenaar immers uitrichten tegen een loden kogel, vroeg hij zich af. Tussen het moment dat het pistool wordt afgevuurd en het moment dat zijn hart uiteenspat is er geen tijd voor magie.

Dergelijke gedachten boden hem echter slechts tijdelijk troost. Het was te stil in huis, en de duisternis was te... magisch. Hij was zich er te zeer van bewust dat op de ene plek de bedienden allemaal gezellig bij elkaar zaten, dat op de andere plek twee tovenaars god weet wat aan het doen waren, en dat hij op de derde plek moederziel alleen zat te wachten. In een hoek van de kamer stond een oude staande klok, een laatste overblijfsel uit het huis in York waarin meneer Norrell was opgegroeid. De wijzers van die klok waren, net als die van alle andere klokken in het huis, op middernacht komen te staan toen Strange arriveerde. Deze klok had zich echter niet zomaar gewonnen gegeven. Hij protesteerde luidkeels tegen die onverwachte wending. Hij tikte maar wat in het wilde weg. Het leek wel alsof hij dronken was – of mogelijk koorts had – en van tijd tot tijd maakte hij een geluid dat opvallend veel leek op dat van iemand die inademde. Telkens als dat gebeurde, dacht Lascelles dat Strange de kamer was binnengekomen en iets wilde gaan zeggen.

Hij stond op en liep achter de bedienden aan naar de keuken.

De keuken van Hurtfew Abbey leek sterk op de crypte van een grote kerk: een en al klassieke vormen en mistroostigheid. Midden in het vertrek stond een groot aantal talgkaarsen en daaromheen stond iedere bediende die Lascelles ooit in Hurtfew had gezien, en daarnaast nog vele anderen die hij nooit had gezien. Hij bleef boven aan de trap tegen een pilaar geleund staan.

Lucas keek vluchtig naar hem op. Hij zei: 'We stonden te bespreken wat me moesten doen, meneer. We vertrekken binnen een half uur. Meneer Norrell heeft er niets aan als wij hier blijven. Stel dat ons iets overkomt? Dat is onze intentie, meneer, maar als u een andere mening bent toegedaan, zal ik die graag aanhoren.'

'Mijn mening!' riep Lascelles uit. Hij keek stomverbaasd, en dat was slechts voor een deel geveinsd. 'Dit is de eerste keer dat een lakei me om mijn mening vraagt. Dank u, maar ik denk dat ik afzie van mijn aandeel in deze...' hij dacht even na, en besloot toen te kiezen voor het meest aanstootgevende woord dat hij kende, 'democratie.'

'Zoals u wenst, meneer,' zei Lucas vriendelijk.

'In Engeland is het nu al dag, denk ik,' zei een van de dienstmeiden met een verlangende blik naar de ramen die hoog in de muren zaten.

'Dit is Engeland, dwaas kind!' zei Lascelles.

'Nee, meneer. Neemt u mij niet kwalijk,' zei Lucas, 'maar dat is het niet. Engeland is een natuurlijk oord. Davey, hoelang heb je nodig om de paarden te zadelen?'

'Wel, wel!' riep Lascelles uit. 'Jullie zijn allemaal erg brutaal, moet ik zeggen, dat jullie in mijn bijzijn spreken over diefstal. Denken jullie soms dat ik jullie niet zal verraden? Integendeel. Ik zal ervoor zorgen dat jullie allemaal worden opgehangen!'

Enkele bedienden wierpen een nerveuze blik op de pistolen die Lascelles in zijn handen had. Lucas deed echter alsof hij er niet was.

De bedienden kwamen al snel overeen dat degenen die familie of vrienden in de buurt hadden daarnaar toe zouden gaan. De rest zou met de paarden naar de boerderijen worden gestuurd die op het landgoed van meneer Norrell stonden.

'Zo ziet u maar, meneer,' zei Lucas tegen Lascelles, 'dat niemand iets steelt. Niemand is een dief. Alle eigendommen van meneer Norrell blijven op het landgoed van meneer Norrell, en we zullen voor zijn paarden zorgen alsof ze nog steeds in zijn stallen stonden. Het zou echter vreselijk wreed zijn om een levend wezen achter te laten in deze Bestendige Nacht.'

Een tijdje later verlieten de bedienden Hurtfew (hoeveel later het precies was, viel niet vast te stellen – net als de klokken stonden hun zakhorloges stil op middernacht). Met manden en valiezen aan hun arm en knapzakken op hun rug leidden ze de paarden aan het hoofdstel mee. Er waren ook twee ezels en een geitenbok, die altijd in de stallen had gewoond omdat de paarden hem prettig gezelschap vonden. Lascelles volgde op enige afstand. Hij wilde het niet doen lijken alsof hij bij deze schoremstoet hoorde, maar hij wilde evenmin alleen in het huis achterblijven.

Op een meter of tien van de rivier verlieten ze de Nacht en betraden de dageraad. Opeens hingen er allerlei geuren in de lucht: de geur van rijp, winterse aarde en de nabije rivier. De kleuren en vormen van het park leken vereenvoudigd, alsof Engeland 's nachts opnieuw geschapen was. Voor de arme bedienden, die betwijfeld hadden of ze ooit nog iets anders zouden zien dan duisternis en sterren, was het een zeer welkome aanblik.

Hun horloges liepen weer en toen ze ze gingen vergelijken, kwamen ze tot de conclusie dat het kwart voor acht was.

De verschrikkingen van die nacht waren echter nog niet helemaal achter de rug. Er waren nu twee bruggen die de rivier overspanden, terwijl er voorheen maar één was geweest.

Lascelles kwam haastig aangelopen. 'Wat is dat?' vroeg hij dwingend, wijzend op de nieuwe brug.

Een oude bediende – een man met een baard als een kleine, witte wolk die op zijn kin was geplakt – zei dat het een elfenbrug was. Hij had hem in zijn jeugd wel eens gezien. Hij was in het verre verleden gebouwd, toen John Uskglass nog de scepter zwaaide over Yorkshire. Hij was bouwvallig geworden en in de tijd van de oom van meneer Norrell afgebroken.

'Maar nu is hij opeens weer terug,' zei Lucas huiverend.

'En wat ligt er aan de overkant?' vroeg Lascelles.

De oude bediende zei dat hij ooit via allerlei zonderlinge oorden naar Northallerton had geleid.

'Kruist hij de weg die we bij Red House hebben gezien?' vroeg Lascelles.

De oude bediende schudde zijn hoofd. Dat wist hij niet.

Lucas' geduld begon op te raken. Hij wilde weg.

'Elfenwegen zijn niet zoals christelijke wegen,' zei hij. 'Vaak komen ze niet eens uit op de plaats waar ze uit horen te komen. Maar wat doet het ertoe? Niemand van ons is van plan ook maar één voet op dat boosaardige ding te zetten.'

'Neem me niet kwalijk,' zei Lascelles, 'maar dat zal ik zelf wel besluiten.' Hij aarzelde even, maar liep toen met grote passen op de elfenbrug af.

Een paar bedienden riepen tegen hem dat hij terug moest komen.

'Ach, laat hem toch gaan,' zei Lucas, die zijn greep verstevigde op de mand waarin zijn kat zat. 'Laat hem naar de verdoemenis lopen als hij dat wil! Niemand verdient het meer dan hij, als je het mij vraagt.' Hij wierp Lascelles een laatste, hartgrondige blik van afkeer toe en liep achter de anderen aan het park in.

Achter hen rees de Zwarte Pilaar op tot aan de grauwe hemel van Yorkshire, en het eind ervan was niet te onderscheiden.

Dertig kilometer verderop reed Childermass juist over de brug die naar Starecross leidde. Hij reed door het dorp naar Starecross Hall en steeg af.

'Hé! Hé!' Hij bonkte op de deur met zijn zweep. Hij schreeuwde nog wat en trapte een paar keer stevig tegen het hout.

Twee bedienden deden open. Ze waren al hevig geschrokken van al dat geschreeuw en gebonk, en toen ze hun kaars omhoog hielden en zagen dat degene die al dat kabaal had gemaakt een man was die eruitzag als een moordenaar, met een wilde blik in zijn ogen, een snee in zijn gezicht en een hemd dat onder het bloed zat, stelde dat hen niet bepaald gerust.

'Sta daar niet zo te gapen,' zei hij tegen hen. 'Ga je meester halen! Hij weet wie ik ben.'

Na tien minuten verscheen meneer Segundus in een kamerjas. Childermass, die binnen vlak bij de deur ongeduldig stond te wachten, zag dat hij met zijn ogen dicht door de gang liep, en dat een bediende hem bij de hand meevoerde. Het leek alsof hij blind was geworden. De bediende zette hem pal voor Childermass neer. Meneer Segundus deed zijn ogen open.

'Goede hemel, meneer Childermass!' riep hij uit. 'Wat is er met uw gezicht gebeurd?'

'Iemand zag het aan voor een sinaasappel. En u, meneer? Wat is er met u gebeurd? Bent u ziek geweest?'

'Nee, niet ziek.' Meneer Segundus was duidelijk gegeneerd. 'Het komt doordat ik doorlopend zo dicht bij zulke sterke magie heb gewoond. Ik heb me nooit gerealiseerd hoezeer dat een mens kan verzwakken. Als je er ontvankelijk voor bent, bedoel ik. Gelukkig merken de bedienden er helemaal niets van.'

Hij had iets onwerkelijks over zich. Bizar genoeg zag hij eruit alsof hij op de lucht geschilderd was. Bij het minste zuchtje tocht dat door een gat in het venster naar binnen kwam, waaide zijn haar op en kwamen er golfjes en pijpenkrulletjes in, alsof het helemaal niets woog.

'Daarom bent u denk ik hier,' ging hij verder. 'Maar u moet maar tegen meneer Norrell zeggen dat ik niets heb gedaan, behalve de voorvallen bestuderen die zich hebben voorgedaan. Ik geef toe dat ik een paar aantekeningen heb gemaakt, maar in feite is er niets waarover hij kan klagen.'

'Welke magie?' vroeg Childermass. 'Waar heeft u het over? En over meneer Norrell hoeft u zich geen zorgen meer te maken. Hij heeft zo zijn eigen problemen, en hij weet niet dat ik hier ben. Wat heeft u allemaal gedaan, meneer Segundus?'

'Ik heb slechts toegekeken en mijn bevindingen vastgelegd, zoals het een tovenaar betaamt.' Meneer Segundus leunde gretig naar voren. 'En ik ben tot enkele verrassende conclusies gekomen betreffende de ziekte van lady Pole!'

'O?'

'Naar mijn mening is het helemaal geen krankzinnigheid! Het is magie!' Meneer Segundus wachtte op Childermass' verbijsterde reactie. Hij keek een beetje teleurgesteld toen Childermass alleen maar knikte.

'Ik heb iets wat aan lady Pole toebehoort,' zei Childermass. 'Iets wat ze lange tijd heeft moeten missen. Dus zou u zo vriendelijk willen zijn me naar haar toe te brengen?'

'O, maar—'

'Ik heb geen kwaad in de zin, meneer Segundus. En ik geloof dat ik haar misschien zelfs een beetje kan helpen. Dat zweer ik bij de Raaf en het Boek. Bij de Raaf en het Boek[1].'

'Ik kan u niet naar haar toe brengen,' zei meneer Segundus. Hij hief zijn hand op om Childermass' tegenwerpingen af te weren. 'Ik bedoel niet dat ik het niet wíl. Ik bedoel dat ik het niet kán. Charles zal ons bij haar brengen.' Hij wees op de bediende aan zijn zij.

Dat vond Childermass nogal zonderling, maar hij was niet in de stemming om er bezwaar tegen te maken. Meneer Segundus greep Charles bij zijn arm en sloot zijn ogen.

Achter het steen en eikenhout van de gangen van Starecross Hall

---

[1] Dit is een oude, Noord-Engelse eed. Op John Uskglass' armen stond een raaf in vlucht op een witte achtergrond (Argent, Raven Volant). Op die van zijn kanselier, William Lanchester, stond hetzelfde, maar dan met een opengeslagen boek erbij (Argent, Raven Volant boven een open boek).

Het grootste deel van de dertiende eeuw legde John Uskglass zich toe op wetenschap en magie, en liet hij de regeringszaken over aan Lanchester. Lanchester's armen waren afgebeeld in alle belangrijke rechtbanken en op veel belangrijke documenten. Als gevolg daarvan wendden de mensen zich de gewoonte aan om te zweren op de Raaf en het Boek, die op die armen stonden.

verscheen plotsklaps een visioen van een ander huis. Childermass zag hoge gangen die zich onvoorstelbaar ver uitstrekten. Het leek alsof er twee transparanten tegelijk in een toverlantaarn waren gestopt, zodat het ene beeld het andere overlapte. De indruk dat hij door twee huizen tegelijk liep, bezorgde hem al snel een gevoel dat leek op zeeziekte. Hij werd steeds verwarder en als hij alleen was geweest, zou hij al snel niet meer geweten hebben welke kant hij op moest. Hij wist niet of hij liep of viel, of hij een tree opliep of een onmogelijk lange trap. Soms leek hij opeens een enorm stuk af te leggen over de stenen tegelvloer, terwijl hij tegelijkertijd nauwelijks vooruitkwam. Zijn hoofd tolde en hij werd misselijk.

'Stop! Stop!' riep hij, en hij zeeg met zijn ogen dicht op de grond.

'U heeft er kennelijk erg veel last van,' zei meneer Segundus. 'Nog meer dan ik. Sluit uw ogen en pak mijn arm vast. Charles zal ons allebei leiden.'

Ze liepen verder met hun ogen dicht. Charles leidde hen rechtsaf, en toen een trap op. Boven aan de trap voerde meneer Segundus prevelend een gesprek met iemand. Charles trok Childermass met zich mee. Childermass had de indruk dat hij een kamer binnenging. Het rook er naar schoon linnen en gedroogde rozen.

'Is dit de persoon met wie ik van u moet praten?' vroeg een vrouw. De stem klonk vreemd, alsof hij van twee plaatsen tegelijk kwam, alsof er een echo was. 'Maar ik ken die persoon! Hij is de bediende van de tovenaar! Hij is—'

'Ik ben de persoon die door u is neergeschoten, milady,' zei Childermass, en hij deed zijn ogen open.

Hij zag niet één vrouw, maar twee, of nog preciezer: hij zag dezelfde vrouw dubbel. Ze zaten allebei in dezelfde houding en keken naar hem op. Ze bevonden zich allebei op dezelfde plek, zodat hij, als hij haar aankeek, hetzelfde duizelige gevoel ervoer als toen hij door de gangen liep.

De ene versie van lady Pole zat in het huis in Yorkshire. Ze droeg een ivoorkleurige japon en nam hem met kalme onverschilligheid op. De andere versie was vager, spookachtiger. Zij zat in het sombere, doolhofachtige huis, en was gekleed in een bloedrode avondjapon. Er zaten juwelen of sterren in haar donkere haar en ze keek hem vol woede en haat aan.

Meneer Segundus trok Childermass een stukje naar rechts. 'Gaat u hier maar eens staan,' zei hij opgewonden. 'Doe nu één oog dicht. Ziet u het? Kijkt u goed! Op de plaats waar haar mond hoort te zitten, heeft ze een rood met witte roos.'

'De magie heeft op ieder van ons een ander effect,' zei Childermass. 'Ik zie iets heel vreemds, maar dat niet.'

'Het is erg brutaal van u, dat u hier komt,' zeiden beide versies van lady Pole tegen Childermass, 'gelet op wie u bent en wie u vertegenwoordigt.'

'Ik ben hier niet namens meneer Norrell. Om u de waarheid te zeggen, weet ik niet helemaal zeker wie ik op dit moment vertegenwoordig. Ik denk Jonathan Strange. Ik geloof dat hij me een boodschap heeft gestuurd, en ik denk dat die over u ging. De boodschapper werd echter verhinderd voordat hij me kon bereiken, en de boodschap is verloren gegaan. Weet u, milady, wat meneer Strange me wellicht over u wilde vertellen?'

'Ja,' zeiden beide versies van lady Pole.

'Wilt u me vertellen wat?'

'Als ik spreek,' zeiden ze, 'zal wat ik zeg krankzinnig klinken.'

Childermass haalde zijn schouders op. 'Ik heb twintig jaar doorgebracht in het gezelschap van tovenaars. Ik ben eraan gewend. Spreek.'

En zo begon ze (of begonnen zij). Meteen haalde meneer Segundus een memorandumboek uit de zak van zijn kamerjas, en begon aantekeningen te maken. In Childermass' ogen spraken de twee versies van lady Pole echter niet meer als één persoon. De lady Pole die in Starecross Hall zat, vertelde een verhaal over een kind dat in de buurt van Carlisle woonde[2], maar de vrouw met de bloedrode japon leek een

---

[2] Op een herfstochtend liep het kind uit Cumbria de tuin van haar grootmoeder in. In een vergeten hoekje ontdekte ze een huis, dat ongeveer zo hoog en breed was als een bijenkorf. Het was gemaakt van spinnenwebben, die stijf en wit waren van de rijp. In het huis bevond zich een piepklein persoontje dat soms onmetelijk oud leek, maar soms niet ouder dan het kind zelf. Het persoontje vertelde het kind dat ze een zangvogelherder was en dat het al eeuwenlang haar taak was om te waken over de kramsvogels, koperwieken en lijsters in dat deel van Cumbria. De hele winter lang speelden het kind en de zangvogelherder met elkaar, en hun groeiende vriendschap werd geenszins gehinderd door hun verschil in postuur. Meestal deed de zangvogelherder namelijk het obstakel teniet door zichzelf net zo groot te maken als het kind – of soms door hen allebei zo klein te maken als vogels, of kevers, of sneeuwvlokjes. De zangvogelherder stelde het kind voor aan veel vreemde

volkomen ander verhaal te vertellen. Ze had een felle uitdrukking op haar gezicht en benadrukte haar woorden met hartstochtelijke gebaren, maar Childermass kon niet verstaan wat ze zei. Het eigenaardige verhaal over het kind uit Cumbria overstemde het.

'Daar! Ziet u,' zei meneer Segundus opgewonden terwijl hij nog een laatste aantekening maakte, 'hierdoor komt het dat men denkt dat ze krankzinnig is: die vreemde verhalen en vertellingen. Ik heb echter een lijst gemaakt van alles wat ze me verteld heeft, en ik heb overeenkomsten gevonden tussen haar verhalen en de oeroude elfenleer. Als u en ik op onderzoek zouden uitgaan, zouden we ongetwijfeld een verwijzing vinden naar een groep elfen die een hechte band hadden met zangvogels. Ik denk niet dat ze zangvogelherders waren. U zult het met me eens zijn dat dat voor zo'n doelloos volk een te gestructureerde bezigheid moet zijn geweest. Maar misschien hielden ze zich bezig met een bepaalde vorm van magie die te maken had met zangvogels. En het kwam een van hen wellicht goed uit om tegen een ontvankelijk kind te zeggen dat ze zangvogelherder was.'

'Misschien,' zei Childermass zonder veel interesse. 'Maar dat is niet wat ze ons wilde vertellen. En ik herinner me opeens de magische betekenis van de roos. Die staat voor stilzwijgen. Daarom ziet u een rood met witte roos: het is een dempspreuk.'

'Een dempspreuk!' zei meneer Segundus geheel verbaasd. 'Ja, ja! Nu begrijp ik het. Ik heb over dat soort zaken gelezen. Maar hoe kunnen we hem verbreken?'

Uit zijn jaszak haalde Childermass een kistje in de kleur van hartzeer. 'Milady,' zei hij, 'geeft u me uw linkerhand.'

Ze legde haar witte hand in de gerimpelde, bruine hand van Childermass. Childermass maakte het kistje open, haalde de vinger eruit en legde die op de lege plek.

Er gebeurde niets.

'We moeten meneer Strange zoeken,' zei meneer Segundus. 'Of meneer Norrell. Misschien kunnen zij hem weer aanzetten!'

'Nee,' zei Childermass, 'dat is niet nodig. Nu niet meer. U en ik zijn allebei tovenaar, meneer Segundus. En Engeland is vervuld van magie.

---

en interessante personen, die soms in huizen woonden die nog zonderlinger en kostelijker waren dan dat van de zangvogelherder zelf.

Hoeveel jaren hebben wij wel niet gestudeerd? We weten vast wel iets wat hier van pas kan komen. Pale's Herstel en Rectificatie, bij voorbeeld.'

'Ik weet hoe die in elkaar steekt,' zei meneer Segundus. 'Maar ik ben nooit een praktiserend tovenaar geweest.'

'En dat zult u ook nooit worden als u het niet probeert. Voert u de magie uit, meneer Segundus.'

En dus voerde meneer Segundus de magie uit.[3]

De vinger ging vloeiend over in de hand en vormde een naadloos geheel. Op hetzelfde moment verdween de indruk van eindeloze, sombere gangen die hen omhulden, en de twee vrouwen voegden zich voor Childermass' ogen samen tot één persoon.

Lady Pole stond langzaam op uit haar stoel. Haar ogen schoten snel heen en weer, alsof ze de wereld voor het eerst zag. Iedereen in het vertrek kon zien dat ze veranderd was. Uit al haar gelaatstrekken sprak leven en vuur. In haar ogen gloeide een fel licht. Ze hief haar armen. Haar beide handen waren tot vuisten gebald, alsof ze van plan was ze te laten neerkomen op iemands hoofd.

'Ik was betoverd!' barstte ze los. 'Verkwanseld ten behoeve van de carrière van een slechte man!'

'Goede hemel!' riep meneer Segundus uit. 'Mijn beste lady Pole—'

'Beheerst u zich, meneer Segundus,' zei Childermass. 'We hebben geen tijd voor banaliteiten. Laat haar spreken.'

'Ik was dood vanbinnen, en bijna dood vanbuiten!' Tranen sprongen in haar ogen en ze sloeg zichzelf met haar gebalde vuist op de borst. 'En ik niet alleen. Anderen lijden nog steeds: mevrouw Strange en de bediende van mijn echtgenoot, Stephen Black!'

Ze vertelde over de kille, spookachtige bals die ze had moeten verdragen, de sombere optochten waaraan ze gedwongen was mee te

---

[3] Zoals bij het overgrote deel van de magie van Martin Pale, is er voor Herstel en Rectificatie een speciaal voor dat doel vervaardigd instrument of sleutel nodig. In dit geval is de sleutel een klein, kruisvormig voorwerp gemaakt van twee dunne stukjes metaal. De vier armen van het kruis stellen de vroegere toestand, de toekomstige toestand, de compleetheid (of gezondheid) en de incompleetheid (of ziekte) voor. Zoals hij later schreef in *The Modern Magician*, gebruikte meneer Segundus hiervoor een lepel en een rijgpen uit de kapdoos van lady Pole, die de kamermeid van lady Pole met een lint aan elkaar bond.

doen, en de vreemde belemmering die haar en Stephen Black ervan had weerhouden iets te zeggen over hun hachelijke toestand.

Meneer Segundus en de bedienden hoorden elke nieuwe openbaring vol afschuw aan. Childermass zat met een onbewogen gezicht te luisteren.

'We moeten de redacteuren van de kranten aanschrijven,' zei lady Pole opgewonden. 'Ik ben vastbesloten hen publiekelijk te ontmaskeren!'

'Wie bedoelt u met "hen"?' vroeg meneer Segundus.

'De tovenaars, natuurlijk! Strange en Norrell!'

'Meneer Strange?' vroeg meneer Segundus weifelend. 'Nee, nee, u heeft het mis! Mijn beste lady Pole, denkt u toch even na over wat u zegt. Meneer Norrell zal ik niet verdedigen – zijn misdaden jegens u zijn onmenselijk! Maar meneer Strange heeft niemand kwaad gedaan, niet willens en wetens, althans. Hij is toch zeker eerder een slachtoffer dan een slechterik?'

'O nee,' zei lady Pole verhit, 'integendeel! Ik beschouw hem verreweg als de ergste van de twee. Met zijn nalatigheid en zijn kille, mannelijke magie heeft hij een bovenste beste vrouw, zijn toegewijde echtgenote, verraden!'

Childermass stond op.

'Waar gaat u naar toe?' vroeg meneer Segundus.

'Ik ga Strange en Norrell zoeken,' zei Childermass.

'Waarom?' vroeg lady Pole, die hem boos aankeek. 'Om hen te waarschuwen? Zodat ze zich kunnen voorbereiden op de wraak van een vrouw! O, die mannen houden elkaar ook altijd de hand boven het hoofd!'

'Nee, ik ga hun mijn hulp aanbieden om mevrouw Strange en Stephen Black te bevrijden.'

Lascelles liep verder. Het pad voerde een woud in. Bij de ingang van het woud stond het standbeeld van de vrouw met het uitgeplukte oog en hart in haar handen – precies zoals Childermass het beschreven had. Aan de doornbomen hingen lijken in verschillende stadia van verrotting. Er lag sneeuw op de grond en het was erg stil.

Na een tijdje kwam hij bij de toren. Hij had zich er een fantastisch, onaards gebouw bij voorgesteld. Maar in feite, dacht hij, is het een heel eenvoudig kasteel, net als die in de Schotse grenslanden.

Hoog in de toren zat één raam, met daarachter de gloed van kaarslicht en het silhouet van iemand die toekeek. Lascelles merkte ook iets anders op, iets wat Childermass niet had gezien of niet de moeite van het vermelden waard had gevonden: overal in de bomen hingen slangachtige wezens met zware, doorgezakte lichamen. Een van hen was net bezig een vers, vlezig uitziend lijk in zijn geheel op te slokken.

Tussen de bomen en het beekje stond de bleke jongeman. Zijn ogen waren uitdrukkingsloos en er lag een dun laagje dauw op zijn voorhoofd. Zijn uniform, dacht Lascelles, was dat van het Elfde Eskader Lichte Dragonders.

Lascelles sprak hem met de volgende woorden aan: 'Een landgenoot van mij heeft u een paar dagen geleden benaderd. Hij heeft met u gesproken. U heeft hem uitgedaagd. Toen is hij op de vlucht geslagen. Hij was een onooglijke man met donker haar, een persoon met verachtelijke gewoonten en van onedele afkomst.'

Als de bleke jongeman Childermass herkende aan de hand van die beschrijving, liet hij daar niets van merken. Met doodse stem zei hij: 'Ik ben de voorvechter van het Kasteel van het Uitgeplukte Oog en Hart. Ik daag hen uit die—'

'Ja, ja!' zei Lascelles ongeduldig. 'Dat kan me allemaal niets schelen. Ik ben hier gekomen om te vechten, om de smet op het blazoen van Engeland uit te wissen die die kerel met zijn lafheid veroorzaakt heeft.'

De gestalte achter het raam leunde gretig voorover.

De bleke jongeman zei niets.

Lascelles maakte een geërgerd geluid. 'Goed dan! Geloof dan maar dat ik allerlei kwaad in de zin heb jegens die vrouw, als je wilt. Mij maakt het geen sikkepit uit. Pistolen?'

De bleke jongeman haalde zijn schouders op.

Aangezien ze geen secondanten hadden die voor hen het woord konden voeren, zei Lascelles tegen de jongeman dat ze op twintig pas van elkaar zouden gaan staan, en hij mat de afstand zelf uit.

Ze hadden hun posities ingenomen en stonden op het punt het vuur te openen, toen Lascelles opeens iets bedacht. 'Wacht!' riep hij. 'Hoe luidt uw naam?'

De jongeman keek hem mat aan. 'Dat weet ik niet meer,' zei hij.

Ze vuurden allebei tegelijk hun pistolen af. Lascelles had de indruk dat de jongeman op het laatste moment zijn pistool wegdraaide en met opzet mis schoot. Dat kon Lascelles niet schelen. Als de jongeman een lafaard was, dan was dat jammer voor hem. Zijn eigen kogel boorde zich met bevredigende precisie in de borst van de jongeman. Lascelles keek toe hoe hij stierf, met dezelfde intense interesse en tevredenheid die hij ervaren had toen hij Drawlight vermoord had.

Het lichaam hing hij aan de dichtstbijzijnde doornboom. Toen amuseerde hij zich met schieten op de rottende lijken en de serpenten. Hij had nog geen uur besteed aan die plezierige bezigheid toen hij op het bospad het geklop van paardenhoeven hoorde. Uit de andere richting, niet uit Engeland maar uit het Elfenrijk, naderde een donkere gestalte op een donker paard.

Lascelles draaide zich met een ruk om. 'Ik ben de voorvechter van het Kasteel van het Uitgeplukte Oog en Hart,' begon hij...

65

De as, de parels, de beddensprei en de kus
half februari 1817

Op het moment dat Lucas en de anderen vertrokken uit Hurtfew Abbey, was Stephen zich in zijn slaapkamer op de bovenste verdieping van het huis in Harley-street aan het aankleden.

Londen is al een meer dan gemiddeld buitenissige stad, maar van alle verrassende plekken die er in die tijd te vinden waren, was Stephen's slaapkamer ongetwijfeld de ongewoonste. Het stond er vol met kostbare, zeldzame en wonderlijke zaken. Als het kabinet, of de heren die de leiding hebben over de Bank of England, er op de een of andere manier in geslaagd waren de hand te leggen op de inhoud van Stephen's slaapkamer, zouden hun zorgen voltooid verleden tijd zijn geweest. Dan hadden ze de schuldenlast van Groot-Brittannië kunnen afbetalen en met het overgebleven geld Londen van de grond af opnieuw kunnen opbouwen. Dank zij de heer met het pluishaar had Stephen kroonjuwelen uit de Heer mocht weten welke koninkrijken in zijn bezit, en geborduurde gewaden die ooit hadden toebehoord aan Koptische pausen. In de bloempotten op zijn vensterbank stonden geen bloemen, maar uitsluitend kruizen van robijnen en parels, bewerkte juwelen en insignes van militaire regimes die al lang niet meer bestonden. In zijn kleine kledingkast lagen een fragment uit het plafond van de Sixtijnse Kapel en het dijbeen van een Baskische heilige. De hoed van de heilige Christoffel hing aan een haak achter de deur en een marmeren standbeeld van Lorenzo de Medici door Michelangelo – dat tot voor kort in Florence op de graftombe van de beroemde man had gestaan – nam het grootste deel van de vloer in beslag.

Stephen stond zich te scheren met behulp van een spiegeltje dat hij op de knie van Lorenzo de Medici had gezet, toen de heer vlak achter hem verscheen.

'De tovenaar is teruggekeerd naar Engeland!' riep hij uit. 'Ik heb hem gisteravond op 's Konings Wegen gezien, met de Nacht als een mystieke mantel om zich heen geslagen. Wat wil hij? Wat zou hij van plan zijn? O! Nu is het met me gedaan, Stephen. Ik kan het voelen! Hij heeft snode plannen met mij!'

Stephen voelde een rilling over zijn rug gaan. De heer was altijd op zijn gevaarlijkst als hij geagiteerd en verontrust was, zoals nu.

'We moeten hem doden,' zei de heer.

'Hem doden? O, nee, meneer!'

'Waarom niet? We kunnen ons voorgoed van hem ontdoen! Ik kan zijn armen, ogen en tong binden met behulp van magie en dan kun jij zijn hart doorboren!'

Stephen dacht razendsnel na. 'Maar wellicht heeft zijn terugkeer helemaal niets met u te maken, meneer,' zei hij voorzichtig. 'Bedenk maar eens hoeveel vijanden hij in Engeland heeft – menselijke vijanden, bedoel ik. Misschien is hij teruggekomen om zijn ruzie met een van hen voort te zetten.'

De heer leek niet overtuigd. Redenaties waarin niet naar hem werd verwezen, vond hij altijd moeilijk te volgen. 'Dat acht ik niet erg waarschijnlijk,' zei hij.

'O, maar natuurlijk is het wel waarschijnlijk,' zei Stephen, die zich nu zelfverzekerder begon te voelen. 'Er zijn vreselijke dingen over hem geschreven in de kranten en tijdschriften. Het gerucht gaat dat hij zijn vrouw heeft vermoord. Veel mensen geloven dat. Als zijn situatie anders was geweest, zou hij inmiddels hoogstwaarschijnlijk al gearresteerd zijn. En het is algemeen bekend dat alle leugens en halve waarheden de wereld in geholpen zijn door die andere tovenaar. Waarschijnlijk is Strange teruggekomen om wraak te nemen op zijn voormalige meester.'

De heer keek Stephen aan. Toen lachte hij, en maakte zijn diepe mismoedigheid plaats voor een evenredig grote opgetogenheid. 'We hebben niets te vrezen, Stephen!' zei hij verrukt. 'De tovenaars hebben ruzie gekregen en verafschuwen elkaar, maar zonder elkaar stellen ze niets voor. Wat ben ik daar blij om! En wat ben ik blij dat ik jou heb om me van advies te dienen! En toevallig ben ik van plan je vandaag een prachtig cadeau te geven – iets waar je al heel lang naar verlangt.'

'O ja, meneer?' zei Stephen met een zucht. 'Dat zou ik fantastisch vinden.'

'Toch moeten we eigenlijk iemand doden,' zei de heer, teruggrijpend op zijn eerdere onderwerp. 'Ik ben vanochtend behoorlijk van streek geweest en daar moet iemand voor boeten. Wat dacht je van de oude tovenaar? O, nee, wacht even! Daar doe ik die jongere tovenaar een plezier mee, en dat wil ik niet. De echtgenoot van lady Pole dan? Hij is lang en arrogant en behandelt je als een bediende!'

'Maar ik bén ook een bediende, meneer.'

'Of de koning van Engeland! Ja, dat is een uitstekend plan! Laten we samen meteen naar de koning van Engeland gaan. Dan kun jij hem ter dood brengen en in zijn plaats zelf koning worden! Heb je de rijksappel, kroon en scepter nog die ik je gegeven heb?'

'Maar de wetten van Groot-Brittannië bieden geen ruimte—' begon Stephen.

'De wetten van Groot-Brittannië! Foei toch, wat een onzin! Ik dacht dat je inmiddels wel had begrepen dat de wetten van Groot-Brittannië slechts de nutteloze wensen en dromen van de mensheid symboliseren. Ze stellen niets voor. Volgens de oeroude wetten waarnaar mijn volk leeft, wordt de koning in het algemeen opgevolgd door degene die hem doodt.'

'Maar meneer, weet u dan niet meer hoezeer u op de oude man gesteld was toen u hem ontmoette?'

'Hm, ja, dat is zo. Maar in het geval van dergelijke belangrijke kwesties ben ik immer bereid mijn persoonlijke gevoelens terzijde te schuiven. Het probleem is dat we te veel vijanden hebben, Stephen. Er zijn te veel slechte mensen in Engeland! Ik heb het! Ik zal aan enkele van mijn bondgenoten vragen ons te vertellen wie onze allergrootste vijand is. We moeten voorzichtig zijn. We moeten sluw zijn. We moeten onze vraag heel zorgvuldig formuleren.[1] Ik zal de Noordenwind en de Dageraad vragen ons meteen te brengen naar de persoon in Engeland wiens bestaan voor mij de grootste bedreiging vormt. En dan kunnen we hem doden, wie hij ook is. Je ziet, Stephen, dat ik vooral verwijs

[1] In sprookjes kun je gewoon vragen stellen als: 'Wie is de mooiste in het land?' In werkelijkheid zou je met geen enkele vorm van magie, of het nu mensenmagie of elfenmagie is, antwoord kunnen krijgen op zo'n onnauwkeurige vraag.

naar mijn eigen leven, maar ik beschouw jouw lot en het mijne als dusdanig nauw met elkaar verbonden dat wij nauwelijks van elkaar te onderscheiden zijn. Wie voor mij een bedreiging vormt, vormt voor jou net zo goed een bedreiging! Neem nu je rijksappel, kroon en scepter en neem afscheid van de decors van je slavernij! Wellicht zul je ze nooit meer zien.'

'Maar—' begon Stephen.

Het was al te laat. De heer hief zijn lange, bleke handen en maakte een zwierig gebaar.

Stephen verwachtte terecht te komen bij een van de tovenaars, of misschien wel bij allebei. In plaats daarvan bevonden hij en de heer zich opeens op een uitgestrekte, verlaten hei die bedekt was met sneeuw. Het sneeuwde nog steeds. Aan de ene kant liep het terrein omhoog tot aan de bedrukte leigrijze hemel, aan de andere kant waren in de verte mistige witte heuvels te zien. In dat verlaten landschap stond, niet ver bij hen vandaan, slechts één boom: een misvormde meidoorn. Het landschap leek, zo dacht Stephen, sprekend op het platteland rond Starecross Hall.

'Nou, dat is vreemd,' zei de heer. 'Ik zie helemaal niemand, jij wel?'

'Nee, meneer, helemaal niemand,' zei Stephen opgelucht. 'Laten we teruggaan naar Londen.'

'Ik begrijp niet... O, maar wacht! Daar komt iemand aan!'

Ongeveer achthonderd meter verderop liep kennelijk een weg of een karrenspoor of iets dergelijks. Daarover kwam langzaam een paard met wagen aangereden. Toen de wagen op gelijke hoogte was met de meidoorn, stopte hij en stapte er iemand uit. Die persoon kloste over de hei naar hen toe.

'Uitstekend!' riep de heer uit. 'Nu krijgen we onze kwaadaardigste en machtigste vijand te zien! Zet je kroon op, Stephen. Laat hem beven bij de aanblik van onze macht en luister. Uitstekend! Hef je scepter. Zo ja, zo ja! Houd je rijksappel omhoog. Wat zie je er knap uit! Zo koninklijk! Welnu, Stephen, aangezien we nog wat tijd hebben voordat hij ons bereikt...' – de heer keek aandachtig naar de kleine gestalte in de verte, die moeizaam over de besneeuwde heide liep – 'heb ik je nog iets te vertellen. Wat is de datum van vandaag?'

'Vijftien februari, meneer. De dag van de heilige Antonius.'

'Ha! Wat een saaie heilige! In de toekomst zal het volk van Engeland op 15 februari iets beters te vieren hebben dan het leven van een monnik die mensen beschermde tegen de regen en hun kwijtgeraakte vingerhoedjes voor hen terugvond!'[2]

'O ja, meneer? Wat dan?'

'De Naamgeving van Stephen Black!'

'Pardon, meneer?'

'Ik heb toch tegen je gezegd dat ik je ware naam zou achterhalen, Stephen.'

'Wat? Heeft mijn moeder me echt een naam gegeven, meneer?'

'Ja, nou en of! Het was allemaal precies zoals ik al vermoedde – wat nauwelijks verrassend te noemen is, aangezien ik het in dat soort kwesties zelden bij het verkeerde eind heb. Ze heeft je een naam in haar eigen taal gegeven, een naam die ze bij haar eigen volk als meisje vaak had gehoord. Ze heeft je een naam gegeven, maar die naam heeft ze aan geen enkele levende ziel verteld. Ze heeft hem jou als baby zelfs niet in het oor gefluisterd. Ze had er geen tijd voor, want de Dood besloop haar en griste haar onverhoeds weg.'

Er vormde zich een beeld voor Stephen's geestesoog: het donkere, bedompte ruim van het schip; zijn moeder, uitgeput van de barensweeën, omringd door vreemden; hijzelf als pasgeboren baby. Sprak ze eigenlijk wel de taal van de anderen aan boord? Dat wist hij niet. Wat moest ze zich alleen hebben gevoeld! Op dat moment zou hij er veel voor over hebben gehad om zijn armen om haar heen te slaan en haar te troosten, maar ze werden van elkaar gescheiden door alle jaren van zijn leven. Hij voelde dat zijn hart nog iets meer verhardde jegens het Engelse volk. Nog maar een paar minuten geleden had hij zijn uiterste best gedaan om de heer ertoe over te halen Strange niet te doden, maar wat kon het hem schelen wat er van één Engelsman zou worden? Wat kon het hem schelen wat er zou worden van dat hele kille, harteloze volk?

Met een zucht zette hij die gedachten van zich af, om tot de ontdekking te komen dat de heer nog steeds stond te praten.

'...Het is een zeer stichtelijk verhaal en het illustreert volmaakt alle deugden waar ik in het bijzonder om bekendsta, namelijk zelfopoffering, toewijding aan mijn vrienden, edele doelstellingen, scherpzinnigheid, vindingrijkheid en moed.'

---

[2] De heilige Antonius van Padua. Hij verrichtte vele wonderen. Vaak beschermde hij de schare tegen wie hij preekte, of dienstmeiden met wie hij bevriend was, tegen de regen. Ook hielp hij mensen verloren voorwerpen terug te vinden.

'Pardon, meneer?'
'Het verhaal van mijn zoektocht naar jouw naam, Stephen, dat ik je nu ga vertellen! Weet dan dat je moeder gestorven is in het ruim van de *Penlaw*[3], een schip dat op weg was van Jamaica naar Liverpool. En toen,' voegde hij er op nuchtere toon aan toe, 'ontkleedden de Engelse zeelieden haar en wierpen haar lichaam in de zee.'
'Ah!' verzuchtte Stephen.
'Welnu, je kunt je voorstellen dat het daardoor bijzonder moeilijk was om jouw naam te achterhalen. Na dertig of veertig jaar waren er van jouw moeder nog maar vier dingen over: haar barenskreten, die in de planken van het schip waren getrokken; haar beenderen, want dat was alles wat er van haar over was nadat het vlees en de wekere delen door de vissen waren verslonden...'
'Ah!' riep Stephen opnieuw uit.
'...haar japon van rozenrode katoen, die een van de matrozen had meegenomen; en de kus die de kapitein twee dagen voor haar dood had gestolen. Welnu,' zei de heer – die duidelijk met volle teugen genoot – 'je zult merken op welk een vernuftige wijze ik het spoor van die vier zaken over de hele wereld gevolgd heb, totdat ik ze teruggevonden had en er jouw luisterrijke naam uit kon aflezen. De *Penlaw* zeilde door naar Liverpool, waar de boosaardige grootvader van de boosaardige echtgenoot van lady Pole ontscheepte met zijn bediende, die jou als baby'tje in zijn armen droeg. Op haar volgende reis, naar Leith in Schotland, viel de *Penlaw* ten prooi aan een storm en leed ze schipbreuk. Verscheidene rondhouten en stukken van de romp spoelden aan op de rotsachtige kust, waaronder de planken die het gegil van jouw moeder bevatten. Die planken werden door een zeer arme man gebruikt voor de muren en het dak van zijn huis. Dat huis had ik zó gevonden. Het stond op een door wind geteisterde rotspunt, met uitzicht op de stormachtige baren. In het huis woonden in bittere armoe en verloedering meerdere generaties van de familie van die arme man. Nu moet je weten, Stephen, dat hout koppig en trots van aard is. Het geeft niet zomaar zijn geheimen prijs, zelfs niet aan vrienden. Met de as van het hout gaat het altijd een stuk gemakkelijker dan met het hout zelf. Daarom heb ik het huis van de arme man tot op de grond laten

---

[3] Penlaw is de naam van de plaats in Northumbria waar John Uskglass en zijn elfenleger voor het eerst in Engeland verschenen.

afbranden, waarna ik de as in een flesje heb gestopt en verder ben getrokken.'

'Tot op de grond afgebrand, meneer! Ik hoop dat er niemand gewond is geraakt.'

'Ach, sommige mensen wel. De sterke jongemannen zijn erin geslaagd op tijd aan de vuurzee te ontsnappen, maar de ouderen en zwakkeren, de vrouwen en de jonge kinderen zijn allemaal levend verbrand.'

'O!'

'Vervolgens ben ik de geschiedenis van haar beenderen nagegaan. Ik geloof dat ik daarstraks al zei dat ze in de oceaan was geworpen. Daar bleven als gevolg van de zeestromingen en de halsstarrige inmenging van de vissen niets dan beenderen van haar lichaam over. Die beenderen vergingen tot stof, en dat stof werd al snel door een oesterbed omgezet in enkele handenvol schitterende parels. Na verloop van tijd werden die parels geoogst en verkocht aan een juwelier in Parijs, die er een ketting van vijf volmaakte parelsnoeren van maakte. Die verkocht hij aan een beeldschone Franse *comtesse*. Zeven jaar later kwam de comtesse onder de guillotine terecht en kwamen haar sieraden, japonnen en persoonlijke eigendommen in het bezit van een republikeinse functionaris. Die slechte man was tot voor kort burgemeester van een kleine stad in de Loirevallei. 's Avonds laat wachtte hij altijd totdat al zijn bedienden naar bed waren, waarna hij zich in de beslotenheid van zijn slaapkamer uitdoste in de japonnen, sieraden en andere opsmuk van de comtesse, en voor een grote spiegel heen en weer paradeerde. Daar trof ik hem op een nacht aan, en ik moet zeggen dat hij er belachelijk uitzag. Ik heb hem ter plekke met de parelketting gewurgd.'

'O!' zei Stephen.

'Ik heb de parels meegenomen en het lijk van die ellendeling op de vloer laten vallen. Toen ben ik verder getrokken. Ik richtte mijn aandacht op de mooie, rozenrode japon van je moeder. De matroos die hem had meegenomen bewaarde hem een jaar of twee tussen zijn spullen, totdat hij terechtkwam in Piper's Grave, een koud, ellendig gehucht aan de oostkust van Amerika. Daar ontmoette hij een lange, magere vrouw en omdat hij indruk op haar wilde maken, gaf hij haar de japon cadeau. De vrouw paste die japon niet (jouw moeder, Stephen, had prachtige, vrouwelijke rondingen), maar ze vond de kleur erg mooi, dus knipte ze hem aan stukken en gebruikte de lapjes en nog wat andere goedkope stukken stof om een beddensprei te maken. De rest van de levensgeschiedenis van die vrouw is niet erg interessant. Ze is meerdere keren getrouwd geweest, heeft al haar echtgenoten begraven en tegen de tijd dat ik haar vond, was ze oud en grijs. Ik heb de beddensprei van haar bed gegrist terwijl ze sliep.'

'U heeft haar toch niet gedood, hè, meneer?' vroeg Stephen bezorgd.

'Nee, Stephen. Waarom zou ik? Natuurlijk was het wel een bitter koude nacht, met ruim een meter sneeuw en een felle noordenwind. Het kan zijn dat ze van de kou is gestorven. Dat weet ik niet. Goed, dan blijven alleen de kus en de kapitein die hem van haar stal nog over.'

'Heeft u hem ook gedood, meneer?'

'Nee, Stephen, hoewel ik dat graag gedaan zou hebben, om hem te straffen voor het feit dat hij je hooggeachte moeder zo beledigd heeft. Hij is echter negenentwintig jaar geleden in het dorpje Vallette opgehangen. Gelukkig heeft hij voor zijn dood nog vele andere jonge vrouwen gekust, en de deugdzaamheid en de kracht uit de kus van je moeder waren op hen overgegaan. Ik hoefde hen dus alleen maar te vinden en aan hen te onttrekken wat er nog van de kus van je moeder over was.'

'En hoe heeft u dat gedaan, meneer?' vroeg Stephen, hoewel hij vreesde dat hij het antwoord maar al te goed wist.

'O, maar dat is helemaal niet zo moeilijk als de vrouwen eenmaal dood zijn.'

'Zo veel doden, alleen om mijn naam te achterhalen,' verzuchtte Stephen.

'En ik zou met genoegen twee keer zo veel mensen hebben gedood – nee, honderd keer zo veel – nee, minstens honderdduizend keer zo veel! Zo diep gaat mijn genegenheid voor jou, Stephen. Met de as van haar gegil, de parels van haar beenderen, de beddensprei van haar japon en de magische essentie van haar kus slaagde ik erin je naam te ontdekken, en nu zal ik, je trouwste vriend en meest nobele weldoener, je die... O, daar komt onze vijand aan! Zodra we hem gedood hebben, zal ik je je naam schenken. Pas op, Stephen! Er zal waarschijnlijk een soort magische strijd losbarsten. Ik durf te wedden dat ik verschillende vormen zal moeten aannemen: die van een basilisk, een rauw hoofd met bloederige beenderen, een vuurregen, enzovoorts, enzovoorts. Misschien kun je maar beter een stukje achteruit gaan!'

De onbekende persoon kwam dichterbij. Hij was zo mager als een lat en had een havikachtig, louche uitziend gezicht. Zijn jas en hemd waren tot op de draad versleten en zijn laarzen zaten vol met gaten.

'Hm!' zei de heer na een tijdje. 'Ik ben hoogst verbijsterd! Heb jij deze persoon ooit eerder gezien, Stephen?'

'Ja, meneer, ik ben bang van wel. Dit is de man over wie ik u verteld heb, de man met het vreemde gebrek die me de profetie heeft verteld. Hij heet Vinculus.'

'Een goedendag, koning!' zei Vinculus tegen Stephen. 'Heb ik u niet gezegd dat het uur nabij was? En nu is het dan zover! De regen zal een deur voor u scheppen en u zult erdoor lopen. De stenen zullen een troon voor u creëren en u zult erop plaatsnemen.' Hij nam Stephen met een vreemd soort voldoening op, alsof hij de kroon, de rijksappel en de scepter die hij droeg uitsluitend aan hem te danken had.

Stephen zei tegen de heer: 'Misschien hebben de eerbiedwaardige wezens die u te hulp heeft geroepen zich vergist, meneer. Misschien hebben ze ons naar de verkeerde persoon geleid.'

'Dat lijkt alleszins waarschijnlijk,' zei de heer instemmend. 'Deze vagebond kan voor niemand een echte bedreiging vormen, en al helemaal niet voor mij. Maar na alle moeite die de Noordenwind en de Dageraad zich hebben getroost om hem voor ons aan te wijzen, zou het getuigen van een groot gebrek aan respect jegens hen als we hem niet zouden doden.'

Vinculus was zo te zien niet erg onder de indruk van dat voorstel. Hij lachte. 'Doe je best, elf! Je zult tot de ontdekking komen dat ik zeer moeilijk te doden ben.'

'O ja?' zei de heer. 'Ik moet anders zeggen dat het me de gemakkelijkste zaak van de wereld lijkt! Maar ik ben dan ook erg bedreven in het doden van allerlei wezens. Ik heb draken gedood. Ik heb aardbevingen en stromen aangespoord om hele steden te verzwelgen! Jij bent een mens. Zoals alle mensen ben je moederziel alleen. Ik, daarentegen, word omringd door oeroude vrienden en bondgenoten. Wat kun je daartegen inbrengen, schurk?'

Vinculus stak in een gebaar van opperste minachting zijn vuile kin naar voren. 'Een boek!' zei hij.

Dat was een uiterst vreemd antwoord. Stephen dacht onwillekeurig dat Vinculus, als hij inderdaad een boek had, dat beter had kunnen verkopen om van het geld een betere jas aan te schaffen.

De heer keek plotseling met een intense blik opzij naar een rij witte heuvels in de verte. 'O!' riep hij hevig verstoord, alsof hij zojuist in het gezicht geslagen was. 'O! Ze hebben haar van me gestolen! De dieven! De dieven! Die Engelse dieven!'

'Wie, meneer?'

'Lady Pole! Iemand heeft de betovering verbroken!'

'Met de magie van de Engelsen, elf!' riep Vinculus. 'De magie van de Engelsen keert terug!'

'Zie je nu hoe arrogant ze zijn, Stephen?' zei de heer, die zich met een ruk omdraaide en Vinculus een blik vol felle woede schonk. 'Zie je nu hoe boosaardig onze vijanden zijn? Stephen, geef me een touw!'

'Een touw, meneer? Er is vast in de wijde omtrek geen touw te vinden. Kom, dan gaan u en ik—'

'Geen touw, elf!' sneerde Vinculus.

Maar in de lucht boven hun hoofd was iets gaande. De snoeren natte sneeuw leken verstrengeld te raken, waarna ze door de lucht in Stephen's richting kronkelden. Zonder enige waarschuwing viel er opeens een sterk stuk touw in zijn hand.

'Ziezo!' riep de heer triomfantelijk. 'Kijk, Stephen! Daar staat een boom. Eén boom in dit uitgestrekte, verlaten landschap, precies op de plek waar we hem nodig hebben. Ach ja, Engeland is immer mijn goede vriendin geweest. Ze heeft me altijd uitstekend gediend. Werp het touw over een tak, dan zullen we deze schurk ophangen!'

Stephen aarzelde, want hij kon zo gauw niets bedenken om deze nieuwe ramp te voorkomen. Het touw leek ongeduldig te worden: het sprong uit zijn hand en verdeelde zichzelf keurig in twee stukken. Het ene stuk kronkelde over de grond naar Vinculus toe en wikkelde zich stevig om zijn lichaam, het andere vormde zich snel tot een keurige strop en wond zich om een tak.

De heer was opgetogen. Zijn stemming was er met sprongen op vooruitgegaan bij het vooruitzicht van een ophanging. 'Kun je dansen, schurk?' vroeg hij aan Vinculus. 'Ik zal je een paar nieuwe pasjes leren!'

Het leek wel een nachtmerrie. Snel en vloeiend voltrokken zich de gebeurtenissen, en Stephen kon niet het juiste moment vinden waarop hij kon ingrijpen, noch de juiste woorden bedenken. Wat Vinculus zelf betrof: hij gedroeg zich uitermate vreemd tijdens zijn executie. Hij leek geen moment te begrijpen wat er met hem gebeurde. Hij zei geen woord meer, maar slaakte wel enkele geërgerde kreten, alsof dit hem allemaal heel slecht uitkwam en hij er een beetje boos om werd.

Ogenschijnlijk zonder enige krachtsinspanning greep de heer Vinculus beet en zette hem onder de strop. De strop vleide zich om

Vinculus' hals en hees hem met een ruk de lucht in. Op hetzelfde moment wikkelde het andere touw, dat om zijn lichaam had gezeten, zich los. Op de grond rolde het zichzelf netjes op.

Vinculus schopte vruchteloos met zijn voeten in het luchtledige. Zijn lichaam schokte en tolde in het rond. Hij mocht dan opgeschept hebben dat hij moeilijk te doden was, maar zijn nek brak heel gemakkelijk. Het krakende geluid was op de verlaten hei duidelijk hoorbaar. Nog een of twee stuiptrekkingen en het was gedaan met hem.

Stephen – die was vergeten dat hij zich had voorgenomen om alle Engelsen te haten – sloeg zijn handen voor zijn gezicht en begon te wenen.

De heer danste in het rond en zong een liedje, als een kind dat iets heeft meegemaakt waar het bijzonder vrolijk van werd. Toen hij daarmee klaar was zei hij op gemoedelijke toon: 'Nou, dat was teleurstellend! Hij stribbelde niet eens tegen. Ik vraag me af wie hij was.'

'Dat heb ik u toch gezegd, meneer,' zei Stephen, die zijn ogen droogwreef. 'Hij is de man die me die profetie heeft verteld. Hij heeft een vreemde verminking op zijn lichaam. Het lijkt wel schrift.'

De heer trok Vinculus zijn jas, hemd en halsdoek uit. 'Ja, ik zie het,' zei hij met milde verbazing. Hij krabde met zijn nagel aan een cirkeltje op Vinculus' schouder om te zien of hij dat eraf kon krijgen. Toen dat niet lukte, verloor hij zijn interesse.

'Goed!' zei hij. 'Dan gaan we nu maar eens een toverspreuk uitspreken over lady Pole.'

'Een toverspreuk, meneer?' vroeg Stephen. 'Maar waarom zouden we zoiets willen doen?'

'O, gewoon, zodat ze binnen een maand of twee overlijdt. Al is het maar omdat het nu eenmaal traditie is. Het gebeurt slechts heel zelden dat iemand die van een betovering is verlost nog lang in leven wordt gelaten, en al helemaal niet als diegene door *míj* betoverd was. Lady Pole is vlakbij en die tovenaars moeten leren dat ze ons niet ongestraft kunnen dwarsbomen. Kom, Stephen.'

66

Jonathan Strange en meneer Norrell

half februari 1817

Meneer Norrell draaide zich om en bekeek de gang die ooit van de bibliotheek naar de rest van het huis had geleid. Als hij erop had durven vertrouwen dat die gang hem zou terugbrengen naar Lascelles en de bedienden, zou hij teruggelopen zijn. Hij was er echter vrij zeker van dat de magie van Strange ervoor zou zorgen dat hij gewoon weer op deze plek zou uitkomen.

Er klonk een geluid uit de bibliotheek, en hij maakte bijna een sprongetje van schrik. Hij wachtte, maar er kwam niemand naar buiten. Na een tijdje besefte hij dat hij het geluid herkende. Hij had het al duizenden keren gehoord: het was Strange, die een kreet van ergernis slaakte over een passage in een boek. Het was zo'n vertrouwd geluid – en het was in de herinnering van meneer Norrell zo nauw verbonden met de gelukkigste periode uit zijn bestaan – dat hij er de noodzakelijke moed uit putte om de deur open te maken en naar binnen te gaan.

Het eerste wat hem opviel, was de enorme hoeveelheid kaarsen. Het vertrek baadde in het licht. Strange had niet de moeite genomen op zoek te gaan naar kandelaars. Hij had de kaarsen simpelweg met kaarsvet vastgeplakt aan de tafels en de boekenplanken. Hij had er zelfs een paar boven op een stapel boeken gezet. De bibliotheek dreigde elk moment in vlammen op te zullen gaan. Overal verspreid over de tafels en de vloer lagen boeken. Veel ervan waren opengeslagen en met de kaft naar boven op de grond gelegd, zodat Strange zou weten waar hij gebleven was.

Strange stond aan de andere kant van het vertrek. Hij was veel magerder dan meneer Norrell zich herinnerde en had zich niet buitengewoon zorgvuldig geschoren. Zijn haar was ongekamd. Ook toen meneer Norrell dichterbij kwam, keek hij niet op.

'In 1124, zeven mensen uit Norwich,' zei hij, hardop voorlezend uit het boek dat hij in zijn handen had. 'Rond Kerstmis in 1151 vier personen uit Aysgarth in Yorkshire, in 1201 drieëntwintig uit Exeter, in 1243 één uit Hathersage in Derbyshire – allemaal betoverd en meegevoerd naar het Elfenrijk. Dat was een probleem waarvoor hij nooit een oplossing heeft kunnen vinden.'

Hij klonk zo kalm dat meneer Norrell – die eigenlijk elk moment verwachtte een magische bliksemflits naar zijn hoofd te krijgen – om zich heen keek om te controleren of er soms nog iemand in de bibliotheek was. 'Pardon?' vroeg hij.

'John Uskglass,' zei Strange, die het kennelijk nog steeds niet nodig vond om zich om te draaien. 'Hij kon niet voorkomen dat de elfen christenmannen en -vrouwen meenamen. Waarom zou ik iets kunnen wat hij niet kon?' Hij las verder. 'Mooi labyrint, overigens,' zei hij gemoedelijk. 'Heeft u Hickman gebruikt?'

'Wat? Nee. De Chepe.'

'De Chepe! Werkelijk?' Voor het eerst keek Strange zijn meester recht aan. 'Ik heb hem altijd beschouwd als een weinig briljante geleerde, die nog nooit zelf iets had bedacht.'

'Hij is nooit erg populair geweest bij mensen die van opzichtigere vormen van magie houden,' zei meneer Norrell nerveus. Hij vroeg zich af hoelang Strange zo beschaafd zou blijven. 'Hij was geïnteresseerd in labyrinten, magische paden, spreuken die in werking gesteld konden worden door een bepaalde route te volgen en op de juiste punten af te slaan – dat soort dingen. Er staat een uitgebreide beschrijving van zijn magie in de *Instructions* van Belasis...' Hij zweeg even. 'En die heeft u nooit gezien. Het enige bestaande exemplaar staat hier, op het derde schap bij het raam.' Hij wees ernaar, maar zag toen dat die plank leeg was. 'Of misschien ligt het op de vloer,' opperde hij. 'Op die stapel.'

'Ik zal zo even kijken,' verzekerde Strange hem.

'Uw labyrint was trouwens ook opmerkelijk,' zei meneer Norrell. 'Ik ben de halve nacht bezig geweest om eraan te ontsnappen.'

'O, ik heb gewoon gedaan wat ik meestal doe onder dat soort omstandigheden,' zei Strange achteloos. 'Ik heb precies hetzelfde gedaan als u, en er toen wat verbeteringen in aangebracht. Hoelang is het nu geleden?'

'Pardon?'
'Hoelang zit ik nu al vast in de Nacht?'
'Sinds begin december.'
'En welke maand is het nu?'
'Februari.'
'Drie maanden!' riep Strange uit. 'Drie maanden! Ik dacht dat er op zijn minst jaren verstreken waren.'
Meneer Norrell had zich in gedachten vaak op dit gesprek voorbereid. Telkens had hij zich voorgesteld dat Strange boos en wraakzuchtig zou zijn, en dat hijzelf krachtige argumenten zou moeten aandragen om zich te verdedigen. Nu zagen ze elkaar eindelijk weer, en Strange' onverschilligheid was volslagen verbijsterend. De vage pijntjes die al een hele tijd knaagden aan het verschrompelde zieltje van meneer Norrell laaiden op. Ze kregen scherpe klauwen, die hem als messen doorkliefden. Zijn handen begonnen te beven.
'Ik ben al een hele tijd uw grootste vijand!' barstte hij los. 'Ik heb uw boek vernietigd – alle exemplaren, behalve die van mezelf. Ik heb uw naam door het slijk gehaald en complotten tegen u beraamd. Lascelles en Drawlight hebben tegen iedereen die het horen wilde gezegd dat u uw vrouw vermoord heeft, en ik heb daar niets tegen ondernomen!'
'Ja,' zei Strange.
'Maar dat zijn afschuwelijke misdaden! Waarom bent u niet boos?'
Strange leek dat als een alleszins redelijke vraag te beschouwen. Hij dacht even na. 'Ik denk dat het komt doordat ik al heel veel dingen geweest ben sinds we elkaar voor het laatst hebben gesproken. Ik ben bomen, rivieren, heuvels en stenen geweest. Ik heb gesproken met de sterren, de aarde en de wind. Een mens kan niet de geleider voor alle Engelse magie zijn en toch zichzelf blijven. Zou ik boos zijn geweest, volgens u?'
Meneer Norrell knikte.
Strange schonk hem zijn oude, vertrouwde, ironische glimlach. 'Wees gerust! Dan zal ik dat mettertijd vast wel weer worden.'
'Was het uw doel mij te dwarsbomen met alles wat u heeft gedaan?' vroeg meneer Norrell.
'U te dwarsbomen?' vroeg Strange verwonderd. 'Welnee. Ik wilde mijn vrouw redden!'
Er viel een korte stilte. Meneer Norrell kon zich er niet toe brengen om Strange recht aan te kijken. 'Wat wilt u dan van me?' vroeg hij zachtjes.

'Niet meer dan ik altijd al gewild heb: uw hulp.'

'Om de betoveringen te verbreken?'

'Ja.'

Daar dacht meneer Norrell even over na. 'De honderdste geboortedag van een betovering is meestal het gunstigst,' zei hij. 'Er bestaan verscheidene riten en procedures—'

'Dank u,' zei Strange met iets van zijn vroegere, sarcastische manier van doen, 'maar ik hoopte eigenlijk op iets wat meteen effect zou hebben.'

'Men kan een eind maken aan dergelijke verdragen en bezweringen door de verantwoordelijke tovenaar te doden, maar—'

'Ja, uiteraard!' riep Strange gretig uit. 'Door de verantwoordelijke tovenaar te doden! Daar heb ik in Venetië vaak aan gedacht. Omdat ik alle Engelse magie tot mijn beschikking had, waren er genoeg manieren om dat te bewerkstelligen. Ik had hem van grote hoogte naar beneden kunnen smijten. Ik had hem met bliksemflitsen kunnen verbranden. Ik had bergen kunnen optillen en hem ermee kunnen verpletteren. Als het om mijn eigen vrijheid was gegaan, zou ik het zeker geprobeerd hebben. Maar het ging niet om mijn vrijheid, het ging om die van Arabella, en als ik in mijn opzet zou falen – als ik zou omkomen – dan zou haar lot voorgoed bezegeld zijn. Daarom dacht ik nog wat dieper na. En toen bedacht ik dat er één man was op de hele wereld – in alle werelden die er ooit geweest waren – die zou weten hoe ik mijn vijand moest verslaan, één man die me kon adviseren. Ik besefte dat het moment was aangebroken om met hem te praten.'

Meneer Norrell keek hem in opperste staat van verontrusting aan. 'O, maar ik moet zeggen dat ik mijzelf niet langer beschouw als uw meerdere. Ik heb veel meer gelezen dan u, dat is waar, en ik zal u helpen zo veel als ik kan, maar ik kan u niet garanderen dat ik betere resultaten zal boeken dan u.'

Strange fronste zijn wenkbrauwen. 'Wat? Waar heeft u het over? Ik bedoel u niet! Ik bedoel John Uskglass. Ik wil dat u me helpt John Uskglass te ontbieden.'

Meneer Norrell ademde zwaar. De lucht om hem heen leek te resoneren, alsof er zojuist een heel lage toon had geklonken. Hij was zich welhaast pijnlijk bewust van de duisternis die hen omringde, van de nieuwe sterren boven hun hoofd en van de stilte van de stilstaande klokken. Het was één lang Zwart Moment waar geen eind aan kwam. Het drukte zwaar op hem en dreigde hem te verstikken. En gedurende dat Moment kostte het hem geen enkele moeite te geloven dat John Uskglass vlakbij was, op slechts een toverspreuk afstand, dat de diepe schaduwen in de verste hoekjes van het vertrek de plooien van zijn mantel waren, en de walmende rook van de sputterende kaarsen, de ravenveren die zijn helm bedekten.

Strange leek echter niet gebukt te gaan onder dergelijke onsterfelijke angsten. Hij leunde wat voorover met een vage, maar gretige glimlach op zijn gezicht. 'Kom, meneer Norrell,' fluisterde hij. 'Het is saai om voor lord Liverpool te werken. Zo ervaart u het toch zeker ook? Laat andere tovenaars maar beschermende spreuken uitspreken over de klippen en de stranden. Binnenkort zullen er genoeg zijn die dat kunnen! Laten u en ik iets buitengewoons doen!'

Opnieuw stilte.

'U bent bang,' zei Strange, die teleurgesteld weer rechtop ging staan.

'Bang!' barstte meneer Norrell uit. 'Natuurlijk ben ik bang! Het zou krankzinnig, absoluut krankzinnig zijn om níet bang te zijn! Maar dat is niet mijn bezwaar. Mijn bezwaar is dat u er niets aan zult hebben. Wat u er ook mee hoopt te bereiken, het zal niets uithalen. Zelfs als het ons lukt hem op te roepen – en daar zouden we wellicht in kunnen slagen als we samenwerkten – dan zal hij u niet helpen op de manier die u voor ogen heeft. Een koning zal niet snel iets doen om uw loze nieuwsgierigheid te bevredigen, en deze koning al helemaal niet.'

'Noemt u het loze nieuwsgierigheid—' begon Strange.

'Nee, nee!' onderbrak meneer Norrell hem haastig. 'Ik niet. Ik geef alleen aan hoe híj het zal opvatten. Wat kan het hem schelen dat er twee vrouwen verdwenen zijn? Als u aan John Uskglass denkt, ziet u kennelijk een gewone man voor zich – een man zoals u of ik, bedoel ik. Hij is echter opgegroeid en opgeleid in het Elfenrijk. De gewoonten van de brugh waren voor hem tweede natuur, en in de meeste brughs woonden wel enkele gevangengenomen christenen – hij was er zelf immers een van. In zijn ogen zal het niet zo ongewoon zijn. Hij zal het niet begrijpen.'

'Dan zal ik het hem uitleggen. Meneer Norrell, ik heb Engeland veranderd om mijn vrouw te redden. Ik heb de wereld ervoor veranderd. Ik zal er niet voor terugdeinzen om één man op te roepen, hoe ontzagwekkend hij ook moge zijn. Kom, meneer! Het heeft heel weinig zin om erover te redetwisten. Eerst moeten we hem hiernaar toe halen. Waar beginnen we mee?'

Meneer Norrell slaakte een zucht. 'Het is volkomen anders dan het ontbieden van andere mensen. Alle magie die betrekking heeft op John Uskglass brengt zo zijn eigen problemen met zich mee.'

'Zoals?'

'Wel, om te beginnen weten we niet hoe we hem moeten noemen. Bij een ontbiedingsspreuk moet de tovenaar erg precies zijn met benamingen. De namen die we gebruiken voor John Uskglass waren eigenlijk geen van allen van hemzelf. Hij werd, zoals de geschiedenis verhaalt, ontvoerd en naar het Elfenrijk gebracht voordat hij gedoopt kon worden, en zo werd hij het naamloze kind in de brugh. "De naamloze slaaf", zo noemde hij zichzelf onder andere. Natuurlijk hebben de elfen hem volgens hun eigen gebruiken een naam gegeven, maar die heeft hij verworpen toen hij terugkeerde naar Engeland. Wat zijn titels betreft: de Ravenkoning, de Zwarte Koning, de Koning van het Noorden – daarmee spraken andere mensen hem aan, maar hij gebruikte ze zelf niet.'

'Ja, ja!' riep Strange ongeduldig uit. 'Dat weet ik allemaal wel. Maar John Uskglass was toch zeker zijn echte naam?'

'O, nee, beslist niet. Dat was de naam van een jonge Normandische aristocraat, die geloof ik in de zomer van 1097 is overleden. De koning – onze John Uskglass – beweerde dat die man zijn vader was, maar velen betwijfelen of ze eigenlijk wel familie van elkaar waren. Ik denk niet dat die wirwar van namen en titels per ongeluk is ontstaan. De koning wist dat hij altijd de aandacht van andere tovenaars zou trekken, dus beschermde hij zichzelf door opzettelijk hun spreuken te vertroebelen tegen de ongemakken die hun magie zou kunnen veroorzaken.'

'Wat moet ik dan doen?' Strange knipte met zijn vingers. 'Adviseert u me toch!'

Meneer Norrell knipperde met zijn kleine ogen. Hij was er niet aan gewend zo snel na te denken. 'Als we een gewone, Engelse ontbiedingsspreuk gebruiken – en dat adviseer ik met klem, want betere bestaan er niet – dan kunnen we de elementen van de toverspreuk het werk voor ons laten opknappen. Dan kunnen we ervoor zorgen dat die hem voor ons identificeren. We hebben een gezant, een pad en een handgift nodig.[1] Als we daarvoor voorwerpen gebruiken die de koning

[1] Dat zijn de drie gebruikelijke elementen van een traditionele Engelse ontbiedingsspreuk. De gezant zoekt de persoon op die ontboden wordt, het pad

al kennen, die hem goed kennen, dan doet het er niet toe dat we hem niet exact kunnen benoemen. Dan zullen zij hem ook zonder onze hulp vinden, hem het pad wijzen en hem verplichten te komen! Begrijpt u?'

Ondanks zijn angst vrolijkte het vooruitzicht dat hij magie – nieuwe magie! – zou gaan uitvoeren met meneer Strange hem zienderogen op.

'Nee,' zei Strange. 'Ik begrijp er niets van.'

'Dit huis is gebouwd op het grondgebied van de koning, en opgetrokken uit de stenen van de abdij van de koning. Er stroomt een rivier langs, nog geen tweehonderd meter bij dit vertrek vandaan. Die rivier heeft de koning vaak in zijn staatsieboot over haar wateren meegevoerd. In mijn moestuin staan een perenboom en een appelboom, die rechtstreeks afstammen van een tweetal pitjes die de koning heeft uitgespuugd toen hij op een zomeravond in de tuin van de abt zat. Laten de oude stenen van de abdij onze gezant zijn; laat de rivier ons pad zijn; laten de appels en peren die volgend jaar aan die bomen groeien onze handgift zijn. Dan kunnen we hem simpelweg "de koning" noemen. Die stenen, die rivier en die bomen kennen er immers maar één!'

'Mooi,' zei Strange. 'En welke toverspreuk raadt u aan? Staat er geen in Belasis?'

'Jawel, drie.'

'Zijn ze de moeite van het proberen waard?'

'Nee, niet echt.' Meneer Norrell trok een la open en haalde er een velletje papier uit. 'Dit is de beste die ik ken. Ik gebruik niet vaak ontbiedingsspreuken, maar als ik dat wel deed, dan zou ik bij voorkeur deze gebruiken.' Hij gaf het papiertje aan Strange.

Het stond vol met zinnen in het kleine, zorgvuldige handschrift van meneer Norrell. Bovenaan stond geschreven: ONTBIEDINGSSPREUK DOOR MENEER STRANGE.

'Het is de toverspreuk die u heeft gebruikt om Maria Absalom te ontbieden[2],' legde meneer Norrell uit. 'Ik heb een paar aanpassingen gedaan. Ik heb het *florilegium* weggelaten dat u woord voor woord had overgeschreven uit Ormskirk. Zoal u weet, heb ik in het algemeen

---

leidt hem naar de ontbieder en de handgift (of het geschenk) verplicht hem te komen.

[2] In Shadow House in juli 1809, in aanwezigheid van meneer Segundus, meneer Honeyfoot en Henry Woodhope.

weinig op met florilegia en deze scheen mij bijzonder onzinnig toe. Ik heb een epitoma van behoud en verlossing en een smeekbedeschimmer toegevoegd, hoewel ik betwijfel of we daar in dit geval veel aan zullen hebben.'[3]

'Het is nu net zozeer uw werk als het mijne,' merkte Strange op. Er was geen spoortje rivaliteit of wrevel in zijn stem te bespeuren.

'Nee, nee,' zei meneer Norrell. 'De hoofdmoot ervan is van uw hand. Ik heb slechts de randjes netjes afgewerkt.'

'Mooi! Dan zijn we zover, nietwaar?'

'Nog één ding.'

'Wat dan?'

'Er zijn bepaalde voorzorgsmaatregelen vereist om de veiligheid van mevrouw Strange te waarborgen,' legde meneer Norrell uit.

Strange wierp hem een blik toe alsof hij het voor meneer Norrell nu een beetje te laat vond om zich zorgen te gaan maken over de veiligheid van Arabella, maar meneer Norrell was al haastig naar een boekenplank gelopen om een groot boek te pakken. Hij stond er

---

[3] Florilegium, epitoma en schimmer zijn allemaal termen voor onderdelen van een toverspreuk.

In de dertiende en veertiende eeuw voegden de elfen in Engeland graag iets toe aan hun bezweringen, namelijk aanroepen aan willekeurige groepen heiligen uit de christelijke traditie. Elfen begrepen helemaal niets van de christelijke doctrine, maar het idee van heiligen vonden ze erg verlokkelijk. Ze beschouwden hen als machtige magische wezens, wier begunstiging erg nuttig kon zijn. Dergelijke aanroepen werden florilegia genoemd (letterlijk: verzamelde of vergaarde bloemen), en de elfen gaven hun kennis door aan hun christelijke meesters. Toen het protestantse geloof in Engeland voet aan de grond kreeg en de heiligen in ongenade vielen, bleef er van de florilegia niet meer over dan een betekenisloze verzameling magische woorden en onderdelen van andere toverspreuken, die door de tovenaar konden worden toegevoegd in de hoop dat iets ervan enig effect zou hebben.

Een epitoma is een sterk verdichte vorm van een toverspreuk, die in een andere toverspreuk wordt ingevoegd om die te versterken of te vergroten. In dit geval is een epitoma van behoud en verlossing bedoeld om de tovenaar te beschermen tegen de persoon die wordt opgeroepen. Een schimmer is een kleine hoeveelheid woorden of bezweringen (afgeleid van *skimmer*, een woord uit het Noord-Engelse dialect dat stralen of schitteren betekent). Een smeekbedeschimmer wordt gebruikt om de ontboden persoon aan te moedigen de tovenaar te helpen.

ingespannen in te bladeren, en daardoor merkte hij er niets van.

'De toverspreuk staat beschreven in *Liber Novus* van Chaston. Ah, ja! Hier heb ik hem! We moeten een magische weg aanleggen en een deur bouwen, zodat mevrouw Strange het Elfenrijk veilig kan verlaten. Anders zit ze er wellicht voorgoed opgesloten en zal het ons misschien wel eeuwen kosten om haar weer terug te vinden.'

'O, dat!' zei Strange. 'Dat heb ik al gedaan. Ik heb tevens een deurwachter benoemd die haar zal opwachten als ze naar buiten komt. Alles is in gereedheid gebracht.'

Hij pakte een bijna opgebrand kaarsstompje, zette dat in een kandelaar en stak de lont aan.[4] Toen zei hij de toverspreuk op. Hij benoemde de abdijstenen tot de gezant die de koning moest zoeken. Hij benoemde de rivier tot het pad dat de koning moest nemen. Hij benoemde de appels en peren die het volgende jaar aan de bomen van meneer Norrell zouden groeien tot de handgift die de koning zou ontvangen. Hij benoemde het moment waarop de kaars doofde tot het tijdstip waarop de koning moest verschijnen.

De kaars sputterde en doofde uit...

...en op dat moment...

...op dat moment was de bibliotheek opeens vol raven. Zwarte vleugels namen als grote, heftig gebarende handen de beschikbare ruimte in beslag, en vulden Strange' blikveld als een massa flakkerende, zwarte vlammen. Aan alle kanten werd hij geraakt door vleugels en klauwen. Het gekras was oorverdovend. Raven geselden de muren, de ramen, en Strange zelf. Hij beschermde zijn hoofd met zijn handen en liet zich op de grond vallen. Het geklapper en geraas van de vleugels hield nog even aan.

Toen waren de raven in een oogwenk weer verdwenen en werd het stil in het vertrek.

---

[4] Het laatste element van een succesvolle ontbiedingsspreuk is het benoemen van een tijdstip. De tovenaar moet op de een of andere manier aan de ontboden persoon laten weten wanneer hij moet verschijnen, anders zou hij – zoals Strange ooit had opgemerkt – op elk willekeurig moment kunnen komen opdagen, en toch kunnen vinden dat hij aan zijn verplichtingen had voldaan. Een kaarsstompje is een zeer nuttig hulpmiddel: de tovenaar hoeft de ontboden persoon alleen maar op te dragen te verschijnen op het moment dat de vlam dooft.

De kaarsen waren uitgegaan. Strange draaide zich om op zijn rug, maar even kon hij alleen maar met niets ziende ogen naar de Nacht staren. 'Meneer Norrell?' vroeg hij uiteindelijk.

Er kwam geen antwoord.

In de inktzwarte duisternis kwam Strange overeind. Hij slaagde erin een van de bureaus in de bibliotheek te vinden en tastte in het rond, totdat hij een omgevallen kaars had gevonden. Hij haalde zijn tondeldoos uit zijn zak en stak de lont weer aan.

Toen hij de kaars boven zijn hoofd hief, zag hij dat de bibliotheek één grote chaos was. Er stond geen boek meer op de schappen. Tafels en bibliotheektrapjes waren omgevallen. Van enkele mooie stoelen was alleen nog wat brandhout over. Alles ging schuil onder een dikke laag ravenveren. Het leek alsof er zwarte sneeuw was gevallen.

Norrell hing half zittend op de vloer, met zijn rug tegen een bureau. Hij had zijn ogen open, maar ze waren uitdrukkingsloos. Strange zwaaide de kaars voor zijn gezicht heen en weer. 'Meneer Norrell?' vroeg hij opnieuw.

Verdwaasd fluisterde meneer Norrell: 'Ik geloof dat we mogen aannemen dat we zijn aandacht hebben weten te trekken.'

'Ik geloof dat u gelijk heeft, meneer. Weet u wat er gebeurd is?'

Nog steeds fluisterend zei meneer Norrell: 'De boeken veranderden allemaal in raven. Ik keek recht naar *The Fountain of the Heart* van Hugh Pontifex en ik zag het voor mijn ogen veranderen. Hij gebruikte dat vaak, moet u weten – die chaos van zwarte vogels. Daar heb ik al sinds mijn jeugd regelmatig iets over gelezen. Dat ik het in mijn tijd nog mag meemaken, meneer Strange! Dat ik het in mijn tijd nog mag meemaken! Er is een naam voor in de taal van de *Sidhe*, de taal van zijn jeugd, maar die naam is verloren gegaan.'[5] Opeens pakte hij Strange bij zijn hand. 'Zijn de boeken veilig?'

Strange raapte er een op van de vloer. Hij schudde de ravenveren eraf en wierp een blik op de titel: *Seven Doors and Forty-Two Keys* door Piers Russinol. Hij sloeg het boek open en las een willekeurige passage voor: '"...en daar zult u een vreemd land aantreffen als een schaakbord, waar kale rotsen worden afgewisseld met vruchtrijke boomgaarden, woestenijen vol doornen met akkers vol goudgeel koren, en woestijnen

---

5 De chaos van raven en wind wordt ook beschreven in het verhaal over het kind van de handschoenmaker uit Newcastle (hoofdstuk 39, voetnoot 1).

met moeraslanden. En in dit land heeft de god der tovenaars, de driewerf bejubelde Hermes, bij elke poort en elke brug een wachter geplaatst: op de ene plek een ram, op de andere plek een serpent..." Klinkt dat juist?' vroeg hij weifelend.

Meneer Norrell knikte. Hij haalde zijn zakdoek te voorschijn en bette er het bloed mee van zijn gezicht.

De twee tovenaars gingen te midden van de boeken en veren op de grond zitten, en een tijd lang zeiden ze helemaal niets. De wereld leek niet groter dan de lichtkring van een kaars.

Uiteindelijk vroeg Strange: 'Hoe dicht moet hij bij ons in de buurt zijn om dergelijke magie te kunnen verrichten?'

'John Uskglass? Dat weet ik niet. Voor hetzelfde geld kan hij dat soort magie ook nog verrichten als hij honderd werelden van ons verwijderd is, en zelfs vanuit de diepste krochten van de hel.'

'Toch is het de moeite waard om dat te onderzoeken, nietwaar?'

'O ja?' vroeg Norrell.

'Nou, als we bij voorbeeld zouden ontdekken dat hij vlakbij is, zouden we...' Strange dacht even na. 'Dan zouden we naar hem toe kunnen gaan.'

'Goed dan,' verzuchtte meneer Norrell. Uit zijn stem en gezicht sprak niet veel hoop.

De eerste – en in feite de enige – benodigdheid voor een lokalisatiespreuk is een zilveren schaal met water. In Hurtfew Abbey stond de zilveren schaal van meneer Norrell altijd op een tafeltje in de hoek van de kamer, maar de tafel was door het geweld van de raven vernield en de schaal was nergens te bekennen. Ze zochten een tijdje en troffen hem uiteindelijk op zijn kop aan in de haard, bedekt met een slordige laag ravenveren en vochtige pagina's die uit boeken waren gescheurd.

'We hebben water nodig,' zei meneer Norrell. 'Ik liet Lucas altijd wat uit de rivier halen. Water dat snel heeft gestroomd werkt het beste bij lokalisatiemagie, en de rivier bij Hurtfew stroomt zelfs in de zomer snel. Ik zal wel wat gaan halen.'

Meneer Norrell was echter niet gewend zelf iets te doen, en het duurde even voordat hij het huis verlaten had. Op het gazon bleef hij stilstaan en keek omhoog naar sterren die hij nog nooit had gezien. Hij had niet het gevoel dat hij zich midden in Yorkshire in een Pilaar van de Nacht bevond. Hij had eerder het gevoel dat de rest van de wereld was weggezakt, en dat hij en Strange alleen waren achtergebleven op een verlaten eiland of een rotspunt. Dat idee verontrustte hem veel minder dan men wellicht zou denken. Hij had nooit zo veel om de wereld gegeven en hij kon het verlies ervan wel verdragen.

Aan de oever van de rivier knielde hij neer in het bevroren gras om de schaal te vullen met water. De onbekende sterren glinsterden hem vanuit de diepte toe. Hij ging weer staan – een beetje duizelig van de ongebruikelijke inspanning – en werd meteen overspoeld door het overweldigende gevoel dat er magie in werking was gesteld. Het gevoel was veel sterker dan hij ooit had ervaren. Als iemand hem zou hebben gevraagd te beschrijven wat er gebeurde, zou hij gezegd hebben dat Yorkshire binnenstebuiten werd gekeerd. Even kon hij zich niet herinneren in welke richting het huis zich bevond. Hij draaide zich om, struikelde en botste recht tegen meneer Strange op, die om een of andere reden vlak achter hem stond. 'Ik dacht dat u in de bibliotheek zou blijven!' zei hij verrast.

Strange keek hem boos aan. 'Ik ben ook in de bibliotheek gebleven! Het ene moment zat ik *Gatekeeper of Apollo* van Goubert te lezen en het volgende moment was ik hier!'

'En u bent niet achter me aan gelopen?' vroeg Norrell.

'Nee, natuurlijk niet! Wat gebeurt er? En waarom doet u er in vredesnaam zo lang over?'

'Ik kon mijn overjas niet vinden,' zei Norrell ootmoedig. 'Ik wist niet waar Lucas hem gelaten had.'

Strange trok zijn wenkbrauwen op, slaakte een zucht en vroeg: 'Ik neem aan dat u hetzelfde ervoer als ik? Vlak voordat ik werd meegetrokken en hiernaar toe werd gebracht, was er een gewaarwording van wind, water en vlammen, alledrie tegelijk. Had u dat ook?'

'Ja,' zei Norrell.

'En een vage geur die deed denken aan wilde kruiden en berghellingen?'

'Ja,' zei Norrell.

'Elfenmagie?'

'O,' zei Norrell, 'ongetwijfeld! Dit maakt deel uit van de toverspreuk die u hier in de Eeuwige Nacht gevangen houdt.' Hij keek om zich heen. 'Hoe ver strekt hij zich uit?'

'Wat?'

'De Nacht.'

'Tja, dat kan ik zelf moeilijk vaststellen, aangezien hij met me mee beweegt. Andere mensen hebben me echter verteld dat hij ongeveer net zo groot is als de kerkgemeente waarin ik in Venetië gewoond heb. Zo'n twee vierkante kilometer, denk ik.'

'Twee vierkante kilometer! Blijf hier!' Meneer Norrell zette de zilveren schaal met water neer op de bevroren grond en liep in de richting van de brug. Al snel was alleen zijn grijze pruik nog zichtbaar. In het licht van de sterren leek die nog het meest op een stenen schildpadje dat voortwaggelde.

De wereld gaf weer een ruk en opeens stonden de twee tovenaars samen op de brug over de rivier bij Hurtfew.

'Wat is dit in vredesnaam voor een—' begon Strange.

'Ziet u dat?' vroeg meneer Norrell grimmig. 'De toverspreuk staat ons niet toe te ver uit elkaar te gaan. Hij heeft mij ook in zijn greep. Ik vermoed dat er een betreurenswaardige onzorgvuldigheid in de magie van de elf is geslopen. Hij is slordig geweest. Ik vermoed dat hij u de Engelse tovenaar heeft genoemd, of zoiets onbepaalds. Daardoor verstrikt de toverspreuk – die alleen voor u bedoeld was – nu iedere Engelse tovenaar die er per ongeluk in verzeild raakt.'

'Aha!' zei Strange. Meer zei hij niet. Er viel ook niet veel te zeggen.

Meneer Norrell draaide zich om naar het huis. 'In elk geval, meneer Strange,' zei hij, 'bewijst dit eens te meer hoe belangrijk het is om bij toverspreuken heel zorgvuldig met namen om te gaan!'

Achter hem sloeg Strange zijn ogen ten hemel.

Terug in de bibliotheek zetten ze de zilveren schaal met water tussen hen in op tafel.

Het was heel vreemd, maar de ontdekking dat hij nu samen met Strange gevangenzat in de Eeuwige Nacht leek meneer Norrell eigenlijk vooral opgevrolijkt te hebben. Opgewekt hielp hij Strange eraan herinneren dat ze nog steeds geen naam hadden gevonden om John Uskglass mee te duiden, en dat het daardoor ongetwijfeld moeilijker zou zijn om hem te vinden, zij het met magie, zij het op een andere manier.

Strange, die zijn kin op zijn handen liet rusten, keek hem somber aan. 'Probeert u het maar gewoon met John Uskglass,' zei hij.

Norrell verrichtte de magie, waarbij hij John Uskglass noemde als de persoon die ze zochten. Hij verdeelde het wateroppervlak met lijnen van glinsterend licht in vier kwarten. Elk kwart gaf hij een naam: de hemel, de hel, de aarde en het Elfenrijk. Meteen lichtte er een blauwachtig puntje op in het kwart dat de aarde voorstelde.

'Daar!' zei Strange, die triomfantelijk overeind sprong. 'Ziet u nu, meneer? Het is niet altijd zo moeilijk als u denkt.'

Norrell tikte op het kwart. De verdeling verdween. Hij maakte een nieuwe verdeling en gaf de kwarten nieuwe namen: ‘Engeland, Schotland, Ierland, Elders.’ Het lichtpuntje verscheen in Engeland. Hij tikte op het kwart, maakte een nieuwe verdeling en bestudeerde het resultaat. En zo ging hij steeds verder, waarbij hij de magie telkens iets verfijnde. Het lichtpuntje bleef krachtig gloeien.

Hij slaakte een zacht kreetje.

‘Wat is er?’ vroeg Strange.

Vol verwondering zei Norrell: ‘Ik denk dat we wellicht toch in onze opzet geslaagd zijn! Er staat dat hij hier in Yorkshire is.’

67

De meidoorn
februari 1817

Childermass stak een verlaten hei over. Midden op de hei stond moederziel alleen een misvormde meidoorn, en aan die boom hing een man. Zijn jas en hemd waren uitgetrokken, zodat nu hij dood was werd onthuld wat hij tijdens zijn leven ongetwijfeld geheim had gehouden: dat zijn huid een vreemde verminking vertoonde. Zijn borst, rug, armen en voeten waren bedekt met ingewikkelde blauwe tekentjes, die zo dicht op elkaar stonden dat zijn huid eerder blauw dan wit leek.

Terwijl hij naar de boom reed, vroeg Childermass zich af of de moordenaar voor de grap het lichaam van zijn slachtoffer volgeschreven had. Toen hij nog zeeman was, had hij verhalen gehoord over landen waar de bekentenissen van een crimineel voor de terechtstelling op allerlei afschuwelijke manieren op diens lichaam werden geschreven. Van een afstandje leken de tekens erg op schrift, maar toen hij dichterbij kwam, zag hij dat ze onder de huid lagen.

Hij steeg van zijn paard af en draaide het lijk naar zich toe. Het gezicht was paars en opgezwollen; de ogen waren bloeddoorlopen en puilden uit. Hij bestudeerde het totdat hij in de verwrongen gelaatstrekken iemand kon onderscheiden die hij kende. 'Vinculus,' zei hij.

Hij haalde zijn zakmes te voorschijn en sneed het lijk los. Toen trok hij Vinculus' broek uit en bekeek hij het lichaam – het lijk van een gevorkt dier op een verlaten, winterse hei.

De vreemde tekens bedekten elke centimeter huid. De enige uitzonderingen waren zijn gezicht, zijn handen, zijn geslachtsdelen en de zolen van zijn voeten. Hij zag eruit als een blauwe man met witte handschoenen en een wit masker. Hoe langer Childermass naar hem keek, des te sterker kreeg hij het gevoel dat de tekens iets betekenden. 'Dit is het schrift van de koning,' zei hij uiteindelijk. 'Dit is het boek van Robert Findhelm.'

Op dat moment begon het te sneeuwen. Een werveling van scherpe ijsvlokken daalde neer. De wind zwol aan.

Childermass moest denken aan Strange en Norrell, die dertig kilometer verderop waren, en hij lachte hardop. Wat maakte het uit wie de boeken in Hurtfew las? Het kostbaarste boek van allemaal lag naakt en dood in de sneeuw en de wind aan zijn voeten.

'Wel,' zei hij, 'dus het wordt mijn taak: "De grootste eer en de zwaarste last die een man in deze eeuw ten deel zal vallen."'

Op het moment was de last zwaarder dan de eer groot was. Het boek had een zeer lastige vorm. Hij had geen idee hoelang Vinculus al dood was en hoelang het zou duren voordat hij begon te vergaan. Wat moest hij doen? Hij kon een risico nemen en het lijk over zijn paard slingeren. Als hij echter onderweg iemand tegenkwam, zou het niet meevallen te verklaren wat hij met het lijk van een pas opgehangen man deed. Hij zou het lichaam kunnen verbergen en een paard en wagen kunnen gaan halen. Hoelang zou dat duren? En stel dat iemand ondertussen het lijk vond en het meenam? Er waren artsen in York die zonder vragen te stellen grof geld betaalden voor een lijk.

Ik zou een verhullingsspreuk kunnen uitspreken, dacht hij.

Met een verhullingsspreuk zou hij het lichaam inderdaad voor mensenogen kunnen verbergen, maar hij moest ook rekening houden met honden, vossen en kraaien. Voor zover Childermass wist, konden die met magie niet voor de gek worden gehouden. Het boek was al eens opgegeten. Hij wilde niet het risico lopen dat het nóg een keer zou gebeuren.

Het lag natuurlijk voor de hand om de tekst over te schrijven, maar zijn memorandumboek, pen en inkt lagen nog in de Nacht van Hurtfew Abbey in de salon op tafel. Dus wat dan? Hij kon de tekst met een stok overschrijven in de bevroren grond, maar dat was geen beter alternatief dan wat hij tot nu toe had bedacht. Stonden er maar een paar bomen, dan had hij de bast eraf kunnen pellen en wat hout kunnen verbranden, zodat hij met de as op de bast kon schrijven. Deze verwrongen meidoorn was echter de enige boom die er stond.

Hij keek naar zijn zakmes. Misschien moest hij het boek overschrijven op zijn eigen lichaam. Er was wel het een en ander voor dat plan te zeggen. Ten eerste: stel dat de manier waarop de tekst op Vinculus' lichaam was geschreven speciale betekenis had? Stel bij voorbeeld dat de tekst belangrijker was naarmate die dichter bij het hoofd stond? Alles was mogelijk. Ten tweede zou het boek dan veilig zijn en geheim blijven. Hij zou zich geen zorgen hoeven maken dat iemand het zou stelen. Of hij het wilde laten zien aan Strange of Norrell, had hij nog niet besloten.

Het schrift op Vinculus' lichaam was echter zowel compact als ingewikkeld. Zelfs als hij erin slaagde zijn mes te dwingen al die fijne puntjes, cirkeltjes en krullen precies na te tekenen – wat hij betwijfelde – zou hij vrij diep moeten snijden om ervoor te zorgen dat de lijntjes niet zouden vervagen.

Hij trok zijn overjas en zijn gewone jas uit. Hij maakte het manchet van zijn hemd los en rolde zijn mouw op. Toen nam hij de proef op de som, en kerfde hij een van de symbolen die op de binnenkant van Vinculus' arm stonden op dezelfde plaats in zijn eigen arm. Het resultaat was niet veelbelovend. Er vloeide zo veel bloed dat hij nauwelijks kon zien wat hij deed, en de pijn maakte hem licht in het hoofd.

'Ik kan best wat bloed missen voor deze zaak, maar er zijn zo veel letters – dat zou mijn dood betekenen. En trouwens, hoe moet ik in vredesnaam overschrijven wat er op zijn rug staat? Ik leg hem wel over mijn paard en als iemand me dan probeert te dwarsbomen... Wel, als het nodig is, schiet ik op hem. Dat is een haalbaar plan. Geen goed plan, maar wel haalbaar.'

Brewer was een eindje afgedwaald en stond wat droog gras te grazen dat door de wind was blootgelegd. Childermass liep naar hem toe. Uit zijn valies haalde hij een sterk stuk touw en de kist met zijn pistolen erin. Hij stopte in elk pistool een kogel en laadde ze met buskruit.

Hij draaide zich om om te kijken of alles nog goed was met het lichaam, en zag dat iemand – een man – eroverheen gebogen stond. Hij stopte snel de pistolen in de zakken van zijn overjas en rende al roepend terug.

De man droeg zwarte laarzen en een zwarte reismantel. Hij stond half gebukt, half geknield naast Vinculus op de besneeuwde grond. Heel even dacht Childermass dat het Strange was, maar deze man was minder lang en iets slanker van bouw. Zijn donkere kleren waren duidelijk duur en zagen er modieus uit. Toch was zijn steile, donkere haar langer dan een modebewuste heer het zou dragen. Daardoor zag hij er een beetje uit als een methodistisch predikant of een romantisch dichter. Ik ken hem, dacht Childermass. Hij is een tovenaar. Ik ken hem goed. Waarom kan ik niet op zijn naam komen?

Hardop zei hij: 'Dat lichaam is van mij, meneer! Laat het met rust.'

De man keek op. 'Van jou, John Childermass?' zei hij met iets van ironie in zijn stem. 'Ik dacht dat het van mij was.'

Het was vreemd, maar ondanks zijn kleren en zijn koele, autoritaire uitstraling klonk zijn uitspraak boers, zelfs in de oren van Childermass. Hij had een Noord-Engels accent – dat leed geen twijfel – maar Childermass herkende het niet. Misschien was het Northumbriaans, maar er klonk ook iets anders in door: de taal van de kille landen aan overkant van de Noordzee, en ook – en dat scheen hem nog vreemder toe – een opvallend Frans accent.

'Wel, u heeft het mis.' Childermass hief zijn pistolen op. 'Ik zal op u schieten als het nodig is, meneer, maar dat doe ik liever niet. Laat het lijk aan mij en vertrek.'

De man zei niets. Hij keek Childermass nog iets langer aan. Toen draaide hij zich om, alsof Childermass hem verveelde, en ging verder met het bestuderen van het lichaam.

Childermass keek om zich heen, op zoek naar een paard of een rijtuig, iets wat zou verklaren hoe de man hier verzeild was geraakt. Hij zag niets van dien aard. Op die uitgestrekte heide bevonden zich alleen de twee mannen, het paard, het lijk en de meidoorn.

Toch moet er ergens een rijtuig zijn, dacht hij. Er zit immers geen spatje modder op zijn mantel of op zijn laarzen. Hij ziet eruit alsof hij net bij zijn lakei vandaan komt. Waar zijn zijn bedienden?

Dat was een verontrustende gedachte. Childermass betwijfelde of het hem veel moeite zou kosten die bleke, magere, poëtisch uitziende man te overweldigen, maar een koetsier en twee of drie stevige livreiknechten zouden een heel ander verhaal zijn.

'Behoort dit land aan u toe, meneer?' vroeg hij.

'Ja.'

'En waar is uw paard? Waar is uw rijtuig? Waar zijn uw bedienden?'

'Ik heb geen paard, John Childermass. Ik heb geen rijtuig. En slechts een van mijn bedienden is bij me.'

'Waar dan?'

Zonder op te kijken hief de man zijn arm op en wees hij met zijn magere, bleke vinger achter zich.

Childermass keek verward om. Er was helemaal niemand, alleen de wind die over de besneeuwde graspollen waaide. Wat bedoelde hij? De wind of de sneeuw? Hij had gehoord van middeleeuwse tovenaars die hadden beweerd dat de wind, de sneeuw en andere natuurkrachten hun dienaren waren. Toen begreep hij het opeens. 'Wat? Nee, meneer, u heeft het mis! Ik ben niet uw bediende!'

'U heeft er anders zelf over opgeschept, nog geen drie dagen geleden,' zei de man.

Er was maar één persoon die kon beweren dat hij Childermass' meester was. Was dit een of andere mysterieuze manifestatie van Norrell? Een aspect van Norrell? In het verleden waren tovenaars soms verschenen in een vorm die paste bij een van hun karaktertrekken. Childermass probeerde te bedenken welk deel van Gilbert Norrell's karakter zich opeens zou manifesteren als een bleke, knappe man met een vreemd accent en een zeer autoritaire houding. Hij bedacht dat er de laatste tijd vreemde dingen waren gebeurd, maar niets wat zo bizar was als dit. 'Meneer!' zei hij dwingend. 'Ik heb u gewaarschuwd. Laat het lichaam met rust.'

De man boog zich verder voorover naar het lijk van Vinculus. Hij haalde iets uit zijn eigen mond – een piepklein lichtpareltje, dat een roze met zilveren gloed uitstraalde. Dat legde hij in Vinculus' mond. Het lijk huiverde. Het leek niet op de huivering van een zieke, en ook niet op de huivering van een gezond mens. Het leek op de huivering van een kale berkentak die wordt beroerd door een zucht van de lente.

'Ga weg bij het lichaam, meneer!' zei Childermass. 'Ik vraag het niet nog een keer!'

De man nam niet eens de moeite om op te kijken. Hij streek met zijn vingertop over het lichaam alsof hij erop schreef.

Childermass richtte met zijn linkerpistool op een plek naast de linkerschouder van de man, met de bedoeling hem af te schrikken. Het pistool werkte perfect: uit de kruitpan steeg een rookwolk en de geur van buskruit op, en uit de loop schoten vonken en nog meer rook.

De kogel vloog echter niet weg, maar bleef als in een droom in de lucht hangen. Hij tolde rond, zwol op en veranderde van vorm. Opeens ontsproten er vleugels aan en veranderde hij in een kieviet, die wegvloog. Op hetzelfde moment werd Childermass' geest zo stil en onbeweeglijk als een steen.

De man streek met zijn vinger over Vinculus' lichaam, en alle patronen en symbolen stroomden en kolkten alsof ze op water waren geschreven. Daar ging hij een tijdje mee door en toen hij tevreden was, hield hij op en kwam overeind.

'Je hebt het mis,' zei hij tegen Childermass. 'Hij is niet dood.' Hij kwam vlak voor Childermass staan. Zonder omhaal, alsof hij een vader was die iets van het gezicht van zijn kind veegde, likte de man zijn vinger en tekende een soort symbool op Childermass' oogleden en lippen, en op zijn borst, op de plek waar zijn hart zat. Toen sloeg hij tegen Childermass' linkerhand, zodat het pistool op de grond viel. Op Childermass' handpalm tekende hij nog een symbool. Vervolgens draaide hij zich om en maakte hij aanstalten om weg te gaan, maar toen keek hij achterom. Als bij ingeving maakte hij nog een laatste gebaar over de snee op Childermass' gezicht.

De wind schudde de vallende sneeuw en deed de vlokken wervelen en draaien. Brewer maakte een geluidje alsof iets hem stoorde. Heel even leken de schaduwen een beeld te vormen van een magere, donkere man met een mantel en laarzen. Het volgende moment was de illusie verdwenen.

Childermass knipperde met zijn ogen. 'Waar dwaal ik naar toe?' vroeg hij zichzelf geërgerd. 'En waarom loop ik in mezelf te praten? Dit is niet het juiste moment voor dromerigheid!' Hij rook de geur van buskruit. Een van zijn pistolen lag in de sneeuw. Toen hij het opraapte, was het nog warm, alsof hij hem kortgeleden had afgeschoten. Dat was vreemd, maar hij had geen tijd om zich er echt over te verbazen, want hij hoorde een geluid dat hem deed opkijken.

Vinculus probeerde op te staan. Hij bewoog zich onhandig en schokkerig, als een pasgeboren wezentje dat nog niet had ontdekt waar zijn ledematen toe dienden. Hij bleef wankelend staan en bewoog zijn hoofd schokkerig heen en weer. Toen deed hij zijn mond open en schreeuwde hij tegen Childermass. Maar het geluid dat uit zijn mond kwam was helemaal geen geluid, het was de lege huid van geluid, ontdaan van botten en vlees.

Het was zonder twijfel het vreemdste dat Childermass ooit had gezien: een naakte, blauwe man met bloeddoorlopen ogen die midden op een met sneeuw bedekte hei geluidloos stond te schreeuwen. Het was zo'n buitengewone situatie dat hij even niet wist wat hij moest doen. Hij vroeg zich af of hij een toverspreuk moest proberen, het zogenoemde Gilles de Marston's Herstel van de Vervlogen Kalmte, maar bij nader inzien besloot hij dat er een betere oplossing was. Hij haalde de fles rode wijn te voorschijn die Lucas hem had gegeven en liet die aan Vinculus zien. Vinculus kalmeerde enigszins en keek met strakke blik naar de fles.

Een kwartier later zaten ze samen op een graspol onder de meidoorn een ontbijt van rode wijn en een handvol appels te nuttigen. Vinculus had zijn hemd en broek weer aangetrokken en was gewikkeld in een deken van Brewer. Hij was verrassend snel hersteld van zijn ophanging. Zijn ogen waren nog steeds bloeddoorlopen, maar zagen er niet meer zo verontrustend uit als voorheen. Zijn stem was schor en als hij iets zei, moest hij herhaaldelijk stoppen voor een hevige hoestbui, maar hij was goed verstaanbaar.

'Iemand heeft geprobeerd u op te hangen,' zei Childermass tegen hem. 'Ik weet niet wie of waarom. Gelukkig heb ik u op tijd gevonden en de strop doorgesneden.' Terwijl hij dat zei, werd hij in gedachten geplaagd door een onduidelijke vraag. Voor zijn geestesoog zag hij Vinculus, die dood op de grond lag, en een magere, bleke hand die naar hem wees. Wie was dat geweest? De herinnering ontglipte hem. 'Maar vertelt u eens,' ging hij verder, 'hoe kan het dat een man verandert in een boek? Ik weet wel dat Robert Findhelm het boek aan uw vader heeft gegeven, en dat die werd geacht het naar een man in de heuvels van Derbyshire te brengen.'

'De laatste man in Engeland die het schrift van de koning kon lezen,' kraste Vinculus.

'Maar uw vader heeft het boek nooit afgeleverd. In plaats daarvan heeft hij het opgegeten tijdens een drinkwedstrijd in Sheffield.'

Vinculus nam nog een slok uit de fles en veegde met de rug van zijn hand zijn mond af. 'Vier jaar later werd ik geboren, en het schrift van de koning stond op mijn babylijfje geschreven. Toen ik zeventien was, ging ik op zoek naar de man in de heuvels van Derbyshire – hij bleef net lang genoeg in leven om door mij gevonden te worden. Dat was me nog eens een nacht! Een zomerse nacht vol sterrenlicht, waarin 's Konings Boek en de laatste Lezer van 's Konings Schrift elkaar ontmoetten en samen wijn dronken! We zaten op de top van een heuvel bij Bretton uit te kijken over Engeland, en toen las hij van mijn lichaam de lotsbestemming van Engeland voor.'

'En dat was de profetie die u aan Strange en Norrell heeft verteld, neem ik aan?'

Vinculus, die overvallen werd door een hoestbui, knikte. Toen hij weer kon praten, voegde hij eraan toe: 'En ook aan de naamloze slaaf.'

'Aan wie?' vroeg Childermass fronsend. 'Wie is dat?'

'Een man,' antwoordde Vinculus. 'Het maakte deel uit van mijn taak om zijn verhaal met me mee te dragen. Hij is begonnen als slaaf, maar al snel zal hij koning worden. Zijn ware naam is hem bij zijn geboorte onthouden.'

Childermass overpeinsde die beschrijving even. 'Bedoelt u John Uskglass?' vroeg hij.

Vinculus maakte een geërgerd geluid. 'Als ik John Uskglass bedoelde, zou ik dat wel zeggen! Nee, nee. Hij is helemaal geen tovenaar. Hij is gewoon een man als ieder ander.' Hij dacht even na. 'Maar dan zwart,' voegde hij eraan toe.

'Ik heb nog nooit van hem gehoord,' zei Childermass.

Vinculus keek hem geamuseerd aan. 'Nee, natuurlijk niet. U heeft uw hele leven in de jaszak van de tovenaar uit Mayfair doorgebracht. U weet alleen wat hij weet.'

'Nou en?' vroeg Childermass, op zijn teentjes getrapt. 'Dat is toch niet niks? Norrell is een intelligente man, en Strange ook. Ze hebben zo hun gebreken, zoals iedere man, maar desondanks is het opmerkelijk wat ze allemaal bereikt hebben. Vergist u zich niet, ik ben trouw aan John Uskglass. Of dat zou ik in elk geval zijn, als hij hier was. Maar u moet toch toegeven dat de terugkeer van de Engelse magie hun verdienste is, en niet die van hem.'

'Hun verdienste!' zei Vinculus honend. 'Hún verdienste? Begrijpt u het dan nog steeds niet? Zij zíjn de bezwering die John Uskglass uitvoert. Meer zijn ze nooit geweest. En die bezwering is hij op dit moment aan het uitvoeren!'

68

'Ja'
februari 1817

In de zilveren schaal met water begon het lichtvlekje te flakkeren. Toen doofde het.

'Wat?' riep Strange. 'Wat is er gebeurd? Vlug, meneer Norrell!'

Norrell tikte op het wateroppervlak, tekende nieuwe lijnen van licht en fluisterde een paar woorden, maar het water in de schaal bleef donker en roerloos. 'Hij is weg,' zei hij.

Strange sloot zijn ogen.

'Dat is heel vreemd,' ging Norrell vol verwondering verder. 'Wat deed hij in Yorkshire, denkt u?'

'O,' zei Strange geërgerd, 'ik denk dat hij hier is gekomen met de bedoeling mij gek te maken!' Hij slaakte een kreet van woede vermengd met zelfmedelijden, en vroeg: 'Waarom besteedt hij geen aandacht aan me? Waarom verwaardigt hij zich na alles wat ik gedaan heb niet eens naar me te kijken? Waarom weigert hij met me te spreken?'

'Hij is een oude tovenaar en een oude koning,' antwoordde Norrell kort en bondig. 'Dat zijn twee personen die niet snel ergens van onder de indruk zijn.'

'Alle tovenaars verlangen ernaar hun meester versteld te doen staan. Bij u is dat me gelukt. Bij hem wilde ik hetzelfde doen.'

'Maar uw eigenlijke doel is mevrouw Strange te bevrijden van de betovering,' hielp Norrell hem herinneren.

'Ja, ja. Dat is zo,' zei Strange geërgerd. 'Uiteraard. Alleen...' Hij maakte zijn zin niet af.

Er viel een stilte, en toen zei meneer Norrell, nadat hij een tijdje bedachtzaam voor zich uit had gestaard: 'U zei dat tovenaars altijd indruk willen maken op hun meester. Dat doet me denken aan iets wat in 1156 gebeurde...'

Strange slaakte een zucht.

'In dat jaar leed John Uskglass aan een vreemde aandoening – dat gebeurde zo nu en dan. Toen hij hersteld was, werd er in zijn huis in Newcastle feestgevierd. De koningen en koninginnen brachten ongelooflijk waardevolle en schitterende geschenken mee: goud, robijnen, ivoor, zeldzame specerijen. De tovenaars namen allerlei magische dingen mee – onthullende wolken, zingende bomen, sleutels van mystieke deuren en dergelijke – in een poging elkaar de loef af te steken. De koning bedankte hen allemaal op dezelfde ernstige wijze. De allerlaatste was de tovenaar Thomas Godbless. Zijn handen waren leeg. Hij had geen geschenk bij zich. Hij hief zijn handen en zei: "Heer, ik geef u de bomen en de heuvels. Ik geef u de wind en de regen." De koningen en koninginnen, de voorname lords en lady's en de andere tovenaars stonden versteld van zijn brutaliteit. In hun ogen leek het alsof hij helemaal niets had gedaan. Maar voor het eerst sinds hij ziek was geworden, glimlachte de koning.'

Daar dacht Strange even over na. 'Nou,' zei hij, 'ik vrees dat ik me bij de koningen en koninginnen moet scharen. Ik begrijp er niets van. Waar heeft u dat verhaal vandaan?'

'Het staat in de *Instructions* van Belasis. In mijn jeugd heb ik de *Instructions* met hartstochtelijke toewijding bestudeerd, en met name die passage vond ik zeer intrigerend. Ik kwam tot de conclusie dat Godbless erin was geslaagd de bomen, de heuvels enzovoorts ertoe te bewegen om John Uskglass op de een of andere mystieke wijze te begroeten, om als het ware voor hem te buigen. Ik was erg in mijn nopjes met het feit dat ik iets begreep wat Belasis was ontgaan, maar ik stond er verder niet meer bij stil. Ik kon niets met dergelijke magie. Jaren later ontdekte ik in *The Language of Birds* van Lanchester een toverspreuk, die Lanchester gevonden had in een ouder boek dat inmiddels verloren is gegaan. Hij gaf toe dat hij niet wist waar hij toe diende, maar ik geloof dat Godbless die toverspreuk gebruikt heeft, of anders een die er sterk op lijkt. Als u werkelijk met John Uskglass wilt spreken, zullen we die dan uitspreken? Zullen we Engeland vragen hem te begroeten?'

'Wat zullen we daarmee bereiken?' vroeg Strange.

'Bereiken? Niets. Niet direct, althans. Het zal John Uskglass echter wel herinneren aan de banden die er tussen hem en Engeland bestaan.

Bovendien zal het getuigen van een soort respect onzerzijds, en dat sluit zonder twijfel beter aan bij het gedrag dat een koning van zijn onderdanen verwacht.'

Strange haalde zijn schouders op. 'Tja,' zei hij, 'ik heb geen beter voorstel. Waar ligt uw exemplaar van *The Language of Birds*?'

Hij keek om zich heen. Alle boeken lagen nog precies op de plek waar ze terecht waren gekomen toen ze van een raaf weer terug in een boek veranderd waren. 'Hoeveel boeken liggen hier?' vroeg hij.

'Vier- of vijfduizend,' zei Norrell.

De tovenaars pakten ieder een kaars en gingen op zoek.

De heer met het pluishaar liep snel en met grote passen over het door muren geflankeerde laantje dat naar het dorp Starecross leidde. Stephen strompelde achter hem aan, op weg van de ene moord naar de andere.

Engeland was in zijn ogen nog slechts een oord vol verschrikkingen en ellende. De vormen van de bomen deden hem denken aan verstard gegil. Een bos droge bladeren aan een tak knisperde in de wind – dat was Vinculus aan de meidoorn. Op het pad lag het lijkje van een konijn dat door een vos aan stukken was gereten – dat was lady Pole, die binnenkort door de heer gedood zou worden.

De ene moord na de andere, de ene verschrikking na de andere, en Stephen kon er niets tegen doen.

In Starecross Hall zat lady Pole aan de tafel in haar zitkamer ingespannen te schrijven. Het bureau was bezaaid met velletjes papier, die allemaal waren volgeschreven.

Er werd aan de deur geklopt en meneer Segundus kwam binnen. 'Pardon,' zei hij. 'Mag ik u vragen of u sir Walter aanschrijft?'

Ze schudde haar hoofd. 'Deze brieven zijn bestemd voor lord Liverpool en de redacteur van *The Times*.'

'Aha,' zei meneer Segundus. 'Wel, ik heb toevallig zelf ook net een brief geschreven – aan sir Walter – maar ik weet zeker dat niets hem meer zou verheugen dan een paar regels in uw eigen handschrift, milady, waarin u hem verzekert dat het u goed gaat en dat de betovering volledig verbroken is.'

'Maar dat bereikt u met uw eigen brief vast ook al. Het spijt me, meneer Segundus, maar zolang die lieve mevrouw Strange en die arme Stephen nog in de macht van dat boosaardige wezen verkeren, kan ik me door niets anders laten afleiden. U moet deze brieven meteen versturen! En zodra ik deze af heb, schrijf ik ook een brief aan de aartsbisschop van Canterbury en aan de prins regent!'

'Vindt u niet dat sir Walter wellicht de aangewezen persoon is om zulke hooggeplaatste heren aan te schrijven? Het is toch zeker—'

'Welnee!' zei ze verontwaardigd. 'Ik ben niet van plan andere mensen te vragen mij een dienst te verlenen als ik het zelf prima kan. Ik ben niet van plan om binnen een uur nadat ik een door betovering opgelegde hulpeloosheid heb afgeschud te vervallen in een ander soort hulpeloosheid! En trouwens, sir Walter kan niet half zo goed als ik uitleggen hoe afschuwelijk de misdaden van meneer Norrell werkelijk zijn!'

Op dat moment kwam er nog iemand de kamer binnen: de knecht van meneer Segundus, die kwam melden dat er in het dorp iets heel vreemds gaande was. De lange, zwarte man – degene die lady Pole naar Starecross had gebracht – was daar verschenen met een zilveren diadeem op zijn hoofd, en bij hem was een heer met pluishaar, gekleed in een felgroene jas.

'Stephen! Stephen en de tovenaar!' zei lady Pole. 'Snel, meneer Segundus! Verzamel al uw macht. We vertrouwen erop dat u hem zult verslaan! U moet Stephen bevrijden, net zoals u mij bevrijd heeft!'

'Een elf verslaan!' riep meneer Segundus vol afschuw uit. 'O, maar nee! Dat kan ik niet. Daar is een veel krachtiger tovenaar voor nodig—'

'Onzin,' zei ze met glanzende ogen. 'Denk aan wat Childermass tegen u zei. Uw jarenlange studie heeft u erop voorbereid. U hoeft het alleen maar te proberen!'

'Maar ik weet niet—' begon hij hulpeloos.

Het maakte echter niet uit wat hij niet wist. Zodra ze uitgepraat was, was ze de kamer uitgerend, en aangezien hij zich verplicht voelde haar te beschermen, was hij gedwongen achter haar aan te rennen.

In Hurtfew hadden de twee tovenaars inmiddels *The Language of Birds* teruggevonden – het lag op tafel, opengeslagen bij de pagina waarop de elfenspreuk stond. Het probleem was echter nog steeds dat ze een naam moesten bedenken voor John Uskglass. Norrell zat over de zilveren schaal met water gebukt om lokalisatiespreuken uit te voeren. Ze hadden alle titels en namen die ze konden bedenken al gebruikt, maar de lokalisatiespreuk herkende er niet één van. Het water in de zilveren schaal bleef donker en rimpelloos.

'En zijn elfennaam?' vroeg Strange.

'Die is verloren gegaan,' antwoordde Norrell.

'Hebben we "koning van het Noorden" al gebruikt?'

'Ja.'

'O.' Strange dacht even na en zei toen: 'Wat was die eigenaardige benaming die u daarstraks noemde? Iets waarvan u zei dat hij zichzelf zo noemde? De naamloze nog iets?'

'De naamloze slaaf?'

'Ja. Probeert u die eens.'

Norrell keek erg bedenkelijk, maar hij sprak de toverspreuk voor de naamloze slaaf uit. Meteen verscheen er een blauwachtig lichtvlekje. Hij ging verder en de naamloze slaaf bleek in Yorkshire te zijn – bijna op precies dezelfde plek als waar John Uskglass een tijdje eerder was verschenen.

'Daar!' riep Strange triomfantelijk uit. 'Al onze bezorgdheid was volkomen overbodig. Hij is er nog.'

'Maar ik geloof niet dat dit dezelfde persoon is,' onderbrak Norrell hem. 'Het ziet er anders uit.'

'Meneer Norrell, toe, u beeldt zich van alles in. Wie kan het anders zijn? Hoeveel naamloze slaven kunnen er nu helemaal zijn in Yorkshire?'

Dat was zo'n redelijke vraag dat meneer Norrell verder geen tegenwerpingen meer maakte.

'En dan nu de magie zelf,' zei Strange. Hij pakte het boek en las de toverspreuk op. Hij sprak de bomen van Engeland, de heuvels van Engeland, het zonlicht, het water, de vogels, de aarde en de stenen aan. Hij sprak ze allemaal aan, een voor een, en droeg ze op zich in de handen van de naamloze slaaf te leggen.

Stephen en de heer kwamen aan bij de brug die naar Starecross leidde.

Het was stil in het dorpje. Er was bijna niemand te zien. In een deuropening stond een meisje met een bedrukte jurk en een wollen omslagdoek melk uit houten emmers in kaasvaten te gieten. Een man met slobkousen en een hoed met een brede rand kwam over een laantje aan de zijkant van het huis aangelopen. Naast hem draafde een hond voort. Toen de man en de hond de hoek om kwamen, begroetten het meisje en de man elkaar glimlachend en blafte de hond van vreugde. Het was een eenvoudig, huiselijk tafereel waarvan Stephen normaal gesproken genoten zou hebben, maar in zijn huidige stemming voelde hij slechts een rilling. Als de man het meisje een klap had gegeven – of haar had gewurgd – zou dat hem niet verbaasd hebben.

De heer liep al over de brug. Stephen liep achter hem aan en...

...En opeens werd alles anders. De zon kwam achter een wolk vandaan en scheen door de winterse bomen. Overal verschenen honderden kleine, felle plekken zonlicht. De wereld leek te veranderen in een soort puzzel of labyrint. Het leek op het oude bijgeloof, dat voorschreef dat men niet over de groeven tussen stoeptegels mag lopen, of op de Doncastervlakken – een vreemde vorm van magie die uitgevoerd wordt op een bord dat lijkt op een schaakbord. Opeens had alles betekenis. Stephen durfde nauwelijks nog een stap te verzetten. Als hij dat deed – als hij bij voorbeeld op die schaduw of op die lichtvlek stapte – dan zou de wereld wellicht nooit meer hetzelfde zijn.

Wacht, dacht hij verwilderd. Hier ben ik nog niet klaar voor! Ik heb er nog niet over nagedacht. Ik weet niet wat ik moet doen!

Maar het was al te laat. Hij keek op.

De kale takken die afstaken tegen de hemel vormden een schrift, en hoewel hij het niet wilde, kon hij het lezen. Hij zag dat het een vraag was die door de bomen aan hem werd gesteld.

'Ja,' antwoordde hij hun.

Hun ouderdom en wijsheid behoorden hem toe.

Achter de bomen was een hoge, met sneeuw bedekte heuvelkam zichtbaar, als een streep die op de hemel was getekend. Op de sneeuw die ervoor lag wierpen de heuvels een blauwe schaduw. De kam belichaamde allerlei soorten kilte en hardheid. Hij begroette Stephen alsof die een koning was die hij lang had moeten missen. Eén woord van Stephen en hij zou instorten en zijn vijanden vermorzelen. Hij stelde Stephen een vraag.

'Ja,' zei hij.

De minachting en de kracht van de heuvelkam stonden tot zijn beschikking.

De zwarte beek onder de brug stelde hem zangerig haar vraag.

'Ja,' zei hij.

De aarde vroeg...

'Ja,' zei hij.

De roeken, de eksters, de koperwieken en de vinken vroegen...

'Ja,' zei hij.

De stenen vroegen...

'Ja,' zei Stephen. 'Ja. Ja. Ja.'

Nu lag heel Engeland in de palm van zijn zwarte hand. Alle Engelsen waren aan zijn genade overgeleverd. Nu kon hij elke belediging wreken. Nu kon hij elk onrecht jegens zijn moeder duizendmaal vergelden. Heel Engeland kon in een oogwenk verwoest worden. Hij kon huizen laten instorten op het hoofd van de bewoners. Hij kon heuvels opdragen te vallen, en valleien om hun lippen opeen te persen. Hij kon centauren oproepen, sterren doven en de maan uit de hemel weggrissen. Nu. Nu. Nu.

Daar kwamen lady Pole en meneer Segundus aan. Badend in het waterige, winterse zonlicht kwamen ze aangerend uit de richting van de Hall. Lady Pole keek naar de heer met ogen die brandden van haat. Die arme meneer Segundus was een en al verwarring en verbijstering.

De heer wendde zich tot Stephen en zei iets. Stephen kon hem niet verstaan. De heuvels en de bomen praatten te hard. Maar hij zei: 'Ja.'

De heer lachte opgetogen en hief zijn handen om lady Pole met toverspreuken te vangen.

Stephen sloot zijn ogen. Hij sprak een woord tot de stenen van de brug.

Ja, zeiden de stenen. De brug steigerde als een woest paard en wierp de heer in de beek.

Stephen sprak een woord tot de beek.

Ja, zei de beek. Ze pakte de heer met een ijzeren greep beet en voerde hem snel mee.

Stephen was zich ervan bewust dat lady Pole tegen hem sprak, dat ze zijn arm wilde vastpakken. Hij zag het bleke, verbijsterde gezicht van meneer Segundus, zag dat hij iets zei, maar had geen tijd om hun antwoord te geven. Wie zou zeggen hoelang de wereld nog bereid zou zijn hem te gehoorzamen? Hij sprong van de brug en rende langs de oever van de beek.

De bomen leken hem te begroeten toen hij langsrende. Ze spraken over oude bondgenootschappen en herinnerden hem aan vervlogen tijden. Het zonlicht noemde hem koning en drukte zijn genoegen uit over het feit dat hij hem hier mocht aantreffen. Hij had geen tijd om hun te vertellen dat hij niet de persoon was voor wie ze hem aanzagen.

Hij kwam bij een plek waar het land aan weerszijden van de beek steil omhoogliep: het was een diep dal in de hei, een plek waar molenstenen gedolven werden. Verspreid over de flanken van het dal lagen enorme, ronde, uitgehakte stenen, stuk voor stuk half zo hoog als een man.

Het oppervlak van de beek kolkte en kookte op de plek waar de heer gevangenzat. Stephen knielde neer op een platte steen en bukte over het water. 'Het spijt me,' zei hij. 'U wilde alleen maar vriendelijk zijn, dat weet ik.'

Het haar van de heer waaierde in het donkere water uit als zilveren slangen. Zijn gezicht bood een afschrikwekkende aanblik. In de greep van zijn woede en haat begon hij zijn gelijkenis met het mensenras kwijt te raken: zijn ogen kwamen verder uit elkaar te staan, er verscheen dons op zijn gezicht en hij ontblootte grauwend zijn tanden.

Een stemmetje in Stephen's hoofd zei: 'Als je me doodt, zul je je naam nooit kennen!'

'Ik ben de naamloze slaaf,' zei Stephen. 'Meer ben ik nooit geweest – en vandaag ben ik er tevreden mee dat ik niet meer ben.'

Hij sprak een woord tot de molenstenen. Die vlogen in de lucht en stortten zich op de heer. Hij sprak tot de keien en de rotsblokken. Die deden hetzelfde. De heer was onnoemelijk oud, en heel sterk. Lang nadat zijn vlees en zijn beenderen tot pulp vermalen moesten zijn, kon Stephen nog voelen hoe het beetje dat er nog van hem over was zich door middel van magie weer tot één geheel trachtte samen te voegen. Daarom sprak Stephen tot de stenen hellingen van het dal en vroeg hun hem te helpen. Aarde en rotsen verbrokkelden en hoopten zich boven op de molenstenen en de keien op, totdat er een heuvel was ontstaan die net zo hoog reikte als de flanken van het dal.

Jarenlang had Stephen het gevoel gehad dat er een vuile, grijze glasplaat tussen hem en de wereld hing. Op het moment dat het laatste levensvonkje van de heer gedoofd werd, spatte die glasplaat uiteen. Stephen bleef even naar adem snakkend staan.

Zijn bondgenoten en dienaren begonnen echter te twijfelen. Een vraag vormde zich in de geest van de heuvels en de bomen. Ze begonnen te beseffen dat hij niet degene was voor wie ze hem hadden aangezien – dat dit allemaal slechts geleende eer was.

Hij kon voelen hoe ze zich een voor een terugtrokken. Toen de laatste hem in de steek liet, viel hij leeg en bewusteloos op de grond.

In Padua had de familie Greysteel al ontbeten, en ze zaten met zijn allen in het zitkamertje op de eerste verdieping. Ze waren die ochtend niet in opperbeste stemming. Ze hadden onenigheid gehad. Dr Greysteel rookte tegenwoordig vaak binnenshuis, iets waar Flora en tante Greysteel grote bezwaren tegen hadden. Tante Greysteel had geprobeerd hem op andere gedachten te brengen, maar dr Greysteel was koppig gebleken. Pijproken was een tijdverdrijf waarop hij bijzonder gesteld was, en hij vond dat hij recht had op een paar genoegens, ter compensatie van het feit dat ze nooit meer ergens naar toe gingen. Tante Greysteel zei dat hij dan maar buiten zijn pijp moest gaan roken. Dr Greysteel antwoordde dat dat niet zou gaan, omdat het regende. Het viel niet mee om in de regen een pijp te roken, aangezien de tabak dan nat werd.

Daarom zat hij nu een pijp te roken en zat tante Greysteel te kuchen. Flora, die geneigd was zichzelf de schuld te geven, keek af en toe met een ongelukkig gezicht van de een naar de ander. Zo ging het ongeveer een uur door, tot op het moment dat dr Greysteel toevallig opkeek en verbaasd uitriep: 'Mijn hoofd is zwart! Helemaal zwart!'

'Tja, wat verwacht je dan als je pijp rookt?' antwoordde zijn zuster.

'Vader,' zei Flora, die geschrokken haar werk neerlegde. 'Wat bedoelt u?'

Dr Greysteel zat naar de spiegel te staren – de spiegel die op mysterieuze wijze was verschenen toen de dag was veranderd in de nacht en Strange naar Padua was gekomen. Flora ging achter de stoel van haar vader staan, zodat ze kon zien wat hij zag. Ze slaakte een kreet van verrassing, en tante Greysteel kwam snel naast haar staan.

Waar dr Greysteel's hoofd in de spiegel te zien had moeten zijn, zagen ze een donkere vlek, die bewoog en van vorm veranderde. De vlek werd steeds groter, totdat hij geleidelijk begon te lijken op een gestalte, die door een onnoemelijk lange gang op hen afrende. De gestalte kwam dichterbij, en nu konden ze zien dat het een vrouw was. Onder het rennen keek ze verscheidene keren achterom, alsof ze bang was voor iets wat achter haar aan kwam.

'Waar is ze van geschrokken, dat ze zo hard rent?' vroeg tante Greysteel zich hardop af. 'Lancelot, kun je iets zien? Zit er iemand achter haar aan? O, die arme vrouw! Lancelot, kun je dan niets doen?'

Dr Greysteel liep naar de spiegel, legde zijn hand op het glas en duwde, maar het oppervlak was hard en glad, zoals meestal bij een spiegel. Hij aarzelde even, alsof hij zich afvroeg of een gewelddadigere benadering op zijn plaats was.

'Voorzichtig, vader!' riep Flora geschrokken. 'U mag het glas niet breken!'

De vrouw in de spiegel kwam dichterbij. Even bleef ze vlak achter het glas staan, zodat ze het ingewikkelde borduurwerk en de kraaltjes op haar japon konden zien. Toen stapte ze op de lijst alsof het een trapje was. Het oppervlak van de spiegel werd zachter, alsof het een dichte wolk of een mistbank was. Flora schoof haastig een stoel tegen de muur, zodat de vrouw gemakkelijker uit de lijst kon stappen. Drie paar handen werden uitgestoken om haar op te vangen, om haar weg te trekken bij datgene wat haar zo veel angst aanjoeg.

Ze was misschien dertig of tweeëndertig jaar oud. Ze was gekleed in een japon van herfstkleuren, maar ze was buiten adem en zag er door het rennen een beetje verwilderd uit. Gejaagd keek ze om zich heen naar de onbekende kamer, de onbekende gezichten, de onvertrouwde omgeving. 'Is dit het Elfenrijk?' vroeg ze.

'Nee, mevrouw,' antwoordde Flora.

'Engeland dan?'

'Nee, mevrouw.' De tranen stroomden over Flora's gezicht. Ze legde een hand op haar borst om zichzelf tot kalmte te manen. 'Dit is Padua, in Italië. Mijn naam is Flora Greysteel. Die naam zult u niet kennen, maar ik heb op verzoek van uw echtgenoot op u gewacht. Ik heb hem beloofd dat ik u hier zou treffen.'

'Is Jonathan hier?'

'Nee, mevrouw.'

'U bent Arabella Strange,' zei dr Greysteel verwonderd.

'Ja,' zei ze.

'O, lieve kind!' riep tante Greysteel uit, terwijl ze haar ene hand voor haar mond sloeg en haar andere hand op haar borst legde. 'O, lieve kind!' Ze stak haar bevende handen uit naar Arabella's gezicht en schouders. 'O, lieve kind!' zei ze voor de derde keer. Toen barstte ze in tranen uit en sloeg haar armen om Arabella heen.

Stephen kwam bij. Hij lag in een smal dal op de bevroren grond. Het zonlicht was verdwenen. Het was bewolkt en koud. Het dal werd verstikt door een enorme muur van molenstenen, keien en aarde – een griezelige graftombe. De muur had de beek ingedamd, maar er sijpelde toch nog wat water doorheen, dat zich nu over de bodem verspreidde. Stephen's kroon, scepter en rijksappel lagen een eindje verderop in een plas vuil water. Vermoeid stond hij op.

In de verte hoorde hij iemand roepen: 'Stephen! Stephen!' Hij dacht dat het lady Pole was.

'Ik verwerp de naam van mijn gevangenschap,' zei hij. 'Die bestaat niet meer.' Hij raapte de kroon, de scepter en de rijksappel op en liep weg.

Hij had geen duidelijk doel voor ogen. Hij had de heer gedood en hij had toegestaan dat de heer Vinculus doodde. Hij kon nooit meer naar huis – als het al ooit zijn thuis was geweest. Wat zouden een Engelse rechter en een Engelse jury te zeggen hebben over een zwarte man die een dubbele moordenaar was? Stephen had genoeg van Engeland en Engeland had genoeg van hem. Hij liep door.

Na een tijdje had hij het gevoel dat het landschap niet meer zo Engels was als voorheen. De bomen die hem nu omringden waren immens hoog en oeroud, met takken die twee keer zo dik waren als het lichaam van een man, en die zich hadden gekromd in vreemde, fantastische vormen. Hoewel het winter was en doornstruiken kaal waren, bloeiden er toch hier en daar rozen, bloedrode en sneeuwwitte.

Hij had Engeland achter zich gelaten. Daar had hij geen spijt van. Hij keek niet achterom. Hij liep door.

Hij kwam bij een langwerpige, lage heuvel, en midden in die heuvel zat een opening. Het leek meer op een mond dan op een deur, maar wekte geen kwaadaardige indruk. Daar, vlak achter de drempel, stond iemand op hem te wachten. Ik ken dit oord, dacht hij. Het is Lost-hope! Maar hoe kan dat nu?

Het huis was niet alleen een heuvel geworden, alles leek een omwenteling te hebben ondergaan. In het woud hing opeens een sfeer van frisheid, van onschuld. De bomen bedreigden de reiziger niet langer. Tussen de takken ving hij hier en daar een glimp op van een serene, winterse hemel van het meest ijzige blauw. Hier en daar straalde het onbezoedelde licht van een ster, maar of het morgensterren of avondsterren waren, kon hij zich niet meer herinneren. Hij keek om zich heen, op zoek naar de oeroude beenderen en de verroeste harnassen, die afgrijselijke symbolen van het bloeddorstige karakter van de heer. Tot zijn verbazing lagen ze overal om hem heen – onder zijn voeten, weggestopt in de holtes onder boomwortelen, verstrikt in doorn- en braamstruiken. Ze waren echter in een verdergaande staat van ontbinding dan hij zich herinnerde. Ze waren bedekt met mos, aangevreten door roest, langzaam vergaan tot stof. Nog even en er zou niets meer van over zijn.

De persoon in de deuropening was een bekende. Hij was vaak aanwezig geweest bij de bals en optochten in Lost-hope. Ook hij zag er anders uit. Zijn gelaatstrekken waren elfachtiger: zijn ogen glansden krachtiger, zijn wenkbrauwen waren buitensporig lang en breed. Zijn haar was kroezig als de vacht van een jong lam of de opgekrulde bladeren van jonge varens in de lente, en op zijn gezicht zat een dun laagje dons. Hij zag er ouder uit, maar tegelijkertijd onschuldiger. 'Welkom!' riep hij.

'Is dit werkelijk Lost-hope?' vroeg de persoon die eens Stephen Black was geweest.

'Ja, grootvader.'

'Maar ik begrijp er niets van. Lost-hope was een indrukwekkend herenhuis. Dit is...' De persoon die eens Stephen Black was geweest, zweeg even. 'Ik ken geen woord voor wat dit is.'

'Dit is een brugh, grootvader. Dit is de wereld onder de heuvel. Lost-hope gaat veranderen! De oude koning is dood. De nieuwe koning nadert! En bij zijn nadering schudt de wereld haar verdriet van zich af. De zonden van de oude koning lossen op als ochtendmist. De wereld vormt zich naar het karakter van de nieuwe koning. Zijn deugden vullen het woud en de heide!'

'De nieuwe koning?' De persoon die eens Stephen Black was geweest keek naar zijn handen. In de ene lag de scepter en in de andere de rijksappel.

De elf glimlachte naar hem, alsof die zich afvroeg waarom hij zo verbaasd was. 'De veranderingen die u hier heeft bewerkstelligd overstijgen ruimschoots alles wat u in Engeland heeft verricht.'

Ze liepen door de opening naar een grote zaal. De nieuwe koning nam plaats op een oeroude troon. Een grote groep mensen verzamelde zich om hem heen. Sommigen kende hij van gezicht, anderen kwamen hem niet bekend voor, maar hij vermoedde dat dat kwam doordat hij hen nog nooit eerder in hun ware gedaante had gezien. Een hele tijd bleef hij zwijgen.

'Dit huis,' zei hij uiteindelijk tegen hen, 'is een vervuilde wanorde. De bewoners ervan hebben hun dagen verspild met nutteloze geneugten en het vieren van wreedheden uit het verleden – dingen die niet eens herdacht zouden moeten worden, laat staan gevierd. Ik heb het vaak gezien en het al even vaak betreurd. Al die fouten zal ik mettertijd rechtzetten.'[1]

---

[1] Een verbazingwekkend groot aantal koningen en prinsessen uit het Elfenrijk waren ooit mens. John Uskglass, Stephen Black en Alessandro Simonelli zijn maar drie voorbeelden. Elfen zijn over het algemeen onverbeterlijk lui. Hoe veel ze ook houden van status, eer en rijkdom, ze verfoeien het harde werk dat gepaard gaat met het geven van leiding.

Zodra de toverspreuk in werking trad, waaide er een krachtige wind door Hurtfew. Deuren sloegen dicht in de Nacht. Zwarte papieren werden van zwarte tafels geveegd en gedwongen te dansen. Een klok in een torentje boven de stallen – die lang geleden uit de oorspronkelijke abdij was gehaald en sindsdien in vergetelheid was geraakt – luidde wild.

In de spiegels en wijzerplaten in de bibliotheek verschenen visioenen. De wind blies de gordijnen open en ook in de ramen waren visioenen te zien. Het waren er veel en ze volgden elkaar razendsnel op – bijna te snel om ze te kunnen begrijpen. Meneer Norrell zag een paar beelden die hem bekend voorkwamen: de kapotte hulsttak in zijn eigen bibliotheek in het huis aan Hanover-square; een raaf die voor St Paul's Cathedral langs vloog, zodat hij even de levende belichaming van de Raaf in vlucht werd; het grote, zwarte bed in de herberg van Wansford. Andere beelden zeiden hem echter helemaal niets: een meidoorn, een man gekruisigd op een struik, een ruwe, stenen heuvel in een smalle vallei, een flesje zonder stop dat dobberde op de golven.

Toen verdwenen alle visioenen, op een na. Dat vulde een van de hoge ramen in de bibliotheek, maar waar het precies een visioen van was, daar had meneer Norrell geen flauw idee van. Het leek op een grote, volmaakt ronde, zwarte steen die bijna onmogelijk helder glansde, gevat in een ring van ruwe steen op iets wat eruitzag als een zwarte heuvel. Meneer Norrell zag het als een heuvel omdat het iets weg had van een heideveld waarvan de hei helemaal verbrand en verkoold is. Alleen was deze heuvel niet zwart als iets wat verbrand is, maar zwart als natte zijde of blinkend gepoetst leer. Opeens deed de steen iets – hij bewoog, of kantelde. De beweging was zo snel dat meneer Norrell hem bijna miste, maar hij had de misselijkmakende indruk dat de steen had geknipoogd.

De wind ging liggen. De klok boven de stallen hield op met luiden.

Meneer Norrell slaakte een diepe zucht van verlichting, blij dat het voorbij was. Strange stond met zijn armen over elkaar en diep in gedachten verzonken naar de vloer te staren.

'Wat vond u daarvan?' vroeg meneer Norrell. 'Dat laatste beeld was verreweg het ergst. Heel even dacht ik dat het een oog was.'

'Het was ook een oog,' zei Strange.

'Maar het oog waarvan? Van een gruwel of een monster, denk ik. Zeer verontrustend!'

'Het was inderdaad monsterlijk, onmenselijk,' zei Strange instemmend, 'maar niet op de manier die u denkt. Het was het oog van een raaf.'

'Het oog van een raaf! Maar het vulde het hele raam!'

'Ja. Of de raaf was immens groot, of...'

'Of?' vroeg meneer Norrell bevend.

Strange lachte kort en vreugdeloos. 'Of wij waren belachelijk klein! Prettig, nietwaar, om jezelf te zien zoals een ander je ziet? Ik zei dat ik wilde dat John Uskglass me zou opmerken, en ik geloof dat hij inderdaad even naar me gekeken heeft. Of anders was het een van zijn vertrouwelingen. En op dat moment waren u en ik kleiner dan het oog van een raaf en, naar ik aanneem, al even onbeduidend. Over John Uskglass gesproken, we weten zeker niet waar hij is, hè?'

Meneer Norrell nam plaats achter de zilveren schaal en ging aan het werk. Na ongeveer vijf minuten geduldig zwoegen zei hij: 'Meneer Strange! John Uskglass is nergens te bekennen. Helemaal nergens. Maar ik heb ook gezocht naar lady Pole en mevrouw Strange. Lady Pole is in Yorkshire en mevrouw Strange is in Italië. In het Elfenrijk is er geen schim van hun aanwezigheid meer te bekennen. Ze zijn allebei volkomen bevrijd van hun betovering!'

Er viel een stilte. Strange wendde zich abrupt af.

'Dat is bijzonder vreemd,' ging meneer Norrell op verwonderde toon verder. 'We zijn geslaagd in alles wat we van plan waren, maar ik begrijp werkelijk niet hoe we het voor elkaar hebben gekregen. Ik kan alleen maar aannemen dat John Uskglass heeft gezien wat eraan scheelde en ons de helpende hand heeft toegestoken! Helaas was hij niet zo vriendelijk om ons te bevrijden van de Nacht. Die is er nog steeds.'

Meneer Norrell zweeg. Dit was dus zijn lot – een lot vol angst, afschuw en eenzaamheid! Hij bleef geduldig zitten, in de verwachting dat hij ten prooi zou vallen aan een van die vreselijke emoties, zoniet aan allemaal. Uiteindelijk was hij echter gedwongen toe te geven dat hij er geen last van had. Sterker nog, opeens vond hij het vooral opmerkelijk dat hij zo veel jaren in Londen had doorgebracht, ver van zijn bibliotheek, klaar om de ministers en de admiralen van dienst te zijn. Hij vroeg zich af hoe hij dat had kunnen verdragen.

'Ik ben blij dat ik het oog van de raaf niet als zodanig herkende,' zei hij opgewekt, 'anders zou ik geloof ik behoorlijk bang zijn geweest!'

'Inderdaad, meneer,' zei Strange schor. 'Wat dat betreft heeft u geluk gehad! En ik geloof dat ik genezen ben van het verlangen opgemerkt te worden. Vanaf dit moment mag John Uskglass van mij doen alsof ik niet besta, zolang als hij wil!'

'O, nou en of!' zei meneer Norrell instemmend. 'Weet u, meneer Strange, u zou werkelijk de gewoonte moeten afleren om dingen te wensen. Dat is gevaarlijk voor een tovenaar!' Hij stak van wal met een lang, weinig interessant verhaal over een veertiende-eeuwse tovenaar uit Lancashire, die vaak zonder erbij na te denken wensen deed, en daarmee ongelooflijk veel overlast veroorzaakte in het dorp waarin hij woonde. Zo had hij een keer per ongeluk koeien veranderd in wolken, en kookketels in schepen. Hij had er zelfs een keer voor gezorgd dat de dorpelingen spraken in kleuren in plaats van in woorden. Dat waren slechts een paar voorbeelden van de magische chaos die hij veroorzaakt had.

In eerste instantie gaf Strange hem nauwelijks antwoord en de antwoorden die hij gaf, waren volkomen willekeurig en onlogisch. Geleidelijk leek hij echter aandachtiger te luisteren, en klonk hij weer als zichzelf.

Meneer Norrell beschikte over talrijke talenten, maar in het hart van mannen en vrouwen kijken hoorde daar niet bij. Strange zei niets over de terugkeer van zijn vrouw, dus nam meneer Norrell aan dat hij er niet erg van onder de indruk kon zijn.

69

Strangieten en Norrellieten

februari – lente 1817

Childermass was te paard en Vinculus liep met hem mee. Overal om hen heen strekte de met sneeuw bedekte heide zich uit. Met al die pollen en heuvels leek het wel een gigantische verenmatras. Die gedachte was wellicht ook al bij Vinculus opgekomen, want hij beschreef tot in het kleinste detail het zachte bed vol kussens waarin hij die nacht van plan was te slapen, en de omvangrijke maaltijd die hij van plan was te nuttigen voordat hij zich terugtrok. Het leed geen twijfel dat hij van Childermass verwachtte dat die zou betalen voor die luxe, en het zou dan ook niet verrassend geweest zijn als Childermass daar het een en ander over te zeggen had gehad. Childermass zei echter niets. Zijn gedachten werden volledig in beslag genomen door het dilemma of hij Vinculus nu wel of niet aan Strange en Norrell moest laten zien. Natuurlijk was er in heel Engeland niemand die meer geschikt was om Vinculus te onderzoeken, maar aan de andere kant kon Childermass niet met zekerheid voorspellen wat de tovenaars zouden doen als ze geconfronteerd werden met een man die tegelijkertijd een boek was. Childermass krabde aan zijn wang. Daar zat een vaag litteken van een goed genezen wond, die niet meer was dan een dun, zilverkleurig streepje op zijn gebruinde gezicht.

Vinculus was opgehouden met praten en midden op de weg stil blijven staan. Zijn deken was van zijn schouders gegleden en hij stroopte gretig de mouwen van zijn jas op.

'Wat is er?' vroeg Childermass. 'Wat is er aan de hand?'

'Ik ben veranderd!' zei Vinculus. 'Kijk!' Hij trok zijn jas uit en knoopte zijn hemd los. 'De woorden zijn anders! Op mijn armen, op mijn borst, overal! Dit is anders dan wat er vroeger op mijn lichaam stond!' Ondanks de kou kleedde hij zich helemaal uit. Toen hij weer naakt was, vierde hij zijn gedaanteverandering door als een duivel met een blauwe huid opgetogen rond te dansen.

Childermass steeg, geplaagd door paniek en wanhoop, van zijn paard. Hij was erin geslaagd het boek van John Uskglass te behoeden voor dood en vernietiging, en juist nu het in veiligheid leek te zijn, had het boek zelf hem verslagen door te veranderen.

'We moeten zo snel mogelijk naar een herberg,' verkondigde Childermass. 'We moeten papier en inkt kopen! We moeten optekenen wat er voorheen precies op je lichaam geschreven stond. Je moet tot in de diepste krochten van je herinnering graven!'

Vinculus staarde hem aan alsof hij dacht dat hij zijn verstand verloren had. 'Waarom?' vroeg hij.

'Omdat het de magie van John Uskglass is, omdat het de gedachten van John Uskglass zijn! En ze zijn nooit ergens anders opgetekend. We moeten er zo veel mogelijk van zien te behouden.'

Vinculus begreep er nog steeds niets van. 'Waarom?' vroeg hij opnieuw. 'John Uskglass vond het kennelijk niet de moeite van het behouden waard.'

'Maar waarom zou je opeens veranderen? Dat is volkomen onzinnig!'

'Integendeel,' zei Vinculus. 'Voorheen was ik een profetie, maar de dingen die ik heb voorspeld, zijn inmiddels uitgekomen. Het is daarom maar goed dat ik veranderd ben, anders zou ik een geschiedenis zijn geworden. Een stoffige, gortdroge geschiedenis!'

'Maar wat ben je nu dan?'

Vinculus haalde zijn schouders op. 'Misschien ben ik een kwitantieboekje. Misschien ben ik een roman. Misschien ben ik wel een verzameling preken!' Die gedachten vond hij zeer vermakelijk, en hij lachte kakelend bij zichzelf en danste nog wat in het rond.

'Ik hoop dat je nog steeds bent wat je al die tijd geweest bent: een boek over magie. Maar wat bedoel je nu eigenlijk? Vinculus, bedoel je dat je deze taal nooit hebt leren lezen?'

'Ik ben een boek,' zei Vinculus, die abrupt ophield met rondhuppelen. 'Ik ben hét boek. Het is de taak van het boek om de drager te zijn van de woorden. En dat doe ik ook. Het is de taak van de lezer om te weten wat er staat.'

'Maar de laatste lezer is dood!'

Vinculus haalde zijn schouders op, alsof dat niet zijn probleem was.

'Maar je moet toch íets weten,' zei Childermass, die bijna wild werd van ergernis. Hij greep Vinculus bij zijn arm. 'Wat betekent dit bij voorbeeld? Dat tekentje als een gehoornd cirkeltje met een streep erdoor. Het komt heel vaak voor. Wat betekent het?'

Vinculus trok zijn arm los. 'Het betekent vorige week dinsdag,' zei hij. 'Het betekent drie varkens, waarvan er één een strooien hoed draagt! Het betekent dat Sally ging dansen in de schaduw van de maan en haar roze tasje verloor!' Hij grijnsde en wiebelde met zijn vinger tegen Childermass. 'Ik heb je door! Jij hoopt de volgende lezer te worden.'

'Misschien,' zei Childermass, 'hoewel ik geen flauw idee heb waar ik moet beginnen. Toch kan ik niemand anders bedenken die het recht kan opeisen de volgende lezer te worden. Maar wat er verder ook gebeurt, ik verlies je niet meer uit het oog. Vanaf nu, Vinculus, zijn jij en ik elkaars schaduw.'

Vinculus' humeur verslechterde meteen. Somber kleedde hij zich aan.

De lente keerde terug in Engeland. Vogels vlogen achter ploegen aan. Stenen werden verwarmd door de zon. De regen en de wind werden zachter, en droegen de aromatische geur met zich mee van aarde en groeiende dingen. De wouden waren getint met zo'n zachte, subtiele kleur dat men het nauwelijks een kleur kon noemen. Het was meer het idee van een kleur. Het leek alsof de bomen groene dromen droomden, of groene gedachten dachten.

De lente keerde terug in Engeland, maar Strange en Norrell niet. De Pilaar van de Nacht verhulde Hurtfew Abbey, en Strange en Norrell kwamen er niet uit. Mensen speculeerden over de mogelijkheid dat Strange Norrell had vermoord of andersom, in hoeverre ze het verdiend hadden, en of er niet iemand naar toe moest om vast te stellen wat er gebeurd was.

Maar nog voordat iemand met betrekking tot die interessante vragen tot een conclusie kon komen, verdween de Nacht – en hij nam Hurtfew Abbey met zich mee. Het huis, het park, de brug en een deel van de rivier waren verdwenen. Wegen die vroeger naar Hurtfew leidden, kwamen nu gewoon op zichzelf uit, of leidden naar saaie hoekjes van akkers en groepjes bomen die niemand wilde bezoeken. Het huis aan Hanover-square en de twee huizen van Strange – zowel dat aan

Soho-square als dat in zijn geboortedorp Clun[1] – ondergingen hetzelfde lot. In Londen was er maar één wezen dat het huis aan Soho-square nog kon vinden, en dat was Bullfinch, de kat van Jeremy John. Sterker nog, Bullfinch leek zich er niet eens van bewust te zijn dat er iets aan het huis veranderd was, en hij ging ernaar toe wanneer hij maar wilde. Dan glipte hij weg tussen nummer 30 en nummer 32, en iedereen die het hem zag doen was het erover eens dat het er bijzonder vreemd uitzag.[2]

Lord Liverpool en de andere ministers lieten zich in het openbaar zeer uitgebreid uit over hoezeer ze de verdwijning van Strange en Norrell betreurden, maar stiekem waren ze blij dat ze van dat eigenaardige probleem verlost waren. Noch Strange, noch Norrell was zo respectabel gebleken als hij had geleken. Allebei hadden ze gerommeld met iets wat misschien niet helemaal zwarte magie was, maar in elk geval magie van een donkerdere kleur dan wat hen betrof wenselijk dan wel aanvaardbaar was. De ministers richtten hun aandacht nu op de nieuwe tovenaars, die als paddestoelen uit de grond waren geschoten. Die tovenaars hadden zelden of nooit magie verricht en hadden voor het merendeel geen opleiding genoten, maar desondanks beloofden ze minstens zo twistziek te zijn als Strange en Norrell zelf. Er moest dan ook zo snel mogelijk een manier bedacht worden om

---

[1] Jaren later beweerden de inwoners van Clun nog dat je, als je in de winter bij volle maan een beetje op je tenen vlak bij een bepaalde boom ging staan en je hoofd zo ver mogelijk naar voren stak om tussen de takken van een andere boom door te kijken, mogelijk in de verte nog een glimp zou opvangen van Ashfair. In het maanlicht en de sneeuw zag het huis er heel griezelig, verloren en verlaten uit. In de loop der tijd groeiden de bomen echter anders, en niemand heeft Ashfair ooit nog gezien.

[2] Zoiets is allerminst ongewoon, zoals duidelijk wordt uit de volgende passage uit *The Modern Magician* (najaar 1812). 'Waar is het huis van Pale? En dat van Stokesey? Waarom heeft niemand die ooit nog gezien? Pale's huis stond in Warwick. Het is zelfs bekend in welke straat. Stokesey's huis stond tegenover de kathedraal van Exeter. Waar is het kasteel van de Ravenkoning in Newcastle? Iedereen die het gezien heeft, verklaarde dat het het mooiste, schitterendste huis ter wereld was, maar heeft iemand het in de moderne tijd ooit nog gezien? Nee. Zijn er aanwijzingen dat het gesloopt is? Nee. Het is gewoon verdwenen. Al die huizen bestaan wel ergens, maar als de tovenaar die er woonde weggaat of sterft, verdwijnen ze. Híj kan er binnengaan en weggaan wanneer hij wil, maar niemand anders kan ze vinden.'

hen en hun praktijken aan banden te leggen. Opeens vond men de plannen van meneer Norrell om het Hof van Cinque Dragownes – die voorheen zo irrelevant hadden geleken – in ere te herstellen zeer bruikbaar.[3]

In de tweede week van maart verscheen er in de *York Chronicle* een korte advertentie, gericht aan de voormalige leden van het Geleerde Genootschap van de Tovenaars van York, en aan iedereen die lid wenste te worden van dat genootschap. In de advertentie werden zij uitgenodigd om de eerstvolgende woensdag (de dag waarop het Genootschap traditioneel bijeen was gekomen) naar de Old Starre Inn te komen.

Die curieuze aankondiging werd door sommige voormalige leden van het Yorkse Genootschap met vreugde begroet, maar minstens evenveel voormalige leden vatten het op als een belediging. Aangezien de advertentie in een krant was geplaatst, kon iedereen die een penny op zak had hem lezen. Verder had de auteur – wiens naam niet werd genoemd – het kennelijk op zich genomen om mensen uit te nodigen lid te worden van het Yorkse Genootschap, en wie hij ook was, het was wel duidelijk dat hij daartoe niet het recht had.

Toen de interessante avond was aangebroken, arriveerden de voormalige leden bij de Old Starre Inn, om tot de ontdekking te komen dat er al zo'n vijftig tovenaars – of pseudo-tovenaars – in de Long Room aanwezig waren. De meest comfortabele stoelen waren al bezet en de voormalige leden – onder wie meneer Segundus, meneer Honeyfoot en dr Foxcastle – waren dan ook gedwongen om een aanzienlijk eind bij de open haard vandaan plaats te nemen op een verhoging. Dat had echter één voordeel: ze konden de nieuwe tovenaars goed zien.

Het was geen aanblik die vreugde zou doen oplaaien in het hart van de voormalige leden. Het gezelschap was samengesteld uit zeer uiteenlopende types. ('En,' merkte dr Foxcastle op, 'er zit nauwelijks een

---

[3] Veel nieuwe tovenaars vroegen aan lord Liverpool en de ministers toestemming om Strange en Norrell te gaan zoeken. Sommige heren waren zo attent om een lijst bij te sluiten van zowel magische als alledaagse materialen, waarvan ze dachten dat ze ze misschien nodig zouden hebben, en waarvan ze hoopten dat de regering zo vriendelijk zou zijn ze te verschaffen. Een man uit Plymouth, Beech genaamd, vroeg zelfs of hij het befaamde cavalerieregiment de Inniskilling Dragoons mocht lenen.

heer tussen.') Er waren twee boeren bij, en verscheidene winkeliers. Ook was er een jongeman – een opgewonden standje met een bleek gezicht en blond haar – die zijn buren vertelde dat hij ervan overtuigd was dat de aankondiging door Jonathan Strange in hoogst eigen persoon in de krant was geplaatst, en dat Strange ongetwijfeld elk moment kon binnenkomen om hun allen magie te leren! Verder was er een geestelijke. Dat was veelbelovender. Hij was een keurig geschoren, verstandig uitziende man van tussen de vijftig en zestig jaar, gekleed in het zwart. Hij werd vergezeld door een hond die er net zo grijs en respectabel uitzag als hijzelf, en een aantrekkelijke jonge vrouw in een japon van rood fluweel. Dat wekte een beduidend minder respectabele indruk. Ze had donker haar en een vinnige uitdrukking op haar gezicht.

'Meneer Taylor,' zei dr Foxcastle tegen een van zijn assistenten, 'zou u misschien zo vriendelijk willen zijn die heer voorzichtig duidelijk te maken dat wij geen familieleden meenemen naar dit soort bijeenkomsten?'

Meneer Taylor ging haastig op weg.

Vanaf de plek waar ze zaten, konden de voormalige leden van het Yorkse Genootschap zien dat de keurig geschoren geestelijke niet zo toegeeflijk was als zijn kalme gelaat deed vermoeden, en dat hij meneer Taylor een behoorlijk scherp antwoord gaf.

Meneer Taylor keerde terug met de volgende boodschap: meneer Redruth hoopt dat de vereniging het hem niet kwalijk zal nemen, maar hij is helemaal geen tovenaar. Hij heeft zeer veel interesse in magie, maar heeft er geen aanleg voor. Zijn dochter is de tovenaar. Hij heeft een zoon en drie dochters, die volgens hem allemaal aanleg voor magie hebben. De anderen wilden niet mee naar de bijeenkomst. Hij zegt dat zij er geen behoefte aan hebben om met andere tovenaars om te gaan, en dat ze zich liever thuis ongestoord aan hun studie wijden.

Het was even stil terwijl de voormalige leden daar zonder veel succes iets van probeerden te begrijpen.

'Misschien is zijn hond ook tovenaar,' zei dr Foxcastle, en daar moesten de voormalige leden van het Genootschap hartelijk om lachen.

Het werd al snel duidelijk dat de nieuwkomers in twee categorieën uiteenvielen. Juffrouw Redruth, de jongedame met de japon van rood fluweel, nam als een van de eersten het woord. Ze sprak zacht en nogal gehaast. Ze was het niet gewoon om in het openbaar te spreken en niet alle tovenaars konden verstaan wat ze zei, maar haar toespraak was hartstochtelijk. In grote lijnen leek het erop neer te komen dat Jonathan Strange alles was, en Gilbert Norrell niets. Strange zou binnenkort van alle blaam gezuiverd worden, en Norrell zou het mikpunt worden van hoon! De magie zou bevrijd worden van de ketenen waaraan Gilbert Norrell haar had vastgelegd. Die opmerkingen, alsmede de vele verwijzingen naar Strange' verloren gegane meesterwerk *The History and Practice of English Magic*, lokten boze reacties uit van verscheidene andere tovenaars, die erop neerkwamen dat Strange' boek vol stond met slechte magie en dat Strange zelf een moordenaar was. Hij had in elk geval zijn vrouw vermoord[4], en Norrell waarschijnlijk ook.

De discussie werd steeds verhitter, maar werd toen plotsklaps onderbroken door de aankomst van twee mannen. Geen van beiden zagen ze er in de verste verte respectabel uit. Ze hadden lang, onverzorgd haar en droegen allebei een oude, versleten jas. Hoewel de ene echter niet meer of minder leek te zijn dan een vagebond, zag de ander er aanmerkelijk verzorgder uit. Bovendien had hij een zakelijk air – bijna een air van gezag, zou men kunnen zeggen.

De vagebonderende kerel keurde het Yorkse genootschap niet eens een blik waardig. Hij ging gewoon op de grond zitten en eiste gin met heet water. De ander liep zelfverzekerd naar het midden van de zaal en nam hen allemaal met een wrang glimlachje op. Hij boog voor juffrouw Redruth en sprak de tovenaars met de volgende woorden aan.

'Mijne heren! Mijne dame! Sommigen van u weten misschien nog wie ik ben. Ik was er tien jaar geleden, net als u, bij toen meneer Norrell in de kathedraal van York magie verrichtte. Mijn naam is John Childermass. Tot vorige maand was ik in dienst bij Gilbert Norrell. En dit,' zei hij, wijzend naar de man die op de grond zat, 'is Vinculus, een voormalig straattovenaar uit Londen.'

Verder kwam Childermass niet. Iedereen begon door elkaar heen te praten. De voormalige leden van het Yorkse Genootschap waren ontzet over de ontdekking dat ze hun gerieflijke stoelen bij de open haard hadden verlaten om hier te worden toegesproken door een bediende. Terwijl die heren uiting gaven aan hun verontwaardiging, reageerden de meeste nieuwkomers echter volkomen anders. Ze waren allemaal

[4] De onwaarheid van die lasterpraat werd pas afdoende bewezen toen Arabella Strange aan het begin van juni 1817 terugkeerde naar Engeland.

Strangieten of Norrellieten, maar geen van allen hadden ooit hun held gezien. Het feit dat ze zo dicht bij iemand zaten die hen daadwerkelijk had gekend en zelf met hen had gesproken, was dan ook aanleiding voor ongekende opwinding.

Childermass leek in het geheel niet gehinderd door het tumult. Hij wachtte rustig af totdat het zo stil was dat hij zich weer verstaanbaar kon maken, en toen zei hij: 'Ik ben gekomen om u te vertellen dat de overeenkomst met Gilbert Norrell ongeldig is. Van nul en gener waarde, mijne heren. U bent weer tovenaar, als u dat wenst.'

Een van de nieuwe tovenaars vroeg luidkeels of Strange zou komen. Een ander wilde weten of Norrell zou komen.

'Nee, mijne heren,' zei Childermass, 'ze komen niet. U zult het met mij moeten doen. Ik denk niet dat Strange en Norrell ooit nog in Engeland gesignaleerd zullen worden. Niet in onze tijd, althans.'

'Waarom niet?' vroeg meneer Segundus. 'Waar zijn ze dan naar toe?'

Childermass glimlachte. 'Waar tovenaars vroeger ook altijd naar toe gingen. Achter de hemel. Naar de andere kant van de regen.'

Een van de Norrellieten merkte op dat het heel verstandig was van Jonathan Strange om uit Engeland weg te gaan, anders zou hij zeker opgehangen zijn.

Het opgewonden standje met het blonde haar kaatste terug dat al die Norrellieten al snel zouden merken dat ze flink in het nadeel waren. De eerste regel van Norrellitische magie was toch immers dat alles gebaseerd moest worden op boeken? Hoe waren ze dan van plan dat te doen, nu alle boeken samen met Hurtfew Abbey verdwenen waren?[5]

'U heeft de bibliotheek van Hurtfew niet nodig, mijne heren,' zei Childermass. 'Noch de bibliotheek aan Hanover-square. Ik heb iets veel beters voor u meegebracht: een boek dat Norrell al heel lang wil hebben, maar nooit onder ogen heeft gekregen, een boek waarvan Strange niet eens wist dat het bestond. Ik heb voor u het boek van John Uskglass meegebracht.'

Nog meer geschreeuw. Nog meer tumult. Te midden van dat alles leek juffrouw Redruth een toespraak af te steken ter verdediging van

---

[5] Er zijn maar heel weinig moderne tovenaars die zichzelf niet Strangiet dan wel Norrelliet noemen. De enige opvallende uitzondering is John Childermass zelf. Als men hem ernaar vraagt, beweert hij in zekere zin beide te zijn. Aangezien dat net zoiets is als beweren dat men zowel Whig als Tory is, begrijpt niemand wat hij ermee bedoelt.

John Uskglass, die ze met alle geweld zijne majesteit de koning wilde noemen, alsof hij elk moment kon terugkeren naar Newcastle om het bestuur van Noord-Engeland op zich te nemen.

'Wacht!' riep dr Foxcastle, en met zijn luide, voorname stem bracht hij eerst de mensen om hem heen tot zwijgen, en vervolgens de anderen. 'Ik zie geen boek in de handen van deze schurk! Waar is het? Het is een truc, mijne heren! Hij is vast en zeker op ons geld uit. Wel, meneer?' (Hij had zich inmiddels tot Childermass gericht.) 'Wat heeft u daarop te zeggen? Haal dat boek te voorschijn – als het tenminste bestaat!'

'Integendeel, meneer,' zei Childermass met zijn brede, duistere, scheve grijns. 'Ik ben nergens op uit. Vinculus! Sta op.'

In het huis in Padua hielden de familie Greysteel en hun bedienden zich in de eerste plaats bezig met pogingen het mevrouw Strange zo veel mogelijk naar de zin te maken, en ze hadden allemaal zo hun eigen methoden. Dr. Greysteel trachtte haar voornamelijk op filosofische wijze te troosten. Hij zocht zijn geheugen af naar voorbeelden van mensen – met name dames – die, vaak met behulp van vrienden, nare situaties overwonnen hadden. Minichello en Frank, de twee knechten, haastten zich om deuren voor haar open te houden – of ze er nu door wilde of niet. Bonifazia, de dienstmeid, beschouwde een verblijf van een jaar in het Elfenrijk kennelijk als een soort ernstige verkoudheid, want de hele dag door kwam ze mevrouw Strange versterkende likeurtjes brengen. Tante Greysteel liet overal uit de stad de beste wijnen en de zeldzaamste delicatessen aanrukken, en ze kocht de zachtste donskussens, alsof ze hoopte dat Arabella alles wat haar was overkomen sneller zou vergeten als ze daarop haar hoofd kon neervlijen. Maar van alle vormen van troost die haar geboden werden, leek Arabella het meest te genieten van Flora's gezelschap, en van hun gesprekken.

Op een ochtend zaten ze samen te borduren, toen Arabella met een ongeduldig gebaar haar werk neerlegde en naar het raam liep. 'Ik voel me rusteloos,' zei ze.

'Dat was te verwachten,' zei Flora vriendelijk. 'Heb geduld. Over een tijdje bent u weer helemaal de oude.'

'Denkt u?' vroeg Arabella met een zucht. 'Eerlijk gezegd weet ik niet eens meer hoe ik vroeger was.'

'Dan zal ik het u vertellen. U was altijd opgewekt, hoewel u vaak aan uw lot werd overgelaten. U was bijna nooit in een slecht humeur, hoewel u daar vaak alle reden toe had. Alles wat u zei, was opmerkelijk gevat en intelligent, hoewel u er niet om geprezen werd, en zelfs bijna altijd botweg werd tegengesproken.'

Arabella lachte. 'Goede hemel! Wat een wonderkind was ik. Maar,' zei ze met een wrang gezicht, 'ik kan niet veel geloof hechten aan die karakterschets, aangezien u mij in die tijd niet heeft gekend.'

'Meneer Strange heeft u voor mij beschreven. Dat waren zijn woorden.'

'O!' zei Arabella. Ze wendde haar gelaat af.

Flora sloeg haar ogen neer en zei zachtjes: 'Als hij terugkomt, zal dat u meer goed doen dan wat dan ook. Dan zult u weer gelukkig zijn.' Ze keek vluchtig op.

Arabella zweeg even. Toen zei ze: 'Ik ben er niet van overtuigd dat we elkaar ooit nog zullen zien.'

Flora pakte haar borduurwerk weer op. Na een tijdje zei ze: 'Ik vind het erg vreemd dat hij uiteindelijk is teruggegaan naar zijn oude meester.'

'Vindt u? Persoonlijk vind ik het niet zo opmerkelijk. Ik had nooit verwacht dat hun ruzie zó lang zou duren. Ik had verwacht dat ze na een maand alweer dikke vrienden zouden zijn.'

'Dat verbaast me hogelijk!' zei Flora. 'Toen meneer Strange bij ons was, had hij geen goed woord over voor meneer Norrell, en meneer Norrell heeft in tijdschriften de afschuwelijkste dingen over meneer Strange geschreven.'

'O, dat zeker!' zei Arabella, die niet in het minst onder de indruk leek. 'Maar dat was gewoon onzin. Ze zijn allebei zo koppig als ezels. Ik heb geen reden om gesteld te zijn op meneer Norrell – integendeel. Maar dit weet ik wel over hem: hij is in de eerste plaats tovenaar, en al het andere op de tweede plaats. Jonathan is precies zo. Boeken en magie zijn eigenlijk het enige waar die twee echt om geven. Niemand is zo vertrouwd met het onderwerp als zij, en daarom is het niet meer dan natuurlijk dat ze elkaars gezelschap verkiezen.'

Naarmate de weken verstreken, glimlachte en lachte Arabella steeds vaker. Ze raakte geïnteresseerd in alles wat betrekking had op haar nieuwe vrienden. Haar dagen werden in beslag genomen door gezellige maaltijden, boodschappen en plezierige vriendschappelijke verplichtingen – kleine huiselijkheden waaraan haar gevoelige, gewonde geest zich met graagte laafde. Aan haar afwezige echtgenoot dacht ze maar zelden, behalve als ze bedacht hoe dankbaar ze was dat hij zo attent was geweest om haar bij de familie Greysteel te plaatsen.

Toevallig was er in die tijd een jonge Ierse kapitein in Padua, en verschillende mensen waren van mening dat hij zeer gecharmeerd was van Flora – hoewel Flora beweerde van niet. Hij was bij Waterloo aan het hoofd van een cavalerieregiment het zwaarste spervuur tegemoet gereden, maar de moed leek hem volkomen in de schoenen te zinken als hij Flora tegenkwam. Hij kon niet naar haar kijken zonder te blozen en raakte zeer geagiteerd als ze een kamer binnenkwam. Over het algemeen vroeg hij liever aan mevrouw Strange of ze wist wanneer Flora zou gaan wandelen in de Prato della Valle – een prachtige tuin in het hart van de stad – of wanneer ze weer op bezoek ging bij meneer en mevrouw Baxter – wederzijdse vrienden – en Arabella was altijd meer dan bereid hem te helpen.

Haar gevangenschap had echter enkele gevolgen die ze niet zo gemakkelijk van zich af kon schudden. Ze was gewend de hele nacht te dansen, en daardoor kon ze maar moeilijk de slaap vatten. Soms hoorde ze 's nachts nog altijd een treurige viool en een fluit, die elfendeuntjes speelden en haar dwongen tot dansen – hoewel dat het laatste was wat ze wilde.

'Praat tegen me,' zei ze dan tegen Flora en tante Greysteel. 'Praat tegen me, dan blijf ik het wel meester.'

Dan bleef een van hen tot diep in de nacht bij haar zitten om met haar te praten over alles wat ze kon bedenken. Soms bleven ze zelfs allebei. Toch merkte Arabella van tijd tot tijd dat de aandrang om te bewegen – op welke wijze dan ook – te sterk was om te kunnen negeren, en dan begon ze te ijsberen door de slaapkamer die ze met Flora deelde. Verscheidene keren waren dr Greysteel en Frank zo vriendelijk om hun nachtrust op te offeren, zodat ze samen met haar door de nachtelijke straten van Padua konden wandelen.

Zo kwam het dat ze op een nacht in april een wandeling maakten in de buurt van de kathedraal. Arabella en dr Greysteel praatten over hun terugkeer naar Engeland, die voor de volgende maand gepland stond. Arabella zag er een beetje tegenop om weer door al haar Engelse vrienden omringd te worden en dr Greysteel probeerde haar gerust te stellen. Opeens slaakte Frank een kreet van verrassing, en hij wees omhoog.

De sterren verschoven en veranderden. In het stukje hemel boven hun hoofd waren opeens nieuwe gesternten verschenen. Een eindje verderop stond een oeroud ogende stenen boog. Dat was op zich niet bepaald ongewoon, Padua was immers een stad vol intrigerende deuropeningen, bogen en zuilengangen. Deze boog was echter anders dan de andere. Padua was opgetrokken uit middeleeuwse stenen, en als gevolg daarvan hadden de meeste straten er een aangename gouden kleur met een roze tint. Deze boog was echter gemaakt van sombere, donkere stenen uit het noorden en aan weerszijden ervan stonden twee beelden van John Uskglass, wiens gezicht half schuilging onder een kap met ravenvleugels. Vlak achter de boog stond een lange gestalte.

Arabella aarzelde even. 'U blijft toch wel in de buurt?' vroeg ze aan dr Greysteel.

'Frank en ik blijven gewoon hier,' zei dr Greysteel. 'We verzetten geen voet. U hoeft ons slechts te roepen.'

Ze liep in haar eentje verder. De persoon in de deuropening stond te lezen. Hij keek op toen ze op hem afliep, met die vertrouwde, vertederende uitdrukking op zijn gezicht die aangaf dat hij niet precies wist waar hij was, of wat hij te maken had met de wereld buiten zijn boek.

'Deze keer heb je geen onweer meegebracht,' zei ze.

'O, dus dat heb je inmiddels gehoord.' Strange lachte een beetje gegeneerd. 'Dat was misschien een beetje overdreven. Niet erg smaakvol. Ik geloof dat ik tijdens mijn verblijf in Venetië te veel tijd heb doorgebracht in het gezelschap van lord Byron. Ik heb kennelijk toch iets van zijn flair voor dramatiek overgenomen.'

Ze liepen een eindje verder, en bij elke stap verschenen er boven hun hoofd nieuwe sterrenpatronen.

'Je ziet er goed uit, Arabella,' zei hij. 'Ik was bang... Waar was ik bang voor? O, voor wel duizend dingen. Ik was bang dat je niet met me zou willen praten. Maar hier ben je dan. Ik ben erg blij je te zien.'

'En nu kun je je duizend zorgen vergeten,' zei ze. 'Voor zover ze mij betreffen, althans. Heb je al een manier gevonden om de Nacht van je af te schudden?'

'Nee, nog niet. Maar eerlijk gezegd hebben we het de laatste tijd zo druk gehad – met nieuwe vermoedens over woudnajaden – dat we nauwelijks tijd hebben gehad om ons serieus met dat probleem bezig te houden. Er staan echter wel een of twee dingen in Goubert's *Gatekeeper of Apollo* die er veelbelovend uitzien. We zijn optimistisch gestemd.'

'Daar ben ik blij om. Ik voel me ellendig als ik denk dat je lijdt.'

'Toe, je hoeft je niet ellendig te voelen. Om te beginnen lijd ik niet.

In het begin misschien wel een beetje, maar nu niet meer. En Norrell en ik zijn niet bepaald de eerste Engelse tovenaars die gebukt gaan onder een betovering. Robert Dymoke kwam in de twaalfde eeuw in aanvaring met een elf, met als gevolg dat hij niet meer kon praten, alleen maar zingen – en dat was vast niet zo plezierig als het klinkt. En er was een veertiende-eeuwse tovenaar die een zilveren voet had – wat ook erg vervelend moet zijn geweest. En trouwens, wie zegt dat we de Nacht niet in ons voordeel kunnen gebruiken? We zijn van plan Engeland te verlaten, en de kans is groot dat we allerlei listige personen zullen tegenkomen. Een Engelse tovenaar is al vrij indrukwekkend. Twee Engelse tovenaars zijn, naar ik aanneem, twee keer zo indrukwekkend, maar als die twee Engelse tovenaars bovendien gehuld zijn in Ondoordringbare Nacht – wel! Ik zou denken dat dat genoeg is om eenieder angst aan te jagen, tenzij je op zijn minst een halfgod bent!'

'Waar willen jullie naar toe?'

'O, er zijn mogelijkheden genoeg. Deze wereld is er slechts een van vele, en een tovenaar moet ervoor waken te – hoe zal ik het uitdrukken? – te provinciaals te worden.'

'Maar zal meneer Norrell dat wel prettig vinden?' vroeg ze bedenkelijk. 'Hij heeft nooit van reizen gehouden. Zelfs een korte reis als die naar Portsmouth was hem al te veel.'

'Ah! Maar dat is een van de voordelen van onze manier van reizen. Hij hoeft zijn huis niet eens te verlaten als hij dat niet wil. De wereld – alle werelden – komt gewoon naar ons toe.' Hij zweeg even en keek om zich heen. 'Ik kan maar beter niet verderlopen. Norrell is al een aardig eindje weg. Om verschillende redenen die te maken hebben met de betovering, is het beter als we niet te ver bij elkaar vandaan zijn. Arabella,' zei hij met iets van zijn gebruikelijke ernst, 'ik heb ondraaglijk geleden onder de gedachte dat jij onder de aarde vastzat. Ik zou alles, werkelijk alles gedaan hebben om jou er veilig uit te halen.'

Ze pakte zijn handen vast, en haar ogen glansden. 'En dat is je ook gelukt,' fluisterde ze. Ze bleven elkaar een hele tijd staan aankijken, en op dat moment was alles weer zoals het geweest was. Het leek alsof ze nooit bij elkaar vandaan waren geweest. Ze bood echter niet aan om zich bij hem in de Nacht te voegen, en dat vroeg hij ook niet van haar.

'Op een dag,' zei hij, 'zal ik de juiste toverspreuk vinden om de Nacht te verjagen. En op die dag kom ik naar je toe.'

'Ja. Op die dag. Tot dan zal ik wachten.'

Hij knikte en leek aanstalten te maken om te vertrekken, maar toen aarzelde hij. 'Bella,' zei hij, 'draag geen zwarte kleren. Gedraag je niet als een weduwe. Wees gelukkig. Zo wil ik me je graag herinneren.'

'Dat beloof ik. En hoe moet ik me jou herinneren?'

Daar dacht hij even over na, en toen zei hij met een lach: 'Met mijn neus in een boek!'

Ze kusten elkaar één keer. Toen draaide hij zich op zijn hakken rond en verdween in de Nacht.